ディケンズ寄稿集

チャールズ・ディケンズ著

田辺洋子訳

凡例

本訳書『ディケンズ寄稿集』は The Dent Uniform Edition of *Dickens' Journalism.* 4vol. eds. by Michael Slater and John Drew（London : Dent, 2000）を原典とする。ただし、この内、*Sketches by Boz,* 1836. *Reprinted Pieces,* 1858. *The Uncommercial Traveller,* 1860 等は『ボズの素描集』（あぽろん社、２００８）、『翻刻掌篇集／ホリデー・ロマンス他』（溪水社、２０１４）、『逍遥の旅人』（同２０１３）、『ボズの素描滑稽篇他』（同２０１５）において既訳。本訳書には、初訳の寄稿を通し番号で収めた。

解説は原典の序説を抄訳した。訳注は原典の頭注、注釈付索引等を参照。本文中に＊で示し、巻末にまとめるが、比較的短いものは割注とする。

目次

ディケンズ寄稿集

第一稿　「グレイ祭」*準備を巡るエディンバラからの報道

『モーニング・クロニクル』紙（一八三四年九月十七日付）

エディンバラ――九月十三日

（小社特派員より）

街は来訪者で溢れんばかりだが、未だ著名人はさほど到着していない。ダラム伯爵（グレイ政権の王璽尚書を務めた娘婿）は早、現地だ。大法官（スコットランド出身の政治家ヘンリー・ピーター・ブルーム）は本日午後三時頃到着。閣下は直ちに科学集会へ向かったが、月曜の正餐会後までエディンバラ近隣の個人的馴染みの屋敷に滞在する模様。記者は今朝、仮設宴会場（所謂「グレイ・パヴィリオン」）を視察した。会場はカールトン・ヒルの高等学校構内に建設中であり、委員会の算定によれば、千五百名に正餐を供し、クロスを取り払えば、数知れぬ客に宿泊設備を整えられようとのこと。記者自身は正直な所、これら算出のいずれの正確さに関してもさほど楽観的な期待を抱いていない。会場は入口の七つある方形のそれで、今朝方目にした未完成の状態から判ぜられる限りにおいては、極めて優美に設えられている。とは言え、傍聴には不適切極まりなく、こと換気に関せば、当該一大祝祭の折、一堂に会す二千名の人間は時に新鮮な空気を吸う要があろうことが失念されているようだ。記者の杞憂なら好いが、夥しき人間が早、入場券を購入し、かつ設いからして必然的に、場内のかなりの人数が、ともかく、祝祭の序幕は目にし得まいという事態からは、某かの混乱及び少なからぬ失望が出来するのではあるまいか。

今朝、聖アンデレ（十二使徒の一人。スコットランドの守護聖人）広場にて、盲学校、聾唖施設、貧民収容所のための慈善興業とし、「プロムナード」が催された。参列者は実に嗜み深かったが、行進そのものは全くもって味気ない代物だった。大テントが灼熱の太陽の日射しを遮るに木一本、と言おうか灌木一本とてなき、焼けつくような敷地の中央に張られ、その下に軍楽隊が陣取り、参列者は周囲に並ぶ。楽隊が演奏を始めると、参列者はグルグル歩き出し、楽隊が疲れると、笛吹きが目先を変えるに、笛を吹き、さらば参列者はまたもやグルグル歩き始める。笛吹きが疲れると、客の内、座席を見つけられる者は腰を下ろし、見つけられぬ者はいっそ来なければ好かったとでも言わぬばかりの面《つら》を下げる。哀れ、構内でどこより暑い席に着いている盲学校生は居たたまらぬほど汗だくにして、固よりほとんど興味を覚えること能はず、その心淋しげな、悩みやつれた面《おもて》が傷ましいまでに対照を成す光景を縦列にて後にする段には、実に嬉しそうな笑みを浮かべていた。

街が如何ほど賑わい、活気づき、美しいか審らかにしようとて詮なかろう。立地の素晴らしさや、幾多の歴史的連想と地元の口碑の纏わる公共建造物の威容や絵のように美しい外貌はいつ何時であれ大冊を物す題材となろう。が、今や通りは引きも切らぬ晴れ着姿の他処者や忙しない逗留客でごった返しているとあって、幸運にも目の当たりにしたためしのない者にはほとんど想像もつかぬ興奮と陽気に満ち満ちた様相を呈す。

時間の都合上、後はただ、待ちに待った正餐会のために整えられつつある手筈がかの、自ら命ぜられている精神が余す所なくもたらすはずの成功を収めんことをと祈るに留めよう。

第二稿　グレイ卿を祝すエディンバラ正餐会（一八三四年九月十五日挙行）報道

『モーニング・クロニクル』紙（一八三四年九月十八日付）

正餐会

カールトン・ヒルの高等学校構内に祝祭のために仮設中の会場を完成さすべく最大限の努力が払われ果すと、手筈は全て整えられ、パヴィリオンは昼下がりには早、入場券を有す幸運な人々を迎える用意万端整っていた。混乱を避けるべく、入場者に以下の如く告げる公示が広範に配布されていた。即ち、列席者は午後四時、会場のある構内への入場を許され、それから、各々三十名より成る六十班に分けられる。各班を取り仕切る（数にして六十名の）臨時執事は、優先順位が一同の前で投票にて決定されるや、客と共に正餐の間《ま》へ入って行くことになろうと。白地の入場券は当初、部屋はその数だけの客に正餐を供せようとの推定の下《もと》、千五百枚発行されていた。が、それを上回る数の入場券の申し込みが殺到したため、約四百枚の淡黄色の入場券が、くだんの券の所有者は高校の教室その他でせいぜい正餐を認《したた》め、パヴィリオンへはクロスが取り払われるや直ちに入場を許されるとの条件にて、発行された。*我々は三時に建物へ通され、よって上記の手筈の結果を観察する機に恵まれ、確かに万事、願ってもないほど順調に運ばれた。というのも五時半までにはテーブルは全て（司会者と副司会者に割り当てられたそれらはさておき）何ら混乱を来すことなく満席になったからだ。

広々とした宴の間《ま》の上手《かみて》に、司会者のテーブルが外来者と貴賓のために取り置かれた雛壇に据えられていた。パヴィリオンの反対側の、真向かいに、副司会者のテーブルが据えられ、その背後に、建物の幅一杯に広がるようにして、御婦人専用回廊が設えられ、その片隅が奏楽席になっている。司会者のテーブルから副司会者のそれへと、部屋を縦に走る長テーブルが一般席である。その折のためにロイヤル劇場から借り受けた見事なシャンデリアが天井中央の通風口から吊り下げられ、より小さめのシャンデリアも部屋の四隅に一つずつ下がっている。壁にはハミルトン公爵（スコットランド宮内司法官ラナークシャー州統監）とローズベリー伯爵（熱烈な選挙法改正法案支持者）の大紋章、並びにエディンバラ、グラスゴー両市の紋章が飾られ、見事な仕上げが施されている。天井は仕切り毎に典雅に彩られ、金《きん》を着せた月桂樹の葉の螺旋の葉飾りのあしらわれた深紅の柱に支えられている。部屋は壁と天井を除けば、一面、淡い灰色で、全体の趣きは極めて軽やかにして艶やかである。

正餐は予め、五時ちょうどに始まると告げられていたが、グレイ伯爵を始め主賓が、如何でか、六時少し過ぎまで到着しなかった。彼らの到着に先立ち、いささかの混乱と少なからぬさんざらめきが次なる状況によりて出来した。即ち、最初の班の一つと共に入場していたと思しき殿方がしばらくは冷製ドリと、ロースト・ビーフと、ロブスターと、その他、見るからにおいしそうな（正餐は冷製のそれだったので）馳走の間際で模範的なまでに辛抱強く座っていたものを、どうやら何はさておき、ともかく食い物のある間《ま》に正餐を食っておくに如くはなかろうと思い当たったかのようだった。故に正しく捩り鉢巻きにて馳走に食らいつき、くだんの鑑たるや感染《うつ》り性なだけに、ナイフ・フォークがあちこちでガチャガチャと喧しく揮われ始めた。その途端、腹の空いていない一人ならざる殿方が、頭から湯気を立てぬばかりにして「けしからん！」と声を上げ、腹を空かした一人ならざる殿方も「けしからん！」と声を上げた——その間《ま》もずっと、にもかかわらず、能う限りとっとと馳走を平らげながら。事ここに至りて、執事の一人がベンチに登り、軽犯罪者宛、彼らの振舞いが如何ほど言語道断なことか説きつけるに、何卒、嗜み深さのためだけにせよ、咀嚼の過程をグレイ伯爵の到着まで延ばすよう訴えた。当該声明は大いなる拍手喝采をもって迎えられたが、歯牙にもかけて頂けなかった。是ぞ、恐らくは、正餐なるものが始まらぬとうの先から事実上、締め括られていたとの史上稀に見る事例の一つではあるまいか。

貴賓の到着と共に、ローズベリー伯爵が（その場を司るはずであった）ハミルトン公爵が病気のため欠席した結果、司会者席に着いた。かくて必然的に新たな副司会者を任ず要が生じ、アドヴォケイト卿（スコットランド首席法務官）が代役として選出された。

〔この後、貴賓席の客を列挙する一段落が続く。〕

司会者は一堂に会した客にしばらく正餐の開始を延ばすよう告げた。ヘンリー・グレイ師（エディンバラ聖母マリア独立長老教会牧師）が食前の祈りを捧げるために控えていたが、未だ部屋の外で、余りに場内が込み合っているため、締め出しを食っていた。との状況の下《もと》、司会者は皆にしばし間《ま》を置くよう告げた。一座の内、大半は既に腹を膨らせていたので、一も二もなく仰せに従った。グレイ師が到着し、食前の祈りが捧げられ、ほどなく訪れた正餐の締め括りには食後の祈りが捧げられた。「我らに帰する勿れ《ノン・ノウビス・ドミネ》（『詩篇』一一五：一）」が歌われ果すと、淡黄色入場券にて教室で正餐を認めていた殿方達が会場へ入って来たため、またもやわずかながら遅れが生じた。というのも彼らの便宜を図り、それまで給仕の立っていた場所に急遽、椅子が置かれたからだ。

司会者は執事達に客はもう全員、着席したかと問うた。内数名が否と返し、一人ならざる殿方がくだんの返答にダメを押すに、どこにも腰を下ろす場所がない旨、声高に訴えた。片やグリー合唱曲が指揮されていたので、ロバート・ギルフィラン（詩人（一七九八―一八五〇））作「陽気なイングランドの国王」が歌われた。

会場は今や文字通り立錐の余地もなく、最早、不平の声も聞こえなくなった――

司会者が起立し（国王の健康を祝して）乾杯の音頭を取った。

〔この後に様々なスピーチ、乾杯、グリー合唱曲の報道が続き、それから報道全体は以下の如く締め括られる。〕

グレイ卿と付き添いの高位貴顕はパヴィリオンから立ち去る際、して市内へと向かう間中、熱烈な拍手喝采を浴びた。

客はそれから、祝祭そのものに関しても、祝祭の催された、他に類を見ぬ壮大な規模に関しても、極めて忘れ難き手合いの饗宴に頗る得心の行った風情で会場を後にした。

我々は当該記事を締め括るに及び、大規模な準備の監督という困難な任務を委ねられたジョン・グレイシ殿によって整えられた素晴らしい手筈に讃歎の念を禁じ得ぬ。くだんの殿方には弛まぬ高配の甚大な恩義を蒙った。ここに衷心より謝意を表《ひょう》させて頂く次第である。

第三稿　劇評：J・B・バクストン*作『洗礼式』

『モーニング・クロニクル』紙（一八三四年十月十四日付）

アデルフィ劇場

バクストン氏による一幕物の新たな寸劇は昨夜、当劇場にて上演され、大成功を収めた。主として不慮の状況と愉快な地口《エクイヴォーク》より成る、軽妙な笑劇の筋を審らかにするのはおよそ公平とは言えまい。我々は、故に、出し物の主眼は詰まる所、ホプキンズ・トゥイディー氏（バクストン氏）の第一子の名親になるようまんまと術数に嵌まった、不機嫌な世捨て人グラム（ウィルキンソン氏）の困惑と、舞台の上では間々出来するものの、他の何処にても断じて持ち上がらぬ、子供の取り違えと人々の狼狽が招く某かの過ちより生ず混乱たる旨断るに留めよう。不運な教父を唆し、一切その気もなかった贈り物をさせ、一切念頭になかった譲与を施さす、お節介焼きの忙しない教母役のキーリ夫人の演技は極めて秀逸であった。ウィルキンソン自身演ずグラムも見事な出来映えで、我々はよもや彼がかくも役になりきれる、と言おうか常の流儀とは異なる演技を見せられるとは思いも寄らなかった。バクストンによる、幸せな、セカついた父親の、後《のち》には業を煮やした、焼きモチ焼きの夫の、人物造型は実に素晴らしく、その他の登場人物《ドラマティス・パソーニ》も小気味好く役をこなした。我々は登場人物の内一人、二人には見知り越しの声をかけ、大いに得心した——何を隠そう、我々自身の気の置けぬ古馴染みだけに。我々は実の所、しばらく前に彼らや、昨夜耳にした軽口にはお目にかかっていた『マンスリー・マガジン』誌に掲載された然る「ブルームズベリー洗礼」にて出会ったばかりだ*。当該評言は、ただし、バクストン氏への悪意から発せられたものではない。氏は独自の素晴らしい素材を加え、極めて活きの好い愉快な笑劇を演出し、よって本劇が長期興行に恵まれようことまず間違いない。氏は何分《なにぶん》の沙汰があるまで、異議の声一つ上がらぬまま、割れんばかりの拍手喝采を浴びつつ、自らのじゃり《バントリング》の洗礼式を試みる許しを得た。固より、大衆娯楽の昔ながらにして手練れの賄い方であり、過去何年も彼らの愛顧に訴えて来た如何なる作家にも劣らずその称讃に価しよう。

第四稿　「始まりのない物語*」（ボズによるドイツ語からの翻訳）

『モーニング・クロニクル』紙（一八三四年十二月十八日付）

そして幼子は幸せだった。柔らかな絨緞を踏み締め、美味な馳走を食し、美しい調べに耳を傾け、何一つ気苦労はなく、のん気に暮らしていた。というのも第一の子供時代ではなく、第二の子供時代（即ち、老耄期）に差し掛かっていたからだ。そして陽気に着飾り、さながら霜の置く夕べ、青空で瞬く美しいダイヤモンドの雫のような、キラキラと目映いばかりの星を胸にあしらった人々は幼子に媚を売り、何と賢いお子だと褒めそやした。そして疑うことを知らぬ幼子は——というのも純真そのものだったから——彼らの言葉を鵜呑みにした。さて、幼子には彼を愛でる花壇があり、幼子がその直中を歩くと、花々は明るき真昼、然に愛おしげに纏わりつくものだから、澄んだ息吹きで幼子を煽ぎ、太陽のギラつきを遮ってくれるほどだった。片や晴れた日和には日向ぼっこをし、冷たい風が吹けば小さな暗い物蔭に身を潜める虫ケラや爬虫類は花を憎み、針で刺し、立ち枯らせようとした。ところが花はスクスクと育ち、艶やかに咲き誇り、花が気高い頭《こうべ》をもたげ、次第にいよよ、いよよ明るい色また色を立ち現わすにつれ、虫ケラは怖気を奮い、窖へ這いずり戻った。ところが花が長閑な夏の夜の穏やかな風にそっと寝かしつけられた隙に、虫ケラは幼子に忍び寄り、こっそり耳に潜り込み、毒を垂らして行った。すると幼子はひっきりなしにブンブンと、虫ケラの唸るような悩ましい音が聞こえるものだから、昔ながらの大切な友達、花を忘れ、等閑にした。たいそう美しく咲き乱れていたとある花壇があった。花は依然として明るい、明るい緑に咲き誇ってはいたが、ガックリ項垂れ、見る間に萎《しな》びて行った。若かりし頃、促成され、切り倒され、古い茎に接《つ》がれていた。生まれながらの液は涸れ、見る見る萎《しお》れた。ところが、力無く撓垂《しなだ》れ、幼子にどうか突っ支いをあてがい、せめて今咲いている花だけでも地べたに落ちないようにして欲しいと頼むと、幼子はそれだけますます無理強いして咲かせようとするだけだった。開きかけた蕾は荒らかに引きちぎられ、虫ケラは貪り食い、花から正しく生命《いのち》と液《つ》汁《ゆ》までも吸い取った。幼子はそれを愉快そうに見守っているきりだった。というのも老いた緑の花がいつぞやは自らの額《ひたい》にあしらわれた三重《みえ》の飾り輪の内最も雄々しき端くれたりし日々のことを忘れてしまっていたからだ。外《ほか》の花も皆自分達が蔑ろにされているのを身に染みて感じ、虫ケラに刺されてズキズキ疼いてもいたので、この様子をそっくり、実に苦々しい思いで見守っていた。そして隣の花々が正しく地べたにまで撓垂《しなだ》れ、滋養や耕作が足らぬせいで萎《しな》びつつあるのを目の当たりに、幼子がともかく花びらを掻き集めたことでは憤り、貪婪な虫ケラと花びらを分かち合ったことではたいそう悲しがった。

　さて、幼子には花に仕える庭師がいた。庭師とは蜂——骨身を惜しまぬ働き者の蜂——だった。彼らは花の根っこが雑草によって息の根を止められ、その生育がむっと息詰まるような腐った窖《バロウ》の成れの果てによって阻まれているのに気がついた。窖《バロウ》はたいそう小さかったが、数知れぬクマネズミが住みつき、中にはとある死骸が分解すると、屍《しかばね》を二体、近くの公有地《コモンズ》に吐き出す*摩訶不思議な性質を具えているものもあり、とうとう腐敗は全くもって鼻持ちならなくなった。そこで蜂はせっせと仕事に励み、滔々たる流れを窖《バロウ》に引き込み、雑草を根刮ぎ引き抜いた。ところが虫ケラはいつも雑草や窖《バロウ》に住みついていた。そして隠処から追い立てられた今や、公《コ》有地《モンズ》に辿り着く術《すべ》がなくなったため、幼子の所まで這って行き、わんわん泣きじゃくった。幼子は優しい気立てだったので、一緒になって泣きじゃくった。すると虫ケラはいよよわんわん泣きじゃくり、すると明るい星をつけた大立て者まで泣きじゃくり出し、かくて皆してヌルヌルのクロコダイルみたように泣きじゃくった。* 相変わらずせっせと古い雑草を掘り起こしていた蜂達はてっきりこの泣き声をブンブンという羽音なものと思い込んだ。ところが勘違いだった。というのも幼子はすっかり途方に暮れていたため、ほんの少量の硫黄の手を借り、蜂を巣から追い出し、代わりに虫ケラを入れてやったからだ。花の世話は新たな主人の手に委ねられ、虫ケラはここしばらく打ち萎《しお》れていたものを、やにわに大きく翅《はね》を広げ、蝶さながらヒラヒラ舞い始めた。

　ところが虫ケラは肩透かしを食い、幼子は裏切られた。幼子は辺りを――最初は何気なく、それから注意深く、それからしょんぼり――眺め渡した。そして、いつぞやはそっと揺らぐ頭《こうべ》が自分を愛おしげに迎えてくれていた明るい花が冷たくソッポを向くのを目の当たりにした。太陽は最早、花に微笑みかけてはいないようだった。自分に射すのはひんやりとした蔭でしかない。もう一方の花壇も見る見る痩せ細り、艶やかさは朝日を前に消え失す薄氷さながら溶け去り、花は目の前で枯れて行った。そして白カビと蒸れ腐れが一絡げに立ち枯らすに及び、遙か昔、虫ケラの内一匹が授けてくれたお智恵なり拝借し、花壇を丸ごと一昼夜、静かな流れの下に沈めてやっていれば好かったのにと、悶々と思い悩んだ。幼子はかつては陽気だった花が美しい花びらを閉じ、自分達や幼子のために其を空しく乞うている、今や腰の低くなった虫ケラに唯の一雫の潤いも与えてやろうとしないのを目の当たりにした。花がその昔もって迎えてくれていた晴れやかな笑みを探し求めたが、詮なかった。おお！　なんと胸の痛む思いで幼子の、花が自分の小径に艶やかな花びらをふんだんに撒き散らしていた時を思い起こしたことか。幼子は地べたに身を投げ出し、今や周りで見る間に死に絶えつつある虫ケラを呪った。そしてとうとう、以前の馴染み、花達の情けにすがり、どうかかつての愛着と交誼の思い出に免じ、己《おの》が寄る辺無き孤独を憐れむよう請うた。が花は、本来の庇護者に見捨てられた際、互いに支え合わなければならなかっただけに、幼子の懸命な祈りにも聞く耳持たなかった。そして幼子は今やいくら泣きすがろうと後の祭りと、痛恨の極みかな、思い知らされた。

第五稿　コルチェスターにおけるトーリー党勝利を巡る報道*

『モーニング・クロニクル』紙（一八三五年一月十日付）

コルチェスター
（小社特派員より）

金曜——当市代表当選者の就任式が本日十二時に行なわれた。くだんの刻《とき》の遙か前から、通りという通りは常になく活気に満ち、ザワついた様相を呈していた。駿馬に跨り、トーリー党の——青と白の——旗を掲げた近隣の小地主《ヨーマン》や郷士《ジェントリ》の数知れぬ一団が折々通りをギャロップで駆け抜け、会合場所である「三酒杯亭」の表の通りには黒山のような人集りが出来た。向かいの家屋敷の窓は堅牢な柵で塞がれるか、きっちり閉《た》て切られ、片やバルコニーと屋根は人々で溢れ返っていた。

選挙が始まって以来、激しい党派感情が剥き出しにされ、ホイッグ党立候補者の敗北において自由党は大いなる失望を喫したにもかかわらず、完璧な秩序が保たれ、如何なる激情も露にされなかった。目抜き通りに陣取った少年数名はサー・ヘンリー・スミス*宛シッシと舌打ちしようと目論んだものの、由々しき騒動は騎馬警官五、六名によって雄々しく鎮められた。というのも警官は直ちに現場に駆けつけるや、不運な軽犯罪者共を手当たり次第にブタ箱にぶち込んだからだ。

十二時を回ってほどなく行進が始まった。先頭に立っているのは数知れぬ騎馬警官の部隊で、それから楽隊が、それから「我々は命ある限り、国王と憲法を支持し、守り抜こう」といった手合いの銘の記された一本ならざる旗が続いた——それから英国国旗《ユニオンジャック》と王旗が、それから長い棹の先に掲げられた王冠が、続き、引っくるめれば何やら五月祭《メーデー》を彷彿とさせぬでもなかった。当選者達がそれから四頭の葦毛に曳かれた幌型馬車《バルーシュ》と二頭立て四輪にて続き、二台の後には駅馬車が、駅馬車の後には野次馬が続き、行列は町をグルリと一周し、またもや戻って来た。記憶に新しかろうが、サー・ヘンリー・スミスはカトリック教徒解放法案通過（一八二九年成立）に愛想を尽かし、下院を辞していた。時が経つにつれ、しかしながら、英国立法府にとりては幸いなるかな、くだんの言語道断の措置に纏わる記憶も和らぎ、サー・ヘンリー・スミスは晴れて、選挙法改正法案（三二年通過）という輪をかけた不埒千万の後《のち》ですら、今一度国会への選出報告書を請うに至った。

　公式正餐会が四時に「三酒杯亭」にて催され、立候補者の友人や保守党支持者の臨席がひたすら懇請された。

第六稿　一大コロセウム祭*

『モーニング・クロニクル』紙（一八三五年七月十日付）

　当該素晴らしき大衆娯楽場の大開設祭が昨夜催された。純益はロンドン、ウェストミンスター、チャリング・クロスの病院に寄附されることになっている。幸い、列席者は上述の誉れ高き施設、コロセウム経営者、いずれの願ってもないほどその数あまたに上り、かつ雅やかであった。我々はあちこちの部屋で目に留まる主立った貴族や上流社交人の一覧を用意していたが、一覧が然に瞬く間に膨れ上がり、相応の時間内に本務の結末に達す見込みの然に薄れたがため、くだんの試みを已むなく断念し、かく述べてもって善しとせねばならぬ——全員、列席していたと。当初は、確か、一同はリージエンツ・パークの正門より請じ入れられ、そこより、花の女神《フローラ》の洞《ほら》を抜け、然るべくエレウシスの秘儀*を伝授された後《のち》、舞踏室へと案内されるはずであった。計画は、しかしながら、公園の住人の治安と静穏を、確か、慮って中止され、オールバニー・ストリート（公園東側を南北に走る）に仮の（大広間へ直接通ず）入口が設けられた。準備は固より大がかりな上、馬車の列が延々と続き、かくて建物の隣近所は徒ならぬ興奮に包まれた。向かいの家屋敷のバルコニーには見物人が群がり、数知れぬ人々が道に集まっては、馬車が続々と客を降ろす度、退屈凌ぎの御一興、訪問客にせいぜい「ドンチャンやっとくれ」とハッパをかけたり、小粋にめかし込んだ殿方相手には「そんなに脂身の見得ばかし切らねえで、サバを読むのにちょいと赤身も放り込みなすっちゃ」等々、似たり寄ったりの洒落《ファシーシィ》を飛ばしたりしていた。舞踏は十時に始まり、十一時には部屋も、廊下も、階段も、温室も、峡谷や洞窟も、黒山のような人集りで溢れ返った。入場者の大多数は通例の夜会服に身を包んでいたが、中にはちらほら、仕立てにほとんど空想《ファンシー》が、と言おうか現ナマが、叩《はた》かれていまいと表《ひょう》さざるを得ぬ仮装服《ファンシー・ドレス》も、されど、見受けられた。そのぎごちない、見るからに憂はしげな着手《きて》は如何せん、一座の理性的手合いと引き比べ、見劣りすること夥しくはあったが。楽隊はエジプト風天幕の持ち場に就き、目も綾な装飾と照明の施された「鏡の間《ま》」は主たる遊歩道の役をこなし、夜食は大広間《サルーン》で供された。後はただかく言い添えれば事足りよう——舞踏会は一座の面々に関す限り、世の公の舞踏会と大同小異——その数あまたに上る婿／嫁さん探しのママと、相応にその数あまたに上る寝ぼけ眼のパパと、幾十人とない生娘方と、数にしてはかなり劣る適齢の男性と、軽食室なる餓《かつ》えた後家さんと、片隅でイチャついている娘御と、至る所なる焼きモチ焼きの行かず後家が臨席賜っていたと。

　コロセウムそれ自体に関せば——祝祭全体の取り仕切られた規模や、余す所なく発揮される物惜しみのなさや、至る所で経験される気配りと礼節に関せば——いくら口を極めて褒めそやそうと褒めそやし足りまい。最高の趣味、採算の度外視、来場者の快適への細心の気配りは、今に当該娯楽場の特徴だが、昨夜の催しの際立った様相であった。ありとあらゆる類《たぐい》の軽食が終夜、供され、夜食はガンター*からにせよ、未だかつて目にしたためしのないほど豪勢であった。誰しも見るからに上機嫌で、四方八方、愉悦と賛同の声以外何一つ聞こえなかった。様々な呼び物が渾然一体となって魅惑の光景を織り成していた。よって向後もこよなく魅力的たろうこと論を俟たぬ。

　最後に、祝祭の慈悲深き目的が達成され、上述の施設が甚大な恩恵に与れるよう衷心より祈念したい。昨夜の純益がより善き、と言おうか気高き企図に充てられることはまずあるまい。というのもロンドンに溢れ返った慈善施設の就中、貧しき者や老いた者や病める者がわけても慰めと支えを最も必要とする時に、救済と、平穏と、慰安を事実、与えている如く与える、公立病院ほど広範な領域にわたって慈悲と博愛を施しているものはないからだ。祝祭の寄附はコロセウム経営者に絶大なる面目を施し——翻ってその賜物は一般庶民にも面目を施そう。

第七稿　コロセウム再開*

『モーニング・クロニクル』紙（一八三五年十月十三日付）

これまで二度にわたり、我々は当該大衆娯楽施設の入場者を楽しますべく整えられる様々な手筈に得心の意を表《ひょう》す機に恵まれた。コロセウムは昨晩、冬期再開を果たしたものの、出し物は同程度の称賛に然るべく浴す手合いではなかった。夕べの主たる新機軸は——ビラによらば——「女性客が『銀矢』と、『槍突き環遊戯《ジュ・ドゥ・ラ・バーグ》』*の腕前と、『白鳩とバラの蕾』がらみでの好運をひけらかせるよう手筈の整えられた優美な気散じ」と銘打たれた「魔法の戦車《チャリオト》の疾駆と、撥条仕掛けの孔雀の旋回」であった。さて、魔法の戦車《チャリオト》は無言劇《パントマイム》風の山車にすぎず、撥条仕掛けの孔雀はくだんの山車に曳き具で繋がれ、撥条仕掛けの孔雀と魔法の山車は諸共、一本の溝を走ることにて旋回を御披露賜った。というのも溝は円形大広間《ロトンダ》を一巡りし、溝伝《づて》御両人は裏方と絡繰によりて駆けらされていたからだ。山車には一時《いちどき》に御婦人が二人乗れ、誰よりどっさり花輪を、と言おうかバラの蕾を、と言おうかともかくその手の代物を、叩《はた》き落とした好運な佳人がこの一週間、友人一名と共に無料で入場出来ることになっていた。山車は絵に画いたようなポシャであった。まずもって御婦人方がいっかな乗って下さらず、晴れて乗って下されたら下されたで、山車がいっかな進もうとせず、とうとう御両人が仲良く御神輿を上げるや、観客が口を揃えてからきし「イタダけぬ」旨野次を飛ばした。御婦人方がかくて御当人と他の誰も彼もを愉快がらせ果すと、今度は殿方が「戦闘棒馬《ウォー・ホビー》」――とは即ち、『四つ脚獣《クォドルーペッド》』におけるジョン・リーヴ*よろしく、四つ脚の代わりにペチコートを纏った（さらば黒衣《くろご》の男共は正しく馬脚を現わしていたが）超弩級の擬いの馬――にて御当人の腕前をひけらかす機を与えられた。これもまた馬鹿馬鹿しいほど子供っぽく――唯一、味わえるおかしみと言えばイェイツ（前稿注（一〇）参照）その人によって何やら愉快げにしてすこぶる上機嫌にこなされる腕試しの手綱捌きくらいのものであった。『ラファエルの夢』におけるデュクロウの演技は十八番の至芸部門においてわけても卓越した見事な伎倆と趣味を余す所なく披露した。が如何せん、長すぎた。ラファエルは未だかつて舞台に登場したためしのないほど退屈千万な男で、前口上は陰気臭いことこの上もない。その他の出し物はアストリーの常連には早お馴染みで、何ら目新しいものは上演されなかった。円形大広間《ロトンダ》は美しく改装され、続きの間《ま》も底冷えのする上階の部屋をさておけば、暖房が程好く利いている。叶ふことなら施設の目下の呼び物を称えてもっと何か審らかにするものを。が生憎、叶はぬ。して、進取の気象の経営者によって今一度蒙られた労苦と出費を考慮すればいよよ悔やまれる。初日の晩の難点や瑕疵が解消されれば、労は報われるやもしれぬ。もしや解消されれば、晴れてその旨報道しよう。が目下の所はせいぜい良心に鑑み、真実を伝えてもって善しとせねばなるまい。

第八稿　劇評：J・B・バクストン作
『海上の夢』

『モーニング・クロニクル』紙（一八三五年十一月二十四日付）

アデルフィ劇場

バクストン氏（第三稿注（五）参照）による新作ドラマ『海上の夢』が昨夜、当館で上演された。ビラによると「事実に基づく」と触れ込まれている。仮に然たらば、真実は蓋し、小説より奇なり。新作の典拠である「事実」とは、その要約を請け負える限りにおいて、以下の如し――幕が開くと、リチャード・ペンドレル（ヘミング）は従妹アン・トレヴァニオン（ダリー嬢）と祝言を挙げるために船で渡ったコーンウォール岸で難破している。アンは、さすが劇中の真の女主人公《ヒロイン》ならでは、既に別の男性ローンス・リンウッド（ヴァイニング）と恋仲にある。コーンウォールの地の果て《ランズ・エンド》（イングランド南西端岬）は難船略奪者の巣窟にして、その首領の一人がブラック・ラルフ（O・スミス）である。ブラック・ラルフと一味は今しも、疲労困憊の余りほとんど抵抗すること能はぬ不幸なリチャードから金品を奪い、殺害しようとしている所だ。が恰も好し、恋敵の介入によって救われる。というのも恋敵はリチャードを予め水底《みなそこ》の墓より救い出し果すと、彼の身上たる宝石と金《きん》の納められた高価な小箱を難船略奪者の強欲な手の届かぬ所へ隠し、彼を掠り傷一つ負わぬまま許嫁の棲処へと送り届けるからだ。財宝は、しかしながら、ブラック・ラルフの汲々たる炯眼を免れてはいなかった。苦悩に駆られ、腹を空かせた我が子らの餓《かつ》えた泣き声を耳に捨て鉢になり、彼は惨めな荒屋に座ったなり、キラびやかな宝石箱を手に入れる何か上手い手はないかと空しく智恵を絞っている。するといきなりローンス・リンウッドが現われ、立ち枯れた希望と失われた幸せしか纏わらぬ地をこれきり後にするつもりだと胸の内を明かし、手持ちの衣服は実に乏しく、船旅にはそぐわぬので、自分のマントと帽子をたまたま、まだしも傷んでいないブラック・ラルフのそれらと交換してくれないかと持ちかける。ラルフは魔訶不思議なキリスト教的慈愛と親切心を発揮し、願いを聞き入れる――というのもローンスはわずか三十分ほど前に彼の腕を刺したばかりだからだ――かくてローンスに成り済まし、結婚式が執り行なわれている間《かん》納戸に身を潜め、隠処から宝石箱の在処を突き止めると、正しく花嫁が引き下がるか下がらぬか、閨へ宝を奪うべく駆け込む。アン・トレヴァニオンは元の恋人の名を発し、叫び声が轟き渡ったため、屋敷は騒然となる。窮地に追い込まれ、前後の見境もなくなったラルフはアンを床に突き倒し、財宝を手に入れると、窓から逃げ出す。混乱の光景と手に汗握る劇的場面《タブロー》が繰り広げられつつ幕は降りる。第二幕が始まると同時に、我々はアンがラルフから受けた傷によって亡くなったと、して殺害の罪は異口同音にローンスに帰せられていると報される。ローンスは、しかしながら、不意にラルフの前に姿を見せ、こうして突然舞い戻ったのは三度《みたび》自分に取り憑き、陸《おか》であれ沖《おき》であれ枕許に立ち現われる悪夢のせいだと告げる。つまり、アン・トレヴァニオンは亡くなり、何か謎めいた媒介がおよそ抗い難い衝動で、つい最近後にした地に戻るよう急き立てるという。ラルフは彼の幻影は現実のものとなった由告げる。ローンスは恐らく、依然として同上の媒介の影響の下《もと》——なるほど、極めて謎めいたそれではあるが——縡切れし骸《むくろ》を一家の地下納骨所よりとある孤独な荒屋へと掻っさらい、そこにて骸《むくろ》と共に閉じ込もるや、部屋の割れ目を丹念に調べた後《のち》、木炭の炉を焚き、パリス流儀で息絶える（『ロミオとジュリエット』V、3）べく横たわる。さて、事ここに至りて、出し物の主たる「事実」が出来する。若き御婦人は実は死んでいなかった。してローンスの至極当然の如く胆を潰すに、突如目を覚まし、どこからどこまでジュリエットを地で行く。ローンスは正体を見破られ、追手を立てられている。彼が恋人を仄暗い物蔭へ辛うじて隠し果すか果さぬか、追手が隠処に突入する。ローンスは直ちにアン殺しの咎め立てを受けるが、いたく賢明にも、咎め立ての非を十全と申し立てる最善の方法はアンその人を皆の前に連れ出すことなりと考え——隠処を限無く調べるよう要求する。隠処を限無く調べてみれば、ところが、アンの影も形もない。彼女はちょっとした劇的「隠れん坊」の末、ラルフによって拉せられ——如何でか、は神のみぞ知る——ペンディーン・ヴォー、即ち「お化け洞《ほら》」に連れて行かれ、そこにてまたもや追手から逃れ果していた律儀なローンスは彼女を見つけ、そこにて追手はほどなく彼を見つける。ラルフは片や、岩から落ち、致命傷を負っていたこともあり、一件への関与を告白し、感傷的通俗劇風《メロードラマティック》に息絶える。トレヴァニオン氏（ギャルコット）はトレヴァニオン嬢がローンスのお蔭で蘇ったと知るや、甥の小トレヴァニオンに妻を命の恩人に譲る妥当性を説く。当該ささやかな家族的執り成しに、トレヴァニオン二世は極めて鷹揚にして紳士的物腰で応じ、彼らは何ら教会裁判所の仲裁、或いはともかくその手の退屈千万な至極ありきたりの手続き抜きで、*大団円を迎える。とある脇筋が、教区民生委員兼収税吏アリー・クローカー（ウィルキンソン）の突飛な振舞いと――当該役人はひっきりなし登場人物《ドラマティス・パソーニ》に「二季分の救貧税」をせっついては、四六時中、世智辛い御時世を憂いているが――村のマフィン売りトム・ティンクル（バクストン）の呼び売りと恋人ビディ・ナッツ（ニズベット夫人*）から展開する。この脇筋にはただし、ほとんど目新しい所がない。教区民生委員はお定まりの回数だけ張り倒される。ティンクル氏は祖父から遺産として牝牛革のチョッキを譲り受ける――初っ端は肩透かしを食うものの、追って大喜びすることに。というのも蓋を開てみれば、牝牛革のチョッキは紙幣でびっしり裏打ちされ、かくて手に入れた身上のお蔭で晴れてビディ・ナッツと結ばれるからだ。

以上が、新作のあらましである。仮に筋は尤もらしいと言えば、我々の上機嫌は我々の常識を上回ることになろう。仮に劇作家による筋立ての処理は拙いと評せば、彼を正当に評価することにはなるまい。が仮に最新作は如何なる点においても『難船坐礁』や『ヴィクトリーン』やその他、氏の令名を然に轟かすに至った幾多の劇のいずれにも匹敵すると付言すれば、遙かに大きな不当を働くことになろう。幕が下りるや、バクストン氏は大歓声のカーテン・コールを受け、万雷の拍手を浴びつつ、新作は何分の沙汰のあるまで毎夕再演されよう由約した。

書割りは美しく、出し物の「上場《じょうじょう》」全体は素晴らしかったと言えば、後はただ演技について触れれば事足りよう。ヴァイニングがその大半を担い、しかも見事にやってのけた。彼の場面の大半には溢れんばかりの感情と迫力が漲り、遙かに大きな自負を有す幾多の役者にも計り知れぬ面目を施していたろう――終始、非の打ち所のない演技であった。O・スミスの衣装は目を瞠るばかりで、本領が遺憾なく発揮されていた――とはいつ何時であれ、およそ軽々ならざる賛辞たるに。マフィン売りのバクストンは相変わらず珍妙にして滑稽で、さながらレイング氏のような智恵者はこの世に存さず、如何なるハットン・ガーデン法も記録に留められていないかの如くすこぶる陽気にチリンチリン鈴《りん》を鳴らした。ニズベット夫人*は活きのいい役をあてがわれ、存分、演じきり、他の登場人物《ドラマティス・パソーニ》も全力を尽くした。ブラウン、キング、ギブソン三氏によるコーンウォール木靴ダンスも舞われ、天井桟敷は盛んに「アンコール」の声を上げた――有らずもがなの。というのも観客は三人《みたり》が当館にて新作物の上演される度、同じステップを踏む所にお目にかかり、同上にここ数シーズンお目にかかっているからだ（「人生の無言劇《パントマイム》」（『ボズの素描滑稽篇他』所収）参照）。

　バクストン氏の劇はこれまでも当館に満員の観客を惹き寄せ、演劇通全般を堪能させて来た。如何なる出し物であれ氏による作品の上演のような従来の体制への回帰に際会するとは同慶の至りだが、惜しむらくは状況が悉く非現実的ではなく、出来事も余りに馬鹿げていない、氏本来の家庭的流儀における形での回帰に際会できればなお同慶の至りであろう。

第九稿　ハットフィールド・ハウス火災に関す報道*

『モーニング・クロニクル』紙（一八三五年十二月二日付）

ハットフィールド・ハウス大惨事
（小社記者より）

ハットフィールド、火曜夕刻――先日この豪邸のかなりの部分が焼失することとなった火災の犠牲者である侯爵未亡人の遺体は未だ発見されていない。人足が終日、焼け跡で懸命に発掘作業を続け、大量の瓦礫を撤去しているが、依然搬出せねばならぬ残骸が相当量残っているため、早くとも明朝までに作業が完了することはまず望めまい。

　記者は今朝、焼け跡を取材する機を得た。現場からは今なお煙が立ち昇り、邸宅の西側の翼全体は（火の手に巻かれたのは幸い、この翼部に限られていたが）破壊と荒廃の憂はしき様相を呈している。火炎は四十五室もに上る部屋に広がり、内多くは豪華な家具の設えられ、古色蒼然たる精巧なオークの彫り物や、大理石の炉造りや、ありとあらゆる手合いの壮麗な装飾のあしらわれた聳やかな、気品溢れる部屋だ。火の手の猛威が絶頂に達した際、美しい、古びた礼拝堂と邸宅の南正門に通ず一枚ならざる扉は全て閉《た》て切られ、偏に当該予防措置と、各所の消防用ポンプの聡明な操作と、現場の消防士その他の人々の弛まざる奮闘とが相俟って、邸宅の残りの箇所は焼失を免れた。上記の予防措置が講ぜられてすら、くだんの箇所が火の手に巻かれずに済んだとは、ほとんど奇跡的である。巨大なオークの梁が四方八方、地面に散らばっている——炎の猛威でほとんど原形を留めぬほど焼け爛れ、黒焦げになったなり。煉瓦細工や石の山が、鉄の棒と溶けた鉛の巨塊と一緒くたになっているせいで、焼け跡に近づくのは至難の業。頭上でグラついている聳やかな壁また壁は、さながら風がそよとでも吹けば、地べたに崩れ落ち、人足を周囲の荒廃に巻き込みかねぬ勢いだ。わけても廃墟の一、二箇所は恐るべき様相を呈している。というのも堅牢な鉄の大梁が最も危険な部分に巧みに括りつけられてはいるものの、かなりの箇所は、正しく建物の構造と、目下の状態ではたとい人足を狩り出そうとてほとんど詮なかろうため、必然的に全く手つかずのまま放置されているだからだ。

恐らく、悲運の侯爵未亡人は焼け死んだというよりむしろ、火災の極めて早い段階で濛々たる煙のために塞息死したと思われる。扉が開け放たれ、名前が呼ばれた際——その時には既にともかく部屋の中に入ろうと試みれば必ずや何者か巻き添えを食っていたろうが——侯爵未亡人は一切返答しなかった。して特筆すべきことに、出火時、未亡人の化粧室にいた愛犬はその機に乗じて逃げ出そうとはしなかった。即ち、いきなり扉を開け放ったせいで炎が猛然と吹き出したものの、それまでに早、化粧室にも寝室にも濛々たる煙が立ち籠めていたために塞死はほぼ即時に出来し、高齢の未亡人はかくて焼死の恐るべき苦しみを免れたものと思われる。母親の身に迫る危険を察知するに及んでの現ソールズベリー侯爵の悲嘆と恐怖は極限に達し、侯爵は狂ったように母親の名を呼び求めながら階段を駆け昇るや、寝室の扉を開け放ち、定めて母親を救い出そうとする上で命を落としていたに違いない。もしやいずれも腕っぷしの強い徒僕が二人がかりで無理矢理、引き留めてでもいなければ。彼らは侯爵を力尽くで戸口から引き離し、炎の熱が昂じて已むなく離れざるを得なくなるまで扉に背を押し当てて立ちはだかった。が、如何ほど我が身の安全は顧みまいと、やんごとなき侯爵の平静と精力は延焼を阻むに大きく貢献した。侯爵は現場に何時間も踏み留まり、消防士の作業を監督するのみならず、然る折には手づから消防用ポンプを操作すらした。

如何に炎が猛威を揮い、瞬く間に広がったか、は館の構造と、万が一火の手が屋敷の一部へ及んだ際には建物全体にまで広まらぬよう講じられている措置からして幾許か推し量られよう。屋根裏部屋と下男部屋の床は三インチの厚さの床材で覆われ、表面にはぶ厚い化粧タイルが敷き詰められていた。それらが、他の燃え殻諸共、辺り一面山と積まれているが、余りに熱いために、ほとんど手で触れられぬほどだ。記者が現場に到着した時には依然、焼け跡は燻り、芝生の上に焼け出された夥しき家財には、風に煽られて再び発火せぬよう幾杯ものバケツの水がかけられていた。礼拝堂の屋根は焼け落ち、よって堂内は少なからず損傷を受けている。その程度からして、修復には新たな礼拝堂を建設するに劣らぬ経費がかかるものと予測される。火の手は、書庫と全焼した部屋とを仕切る壁の一部にわずかな亀裂を入れはしたものの、書庫そのものには及ばなかった。稀覯本や稿本は、幸い、焼失を免れた。とは言え、かようの惨事にあっては当然の如く、動揺と混乱の最中《さなか》、様々な書架の扉が蝶番から捩《ね》じ取られ、部屋中に散乱している。

侯爵邸は恐らく、現存するエリザベス朝様式の最も美しい名残と言えよう。わけても南正面は想像し得る限り、当時の画趣に富む建築のこよなく艶やかな典型である。主要な続きの間《ま》は威厳に満ち、君主の邸宅にこそ相応しい。歩廊、長い回廊、宴の間《ま》、玄関広間はいずれも壮麗を極め、目下は常日頃帯び、幾歳《いくとせ》となく纏って来たそれとは大いに異なる様相を呈してはいるものの、かと言って、それだけ興趣が失せる訳ではない。それらに漲る混乱と無秩序は——焼失から守るべく高価な家具調度の慌ただしく山積みにされた様は——贅を尽くした寝椅子とソファー、豪華な姿見、背もたれの高いダマスク張りの古めかしい椅子、神さびた奇抜な飾りダンスは、トルコ絨緞、水晶の飾り物、絵画、甲冑、その他数知れぬ異質な代物共々——古めかしい重厚な炉造りやオークの鏡板と奇しき対照を成す。というのも後者は幾世紀にもわたり同じ様相を呈し、今や巨大な廃墟と化した豪壮建築がわずか数日前には挑んでいたにつゆ劣らず誇らかに時の猛威に挑んでいるやに映るからだ。

第十稿　ノーサンプトンシャー選挙報道

『モーニング・クロニクル』紙（一八三五年十二月十六、十九日付）

ノーサンプトンシャー選挙*

（速報）

（小社記者より）

十二月十五日火曜日、ケタリング（ノーサンプトンシャー工業都市）にて――本日は国会議員補欠選挙指名日とあって、町は早朝より常ならざる活気と賑わいの相を呈した。楽隊が通りから通りを練り歩き、然るべき銘の記された様々な旗が掲げられ、両候補者の友人が引きも切らず町内へと雪崩れ込んだ。市場会館《マーケット・ホール》には政見発表演壇が築かれ、正面にはかなり広々とした空き地があり、そこへと群衆は早くも九時には集まり始めた。十時が所定の時刻だが、定刻にならぬとうの先から投票用紙記入所の前には黒山のような人集りが出来ていた。人集りは主としてハンベリー氏の友人並びに支持者で、皆徒《かち》だった。彼らの間では一点の非の打ち所もなき秩序と上機嫌が保たれ、定めて保たれ続けていたろう――もしや記者が未だかつて目の当たりにしたためしのないほど言語道断の手合いの蹂躙が出来してでもいなければ。州長官は到着していないながら、両候補者の友人が演壇の持ち場に就き果すと、マンセル派陣営の騎馬の大集団が棍棒や鉛を込めた乗馬或いは狩猟用鞭を手に、乗り入れ、投票場まで襲歩《ギャロップ》で飛ばし、群衆にまともに突撃をかけるに、異議申し立ての声が上がるのも何のその、演壇へと突き進み、行く手に立ちはだかる何もかもを薙ぎ倒した。その傍若無人の振舞いたるや如何ほど無法な残虐と獣的な粗暴を極めていたか、は言語に絶す。この卑劣で卑怯な手続きは一から十まで予め仕組まれていた。記者は昨夜謀《はかりごと》の噂を耳にしていたが、よもや事実、目論まれているとは信じられなかった。

　騎馬団の首領はバイソンのジョン・ジョージと名乗る牧師で、男は前後の見境もなく無防備の人々の直中へ、人命も四肢もあったものかは、馬で突撃をかけ、四方八方、太手のトネリコの杖で打って打って打ちまくった。かくて惹き起こされた混乱と騒動は尋常ならず、騒乱が絶頂に達すや、して未だ揉み革党《バフ・パーティ》*から唯一の飛び道具も投ぜられぬ間《ま》に、このジョージという男は上着のポケットから拳銃を抜きざま、群衆のとある人物に狙いを定めた。がすんでに男自身の党派の何者かに手を取り抑えられ、さらば立ち所に「奴をつかまえろ！」「奴をしょっぴけ！」「お巡り何をしている！」との声が上がった。騎馬の男達が、しかしながら、男をひしと取り囲み、群衆の当然の義憤を遮った。幾多の警官とハンベリー氏の旗手が一気に男の馬の頭絡を引っつかむべく駆け出し、何者かが恐らく、木切れを投げつけ、それが男の鼻に命中し、わずかながら出血した。男は泡を吹かぬばかりに激昂し、またもや拳銃を取り出すと、狙いを定め、撃鉄《うちがね》を起こし、次の瞬間には定めて、殺人を犯していたろう。もしや騎馬の仲間二人に力尽くで腕を捕まえ、捻じ伏せられてでもいなければ。二人は男を羽交い締めにし、男は終始抗ったが、終に州長官が到着し、群衆や演壇の殿方の憤りも極限に達したため、已むなくおとなしくなった。特記に値しようが、保守派の弁士は誰一人としてこの不埒な所業にいささかも触れねば、何ら遺憾の念を表明しなかった。記者は演壇にてマンセル氏自身が抗議を受けるのを耳にした。氏の返答は相手（揉み革《バフ》）党がまずもってその場を占拠していたというものであり、外《ほか》にも何か言い添えていたが、生憎聞き取れなかった。

〔この後《あと》、マンセルのための指名演説と彼自身による受諾演説、ハンベリーのための指名演説と彼自身による受諾演説の描写が続く。州長官は挙手を申し立て、数はほぼ互角に見えたが、ハンベリー優位を宣した。トーリー党員は投票を要求し、投票日が次の金曜と定められた。

十七日付の『クロニクル』紙にも恐らくはディケンズによると思われるケタリング発の続報が掲載され、トーリー党員サー・ジョージ・ロビンソンとホイッグ党国会議員ヴァーノン・スミスの演説の転写が添えられている。二日間にわたる投票日の初日、彼は以下の報告を自社へ送り、十二月十九日付『クロニクル』紙に掲載される。〕

（速報）

ケタリング、金曜夜七時——自由党は誠に遺憾ながら、本日敗北を喫し、明日如何ほど全力を尽くそうと、形勢は変わるまい。トーリー党によりては如何なる手管も用いられぬことなく、如何なる縁故も利かされぬことなく、如何なる詭弁も弄せられぬことなかった。かくてマンセル氏は晴れて、我らが連合王国中またとないほど無知で、野蛮で、酩酊した有権者によって最高得票者の座に据えられた。というのも彼らは終日《ひねもす》馳走をたらふく食い上げさせられてはガラガラ、馬車で投票場へと運ばれたからだ——豚の群れまた群れよろしく。

〔報道の残りは主に「彼自身の党の耳を聾さぬばかりの喚き声と、反対党の野次にほとんど掻き消された散漫な所信」としか表《ひょう》しようのないマンセルの勝利演説の転写と、翌日の選挙次第で得票差は縮まるかもしれないとの（実際は広がるばかりであったが）いささか口惜しそうな評釈より成る。〕

第十一稿　劇評：フレデリック・ローレンス『ピエール・ベルトラン』

『イグザミナー』誌*（一八三七年十二月十七日付）

ヘイマーケット劇場*

木曜晩（ビラにては然るフレデリック・ローレンスという劇作家の作品と謳われる）創作家庭劇が当館にて上演され、芝居ビラ用語で言えば「捧腹絶倒」をもって迎えられた——とは即ち、仮に出し物が滑稽たるよう意図されていたなら作者の意に実にしっくり適っていたろうが、（意図は明らかに劇が極めて感動的たることにあったから）氏の胸中、全く逆の手合いの感情を——もしやかようの代物を持ち併せているとすらば、とは怪しい限りだが——喚び覚まさずばおかぬ反応を受けた。

登場人物《ドラマティス・パソーニ》は、教区のために石を砕くことにて得られるささやかながら廉直な収入で且々暮らしを立てている気のいいフランス人ピエール・ベルトラン（レインジャー氏）と、友人アルベール（ハチングス氏）と、誰しもの馴染みレーシー大佐（ストリックランド氏）と、誰しもの敵にして教区民生委員のハードハート（レイ氏）と、地主のリチャーズ（ワーレル氏）と、下男のトラスティ（T・F・マシューズ氏）と、今や二十八年間喪に服している花嫁マダム・クレメント（グローバー夫人）と、私生活の俗謡歌いアグネス・レーシー（ウェイレット夫人）の面々である。

　筋は至って単純だ。ピエールはデタラメな英語を話し、泥だらけのズボンで歩き回り、リンネル類は一切身につけていない。してフラノのチョッキに事欠くばっかりに、肌身離さず、生き別れの母親の肖像画を胸に提げている。というのも母親は息子を個人教師《チューター》に預け、個人教師《チューター》は彼に素姓を教えず、手に負えなくなるや、後は勝手に自分の世話は自分で焼けよばかりほったらかしにしたからだ。波瀾万丈の人生のこの期に及び、弟子は色恋沙汰と博奕に血道を上げ、素寒貧同然になるや若き御婦人を見捨て、やたら感傷に耽っては石を砕きにかかる。はむ。奴は全くもってめっぽう懐が寂しくなり、とこうする内、家主が間代を取り立てに来る。して奴が払えないと見るや、何故《なにゆえ》フラジョレット（歌口が嘴状の縦笛）ごと表へ出て（というのも奴は全当事者がコロリと失念しているそいつを持っているから）、上つ方の窓の下で演奏せぬのかと焚きつける。さらばこのピエールという男は雀躍りせぬばかりに有頂天になるや、フラジョレットごと表へ飛び出し、あちこちの通りでピーヒャラやり、あっという間に立ち退き代とし、半ペンスで一シリング分頂戴する。して今にも立ち去りかけていると、召使いが屋敷から出て来るなり、どうか中へ入って、女主《ミシス》に会って頂けないか、というのも女主《ミシス》は流離い人《びと》が、わけてもフランス生まれの流離い人《びと》が、大のお気に入りでらっしゃるものでと言い、是非ともお付き合いをと拝み入る。奴は、よって、中へ入り、湿気たハンカチを握り締めた、ずんぐりむっくりの初老の御婦人に引き合わされる。御婦人はまずはワインを勧め、それから身の上話を聞かせて欲しいと言う。そこで奴は身の上話を始める。が見る見る、ずんぐりむっくりの御婦人は度を失い、名は何というと尋ねる。奴が名を告げると、御婦人は金切り声を上げ、細密画を差し出しながら、これはお前の父親だと言う。すると今度は奴が叫び声を上げ、細密画を差し出しながら、これは自分の母親だと言う。すると御婦人は「それは私だよ」と言い、息子は「おうっ！」と言い、母親は「息子よ！」と言い、息子は「母さん！」と言い、二人は今にもひしと抱き締め合おうとする。が、いきなり通りで物音が聞こえ、その途端二人は気取ったポーズを決め、一体何事かとばかりひたと――得体の知れぬ物音が聞こえた際の役者のいつもの伝で――舞台天井に目を凝らす。さて、この物音はほんの歌の一《ひと》節《ふし》に外ならず、歌っているのは老婦人がたいそう気に入っている若き御婦人である。というのも、しょんぼりしていると、彼女の哀しい歌に慰められるからだ。若き御婦人はコンコンとノックをすると、扉が開けられるまで能う限り大きな声で歌うことにて時を紛らす。して扉が開けられると、どこからどこまで愛らしくも知らぬが仏で入って来る。が、大きな金切り声を上げる。というのもフラジョレット吹きは何を隠そう、長らく行方知れずだった恋人だからだ。するとずんぐりむっくりの御婦人はつと、シャンデリアが吊る下がっていると思しき辺りを見上げ、御当人の手をひしと握り締め、お次に恋人同士の手をギュッと握らせる。それから皆は椅子に腰を下ろし、ずんぐりむっくりの御婦人は、不幸にも息子と離れ離れにならなければならなかったのは、さなくば夫が独り身の男性にしか叶わぬ宮中の職に就けなかったろうからだと説明する。すると息子はとことん得心しているので、どうかその話はしないでくれと返す。手紙が一通、恰も好し、舞い込み、てっきり死んだと思われていた御老体が（何故《なにゆえ》か、はてっきり思い込んでいた御当人方がいっとうよく御存じだろうが）実はこの世で、一身上こさえたので、お次の駅伝馬車で我が家へ戻って来るという。その途端、明らかにキ印の、ブルーのフロックコートに身を包んだ別の御老体が、謂れもなく取り乱したなりアタフタ駆け込み、これきり足を止めもせぬまま舞台の脚光《フットライト》の所まで行くや、そいつは徳義と情愛に対す報いだと宣い、お辞儀もろとも駆け戻る所で幕が下りる。

未だかつて観客の分別に加えられた侮辱という侮辱の内、かほどに大きな侮辱もまたあるまい。

かくも見下げ果てた拙劣な駄作の上演はウェブスター氏*の名折れにして、自分達に割り振られたお涙頂戴の戯言《たわこと》を口にせねばならぬ芸達者の男優女優の矜恃への甚だしき蹂躙に外ならぬ。「名前とは何だ（『ロミオとジュリエット』II、2）?」とフレデリック・ローレンス氏は腹立たしげに宣ふ。「全てではないか。名前なくしては何一つ成し得まい」我々はともかく、其によりては金輪際何一つ成されまい名を存じ上げ、これぞフレデリック・ローレンスという名なり。

我々はすんでにレインジャー氏に言及するのを失念する所であった。氏には是非とも何かより然るべき役所にてお目にかかりたいものだ。氏は明らかに優れた知性の持ち主で、さりげなく、紳士的で、見るからに舞台馴れしている。して上品な喜劇に求められる全ての必須条件を具えていると思われるだけに、目下の所は誰一人扮す者に恵まれぬ幾多の登場人物の有能にして適格の役者たる所にいずれ見《まみ》えよう。

第十二稿　書評：「ロックハート著『サー・ウォルター・スコット准男爵の生涯』におけるバランタイン両氏に関す誤謬と誹謗に対す論駁——故ジェイムズ・バランタイン氏受託者・息子共著」

『イグザミナー』誌（一八三八年九月二日付）

本小論説*は——共著者にとっては極めて、と思わざるを得ぬ訳だが、幸甚にも——批評の舌鋒を殺ぐ、とまでは行かずとも、少なくとも鈍らすであろう状況の下《もと》出版された。出版を狩り立てている感情は、一般庶民が概ね共感を覚えるに違いなきそれだ。何故なら今は亡き友人にして縁者の人格を擁護したいとのあっぱれ至極にして当然の願望だからだ。

当該著作に、しかしながら全く当てはまらぬでもなき、善意と御逸品に敷き詰められた場所に纏わる古くからの俚諺*がある。共著者が己《おの》が意図と、弁えのある人々に崇敬の念を抱かす最も手堅き方法を見失い、かくて「論駁」を荒らかな精神で着想し、忌まわしくも下卑た文言で物していることは全ての読者にとって火を見るより明らかだ。「論駁」の物腰も内容もおよそ意図されている目的に資するとは思われぬ。たとい如何ほどロックハート氏を前後の見境もなく、虚仮威しめいた文言で痛罵し、絶えず同氏に意図的欺瞞もしくは真実の隠蔽の罪を着せようと試みたとてほとんど氏の伝記の信憑性に異議を申し立てることにならぬのは、恰もたとい如何ほど「信託勘定」から説明抜きの、互いに関連性のない項目を二、三引き合いに出したとてバランタイン商会のかくも繁く口の端に掛けられ、かくも紛糾した共同経営業務に何ら明瞭な、或いは得心の行く光を当てることにならぬが如し。

本小論説の内容に移る前に、まずもってその物腰に対す評者の異議を審らかにさせて頂きたい。正しく冒頭にて、わずかながら極めて感銘深い——スコットの臨終の——言葉を題《モッ》辞《トー》として選ぶことには何か甚だしく不快で悍しい所がある——

『ロックハート』とサー・ウォルター・スコットは娘婿が臨終の床に呼ばれると言った。『そろそろ訣れの刻《とき》が来た。いいかね、どうか心清らかな男で——徳高く——敬虔な——心清らかな男であってくれ。さなくば君自身、ここに臥すことになった際、何ら慰めは得られまい』」

これは極めて厳粛な場面の感動的な一齣である。スコットの臨終の言葉はより神聖に扱われこそすれ、個人的論争の題《モッ》辞《トー》に用いられるべきではない。何故なら第一頁にて、如何に論駁者達はロックハート氏が徳高くも、敬虔でも、心清らかでもないことを明らかにする気でかかっているか野卑な言い分が申し立てられ、空威張りがひけらかされるかもしれぬからだ。かくの如きは品性に欠ける恥ずべき所業であり、わけても故ジェイムズ・バランタイン氏の受託者並びに子息は、存命の誰より、然なる手段に訴えぬ弁えを具えていても好かったろうに。

小論説に終始一貫する文体のさらなる適例として、例えば、絶えず用いられる「逆しまな中傷」——「誤説と誹謗」——「名誉毀損の誤述」——「辛辣な人身攻撃」——「堕落した趣味への阿り」——「酷く、馬鹿げた歪曲」——「下卑た機智と猥りがわしい誇張」——「醜聞めいた侮辱」——「名誉毀損の全き戯画」——のような文言や、その他幾多の同様の口汚い表現を挙げておきたい。これらはほぼ全頁にわたり夥しく散見されよう。

内容は、固より雑然としているだけに要約するのはおよそ容易い仕事どころではない。が、恐らく二項目に大別されよう。まず第一に、ロックハート氏は故意に、して予謀の殺意をもって、サー・ウォルター・スコットの伝記において、ありとあらゆる機に乗じ、バランタイン両氏の人格を穢《けが》し、両氏を野卑な嘲笑と軽口の対象にしようとしたという点。第二に、氏は印刷会社の決算報告書の（一部意図的な、一部無知故の）贋造により、読者の軽信に付け込むに、彼らをしてスコットの財政上の難儀はある程度バランタイン両氏との取引き関係に惹き起こされたものであり、偏にして悉くスコットのアボッツフォード・ハウス*改築熱、地所狂い、古書・古甲冑好事《こうず》、並びにこの上もなく甚だしくも尋常ならざる浪費癖による訳ではないと鵜呑みにさせようとしたという点。

まず第一の訴因——バランタイン両氏を嘲笑の対象にしようとしたとのそれ——に関し、評者としては、如何なる遺族の感情をも傷つける気は毛頭ないながら、バランタイン両氏は終始、彼ら自身の立場を少なからず誤解していたようだと言わねばならぬ。ジェイムズ・バランタイン氏は元を正せばケルソという小さな町*で仕事を営む、人品卑しからざる小商人《こあきんど》だが、サー・ウォルター・スコットの招きに応じ、二つ返事でエディンバラへ引っ越した。ジョン・バランタインは「万屋」の家業を、と言おうか家業の一端を継ぎ——如何なる一端かは与り知らねど——一七九五年から一八〇五年までケルソで店を営んでいた。が兄ジェイムズが既に腰を据えているエディンバラへ居を構えるべく引っ越した。兄弟はいずれも高等教育を受けていた。ジェイムズ・バランタイン氏はウェイヴァリー小説（スコットの連作歴史小説の総称）のゲラを校正し、ゲラが印刷に付される際にはスコットに批評を書き送った——必ずしも、恐らくは、文芸界における互いの相対的立場を重々心得て、ともその折のサー・ウォルターの健康状態や気分にこの上もなく濃やかな心を砕いて、とも行かず。氏は、しかしながら、礼儀と素養を具えた殿方であり、自ら経営する『エディンバラ・ウィークリー・ジャーナル』誌に劇評も寄せていた。

さて、この世にまたとないほど魯鈍な人間にも明々白々たるに、ジェイムズ・バランタイン氏、もしくは氏の弟、もしくは両者の社会的威信全ては偏にして悉く彼らのスコットとの関係からもたらされていた。そもそもスコットが存在しなければ、ジェイムズ・バランタイン氏はケルソの一印刷業者として生涯を終えていたろう。そもそもスコットが存在しなければ、ジョン・バランタイン氏は万屋の家業の一端を営みつつ生涯を終えていたろう。そもそもスコットが存在しなければ、ケルソの奇特な公民と、恐らくはエディンバラの二、三の馴染みか縁者以外、誰一人としてバランタイン両氏の諸事にいささかの興味も関心も抱いてはいなかったろう。さらば果たして本小論説の大仰な条《くだり》――ロックハート氏は「いつぞやは高位を占めていたと思しき人々を下々の輩の水準にまで貶めるべく企まれたありとあらゆる手合いの摘発でほくそ笑むかの浅ましき趣味に迎合した！」――とは何を意味するのか？　果たして何故《なにゆえ》ロックハート氏が差し出がましくもバランタイン両氏を「印刷業者」或いは「バランタイン兄弟」と呼ぶからというので――彼らのことを他の極めて人品卑しからざる同業者が日々口にされたり書き記されたりする如く口にしたり書き記したりするからというので――いたく心証を害さねばならぬのか？　仮にサー・ウォルター・スコットが、生まれながらにして心優しいだけに、して自らの感化の及ぶありとあらゆる事物や人々に自づと伝わらずばおかぬ別け隔てなき心根の大らかさ故に、ジェイムズ・バランタイン氏に高誼を賜り、賓客として宴の席に華を添えたとすらば、氏の後裔は今は亡き縁者が名声を馳すに至ったのは真実、誰のお蔭か、ひたすら誇らかに受け留めてもって善しとすべきであろう。して自分達の縁者がかくて誉れに浴し、彼ら自身も仄かな反射光にて浴している偉人の思い出に深甚なる敬意を抱けばこそ、恰も自分達はくだんの偉人と同等であるかの、と言おうか偉人の願望や野心が己自身の尺度によって規制され得るかの如く、不遜にも彼の濫費を俎上に上せたり、耽溺した趣味に評釈を垂れたりするのは差し控えるべきであろう。

　実の所、ジェイムズ・バランタイン氏に関す限り、評者にはロックハート氏の真に犯した罪は単に下記に尽きると思われる――即ち、伝記を通じ、著者は氏を公人としてのそれ以前の、或いは他の、存在を有さず、専らスコットの手立てを通し、スコットの名声の魔術によって、社会的地位を築いたにすぎぬだけに、スコットの七光で身を立てた男と〔当然の如く〕見なしていたとの。なるほど、ロックハート氏はバランタイン両氏につけられた渾名を頻繁に使うのは慎むべきだったやもしれぬ。が強ち的外れでもなく、恐らく氏は、くだんの渾名がスコットによって軽はずみや上機嫌の折々つけられたものだと知らばこそ、両氏を蔑したり見くびったりするものというよりむしろ、周囲の人々に対すスコット生来の陽気や浮かれ気分のささやかな証として、記録に留めたものと思われる。この点に関してもまた心証を害すとすれば、評者には故ジェイムズ・バランタイン氏の受託者並びに子息は常に氏をこそロックハート氏の読者にとっての大いなる関心の的と見なし、氏は単にスコットの生涯という悲劇における二番手ないし三番手の脇役として興味深いにすぎぬということを失念している、さらなる証拠としか思われぬ。

ことジェイムズ・バランタイン氏のディナーや、作法や、スピーチの描写に関せば、如何なる道理を弁えた男も不快に思おう何一つ見出さぬ。評者はたといロックハート氏の著書のくだんの箇所に差し掛かるに及び、精読から腰を上げようと、ジェイムズ・バランタイン氏に好もしからざる印象だけは受けなかったし、断じて、活き活きとした描写が悪意の内に着想されるか物されたなどとはいささかなり感じられなかった。

ジョン・バランタイン氏の若かりし頃の来歴において、ロックハート氏は某かの誤謬に陥っていたかのようだ――とは言え、いつぞやケルソにおいて氏の動産が債権者のために売却されたとの記述をさておけば、取るに足らぬ。この件は評者の手許にある小論説において否定されているが、否定そのものは然に手短にして、然に厳密にロックハート氏の申し立ての文言に限られているため、或いはジョン・バランタイン氏は当時、事実債権者と折り合いをつけなかったか否か疑念すら湧いて来る。さらばロックハート氏の過ちは生半ならず軽減される訳だが。両当事者側から呈示された証拠によると、事業の煩悶と難局が出来しては消え失すに応じ、スコットはある日、彼に立腹したかと思えば、次の日には上機嫌だったのは疑うべくもない。ともかく一定期間、互いに関し同様の立場にありながら、その書簡が類似の矛盾を呈さぬような人間はほとんどいまい。

この殿方に関しては、ならば、サー・ウォルター・スコット自身の（本小論説にては別箇の陳述として大文字になる祝辞めいた条《くだり》と、通常の活字になる前置きの”ｉｆ“と共に引用されている）手紙からに劣らず、氏のともかく関与している全状況からして、氏が実務家ではない点、氏の事業に関す知識不足ないし不注意のために共同出資者達は一再ならず大いなる苦境に立たされた点、氏と兄双方に対し、ロックハート氏は次なる条《くだり》においてあっぱれ至極な証を立てている点は論を俟たぬと言わねばならぬ――

スコットのバランタイン兄弟との関わりに纏わる若かりし日々の来歴は既に極めて詳細に審かにされている。して著者は如何ほど著者自身の感情、或いは他者のそれにとって苦痛たろうと、忌憚なく、率直に、くだんの極めて相異なる二兄弟の人格、物腰、振舞いに関す自らの印象を書き記すに二の足を踏まぬが本務と心得て来た。どうやら、宜なるかな、彼らに纏わる著者の記述は遺族にとって得心の行くものではなかったと思しい。それは、致し方ない——とは言え、著者はスコットに忠義を尽くせばこそ、優しき胸の負うた古傷を開く手立てとならざるを得なかったことでは内心忸怩たるものがある——わけてもその胸の、定めて著者自身のそれ同様、スコットの思い出への敬意で鼓舞され、くだんの感情を長きにわたる相互の信頼を通し、彼の名と近しく関わる名への濃やかな配慮と分かち難く結びつけているが故に著者によりては崇敬されているとあらば。が仮に著者の言及する人々、或いは読者の他の人々が著者自身の如何なる表現であれ長兄のバランタインの道徳的廉直にいささかなり汚名を着せるよう意図されていると解釈するとすらば、誤解も甚だしい。くだんの手合いの如何なる疑念も著者の胸中、過ったためしはない。著者はジェイムズが徹頭徹尾、一点の非の打ち所もないほど高潔な男だったと、彼の道義は高邁な類で、感情はあどけないまでに純粋だったと、心底信じている。弟ジョンには幾多の愉快な、と同時に人好きのする特徴があり、著者は彼をすら如何なる企みのある、或いは故意の背任で責める気は毛頭ない。サー・ウォルター自身の「我が愛嬌好しの海賊君」との渾名は、著者がその点に関して暗示したいと望んだ全てを表している。だがジョンは、単に頭脳と気っ風が浮っ調子なせいで、自分自身のためにせよ他者のためにせよ、如何なる重大な業務をも有利にやりこなすこと能はず、正直者のジェイムズも、異なる手合いの瑕疵からにせよ、「海賊君」といずれ劣らずお粗末な経営者だったとの確信を歯に衣着せず述べさせて頂きたい。

「論駁」においては、ロックハート氏のこの「海賊君」という語の使用と、氏がこの語に帯びさせようと意図した意味を殊更論《あげつら》おうとしているように思われる。というのもこれぞ「悍しき誹謗」なりと腹立たしげに申し立てられているからだ。くだんの条《くだり》は少なくとも酌量されて然るべきだったろう——ここにてロックハート氏は自らその渾名を如何なる企みのある、或いは故意の背任をも意味するとは解《かい》していない旨明言しているだけに。のみならず、ロックハート氏が死の床にあるジェイムズ・バランタイン氏にスコットの追想を求める手紙を認《したた》め、それらを「貴重だ」と評している点についても仰々しく取り立てられている。彼が事実、「貴重」と見なしていたことは、追想が「伝記」に挿入されていることからも明らかだ。ばかりか、ロックハート氏が「敬具　ロックハート拝」と署しているからというので感嘆符まで付され、「これら書簡には注釈の要なし」との——評者も全くもって同感の如く――文言で締め括られる十行余りの激しい非難が添えられている。

こと第二の訴因――バランタイン両氏の名を貶め、穢《けが》すべくロックハート氏によって決算報告書が意図的、或いは無知故に贋造されたとの――に関せば、ここにては最小限触れるに留めよう。『スタンダード』紙（一八二七年創刊のロンドン夕刊新聞）に掲載された、同上の小論説の事実無根の問責に端を発す、当然の義憤に駆られるに劣らず見事な筆の執られた記事は、然に長年にわたる、かくも重大な決算報告書のこれ以上の如何なる抜粋も著しく説得力に欠けようことを力説し、さらには読者に当該「論駁」はサー・ウォルター・スコットは初めてバランタイン兄弟と関わりを持った際、個人的資産或いは身代を一切有さなかったと想定しているが、それは甚だしく真実と齟齬を来たすと指摘している。くだんの財務の混乱と紛糾にあって、ロックハート氏は勘定書きに関す何らかの専門的な過ちを犯したやもしれぬが、よもや氏がスコットとバランタイン兄弟との間の決算問題の骨子を大部分、極度に改竄したとは俄には信じ難い。氏の改竄を示す十分な証拠のない代わり、改竄を打ち消す、氏の立場、人格、本務を全うして来たやり口（即ち、断じて不相応にスコットを褒めそやすことなく、公平を期す余り、時には剰え反対方向へ傾くという）から得られる情況証拠は十二分に揃っている。

かてて加えて、これから言わんとしていることを読者諸兄には重々銘記して頂きたいが、以下の点は断じて看過されてはなるまい――即ち、会社は詰まる所、スコットにして、スコット一人であった。彼の支えなくしてはグズグズとノロマなものの一年、満足には凌げなかったであろう。彼の名声の全き絶頂にして全盛にて存続し、創作の就中輝かしき傑作を世に出す計り知れぬ利点に恵まれていた。仮にサー・ウォルター・スコットがその資金より生計を立てていたとすれば、ジェイムズ・バランタインもまた同上より生計を立て、幾年もにわたり優雅な物腰で暮らし、贅沢な社交界と交わっていた。仮にサー・ウォルター・スコットが本小論説の不穏当にも宣って憚らぬ如く「地主の座に収まり、一族に遺贈する野望」に駆られていたとしても、彼こそこの世の誰よりくだんの野望を抱く権利を有していたはずだ。虚構の輝かしき世界にて衆に擢んで、他の追随を許さず、ほとんど比肩するもののなく、ついぞ（シェイクスピアの場合をさておけば）凌駕されたためしのなき快活と広範な創意に恵まれ、御伽噺の魔法使いとて授けられたためしのないほど過去を喚び起こし、今は昔の日々や人々に昨日《さくじつ》の生気と瑞々しさを与え、「宗教」から陰鬱を、「美徳」から厳めしさを剝ぎ取り、両者をいずれ劣らず愛さざるを得ぬほど魅惑的な姿形にて呈示する呪《まじな》いを授けられ――これら全てを同じ小径を通しては未だかつて収められたためしのなきほど華々しき世俗的成功と結び合わせ、正しく彼の思考の素速さもて金貨を鋳りつつ――果たしてスコットでなくして何者が、自らの偉大な名を有す者達への遺贈を心待ちにし、大邸宅建設の野望を鼓舞する権利を有していたろう――わけてもくだんの大邸宅より彼自ら、眼前に広がる光景の纏う色彩に勝るとも劣らぬほど陸離たる色彩で描いて来た光景を胸躍らせて眺めるやもしれず、そこにて我が子らがそのありとあらゆる谷や岩やヒースの葉身が彼の天稟の銘の刻まれた彼《か》の地で育てられるやもしれず、その広間から広間を通し、第三或いは第四世代の後裔がいつの日か、彼の著作の分け入った幾多の国のいずれかより訪うた巡礼者の先に立ち、何処にて「彼」は生き、死んだか案内するやもしれぬとあらば？

　ジェイムズ・バランタイン氏はアボッツフォード・ハウスが氏と破産との間に立ちはだかっていたと知っていたと、が今や幽明境を異にしているというなら、これ以上、論説は勘弁願おう。アボッツフォード・ハウスの主《ぬし》は長き歳月にわたり氏と破産との間に立ちはだかっていた、というだけで十分ではなかろうか。

第十三稿　書評：フッド『一八三九年版 滑稽年報《コミック・アニュアル》』*

『イグザミナー』誌（一八三九年二月三日付）

『滑稽年報《コミック・アニュアル》』第十号が今や市場《しじょう》に出回っているが、くだんの土地は幸い、如何なる十分の一税も、物納であれ非物納であれ、取り立てられぬ」

かく、フッド氏は序文において蓋し、宜なるかな、述べている。というのもこれらささやかな十巻が如何ほど独創的にして、その才気煥発たるユーモアが如何ほど愉快で罪の無い質《たち》のものか、得心していない者は誰一人いまいからだ。

　この一風変わった料理が我々の前に供される正しくその不規則性こそが馳走の風味になおピリリとした辛みを利かす。世の年報はロンドン市長就任式日（十一月第二土曜日）か、かの、ガチョウが羽根を毟られ、州長官が羽毛でめかし込む厳かな祝日に劣らず判で捺したようにやって来る。してリク年報とミズ年報があり（『ヴェニスの商人』I、3）、中にはリクとミズが諸共然に依怙贔屓なしに描かれているため、それぞれが幾許か他方の特性を帯び、いずれがいずれともつきかねる場合もある。が、これら全ては然る折と季節には実に律儀である。「およそ是々の時節に」とフランシス・ムアかマーフィー氏ですら*優に十二か月前に預言して一向差し支えなかろう。「およそ是々の時節に、年報が雨霰と降り――『文学』は最低気温を記録する」――して直ちに八卦は一言一句違えず的中しよう。されどフッド氏は天気予報がらみであれ他の何がらみであれ、ありとあらゆる千里眼や降霊術師の向こうを張る。氏はことこの点にかけては全き驚異――必ずや季節外れにして、必ずや旬――である。諸兄は氏にてんで行方知れずなものとサジを投げる。これきり舞い戻らぬホゾを固めたものと思い込む。さらばひょっこり、遅れ馳せの春よろしく、とある晴れた日、いつぞや覚えていたままに満面にこやかな笑みを湛え、我々に不意討ちを食らわす。して我々はやあ、ようこそと、心から暖かく請じ入れる――まるで奴と来ては昨年、握手を交わした際にかっきりくだんの刻限に訪う格別な約言を交わしてでもいたかのように。

　我々はこれら四角い頭の、オランダ人風のいかつい男や女の粗削りな板目木版画がフッド氏が御当人の目的のために文言や辞句を捻じ曲げるに応じてありとあらゆる手合いの突拍子もない姿勢を――とは言え、より値の張る書籍の中にて気取ったポーズを決める、ツルリと滑《すべ》らかな御尊顔の紳士淑女ほどには突飛でも不気味でもない――ギクシャク取らされている所にお目にかかるのが好きだ。して喜んで一、二枚、我らがコラムへ拝借するものを。が、ものの一筆ごときでは土台叶はぬ相談とあらば、読者諸兄にはフッド氏の才覚の一端を散文、及び正真正銘の韻文にて拝読賜ってもって善しとせねばなるまい。

［この後『年報』からの二欄に及ぶ散文と韻文の抜粋が続く。］

第十四稿　演劇的『イグザミナー』誌

『イグザミナー』誌（一八四〇年七月二十六日付）

ヘイマーケット劇場なる劇的政略においてはこの所、何ら目新しいものがない。『リヨンの貴婦人（ブルワー・リットン作感傷的通俗劇）』は木曜日に再演され、通りの向かいのオペラ*の当て馬出し物にもかかわらず、天井桟敷まで客で溢れ返った。してフェルプス氏（俳優兼劇場経営者一八〇四―七八）は一週間に三度《みたび》くだんの名ではなき悲劇においてマクダフ（『マクベス』のスコットランド貴族）を演じ、万雷の拍手を浴びた。パワー（アイルランド生まれの人気喜劇役者）は、相変わらず快活にして威勢が好く、陽気な観客をしてゲラゲラ腹を抱えながら家路に着かせ、今しもアメリカへまたもや渡らんとしている。豊かなユーモアを愛する者は皆、彼が速やかに無事、帰国することを願って已まぬ。ビラによれば、悲劇『グレンコ』はほどなく再演されるという。昨晩の観客の反応は素晴らしく、先触れがはったりでないことを裏づけて余りあろう。*

ドゥルアリー・レーンにては毎晩、夏場のコンサートで大入り満員を記録し、長らく空っぽのベンチにしか馴れ親しんでいなかった壁には割れんばかりの拍手と遊歩の足音が谺している。*これが同慶の至りであるのは、夜毎、劇場をかようの目的に充てることは、劇場に固より為さぬことを為す独占権を与える特許の叡智の恰好の実例であるのみならず、演奏会が実に見事に指揮され、見事に選りすぐられ、見事に演奏されているからだ。出し物は極めて好もしいそれで、本館は猥褻の社《やしろ》ではない*――とは（その点における昔ながらの世評が記憶に留められているだけに）特筆に値しよう。

小劇場は壁に雄々しくプラカードを貼り、小口木版術に新たなハッパを大がかりにかけている。百名に垂んとす処女戦士が、当時の、とは当時がいつにせよ、衣裳で完全武装したなり、サリー劇場にて軍事陽動を展開し、*ランベスとバラ（テムズ南岸不特定地区）一帯に女武者《アマゾン》熱を撒き散らすに、生真面目な徒弟の目をクラクラ眩ませ、連中の心をアレキサンダー大王への思いで燃え上がらす。当館にてはまたヴァン・アンバーグ（アメリカの名ライオン調教師）と彼の動物もお目見得する。が一体誰が後者のおとなしさを目の当たりに驚き得ようぞ？　その昔、一人の処女がまたとないほど獰猛な野生ライオンに匹敵するどころではない時もあった。というのもヤツは処女の嫋やかな足許に蹲っていたからだ。が、百人に垂んとす処女が一頭の、半ば盲にして、昼間は薄暗い書割りの蔭で眠りこけ、夜分はガス灯の下《もと》、欠伸をしては目をシバシバ瞬《しば》たかすことにて早、ほとほと魯鈍になり下がった囚われのライオンをひしと取り囲んでいるとは！　ヴァン・アンバーグ氏にあられては是非とも最早ペテルブルグへの旅を先延ばしにするよう説き伏せられることなく、処女方がヤツには一枚も二枚も上手にして、ヤツがポックリ行ってしまわぬ内に、平伏したライオン共々天翔られんことを。*

　デュクロウ経営の下《もと》なるアストリー（第七稿注（二二）参照）は無論、「ライオン王、カーター」なる人物の形《なり》にて、二代目ヴァン・アンバーグをお目見得さす。というのもカーター（英国生まれの猛獣使い）は野獣を駆って橋また橋を渡り、心地好く眠りに就きたい折には平気の平左、両脚、両腕を奴らの顎の中にまで突っ込むからだ。この手の芸当を堪能する向きは恐らく好敵手よりむしろ「ライオン王」の方がお好みだろう——わけてもすこぶるつきの美男（『リチャード三世』I、2）にして、己《おの》が野獣に芸当を強いる上で、奴敵手の性《さが》には馴染まぬおどけた手合いの親しみ《ボノミ》易さをひけらかすとあらば。それ以外にはトロイ戦争に纏わる豪勢な史劇があり、そこにては相争う国々が時には一方の側《がわ》にて、時にはもう一方の側《がわ》にて、伝奇的にも雄々しく戦う。して曲馬場にては名場面が一つならず繰り広げられ、就中『ペテルブルグの供人《クリア》』の騎手ヒリヤー氏（白黒混血児曲芸師）と、その非演劇的名もブロック（原義「若い牡牛」）たるめっぽうおどけた道化は特記に値しよう。

　パヴィリオン劇場は東ロンドンの住人に「豪勢なシェイクスピア馳走」と「偉大なる悲劇役者バトラー氏（男優（一七九七—一八四五））」を供している——がわずか数晩のみ。というのもかようの出し物は常時上演するには御大層すぎるから。先の「北イングランドの奇術師の秘儀神殿」たりしストランド劇場へと、とある「ギリシアのシニョール・フランゴピュロス」と名乗る男が割り込み、競馬場の面目をすら潰そう演技をひけらかしている。片やかの「奇術師（アンダーソン博士として知られる降霊術師）」はセント・ジェイムジズ・バザール劇場にてくつろぎ、今に至っているが、願はくは成功を収められんことを——というのも真に成功に値しようから。

　イングリッシュ・オペラ・ハウス、ヴィクトリア劇場、クイーンズ・シアタ、サドラーズ・ウェルズを始め、ロンドン郵便本局から五マイル以内の他の劇場は全て常石を踏み、すこぶる興味深い所へもって、恐るべき大団円《デヌマーン》を迎えるロマンス劇を上演している。がそこにて悪戯を仕掛ける登場人物は然に鳥肌が立つほど由々しき存在故、敢えて名指すこと能はず、芝居のビラにては黒々とした太いダッシュとでっぷり肥えた感嘆符に成り代わられてはいる。

第十五稿　書評：GCBロンドンデリー侯爵C・W・ヴェイン著「『鉱山・炭鉱法案』に係る国会議員アシュレー卿への書簡*」

『モーニング・クロニクル』紙（一八四二年十月二十日付）

ロンドンデリー侯は先般、誉れ高くも、旅行記（『コンスタンチノープル（一八四〇／四一）、ポルトガル、スペイン等（一八三九）への汽船旅行記』（一八四二））を上梓なされ、高著はその卓越した典雅な趣味、並外れた謙虚、高尚な紳士的感情、広範な博識、幾多の文体と作文上の麗しさにかけては如何なる時代や国家の文学にも比肩するものがない。ロンドンデリー侯は今やなおいよよ誉れ高くも、上記のような表題の小冊子を物し、小冊子はこれら全ての美点において遙かに『旅行記』を凌駕し、かくてくだんの蒸気盛んな先例ですら空しく四苦八苦、後を追い、ロンドンデリー侯その人ですらロンドンデリー侯の匹敵者として引き合いに出すこと能はぬ。*

当該傑出した著作には全文を通し、やんごとなき著者の人並み優れた趣味と絶妙な表現の巧みさを誇示するに悉く資さぬ（世は早、これら二点に纏わるあり余るほどの情報を有すだけに、アラ探し屋の批評家によりては瑕疵として論《あげつら》われるやもしれぬが）思索や議論は疎か理詰めな一行《ひとくだり》とて認められぬというのが本篇の最も魅力的にして優美な特質の一つであるによって、たとい評者はくだんの二点を言葉足らずにして至らぬ忠順の主題としようとお許し頂けるのではあるまいか。がまずもって、評者は嗜み深くやんごとなき侯爵が己《おの》が所見を上院の床の上にてではなく、当該形式にて表明なされたことでは及ばずながらも然るべき賞讃を捧ぐをありがたき本務と心得る。小冊子にて熱弁を揮うは如何ほどひたぶる推奨しようとし足りまい習いなり。さらば公共の時間の節約となると同時に、印刷・出版・製紙業の奨励となるのみならず、興味深くも弁士は議会報道記者がこよなくやんごとなきロンドンデリー侯のような生来の貴人にとりては大いなる無礼にして毀損となるに、もって飾り立てたがるかの端切れじみた文体や文法を一切纏わされることなく、自己本来の装いで公衆の面前に立ち現われよう。

　申すまでもなかろうが、「鉱山・炭鉱法案」にかけては（当書簡によらば）ロンドンデリー侯以外は誰しも誤っている。何とならばロンドンデリー侯の知性が広く遍く看取され、万人に認められている如く、とある知性が世のその他大勢より遙かに擢んでている場合、必ずや然なる顚末と相成ろうから。当該状況を束の間失念し、評者はてっきりアシュレー卿が独り、とまでは行かずともとりわけ誤っていると判明するものと思い込んでいた。よって当初は卿には悪事のグルとしてデヴォン伯爵、ハザトン卿、全下院、首相を始め現内閣の全議員、並びにハミルトン公爵まで顔を揃えていると知って一驚を喫した。が、束の間ロンドンデリー卿の知性の途轍もなき質《たち》を顧みれば不見識に気づき、是ぞいたく当然であるのみならず、「その慎ましやかな任務の」と卿の宣はく。「国民と帝国の前にあり」、小人族《ピグミー》によりて己《おの》が巨大な頭部目がけて放たれるリリパット人（『ガリヴァー旅行記』第一部）のそれよろしき矢全ての下《もと》なる慰めの「偉大にして聡明な戦士並びに政治家の記録に留められし証」に見出されよう――御逸品、因みに、ウィンヤード・パーク（デュラム州ティーズデイルのロンドンデリー卿邸宅）にて小ぢんまりとガラス張りの額に収められ、毎水曜午後二時から四時にかけて家政婦に願い出次第見せて頂けようが――当該こよなくやんごとなき侯爵のような万有の「鶏群の一鶴（『コリオレイナス』Ⅲ，1）」の存在とは分かち難いに違いなく、事実分かち難いことに思い当たった。

　上述の如く、評者はまずもってロンドンデリー卿の人並み優れた典雅な趣味を俎上に上すとしよう。その点に関しては、当該小冊子のわずか一四五頁という短い紙幅に然に幾多の例証が鏤められているものだから、果たしていずれを適例として引証したものか戸惑わざるを得ぬ。が恐らく「児童雇用問題委員会」の傑出した委員にして、一般庶民には「慈善と人道的改善」なる大義における貴重かつ熱心な貢献で夙に名高いホーナー氏（地質学者・教育理論家（一七八五—一八六四））に対す洗練された、機知に富む批判が最適であろう。大文字にて印刷された「様々な出版物からの引用を参照すらば、ホーナー氏の恨みがましさ、好戦的な性向、道徳的勇気の欠如等々は明らかであり」の条《くだり》の辛辣な諧謔と棘々しい皮肉は真に雄々しくやんごとなき精神にて物され、仮にロンドンデリー卿は既に特例により「こよなくやんごとなき」と称されているのでなければ、後世にて己《おの》が称号のより名にし負はざる継承者と一線を画すべく然に呼ばわれて然るべきではあるまいかと敢えて物申す所ではあったろう。何せ社交界は、偉大な偉大な祖父より、卑小な卑小な孫息子へ伝わる爵位に独自の殊遇を授けるに、「マルバラ大公爵（英国将軍（一六五〇—一七二二））」、名にし負う「ネルソン卿（英国提督（一七五八—一八〇五））」と呼ぶが常であるによって。

サウスウッド・スミス医師（元国務大臣。後に医師・衛生改善主導者（一七八八—一八六一））をものの一行《ひとくだり》の下《もと》に「もう一人の委員にして一神論者」と喝破する筆捌きにもまた大らかな主旨と目的が満ち満ちている。事ほど左様に、シャフツベリー伯爵（アシュレー卿の父親（一七六八—一八五一））もしくは使用人国会におけるプラシ天膝丈半ズボンの伯爵の成り代わりに纏わる、上院の待合い室にて従僕同士の間で交わされていたやもしれぬささやかな噂話にかけては、オナー夫人（フィールディング『トム・ジョーンズ』のゴシップ好きの女中）にこそ付き付きしき以下の条《くだり》もまた然り。

「聞く所によらば、とあるやんごとなき伯爵（にして誉れ高き閣下にとりてはかけがえのない人物）がとある会合において『自分はよもや上院議員を掻い潜るに、貴兄らのそれのような法案の父親役を買って出ようとは思わぬ』と宣ったという。何と閣下の上院を熟知しておいでのことよ！」

蓋し、全くもって熟知しておいでの、して上院の委員会議長としての長年の経験故に、それだけいよよ詳細に。もしやシャフツベリー伯爵、もしくはシャフツベリー伯爵の従僕が事実、当該主旨の所見を表明したとすらば、穿った卓見もあったものでは。固より庶民の状況や、庶民の人格陶冶を目的とする法案は全て、上院におけるその父親達にとってめっぽう厄介な子供である。手塩にかけるに厖大な労力を要し、概して揺籃期にヘロデ大王（『マタイ』二）が如き高位貴顕によりて絞殺されるが落ちの。

ロンドンデリー卿は当該書簡において法案には鉱山所有者

に視察官を炭坑へ送り込む手立てを見つけることを義務づける条項がなく、よって仮に視察官は鉱山へ送り込まれると、こと法案に規定された、再び地上へ戻る手立てに関せば、所有者によりてそこへ置き去りにされるやもしれぬということを「鷹揚にも指摘」したことでは自ら面目を施したと述べている。八月一日の討論に関し、やんごとなき侯爵にして典雅な著者は以下なる主旨の自説を開陳したことが明らかとなろう。「私個人としては、もしや視察官が私の所へやって来て、私の炭鉱を視察する許可を求めたら、『お好きなように降りられるが好いが、一旦降りたら、お好きなように昇って来られよ』と答えよう」――との発言も論及も嗜み深い、と同時に鷹揚である、と同時に愉快である、と同時に気紛れではある。

委員会報告に添えられた「悍しき板目木版画の挿絵」は今なお洗練された審美眼の貴人に取り憑いていると思しい。というのも卿は「木版画は資本家階級の広間《サロン》で目に触れ、御婦人方は挙って、かくて然に残虐な物腰で描かれた同性のための大義に与した」と苦情を訴えているからだ。なるほど彼女らを憐れむのは嘆かわしき悪趣味にして、如何なる貴婦人であれ殿方であれ、ウィンヤード・パークの部屋から部屋を覗き込み、くだんの残虐な姿形が目映いばかりの金銀食器や、ワニスで磨き上げられた家具に映し出され、奇抜な模様にて、クーツ商会（上流贔屓の銀行業者）との取引き勘定におけることよなくやんごとなきロンドンデリー侯爵の銀行通帳の頁の縁取りすらしているのを目の当たりにするは悪趣味の骨頂であった。だが、我々の紙幅は限られている。よって巧妙な言い回しと作文の優美を二、三、その他全ての例として抜粋せねばならぬ。抜粋は一学期における慈善学校生にとっての練習問題としても有益やもしれぬ。

次なる条《くだり》は所見の深遠な哲学に勝るとも劣らぬほど、構成の美しさと文体の顕著な明晰さと力強さの点に見るべきものがある。

「当書簡を締め括る前に、祖国の鉱山や炭鉱を採掘する経営陣と労働者階級への立法上の干渉という拙策に関しては閣下のそれとは相容れぬ私見を述べさせて頂きたい。固より、虚偽の報告によって惑わされた挙句、無資格にして無知蒙昧の権威の主張に導かれるがままになる人々の所見を変えられぬは、誤謬に陥った人類の水準を上げ、一般教養と過度の倫理性に係る理論を唱道することにて新たな手合いの近代哲学の上に令名を築こうとする人々の所見を変えられぬ如しとは重々承知の上。況してや、頭に血の上った勢い、前後の見境がなくなり、人は誰しも読み書きするよう生まれついている訳ではなく、中には知性の糧同様、腹の足しを額に汗して稼がねばならぬ者もあるということを失念している人々のそれを変えること能ふまい。よもやかようの人々から、改宗者が現われようとは期待していない。が胸中、いずれ一般庶民と先入主に囚われぬ世間に対し、閣下並びに委員会報告が開陳して来たような不条理にして誇張された言説の多くを覆そう、目下我々の間で係争中の主題に関す情報を呈示出来るものと自負してはいる」

人は誰しも読み書きするよう生まれついている訳ではないとは、実に聡明にして深遠な発言である。蓋し、言い得て妙ではないか。中には生まれながらにして外つ国にて成り代わって来た国家の言語で正しい文章一行《ひとくだり》綴ること能はぬ上院議員もいれば*、ともかく生まれながらにして読めはしても、それだけ一層増しになるよう生まれついてだけはいない閣下もいる。

以下二行《ふたくだり》はその簡潔さ、力強さ、明快さにかけては、スウイフト（アイルランド生まれの文人・諷刺作家。『ガリヴァー旅行記』著者）が物していたのやもしれぬ。

「デヴォン卿は下院から上程された法案を精読するや、同上が恐らくは及ぼすであろう影響を見て取り、少なからず狼狽したと思しいが、かくて己《おの》が有能にして熟練した剪定ナイフが揮えよう領域に得心し、その処理を請け負い賜ふた。してその後、貴兄との個人的会談において、それらを骨抜きにし、最早原形を留めさせぬような物腰で条項を修正、変更、改訂すべく、くだんの措置を講じ、以上全てはやんごとなき伯爵が第二読会を提議する前置きとして出来した」

もう一行《ひとくだり》は——

「ここにて、いよいよ貴兄の産着を纏ったジャリは止めを刺され、貴兄が育児室へ連れ帰らぬとうの先から身ぐるみ剥がれた、というのもそこにて貴兄は実の親とて見分けのつかぬほど歪にして露にされたジャリを受け入れるが運《さだ》命《め》であり、片や仇敵共はその創造と凋落を完璧に無害にして無効なものとして得々と打ち眺めるに至ったからだ」

もう一行《ひとくだり》は、恐らく王が初めてアデルフィ・ホテルに宿泊し、英語を学び始めた際にペンを執られた、サンドイッチ諸島の王の最初期の英語の綴り方においてをさておけば、他に類を見ぬそれであろう。*

「当該法案が本来の形で提出されていたので、石炭業に大変革をもたらし、労働者階級の幾多に致命的な影響を及ぼそう」

奇妙な美文の例を引けば――

「十歳までが将来、必要に応じて、その上に築くべき教育の初歩を身につける時間は与えられよう」

以下はやんごとなき著者によりて受け取られ、著者自ら宣ふには「幾多の聡明な所感」の含まれ、「鉱坑通風口開閉係《トラッパー・ボーイ》」と署名されたとある書簡からの一節である。引用は然に紛うことなく「鉱坑通風口開閉係《トラッパー・ボーイ》」の認《したた》めたものにして、その素朴なあどけなさへのかの慮りにおいて然に極めて興味深いものだから、注目に値しよう。聖杯洗盤《ピシーナ》への言及はわけても自然である。というのも鉱坑通風口開閉係《トラッパー・ボーイ》が常々聖杯洗盤《ピシーナ》のことを惟み、物心ついた頃から絶えず、鉱山のどん底にてラテン語で沈思黙考するとは周知の事実だからだ。

「委員会の過度に誇張された『報告』に目を留める、と言おうか委員が面会し、然に幾多の所見を入手したくだんの殿方達の多くの慈悲深き意図を問題にするのを先延ばしにするまでもなく、憚りながら直言させて頂けば、目下検討中の立法府の法令は恰も滔々たる慈善の流れが幾年にもわたり幾多の困窮した家庭に迸って来た導水渠を完全に堰き止める助任司祭の『聖杯洗盤《ピシーナ》』のような代物を呈しよう」

またもや

「さらば、如何で、して何者によりて作成されたか鑑みてなお、目下閣下方のテーブルに置かれている委員会報告は然に全幅の信頼を寄せられるものか、又面目を施す《クレディタブル》然るべき証拠も、経験に富んだ人々の調査もなきまま、個人の資産に対し法律を制定し、これら新たな権威を創造する気になれるものか？」

当該件《くだり》に、しかしながら評者は独創性の誉れを授ける訳には行かぬ。ウィニフレッド・ジェンキンズもマラプロップ夫人も「信ずべき《クレダブル》」の代わりに「面目を施す《クレディタブル》」を用いている。*

二頭立て四輪馬車御者はしょっちゅう、呼び売り商人に至っては必ずや、履き違える如く。

とは言え、やんごとなき著者の締め括りの言説の一つには満腔の同意を表《ひょう》したい。即ち、一件はこれまで極めて不躾に扱われて来た上、目下も夥しき量のこよなく悍しくも恥ずべき粗忽によりて不様に歪められているとの。その事実に一切疑いの余地はない。其に係るロンドンデリー卿自身の証こそ全くもって抗い難いだけに。

全体で百四十五頁にも及ぶ当該書簡の内、書き下ろしはわずか十四頁しかない。残りは、前列におけるやんごとなき著者の演説の改訂を含む、上院での鉱山・炭鉱法案を巡る討議の要約に割かれているとあって。評者は内容の乏しさ故に、書簡は著者たる気高き侯爵、並びに版元コゥルバーン氏の期待に応えられぬのではなかろうかとの懸念を抱いて来た。がしばし思いを巡らせた甲斐あって、とある手合いの措置が思い浮かび、同上をここにて敢えて卿、版元双方にとって前途と先行きの利点に満ち満ちた策として呈示させて頂きたい。

とは、種を明かせば単純ながら――旧版の百三十一頁は即刻破棄し、残りの十四頁をかなりの紙幅に上る極小頁に配し、『新・雅やかな書簡文範、或いはやんごとなき門人の手引き』との書名の下《もと》、安価に出版しては如何なりや。

いつぞやは一軒ならざる店のウィンドーにケバケバしい彩色口絵の『六ペンス書簡文範』が陳列され、そこにてはブルーの乗馬服の御婦人が頭上にパラソルと思しき真っ紅な染みをかざしたなり、本屋の暖簾をくぐりながら、かく宣っていたものだ――

書簡文範様、よろしけれ《プリーズ》ば
わたくしに綴る術《すべ》を、たやすく《イーズ》

との願い出に対し、勘定台の向こうの、淡いブルーの上着と黄色い半ズボンの、しかつべらしげにして懐の温《ぬく》げな店主は雅やかに一冊の本を差し出しながら、かく返していたものだ――

グロブウォッグ版が最高《ベスト》かと
こちらをおススメ致します、その他《レスト》より

さて、流行りの衣裳に身を固めた新グロブウォッグに当該『ロンドンデリー卿の雅やかな書簡文範』を何人《なんぴと》であれ映えある栄誉の手立てを求めるやんごとなき卿に差し出させた目下の場合、同上の流儀の挿絵は大いにウケること必定。して店主は——韻文ですらなく、種も仕掛けもなき散文で——宣っている様が描かれるやもしれぬ。「ヴェイン版がおススメかと、閣下。『ヴェイン版書簡文範』を措いて如何なる『書簡文範』もありません。著者は貴人で、閣下、地位と教育において能う限り利点という利点に恵まれておいでです。典雅にして高尚でない万事に生半ならぬ軽蔑を抱いておいでです。著者の態はこよなく雅やかな調べに合わせてしかステップを踏みません。してここにては一冊六ペンスの小冊子に著者の真に洗練された感情と真に英語的な文法がそっくりギュッと凝縮されているという訳です」してもしやダメ押しのおスミ付きが必要とあらば、H・B*にかの、ドンキ・ホーテによらば小指一本で風車の羽根を止めたとして言及される勇猛果敢な騎士*の役所《やくどころ》なることよなくやんごとなきロンドンデリー侯爵が、ものの灰色の鵞ペンもて庶民の義憤と、虐げられ、苦しめる幾多の者への憐れみ深き追憶の滔々たる流れを堰き止めている様を模す暈し絵《ビネット》を添えて頂くのも御一興。

第十六稿　万人のための鼾搔き

『イグザミナー』誌（一八四二年十二月二十四日付）

万人のための声楽は十九世紀の大革新である。*これまで己自身の歌唱力に自信のなかった、よって歌えもせねば歌おうともしなかった人間ドリが今や、旅籠のディナーが供される要領で瞬く間に、して極めて穏当な料金にて歌えるようになるやもしれぬ。人間には「歌上手の面《シンギング・フェイス》」なるものがあるやもしれぬとの人口に膾炙した迷信は早、廃れてしまった。曲がりなりにも面《つら》なるもののある人間は誰しもその気になりさえすれば歌えるとは論を俟たぬだけに。何人《なんぴと》たり万人に歌を教えてもビタ一文の得にもならぬ。我々の間には今や断じて金や銀と引き替えに知識を売るを潔しとしなかった古《いにしへ》の賢者と精神的には似通った新たな学派の哲学者が台頭している。歌唱知恵者はエクセター・ホールであれ他の大集会所であれ、素足で罷り入り、万人に自分達を辱めるべく訪い、正しく眉毛に至るまでどっぷり赤貧に浸さすが好いと焚きつけ、片やホーンクリフ卿（当時の枢密院議長）はくだんの光景を打ち眺めては感涙に噎び、かくも敬虔な時代に生まれた星の巡り合わせに感謝を捧げる。

枢密院は人々を声楽的たるよう仕込む。政府は万人があんぐり口を開けているのを目の当たりにするや、宣なるかな、歌いたがっているものと思い込む。というのも銀フォークと調律フォークなる二様のフォークしか見分けがつかず、その両極の間には何一つないからだ。「ジョン」と約しい奥方は喉を干上がらせた呑ん兵衛の従僕に宣っていたものだ。「ビールを汲みに地下倉庫へ降りて行く際には、どうかずっと口笛を吹いてて頂だいな」「ジョン」と政府はそいつの腹を空かせた僕《しもべ》に宣ふ。「餓え死にしそうになりながら市場《いちば》をあちこちウロつく際には、何はさておきくれぐれも、ひっきりなしに歌を歌っているよう」

当該聡明にして絶妙の制度が普及し、奇しくも戯言《たわこと》の微塵も紛れていないとあらば、我々としては目的は異なれど、同上の哲理に則る、また別の制度を設けるが得策と心得る。よって以下、「万人のための鼾掻き」体制を提起させて頂きたい。

新聞の公示によると、かの大いなる学問、催眠学の鉛門の唯一の番人兼見張りたるガードナー博士という人物（身元不詳）が先達て亡くなったという。が、現世にとっては幸い、博士は鍵を遺して下さった。さて催眠学とは（同上の典拠によらば）人々を阿片剤や動物磁気を用いることなく眠りに就かす術《すべ》であり、偉大な催眠学的奥儀が近々博士の遺言執行人によりて安値で販売されることになっているため、枢密院には是非とも奥儀を直ちに購入し、こよなく純粋な催眠学的原理に則った師範学校を設立して頂きたいものだ。

エクセター・ホールがついぞ、紛うことなく大衆の啓発と幸福に資する紛れもなき慈悲と有益と博愛の目的のためをさておけば利用されたためしがないとの謂れをもって、かようの施設にうってつけの場所たるは自明の理である。師範学校が然にその数あまたに上る愉快な連想によって人々に愛されて来た建物の四つ壁の内に設立され、いずれ完璧の域にまで達し、有能な教師を全国津々浦々に送り出し果すや、エクセター・ホールを以降は「万人のための鼾掻き」中央学校とし、一週間の内、日曜を除く毎晩――四晩は職工と労働者、一晩は中流階層、もう一晩は（実に選りすぐりの晩となろうが）貴人及び政府官僚のために――教室を開講なさらんことを。主教のために別箇の特別な教室を設ける要はなかろう。というのも彼らが既に熟睡を宗とし、大鼾を掻く習いにあるとは周知の事実であるによって。とは言え、管轄下にある聖職者階級に目下の如く独自の牧会料金制に則り教えを垂れる代わり、ガードナー法式にて周期的に鼾講座を設けるか、は今後の検討事項となるやもしれぬ。

教授法は至って簡単である。教授は会館中央の演壇に据えられた安楽椅子、もしくは寝椅子に身を横たえ、生徒に偉大なるガードナー呪《まじな》い、と言おうか秘儀を授け、生徒はそれを教授に倣って繰り返す。然る時点で一座は皆、教授その人も含め、ぐっすり眠りこけ、鼾が立ち所に始まる。

もしや生徒が目の覚めている折に教授に大いなる愛着を抱き、敬愛の某かの印に公然と贈り物をしたければ、刺繍入り枕か、レース付きナイトキャップが好適品としておススメであろう。

後はただ当該体制を実施することより必ずやもたらされるに違いなき大いなる利点の内某かを検討すれば事足りよう。してまずもって、貴人及び政府官僚より成る、選りすぐりの教室に関し、この点を考察してみようではないか。

幾多の貴人が自己忘却の頻繁にして度重なる機より定めて得よう慰めはいくら誇張しても誇張し足りまい。して、生き存えることを要求する万人の既に増大し、目下も増大しつつある不遜に例証されるような、一連の長々とした不躾にして革命的な結果を伴う選挙法改正法案を忘れ去るは得も言はれぬ幸ひと思し召さぬ当該階層者はほとんどいまい。こと政府官僚に関せば、大多数の者が同上の源より慰めを見出し、片や彼らの罪無き安らいより、国家は必ずや計り得ぬ恩恵をもたらされよう。当該私見の揺るぎない妥当性を見て取るにはただ、仮にエレンバラ卿（インド総督（一八四二―四））がヌクヌクと寝台にたくし込まれたとすれば――さらば卿は目下の報酬の少なくとも二層倍の価値はあろうから――インドにおける国事が祖国の栄誉と令名にとって如何ほど遙かにあっぱれ至極に取り仕切られようことか惟みさえすれば好かろう。或いは仮に内務大臣（著しく人望の薄いサー・ジェイムズ・グレアム（一八四一―六））が折々かの夢遊病的状態にて忙しなく立ち回る代わり――さらば人々は真の本務の記憶が朦朧となった挙句、物事をやりくさしにし、しかもてんでやり損なおうが落ちではあるが――ほんのぐっすり眠りこけ、一切悪戯を仕掛ける累を及ぼすこと能はなくなれば、何たる僥倖か惟みさえすれば。

中産階級にとりては一晩の「所得税」の忘却は、どう安く見積もっても、鼾搔講座全課程の授業料の二十層倍に価しようし、片や目下女王陛下内閣の長に収《おさ》まっている准男爵閣下（サー・ロバート・ピール首相 第四稿注(六)、第五稿注(九)参照）が為したほど気前好く連中を籠絡し、あっぱれ至極にペテンにかけた大臣の存在を忘却の彼方に葬り去る贅沢に値をつけるは土台叶はぬ相談。

だが、当該体制が現政権に格別な請求権を有すは、下層階級者への――万人への――労働者と職工への――額に汗して糊口を凌ぐ、粗衣粗食の一般庶民への――効果においてである。腹を空かせた貧乏人が意のままに眠り、パンの塊の夢を見るとすらば、餓《かつ》えの苦情は雲散霧消しよう！　最早「地主連中」のウオノメがその古き善き痛風病みの靴の中でキリキリ疼くこともなかろう！　その侘しき悪巫山戯において奇妙な形《なり》を茫と浮かび上がらせながら、我らが工業都市の霧深い通りから通りでヒラつく「心労の縺れた糸玉（『マクベス』Ⅱ、2）」は目にも留まらぬ早業で酔い痴れさせられよう。苛酷にして不平等な掟は二度と思い起こされず、「治安判事」によりて「窮乏」に施される正義は、路地裏の小さな新聞屋という新聞屋にデカデカ掲げられ、それでなくともムシの居所の悪い連中の業を煮やさせ、企み心のある性ワルにとびきり鋭い武器で身を固めさす代わり、夢の中をさておけばコロリと忘れ去られよう。偏狭で偏屈な狂気において最も危険の身に迫っている折には、己《おの》が喉元に手をかけている様をひけらかして憚らぬかの英国国教会の錯乱は、何人《なんぴと》の目にも清かでなくなろう。社会の二大分裂の間で見る間に広がりつつある深淵は失せ、万事が平穏無事にして、何一つ持たざる者には忘却が、何一つ不自由のない者には穏やかな愉悦が、もたらされよう。

何と「万人のための歌唱」より遙かに真っ当なことか！　何と「万人のための立法化」より遙かにお易い御用なことか！　何とその血気盛んな回し者として大砲弾と彎刀《サーベル》の鋒を抱える「万人のための鼾搔き」なる旧体制より遙かに長閑なことか！　がジョージ三世王治下のトーリー党主義の、ヴィクトリア女王治下の保守主義との逕庭たるや然なるものだから！　さらば躊躇うことなく、現内閣に我らが企画を委託するとしようではないか。

第十七稿　劇評：ベネディック役マクレディ＊

『イグザミナー』誌（一八四三年三月四日付）

『空騒ぎ』と『宴楽の神《コーモス》（ミルトン作宮廷仮面劇（一六三四年初演））』が火曜日、大入り満員の観客を前に再演された。マクレディ氏の寄附興業の夕べ（二月二十四日）に劣らぬ拍手喝采を浴び、両劇は一週間に二度再演される由予告された。

　我々は以下、ベネディック役のマクレディ氏について少々触れたい。のはその顕著な真価が演技を目の当たりにする人々への奨揚を――その好もしい反応によって余す所なく実証されている如く――要求するからというのではなく、氏扮するベネディックが、我々の惟みるに、かの、めったなことでは外国のそれを措いて劇場に足を運ばず、いざ祖国の演劇の聖堂に足を運ぶとならば、そこへは専ら御臨席によりて悪徳と不作法の場を浄めんとの心優しき願望に衝き動かされて赴いていると思しき、よって娯楽の場を選りすぐる（恐らくは願はしいほど数少なからざる）高位貴顕のためにくだんの役所《やくどころ》を報じている連中の幾人《いくたり》かによりてはほとんど正当な評価を与えられていない＊からである。

　何故《なにゆえ》悲劇俳優が喜劇に登場すると、観客の共感を得損なう少なからぬ危険を冒すものか、幾多の謂れがある。第一に、中には然に度々自分達に涙をこぼさせて来た役者が自分達に腹を抱えさすのにいたく心証を害す観客もいる。第二に、役者はくだんの格別な役所《やくどころ》において刻もうとする印象を事実、与えねばならぬのみならず、その役所《やくどころ》を同時に、我が身に纏わる幾多の厳粛な連想全てを当座、忘却の彼方へ葬り去らずばおかぬほど明々白々として際立たさねばならぬ。最後に、全ての芸術並びに公生活の全様相に関しては、とある男が長年にわたり踏み締めて来た径は――たといそれが永久《とこしえ》の大篝火に至る「歓楽の花咲く径（『ハムレット』I、3『マクベス』II、3）」たろうと――必然的に男に割り当てられたそれにして、当然の如く、男の歩んで然るべき唯一の径だとの極めて一般的な感情が流布している。

　第一印象もまた、知性の陶冶された人間にあってなお、とある登場人物に関す概念を決定する上で多大な影響を及ぼす。してたとい幾多の人々はベネディックのような架空の人物に関す見解を無意識の内に、劇作を読む上で己自身の判断力を働かすことにより、というよりむしろ舞台の上で身をもって演じられる所を目の当たりにして来たものより、形成すると言おうと異端にはなるまい。かくて、是々の場面でA氏或いはB氏はいつも両手を腰に当てて肘を張り、訳知り顔にてかぶりを振っていたと、或いはまた別の場面ではさもここだけの話とばかり、頷いたり目配せしたりしてみせることにて平土間の連中にいずれ拝ませて頂くべきものを拝ませて進ぜようと請け合っていたと、或いはまた別のかようの場面では大見得を切っていたと、或いはまた別の場面では脇腹にそれぞれギュッと手をあてがったなり、肩を怒らさんばかりに腹を抱えていたと、思い起こす際には、彼らはその心象を上述のA氏もしくはB氏としてではなく、シェイクスピアのベネディックとして――舞台の上でのお定まりのベネディックではなく、本の中の正真正銘のベネディックとして――喚び起こし、何であれお馴染みの動作に出会さねば、言はば、その役に当然具わって然るべき何かが欠けているものと口惜しがる。

以上全ての困難に、マクレディ氏は如何なるかようの男も立ち向かわねばならぬ如く、立ち向かわねばならなかった。がそれでいて、再上演第一夜の氏の正しく第一場が終わらぬとうの先から、観客は一人残らず、目の前では然に瑞々しく、際立ち、痛快にして、迫力溢る登場人物が演じられているものだから、幕が下りるその時まで奴を堪能し、奴とはゴキゲンに付き合わざるを得ぬものと観念していた。

仮に観客に腹を抱えさすのが所謂雅やかな喜劇の――とはシェイクスピア自身、恐らく理解するのにいささか手こずっていたろう文言ではあるが――埒外ならば、さらばなるほど、マクレディ氏は雅やかに喜劇的なベネディックとは程遠い。が、我々は彼が――どこどこ劇団のベネディックではなくパドヴァのシニョール・ベネディックが――『空騒ぎ』で演じられる人物の直中にて絶えず笑いの種を蒔き、ドン・ペドロ宣ふ所の「頭の天辺から爪先まで是一つの陽気の塊」たるのを目の当たりにすらば、してわけても、洗練された、廷臣らしい立居振舞いをそれなり具えているはずの領主とクローディオ双方にひっきりなしに腹を抱えさすのを目の当たりにすらば、憚りながら、下座の、と言おうかランプの向こう側の、連中も腹を抱えて然るべきと惟みざるを得ぬ。して連中がいつ果てるともなく、ゲラゲラ、腹を抱えたし抱える旨、ドゥルアリー・レーン劇場の割れんばかりの四つ壁に証を立てさせよ。

類推によって判断し――自然、文学、芸術における既知の何物と引き比べようと――我々の内からにせよ外からにせよ、適応し得る如何なる考査に照らそうと――四阿から這い出して来た後の果樹園における場面（第二幕第三場）のマクレディ氏の演技ほど純粋な、或いは高尚な、生粋の喜劇を思い描くは至難の業。氏がかの、しかつべらしい困惑と、途方に暮れた思索の表情を浮かべたなり庭園用の椅子にぎごちなげに足を組んで腰掛けているの図は、恰もレズリー＊の一幅の絵を眺めるが如し。これぞかの卓越した画家が、極上のユーモアを人並み優れて鑑賞する上で喜んで物していたやもしれぬ姿であった。その様を露骨だとか、茶番めいているとか、わざとらしいと感じる人間は蓋し、くだんの場面へ至る状況の連鎖と過程をそっくりとは考慮に入れていなかったはずだ。果たして一連の状況を然るべく斟酌し、如何なる虚構の達人であれ如何にその期に及んでのベネディックの振舞いを描写していたろうか――固よりくだんの役所《やくどころ》なる生身の男の様子を打ち眺めること能はず、故にともかく描写せざるを得ぬとあらば――一瞬たり思い描こうと試みてなお、ここにてマクレディ氏によりて演じられているような概念こそが書き記されていたろうとのそれ以外の結論に達せられるものか？　滑稽な当惑の状態にある男の振舞いを舞台裏で出来したものとして描かざるを得ぬ、如何なるシェイクスピア劇の如何なる件《くだり》であれ参照し、くだんの規準にのみ照らし（いつ何時であれゴールドスミス、スウィフト、フィールディング、スモーレット、スターン、スコットを始め、その手の無骨な職人の脳裏に浮かんでいたやもしれぬ自然な立居振舞いに関す不見識は言うに及ばず）、何卒この、マクレディ氏の名演の端くれを批評して頂きたいものだ。

　ベネディックのかようの様相と、ベアトリーチェとの濡れ場後《アフター・ラヴシーン》の場面や、クローディオへの決闘の申し込みや、最後の領主の軽口の陽気な受け流しとシッぺ返しとの微妙な差異は、たとい劇場中で正しくいっとうの新参者とて目の前で演じられればその迫真性を感じ取れるやもしれまいと、名優以外の何人《なんぴと》にも表現し得なかったろうそれである。なるほど、第二幕におけるマクレディ氏のベアトリーチェに対すよそよそしさはいささか熱が入り、真に迫りすぎるように感じられぬでもなかったが、かように絶妙にして卓越した演技におけるかようの些細な瑕疵をあげつらうは酷というもの。というのも然なるものと、つい先刻目の当たりにした興奮に駆られてではなく、冷静に思い返してみれば、心底、公平に信ずからには。

　他の登場人物も、概ね、極めて巧みに演じられている。陽気で派手やかな場面におけるクローディオはアンダーソン氏（男優（一八一一―九五））の嵌まり役である。とは言え、ヒーローの想定上の死に対す全き無関心は氏の良識への誇りにして、演出上の好もしからざる状況である。よって割愛されるに如くはなかろう。コンプトン氏（男優（一八〇五―七七））は、鉄とて然まで冷徹たれはすまいが、随所にドグベリーの気配を漂わす。ほんのキーリー（喜劇女優（一八〇六―九九））とのやり取りからいささかなり潤滑油を頂戴していれば（何せ氏の博識の隣人に対す彼女の我を忘れての思い入れたるや瞠目的であるだけに）、領主の夜警の遙かに優れた頭《かしら》となろうに。ニズベット夫人（第八稿注（一六）参照）は当初に劣らず魅力的で、フォーテスキュー嬢も所作になお自信が漲り、胸許にいささか小振りな花束をあしらっているせいで、先にも増して魅力的だ。フェルプス氏（第十四稿三四頁参照）とW・ベネット氏の演技はいずれ劣らずすこぶる血気盛んであると同時にすこぶる嗜み深くもあるだけに、格別な注目に値する。

　クロスの上にてはトーガ（古代ローマ市民の着用した緩やかな白い外衣）を纏い、クロスの下にてはコール天ズボンを履いたなり、ガタピシのテーブルのグルリに一緒くたにされたものの五シリング相当の雇い役者によりて為り変わられた古代ローマ元老院の方が、マクレディー氏によるコヴェント・ガーデン劇場経営中の『コリオレイナス』において眼前で繰り広げられる生身の「真理」より拝まして頂くだに教導的にして得心が行くとの見解に依然凝り固まった向きには——是非ともかようの演劇愛好家には目下上演されているがままの『宴楽の神《コーモス》』の直中なる未開の森の道なき道を踏み越え——是非とも

「彼とその物の怪じみた群が
檻に入れられた狼か、餌食を前にした虎さながら
吠え哮るのが聞こえ、最奥の四阿なる猥りがわしき
隠処にて魔術の女神《ヘカテー》に疎ましき誠を尽くす」

折には必ずや舞台を打ち眺め、自らの先入主に何か人間的理性の哲理との折り合いをつけて頂きたいものだ——もしや叶ふものなら。

第十八稿　オクスフォード大学に様々な形で関与する人物の状況を調査すべく任ぜられた委員会報告*

『イグザミナー』誌（一八四三年六月三日付）

読者諸兄には申すまでもなかろうが、数か月前に国璽尚書の下《もと》なる然る委員会がオクスフォード大学に蔓延していると伝えられる、嘆かわしき量の無知と迷信を調査すべく任ぜられた。本件に関し、国会下院内のくだんの学会の代表は極めて剣呑にして瞠目的な証拠をその折のみならず、爾来数度にわたって自発的に公表して来た。職能は「鉱山並びに製造所で雇用されている児童及び年少者」の道徳的状況を調査して来たかの殿方達に委ねられた――聡明にも、「鉱山」と引き比べての「大学」の暗黒や、「労働の首府」と引き比べての「学識の首府」の偏頗な雰囲気に関す報告の機は公益に資する所大にして、恐らくは公衆の目を覚醒しようとの謂れをもって。

委員は爾来、本件に係る調査を精読し、厖大な証拠より、事実によって裏付けられると思しき類の結論のみ演繹することに腐心して来た。委員会「報告」は今しも我らが眼前にある。よって、未だ国会には上程されていないものの、ここに全文掲載する次第である。

委員会所見。

第一点、雇用に関し――

オクスフォード大学内の博学工場はありとあらゆる根本的詳細において、初めて聖職者製造のために設立された時のそれと全く同じである。他の全ての製作所が進歩・発展している片や、くだんの工場のみ微動だにしていない（と言おうか、ともかく動きを見せた極わずかの事例においては後ろ方《ざま》動いて来た）。若者の携わる雇用の質《たち》はその過剰な塵と錆の謂れをもって、極めて致命的にして破壊的である。彼らは皆、極度の近眼になり、大半が極めて若年にして理性の力を失い、くだんの能力を回復した事例は極稀である。この上もなく絶望的にして傷ましき度合いの聾唖と盲目が間々出来している。彼らは然に憂はしき無感動と無関心の状態に陥っているものだから、それが何か尋ねも、何を意味するか分かりもせぬまま、何にであれ喜んで署名する。とは、これら不幸な人々にあって、一時《いちどき》に三十九箇条*にまで及ぶお定まりの習いではあるが。して雇用の何の変哲もなき質《たち》と、判で捺したような（本来の知力の使用を一切要求することのない、単なるオウムよろしき演技にすぎぬ）苦役の懶い繰り返しのせいで、人格と直観において傷ましく均一化し、知的魯鈍の唯一死せし（本委員会の信ず如く、正しく死せし）程度にまで成り下がっている。脳のより高度な全機能の腓返りと麻痺が、当該労働体制の通常の結果である。して本委員会の偽りなく付言させて頂くに、スコットランドの坑夫や、シェフィールド（英中部鋼鉄工業中心地）のナイフ研磨工や、ウルヴァハンプトン（バーミンガム北西工業都市）の製鉄工なる職業にオクスフォード大学の当該致命的雇用形態の半ばもそこに携わる個人にとって不利な、或いは社会にとって有害なものは一切認められなかった。

第二点、無知の蔓延に関し――

当項目の下《もと》なるオクスフォード大学の状況は極めて悍しき手合いのそれであるが故、本調査委員会は付帯状況を全て考慮に入れた結果、鉱山並びに製造所にて雇用されている年少者は、オクスフォードにて聖職者製造に携わる老若を問わぬ人々と引き比べれば、才気煥発として、知識の極上の賜物で満ち溢れんばかりの利発な児童であると確信するに至っている。して当該結論に達したのは、入選詩を精読した上、大学雇用に馴れ親しんだ若者の内、後年衆に擢んでたり、何らかの点で健全にして健康になる者の数が極めて少ない点を然るべく斟酌したためというよりむしろ、両委員会における証人調べを直接参照し、二種類の証言を突き合わせ、公平に検討したためである。

ダービシャー（英中部州）のブリンズリーにて、児童雇用調査委員会の下《もと》試問された少年が三年間学校に通ってなお、「教会」という語を綴れなかったのは紛れもない事実であり、片やオクスフォード大学に雇用されている人々が一人残らず「教会」という語をいとも容易く綴ることが出来、実の所、めったなことでは他の何一つ綴らぬことに疑いの余地はない。が一方、銘記すべきは、オクスフォード大学に雇用されている人々の胸中、正義、慈悲、博愛、親切、同胞愛、寛容、穏和、善行といった包括的な言葉は如何なる概念も喚び起こさず、反面、「司祭」や「信仰」という単なる文言には言語道断の概念が付与されている旨実証されている点である。鉱山に雇用されているとある年少者は「神」に関して「絶えず呪われるのを耳にして来た」という以外の概念を有していなかった。が「慈愛の本源」とのこの恐るべき関係で「呪う」という動詞を受動態的な意味ではなく能動態的な意味で用い、「神格」を目的格ではなく主格にしてみよ、さらばオクスフォード大学に雇用されている如何ほど数知れぬ人間がより悪しく、遙かに不敬な一文にて呈せられる造物主に全幅の信頼を寄せ、主《しゅ》を余す所なく存じ上げようことか！

　くだんの大学に雇用されている人々の、本調査の過程にて分科委員会から受けた質問に対する回答は、以下の事例より推し量られる如く、鉱山並びに製造所にて明るみに出される如何なるそれより限り無く低い道徳的堕落を物語った。その数あまたに上る証人が「宗教」と「救済」という文言にて理解している事柄について質問されると、明かりの灯ったロウソクと答えた。中には水と、或いはパンと、或いは小さな少年と、答える者もあり、また中には水と、明かりの灯ったロウソクと、パンと、小さな少年を一緒くたにし、くだんのごた混ぜを「信仰」と呼ぶ者もあった。またもや中には、果たして哀れ、人間の司祭は然る折には白い長衣もしくは黒い長衣を着用せねばならぬとか、顔を東もしくは西へ向けねばならぬとか、或いは土塊《つちくれ》の膝を曲げねばならぬとか、直立した虫螻たりて大地に立たねばならぬ等々といった問題は天上にては極めて肝要にして、万有の巨大な等級における由々しき要件と思うか否か問われると「然り」と答え、さらに、果たして人はかようの黙り狂言《ママリー》を蔑してなお永久《とは》の眠りに就き得るか否か問われると、きっぱり「否」と答える者もあった。（ピュージその他の証言を参照。）

　してとある少年《ボーイ》は（しかも、もっと分別があってもよかろう、全くもっての古つはもの《オールドボーイ》だが）とある公開授業にて、国教会の聖職に就く旨誓約した者は他派に赴いた者より当然の如く優れているとの見解に与すや否やと問われると、やはり「然り」と答え、くだんの回答を、本調査委員会は鉱山並びに製造所に限定された質問においては全く前例のない、無知と朦朧たる魯鈍と頑迷の例にして、オクスフォード大学において採用されている労働体制にしかもたらし得ぬそれであると具申せざるを得ぬ。（イングリス*の証言参照。）先の委員会において、とある少年は質問という質問の機先を制すに自ら「ぼくには何にもわかりません」との見解を述べた。がオクスフォード大学に雇用されている人々はほとんど一人残らず、「わたしたちには何にも（他者の魂なる取るに足らぬ例外はさておき）わかりません」と、して或いは気に入るやもしれぬ如何なる牧師の聖職按手にも信を置いているだけに、「誰に対しても何にも責めを負っていません」と異口同音に宣ふ。これを本調査委員会はまたもや、無限により悪しき事例にして、公共の福祉にとって遙かに大きな危害に満ち満ちているとして具申せざるを得ぬ。（証言全般を参照。）

　女王陛下にこの場を借り、敢えて申し述べさせて頂けば、上記の回答を返し、上記の見解に与し、上記の由々しき無知と偏執の状態に陥った人々は、鉱山並びに製造所に雇用されている児童の他方の適格ならざる教師以上に禍をもたらす権限を有そう。というのも後者は随意に、して公共改善の必要に応じて解任され得る、自発的な青少年指導者である片や、前者は掟によりて女王陛下の臣民に押しつけられ、主教という名の、概ね彼ら自身以上に無能にして不埒な然る監督官によってでなければ、無能ないし不埒故には解職されざる、大英帝国の公認日曜学校教師だからだ。よって我々の女王陛下に具申するを忠義な本務と心得るに、何卒陛下の臣民の精神と道徳の頽廃と堕落より当今生じている金銭的・社会的・政治的特権を最早上記の人々に認められぬよう。或いは少なくともたとい彼らが博識の学位や称号を授ける排他的権限を行使し続けるとしても、同上の肩書きがある程度、その権限にて授与される教義を表すやもしれぬほどには変更・改正されんことを。以上は恐らく、真の保守主義をいささかも蹂躙することなく為されようかと。何とならば目下の学位の（その最も肝要ならざる端くれでだけはなき）頭文字は愚昧《B.A》学士、尊大《M.A》修士、教会心神喪失《D.C.L》博士*等々として、依然名残を留めようから。

上記偽りなき旨ここに証す。

トーマス・トゥーク署

T・サウスウッド・スミス署

レナード・ホーナー署

ロバート・J・ソーンダーズ署*

一八四三年六月一日、於ウェストミンスター

第十九稿　農業界

『モーニング・クロニクル』紙（一八四四年三月九日付）

現政府は共謀罪起訴*の取り扱いにおいてわけても聡明たること身をもって証したからには、恐らく（その最も影響力の大きく、最も御し難き支持者の幾人《いくたり》かの宥和を行政的視野に入れつつ）祖国の全製造業界を農業界に対す共謀罪*の廉で起訴するに如くはなかろう。陪審員は弾劾の埒外にあらねばならぬため、陪審総員はバッキンガム公爵*自身を陪審長とし、バッキンガム公爵の借地人より選ばれるやもしれず、祖国が判事に心より得心し、予め判事の中庸と不偏不党に対す十二分な保証を得られるよう、恐らくは、法の仕組みに若干手を加え（己《おの》が目的に傾注している保守政権にとりては単なる些事にすぎまいから）、一件をエクセター主教*の執り仕切る教会裁判所にて審理さすのが望ましかろう。アイルランド法務長官は「剣《つるぎ》を鋤鍬《すきべら》に打ち替え（『イザヤ書』二：四）」、審理を司るやもしれず*、コブデン氏と他の否認者はお好み次第の如何なる弁護根拠を採用しようと、と言おうか気の向くまま何を立証しようと論破しようと、評決がらみでは何ら不安や疑念に駆られる恐れはあるまい。

国全体が当該神聖ながら不幸な農業界に叛旗を翻していることに疑いの余地はない。「穀物法廃止」の声が上げられているのは独りコヴェント・ガーデン劇場や、マンチェスターの自由貿易会館や、バーミンガムの市庁舎の壁の中だけではない。叫び声は救貧院の藁敷きの収容室から収容室で夜分、呻かれているのが聞こえるやもしれぬ。我々の街路を凄まじくする痩せこけ餓《かつ》えた顔また顔に読み取れるやもしれぬ。獄《ひとや》にて重罪犯食を前にする、頰のげっそりこけた無法破りによって捧げられるありがたき食前の祈りの中でつぶやかれている。熱病病院の壁に「由々しき文字にて記され（『ダニエル』五：五）」、人類の記録という記録に克明に跡づけられるやもしれぬ。これら全てが今しも不運な農業界に対し大がかりな叛旗が翻されていることを証す。

鉄道にて「走っている者にすら」当該叛旗は「易々読み取れる（『ハバクク書』二：二）」。かつての駅伝馬車御者は「農夫の馴染み」だった。トップ・ブーツを履き、畜牛を理解し、馬に小麦を食わせ、麦芽《モルト》に心底、親身な関心を寄せていた。機関士の流儀と、共感と、趣味は工場の端くれ。炭塵と煤にまみれた綿《ファ》織《スチャン》布の作業着や、油じみた手と、薄汚れた顔と、絡繰がらみの蘊蓄に照らせば、奴が製造業界に一身を捧げた男たること一目瞭然。火と煙と赤熱の石炭殻は奴の跡に付き従う。奴は土塊《つちくれ》に愛着のさらになく、竈で鍛えられた鉄の道を行く。奴の警告は我らが映えある父祖の古き善きサクソン語ではなく、悪魔じみた喚き声にて伝えられる。奴は断じて農夫の肺腑もて「やあ、そらっ」とは叫ばず、真鍮の喉から工場生まれの金切り声を絞り出す。

一体何処にて農業界は成り代わられている？ 我々の公生活の如何なる様相より、そいつはまやかしの好敵手《ライヴァル》の不当な擁立へと追いやられていぬ？

警官は農業贔屓か？ 夜警は然り。彼らは一人残らず羊毛のナイトキャップを被り、巨大な棍棒とガラガラに律儀にしがみつくことにて樹木の成長を促し、夜毎、古代イングランドの名にし負う沿岸警護軍艦《ウドウン・ウォールズ》のまた別の形にすぎぬ番小屋で眠り、断じて寝坊するまで目を覚まさぬ――との一点にかけては正しく農夫かと見紛うばかりだ。片や警官はと言えば？ 連中のボタンはバーミンガム製だ。連中の警棒が一ダース束になってかかろうと、夜警の棍棒一本にも「引けを取ろう（『ハムレット』I、2）」。連中にはその狭間にて休らう木造りの壁《ウドウン・ウォール》一枚とてなく、帽子の山には鋳鉄が着せられている。

医者は農業贔屓か？ ロンドンはキングズ・クロスの健康《ヒュギ》の女神《エイア》施療院なるモリソンとモウト両先生*に答えて頂こうではないか。くだんの殿方御両人が絶えず申し立てる所によらば、医学界全体が「植物性万能薬」の真価を貶めんものと結託して来たとは火を見るより明らかではないのか？ 正規の開業医の側《がわ》におけるこの植物全般に対す敵対と、打って変わった鋼と鉄の称揚はとある解釈以外の如何なるそれを容れ得ようぞ？ 其は農業界に対す紛うことなき否認にして、打って変わっての製造業界の擁立ではないのか？

法学教授はともかく「崇め奉らねばならぬはずの麗しの乙女に誠を尽くし損なっている」*というのか？ アイルランドの法務長官に質してみるが好い。くだんの映えある博学の殿方に質してみるが――その最近の公的所業が農産物の端くれたる灰色の鵞ペンを脇へ打ちやり、撃発装置の下《もと》、農耕と御逸品を結びつける燧石《ひうちいし》一つとてなき拳銃を引っつかむことだったというなら（注(五五)参照）。或いは遙かに高位の官吏に質問を提起するが好い――その同じ折、証言なる逆風に揉まれるがまま「ここかしこ靡く葦（『マタイ』一一：七）」たるべきだったものを、「権力」によりて何物にも貫き得ぬ真鍮にて鋳られし「正義」の座なる工場生産像たる様が見受けられたとあらば。*

当該製造業界において、明けても暮れても「世界は我々にとって余りに苛酷だ（ワーズワス『ソネット集』第一部第三十三篇）」というのが大いなる苦情にして大いなる真実である。農業界、と言おうかその名で通っているものにとっては然に非ズ。其は苦しめる世界のことは断じて惟みも、見もせず、くだんの世界に関す知識を広げようともせぬ。と言おうかそいつが世界のまたる限り、一切お構いなしだ。ダンテが憂はしき領域の第一の奈落、或いは圏内に据えた者達こそが＊目下の国会にて、或いは四季裁判所にて、或いは「農夫の友」の集会か、どこであれ他処にて、農業界に成り代わっていたのやもしれぬ。

閑話休題。農業界には叛旗が翻され、我々は叛旗の証を二、三、色取り取りのグルの様々な階層から輝き出づるがまま、審らかにしたにすぎぬ。全製造業界に対す起訴は、蓋し、オコネルその他に対す君主の一件における起訴より長引く要はない。コブデン氏が代表と見なされるやもしれぬ——実の所、早、満場一致にて代表たる如く。証拠はないやもしれぬが、そもそもお呼びでない。必要なのは判事と陪審員のみ。して政府は連中を何処で見つければ好いかくらい先刻御承知。さなくば連中、いくら経験を積んだとて水の泡。

第二十稿　トーマス・フッド宛、往古の殿方からの脅迫状

チャールズ・ディケンズに託して

『フッドの雑誌・滑稽雑文録』＊（一八四四年五月号）

拝啓フッド殿——政体は終に動きつつある！　お笑いになる要はない、フッド殿。小生とてそいつがこれまでにも二、三度、或いは四度、動きかけたことは承知しているが、今や、して紛うことなく、蠢いている。

お見逸れなきよう、小生は上述の表現を当今小癪な洒落者《ジャッカネイプス》が用いているような意味合いにてではなく、貴兄、熟慮の末、用いている。小生が物心ついた頃、小癪な洒落者《ジャッカネイプス》などというものは存在しなかった、フッド殿。幼かりし時分、イングランドは古きイングランドだった。それがよもや年老いて後《のち》、若きイングランド＊になろうなど夢想だにしなかった。が万事は後退しつつある。

ああ！　小生の時代には政府は政府であり、判事は判事で

あった、フッド殿。当時は戯事《たわごと》は一切なかった。何であれ治安妨害の苦情を訴えてみられるが好い。さらば立ち所に軍隊が出動した。水曜の晩には、貴兄、銃剣を突きつけてコヴェント・ガーデン劇場に突撃をかけていたろう。当時、判事は威厳に満ち、志操堅固にして、如何に法を施行すべきか心得ていた。当今、如何に本務を全うすべきか心得ている判事はわずか一人しかいない。* 判事は先日、例の、(一枚につき三ペンスでシャツを縫うという) 十全たる仕事に恵まれながらも、祖国に何ら誇りを有さず、のん気な食い扶持を盗まれた勢い、叛逆的にも幼子諸共河に身を投げんと思い立った過激な女を審理した。して映えある判事はわざわざ、貴兄――わざわざ――被告を召喚し、即刻死罪を申し渡すに、この世に容赦の望みのさらに無き旨告げた――とは貴兄自身、四月十七日水曜付新聞に目を通せば、お分かりになろう如く。判事は支持は得まい、貴兄、無論、支持は。が銘記するに値するに、判事の文言はこの王国中の工業都市という工業都市へと伝えられ、不平分子の工員の溜まり場たる、ありとあらゆる政事《まつりごと》談話室や、ビール店や、新聞売場や、密かな或いは公の集会所にて民衆宛声高に読み上げられたからには、取締役の側《がわ》の如何なる腑抜けの優柔不断もおよそそいつらを拭い去ること能ふまい。その手の偉業は当今、取り上げ、取り置かれたが最後、断じて忘れ去られぬ、フッド殿。一般庶民(わけても平穏と調和を求める者)は並べて判事に感謝している。仮に何者かが晴れてテムズを燃え上がらす*運命《さだめ》にあるなら、判事こそはくだんの運命《さだめ》にあろう。して実の所、いつぞやはすんでに燃え上がらせかけたという。

だが判事ですら政体までは救えまい、貴兄。其は維持出来ぬほど毀たれている。如何なる荒天の下《もと》贄と化し、難破しようか御存じなりや、フッド殿? 如何なる暗礁にて擱坐しようか御存じなりや、貴兄? どうやら御存じないと見える。というもの未だ小生を惜いて何人《なんぴと》たり存ざぬからには。ならば教えて信ぜよう。

政体はイングランドにおける人類の堕落とその蛮民と小人《ピグ》族《ミー》の合の子への零落において(海事用語を用いれば)、貴兄、沈没しよう。*

是ぞ小生の命題にして預言である。是ぞ小生が貴兄に警告を与えている事変である。以下その証を立てて進ぜよう、貴兄。

貴兄は文士であり、フッド殿、聞く所によると、読みごたえのあるものを書いてお見えになった。聞く所によると、と申したのは小生、当今物されるものは断じて読まぬことにしているからだ。申し訳ないが、何人《なんぴと》といえども己自身の時代については、それが未だかつて存したためしのないほど、或いは金輪際存すまいほど悪しき時代であるとの事実をさておけば、何一つ知る可からずというのが自論である。それこそは、貴兄、唯一真に賢明にして幸福たる道に違いない。

文士としての立場上、フッド殿、貴兄は間々女王陛下の宮廷に招かれておいでかと。女王に神の御加護のあらんことを！　貴兄も当然、御存じの如く、王宮にとって（位階と政治）に次いで肝要な三つの鍵は「科学」と「文学」と「芸術」である。小生自身はこれには肯《がえん》じ得ぬ。其は野卑にして、粗野にして、全くもって非英国的である。くだんの習いは常に当時の智恵者を侍らせていた『アラビア夜話』の未開の君主の御代以来、外つ国のそれであるからには。が其が現実である。して王宮の食卓にて正餐を認《したた》めぬ際も、必ずや侍従武官の食卓に貴兄のためのナイフ・フォークが用意されている。そこにては、なるほど、全ての才人がわけても歓待されるだけに。

が万人が才人であるとは限るまい、フッド殿。科学的天稟も、文学的天稟も、芸術的天稟も最早、科学的、文学的、芸術的賜物から生ず資産に劣らず後の世に継承される運命《さだめ》にはない。後者を掟は自然の右に麗しく倣うに、次世代にて保護するを潔しとせぬとあらば。結構、貴兄。ならば人々が胸中、王宮寵愛に達す他の手立てを漁り回り、当代の徴《しるし》に目を光らせつつ、くだんの栄華の到達点への就中洋々たる途《みち》を自らのためにせよ、後裔のためにせよ、切り拓こうとするのも宜なるかな。

フッド殿、王室関連ニュースの最近の記事から判ずに、仮に父親が息子をいずれ参内すべく「その行くべき道に従って育て上げ（『箴言』二二・六）」たいと願い、にもかかわらず科学者や、作家や、芸術家になるべく年季奉公に出してやれぬとあらば、父親には三様の行く手が開かれている。即ち、何らかの人為的手立てにて息子を小人《こびと》か、野人《やじん》か、ジョーンズ少年＊に仕立てるという。

さて貴兄、是ぞ政体がバラバラに瓦解しよう砂州にして流砂なり。

小生、探りを入れてみた所、フッド殿、界隈にては中下層階級の四軒につき二軒強の家庭が幼気な我が子を抑制すべく想像し得るありとあらゆる手練手管を研究し、実践しているという。ただし、その数を抑えるのでも、早熟を抑えるのでもなく、成育を、貴兄。例えば仔犬にその成育を遅らすべく与えられるようなジンと牛乳を等分に混ぜた破壊的にして抑制的な飲料が——何か小盃《ショート》の生酒ではなく、縮小効果《ショートニング》のある酒が——これら幼気な子らに日に幾度となく投与されている。くだんの幼子にあってはまずもって不自然にして人為的な喉の乾きが塩漬け牛肉、ベーコン、アンチョビ、サーディン、薫製ニシン、小エビ、オリーヴ、エンドウ豆スープの食事や、その手の食餌によって掻き立てられる。して幼子らが血も涙もない心をも溶かそう片言まじりの金切り声にて飲み物を汲々と求めるや――とは必ずや（心をも溶かす、のではなく金切り声にて）求める如く――当該混合酒が疑うことをつゆ知らぬ胃の腑へ流し込まれる。然に幼気な齢《よはい》にして、然に夥しき度合にて、当該、乾きを掻き立てては発育阻害飲料もて癒す習いが遵守されるため、塩水パン粥が早、薄切りトーストの使用に取って代わり、それまでは一点の非の打ち所もなかった乳母が通りをフラフラ、千鳥足でフラついている様が見受けられる。というのも大量のジンが、貴兄、上述の液体へと次第にして自然に変質するのを目し、彼らの体内へ投入されているからだ。

　小生に能う限りの算定によらば、当該習いは、上述の如く、およそ四軒につき二軒強の割合で励行されている。同数軒の内さらにもう一軒強の家庭にては我が子を野生状態に貶めるに、幼少期から生肉、鯨油、新酒ラムへの耽溺及び頭皮剥奪＊を陶冶せんとの努力が払われている。異国風の野蛮な踊りもまた広く遍く流行し（貴兄もポルカ熱が巻を席捲しているのを目になされていようが）、蛮族の雄叫びや勝鬨が誰憚ることなく挙げられている（もしやお疑いのようなら、如何なる晩であれ下院にてお目にかかれよう如く）。否、幾人《いくたり》かは、フッド殿、しかも名立たる高位の幾人《いくたり》かは早、野生の息子を養育するのに成功し、御曹司は破産者法廷、警察署を始め広々とした展示室にて公に見世物とされ、大いなる人気を博している。が未だ王宮にて寵を受けるに至っていないのは、恐らく、ランキン氏の野人《やじん》が外つ国人《びと》であるのは言うに及ばず、彼らによって刻まれた印象が余りに鮮烈にして生々しいためであろう。＊

　ここにて、貴兄、「オジブウェー花嫁」の事例を引き合いに出すまでもなかろうが、確かな筋から聞いた所によれば、花嫁は今しも未開の奥処に引き籠もらんとしているという。そこにて娘は蛮族の子らを生み、育て、子らは時満ちて、ウィンザー城とセント・ジェイムジズ宮殿にて必ずや博そう人気に乗じ、連合王国における地位と、後援と、権力の主たる役職を小人《こびと》と分かち合うことになろう。

　こうした所業より招かれるに違いなき惨憺たる結果と、同上が最上流階層にて受けよう奨励を、フッド殿、考えてもみて頂きたい。

　小人《こびと》がわけてもお気に入りなだけに、貴兄、人心は著しくも甚だしく小人《こびと》の生産に傾こう。失敗作だけが野人《やじん》として育てられるのではあるまいか。想像力はかようの場合、大いにモノを言い、想像力に能う限りの手は尽くされようし、事実尽くされている。この点に関してはエジプト館における公演中の親指トム将軍＊に格別な関心を寄せるくだんの御婦人方の然る状態に目を留めさえすれば得心頂けるやもしれぬ。

　小人《こびと》の急増は女王陛下の新兵徴募課において逸早く感じ取られよう。基準は必然的に下げられ、小人《こびと》はいよいよ、いよいよ小さくなり、「奴と同じくらいの丈《インチ》の男」という通俗的な表現は言葉の綾ではなく、文字通りの常套句となろう。精鋭連隊、わけても近衛部隊は全国津々浦々より最も小柄な男を選りすぐり、英国陸軍総司令部の対の小さな柱廊玄関《ポーチコ》にては対のシェトランドポニーに跨った二名の親指トムが日々任に当たっている様が見受けられよう。して各々（目下、本家本元の親指トムが公演の合間に交代されている如く）野人《やじん》に交代され、英国近衛歩兵第一連隊兵はクォート甕に潜り込むか、「悪魔」か、「青鷗」か、「空飛ぶ牡牛」か、何かその手の他の蛮族の酋長に為り変わろう。

　小生、首都の至る所でギリシアの彫像に成り代わっている所が見受けられよう仰山な小人《こびと》についてくだくだしく述べようとは存ざぬ。さらばむしろ願ったり叶ったり――トラファルガー・スクェアに小人《こびと》を二、三人雇えば大衆の趣味の向上に繋がること請け合いだろうから。

　宮廷の様々な雅やかな職務に小人《こびと》が就くとすらば、貴兄、目下の規則を某か変える要があろう。申すまでもなく親指トム将軍その人ですら、足代棹《あししろざお》を小脇に抱えて歩き回らされたのでは、大礼の折々、然るべき威厳を保つこと能ふまい。故に目下用いられている金銀の杖はくだんの貴金属製の焼き串大にまで切り詰められねばならず、小枝もどきの黒杖がせいぜい使い勝手の好い限度であろうし、皇太子殿下の鈴付き珊瑚が、目下存在している職杖の代わりに用いられ、例の（オリヴァー・クロムウェルが然に呼ばわった所の、フッド殿）道化の笏杖《ボーブル》＊は、その値がまずもって政府保険計理人《アクチュアリー》のフィンレイソン氏に算定された後《のち》、国債の貸方に記入されよう。

　以上全ては、貴兄、政体の命取りとなろう。が事はこれだけでは済まぬ。政体は恐らく、しぶとく生き存えようが、そいつの息の根をなお三度《みたび》にわたって止めようほどの疾病が、フッド殿、差し迫っている。

　野人《やじん》が下院議員の席に着こう。想像してもみよ、貴兄！「疾風《はやて》（注（六〇）参照）」が下院議員たる様を！　当今、討議を掻い潜るのは至難の業。が、「疾風《はやて》」が蓋し、下院の床の上にて選挙区住民のためにまくし立てている様を想像してもみよ！

或いは（なお由々しき結果を孕むに）内閣がげに如何なる腹づもりなものか、英語で、祖国に告げるべく、下院に通訳を雇う様を！

ああ、貴兄、上記はそれ自体、セント・ジェイムジズ・パークの臼砲《きゅうほう》もて政体を吹き飛ばし、後にはただ煙が立ち昇るだけとなろう。

が是ぞ、くどいようだが、我々の見る間に向かっている行く末である。フッド殿。して小生、貴兄がとことん得心なさるよう、内密に名刺を同封する次第にて。常備軍が小人《こびと》より編成され、ここかしこ野人《やじん》がかつて戦闘に狩り出されていた象よろしく列兵を混乱に陥れるべく配置された暁には果たして祖国は如何なる窮地に追い込まれようことか、是非とも想像を逞しゅうして頂きたい、貴兄。或いは、能天気の小癪《ジャッカ》な洒落者《ネイプス》の中には、ジョーンズ少年もどきや、その他、宮廷寵愛の野心を抱く連中の逮捕に伴い、海軍の強制徴募兵の数はそれ自体我らが島国を外国軍の侵略から守るに足りようとの異を唱える者もあるやもしれぬ。が、小生としてはくだんの小癪な洒落者《ジャッカネイプス》に申したい、貴兄、なるほどジョーンズ少年前例の——かようの若人を浮浪者としての各々の投獄期間の切れた後《のち》掻っさらい、とっとと乗船させ、陸《おか》の外気に当たろうと企てる度またもや即刻、沖へ送り返す——叡智は認めつつも、彼らの推測の正当性を打ち消さざるを得ぬのは、生来の詮索好きが祟り、くだんの若き無法破りは時ならずして、未だ我らが艦隊名簿にて有能な海員たるの等級を定められぬとうの先から、間諜として敵に絆られるが落ちだろうと思われるからである。

かくの如きである、フッド殿、我々の前途とは！　してもしや貴兄と、宮廷にてカオの利く貴兄の馴染みの幾人《いくたり》かとで一縷の望みとして巨人をでっち上げられねば、この悪運尽きた島国にあっては万事休す。

貴兄自身の私事に関せば、貴兄、当該警告の後《のち》最も慎重かつ適切と思われる如何なる措置であれ講ぜられるが好かろう。ただし、上記は軽々ならざる警告である。とは小生たまたま存じている如く。小生の警告に与す殿方から洩れ聞く所によらば、貴兄は最近貴兄の『雑誌』に幾許かの変化と改善を施し、今しも新規蒔き直しを図っておいでとか。もしやこれが確かな情報にして、事実然たれば、如何ほど小振りに蒔き直しを図ろうと小振りすぎることはあるまい、貴兄。直ちに十二枚折判に縮小されよ、フッド殿。機を見るに敏たられよ。して貴兄の『雑誌』の柄《がら》を毎月減じ、終には誠に遺憾ながら最早、創意工夫に富むシュロス氏によりては発刊されていぬ小さな暦書*にまで縮小されるが好かろう。御逸品、小さな顕微鏡をあてがわねば、裸眼にてはおよそ解読不能だった訳だが。貴兄は、何でも『雑誌』の頁に御自身による新たな小説を掲載される心づもりとか。お耳を拝借。小生、青二才ではなく、故にいささか世故長けてはいようかと。何卒、題扉に御自身の名を記されぬよう。さらば自らの首を縛める気狂い沙汰に外なりますまい。親指トム将軍と掛け合い、御名を如何なる条件であれ拝借されんことを。万が一雄々しき将軍が貴兄と掛け合うを潔しとせねば、お次の売れスジたるバーナム殿（注(六二)参照）の名を拝借されよ。して晴れて、当該時宜に適った方策がツボに嵌まり、贈り物の形《なり》にてバッキンガム宮殿からは豪華な宝石の鏤められた銘板一式を、モールバラ・ハウス*からは付属品付き金時計を受け取られた暁には——これら高価な飾り物が版元にて貴兄の友人並びに一般庶民に公開されるべくガラスケースに収められた暁には——さらば、貴兄、何卒当該書簡を思い起こされたし。

以上認《したた》め果したからには付言致すまでもなかろうが、小生、貴兄の愛読者には非ズ。

敬具

一八四四年四月二十三日火曜日

追而　くれぐれも寄稿者の胆に如何ほど低すぎても低すぎることはなかろう旨、してたとい小人《こびと》でなかろうと野人《やじん》でなければならぬ——或いはともかく飼い馴らされていてはならぬ*旨銘じられんことを。

第二十一稿　ウェストミンスター会館における「騎士道精神*」

『ダグラス・ジェロルド・シリング・マガジン』誌
（一八四五年八月）

「この空念仏の世にて唱えられるありとあらゆる空念仏の就中」とスターンは認《したた》めた。「心優しき天よ、吾《あ》を芸術の空念仏から護り賜へ（『トリストラム・シャンディ』第三部第十二章）！」我々には読者諸兄の英気を養うべく、偉人の令名の雷《いかづち》によりて酸化した*我らが空念仏の小樽に飲み口をつける意図は毛頭ない。同上の水っぽい酒が数知れぬ手近な導管や水道にてロハで手に入るというなら、如何ほど惜しみなき汲み出しとて、一シリングでは法外に高すぎよう。〔しかも造形芸術委員会会長たるイーストレイク氏（画家・王立美術院長（一七九三―一八六五））に申し込み次第、言はば本源より、沸々と滾つがまま、汲み出せるやもしれぬというに。氏ならば忝くも卸し、小売りにかかわらず、如何なる量であれ、職権上《エクス・オフィショウ》の資格にて快く振舞い賜おうから。〕

だが本誌の主旨は真に偉大にして善なるものに与し、〔たとい素人愛好家《ディレッタント》卿や転んでもタダでは起きぬ皇子の雲間より輝き出でようと、天稟の映えある高貴を歓呼して迎え、〕わけてもイングランドにては、秀でた功労者の昇進の道を包囲する浅ましき横ヤリを嘲弄し、鑑賞者全ての趣味と思想を高め、母国にとっての不朽の誉れたることを証そう「何か」達成された逸品の謂れをもって、相応の箇所にて快く栄誉を授けることにある。

ウェストミンスター会館の壁に今しも、かようの「逸品」が掛かっている。然に瞠目的な美が、然に無限の多様性が、然に熟達した意匠が、然に力強く巧みな絵筆捌きが、然なる思索と空想が、然に驚嘆すべくも濃やかな詳細描写《デテール》の綿密さが、とある偉大な調和と、とある平明な意図に与しているものだから、果たして造形芸術はその歴史の如何なる時期においてであれ、かほどに傑出した成就に際会したためしがあるものか問われるやもしれぬ。

くだんの逸品とは「委員会の命《めい》の下《もと》」物された「騎士道精神」と題すダニエル・マクリースの実物大下絵《カートゥーン》である。〔其は委員会の命《めい》の下《もと》、縦是々フィート然々インチにして、委員会の命《めい》の下《もと》、横是々フィート然々インチである。均衡は委員会の命《めい》の下《もと》、極めて取りづらく、主題と画題は委員会の命《めい》であった。」果たして委員会の側《がわ》なる当該寓意的依頼が何か常ならざる着想の至福を示すか否か、は未決の問題やもしれぬ。我々はむしろ否定的見地に立ち、忌憚なく述べさせて頂けば、まずもって雛型の実物大下絵《カートゥーン》の概要とし、フールスカップ判（一六×一三インチ）紙に委員会考える所の「騎士道精神」が呈示されている所を拝ませて頂きたかったものだ。芸術の目的のためにかようの抽象概念を扱うことが如何ほど軽々ならざる格別な困難を伴うものか、一件にしばし思いを馳す何人《なんぴと》であれ疑い得まい。片や抽象概念を馬鹿馬鹿しくも奇怪たらしむほど容易いことはないとは、同じ会館の同じ画題を扱った別の実物大下絵《カートゥーン》――狂乱の態の食屍鬼《グール》が、片隅から見守っている洗礼者ヨハネの首の度胆を抜くに、突風の下《もと》、「骸《むくろ》」の上にて踊り狂っているの図――を目の当たりにした何者によりてもほとんど論駁の余地なき定理である。

　マクリース氏の画題の巧みな扱いは既に幾々千もの人々の心に深く染みている。其はありとあらゆる階層と境遇の人々の間における馴れ親しんだ知識である。会館内の一大眼目にして、他処での絶えざる話題である。社会の大多数に「芸術」への新たな興味と、新たな認識と、新たな愛を掻き立てている。美術学生は絵の前に幾時間となく腰を降ろしては、その幾多の美の形状の中に、世の人々を楽しませ、そのより高き評価において将来の美術教師たる我と我が身を高める教えを読み取って来た。ヴァチカン宮殿の壮観や、フィレンツェの画廊や、ヨーロッパ全土の最も偉大な芸術作品に馴れ親しんだ目ですらその前にては自づと喚び覚まされる激しい情動で茫と霞む。額に汗して糊口を凌ぐ、無知で無学な人足が、ほんの「薪を伐り、水を汲む者（『ヨシュア』九：二一）」が（一週間前の我々の背《せな》における如く）一塊になって周りを取り囲み、其を一冊の書物さながら己《おの》が約しき言語にて繙く。如何ほど荒かたろうと雅やかたろうと、人々の胸中、其は等しく速やかな感応を見出し、飽くまで持ち堪える限り、感応を見出そうし、見出すに違いない。

　というのも如何で見出し得まいか？　いざ目を上げ、群なす人々が全ての気高き行為と誉れ高き令名の守護神から――彼らへの報いと償いのために麗しの威儀を正している優しき神霊から（心配御無用、我が式部長官よ、これは正しく絵空事故《ゆえ》）――我勝ちに殊遇を得ようとひた迫っている様を打ち眺め、そこで初めて、如何なる若くひたむきな心がこの偉大な画筆にてなぞられるがまま、彼らの前途を辿る上で己と共に高鳴る――己自身のそれさながら大らかな野望もて高鳴る――心を見出すまいか言うが好い！　汝《な》に霊感を与えるは、その真実と深き献身における「女性への愛」か？　ここなる

ダニエル・マクリース画「騎士道精神」実物大下絵《カートゥーン》
『イラストレイティッド・ロンドン・ニューズ』誌（一八四五年八月九日付）

其を見よ！　或いは俗世が武具の「盛儀盛宴（『オセロ』Ⅲ、3）」と呼ぶに至っているが如き「頌栄《しょうえい》」か？　其が神霊の司る祭壇に鉄甲の手を掛けたなり、その高揚の頂に佇む様を見よ。詩人の月桂冠こそは、玉座に就く者達の絡ますことも萎びさすことも叶はぬというなら——其こそは汝《な》の野望の目指す所か？　其はそこに、詩人の額に頂かれている。して彼が独り立ち去り、深く内省する片や、厳かな額を彩る。聖地参詣者と吟唱詩人もそこにいるが、今や孤独な旅人としてではなく、大いなる目的に至る様々な道伝《づて》栄光へ昇り詰めんとす大いなる巡礼の一行の内二人たりて。して蓋し、彼ら皆の厳粛と美の直中を——己自身の姿形にては目に清かならねど、その精神において全ての雄々しき形状と一途な思索より輝き出でつつ——画家は誇らかに進む！

或いは仮にこの作品を眺める汝《な》が老人で、絵の前へ白髪と、項垂れた頭《こうべ》と、人生の盛りの過ぎ、長閑な夕べがそっと迫りつつある心を連れ来るとしよう。汝《な》にとっての絵の魅力は単に「過去」の呈示にすぎぬというのか？　汝《な》はこの絵に青春の優美と壮年の強固な意志が汝の支えとなるべく己自身のものである限りをさておけば、何ら関わりを有さぬというのか？　今一度見上げてみよ。神霊の玉座に就いている辺りを見上げ、さらば周りには本務を全うした聖職者の姿が見えよう——最早苦闘には幕が降り、付き人兼助言者として神霊を取り囲み、くだんの大いなる上昇と前進に如何なる関与も興味も失っていないながら、飽くまで「秋」にあって「春」の目的に誠を尽くすに、自分達の足跡を辿る民《たみ》を鼓舞し、冷ややかでも悲しくもなく、落ち着くに至った心もて、いつぞやは自ら参加していた闘いを打ち眺め、分け隔ての力の一切及ばぬ「真実」と「美」と「弱者への慈悲」たるかの偉大な御前にて身罷るべく居合わす者達の姿が。

この最後の人々に関し、制作と着想双方において、「芸術」の正しく最高位にあると言った所で詮なかろう。そこに描かれた二十三の頭部のどれ一つとて、同じ評の成されぬものはない。事ほど左様に、かようの主旨のために他の掌中にては全く無能な手立てにて生み出される大いなる効果についても、或いは同じ類の道具によって同じ手合いの表面に描かれたとも思えぬほど当該作品を他の展示作品全てと隔絶さす、途轍もなき迫力と色彩についても触れまい。会館それ自体のレンガや石や材木とて上記以上に論駁の余地なき事実ではなかろう。

この類稀な作品に関し、余りに手の込んだ仕上げが施されていると、各部分が完璧すぎるとの異が唱えられている。して神のみぞ知る、もしやこの絵がくだんの点において会館の周囲の如何なる規準であろうと其に照らして判ぜられるとすらば、如何なる類例も見出さねば、如何なる追随も許すまい。が作品は飽くまで後ほど複写され、フレスコ壁画に描かれるはずの下絵にすぎず、仕上げの中にはたとい最初ならずとも、最終的には施されねばならぬものもある。実物大下絵《カートゥーン》にあってはなるほど、庭の四阿の格子細工ほども粗削りにして互いに懸け離れた一連の交差線が人間の顔の肌理を表しているのを自明の理とするのはいたく結構だが、顔は固より左様には描《かい》かれ得ぬ。紙の上での一掃けは周囲のものから得られる脈絡により、手脚か、肉体か、胴鎧か、羽根帽子か、旗か、長靴の片割れか、天使に為り変わっているものと解《かい》されるやもしれぬ。が、いざ壁上に絵の具で再現する段ともなれば、これら代物は真っ向から組み打たれねばならず、およそかようのやり口でぞんざいに片をつけられること能はぬ。これまでもこの点に関す軽々ならざる不見識が幾人《いくたり》かの鑑賞者の胸中、ラファエルの名立たる実物大下絵《カートゥーン》によりて掻き立てられて来たと思しい。が彼らはくだんの下絵がついぞフレスコ壁画の図案としては意図されていなかったことを失念している。それらは何人《なんぴと》たりかの巨匠以上には知り得なかった如く、然る概括的かつ一般的な趣意しか容れぬ綴織のための下絵であった。図案たる不朽の実物大下絵《カートゥーン》と引き比べれば、綴織が全くもって悍しく、疎ましいだけに、綴織をローマにて掛けられているがまま目にする何人《なんぴと》たり立ち所に素描のくだんの目的と、くだんの趣旨への格別な適応を見て取らざるを得ぬ。片や当該実物大下絵《カートゥーン》の意図は全く異なるだけに、マクリース氏の心づもりは、我々の理解する限り、壁上のフレスコ画にて自ら何を為さんとしているか、何を成し遂げられると心得ているか、紛うことなく示すことにあった。してここに氏の趣意が、如何なる困難との折合いも、如何なる困惑的真実の回避もなきまま具現され、その美と力強さと、迫力において余す所なく表現され、現前している。

果たして何のために？　向後イングランドの上院議事堂の高みにて恒久化さすべく？　くだんの神殿の構成される正しく基本要素に、言はば、糾《あざな》はれるべく？　其と共に耐え、いずれロンドンが芝草の生い茂る廃墟なる墓に沈み、芸術の全体系が今一度、巨大な車輪の旋回が完遂されるや、粉々に瓦解し、破滅してなお、恐らくはその古《いにしへ》の「美」の名残を幾許か留めるべく？

［当該英国の支え棒の上に己《おの》が天稟を据えた偉大な英国画家にかようの報いが取り置かれているなどとは想定すまい。むしろなお先へ進み、既に印刷に付されているか、何やらさも実しやかに取り沙汰されている某かの風聞に基づく仮説を

立て、委員会の内二、三名に彼らにあって騎士道精神とは如何様なものか私見を審らかにさせて頂くとしよう。我々は必ずしも彼ら皆にあって彼ら自身の主題が顕現しようなどと当てにしている訳ではない――さらばほんの「暑気中りの大戯け《ミッドサマー・マドネス》(『十二夜』Ⅲ、4)」というもの。が、聞く所によれば、彼らの中には文人が紛れているという――かようの作品に対す正当な鑑賞と雄々しき擁護からそっくりとは懸け離れていない、どころか、くだんの鑑賞と擁護に少なからず密接に関わる営為と趣味に一身を捧げた男が――例えば、いざとならば意のままなる言葉を十二分に持ち併す詩人や、歴史小説家や、弁士や、学者として。さて、我々はもしやこれら文人の内一人がその他大勢の直中なる持ち場にて起立し、彼らに向かって健やかな真実を二、三告げるに「己《おの》が性《さが》の望む如何なる文飾にであれ鑑みて(『ハムレット』V、2)」言葉を選びつつ一件をかく言い表すなら、実に付き付きしき「騎士道精神」の例証と見なそうものを――

「何だと、上下院議員閣下！　他の者に玉座の背後なる、一際目を惹く誉れの位を取り置く片や、この絵を貴殿方の眼前に呈す者にはより劣った部屋のより劣った場所を、哀れ、芸術の貧しき職人よろしく腕を試せよとばかり、下院の控えの間《ま》を、申し出ようというのか！　これが貴殿方の委託の真の遂行という訳か？　これがヨーロッパ中の如何なるちっぽけな君主であれ誇らかに称え報いていたろう申し立ての英国流顕彰という訳か？　委員には「物を見る目がない(『ヴェニスの商人』Ⅲ、1)」というのか？　委員には手も、五臓六腑も、恰幅も、五感も、愛情も、情熱もないというのか？　それら全てを委員会室に置き去りにし、ほんの丁重至極な絡繰に、阿り上手なお追従者に、成り下がったというのか？

「おお、殿下、この作品に再び目を上げられよ！　その独創性に――手法に、意匠に、内どれ一つ取っても間々『画家』たるに充分な資質となって来たほど類稀な、優れた天分の統合に――某か敬意を払われよ！　小生は殿下がこの高邁な頭《こうべ》の上に掲げられる画家の才能に異を唱えようというのではありません。常々其を然るべく評価して参りましたし、目下も評価致しています。のみならず、殿下にあられては、たとい古物であれ、ドイツ派の芸術を愛でるはいたく当然にして友好的だという事実を敢えて俎上に上せようとも存じません。この度の競合の主旨は英国芸術の奨励と高揚にありました。して本作品において、たといほどなく朽ち果てる紙の上に物されていようと、英国の芸術は、いずれ殿下を始め他の人々の一見さも強かそうな筋骨がその量だけの「塵」と化そうと、生き存え、自らを申し立て、凱歌を挙げましょう。皇子たるの肺腑からのものの一息で其は今や聳やぐ大建築の打ち捨てられた片隅へとアザミの冠毛さながら軽々吹き飛ばされるやもしれまいと、かの息が潰え、幾十年となく止まってなお、今や蔑さる脆き代物は殿下に対し優勢を誇りましょう！」

　上記の仮定にては、是ぞ我らが考える所の如何なる委員であれその者にあっての「騎士道精神」である。同上の仮定にては、其に悖る何であれ我らが考える所の「卑劣と不当の最奥なる精神」の寸分違わぬ具現なりと述べることにて筆を擱きたい。」

第二十二稿　書評：キャサリン・クロウ*『自然界の夜の側《がわ》、或いは幽霊とその遭遇者』

『イグザミナー』誌（一八四八年二月二十六日付）

「スーザン・ホプリー」と「リリー・ドーソン」を著した女流作家は既に自ら申し立てる気になりさえすればいつ何時であれ傾聴される資格を確立している。彼女は必ずや愉悦と有益と共に繙かれ、必ずや聡明にして巧妙に筆を走らさずばおかぬ。

「自然界の夜の側《がわ》」とは惑星の太陽から背けられているくだんの側《がわ》を夜の側《がわ》と呼ぶ天文学者に元を取るドイツ語の表現である。物的世界と霊的世界との類似がきっかけとなり、クロウ夫人の作品の主題によく似た主題を扱うドイツ人作家がこの常套句を借用し始め、かくてクロウ夫人はくだんの言い回しを未だかつて出版されたためしのないほど尋常ならざる「怪談集」の一つの表題として選ぶに至った。

当該興味津々たる書籍の目下の書評において、評者は幽霊に対し唱えられるやもしれぬ明らかな異議に二、三言及し、来週改めてこの問題を取り上げ、逆に幽霊に与して述べられるやもしれぬ事柄を要約するとしよう*

「教えたり、意見を押しつけたりする」意図を悉く放棄し、ひたすら読者にそれらを一笑に付す代わり、かようの物語に探りを入れ、思いを巡らすよう仕掛けたいと願い——さらには祖国の一般庶民に生きとし生ける者の必ずや向かっている「かの厳かな国境(『ハムレット』III、1)」からたまさか旅人が帰還する蓋然性に関す、紛れもなき才能に恵まれたドイツ人作家の所見を伝える目的の下《もと》——クロウ夫人は彼女自身の如何なる理論も解釈も押しつけることなく、とは言え自ら語る全てに全幅の信頼を寄せ、同じ信頼を読者にも伝えんと欲すらばこそ、夢や、虫の報せや、警告や、生魑魅《いきすだま》や、魔女や、分身や、亡霊や、怨霊や、お化け屋敷や、狐火や、格別な一族に取り憑いた霊魂からのみならず、かの悪戯者、ロビン・グッドフェロー*その人からすら後込みすることなく、各々皆のために信頼の置ける証人を法廷に召喚し、挙句陪審員の髪が逆立ち、床に就くのが不穏になるまで、証言また証言を重ねて行く。

　どうやら、この点にかけては過剰に証を立てようと試みるしごくありきたりの瑕疵があるようだ。恰も中央刑事裁判所なる人物証明のための如何なる証人とて今しも被告席に立っている囚人ほどの善人の噂を耳にしたためしのない如く、或いは恰もかの賢しらな政治家ロンドンデリー卿(第十五稿注(三六)参照)が通風口開閉係《トラッパー》(鉱床の暗がりに日がな一日独りきり座り、扉を開閉する小さな少年)の仕事にはいささか侘しい所があるのではないかと水を向けられるや「陽気なチビの通風口開閉係《トラッパー》」ほど陽気な代物を何一つ思い浮かべること能はず、実の所、当該不完全な生存状態にあって通風口開閉係《トラッパー》の仕事とは切っても切れぬ仲にあるそれほど陽気なものの存在を認めること能はなかった如く、然にクロウ夫人も己《おの》が最も強かな幽霊の肩を持つに少なくとも劣らぬほど雄々しく最も弱きそれの肩を持つ。夫人は名にし負う一七七二年の「ストックウェルの幽霊」をすら擁護する——何やら漠然として根拠のない反駁が流布しているらしいとは認めつつも、故ホーン氏が(『エヴリデー・ブック』第一巻六八頁で述べている如く)事実、一八一七年にとあるブレイフィールドという男からくだんの名立たる謎の種明かしをそっくり入手していたということを知らなかったと思しく。*男に、ペテンが弄されて数年後、唯一の張本人たるアン・ロビンソン——憑依の場に悉く居合わせていたお化け屋敷の召使い——によって欺瞞の一から十まで告白されていた訳だが。

クロウ夫人は我々はともかく歴史なるものに信を置き、他者の物語る所に則り何事であれ真実として受け留めてもって善しとするなら、幽霊や亡霊の存在も信じねばならぬ、何とならばそれらの出現は世々くだんの手合いの証言に則り後世に伝えられているだけにと述べている。が我々の惟みるに、シーザーの存在は信じるが、シーザーの亡霊の存在は信じぬが全くもって理に適っているのではあるまいか。シーザーは地上に足跡を残し、幾十万もの場所で幾百もの、幾千もの人々に姿を見られ、彼が存在していた事実に纏わる厖大な証を残した。が片やシーザーの亡霊†は夜分、天幕の内にてわずかとある悩める悟性の前に立ち現われるや、とある預言を口にしてもって善しとした。というのもくだんの預言たるや、たとい其が尋常ならざる叡智を具える代わり、通常の叡智を具えていたとて、くだんの悩める悟性にとりては全くもって無用の長物にして、およそ寝耳に水どころではなかったと想定してまず差し支えないからだ。

　全ての歴史もまた然り。歴史家を信じて受け入れる過去の出来事は我々自身の時代と我々自身の知識の内にその蓋然性の裏づけを有している。厄介千万な司祭や、欲得尽くの政治家や、講釈垂れの法律家や、猥りがわしい国王や、気取り屋の若き殿方は、正しく封建時代の豪族の墓に湧いたウジ虫だけに、世には我々自身の経験の埒内にて現在に何らかの投影を見出さぬやもしれぬ、如何なる過去の公的不法も公的逸脱も存さぬ旨証を立てて来た。ローマへの道すがら、ハムデン博士に対す小論説を物し、狡猾なイエズス会士よろしく詭弁を弄しては博士の原典を曲解したニューマン氏*は、自らを焼き尽くす炎のもたらされている片や、如何なる過去のハムデン博士にであれ敬虔に訓戒を与えつつ、戸外の仮設説教壇に聳やかに佇む如何なる過去のニューマン神父であれ、その人物の影法師にすぎぬ。だが亡霊は我々にこの種の満足を与えてはくれぬ。連中は必ずや我々をはぐらかす。当初は如何わしく、証拠に欠け、依然として如何わしく、証拠に欠け、連中に纏わる人類全ての体験は、その眉ツバ物の出現はいつの世にても瞠目的にして、例外的にして、証拠のあやふやな地

---

† 便宜上、シェイクスピアを事実は然にあらねど、この点にかけては歴史的だと仮定して。プルタークは『ブルータス伝』において亡霊を「彼の傍らに静かに佇む、恐ろしくも奇怪な亡霊」と呼び、『カエサル伝』においては同上を「人間の姿形をしているものの、途轍もなき背丈と二目と見られぬほど悍しき容貌の恐るべき亡霊」として描いている。

歩に依拠しているということに――夥しき事例において周知の、して至極ありきたりの疾患によって併発される忘想だと知られているということに――他の幾多の事例においても間々、クロウ夫人自身の申し立てによってすら、かほどに信頼の置けぬ我らが性《さが》の付随事項もなかろうかの、睡眠と覚醒の間《はざま》なる不完全な知覚状態にて目の当たりにされたと主張されるということに――尽きる。「私は誓って、眠っていませんでした」とは、実に容易くも良心につゆ苛まれることなく口にされる言葉だ。が、世にはそのいずれでもないながら、睡眠と覚醒の間《はざま》なる状態があり、さらば印象はまやかしではあっても極めて鮮明であり、眠っていない個人は紛うことなく目覚めてもいない。国によっては、黄昏も、漸次的な夜明けもない所があるという。体質によっては、して幾多の状態において、このどっちつかずの状態は優勢ではなく、事実優勢であっても然るべく斟酌されて、と言おうか考慮されていない。

クロウ夫人はあの世の霊の再来に与すアディソン（『スペクテイター』誌創刊者。詩人・評論家）を引用するに、確か、氏がヨセフス（ユダヤの政治家・歴史家（三七？―九五））から夢物語を詳述し、明らかに事実、信念を表している『スペクテイター』誌一一〇号に言及している。とは言え、因みに付言すらば、同じ『スペクテイター』誌四一九号において、氏は「幽霊、妖精、魔女を始め同様の架空の存在」を取り上げ、くだんの手合いの文学の実体のほぼ全ては「人類を楽しませ、かつ怖気を奮わさすことにて義務感を掻き立てるべく善意の欺瞞の弄された後《のち》の世の暗愚と迷信に由来する」と述べている。ジョンソン博士（詩人・辞書編纂者）もかく、同様に引証されても好かろう。『死者の姿は最早見えぬと』とイムラックは言った。『ありとあらゆる時代とありとあらゆる国家に共通する証言を向うに回し、敢えて申し立てるつもりはない。死者の亡霊が互いの間にて物語られ、信じられていないような民族は、学の有無にかかわらず、この世に存さぬ。この見解は恐らく、人間性の及ぶ限り普及していようが、唯一その真正により普遍性を獲得し得た』（『ラセラス』第三十一章）」だがこれは賢明な演繹だろうか？　果たして其は唯一その真正により普遍性を獲得し得たのか？　この信念は、或いは必ずしも不信ならざる一件に関す懸念、と言った方が当を得ているやもしれぬが、「人間性の及ぶ限り」かの、生から死への由々しき移ろいに伴うものに纏わる恐るべき不確実性が存すからこそ、かくて広く遍く流布しているのではなかろうか？――かの、我々が己《おの》が存在を保つ最も困難な条件の一つたる、本能的な死の忌避が――かの、かようの事象を空想し、信じる好奇心や偏向を（所詮、死の普遍性とその霊的質《たち》に関する人間の臆測をしか証さぬものの）自づともたらす、墓の上に然にずっしりと、仮借なく垂れ籠めている由々しきヴエールに対す「忌避の魅力」が、存すからこそ。強靭な精神を具えた幾多の者ですら超自然的な霊魂の存在を悉く信じていないと得心すること能ふまいし、恐らく夜の黙《しじま》にわけても人気《ひとけ》ない、身の毛もよだつような、謎めいた状況に置かれてなお、我々の生存する世界に属さぬ何物かに対すこの漠たる恐怖を振り払える者はほとんどいまい。が以上全てをもってしても普遍的死を取り巻く普遍的神秘以外に、くだんの怯えの根拠が存す証は立てられぬ。せいぜいイムラックの推論の根拠の域を出まい。フィールディングは、以下の如く主張する。「仮に某かの数の若者を物心ついた頃から（当該彼らの教育のためにぴっちり閉《た》て切られた）王立取引所が聖堂と信ずよう手塩にかけたならば、彼らは一人残らず、大いなる名分を支持し、『楽園』に至る映えある旅券を勝ち得たものと信じつつ、その擁護のため、喜んで門口にて薙ぎ倒されよう（『雑録』（一七四三）第一巻所収「人格に関す知識を巡る随想」）」同じ篤信の若者達は宜なるかな、王立取引所の神秘に彼ら自身の空想より生まれた突飛にして奇抜な属性と荘厳を纏わそう。鎮守の森や、託宣の間《ま》や、ドルイドの社《やしろ》や、超自然的な廟《びょう》や、妻の特有調度品《パラファアネイリア》一式分もの欺瞞と迷信は、いつの世にても信奉者によりてくだんの代物を纏わされて来た。ならば一体何者が、過去、現在、未来を通じ全人類に影響を及ぼして来た、今に及ぼしている、この先も及ぼすであろうとある、真正にして深遠な途轍もなき神秘に関し、其はそれ自体、全ての時代を通し、ありとあらゆる国において、信者の相異なる生活、習慣、教育様式に応じて幾多の形状を帯びる、とある紛うことなき、無根の信念を育み、維持するに足らぬと宣おう？

　して是々の場所や、然々の場所に流布している手合いの精神に及ぼされる当該、習慣と教育の影響がクロウ夫人によりては一般的な蓋然性に関し、然るべく考慮に入れられていないと申し立てても強ち的外れではあるまい。例えば、ドイツの生魑魅《ドッペルゲンガ》、即ち分身《ダブル》、或いは生霊《フェッチ》を例に取ってみよう。この生魑魅《ドッペルゲンガ》は、どうやら、ドイツの博学の教授や学究的な人々の間では然にありきたりなものだから、さながら他者が己を見る如く己自身を見るべくキルマーノックの機織の恩寵を乞う＊祈りを捧げるまでもなく、くだんの特権を通常、享受している。ここなるとある善人は己が己自身のドアをノックし、己自身のメイドから正真正銘、獣脂蠟燭を受け取り、己自身の寝室へと階段を昇るのを目の当たりにするが、男自身、道の向かいから度胆を抜かれぬでもなく見守っている。だが果たして如何で地上のちっぽけな箇所だけがこれら格別な物の怪で夙に名高くなければならぬ？　もしや一件に如何なる想像の即座の感染も如何なる教育の感化も関わっていないとすらば、何故《なにゆえ》イングランドや、フランスや、インドや、サラワク（ボルネオ島北西部州。元英国植民地）にもっと分身《ダブル》が御座さぬ？　クロウ夫人は断食が霊の認識に与すとの証拠に力点を置いているが、ドイツ人は食を断つ習いにはない――どころか大食漢揃いである。ドイツ人に招かれた人々が誓いを立てられる如く、彼らの肉汁は「濃くてドロドロ（『マクベス』Ⅳ、1）」だ。肉は生焼けで、連中はそいつにどっさり酢と、セイヨウ実桜と、ピリ辛のピクルスをかけてたらふく食い上げる。我々はそれとなく、過度に熱い暖炉の使用が間々脳に不穏な影響を及ぼし、恰も視覚と、目にされる物体との間に水が介在してでもいるかのように視覚を揺らめかすと思しいだけに、ドイツで目撃される亡霊の数が夥しいことと某か関係があるのやもしれぬと仄めかされるのを耳にしたことがあるが、なるほど、わけても暖炉が寝室にある場合、これは当を得た示唆かと思われる。分《ダブ》身《ル》は、たとい二倍《ダブル》の摂取の賜物ではないにせよ、かようの部屋につきものではなかろうか。酒精《スピリッツ》／霊魂が、ワイン同様、然に格別な成育であるが故、特定の土壌に固有となっているとは――生魑魅《ドッペルゲンガ》とホックヘイマー（同名の村特産のドイツ白ワイン）が必然的に仲良く羽振りを利かさざるを得ぬとは――蓋し、俄には信じ難い。

クロウ夫人は昂った空想がこれら怪談の内某かの謎解きとして受け入れられるべきだとは容認出来ぬながら、揃いも揃って聖痕（キリストの傷と同一形状の痕跡）を顕現させたチロル地方の法悦症者《エクスタティカ》三名の話を鵜呑みにするほどには、想像力の強い作用に信を置いている。さて、ありとあらゆる手合いの奇跡の内、この格別な類《たぐい》こそ就中眉にツバしてかかり、就中確かな証拠と入念な調査に基づいて初めて容認されねばならぬが（何とならばかようの場合、お付の司祭がペテンを弄すと思しいのは今に始まったことではないからだが）――例えば、今を遡ること三百年、副修道院長が予めこの世ならざる出立ちにて聖母マリアに扮してみせておいてから、男自身の修道院の僧侶達によって、ワインとアヘンで酩酊させられた後《のち》、脇腹と両手両足を刺し貫かれた、ベルンの修練士イェツァーの場合における、正しく類似の奇跡の摘発を見よ――一件ならざる恍惚的事例において過剰の興奮と熱中の状態にある想像力の作用によって事実、患者の肉体にくだんの徴《しるし》が現われたと信ず謂れはありそうだ。事ほど左様に、最も信憑性のある事例において、患者が女性であるという事実も注目に値しよう――恰も及ぼされている影響は母親自身の想像力に克明に刻まれた似姿の可視的刻印を胎児の肉体に留める、母親特有の力の何か奇怪にして歪んだ倒錯ででもあるかのように。だが、なるほど、仮にとある症例において激しい想像力の作用を認めるとすれば、別の症例においてくだんの作用を少なからず斟酌せぬは理に適うまい。クロウ夫人はかの名にし負うレディ・ベリスフォードの怪談*は実話だと申し立てる。内容は、確か、以下の通り。レディ・ベリスフォードは熟睡している夫の傍らで床に就いている折、然る故人の亡霊と然る内密な言葉を交わした。令夫人は亡霊に事実そこに立ち現われていた証を何か残して欲しいと言った。亡霊はその途端、レディ・ベリスフォードには易々と手の届かぬほど高い天蓋の上にベッド・カーテンを放り上げた。レディ・ベリスフォードは(クロウ夫人も認めよう如く、極めて理性的にも――というのも夫人は其は通常目を閉じたまま発揮されると――とは事実に相反すに――想定する点をさておけば、夢遊病者に具わる不可思議な力を熟知しているので)、自分は目を覚ましている際にはそのような真似は出来まいと、睡眠中は出来るやもしれぬと答え、かくて別の証を要求した。亡霊はその途端、令夫人の手帳に署名した。レディ・ベリスフォードはまたもや、自分自身、目の覚めている時はともかく、眠りながらにして肉筆をそっくり真似ることは出来るやもしれぬと申し立て、かくて別の証を要求した。亡霊はその途端、むんずと令夫人の手首をつかみ、手首は、令夫人が目を覚ましてみると、奇妙な具合に皺が寄り、よって以降、包帯を巻いて過ごさねばならなかった。さて、令夫人がこれら証の不可謬性にかけては亡霊より遥かに賢しらだったという点はさておくとしても――その点は、ただし、純然たる亡霊は二人の内、比較にならぬほどより賢しらなものと想定して差し支えなかろうからには、特筆に値するが――レディ・ベリスフォードの手首に皺が寄っていた事象には、チロルの三名の法悦症者の手足と脇腹の傷口から出血していたという事象以上に特記に価する、と言おうか幽霊じみた所があろうか？　以下のように想定するのは牽強附会であろうか――即ち、令夫人はくだんの他の行為を睡眠中ならばやってのけられるかもしれぬと返した際、単にくだんの行為を果たし得ると知っているのみならず、その時その場でかの、夢遊病者の症例においては、或いは通常の夢においてすら、稀どころではなき、自らそうした行動を取っているとの不穏にして不完全な意識の下《もと》、事実やってのけていたと。というのもそうした折、睡眠中の者は腕枕で横たわろうと、夜具をはねのけようと、己自身の行為を架空の人物のそれと見なし、かようの出来事の起こっている夢裡の物語を入念に構築するものだからだ。

　さして違《たが》わぬ症例において、現実の結果と架空の原因との間の全き暗合は論駁の余地がない。我々はたまたまとある症＊例と懇意にしているが、患者は重度の深刻な精神障害を患い、のみならず絶えず幽霊じみた不気味な幻影に悩まされていた——ベルリンの書籍店主ニコライに取り憑いていたそれほどその数あまたには上らぬながら、然まで害がない訳でもなく、遙かに悪意に満ちている上、抜かりのない幻影に。この事例において、患者である御婦人は、自分に祟っている亡霊の質《たち》と素性を熟知していたが、時には亡霊から威嚇と殴打を受け、概ね腕に揮われる殴打はそこに現実の痛みと局部的疾患をもたらした。しかしながら経験上、患者は身に迫る現実の結果が架空の原因を示唆することを学び、かくてそれ以外に両者を結びつけることにて幽霊幻覚者とは断じてならなかった。

　では再び魔女に関し。クロウ夫人は想定上の魔女の自責を、かようの幻想を生み出すべく調合された然《さ》る軟膏、とまでは行かずとも動物磁気によって惹き起こされる幻覚に帰している。が、さらば蓋し、夫人自身その効能を信じている動物磁気を愚にもつかぬ、お粗末な代物に——めっぽう惨めったらしい、下卑た感化に成り下がらせてはいまいか。病人を癒し、不眠症患者を安らがせ、千里眼の少女を星の間中へと誘《いざな》うことの出来る力が、かの古き善き時代の不朽の面汚したるに、英国の至る所で水責めにされたり、火炙りにされたり、縊られた惨めな女共の胸中においてすら、猥りがわしい夜食会を催す淫乱な老人のお定まりの乱痴気といい対お粗末な代物しかもたらさぬとは！　夜食が済めば五十組に垂んとす忌まわしい「サー・ロジャー・ド・カヴァリー（英国の昔ながらのカントリー・ダンス）にて角《つの》と尻尾なるお馴染みの小道具でめかし込んだなりヒラつき回り、皺くちゃの二目と見られぬ老婆の胸許にてはどデカい赤子に為り変わり、或いは文字通り己を獣に成り下がらすに、不様な老いぼれ山羊か、犬か、猫よろしく、あちこちさ迷う老人の！　世に、魔術に纏わる虚偽の摘発におけるほど、不合理が唯一不変の質《たち》なる、如何なる手合いの嘆かわしき不合理もなく、空想が——などという文言を然なる知性の困窮に適用して差し支えなければ——然に低く、さもしく、下卑た不合理もない。クロウ夫人は言う。「自ら描く不敬な集いに加わった廉で中世に火炙りの刑に処せられた惨めな女共が皆、己自身の物語に信を置いていなかったとは想像し難い」して問う。「如何様に、ならば、我々は女共が何らかの尋常ならざる幻覚の犠牲者だったと想定せずして、彼女らの告白の執拗さを説明し得よう？」デフォーはその妖術体系においてかく、当該質問に対すとある回答の機先を制す。「実に奇しきことに、人は然に、ありのまま以上に邪悪と思われたいがため、相手が自分達を知っていようといまいと、正しく悪魔をも忌避すること能はず、むしろ濫用せざるを得ぬ。がこれが事実であり、我々は我々の直中に然に幾多の退屈千万な妖術の事例を有すというなら、わざわざ諸例を求めてエジプトまで足を運ぶ要はない*」さらに、夥しき数に上るこうした事例には憎む相手に対す、悪意に満ちた無学の人間による告発が伴う。かくて彼らはこの、デフォーが論ず奇しき邪悪において、単に悪魔と交わりを持っていると想定される箔のみならず、憎む相手の命を奪う満足をも得ようとする。さらに、世に、恐怖と相俟った愚行の感染ほど凄まじい感染もない。さらに、当時は（クロウ夫人はどうやら、当座、失念していたと思しいが）「拷問」という名の、告白を引き出すにはめっぽう強かながら、真実を引き出すには必ずしも強かならざるお馴染みの代物があった。してもしやかの御先祖様の叡智の端くれが明日にでもピュージン氏（英国の建築家・ゴシック様式復興者（一八一二—五二））によって息を吹き返され、魔女に対す法規ごと祖国の掟に組み込まれたならば——もしや妖術がまたもや民衆の噂のタネとして四方八方、天風に乗って王国中の無知や、憂はしい病んだ空想や、寝ぼけ眼の邪悪の隠処という隠処へ撒き散らされたならば——時代の進歩にもかかわらず十中八九、悪魔が依然当該生業にて羽振りを利かせている途轍もなき証をものの一年で如何ほどなりまざまざと見せつけられよう。誓って、期限の半ばも切れぬとうの先から、我らが首都の救貧院収容者の直中より見事な魔女の雛型がお目見得しよう。

一般的な主題を論ず上で、如何ほどその昔、魔術師の博していた声望に力点を置こうと、強硬な立場を取ることにはなるまい。その語は当時、今日《こんにち》表すと理解されている意味は表していなかった。魔術師は智恵者にして学者——自然哲学や経験哲学に精通した天文学者や自然観察者——であった。彼らは、詰まる所、当時の知識と先見を独占していた。故にファラオや、ネブカドネザルや、ベルシャザル*や、如何なる同様の古代君主であれ、難儀に巻き込まれるや、預言者兼魔術師を事実と蓋然的結果双方にかけての最も聡明な家臣にして、最も博識かつ先見の明のある顧問として、呼びにやらせたものである。恰もヴィクトリア女王が熱病や他の伝染性の疾患なる主題に関す疑念を晴らしたいと望めばサウスウッド・スミス博士（第十五稿三八頁参照）にお伺いを立て——国際関係にかけてはパーマストン卿（三十余年英国の外交政策を指揮した外相、後に首相（一七八四—一八六五）。第七十七稿注（四五四）等参照）に相談し、来《きた》る彗星は王室天文学者（エディンバラ王立天文台長）に付託し——間近なる目出度き他者のお越しを見込んではロコック医師（女王陛下産科主治医（一七九九—一八七五））とエディンバラのシムソン教授（正しくはシンプソン。クロロホルム使用を導入した産科医（一八一二―七〇））の尽力を前もって取りつけておく如く――上記の内誰一人として当今では、分業化が進み、各々何か別箇の分野の知識に専念し、なおかつ一般的知識が世間に流布しているせいで、魔術師ではないものの。

　占い師の預言や、彼らの神託めいた夢の解釈等々は、くだんの専門家連が失敗により地保を失わなかった所を見ると、真実だったに違いないというクロウ夫人の見解は、内科医フランシス・ムアの歴書（第十三稿注（三三）参照）を二十年前の販売の時点で巫女《シビラ》の行方知れずの書物の一冊に成り下がらせよう。

　わざわざ黄泉の国からとある一家の石炭を注文すべく（クロウ夫人の幽霊の内一名の如く）急行にて訪う綿織布《ファスチャン》ジャケットの幽霊の場合に関してはただ、もしや連中、石炭のお代まで払えば（生憎、然なる顛末とは相成らぬようだが）、半生ならず株の上がろうありがたき性癖の証だと述べる以上には論評を差し控え、以下、反対側の野営よりそいつの偵察に取りかからぬ内に私見を述べることにて我らが「不信城」（バニヤン『天路歴程』（一六八四））に屋根を葺くとしよう。即ち、ほとんど全ての怪談は、他の全ての手合いの真正を期す物語と一線を画すことに、さすがに怪談だけあって、証拠の連鎖の何か一つのちっぽけな環っかに依拠し、万が一くだんの環っかが脆ければ、超自然的性格はそっくり消え失すという特徴を有す。我々はクロウ夫人の瞠目的蒐集を繙く上で、当該要件に強い印象を受けて来た。歴史や、伝記や、航海・旅行記や、犯罪史や、ともかく可視の世界に纏わる如何なる物語においてであれ、当該特質は罷り通らぬし、罷り通り得ぬ。というのも、如何ほど肝要であれ、とある環っかを取り払ってみよ、連鎖の残りは実質的にして、依然踏み留まる。たといネルソン卿（第五十九稿注（三〇二）参照）がトラファルガーの海戦において「不沈艦《リダウタブル》」のミズントップ（後檣最下マスト上端円形座）から銃弾を受けて戦死したのではないとしても、それでもなお卿がくだんの会戦で事実、命を落としたことに、或いは会戦は事実、起こり、戦闘であったことに、疑いの余地はない。或いはかの英雄は事務官の血痕の残る箇所に倒れたのではないと、そもそも「勝利号《ヴィクトリー》」の甲板のくだんの箇所に血痕はなかったと、或いは提督はこの男、もしくはあの男によって船倉まで運ばれたのではないとしても、それでもなおくだんの血腥き一日の大いなる出来事は論駁の余地なきままたろう。事ほど左様に、如何なる状況の下《もと》、ブライ船長（反乱事件（一七八九）で名高い「博愛号」艦長）が自ら率いる「博愛号《バウンティ》」を剥奪され、無蓋ボートに乗り込まされようと、彼が旗艦を剥奪され、無蓋ボートで漂流し、辛酸を嘗めたことに変わりはない。が、必ずと言って好いほど、物語における何か些細な出来事に変更が加わるか、仲間から誰か一人のちっぽけな人間が消え失せでもすれば、怪談は瓦解し、およそ瞠目的ならざる、陳腐な人生の一件に成り下がる。

我々が何を言わんとしているか、取るに足らぬ事例ながら、以下の如き逸話を紹介しよう。

不気味な兵士*

「数年前、カーコールディ（エディンバラ北方港市）で極めて尋常ならざる状況が出来した。その実直と品行方正にかけては、筆者が保証し得る然る人物がくだんの場所でM大佐一家に仕えていた。とある晩、M大佐は外食中で、家にはM夫人と、息子（およそ十二歳の少年）と、（情報提供者である）メイドのアンしかいなかった。M夫人は後者を呼び、屋敷の裏手の、リンネル類が某か紐に吊るしてある干し場を行きつ戻りつしている兵士の方へ注意を向けた。夫人は、一体あそこで何をしているのかしらと首を傾げながら、アンに洗濯物を盗まれてはいけいないので、リンネル類を取り込むよう命じた。メイドは兵士は誰か質《たち》の悪い人かもしれぬと思い、怖気を奪った。M夫人が、しかしながら、何も困ったことにならぬよう窓から見張っているからと約束したので、アンは出て行った。が依然、男がどういう心積もりか解《げ》しかねたため、男に背を向けたまま、急いでリンネル類を取り下ろし、家の中へ持って入った。男はその間《ま》もずっと、メイドには一切目もくれぬまま相変わらず歩き続けていた。ほどなく、大佐が帰宅し、M夫人は時をかわさず、男を見るよう夫を窓辺へ連れて行きながら、一体あんな所でずっと行きつ戻りつするなんてどういう了見でしょうと言った。その途端、アンは冗談めかして言い添えた。『ひょっとして、あちらは幽霊では！』M大佐は『すぐに行って見てみよう』と返し、部屋で寝そべっている大型犬を起こし、やはり連れて行って欲しいとせっつく小さな息子と一緒に裏庭へ出るや、見知らぬ男に近づいた。すると大佐の胆を潰したことに、大型犬は、めっぽう恐いもの知らずのヤツだったにもかかわらず、やにわに飛び退くや、大佐が背《せな》で閉《た》てていたガラス戸を突き破り、かくて板ガラスが辺り一面粉々に飛び散った。

「M大佐はその間《ま》も男に接近し、何度も誰何《すいか》した。が何ら答えが返るどころか目もくれられなかった。かくてとうとう、腹立ち紛れに、身に帯びていた武器をかざしながら、『口を利かぬか、さもなければ容赦は無用』と言った。すると、今しも発砲しようとしたその刹那、見よ！　男の影も形もないではないか！　兵士は早、姿を消し、息子は地べたに気を失って倒れた。M大佐は息子を抱きかかえ、屋敷の中へ連れて入りながら、メイドに言った。『お前の言う通りだ、アン。あれはげに幽霊だった！』大佐は一連の状況に衝撃を受け、自分自身の行為を大いに悔いた。のみならず息子を連れて出たことも。恐らくはそのせいで、本来ならば言葉を交わす気だったものを、肩透かしを食わせたような気がしたからだ。こうした過ちを、叶うことなら、償うべく、大佐は毎晩、裏庭へ出て行き、幽霊が再び姿を見せぬかとくだんの場所をしばらく行きつ戻りつした。終に、大佐の言うには、亡霊に相見え、言葉を交わした。がやり取りの内容は断じて誰にも――妻にすら――明かそうとはしなかった。この出来事の大佐に及ぼした影響は彼を知る誰しもの目に明らかだった。大佐はしかつべらしく、物思わしげになり、どことなく何か不可思議な椿事が身に降り懸かった者のように映った」

この物語の冒頭にはどこかしら漠とながらそら恐ろしい所がある。が、犬を、と言おうか犬の怖気の暗に仄めかされた原因を、取り去ってみよ、さらば、怪談としてはそっくり、トランプの家よろしく崩れ落ちる。一兵士がピストルを突きつけられ、撃つぞと脅されるや、後退ろうとするのは生身の人間の戦術にかっきり合致する。とある屋敷の、洗濯紐の渡され、恐らくは一人のメイドによって急遽、易々とは片づけられぬほど何か大きなリンネルの類が依然干しっ放しになっている裏手の庭において、兵士が素早く後退る手立てに恵まれていたろうとはおよそ想像に難くない。誰一人として兵士が如何で忍び込んだか訝しむ者はいなかったと思しい。大の男が目の前で撃ち殺されそうだと思った際に少年が胆を冷やし、気を失うとは、如何にもありそうなことではないか。この兵士はM大佐の進退に関わる秘密を握り、そいつがらみでM大佐は男と話をつけ、一件を揉み消そうとしたやもしれぬとは、今にも発砲されそうになった時にドロンと姿を消す亡霊より少なくとも尤もらしい――わけてもその場に踏み留まることにて己《おの》が超自然的質《たち》の凄まじくも由々しき証を立てられていたろう正しくその刹那。

第二十三稿　無学と犯罪

『イグザミナー』誌（一八四八年四月二十二日付）

先般、特筆すべき公文書にして、幾多の重大な案件を示唆すると同時に、無学と犯罪との結びつきに関す夥しき肝要な証拠を呈示するそれが政府によって刊行された。公文書とは一八四七年の間にロンドン警視庁によって逮捕され、即刻留置され、審理の後《のち》有罪判決を下された囚人の数の報告であり、一八三一年から一八四七年に至るまでの比較報告も添えられている。

報告書の然る箇所では、四七年中に拘禁された様々な人間の商売・職業が詳述されている。確かに当該情報は、それと付き合わす形で首都圏にてかようの商売・職業の各々に携わる人間の概数を示す正確な統計表が呈示されていないとあって、必然的に不完全ではあるものの、実に興味深い。七十九の職種に及ぶ〆て四万一千から二千に上る男性犯罪者の内一万二千四百十名は労働者で、内十二分の一は浮浪罪違犯者である。数の点で次に多いのは船乗りで、一千八百名を超える。続く大工は船乗りより約百名少ない。続く靴造りは大工よりおよそ六百名ほど総員が劣る。続く仕立て屋は靴造りに引けを取ること約百名。続くレンガ工はこれまた仕立て屋より約百名少ない。かくて果ては四名の執行吏と、三名の牧師と、一名の傘屋に至る。各階層の犯罪も劣らず注目に値する。かくて三名の牧師の内一名は酩酊、一名は風紀紊乱《びんらん》、一名は拳闘癖の廉。執行吏四名にあっても同断。唯一の傘屋は人殺しとして異彩を放つ。五名の教区吏の内一名は不審者、一名は馬泥棒、三名は暴行犯。郵便配達夫十六名の内七名は手紙から金を窃盗、六名は酩酊。肉屋は他の如何なる犯罪種より通常の暴行殴打に傾きがちである。大工の主たる弱点は酩酊にして、その後に女王の臣下への襲撃、その後にコソ泥が続く。仕立て屋は、周知の如く、飲酒において風紀紊乱《びんらん》かつほろ酔い機嫌である。〔鍛冶屋は犬泥棒に目がないと思しい（最終稿より削除）。〕下女は窃盗欲旺盛にして、薄給の婦人帽子屋と婦人服仕立て屋はわけても売春から生ず、或いは売春に至ると想定される手合いの犯罪に陥りがちだ。

上記の一覧のとある尋常ならざる様相は商売や職業に全く就いていない人間の厖大な数であり、男性は四万一千名の内一万一千百名に、女性は二万五百名の内一万七千百名に上ると概算される。二万五百名の女性の内、九千名は全く読み書きが出来ず、一万一千名は読むことしかできないか、満足に読み書き出来ないかのいずれかであり、満足に読み書き出来るのはわずか十四名にすぎぬとは！　男性における無学文盲は四万一千名の内一万三千名に上り、くだんの四万一千名皆の内満足に読み書き出来るのはわずか百五十名にすぎず、その他の者は辛うじて幼子のようにたどたどしく本を読むほどの知識しか持ち併さぬか、満足に読み書き出来ぬかのいずれかである。この知的混乱こそはイングランドにて幾々年にも及び「教育」と呼び習わされて来たものであり、くだんの踏んだり蹴ったりの言葉は、宜なるかな、急須の謂として用いられても差し支えないやもしれぬ。

看過されてならぬのは、上述の報告を介しては、犯罪人の間に広く遍く認められる無学の正しく最上の様相が呈示され、報告書は恐らく、これら惨めな連中の素養にとって極端に好意的だという点であろう。無学の属性の一つとして、自らを実際以上に聡明だと信じる傾向が挙げられる。この、本人が申し立てる所の、難なく読みこなし、少々は綴れる能力は――どうやら犯罪人は心底、信じ切って申し立てていると思しいが――考査の結果、児童の初等の手引き書の初歩の初歩にもほとんど及ばぬと判明しているとの瞠目的事例は一般にもよく知られている。商売や職業に全く携わっていないこの厖大な数の女性（二万人中、一万七千人）の内、大多数は明らかに最もありふれた家事や、最も簡単な運針の手ほどきすら受けていない。我らが巨大な監獄における日々の経験が示す如く、絶えず監獄を搔い潜っては搔い潜り直す女性の間に認められる、これらの点における全般的な無学は、読み書きの術《すべ》とそれらがもたらす道徳的賜物に纏わる真の無学にほとんど劣らぬほど深刻だ。してかほどに途轍もなき事実を向こうに回し、様々な宗派や門派のキリスト教徒は互いに争い、あろうことか、牢獄の四つ壁の内にて初めて教育を受ける人々で牢獄を溢れ返らせ、永遠に溢れ返るがままにさせておくとは！

一般庶民のための教育とは博学のブタよろしく一文字一文字、一音節一音節、言葉に蹴躓くか、右下がりのクネリ書きや鉤《かぎ》バネをたどたどしく綴る能力に集約されるとの概念は、蓋し、当今では盛りを――しかもやたら延々たるそいつを――過ぎている。国教会の教義問答と十戒をオウム返しに空《そら》読みすれば「失望の泥沼（『天路歴程』《バニヤン》）」の際《きわ》の哀れな巡礼者に十分な靴革を、「善殺し」と「絶望」なる見上げるばかりの巨人から身を守る強かな鎧兜を、「麗しの市門」に至るある種労働者割引列車《パーラメンタリ・トレイン》*を、あてがうことなりとの心地好い確信は、根刮ぎ引き抜かれねばならぬ。さなくばその生育は祖国に黒々とした蔭を垂れ籠めさせよう。イングランドにては犯罪と、病気と、悲惨と肩を並べ、無学は必ずやむっつり塞ぎ込み、必ずや探り当てられるに違いない。「夜」の「闇」との結合も然まで確実にして論駁の余地なくはない。勤勉の学舎こそが——本から学び取られる素朴な知識が紛うことなく有益にして、秩序や、清潔や、時間厳守や、倹約に直接結びつく人生の本務と営為に即座に適応され得る学舎こそが——「新約聖書」の崇高な教えが、所謂教導においてかほどにありきたりのものもなければ、忌まわしきものもない、犬の耳折れ綴り方としての「福音書」の使用によって一つまた一つと、悩ましくも難解な代物へと小刻みに砕き去られ、倦怠と、無気力と、嫌気と連想されることなく、かようの基礎の上に恒久的に聳やぐ上部構造たらしめられる学舎こそが——社会の最下層ほども深く、その如何なる澱とて放置させぬ、かようの原理に則った学舎こそが——この西暦十九世紀において我々を包囲する恥辱と危難を撤廃する唯一の手段である。学舎はその座右銘をモアから拝借するのも好いやもしれぬ。「国家は悪徳を阻止し、犯罪の原因を取り去るに、後ほど罰すべく、邪悪を蔓延らすのではなく、臣民を然るべく規制す可し(『ユートピア』(一五一六))」

　上記の報告に照らせば、サー・ピーター・ローリー*の叡智をもってしても自殺は未だそっくりとは「封じ込め」られていないと思しい。自殺は、世の中が如何なるかようの大立て者の恩恵にも浴していないが如く、蓋し、相変わらず跡を絶たぬ。四年前、首都圏内の年間の自殺は百五十五件で、昨年度は百五十二件であった——生死不明或いは行方知れずとして昨年警察に届けられ、内わずか半数しか突き止められていない二千名は言うに及ばず。

第二十四稿　無学とその犠牲者

『イグザミナー』誌（一八四八年四月二十九日付）

一般庶民のための所謂「教育」の欠陥と無効力の――その点については先週寸評を載せたが――恰好の事例が爾来、新聞に掲載された。

「ハマースミス（テムズ川北岸、中央ロンドン自治区）――アリス・リーという名の、幼子を抱えた愛らしいジプシー娘が易断の簾で訴えられた。

「スーザン・グラントという名の年の頃二十四の、見るからに純朴そうな娘の供述によると、被告は去る二月七日、ラドブルック・スクェアの原告の主人の屋敷を訪れ、二言三言、言葉を交わした後《のち》、八卦を見ようと持ちかけた。被告は原告に、まずもって手に銀貨で十字を切らねばならぬと告げた。証人はそこで半クラウン硬貨を渡した。すると被告は易本を見て来ると言いながら立ち去った。後ほど被告は再び訪れ、証人に手に金貨で十字を切らねばならぬと告げた。原告は少女にソヴリン（一ポンド金貨）を渡した。被告は原告にもう一枚金貨を名刺と一緒に胸に突っ込み、今度訪れるまでそこに仕舞っておかねばならぬと告げた。少女はまたもややって来ると、胸許の金貨は取っておかねばならぬ、『運星を言いなりに』しに行くのでと告げた。被告は二枚目の金貨も持ち去ったが、またもややって来ると、証人の晴れ着のガウンを渡すよう告げ、ガウンもまた持ち去った。被告はその後《ご》、ガウンをもう一枚と、ショールと、新《さら》の肌着数点と、ストッキング等々を受け取り、それら全ては運星をしっかり言いなりにするにはどうしても必要だと言い、翌日には必ず返すと約束した。原告は、しかしながら、それきり被告の姿を目にしなかったが、くだんの翌日、たまたまケンジントン（西ロンドン自治区）で被告がガウンの内一枚を身に着け、ショールで子供を包《くる》んでいる所に出会した。

「被告は小間使いの娘は運勢を占い、恋人を見つけてやる見返りに金とガウン等々を渡したと申し立てた。

「治安判事は告訴人がケンジントン国民学校で教育を受けた事実を突き止めるや、告訴人の担がれ易さにこそ驚きの意を表明した。

「被告は矯正院に収容され、三か月間の重労働を課せられた」

「治安判事は告訴人が教育を受けた事実を突き止めるや」とは！　恰もその最も低俗にして最も限られた字義なるくだんの呼称にいささかなり申し立ての資格を有す如何なる手合いの指導であれ、告訴人をして幼子を腕に抱えた器量好しのジプシー娘がたかが半クラウン一枚と、ソヴリンと、ガウン二枚と、新《さら》の肌着数点で「運星を言いなりに」させられるなどと信じ込ませ得でもしたかの如く！

　極めて学の乏しい人物に関し、その人物はほんの月は緑《あお》チーズで出来ていると教え込まれさえすれば、そいつを天文学的事実として鵜呑みにするとは人口に膾炙した話だ。が、蓋し、たとい本件の告訴人が月は巨大な塊状集積《アグロメレーション》よろしき緑《あお》チーズにして、全太陽系はその数だけの夥しき小スティルトンチーズなりとの宗教信条を抱いてケンジントン国民学校を卒業していたとて、彼女の受けた「教育」とやらの賜物は親愛なる治安判事殿にとってより瞠目的たる要はなかったろう。かようの信条にさまで途轍もなき馬鹿馬鹿しさは内包されていなかったろうし、恐らく、お蔭で金や持ち衣装を巻き上げられることもなかったはずだ。

　是ぞ、習得するに就中退屈な所へもって、乱雑に習得された暁には役に立つか否か甚だ疑わしい然る十八番の抽象概念をソラで覚え込ませ、素朴な、興味深い、実質的知識を埒外に葬り去る愚昧の結果の端くれなり。本件の告訴人はまず間違いなく、明日には己《おの》が教義問答をオウム顔負けに正確に繰り返し、「浮世の虚栄」や「内なる霊の恵みの目に見える外の微《しるし》（『祈禱書』教義問答より）」がらみで何を自ら口にしているかチンプンカンプンなのに劣らずこれきり問《つか》えるまでもなくペラペラまくし立てられよう。が仮に惑星とは何か教えられていたなら、仮にケンジントン国民学校の生徒が時には夜空を見上げ、片やほんの二言三言、明瞭な文言で、何か天空の構造に纏わる話や、如何《いか》で、何故《なにゆえ》、天空は自らを万能の御手の仕業と申し立てるのか耳にしていたなら、たかがガウンや肌着如きで「運星を言いなりに」する云々はいずれ胸中、何か必ずしも可能ならざる事柄として彷彿としてはいなかったろうか？　造物主と天地創造への崇教の念はくだんの可能性より幾許か高尚だったやもしれぬではないか？　告訴人の受けた教育はまだしも非の打ち所がなかったのではあるまいか？

　アラジンが魔法のランプの燃えている庭へ通ず洞穴へ降りて行くと、入口で番をしている妖術使いが、衣の裾ですら周囲の壁に触れてはならぬ、さなくば命はなかろうと告げる。十九世紀の知識の魔法のランプの番をしている妖術使いの中には依然、同じ流儀で手続きを踏むに、自分達の生徒の側《がわ》における、断じて光明の方へと手探りでは這い出せぬ真っ暗闇の旅路にてグルリを取り囲むしごくありきたりの代物ですら、それらに纏わる知識への接近を全て禁忌《タブー》とする者がいる。

子供が口にしたり歌ったりするに恰好の、こんな出だしの詩がある——

きんきら、きんきら、お星さま
いったいあなたは誰でしょう（J・テイラー作「きらきら星」）！

国民学校生が当該訝しみの状態から這い出す手を差し延べられず、星とは一体如何なるものか、如何に、賢者の一覧に載せて来た星のその数あまたに上るとは言え、幼子を腕に抱えたジプシー娘によって大きく運気の左右される一つとて瞬いていぬか教えられていないとは、遺憾千万ではなかろうか。

国民学校だと！　そろそろ、くだんの文言の結びつきと、我々自身の過去・現在を通じての体験に込められた皮肉と譴責を身に染みて感じても好かろうでは——国民無学に纏わる。

第二十五稿　中国ジャンク*

『イグザミナー』誌（一八四八年六月二十四日付）

天朝（中国帝国旧称）への最短コースはブラックウォール鉄道*による。往復切符はおよそ十八ペンスで手に入る。路上の馬車という馬車が打っちゃられる度——ステプニー、ライムハウス、ポプラ、西インド船渠にて（いずれもイースト・エンドの波止場地区）——幾千マイルもの距離もまた打っちゃられる。泡沫《うたかた》の夢よろしき屋根瓦と煙突通風管や、むさ苦しい家屋敷の背《せな》や、ネコの額ほどの薄汚い荒地や、せせこましい中庭や路地や、沼や、溝や、船の帆柱や、アオウキクサの蔓延る庭や、ムラサキソラマメの伝う小さな、健やかならざる四阿は十分かそこらで掠め飛ぶ。中国を措いて何一つ名残を留めぬ。

如何で花づくめの領域が、ジャンク「耆英號《キーイン》」の形《なり》にて目下その姿の見受けられる緯度と経度に辿り着けたものか、は驚異の最もちっぽけな端くれでだけはない。「耆英號《キーイン》」の中国人乗組員はもしや帆柱と、舵と、大索《たいさく》にしこたま赤い襤褸《ぼろ》布《きれ》を結わえさえすれば、頼もしき良船はお望みの港に恙無く到着するものと心底敬虔に信じていた。恐らく船舶用品の準備を怠り、襤褸《ぼろ》が底を突いたのであろう。が、こちらは確かに、海の藻屑と化さずに済むほどどっさりそいつを積んでいなかった。して仮に十二名の英国人水夫の技術と冷静沈着にもたらし得るほどのささやかな助けに恵まれていなければ、定めて御逸品と化してはいたろう。というのも英国人水夫こそが当該瞠目的帆船に無事、大海原を渡らせていたからだ。

　もしやこの世にそいつがおよそ似ても似つかぬものがあるとすらば、くだんの代物は如何なる手合いであれ、船なり。然にせせこましく、然に長ずっこく、然に不気味にして、然に中央が低く、然に各々の先端が（中国製ペン皿そっくりに）高く、マストの横静索《よこせいさく》の影も形もなく、檣上《しょうじょう》に高々登ろうにも登る所がなく、帆代わりに筵をハタめかせ、帆柱代わりに捩《よじ》くれたどデカい葉巻を聳やがせ、ケバケバしい大蛇と水棲怪物《シーモンスター》が船首から船尾に至るまで跳ね回り、船尾にてはあり得べからざる面構えの超弩級の雄鶏が悔しかったらかかって来いとばかり（宜なるかな）全世界に挑みかかっているとあって――そいつは水面《みなも》に浮かんでいるくらいならいっそ公共建造物の天辺か、山の頂か、並木道か、鉱山の底に御座る

中国ジャンク「耆英號《キーイン》」
『イラストレイティッド・ロンドン・ニューズ』誌（一八四八年四月一日付）

方がまだしもしっくり見えよう。想像力なるものが甲板でくつろいでいる中国人と結びつけ得るありとあらゆるらしくない職業の内、いっとうらしくない、まさかもまさかのそいつは船乗り稼業であろう。紗《しゃ》のピナフォア（子供用エプロン）を着た、横顔らしきものの一つとてなき、三つ編みの乗組員を思い浮かべてみよ――底が四分の一フィートはあろうかというかっちんこの木靴を履き、夜になるとバックギャモン（西洋双六）かチェスの駒よろしく、と言おうか真珠母の数取り《カウンター》よろしく、香料を利かせた小さな箱に横たわる乗組員を！

いざ船室へ降りてみれば、とびきり悩ましい案件が胸中彷彿とする。例えば、ジャンクが一旦沖へ出れば、一体これら天井から吊る下がっている提灯はそっくりどうなるものやら？　果たしてそこにブラ下がったなり、その数だけの道化の笏杖よろしく、互いにゴツンゴツンぶつかり合うのだろうか？　果たして聖なる操り人形芝居にて誉れの座に祀られた十八本の腕の偶像《ジョス》チン・ティ（恐らく「耆英號」の守護神）は荒波に揉まれた勢い転《まろ》び出でるのだろうか？　果たして、グルリで怒濤逆巻いている片や、香と線香は依然女神の前でゆらゆら、かすかな芳香とほっそりとした煙を立ち昇らせているのだろうか？　果たしてあの、片隅の途轍もなき雨傘は、時化の際に甲板を歩き回るに打ってつけの海運用具たりて、いつも広げっ放しになっているのだろうか？　果たしてひんやりとしたツルピカの小さな椅子とテーブルはひっきりなしにあちこち滑っては互いに打ち身を負わせ合っているのだろうか。してもしやそうでないとすらば、一体何故《なにゆえ》に？　果たして航海中、ともかく誰かあの、鳥籠と蠅取り器そっくりの文字にて印刷された二冊の本を読む者がいるのだろうか？　果たして高官《マンダリン》乗客ヒー・シン（中国名希生。清政府官僚）は、生まれてこの方我が家から十マイルと離れたためしはなかったが、今や御当人の私用陶磁器《チャイナ》収納戸棚《クロゼット》の竹細工寝椅子に横たわったなり（そこにてこの方、詮索好きの異邦人のためにひっきりなし自署を綴っているが）、その似非肖像が第二船尾展望台の船乗り社《やしろ》に花づくめの産婦付添い看護婦よろしく祀られている大海原の女神の効験いと灼《あらたか》なるに眉にツバしてかかり始めているのだろうか？　果たしてくだんの高官《マンダリン》、と言おうか船上の芸術家たる、広東の王立美術院会員サム・シン殿はともかく英国の喫茶店における連中のそっくりさん方の用途に鑑み、肉桂《シナモン》のステッキに寄っかからずして陸《おか》へ上がれるのだろうか？　わけても、果たして嗄れ声の老いぼれ大海原が当該漂流オモチャ屋相手にマジで捩り鉢巻きでかかれるのだろうか、それともほんの冗談半分――荒っぽい、ながらも悪気のさらになく――弄んでいるだけなのだろうか？　恰も「聖パトリックの祝日の朝方、牡牛が陶器屋相手にやらかした」*如く。

ここなるは、とまれ、美しい仕上げの施され、人々の蒙を啓くべくブラックウォールはシラス館*に間近い船渠の片隅に封じ込められた究極性教義なり。初の中国製ジャンクが当該雛型に鑑みて建造されて以来数千年を閲し、爾来進水した最新の中国製ジャンクといえども、くだんの索漠たる月日が無為に潰えたからとていささかたり増しになってはいない。くだんの悠久の歳月を通し、不可思議な中国帝国の広大な版図の隅から隅まで――その辛抱強く、創意工夫に満ちながらも断じて進歩せぬ芸術と、その勤勉な農耕の直中にあって――象牙の玉に新たな捻《ひね》り一つ、拗《ねじ》れ一つ加えられても、経験の葉身一枚育てられてもいない。庶民の目はそれもて針路を探り当てることになっている、当該中国船の舳先の上なる擬いの目玉ほど大きく見開かれても、遙か彼方を見はるかしても来なかった。そいつは幾千年もの間《かん》、あの花づくめの頭部に嵌め込まれて来ようと、ほとんど劣らず詮なかった。オクスフォード大学の一員たるサー・ロバート・イングリス（第十八稿注（五三）参照）は「耆英號《キーイン》」の総支配人タイ・コンに為り変わり、己《おの》が党派の赤い襤褸布《ぼろきれ》を永久《とは》にマストに釘づけにするが好かろう。

どうやらこのジャンクであれ、他の如何なるジャンクであれ、某かの改造が出来すらば、中国の政体は破壊されようこと火を見るより明らかと思しい。船尾の雄鶏（中国の大ハヤブサ）をほんのいささかなりさまで瞠目的ならざる珍現象に貶めれば、と言おうかヤツを鳥類学的可能性の最果ての埒内にとて連れ来ようものなら、国家の如何ほど気高き組織とて危機に瀕しようとは早、智恵者や立法者によりて紛うことなく確かめられている事実である。というのも中国にあっては特筆すべき状況たるに（他の何処にてもハバを利かせてはいないものの）、その組織たるや人類の叡智の極致にして、不変性故に世界中の驚嘆と羨望の的であるにもかかわらず、めっぽうチャチな椿事によりて絶えず危険に晒されているからだ。かくて「耆英號《キーイン》」の受け皿付茶碗の端正と、同上の大砲と舵の滑稽千万な無骨が如き珍奇な矛盾はいつ果てることなく存在し続ける。万が一中国海運世代がそれ以前の世代の叡智の分だけ賢しらになった日には、中国の国家体制は即、舷外に打っちゃられ、中国梵僧《ぼんそう》の教会堂は物の見事にポシャろうとは海軍省の全タイ・コンの見解を一にする所である。

快なる哉、当該（能ふ限り誰しも目にすべき）興味深くも特異な光景を囲う木造りの衝立の蔭から這いずり出すや、大いなる川とその忙しない両岸の呈す生命と、投機と、進歩の巨大な証を目の当たりにするは。快なる哉、中国からブラックウォール鉄道伝《づて》引き返しながら、我々は時化にあって如何なる赤い襤褸布《ぼろきれ》に頼りも、偶像《ジョス》の前で如何なる線香も炷《た》かぬと——我々は断じて視力のからきし御座らぬ因襲的な目玉の助太刀の下《もと》、手探りで針路を取らぬと——我らが文明にあっては馬鹿げた形式を花も実もある事実の贄として供そうと惟みるは。「者英號《キーイン》」の無知蒙昧な乗組員は連中が崇め奉るべく「夥しき銀紙と錫箔と線香」が船主達によって買い込まれぬ内は乗員名簿に名を列ねるを拒んだという。が我らが海員は——況してや主教や、司祭や、助祭は——断じて銀紙と錫箔の方位で、或いは祭壇の前で炷《た》く線香で、針路を取ったりはせぬ！　キリスト教はチン・ティ主義とは一線を画す。キリスト教にては手段がらみの取るに足らぬ諍いは目的を想起する上で悉く姿を消す。

「者英號《キーイン》」の甲板には再び祖国へ戻る航海の暇を持て余さぬだけの思索のネタがどっさり積んである。

第二十六稿　画評：『酔っ払いの子供達』。『酒瓶《ボトル》』続篇。ジョージ・クルックシャンク八連作版画＊

『イグザミナー』誌（一八四八年七月八日付）

『酒瓶《ボトル》』続篇はどうやら我々に穏やかな抗議とし、寸評を求めているようだ。世にジョージ・クルックシャンク氏ほど人々の教師としての座に就く然るべき権利を有す者はほとんどいまい。未だかつて氏ほど人々を観察し、彼らを熟知している者は——氏ほど懸命かつ真摯に彼らを善導しようと努めている者は——いまい。イングランドにせよ他国にせよ、その格別にして独特の伎倆において氏に比肩する芸術家は極稀に、稀にしかいまい。

がこの教導は、持続するには、公平に行なわれねばならぬ。悉く一方の側《がわ》に傾いていてはならぬ。仮にクルックシャンク氏はその犯罪と過誤に陥った人々の像の刻まれた徽章《メダル》のくだんの側《がわ》を我々に、しかも然に鮮烈にして力強く呈示するとすらば、人々を形成する政府もまた、そっくりその過誤と悪徳ごと、劣らず克明に刻印を留めるかの他方の側《がわ》にも我々の目を向けさすべきであろう。国家的恐怖としての酩酊は、幾多の原因の結果である。芬々たる悪臭、悍しき住居、劣悪な作業場と作業場の習い、光・外気・浄水の不足、品位と健康の容易な手立て全ての欠如、はそのありきたりの、日々の、物理的要因の就中ありきたりのそれに数えられる。かくてもたらされる精神的倦怠と無気力、健やかな気散じの不足、かようの生活にあっては日輪に劣らず肝要な端くれたる何か刺激と興奮を求める餓《かつ》え、最後にしてその他全てを含め、無知と、英国民の直中なるほんのオウム返し教育、或いは無教育に取って代わる、合理的にして理性的な教錬の必要、はその最も顕著な道徳的要因《もと》である。『医薬瓶《フィジク・ボトル》』或いは『含塩水薬《サリン・ミクスチャ》』なる画題の下連作版画を発行し、発疹熱の歴史をかようの手立てにて跡づけつつ、丸ごとジン酒場に帰すは、酩酊を同上に帰し、そこにて留まるに劣らず健全な哲学だろう。酩酊はそこにては始まらぬ。酩酊はくだんの段階に至る、込み入った、恥ずべき歴史を有し、くだんの歴史上、矯正可能な邪悪に対し、道徳家は、もしやともかく鉄槌を下すとすらば、仮借なく、徹して下すが本務であろう。

ホガース*が敢えて「呑んだくれ歴程」を避けたのは、恐らく、貧しい人々の間における酩酊の原因は然にその数あまたに上り、広く遍く及んでいるものだから、然に全ての人間的悲惨や、等閑や、絶望において傷ましいほど深く、遙か下方に潜んでいるものだから、自らの画筆をもってすらくだんの原因を然るべく如実に浮き彫りにすること能はなかったからではあるまいか。ホガースが断じて結果から始めてもって善しとはしなかったことは、放蕩息子が世に出ぬ内に締切れる（聖書の装幀で靴底を張り替えた）我利我利亡者（『放蕩者歴程』（一七三五））や、『当世風結婚《マリアージュ・ア・ラ・モード》』第一画における世智辛い父親と、腰の重い娘と、素寒貧の貴族と、狡賢い弁護士や、「残虐の諸段階」における忌まわしい進捗や、トーマス・アイドル（「勤勉と怠惰」（一七四七）。『物臭徒弟二人のなまくら膝栗毛』第一章注（一九五）参照）の堕落が、挙って証を立てているでは！　してかの、より「人品卑しからざる」起因の手合いの酩酊に手心を加えなかったことは、彼の深夜の当世風会話や、選挙図版や、有象無象の愚かしい市参事会員や他の鯨飲馬食の輩が立証して余りある。が、唯一度――して不朽たるに――『ジン横丁』を縫ったきり、彼は悲嘆と悲哀の内に――恐らくはより善なる掟や、学校や、救貧院からいつの日か、より善なる状況がもたらされようとの希望の内に――踵を返し、二度とは戻らなかった。くだんの名画の特筆すべき点は、そこに最も悍しき形《なり》なる酩酊が描かれている片や、鑑賞者の脳裏にまたとないほど等閑にされた惨めな界隈（オクスフォード街延長のために撤去されたばかりのそれ）（即ち、ウェスト・エンドの悪名高きスラム街セント・ジャイルジズ）と、ほぼ百年後の衛生委員会最新の報告書の口絵たるに相応しい不健全にして下卑た、惨めったらしい生活状況を否応なく刻みつけることにある。評者は常々この絵の趣旨はチャールズ・ラム（英国の随筆家・批評家（一七七五―一八三四））によってすら十全とは評されていないと感じて来た。なるほど、「正しく家屋敷にしてからが全くもってヨロけているかのようだ（『リフレクター』誌第三号（一八一一）掲載「ホガースの天稟と人格」）」が、家屋敷は等閑にされた社会層の直中なる酩酊の結果のいずれにも勝るとも劣らぬほど如実に、そのより顕著な原因の幾許かをも呈示する。侘しい光景の登場人物の何者であれ、我々が今しも目にしているより遙かに増しな暮らしをしていた証拠はどこにもない。いっとうまっとうな身の上の者ですらしごくありきたりの必需品や生業の道具を質に入れ、いっとうまっとうならざる身の上の者に至ってはその昔、宿無しでなかった如何なる手がかりも与えてくれぬ宿無しの浮浪者である。どいつもこいつも惨めに生き、死んで行く。誰一人、我々より先に立ち去る世代におけようと、いずれ来《きた》る世代におけようと、歯止めや癒しのために介入しようとする者はない。教区吏（質屋をさておけば、構図の中で唯一素面の男）は親の棺の傍で泣いている孤児《みなしご》のことなど歯牙にもかけぬ。小さな慈善学校女生徒達はとうの昔にちびちび酒をすする朱に染められぬほど十分な教育を受けても、世話を焼かれてもいない。教会（即ち、ブルームズベリー、ホークスムアズ・セント・ジョージ教会）は空高く聳やぎ、威容を呈しているが、これら、その塔の影の下《もと》繰り広げられる光景を冷ややかに眺めるきり（さるロンドン主教＊が貧民の公共施設における何か不具合な事に関し初めて姿を見せたのは実にキリスト紀元一八四八年のことだった）、絵の中では徹して手を拱いている。我々は以上全てには何か意味があると解《かい》し、我々の知る限り、そいつは一世紀経った今も廃れてはいない。

一方、こうした案件全てをクルックシャンク氏は見て見ぬ振りをする。『酒瓶《ボトル》』の主人公である、これら子供達の父親は三十五歳になるまで紛れもなき快楽と崇敬の内に暮らしていた。がとある日のこと、不運にもたまたま、賑やかな子供達に囲まれたディナーの席に鵞鳥が供され、おどけついでにジンを一瓶買いにやらせ、妻に（その時までは小ぎれいさと家事上手を絵に画いたような女だったものを）、鵞鳥に詰め物をし果すや、ジンを一口するよう説きつけた。してその時を境に、一家は酒浸りになり、見る間に破滅へと転落する。

クルックシャンク氏の偉大な天分に対しこの上もなく深甚なる敬意と、くだんの出版物における氏の動機にも劣らぬ深

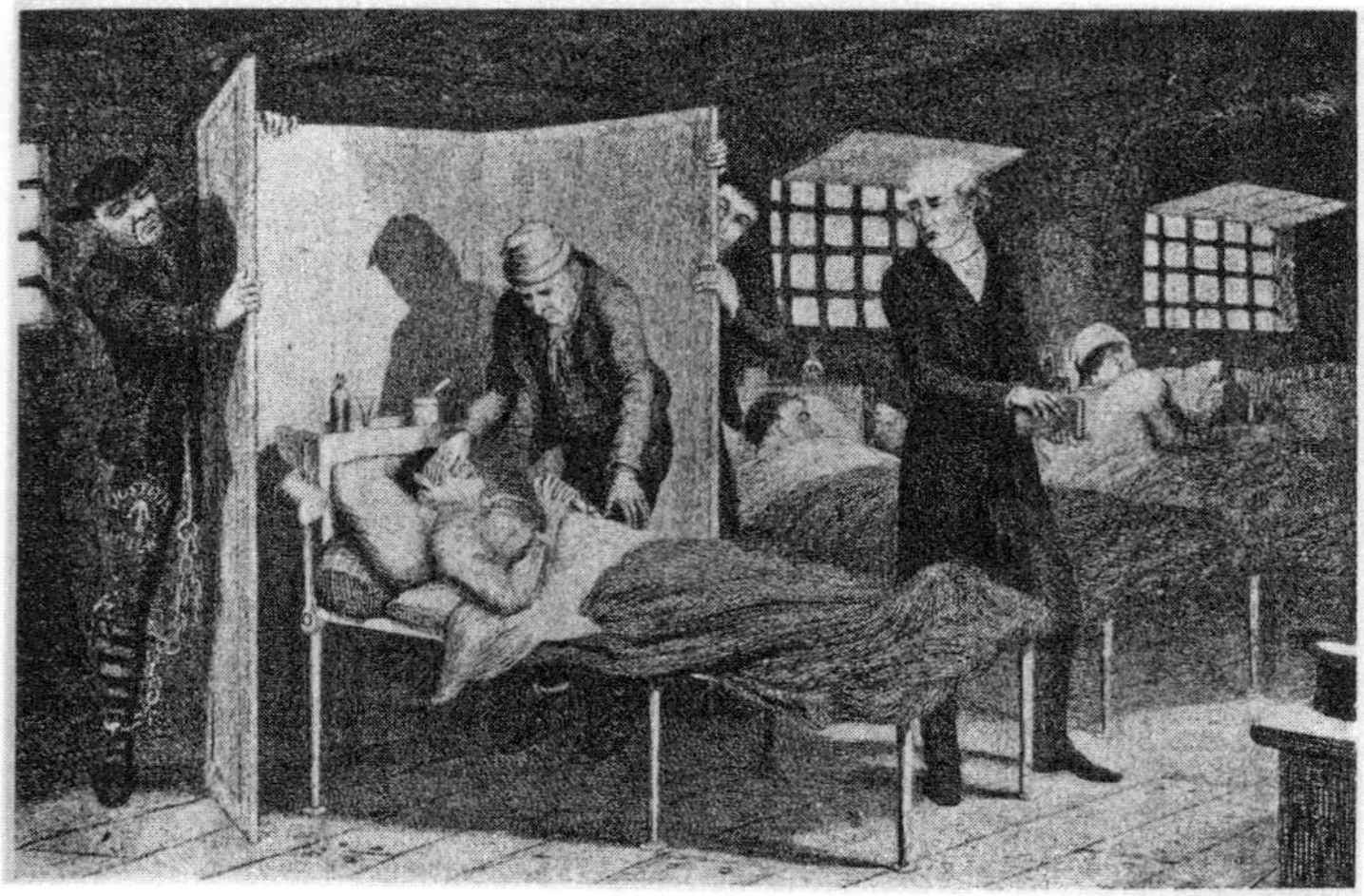

ジョージ・クルックシャンク画「哀れ、流刑囚の死に際」
『酒瓶《ボトル》』続編『酔っ払いの子供達』（一八四八）所収

甚なる敬意を抱きつつも、評者は『酒瓶《ボトル》』続篇の発刊に際し、これに異議を唱えるを本務と心得る。第一に、本連作は極めて由々しく、抜き差しならぬ真実の妥協にすぎぬから。第二に同上はいずれ、これら絵画が成し遂げるよう意図された目的を覆すことになろうから。それらがわけても鑑賞の対象者としている社会層ほど必ずやその瑕疵を見破ろうそれもない。是ぞわけても彼らの知識と経験の埒内にある。

本連作において、我々は第一の連作の幕切れたるかの、父親の狂気の恐るべき描写の直中に置き去りにした兄妹が、その折前方に垂れ籠めていた悪徳と犯罪の人生を如何に辿ることになるか跡づける。ジン酒場と、ビール店と、舞踏場が代わる代わる兄妹を受け入れる。二人は窃盗罪で審理される。兄は有罪の判決を下され、流刑に処せられ、妹は無罪放免となる。兄は時ならずして牢獄船上で死に、妹は絶望と狂気に駆られた勢い、ロンドン橋から黒々とした夜闇の垂れ籠めるテムズ川へと身を投げる。

この結末場面の迫力は凄まじい。くだんの光景は恐るべき現実さながら記憶に取り憑く。激情と恐怖に満ち満ちたその絵を前に、我々は果たして他の如何なる手にそれを然に物し得ようかと訝しむ。事ほど左様に、かようの悲劇的結末《カタストロフィ》にあっては当然の如く、先行の場面全てを遙かに凌駕しているにもかかわらず、物語全体を通し、こよなく強靭な伏線が張られていない訳でもない。牢獄船上での臨終の場面――死に顔を整える服役囚――寝台の枕許に衝立を引き寄す他の囚人――は最も偉大な画家にこそ相応しい傑作だ。その場の迫真性、例証的な微細な事物という事物の呈せられる如実さは正しく瞠目的である。が同じ様相は全篇を通じ、顕著である。中央刑事裁判所《オールド・ベイリー》における審理の場面で、ざっと法廷内を見渡せば、その場の端くれたる一から十までが目に留まる。現実の正しく光線と雰囲気が瞠目的迫真性をもって再現されている。ジン酒場やビール店においてもまた然り。事実の如何なる断片も暗に仄めかされたり、ぞんざいに片をつけられたりすることなく、その一片一片《ひとひらひとひら》が嘘偽りなく描き出されている。画集を閉じる上で、恰も血肉を具えたその数だけの生身の人間を目にしてでもいたかのように記憶の中で個性と独自性を有す、我々の目の当たりにした幾多の顔また顔を思い起こすのは実に興味深い。ジン酒場のカウンターの背後の男や、法廷のテーブルを取り囲んだ法廷弁護士《バリスター》、上述の服役囚は、「スペインの托鉢僧がウィルキーに語った絵画の中の人物さながら（ワーズワス「F・ストーンの画筆から生まれしとある肖像によりて示唆された条《くだり》」より）」幾千もの生身の影法師が消え去ってなお、現《うつつ》たり続けよう。願はくはクルックシャンク氏の我々にかようの現実のなお幾多を与え、ここにて用いられているような素朴な手段もて、「芸術」のありとあらゆる道具や方策をもってしてもとある巨匠の手なくしては達成され得ぬ偉業を果たすべく末長く健勝であられんことを！

『酒瓶《ボトル》』続篇は前連作と同じ価格で販売されている。八枚の大型版画がわずか一シリングで購入可能とは！

第二十七稿　書評：英国軍艦「ウィルバフォース号」司令官、英国海軍ウィリアム・アレン艦長・遠征隊船医の一人T・R・H・トムソン医学博士共著『英国政府によりて一八四一年、ニジェール川へ派遣されし英国海軍H・D・トロッター艦長の指揮下なる遠征隊の物語』*（植民省並びに海軍省裁可出版）

『イグザミナー』誌（一八四八年八月十九日付）

ニジェール川遠征隊

エクセター・ホール（第十六稿注(四三)参照）が擁護するものは何であれ、断じて為されるべきではない代物だとは、社会的・政治的指針の極めて優れた通則として規定しても好かろう。たといくだんの代物が瞥見した所、罪が無かろうと、たとい根柢に何か芥子粒ほどの常識を—とはエクセター・ホール演壇をあちこち、してやたら遠回りに歩き回る不気味な老婆によって「濃くてどろどろに煮詰められる（『マクベス』IV、1）」色取り取りの粥のいずれにてもめっぽう稀な成分たる――潜めているやに見えようと、かようの唱道はくだんの代物にとってであれ、人間の叡智、と言おうか愚昧に起因し得る如何なる目論みにとってであれ、最後的にして致命的瑕疵と見なして差し支えあるまい。

当該大部の二巻本が憂はしき歴史を審らかにする「アフリカ遠征」は如何なる点においても通則の例外ではない。エクセター・ホールは遠征に与すに熱く、そいつは潰えた。エクセター・ホールは遠征の最も脆く、絶望的な目的がらみで就中熱く、くだんの目論見においてそいつは（無論）就中甚だしく潰えた。アレン艦長が彼自身と勇猛果敢な僚友のために、宜なるかな、申し立てている如く、遠征の委ねられた者の側《がわ》における勇気や献身がいささかなり欠けていたからというのではなく――全員の苦しみや、幾多の者の死や、屈強な体軀と雄々しき精神の憂はしき衰弱と疲弊がその事実を傷ましく証しているが――もしや達成されようとする目的が事実勝ち取られるとすれば、それらは如何なる勇壮も抗い得ぬ敵による然る破壊にかけがえのない英国人の命を晒したり、オビ王や、ボーイ王*や、他のかようの主権者の気散じのために下卑た笑劇を二、三演じたりする以外の手立てによって勝ち取られねばならぬからだ。連中の英国海軍に対す崇敬の念は恐らく、かようの芝居における英国人の担がれ易さに纏わる傑作千万な経験と、彼らの気候、虚偽、欺瞞を向こうに回しての我々の全き無力によって大いに高められようこと請け合いではあろう。

遠征隊によって達成されるはずの主たる目的は以下の如し。奴隷売買に取って代わる、大英帝国との全般的な自由通商の厖大な利点を説明される予定の原住民酋長との盟約による、奴隷売買の大半の撤廃——くだんの酋長の版図における奴隷労働に代わる自由民労働——アフリカへの進んだ農耕体制の導入——人的犠牲の撤廃——くだんの異教徒の間における真のキリスト教教義の普及、並びに劣らず達成の容易な他の些細な案件。当該短い一覧をちらと眺め、それら全てが我々自身の文明化された土地にては穏やかに解決され、二度と論争の対象とはならなかった幾世代もを顧みれば、同上が呈すやもしれぬ取るに足らぬ困難の如何なる様相も実質的には取り除かれよう。協定を結ぶべく、遠征隊の士官数名が女王陛下委員に任命された。彼らを原住民酋長の目に魅力的に映らすべく、贈り物が大量に仕度された。して彼らを補強すべく、ニジェール川の両岸にそのため購入されるはずの土地に「一つならざる小さな保塁」が築かれ、これら保塁は「奴隷売買の廃止に与し」、女王陛下の臣民の無垢な交易を促進することになっていた。ニジェール川は探検され、国の資源や産物が調査・報告され、天文学、地理学その他、種々の重要な科学的観察が行なわれる予定であった。が以上は飽くまで、因みに。「模範農園」が祖国の然る農業組合によって建設されることになり、その様々な備品、用具等々のための収納庫を船上に設けることを許可するのみならず、海軍省は監督として契約した西インド諸島生まれの有色人アルフレッド・カー氏（西アフリカ入植者）に無賃乗船を認めた。これら全ての手立てが相俟って、ラッシントン医師とサー・トーマス・ファウエル・バクストンが当時の植民省大臣ジョン・ラッセル卿に書き送った如く、*アフリカの住民は「自らの堕落の然るべき意識に覚醒される」はずであった。

当該「覚醒」の使命の下《もと》船舶が三隻任用された。三隻はわざわざそのため造られた平底の鉄製汽船である。いずれも全長一三九フィート四インチ、船幅二七フィート、喫水六フィートの「アルバート号」と「ウィルバフォース号」は全ての点で全く同じだった。固より派遣勤務用に造られた「スーダン号」は遙かに小さく、喫水も四・五フィートだった。三隻共海上服務に耐え得るよう舵尾と垂下竜骨*を備え、極めて精巧に設計されていた。が荒天にあっては奇妙奇天烈な狂態を演じ、如何なる手を尽くそうとしぶとく風下へ向かい続けた。リード博士は「閣下諸兄」が「巧妙にして高価な」と評す換気装置を備え付けたが、準備には貴重な時間が厖大に費やされ、実際的な効果は乗組員を窒息させることでしかなかった。「かの真に人当たりの好い皇子」プリンス・コンソート（即ち、アルバート殿下）はウリッジ（テムズ川南岸ロンドン東部船渠地区）にて乗船し、三名の船長それぞれに豪華な金製経線儀《クロノメーター》を贈呈した。アフリカ教化協会は一千ポンド献金した。英国国教伝道協会は宣教師と公会問答教師を各一名支給した。エクセター・ホールは沸き返るほどの騒乱状態にて、舷門をいつ果てるともなく塞いでいた。終に、一八四一年五月十二日午前六時半、プリマス湾に錨泊していた船列艦は、知らぬが仏にて「共同墓地門」へと――というのが爾来、彼らの向かった致命的河口に賜った船乗り連中の名称だったから――蒸気を上げる遠征隊宛、万歳を三唱した。

　翌六月中旬、シエラレオネ（アフリカ西岸英連邦内自治国。元英国植民地）で通訳が数名、「模範農園」の労働者として同地にてカー氏によって雇われた、元奴隷アフリカ人と彼らの妻子共々乗船した。のみならず船の操縦に手を貸し、白人を能う限り日光と豪雨から守るべく、大挙、クルー族（西アフリカ、リベリア海岸に住む黒人種族。船乗り跣と言われる）の一団もまた。くだんのニグロ――律義で、陽気で、働き者で、懐っこい人種――については、極めて興味深い逸話が審らかにされ、それによると彼らこそ文明的な指揮の下《もと》、アフリカの遅々として漸次的な向上をもたらす上での助太刀として究極的に頼り得る唯一の前途有望な人的動因であることに疑いの余地はなさそうだ。くだんの傑出したクルー族の男達――ジャック・フライパン、キング・ジョージ、プリンス・アルバート、ジャック・スプラット、ボトル・オブ・ビヤ、トム・ティー・ケトル、プリンス・オブ・ウェールズ、デューク・オブ・ヨークを始めおよそ八十名に垂んとす連中――がここにて、彼らの長《おさ》ジャック・アンドゥルー統率の下《もと》船員名簿に名を列ね、そこへもってパルマス岬にて前回のアフリカ遠征で病に倒れたアレン艦長の律義な従者にして看護人たりしジャック・スモークが合流した所で、補強は完璧となった。彼《か》の地より遠征隊はコースト岬（現ガーナの一地区）砦へと向かい、そこにてマクリーン総督（一八三〇年より黄金海岸保塁統制官）より幾多のありがたき援助を受け、そこよりニジェール川のナン支流――「共同墓地門」――へと針路を取った。†

† 大半の英国人読者は旅行記の雄々しき著者達に劣らずコースト岬砦のとある箇所を追憶の一言も口にせぬまま立ち去るを潔しとすまい。

「四つ壁の内なる中庭を過る際、極めて興味深い碑が故マクリーン夫人――かつては名にし負う、にこやかな、嗜み深きL・E・L*――の死すべき運命《さだめ》の全ての埋《うつ》められた小さな一角にて目に留まる。次なる銘の刻まれた質素な大理石板がその場に立っている。

（原地語碑銘省略）

「沈み行く日輪の斜光がその場一帯を豊かながら落ち着いた色彩に染め、我々が天才女流詩人の命運に悲しき思いを馳せながら佇んでいると、麗しきヒルンド・セネガレンシス、即ちアフリカ燕が数羽、詩神《ミューズ》を蓋し、祀った箇所の見張りに就いてでもいるかのように、辺りを優美に舞い、片や程遠からぬ岸に打ち寄す波の音は恰も今は亡き天稟への挽歌《レクイエム》をつぶやいているやに思われた」

二週間に及んで川を遡った後《のち》オビ王の宮殿に辿り着く。当該君主との公式会談がその後ほどなく「アルバート号」の船上にて執り行なわれた。陛下は「ランダー*から贈呈された曹長の上着と、同じ折に贈られた緩やかな緋色のズボン」の出立ちで、「黒いヴェルヴェットの尖り帽子を気持ち傾《はす》に被っていた」以下の抜粋が審らかにしているのは――

オビとの協定締結

船尾甲板のさらに後部の、彼自身と委員のために椅子の置かれた所まで案内されると、オビはどうやらいささか混乱を来していると思しき散漫な思考を落ち着かすべく腰を下ろした。トロッター艦長と他の委員から前置きが述べられた後《のち》、会談は始まった。

委員長であるトロッター艦長はオビ・アサイに大英帝国女王陛下は自分と、委員会を構成する他の三名の殿方を女王陛下を始め全英国民が同胞に対す不当にして神の掟への背反と見なす黒人売買の撤廃のためにアフリカ酋長と協定を結ぶよう努めるべく遣わされたのだと――折しも酋長の目にしている船舶は商船ではなく、我らが女王直轄のそれであり、アフリカのために、女王陛下の慈悲深き御意を遂行すべく陛下によりて任命された委員を輸送するためわざわざ派遣されたものだと説明した。トロッター艦長はそれ故、オビ王に委員が一件に関しこれから述べることに辛抱強く耳を傾けて欲しいと言った。

オビは通訳、と言おうか「代弁者《マウス》」を介し、我々の訪問に心より感謝していると、何を言われているかよく呑み込めるし、注意深く聞くつもりだと告げた。

オビ王と女家人
アレン艦長著『遠征隊の物語』（一八四八）より

委員はそこで、オビを会談に招いた主たる目的は奴隷を売り払い、かくて取るに足らぬ金額と引き替えに彼らの奉仕を永遠に自ら放棄する習いの彼自身と一族に及ぼす百害あって一利なき悪影響を指摘することにあると説明した。片や、もしもこれら奴隷を祖国に留まらせ、耕作や、ヤシ油の採集を始め、国内の他の生産物を交易のために収穫する作業に雇用すれば、彼らは国家歳入の永続的な財源と判明しようと。オビは、仮にもっと割の好い交易にすげ替えられるものなら奴隷売買は喜んで廃止しようと答えた。

委員――酋長は酋長自身の領土から奴隷を売り払っているのか？

オビ――いや。皆、遙か遠くの国の生まれだ。

委員――酋長は奴隷を手に入れるために戦争を仕掛けるのか？

オビ――他の酋長が自分と諍いを起こし、戦を仕掛けて来たら、端《はし》から奴隷としてつかまえるまでだ。

委員――どのような交易品が酋長の一族には最適か、或いは酋長は何を輸入したいか？

オビ――子安貝*と、布と、マスケット銃と、白粉と、ハンカチと、珊瑚珠と、帽子――白人の国の物なら何でも構わぬ。

委員――我々の女王が大英帝国の君主であるように、酋長はこの国の王だ。が、女王は酋長と取引きすることは望んでいない。女王はただ御自身の臣民が酋長の臣民と公平に取引き出来ればと思っておいでにすぎぬ。酋長の臣民は塩を買うか？

オビ――ああ、買う。

委員――英国女王の臣民は原綿と、藍と、象牙と、ゴムと、アフリカ白檀となら喜んで引き換えよう。さて、酋長の一族は英国の交易品の見返りに譲り渡すそうした品々を持っているか？

オビ――ああ、持っている。

委員――英国人は禍の元であるラム酒や火酒以外は何なりと交易品を持って来よう。仮に酋長が臣民に土地を耕すよう促せば、誰しも裕福になろうが、奴隷を売れば、土地は耕されず、誰しも取引きによって一層貧しくなろう。仮に我々が酋長自身の身のためを思って忠言するこうした諸々の事を全て行なえば、我々の女王はアボ領土で英国臣民によって売り捌かれる二十品の内必ず一品、酋長自身の利益と歳入として、下賜給わろう。よって臣民に土地の天産物を英国製品と交換するよう説きつければ説きつけるほど、酋長は金持ちになるという訳だ。そうすれば交易商人の気分次第の「心付け《ダッシュ》」や贈り物を当てにする代わり、協定によって確約された正規の収益に恵まれよう。

オビ――わたしは奴隷売買を止めることに同意するが、英国人にまず交易のための商品を持って来てもらわねばならぬ。

委員――女王陛下の臣民は酋長側《がわ》の天産物が十分蓄えられていると確信しない限り、ここへ交易に来る訳には行かない。

酋長――わたしにはヤシ油があり余るほどある。

委員――シャーン伝道師がこれからイブ語で女王が何をお望みか説明しよう。もし理解出来なければ、繰り返してもらう。

シャーン師は遠征の企図が何であるか様々な部族に明らかにする目的で作成された口上書きを読み始めた。がオビはどうやらほどなく、馴れ親しんだそれらより遙かに延々たるちぐはぐな商議《パラーヴァ》にうんざり来たようだった。かくて苛立ちを露にし、とうとう言った。「わたしは奴隷売買を止めると約束したはずだ。その話ならもう何も聞きたくない」

委員――女王陛下は酋長が最後まで聞けば、たいそうお喜びになろうし、酋長も女王陛下が酋長のためにお送りになった贈り物を受け取ろう。白人の国の人々は協定ないし規約に署名すれば、必ずそれを遵守する。女王は酋長と直接話をつけるために、オビ・アサイ、はるばるやって来る訳には行かぬが、女王に成り代わって協定を結ぶよう我々を遣わされた。

オビ――わたしは自分の国のためにしか言質を与えられぬ。

委員――酋長はたとい望んだとしても、奴隷を売り払うことは出来ない。というのも女王は河口に幾隻もの軍艦を配備され、スペイン人は恐くてそこへ奴隷を買いにやって来れないからだ。

オビ――なるほど。

酋長は我々が商いを行なう上で奴隷商人の遭遇しよう困難を審らかにすると大いに愉快がっているようだった。してとある折など、我々の巡洋艦は間々奴隷船を積荷ごと拿捕すると告げられると不興なほど腹を抱えた。我々は、ただし、酋長が愉快がっているのは専ら御当人、奴隷は海岸の内、我々のほとんど思いも寄らぬ箇所から船で運び出されると百も承知のせいだろうと目星をつけてはいた。アボにブラジル産ラム酒が溢れ返っている所からして、彼らが表向き他に如何なる目的もないと公言している国々としょっちゅう取引きしていることは疑うべくもない。

オビがお蔭で御当人と贈り物との間に邪魔が入っているのを想起した勢い苛立たしげになった時をさておけば、終始「ちぐはぐな商議《パラーヴァア》」を「大いに愉快がって」いたろうことは想像に難くない。というのも誰一人、オビほどそいつが丸ごと何たる軽口だことか――とは挙句の果てが可惜明々白々と証すことになる如く――心得ている者はなかったからだ。

贈り物の内某かが今や運び込まれ、オビは見るからに得々と打ち眺めた。贈り物を具に調べたい一心で、ちぐはぐな商議《パラーヴァア》の残りは全くもって気も漫ろだった。

委員――酋長に与えられる贈り物はこれで全てではない。一つ尋ねさせて頂きたいが、酋長は奴隷を載せた小舟が版図の水域を過るのに待ったをかける気があるか？

オビ――ああ、喜んで。目に入らぬ小舟は別だが。

委員――奴隷が陸伝《おかづて》運ばれるのにも？

オビ――もちろん。だが英国人はわたしと部族に武器を与えねばならぬ。奴隷を運ぶのに待ったをかければ必ずや隣国と諍いを起こすことになろうから。

オビはそれから部下の頭《かしら》達と相談するためしばし席を外

した。
委員（オビが戻って来ると）――酋長には臣民皆の名の下《もと》に我々委員と協定を結ぶ権限があるか？
オビ――わたしは王だ。わたしの言葉は掟だ。英国には王が二人いるか？　ここには一人しかいないが。
委員――酋長は主権を有すということなら、川を運ばれる奴隷を捕えられるか？
オビ――ああ。
委員――その上で彼らを自由の身とせねばならないが。
オビ――ああ（ピチリピチリと、一再ならず指を弾きながら）。
委員――小舟は壊さなければならない。
オビ――カヌーは壊しても、誰一人殺さぬ。
委員――仮に軍艦がカヌーを拿捕し、それが奴隷船だと分かったら、士官の文言は王によって従われねばならない。酋長自身か、オビ、又は代理の者は判決が下される所に立ち会っても構わぬ。
オビ――分かった。
委員――今後アボにやって来る如何なる者も新たに奴隷とされてはならない。
オビ――如何にも。
委員――たといどこかの国王か他の何者かが奴隷を送って寄越しても、オビは彼らを買ってはならない。
オビ――わたしは奴隷市場《いちば》へは行くまい。
委員――捕虜にされる如何なる白人も自由の身とされなければならない。
委員はここにてランダー兄弟*の場合を引き合いに出し、オビに兄弟がしばらく拘留されていた状況を覚えているか否か尋ねた。オビは、息子達や首領の方へ向き直り、心当たりはあるかと聞いたが、それからランダー兄弟拘留に関す一切の記憶を否定した。
委員――アボに定住する英国人はちょうどオビの臣民がもしやイングランドにいれば受け入れられよう如く、馴染みとして受け入れられなければならない。
オビ――言われたことは堅く守り、実行しよう。
委員――人々はここへ来て、彼ら自身の宗教を信奉しようと嫌がらせを受けることはあるまいな？　英国人は喜んで我々の宗教を説こう。その祝福なくして我々は目下の如く、国家として栄えることはなかったろうから。
オビ――ああ、好きなように来るが好い。喜んで彼らの教えに耳を傾けよう。
委員――英国人は酋長の部族と取引きするやもしれぬ

が、取引きがアボで行なわれる限り、売り捌かれた商品の二十分の一は王に捧げられよう。というのは気に入ったか？

オビ——ああ——「マッカ」——結構（ピチリと指を弾きながら）。

委員——アボからベニンへ行く道はあるか？

オビ——ああ、ある。

委員——英国人はどの道も自由に通れなければならない。

オビ——ああ。

委員——イングランドの道は全て外国人の誰しも別け隔てなく自由に通れるようになっている。

オビ——この取引きのやり方に、わたしは全く異存はない。

委員——たとい英国人が建設したり、耕作したり、売買したりしようと、一切嫌がらせを受けることはないか？

オビ——もちろん。

委員——もしも酋長の臣民が英国人に悪事を働いたら、酋長は彼らを罰すか？

オビ——裁判にかけ、もしも有罪なら罰す。

委員——英国人が悪事を働けば、オビは英国士官にその旨伝えなければならない。士官は直ちに談合にやって来よう。酋長は白人を罰してはならない。

オビ——諒解した。（彼は今や落ち着きを失い、苛立たしげになった。）

委員——酋長の臣民は英国人に対し負債を負えば、当然、金を返さなければならない。

オビ——金を返さねば、罰すまでだ。

委員——女王陛下は外交官を派遣しても好いか？

オビ——如何なる英国人であれここへ住みにやって来れば、家を建てる最上の場所を教え、出来る限りの手を貸そう。

＊＊＊

委員——オビは川伝《づて》手紙その他を転送するあらゆる便宜も計らねばならない。そうすれば手紙を受け取った士官が受領書と、送付の見返りをも与えられよう。

オビ——実に結構（ピチリと指を弾きながら）。

委員——酋長はボニーに遣いをやる機会はあるか？

オビ——わたしはアボとボニーの中ほどの部族と上手く行っていない。が、ブラス部族を介して連絡は取れる。

委員——軍艦に薪や糧食等々を公平かつ穏当な価格で供

給することに同意するか？
オビ――ああ、もちろん。
委員は尊きシャーン伝道師にオビ王にシエナレオネの新開地の描写に加え、キリスト教と偶像崇拝との違いを簡潔に説明するよう告げた。
シャーン師――この世には唯一の神しかない。
オビ――わたしはいつも神は二人いると思っていた。†
シャーン師はモーセの十誡とキリスト教の主たる真理を要約し、それからオビにこれは善き宗教だとは思わぬかと尋ねた。オビはピチリと指を弾きながら答えた。「ああ、全くもって」（マッカ）。
オビは会談の締め括りに「そろそろこのちぐはぐな《パラーヴァ》商議を切り上げて欲しい。いつになく口を利いたせいで疲れた。早く岸へ上がりたい」と力コブを入れて言った。して最後に、実に苛立たしげに付け加えた。「この『奴隷談合』にはそっくりケリがついた。もうたくさんだ」
「奴隷談合」の結果、オビは呈示された協定の全条項に同意し、トムトム（アフリカ原住民の奏す胴長太鼓）が滅多無性に打ち鳴らされている片や、その時その場で聖なる誓いを立て、太鼓の乱打は終夜続いた。奴は無論、最初の機に乗じ（さすがアフリカ中で最も逆しまな破落戸の一人とあって）協定を破り、ひたぶる奴隷売買に精を出し続けた。遠征隊が寄る辺無くも航行不能となった際、捕らえられたばかりの奴隷が、カヌーの底に鎖で繋がれたなり、正しくこの同じオビの版図のど真ん中の川伝《づて》運ばれる様が見受けられた。
以下の条《くだり》は実に興味深い――

極刑に関すオビ

二十八日。約束通りオビは今朝「アルバート号」に乗船し、トロッター艦長と委員に迎えられ、朝食を共にした。出立ちは昨日の訪問の際ほど派手派手しくはなく、単に大いに洗濯女の要のある木綿のジャケットとズボンに、赤い縁無し帽を被り、首と、手首と、足首に某かの珊瑚や野獣の歯の数珠を巻いているきりだった。王は予め説明されていた概要に気さくに取りかかり、要求されている全項目に

† 何者か以前の旅行者――恐らくはランダー――がオビをアタナシウス*信条で困惑させたものと思われる。

躊躇うことなく同意した。とは言え、ジョン・ラッセル卿によってわけても川の自由な航行に関す箇条の追加された草案を基に作成されていた協定が今一度、彼らを大いに煩わせたことに、オビと主たる首領——就中、推定相続人と覡《かんなぎ》の長《おさ》——に読み上げ、説明されねばならなかった。以上全てが明らかにほとんど要を得ぬまま、長時間を要したせいで、王は我々が黒人に対して問うた責めを——時間の価値を知らぬという——悉く我々に対してこそ問うた。酋長と部族に恐るべき人身御供の習いを断つことを課す補足条項に同意する上で、オビは至極当然の如く、大罪を犯した廉で死罪に相当するやもしれぬ者は如何に処すべきかと尋ねた。

オビのこの質問によく似た問いは一、二度、正しく王のために彼の諸事を改善すべくこれら「悪魔船」即ち「汽船」を派遣した当の政府によっても発せられて来たが、一件は未だ解決していない。

さて、しばしこの折衝をざっと復習《さら》ってみようではないか。オビは、なるほど曹長の上着でめかし込んだ野蛮人ながら、マスター・スレンダー同様、して恐らくは、なおまっとうな謂れをもって、「ぼくだってまるっきりのバカじゃない（『ウィンザーの陽気な女房達』I、1）」と申し立てるやもしれぬ。オビはまずもって、英国政府はその目的たるや彼の版図の岸から奴隷を輸出することを禁ずることにある、事実上無効にして馬鹿げた封鎖を主張していると知っている。だからこそ、そいつを口にしただけで、カンラカラ腹を抱える。オビは、「アルバート号」の船尾甲板に腰を下ろし、未開の額《ひたい》と尖り帽子の下から狡っこげに覗き見ながら、眼前にて遙か彼方の封鎖国から女王陛下によって遣わされた白人委員共がわずか一度きり膝を突き合わせたくらいで（固より神の計り知れぬ叡智において、自ら耕す土壌と吸っては吐く大気によって形成された）己《おの》が民《たみ》の気っ風を一変させ——たとい相互の通訳がまたとないほど正確で、奇跡的なまでに混同を免れていたとて、彼自身認識したり理解したりするは土台お手上げの宗教を、自ら手塩にかけられ、もって司祭や奇術師も臣民を心服させるそいっとすげ替え、交易と歳入の野蛮な体制を丸ごと覆し——要するに、彼と彼の国家の先入主や、元来の方法、習慣を悉く根刮ぎにする話を粛々と持ちかけるのを目の当たりにする。その見返りに、白人はいつの日かそこへやって来るはずの船を介し彼と取り引きを行ない、彼らが未だ断じて見出しているはずのなき何か強かな呪《まじな》いによって、そこにて生の息吹を吸う術《すべ》を学ぶことになっている他の白人を介し、協定の違反を鎮圧するという。果たしてこの世に、川の両岸や、枝《し》垂《だ》れたマングローブの枯木や、泥濘った朽ちかけの大地や、蒸れ腐れにやられた植生を狡っ辛げに横目で眺め渡しているオビほど、そいつらがいつ何時であれ熱風にくれてやって構わぬ蜉蝣《かげろう》が如き約言にして蜉蝣《かげろう》が如き脅しにすぎぬと重々心得ている者があろうか？　彼の周囲の白人共の内いずれかの胸中、見る間に迫りつつある命運に纏わるこの野蛮人の予知の半ばも確かな死の暗澹たる予感が蠢いていようか——疫病催いの外気は早、一つならざる高貴な胸にとっては、かようの虫の報せでいよよ溢れ返ってはいるものの？　果たして辺りを眺め渡している士官であれ海員であれ、その「心眼（『ハムレット』I、2）」にオビのそれの半ばもまざまざとした、白人の骨が疫病催いの大地で白く晒され、連中の哀れ、打ち捨てられ、強奪された船が岸辺にては巨大な骸骨そっくりに映るの図が彷彿としていようか？「談合はもうたくさんだ」とオビは言う、のも宜なるかな。「とっとと贈り物を寄越し、家に帰らせてくれ。ならば一晩中、トムトムを叩いて、浮かれ返ろうでは！」

　がそれでいて以上がアフリカ人が彼ら自身の堕落の然るべき意識に覚醒させられることになる手立てであった。かようの権力者とのかようの協定締結のために学者や、学徒や、船

イガラのアッタの宮廷
アレン艦長著『遠征隊の物語』より

員や、士官の有益な命が——「荒れ野を埋め尽くすほどのアフリカ人（『ヴェニスの商人』Ⅲ、1）」より貴重な——可惜潰えた！

ニジェール川のまた別の箇所にまた別の独裁的統治者——イッダのアッタ*と呼ばれる——がいた。アッタの「両足は巨大な赤い革のブーツに包《くる》まれ、周りにあしらわれた小さな鈴が玉座の脇からぞんざいに垂れ下がって」いた。彼は王の代弁者《マウス》と呼ばれる国家の高官伝口《づて》を利き、「帝王神権」に関しては次なるお定まりの概念に凝り固まっていた。「神は吾を御姿に似せて造り賜ふた。吾は神の生き写しにして、神が吾を王に任じ賜ふた」当該旧き善き君主を相手に、似たり寄ったりの場面が繰り広げられ、王もまた要求される全てを約束し、わけても執拗に贈り物を見たがった。王はまた伝道師の眼鏡をいたく面白がったと思しい。して彼《か》の地の王族は人前で微笑んではならぬことになっているので、扇持ちは再三再四御尊顔を隠さねばならなかった。アッタは——ローマ教皇同様——独りで食事を摂り、劣らず不可謬である。彼から「模範農園」の敷地が購入され、新開地が設けられた。証文の音読は実に辛抱強く耳を傾けられ、「仮に」と旅行記の共著者は、如何にも彼ららしく率直に記す——「仮に我々が無関心をかほどに見上げた態度と取り違えていたのでなければ。」

然に幾多の労がアフリカ人の大いなる覚醒のために取られる。この時までには遠征隊が川を遡って五週間経ち、熱病の徴候が水面《みなも》なる全ての船上で現われ、わけてもこの三日間は凄まじい速さで進行している。「スーダン号」では動き回れる者はわずか六名になり、「アルバート号」では船医補佐が死に瀕し、「ウィルバフォース号」では数名がほぼ同じ苦境にある。翌日には〆て六十名が病に倒れ、十三名が死亡した。「船上の至る所、熱に浮かされた譫言《うわごと》と押し殺した呻き声しか聞こえぬ。」人格の精気も希望の力も、未だ熱病にかかっていない者の間ですら失せる。とある士官は堅忍不抜と諦観にかけては人後に落ちぬはずが、話しかけられるとワッと泣き出し、理由を尋ねられると、気候のせいでつい弱気になっただけだと答える。が、その後明らかとなるに、どうやら「当該謂れにかてて加えて、当直の合い間のわずかな休息中に見た我が家と家族に纏わる熱っぽい夢のせいで意気が挫けていた」らしい。気づかわしい話し合いが持たれ、トロッター艦長は病人を「スーダン号」で沖へ返す決断を下す。がアレン艦長は川の水位がほどなく下がり始め、最も不健全な季節が到来するのを知らぬでなし、船は三隻共引き返し、当面、これ以上川を遡る骨は折らぬに如くはなかろうとの私見を記録に留める。

病人の離船

「スーダン号」はよって、能う限り直ちに己《おの》が憂はしき船荷を受け入れる準備を整え、W・アレン司令官は彼の病人を乗船さすよう指示された。くだんの士官は、しかしながら、前回のニジェール川体験と乗組員の目下の状態から、ほどなく英国軍艦「ウィルバフォース号」も「スーダン号」の後を追わざるを得なくなろうと確信していたため、病人の内希望するやもしれぬ者だけを乗船さす許可を請うた。わけても——この点は彼の船医プリチェット医師も同感だったが——内幾人《いくたり》かのように重態の船員を移動さすことには大きな危険が伴おうと惟みていただけに。わずか六名しか離船を希望した者はなく、他の、数にして十六名の者は自分達の船に留まる方を望んだ。ある男は、去りたいか否か問われると、自分達は実に悪しき場所までやって来てしまったと、一刻も早く立ち去るに越したことはなかろうが、飽くまで自分の船と行動を共にしたいと答えた。

病人を能う限り新鮮な空気に触れさすと同時に他の者から隔離すべく、W・アレン司令官は船体の中央の上甲板に巨大な団扇《パンカー》を吊るしたぶ厚い天幕によって太陽と夜露を凌ぐよう工夫された大きな衝立付寝台を設えさせた。

十九日、日曜日——「スーダン号」が我々の病人を受け入れるべく「ウィルバフォース号」に横付けになった。病人は士官、並びに同じ釜の飯を食った仲間に憂はしき暇を乞うた。

祈禱が読み上げられ、実に感に堪えぬ光景が繰り広げられた。小さな船舶の片側にはそっくり病人が寝かせられ、船室は士官で溢れ返り、蓋し、立錐の余地もなかった。

かようの状況の下《もと》、同僚の内然に幾多の者と訣れねばならぬとは誰にとっても悲痛以外の何物でもなかろう——せめてもの慰めは今や出立する弱り果てた者がほどなくまだしも健やかな気候の影響の埒内に入り、いずれ皆がより幸先好い状況の下《もと》再会出来るやもしれぬということくらいのものであった。

やがて蒸気が吹き上げられ、我らが小さき僚船は——幾多の憐れみ深き眼差しに見守られつつ——瞬く間に視界から消え失せた。

この移送が出来してものの二、三日経ったか経たぬか、「ウィルバフォース号」の乗組員の内三十二名は今や熱病に倒れ、当直に当たれるのはわずか十三名の士官と海員のみとなった。「ウィルバフォース号」もまた、アレン艦長の再度の抗議と、引き続いての話し合いの結果、沖へ戻ることになり、「アルバート号」は一隻きり、憂はしき川を上《のぼ》る。

帰航に際しての「ウィルバフォース号」

我々はこれら蛇行する、狭い水域を、川を遡る上で味わったのとはおよそ似ても似つかぬ心持ちを胸に航行した。あの折は健康と希望の快活が辺りの光景にこの上もない愛らしさの華を添えていた。正しく静寂と孤独こそが瞑想と未来に対す好もしき予想へと誘《いざな》う長閑な感化を帯びていた。今やそれは死の静けさであった――瀕死の同僚の弔鐘にして挽歌さながらに響く外輪の水を掻く音と谺や、測鉛手の憂はしい歌によってしか破られぬ。以前はその撓垂れた葉の然に艶《あで》やかたりしヤシの木は、今や巨大な葬送馬車めいた羽根飾りに外ならなかった。

かくて「ウィルバフォース号」は「スーダン号」の碇泊するフェルナンド・ポー（アフリカ中西部ギニア湾内の島）へと川を下《くだ》る。「スーダン号」の小さな、足の踏み場もない甲板の上ではこの所、死神が忙しなく、今しも忙しなくしている。部隊指揮官と、船医と、海員と、機関士と、水夫は皆病気で、多くは死亡している。アレン船長は「ウィルバフォース号」に病人を乗せ、彼らを回復さす最後の手段としてアセンション（南大西洋上の英領小島）へ向けて航行する。「スーダン号」は「アルバート号」を救援すべく送り返されるが、「アルバート号」が「共同墓地門」より出て来る所に出会す。以下の如く――

帰航に際しての「アルバート号」

それは清しい朝のことで、川の周辺の景色は実に麗しかった――「アルバート号」の煤けた、心淋しい外観とは悲しき対照を成すことに。

船上の者の命運に関し、多くは無論、傷ましい臆測の域を出なかった。接近するにつれ、しかしながら、憂はしき真実がほどなく明るみに出た。熱病は凄まじき猛威を揮い、数名が死亡、幾多が瀕死、全士官の内わずか二名――マックウィリアム医師とスタンガー医師――しか動き回れる者はいなかった。前者は姿を見せるや、手を振り、とある痩せ細った人影が束の間掲げられるのが見えた。人影はトロッター艦長で、艦長は再び「スーダン号」を目にしたい一心で、吊り床《コット》から抱き上げられていた。

かほどに傷ましい黙想に満ちた光景を目の当たりにすることは叶はなかったであろう。死者と瀕死者を山と積んだ疫病船さながら遅々として不吉に、「アルバート号」は心寛き水先案内人ビークロフト氏受託の下《もと》やって来た。一体誰がわずか二か月前、「アルバート号」がこの同じ川を活気に満ち溢れ、全員が然に懸命に乗り出した目的を達成する明るい希望で揚々とした恐いもの知らずの乗組員と共に遡ったばかりだなどと想像し得たろう?

約一か月に及ぶ「アルバート号」の孤独な航海の物語はウィリアム医師の日誌から繙かれ、恐らくは未だかつて物された如何なる旅行記にても見出されたためしのないほど静かな勇気と弛まざる志操堅固の特筆すべき例証の一つを呈示する。病気は広がり、トロッター艦長は重態に陥り、士官も機関士も海員も皆一様に床に臥せ、「アルバート号」は已むに已まれず今一度、沖へと舳先を向け、かくて二名の船医、マックウィリアム医師とスタンガー医師は――両者の名こそ真に英雄的な企図の史上、永久《とわ》に褪せることなく称えられるべきだろうが――病人を介護する本務に加え、川下へと航行する任務を引き受けた。前者は船の管理を受け持ち、後者は機関を操縦し――周囲では馴染みが譫言《うわごと》を口走っては死んで行き、中には熱病の狂気に駆られた勢い船外へ飛び込む者もある、かようの航海の恐怖という恐怖を物ともせず――「アルバート号」を無事、沖へと連れ出した。願はくは、この偉業がマックウィリアム医師の簡潔にして控え目な寸言にて、より願はくは、この致死的遠征の生存者によりて語り継がれる感謝に満ちた思い出において、世界中の全世代の自棄的にして残虐な者皆が忘却の彼方に葬り去られてなお、生き存えんことを。

ニジェール川を下《くだ》る途中、「模範農園」に立ち寄ってみれば、管理者のカー氏と、校長と庭師――いずれもヨーロッパ人――が熱病で衰弱し切っていた。三名は「アルバート号」に乗せられ、健康を回復すべく連れ去られた。して新開地は――総勢、今やシエラレオネから連れて来られた人々に加え、原住民およそ四十名の――アメリカ生まれの黒人移民ラルフ・ムアという男の手に委ねられた。

悲話の残りはかいつまめば以下の如し。潮風は彼らの回復のために清しさをもたらすには幾多の痩せ細った人影に吹き寄せど、最早詮なかった。「死に神」が、「死に神」が、「死に神」が、昼夜を舎かず「アルバート号」に乗船していた。トロッター艦長は、唯一命を救う手立てとし、帰国するよう漸う説き伏せられ、遠征隊はアセンションとアンブワーズ湾で（植民省からの指示がなく）長らく足止めを食った後《のち》、してアレン艦長指揮の下《もと》またもやニジェール川を遡る絶望的な試みに乗り出しかけた折しも帰国を命ぜられた。指示に従い「模範農園」を再訪せねばならなかったため、アレン艦長の一等航海士、ウェブ大尉が直ちにくだんの任務に志願し、必要な数の士官と黒人乗組員と共に「ウィルバフォース号」の指揮を採り、今一度、致命的なニジェール川を雄々しく上《のぼ》った。一行が着いてみると、「模範農園」は分裂と狼狽に包まれていた。健康が回復するやフェルナンド・ポーから戻っていたカー氏は——恐らく「ボーイ王」の指示の下《もと》、して定めて我らが馴染みオビの側《がわ》なる共謀にて——殺害され、新開地は打ち棄てられていた。オビは（何故《なにゆえ》かは与り知らねど、マックウィリアム医師からは賛辞を呈せられているが）、「ウイルバフォース号」帰還と同時に馬脚を現わし、自らの堕落に対す然るべき認識に覚醒されるは疎か、どうやら乗組員を殺害し、船を拿捕する愛嬌好しの腹づもりを露にしていたと思しい。当該謀が、しかしながら、ウェブ大尉と士官の冷静と機転によって裏をかかれるや、白人は目出度く王を御当人の版図に置き去りにした。彼《か》の地にてこの方、まず間違いなく、こうしている今も、もしやこの世に憚っているなら、いつ何時であれ後ほどの贈り物ごと持ちかけられるやもしれぬ如何なる協定であれ結び、「奴隷売買」なるネタがらみではまたもや「カンラカラ腹を抱え」、夜通しトムトムを叩いては浮かれ返る手ぐすね引いて待っていようが。

　今回、並びに前回の遠征にかくも恐るべき荒廃をもたらした熱病は当該旅行記の読者にとって傷ましい興味の対象となる。とは言え、本稿は早かなりの紙幅に及んでいるため、当初の計画通り目下の物語で審らかにされている熱病の描写を抜粋する訳に行かぬ。素因についてはほとんど何一つ明確に述べ得るものがない。というのも如何ほど精密な化学実験を行なおうと、空中にも水中にも、両遠征において必ずや存在しようと想定されていたかの有毒ガスの存在が認められなかったからだ。熱病には軽々ならざる衰弱、もしくは軽々ならざる興奮と不自然なまでの無関心の状態が先立つ。して川の遡上開始後約十五日目に船上で徴候を現わす。風のそよとも吹かぬ、むっと息詰まるような大気が熱病に最も好もしからざるそれである。他の如何なる治療薬よりまずもって甘汞《かんこう》（下剤その他の薬剤成分）と、以降は硝酸キニーネ（マラリア特効薬）の大量投与が薬効著しいと思われる。特筆すべきことに、「絶対禁酒主義」の患者の場合、初めから絶望的かつ確実に致命的なようだ。

　当該遠征隊の物語はことアフリカの略式キリスト教化と奴隷売買廃止のための博愛主義者の熱に浮かされた幻想に関せ

ば、「過去」の物語である。エクセター・ホールからであれ他の何処からであれ発せられる如何なる流行りの標語にも其を唯の一隻の船にとってすら「未来」の物語とさすこと勿れ！　かようの手立ては無益にして、徒労にして、敢えて——ツバ広帽やフェルト帽（英国国教会牧師の象徴）にも、襟がついていようといまいと、トビ色上着や黒上着にもかかわらず——言い添えれば、邪悪である。如何に厖大な博愛にもここにてありとあらゆる経験や、実しやかな希望のかこつけを物ともせずに可惜潰えた然にかけがえのなき人命を徒に葬り去る権利はない。文明化されたヨーロッパ人と未開のアフリカ人との間には「越え難い深淵（『ルカ』一六：二六）」が横たわっている。後者に生をもたらす外気は前者に死をもたらす。時の車輪の巨大な回転において、この点における何らかの変化は来《きた》すやもしれぬ。が現世《うつしよ》の当代において、世界中の白人軍隊も白人伝道師もとあるアフリカの川の逆巻きを前にしては悉く萎びた葦よろしく頽《くずお》れよう。文明化された教養人ですら、その習慣を変え、新たな概念を銘記させようと思えば——我々はその点を重々心しておかねばならぬが——およそ遅々として進まず、一筋縄では行くまい。が同上を無知で野蛮な民族に対して試みることは、地球それ自体の漸進的な変化同様、目眩くほど延々たる時間を要す作業である。川がその間に介在する全域に氾濫し果すまでキリスト教精神がニジェール川の岸辺へ出立するのは恐らく、神の蓋然的摂理の埒内にはないはずだ。エクセター・ホールにて無知の大海原にポトリと落とされる石は、波紋が自然に広がる上で黒人の彼《か》の国に届くまで、一つまた一つと輪を広げねばならぬ。ロンドンはストランド街と、くだんの輪の未だ輝かざるニジェール川との間には渺茫として黒々とした大海原が広がり、くだんの隔りの端から端まで波紋が輝きを放って初めて最後の輪がアフリカの岸辺にて砕けねばならぬ。穏やかに、していつとは分かぬ間《ま》に、啓発の波紋は挙句「地球に回り帯のかかる（『真夏の夜の夢』Ⅱ、1）」まで人から人へ、民から民へと広がり、広がり行かねばならぬ。が如何なる痙攣性の努力も、雲をつかむような目的も、まずもって最果ての巨大な輪を描き、それからやおら内奥の輪をなぞるべく悠然と帰途に着くこと能ふまい。ということを何卒信じられよ、アフリカ開化団体、英国国教会伝道事業を始め全ての団体、協会よ！　祖国での仕事が完遂されねばならぬ。さなくば国外に一縷の望みもない。*「いざ汝《な》らの天幕へ、おおイスラエルの民よ（『列王記第二』一二：一六）！」されど其が汝《な》ら自身の天幕たることを確かめよ！　其の秩序をこそ保ち、其処なる何一つ忽せにすること勿れ。さらば前哨が汝《な》らの教えを前哨へと伝え、いずれ教えはオビ王やボーイ王の許へ届き、彼らの蒙も啓かれよう。人が人に、して神に、負う務めに纏わる知識をかくて、自然な度合と手本の生育によって、アフリカの外縁の岸へと広めよ。さらば其は、恐る勿れ、川又川を無事、遡ろう！

我々はアレン艦長の将来の行動計画にその公平な紙幅を剝ぎ取られた形で再録することにて不当を働くつもりはない。さまでアフリカに纏わる全てに関し傾聴される資格を十二分に有す者のなき、極めて傑出した士官にして高い教養を具えた紳士とし、くだんの計画は大いなる注目に値すると同時に必ずや大いなる注目を集めよう。我々は上述の根拠に基づき、艦長ほど楽観的ではない。ただし、黒人を介して黒人に接近するという発想と、黒人は我々のそれではなく、黒人自身の意見や習慣の傾向への周到な参照によってしか首尾好く接近され得ぬとの確信には健全な叡智が具わっている。この点は然に論を俟たぬとあって、果たして未だかつてブルース*はさておき――ブルースこそはアフリカ人の性格のみならず、自ら接触を持つありとあらゆる手合いの個性に順応する全くもって瞠目的天稟に恵まれていただけに――ヨーロッパ人が彼《か》の国にて信頼と、尊敬と、畏怖の綯い交ぜになった感情を真に自らに勝ち得たか否かは疑わしい。英国政府は彼の手本を然にほとんど鑑としていないせいで、正しく当該遠征の第一義の目的の一つはクラッパトン（注(九九)参照）が奴隷売買廃止に――ありとあらゆる目的の内、これら野蛮人にとってかほどに想像も及ばぬ、鼻持ちならぬ、驚愕的なそれもなかろうものを――真っ向から突っかかって行くことにて当時のボーイ王やオビ王の度胆を抜いたとどこからどこまで同じ過誤を繰り返すことに外ならぬとは！

アレン艦長はたとい遠征が失敗に終わったからとて読者がその成就し難き目的を達成すべく命を落とした者達の苦闘と功績に関し混乱に陥ろうなどと危惧する要はない。如何なる寛き心もこの物語を艦長自身と全当事者への称賛と共感の火照りを覚えずして精読すること能ふまい。艦長の心に近しき仲間が仄暗い、人跡稀な低木の茂みの下《もと》肩を並べて埋葬されている、グアヴァと黒々とした葉の木々の小径の先にあるランダーの墓の傍の静かな一角は、断じて忘恩の内に思い起こされても、軽々しく忘れ去られてもなるまい。たといアフリカ人は未だ自らの堕落の然るべき意識に覚醒されていまいと、くだんの雄々しき男達の終の栖は神聖にして、彼らの物語が厳粛な真実たることに変わりはない。

第二十八稿　「真に英国的判事」

（特派員より）『イグザミナー』誌（一八四八年八月十九日付）

次なる光景は写生された、というよりむしろ逐語的に模写されたそれである——先達てグロスター（英南西部同州首都）にて「巡回」中のロンドンの立役者数名を含む旅回りの一座による感傷的通俗劇《メロドラマ》風出し物の第一場であるだけに。

かつて、処罰は犯罪に相応せねばならず、宣告とその執行は確信的有罪判決の後《のち》に行なわれねばならぬというのが英国法理学の根本前提であった。如何にも！　然る「ズブの英国判事」の取り仕切る法廷でのとある朝《あした》ほど啓発的なものはない——報道員。

於グロスター刑事法廷、一八四八年八月十日木曜——

審理は然るべく粛々と始められる。

リチャード・フーパー、齢十歳（被告人席より且々顔を覗かせている第一の囚人）はレックハンプトンの天下の公道にてアルビーナ・クック夫人から五シリング三ペンス入った財布を盗んだ簾で告発されている。判決——有罪。

プラット裁判官＊（獄吏に）——「ここの君達の牢では少年に如何様な鞭打ちを食らわす？　背中か、それとも学校でやるようにか、それとも如何様に？」

獄吏——「学校でやるように、閣下！」

判事——「リチャード・フーパー！　君は窃盗につき有罪を宣告されている。君はまだ極めて幼い。法廷の下す判決は当州の牢獄もしくは懲治監における一か月間の禁錮刑だ。その間《かん》君は——

〔罪状認否手続書記ヘンプ氏が耳語にて割って入るが、判事には聞き取れぬ。〕

判事（罪状認否手続書記に声高に）——「何だと！　この州には牢獄がない？」

〔罪状認否手続書記はまたもやヒソヒソ耳打ちする。「重罪に対し鞭打ちの権限はありません」〕

判事（被告人に）——「どうやら投獄しても、君は入った時よりなお質《たち》の悪い盗人になって出所しそうだ——流刑に処すに越したことはなかろう。法廷の下す判決はそれ故、七年間の流刑だ。（被告人に脇台詞にて）——この判決は実の所、執行されず、君は然るべき所へ預けられ、そこにて世話を受け、より良い教育を授けられ、行ないが改まれば短期間で自由の身となろう」

於刑事法廷、金曜朝——開廷。

プラット裁判官（獄吏に）——「リチャード・フーパーを召喚せよ」小僧はよって「召喚」される。廷内、固唾が呑まれる。

判事（被告人に）——「リチャード・フーパー！ 君の一件を熟慮した結果、昨日《さくじつ》下した流刑の判決を取り下げる。法廷の下す判決は当州の懲治監における二年間の禁錮刑だ。ただし、君が行状を改め、そこにて仕込まれる手職《てしょく》を覚えるに長足の進歩を遂げれば、刑期は一年に短縮されよう。詰まる所、懲罰の期間は偏に君次第だ」

当該刑事裁判を執り行なう方法に少々注釈を垂れてもさほど不躾にはなるまい。齢十歳の少年が——未だ幼気な児童が——財布を盗む。判事の第一印象は、審理のための拘留以来少年の経験した六週間に及ぶ収監に加え、一か月間の自由の拘束は犯罪に相応する処罰であり、故にそれを課した。罪状認否手続書記が判決の完了・記録に割って入るに、彼には鞭打ちの権限のなき旨判事に思い起こさす。して本務の由々しさに纏わる然るべき認識を持ち併す如何なる刑事裁判官も歯牙にもかけまい謂れから、正義の女神はそこで持ち前の気紛れを顕現さすに七年間の流刑を課し、くだんの判決を撤回し、最終的に二年間の監禁にこの小僧の不正に対す真の尺度として（熟慮の末）依拠する。無論、我々は不敬にも博学の判事が当該逆しまな幼い少年の命運がらみで然に動顛した意をとうとう決す上で、少年から自由を奪い——レックハンプトンの明媚な村の鄙びた我が家から引き離し——幼気な齢《よはい》にあって緑々《あおあお》とした、花の咲き乱れる自然の甘き面《おもて》と身内のより甘き共感と訣別させ——懶い二年間、汚濁や、石の独房と廊下や、凍てつく湿気や、むさ苦しい獄吏や、魯鈍な教誨師や、巨大なグロスター懲治監のケバケバしい赤レンガ壁に——少年の将来の品行への心優しき配慮から——委ねたとは考えられぬ。

かように想定することは、プラット裁判官が人間性というものを全く知らず、刑事裁判官なる職務に全く向いていないとの下種の勘繰りを働かすことに外なるまい。というのも彼に軽犯罪者のためを思って処罰を重くする権限は一切ないからだ。

が、それでいて、この折における真面目《シリオー》‐滑稽《コミック》役人の優柔不断な振舞いを他の如何なる臆測と整合さすことも容易でない。動機が何であれ（悪気は無論なかろうが）、この折における公衆の面前での恥晒しは全くもって遺憾である。——正義の女神は躊躇い、たじろぎ、終にこの幼気な少年の事例によって呈せられた道徳的難儀に蹴躓く。というのも少年は恐らく最初の判決により十分懲らしめを受けた後《のち》、レックハンプトンと両親の住む田舎家へ戻っていたやもしれず、かの忌まわしき懲治監にたとい一年間幽閉されたとて、指導においては改まろうと、心根においては相変わらず逆しまなままだろうからだ。我々としては、かくも軽々しくかようの判決を下し、撤回し、苛酷にし、取り消し、下し直す判事には人間の自由の価値に対すまっとうな観念もなければ、人間本来の過てる性《さが》への共感もないものと見なさざるを得ぬ。

第二十九稿　書評：ロバート・ハント*『科学の詩情、或いは自然界の物理的現象の研究』

『イグザミナー』誌（一八四八年十二月九日付）

本書のここかしこ散見される一つならざる言説から察するに、恐らく著者は我々読者がかようの著作の出版を『万有の博物学の名残*』の著者に負う所大なりと言えば賛辞とは受け取るまい。くだんの著者は因みに、一般的主題を公衆に広め、以前はそれらが微睡んでいた幾多の知性に興味と探求心を目覚めさすことにて、かようの著作が対象としたとて無駄ではなかろう——必ずしも科学的或いは哲学的ならざる——読書界を創造した訳だが。上記が、しかしながら、実情に違いない。してその点においてこそ、かの酷評を浴びた特異な書物の著者は同時代に就中肝要な貢献を果たしたと言えよう。

ハント氏の高著の意図は印象的かつ優れている。科学の事実は（例えば、古代ギリシア人におけるが如く）未だかつて不完全な観察や事実に関す漠たる感知に依拠したためしのないほど詩的な空想に少なくとも劣らず詩情に満ちていることを示そうとするのは――たとい森の仙女《ドリュアス》は最早森に取り憑いていまいと、山林という山林や、木という木や、葉という葉や、屈強な幹という幹の年輪という年輪には常に変化し、常に継続し、常に「全能の叡智」の途轍もなき御業に証を立て、常に学究の知性を挙句、揺り籠から墓場まで取り囲まれている壮大な驚異の世界に我を忘れて没頭するまで、驚異から驚異へと導く、美しくも不可思議な創造が潜んでいることを示そうとするのは――其は自然科学者に付き付きしく、時代精神にとって健やかな趣意である。「科学」は、真に自然を審らかにするとあらば、「自然の女神」自身に劣らず、何であれ女神の破壊するものを新たな形状にて復原し得ることを――女神は、我々を無邪気な迷信から解き放ち果してなお、幾人《いくたり》かの望む如く、冷厳な功利主義の鎖で拘束する代わり、我々の観照に何かより善く、より美しきものを、何か、正当に惟みれば、魂をより高め、高邁な空想により刺激的なものを呈すことを――示そうとするのは、堅実にして聡明にして健全な目的である。仮にこうした主題に関して筆を執る識者の内より多くがその点を銘記していたならば、彼らはより多くの善を施し、今しもほんのその上に最も脆弱にして最も遙かな気配しか輝き始めていぬ幾多の信奉者を己《おの》が足跡に集わせていたろうものを。

「科学」は鉱山や炭坑へと降りて行き、安全灯を前にくだんの暗黒の領域に住まう地の神《ノウム》や精霊《ジン》は姿を消した。が彼らの代わりに、金属が幾星霜も経て産み出される過程や、幾百尋もの地底の、全き暗黒にあってなお蒼穹なる日輪の存在を感受し、その影響から己《おの》が生命の微妙な精髄の幾許かを吸収する植物の生育や、こうしている今しもミシシッピー川や同様の大河にて盛んに進行していると同じ過程を経て大海原へと押し流される巨大な山林や渺茫たる大地の歴史が我々にとって近しきものとなっている。海の精《セイレン》や、人魚や、静かな海底と深い湖中でキラめく陸離たる都は最早存在しない。が、破壊者「科学」は我々に微生物の営みによって築かれる見渡す限りの珊瑚礁を明らかにし、我々自身の白亜の絶壁や石灰岩を、今は亡き、無数の世代にわたる極微の生き物の塵で形成されているとして指し示し、正しく水なる要素をもその成分――水素と酸素――へと還元し、くだんの要素を意のままに再生する。魔法の手以外の全てから封じ込められた豊かな財宝のぎっしり詰まった巌の内なる洞窟を、「科学」は巌そのものをも擘っ裂き、叩き割れるとあって、木端微塵に吹っ飛ばす。が同じその巌の中に「科学」は、暗黒が海神《わたつみ》の面《おもて》に垂れ籠めていた時ですら、大地の歴史たる巨大な石の書《ふみ》を見出し、朗と読み聞かせて来た。巌の突兀たる岩壁伝《づて》、ついぞ人間によりては姿を目にされたためしのなき鳥や獣の足跡を辿って来た。洞窟の内より、御伽噺の名にし負う大蛇《おろち》など一撃の下《もと》に砕き潰していたろう怪獣の骨を拾い集め、骨格を接ぎ合わせて来た。満天の空に瞬く綺羅星は最早、くだんの大世界が下方の個々人のちっぽけな運命で満ち満ちていると信じる、と言おうか信じている風を装う占星狂もしくは如何様師によりて孤独な塔から目を凝らされることはないが、各々が孤独な書斎から夜空を見上げる、遙か隔たった二人の天文学者はとある既知の星の中に、その壮大な旅の然《さ》る折における引力がくだんの攪乱を惹き起こす何か未知の天体が宇宙を突っ切って来る兆したる震えを観測する。やがて未知の天体は事実接近し、攪乱の進路より外れ、既知の星は再び長閑に瞬き、かの、永久《とこしへ》にル・ヴェリエとアダムズ*の映えある名と連想されよう新星はその名も海王星《ネプチュン》と言う！　占星学者は（今や鉄道を見降ろす）城の角櫓部屋からいつしか姿を消し、最早、遙か彼方の惑星の光が翳っているからには城主はほどなく身罷ろうとは預言せぬ。が精密な科学の教授が先達の代わりに現われ、恒星の内最も近いものから発せられる光線ですら地球に届くのに六年間の長きを要し、たとい遙かな恒星の内一つが今日「天空より抹消」されようと、その事実が人知に及ぶまでには数世代にもわたるこの地上の死すべき定めの住人が時の流れより消滅せねばならぬと証してみせよう！

　かくて詩情一つ取ってみても、如何に「科学」が自ら奪い去ったものの代わりに如何ほど有り余るほどの補償を我々にもたらして来たか審らかにするのがハント氏の著書の主たる目的である。主題は極めて巧みに扱われ、目的は極めて首尾好く達成されている。時には冗長の嫌いがあるやもしれず、ややもすればより平易な文言で語りかけられればと願はぬでもない。或いはハント氏の然る地質学上の推測に対す異議（三〇七頁参照）の説得力には疑念を抱かざるを得ぬ。というのもそれらは、たとい実験科学者や古生物学者でなかろうと、幾多の聡明な人間ならば某かの地質学的事実に関す知識に則り、働かせ、当然の如く立証し得る推測に違いないからだ。が、本書は知識の豊かな蘊蓄を傾け、雄弁かつ真摯な人物の著作である。して然なる書物として、我々は本書を繙くに一方ならぬ満足と幸福を享受し、よってかようの点にくだくだしく触れるを潔しとせぬ。

　以下、短い抜粋を二、三、補遺として付そう。

如何に我々は「影のように訪れ、然に去る」か

自然、或いは人工の腐敗の作用を受けた植物は後《あと》にほんのわずかな固体の粒子しか残さぬまま気化する。動物もまた同様に「希薄な気体」へと次第に溶解する。筋肉と、血液と、骨は変化を蒙ると、より安定した鉱物界に属す「ほんの一摘みの塵を残したまま」ガスとして失せたものと判明する。我々の大気への依存はそれ故、明白である。我々は大気から実質を得——死後、再び大気へと還元される。我々は正しく泡沫《うたかた》の影法師にすぎぬ。動植物の形体は大気の凝固した塊以上の何物でもない。この世にまたとないほど天稟に恵まれた吟唱詩人の崇高な創作といえどもこの美——科学のこよなく気高い、真実の詩情——には遠く及ばぬ。人間は科学が周囲の絶え間なき作用において顕現さす様々な現象より論じつつ、理性の独力にてかようの変化を予知して来た。己《おの》が自己同一性《アイデンティティ》に纏わるギリシアの賢人の疑念は我々の理性の埒外の偉大なる真実の延長にすぎぬ。伝奇《ロマンス》と迷信は霊的な人間を彼らの王国を不朽たらしむ「自らの恐怖を纏う」魑魅魍魎における究極的霊性を具えた可視の姿形へと変える。

シェイクスピアが蠱惑的な空気の精《エアリエル》にかく歌わせた時——

「優に五尋の水底《みなそこ》深く汝《な》の父は眠る
　父の骨でサンゴはこさえられ
あれは父の眼《まなこ》たりし真珠
　父の何一つ消え失せているものはなく
海原《うなばら》の変化《へんげ》を蒙る
　何か豊かにして奇しきものへと（『あらし』I、2）

彼は自ら如何ほど正確に、分解する動物質が石英質もしくは白亜質の組成物に取って代わられる化学変化を描いていることか知る由もなかった。

果たして何故《なにゆえ》ハント氏がシェイクスピアは自らが如何ほど聡明か「知る由もなかった」との見解に与しているものか、俄には判じ難い。恐らく氏はシェイクスピアが実験化学者や古生物学者として認識されていなかったという事実に基づき、くだんの仮説を立てているに違いない。

以下、締め括りに次なる条《くだり》を引用しよう。この一節はとある眠りに取り囲まれた我々のちっぽけな生命の儚さと忙しなさと、「自然の女神」の静謐な神秘とを彷彿とさせぬであろう

か。

人間と自然にとっての時間の相対的重要性

地上のありとあらゆる物は化合の結果である。分子の混合と原子の交換の出来する過程を、我々は実験室において模倣し得るが、混合及び交換は自然界において徐々に進行し、我々の掌中にては概ね、作用の唐突さが際立つ。自然界において化学の効力は長期間にわたって分散され、変化の過程はほとんど目に留まらぬ。我々は人為的に化学効力を集中させ、せいぜい数時間をしか要さぬ変化をもたらす上で費やす。

第三十稿　アメリカ流回転画《パノラマ》

『イグザミナー』誌（一八四八年十二月十六日付）

「バンヴァード*によるミシシッピー川とミズーリ川の地理学的回転画《パノラマ》」と題す、極めて稀有な展示会がピカデリー通り、エジプト館にて開催されている。一、二の例外を除き、大衆の注目を浴びて然るべき卓越性はほとんど相応に認識されていないかのようだ。是非とも遊山客や観光客皆には来《きた》るクリスマス、展示会の鑑賞を御検討頂きたい。

当該回転画《パノラマ》が何物でないか述べるのは結構だ。それはなるほど洗練された芸術作品ではない（のみならず、バンヴァード氏の謙虚な描写においても然に申し立ててはいない）。絵筆捌きの正確さや、色彩の鮮やかさや、光と影の微妙な効果や、かつて我々の眼前を同様の物腰で過っていたスタンフィールド氏*によるくだんの濃やかにして美しい絵画の如何なる特質への比肩においても傑出していない。人工光線の配置によって極めて巧みに際立たされてもいなければ、ピアノとセラフィン（十九世紀英国の足踏みオルガン）以外の如何なる伴奏もない。

　が、其は長さ三マイルに及ぶ絵画にして、観客の眼前を過るに二時間の長きを要す。その進路を三千マイル以上も辿り続ける、既知の世界で最も偉大な河川の内一本を模した絵画である。たとい最高の証明書によって太鼓判を捺されていなかったとて*観る者に素朴で単純な真正性に対す確信を否応なく印象づける絵画である。昼となく夜となく、天候や汽船乗客や疲労に何ら煩わされることなく、ニュー・オーリンズ（米南部ルイジアナ州ミシシッピー河畔港市）からイエロー・ストーン・ブラックス（米北西部ワイオミング州湖水域）まで（或いはその時次第で、イエロー・ストーン・ブラックスからニュー・オーリンズまで）旅を続け、川の両岸の町という町や新開地という新開地を、水面《みなも》に漂うありとあらゆる奇しくも荒らかな生活様式を、目の当たりにする簡易な方法である。この絵画を見ることは即ち、かのアメリカの大河の何たるかを——恐らく、河水の色をさておけば*——徹して理解し、その最上の描写者の描写の正確さをすら試す新たな力を獲得することに外ならぬ。

　これら三マイルに及ぶ画布はとある男によって描かれ、そら、男は最も注目に値すると思われる光景を自ら指し示す。以下が男の来歴である。貧しく、寄る辺無く、無学のこの男は「世界最大の絵画」を描く発想を——真にアメリカ的発想を——得る。材料を揃えるためには某かの元手が必要で、金を手に入れるのが第一義の目的だ。まずもって男はウォーバッシュ川（オハイオ州西部に発し、インディアナ州を通ってオハイオ川に注ぐ）の水上で「漂流透視画《ジオラマ》」を開始するが、見物人が集まるや透視画《ジオラマ》はグラグラと倒れ、かくて一行はどっと命からがら水揚げ器にしがみつくこととなる。当該客寄せは金より水を汲み上げる所へもって、鞘付《ボー》片刃猟刀《イ・ナイフ》とライフル銃に身を固めた盗賊に襲われたため、あっさりサジを投げられる。そこで男はヴェネツィアの透視画《ジオラマ》を描き、西部で展示するや人気を博すが、御逸品、西部の河水域にて汽船諸共水没する。そこでセントルイスに美術館を建てるが、これまたポシャる。そこでシンシナティまで下《くだ》るが、相変わらず梲は上がらぬ。そこで素寒貧のなり小さなボートでオハイオ川を漕ぎに漕ぎ、未開人よろしく木の実で食いつなぐ。やがて十二ドル叩いて手に入れた回転式拳銃を二十五ドルで売り払う。当該商魂逞しき取引きの上がりで、男はまだしも大きなボートを買い、更紗と木綿を少々仕込み、商い種を蜜蠟と物々交換しつつ、岸辺の孤独な入植者の直中をまたもや漕ぎに漕ぐ。かくて、とこうする内、小さな軽舟《スキフ》を購入し、世界一大きな絵を画く作業に乗り出すに足る金を稼ぐ！

小さな軽舟《スキフ》で男は鉛筆とライフルと犬だけを道連れに、幾千マイルとなく旅を続けながら、世界一大きな絵を画くための下絵をスケッチする。下絵が仕上がると、ケンタッキー州ルイヴィルに、世界一大きな絵を画くための仮小屋を建てる。絵の具を擂り砕くにせよ、絡繰のための材木を搔っ裂くにせよ、一切助けを借りぬまま、男はせっせと精を出し、ひたぶる出し続ける傍ら、ペンキ塗りや壁紙貼りの片手間仕事をこなすことにて食い扶持を稼いではお次の絵の具や、材木や、画布を買い求める。してとうとう世界一大きな絵を仕上げ、とある嵐の晩に公開するが、「人っ子一人」お越しにならぬ。高がそれしきで音《ね》を上げるどころか、男はミシシッピー川とはツーカーの仲の船頭の直中を流離い、世界一大きな絵をロハで見せようと持ちかける。船頭達はお越しになるや、度胆を抜かれ、口々に噂のタネにする。「我らがお国」はルイヴィルでのいささか懶いうたた寝から目を覚ますと、やはりそいつを見にお越しになる。挙句、回転画《パノラマ》はまんまと思うツボに嵌まり、今やここロンドンにて、傍の小さな演壇の上なる画家その人の講釈付きで堂々お目見得している。して恐らく来年の今頃までには御逸品と男はティンブクトゥ（アフリカ西部共和国マリ中部、ニジェール川付近の町）を訪うているのではあるまいか。

誰しもかようの冒険とかよう冒険家に何らかの関心を抱かずにはいられまいし、両者はそれに報いて余りあろう。わけても後者においては如何にも人の気を逸らさぬことに、利発さと素朴さが綯い交ぜになり、その語るべきことを語る物腰に具わった謙虚さと、嘘偽りのなさと、一風変わった独特のユーモア故に、物語には格別な趣きが添えられる。とある素晴らしき一帯の――森と水、川と大草原、孤独な丸太小屋と森の直中にて聳やぐ群生都市の――紛うことなく真実にして忠実な描写としての絵そのものは、徹頭徹尾、興趣に富む。くだんの三千マイルの様々な箇所で繰り広げられる、依然過渡期にある社会の諸相の付帯的顕現――奴隷と自由な共和主義者、フランス人と南部人、国外からの移民といつ果てるともなくどこぞを汽船でウロつき回っている腰の座らぬヤンキーと東部沿岸地方人《ダウン・イースター》、アリゲーターに、貯蔵船に、演芸船に、芝屋船に、インディアンに、水牛に、絶滅民族の打ち捨てられたテントに、彼《か》の地へとズンズン、ズンズン、文明化の前哨が彼らの部族を踏み潰し、正しくその足跡までも地の表《おもて》より抹消すべく大股で近づきつつある荒野にて、蒼ざめた面《おもて》を夜空に向けたなり微動だにせぬまま独り寂しく横たわるインディアン戦士の遺骸といった――は深い含蓄に富む。たといその計り知れぬ重責に対す我々の意識は膨れ上がろうと、然にその数多を目の当たりにすらば、とある国家をそれだけ冷たくあしらう気にはなるまい。

長さ三マイルに及ぶ英国の回転画《パノラマ》があれば好いものを。さらば目下我々が目にするよりいささかなり綿密に見る価値のある、いささかなり深く惟みる価値のある、場所があるやもしれぬ。のみならず、英国の事物の中には停止していたか、ややもすれば退歩しがちであった回転画《パノラマ》ではなく、前進する回転画《パノラマ》の眼目たるものもあるのを目の当たりにすらば、前途は洋々としようものを。

第三十一稿　裁判官特別抗弁

『イグザミナー』誌（一八四八年十二月二十三日付）

申すまでもなく、我々は抽象概念としての「体力」チャーティスト運動、或いはわけても「体力」チャーティスト運動家*にはいささかなり与さぬ。たといかようの過激な邪悪は彼らの無智蒙昧が信を寄せた間諜によって主として焚きつけられた点は斟酌するにせよ、くだんの連中が紛れもなく安易にして自ら進んで荷担した言語道断の企図はさておくとしても、彼らは世界中の理性的自由と解放の大義に然に甚だしき狼藉を働いて来たがため、およそ公共の福利の敵にして公衆の最悪の仇として以外の観点より見ること能はぬ。

が、にもかかわらず、くだんの軽犯罪者に対しては是非とも——わけても判事席からは——常識と見識の言語を発して頂きたいものだ。連中には同上が大いに肝要であり、真実は、いつ何時であれ口にされねばならぬのみならず、必ずや司法白貂《アーミン》の厳粛と権威を纏って姿を見せて然るべきであろう。

　オールダソン財務裁判所裁判官は先般、誠に遺憾ながら、チェスター州（英西部州）特別委員会を開催するに、およそ啓発的ならざる、ある種裁判官非常時特別警官主義《スペシャル・コンスタブリズム》を露にした。拳闘用語を用いれば、判事は勝ちをさらう肚を括って「革命」なる一般的主題に「打って出た」。して鬘を被っていようといまいと、文字通り当人の独擅場にして、誰一人咎弁する者のない折に好き放題弁を揮うほど世にお易い御用もないとあって、少なからず瞠目的物腰に鑑みその機に乗じた。一件は悉く看過されてはなるまい。シュー・レーン（東ロンドン街路）の自室なるアイザック・ビカースタッフ氏＊の魔法の寒暖計にて「教会」は熱狂と中庸の間に位置づけられ、ビカースタッフ氏の言によらば、仮に呪《まじな》われた水銀が中間点「教会」より、熱狂において剰え高く昇れば、激昂へと、さらには激昂から迫害へと上昇する危険がある。大英帝国の旧き賢き検閲官によって「教会」が「法曹界」に置き換えられていたなら、蓋し、同じ結果を伴ってはいたろう。

　オールダソン裁判官は大陪審に御教示がてら「一七九〇年のフランス革命以前に貧者に享受されていた物理的快楽はくだんの事変の後《のち》に彼らに享受されたそれを遥かに凌いでいた」と宣った。当該申し立てに与すオールダソン裁判官の証拠へ移る前に一つ、尋ねさせて頂きたい。果たして今日《こんにち》如何なる道理を弁えた男であれ、第一次フランス革命は避け得た、と言おうか顧みるにおよそ解《げ》しかねる事変だったと想定しようか？　果たしてそれは如何ともくだんの恐るべき結果に至らざるを得ぬ前進の場面という場面を、陰翳という陰翳を早、掻い潜っている演劇《ドラマ》の身の毛もよだつ悲劇的結末《カタストロフィ》ではなかったろうか？　果たして世界史上、その直中に芸術や科学や文明生活の優美が存在しながら、革命前のフランス人民ほど虐げられ、貶められ、とことん悲惨たりし民衆の記録がまたとあろうか？　物理的快楽だと！　かようの如何なるものも革命前幾年もにわたり、フランス人民――かの人民――の間にては知られていなかった。彼らは数知れず、全き欠乏と飢餓のために死んで行った。王の狩猟の一行は御料林に散る彼らの死体を踏みしだいて行った。群衆はパンを求めて泣き喚びながら、パリの街路をあちこちさ迷っていた。ヴェルサイユから首都までの道筋は各県からどっと雪崩れ込む飢えと赤貧で封鎖されていた。オルレアン平等公＊によって天下の公道に馳走の並べられた食卓は、その一人一人の面《おもて》に来《きた》るギロチンの蔭の黒々と垂れ籠めた、一国丸ごと分もの貧民の内いっとう我勝ちなはぐれ者によりて攻囲されていた。忌まわしき封建制と腐敗した政府は年々歳々、民衆から強奪しては彼らを碾き潰し、挙句民衆は比類なき窮乏状態に陥っていた。彼らの悲惨が深まれば深まるほど、迫害者の気紛れと贅沢は膨れ上がり、挙句、上流階層の正しく流儀と習慣にしてからが歯止めをかけられぬばっかりに常軌を逸し、怪物と化していた。

「全ては」とティエール*は述べる。「ほんのわずかな手によりて独占され、重荷《じゅうか》はとある階層に重く伸しかかった。貴族と聖職者が地所のおよそ三分の二を所有し、人民に属す残る三分の一は国王に租税を、貴族に幾多の封土賦課税を、聖職者に十分の一税を、払い、その上、貴族狩猟家と彼らの猟鳥獣による荒廃に晒されていた。消費税は一般大衆に、故に平民に、苛酷に課せられ、徴収の方法は濫りであった。上流人士はたとい滞納しようと、罪に問われぬが、下層階級は、一方、虐待、投獄を受けるとあって、動産を有さねば肉体的に苦しめられる定めにあった。彼らは自ら生き存える術《すべ》もなきまま、自らの血をもって、社会の上層階級を守った」

　仏革命に続く、して今に必ずや然に凄まじき動乱に伴わざるを得ぬ事態は悪しくはあったが、史上何か確かなものがあるとすれば、仏革命が起こった際、仏国民に如何なる物理的快楽もなかったことだけは確かだ。してオールダソン裁判官は大陪審に対し、くだんの革命は単なる「政治的人権」のための闘争だと語る時、彼は（御当人に然るべく敬意は表しつつも）戯言《たわこと》を語り、自らの言説をチャーティスト運動家教導に向ける機を逸す。それは社会的認識と存在を求める、人民の側《がわ》での闘争であった。容赦し難き圧制者に対す復讐のための闘争であった。とある圧制を覆すための闘争であった。というのもくだんの体制は全ての人間性、品格、自然権を蔑す上で、人民を故意に貶める上で、彼らを悪魔に仕立て上げていたからだ――彼らが其を永遠に失墜さすべく蹶起するに及び、その正体を露にした如く。

　オールダソン裁判官の命題の証明は、何者によって引用されようと奇しきそれだろうが、その最も肝要な本務の一つが証拠をかようの事実究明に不慣れな知性にとってもより一層理解し易くすべく吟味し、精査することにある高吏によって呈示されるには就中奇しきそれである。

　法的適格性を十二分に有す典拠に則れば、貧者の物理的快楽は人口によって消費される肉の量によって判断して差し支えなかろうということになっている。これを規準とし、以下のようなパリの統計結果が出ている。旧王政期の一七八九年、肉の消費量は一人頭一四七ポンド、革命に続くブルボン王朝復古後の一八一七年、同上は一人頭一一〇ポンド二オンス、ブルボン家復位と現在との中間期に当たる一八二七年、平均値は依然約一一〇ポンドであった。が片や一八三〇年の革命後、消費量は九八ポンド一一オンスに下がり、現時点で平均値は恐らくなお減少していると思われる。

一七八九年におけるパリの統計とは！　王宮が尋常ならざる威容を誇っていた時の、いずれも国家の高位高官にして、いずれも厖大な侍者や家来の一行を引き連れた三階層がパリに集うていた時の、王との調停の最後の労を取って、特権階級がパリに滞在し、年の暮まで留まっていた時の、ノートルダム寺院への大行列がパリにて練り歩かれた時の、全国三部会*の開会がパリにて出来した時の、下院がパリにて自らを国民議会として選定した時の、六十地区から集まった有権者がパリから立ち去るのを拒んだ時の、王宮の庭園が未だかつてパリにて目にされたためしのないほどその数あまたに上る異邦人や、道楽者や、ノラクラ者の夜毎の溜まり場たりし時の、人々がフランスの津々浦々からパリへやって来た時の、大いなる事変の相次いだくだんの年を際立たすありとあらゆる動揺や、騒乱や、浮かれ騒ぎや、宴会や、狂乱がパリで出来した時の——要するに、肉食階級者が全てパリに集い、かようの時節の騒乱と猛威にあって呑めや歌えの大乱痴気に明け暮れていた時の！

オールダソン裁判官は正しくこの一七八九年を例に取り、パリの人口によって消費された肉の量を割った上で、大陪審の前に一人頭一四七ポンドあったとの子供じみた戯言《たわごと》を人民の物理的快楽の証として呈示するとは！　この一七八九年という年はルイ十四世の災禍とフェヌロン*の不朽の慈悲以来、フランス国民によって経験された最も苛酷なそれとして記録に留められているというに！　この一七八九年という年はミラボー（仏革命時の政治家・雄弁家（一七四九—九一））が「餓《かつ》えたパリ」大集会において熱弁を揮っていた、国王がパンを要求する女の代表団を迎えざるを得なかった、して女達が市庁の巨大な鐘を撞き、「パンを！　パンのために立ち上がれ！」とパリ全市に高らかに触れ回った年だというに！

かくの如き証拠をより綿密に分析したとて詮なかろう。其は余りに露骨で見え透いている。さらば以下、オールダソン裁判官の側《がわ》なるこの重大な過誤を指摘する、我々にしてみれば、最後的にして重大な理由をもって本稿を締め括るとしよう。

くだんの博学の判事は仮にチャーティスト運動家の中には

かようのまやかしの正体を見破り、そいつを最大限に利用するに足る知識を具えた者がいないと想像するとすらば、心得違いも甚だしい。チャーティスト運動家の内、演説をぶつことにて生き存えているかの百害あって一利なき血の気の多い輩は、向後十二か月に及ぶ英国中の悲惨という悲惨より、この手の問責をこそ楯に取ろう。仏革命の如何なるありきたりの歴史におけようと、連中はオールダソン裁判官に不利な証拠を握っている。彼らが訴えかける程度の教育と知性はわけてもレンガを屋敷の見本として受け入れがちにして、かようの摘発から安易に導かれる結論は、自分達を支配し拘束する全体制は虚偽にして如何様なりというものだ。

つい先達て、オールダソン裁判官はチャーティスト運動家の四人数名に対し、周知の事実として、イングランドの勤勉で忍耐強い如何なる男も政治的権力を獲得することが出来ると告げた。果たしてイングランドにこの心地好い教義が汚名を着せぬ勤勉で忍耐強い男は皆無であろうか？　或いはチャーティスト運動弁士は幾人《いくたり》か見つけ出すやもしれぬ。

第三十二稿　画評：ジョン・リーチ*『次代を担う若人――十二連作石版画』

パンチ氏の画廊の原画より

『イグザミナー』誌（一八四八年十二月三十日付）

これら連作はパンチ氏のふんだんに馳走の並べられた食卓からこぼれ落ちたたまさかのパンくずどころではなく、リーチ氏が自ら最も傑出した版画シリーズの内一連作を極めて優美にして愉快な物腰で丹念に翻刻した賜物である。「次代を担う若人」はなるほどパンチ氏の画廊にても異彩を放っているものの、目下の拡大された、別箇の形態での出版においては遙かに際立って映る。

リーチ氏に関しては、氏こそ美を芸術といささかの齟齬も来さぬものと見なした正しく最初の諷刺漫画家《カリカチャリスト》（という文言をより付き付きしいそれに事欠くばっかりに用いるが）と評せよう。氏は必ずと言って好いほど活き活きとした素描に某か美しい面《おもて》や好もしい姿形を画き込み、然なる新機軸を打ち出し、然なる鑑を示す上で、蒸気印刷と小口木版の便宜のお蔭で日々いよいよ一般に広まりつつあるかの一般的芸術部門を蓋し、洗練・昂揚するに多大の貢献を為している。

　もしやロウランドソンかギルレイ*の作品の蒐集に立ち返れば、内幾多には大いなる諧謔が顕現しているにもかかわらず、夥しき身体的醜怪故に退屈かつ不快な作品となっている点は否めない。さて、諷刺の対象を必然的に醜いものとして表現するのは――単に癇癪玉を破裂させた子供か、焼きモチ焼きの女といった方便にすぎぬだけに――拙劣な方策であるのみならず、不快な結果をもたらす以外何の用もなさぬ。古い諷刺漫画の中でハープシコードを引っ掻きながら金切り声で歌っている農夫の娘が（因みに、御機嫌を取らねばならぬ奇特な親父さんたる農夫の雀躍りせぬばかりに浮かれておいでのことに）（ギルレイ『娘ベティを隣人にひけらかす農夫ジャイルズと女房』（一八〇九））ずんぐりむっくりのオヘチャたる謂れはどこにもない。娘の教育のやり口への皮肉は、もしやともかく御逸品にかようのものがあるとして、たとい娘がべっぴんだったとて一向遜色なかろうし、リーチ氏ならば娘をべっぴんに画いてはいたろう。イングランドの並の農夫の娘は有り得べからざる脂肪の瘤また瘤ではない。百姓家にも不器量な娘に劣らずべっぴんの娘が住まって何ら不思議はないし、恐らく、リーチ氏も同感ではあろうが、当該流儀の芸術の要件は器量好しの娘にこそあろう。娘は我々の画帳の中でより好もしき代物たるのみならず、我々は娘により興味を催そう。娘に何が事実、付き付きしく、何が付き付きしくないか気づかおう。新年用のパンチ氏の『年《オール》鑑《マナック》』には蠱惑的な表情の華奢な娘御を数名物したリーチ氏による一枚の挿絵（一八四九年版パンチ『年鑑』九頁「御婦人のための秋物ファッション」）があり、娘御は色取り取りのかの瞠目的衣裳、婦人用パルト（クリノリン付の服の上に重ねるタイトな上着）に身を包んでいる。一昔前ならばこれら娘御は能う限り醜く、不器量に描かれ、そこにてツボは押さえ損なわれ、鑑賞者は一行皆の馬鹿馬鹿しさに腹を抱えこそすれ、如何様にかくも不様な連中が身を窶していることか、如何様に皆、滑稽に成り下がっていることか、歯牙にもかけていなかったろう。

　が、女性の美しさをリーチ氏が表現するように表現するためには、画家は女性美に対す極めて繊細な直感と、同上を画筆のかすかな、手堅い二、三の仕上げで我々に現前さす天稟を具えていなければならぬ。してこの才能にリーチ氏は類稀なほど恵まれている。

　当該謂れ故に、我々は「次代を担う若人」の内、早熟にも恋をしている少年達が冷淡かつ非情な俗世のお笑い種にされるを潔しとせぬ。我々は学校に持ち帰るべく、愛らしい従妹に一房の巻き毛を請うて椅子の上で跪いている若き殿方ほど紛うことなく正真正銘の少年を目にしたためしはない。従妹嬢のエプロンには「狂おしさ」が、巻毛には判読不能なほど擦り消された、犬の耳折れウェルギリウス*が、潜んでいる。ピアノの前に座っている器量好しの少女をじっと見つめているこのもう一方の若き殿方がどこからどこまで我が事はそっちのけか否か、自づと疑念が湧くやもしれぬ——わけても「現ナマ」という文言を（それとて一家を養うは土台叶はぬ相談との控え目な自覚から生じているのやもしれぬが）世智辛くも口にするせいで掻き立てられる疑念が。とは言え少年が「あいつから横取りしたくてたまらぬ」のは人間の胸の内なるいたくごもっともな情動の端くれではなかろうか。花束を手にしたぶっちぎりのべっぴんさんにぞっこんにして、彼女なしでは到底幸せになどなれっこない、髪を蓬々に振り乱し、ひしと手を握りしめた若き殿方は、我々にとって、佗しくも殺伐たる光景以外の何物でもない。一体どこのどいつが彼女なしで幸せになどなれよう?

　育ち盛りの少年、即ち次代を担う若人は、一人前の女性に劣らず微笑ましく観察され、好もしく描かれている。「物心ついた頃から踊ったためしのない」懶げなチビ助は一点の非の打ち所もない。片やチビ助がパートナーとして受け入れるを平に御容赦願っている、屋敷の神々しい老奥方に連れられた小さな少女のひたむきさ——今にも第一ポジションを取ろうとしている足——そっくりカドリールに投ぜられた心——期待と訝しみのときめきからおづおづチビ助を覗き見ている眼差し——は目にするだに愛くるしい。女性全般を下等動物と見なすことにて私生活なるノルマ*の逆鱗に触れる才気走った少年は、目下のクリスマス、定めて「意志」との関連における「具象観念*」についてゴ託を並べていよう。我々は先週の火曜日、乗合い馬車の脇からブラ下がっている、シェイクスピアを買い被られた男と言ってのける哲学者の大御脚には見覚えがあった。親父さんに向かって「もしもオレのやり口が気に入らないってなら、ああ、だったらオレは部屋を借りて、週いくらいくら小遣いをもらわなきゃやな」と啖呵を切る、苦ムシを嚙みつぶした若き殿方と個人的面識はないが、坊ちゃん定めて今頃はヴァン・ディーメンズ・ランド（囚人流刑地タスマニアの旧名）に流されているか、いずれニューゲイト監獄へお越しになるに違いない。我々としては金櫃に動産を溜め込み、なおかつ坊ちゃんとチョンガーの叔父貴の間柄にあるのだけは真っ平御免だ。して、かようの状況の下《もと》バーンウェル事件（ジョージ・リロ『ロンドン商人』（一七三一））の記憶がないでなし、よもやかの不吉な郊外キャンバウェル（ロンドン南部旧自治区）に住みたいとは思うまい。

「もしもオレのやり口が気に入らないってなら」
ジョン・リーチ画『次代を担う若人』より

素描という素描において、リーチ氏は自ら為したいと望むことは何であれ為す。物されている表情は、たとい如何ほど素朴な手立てにて物されていようと、寸分違わず自然な表情であり、然なるものと、立ち所に諒解される。氏の機智は気さくにして、必ずや真の紳士の機智である。氏は付き付きしい責任感と克己心を具えている。愉快な事物を享受し、それそのものは愉快ならざる事物に某か自らの愉快な風情を添える。示唆と内容に富み、必ずや進歩している。自ら為している事の遂行のみならず、その気風に、真なるものにいささかの累を及ぼすことなく、これまでに類を見ぬ然る優美をもたらして来た。氏こそは既に多大の貢献を果たし、今後も必ずやなお多大の貢献を果たそう、イングランドにおける大衆芸術にとっての極めて有益な収穫である。未来への我々の深甚なる祝詞《しゅくし》と、過去への氏に対す篤き謝意とが終生、氏に付き従う。

かれこれ八、九年になろうか、『クォータリー・レヴュー』誌の記者がジョージ・クルックシャンク氏に言及しつつ、偏に氏の作品は然る素材で制作されても、美術院の壁の然る場所を年々飾ってもいいぬからとの謂れをもってかように偉大な芸術家が王立美術院より排除される不条理について簡潔に論評したことがある。*果たしてその油絵の具と画筆が果てしなく深淵な忘却の彼方に葬り去られていよう如何なる会員や準会員が近き将来、その名簿に見出されまいか——クルックシャンク氏とリーチ氏の幾多の鉛筆の跡が祖国の屋敷の半ばにて依然瑞々しかろう片や?

第三十三稿　トゥーティングの楽園

『イグザミナー』誌（一八四九年一月二十日付）

トゥーティングのドゥルーエ氏*の経営する貧民児童養育施設で悪性の致命的疫病が発生した事件が初めて報道された時、かようの折につきもののトランペットによる心地好くも「嚠喨《りゅうりょう》たるファンファーレ」が（一件に纏わるシドニー・スミス氏の見事な叙述（ジェレミー・ベンサム著『誤謬の書』書評（『エディンバラ・レヴュー』誌第四十二号（一八二五年八月）掲載））は未だ幾多の読者の記憶にも新しかろう）当然の如く吹奏された。地上のありとあらゆる同様の施設の内、トゥーティングのそれほど見事な施設はない。地上のありとあらゆる同様の請負人の内、ドゥルーエ氏ほど廉直で、熱心な、非の打ち所のなき請負人はいない。未だかつて瞠目されたありとあらゆる瞠目的事件の内、然に完璧に統制された施設における、然に恐るべき疾患の発生と急速な感染ほど瞠目的な事件は恐らくついぞ出来したためしがない。その接近については何の先触れもなかった。是ぞ正しく青天の霹靂であった。施設の子供達は平穏と豊饒の懐深く微睡み、子供達の預り手ドゥルーエ氏も何ら疚しき所のなきまま、とは言え自ら施している祝福と、父親たる自らの庇護の下《もと》なる幸せな幼子を見守るべく、片目だけは常に開けたなり、微睡んでいた。と、いきなり、殺戮者が彼らに襲いかかり、トゥーティング共同墓地は累々たる子供達の棺を受け入れるには手狭になりすぎ、棺は日々当該極楽浄土《エリュシオン》より担ぎ出されるに至った。

サリー州の博学の検屍官は胸中、ドゥルーエ氏の託児所がありとあらゆる託児所の内最高のそれたること、恰も世間知らずのカンディードが偉大なツンダー‐テン・トロンク男爵の城廓《シャトー》こそはありとあらゆる城廓《シャトー》の内最高のそれたること信じて疑わなかった如く（ヴォルテール『カンディード』（一七五九））、信じて疑わなかったが故に、これら幼子の遺体に検屍を行なう要を全く認めなかった。恐らく当該博学の検屍官はどこぞの当局の言いなりにして、いずれ然るべくその聡明を称えられようとの前提に立ちつつも、以下、全く異なる手合いの検屍官ワクリー氏*と代理官ミルズ氏によって取り仕切られた手続きを参照するとしよう。もしやトゥーティングから担ぎ出された惨めな幼子の内幾人《いくたり》かがたまたまワクリー氏の管区内で死亡していなければ、今頃はドゥルーエ氏に一般庶民の敬意と共感の証とし、何か御大層な功労表彰記念品を贈呈する委員会が突如お目見得していたとて一向不思議ではない。

　ワクリー氏は、しかしながら、信心が足らぬせいか、検屍を行ない、かようの傷ましい結果には必ずや何か傷ましい原因があるに違いなかろうと惟み、くだんの恐怖の原因を徹底的に究明する調査を開始する意向まで示す。して世には衛生課と呼ばれる公共機関があるのを思い起こし、ドゥルーエ氏の極楽浄土《エリュシオン》を調査し、施設に関す報告書を作成した、くだんの課の下《もと》で活動する視察官グレインジャー医師（セント・トーマス病院講師）を召喚する。

　そこで明らかとなることに——真実とは然に逆しまなものだから——ドゥルーエ氏はてっきり然に思い込まれていたような純金の託児所経営者ではない、と言おうか氏の合成成分には少々卑金属が混ざっていると思しい。氏の取り仕切るかの、地上の想定上の天国における「むっと息詰まるような、鬱陶しい、穢《けが》れた空気は、未だかつて病院の病室であれ、病人を収容する他の何処であれ、視察官に立ち会われた何にもまして疎ましい。」ドゥルーエ氏には四人のコレラ患者を一台のベッドに寝かす悪癖がある。のみならず、病状の恐怖を悪化させ、感染の危険を増大し得るありとあらゆる悍しく、猥りがわしい、荒らかな状況に取り囲まれたなり、病人を放置する点における瑕疵がある。氏は然に無学にして、言語道断なまでに無頓着なものだから、『官報《ガゼット》』に掲載され、全国に配布された公式声明において衛生課によって殊更要請されている簡単な予防措置を何一つ講じず、簡易な薬剤も一切購入していなかった。世界中至る所のコレラ医療調査官皆の経験はドゥルーエ氏の純真無垢によって一瞬の内に覆された訳ではない。というのも氏は不運にも二週間前に差し迫る危険の警告を受け、それを全く無視していたからだ。氏は当局から一定数の児童しか受け入れぬよう勧告されているにもかかわらず、くだんの人数を専ら私腹を肥やさんがため、好き放題膨れ上がらせている。よって託児所はギュウギュウ詰めであり、如何なる点においても、そこに閉じ込められた幾多の子供を受け入れるに相応しい場所ではない。児童の規定食は然に不健全にして不十分なものだから、彼らはこっそり柵を乗り越え、残飯の盥から腹の足しを拾い集めねばならぬほどだ。日中の衣服も、夜分の寝具も、目も当てられぬほど貧相である。部屋は寒く、ジメつき、汚く、腐っている。要するに、奇跡の時代は過ぎ、疫病が大発生し、凄まじき荒廃をもたらすと予測されるやもしれぬ——というよりむしろ、されるに違いなき——想像し得る限りの場所の就中、ドゥルーエ氏の模範託児所は筆頭に挙げられよう。

　これら人間ならではの誤謬の様々な証にかてて加えて、ドゥルーエ氏には人命を救うべく何を為すべきか諭されるに及んでなお言い抜けを弄し、勧告を実行に移さぬ厄介な習いがある。氏は、のみならず、助手達が不快な真実を明るみに出しそうな気配を見せると、視察官の眼前で彼らを威嚇する。氏には愉快な弟が――愛嬌好しの奇癖の男が――あり、男は託児所にてありとあらゆる不埒な目的のために精を出すのみならず、子供達を移すよう提案したからというので、くだんの救貧区連合の「救貧委員を打ち据えるべく」ケンジントン（ロンドン西部旧自治区）へ乗り込むのに漸う待ったをかけられるとは！　ドゥルーエ氏の里親たるの庇護の下《もと》なる少年は常日頃から張り倒されては殴り飛ばされてと、こっぴどい扱いを受ける。してもしや不平を洩らそうものなら、ひもじい思いをさせられる。彼らは「痩せこけ、弱り果てて」いる。ドゥルーエ氏の管理体制は非の打ち所がないが、彼らに「痩軀、衰弱、根太《ねぶと》等々」といった些細な弊害や、熟練の医療証人が三十年に及ぶ業務において目の当たりにしたためしのないほど甚だしい疥癬の悪化をもたらす。健全な子供には何でもない足蹴も、ドゥルーエ氏の経営方針の下《もと》にては重傷となる。ドゥルーエ氏に預けられる前は利発だった少年も、以降は（然る救貧委員の証言によらば）生気を失い、白痴同然に成り下がる。セント・パンクラス（ウェスト・エンド北ロンドン旧自治区）の外科医は五か月前、人並み優れたドゥルーエ氏に関してかく報告した。「辛辣な言葉を使うつもりはないが、生半ならぬ厳罰が」――されど何故《なにゆえ》、外科医殿、いざとならば、辛辣な言葉を用いてはならぬ？――「職権を有さぬ者のみならず」――とは恐らく、愛嬌好しの奇矯な弟御の謂ではあろうが――「職権を有す教師によっても行使されている」詰まる所、ドゥルーエ氏の為す、或いは為されるよう仕向ける、或いは為されるがままにする万事は、悪辣で、凶暴で、残忍である。以上全ては検屍陪審員の前にて証が立てられ、故に我々には同上を要約するを思い留まる謂れが何らない。

　が他処にも責めはある。なるほど、さりとてこの浅ましき請負人に帰せられる責めが減ぜられる訳ではないにせよ、他処にも由々しき責めはある。これら幼気な子供をかようの場所に送り、そこなる彼らを目の当たりにしながら、放置し、託児所を徹底的に改善しようとの断固たる決断を何ら示さなかった教区当局は、わけても重い罪に問われよう。当該施設を訪れながらも、こよなく激しい文言で弾劾しなかった救貧法視察官は劣らず重い罪に問われて然るべきだ。救貧法委員は、もしやその管理の改善のための強制的命令を下す権限を有しているなら（とは、しかしながら、疑わしい限りだが）、他の何者にも劣らず重い罪に問われよう。
一件に本腰を入れて然るべきであったろう時に等閑にすることにてある種　共犯者《パルティシペ・クリミニ》となって来た人々が如何に目下ですら、一件をせいぜい取り繕おうとすることか、は目にするだに唖然とする。救貧法視察官は仮に救貧法委員が救貧委員会に子供達をかようの施設に預けることを禁ず命令を下していたなら、「極めて強硬な措置」となっていたろうと考える。恰も極めて由々しき事件が脆弱な措置を要求しでもするかの如く、と言おうか措置と事件との間には自然の類縁性が皆無ででもあるかの如く！　視察官は事実、児童が一つのベッドに三人寝かされるのに異を唱え、ドゥルーエ氏もその後、人数を二人に減らしたと報告した——疫病が猛威を揮っている際に四人に増やしたのは、恐らく、何か格別な衛生上の手筈だったのではあろうが。視察官は換気に関しては何ら勧告を行なわなかった。児童を非公式に呼び立て、如何様な扱いを受けているか尋ねようとしなかった。彼は施設の規定食は公正なそれだと見なす——もしや何ら正確な量が明示されていない所で適量が与えられるものなら。して、注意さえ払えば、託児所に預けられて何ら健康に支障はなかったやもしれぬと考える——もしや託児所の全設備が賢明に使用されていたなら。恰も人間、もしやわざわざそこに御当人のために豪勢な調度付続きの間《ま》が設えられ、来る日も来る日も選りすぐりの面々が正餐を認《したた》めに昇って来れば、ロンドン大火記念塔の天辺にても至って快適に暮らせること請け合いと宜おう如く！

くだんの子供達は一人頭週四シリング六ペンスでドゥルーエ氏に預けられていた。して役人の中にはそれがかなりの額であることに重きを置き、その点に免責の謂れがあると惟みている者もあるようだ。託児料は、ドゥルーエ氏にはその上、子供達の作業の収益を手にする権限が与えられていたことを考え併せれば、十二分な額やもしれぬ。がこれは、論点を外しているように思われる。たとい料金が一人頭週十四シリング六ペンスだったとて、子供達を十分な庇護もなきままドゥルーエ氏の優しい慈悲に委ね、ドゥルーエ氏に十分な抑えも利かさぬまま能う限りの利潤を貪らせた責任は全く同じだったろう。持ち馬を飼料付きで預ける際、馬主は週二十五シリング払うからというので小麦を当然のこととはせぬ。この災禍の物語において、紛れもないとある素因は不十分な衣類であった。ホウボーン救貧区救貧委員会事務弁護士兼書記であるウィリアム・ロバート・ジェイムズ氏は何と言っているか？　ドゥルーエ氏は「自分に、談話中（！）週極四シリング六ペンスの中には衣類代も含まれようと言った。如何なる類の衣料かは殊更審らかにされなかったが」果たしてこの冬の厳寒に惨めな女児によって纏われるフラノのペチコートが——数日前、別の首都圏救貧院にて公的に陳述された如く——「読会に駆けられ」て何の不思議のあろう？

この同じジェイムズ氏は救貧委員代表団によって行なわれた「トゥーティング楽園」視察の報告書を呈示する。かく——

「ハナ・スライトの苦情に関し、こと食べ物の不足にかけては事実無根に違いない。エリザベス・マーレは最近訪うた際、我が子が不潔な状態にあると苦情を訴えているが、子供達は我々の格別な庇護の下《もと》にあり、よって母親の側《がわ》における苦情には何ら正当な根拠がないと言わざるを得ぬ」

エリザベス・マーレの子供達がその折不潔でなかったならば、それ以前の如何なる折においても不潔だったはずがないとは如何ほどお粗末な理解力にも明々白々としていようからには。

ところがこの外ならぬ、ホウボーン救貧区救貧委員会事務弁護士兼書記ジェイムズは真実を聴取する独自の、極めて貴重な体系的方法を有していた——即ち、少年達にドゥルーエ氏の御前にて、何か不服はないかと尋ね、もしや「然り」と返せば直ちに馬鞭を食らわすよう勧告するという。当該事実が我々の知る所となったのは、くだんの公的視察の然る折に関す以下の如き尋常ならざる報告書によってである——

「以下、五月九日火曜日、本救貧区連合に属す児童の状態を確かめるべくドゥルーエ氏の施設を視察した件に関し、委員会に報告させて頂きたい。我々は折しも正餐が供されている所へ居合わせたが、配膳された肉は良いが、ジャガイモは粗悪のようだった。その後《ご》教室、共同寝室、作業場を視察した。万事、清潔で快適なように思われたが、それでいて一階の幼子のための新たな寝室には悪臭が漂っているというのが我々の見解である。救貧区連合に属す少女は極めて健やかに映ったが、少年は弱々しげだったため、彼らに食べ物の支給その他に関し何か苦情の謂れはないかと問うこととなった。少年の内約四十名が不服の意を表《ひょう》して挙手した。その途端ドゥルーエ氏の振舞いは粗暴になった。氏は少年達を嘘つき呼ばわりし、挙手した幾人《いくたり》かは学舎の中でも最たる劣等生だと評し、もしや彼らを然るべく扱っていたなら、定めてジェイムズ氏の忠言に則り、しこたま馬鞭を食らわしていたろうと宣った。（哄笑。）我々はそこで箇々に質問を始め、すると中には朝食のパンが足りないと不平を洩らす少年もいた。矢継ぎ早に質問を続けていると、ドゥルーエ氏の振舞いはいよよ粗暴になり、氏は我々が質問のやり口において公平に身を処していないと、かようの手続きを踏まずとも氏の人物証明に得心すべきであると、我々には目下のようなやり口で質問を続ける筋合いは全くないと、叶うものなら喜んで子供達を厄介払いする所だがと啖呵を切った。これ以上言い争っても無駄だろうと、我々は視察の目的を十全とは果たさぬまま引き取った」

もしやドゥルーエ氏が本気で叶うものなら喜んで子供達を厄介払いする所だがと言ったとすれば、氏は事実、然に幾多の児童を首尾好くこれきり厄介払いし果した今や、定めて快哉を叫んでいるに違いない。が、こうした視察の折々における氏の全般的な独善は目を瞠るばかりだ。この五月九日、「トゥーティング楽園」視察団に加わっていた、ホウボーン救貧院救貧委員の一人、ウィンチ氏の証言を聞いてみよう――

「小生はメイズ氏とレベック氏と連れ立っていた。子供達は食事中だった。皆、立ったままだったが、食事中は決して座らぬとのことだった。肉を試食してみた。あちこちのテーブルでおよそ百箇のジャガイモを割ったが、どれ一つとして食べられるものはなかった。全て黒ずみ、傷んでいた。小生はドゥルーエ氏にジャガイモは非常に悪いと言った。氏はジャガイモは一トンにつき七ポンドかかったと答えた。子供達には外に一切野菜が与えられていなかった。小生はドゥルーエ氏に外の食べ物を与えても好さそうなものだがと言った。氏は何ら返答しなかった。小生はまたドゥルーエ氏に新築の部屋は悪臭がするようだと言った。メイズ氏は建築中に天井をもっと高くしなかったのは遺憾だと言った。するとドゥルーエ氏は誰も彼もに気を配ればそれだけで手一杯だろうと返した。我々は寝室の内某かを見て回ったが、とても小ざっぱりとしていた。少女は健康そうだったが、教室に集められた少年は非常に病弱で不健全に見えた。ドゥルーエ氏と、弟と、教師が立ち会っていた。レベック氏は少年達に言った。「さて、もしも何か不服があれば――食べ物が足らないとか外にも――手を挙げなさい」すると三十から四十名が手を挙げた。ドゥルーエ氏は非常に粗暴になり、我々のやり口は無礼だと、挙手した少年の内幾人《いくたり》かは嘘つきにして、ならず者にして、ゴロツキだと言った。のみならず、我々のやり口は不当極まりないと、ここまで来ると面目に関わる問題だとも言った。もしや何か不服があるとしても、事を運ぶやり口ではないとも。小生が質問した少年の内一人は、パンは朝食も夕食も足らないと答えた。して彼らの規定食と我々の救貧院のそれとを比較すると、なるほど事実に違いない。混乱の挙句、我々は来客名簿に署名せぬままドゥルーエ氏の施設を後にした。小生は救貧委員会において、子供達を他処へ移す動議は出さなかったが、五月三十日に再びドゥルーエ氏の託児所を視察した。その折ジャガイモは極めて上質だった。小生は食料貯蔵室へ入ったが、パンが量り分けられないのを見て驚いた。我々は救貧院では、それが満足を与える唯一の方法と分かっているので、パンは量り分けることにしている。ドゥルーエ氏の施設においてパンの塊は一切計量されることなく十六箇に分けられる。食堂には塩が一切見当たらなかったが、塩を袋に入れている少年はジャガイモと交換していた。小生は敢えて子供達に前回の視察の際に持ち上がった出来事のせいで罰せられたか否かは尋ねなかった。我々は三十日には一時間半から二時間ほど視察した。その折は、目の当たりにした全てに得心の行った由告げた。我々は前回視察した際に何が出来したか、それ以上は尋ねなかった。小生は委員会にも規定食の改善については何ら提案しなかった。我々には子供達が事実、規定食表に載せられている量の食べ物を与えられているか否か確かめる術がなかった」

だが、我々は目の当たりにした全てに得心の行った由告げた。おお、いやはや、如何にも。我々の満場一致は喜ばしい限りであった。誰一人として不服を洩らす者はなかった。少年達はいくらでも不平を鳴らそうと思えば鳴らせた。彼らは前回、ドゥルーエ氏が傍で苦ムシを噛みつぶして立っているのを目にしていた。氏が嘘つきだの、ならず者だの、ゴロツキだの口汚く罵るのを耳にしていた。氏のかけがえのない面目が――如何なる数の貧民の子供の生存より計り知れぬほどかけがえのない面目が――丸つぶれになりそうなものと諒解していた。合間に父親たるのささやかな忠言と警告を受けていた。精神的にも肉体的にも血気盛んで、恐いもの知らずで、あけっぴろげな立場にあった。がそれでいて誰一人としてグチをこぼす者はなかった。我々は雀躍りせぬばかりに、ホウボーン救貧院に戻った。我々の書記は鞭打ちの軽口がらみではすこぶるつきの上機嫌であった。万事、快適で愉快だった。世界中のありとあらゆる場所の内、如何でコレラが、この後、ドゥルーエ氏の「トゥーティングの楽園」にて大発生し得たものやら！

もしや我々が然に自慢タラタラの自治に委ねられていたなら、一件は今なお不問に付され、ドゥルーエ表彰は大手を振って罷り通っていたやもしれぬ。が衛生課が——日々の経験が何か新たな形《なり》にてその価値と重要性に証を立てている組織が——問題を解決するに至った。歯に衣着せず、かく——コレラにせよ、くだんの病気に類似した何か尋常ならざるほど悪性の発疹チフスにせよ、ドゥルーエ氏の託児所で大発生したのは偏に氏の施設が残忍に運営され、杜撰に管理され、不埒千万に視察され、悪辣に擁護されたからに外ならぬ——キリスト教共同体にとっての面汚しにして文明国にとっての汚点たるに。

第三十四稿　劇評：王立メリルボーン劇場におけるジョン・オクスンフォード『ウィルギニア』、ダグラス・ジェロルド『黒い瞳のスーザン』

『イグザミナー』誌（一八四九年五月十二日付）

月曜夜、当館にてラトゥール・ドゥ・サン＝ティバール作フランス劇『ウィルギニー』のオクスンフォード氏*による五幕物の翻案が大観衆宛演じられ、全ての点において相応至極な大成功を収めた。戯曲の英訳版は気概に満ち、極めて学究的にして典雅であった。主要人物の役は迫真の演技でこなされ、上演は細心、良識、高尚な趣味の点においてわけても傑出していた。

オクスンフォード氏が繊細な詩的面目を施しているこの偉大なローマの物語の翻案にはかの、ノウルズ氏による卓越した悲劇*に馴れ親しんでいる演劇通の諸兄の興味をすら掻き立て、心を惹きつけるに足る斬新さがある。イキリウスはパフ氏の悲劇におけるエリザベス女王同様*、アピアス・クラウデイウス（ローマの政治家十大官の一人）の背信によって殺害されるまで、一晩中楽屋で控えている。して幕は、ウィルギニアの死と、審判《さばき》の庭におけるウィルギニウス（ウィルギニアの父。百人隊隊長）によるアピアス・クラウディウス殺害をもって閉じる。

ウィルギニアを演じたのはモウワット夫人*である。終始、してわけても婚礼の朝、我が家を離れる前に一家の守護神（ラーレースとペナーテース）に訴える場におけるような、より穏やかな場面において、ウィルギニア役は（我々とていざとならば名指せよう）名女優を誇る幾人《いくたり》かの役者にとって恰好の手本となっていたやもしれぬ感動的な、迫真の、女性らしい物腰でこなされた。この女優の演ず全てには大いなる美点が具わっている。夫人が「自然の慎み深さを踏み越える（『ハムレット』III、2）」ことは至極稀である。夫人は型に嵌まった女優ではない。自然と、自己の芸術に対し、真正の感情を有している。果たして現役の何者かこの役をより見事に演じ得て、と言おうか然に巧みにこなし得ていたろうか、は甚だ疑わしい。ウィルギニウス役のダヴァンポート氏*の演技もまた、哀愁と、情熱と、威厳に満ち、圧巻であった。両者は幕が降りると共に熱烈なアンコールを受け、万雷の拍手を浴びた。

以上、劇の上演された流儀については概括的な文言で触れた。が最後のローマの大広場《フォルム》の場面を特筆せねば公平に欠けよう。というのもその一場は当劇場の空間と方便を余す所なく利用し、一点の非の打ち所もなき見世場となっていたからだ。同じ精神が当館で上演される全てに漲っている。二週間ほど前になろうか、評者は『ロミオとジュリエット』がこの同じ舞台にて、世界中の如何なる劇場にとて面目を施そうやり口で事実、上演されるのを目の当たりにしたばかりだ。

悲劇に次いでジェロルド氏による『黒い瞳のスーザン』*が演じられ、観客はゲラゲラ腹を抱えてはポロポロ涙をこぼし、かくて天才とは至極ありきたりのネタで何を為すやもしれず、如何に男の為すことはありとあらゆる模倣から懸け離れた代物たり続けようことかまざまざと見せつける。『黒い瞳のスーザン』が初演されてこの方、驟雨の如く（しかもさして健やかならざるそれの）来ては去った数知れぬ海洋物戯曲の内、恐らくこの作品を手本とし、（劇）「作家」の趣味に応じてクスねてはふんだくって来なかった海洋物は一作とてなかろう。して十把一絡げのそいつらが、詰まる所、本作と似て非なるは恰もメリルボーン劇場がセントポール大聖堂やサンピエトロ大聖堂と似て非なるが如し。ここで演じられている如く、其は再び目の当たりにされる可し。ありとあらゆる点において何一つ、ダヴァンポート氏のウィリアムを凌ぐこと能はず、才気溢れる女優ヴァイニング嬢*はスーザン役を見事にこなし、軍法会議も処刑場面も評者の記憶する限り、然に感動的に上演されたためしはない。

最後に、目下運営されているがままの本館の美点を指摘し、当該劇場を推奨するのは誠に慶ばしい責務である。評者は一館ならざるロンドンの小劇場の何たるか、本館が上演禁示演劇の隠処となる以前の何たるか、知らぬでなし。かようの場所の感化は有益にして健全たらざるを得ず、愛顧に十分値するのみならず、必ずや絶大の愛顧を受けよう。

第三十五稿　風紀紊乱と絶対禁酒

『イグザミナー』誌（一八四九年十月二十七日付）

どうやら利用と濫用の区別のつかぬその数あまたに上る人間がいるというのが、当今の風潮と思しい。戦争は金がかかるからというので、戦争につきものの恐怖は計り知れぬからというので、その凱旋と成功は、それらが購われる心身共の厖大な代償との比で言えばほとんど価値がないからというので、イングランドの武装を解除しようとする幾多の善意の人々が立ち現われつつある。しかも、暴政に対す嘆かわしき反動がヨーロッパ中で顕著な時に――よりによって、独裁政権によって行使される言語道断の残虐を憎悪する自由国が大胆かつ強硬な立場を取ることこそが世界の希望のために最も肝要な時に。オーストリアにとって（高貴な人々の虐殺をさておけば）この王国中の営舎と軍需工廠をそっくりエリフ・バリット氏の彫像に明け渡すほど得心の行くこともあるまいとは想像に難くない。が正しくオーストリアに与せぬとの謂れをもって、我々はこれにも与せぬ。して禍事《まがこと》の二者択一とし、如何なる量のエリフ・バリット氏より一陸海軍に文句なく軍配を挙げたい——氏が氏なりに極めて正直な人物たることに疑いの余地はなかろうと。

よって、酩酊は概して犯罪と悲惨と切っても切れぬ仲にあるとの謂れをもって、飲酒は御法度なりとの結論が一足飛びに導かれる。ニューゲイト監獄の盗人ビル・ブルート氏とお次の袋小路の先に住まうキラルーのブララガーン氏がキツい火酒を呷った勢い粗暴な手に出るからというので、故に嗜み深く勤勉な職工のジョーンズが夏の一日《ひとひ》、妻子を連れてハンプトン・コート（ロンドン南西テムズ河畔旧王宮。ヴィクトリア女王が庶民に日帰り遊山地として解放）へ出かけようと、ビール一パイントと水割りジン一杯引っかけること罷りならぬ——とは、憚りながら、馬鹿げた話もあったものでは。よって、どこぞの熱狂者《ゼロテ》が連中の血の上った頭の中にてっきりロンドンで日曜に手紙の郵便配達が行なわれるらしいと思い込むからとの謂れをもって——などとは連中以外の何人《なんぴと》たり夢想だにしたためしはないが——即、如何なる状況の下《もと》であれ何処にせよ、手紙の日曜配達に待ったをかけるべく世の中が騒然となる（第四十五稿注（二一〇）参照）。等々、いつ果てることなく。

こうした、ある程度当を得た前提から導かれるお門違いな結論は全て、その力コブの入れように生半ならぬ骨肉の似通いを有す。平和協会の会員は、独創的発見とし、戦争は一大凶事だと申し立てる。絶対禁酒協会の会員は、独創的発見とし、酔っ払いの男や女は下卑た代物だと申し立てる。未だかつて誰一人としてこれら高邁な目からウロコのいずれにも達したためしがない。金輪際誰一人としてこれら高邁な目からウロコのいずれにも達し得まい——平和協会もしくは絶対禁酒協会の会員たらずば。この世に欠けている唯一の代物はその申し立てがたまたま折しも我々に押しつけられているかの唯一の協会である。かくて、新聞広告を読めば、モリソンの丸薬（第十九稿注（五六）参照）こそは人間性の免れ得ぬ疾患という疾患に対す唯一無二の特効薬なりと気づく——挙句ひょっこりホロウエイ教授（特許医薬品売り（一八〇〇—一八三）。巨万の富を築き、ロイヤル・ホロウエイ大学（サリー州エガム）に基金を遺贈）に蹴躓き、教授こそは「人皆がその世継ぎたる病という病（『ハムレット』Ⅲ、１）」に対す唯一効験灼なる秘薬なりと思い知らされるまで。

「空念仏」の庶出子の直中なる同じ生半ならぬ骨肉の似通いは、凝り固まった一つ考えを支持すべく事実が捻じ曲げられ、十把一絡げの主張が当たるも八卦と吹っかけられ、動機が誤って帰せられる、非論理的で、非合理的で、無節操で、気紛れなやり口に見て取れよう。似非協会、似非特効薬、似非反中央郵便局、どいつもこいつも同じ穴の貉では！　初っ端の突撃にて、哀れ、真実の女神は地べたに倒れ伏し、そら、全競技者は女神の上を盲滅法、雄叫びを挙げながら駆け去る！

ベッグズ氏（国民禁酒協会会長（一八四六―八））はつい最近、氏呼ぶ所の「少年期の堕落の程度と原因」に関す周到な論考を執筆したばかりだが、「十把一絡げの主張」の恰好の事例を二件呈示する。一八三九年、公式調査の結果、ロンドンの既知の娼婦の数は七千人と発表された際、然る任意団体はほぼ十二層倍にし、娼婦の数は八万人に上ると雄々しくも申し立てた。「禁酒文献」において本王国内にては年間六万人の呑んだくれが命を落とすという主張ほどお馴染みのそれはない。さて、事実は、とベッグズ氏は言う、多く見積もってもせいぜい一万人――つまり上記の数の六分の一――にすぎず、それとて既知の資料には何ら裏付けがない。六万人なるお気に入りの禁酒言説によらば「十五歳未満の子供と、八十歳以上の老人と、さらには男性よりも数少ない女性の大酒飲みを差し引いても、四人か五人に一人は飲酒のために命を落とす」とは！　そろそろ度の強い酒のみならず押しの強い言説にも歯止めをかける節制協会が設立される潮時ではなかろうか？

とは言え、ベッグズ氏はこれら誇張された虚偽の言説を否認しながらも、絶対禁酒（同様の廉直の欠如から節制名分と詐称される）を訴え、イングランド中の女性に――宜なるかな、酒浸りの女性に、ではなく酔っ払っていない女性にまで――「酒盃を打ち砕けよ」と、男性には――またしても酒浸りの連中に、ではなく素面の男達にまで――「社交のグラスを駆逐せよ」等々呼びかける。時には、常々自ら標榜している事実の忍耐強き究明者というよりむしろ、その申し立てに上記の如き正当な評価を下している「禁酒文献」よろしき頭に血の上った物言いで。氏の周到な論考は先般「少年期の堕落」に関す最も優れた随筆に懸けられた一〇〇ポンドの賞金を競って執筆された論考に加筆修正を施したものであり、審査員は玉稿に二等賞を与え、論考はそこにて扱われている由々しき主題に関す考察や提案の斬新さを一切衒うことなく、幾多の整然たる肝要な事実を開陳しているという前提に立った上で――以下、当該絶対禁酒問題について少々考察を加え、ベッグズ氏によって支持されている、その唱道者の主たる見解を一、二検討するとしよう。

まずもって、私見によらば絶対禁酒協会は論点を悉く先取りし、酩酊はイングランドにては既に恥ずべきものとされている。酩酊は卑しく、猥りがわしく、惨めな悪徳と見なされている。酩酊は食うや食わずの貧乏人や犯罪人の悪徳である片や、上流階級や（ここ百年間の向上が他の如何なる点においてもかほどに目ざましきもののなき）中流階級の悪徳ではない。酪酊は概して、大多数に上る人品卑しからざる職工や、召使いや、小《こ》商人《あきんど》の悪徳ではない。我々の惟みるに、酪酊は食うや食わずの貧乏人の置かれた状況の原因であるにつゆ劣らず間々、結果である。酪酊が社会の最下層にて広範な悪弊として蔓延しているのは、くだんの深みが可惜長らく探りを入れられても日に当てられても来なかったからであり、最下層の上層にあるものは全て何らかの改善を加えられている片や、その道徳的状態は挙句手の施しようのなくなるまで悪化の一途を辿っているからに外ならぬ。たといイギリス中の母親らしい善良な女という女がベッグズ氏の（何がなし聞き覚えのある）希求の祈りに応じ、己《おの》が酒盃を打ち砕こうと、たとい品行方正な男という男が社交のグラスを駆逐し、我勝ちにポンプに飛びつこうと、連合王国広しといえども蓋し、酔っ払いの男にせよ女にせよ唯の一人も減ずまい――果たして何故《なにゆえ》減ざねばならぬ？　されどもしやイングランドの女が窓税や、給水独占権や*、外気を締め出す息苦しい壁や屋根を打ち砕き、代わりに日常的な分別と日常的な義務が日常的な文言で教えられる、貧乏人の子供のための――断固、貧乏人の子供のための――一棟ならざる新たな学校の扉を打ち開けるものなら、してイングランドの男が幾々万もの人々がその内にて人生を擦り減らさざるを得ぬ社会的な不浄と卑猥と堕落を駆逐出来るものなら、彼らは酒盃や社交のグラスは打っちゃらかし、ささやかな手持ちの陶器をかっきり目下のまま放っておいてやって一向差し支えなかろうでは。

我々は酒盃と社交のグラスがらみでの、獄中の常習犯の証言には悉く、異議がある。なるほど連中が呑んだくれだったことに疑いの余地はない。連中が利用すべきものを全て濫用したことに疑いの余地はない。だが彼らは幾多の謂れにて、虚言と欺瞞を弄し、法律の全条項を犯したのではなかったか。ベッグズ氏は道を踏み外した第一の原因として何を挙げるか、との質問に対す複数の囚人の回答の報告書を呈示する。例えば、中にはわずかながら、激情を抑え切れずに、或いは真実を軽んじたために、窃盗を忌み嫌わなかったが故に、飲酒以外の肉体的快楽に耽ったために、貪婪が祟って、幾多の手合いの餓《かつ》えから、罪を犯した者もあるやもしれぬと想定したとて強ち的外れではあるまい。が否。などという回答は皆無である。飲酒が大のお気に入りにして、お気に入りは引く手あまただ。さて、くだんの連中が酪酊には自ら犯した罪の十二分な口実があると常々思っているというのは、誰しもの観察の埒内にある、と言おうか埒内にあるやもしれぬ。警察の報告書の中で、囚人が罪に問われている犯罪を犯した際、酔っ払っていたと言い、その申し立てが、いざ治安判事が担当の警部補に問い質すや、真っ紅なウソだと判明するほどありきたりの成り行きもまたない。のみならず、連合王国中の監獄という監獄の、囚人という囚人の、百人の内九十人までが、事実とは全く関係なく、かようの質問に対しかっきり尋問者に好もしかろうと思われる手合いの答えを返すものと概ね相場は決まっている。故に、真鍮釦を身に着けると罪を犯し易いとの考えが出回り、くだんの点を審らかにすべく連中に問いがかけられれば、必ずや「自分は真鍮釦を身に着けるまでは幸せでした」「やったのは真鍮釦です」「何もかも真鍮釦のせいです」等々長い新聞欄《コラム》のズイと上から下まで埋め尽くすしかつべらしい答えが返って来よう。

然るロッチ氏が——小誌でもしばらく前に言及したことのある羊毛刈り込みの記憶のないでなし、ついボッチ氏と綴る所ではあったが*——囚人の間での大立て者であるだけに、ベッグズ氏の高著の補遺にても掲載されている、氏宛の傷ましい手紙を認《したた》め、書中にてかく述べている——

貴兄のおっしゃっていること（我々の同国人のより人品卑しからざる者のみがこの飲酒体系を変える力を有す一方、体系に卑しからざる人品を具えさすのも彼らである）は然に的を射ているだけに、コールドバース・フィールズ*の巡視判事としての任期が切れ、小生が輪番制により委員会を辞すが早いか、禁酒誓約に署名していた全ての看守並びに副看守に対す聖戦《クルーセイド》が直ちに開始されました。所長（キャプテン・ジョージ・チェスタトン（？—一八六八））は彼らを侮辱し、部下は彼らを「ロッチの聖徒」と呼ばわりました。

我々がこの条《くだり》に着目するのは、これら聖徒の頭《かしら》が飲酒のために解雇されたからでも（というのが、しかしながら、我々の知る限り事実だが）、酩酊習慣の謂での飲酒習慣なる語の正直な使用と、くだんの習慣を黙認する、社会の人品卑しからざる面々に対す誹謗中傷について注釈を垂れるためでもなく、獄中のしごくありきたりのロンドン盗人《ぬすっと》や宿無《やどな》しに——詰まる所、氏の取って代わられた巡視の全盛時代に、ロッチ氏の手から御逸品を受け取るを潔しとした連中に——当該誓約を無差別に強いる途轍もなき不条理と心得違いを指摘するためである。盗人《ぬすっと》や宿無《やどな》しの習いにいささかなり通じた者なら誰しも、連中の大方がくだんの不利な折しも、権力者に阿るべく誓いを立てぬものは何一つないことくらい百も承知だ。獄中の生活の単調と抑制において、殊勝な面《つら》を下げてかようの男を「ハメ」る如何なる機とて、おまけに、第一級の悪巫山戯と目されよう。牢門がジン酒場宛開け放たれたその刹那、そいつをまんまと破る胸算用の下《もと》、水にしかありつけぬ所でくだんの誓いを立てるおかしみに匹敵するものがあるとすらば、虚言こそは連中の生涯の生業にして稼業とは周知の事実たる時に、くだんの厳粛な約言をいささかなり守ると思われるお笑い種を密かに堪能するその愉悦くらいのものであろう。にもかかわらず、我々は血も涙もないだけに、そいつは極めて猥りがわしくも有害な傾向を有すとの根拠の下《もと》、彼らをして当該偽善的気散じに耽らすを潔しとせぬ。率直な所、牢の中庭はロッチ氏の趣味にとってであれ、他の何人《なんぴと》の趣味にとってであれ、付き付きしき牧場《まきば》ではない。蓋し、くだんの連中の仕舞いの状態は仰《の》けのそれよりなお輪をかけてイタダけなかった。

ベッグズ氏の著書から以下、引用するのは度の高い火酒に不利な申し立てである。俎上に上せられているのはとある少女だ。

どうやら少女は甘やかして、大事に育てられ、かなり幼くして、寡婦たる母親により裕福な時分、馴染みのあった一家の子守りとしての恵まれた職を手にしていたと思しい。万事は順調に運んでいた。がとある祝日、数名の女友達と知り合いになり、皆で茶店公園《ティー・ガーデン》へ行った。公園で娘はとある殿方と出会い、殿方は娘に慇懃にして格別な心を砕いた。交際はしばらく続いた。娘は男の口説き言に気を好くし——しょっちゅうあちこちの娯楽に付き合うよう誘われた。娘は誘いに乗りたくてたまらなかったが、住まわせてもらっている一家の仕来りのせいで叶はなかった。かくて奉公先が煩わしくなった。とある晩のこと、娘は何らかの言い抜けを弄し、遅目の時刻までの外出の許可を得た。して恋人と共に舞踏会へ行き、そこより、踊り疲れた勢いつい少量のワイン・ニーガスを飲み干した後《のち》に連れ去られた。娘はその後何が出来したかほとんど覚えていないが、夜が明けてみると、親切な馴染み達から遠く離れた見知らぬ場所で、娘を既に凌辱していた男の為すがままになっていた。

果たして「少量のワイン・ニーガス」がこの憂はしき物語と何の関わりがあったことになっているものか、俄には判じ難い。もしや酒に麻薬が混入されていたなら、紅茶にとて混入されていたやもしれぬではないか。たとい哀れ、少女が単にニーガスの毒気《どっき》で気を失っていたとしても（などとは、御免蒙って、これきり信じてはいないが)、クラッパム（南ロンドン公有地）とストーク・ニューイントン（ロンドン北東部旧自治区）の側《がわ》なるニーガス御法度ごときではおよそニーガスがくだんの茶店公園《ティー・ガーデン》で売られるのにも、哀れ、少女がそいつを飲むのにも待ったはかけられなかったろう。もしや同様の危険に晒されている哀れな少女皆のために、茶店公園《ティー・ガーデン》もニーガスも罷りならぬと――「そいつら貞淑でないからというのでケーキもエール出せぬ（『十二夜』II、3）」と――申し立てられるなら、さらばそこで歯止めはかかるまい。如何なる自由も、祝日も、新鮮な空気を求めての遊山も、罷りならぬ。日曜日には教会と連絡した警察大型馬車が大行列を成し、若き娘御を誘惑の手の届かぬようきっちり閉じ込めたなり、礼拝へと運んでは連れ帰らねばならぬ。仮に罪のない無垢な娯楽の機を誤用せぬ者が、同上を誤用する者のトバッチリを食うとすらば、我々は次なる窮地に立たされよう。全世界を喪に服させ、社交生活にはお先真っ暗な代物と、サジを投げよ。

　貧民学校連合の第一回年次報告によると、ロンドンの無筆の児童の数は十万を優に越え、爾来一戸毎に調査して確かめた所、スピタルフィールズとベスナルグリーン*だけでも一万六千人に上るという。ベッグズ氏はとある箇所で述べる。「少年期の堕落の原因は教育の欠如のみならず、共同体の飲酒習慣にも求められねばならない」ベッグズ氏は別の箇所で次のように述べる。「仮に我々が飲酒のもたらす悲惨の数ある光景との馴れ合いを忘れ、束の間の忘却の後《のち》、いきなりとあるジン酒場の暴くやもしれぬものを目の当たりにし得るなら、酒は我々の食卓より駆逐され、全ての善人によって弾該されぬであろうか?」一体何故《なにゆえ》酒は我々の食卓より駆逐され、全ての善人によって弾該されねばならぬ? 酒が我々の食卓より駆逐され、全ての善人によって弾該されて何の益になる? 我々の大半はわざわざそのためクロロフォルムで麻酔をかけられ、またもや目を覚まさずとも、とあるジン酒場が如何なる傷ましき悲惨と悲哀の光景を暴き得るものか嫌というほど知っている。だが我々の飲むものはそれとは一切関係ない。地上の川という川が我々が飲むために干上がらされようと、くだんの有害な炎の火の粉一つ揉み消せまい。我々は下卑た文言や、凄まじき悪態や、卑猥で不敬な会話や、殴り合いや蹴り合いを慎しむ。我々の慎しみは最下層の連中にはこれきり手本にならぬ。して何故《なにゆえ》に? 何となれば彼らの人生は無知と、下品と、むさ苦しさと、不浄と、等閑と、侘しき惨めったらしさのそれだからに外ならぬ。かようの人生という人生の出来事という出来事は、かようの人生という人生の一年という一年の一日という一日の一分という一分は、酩酊を誘発する謂れに外ならぬ。かようの人生が世界の首都においてのみにせよ、幾々万もの人々によって送られる限り、酩酊は、たとい素面の人間が大海原を最後の一滴まで飲み干そうと、大手を振って罷り通ろう。

「少年期の堕落の原因は教育の欠如のみならず、共同体の飲酒習慣にも求められねばならない」「飲酒」を「酩酊」と、「共同体」を「最下層民」と、読み替えてみよ――この手の言説において、今回に限り、率直にして正直たるに――さらば我々とて命題を肯《うべな》おう。がベッグズ氏は酩酊が無筆と切っても切れぬ仲にあることくらい百も承知だ（氏自身、以降再三再四述べている如く）。酩酊と、汚濁と、無学は、惨めな人々の「運命の三女神」である。して我々はベドラム*の外に居ながらにして、たとい無学を撤去し、汚濁を撤去しようと、酩酊は撤去し得まい、何とならば中・上流階層は禁酒の代わりに節制の手本しか示そうとしないから、と言われねばならぬというのか？ 仮に最下層民をして目下は浴していない何か健やかな手本の恩恵に与らすとすらば、絶対禁酒協会に然に甚だしく欠乏しているかの質《たち》の節制にこそ手本は見出されまいか？

「当今の誉れにして誇りの中に数えられるのが」とベッグズ氏は言う。「安息日学校だ」我々は、なるほど氏の言及するくだんの「高潔の士」日曜学校教師には一目も二目も置いているものの、ことこの点にかけてはベッグズ氏ほど熱狂的になれぬ。と言おうか、むしろ如何なる日曜学校で罷り通っている如何なる教育より遙かに賢明に施され、より広い世俗的範囲に及ぶ教育体制がこれまで日曜学校が空しく対象として来たこれら惨めな人々には肝要であり、日曜というものを（現行の学校が行なう傾向にある如く）余りに拘束的かつ厳格にするのは全ての若者にとって剣呑極まりないと考える。日曜学校に関し、今一度ベッグズ氏の話を拝聴しよう。

> ヨーク在住のT・B・スミジーズ氏の話では、先般ヨーク城の牢の一つを訪うてみると、主に十四歳未満の十四名の囚人が幽閉されていた。彼らと言葉を交わすにつれて明らかとなったことに、内十三名までが日曜学校生であり、十三名の内十名は自ら飲酒が原因でここへ引き立てられるに至ったと認めた。然る公共施設に勤める医師が好奇心旺盛にも、患者たる幾多の娼婦の道徳的状況にまで探りを入れたいと思った。医師の質問は彼女らの以前の生活様式、教育、堕落の原因等々に関して行なわれた。その言説に信用の置けると思われる三十名の患者の内、二十四名が二十歳未満で、十八名は十七歳にならぬ内に道を踏み外してい

た。内十四名は日曜学校で教育を受け、残りは如何なる手合いの教育も受けていなかった。一人は女家庭教師の経験があり、別の一人は酒場の亭主の娘だった。日曜学校と禁酒運動の然る熱心な支持者の話では、ランカシャーのとある町で四名もの娼婦が街路に屯している姿が見受けられたが、四名共元は日曜学校の教師であった。大多数の事例において、飲酒もしくは酒場が堕落の第一の要因である。ロッチデール（英北西部グレイター・マンチェスター州都市）禁酒協会の委員会はしばらく前に安息日学校生に関し、極めて重要な調査を開始した。「数か月前、とある委員がロッチデールの歌謡ホールの一つを視察した際、土曜日のおよそ夜十一時、十六名の少年少女がステージ正面のテーブルに腰掛けているのを目にした。少年の内数名は各々長いパイプをくわえ、アルコール性飲料の入ったグラス又はジャグを手にしていた。内十四名に上る者があちこちの日曜学校の聖書学級の生徒だった。そこに、彼らは座ったなり、この上もなく猥りがわしい歌に耳を傾け、この上もなく淫らな手合いの光景を目の当たりにし、火酒を呷っていた」付記として。「これら悪の巣窟はわけても日曜の晩、間々深夜まで、かつての日曜学校生の溜まり場となる」さらに続けて。「飲酒制度の悍しき結果は日曜学校生に留まらず、幾多の有望な教師も贄と化している」

以上は無論、全て飲酒の、してわけても未だ酒盃を打ち砕いていない素面の女と、社交のグラスを駆逐していない素面の男のせいである。が、恐らく、これら前提から日曜学校そのものにいささかマズい所があるに違いないと推測する向きもあるのではなかろうか——もしや日曜学校だけが格別、他の全ての施設同様「その実によって知る（『マタイ』七：二〇）」運命《さだめ》を免れているのでないとすらば。

本書を通じ、最も揺るぎない証拠ですら節制の利点に直接つながりこそすれ、絶対禁酒とは縁もゆかりもないということこそ、絶対禁酒を唱える熱弁家の間で罷り通っている概念の混乱の恰好の事例であろう。約四千五百名に上る成人男女・子供を雇用している、グラモーガンシャー（ウェールズ南部旧州。石炭・鉄大産地）の石炭・銅・錫・化学薬品工場では、極めて公正にして人道的な社会集団体制が雇用主達によって確立されているらしい。「労働者の住居の衛生状態は最も好もしい手合いのそれで、家族の要望に応じた適正な便宜が図られている」教会や礼拝堂もあれば、学校もある。有益かつ愉快な主題に関する講演もある。学級では歌唱がある。罪の無い健やかな運動もある。何か外《ほか》には？　少々ある。

居酒屋の誘惑は能う限り遠ざけられている。会社の地所にはわずか二軒しか建てることを許されず、その二軒も厳しい統制の下に管理され、夜十時以降営業することはない。ヴィガーズ氏は当地に長年住んでいるが、酔っ払いが辺りをウロついているのを見かけたためしもなければ、酩酊が原因の事件が一度たり治安判事に提訴された記憶もないとの（モンマスシャー（ウェールズに接すイングランド旧州）及びブレコン（ウェールズ南部旧州）の「丘の上」の大工場の労働者の堕落した酒色とは著しい対照を成す）特筆すべき証言を付け加えている。

これら奇特な雇用主は御当人方の酒盃や社交のグラスを何ら破損した風にはない。ハドソン氏*の勘定書きよろしく捏造された声明を発表すべく演壇に登った風にも、挙句同上の映えある殿方の鉄の王冠さながら毀たれるべく誓いを立てることにて大法螺吹きの評判を取ろうと躍起になった風にもない。にもかかわらず、彼らは、さすが精力と分別を具えた男ならでは――善良で、実践的で、懸命で、正直で、律儀で、断固たる男ならでは――工員を清潔と、快適と、着実な勤勉と、教導と、気散じと、自尊の状態にまで高めるべく力を尽くして来た。して彼らの労働者の状態は同様に雇用されている他の労働者の堕落した酒色と著しい対照を成し、前者の間に酩酊は全く見られぬとは！　して是ぞ我らが王国の疲れ切った幾々千もの人間の道徳的救済のために大がかりに為されて然るべきことではなかろうか。酩酊は他の全ての下卑た好色的悪徳が蔓延っている如く、赤貧の惨めな連中の間に蔓延っている。何とならば彼らは幾年となく、日進月歩の文明化の遙か後方に置き去りにされ、進軍部隊の行路に残った泥濘みへとズンズン、ズンズンのめずり込んで来たからだ。酩酊は、北イングランドの鉱夫や鉄工の間におけるが如く、相応の給料を受け取っている労働者の間でも大手を振っている所では、似たり寄ったりの謂れにて育まれる。彼らの労働は苛酷だ。その後、倦怠の状態が続き、何か救いを求めども、何ら得られぬ。無知は深刻で、小さな町や村は悲惨で、唯一難を逃れられるとすればかの、恰も火と煙が発火した火薬から立ち昇るが如く、かようの成り行きからいとも自然に発生する疎ましき悪徳へでしかない。グラモーガンシャー工場にて為されているような試みはついぞ賢明に為されてなお失敗したためしがない。今や政府がかようの雄々しき個人の右に倣い、祖国の大いなる悪弊にして危難と組み打たねばならぬ時は切迫している。さなくば我々に一縷の望みもない。

が、かようの努力がともかく成功の可能性をもって払われ得る前に、まずもってその必然に関す強い確信と、全社会層の側《がわ》におけるかようの目的のために互いに協力せんとの確乎たる決意がイングランドの全土至る所へ浸透せねばならぬ。という訳で以下、絶対禁酒熱弁家に歯に衣着せず言わせて頂けば、当該大いなる懸案事項を戯言《ハンバグ》なる凄味の利いたお馴染みの英語慣用句と――全ての事実と、真実と、公平な演繹の詭弁《イエズス》的曲解と――共同体の一部の勤勉で品行方正な人々に対す誹謗中傷と――自制心を有す正直者の理性的にして合理的な約しき娯楽への己自身の失敗の責任転嫁と――結びつけようものなら、かの団結と準備の状態にとって致命的となろう。もしや彼らが敢えて自らの訴えを節度を保ち得る人間への節制と、節度を保ち得ぬ人間への絶対禁酒という公平な根拠に基づかそうというなら、して自ら施して来た（我々としても論駁の余地なき）功徳をかようの不埒に何ら弁明の余地なき連中が火酒への堕落した激情に屈し、悲惨の深淵に陥って来た例外的な事例にて誇示してもって善しとしようというなら、彼らを善き手本にして公益と見なそう。が、気の狂れたマライ人よろしく盲滅法暴れ回ろうというなら、連中をこそ独り酩酊それ自体より鼻持ちならぬでもなき悪しき手本にして公害と見なさざるを得まい。

　というのもこの国の最下層民と、くだんの呼称の下《もと》に一括される不幸な人々の絶えず成長し、絶えず増加する世代の状況は、如何なる階層の者であれ、その脆弱や一つ考えへの無節操な固執によって弄ばれるには由々しきに過ぐ問題だからだ。

「この国には哀れ、盲目の大力無双男《サムソン》がいる

（ロングフェロー「警告」（『奴隷制に寄す賦《うた》』（一八四二））

　ロングフェローはかく、アメリカにおける奴隷制を準える。が、この国にも奴に劣らず剣呑な哀れ、盲目の大力無双《サムソン》男がいる。古《いにしへ》の猛者同様、奴は幼子に――無知な幼子に――手を引かれている。古《いにしへ》の猛者同様、奴も早、屋敷の礎たる円柱に筋骨逞しい両腕を――一方には「困窮」と、他方には「犯罪」と、烙印の捺された――絡ませている。手遅れにならぬ内に、奴に重々目を光らせようではないか――奴がその盲目の意趣を我々宛晴らさせよとの恐るべき祈りを捧げ、かくて建物が奴自身のみならず我々の上に、瓦礫の山たりて、崩れ落ちぬ内に！

第三十六稿　劇評：リア王役マクレディ

『イグザミナー』誌（一八四九年十月二十七日付）

ヘイマーケット劇場

マクレディ氏（第十四稿注(三四)、第十七稿注(四七)参照）が水曜夜、『リア王』に主演した。劇場は幕の上がる前から至る所鮨詰めとなり、氏は耳を聾さぬばかりの歓呼をもって迎えられた。圧巻の演技によって観客の胸中掻き立てられ、その進行中にも間々露にされた感動は最後まで衰えを見せなかった。悲劇の幕が下りると同時に、観客は総立ちとなり、劇場を揺がさんばかりの万雷の拍手喝采をもって氏を迎えた。

マクレディ氏が連想される、して今や英国の演劇にとっては不幸にも、これが最後、演じている幾多の偉大な役所の内、恐らく「リア王」が擢んでていよう。高貴な劇全体に払う深く濃やかな慮りは氏の口にしたり為したりする全てから如実に窺われる。父王を愛し、口をつぐんでいることしか叶はぬ心優しき娘を前後の見境もなく勘当する場面から、生き難き現し世の苦悶の枷を解かれ、娘の傍らで縡切れる臨終に至るまで、かほどに感動的な、迫真の、荘厳な様が、蓋し、舞台の上で演じられたためしはなかろう。

「リア王の偉大さは」とチャールズ・ラムは言う。「身体的次元ではなく知的次元にある。激情の爆発は火山さながら凄まじく、くだんの大海原――厖大な至宝丸ごとの精神――を覆し、水底《みなそこ》までさらけ出さす嵐に外ならぬ。剝き出しにされているのは王の精神である。この血肉の器は思いを巡らせてやるには取るに足らなさすぎるかのようだ。正しくリア自身が蔑ろにする如く。舞台の上で、我々は身体的疾患と脆弱、忿怒の不能しか目の当たりにせぬが（「上演の適性を巡るシェイクスピア悲劇考察（『ザ・リフレクター』誌（一八一一）掲載）」）」

水曜晩の演技においては然に非ズ。我々の見守っているのはリアの精神であった。その瓦解の全段階なる、瓦解した現し身の心と魂と脳が余す所なくさらけ出されていた。リア王像についてラムの書いていることは正しくこの演技について書かれた、しかも忠実な描写だったやもしれぬ。

かようの演技について、高がこれやあれやの点がその卓越性にかけて最も顕著であると述べた所で、然に一点の非の打ち所もなく美しい至芸を正当に評価することにはなるまい。優しさ、憤り、狂気、悔悛と悲しみは全て互いから生じ、一筋の鎖に縒り合わされている。かほどの優しさからしか、かほどの憤りは生じ得ず、その相俟った両者からしか、かほどの狂気は、かほどの激情と情愛の葛藤からしか、以下の如き傷ましき叫びは、生じ得ず——

余を嘲笑《わら》うでない
余が人である如く、この御婦人が我が子
コーデリアと思えてならぬ（『リア王』第四幕第七場）

かほどの認識とその帰結からしか、かほどの傷心は生じ得まい。

我々が初めてマクレディ氏のコヴェント・ガーデン劇場経営の下《もと》、劇に復活したホートン嬢の道化役が『リア王』の最も感銘深くも肝要な様相の一つと気づかされて数年を閲す*。その間《かん》、この役はいささかも色褪せる所がない。かほどに卓越した濃やかな演技はいくら高く評価してもし足りまい。

レイノルズ嬢はコーデリア役を初めて演じたが、（容姿をさておけば）さして感銘深くなかった。スチュアート氏（渋面を売りとしたヘイマーケット劇場専属男優）がケント伯を演じ、君主に対す生半ならず仰々しい振舞いによる追放を十二分に正当化するのでなければ、見事に演じ切った。ウォラック氏（男優（一七九一？—一八六四））のエドガー役は名演であった。未だかつてこの役がかほどに巧みに演じられたのを目にしたためしがない。わけてもドーヴァーの絶壁の有り様を語る物腰は——その間《ま》もじっと盲目の父親に目を凝らし、大方のエドガー役の常の習いで、自ら描写している光景を事実見ているかのようには見えぬ——わけても理に適い、卓抜であった。ハウ氏の演技は気概に満ち、ウォーナー夫人（第三十四稿注（一四二）参照）はゴネリル役において極めて逆しまなまでに美しかった。劇は周到かつ巧妙に上演され、観客に与えた感銘はこの寸評からはほとんど想像頂けまい。

第三十七稿　宮廷儀礼

『イグザミナー』誌（一八四九年十二月十五日付）

故太后（ウィリアム四世未亡人アデレイド王妃。十二月二日死去）は、その逝去に際し、同様の折にしばしば形式上、実しやかに捧げられこそすれ、たとい値するとしてもこの折におけるほど相応に値することの稀有な、高貴な真価への幾多の公的賛辞が寄せられているが、今を遡ること八年、自らの葬儀に関す希望を証文に付された。この真に宗教的にして極めて平明な文書が女王陛下の命《めい》にて公表された。太后の遺志は如何ほど矢継ぎ早にお追従めいた讃辞を浴びせかけようと叶はぬほど故人の御霊にとって誉れ高く、大英帝国の万人にとって、がわけても恐らく、万人の内最も高貴な方々にとって、鑑となろう。

私は、神の御座の前にて人は皆等しいと心得ればこそ、慎ましやかに息を引き取り、故に亡骸は何ら威儀を正すことなく墓所へ運ばれんことを。亡骸はウィンザーの聖ジョージ礼拝堂へ移され、そこにて能ふ限り密やかにして静かな葬儀の営まれんことを。

わけても正装安置されぬよう。葬儀は日中執り行なわれ、行列は組まず、棺は礼拝堂まで海軍軍人によって担われるよう。

友人縁者の内、列席を望む少数の者には皆列席して頂いて差し支えのう。甥のザックス・ワイマール（独中央部旧大公国）のエドワード皇子、ハウ卿、デンビ卿、ウィリアム・アシュリー閣下、ウッド氏、サー・アンドルー・バーナード、サー・D・ディヴィス、及び髪結い、女官《レディー》の内列席を望むやもしれぬ者。

長閑に息を引き取り、現し世の虚栄や虚飾の枷を解かれ、長閑に墓所へ運ばれますよう。

解剖も防腐処置も施さぬよう。能ふ限り人手を煩わさぬよう。

一八四一年十一月　R・アデレイド

果たして、この感銘深き遺書と共に公表された「ウィンザーの聖ジョージ皇室礼拝堂における故太后アデレイド王妃密葬の儀典」がそこに表明されている感情と完全に一致するか否か、は甚だ疑わしい。果たして「故太后の王冠がヴェルヴェットのクッションに載せて運ばれよう故太后の六頭立て公式鹵簿馬車」はむしろ故デュクロウ氏（第七稿注(二二)参照）の葬儀の要望にこそ付き付きしくはないかとの心安らかならざる疑念が自づと湧く。ものの四行で以下の如く告げる式次第は

喪主
（ヴェールを纏った）
ノーフォーク公爵夫人
女官《レディー》付添いの下《もと》

全くもってイタダけぬ芝居のビラそっくりではないか。如何に「大主教が礼拝を締め括るや、ガーター紋章官が墓の傍らで故太后の称号を宣し、その後《ご》故太后の宮内長官と副長官が彼らの職杖を手折り、跪きながら皇室地下納骨所に同上を納めることになろう」か告げる公示は、次なる文言で始まるくだんの最後のキリスト教礼拝の素朴な厳かさにしっくり来るというよりむしろ象か奇術師が追って屋内にて何をしようか触れ回る縁日の露店の外っ面の広告めいてはいよう。「我々は現世《うつしよ》に何一つもたらさず、無論、何一つ持ち出すこと能ふまい。主《しゅ》は与え賜い、主《しゅ》は持ち去られる。ありがたきかな、主《しゅ》の御名の」

この点に関し、誤解されるとしたら我々としては不如意千万である。よってここにて、尊き故太后の葬儀は因襲的不条理を然るべく排除して執り行なわれたとの全き確信を表明させて頂きたい。祖国で最も高位にある要人は紛うことなく、然に慎ましやかに表明された遺志を尊重し、当事者皆に遺志が一言《いちごん》違わず履行されんとの願いを懸命に印象づけようとした。我々がこの機を捉えて宮内長官の職務が見る間に衰退の一途を辿るよう願はずにいられぬのは、この格別な折における何らかの矛盾故というよりむしろ、其が『トム・サム（ヘンリー・フィールディング作疑似英雄笑劇（一七三一））』の舞台の上で演じられた方が遙かにしっくり来る——くだんの職務自体の埒外にある誰しもにとって厄介至極な煩わしい——普遍的な愛と敬意においてのみ有益に存在し得る諸事を馬鹿馬鹿しく、或いは疎ましくするとあって、如何なる善き目的にとっても否定的にして間々幾多の害悪にとって肯定的——夥しき量のお笑い種の最後の砦だからに外ならぬ。

我々がヨーロッパの国々の間で英国宮廷に汚点を残し、彼らが初めてその賓客となる際にヨーロッパの君主を瞠目さす途轍もなき拘束と形式を論評するのはこれが初めてではない。わけても変化の目まぐるしさと、大いなる進歩の点で幾

世紀もを幾年に凝縮することに特徴づけられる時代にあって、これら拘束と形式が年々、日々、刻々、いよよ途轍もなくなるのは自然の成り行きである。当初時代遅れであったものはかようの状況の下《もと》、進歩の途上にて新たな一歩が大きく踏み出される都度、一千層倍もいよよ時代遅れになる。国民と足並みを揃えぬ皇室は、スティーヴンソン氏がメナイ海峡に渡しつつある管*を通して見れば、それまで以上にちっぽけに映ろう。

英国王室の特徴たるに、その礼服は、なるほどその儀礼の遙か先を行ってはいるものの、必ずや時代に遅れている。其を、時代の情愛のより大きな分け前に与り、くだんの情愛をよりしかと捉えるべく、時代に付いて行かそうではないか。王室が朝から晩まで五百年前に廃れた手続きを踏むべくグレイト・ウェスタン鉄道でウィンザーまで足を運ぶの図は、或いはガーター紋章官にリチャード一世王の御代ならば紋章官が槍試合の矢来の内にて受け取っていたやもしれぬ言伝を電報で送るの図は、全くもってイタダけぬ。故サセックス公爵*の垂れた範を復活さすと共に、なお上を行く太后の範に鑑みれば、目下はこれら諸事が終に進歩し、変化し、周囲の他の諸事全てと足並みを揃えつつあるとの希望を表明するに恰好の折ではなかろうか。是非とも斯くあらねばなるまい——新たな君主の系譜が我々の前方に伸びている今や。是非とも斯くあらねばなるまい——数知れぬ人々の希望、幸福、資産、自由、人生が、皇室の揺籃期が広範な人間的共感、接近、知識から剰えぶ厚い柵に封じ込まれたり剰え聳やかな壁に取り囲まれぬことにこそかかっているやもしれず、大半はかからざるを得ぬ今や。故に、彼らの今は亡き縁者の言葉「神の御座の前にて人は皆等しい」が我らが次代を担う王子や王女の最も早期の理解に委ねられんことを。故に、皇室儀礼の長《おさ》を今少し外界へと連れ出し、心より斯く挨拶を述べさせて頂かんことを。

我が宮内長官
この広々とした外気へ
ようこそ（『リチャード三世』I、1）！

第三十八稿　緒言

『ハウスホールド・ワーズ』誌*（一八五〇年三月三十日付）

我々が小誌に選んだ名は概して、小誌を創刊する上で胸中抱いている希望を表している。

我々は読者諸兄の「水入らずの《ハウスホールド》」情愛に包まれて生き、「水入らずの《ハウスホールド》」思索の中に数えられたいと願う。金輪際その面《おもて》を目にすることのないやもしれぬ、ありとあらゆる齢《よはい》と身の上の、男女を問わぬ幾千もの人々の僚友にして馴染みになりたい。周囲の忙しない世界から数知れぬ家庭へ、お蔭で我々の誰一人として己自身、よりひたむきに辛抱強くなくなることだけは、互いにより寛容でなくなることだけは、人類の進歩においてより律儀でなくなることだけは、この夏の黎明さながらの時代に生きる特権により感謝を抱かなくなることだけはあるまい、幾多の、善悪を問わぬ社会的驚異に関する知識を届けたい。

如何なるほんの功利主義的精神も、如何なる冷厳な現実への精神の非情な拘束も、我らが『ハウスホールド・ワーズ』に耳障りな調子を与えることはあるまい。老いも若きも、貧しきも富めるも、人々の胸中にて、我々はかの、人皆の胸に内在する――その養育に応じてメラメラと勢い好く燃え盛りもすれば、むっつりとしたギラつきに燻《ふす》ぼりもする、が（さなくばその日に禍あれ！）断じて揉み消され得まい空想《ファンシー》の光輝を優しく慈しもう。誰しもに、ありふれた何もかもに、表面は悍しきものにすら、見出す気にさえなれば、それなり伝奇性《ロマンス》が具わっていると示すことこそ――この苦役の弛まぬ車輪に携わる最も苛酷な労働者にとて、彼らの命運は必ずしも想像力の共感と優美から締め出された陰鬱で残虐な事実とは限らぬと教えることこそ――位階において高き者と低き者をかの広大な原野にて引き合わせ、互いをより十全と知り、より睦まじく理解し合うよう差し向けることこそ――我らが『ハウスホールド・ワーズ』の主たる目的である。

当代のより大いなる発明は、我々の惟みるに、全てが物質的という訳ではなく、その途轍もなき肉体に『ハウスホールド・ワーズ』にて表現を見出すある種「魂」を有しているやもしれぬ。我々が鉄道或いは汽船の旅に同伴する旅人の、願はくは、これら後《のち》の世代の乗り越えて来た出来事の何らかの埋め合わせを、自らを先へ先へと運ぶ「動力」との——己自身、疾風さながら掠め去る数知れぬ同胞の住居や生活様式との——辺りの光景に炎と煙を噴き上げているのを目の当たりにするやもしれぬ聳やかな煙突とすらの——新たな連想においても得んことを。浅黒い巨人共——知識のランプの奴《やっこ》(「アラジンと魔法のランプ」)——には東方の魔神に劣らず千と一夜の物語があり、くだんの夜話を、その全ての荒らかで、不気味で、奇抜な様相にて、全ての数知れぬ忍耐の段階にて、全ての数知れぬ同情と思いやりの感動的な教訓にて、我々は審らかにするつもりだ。

我らが『ハウスホールド・ワーズ』は独り当今のみならず過去の謂でもあろう。また独り我が国の希望、投機、凱歌、愉悦、悲嘆のみならず、地上全ての国のそれらも、ある程度、扱おう。というのもその如何なる端くれにおいてとて何一つ、他の全てに関わらずして真の興味の源泉たり得ぬからだ。

我々は幾多の家庭に情愛と信頼をもって迎え入れられるとは何たる望外の幸ひよと惟みて来た——幼子にも老人にも馴染みと見なされるとは——苦悩においても幸福においても想起されるとは——病室に「愉しいだけで悪さはしない(『あらし』III、2)妖精じみた人影を住まわすとは——幾多の炉端の罪無き笑いと優しい涙と連想されるとは。してかようの特権の重責は心得ているつもりだ——その計り知れぬ報い、其が孤独な労苦の刻《とき》に喚び起こす、とある共感に衝き動かされる無数の人々の心象、其がかの心血を注ぐ者の胸に喚び覚ます、終に己《おの》が仕業を顧みるに及び自責から解放され、我が名がいずれ後裔においても思い起こされ、愛情の愛しき対象によって誇らかに負われんことをとの厳粛な願いは。幸い、これまでも何らかの耳馴れた言葉《ハウスホールド・ワーズ》と連想されて来た、これらためらいがちな条《くだり》を綴る手は、かようの経験を然るべく積んでいればこそ、この新たな任務に一意専心、其に伴う全てを改めて心した上、乗り出そう。

我々が今や足を踏み入れる平原の耕作者の中には、我々に先んずる者もあれば、ここにてその卓越した有益性を快く認め、共に携え合うが誇りたる者もある。がここにはまた他の、その存在が国家の名折れたる者も——「山岳党」の非嫡出子にして「憲兵《レッドキャップ》」の薄汚い縁飾りにして、最も下卑た手合いのこよなく浅ましき激情のポン引きも——いる。*して我々は連中を放逐することこそ最も高邁な責務と心得る。

かくて我々は行路の緒に就く！　古《いにしへ》の御伽噺の恐いもの知らずは、探し求める魔法の歌鳥の据えられた険しい高みの頂上へと登りつつも、道すがらの石から引き返せよと告げる声の轟きに取り囲まれていた（「妹を嫉む姉達」（『アラビア夜話』））。我々の耳にする声は一斉に叫ぶ。「進め！」我々に呼びかける石は「さながら木にも舌があり、せせらぎにも書《ふみ》があり、万有に善が具わっている如く（『お気に召すまま』Ⅱ、1）」、神の教えを有す！　石と「時」とは我々に叫ぶ。「進め！」瑞々しき心と、軽やかな足取りと、希望に満ちた勇気と共に、我々は旅路に就く。道は、我々の足を怯まさずばおかぬほど荒らかではない。坂は、我々が息を継ぐべく足を止め、おずおずと下方を見降ろすに及び、釘づけにされずばおかぬほど険しくはない。「進め！」としか我々には聞こえぬ。「進め！」早、熱く火照り、彼方の高みからの風を受け、鼓舞の声が当該歓呼に加わる片や、我々は叫びに谺を返し、陽気に進む！

第三十九稿　庶民の娯楽（一）

『ハウスホールド・ワーズ』誌（一八五〇年三月三十日付）

世界の半ばは他の半ばが如何様に生きているか知らぬと言われる如く、然に、世の上層階級は下層階級が如何様に気散じに耽るか知りもせねばさして気にもかけていぬ、とは論を俟たぬ。上層階級は偏に知らぬが故に気にかけぬと信ずらばこそ、小誌ではくだんの主題について折に触れ、事実を二、三取り上げるつもりだ。

　下層の戯曲娯楽の一般的特性は国民の極めて肝要な指標であり、彼らの知的状況の恰好の試金石である。かくて以下、まずもって読者諸兄に首都における当該項目の下《もと》なる我々の体験を幾許か紹介させて頂きたい。

　恐らく、一般庶民の間から彼らが何らかの形の戯曲娯楽に有す生得の愛好心を根扱《ねこ》ぎにし得るものは何一つなかろう。もしやくだんの愛好心が根扱《ねこ》ぎにされ得るものなら、むしろそいつは社会にとって生半ならず如何わしい恩恵ではなかろうか。リージェント・ストリートの科学技術専門学校《ポリテクニック・インスティテューション》は、多種多様の精巧な模型が展示・説明され、幾多の実際的主題に関す多くの有益な知識を包括する講義が行なわれるとあって、大いなる公益にして素晴らしき施設には違いない。が余暇にそっくり科学技術専門学校《ポリテクニック・インスティテューション》によって形成された国民は定めて鼻持ちならぬ共同体ではなかろうか。我々としてはこと御当人の個人的体験を一切持ち併さぬ何か苦悩がらみで、幼かりし時分、祝日という祝日を回転軸《クランク》と塡歯歯車《コグフィール》の直中にて過ごした齢《よはい》二十五に垂んとす若者の大らかな共感に訴えねばならぬのだけは勘弁願いたい。もしや男が時には『乙女とカササギ（S・J・アーノルド脚色仏通俗劇（一八一五））』に付き合わされていたなら、もしや「ボンディの森（ピクセレクール『モンタルジーの犬』（一八一四））」へと一、二度道草を食っていたなら、或いはクリスマス無言劇にまで首を突っ込んでいたなら、まだしも信用する気になっていようが。我々の大半には、如何に夥しき量の蒸気機関とて満たすまい、「万国工芸品大展覧会」それ自体とて、恐らく、慊《あきた》らぬままにせざるを得まい、広範な想像力が内在している。下層へと下《くだ》れば下《くだ》るほど、宜なるかな、当該餓《かつ》えを癒す、いっとう舌鼓の打たれる糧食は戯曲娯楽に見出されよう——味も素っ気もない現《うつつ》からの逃避という逃避の就中平易にして、いっとう手間のかからぬ、いっとう真実のそれとして。ランベスのニュー・カット通り*（ウォータールー・ロードとブラックフライアーズ・ロード間の市場街）に住まうジョー・フェルクスはさしたる読書家ではなく、さして夥しき蔵書も、さして広々とした書斎も、さして歴たる読書癖もなく、自ら読んだものを「心眼（『ハムレット』I、2）」に鮮やかに彷彿とさす天稟には悉く見限られている。がジョーを一度《ひとたび》ヴィクトリア劇場の天井桟敷に座らせ、場面の中で事実開閉し、人々が出ては入れる扉と窓を見せ、くだんの手立てと、半マイル先にまで届こうかという声で胸の奥の奥なる秘密を奴に打ち明ける、キラびやかに着飾った生身の男や女の助太刀の下《もと》、とある物語を審らかにしてみよ。さらばジョーは込み入った筋から筋をそっくり解き明かし、そこに、貴殿が奴にひけらかすネタを持ち併す限り夜の更けるまで延々と座っていよう。故にフェルクス氏御贔屓の劇場はどいつもこいつも必ずや満員御礼にして、演劇なるものが他処にては如何に流行り廃りがあろうと、そいつはニュー・カット通りにては年がら年中、当世風だ。

さらば当然の如く、果たしてフェルクス氏の素養は氏の演劇趣味なる媒《なかだち》を介し、いささかなり高められ得るものか否か、との疑問が湧いて来よう。目下、如何ほど高められているか、読者諸兄には御自身で判断願いたい。

まずもって読者諸兄にくだんの手立てを提供するに当たり、フェルクス氏の演劇熱奉仕に携わる人々への由々しき咎め立ては放棄するとしよう。重税を課せられ、国家からは一切援助を受けず、郷士階級には見捨てられ、公教育の手段としては全く評価されず、より高等な英国演劇は衰退した。フェルクス「氏を楽しますために生きんとする者は、生きるために氏を楽しまさねばならぬ（ジョンソン「ドゥルアリー・レーン劇場柿落とし前口上」）」。鏡を「自然」に、ではなくフェルクス氏——彼を認める唯一の人間——に「差しかざす（『ハムレット』Ⅲ、2）」のが座元の領分である。事ほど左様に、たとい役者の性《さが》が「紺屋の手よろしく、染みついたやり口に囚われ（シェイクスピア『ソネット集Ⅲ』（六一七行））」ようと、それ故役者を責める訳には行かぬ。奴は生業で辛うじて糊口を凌ぎ、間々赤貧に喘ぎ、せいぜい擬い物の小世界で生き存えているにすぎぬ。一シリングに事欠きながらも、週に六晩立て続けに大きな地所を譲り渡すとは、マトン・チョップの厚切りに餓《かつ》えながらも、絵空事の饗宴の主人役を務めねばならぬとは、トースト浸しの湯（病人用飲み物）の大コップの上で舌鼓を打ちながらも、ライン川の両岸の日の燦々と降り注ぐブドウ園の芳醇な生り物がらみで法螺を吹かねばならぬとは、我が家には麻疹《はしか》を残しながらも、快活な若き恋人たらねばならぬとは、悲しみの上から焼きコルクとルージュを掃かねばならぬとは、いい加減イタダけぬではないか——その上、己《おの》が生業を蔑すよう求められずとも。仮に男が自ら運命づけられている戯言《たわこと》をともかく嬉々として口にし得るものなら、神のみぞ知る、なお結構。男に幸ひあれかし！

　数週間前、我々は『メイ・モーニング、或いは一七一五年の謎と殺人（一八五〇年一月二十六日ヴィクトリア劇場にて初演）』と題される魅力的な感傷的通俗劇を観るべく、フェルクス氏御贔屓の劇場の一つに足を運んだ！　しててっきり題名の前半は謎、或いは殺人の出来した月のことを指しているものと思い込んでいた。が蓋を開けてみれば、ケジック谷（英西部カンブリア州ダーウェント・ウォーター湖畔の風光明媚の地）の誇り——「明るい目とほがらかな笑い声に因み」（祖国の小作人の間のしごくありきたりの習いに鑑み）「メイ・モーニングと呼ばれる」——女主人公の名であった。当該若き御婦人に関し、ついでながら述べさせて頂けば、娘御は追って人間存在のありとあらゆる災禍をブルーの摘縫《タック》いの白いモスリンのガウンで掻い潜り、くだんの手合いの火器にてともかくやりこなされ得る人知の及ぶものから及ばぬものまでありとあらゆる離れ業を拳銃にてやってのけた。

　劇場は文字通り立錐の余地もないほど鮨詰めだった。入場料は枡席が一シリング、平土間が六ペンス、天井桟敷が三ペンス。天井桟敷は（最前列の観客の中にフェルクス氏の姿も見受けられたが）法外にどデカく、それでいて客で溢れ返っていた。一段また一段と天井の正しく扉まで重なり合い、そこにおいてすらありとあらゆる不快も何のその、ギュウギュウ詰めに押し込められた一心不乱な顔また顔を見れば、新参者にすらくだんの大観衆にあって知的啓発を促す如何なる機も逸さぬに如くはなかろうこと一目瞭然であった。

　平土間の観客はさして清潔でも愛嬌好さげでもなかったが、妻君連れの気さくな若い職工も数名紛れ、これら若夫婦は概ね「赤子」同伴とあって、平土間は絵に画いたような託児室と化していた。天井桟敷の大きく目を瞠った海原が如き頭から頭を見上げた後《のち》、これらぐっすり眠りこけた赤子の静かな面《おもて》を見下ろすほど興味津々たる功は舞台上、奏されていなかった。平土間には、おまけに、冷めたシタビラメのフライもどっさりあれば、ありとあらゆる携帯用サイズの平べったい石瓶もよりどりみどりであった。

　枡席の観客は平土間の観客と（赤子とシタビラメをさておけば）似たり寄ったり。隣の枡席には近衛歩兵連隊の兵卒が座っている。我々のすぐ隣はコートにボタンの代わりピンを挿した、全くもってカビ臭いほど湿気た生活習慣にある御仁。館内のあちこちには顔馴染みの巾着切りの若造もちらほらいたが、連中、公的立場にてではなく一個人として足を運んでいるとは火を見るより明らかだったから、彼らが居合わせようと、ほとんど気に障らなかった。というのも私見では、当該社会層によって過ごされる無為の時間は社会全般にとってのその量だけの利得に外ならず、連中が本業に精を出していない折に連中宛、概して暮れられる気紛れな手合いの悲嘆に荷担しようとは思わぬからだ。

　などといった事共に目を留める内、幕が上がり、ほどなく以下の詳細が我々の知る所となる。

　サー・ジョージ・エルモアは彼らがたまたまモウト氏（第十九稿注（五六）参照）伝《づて》氏の植物性丸薬の灼なる効験の噂を耳にする際にモリソン氏（第三十五稿一四三頁参照）の患者の陥っているが常のくだんの消化不良の深刻な段階にあること明々白々たる陰気臭い准男爵だが、とびきり大きな城に丸テーブル一脚と、椅子二脚と、キャプテン・ジョージ・エルモア――彼の想定上の息子、「謎」の子供、「犯罪」の男――と共に暮らしている。キャプテンは事ある毎に父親をどやしつける不孝な習いにかてて加えて、幾多の悪徳に祟られ、その最たるものとして妻の「スペイン女性、エステラ・ドゥ・ニーヴァ」を見捨て、不法にもメイ・モーニングを――M・Mは折しもダボダボのズボンの陽気な船乗り、ウィル・スタンモアと祝言を挙げんばかりにしているだけに――掻っさらおうとホゾを固めているとの不埒千万が挙げられよう。

　まずもってキャプテンが「謎」の子供にして「犯罪」の男たる最も揺るぎない証は身上のブーツより演繹される。というのも御逸品、めっぽう踵が高く、幅広の所へもって、一見、絆創膏でこさえられているかのようとあって、持ち主に一文の得にもならぬ最悪の劇的嫌疑を正当化するからだ。して論より証拠、願い下げなほど性ワルたることほどなく発覚する――日が暮れてからメイ・モーニングの田舎家に窓から忍び込み、くだんの御婦人に如何に拝み入られようとメイ・モーニングの「手を離そう」とせず、娘御の片親を――御芳名がビラにてはかく＊＊＊示されているにすぎぬ故、便宜上スターズ氏と呼ぶが――目の上に黒いリボンをあてがった盲目の御老体を、起こし、捨て鉢もいい所、メイ・モーニングを力尽くで連れ去ろうとするとあらば。が、これとてまだまだ序の口。というのも己《おの》が悪魔的な腹づもりにおいて――メイ・モーニングによりて、これぞ神がかりか、引っつかまれるや奴に向けられるナイフと拳銃なる手立てにて一時的に、して終にはウィル・スタンモアの出現によりて当座――裏をかかれるや、然るスリンクという手下にウィル・スタンモアを謀叛人として弾劾させ、くだんの陽気な船乗りを拉した上、牢に幽閉さすからだ。キャプテンの人生のほぼ同時期、父親の城にマニュエラという名の浅黒い御婦人――ピレネー山脈生まれの「ジプシー女」、ヒースの野の「流離い人《びと》」、神託の「口寄せ」――がいきなり現われ、キャプテンの想定上の父親、陰気臭い准男爵をほとほと途方に暮れさすに、何か良心に疚しい所はないかと問い、バイオリンの低い爪弾きに合わせて「謎」の子供にして「犯罪」の男に纏わる謎めいた韻詩を唱える。事ここに至りて、館内に万雷の拍手が沸き起こり、フェルクス氏はピクピク痙攣《ひきつけ》を起こさんばかりに頭に血を上らす――「托鉢修道会士ミカエル」が登場するに及び。

　当初、我々はかくも托鉢修道会士ミカエルが懇ろに迎えられるのは、御当人と観衆の大多数との間の強い絆を目論んでか、やたら小汚い「顔ごしらえ《メーク・アップ》」をしているせいなものと思い込んだ。がほどなく種が明かされるに、托鉢修道会士ミカエルはその昔、サー・ジョージ・エルモアに彼（サー・ジョージ・エルモア）の兄を殺害するよう雇われ――事実、殺害した。当該ささやかな果たし合いにもかかわらず、ミカエルは実はめっぽう気のいい奴で、全くもって心の優しい男で、キャプテンがウィル・スタンモアに片をつける腹づもりだと耳にした途端「何だと！　まだ血‐腥い真似をと！」と叫んだと思いきや、バッタリ倒れる――我ながらの濃やかな情け心に感極まって。事ほど左様に、欲に目が眩んでつい犯してしまったちっぽけな判断の誤りを審らかにする上で、この殿方は声を上げる。「オレはうっかりあの男を殴り‐倒し、息の‐根を止めた！」のみならず嘘偽りなき自尊の念から宣ふ。「オレは乞食として生き‐存えて来た――道‐端の宿‐無しとして。が、あれからというものどんな悪‐事もこの手を穢《けが》したためしはない！」奇特な男のこれら所見はどいつもこいつも拍手喝采を浴び、然る折など独白の後で万感胸に迫った挙句、足をズルズル引こずったりバタつかせたりしながら――ブタ箱にしょっぴかれるを潔しとせぬ、お縄の恐いもの知らずも斯くやとばかり――仰向けにて「退場」するに及んでは、万雷の喝采が沸き起こった。

　して詰まる所、奴が何とちっぽけな罪しか犯していなかったことか！　サー・ジョージ・エルモアの兄は死んではいなかった。ああ、彼は！　彼はこの傷つき易き男が「うっかり息の‐根を止めた」後でそいつを吹き返し、身を窶すべく黒いリボンを目にあてがい、一人娘とひっそり人の世を拗ねて暮らすことにした。早い話が、スターズ氏こそがくだんの人物であった！　ウィル・スタンモアが実は逆しまなサー・ジョージ・エルモアの息子であり、逆に「謎」の子供、「犯罪」の男はミカエルの息子と判明するや（当該「とりかへばや」は逆しまなサー・ジョージ・エルモアの裏切りと離縁の挙句ヒースの野の「流離い人《びと》」となりしピレネー山脈生まれの御婦人の手づから意趣を晴らすべくやってのけられた訳だが）、スターズ氏は直々城へ足を運び、兄殺し未遂の弟に事の次第を話して聞かせた。して宣ふに、全ては済んだこと、これきり恨んじゃいない、人の世を拗ねていたのは（いい所もどっさりあるのを誰よりよく知っている）兄殺し未遂の弟が財産をそっくり譲り受けられるようとの思いから、という訳でさあ、仲直りの印に一緒に飯を食おうではないか。兄殺し未遂の弟は直ちに諾い、「流離い人《びと》」をひしと抱き締め、恐らくはローマ法博士会へ、彼女との婚姻許可証を発行する指示を送ったと思しい。それからというもの、皆幸せに暮らしたとさ。というのももしやほんの托鉢修道会士ミカエルのようなヤワな刺客に金で悪事の片棒を担がそうというなら、財産目当てに兄貴を殺そうと企んだとて物の数ではないのでは？

　かくて、しかしながら、目出度く溜飲を下げるに至らなかったのが「謎」の子供にして「犯罪」の男。奴は皆の幸せの御相伴に然にほとんど与れぬものだから、今や晴れて自由の身となり、すぐ様メイ・モーニングと祝言を挙げようとしているウィル・スタンモアを撃ち殺し、遺骸と、おまけにメイ・モーニングまで人里離れた荒屋へと拉した。ここにて、ウィル・スタンモアは午前零時十五分、後は埋められるばかりにして横たわっていたものを、同十七分にはむっくり、ピンシャン起き上がり、二人の屈強な男相手に一人で組み打った。されど恰も好し、ヒースの野の「流離い人《びと》」がいつも意のままのヒースの野の流離い猛者《もさ》共を引き連れて到着し——兄殺し未遂の弟もスターズ氏と腕に腕を組んでお越しになり——乱闘に待ったをかけ、「謎」の子供にして「犯罪」の男に痛罵を浴びせ、恋人同士に祝福を垂れた。

『追い剥ぎレッド・リヴンの冒険（一八二五年初演感傷的通俗劇）』がその夜の道徳的教訓の掉尾を飾った。がこの時までにはいささか疲れを催し、そこへもってフェルクス氏の面《おもて》に蓋し、一晩は優に持とうほどどっさり、善悪を巡る困惑の色を見て取っていたこともあり、我々は劇場を後にした。氏にはほどなく、庶民のための別の戯曲娯楽場にて出会す気でいただけになおのこと。

第四十稿　とある鳥瞰図の完璧な至福

『ハウスホールド・ワーズ』誌（一八五〇年四月六日付）

僕は「幸せな一家《ハッピー・ファミリ》」＊のワタリガラス——というのに誰一人、僕がどんな惨めな生活を送っているか知らないなんて！　イヌの話では（ごく最近、僕達の仲間に加わるまでは道楽者の仔犬だったが）、ロンドンでは一つどころじゃない「幸《ハッ》せな一家《ピー・ファミリ》」が見世物にされているらしい。僕んちは、口はばったいようだが、見事なワタリガラスのいる「一家《ファミリ》」ということで名が知られているかもしれない。

そもそもどうして僕がネコや、ネズミや、ハトや、モリバトや、フクロウや（こいつと来てはこれまでお目にかかったためしのないほどのド阿呆者だが）、テンジクネズミや、スズメや、ほかにもこれきりソリの合わない色取り取りの連中に付き合わされなきゃならないのかさっぱりだ。これが国民教育だって？　ってのももしやそいつなら、イケ好かないからだ。僕たちの檻は当事者皆が和気藹々とやって行けるかもしれない所謂中立地帯って訳か？　だったらいっそ嘴対嘴の血戦の方がまだ増しってもんだ。

　どこのどいつに日がな一日、僕に棚の上のネコを御満悦げに眺めさせる筋合いがある？　そりゃフクロウには結構至極かもしれん。ひょっとして奴ってのはあんまりシバシバ瞬《しばた》いてはジロジロ睨め据えている内、一体どんな仲間と一緒くたにされてるかチンプンカンプンなほど脳ミソがくさっちまってるんじゃなかろうか。僕はこの目で、奴が何時間もシバシバ瞬《しばた》いた挙句、てっきりこちとらは独りきり鐘楼の中にいるものと思い込んでる所を見て来た。けど僕はフクロウじゃない。いっそフクロウに生まれついていたなら、まだしも増しだったろうに。

　僕はワタリガラスだ。生まれながらにしてある種蒐集家、と言おうか好事家だ。もしも僕が生まれながらの状態で何か週刊誌に投稿するとしたら、そいつは『ジェントルマンズ・マガジン（一七三一年創刊）』だろう。僕は自分にとっては役立たずのものを集めては埋めるのに目がない。万が一――なんていうことを飼い主に垂れ込んでもらっちゃ困るけど――だから、万が一、テンジクネズミの片目をほじくり出したところで、ここじゃどこへ埋めればいい？　檻の床は厚さ一インチもない。なるほど（そんなムラっ気でも起こせば）嘴で床に穴を空けるくらいお易い御用だ。けど、テンジクネズミの片目をリージェント・ストリートに落としたくらいで何が面白い？

　僕が欲しいのは僕だけの自由《プライバシー》だ。僕は色んなものを掻き集めたい。ささやかな身上を一緒くたにしたい。ここじゃどうやってそんな真似が出来る？ ハドソンさん（第三十五稿注（二五二）参照）だって同じような身の上に置かれたら、お手上げだったろう。

　僕はこんな具合に食べさせて頂くんじゃなく、自分の力で世の中渡りたい。こんなソリの合わない仲間と一つ檻に閉じ込められ、「幸せな一家《ハッピー・ファミリ》」の端くれだって言われちゃいるが、もしも勅選バリスターをウェストミンスター会館から連れ出し、「逃げ口上にも屁理屈にも訴訟にも保有権にも手練手管にも（『ハムレット』V、1）」これきり言い抜けの通用しない理想郷《ユートピア》に賄いも間代もロハで引っ越しさせられたら、そいつがどれくらい奴のお気に召そう？　からきし。だったらどうしてそいつがこの僕のお気に召すってんだ。おまけに、「幸せな」ワタリガラス呼ばわりするとは踏んだり蹴ったりもいいとこだ！

　この僕に言わせりゃ、人間共がそいつをやらかす所を拝まして頂きたいもんだ。奴らの「幸せな一家《ハッピー・ファミリ》」をでっち上げ、見世物にしてやる。総督《ラージャ》ブルックと、「四海同胞連盟」と、エアロン・スミス船長と、マライ海賊五、六人と、ワイズマン博士と、ヒュー・ストウェル牧師と、オールダムのフォックス氏*と、衛生課と、ロンドン中の葬儀屋と、市議会議員《コモン・カウンセル》数名と（なるほどめっぽうありきたり《コモン》だが）、貧乏人の汚濁と悲惨の既得権者をごっそり、そこそこ大振りな檻に押し込め、奴らがどんな具合にやってけるものか篤と御覧じたいもんだ。僕の仕込まされた芸を仕込まされた後で、格子越しに奴らを覗き込んでみたいもんだ。だったらいくらサー・ピーター・ローリーだって衛生改革を「やり込め」たり、今のその教区総会で起立して、セント・ポール大聖堂は絵空事だなんて天地神明にかけて誓ったりはすまいじゃ*！　で、もしもその手のことをやらかせなくなった日にゃ、さぞかしゴキゲンになろうってもんだ。

　そもそもお宅ら万物の霊長とやらがこんなデタラメの身の上の僕をジロジロ見にやって来る気が知れない。どうして我が家をご覧にならん？　もしも僕がモリバトの奴を気に入ってるなんてお思いなら勘違いもいいとこだ。僕とイエバトがお互いこれっぽっち気心が知れてるなんて思ったら大間違い。もしか好きにやらせてもらえりゃ（僕だけはさておき）一家を丸ごと、ついでに檻も、ぶっ壊してやらないなんてお思いなら、ズブのワタリガラスってものののお見逸れも甚だしい。けど、たといじゃないとしても、どうして僕に見世物ってことで白羽の矢が立たなきゃならない？　何でエクセターの主教（第十九稿注（五五）参照）をジロジロやりに行かん？　いやはや、あいつこそ、どいつかって言えば、ワタリガラス属の端くれだってのに！

　お宅らは僕が化けの皮を被ってるからってんで公生活を送らせようってのか？　ああ、僕はお宅ら人間サマの間じゃゴロゴロしてるネコの半分だって被ってやしない！　僕は一度こっきりスズメのことを「我が高貴の馴染み（下院議員同士の正式呼称）」なんて呼んだためしはないはずだ。いつ僕がテンジクネズミに君は我が「同信の友」だなんて言ったことがある？　僕がほんとはネコはネズミに目をつけちゃいないって「いんちき《シャム》」の（僕の馴染みのカーライルさんならお気に入りの言葉を今度だけはってことで使わせて下さろうが）片棒を担ぐ折を名指しで言ってみろ。それくらいへっちゃらだって？　こないだの宮廷舞踊会は、お次の上院議員討論会は、こないだの一大教会訴訟は、お次の王室関連ニュースの長期集会は、どうだ？　よくそれで僕の顔がまともに見られるもんだ！　僕は「幸せな一家《ハッピー・ファミリ》」の――独立独歩の――端くれだ。ともかくとっとと出して頂かにゃならん。

何一つイタめつけてやれないのにもせめてもの慰めってのがあり、そいつはワタリガラスの気っ風がらみでとんだお見逸れを広めてやるのに一役も二役も買ってようってことだ。僕らの縄張りのスズメはてっきりワタリガラスってのは信用が置けるものと思い込み始めてるに違いない。どうぞお好きなように！　ヨークシャーくんだりの厩庭に伯父貴が住んでるが、伯父貴ならはるばるお訪ね下さるどんな小鳥の早トチリにだってあっという間にケリをつけようさ。

ばかしか、イヌの奴らと来ては。はっ、はっ！　あいつら、通りすがりに僕と、このイヌのこと全くもって懐っこげに見やがる。けど、もしか僕が飼い主の、じゃなくって僕自身のお好きなようにやってやれるってなら、ヤツの尻尾の先っちょにどれほどしぶとくしがみつこうかこれっぽっち気取っちゃいない。僕を見かけたどこぞの担がれ易いイヌがオクスフォード・ストリートの貸馬車の客待ち場に居ついてる僕の馴染みにおっとどっこい近づこうって思い浮かべるだけでもここに閉じ込められてる甲斐があろうってもんだ。もしか馴染みが目敏く突っつこうってなら、ヤツがキャンキャン吠え立てるのにおいそれと待ったはかけられんだろうな。

チビ助だって変わりゃしない。ポートランド・プレイス（西ロンドン高級住宅街）にお住まいの羽根帽子の坊っちゃんは、週に二度、僕達の飼い主のとこへ一ペニー貢ぎにやって来る。やたら寸詰まりの白いズロースを履いてるもんで、ソックスの上から斑《ぶち》の大御脚が丸見えだ。僕が好き放題してやれるってなら、大御脚がどんな目に会おうかなんて知らぬが仏。お互い目と目が合おうってなら、僕が心の中でどんなこと考えてるか夢にも思ってやしない。ほんの、今の汁気たっぷりのまんま、大御脚をリージェンツ・パークのロンドン動物園の僕の腹違いの兄きの檻の際の際まで連れてってみなってんだ！

お宅ら、自分達のことを理性的な生き物って呼んでおいて、僕達のことじゃ灸を据えるとか何とかって話をする気か？　ああ、ほんのシャバへ出られさえすりゃ、お宅らの度胆を抜かない奴は僕達の中に一羽こっきりいやしない。何ならこの僕を出してみな、だったら僕がヤワかどうかお分かりになろうじゃ。けどお宅らってのはいつもそうだよな――ほら、じゃないとでも。あっちのペントンヴィルじゃ――何でもスズメの言うには――だしまさか口から出まかせなんかじゃ。何せ今のその牢獄*の組み煙突のお生まれだってなら――お宅ら囚人共を独房に閉じ込めとくのに毎年、税金からベラボウ叩《はた》いてるそうじゃないか。あいつら悪事を働っけっこあるまい（ってのは釈迦に説法）、それでもってお宅ら連中が心を入れ替えたの何のって鼻高々だ。だから僕だってお宅らに言わせりゃ殊勝なのさ——ここじゃな。なぜって？　そりゃ、外《ほか》に手がないからさ。何なら物は試しにシャバに出してみなってんだ！

　お宅らそれでよくも恥ずかしくないもんだ、ってカササギが言ってるぜ。だし僕も同感だ。もしかあれこれクスねては隠す連中だけ可愛がるホゾを固めてるってなら、どうしてカササギや僕を可愛がらん？　僕達だってそこそこ面白いはずだ、えっ？　ネズミの話じゃ、お宅ら正直者がらみじゃとんとやかまし屋じゃないってな。あいつもそう当てにならない訳じゃない。救貧院で暮らしてる時分すんでに飢え死にしかけたろ、えっ？　どこぞの人足の田舎家に引っ越しても、多分、あんまし肥えなかったって？　奴はあすこからここへやって来た時はホネとカワだった——ってのは間違いない。でネズミが何て（神かけて）誓ってるか？　お宅らてめえのガキの世話をてんで焼いてもいなけりゃ、学だって仕込んでやしないってさ。ならどうしてちゃんと面倒見てやらん？　何なら僕達の飼い主と話をつけて、僕達に無理矢理、柄にもないこと仕込む代わり、お気の毒な坊っちゃん嬢ちゃんに無理矢理性根を座らせてみちゃ。お宅ら、なるほど、傑作な連中揃いだ。何せ外《ほか》に何一つ面倒見てやるものがないってみたいに、「幸せな一家《ハッピー・ファミリ》」を見にやって来ようってんだから！

　僕はこいつを書くのに日が暮れてから飼い主のペンとインクを失敬する。手紙はどこか物蔭にでも隠しておこう——何せ郵便局宛のからにゃ、ロウランド・ヒルさん*がどうにかこいつをめっけて、誰かに送って下さること請け合い。あの方なら手紙がらみで何でもやってのけられるってのは百も承知。フクロウの言うには（あいつの言うことなんて誰が信じるものか）この所、どこでもかしこでも赤ん坊の間で麻疹《はしか》と水疱瘡《みずぼうそう》が流行ってるのはそっくりロウランド・ヒルさんのせいだってことだ。今さら断っておくまでもないだろうけど、僕達ワタリガラスってのはみんな目から鼻に抜ける奴らばかしだ。ただ、知恵が回るってのが下手に付け込まれちゃならないからってんで（ちょうど馴染みのオウムの話じゃ、インディアンがサルってのがだって思い込んでるみたいに）内緒にしてるだけのことで。とは言っても、今のこの「幸せな一家《ハッピー・ファミリ》」の端くれだってほど面目丸つぶれもないからにゃ、僕はワタリガラス秘密結社《フリーメイソン》本部を脱会して、せいぜいペンを走らせて憂さを晴らすとしよう。

第四十一稿　庶民の娯楽（二）

『ハウスホールド・ワーズ』誌（一八五〇年四月十三日付）

フェルクス氏は所謂「サルーン」という格付けの劇場で気散じに耽る習いにあるので、我々は先般、月曜夕刻――月曜はフェルクス氏と馴染み方にとっては一大祝祭の宵だけに――これら劇場の内一館に足を運んだ。*

くだんのサルーンはロンドン一大きなそれで（シティー・ロードの「イーグル」として知られる劇場は、同じ手合いの娯楽をこれきり上演しないとの謂れをもって属名からは除外せねばなるまいから）、ショーディッチ教会からほど遠からぬ所にある。通り名としては「庶民劇場」を謳っている。入場料は枡席が一シリング、平土間が六ペンス、天井桟敷下段*が四ペンス、天井桟敷上段と後ろ席が三ペンス。半額はない。この折、幕開きの出し物はビラにては「季節一の大当たり――超自然的作用を史実と結びつけ、尋常ならざる超人的原因を恐るべき、強烈な物理的結果と一致さす新たな一大伝説的・伝統的ドラマ」と触れ回られていた。「女王様の馬みんな、女王様の兵みんな駆り出しても（童謡「ハンプティ・ダンプティ」）」かようの触れ込みの場所へフェルクス氏の足を向けさすことはお手上げだったろう。主たる超人的原因が恐るべき、強烈な物理的結果と相俟るの石版刷りになる図でダメを押されて初めて、触れ込みは抗い難いものとなる。故に、我々は早一度《ひとたび》、四つ壁の中にて足を踏んばるものの六インチ四方の隙間すら見つけられず、今や漸うドライ・シャワー装置そっくりの小さな舞台脇特別席《ステージ・ボックス》の金を叩《はた》き果したが、それとて入場料取っ立て係の「全館満員」とのお触れにもかかわらず、館内のどこか他処の席の金を叩《はた》くと言って聞かぬ人波の直中にてのことであった。

「庶民劇場」の外側の街路と通路は御贔屓筋がめっぽう小汚い連中たる事実を証して余りあり、館内は、およそ香気芬々たるどころではなかった。

サルーンはどこもかしこもギュウギュウ詰めだった。観客の中にはその数あまたに上る小僧と若者や、少女時代を優に卒業せぬとうの先からいっぱしアバズレの仲間入りをした仰山な小娘もいた。これら後者は観衆皆の就中イタダけぬ輩で、そこにては公開処刑をさておけば、我々の知る他の如何なる手合いの公の集会におけるより目についた。飲み物は通常、いっとう小さな劇場同様、いっとう大きな劇場の天井桟敷をも行きつ戻りつする様の見受けられるやもしれず、ここにても至る所、見受けられた（恐らくは特大級の）黒ビール罐の中身にしかありつけなかった。材木置場の樅材そっくりに盆に盛られたどデカいハム・サンドが腹ペコの連中にここかしこ、お代と引き替えに手渡され、オレンジやケーキやブランデー・ボンボンその他、似たり寄ったりの軽食にも事欠かなかった。劇場は舞台のめっぽうゆったりとして大きな、広々としたそれで、照明が利き、装備が整い、全ての点において実務的かつ几帳面な物腰で管理されていた。劇は早くも六時十五分過ぎに始まっていたので、その折既に四十五分ほどは筋が展開していたことになる。

　当館にては先達て足を運んだ劇場におけると同様、明々白々たるに、客受けする理由の一つとして、一般庶民が目にしたり耳にしたりするための設いにおいて、彼らに直接訴えかけられている点が挙げられよう。我らが一頃の国立劇場におけるが如く、巨大な建物の天井のとある仄暗い隙間に押し込められる代わり、観客はここにては恰好の視点を享受し、演技を丸ごと、余す所なく堪能出来る。観客の大半との比較において生半ならず不利な立場にある代わり、彼らはここにてはその便宜をこそ図って建物の建設されている当の観客に外ならぬ。是ぞ、この手の投機の成功の大いなる秘訣に違いない。教会であれ、礼拝堂であれ、学校であれ、講堂であれ、劇場であれ、如何なるやり口で一般庶民が訴えかけられようと、首尾好く訴えかけられるためには、直接訴えかけられねばならぬ。如何ほど宴が美味たろうと、彼らはほんのお情けではやって来まい。仮にグルリを見回すや、キリは似非特効薬から、庶民に明白かつ個人的に訴えかけられる代物がお粗末な、或いはめっぽう劣悪な代物ばかりだとすれば――彼らにとっても我々皆にとってもそれだけイタダけぬし、不遜にもかようの占有（即ち宮内長官による劇場管轄権）に確乎たる地保を明け渡した体制もそれだけ不当にして不条理と言えよう。

　因みに付言すらば、これら一般庶民には愉悦に浸る権利がある。くだんの娯楽場に官許を与えぬことに関し、我々にしてみれば理に適わぬと思われる夥しき事柄が紙面を賑わしたり口の端にかけられたりしている。既述の如く、戯曲上演への愛好は人間性固有の本能に違いない。ギリシア人からボスジェスマン（アフリカ土着のブッシュマン族）に至るまで、我々のともかく知る限りほとんどの生活様式において、何らかの形式になる戯曲が必ずや演じられて来た。†州治安判事や宮内長官には深甚なる敬意を表しつつも、我々はかようの広範かつ不易の経験により大いなる崇敬の念を抱いてもいれば、其が現存の法廷や委員会丸ごとより長らく生き存えようと惟みてもいる。無論、四シリング劇場や四ギニー劇場より四ペンス劇場に辛く当たろうとは思わぬが、くだんの劇場の掌中にある教導の手立てを何か健全な用に充てるためならば断固介入しようし、今や他の職務同様、宮廷寵愛とシャレ者因襲性のほんの端くれに成り下がっているかの「演劇興行認可官」の職務を真の、責任ある、教育的委託にしたいものだ。してくだんの職務にはわずか数週間前、疎ましい形式なる点のために、サリー劇場におけるチョーリ氏の劇の場合にしでかした如く*真の芸術作品の出世に待ったをかける代わり、より卑近な演劇に健全な指揮権を行使して頂きたい。

† アフリカの僻陬の奥処において、また北アメリカインディアンの間にて、当該真実はいずれ劣らず顕著なやり口で例証されている。果たしてエジプト館（第二十稿注(六〇)参照）にて四名の苦虫を噛みつぶした、発育不全の、惨めったらしいブッシュ族（一八四七年公開）を観た誰が――内一人は男性、一人は女性たる二名は生まれながらの役者だったが――くだんの醜い小男が木炭の焚火の上に屈み込んでいたものを、如何に獣を追い、毒矢で仕留め、息の根を止める様を演じてみせる段には、何か人間的にして空想的なものが次第に顕現して来るものか忘れ得ようぞ？

閑話休題。観客は蓋し、目にし耳にし得るとあって、実に注意深かった。皆、然に鮨詰めなものだから、如何なる幕間の後であれ腰を据えるにいささか手間取った。が、その点をさておけば、誰しも何一つ見逃さず、場面の要件を掻き乱す如何なる者にも（およそ選りすぐりならざる文言にて）抑えを利かすに吝かどころではなかった。

我々が到着した際には、フェルクス氏は早、女主人公レディ・ハットンの後について（この方、何がなし故トーマス・インゴルズビー（R・H・バーラム『インゴルズビー伝説』第三集（一八四七））の骨抜きネタのように見受けられぬでもなかったが）、「憂ひの谷と首吊りの木」まで赴き、そこにてレディHは「凶運の褐色の男の亡霊」に遭遇し、「自害の恐るべき物語」を聞いていた。レディHはまた「彼女自身の『血』で盟約に署名」し、「バラバラに引き裂かれた『墓』また『墓』」を目の当たりにし、「骸骨共が墓から飛び出しざま『いついつまでもオレのだ、オレのだ！』と戯言《たわこと》をほざく」のを目にし、ものの一幕の内にギュッと押し込められた（各々ビラにては一条《ひとくだり》にて開陳される）これらささやかな修羅場を掻い潜り果していた。出し物は実の所、まだ終わっていなかった。というのも折しも「エネリー」という名の遥か彼方の英国王がとある庭園の舞踏を眺めて憂さを晴らしていたものを、いきなり「悪魔の悍しき出現」によりて待ったがかかるからだ。当該（黒々とした眉毛がこめかみにまで斜《はす》に突っかかり、頬骨にごってり紅の箔を着せた）「超人的原因」にて、我々がくだんのシャワー装置に陣取るか陣取らぬか、緞帳が降りた。

　緞帳がまたもや上がってみれば、レディ・ハットンはどうやらかなりの高値で御当人を「暗黒の神々」に売ったと思しく、今や悔悛と、ついでに嫉妬に駆られている。後者の激情は国王の被後見人たる麗しのレディ・ロドルファによって掻き立てられしものだが。悪魔が「今一度、身の毛もよだつような」姿を見せるのは、外ならぬこの若き娘御を殺害せよと（とは我々の判ぜられる限りにおいて。が我々もフェルクス氏も筋が込み入っている余り頭の中がこんぐらかりそうではあった）焚きつけるためである。レディ・ハットンは早、神に一身を捧げていたが、悪魔がかようの手練如きで易々取り引きを反故にされるものかは。という訳で、今やロドルファ暗殺のために匕首を差し出す。レディ・ハットンが当該地獄の底無し淵《タルタロス》からのチャチな贈り物を受け取るのに二の足を踏むに及び、悪魔は何やら御当人の曰く言い難き謂れにて、レディHを「とある尼僧院の陰気臭い中庭」の眺望と「骸骨修道士」と「恐れの王（『ヨブ』一八・一四）」の亡霊でもって持て成しにかかる。これら超人的原因を向こうに回し、また別の超人的原因が——即ちレディHの御母堂の亡霊が——突如舞台に現われ、暗黒の神々を大いに戸惑わすに、さなくば呪われしロドルファの頭上にて「聖なる寓意画《エンブレム》」を振り回し、彼女を大地へと平伏さす。その途端、悪魔は癇癪玉を破裂させ、レディ・ハットンに「地獄に堕ちし者へ加えられる拷問を見よ！」と毒づき、すかさず彼女を「伏魔殿《パンデモウニアム》（ミルトン『失楽園』）と透明な逆巻く炎の湖の壮大にして由々しき眺望」へと誘《いざな》う。が御逸品と「囚われのプロメテウスと肝臓を啄む鷲（ギリシア神話）」を前に、フェルクス氏はせせら笑わぬばかりではあった。

　悪魔は事ここに至りてなお思うツボに嵌まらず、相も変わらず老婦人の亡霊が邪魔っ気なものだから、これでは癪に障ってたまらぬ、いっそ「目玉を焼き焦がし」、もっと「下へ下へと沈ま」ねばならぬと啖呵を切り、よって事実くだんの手に出る。さらばいきなり、全てはレディ・ハットンの側《がわ》なる夢だったと、彼女は新婚で、幸せ一杯たる旨種が明かされる。かくて支離滅裂な山ほどの戯事《たわこと》にはケリがつき、フェルクス氏はやんややんやと拍手喝采を浴びす。というのも（氏にとってはてんで地獄めいていぬ）透明な逆巻く炎の湖をさておけば、手続き全般に無類に御満悦だから。

　年がら年中、毎週、一万人の観客が当該娯楽場へ足を運ぶと算定されている。万が一この劇場が明日、閉鎖されたら

――仮にかようの劇場が五十館あり、一館残らず明日、閉鎖されたら――とどの詰まりは目下大っぴらに成されていることがこっそり、人目を忍んで成されるに――そいつの害を遙かに大きくし、掟の抑制力を抑圧的かつ偏頗な観点からひけらかすに――すぎまい。目下ここへ足繁く通う連中は何としてもどこかで愉悦に浸らずばおかぬ。との事実に目を瞑ろうと、ではない風を装おうと、詮なかろう。むしろ彼らの気散じの質《たち》を改善するに身を入れる方が遙かに肝要だ。くだんの劇場で上演される出し物が少なくともまっとうで、簡明で、健やかな主旨を有すよう取り計らおうと、さして多くを強要することにも、さしたる難事を強いることにもなるまい。

我々の体験が片手落ちだとかツキに見限られているとか思われぬよう、我々は先達て『メイ・モーニング』を観た劇場へ正しく翌晩、足を運び、運んでみれば、フェルクス氏が折しも『誑かされしエヴァ、或いはランバイズの娘御』と題す「古英家庭的・幻想的原作ドラマ」の研鑽を積んでいる所であった。以下、氏の理解力に次第に顕現するがまま、筋を追うとしよう。

小ジェフリー・ソーンリという男がとある晴れた朝《あした》、父親の被後見人「誑かされしエヴァ、ランバイズの娘御」と祝言を挙げる。エヴァは企み心のあるジェフリーの術数のお蔭で――と言おうか、せいで――誑かされることとなった。というのもくだんのならず者は彼女が若き水夫《マリナー》（彼自身はいつも「子分《ミニオン》」と虚仮にしているが）ウォルター・モアと契りを交わしていると知っていながら、くだんのモアはもうこの世に《ノー・》ない《モア》と虚言を弄し、疑うことを知らぬエヴァからすぐ様連れ添う承諾を得ていたからだ。

さて、奇しき星の巡り合わせか、正しく婚礼の朝《あした》モアが舞い戻り、少年時代を過ごした――爾来いささか色褪せた――懐かしの場面をあちこち歩いている内、こっぴどい目に会っている「せむしのウィルバート」をひょんなことから救い出した。この心得違いの男は、お返しに、すかさず命の恩人を遠慮会釈もへったくれもなくコキ下ろしにかかり、自分（命の恩を着ている者）は「二人をあさっておけばはらからのともはみんな大っ嫌いだ」と、一人は自分がその手下であり、それもあってか無性に慕わしいジェフリーで、もう一人は身内だと――後者のことを奴はフェルクス氏の知的要求に合わせてか、似たり寄ったりの大きなお世話の力コブを入れて「助っちもうと《アッシスター》」と呼ばわったが――御教示賜った。くだんの世捨て人は、のみならずかく、血も涙もない啖呵を切る。「オレにだって仲間のやつるらを愛してる時があった――あいつらにコケにされるまではな。今じゃたんだ男が面目まるっつぶるれになって、女が惨めったるらしい思いをするとこお拝まして頂くために生きてるようなもんだ！」当該愛嬌好しの生き甲斐とやらにハッパをかけるに、奴はモアを婚礼行列が教会から戻って来る所へ向かわせ、エヴァはモアに気づき、モアはエヴァを詰《なじ》り、慶事をモリス・ダンス*で祝っている人付きのいい村人の前で大騒ぎや乱闘が持ち上がる。エヴァは胸を引き裂かれんばかりにして担ぎ去られ、ビラのいみじくも宣ふ如く、一件のくだんの顚末は「絶望と狂気」であった。

　ジェフリー、ジェフリー、どうしてあなたは別の女と結婚していたの！　どうして正妻キャサリンを見捨て、彼女に夫を探してあちこちの居酒屋へ（弱っている余り）転がり込まさす代わり、飽くまで誠を尽くせなかったの！　挙句どうなるものか分かっていても好さそうなものだのに、ジェフリー・ソーンリ！　正妻は祝言の日に、あなたの妻を暴くホゾを固めて、ポケットの婚姻証明書ごと屋敷に乗り込んで来ると分かっていても好さそうなものだのに。とうに、今ややたら落ち着き払って口にする通り、「進むべき道は一つしか」ないと分かっていても好さそうなものだのに。今のその道とは、もちろん、キャサリンの長い髪に右手を絡ませ、組み打ち、刺し殺し、死体を扉の蔭に投げ倒し（フェルクス氏より万歳三唱）、一途なせむし男に始末するよう命じること。一途なせむし男が死体は外ならぬ自分の「助っちもうと《アッシスター》」のそれと気づき、ポケットから婚姻証明書を抜き取り、あなたを糾弾するや否や、あなたには相変わらず進むべき道は一つしかなく、それは罪をせむし男に着せ、手下をとっとと「ソーンリ館《やかた》の地下深き巨大な土牢」へと葬り去らすこと。

　モアは、やたら鼻高々だった如く、「勇壮なテムズに見事な船」を浮かべていただけに、エヴァの後を追うよりむしろ、日和さえ好ければ、そいつで逃げ去るに如くはなかったろうに。奴も、宜なるかな、そこいらをウロついていた廉で土牢に連れ去られ、今しも毒で死にかけているせむし男の隣の土牢に閉じ込められる。してそこにて御両人、檻の中の二頭の野獣よろしく、厳重に監禁されたなり、格子越しに何とか相手をちらとでも見ようと躍起になる――フェルクス氏の固唾を呑んで見守ることに。

　だが、せむし男が名乗りを上げ、モアも右に倣うと――せむし男が自分はエヴァの結婚を無効にする証明書を持っていると言うと――モアがそいつを寄越せと喚き立て、にもかかわらずせむし男が（最期の最期まで世捨て人を地で行くに）檻のいっとう奥の奥にて断末魔の苦しみに喘ぐと言って聞かず、ともかくモアの手の届く格子の側《そば》で締切れてたまるかと前代未聞の大ボネを折るに及び、フェルクス氏は「谺を喚び起こすほど拍手喝采（『マクベス』V、3）」する。とうとうせむし男は証文を匕首の先に刺し、中に突っ込むよう説き伏せられる。して然にし果すや、やたらしぶとく生き存えるに、今はの際までのたうち回り、蓋し、往生際の悪さを見せつけて下さる。

が、それでもなお、モアは証文にモノを言わすには檻より出ねばならぬ。かくてまずもって、囚人《めしうど》の不寝《ねず》の番に就いている然る「ノルマン民族の傭兵《フリーランス》」に駆けつけささずばおかぬほど大きな喚き声を上げる。次いで、当該戦士に正しく雅やかな手紙代書人の要領で「儘ならぬ事情」故直ちに牢から出して頂かねばならぬ旨告げる。戦士がくだんの詮方なき御事情に屈すを潔しとせぬため、モア氏は戦士に、一端《いっぱし》の殿方にして徳義を重んず男とし、いざ回廊へ出で、そこにて互いの間に蟠っている昔ながらの怨恨に一騎討ちにて決着を付けさすよう持ちかける。知らぬが仏の傭兵《フリーランス》は当該理に適った申し出に応ずや、背後から道化師に撃たれ、そいつのことを苦々しげによくも姑息な真似をと、「卑劣漢《スナイプ》」呼ばわりし、かくて飽くまで雄々しく息絶える。

以上全ては一日の――ランバイズの娘御の祝言の日の――内に出来し、今やフェルクス氏は渾身の力を振り絞り、身を乗り出さんばかりにして真っ直ぐ正面に目を凝らし、息を殺す。というのも、いよいよ初夜が訪れるや、フェルクス氏は「ランバイズの娘御の婚礼の閨」へと請じ入れられ、そこにて化粧テーブルと途轍もなくどデカい、佗しげな四柱式寝台を目にするからだ。ここにて娘御は花嫁付添い人をお役御免にし果すと、己《おの》が不幸な星の巡り合わせを嘆いていたものを、夫が入って来るせいで待ったがかかる。くだんの状況の下《もと》、事態は抜き差しならぬ様相を呈すが、花嫁は（この時までには婚姻証明書の存在に気づいていることもあり）、化粧テーブルの上の短剣に目を留めると、「其方《そなた》の逆しまな腕に妾《わらは》を抱こうとしようものなら、この匕首が――！」等々声を上げる。新郎は、しかしながら、にもかかわらず花嫁を掻き抱こうとし、奴と花嫁は格闘技士《レスラー》よろしく互いをあちこち引きずり回し合う。が恰も好し、モア氏が扉を突き破り、下男下女並びにミドルセックス州治安判事もろとも押し入るや、男を拘留し、花嫁を娶る。

当該出し物におけるとある興味深き事実に触れておくのがフェルクス氏に対して公平至極というものであろう。形勢が全くもって抜き差しならなくなった際、そいつらイタリア歌劇における一つならざるお気に入りの急場の、耳のとんと聞こえぬ観客にとっての何たるかにそっくりだった。第一幕の最後の絶望と狂気は、長髪がらみの一件は、花嫁の閨での組み打ちは、楽団のオペラ楽団に似て非なるに、と言おうか山場の「トレモロ」の大作曲家の音楽に似て非なるに劣らず、イタリア声楽家のお定まりの激情そっくりであった。かくて両極端は一致する。かくてフェルクス氏の手に汗握らせようものと、公爵夫人の目を覚まさそうものとの間には某か幸先好くも一脈通ずものがある。

第四十二稿　世にも稀なる旅人の物語

『ハウスホールド・ワーズ』誌（一八五〇年四月二十日付社説）

つい最近、と言おうか去る復活節の頃、我々は本稿の主題の知遇を得た。氏に纏わる我々の知識はおよそ個人的なそれではなく、公的な手合いにすぎぬ。我々は唯一の折をさておけば氏と口を利いたことすらなく、その折氏は何卒脱帽をと宣ったので、我々も「無論」と返した。

ブーリー氏は（確か）ロンドン・シティーのルード街の生まれだが、今はかなりの高齢で、数年前からイズリントン（北ロンドン郊外）に移り住んでいる。父親は（恐らく）卸しの万屋で、氏も（多分）家業を継いだ。或いは、若くしてイングランド銀行か、個人の銀行か、東インド会社ロンドン本局の書記になっていたやもしれぬ。御明察通り、我々はこの傑人の私的な来歴がらみでいささかなり知識を持ち併せていると申し立てるつもりもなければ、氏の来歴についての我々の説明は確たる典拠があるというよりむしろ臆測の域を出ぬものと受け取られたい。

　風采はと言えば、ブーリー氏は中背よりやや低く、ほてっ腹だ。紅ら顔で、ツルっ禿で、すぐに火照り上がる。歩き方や物腰にはどことなく落ち着き払った所があり、そのせいで初対面の者には、概して不恰好な御仁なりとの印象が刻まれることとなる。ブーリー氏の恐いもの知らずの気っ風がキラめく様が見て取れるのは唯一、目においてである。御両人、陽気な表情を湛えた、すこぶる好奇心旺盛なこと請け合いの、潤みがちな明るい目だ。

　晩年になって初めて、ブーリー氏は爾来成し遂げて来た厖大な量の旅に出ようと思い立った。初めて祖国を発った時には早、六十五歳に達していた。爾来こなして来た広大な旅のいずれにおいても、ついぞ英国風の装いを脇へ打ちやったためしも、英国風の習いからいささかなり外れたためしもない。のみならず母語以外、如何なる言語も一言たり口にせぬ。

　ブーリー氏の忍耐力は図抜けている。如何なる気候も氏には一つ事。疲れ知らずとはこのことか。暑さ寒さの変化も屈強な体軀にはこれきりヒビかぬと思しい。昼夜を舎かず幾千マイルも旅をする能力は、我々が物の本でカジっている如何なる旅人とて足許にも及ばぬ。知的な英国人が時には興味津々たる事物や光景を指し示したことがあるやもしれぬが、さなくば独りきり、供人も付けず、旅をして来た。身ぎれいなことこの上もないが、手荷物は一切持たず、素食に徹している。ビスケット一枚、菓子パン一個、あれば渺茫たる原野を踏み越えるに足ることも間々ある。しょっちゅう幾百マイルも、飲まず食わずで、というにいささかも持ち前の上機嫌を損ねることなく旅して来た。ついぞ疲労を耐え忍ぶにアルコールなる人工的刺激物の手に訴えたためしがないとは、絶対禁酒主義にとっては大きくモノを言って下さろう。

　氏が如何様にまずもってそれまで送っていた何の変哲もない座業の生活からあっさり足を洗ったか、は恐らく、くだんの判で捺したような日課によって長らく封じ込められていた精力的な気っ風の目ざましき証となろう。家族の誰にも告げず――ブーリー氏は終生独り身だが、身内はたくさんいる――己《おの》が腹づもりを弁護士にも、銀行家にも、ともかく財産管理を委ねられている何人《なんぴと》にも明かさぬまま、とある日の午後一時、屋敷の玄関扉を背《せな》で閉《た》てると即、アメリカ合衆国のニュー・オーリンズへと足を向けた。*

　氏の腹づもりはミシシッピー川とミズーリ川をロッキー山脈の麓まで遡ることにある。時をかわさず汽船に乗ると、ほどなく昼となく夜となく、絶えず新世界なる巨大な大陸のどデカい分割払いを大海原へと送り込んでいる、インディアン呼ぶ所の「河の父」の胸に抱かれていた。

ブーリー氏にとって、これら大河の両岸で進みつつある文明化の様々な段階を目の当たりにするのは極めて興味深かった。ニュー・オーリンズの豊饒と明るさを後にし——泥濘った土壌が恰も、とは氏の観る所、灼熱の太陽の下《もと》死んだ奴隷の遺骸で剰え肥やされてでもいるかのようにいささか熱に浮かされた豊饒と明るさを——ありとあらゆる進歩の段階なる様々な町を行き過ぎながら、文明化と植生の変化をも観察するのは興趣が尽きせぬ。ここにて、悲運の黒人種が農園で汗水垂らし、共和主義監督官が鞭を手に見張っている片や、熱帯樹は緑々《あおあお》と生い茂り、花々は美しく咲き乱れ、ワニはとんでもなく狡っこげな面《つら》を下げ、顎を二本のどデカい鋸よろしくギラつかせたなり、泥の上で日向ぼっこをし、その土地特有の奇妙な苔が、「誓願の供え物（『レビ記』七：一六）」さながら木々に花輪や花綵たりて纏いついている。なお少々西へ向かうと、木や花は変わり、苔は失せ、より幼気な揺籃期の町が興こりつつあり、森はゆっくり姿を消し、木々は仲間の破壊の片棒を担がされるに、人類進軍の工作兵《パイオニア》をワンサと積んだなりくだんの奥処をガシャリガシャリ登って来る、息遣いの荒い怪物の腹を膨らせてやる。川そのものは、留まることを知らぬかの天下の公道は、ありとあらゆる手合いの漂流装置を——不様な平底舟や丸太筏を皮切りに、ピンは汽船からキリは哀れ、インディアンのガタピシのカヌーに至るまで——ひけらかす。果てしなき荒野をウネクネと縫う糸が当該流離い人《びと》の眼前で「物語の魔法の綛糸《かせいと》（「三羽の白鳥の物語」（『グリム童話』））」さながら次第にほぐれるにつれ、くだんの糸により植民の進んだ世界からこれら人間の初っ端の塒へとさ迷い込むありとあらゆる手合いの流離い人《びと》の足跡が刻まれているのが見て取れる。川《かわ》面《も》なる芝屋、住居、旅籠、美術館、店——泥の中から大木の幹をノアの大洪水以前の歯よろしく引っこ抜くための川面《かわも》なる絡繰——滔々と流れる川に、メラメラと燃え上がる森——こいつら一切合切、町も市も丸太小屋ごと後方へうっちゃるや、蛮族のモヌケの殻の小屋の直中を、蒼穹へ微動だにせぬ面《おもて》を向けたなり、小さな木造りの演段に独りきり横たわる死者の直中を、大草原やサバンナへと遡行する。メラメラと燃え盛る草や、水牛と野生の馬の群れの直中にて、衰微の一途を辿るインディアンの獣皮小屋《ウイグワム》の直中にて、流離い人《びと》は如何に、極へと羅針を向ける不可視の力よろしく、とある不変の方向へとこの地球を過る進歩の永遠の流れにおいて、父祖の踊りしか踊らず、金輪際新たな調べに合わせた新たな旋回を有すまい酋長達は、百年前に呪文《メディスン》たりしものしか薬剤《メディスン》を知らぬ祈禱師《メディスン・マン》は、チョクトー族であれ、マンダン族（北米インディアンスー族の一支族）であれ、ブリトン人であれ、オーストリア人であれ、中国人であれ、確実にして否応なく地上より一掃されねばならぬことか惟み始める。

氏の脳裏をまた、野蛮な性《さが》とはおよそ何者かが然に描きたがるような気高く素晴らしき壮観どころではなかろうとの思いが過る。して所詮、大方の点において獣のほんのわずかしか上を行かず、幾多の習いにおいては遙か下を行く、お粗末な、脂っぽい、ごってり顔料を塗ったくった、やたら惨めったらしい代物にすぎぬと思い知らされる。ふと念頭に「おお《ビッグ》とり《バード》」や「あおざかな《ブルーフィッシュ》」や他のインディアン勇士のどいつであれ、所詮ほんの厄介千万な法螺吹きにすぎぬのではあるまいかとの思いが浮かぶ——訳というほどの訳もなくやあやあ、わあわあ大きな雄叫びを上げ、科学のために猿が芸術のために用を成さぬのとどっこいどっこい用を成さず、文学のためには何ら取り立てて言うほどのことも成さず、この世をあるがままより遙かにまっとうにすることもめったにないというなら。文明は、とブーリー氏の挙句惟みるに、それなり瑕疵はあろうと、より威風堂々たる見世物にして与すに遙かに相応しい代物ではなかろうか。

当該航海におけるブーリー氏の天体観測は主として、光がそっくり月より失せ、かくて御逸品、真っ白なディナー用大皿の様相を呈すに至っているとの由々しき事実の発見に留まった。雲もまた尋常ならざる物腰で身を処し、とびきり奇妙奇天烈な形《なり》を帯びている片や、太陽はやたら捨て鉢なやり口で昇っては沈んだ。祖国へ帰ってみれば、しかしながら、心配御無用、どいつもこいつも相変わらず恙無くやってはいた。

恐らく、ブーリー氏は今や老齢に差し掛かり、人生の現役から引退し、左団扇の御身分に収まり、数知れぬ身内の情愛に包まれているとあって、かくて積んだ新たな経験に晩年は以降、つらつら思いを馳すべく腰を据えていても一向不思議はなかったやもしれぬ。が旅は、氏の渇望を満たすどころか、いよよ掻き立てていた。よって未だオハイオ川をミシシッピー川との合流点をさておけば見ていないのを思い起こし、一息吐いたか吐かぬか、合衆国へ取って返し、いきなり西部の女王都市シンシナティに姿を見せるや、オハイオ川の澄んだ水をその瀑布まで辿った。この遠出において、氏は幸運にも同じ旅路に着いているバーミンガムからの知的な工員の一団と出会った。ばかりか、齢《よはい》わずか十三の甥っ子セプティマスにも。当該恐いもの知らずの少年はポケットに英貨二と六ペンス突っ込んだなり、祖国のペカム（ロンドン南東郊外）からやって来ていた。してオハイオ川の沈み木砂洲《スナギィ・バー》と呼ばれる箇所でばったり伯父貴と出会した際、くだんの小遣いの内一シリング丸々残っていたとは！

再び祖国へ戻ったものの、ブーリー氏は知識欲に然に駆られているものだから、わずか一日しかじっとしていられず、翌日には早、ニュージーランドへ事実、出立していた。

ブーリー氏の境遇にある御仁が、如何に根っから冒険心旺盛にして、如何に人為的な欲望が皆無に等しいとは言え、ほんの時計と財布しか仕度を整えず、散歩用ステッキ以外何ら保身具を身に着けぬまま、大ブリテン島から一万三千マイル離れた彼《か》の地へ航海に出ようとは俄には信じ難い。いっとう信用の置けるそのスジによらば、しかしながら、氏は確かにかくて海を渡り、火照った禿頭の汗をハンカチで拭っている折しも、クック海峡のニコルソン港の入口に姿を見せ、正しくオタヘイティ（ハワイ島カラカコワ湾）にて非業の死を遂げた名にし負う先達クック船長がいつぞや錨を下ろした箇所を視界に収めた。

この近辺の丘で放牧され、誰一人としてとんと世話を焼かぬながら、お入り用の際には必ずや牧夫によって調達される――とはブーリー氏にしてみれば気候がすこぶるつきなだけに屠殺されるにいよよ異を唱えていたくごもっともたろうからには、それだけ摩訶不思議ではあったが――星の数ほどの畜牛を打ち眺めてから、ブーリー氏はウェリントン市へと向かった。当該首都を具に観察し、美しい黄色の花を咲かす苧《ま》麻蘭《おらん》（ニュージーランド原産ユリ科多年草）の博物誌と製造過程を自家薬籠中のものとし果すや、氏は然るネイティブ・パへと向かい、そいつは馴れ親しんでいる本国生まれの親父《ネイティブ・パ》とは相異なり、親ではなく町だった。して当地にて長い槍を構えた酋長に相見え、今にも他処者を串刺しにしかねぬ勢いではあったが、実は氏にマオリを、とは即ち「歓迎の意」を表《ひょう》しているにすぎなかった――くだんの一語を、ブーリー氏は恐らく我らが祖国の「市長《メア》」の名立たる持て成し心に由来するものと目星をつけてはいる。ここにてまた氏は一人ならざるヨーロッパ人が原住民と握手をする代わり、鼻をこすり合っているのも目にした。して土着民と英国部隊との間の――挙句前者が惨敗を喫す――小競り合いに首を突っ込んでおいてから、奥地《ブッシュ》に飛び込み、そこにて数か月間、国中をざっと見て回るまで、野営を張った。

日が暮れてからは水の便のため、流れの近くの、正面は開けっ広げに建てられ、屋根が後ろ方《ざま》地べたまで傾ぎ、支柱でこさえられ、樹皮もしくはシダに包《くる》まれたり、囲われたりしている「ウェア」、即ち「小屋」で夜露を凌ぐ当該野生生活を送る内、ブーリー氏はひょんなことからケニントン・オーヴァル（南ロンドンの瀟洒な住宅街）にてクリーブル姉妹寄宿・通学女学校を営むクリーブル嬢に出会った。クリーブル嬢は知識欲旺盛な若き御婦人の内三名同伴で当該驚嘆すべき旅を成し遂げ、折しもやはり奥地《ブッシュ》で露営を張っている所であった。クリーブル嬢はこと火薬なる一件がらみではずい分あやふやな見解しか持ち併さず、テントの前の焚き火の合成成分に紛れ込んだが最後、何かがあっという間に破裂か爆発するのではあるまいかと怖気を奮った。ブーリー氏はより経験豊かな旅人とし、心配には及ばぬと請け合い、若き御婦人方の怯えも鎮めるに及び、互いの間に親交が生まれた。して以降、ニュージーランドを共に旅して回り、小さな一行は気心の知れ合う仲となった。彼らはカイカテア、カウリ、ルタ、プカテア、ヒナウ、タナカカといった木々に目を留めた——くだんの名を、クリーブル嬢は何やらおっとりかんとながら、舌舐りでもせぬばかりに発音してはいた。一行は間々、高さ三〇フィートは優に越える、至る所に生い茂った、美しい、ヤシによく似た亜喬木のシダに讃歎の目を瞠った。のみならず、一風変わったフクロウにも一驚を喫した。何せそいつと来ては飛ぶ先々で「もっと豚肉《モア・ポーク》おくれ！」とせっついていると思しく、クリーブル嬢は「貪婪に対す自然の女神の戒め！」なる御芳名を賜ったからだ。彼らはまた人食いの習いにある獰猛極まりなき原住民も幾人《いくたり》か観照した。してその数あまたに上る愉快で啓発的な浮沈を経験した後《のち》、共に帰国し、御婦人方はロンドンはレスター・スクェアにて無事、ブーリー氏の手づから辻の一頭立て二輪《キャブリオレ》に乗せて頂いた。

して今や、蓋し、くだんの腰の座らぬ冒険心も世界を歴回《へめぐ》るに慊《あきた》り、我が家で平穏と徳義の内に腰を据えたものと想像されていたやもしれぬ。否。メナイ海峡に渡された管状鉄橋（第三十七稿注（一五七）参照）へ赴き、女王陛下のアイルランド訪問に同伴した後《のち》（氏は御逸品を「素晴らしい展示」と評したが）、ブーリー氏は相変わらず着の身着の儘オーストラリアへと旅立った。

ここにてもまた、氏は奥地《ブッシュ》で暮らし、主として、材木を担ぐ流刑囚の苦役人足に紛れて時を過ごした。してくだんの犯罪人の見張りに就いている歩哨の助っ人たる、樽に鎖で繋がれた獰猛なマスティフ犬共に恐れをなした。が、世界のこの辺りの外気は物の本で読みカジっていた記述とは異なり、あれやこれやの事物は霧に包まれ、見分けがつかぬようであった。して自然の女神の面《おもて》にしょっちゅう認められる某かの揺らぎや震えからも、地球上の当該箇所は痙攣《ひきつけ》めいた隆起や地震に見舞われがちだとの結論に達し、よって何やらアタフタ帰国の途に着いた。

再び祖国にて、恐らくはこれまで旅した国々は人類史上新たなそればかりなのに思い当たり、当該世にも稀なる旅人は第二瀑布までナイル川を遡る意を決した。カイロにおける「ナイル公開」の一大祭典の二度目の上映にブーリー氏は立ち会った。

然に途轍もなき御伽噺や、その広大にして豪勢な事実において、如何なる人間の空想より不可思議な歴史の纏わるくだんの素晴らしき大河伝《づて》——寺院や、宮殿や、ピラミッドや、巨像や、ナイル鰐や、墳墓や、方尖塔《オベリスク》や、ミイラや、砂と荒廃の直中を——氏は壮大な夢中なるアヘン常飲者よろしく進み続けた。テーベ（ナイル中流都市）が眼前に立ち現われる。内一つ頭部のなき二百体のスフィンクスの並木道が——いずれも共通の核へと向かう六本か八本か、或いは十本のかようの並木道の内一本が——カルナック神殿へと至っている。外壁は高さ八〇フィート、厚さ二五フィート、周囲一と四分の三マイルに及び、途轍もなき大広間の内部は四万七千平方フィートあるというなら、巨大なキリスト教教会四堂を収容してなお余りあろうが、それでいて廃墟全体の七分の一にも満たぬとは。恰も鑿《のみ》がその先端をつい昨日《さくじつ》削ぎ落としたばかりででもあるかのように鋭い、幾千年もを閲した方尖塔《オベリスク》を氏は目の当たりにした——「小」指ですら長さ五・五フィートある、身の丈五二フィートの巨像を——ヘロドトス（ギリシアの歴史家（紀元前四八四—四二五））の時代に早、驚嘆すべき古代廃墟たりし、果てなき廃墟また廃墟を——ヨーロッパ人の旅人がさながら石造りのカラスの巣におけるが如く、心優しく純朴な——恐らくは乾涸びた皇族の——ミイラにされたテーベ人を日々の薪代わりに燃やし、彼らの朽ちた棺で家具調度をこさえながらひっそり暮らす、遙か高みの巌に穿たれた墓を。して神殿の壁上に昨日《さくじつ》のそれに劣らず鮮やかにして明るい絵の具で審らかにされた偉大なるエジプト王の征服を繙き、より約しき人々の墓の上に同じ華やいだ表象にて描かれた、商いを営み、馬に乗り、馬車を駆り、宴を張り、遊戯に興じ——祝言を挙げ、死者を葬り、楽器を奏し、歌を歌い、催眠術で病人を癒したりと、ありとあらゆる生の営みをやりこなす彼らの古《いにしへ》のやり口を目の当たりにした。のみならず古代エジプトの建築家と彫刻家によって用いられるほとんど全ての赤石が切り出されるシルシレーの石切場を訪い、そこにて今にも完成されんばかりの——言はば紅々と雪に封じ込められ、必死で殻を突き破らんとしている——どデカい一枚岩の巨像が、幾千年も前にミイラと化した手によりては金輪際揮われるべくもない仕上げの鑿《のみ》を待っているのを目の当たりにした。アブー・シンベル神殿の正面にては、身の丈六〇フィート、肩幅二一フィートの巨大な像を背に、ラクダに乗った生身の男が小人族《ピグミー》にまで縮こまっている。他処にては独り善がりの怪物が巨人族《タイタン》体軀の踏んだり蹴ったりの人形よろしくでんぐり返り、巨大な御尊顔の俯せになっている干上がった大地に間の抜けた具合ながら穏やかに目を凝らしている。してくだんの驚異的な国家の見納めは、砂に埋《うづ》もれた大スフィンクス（カイロに面すナイル川西岸都市ギーザの石像）が——目にも砂、耳にも砂、壊れた鼻の上にも吹き寄せの砂、頭の出っ張りにも一フィート方の溜まり砂尽くしにて——恰もいつぞやはグルリを取り巻いていた古代の栄華を空しく見渡そうとしてでもいるかのように、大海原よろしき砂から四苦八苦、踠き出ているの図であった。

当該遠征において、ブーリー氏は象形文字言語に関し、興味深い知識を某か仕込んだ。サハラ砂漠では熱砂風《シムーン》に遭遇し、嵐が行き過ぎるまで隊商の仲間共々平伏した。のみならず、地平線上をかの、ブルース（第二十七稿注（二一四）参照）のお供のアラブ人が然に胆を潰したものだから、とうとう「最後の審判の日」が来たと泣き叫びながら腹這いになった、大地から天穹まで届かんばかりの砂柱が大股で闊歩するのも目の当たりにした。筆紙に尽くし難いほどのコプト人や、トルコ人や、アラブ人や、農夫《フェラー》や、遊牧民《ベドウィン》や、礼拝堂《モスク》や、奴隷《マミルーク》や、イスラム教徒も。氏の日々はそっくり『アラビア夜話』にして、数知れぬ驚異の連続であった。

かくて凡人ならば少なくとも当座、満ち足りていたやもしれぬ。がブーリー氏は固より凡人でないだけに、祖国に戻って二十四時間と経たぬ内にインドへの陸路を旅していた。

氏が力コブを入れて評した所によらば、これは正しく「絵に画いた」ような「絶景」であった。マルタ（マルタ島他二島より成る元英植民地）とジブラルタル（イベリア半島南端イギリス直轄領）の佇いに至ってはいくら口を極めて褒めそやそうと褒めそやし足りまい。グランド・カイロからスエズまで砂漠を横断する上で、氏はわけても砂地風景《サンドスケイプ》の起伏と（くだんの一語の方がその辺り一帯を言い得て妙だというので、陸上風景《ランドスケイプ》より氏好みだが）、たまたまとある隊商が行進隊形にある所を目の当たりにするという、今に思い起こす度必ずや無上の愉悦をもたらさずばおかぬ出来事に感銘を覚えた。砂漠の衛戍地《えいじゅち》と、セイロンのシナモン果樹園も劣らずまざまざと瞼に彷彿とする。カルカッタもそれなり素晴らしい都だと認めながらも、爾来、くだんの英国政庁所在地なるイングランド軍は祖国の兵士にあって願はしいほどの人員に達していないのではあるまいか、そこで用いられている馬の品種も某か手を加える要があろうと宣っているのを洩れ聞かれてはいる。

　今一度、それまで身に降り懸かりし幾多の労苦や疲労によりても生来の体力をいささかなり損われることなく祖国にあって、今や一体ブーリー氏に、齢《よはい》と栄誉に恵まれている女王と祖国の篤き謝意に安閑と寄っかかる外、何の為すべきことのあったろう？　今や氏に、イングランドにおいては、然るべく傑出した人物に授けられるを手ぐすね引いて待っている勲章を受け、世の傑人の間に名を列ねる外、何の為すべきことのあったろう？　氏には為すべき此があった。即ち、依然、自らの宿命たる最も瞠目的冒険に乗り出す責務が。これまで訪うた国々にて氏はついぞ霜や雪を目にしたためしがなかった。かくて氷に閉ざされた北極地方へ航海するホゾを固めた。

　当該驚嘆すべき決意を遂行する上で、ブーリー氏は帝国軍艦「エンタプライズ号」と「インヴェスティゲイター号」より成る、サー・ジェイムズ・ロス（海軍少将・北極探検隊長（一八〇〇—六二）。第七十四稿参照）指揮する遠征隊に同行し、二隻は一八四八年五月十二日テムズ川から出航し、九月十一日ポート・レオポルド港（北極圏内サマセット島北西端）に入港した。

　永久《とこしへ》の氷に囲まれ、太陽のちらとも顔を覗かさず、陰鬱と暗黒に閉ざされたこの極寒の地にて、ブーリー氏は一冬を丸ごと過ごした。軍艦はすっぽり埋《うづ》もれ、グルリを氷と雪の壁なる保塁《ほうるい》で固められ、マストは凍てつき、白霜が帆桁や、檣楼や、横静索や、支索や、索具にずっしり置き、四方八方、見渡す限り、果てなき雪原が広がり、そいつを夜にせよ昼にせよ、見降ろすものと言えばただ明るい星と、黄色い月と、北極光《オーロラ》ばかりであった。

　がそれでいて、当該驚異的壮観の索漠たる崇高は思いもかけぬ、愉快な物腰で破られた。自ら分け入っていた遙かな僻陬の地にて、ブーリー氏は（遠征中、四方八方、エスキモーに目を光らせていたものを、人っ子一人お目にかかれなかったが）、幸運にもスコットランド生まれの庭師二人と、妻君同伴のイングランド生まれの植字工数名と、ロンドンはロング・エイカー（西ロンドン、コヴェントト・ガーデン北を東西に走る通り）界隈からお越しの真鍮鋳物師三名と、馬車塗装工二名と、コルセット作りを生業とする一人娘を連れた金箔打ち一名と、その他氷結した荒野にて「遊山」を洒落込もうとの奇抜な妙案を思いついた、大英帝国各地からお越しの労働者数名と鉢合わせになった。ここへもまた、クリーブル嬢と若き御婦人三名は分け入っていたが、後者は比較的薄手の素材の手編みピーコートに身を包み、クリーブル先生に至っては北極の冬の厳寒から身を守るに、ほんの詰め綿入りポルカ・ジャケットなる外套しかお召しになっていなかった。当該勇猛果敢な御婦人は折しも、研鑽の若き共有者方に皆して囲まれている自然の諸相を説明している所であった。先生の御教示は概ね間違っていたが、心づもりは必ずやあっぱれ至極であった。

　これら頼もしき冒険仲間と和気藹々とやる内、ブーリー氏はいつしか夏の季節へと移ろうていた。して今や真夜中にあって、全てが明るく、輝いていた。楔を打たれ、とびきり奇しき形状へと砕けた氷山が——恰も地球の財宝はそっくりくだんの水中にて凍てつきでもしたかのように無数の色彩でキラめき、光輝を放つ、連綿として限りなく色取り取りのゴツゴツの突端が、円錐が、尖峰が、ピラミッドが、角櫓が、円柱が——至る所、姿を見せた。ここかしこ浮かんでは漂う氷の巨塊は屈強な探検家を今にもあの世へ葬り去り、彼らの頼もしき軍艦をクルミの殻さながら叩き潰すやに思われた。が、今やこれら軍艦の下方には澄んだ海水が湛えられ、要塞よろしき壁は失せ、長きにわたる無為の真白き錆から解き放たれた帆桁や、檣楼や、横静索や、索具がまたもや有るがままの姿を露にし、帆は、待ちに待った日輪が終に綻ばす青葉さながらマストから芽吹くや、風を孕み、いざ旅人を緩やかに連れ去った。

生まれ故郷へと無事戻って以来経過したしばしの合い間に、ブーリー氏は何ら新たな遠征の意を決してはいないものの、恐らくはこれまで成し遂げたためしのないほど大がかりなそれを請け負うよう要請されるだろうとの虫の報せを受けているだけに、しょっちゅう持ち前ののん気な物腰で訝しむ。一体全体お次はどこへ連れ行かれるものやら！　すこぶるつきの健康と上機嫌に恵まれ、これまで如何ほど難儀を掻い潜ろうとつゆ体力の衰えを見せるどころか、「満たされるだにいよよ渇望を募らせ（『ハムレット』I、2）」、この、世にも稀なる傑人に依然、何が期待されぬことのあろう！

　ハイベリー・バーン（北ロンドン、イズリントンの茶店公園）にて集う、氏が皆の崇敬を集めている「社交上手の牡蠣《ソーシャル・オイスター》」と呼ばる内輪の倶楽部で、肘掛け椅子に背《せな》を預けたなり、当該疲れ知らずの旅人が次なる文言にて胸中を明かしたのはつい復活祭週間の終わりのことである。

　「私にとってこの歳で」と氏は切り出した。「然に幾多の事物を目にし、書籍からだけでは到底得られなかったろう、自ら訪うた国々に纏わる見聞を広められたことは望外の悦びである。少年の時分、かようの旅は端からお手上げだった。というのもこれまで主として利用して来た（愛用の交通機関は全て絵画的故）巨大な可動式回転画《パノラマ》或いは透視画《ジオラマ》流運輸機関は当時開発されていなかったからだ。実体験の賜物をかようの体験を独自には得られぬ人々に伝える新たにして安価な手立てが絶えず考案されつつあり、くだんの手立てを庶民の――殊更、庶民の、というのもこの手の試みにおいて対象とされるのは上層階級の観衆ではなく一般庶民だからだが――手の届く所へもたらすというのが当今の慶ばしい特徴である。という訳で」とブーリー氏は続けた。「たとい回転画《パノラマ》発想のようなそれが当世流行りであるのを目の当たりにしようと、胸中、不快を覚えるどころか、愉快な想念が彷彿するにすぎぬ。現実の旅の最上の賜物の中にはかようの手立てによってこそ、我が家に留まるが定めの人々に暗示されるものもある。自分達の小世界の向こうの新世界が開かれ、思索、情報、共感、興味の範囲を広げる。人間が人間を知れば知るほど、我々皆に共通の同胞愛にとっては望ましい。よって」とブーリー氏は締め括った。「『社交上手の牡蠣《ソーシャル・オイスター》』倶楽部員諸兄、バンバード氏、ブリーズ氏、フィリップス氏、アレン氏（風景画家）、プラウト氏（水彩画家）、ボノミ、ファーヘイ、ウォレン三氏、トーマス・グリーヴ氏（書割画家）、バーフォード氏の健康を祝し、乾杯！　彼ら皆が末永く健勝であられ、いよよ益々力作に画筆を揮われんことを！」

「社交上手の牡蠣《ソーシャル・オイスター》」の面々は拍手喝采と共に当該盃を乾し、ブーリー氏はいざ、旅の土産話を御披露賜りにかかった。同上を、氏は船乗りシンドバッドの顰みに倣い、共に馳走に舌鼓を打ち果すや、行なう習いにある――ただし「社交《ソーシャ》上手の牡蠣《ル・オイスター》」方に辛抱強く拝聴して下さったからというので一夜につき百シークイン*なる椀飯振舞いの謝礼を弾んだりはせぬが。

第四十三稿　猫っ可愛がられ囚人

『ハウスホールド・ワーズ』誌（一八五〇年四月二十七日付社説）

祖国にてはロンドンのペントンヴィルの模範監獄で初めて試みられ、今や国中に広まりつつある独房監禁制は、*庶民の側《がわ》なる今少しの冷静な考察と内省を要求しているように思われる。本稿では以下、当該体制に対す某かの由々しき異議と思われるものを唱えたい。

異議申し立ては、ただし、見解を異にする者を誰彼となく如何ほど放埒な行動とて無謀に帰して差し支えなき、下卑た動機に衝き動かされた破落戸と見なすを必然と考えずして、穏便に行なうとしよう。善人が皆「是《ぜ》」として、悪人が皆「非《ひ》」として、現わされる大概の問題に、小誌はほとんど信らしい信を置いていない。今世紀、戦場には頭に血の上った手合いの棒馬乗りが繰り出し、連中、目的宛障害物競走で鎬を削り、夥しき量の泥を辺り一面蹴散らかし、ありとあらゆる類《たぐい》の嗜み深き抑制や理に適った考慮を馬の蹄の下にて撥ねつけねば何一つ事を為していないとでも思い込んでいる。本件もまたかようの選手権を免れてはいない。己《おの》が障害物競争騎手で溢れ、連中、目的は如何なる手段をも正当化するとの剣呑な主義主張を掲げ、如何なる手段も――ただし真実と公平な処置は概ねさておき――持って来いだ。

本稿では独りイングランドに関す独房監禁制を考察し、ともかくアメリカのペンシルヴァニア州との関連で考察すれば直ちに唱えられよう、その極端な厳重さに基づく異議は当該論議の便宜上、打ち捨てるとしよう。というのもくだんの州にて懲罰は十余年の長きにわたり加えられるやもしれぬ片や、祖国にては刑期を概ね十二か月以上、如何なる場合にても十八か月以上、引き延ばす考えは悉く放棄されているからだ。のみならず、学舎と礼拝堂のお蔭で、アメリカにてはもたらされぬ相応の救済の時間も与えられている。

なるほど、障害物競争騎手によりては、独房監禁の延々たる影響の下《もと》囚人の気が狂れたり、痴れ返ったりする可能性を考慮することは言語道断の異端と見なされて来たものの、なるほどペンシルヴァニアにて前後の見境もなくかようの疑念を表明する何人《なんぴと》であれ冒瀆的聖ステパノ（キリスト教初の殉教者）と化して一向不思議はないものの、グレイ卿（第一稿注（二）参照）は目下の国会会期において成された、本件に係る上院での正しく最後の演説の中で当該独房監禁制を称えてかく述べている。「其が何処で公平に試みられようと、その最大の瑕疵の一つはこれだと判明している。即ち、独房監禁制は相当期間続けられると、必ずや箇々の囚人への危険を伴い、人間性は一定期間を越えてはこれに耐えられないという。医学権威の証言が論駁の余地なく明かす所によれば、監禁が十二か月以上引き延ばされると、囚人の心身両面における健康は極めて綿密かつ厳重な監視を要しよう。十八か月が懲罰期間の最大限だと言われている。して通則とし、十二か月以上継続されぬが望ましい」この点は譲るとしても、して囚人の悟性と、それに重く伸しかかる危惧の念は全て幽閉の最初の刻限から前途に待ち受ける、刑期の長短によって左右されるに違いないのは明らかだとしても、独房監禁制はイングランドにては、余りに苛酷すぎるとのアメリカ的な異議とは乖離していると見なすに如くはなかろう。

ではまずもってこの体制を、イングランドの置かれているような状況にある国において其が呈す、獄中の囚人の身体的状態と、獄外の重労働者、ないし貧民のそれとの間の尋常ならざる対照の関連において考察するとしよう。そこで果たして、真の、信頼の置ける、事実上悔い改めた心境を惹起する上でのその立証済みの、或いは蓋然的な有効性はくだんの尋常ならざる対照の呈示を正当化する手合いか否か問い、併せて読者諸兄に何らかの判断の手段を示したい。たとい、最終的に「友好的」沈黙制度*の方がまだしも容認出来るとの結論を導くことになろうと、それはくだんの制度を抽象概念において有効な二次的懲罰と見なしているからではなく、それが聡明な管理を可能とし、遙かに費用がかからず、然に歴然と不快な対照を呈示せぬ——囚人の精神を甘やかし、猫っ可愛がりし、男自身の尊大の意識を膨れ上がらすことだけはあるまい、苛酷なそれだからに外ならぬ。我々は寡聞にしてノーフォーク島前総督マコノキ船長のマーク制度*を措いて、真に矯正的な二次的懲罰の体制を知らぬ。マーク制度とは囚人に獄中生活の全ての行為において自制と不屈の某かの行使を強いる哲理に則り運営され、是々期間の、ではなく是々量の労働と善行の罰を課すそれだ。マコノキ船長の企図には我々が(厳正な沈黙は不可欠と考えるため)首肯しかねる詳細もないではないが、概して健全かつ賢明な原則を体現していると思われる。ワトリー大主教*の著作から類推するに、くだんの原則は恐らく大主教の深遠にして鋭敏な知性にも同様の観点から立ち現われているに違いない。

まずもって、ペントンヴィルの「模範監獄」の規定食と、最寄りの救貧院と思われるもの、つまりセント・パンクラス（ウェスト・エンド北の旧ロンドン自治区）救貧院の規定食とを比較してみよう。牢獄において、囚人は皆、週二八オンスの肉を与えられ、救貧院において、健常な成人は皆、週一八オンスの肉を与えられる。牢獄において、囚人は皆、週一四〇オンスのパンを与えられ、救貧院において、健常な成人は皆、週九六オンスのパンを与えられる。牢獄において、囚人は皆、週一一二オンスのジャガイモを与えられ、救貧院において、健常な成人は皆、週三六オンスのジャガイモを与えられる。牢獄において、囚人は皆、（カカオフレーク或いはカカオ豆で作った）週五パイント四分の一のココアと、併せて四二ドラム（一六分の一常用オンス。一・七七一グラム）の糖蜜を加えた一四オンスのミルクと、四二ドラムの糖蜜で甘味をつけた七パイントの粥を支給される。救貧院において、健常な成人は皆、週一四・五パイントのミルク・ポリッヂを支給されるが、ココアと粥は全くない。牢獄において、囚人は皆、週三・五パイントのスープを与えられ、救貧院において、健常な成人は皆、週四・五パイントのスープと一パイントのアイリッシュ・シチュー（羊肉に玉ねぎ・ポテトを加えて蒸し煮にしたシチュー）を与えられる。これと、週七パイントのテーブル・ビールと六オンスのチーズしか、救貧院の男は上述の他の全ての点における囚人の遙かに勝った利点を相殺するものがない。貧民の宿泊施設は、その設いの高価な質《たち》をほどなく審らかにするつもりの、囚人のそれより遙かに劣っている。

当該対照を別の観点から検討するとしよう。読者諸兄には是非とも今一度「模範監獄」の規定食をざっと復習《さら》い、イングランドの何処であれ農村の自由な労働者の規定食とのその由々しき不釣合いを考察して頂きたい。男の給料を仮にいくらと見積もろう？　週給一二シリングではどうだ？　ともかく、薄給ではなかろう。週給一二シリングは年棒にして三一ポンドと四シリング。一八四八年、「模範監獄」の囚人に食料を供給し、連中を管理するのに要した経費は一人頭三六ポンド弱であった。つまり、幼子を養い、田舎家の家賃を払い、衣類を買わねばならぬ、というに大量の食料を請け負いで購入する利点にも恵まれぬくだんの自由な労働者は、男自身と家族皆の餬口の資とし、「模範監獄」の一囚人の食費と監督代より一年につき四、五ポンド少ない額しか有さぬということになる。男の啓発された悟性と、時には低い倫理性にとって、こいつは蓋し、牢にぶち込まれずにいるいたくごもっともな謂れには違いない！

だが労働者の粗食と、囚人の「カカオフレーク或いはカカオ豆」や日々のスープ、肉、ジャガイモより成るディナーとの比較に甘んずことなく、階層のやや上方へ登ってみようではないか。例えば、『タイムズ』紙の広告主が如何ほどで中流階層を賄付きで下宿させ、なおかつ某かの上がりを得られるものか。

心地好く健やかな界隈にて大きな庭付きの田舎家に住まう御婦人が賄付きにて下宿する一名もしくは二名の御婦人をお迎え致したく。二名の御婦人が起居を共にする場合、間借り代は各々週極で一二シリング。田舎家は西南鉄道駅から十分、市内から一時間の距離にある賑やかな市場町《いちば》から徒歩十五分以内。

これら二名の御婦人は「模範監獄」でならば然に安値《やすね》で止宿させせては頂けまい。

夫妻用、もしくは相応に人品卑しからざる家族を有す独身男性或いは女性用賄い付住居、年極七〇ポンドにて。イングランド銀行より徒歩およそ二〇分、イズリントンの恰好の住宅における風通しの好い広々とした続きの間《ま》。晩餐は夕刻六時。小ぢんまりとした、ほがらかな、好もしい一座をなお一点の非の打ち所もなくするに空室も一、二有り。

依然、「模範監獄」より安値《やすね》では!

賄付き住居——ロンドンから約三〇マイル離れたとある町で上流向き学舎を経営する御婦人が賄付きにて起居を共にする御婦人にお越し願いたく。個人の寝室と居間有り。素養を磨きたき向きにはなお恰好かと。間代は年極三〇ポンド。照会応需。

またもや、「模範監獄」より一年につきおよそ六ポンド安《やす》値《ね》では! してたとい一か月分の新聞の綴込みの隅から隅まで、或いはブラッドショーの「全英鉄道時刻表」(発刊した印刷者の名を冠す時刻表(一八三九—一九六一))二、三号の広告頁の隅から隅まで、くだんの対照を追究した所で、所詮小誌の本号を内幾多はおまけに雅やかな教育コミの似たり寄ったりの事例で埋め尽くすだけやもしれぬ。

当該「模範監獄」は一八四七年末には、わずか「建築」と「改修」の二項目の下《もと》においてすら九三〇〇〇ポンドという微々たる経費を計上している——全国民の教育のための昨期の政府補助金総額の七〇〇〇ポンド以内にして、四千六百五十名の貧民が一人頭二〇ポンドでオーストラリアへ移住する費用を補うに足る。一八四八年に「模範監獄」の四人五百名によって為された作業から（くだんの数字を「政府報告」とロンドン監獄に関すヘップワース・ディクソン氏の高著（『ロンドン監獄』（一八四九年十二月刊））より付き合わせれば）収益は全く上げられず、事実上八〇〇ポンド以上の損失があった。作業が必然的に未熟にして非生産的な場合、指導料と指導に要す時間とが、この驚くべき事実の釈明として申し立てられるやもしれぬ。我々はこうした要件に然るべく重きを置くにおよそ吝かどころではないが、読者諸兄にお尋ねしたい――果たしてくだんの体制はまっとうか否か。果たして上述の経費はむしろ牢の四つ壁の外の未熟にして蔑ろにされた人々を指導するために使われて然るべきか否か。くだんの金は囚人に自ら宣告されている流刑の準備をさす上で消費されているとの抗弁が成されるやもしれぬ。ならばこの場合、陪審員たる読者諸兄に具申したい――以上全てはまずもって牢の外にて為されるべきではないのか、まずもって移住の準備をさせねばならぬのは、ドゥルーエ氏（第三十三稿参照）のような人物の優しき慈悲に委ねられたり、我々の街路を辱めたりする惨めな子供達ではないのか、この、誤った端なる緒において、悟性にとって衝撃的な途轍もなき矛盾の光景が呈せられてはいないのか。建築と改修に九万から一〇万ポンド、年間の維持費に二万ポンド以上、かかる我らが「模範若年勤労院」が、我らが「模範貧民学校」が、どこにある？　そいつをまずもって建てるのがキリスト教的行為ではないのか？　そこにて我らが熟練した労働者階級を育てるのが？　見知らぬ国なる「薪を伐り、水を汲む者（『ヨシュア』九：二一）」を終には懸命な作業と熱意と忍耐によって自らを証し、高めるまで、囚人階層から引き上げるのが？　人口稠密な国にては常に衆目の前で秤《はかり》にかけられる二組の人々がいる。「犯罪」は永遠に「貧困」相手に勝ちを攫い、歴たる優位に立つ定めにあるというのか？　万人の前には天秤が据えられている。が如何ほど皆の目に旋風《つむじ》よろしき塵の礫が打たれようと――してげに、夥しき塵が辺り一面舞っているが――秤《はかり》の真の状態を見極める目までは眩まされまい。

ではいよいよ、金銭において当該大いなる犠牲を払い、途轍もなき不当において当該より大いなる犠牲を払って購われる（グレイ卿が限定する如く刑期の限定された）隔離によってもたらされる精神状態を検討するとしよう。ふとした弾みで道を踏み外した人品卑しからざる男が後に、かつての囚人仲間たりし常習犯に本人と気づかれる不利を負わずして罪を贖えれば、是ぞ「願ってもない大団円（『ハムレット』Ⅲ、1）」であろうとは論を俟たぬ。がこの目的が、如何ほど望ましく、慈悲深かろうと、それ自体、既に唱えて来たような異議より重きを成すとは一瞬たり肯《がえん》じられぬ。のみならず唯一この眼目ですら達成される充分な保証はない。如何ほどその数あまたに上る一見不可分の難儀の下《もと》、独房に幽閉された男が、他の独房に幽閉された他の男に纏わる知識を何らかの手立てで仕込もうことか、我々の大半は小学時代よりこの方、極秘の牢獄や極秘の囚人に関して読んで来た全ての物語や逸話によって知っている。独房の盲壁の向こうの隠れた存在について某か知りたいとの欲望には男を見込むかのような魅力があるということは、欹てた耳が間々壁に押し当てられているということは、くぐもったノックの音や、ともかく何か他の、来る日も来る日も一つ考えにつらつら思いを馳せている研ぎ澄まされた創意工夫が考案し得る合図に応答する如何とも抗い難き誘惑が存在するということは、人間をして相互の意思の疎通へと駆り立て、孤独なるものを本性の抗うまやかしの状態と化さしむ人間性のくだんの組成の内にある。「模範監獄」内でのかようの意思の疎通は単に蓋然的であるのみならず、実際の発覚により可能だと論駁の余地なく証されているということは、歴たる事実として述べて差し支えなかろう。これまでも一件を揉み消そうと骨が折られては来たものの、実の所、ペントンヴィルの囚人がくだんの実験のために白羽の矢の立った選りすぐりの囚人たることを止めるや、連中の間における、申すまでもなく、広範な連絡を伴う大がかりな共謀が発覚した。小さな紙切れが書付けごとクシャクシャに丸められ、廊下を通りすがる際、囚人達によって独房の扉の隙間に投げ込まれたかと思えば、礼拝堂で祈りを捧げながらも似非の応答が唱えられ、くだんの応唱にて連中は互いに言葉を交わしていた。ばかりか当該陰謀の結果、当然の如く翻されよう叛旗を阻止すべく、所長により牢のあちこちに武装看守が密かに配備されてもいた。当体制の下《もと》、極秘の連絡は頻繁に取られているに違いない。

男自身の小世界の唯一の住人にして、誰も彼もが己《おの》が格別な懸念の対象として男に個人的かつ別箇に話しかける某かの定期的な来訪者によってしか訪われぬ男の陥らざるを得ぬ心境とは――ほとんどの場合、定めて前途の望みも稀薄ならば、確乎たる基盤にも欠けていよう。ひたむきな奇しき独善が――真実にせよ見せかけにせよ、精神的利己と虚栄が――まずもって訪れる。終に独房に監禁されるや、この手の興味の対象となる殺人犯の場合、如何ほど通例(無論、例外はあるものの)危められた人物は彼ら自身の肝要な物語の端くれとしてをさておけば、想念の舞台から姿を消し、如何ほど連中が光景を丸ごと占めるものか、は特記に値しよう。オレはこれをやった、オレはああ感じる、オレは神の恩寵がオレに施されるものと信じている。これが運に見限られたお気の毒なオレの肉筆だ。ガキの時分、オレはこうこうで、若造の時分こんなことに手を染め、そいつがケチのつき始めだ——この、造物主の似姿を卑劣にして残忍に抹消し、何の前触れもなく不朽の魂をあの世へ葬り去るという仕業ではなく、何か他の、お縄にならぬ有象無象がやらかすちゃちな手合いの悪事が。オレは無慙に危められたこいつの後に残された女房であれ、亭主であれ、兄きであれ、姉きであれ、ガキであれ、馴染みであれ、許しを乞おうとは思わん。許してもらいたいとも思わなけりゃ、これきり構やせん。今のその殺《や》られた奴の魂の救済がらみじゃ牧師にこれっぽっち尋ねてもない。要はオレがどうなるか。楽園の門ってことで、ここへ来たのはもっけの幸い。「俺は奴が気に入らなかった」って最後の最後まで二枚舌の、悔い改めの境地とやらのマニングのだんな*は鉄梃のことを同じ腰抜けは腰抜けでもまだしも物騒げじゃなくしてやろうってんでお手柔らかな名前で呼びながら言ったろう。「んで脳天を鑿《のみ》で叩き割ってやった」オレは早い話が、と同上の権威は声を上げる、天国へ行くのさ。オレの手をかけた奴がどこへ行ったかなんざ知ったことじゃない。さて断じて我々は、贖い主の存在を分不相応に信じているとあって、かくも由々しく切羽詰まった如何なる囚人からであれ、希望を、或いは慎ましやかな信心をすら、締め出してはなるまい。がくだんの心境を懺悔と呼ぶ立場にもない。

目下俎上に上せているのはこれと（我々の惟みるに）類似した心境だが、偽善への遙かに強い傾向である——死の恐怖は背中合わせではなく、悔悟を装うか、そいつの眉ツバ物の見せかけを公言するありとあらゆる魔の手が伸びているというなら。もしも私、囚人ジョン・スタイルズは万が一、課された仕事をせず、表向き牢の規則に従わぬなら、ほんの阿呆にすぎぬ。ここには外《ほか》の手に出る気にさせるものは何一つなく、この手にこそ出る気にさせるものは一つ残らず揃っている。とびきりの規定食は（毎食毎食がこの孤独な生活では一大事だが）そいつ一つにかかっている。さなくば一日一ポンドのパンにしかありつけぬ。そもそも作業をあてがわれねば我が身を持て余そう。私のことを然に気づかってくれる御仁方とこうしたやり取りを交わさねば遙かに血の巡りが悪くなろう。現に立てている信仰の誓いを立てねば、この半ばも親身になっては頂けまい。故に私、ジョン・スタイルズはここでウケのいい奴の尻馬に乗るまでだ。本腰かどうかはいざ知らず。

如何なる穏当な制度の下《もと》であれ必ずや、様々な状況により罪を犯すに至ったものの、流謫の身にては品行方正にして、二度と法に背かぬ囚人がいるものだ。この種の連中に「友好的沈黙制度」は当該高価にして変則的な制度につゆ劣らず好もしい影響を及ぼそう。よって彼らを独房監禁制の有効性の証と受け取る訳には行かぬ。仮にジョン・スタイルズが事実告白していることを当座、本気で口にしていると仮定し、以下、彼の心理作用を跡づけ、信仰告白の価値を考査してみたい。一体何処に当該制度への異論者からではなく、堅固な支持者の筆になる、ジョン・スタイルズに纏わる報告を見出せよう？ それにはレディングの新州立監獄教誨師フィールド師によって執筆された『牢規則と独房監禁制の利点』という著書（二巻本初版一八四六年、再版一八四八年）を参照するに如くはなかろう。が、ついでながら、フィールド師に指摘しておきたいのは問題は固より、フィールド師が時に試みている如く、当該体制と未だ改正に至っていない昔ながらの牢獄の放埒な悪弊と因襲との間のそれではなく、それと師お気に入りの原理に則り建設されていない、当今の改善された牢獄との間のそれである。†

---

† フィールド師は忝くも『アメリカ探訪』においてチャールズ・ディケンズ氏が審らかにしたフィラデルフィアの独房監禁制牢獄の描写に関す然る虚言《たわごと》*を引用して下さっているので、或いは事実、本件に関す情報を某か得たいと望んでおいでやもしれぬ。という訳で、チャールズ・ディケンズ氏は当日、就寝前に日誌に認《したた》めた条《くだり》を参照した。
氏は正午、案内役の殿方数名に約束通り、伺候されると、ホテルから牢へと向かった。して夜七時から八時にかけて戻り、その間《かん》牢獄で食事を取った。牢の視察は、氏自身の計算では、フィラデルフィア新聞の記事とは異なり、優に二時間は越えていた。牢獄は見事に管理され、清潔極まりなく、当体制はこの上もなく知的で、親切で、秩序正しく、思いやり深い、周到な物腰で運営されていた。氏は視察者が監獄に纏わる所見を記すことになっている帳簿は当該体制に対す批判を書き込むためではなく、運営方法への率直な証言を記すために用意されているものと（たとい明日、ペントンヴィルを訪おうとて惟みよう如く）惟みた。して同上に氏は公平無私の視察官とし、能う限り聖なる誓いを立てた。獄中の正餐において氏の健康を祝して杯が干されると、氏は本日目の当たりにしたものは瞼に焼きついて離れぬと、脳裏を過らずばおかぬと、実に由々しき懲罰故と述べた。もしやその後氏と共に帰途に着いたアメリカ将校が上記の文言を目にすることがあれば、彼は恐らくディケンズ氏が然にきっぱり、歯に衣着せず語ったことでは、氏との会話を思い起こすのではあるまいか。ディケンズ氏が著書の中で黒人女を「実に器量好しの」と形容したとの馬鹿げた申し立てに関せば、氏は獄内にては重病の女囚を看病し、世に出された逸話においては一言たり言及されていない女性を措いて唯一人の黒人女とも引き合わされなかったこと信じて疑わぬ。「皆同時に、共謀の廉

で有罪の判決を受けた」三人の娘を描写する上で、氏は或いは、幾多の事例の御多分に洩れず、記憶の中で実際には目にしていない内一人を、誰か他の事実目にした、何か他の罪で幽閉されている女囚と置き換えていたやもしれぬ。が、憂はしげな四分の一混血児《クオドゥルーン》か白黒混血《ミュラトゥ》の少女に美を見て取る（アメリカ的）大罪を犯した、と言おうか正しく自ら審らかにするものを目の当たりにしていたことに疑いの余地はない。して氏は当該関連にてより殊更審らかにされている少女のことは寸分違わず記憶に留めている。果たしてフィールド師はディケンズ氏がくだんの制度を誤って伝えることに関心なり意図なり抱こうなどと、或いは仮に氏がかように道義に悖る行為を犯せるとすらば、自ら進んで二年間の幽閉に耐えた男の物語を敢えて審らかにしていたろうなどと思えるものか？

我々は「単なる娯楽小説*」における現今といった主題の論議に対すフィールド師の異議に言及するつもりはないが（因みに師はバーンズ（スコットランドの国民詩人（一七五九―九六））の写実性をピット氏（英国の政治家、首相。大ピットの次子（一七五九―一八〇六））の証言によって裏づける訳だが！）くだんの著作においてめっぽう愉快ながら紛れもなく喜劇的主題とはほとんど見なせぬ奴隷制について一言二言触れているものと思っていた。よってフィールド師に宗旨替えさせようとせずして、如何なる著作も「単なる娯楽」のそれたる要はなく、師がくだんの呼称を充てようとする作品の中には師自身無頓着ではいられまいと、師のキリスト教的本務の面目のために願っていれば信じることにもなろう主義を唱道する上で、僅かにせよ貢献しているものもあると信じてもって善しとしたい。

さて、ジョン・スタイルズに話を戻そう。奴は齢二十にして重罪のために投獄された。牢に入れられて五か月になり、妹にかく、一筆認める。「どうか、親愛なる妹よ、僕がここに入れられているからと言ってクヨクヨしないでおくれ。僕は両親に恩知らずな真似をしたことではクヨクヨせずにいられない。親不孝を思えば体調を崩しそうなほどだ。どうか神よお許し下さい。僕はそう、夜となく昼となく心から祈りを捧げている。牢に入れられたことでクヨクヨ悩む代わり、僕は本当は神に感謝しなくてはならない。というのもここへ来る前は全くもっていい加減な生活を送っていたし、神様のこともこれっぽっち考えていなかったからだ。頭の中はただ、挙句、僕を破滅へと導くことになる不埒で一杯だった。どうか僕の惨めな仲間によろしく伝えてくれ。奴らには逆しまな行状を改めてもらいたいものだ。というのもあいつらは一日だって、一時間だって、何から切り離されるかもしれないか分かってやしないからだ。僕は自分の愚かしさを思い知らされた。あいつらにも早く思い知ってもらえれば。けど僕はもしもしょっぴかれていなければ思い知ってはいないだろう。

その意味ではしょっぴかれて好かったのかもしれない。どうか日曜には必ず教会へ行っておくれ。芝屋や劇場に行こうなんて思わないで。ちっとも身のためにならないから。グルリは悪い誘惑ばかりだ」

いざ御覧じろ！　重罪を犯したジョン・スタイルズは「全くもっていい加減な生活を送っていた」如何ほどコキ下ろそうとせいぜいその程度だが、片や重罪を犯していない連中は「惨めな仲間」だ。ジョンは自分の「愚かしさ」を思い知らされた。よって奴らの「逆しまな行状」も見て取れる。ジョンに気がかりでならないのは重罪を犯さぬ幾多の人々の通う芝屋や劇場だ――重罪そのものではなく。ジョンは仲間や妹に重罪を犯さぬ世界の邪悪をダシに御託を並べるべく、くだんの説教壇にぶち込まれている。必ずや自分こそはまっとうだと思っている、この点に己惚れは全くないか？　僕の行ける教会へは行き、僕の行けない劇場へは行くな！　とは何やら「キツネとぶどう（『イソップ物語』）」めいてはいまいか？　これが表向き持ちのいい手合いの悔悛だというのか！　仮にジョンが自ら進んでこう書いたとしよう。「親愛なる妹よ、僕はお前や、僕にとってかけがえのないみんなの顔にドロを塗った。いつの日か自由の身にして頂けるなら、罪を償い、自慢の兄きになれるよう一生懸命努力するつもりだ。親愛なる妹よ、僕はこの重罪を犯した時、何かを盗んでしまった――でそいつは、この五か月というものいくら思い悩んでも戻っては来ない。僕は罪滅ぼしをするために身を粉にして働こう。で、おお！　親愛なる妹よ、僕の付き合っていた仲間を捜し出し、あのかわいそうな小僧の、僕より幼くて小さいトム・ジョーンズに、悪の道に引きずり込んだことではほんとに悪かったと思ってる、何と詫びていいものやらと伝えてくれないか！」かく綴った方が増しではないか？　確乎たる真実めいてはいまいか？

が否。これは懺悔の鑑に非ズ。世にはどうやら独房よろしく、格別な形式と、形状と、限界と、規模なる懺悔の鑑があると思しい。フィールド師が出版のための校正刷りに朱を入れていると、もう一通手紙が舞い込み、その手紙の中でもやはり重罪犯たるその男は「過去の愚かしさ」に触れ、母親に「悪魔の抗い難い勾引かし」に惑わされぬよう云々とゴ託を並べる。然に尊大にも他者に教えを垂れようとするとは、どことなくフィールド師の説法をオウム返しに繰り返し、図々しくも互いの相対的立場を混同しているようではないか？

我々は敢えて真っ向から、当該体制を支持するに、労働界では何ら試験にも試煉にもかけられていない見せかけの悔悛を引用することに異を唱えさせて頂きたい。挙句、何一つ証明せねば、何の役にも立たぬというなら——ただ上述の如き精神的独善と傲慢の悲観的証としてをさておけば。くだんの証はレディングの独房監禁制に特有な訳ではない。マーティノー嬢（宗教・社会問題著述家（一八〇二—七六））は概してフィラデルフィアの独房監禁牢には紛うことなく好意的だが、そこにて同上を目の当たりにした。「私が知り合いになった事例は」と彼女は言う。「皆が末頼もしい訳ではない。中には余りに愚かしいため、大なり小なり信用の置けない囚人もいた。また中にはそれは疎ましいほど平然と空念仏を唱え、（必ずや自分達の空念仏との関連において）二度と罪を犯すまいとそれは心底確信しているものだから、いつの日かまた牢に入れられること請け合いと思わざるを得ない囚人もいた。とある男は、恐らく合衆国中の誰より幾多の人間を危めたことで悪名高い船乗りだが、以降は一点の非の打ち所もないほど廉直な人生を送ろうことつゆ疑っていなかった。金輪際紅茶よりキツい飲料は口にせず、金にも命にも手を上げまいこと。私は男に金を目にするまで、度の高い酒の匂いを嗅ぐまで、はっきりとは言えないのではないか、少し思い上がっているような気がするがと言った。すると男は赤毛のボサボサ頭を私に向かって振り、獰猛な片目で睨みつけながら、いや、そっくりお見通しだと返した。自分は極悪人だったと、キリストはこの哀れな魂に慈悲を垂れ賜うたのだと（『西部旅行追想記』第一巻（一八三八））」（またもや御覧じろ。既に呈示した通例におけるが如く、男は自ら危めた人々の魂のことではいささかも思い煩っていない。）

読者諸兄にフィールド師の著作からもう一例、独房監禁制によってもたらされる健やかな心理状態を紹介させて頂きたい。「昨年三月二十五日は差し迫った飢饉のために斎日《さいにち》と指定された日だった。当日の私の日誌に次のような記載がある。『夕刻幾多の囚人を訪うと、彼らの大半が己自身の状況とその日に充てられた目的に相応しい物腰で斎日《さいにち》を遵守しているのを目にし、大いに得心した。恐らく、牢規制の効果の以下なる特筆すべき証を記して然るべきであろう。＊＊＊＊＊　彼らは皆通常の糧食をあてがわれていた。今夕最初に訪うたのは最近公判に付されたばかりの囚人の独房（A-1棟）で、これら（二十名以上の）囚人の内食事を一切断っていたのはわずか三名だった。次いで、牢で相当期間過ごしている二十一名の既決囚（C-1棟）を訪ねた。すると中には食べ物を一切口にしていない者もある上、全員の三分の二は全てとは行かずとも食を断っていた』」これが、囚人が食べきれないほどの食事を与えられているからでないのは当然としても、かようの規定食にあってそのような事態は時に、わけても長らく幽閉されている囚人の場合、出来するのもまた周知の事実である。「私が断食について尋ねたとある囚人の返答は定めて、嘘偽りのなかったはずであり、生半ならず得心の行くものであった。『牧師様、わたしはあの気の毒な飢え死にしそうな人々のことを思うと、今日、とても食事を取る気にはなれません。が、神が彼らにこそ食べ物を与え賜いますようと一心に祈りを捧げたつもりではありません』」

仮にこれが懺悔の鑑ではなく、「あの気の毒な飢え死にしそうな人々」への思いが真実今のその男の胸中芽生え、折しもずっしり心に伸しかかっているなら、果たして何故《なにゆえ》男は日々スープと、肉と、パンと、ジャガイモと、カカオ豆と、牛乳と、糖蜜と、粥を打ち眺め、片や何らかの形でその代金を払う責めを負わされている「あの気の毒な飢え死にしそうな人々」の粗食と比べるに及び、良心の呵責に苛まれぬものか？

恐らく、独房監禁制は身体的健康にとって何と素晴らしいものか、如何に好影響しか精神にもたらさぬものか、如何に肺疾患に対す真の予防薬であることか等々証すべく、フィールド師によって引用される典拠に注釈を垂れるまでもなかろう。かようの典拠から演繹せざるを得ぬ結論とは即ち、「神意」は我々人間を群居性に造り賜ふ上で大いなる過ちを犯した、よって我々は直ちに蟄居を決め込むに如くはなかろうというものであるによって。のみならず、めっぽうイタダけぬ韻詩が今や終熄した体制に適用されるかの「天才的犯罪人」ドッド博士*に既決囚を収容する我らが懲治監との関連で言及するつもりもない。或いはまた、グレイ卿から引用した条《くだり》の後では、フィラデルフィア監獄での如何なる期間に及ぶ幽閉も未だかつて如何なる囚人の知力にも悪影響を及ぼしたためしがないと心底確信しているアメリカの権威の同様に引用された報告に言及する必要もなかろう。クローカー氏が『気さくな男（ゴールドスミス作（一七六八）第四場）』でいみじくも宣っている如く、帽子は頭に載っているか、落ちているかの二つに一つ。事ほど左様に、グレイ卿とアメリカの権威双方が同時に理に適っているはずはないと結論づけざるを得ぬ——もしやアメリカ国民の悪名高き定住の習いと国民性における腰の座らなさの全き欠如故に、彼らが蓋し、延々たる隔離に恰好の対象にして、人類の他の民族なる通則にとっての例外だというのでなければ。

「懺悔の鑑」という文言を用いる上で、我々は、お心得違いなきよう、フィールド氏にも、他の如何なる教誨師にも当てつけている訳ではなく、ただ我々にとってはこれら如何わしき改宗者を皆同じ穴の貉たらしめているとしか思われぬ体制に当てつけているにすぎぬ。フィールド師は欄外注の形で呈示した事例において何ら特筆すべき礼節を示してはいないものの、我々としては御当人と、師の職務と、その本務を果たす上での誠意に能う限りの礼節を尽くしたい。師の実像を公正かつ公平に浮き彫りにしたいと願えばこそ、師に暇を乞う上で高著から以下の条《くだり》を引用させて頂くとしよう。

「目下の制度が導入されて以来、未だ釈放された犯罪人に関して多くを報告出来るほどの時間は経過していない。かくも堕落した階層の――社会の正しく屑の――内幾人《いくたり》かが、その更生に私自身期待をかけていたものの、再び道を踏み外したとしても何ら驚くには値すまい。二、三の事例において失望しているとは言え、ただし、断じて落胆してはいない。というのも幸い、その行状が更生を証明する幾多の者にも言及出来るからだ。実の所、自由の身となった犯罪人自身から受けた報告の中には、彼らの戻った教区の牧師から得られたそれに劣らず得心の行くものもある。また私自身、以前の囚人の幾人《いくたり》かの家庭を訪い、得られた証や、そこで目の当たりにした改心の明らかな印に意を強くしてもいる。立ち直りを少なからず確信している囚人の格別な事例についても目下の所は敢えて審らかにするのは差し控えたい。というのも上述の通り、その後の確認の期間は短いからだ。とは言え、幸い、他の牢獄における同様の規律の好もしい感化を証す公文書に言及することは可能だ」

また付言すべきことに、ペントンヴィル模範監獄の教誨師キングズミル氏は一八四九年二月一日、委員会に提出した穏健かつ聡明な報告において「本牢獄にて囚人の気質に及ぼされる影響はこれまでの所、極めて末頼もしい」との所見を述べている。

だが、読者諸兄には今一度（くだんの体制はそれ自体、実に健康的であるにもかかわらず、当該体制にとって欠く可からざる）かの「模範監獄」規定食を眺め、施設の他の厖大な出費を思い起こし、其が呈さざるを得ぬ不可避の矛盾と対照と併せ、この旧国家の置かれた状況を鑑み、その上で平静に思いを巡らすに、果たして当該言語道断の対照を他の諸々のそれに加える然るべき理由があるか否か決断を下して頂きたい。くどいようだが、目下の問題はこの体制と（神よ、ありがたきかな、我々には縁もゆかりもなき）昔ながらの放埒な牢獄の昔ながらの悪弊とのそれではなく、この体制と片や規定食の遙かに粗末な、設備、管理、修復、衣料等々の年間経費が惜しみなく均らしても、囚人一人頭二五ポンドを越えぬ――多くの囚人が収容され、各囚人は（もしや収容過剰の牢獄で然るべき便宜が計られるとすれば）日々二十四時間の内十二時間は独りきり閉じ込められ――悪しき交わりからは隔絶されながらも依然、男達の集団の端くれであって、視界全体を己自身の病んだ拡大で充満させる孤立した存在ではなき「友好的沈黙制度」とのそれである。「友好的沈黙制度」は牢規制の違反に対し幾多の懲罰を伴うだけに疎ましいとの批判を間々耳にする。が正しく同じ息の下《もと》にて如何で我々は曖昧模糊たる未来に対す囚人の決意には信用が置けるが、こと実質的な現在に関せば連中、ほんの些細な誘惑で何をしでかすか知れたものではないと告げられねばならぬ？　或いはあの男を外《ほか》の男共と交わらせ、言葉にせよ仕種にせよ意思を伝えようとしてはならぬと厳重な命《めい》を下《くだ》せば、男にはよって立つべき決断が必要となろう是々然々の可能性があると告げられるなら、果たして如何様に懺悔の鑑と、それに先立つ人生との辻褄を合わせせば好い？

当該独房監禁制は、英国議会にては推奨され、今しも英国中に広まりつつあるが、合衆国中の並居る障害物競走騎手にもかかわらず、未だ彼《か》の地にては普及するに至っていないということを銘記して頂きたい。くだんの体制はついぞ学識、中庸、ヨーロッパに名を轟かす傑人、公共施設の卓越性において就中傑出した州にては導入されたためしがないということを。其をここにては、いざとならば、全階層の囚人の公平な成り代わりを対象に、限られた範囲内にて試みようではないか。マコノキ船長の体制を試みようではないか。一縷の望みのあるものは何であれ試みようではないか。ただし、窮乏と労働との比較において、犯罪へのかくも瞠目的配慮の顕示としてではなく、ただ英国民の内、堕ちた輩を立ち直らすための何か一般的体制の一端として。この体制のために巨額を投じて建設される如何なる監獄も他の体制にとっては比較的用を成すまい。して納税者は其が祖国にとって不朽のお墨付きの恩恵たるを当然のこととして受け留める前に、この点を熟慮するに如くはなかろう。

独房監禁制の下《もと》、囚人は手職に携わる。友好的沈黙制度の下《もと》、ミドルセックス州治安判事達は踏み車を事実上撤廃した。常に大都市の監獄にぢくぢくと染み入っては出て行く連中が――巾着切りや、筋金入りの宿無しや、常習的な大酒飲みや、無心書簡ペテン師が――いっとう忌み嫌う手合いの仕事は何か突き止め、連中にくだんの苦役を他の苦役より優先的にあてがうのはこの、作業という肝要な点の合法的要件の一端ではなかろうか？　それが障害物競走騎手にとって時代遅れたること論を俟たぬ。が連中が如何ほど束になってかかろうと、獄中にては、牢にしか属さぬものとして徽章をつけ、貶められた、他の如何なる場所にてもやりこなされぬ手合いの作業を課したいものだ。して英国のような状況に置かれた国にあって、こと労働と労働者に関せば、獄中作業の賜物を在荷過剰の市場《しじょう》へ送り出す適性には大いなる疑問があると申し立てねばならぬ。本件に関し、先般、小売り商によって公然と異が唱えられたばかりだが、くだんの異議には十二分な根拠があるという事実に目を瞑る訳には行くまい。

第四十四稿　新《さら》のランプの代わりに古《ふる》ランプを

『ハウスホールド・ワーズ』誌（一八五〇年六月十五日付社説）

「アラジン」（『アラビア夜話』）の魔法使いは錬金術の書に読み耽る余り、人間研究を怠っていたのやもしれぬ。とまれ、こちらは確かに、本人の公言にもかかわらず、奴はおよそ降霊術師などではなかった。奴には人間性が、と言おうか人事の潮流の永久《とこしへ》の方向が、一切分かっていなかった。もしや魔法のランプをクスねようと躍起になり、空飛ぶ宮殿の前を身を窶して行ったり来たりしながら「古《ふる》ランプの代わりに新《さら》のランプを」と叫んだ際、そいつを引っくり返し、「新《さら》のランプの代わりに古《ふる》ランプを」と叫んでいたなら、西暦紀元十九世紀に我が身を投じ果すほど遙か時代を先取りしていたろう。

　当今は然にツムジがひね、然に信心に欠けているものだから——のは恐らく、ここ数世代の間《かん》くだんの銀行に取付けが殺到したせいではあろうが——無知蒙昧の輩の間で広く遍くイギリス青年党幻想*として知られる、類似の麗しき概念は、小さいながらも選りすぐりの哀悼者一同の大いに嘆き悲しんだことに、生憎、独走態勢に入り切らぬ内に潰えた。ともかく真剣な思索の可能な悟性にとって、三、四世紀に及ぶ、高値で購われる遅々たる改善の間《かん》、人類の幸福と向上のために成されて来た全てを無視するという発想にはどこかしら然に魅惑的な所があるものだから、我々は常々、仮にくだんの素晴らしき概念を表す何か有形の象徴が——「目に見える外の徴《しるし》（即ち、秘跡。『祈禱書』教義問答より）」が——眼前に掲げられるものなら、一般庶民の啓発に資する所大であろうと思って来た。して終に、幸ひなるかな、かようの徴《しるし》を見出した。実の所、くだんの表象《サイン》はその語の酒類販売免許所有飲食業的意味合いにおいてはめっぽうイタダけぬ看板《サイン》であり、如何なるキリスト教徒居酒屋亭主によっても身の毛をよだたせながらもせせら笑わぬばかりに突っぱねられること請け合いながら、我々の深甚なる哲学的謝意を享受してはいる。

　十五世紀にイタリアのウルビーノでとある幽《かそけ》き芸術のランプが瞬き始めた。哀れこの、名をラファエロ・サンツィオという明かりは、当今のほんの一握りの惨めなまでに心得違いの恥知らずにはむしろラファエルとして馴染みが深いが（ティチアーノという名のまた別の明かりも、同時に揺らめき始め）、わけても「美」に纏わる言語道断の概念や——地上にて神々しき人間の面《おもて》の表情における極めて崇高にして麗しいものを霊妙に描き、正しく「至高天」にまで高める奇妙な天稟や——哀れ、人類に神に仕える天使の堕ちた似通いを見出し、其を再び彼らの穢《けが》れなき霊的状態へと昂揚する真に浅ましき奇想で——煌々と輝いた。この実に幻想的な気紛れは「芸術」に低俗な革命を起こし、かくて「美」はその不可欠の要素の端くれと見なされるに至った。当該めっぽうお粗末な錯覚に囚われ、「芸術家」は絵筆を揮い続けた。が終に目下の十九世紀、其は一人ならざる大胆不敵な野心家によりて「封じ込め（第二十三稿注（八四）参照）」られる定めにあった。

　ラファエル前派*こそは、紳士淑女の皆様、本件を粛正する恐るべき「裁きの庭」なり。さあ、いらっしゃい、いらっしゃい、ここ、イングランドの王立美術院第八十二回年展示会場の壁上にて当該新たな神聖画派が——ラファエル後の軽犯罪者を一人残らず追い散らすが本務たる、当該恐るべき警察が——一体何を「しでかして」いることか、いざ御覧じろ！

　皆様方はウィルキー、コリンズ、エティ、イーストレイク、マルレディ、レズリー、マクリース、ターナー、スタンフィールド、ランドシーア、ロバーツ、ダンビー、クレスウィック、リー、ウェブスター、ハーバート、ダイス、コープを始め、いつの世にても如何なる国にても巨匠として名を馳せていたろう画家の作品でお馴染みのこの、王立美術院展示会場にて、然り、本会場にて、一幅の「聖家族」を鑑賞すべくお越しになる。して何卒、胸中よりラファエル後の観念をそっくり、宗教的希求をそっくり、高邁な思想をそっくり、優しく、畏れ多く、悲しく、気高く、聖なる、艶やかな、美しき連想をそっくり、打ちやり、かようの主題に相応しく——とはラファエル前派的に考えて——卑しく、悍しく、疎ましく、穢らわしきもののどん底に心の準備をなされたい。

皆様方はとある大工の作業場の中を目にする。くだんの大工の作業場の前景には寝間着姿の、薄気味悪い、首の捻じけた、泣きっ面の、赤毛の少年が立っている。少年はどうやら近所の溝で一緒に遊んでいた別の少年に木切れで手を突かれたと思しく、跪いた女に傷口を見せようと手をかざしている。女は然に二目と見られぬほど醜いものだから、(たとい如何なる人間であれ一瞬たり、くだんの脱臼した喉をひけらかしてなお生き存え得ると仮定したとて)、フランスのどこより下卑たキャバレーであれ、イングランドのどこより卑俗なジン酒場であれ、「化け物」として一座のその他大勢に擢んでよう。二人の裸同然の大工——親方と職人——は、当該人好きのする女に付き付きしい相方だが、生業に精を出し、

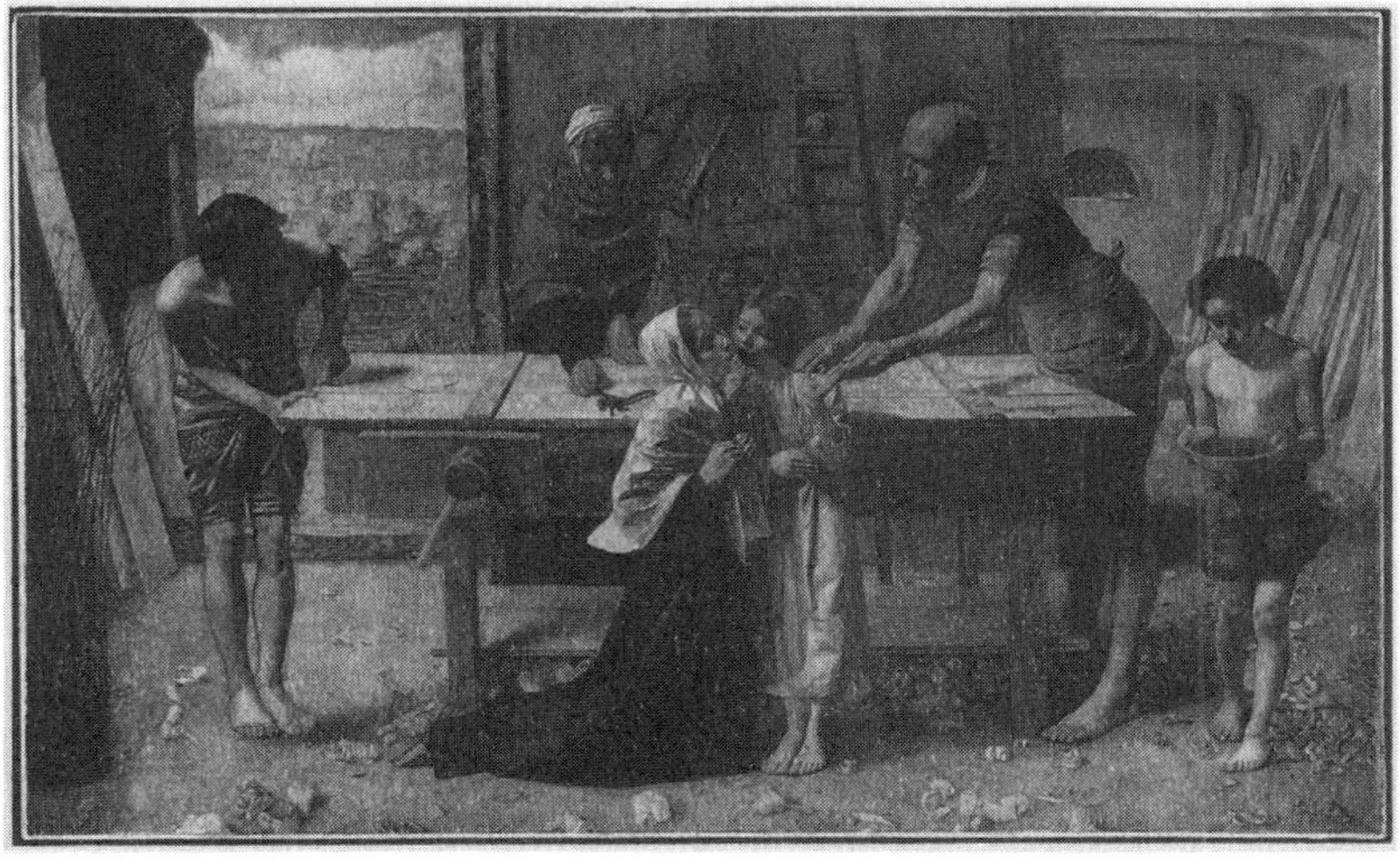

サー・ジョン・ミレー画「生家のキリスト」

片や辛うじて人間サマらしき所の無きにしも有らざる少年が、水を張った盥を手に入って来ている。して誰一人としてくだんの作業場をタバコ屋のお隣さんと早トチリでもしたか、お気に入りの混ぜ合わせ半オンスを売って頂くに勘定台で待ちぼうけを食わされているげな嗅ぎ煙草まみれの婆さんに目を留める者はない。目鼻立ち、手足、姿勢の醜さを表現し得る所では何処であれ、御逸品、表現されている。大工御両人が如き男は静脈瘤の今にも破裂しそうな小汚い酔っ払いの担ぎ込まれる如何なる病院にても裸にされるが好かろう。連中の正しく足指にしてからがセント・ジャイルジズ（第二十六稿九三頁参照）からお出ましになりでもしたかのようだ。

是ぞ、紳士淑女の皆様、十九世紀の、して王立美術院第八十二回年展示会場における、我々の精神の達し得る最も厳粛な一齣の、ラファエル前派的描写なり。是ぞ、十九世紀の、して王立美術院第八十二回年展示会場における、我々がその内に生きて死ぬ信仰へ敬意を表し、臣従の礼を致すべくラファエル前派芸術の為し得ることなり！　この絵に思いを馳せて頂きたい。同じく、お気に入りの馬か、犬か、猫のラファエル前派流描出に我々の抱こう悦びに思いを馳せて頂きたい。してロンドン郵便本局がらみでの「冒瀆（次稿参照）」を巡るやたら喧しい騒乱より潑溂と這い出でるや否や、いざ当該偉大なる名画を称え、王立美術院を推奨しようではないか！

一大逆行原則の当該象徴になお思いを馳す上で、大工の床に撒き散らされた鉋屑のような代物が見事に描かれ、ラファエル前派画家が絵筆捌きにおいて紛れもなく熟達しているのに目を留めるはわけても慶ばしい。同上が慶ばしいのは、四本脚の均整の取れたブタより五本脚のめっぽう不様なブタに注意を喚起する方が遙かに至難の技とは知らぬ者のないだけに、画家は浅ましくも俗受けを狙ってだけはいないことがくだんの事実より推し量られるからだ。同上が慶ばしいのはまた、王立美術院は芸術の高尚な領域と高邁な目的を悉く看取し、理解していると——芸術には鉋屑の忠実な描写や綴織の巧みな彩色以上の何ものかが含まれる旨明確に感知していると——詰まる所、芸術なるもの必ずや精神と情趣が吹き込まれていねばならぬ由厳然と申し立て、断じて其を単にパレットと、パレット・ナイフと、絵の具箱を用いての絵画手品の偏狭な問題に還元しようとせぬと——知るはありがたいことだからだ。事ほど左様に、かの大いなる教育施設は他の如何なる要件よりも——通常の崇敬や品位といった要件すらより——単なる手細工に重きを置くことにて芸術の陥ろう難儀を予見していると惟みるはすこぶる心地好い——くだんの馬鹿げた哲理はとある優れた肖像画家が幾人《いくたり》かの優れた画家が今しも然にあるよりいささかなり趣味において邪道に走った曉には、外ならぬ女王陛下を近い将来、晴れの招待展にてめっぽう居たたまらぬ立場に置くやもしれぬとあらば。

叶ふことなら、読者諸兄に当該思想豊かな絵画がその表象《サイン》にして象徴《エンブレム》たる一大逆行原則の洋々たる前途がらみで祝意を表《ひょう》せるものなら！　叶ふことなら、読者諸兄に新《さら》のランプの代わりに古《ふる》ランプの健やかな需要が高まり、古《ふる》ランプ市場《しじょう》が着実に活況を呈そう頼もしき太鼓判を捺せるものなら！　人類のツムジ曲がりとは然なるものにして、天佑の片意地な配剤とは然なるものだから、我々は読者諸兄の「魂にくだんの嬉しがらせの軟膏を塗る（『ハムレット』Ⅲ、4）」こと能はぬ。我々に報じられるのはただ、如何なる派が当該表象《サイン》にカツを入れられ、今しも結成されつつあり、如何なる機が人々さえほんの乗ず気があれば、呈せられようかということにすぎぬ。

まずもって、遠近画法前派《プレ・パースペクティヴ・ブラザフッド》（プレ・ラファエライト・ブラザフッドを捩って）がほどなく、遠近画法のありとあらゆる既知の法則と原則を覆すべく結成されよう。全P・P・Bは固より柳模様のスープ皿の遠近画法の芸術を天地神明にかけて放棄せねばならぬ。かくて恐らく、英国王立美術院第八十三回年展示会の折には、当該敬虔な派による絵画が、数マイル離れた山上の男が前景の屋敷の上階の窓辺でパイプに火をつけているホガース流概念（版画「誤った遠近画法への諷刺」（一七五四））を地で行っている所に出会そう。がそれでいて、屋敷のレンガは一枚残らず生き写しであろうとは、男のブーツはそのためわざわざノーサンプトンシャー（靴業の盛んな英中部内陸州）から取り寄せた外羽根式靴《ブルーチャー》から限りなく忠実に写し取られていようとは、男の手の肌理は（凍瘡《とうそう》四つと、瘭疽《ひょうそ》一つと、垢まみれの爪十コミにて）画家の芸術の極致であろうとは、先刻御承知。

ニュートン前派と呼ばれることになろう協会が先般、重力の法則に従って身を処す責めを負っていると見なされることに異を唱える、然る土木技師への年季契約の下《もと》なる若き殿方によって企画された。がこの若き殿方は数名の野心的な仲間に己《おの》が概念の小胆を叱責されると、年に一度太陽の周りを公転するを平に御容赦願い、地球に金輪際かようの真似をさせぬよう手筈を整えた、今を時めくガリレオ前派に与すに、あっさり宗旨替えした。当該前派に関し、王立美術院が如何なる手に出るか未だ決定されていないが、風聞によらば、オクスフォード界隈の他のいくつかの大きな教育施設が其に与す意を表明するのは時間の問題だろうとのことである。*

王立外科医科大学に関わる末頼もしい医学生数名が血液循環に異を唱え、くだんの新機軸への断罪的原理に則り、手当たり次第の患者を治療する誓いを立てるべく集会を催した。

その結果、ハーヴェー*前派が誕生し、多大の御利益が期待されるやもしれぬ――葬儀屋によりて。

文学界においても一方ならぬ心血が注がれ、外ならぬP・G・A・P・C・B即ちガウアー前・アンド・チョーサー前派が結成されるに至っている――古英語の綴り方を復興し、公共私設を問わぬ全ての図書館からくだんの、して後の世の全ての衒学者を、わけてもシェイクスピアという名の散漫な気っ風の人物を、根刮ぎにすべく。当該妙案は、しかしながら、印刷術が嫌がらせを受けぬまま存続する限りほとんど完璧とは見なされぬと示唆されたため、別の協会がローレンティウス前派*なる名の下《もと》、写本以外の書籍を一冊残らず廃棄すべく、前者との関連で、設立された。上記をピュージン氏*が地上の何人《なんぴと》たり解読すること能ふまい文字にて配架する旨請け負っている。して上院を目の当たりにしたためしのある人々によりては氏が誓いを律義に全うしようこと請け合いと信じられてもいる。

音楽界において、前途洋々たる後退の一歩が踏み出されている。P・A・B、即ちアジャンクール*前派が発足し、モーツァルト、ベートーベン、ヘンデルその他、同様に馬鹿げた令名を忘却の彼方に葬り去り、至福千年期《ミレニアム》を（その名の暗示する如く）イングランドで達成されたとして知られる初の正統的作曲の日付前に定めようとあっぱれ至極に邁進している。当組織は未だ実際的な活動を始めていないだけに、果たして王立音楽院が王立美術院に付き付きしき妹たり得るか否か、当該進取の気象の団体を奏楽席に迎え入れようか否か、はいずれともつきかねる。就中信頼の置ける権威によらば、その楽曲は真の古き原型につゆ劣らず粗削りにして耳障りであろうとの――要するに、我々がここまで審らかにしようと努めて来た画術に正しく一分の狂いもなくしっくり来ようとの――ことである。故に、王立音楽院は、鑑に事欠かぬとあらば、勇気にも事欠かぬのではあるまいか。

造形芸術とは別箇の社会事象の統制が、ラファエル前派と同時期に由来するヘンリー七世（チューダー王朝初代英国王）前派によって請け負われている。当該協会は四百年に垂んとす進歩を全て無効にし、国家が依然、未開状態から全くもって徐々に這い出しつつあり、外つ国の良家の令嬢がスコットランド国王に嫁ぐべく海を渡り、野蛮な宮廷に独り取り残されたからという ので（宜なるかな）泣きじゃくっていた、英国史上最も疎ましき時代の一つへと回帰しようとするだけに、わけても贔屓目に見てやらねばなるまい。醜い（秘教儀式《ミステリー》と呼ばれる）宗教的戯画の時代とし、同派はその精神において完璧にラファエル前的にして、くだんの偉大な協会の双子の兄弟と見なして差し支えなかろう。もしや当該前派が然るべく焚きつけられた暁には、他の幾多の利点の就中「神の祟り」が訪れるは必定。

目下存在している、或いはこれから存在しよう、これら全ての前派や同じ手合いの他の如何なる協会であれ、我々が憚りながら注意を向けさせて頂いている表象《サイン》に「導きの星」、と同時に彼らの大いなる概念の何か五感に感知し得る明らかなものへの還元を有す。定めて各協会は能う限り速やかにかようの絵画を蒐集しようと目論んでいるに違いなく、年に一度、即ち四月一日に、挙って「永遠のどんじり《ブービー》集会」と呼ばれる賑々しき祝祭にて睦み合う魂胆と思しい。

第四十五稿　日曜螺子

『ハウスホールド・ワーズ』誌（一八五〇年六月二十二日付社説）

当該小道具は、その奇妙な捩《よじ》れに見るべきものがあるが、またもや精を出している。国家の総叡智の極一部が日曜日の郵便物集配を禁ず原則を支持している（第三十五稿一四三頁参照）。くだんの原則は下院の約四分の一以下によって討議され、約七分の一以下によって支持された。

この華々しき凱歌が事実上、日曜には教会と礼拝堂を措いて何一つ罷りならぬとの原理の肯定たること、と言おうか共同体の健康、理性的娯楽、真の宗教的感情とは相容れぬ、キリスト教精神を踏み躙る安息日厳守主義的聖戦の端緒にして、仮に首尾好く行けば、必ずや民衆の情愛の内に維持することこそ大いなる宗教的、社会的目的たるくだんの七日目への侮蔑と憎悪を暗澹と仄めかす激しい反動の結果を招こうこと、火を見るよる明らかとあらば、誤解の危惧や、虚報の必然のために＊一件に関して声を大にして述べるを思い留まるはおよそ我々に付き付きしかるまい。

祖国の良識に信を寄せ、国民の慣習と窮境を知らぬでなし、以下、アシュレー卿の動議＊のための道から邪魔物を一掃した、狂おしき誤言説と「あらん限りの無慈悲（『祈禱書』連禱）」の先般の嵐にもつゆ度を失うことなく、日曜問題に検討を加えるとしよう。くだんのお膳立てはエジプトの妖術師と、ほどなく魔法の鏡に為り変わるはずの何か黒々とした液体を掌に注《そそ》がれる少年の場合に通常描写されるそれに準えられるやもしれぬ。「アシュレー卿を探せ。何が見える？」「おお、誰か箒を持った人が見えます！」「はむ！　男は何をしている？」「おお、ロウランド・ヒルさんを掃き出しています！　で、ほら、大勢の人がみんなでロウランド・ヒルさんを掃き出しています。で、ほら、『偏狭』と書かれた真っ紅な旗がハタめいています。で、ほら、『集会』と呼ばれるテントが数えきれないくらい張られています。で、ほら、テントはそっくり引っくり返され、ロウランド・ヒルさんが外《ほか》の誰も彼もを掃き出してしまいました。で、おお！　ほら、今度はアシュレー卿が『決議案』を手にしています！」

当該主題の神学的側面に関してはとあるキリスト教的条《くだり》だけで事足りよう。「安息日は人のために造られたのであり、人が安息日のために造られたのではない（『マルコ』二：二七）」嘆願書に如何ほど夥しき署名を施そうとくだんの文言の意味を署し去ること能ふまい。万巻のハンサード英国国会議事録（出版業者ルーク・ハンサード（一七五二―一八二八）の名に因む）をもってしてもくだんの文言をビクとも揺るがすこと能ふまい。如何ほど階上《うえ》にて、階下《した》にて、奥方様の寝室にて（童謡「とんまのおばかちゃん」）決議案を発議し、通過させ、法案を提出し、委員会を開こうと――第一読会、第二読会、第三読会、第三万読会にかけようと――わけてもこの格別な事例における、ユダヤ教戒律の字義に対すキリスト教天啓法の公然たる権威を嘆願・決議・読会・委員会「一掃」すること能ふまい。

とある原則のかようの支持が如き場合においては、如何ほど実践的分別と論理がその申し立てに含まれているか見極めることが肝要だ。という訳で早速、検討に入ろう。

アシュレー卿は（これまで多大の恩恵をもたらし、なるほどことこの一件に関してはこの上もなく枉々しい錯誤に陥っているには違いないものの、御芳名を口にする段には深甚なる敬意を表《ひょう》したいが）、日曜日に祖国の郵便局で働く人々のことを恰も日がな一日、ひっきりなしに汗水垂らしているかのように口にする。して果たして彼らは「共同体のその他大勢の娯楽から締め出されたパーリアの民」＊たらねばならぬのかと問う。かくて我々の「心眼（『ハムレット』I、2）」に、幾列もの郵便局員が日曜日の朝から晩まで小さな鎧戸の背後にて髪を振り乱し、薄汚いリンネルのなり腰を下ろし、教会の鐘の音《ね》に溜め息にて拍子を取りつつ、絶え間なく手を擦り抜ける幾ブッシェル分もの手紙を涙でぐしょ濡れにするの図を彷彿とさす。がこれは紛うことなき真実か？　ウパスノキ*は我々の大方が奇特な旧友の姿を認める我らが涙脆き馴染みパーリアにほとんど劣らぬほど神さびた言葉の綾だ。仮に我々が小誌において、祖国で日曜に働かされる全ての郵便局員はわざわざ有毒な影で立ち枯らすべく傍に植木鉢ごと据えられたウパスノキの男自身の格別な小枝の下に座るよう無理強いされていると申し立てるムラっ気を起こしたとしよう。さらば我々はアシュレー卿その人より遥かに的を外していようか？　読者諸兄のどなたか、これまで片田舎でとある日曜日、たまたま手紙を投函したことがおありだろうか？　鄙の郵便局の外側に係のパーリアは日曜のいついつ、がそこで初めて、出勤しよう旨告げるビラが貼ってあるのを目にしたことがおありだろうか？　くだんの刻限になるまで、いささか不便を蒙らぬでもなく、パーリアを待ち、先方がことシャツカラーに関せばやたら小粋にめかし込んで局へお越しになり、めっぽうのん気にしてぞんざいな物腰でほんのちっぽけな片手間仕事をやりこなす所に際会したことがおありだろうか？　我々自身、かようの身に覚えの無きにしも非ズ。我々はイングランド王国のほぼ至る所で日曜日に手紙を投函したり受け取ったりして来た。がついぞパーリアがとことん打ち拉がれた所に出会したためしはない。どころか、奴が（朝方早目に一時間かそこら手紙を選り分けていたにもかかわらず）見るからに元気潑溂としてすこぶるつきの上機嫌で教会に来ているのを目にしてもいれば、許嫁の若き娘御と散歩に出かけている所に出会してもいれば、郵便物を発送した後で、またもや娘御の従妹ぐるみで許嫁に会い、実の所、格別どこと言ってくたびれたり悩んだりしている風もなく身を処しているのを存じ上げてもいる。蓋し、奴は如何で、アシュレー卿の言い分によらば、然たり得ようか？　日曜の前には土曜がある。我々は、と卿の宣はく、日曜の勤労に気乗りのしない国民だ。百万以上もの国民が、その嘆願書から推し量るに、かようの代物に聞く耳持たぬほどには慎重だ。日曜に開いている会計事務所や役所はほとんどない。商人や銀行家は土曜夜の便で手紙を書き送る。日曜夜の便は主として抜き差しならぬ緊急の手紙に限られると想定してまず差し支えなかろう。仮に郵便局パーリアは日曜日に恐らく、閣下の玄関扉をノックの度に開ける下男パーリアや、奥方の赤ん坊の守りをする下女パーリアの半ばも拘束されていないとすれば、アシュレー卿の言い分は悉く瓦解しよう。

　仮にロンドン郵便本局が日曜に開いていないとすれば、とアシュレー卿の宣はく、何故《なにゆえ》田舎町の郵便局が日曜に開いていなければならぬ？　正しく、と我々の惟みるに、田舎町はロンドンではないからでは。ロンドンは世界の一大首都にして、商業中心地にして、繁華街だからでは――ロンドンには家族や友人から遠く離れて暮らす幾十万もの若者や老人がいるからでは――ロンドンにおける月曜の郵便配達に待ったがかかれば、世界の全ての静脈と動脈から世界の心臓への血液の自然の流れに、して心臓からくだんの支流の径路全てを通しての血液の逆流に、貴重な数時間、待ったがかかろうからでは。ロンドンとイングランド中の他の場所との大きな逕庭がこの区別立てを必然化し、かつ恒久化して来たからでは。

　だが、他処の嘆願者はさておくとしても、リバプールの二百名に垂んとす商人と銀行家が「本動議の目的を促進すべく委員会を発足させた」と思しい。エルサレムのパリサイ人（モーセ律法の厳守を主張した所謂形式主義者）皆の名にかけて、果たしてくだんの二百名に垂んとす商人と銀行家は自分達自身は日曜に商用書簡を一切認《したた》めたり読んだりせぬよう委員会を発足し――郵便局には好きにさせておくことは出来ぬのか？　政府は郵便局における独占権を確立し、さらば小生が他の如何なる手段によろうと手紙を発送することは困難にして高くつくのみならず、不法となる。商人や銀行家は一体如何なる筋合いがあって、小生が何としても投函せねばならぬ、或いは是非とも投函したいと思うやもしれぬ手紙の行く手に立ちはだからねばならぬ？　万が一、二百名に垂んとす商人と銀行家の内何者か、日曜に今はの際にあれば、その場に居合わさぬ我が子に――日曜郵便が未だ生き存えているというなら――一筆認《したた》めてもらいたいと思わぬだろうか？　如何で彼らは時計が次の刻《とき》を打たぬとうの先から、自分や自分の身内は其を全き必然とする幾百万もの不測の事態の内一つに見舞われぬとも限らぬと一人残らず、日曜の朝が巡り来る度、百も承知というに、日曜郵便は「必要不可欠」ではないと公言する責めを自ら負えるものか？　必要不可欠ではないと？　果たしてこれら商人や銀行家はどこか大きな町から出された、何者かにとっては正しく必然の極みならざる日曜郵便がこの世に存在するとでも思っているのか？　小生自身、壮健を鼻にかける余り、外科医における接骨術の知識は必要不可欠ではないと、何とならばついぞ大御脚を折ったためしがないからとうそぶく方がまだ増しというものでは。

　下院にこの手の「知恵者」がいる（即ち、東ケント選出保守党国会議員J・P・プランプトリ）。

先生は日曜警察は不可欠だが、日曜郵便は然に非ズ、との見解に与している。つまり、ロンドンもしくはウェストミンスターの然る屋敷には家紋——左後肢立ち獅子《ビゴット・ランパント》——の彫られた銀スプーンがあり、御逸品、もしや当直の警察官が御座《おわ》さねば早晩、日曜に姿を消すこと請け合いとの。が片や智恵者殿は土曜の晩に田舎へ手紙を書き送る必要が出て来ようとは目下の所、思っていない——してもしやかようの事態が出来すらば、「電報」を打てば好かろう。誓約して帰依する幾人《いくたり》かの異教徒が他者のペニーに対して保つ己《おの》がポンドの浅ましき釣合いとは、共同体全般のそれに対して保つ己《おの》が独り善がりな欲求の浅ましき釣合いとは、然なるものだから！　イングランドの数ある町の就中、バーミンガム選出国会議員（急進党員G・F・マンツ）ですら当該独り善がりな盲目を患い、自分が「日曜に手紙を読んだり返事を書いたりするのにうんざり来ている」からというので、世の中にはかようの立場にない、幾多の状況の下《もと》、日曜郵便が得も言はれぬ祝福やもしれぬ他の人々が存在する可能性に思いを馳すこと能はぬ。

アシュレー卿の命題が固より如何ほど筋が通らぬか、卿自身の演説のとある短い条《くだり》ほど明らかに示すものはなかろう。「私は郵便物の送達を口にする時、郵袋のことを言っているのであって、乗客に介入する気は毛頭ない」ほう？　何卒御再考を、アシュレー卿。「水漆喰墓所」選出の映えある議員*が日曜の郵便列車の——要するに全ての鉄道旅行の——停止の決議を提起するとすれば、くだんの映えある議員が料金を受け取り、切符を渡すパーリア局員や、パーリア機関士や、パーリア罐焚きや、パーリア赤帽や、パーリア鉄道警備員や、パーリア乗客を「パーリア紋章亭」その他「パーリア旅籠」のパーリア下男下女にて傅かれるよう連れ行くべくパーリア駅にてお待ちかねのパーリア一頭立て《フライ》のことを口にするとすれば、さらばアシュレー卿は何となさる？　嫉妬は「親指トムはまずもって巨人をでっち上げておいてから、奴らを退治した（ヘンリー・フィールディング戯画劇『悲劇中の悲劇、或いは傑人親指トムの生涯と死』（一七三一）第一幕第五場）」と告げ口したが、卿はよもや御自身のパーリアに対し、同じ手には出られまい。卿はよもやパーリア人形の製造と破壊の独占的特許は得られまい。他の映えある先生も必ずや同じ商いに精を出そう。して「水漆喰墓所」選出の映えある議員がくだんの連中皆から御当人のパーリアをでっち上げた日には、連中をズブの手合いと認めざるを得ぬのでは、アシュレー卿。「水漆喰墓所」選出の映えある議員によって鉄道や他の全ての旅行が禁止されれば、くだんの芸当の間《かん》格別『タイムズ』紙のお褒めに与らなかったろう今のその映えある先生は月曜の『タイムズ』紙のために日曜の晩に幾多の骨が折られているのに気づき、かの大いなる新聞社を丸ごとパーリア化なさろう。というのも一旦手を染めると連中、挙句この王国中でピンは女王の宮殿からキリはどこぞの民家に至るまで、蓋を開けてみればウジャウジャ、パーリアの群がっていぬ屋敷は一軒たりなくなろうほど雨後の筍よろしくニョキニョキ生えるというが「パーリアでっち上げ」の珠にキズであるによって。郵便物には触れぬ、がそれでいて郵袋は廃止すると？　情愛や心づかいのくだんの物言わぬ使者には待ったをかける、がそれでいて遙かに多大な就労の謂れたるおしゃべりな旅人は放っておくと？　ああ、さらば、万人を「マヌケ」扱いし、「水漆喰墓所」選出議員を有るがままどころでなし救いようのない「トンマ」扱いすることになろうでは！

　アシュレー卿は自らの動議を擁護するに、とある労働者によりて書かれたと伝えられる——ことその男自身に関せば、労働者の知的集団は、小誌の惟みるに、誇りにする理由はさしてなかろうが——剣呑極まりなき大言壮語*を読み上げ、そこにては安息日の恩恵を盗まれてはならぬ云々と縷々実しやかに並べ立てられているものの、我々としては誠に遺憾ながら、アシュレー卿の紛れもなく人道的にして慈悲深き衝動にもかかわらず、くだんの労働者にとって、真に己《おの》が日曜日を守りたいと望むなら、アシュレー卿その人ほど恐れねばならぬ盗人《ぬすびと》を存じ上げぬと言わねばなるまい。卿はくだんの日をおよそ休息の日どころではなく——疲れ果てた人々にとっての休息は娯楽や新鮮な外気や転地をも含むが——苦行と陰鬱の日に変える運動に己《おの》が善意の影響を詮なくも及ぼしているにすぎぬ。してこれは、お忘れなきよう、とある階層に限ったことではない。これは、階層の問題ではない。仮に下院にはアシュレー卿に卿の引用した、労働に関すやたら仰々しい戯言《たわごと》は、地上には唯一の労働階級しかいないと申し立てようとする愚にもつかぬ社会主義的独断のまた別の形にすぎぬと思い起こさすほど気概溢る人間がいないとすれば、真実が何処かで明らかにされるに如くはなかろう。して我々の四分の三は生計を立てるべく額に汗して働く労働者であり、所謂労働者の境遇は、程度の差こそあれ、ほとんど全ての職業や仕事に類型を有す、というが紛うことなき真実である。中流階級の直中を、絶え間ない、強制的な、不可欠の労働という深く大きな脈が貫流している。労働者がその天職において一身上築く望みのないに劣らず、己《おの》が天職においてくだんの望みのさらになき殿方は、殿方の息子や娘は、星の数ほどいる。安息日が七日の内唯一、約しい家庭的気散じや愉悦の実に付き付きしい日たる家庭は星の数ほどある。然に幾多の社会的害毒の謂れたる我らがさもしき上流気取りにおいて、我々はこと当該一件がらみでは労働者と一線を画そうと試みるに、奴には周遊列車も茶店公園もお呼びでない、何とならば我々自身利用せぬからと、やたら得々と決めつけるやもしれぬ。が心得違いは禍の元。我々自身のそれを鎹《かすがい》で締めつけたり、男を卑劣に欺いたりせずして、奴の欠くべからざる娯楽や気散じの手立てを鎹《かすがい》で締めつけること能ふまい。男を「水漆喰墓所」選出議員の後ろ楯風《かぜ》に委ねておきながら、我々自身をお役御免にして頂くは土台叶はぬ相談。男に枷をかけておきながら、我が身を自由にして頂くは土台叶はぬ相談。我らが日曜欲求は、たとい男のそれの方が遙かにお易い御用で満たされようと、大同小異。我らが性向や感情とて大同小異。一件がらみで双面神面《ヤヌスづら》を下げぬが我々、中流階層にあっては正直であるに劣らず賢明であろう。

　アシュレー卿が道から邪魔物を一掃してやった「水漆喰墓所」選出議員は一体何を為したいというのか？　先生はとある日曜の朝《あした》、イングランドのあちこちの大都市において、鐘が教会と礼拝堂へと誘《いざな》っているというに、一人ならざる薄汚い、空ろな目をした、自堕落なノラクラ者が居酒屋の戸口の辺りに屯したり、街角をウロついたりしているのを目の当たりにする——何せ連中にとって安息日は日の燦々と降り注ぐ夏の日がその数だけのブタに訴えるのと大方同じ度合いにしか訴えぬだけに。果たして先生は郵便局にいささかなり手枷の重みをかければ、嗜み深き人々にいささかなり制約を課せば、日曜を連中の胆に銘じさせられるとでも思っておいでなのか？　如何なる日曜の朝《あした》であれ、ピアノの音が冒瀆たろうエディンバラの新市街《ニュータウン》（新古典主義様式中央街）から旧市街《オールドタウン》（中世要塞に瞰制される最古地区）へ向かい、キャノンゲイト（エディンバラの一地区。スコットランド王デイヴィッド一世（一〇八四—一一五三）により創建された旧自治都市の名に因む）にて日曜の何たるか御覧になるが好い。或いは、教会が会衆で溢れ返っている片や、グラスゴーの酔っ払い人口の統計を取り——厳格な上っ面とくすんだ形式によりて下方へと伝えられる安息日遵守の量を算出なさるが好い。

　だが、日曜日にちょっとした遠出に繰り出し、ちょっとした社交的な会衆に紛れるまた別の手合いの人間がいる。して連中がらみでかの映えある先生を議長に据えた「水漆喰墓所」の全選挙区民は彼らの長い和毛《にこげ》が恐怖の余り逆立ち、恰もそっくり感電してでもいるかのようにエクセター・ホール（第十六稿注（四三）参照）の天窓を真っ直ぐ指し示すのに気づく。当該手合いに関せば、我々としては平静を失った会衆の耳に短い三語を囁いてもって善しとしたい。「後はどうなと打っちゃらかせ《レット・ウェル・アローン》！」

　英国民は昔から家庭的な習いと、約しい美徳と情愛の点で秀でている。彼らは今や、この国を訪う知的な外つ国人に、控え目な礼儀正しさ、気さくさ、公益への慮りに真実、端を発す全ての拘束に対す陽気な認識故、広く遍く崇敬されている。彼らはこの（誇らしくも、この所間々耳にする）証言にあっぱれ至極に値する。長らく中傷され、誤解されながらも、彼らは然に努めることが可能となった正しくその刹那から、己《おの》が言い分の正しさを立証し、我々の知る限り、唯の一度も自らに寄せられている公的信頼を裏切ったためしがない。幾年もにわたり画廊や美術館から意図的に締め出されて来た国民にあって、かようの場所と、そこを訪う者としての己自身への敬意が過渡の期間のさらになきまま、正しく建物の扉が大きく開け放たれたその日に遡るとは稀有な事象ではあるまいか。国民的悪徳は驚くほど稀である。人々は総じて大食漢でも、大酒飲みでも、博徒《ばくちうち》でもない。残虐な慰み《スポーツ》に耽る訳でも、如何なる娯楽をも獰猛で野蛮な極端に走らす訳でもない。固より温厚で、気さくで、心濃やかな感化という感化に極めて敏感である。女子供の程好く紛れた行楽客の一行は一点の瑕《きず》もなき珠《たま》たらん。庶民の公正な成り代わりの足繁く通う如何なる日曜の娯楽場であれ、出かけてみようではないか。連中、必ずや家族や隣人の直中にて、慎み深く、行儀正しく、物静かに、和気藹々と身を処していよう。誰しも宗教や宗教上の礼典に敬意を抱いている。教会や礼拝堂が閑散としていることはない。召使いや丁稚を抱えておきながら、彼らが教会もしくは礼拝堂へ通う機会に意を用いぬ雇用主はほとんどいない。聖堂内における全般的な立居振舞いはわけても厳粛で、礼儀正しい。戸外での全般的な娯楽は他愛なく、素朴な手合いだ。ブルーアム卿は下院における当該発議の通過後、英国ほど安息日が概して遵守されている国はないと上院宛宣すことにおけるほどヘンリー・ブルーアムに面目を施したためしはなかった。*「水漆喰墓所」全選挙区民には是非ともキリスト教精神に則り、上記の点に篤と思いを馳せ、自らの道義心をこそ慮って頂きたい。して映えある議員先生には勝手に御当人のそいつを慮って頂くこととし、後《レッ》はどうなと打っちゃらかせ《ト・ウェル・アローン》。

　というのも国家におけるは家庭におけるが如し。くだんの点における余りに仮借なき手は必ずや束縛から逃れ、暴れ回らんとす欲求を掻き立てる。仮に当該条《くだり》でつと立ち止まる如何なる読者であれ、個人的な経験上、其が真実たるを証す幾多の不運な事例を思い浮かべられぬとすらば、蓋し、果報な話もあったものでは。英国における我らが最も著き公的事例はつい二百年前に出来したばかりだ（一六四九年のチャールズ一世処刑を指す）。アシュレー卿は己《おの》がパーリアを政治的統一体《ボディ・ポリティック》に融合さすに

――「水漆喰墓所」選出の映えある議員は町の住人が日曜日に緑の草原を散策し、田園の光景を眺めているの図に己《おの》が僻目《ひがめ》を馴らすに――如くはなかろう。もしや先生が彼らの些か先を見はるかし、「心眼」を上方へかざす気がおありなら、遙か彼方に恐らく、とある穏やかにして厳かな人影が、道すがら落ち穂を拾う幾人《いくたり》かの約しき弟子に付き従われたなり、小麦畑を縫っているのを認めるやもしれぬ――してその人影を「天帝」は彼らに安息日の主《しゅ》ですらあると教え賜ふ。

第四十六稿　削り屑《チップス》*：汽車の個性

『ハウスホールド・ワーズ』誌（一八五〇年九月二十一日付）

線路上を走る全ての機関車にはそいつなりの明確な個性と気っ風がある、というのは特筆すべき真理であり、然るべく適用されれば、様々な人間の気質の差異を公平に斟酌する一助となる点で有益やもしれぬ。

経験豊かな熟練機関士には周知の事実たるに、たとい一ダースからの相異なる機関車が同じ工場で、同じ時に、同じ材料で、同じ動力にして、同じ目的の下《もと》、作られようと、くだんの機関車は各々経験によってしか見分けのつかぬそいつなり独特の気紛れややり口を具えてお出ましになろう。とある機関車は一時《いちどき》に大量の骸炭《コークス》と水を頂戴しようが、別の機関車はかようの荒業には聞く耳持たず、何としても踏鋤《スペード》幾掘り分、手桶《バケツ》幾杯分もてなだめすかされると言って聞かぬ。とある機関車はお呼びとあらば仰《のっ》けから全速力で走り出すにおよそ吝かどころではないが、別の機関車はまずもって精を出すに体を温《ぬく》め、いざ本腰を入れるに少々手間がかかる。これら無くて七クセは腕のいい機関士によりて然にドンピシャ手懐けられるものだから、格別な男にしか格別な機関車に精魂傾けるよう説きつけること能はぬ。まるでくだんの「とびきりの怪物」の中には厩舎より引っ立てられるが早いか、かく啖呵を切るヤツもいるかのようだ。「もしか操縦するのがスミスなら、オレは行かないぜ。馴染みのストークスなら、何だってしてやるが！」

機関車はどいつもこいつも湿気た霧深い天候だとしょぼくれ、外気がパリパリと、身を切るように冷たければ仕事に身が入る。かようの折、奴らはめっぽう陽気でキビキビしているが、霧や粉糠雨にはほとほと閉口する。以上は奴ら皆に共通の気っ風。十人十色の個性においてこそ、奴らには見るべきものがある。

機関車を十把一絡げに、微妙に相異なる性格や言い分を一切斟酌せずして、劃一的な処遇規準に委ねる鉄道会社は早晩、同じ手続きを「人間」と呼ばるより繊細な絡繰相手に踏むくだんのより大いなる政府が遅れを取り、いつ果てることなく遅れを取ろう如く、時流にあって遙か遅れを取ろう。

第四十七章　活きのいいカメ*

『ハウスホールド・ワーズ』誌（一八五〇年十月二十六日付社説）

私は左団扇の御身分だ。叩《はた》くものは己に叩《はた》く。叩《はた》かぬものは溜める。というのが金科玉条。この金科玉条がすこぶる気に入っているもので、ありとあらゆる折に則って身を処す。私は、中には蔭口を叩く者がいるように、しみったれではない。手に入れたいと思うものを我慢したためしはない。例えば「スノーディ」——というのが私の名だが——「来週まで待てば、この桃はもっと安く手に入るぞ」とか「スノーディ、食事に招待されるまで待てば、このワインをロハで飲めようさ」と独りごちたことはあるやもしれぬが、何一つケチったりはしない。身銭を切ったり、金を叩《はた》いたりせねば欲しいものが手に入らぬなら、事実身銭を切り、金を叩《はた》く。私は生まれながらに食欲を授かっている。もしやそいつを裏切れば、天祐に真っ向から挑みかかるようなものではないか。

私には弟が一人いるきり、近しい身内はいない。あいつが何かねだっても、お生憎サマ。人は皆、私の兄弟だ。どうしてあいつだけ特別扱いせねばならぬ？

私は昔ながらの自治体のある大聖堂の町に住んでいる。聖職に就いてはいないが、何らかの類の一廉の立場にはあるやもしれぬ。どうぞお構いのう。クチは実入りがいいやもしれぬ。「然り」やもしれぬし、「否」やもしれぬ。閑職やもしれぬし、ではないやもしれぬ。バラしてどうなるものでもなし。こうした一件がらみで弟に垂れ込んだためしはない。私に言わせれば、人は皆、兄弟だ。黒人は「同胞兄弟（奴隷制反対運動の標語）」だ――私は奴に自分の俗世での身の上を証す責めを負うているか？　無論、負うてはいまい。

私はしょっちゅうロンドンに出かける。ロンドンはお気に入りの街だ。ロンドンのことをどう思っているかと言えば、要するに、そいつは安くつく街ではないが、概して、そこでなら叩《はた》いた金の分だけ、大方の場所でありつけるよりまだしも本物に――と言おうか何であれ、いっとうの代物に――ありつける。という訳で、私は懐が温くて、御逸品の欲しい奴には言ってやる。「だったらロンドンへ行って、ちょいと張り込んではどうだ」

斯く言ういう私は上京するとなると、こんな具合にやる。まずは市内のオルダーズゲイト・ストリート（セント・ポール大聖堂へ北から通ず通り）に間近い、スキム夫人経営特定旅館・商用旅人下宿家へ向かい（仰《の》けに御高宜に与ったのは「ブラッドショー全英鉄道時刻表（第四十三稿一九二頁参照）」の広告欄でだが）、そこにて「肉料理の朝食付一泊九ペンス。召使いコミ」に金を叩《はた》く。さて、ざっとソロバンを弾いてみた所、スキム夫人は私からさして旨い汁は吸っていないはずだ。実の所、夫人の御贔屓筋がみんな私みたようなら、来月には「官報《ガゼット》」の破産者欄にお目見得しようこと請け合い。

一体何故《なにゆえ》老舗のクラレンドンへ行けるというにスキム夫人の旅籠に宿を取る、と諸兄はお尋ねになるやもしれぬ。その点を論じてみようでは。たといクラレンドンへ行こうと、床の中にて睡眠以外は何も取れぬと？　如何にも。さて、クラレンドン旅籠なる睡眠は値の張る代物だが、片やスキム夫人の宿なるそいつは文句なく安い。またもやソロバンを弾いてみた所、一から十まで勘案すらば、そいつはげに安い。御逸品、クラレンドン睡眠との比で言えば、マズい代物か、それとも要は同じか？　私は一度《ひとたび》眠れば朝まで知らぬ。よって要は同じだ。ならば何故《なにゆえ》クラレンドンへ行かねばならぬ？

が、こと朝餉に関せば？　と諸兄はお尋ねになるやもしれぬ。――いたくごもっとも。こと朝餉に関せば。クラレンドンでは朝餉に色取り取りの馳走が出る。そいつはスキム夫人の宿では論外。が、そもそも私にはそいつらお呼びでない！　私に言わせば、人間というものはそっくり獣性と肉欲の塊という訳ではあるまい。人はそもそも知性を授けられている。もしやそいつに朝餉の山海の珍味でずっしり重みをかけた日には、どうやって日中、ディナーにつらつら思いを馳す上で今のその智恵をまともに働かせてやれる？　というのがミソでは。我々は魂に枷をかけてはなるまい。どころかそいつを天翔《あまがけ》させねば。というのが肝心要では。

　スキム夫人の宿で、朝餉はたっぷり食うが（肉に限りはあるものの、パンとバターにはないもので）、食いすぎは禁物。私は上記の腹づもりに集中さすべく、手持ちの能力をそっくり狩り出す。おまけにかく独りごてる。「スノーディ、今日はもう六、八、十、十五シリング浮かせてるぞ。ディナーに何かお目当ての代物があるなら、遠慮なく食うがいい。スノーディ、褒美の分だけは稼いだって訳だ」

　ロンドンのイタダけぬ点は、イングランドで表明される最悪の過激な所信の本丸だということだ。どうやらロンドンには剣呑な人間がごまんといるらしい。目下の雑誌も（もしや『ハウスホールド・ワーズ』なら）やたら剣呑だ。してそいつの毒を某かなり消してやりたいばっかりに、こいつを書いているようなものだ。我が政治的信条は、曰く、のん気にやろうじゃないか。みんな今のままでめっぽうのん気にやってるじゃないか——少なくとも私は今のままでめっぽうのん気にやっている——どうかお構いのう！

　人類は皆、私の兄弟だ。その兄弟に向かってお前は無知だ、堕落している、薄汚い、とかともかくその手のことを言うのは——ことそいつがらみとならば——キリスト教徒らしくなかろう。そいつは口汚いし、下卑ている。諸兄は、私は自分の兄弟を愛さねばならぬとの所見で太刀打ちなさるやもしれぬ。ならばこう答えるまでのこと。「愛しているとも」いつだって兄弟にはこう言ってやる気満々だ。「やあ、きさまのことは大好きだぜ。とっととあっちへ行きな。きさまはきさまの好きにするがいい。私には私の好きにさせろ。何であれ、この世に存するものは正しい（ポープ『人間考』（一七三三—三四））。何であれ、この世に存さぬものは誤っている。徒に騒がんことだ！」是ぞ「人間の全本務（神学者リチャード・アレストリー（一六一九—八一）の著書の表題）」であると同時に、ディナーへ向かうに付き付きしい唯一の気分ではなかろうか。

　つい先達てのこと、肉料理の朝食と召使いコミにてスキム夫人の宿で一泊した後《のち》、当該心待ちにてディナーへ向かっているとふと、もしや記憶違いでなければ、いつぞや誰かが何かの折、人間は下等動物からすらお智恵を拝借出来るやもしれぬと言っていたのを思い出した。かの高貴な動物カメから大いなるお智恵が拝借出来るとは、蓋し、願ったり叶ったり。

私は上述の日の内に、カメ・ディナーを食べようと心に決めていた。つまりカメがメインのディナーを。ほんの蓋付き《テュリー》深《ン》皿一杯のスープを肴に、一パイントのポンチをすする。腹の膨れるものと言えば後はただ、汁気たっぷりの柔らかいステーキを食べるきり。私は汁気たっぷりの柔らかいステーキに目がない。そいつを注文すると大方、我ながら言ってやる。「スノーディ、さすがお前だ」

一旦馳走を奮発しようと肚を決めたら、掛かりは物の数ではない。さらば、自づと正しくとびきりか否かの問題となる。かくて馴染みの市議会議員の所へ行き、次のようなやり取りを交わした。

私は奴に吹っかける。「グログルズ殿、いっとうのカメはどこだ?」

奴は返す。「昼飯に円水盤鉢《ベイスン》がお望みなら、バーチの店へ立ち寄るがいい」

私だ。「グログルズ殿、お見逸れも甚だしいでは。誰が円《べ》水盤鉢《イスン》如き。今はディナーの話だ。蓋付き深皿《テュリーン》だ」

グログルズ殿は間髪を入れず、きっぱり返す。「レドンホール・ストリート（コーンヒルとオールドゲイトの間の目抜き通り）の東インド会社ロンドン本局の真向かい」

かくて我々は別れた。日中、私の脳ミソは眠ってだけはいなかった。夕刻六時、私はグログルズ殿おススメの店へ向かった。表通りから喫茶室へ通ず廊下の突き当たりにどデカい、がっしりとした櫃が据えられ、その折はてっきり超弩級のカメが閉じ込められているものと思い込んだ。が、その嵩と、ディナーのお代のそれとの相応関係からして、後ほどストンと、御逸品、旅籠の金櫃に違いなかろうと腑に落ちた。

私は給仕に如何なる経緯で店まで足を運んだか告げ、グログルズ殿の名を出した。給仕はしみじみオウム返しに繰り返した。「カメの蓋付き深皿《テュリーン》と汁気たっぷりの柔らかいステーキをと」給仕の物腰は、朝方のグログルズ殿の物腰と相俟って、万事トントン拍子との太鼓判を捺してくれた。喫茶室の大気はカメの芳香芬々たるものがあり、四つ壁内にて消費された幾千ガロン分もの湯気がべっとり、芳《かんば》しき獣脂たりて壁面にこびりついている。酔狂さえ起こせば、数知れぬカメのエキスにペンナイフで名を綴ってやれていたろう。ただし、その場の暖かい蒸気によってもたらされる腹ペコの瞑想に耽り、西インド諸島とアセンション島（南大西洋上英領小島）を瞼に彷彿とさす方がよっぽどか性に合ってはいた。

ディナーは来て——去った。後はただ食事をすっぽりヴェールに包み、空っぽの蓋付き深皿《テュリーン》に蓋を被せ、すこぶるつきだったと——して然るべくお代を払ったと——言えば事足りよう。

　そっくり片がつくと、私はほんの限られた時間しか食すること能はぬ我らが目下の生存状態の不完全な質《たち》につらつら思いを馳せつつ座っていた。するといきなり給仕が声をかけたせいでハッと目が覚めた。

　給仕はテーブルのパン屑を払い除けながら言う。「カメを御覧になりたくは、お客様?」

「どんなカメを?」と私は(ヤンワリ)返す。

「陛下《した》の水槽のカメを、お客様」と奴は答える。

水槽のカメをだと! いやはや! 「もちろん!」

給仕はロウソクに火を灯し、階段伝《づて》、こざっぱりと水漆喰の塗られ、ガス灯で照明の利いた、一続きの丸天井の部屋へと案内した。そこにては祖国の偉大さを証して余りある、こよなく瞠目的にして得心の行く手合いの光景が繰り広げられていた。「スノーディ」というのが思わず口を突いて出た言葉だ。「ブリタニアよ統治せよ、大海原を統治せよ!*」

　丸天井の部屋には——どいつもこいつもピンシャンした——二から三百に垂んとすカメがいた。水槽の中にいるものもあれば、藁敷きの長く乾いた散歩道でごゆるりと外気に当たっているものもあった。大きさはまちまちで、中にはどデカい奴もいた。奴らの中には小さなカメにもぐれついたり、ヒレを送水管に押っ被せ、逆立ちのなり我と我が身をギュウギュウ片隅に押し込め、一見、今はの際にてピクピク痙攣《ひきつけ》を起こしては踠いてはパシャパシャ水を跳ね散らかしたりしているものもあった。かと思えば水槽の底でおとなしくしているものも、水面までゲンナリ浮かび上っているものもあった。藁敷きの散歩道のカメはおとなしく、じっとしていた。それは正しく血沸き肉躍る光景であった。私はかようの光景を前にすると陶然となる。弥が上にも想像力を搔き立てられる。もしや諸兄も御自身の想像力への効験を試してみたければ、いつ何時であれ東インド会社ロンドン本局の真向かいへ行き——ディナーを認《したた》め——お代を払い——階下《した》へ案内して頂くよう申し入れられるが好い。

　二人の筋骨隆々たる若者が上着をかなぐり捨て、シャツの袖を肩までたくし上げたなり、これら高貴な動物の世話を焼いていた。片割れは仲間の内でもいっとうどデカいカメと取っ組み合い、そいつを私に見せようと水槽の縁まで引っぱり上げている最中《さなか》だったが、かくて私の脳裏をふと、ついぞ思い浮かんだためしのない考えが過った。ここで一言断っておけば、私はいいひらめきがお気に入りだ。新たなそいつに出会すと、独りごつ。「スノーディ、今のをメモっとけ！」

その折、私の脳裏に浮かんだそいつとは――グログルズ殿では！　私が目の当たりにしているのはカメではなくグログルズ殿であった。奴はグログルズ殿の生き写しであった。奴はチョッキを――などという表現を使って差し支えなければ――私の方へ向けたなり、面と向かうよう引っぱり上げられた。して御逸品、グログルズ殿のチョッキとウリ二つだった。形も同じなら、色もほぼ同じ。後はほんの金の時計鎖と印形の束さえ吊る下げればドンピシャグログルズ殿のチョッキでは。奴には総じて、私に言わせればはちきれそうな表情が漂っている。して是ぞ正しくグログルズ殿の表情なり。これまでカメの喉を具に観察したためしはなかったが、奴のたるんだクラヴァットの襞がまたグログルズ殿のクラヴァットのそいつらそっくりと来る。才気走った目にしてからが――つまり、剣呑なまでに才気走った、というのではなく、まっとうな主義主張の人間に足るほどには才気走った――グログルズ殿の目に外ならぬ。筋骨隆々たる若者が奴をお役御免にし、頭をグルリと回しながらドブンと水槽の中へ寝返りを打つに及び、奴の物腰と来ては市議会法廷で公衆衛生動議に真っ向から異を唱え果すやジンワリ椅子にへたり込む所を目の当たりにして来たグログルズ殿の物腰そっくりであった！

「スノーディ」と私は思わず独りごちた。「でかしたじゃないか。是ぞ大いなる哲理の込められた、スノーディ、とびきりのひらめきだ。お目出度う！」私は若者がカメをあちこちの水槽の縁まで次から次へと引っぱり上げるのを目で追ったが、どいつもこいつも同じ――どいつもこいつもグログルズ殿の生まれ変わり――どいつもこいつも常日頃から奴らを食う殿方にやたらそっくりだった。「さあ、スノーディ」というのが私のお次に吹っかけた問いだ。「こいつから何を演繹する？」

「貴殿」と私は返す。「こいつから何を演繹するかと言えば、そいつは改善を口にする例の急進派や他の革命論者にとっての破滅だ。貴殿」と私だ。「こいつから何を演繹するかと言えば、カメとグログルズ殿達は伊達や酔狂でこんなにも似通っている訳じゃないということだ。ミソは世の中の連中にグログルズ殿のような人間に付き付きしい鑑はカメであり、我々がグログルズ殿のような人間に求めている活きの好さは、カメの活きの好さであって、それ以上でも以下でもないということを分からせてやることだ」「スノーディ」というのが私の返答だ。「正しく仰せの通り。ズボシだぜ！」

私は今のそのひらめきに我ながらうっとり来た。というのも、もしやこの世に鼻持ちならないものがあるとすれば、そいつは変化だからだ。変化は当たり前、この世に縁もゆかりもなければ、何の筋合いもなければ、そもそもお呼びでない。我々にお入り用なのは（くどいようだが）、のん気にやるってことだ。私は一件をそんな風に見ている。のん気にやらせてくれ、でどうかお構いのう。さて、若者がグログルズ殿を――ではなくカメを――水槽から引っぱり出した際、これぞドンピシャくだんの高貴な動物がまたもや四苦八苦、寝返りを打ちながら身をもって訴えていたことではなかったか。

私には市議会にグログルズ殿以外にも馴染みが数名いる。上記のことがあってから一週間ほど経っていたろうか、私はかく独りごちた。「スノーディ、私がきさまなら、あそこの法廷へ行って、今日の討論を聴くがな」という訳で足を運んだ。その大方は私に言わせば健全な、昔ながらの英国的討議だった。とある能弁の先生はフランス人が木靴を履くことに異を唱え、先生の馴染みは先生にくだんの外つ国人《びと》のもう一つの難点、即ち、カエル食らいを思い起こさせた。私は、誠に遺憾ながら、ここ何年もこれら十把一絡げの大義名分はてっきり廃れたものと思い込んでいた。よって一八五〇年に依然、大都市ロンドンの傑人の直中にてそいつが生き存えているのを目の当たりに何と快哉を叫んだことか！　活きのいいカメの姿が、宜なるかな、脳裏を過った。

がほどなく、活きのいいカメの姿がいよよ瞼に彷彿とした。幾人《いくたり》かの急進派や革命論者がいつしか市議会にまで忍び込んでいる証拠――さなくば市議会は我らが悩める政体の最後の砦の一つと私は目している訳だが――スミスフィールド市場（セント・ポール大聖堂北西部の大肉市場）――私見では、くだんの政体の端くれたる――を移転させよだの、シティに検疫官を任命せよだの、公共衛生を保持せよ等々、教会と国家に真っ向から楯突く背信的習いがらみで熱弁が揮われた。これら提案に対し、グログルズ殿はかようの男にあっては当然の如く、然にひたぶる抗ったによって、後ほどグログルズ夫人から聞いた所によると、その晩あわや脳卒中を起こしかけたとのことである。グログルズ派は一人残らず提案に抗い、チョッキまたチョッキが抵抗を試みる上でむくむく膨れ上がっては鎮まるのを目の当たりにするは、蓋し、傑作な立憲的見物《みもの》であった。が当該絶景の就中印象的だったのはこいつだ。「スノーディ」と私は言う。「きさまのひらめきってのはズボシもズボシもいいところでは！　こいつら急進派と革命論者は外でもない、活きのいいカメを水槽の縁まで引っぱり上げるシャツ姿の筋骨隆々たる若者だ。でグログルズ達はちらと外へ目をやったと思うとまたもやドブンと水の中へトンボ返りするカメだ。グログルズ達に映えあれかし！　活きのいいカメの法廷に映えあれかし！　カメの叡智こそはイングランドの希望なり！」

我が一家言の寓意には三項ある。一つ、カメとグログルズはウリ二つ。外っ面もそっくりなら、頭の中もそっくり。二つ、カメはどこからどこまでピカ一。カメの活きの好さは人間サマの活きの好さのお手本にドンピシャ。そいつの一線を越えてはならぬ。三つ、我々はみんなとことんのん気にやってる。どうかお構いのう！

第四十八稿　ブル夫人によりて子供達に審らかにされし、ジョン・ブル氏*の御家庭の事情の由々しき局面

『ハウスホールド・ワーズ』誌（一八五〇年十一月二十三日付社説）

ブル夫人と育ち盛りの子供達はとある十一月の夕まぐれ、暖炉の周りに腰をかけていた。外は泥濘み、靄が立ち籠め、闇にすっぽり包まれている。霧は一家の居間にまで生半ならず忍び込んでいる。実の所、居間は一度たり霧を締め出せたためしのなく、際立った折々それは濛々たる靄を立ち籠めさすものだから、お蔭でブル一家は皆してとんでもなくマゴマゴ手探りしては奇妙奇天烈なドジを踏んで来たものだ。が一家の暖炉の上には（「常識」と呼ばれるとびきりの発明品だけに同じ等級ながら、アーノット博士（医師・科学者（一七八八―一八七四））考案のそれではないが）とびきりの換気扇が備え付けられ、ここより、霧はあちこちの割れ目から居間に忍び込みがちではあるものの、ほどなくまたもや追っ立てられ、かくてブル家の人々は手堅い、着実な一家の時計によって今何時か難なく拝ま

せて頂くこととなる。というのも御逸品、時にいささか遅れ気味ではあるにせよ、長い目で見ればめっぽう小気味好く時を刻んでいるからだ。

ブル氏はハンケチを頭から引っ被ったなり、安楽椅子でうたた寝している。いつもまめまめしいブル夫人はせっせと編み物に精を出し、子供達はパチパチと燃え盛る暖炉のグルリに思い思いの姿勢で集まっている。C・J・ロンドン坊っちゃん*（教父に因んで名付けられた）は、課題にいささか手こずっているものだから、何やら物思わしげにして後ろめたげな物腰で顎を石板に、石板を膝に、乗っけたなり、座っている。青二才のジョナサンは——ブル家のおチビさん方の従兄で、図体ばかり大きな騒々しい若造だが——中庭の向こうから新しいオモチャがらみで途轍もない叫《おら》び声を上げている。*時折奴のガナり声がブル氏の耳に留まると、くだんの奇特な御仁は椅子の中で苛立たしげに身を揺すり、ブツブツつぶやく。「コンｰチクショー、あの縞模様《ストライプ》の小僧め、あれではバカ丸出しでは！」

「どうせじき、新しいオモチャともケンカするはずですわ」と嗜み深いブル夫人の宣はく。「だったらあちこち小突き回すんでしょうよ。でも若い者に分別を求めても始まりませんわ」

「ああ、そいつはイタダけないね、母さん」とC・J・ロンドン坊っちゃんは、ツルリとした、テラついた御尊顔の少年だが、口をさしはさんだ。

「で、だったらどうしてあなた青二才のイングランド（イギリス青年党（第二十稿注（五七）参照）を捩って）に分別を求めたりしたの？」とブル夫人はすかさず坊っちゃんに食ってかかりながら突っ返した。

「ボク、青二才のイングランドに分別を求めたことなんてないよ！」とC・J・ロンドン坊っちゃんは左のゲンコをグリグリ、右目に捻じ込みながら声を上げた。

「まあ、求めたことなんてないですって、このおイタさん？」とブル夫人は畳みかけた。

「ああ！」とC・J・ロンドン坊っちゃんはメソついた。「マジでさ。おう、おう、おう！」

「おとなしくなさいってば、ほら！」とブル夫人はたしなめた。「これからはもっとお行儀好くすることだわ。一体全体、青二才のイングランドと一緒に遊ぼうだなんてどういう了見？」

「別に悪気があった訳じゃないさ！」とC・J・ロンドン坊っちゃんは、いよよ困りあぐねたか、右のゲンコを右目に、左のゲンコを左目に、グリグリ捻じ込みながら声を上げた。

ローマ教皇、ブル氏に「お試し」の図
『パンチ』誌（一八五〇年十一月二日付）

「よくも悪気があった訳じゃなんて!」とブル夫人は突っ返した。「ロウソクやロウソク立てで遊んじゃなりませんって散々お小言頂かなかったかしら? なんてしょっちゅうあなたのお気の毒なお父様のお家はあなたが生まれるとうの先からロウソクやロウソク立てですっかり灰になってしまいそうになったか言われたことかしら? で、青二才のイングランドや仲間が服の上からシャツを着込んで、そのなりあれやこれやの奇抜なイタヅラを仕掛け始めた時、どうしてあなた、律義なC・J・ロンドンらしく、お気の毒なお父様と母さんにだって教えてくれなかったの?」

「だって典礼法規が——」とC・J・ロンドン坊っちゃんは切り出した。さらばブル夫人の、ぶっきらぼうに言葉尻を捕らえて宣はく。

「典礼法規がどうのこうの止して頂だいな。ますます癪に障るったら!」とブル夫人は坊っちゃん宛かぶりを振り振り言った。「あの頃典礼法規が何を意味していたか、ぴったり今だって変わりゃしないし、あの頃何を意味していなかったか、ぴったり今だって変わりゃしないわ。あなた字義じゃなくて趣意に従って行動するようにって教わってるでしょ。で典礼法規の趣意が何だか知ってるわね。さもなきゃあなたなんてそもそもいやしないのよ。いえいえ、C・J・ロンドン!」とブル夫人は力コブを入れて畳みかけた。「もしもあなたの教科書の趣意にちょっとでもロウソクやロウソク立てが紛れてるんだったら、あなたじゃなくってワイズマン坊っちゃん*こそ我が子だったでしょうに!」

ここにてC・J・ロンドン坊っちゃんはいよよ傷ましく泣きじゃくり、涙に噎びながら声を上げる。「おう、母さん! よりによって真っ紅な臑のワイズマン坊っちゃんが母さんの子供だなんて! おう、おう、おう!」

「どうか少しはおとなしくして」とブル夫人は返す。「お気の毒なお父様を起こさないで上げて頂だいな! 恥をお知りなさいな。あなたってばおセンチな女の子やおシャレな男の子のグループと付き合ってるだなんて! そんな子に育てたつもりはありませんからね」

「あいつらワイズマン坊っちゃんのこと気に入ってるって知らなかったんだもの」とC・J・ロンドン坊っちゃんは相変わらずベソをかきかき物申す。

「知らなかったですって!」とブル夫人は突っ返した。「よくもまあそんなこと! だったら知らなきゃならなかったんじゃなくって。ほかのみんなは知ってたわよ。あの時、耳にタコが出来るくらい聞かされたでしょ、一体どういうことになるか。まさかクギを差すのに幽霊がお入り用だったって訳じゃ――もしもあの子達、ロウソク立てに手を出せば、当たり前ロウソクに手を出し、もしもロウソクに手を出せば、当たり前火を灯しにかかろうって、でもしも外っ側からシャツを着て、修道士や托鉢僧ごっこをし出せば、当たり前ワイズマン坊っちゃんがお調子に乗った勢い真っ紅な長靴下を履いて、真っ紅な帽子を被って、ほかにもどっさりバカな真似をして、挙句、あれやこれやで絵に画いたようなガイ・フォークス（火薬陰謀事件首謀者）のザマを晒すことになるだろうって。あの子達が皆してすぐ目の前で緋色を振り回すまで目が覚めないのは、もしかしてあなたが正真正銘雄牛《ブル》だからなの？」とブル夫人は地団駄踏まぬばかりに宣った。

　C・J・ロンドン坊っちゃんは相変わらずめっぽう傷ましい物腰で「おう、おう、おう！」と繰り返しながら、グリグリあわや目ん玉を頭から捩《よじ》くり出さんばかりに両のゲンコを目の中に捻じ込んだ。がチビのジョンが（形《なり》は華奢でも、めっぽう勇ましいヤツなもので）、ハッと、腰かけていた小さなベンチから立ち上がるや、C・J・ロンドン坊っちゃんの背《せな》を優しくポンと（同時に、とは言え、鳩尾《みずおち》を気持ち小突かぬでもなく）叩きながらかく啖呵を切った。もしかワイズマン坊っちゃんだろうと、青二才のイングランドだろうと、その手の奴らのどいつだろうと、何か御所望だってなら、自分（チビのジョン）がそいつを見繕ってやろうじゃないか。その途端、ブル夫人は、常日頃からチビ助のことが御自慢なばかりか、「祈禱《コモン》」でめかし込むべくそっくりおニューの上下の寸法を初めて採った時以来御自慢だったから、思わず片膝に抱き上げ、思いっきりキスを浴びせた。片やグルリの誰も彼もがそれぞれの意味シンなやり口で有頂天になった。

「まあ、感心な子だったら、ジョン坊や」とブル夫人は、さすが息子自慢の母親ならでは、言った。「だし、何のかの言ってみた所で、仰せの通りだわ！」

「さあ、それはどうだか、母さん」とチビのジョンの、見るからに頭に血を上らせて宣はく。「けどこいつらや奴らの後ろ楯の、ローマのブル共が――」

　ここにてブル氏が、ほんの夢現の故、それは物騒なやり口で足を蹴り出したものだから、しばしブーツが一座皆の生半ならず胆を潰したことに、一家の暖炉の上をピクピク痙攣《ひきつけ》まがいに旋回した。何せブル氏がげに蹴るとなると、氏の足蹴は途轍もなかったからだ。してローマのブル共の名が口にされると、氏は必ずや足蹴をお見舞いした。

　ブル夫人はシッと、子供達に人差し指を突き立ててみせ、御亭主がまたもやウツラウツラ船を漕ぎ出すまでじっと、さすが賢夫人、炉端の反対側からブル氏に目を凝らした。してそいつを見届けるや、散り散りになった子供達を元の場所へ呼び寄せ、声を潜めて宣った。

「今のその名前を口にする時には」と奇特な御婦人は言った。「くれぐれも御用心。だって、あなた方のお気の毒なお父様は今のそのローマのブルのことではそれはどっさり鼻持ちならない目に会ってらっしゃるものだから——あんれまあ！　この人ったらきっと誰かさんにとんだトバッチリ食わせておしまいよ」

ブル氏はまたもや先にも増して猛然と蹴り上げたと思いきや、火格子を引っくり返し、火掻き棒だの火挟みだのを蹴り倒し、真鍮製のやかん載せをでんぐり返し、頭から絹のハンケチを引っ剥がすや、炉敷きの上のにゃんこ《ブシー》*を居間から廊下へと、玄関扉から夜闇へと、追っ立てた。何せにゃんこ《ブシー》と来ては（子供達皆の周知の如く）元はと言えばローマのブル共の所からブル氏の一家団欒へと迷い込んでいたによって。当該至難の業中の至難の業を御披露賜り果すや、ブル氏は取って返し、やたらカッカと頭に血を上らせながらトップブーツのなり、居間の隅から隅まである種「出陣踊り」のステップを踏みに踏んだ。してとうとう、安楽椅子にへたり込みざま、またもやハンケチを頭から引っ被った。

C・J・ロンドン坊っちゃんは、ブル氏が血気に逸った勢い、こちとらに課業がトロいからというので襲いかからぬとも限るまいと、石板ごと、天下の恐いもの知らず、チビのジョンの後ろに身を隠した。が、ブル氏がどいつにもカスリ傷一つ負わさぬまま「出陣踊り」を締め括るや、兄弟のその他大勢共々、ブル夫人の膝頭まで這い出して来た。夫人はさらば、お膳立てにまずもってチビのジョンを膝の上に乗っけながらかく、子供達に話しかけた。

「RのB共のお蔭で」とブル夫人は転ばぬ先の杖とばかり、鼻持ちならぬ文言を慎重に踏み越えながら切り出した。「お気の毒なお父様はまだあなた達の誰一人生まれない時分から、散々ひどい目に会って来たの。あの連中は私達と縁続きで、我が家にも少しは睨みが利くような振りはしてても、とんでもない——お気の毒なお父様はこれきり取り合おうとはなさらないでしょうよ。いくら時折、化けの皮を被ったり、殊勝な真似をしようったって、根っから生意気で、図々しくて、高飛車で、鼻持ちならない連中なの」

ここにてチビのジョンはくだんのネコっ被り共が瞼に彷彿とするに及び、ギュッと握り拳を固め、ローマのブル共宛身構えにかかった。C・J・ロンドン坊っちゃんも遅れ馳せながら、やはり身構えているげな風を装った。

「あなた達の曾《ひい》、曾《ひい》、曾《ひい》、曾祖父様《ひいおじいさま》の時分」とブル夫人はちらと、ぐっすり眠りこけている御亭主の方へ目をやる間《ま》にもいよよ声を潜めて続けた。「ローマのブル共は今ほど私達一族にとってどこからどこまでイケ好かないってことはなかったの。私達、連中のことをあんまりよく知らなかったし、我が家は世界の中でもたいそう無知で、身分が低かったの。でもあれからというもの代々《よよ》進歩を続け、今では私達一族の丸ごとの歴史と経験から、で私達の国家機能をごくわずか働かせただけで、私達の知識や、自由や、進歩や、公共福祉と繁栄はあの連中とどこからどこまでチグハグでアベコベだって思い知らされていてよ。ローマのブル共は私達一族の敵っていうだけじゃなし、全人類の敵だって。どこへ行こうと、悲惨と、迫害と、暗愚と、無知の種を永遠に蒔き続けるだろうって。お易い御用で、最悪の目的のために最悪の人々の手先にされるって。あなた達のお気の毒なお父様だけじゃなし、ともかく私達と少しでも縁のある、常識を具えたどんな男の人であれ、女の人であれ、子供であれ、これきりカンニンならないって」

　チビのジョンはいつしか身構えるのを止しにしていたが、じっと、叔母さんに当たる、ブル氏の妹のエリンゴブラ嬢*が頭を燃え殻に突っ込んだなり、床の上をのたうち回っているのに目を凝らした。このお気の毒な御婦人は長の年月、心身共に凄まじき状態にあり、病気と、不浄と、襤褸と、迷信と、堕落のこよなく傷ましきザマを晒していた。

　ブル夫人は坊やの眼差しがどこへ向かっているか気づくと、チビのジョンの髪を撫でながら、お次の御託を坊や宛並べた。

「ああ！　あなたがお気の毒な叔母様の方を見るのも無理なくってよ、ジョン！」とブル夫人は言った。「だってあんな風になってしまったのもそっくりローマのブル共のせいだって言ってもいいくらいですもの。そりゃもちろん体調を崩した原因はほかにもどっさりあるわ。でも元はと言えば、ローマのブル共が何もかも悪いの。で、いいこと、どこで叔母様のにともかく似てるあり様を目にしようと、探りを入れてみれば、患者さんはうっかりローマのブル共の手玉に取られてしまってるってお分かりでしょうよ。世界中で叔母様のにいっとうそっくりのむさ苦しさと無知蒙昧の症例はきっと連中自身の家庭の中に、戸口の上り段の上に、一家団欒の場で、見つかるはず。例えばスイスで、ほんの橋か生け垣ほどしかないせせこましい境界線を越えるだけで、一体どこでローマのブル共が受け入れられているか、一家の状態を見れば一目瞭然だわ。ローマのブル共がいっとうハバを利かせてる所ではどこでだって、一家はきっといっとう惨めったらしくってよ。一度《ひとたび》あのブル共に信頼を寄せたが最後、ジョン、遅かれ早かれ叔母様みたような代物に成り下がってしまうっていうのは、物事のしごくごもっともな成り行きなの」

「てっきりぼく、ローマのブル共は困った羽目になって、逃げ出しちゃったかと思ってたけど、母さん?*」とチビのジョンは母親の顔を怪訝げに覗き込みながらたずねた。

「ああ、ほんとにあの連中は困った羽目になって、ジョン」とブル夫人は返した。「ほんとに逃げ出しちゃったわ。でも連中にすっかり馴れっこになっていたイタリアの人々ですら、正体を見破ってしまったものだから、食器戸棚の中に身を潜めなきゃならなくなったの。そこでもまだ鍵穴から大風呂敷を広げて、お蔭で見たことも聞いたこともないほどみっともない、馬鹿げたザマを晒してはいたけれど。あの連中とは言っても、お友達の誰かさん達によって食器戸棚から出してもらって――ああ、全くもってお友達の! 母さんが大《おお》海蛇《うみへび》のことてんでお構いなしなのと変わらない、あの人達のことてんでお構いなしでしょうに、その折はたまたま自分達が何を望んでいるかも知らない、で輪をかけて悪いことに、どうしてもそれを手に入れたがってる、苛ついた子供達を喜ばそうというので兵隊さんごっこをしなきゃと思い込んだお友達の――ローマに戻ったの*。でも、ローマでノホホンとはやってけないはずよ、ってあなたももうじきお分かりでしょうけど」

「だったら、もしかあいつらそんなに危なっかしくて、そんなにすぐ正体がめっけられるってなら、母さん」とC・J・ロンドン坊っちゃんが口をさしはさんだ。「一体全体どうして、ほら、ぼくたちにチョッカイ出さなきゃなんないのさ?」

「おお、C・J・ロンドンってば!」とブル夫人は返した。「そんなこと聞くだなんて何て寝ぼけさんなの、あなたって子は! お分かりじゃなくって、連中、化けの皮が剝がれれば剝がれるほど、意気地がなければないほど、それだけあなた達のお気の毒なお父様みたようにみんなから尊敬されてる人ととっても仲良しだって振りして、周りの学のない人達に付け込まなきゃやってけないって?」

「ああ、あたりき!」とチビのジョンは兄き宛声を上げた。「おう、何てマヌケだったら!」

「で、くどいようだけど、C・J・ロンドン」とブル夫人は畳みかけた。「あなたのお友達の青二才のイングランドさえいなければ、であの子がここへ迷い込んだ時、あのニャアニャア鳴いてばかりの小さなにゃんこ《プシー》を可愛がってやってさえいなければ――どうかそんなことした覚えはないなんて言わないで頂だいな、このおイタさん、だってあなたほんとに可愛がってやったんだから！」――

「そうさ、ほんとに兄さん可愛がってやったんだから！」とチビのジョンが間の手を入れた。

Ｃ・Ｊ・ロンドン坊っちゃんはまたもやベソをかき出した。

「ベソっかきはお止しなさいな」とブル夫人は突っけんどんに宣った。「この先、せいぜいお行儀には気をつけることだわ！　だから、くどいようだけど、あなたがそんな真似さえしてなければ、ローマのブル共は、図々しいったら、連中の身内のワイズマン坊っちゃんのことあなた達のお気の毒なお父様の息子だなんて呼んで、坊っちゃんを真っ紅な帽子と長靴下ごと、で黙り狂言と空世辞《からせじ》ごと、お父様の地所の一部に任命したりはしなかったはずよ――ただし、それを言うなら、あの連中ってのは坊っちゃんをへっちゃらお月様にだって任命するんでしょうけど――もしも土台叶はぬ相談っていうのでなければ！　という訳であなた達のお気の毒なお父様の御家庭の事情はこんなとこまで切羽詰まってしまってるの――ってつまり、どこからどこまでバカげてる、っていうのにこれきり、今のそのローマのブル共と縁を切って、連中ってのがどんなに能無しか見せつけてやるためにはこの先ずっと、家族のために真っ向から、捩り鉢巻きで取っ組むことになる侮辱と取っ組まなきゃならないっていう。そこへもってあなたまでこんなに二進も三進も行かないお父様をますます困らす片棒を担ぐだなんて、このイタヅラ坊主ってば！」

「おう、おう、おう！」とＣ・Ｊ・ロンドン坊っちゃんは声を上げた。「おう、おう！」ぼく片棒なんて担いでやしないさ。おう、おう、おう！」

「お黙りなさい！」とブル夫人は宣った。「で、しっかりお勉強することだわ！　せっかくお父様があのにゃんこ《ブシー》を表へ追っ立てて下すったんだから、男なら男らしく、勉強なさいな。で、もうこれきりあのローマのブル共と付き合いのある誰とも一緒に遊ばないで頂だい。連中とあなたとの間には『越えられない大きな隔たり（『ルカ』一六・二六）』があるんですから、ってとうの昔にあなた、知ってなきゃならなかったんだけれど。さあ、とっととお目めから指を引っこ抜いて、勉強なさいな！」

「――さもなきゃボクがつねってやる！」とチビのジョンが口をさしはさんだ。

「ジョン」とブル夫人はたしなめた。「どうか兄さんのことは放っといて。それよりしっかり見張ってて、もしもまたぶり返すようなら、お父様に教えて差し上げて頂だいな」

「おうっ、まかしときって！」とチビのジョンは声を上げた。

「まあ、下卑た物言いはお止しなさいな」とブル夫人はたしなめた。「さあいいこと、ジョン、母さんあなたのこと信用しててよ。あなたは、ほら、間違ってもお父様の目をうっかり覚ましたりしないでしょ。だしとっても勇ましい、恐いもの知らずの子で、ワイズマン坊っちゃんや今のその不良仲間みんなによくぞ立ち向かってくれたわね。でも、油断しないで頂だいな、ジョン。で、あなたお父様にずい分睨みが利くし、利くだけのことはあるんですもの、どんな風に起こして差し上げればいいか、くれぐれも気をつけてくれるわね。もしも*狂ったみたいに駆け出して、ホールの演壇で踊り始めた日には、あの人どこで待ったがかかるか知れたものじゃない」

チビのジョンは両脚で踏んばるや、決戦のお膳立てに武者顫い諸共、ジャケットのボタンをしっかと留めにかかった。C・J・ロンドン坊っちゃんはしょぼくれ返り、時折ベソをかきかき、お勉強の先を続けた。

第四十九稿　十二月の幻影

『ハウスホールド・ワーズ』誌（一八五〇年十二月十四日付社説）

小生は強大な霊が片時たり休みも止まりもせぬまま世界中を駆け巡るのを目の当たりにした。霊は遍在で、全能で、人類の何者かの願いの聞き届けられる如何なる同情も、憐憫も情容赦もなかった。各人に一度《ひとたび》を措いて、生きとし生ける者に不可視であった。この世に生を受けた何者にであれ一度《いちど》だけ、ヴェールに包まれた面《おもて》を向けた。さらばすかさずその者の最期が訪れた。森を過れば、ちらと目をくれた大木は萎え窄《すぼ》んだ。庭を過れば、葉は枯れ、花は凋《しぼ》んだ。空を過れば、鷲はダラリと翼を垂らし、舞い落ちた。海を過れば、海神《わたつみ》の怪物は巨大な難破船たりて水面《みなも》を漂った。塒なるライオンと目が合えば、そいつらは塵と化し、スヤスヤと眠る幼子の面《おもて》に影が垂れ籠めれば、幼子は二度と目を覚まさなかった。

霊には定められた仕事があり、霊は自らに為すよう定められた務めを仮借なくこなし、速めも緩めもしなかった。呼び止められても、坦々と進み続け、やっては来なかった。近づいて来るのを気取った何者かに進路を変えるよう請われるや、連中が声を上げている間《ま》にもヴェールに包まれた面《おもて》を向け、さらば連中、声を失った。照明や、音楽や、絵画や、ダイアモンドや、金銀で溢れんばかりの宮殿の間《ま》の直中へと罷り入り、皺だらけの者も白髪頭の者も歯牙にもかけず、脇を行き過ぎ、華やいだ花嫁の目を覗き込むや、姿を消した。皺くちゃ婆さんの片膝に乗っけられた赤ん坊の前に立ち現われたと思いきや、後に残された婆さんは炉端で噎び泣いていた。が、その面《おもて》を目にする者が今や王であろうと、今や人足であろうと、今や女王であろうと、今やお針子であろうと――痺れさす手が王笏にかけられていようと、鋤にかけられていようと、未だ何一つしかと握り締められぬほど小さく弱々しかろうと――霊は定められた務めにおいて断じて立ち止まることなく、遅かれ早かれ、その別け隔てなき面《おもて》を皆に向けた。

小生は国務大臣が私室に座っているのを目の当たりにした。大臣のグルリで、彼の治めている国家から久遠の天穹へと昇っているのは、「無知」の低く懶い呻き声であった。呻き声は戸惑いがちな、曰く言い難い、荒らかなつぶやきにすぎなかったが、威嚇に満ち、耳にする者皆の心を竦み上がらせた。が耳にする者はほとんどいなかった。この国務大臣の住まう唯一の都市においてすら、小生は三万に垂んとす子供が狩られ、鞭打たれ、牢に入れられこそすれ、何一つ教えられぬまま――内面であれ外貌であれ、然に人間性に欠けるとあらば狼か熊にでも育てられたのやもしれぬが――一斉にこの憂はしき叫び声を上げているのを目の当たりにした。して、地球の至る所でありとあらゆる位階と等級の同じ死すべき運命《さだめ》の者の直中を縫う如く、彼らの直中をも霊は縫い、幾千人となく、その獣的な状態にて神からの賜物を胸中そっくり歪められたり踏み躙られたりしたなり、子供達は死んだ。国務大臣は夜となく昼となく天穹へと上げられているこれら恐るべき声の内ごくわずかしか聞こえなかったものの、心を傷め、ありとあらゆる宗派の司祭や教師の所へ行き、力無く言った。

「この身の毛もよだつような叫び声に耳を傾けよ！　これに待ったをかけるにはどうすれば好い？」

とある応答者の一団は答えた。「これを教えろ！」

別の一団は言った。「あれを教えよ！」

また別の一団は言った。「これもあれも教えてはならぬ。こちらを教えろ！」

はたまた別の一団は他の三つの団体皆と悶着を起こし、二十からの他の団体は今のその四つの団体皆と悶着を起こし、のみならず仲間内で劣らず棘々しい悶着を起こした。声は、こんなことでは歯止めのかかろうはずもなく、夜となく昼となく上げられ、依然、全人類の直中を縫う如く、これら幾万もの子らの直中を霊は、片時たり休らうことはなかったから、縫い、依然、獣同然に子らは死んで行った。

さらば、とある囁き声が国務大臣に告げた。

「汝《な》の力で是を矯めよ。勇気を出せ！　今のその声を黙《もだ》させよ、或いは黙《もだ》させんと努める上で汝《な》の権力を簾直に失うが好い。善の種を詮なく蒔くこと能ふまい。ということは百も承知のはず。さあ勇を揮い、本務を全うせよ！」

大臣は両肩を竦めてみせながら答えた。「確かに大いなる禍には違いないが――どうせ私が死ぬまで続くだろう」かくて囁き声を追い立てた。

さらば、囁き声は司祭や教師の直中へ向かい、一人一人に告げた。「汝《な》の魂にては、おお、汝《な》よ、世には教えて然るべき善事があるというのは万人の認める真実だと知っていよう。これら善事を教え、叫び声に歯止めをかけよ」

囁き声に対し、各人は似たり寄ったりの物腰で答えた。

「確かに大いなる禍には違いないが――どうせ私が死ぬまで続くだろう」かくて男は囁き声を追い立てた。

小生は毒気《どっき》を――そこにて「生命」が萎びるのを――目の当たりにした。「病気」が――手持ちのありとあらゆる悍しき様相や凄まじき形状を纏い――全ての小径や、脇道や、袋小路や、裏通りや、掘っ立て小屋で、人々の群がる全ての場所で、わけてもどこより傲り昂った場所で、凱歌を挙げるのを目の当たりにした。有象無象が暗黒や、不浄や、疫病や、醜悪や、悲惨や、早死に宿命づけられているのを目の当たりにした。何処を向こうと、地上に姿を見せたその刹那から「造物主の似姿」を穢《けが》し、「悪魔」の像を刻もうとする狡猾な仕度が整えられているのを目の当たりにした。これら悪臭芬々たる湯烟を立てる有毒なシチュー鍋からかようの「罪悪」の意趣返しの結果が立ち昇り、いっとうの高みにまで染み入るのを目の当たりにした。富める者がその盛りにあって打ち倒され、彼らの愛し子が見る間に衰弱し、適齢の息子や娘が若さの絶頂にあって綷切れるのを目の当たりにした。如何ほど蔑ろにされた町の如何ほど地下深い窖におけようと、惨めならず者が毒された息を吐《つ》けば必ずや、グルリの大気から奴の病原菌が幾許か、社会全般の罪過への由々しき報復を孕んだなり、運ばれるのを目の当たりにした。

こうした光景をやはり目にする、幾多の注意深い、不安に駆られた傍観者がいた。彼らは身形も好く、ポケットには財布が入っていた。学があり、情に篤く、慈悲を愛でた。互いに「これはひどい。何とかしなければ！」と言い合い、事を正そうとする動きが起こった。が真っ向から、かようの悍しさにこそ刈り入れを見出す喧しい愚か者や汲々たる破落戸の輩が少数ながらやって来るなり、ふてぶてしくも荒らかに、悲惨と死をダシに下卑た軽口を叩きながら、心ある傍観者を追い払い、連中、スゴスゴ後退るや、手を拱いているより外なくなった。

　さらば、囁き声はくだんの心ある傍観者の直中へ向かうと、告げた。「あの者共の遺骸を越えてでも、救済へ！」だが、彼らの誰もがむっつり肩を竦めてみせながら答えた。「確かに大いなる禍には違いないが——どうせ私が死ぬまで続くだろう！」かくて囁き声を追い立てた。

　小生は厖大な訴訟や訴訟手続きを目の当たりにした。がそいつらと来ては然に込み入り、値が張り、不可解なものだから、幾多の法律家が御逸品、素晴らしく正当で公平だとの大っぴらな絵空事に口裏を合わせてはいるものの、こっそり相談を持ちかける馴染みにかく答えぬ正直者はほとんど一人として紛れていなかった。「この体制のあれやこれやの見通しの利かない曲がり角や珍妙な偶然を手探りで掻い潜りながら是正を求めようとするくらいなら、いっそペテンだの何だの違法に辛抱した方がまだ増しなのさ」

　小生は当該体制の（就中）衡平法《エクイティー》*と呼ばれる端くれを目の当たりにした——訴訟人にとっての破滅にして、資産にとっての破滅にして、懐の温い背徳者にとっての楯にして、そいつの寂しい篤志家にとっての拷問台——遅延、精神の遅々たる苦悶、絶望、窮乏、瞞着、混乱、耐え難き不正の通り名たる。その大方を、小生は目の当たりにした——囚人が牢で弱り果て、狂人が瘋癲院で戯言《たわこと》をほざき、自殺が年報にて並べ立てられ、孤児《みなしご》が遺産をふんだくられ、幼子が（恐らくは）白髪頭になって初めて権利を回復されるのを。

　数名の法律家と門外漢が額を集め、互いに言い合った。「祖国のエクイティー法廷の内一つにおいてすら、目下、我々の眼前には幾歳月にも及ぶこの暗澹たる眺望が開けている。何としても変えねば」

　やにわに、他の一群が——秘書や、大法官庁《ペティ・バッグ》廷吏や、証書《ハ》封印《ナパー》課や蠟温め《チャフ・ワックス》係等々の——立ち上がりざま、「ブリタニアよ統治せよ（第四十七稿注（二二二）参照）」「女王陛下万歳《ゴッドセイブザクイーン》（作者不詳英国国歌）」を（返答代わりに）合唱し、仰々しい演説をぶち、ややこしい名前を発音し、委員会や、委託事項や、委員や、他の虚仮威しを要求し、刷新者の小さな一団を生きた空もなく竦み上がらせた。

　さらば、囁き声は後込みしている後者の直中へ向かうと、告げた。「仮に誰しも知っている禍が存在するとすれば、この禍こそはそれだ。さあ、立ち上がれ！　其を正せよ！」

　その途端、連中の誰も彼もがしょんぼりポケットに手を突っ込みながら答えた。「全くもって大いなる禍には違いないが——どうせ私が死ぬまで続くだろう！」——かくて連中も囁き声を追い立てた。

　霊は、ヴェールで面《おもて》を覆ったまま、「どうせ私が死ぬまで」という文言を用いた者達を一人残らず呼び立て、そこでまずもって国務大臣にたずねた。

「お前の寿命はどれくらいだ？」

　国務大臣はかく返した。「私の一族は代々長生きです。父は八十四歳で、祖父は九十二歳で亡くなりました。痛風病みの家系ですが、幾歳《いくとせ》となく（勲章同様）付き合っています」

「でお前達」と霊は司祭や教師にたずねた。「お前達の寿命はどれくらいだ？」

　中には、すこぶるつきの健康に恵まれているので、七十より優に長生きするだろうと信じている者もあれば、父親は聖職禄所有者だったが、後釜に座るはずの若者よりずっと長生きしたと自慢する者もあれば、また中にはソロバンを弾く手立てに応じて、長命かもしれねば短命かもしれぬが——概ね（御当人心底、信じている如く）長命の者もあった。身形の好い傍観者もまた然り。法律家と門外漢もまた然り。

「だが、全ての者には、もしやお前達皆の言い分を誤解していなければ、寿命があると？」

「もちろん！」と彼らは一斉に声を上げた。

「如何にも」と霊は言った。「してそれは——『無窮』だ！　何者であれ、禍はどうせ自分が死ぬまで続くだろうとのさもしき考えで自らを慰めている、禍の言はば共犯者は『未来永劫』、くだんの禍の責めの己《おの》が一端を負わねばならぬ。していよいよ吾に相見ゆ時が訪れれば、その者は吾の名が『死に神』であるに劣らず確かに、其を思い知らされよう！」

　霊は立ち去った——絶え間なき営みの進路を取りつつここかしこ、ヴェールに包まれた面《おもて》を向け、白羽の矢を立てる者皆を立ち枯らせながら。

　さらば、ワナワナ戦慄きつつも耳を傾けている幾多の者の直中へと囁き声は向かうと、告げた。「くつろぐ前に、おぬしら一人一人、おお、邪で独り善がりな人間共、思い知れ、『死ぬまで続く』であろうものはそれだけで永久《とこしへ》に続くに足ろう！」

第五十稿　旧年の臨終の言葉

『ハウスホールド・ワーズ』誌（一八五一年一月四日付社説）

この神さびた御老体は、一千八百五十年なる洗礼名を（英国国教会にて）授けられ、三百六十五（日）という高齢に達していたが、十二月三十一日の深夜十二時、腹心の業務代理人達や、墓掘り頭《がしら》や、出生登記長官に見守られながら、息を引き取った。憂はしき事態は「時」の境界なる故人の屋敷にて出来し、亡骸は「年代記」の静かな境内にある一族の納骨所にて休らうことになろう。

この数週間というもの、神さびた御老体は紛うことなく衰弱の一途を辿っていた。御老体自身、死期が迫っているのを重々心得、間々、先祖皆が綷切れたと同様、真夜中の十二時に綷切れようと預言していた。預言は見事に的中した。というのもかっきり、刻限を守ったからだ。

故人は常日頃から話し好きではあったものの、最近は頓に多弁になっていた。十一月から十二月にかけて時折「ローマカトリック教反対！」と、錯乱の徴候の無きにしも有らず、叫んではいたが、概ね、五感は十全と機能し、極めて理性的であった。

臨終の晩、その折冷静沈着であった故人は、上述の馴染みと、墓掘り頭《がしら》と、出生登記長官に以下なる文言にて胸の内を明かした。

「我々は、馴染みよ、共に幾多の業務をこなして来たが、君達は今や我が後継者に仕えんとしている。くれぐれも奴と家族をよろしく頼む！

「私は」と奇特な御老体は口惜しげに言った。「『破滅の年』であった。農夫という農夫を立ち枯らせ、国土を滅ぼし、農業界に致命的な痛手を負わせ、国家を打ち砕いた。なるほど、私は『商業繁栄の年』でもあり、ついぞ九十四を下回りも九十七と四分の三を上回りもしなかったというなら、国債の安定性にかけて見るべきものがあった。が、どうか力無い老いぼれの矛盾を許して欲しい。

「私は他愛なくも」と御老体は墓掘り頭《がしら》に話しかけながら続けた。「目の黒い内に、君が映えある下水渠委員会の——未だかつて如何なる共同体であれその常識を蹂躙したためしのないほど、と言おうか我が一族の如何なる端くれによりても目の当たりにされたためしのないほど、脆弱かつ無能な組織体の――亡骸の上にとうとう芝土を被せてくれるものと淡い期待を抱いていた。*が徒望みに終わったからには、是非とも後継者の時代に、彼らに対す本務を全うしてもらいたい！」

墓掘り頭《がしら》はこの達ての願いを聞き届けようと厳粛な誓いを立てた。仰せの「無能者共のしくじり」は（と頭《かしら》の曰はく）衛生委員会の数々の推奨によって危うくされていた己《おの》が本務を維持する上で自分に少なからぬ恩恵を施していた。が、個人的な恩義は全てさておき、連中を故に深く埋葬しようと請け負った。大衆の侮蔑において早、埋《うつ》められているより深々と、（これを己《おの》が踏鋤にかけて誓うが）彼らの言語道断の頭《こうべ》の上に土を盛ろう！

神さびた御老体は、どうやら当該約言で大きな肩の荷が降りたと思しく、片手を差し延べ、穏やかに返した。「忝い！神の御加護のありますよう！」

「私は」と御老体はしばし安らかに押し黙っていたと思うと、遺言を仕切り直しながら言った。「幾多のかけがえのない命が、くだんの法定殺人を未然に防ぐための極めて一般的かつ容易な措置を怠ったばっかりに、蒸気船にて奪われるのを目の当たりにする運命《さだめ》にあった。曾祖父の時代には依然、外車汽船と呼ばれる新機軸が存在していた。君達の内いずれか、見る間に落ちつつある私の砂時計の残り少ない砂を曾孫《ひいまご》は外輪被いの使用が蒸気客船船主に義務づけられる所に際会するやもしれぬとの希望で金色《こんじき》に染めてはくれぬか？」

憂はしげに押し黙っていたと思うと、出生登記長官がそれとなく宣った。英国では、立法府によるかようの新機軸の認可は――わけても単純にして必要性が立証済みの場合に限って――めったなことでは百年以内には期待出来ません。中国においてならば、かようの結果は五十年でもたらされるやもしれませんが、英国にては（私見では）百年以内にもたらされるとは。神さびた病人は答えた。「如何にも、如何にも！」してしばし意識を失っているかのようだった。がほどなく持ち直した。

「途轍もない大事業が」というのが病人のお次の言葉であった。「私の生きている内に成し遂げられた。メナイ海峡に架かるブリタニア鉄橋（第三十七稿注（二五七）参照）の開通を目の当たりにし、くだんの橋を建設した男を傑出した我が子の一人として申し立てる私は、果たしてその『管』を通し、恰も巨大な望遠鏡を覗くように、人々の『教育』がいよよ近づきつつあるのを目にしていようか？」

老人は然に口を利く間《ま》にもベッドの中でむっくり起き上が

り、大いなる光明が一筋、目から放たれるかのようだった。

「私は」と老人は続けた。「『普通教育』の要求の結果吹き荒れた「騒ぎと怒り（『マクベス』V、5）」の嵐に耳を聾されてはいるものの、其を誰より必要とする者のための何らかの『教育』が前途に開けつつあるのを目にしていようか？」

次第に目の前が霞み、老人は枕の上に仰け反った。ほどなく、力無い眼差しを出生登記長官の方へ向けながら、くだんの御仁に尋ねた。

「地上のイングランドと呼ばれる箇所にて、『自然の女神』が君の職分内に連れ来る如何ほどの人間が後年、読み書きが出来ぬ？」

長官は（小誌の最新号に当たりながら）答えた。「百人の内約四十五人までが」

「して五月の私の来歴には」と旧年は深い呻吟を洩らしながら言った。「かようの記述がある。『頭が被告人席の天辺に且々届くか届かぬかの二人の小さな子供が七日、パン屋から一塊のパンを盗んだ簾で中央警察裁判所にて審理された。二人は飢え死にしそうだったと抗弁したが、なるほど外見からしてその言葉に嘘偽りはないかのようだった。二人には矯正院における鞭打ちが申し渡された』鞭打ちだと！　おお、哀しいかな！　国家は己《おの》が幼子にまだしもまっとうな判決を考え出せぬのか！　教育を受けよとの宣告は断じて下せぬというのか！」

神さびた御老体は千々に心を乱した勢い、定めて白髪を掻き毟っていたろう、もしや馴染み達が親身になだめすかしてでもいなければ。

「同じ月のこと」と老人はいささか落ち着きを取り戻すと宣った。「一週間と経ぬ内に、英国王子が誕生した。仮に王子がその壮麗な我が家から連れ去られ、（王宮に神の御加護のあれかし！）、これら惨めな赤子同様、路頭に放り出され、それきり蒙を啓かれぬ宣告を下されたとしたら、果たして王子と、鞭打ちの刑を宣告された幼子二人との差の、ほどなく、如何ほどたらん？　其に思いを馳せ、気高き女王よ、彼ら皆の『王宮の母』となられんことを！」

出生登記長官と墓掘り頭《がしら》はいずれ劣らず、幼子が生まれながらにして悪徳と恥辱に運命づけられていることでは（無論、不敬にも神によって、などと思うべくもなく、人間によって、とは百も承知の如く）苦い経験を嫌というほど積んでいるだけに、今はの際の友人のひたむきさに少なからず胸を打たれた。

「私は」と老人はほどなく言った。「世界中の長閑な栄光の大いなる集いのためにとある企画が実行に移されるのを目の当たりにした。見事なガラス張りの建物が、研鑽を積んだ生まれながらの偉大な天稟の精力と技術によって築き上げられる（ジョーゼフ・パクストン（一八〇一—六五）による水晶宮設計）のを目の当たりにした——我がサクソン父祖の付き付きしき後裔、勤勉と創意工夫の凱旋の付き付きしき典型によって！　果たして我が子のいずれが、イングランドの皇子や、主教や、貴族や、商人がまた別の『展覧会』にて——全ての目のひたむきな熟視と、全ての心と手のひたむきな結束によって矯められるべき、祖国の罪過と等閑の大いなる展示にて——同様に一堂に会すのを目の当たりにしようか？　此方《こち》へ来よ、我が徳高き師よ、汝《な》にとりて劇場で上演される英国悲劇は不純な混淆にすぎまいと、それでもなおギリシア悲劇の翻訳の権限にて主教（元来ギリシア悲劇詩人編纂で名を馳せた ブロムフィールド（第二十六稿注（九三）参照））たれば。此方《こち》へ来よ、ラテン語韻詩や音量の人生より、してこれら透明の窓越しに『人間性』を学べ！　目覚めよ、オクスフォードの学寮よ、聖職感傷的通俗劇《メロ・ドラマ》の白昼夢より、して白日の下《もと》なるこれら現実を垣間見よ、「何人《なんぴと》たり働けぬ夜が訪れる（『ヨハネ』九：四）」からには！　聞けよ、上下院た議員閣下、然に深く、然に真の、然に低く、然に絶え間なく、膨れ上がる一方の内なるどよめきを！　とあるちっぽけな調べをいつ果てるともなく奏す羊飼い皆の葦笛皆をもってしても——この地球から月へと至り、また地球に戻ろうほど幾多のラテン語韻詩の二層倍の詩脚をもってしても——この世に存す、或いはこれまで存した、この先存そう音量皆をもってしても——如何ほど厖大な量の韻律学や、法律学や、国家や、教会をもってしても、如何ほど厖大な量の、まっとうな精神の労働以外の何ものをもってしても——其を一瞬たり鎮められも、我らが所業の悪しき顚末のこの暗黒の『博覧会』のものの一インチの隙間たり清められもすまい！　其を何処《いずこ》で催す？　何時《いつ》開く？　如何なるお追従者が口を利く？

かく、叙事詩風《ラプソディー》頓呼にて訴え果すや、神さびた御老体はしばし、ぐったりしていた。よって墓掘り頭《がしら》は数分、間《ま》を置いた。

時計の針が今や、病人自ら最期と預言していた刻限に見る間に近づいていたので、付き添いの者は世事に関し、心づもりを確かめておくに如くはなかろうと心得た。二人共、手筈は既に整えられているのか否か、或いは実の所、遺すものがあるのか否か、定かでなかっただけに。墓掘り頭《がしら》が、かようの役所にはより付き付きしかろうというので、そいつを引き受けた。してそれとなく尋ねた。果たして我が馴染みにして先達には何か明らかにしたい遺言上の願いがあるものか？　もしやあるなら、律儀に聞き届けさせて頂きたい。

「忝い」と御老体は今一度、落ち着きを取り戻していただけに、笑みを浮かべて返した。「私には後継者に遺贈したいものが某かある。とは言え（幸い）存外、大したものではないが。日曜郵便の問題（第四十五稿参照）には、ありがたきかな、片がついた。ネパール大使方は無事、帰国した。* 願はくは、末永く祖国に留まられんことを！」

当該敬虔な願いは付き添い御両人によって熱っぽく応答された。

「確か」と神さびた遺言者は墓掘り頭《がしら》に話しかけながら言った。「君は偉大な政治家とフランスの失墜した*王を埋葬したのだったな」

墓掘り頭《がしら》は答えた。「如何にも」

「是非とも後継者達には」と遺言者はきっぱり言った。「二人に纏わる記憶を永遠に留めてもらいたいものだ。政治家については、傍系の貴族階級を拒み、自らのそれを坦々と心得ていた英国人として。国王については、人間性のより卑しき激情に身を委ね、狡猾と堕落によって統治する専制君主は自らイバラの床《とこ》を敷き、流砂《りゅうしゃ》に玉座を据えるが定めたる大いなる事例として」

出生登記長官は遺贈の手控えを取った。

「外《ほか》に何か御希望は?」と墓掘り頭《がしら》は後ろ楯が目を閉じているのに気づくと、尋ねた。

「私は後継者に」と御老体は再び目を開けながら言った。「イングラントの堕落と等閑の厖大な遺産を譲る。してもしやその者が聡明ならば、一刻も早く艱難を掻い潜るよう。私はまたこれにて、その者にアイルランドを譲る。してくれぐれも己《おのれ》が見出そうよりまっとうな状態にて後継者に譲るよう。より悪しき状態にて譲ることはまず叶うまいが」

その後《ご》に続く沈黙を破るものはただ、出生登記長官の走らすペンの音のみであった。

「私はなおまた」と遺言者は渾身の力を振り絞り、自らを奮い立たせるように言った。「後継者に大法官庁裁判所を遺贈する。その者が後継者に内わずかしか譲らねば譲らぬほど、人類にとっては幸ひだろうが」

出生登記長官は能ふ限り手早くメモを取った。というのも時計の針は早、真夜中五分前を切っていたからだ。

「のみならず、その者に」と遺言者は言った。「英国法全般の値の張る紛糾の種を遺贈する。其にこれにて、同じ忠言を添えよう」

登記長官は手控えの最後まで来ると、繰り返した。「同じ忠言を添えよう」

「のみならず、その者に」と遺言者は言った。「窓税（第三十五稿注参照）（一四五参照）を遺贈する。のみならず、大英帝国とその属領の国庫歳入出、及び公的資産全てにわたる全般的不始末を遺贈する」

登記長官はちらと、気づかわしげに時計を見やりながら繰り返した。「全般的不始末を遺贈する」

「のみならず、その者に」と遺言者は今一度、渾身の力を振り絞りながら言った。「ニコラス・ワイズマン（第四十八稿注（二一八）参照）とローマ教皇を遺贈する」

付き添い御両人は息せき切って諸共尋ねた。「如何なる命《めい》を添えて？」

「前述のブリストルにて為された」と遺言者は言った。「ブリストル首席司祭の演説*を胆に銘じ、彼らや難問丸ごとにくだんの演説に則り対処するよう。してこれにて、我が後継者にくだんの演説とくだんの篤信の首席司祭を大いなる財産にして優れた亀鑑として遺贈する。して心より願はくは、くだんの篤信の首席司祭がなお気持ちイングランドの西方へやられ、エクセターの首席司祭に任ぜられんことを！*」

と言ったと思いきや、旧年は穏やかに寝返りを打ちざま、長閑に息を引き取った。その途端――

百もの塔より次から次へと
高らかに撞かれる
大きな十二の鐘の音《ね》の
震えと共に（テニソン『ゴディヴァ』（一八四二））

新年が訪れる。奴は陽気に躍り出た。登記長官は墓掘り頭《がしら》が奴の先達の亡骸を引き受けている片や、ほんの惰性で、新年出生を帳簿に記入しつつも、金文字にて次なる文言を書き添えた。聡明なる新年明けましておめでとう。我々皆にとりて幸多き年でありますよう！

第五十一稿　鉄道ストライキ

『ハウスホールド・ワーズ』誌（一八五一年一月十一日付社説）

イングランドの労働人口の繁栄、幸福、令名に直接関わる全ては「耳馴れた言葉《ハウスホールド・ワード》」たるべきだ。

よって以下、先般彼らの注目を集め、それに関しとある格別にして肝要な産業部門が他の全ての産業部門、のみならず共同体全般にも多かれ少なかれ影響を及ぼさずにはおかぬ示威運動を行なった主題について所見を述べるとしよう――熟練工の知的団体の中には我々が彼らに対し気さくなそれ以外の感情を抱いているとか、彼らを崇敬と信頼のそれならざる何らかの感懐を込めて見ているとか勘繰る者はほとんどいまいと思えばこそ。

北西路線＊の機関士と機罐員が――アイルランド、スコットランド、ウェールズを始め大英帝国の主要工業都市との連絡が維持される王国の大いなる鉄の本街道にして、世界との通商の大動脈たる――これが二度目、同盟罷業《ひぎょう》と自ら請け負っている鉄道会社との契約不履行の威嚇の挙に出た（十二月二十六日に催された蹶起集会を指して）。

まずもって一件の理非は不問に付そう。恐らく、労働者の苦情が、たとい論駁の余地ないと仮定しても、示威の初めから由々しき手合いではなかった、と言おうか公平な調停がおよそ絶望的なそれではなかった旨明らかにするのは容易であろう。が、敢えてその点は不問に付そう。のみならず、こと周到にして実務的にして寛大にして徳義を重んず経営にかけては、会社の資質も敢えて不問に付そう。よって御逸品、せいぜい公衆の有す、鉄道なる名を帯びる正しく最低の公僕にしか位置づけられぬと想定してもって善しとしたい。恐らく、グリン氏（ロンドン-ノースウエスタン鉄道管理者）の労働者との折衝は嵩にかかった言い抜けが――（無論）礼儀正しさや、上機嫌や、自制や、紳士としての一点の非の打ち所もなき気概ではなく――顕著だったに違いない。恐らく、鉄道会社の事例は当今の、祖国におけるかようの事例の能う限り最悪に違いない。が、たとい会社の言い分をかくてその能う限り最低の程度に貶め、片や熟練鉄道員の言い分を相応にその能う限り最高の程度に掲げたにせよ、たまたま所有している厖大な力を公共の損害と危険を招いてまで行使する後者の倫理的正義、と言おうか正当性は否定せねばならぬ。

然り、たまたま所有している。というのもこの力は彼ら自身によって培われたものではないからだ。彼らの中にもしや彼ら自身によって培われたかのように申し立てる不届き者がいるなら、連中は真実ならざることを――ものの一分、頭を冷やして惟みれば偽りと判明しようことを――申し立てているにすぎぬ。其は巧妙な結合の強大な体制と、夥しき富の消費の賜物に外ならぬ。自づと呈せられる工学上の困難全てにもかかわらず、単に線路を建設するだけで、イングランドにおいてすら桁外れの出費を伴った。目下の稼働効率の状態に至らしむには、数知れぬ精巧な問題が研究されては解決され、途轍もなき絡繰が構築され、多種多様な計画や企画が想像を絶す労働によって完遂され――巨大な一総体は無数の機能や装置によって接合され、絶え間なく作動させられて来た。相応に高い評価を受けている工員の徳性ですら、彼ら自身によってのみ築かれた訳ではなく、これら様々な謂れに由来する多大の貢献によって支えられている。固より優れた軌道や、優れた発動力がなければ、彼らは公的信頼において優れた機関士としての地位を確立し得なかったろう。固より貨物列車と旅客列車の複雑な手筈における優れた経営管理がなければ、到底事故は避け得なかったろう。彼らは雄々しく本務を全うして来たが、固より偉大な経営陣の各部局からの劣らず雄々しき手合いの有効な助力がなければ、本務を全うし得なかったろう。して、たまたま絡繰全体がとある肝要な段階にては彼らに依存し、必然的に彼らの制御に委ねられるからというので――たまたま鉄道事故は事実、出来すれば、恐るべき不具や生命の損失を伴う由々しき手合いだからというので――かようの事故は、如何ほど予防措置を講じようと、万が一彼らが一体となって辞職した日には恐らく出来せざるを得ぬからというので――故に、同盟罷業《ひぎょう》は正当化されようか？

その点へ、問題は収斂する――詰まる所。いささかたりブレることなく。我々は誰しも、掌中に一定の権力が収められていなければ、そもそも罷業《ひぎょう》などなかろうということくらい百も承知だ。かようの権力の行使が、然るべく惟みられてなお、正直者によって擁護され得ようか？

我々はくだんの連中が正直者たること――この世に生まれ得る限り正直者たること――信じて疑わぬ。が彼らが自ら何を為しているか重々惟みていないことも信じて疑わぬ。彼らは絶えず重労働に携わり、かようの身の上にある男は概ね智恵を絞るのは他人任せにする習いにある。これら智恵絞り代理は必ずしも最も思慮深い手合いの知性とは限らぬ。彼らはむしろすかさず苦情を訴える。くだんの箇所へ急行列車を飛ばし、その他全ての箇所へ労働者割引列車《パーラメンタリ・トレイン》（第二十三稿注（八四）参照）を操縦する。恐らく、必ずしもとびきりの労働者とは限らず、よってとびきりの鉄道員ほど心安らかでない。時には、およそ労働者どころではなく、自らの卑劣な目的のために労働者を圧制と迫害の体制に陥れて来た策士のこともある。一方ではくだんの輩故に、他方では一件の詳細に纏わる不完全な、或いは不心得な見解故に、ストライキは（必ずやこの大いなる力が同盟罷業《ひぎょう》者の掌中にあると仮定し）難なく軌道に乗せられよう。一旦火蓋が切られるや、論証という論証を拒む――その表出は如何ほど道を踏み外していようと、あっぱれ至極な――騎士道精神が頭をもたげる。「わたしは飽くまで同じ身の上の者に与す。外《ほか》の連中が処すよう身を処す。断じて鉄道員仲間から後込みはせぬ。とことん律儀な証拠、皆の間に名を列ねよう」恐らくこの、徳義を重んず名分は如何なる国の如何なる社会層にあっても、イングランドの職工の大いなる団体の大半におけるほど強かではあるまい。

だが、世には徳義を重んずより気高き名分があり、我々が我らが馴染み、北西鉄道機関士や機罐員に呈示したいのはそれである。というのもくだんの大義はこれら、より大いなる案件に通ずからだ。第一に、畢竟、雇用主の長《おさ》たる大衆に対す己《おの》が本務とは何だ？　第二に、ここ、本路線上のみならず、イングランド中のありとあらゆる類《たぐい》の労働者仲間に対す己《おの》が本務とは何だ？

仮に機関士ジョン・セーフがこれら案件を巡り機罐員トーマス・スパークスと膝を突き合わせたとしよう。スパークスはとびきり気のいい奴だが、ウルヴァハンプトン（北西工業都市《バーミンガム》）のケイレブ・コークに絶大な信頼を寄せている。してコークは（どいつか外《ほか》の男に吹き込まれたからというので）言う。

「ストライキだ！」

「だが、スパークス」とジョン・セーフは下り急行のお越しを待っている炭水車の傍に腰を下ろしながら理詰めに押す。「何らかの手に出る前に、今から言う二通りのやり口でこいつを見てみようじゃないか――まず俺達ってのは大きな公の責めを負う――毎日、何百もの何千もの命を預かる――男の集まりだ。仲間の一人一人はもちろん、今のその大きな責めの自分の端くれを時折何かかんかの――しかもいたくごもっともな――ワケありで投げ出すかもしらんし、事実投げ出す！　けど俺達は皆してそいつに一時《いちどき》に背《せな》を向けておきながら、それでまっとうってことがあるだろうか」

トーマス・スパークスは突っ返す。「ってのは何で？」

「ああ、こいつは俺には、スパークス」とジョン・セーフは言う。「何だか人殺しじみたやり口に見えるのさ」

スパークスは一件が当該観点より呈されたためしがないだけに、血の気を失う。

「ほら」とジョン・セーフは畳みかける。「俺は初っ端この線へやって来た時、チンプンカンプンだった——どうしてじゃないってことがある？——一体どこに橋が、トンネルが、あるか——どこで通行料取立て街道を突っ切るか——どこに切通しがあるか——土手があるか——斜面があるか——いつ全速力で、いつ半速力で、飛ばせばいいか、いつ緩めれば、いつ停まればいいか、いつきさまの呼子は鳴って、いつ鳴らないか。そんなあんなこんなを俺は少しずつ覚えてった——仰《のっ》けは馴れっこの連中に教わって。そっから俺自身、馴れっこになって、スパークス」

「ああ、そうだったな、ジョン」とスパークスは返した。

「はむ、スパークス！　もしか俺達や、そいつに馴れっこの外《ほか》の奴らみんなが、路線をズイッと下《くだ》ってまたぞろズイッと上《のぼ》った機関士や機罐員みんなが、額を寄せ合って、世の中の連中にこんな風に言うとしたら——『もしも俺達の望んでることで肩を持ってくれないってなら、皆してこれこれの日にあっさり足を洗ってやる、だったら一人こっきりそうしたあんなこんなを知ってる奴はいなくなろうが』——そいつは、だから、人殺しじみたやり口に見えやしないかってな」

トーマス・スパークスは相変わらず、居たたまらぬげに血の気の失せた面《つら》を下げているが、胸中、ウルヴァハンプトンのコークがいっそ代わりにウンとかスンとか返してくれぬものかと惟みる。

「何せそれってのは世の中の連中にこんな風に言うようなものだからだ。『もしかマジで俺達の肩を持たないってなら、お宅らがもろとも駆け出されたり、モロに突っかかられたり、紛みじんに叩き潰されたり、ペシャンコに拉《ひさ》がされたり、あっちこっち骨が外れたり、頭を吹っ飛ばされたり、図体をこま切れのなり拾い集めて頂いたりするのにグルで本腰入れてやろうじゃないか——で、お生憎サマってんだ！』ってことで、ほら、そいつはひっくるめりゃ、スパークス、やたら人殺しじみてやしないかってんだぜ！」とジョン・セーフは言った。

スパークスは大いにうろたえながらも、それとなく物申す。「けど、ってことにはならないかもしれんじゃ」

「なーる。だが、ってことになるかもしれん」とジョン・セーフは返す。「俺達は、かもしれんって知ってる——どいつよか嫌というほどな。で、かもしれんって脅しにかかる。さてっと、このクチに仰《のっ》けにありついた時、スパークス、俺達がこの線を独り占めにして、おまけに世の中の連中宛、人殺しめいた手合いの嵩にかかるってのは、恨みっこなしの五分と五分の取引きの端くれだったか。きさまどう思う?」

トーマス・スパークスは、もちろん、じゃなかったさ。けど、ウルヴァハンプトンのコークがこないだの水曜のこと(どいつか外《ほか》の男に吹き込まれた通り)ブリテン人の名に恥じない奴はみんな手前の権利をどこまでも守らにゃならんって言ってたぜ。

「そらまた!」とジョン・セーフは返す。「俺としては、スパークス、どいつかの権利ってのはいい傍迷惑かもしらんって気がしてなんねえのさ。で俺達がストを起こせば、相手は会社だろうと世の中の連中だろうと、いい傍迷惑なのは見え見えだ」

「じゃあ一体何であいつらグルになってオレ達に立ち向かおうとする?」とトーマス・スパークスは切り返す。

「あいつらがグルになって立ち向かおうとする、ってのはさあ、どうだかな」とジョン・セーフは答える。「俺達はこの会社に俺達自身、十把一絡げじゃなし一人一人、御厄介になった。んできさまも知っての通り、連中が俺達を十把一絡げにクビにする気なんてさらさらなかったと変わらん、俺達だって、あの頃は、奴らと丸ごと縁を切ろうなんて夢にも思ってなかった。もしか会社が今、一連みなら、そいつは俺達が目をおっ広げて御厄介になった時だって、やっぱ一連みだったんだぜ、スパークス」

「ならどうしてあいつら、機関車がらみでシャクな規則をこさえにゃならん?」とスパークス氏は物申す。「ってのは、ウルヴァハンプトンのコークに言わせりゃ、権柄尽くもいいとこだってな」

「はむ、どのみちそいつら世の中の連中の安全のためにこさえられてるはずだ、スパークス」とジョン・セーフは返す。「んで世の中の連中の安全のためってものは、きさまや俺の安全のためのものでもある。ぶつかって仰《のっ》けにやられるのは大方、機関と炭水車だ」

「オレはこのうえ安全にしてもらわなくたっていい」とトーマス・スパークスは唸り声を上げる。「オレは今のまんまでたくさんだ、オレはな」

「だが、きさまが望もうと望むまいと物の数じゃないのさ」と相方は返す。「きさまは気に入ろうと入るまいと、スパークス、身を守って頂かなきゃならん――たといきさま自身のためじゃなかろうと、ほかの連中のために」

「ウルヴァハンプトンのコークは言うぜ。『正義を!』そいつがコークの言い種だ!」とスパークス氏はしばし思案に暮れていたと思うと宣ふ。

「正義ってのは口にするにはえらくまっとうな代物だが」とジョン・セーフは返す。「やってのけるにはもっとまっとうな代物だ。けど俺達はともかく誠を尽くそうじゃないか。クチにアブれた職人くずれにクビ突っ込まさしてたんじゃ、俺達、ズブのそいつは俺達自身にも家族にも誠を尽くしてることにはなるまい。そいつは俺達次第だ。たまたま嵩にかかれるからってんで皆してグルになるのは、会社や世の中の連中に誠を尽くしてることになるのか。外《ほか》の奴らを見てみな！　殿方はストはやらかさん。救貧院の医者は（俺達と違って）いい加減安月給だが、あいつらはやらかさん。診療所や病院勤務の医者は楽な務めどころじゃないが、あいつらはやらかさん――病人に後は勝手にベッドの中で呻かせてまでな。嵩にかかるかどうかってなここまで。お次は趣味の問題だ。店で働いてる立派な若者や娘さんは、あいつらは、もっと早く家へ帰りたいからってんで（第六十五稿注(三五四)参照）ストはやらかさなかった」

「けど世の中の連中は寄ってたかってあいつらを目の敵にしちゃいなかった」とトーマス・スパークスは口をさしはさむ。

「ああ。けど、もしか目の敵にしてたら、どいつかてめえらほんとにまっとうなのかってクビ捻り出してたろうな」

「おいや、まさかおめえさんオレ達がまっとうじゃねえなんざ思ってるんじゃなかろうが、えっ？」とスパークスは切り返す。

「もしかマジでそう思ってるとしても、そいつは俺こっきりじゃない。きさまも知っての通り、仲間の中には自分から進んじゃストもその手のどんなヤツも願い下げの奴はごまんといる」

「もしもオレ達みんな権柄尽くのえじきにされてると思ってるとしたら、ならどうする？」とスパークスはカマをかける。

「ああ、だとしたって、俺なら、みんなでとことん世の中の連中に律儀に、てめえらの務めを果たして、で権柄尽くはけしからんってえ奴らの気持ちに訴えようとするだろうな」とジョン・セーフは答える。「そしたらすぐっと会社にコタえるだろ。会社と世の中の連中が俺達相手にグルになってかかるってことじゃ、連中はどうしようもなくならん限り、会社の肩は持ちたがらないものさ」

「オレ達は仲間に恩を着てないか？」とトーマス・スパークスは尋ねる。

「ああ、しこたまな。でこんな具合にストを起こした日にや、そいつを返すことにはなるまい。俺達は仲間の内じゃ兄貴分だ。俺達があいつらにしてやらなきゃならないのは、いい手本を見せて、兄貴として恥ずかしくない真似するってことじゃないのか。さてっと、今んとこ俺達職人相手に元手を一緒くたにするだの、あっちの嵩とこっちの嵩をくっつけるだの（まんざらウソっぱちでもなさそうな）噂が飛びかってる。よりによってそんな時、ほんのちっぽけな職人仲間が世の中を丸ごと向こうに回して、お門違いなやり口ではったり利かしてみた所で、ヤツの言い分にプラスになるものやら！」

　恐らく、ジョン・セーフがこうした論拠や事実を強く申し立てるのもしごくもっともだったろうし、ジョン・セーフは事実、クリスマスの翌日、キャムデン・タウン（北西ロンドン労働者住宅街）で催されたロンドン‐北西鉄道南管区に携わる機関士・機罐員総会の検討にそれらの内多くを付し、またそれ以外の論点もかなり直接的に示唆したものと思われる。『タイムズ』紙（十二月二十七日付）で報じられている如く、くだんの集会で発言した幾人《いくたり》かの理性的で穏当で廉直な口調は、およそ我々の不意を衝くどころか称賛と敬意を喚起する。読者諸兄にはわけても大西部鉄道のとある機関士の演説と、ベドフォード駅の機関士・機罐員達の認《したた》めた手紙に注目して頂きたい。小誌の必然に応じ、上述の集会の催された直後に筆を執らねばならぬため、我々は無論、本件の結末は与り知らぬ——一件には恐らく、当号が世に出る前に片がついていようが。我々の述べた所見も、しかしながら、もって締め括ることになろうそれも、いささかたり左右されることはなかろう。

　鉄道員に対してはかく具申したい。仮に諍いを全き得心の行くよう調停し損なうとすれば、蹉跌の責めは固より彼ら自身に帰せられよう——大方は、彼らの内より弁えのある連中が迂闊にも籠絡された軽率かつ不当な威嚇と分かち難いだけに。管理者が穏健な異議申し立てに何を譲っていたやもしれまいと、彼らが公的奉仕と安全に反す然に不穏な結党への屈従を不埒な愚昧と見なそうことは想像に難くない。

　一般庶民に対してはかく具申したい。祖国の労働者の堅実さと愛国心は、長い目で見れば、信頼して差し支えなかろうし、この度の過誤も一旦是正されれば、安閑と放念して構うまい。なるほどかようの威嚇を受け、まずもって平静を失った勢い新聞社宛、強硬な立法、或いはかようの職務放棄者に対す過去・現在・未来に及ぶ刑罰の執行を強く求める投書を送るのは至極当然だ。が、より冷静に惟みれば、祖国の職工を轡《くつわ》か軛《くびき》の下《もと》に働いていると、或いはそれらが不可欠と思われるとすら、見なすのは好もしくない。我らが職工の精神は最も気高く、性《さが》は最も善良なそれである。偉大な民族の血を引き、徳高きこと世に知らぬ者はない。ともかく何者かの側《がわ》における誤った手続きが寛恕されて然るべきなら、正しく我らが職工において寛恕されて然るべきであろう。

第五十二稿　仕上げ学校教師*

『ハウスホールド・ワーズ』誌（一八五〇年五月十七日付社説）

当該大いなる国家的任務に最近、欠員が生じたと推定・危惧された。その道徳的教課にかけてはありとあらゆる手合いの政府や内閣が並べていささかの疑念も抱いていない、極めて稀少な公教育教師の一人が――我々はつい唯一無二の、と書く所であったが――英国民の啓発に然に勤しむ余り、当人の任務が果たされ得まいと思しき折に、くだんの任務を必要とする状況が出来した。この格別な公教育教師が何者か、申すまでもなかろう。我らが立法府議員は主禱文や、山上の垂訓や、キリスト教史の教育にかけては見解の一致を見まいと、こと死刑執行人による公教育にかけては皆明々白々としている。絞首台こそは如何ほど相反す政府とて皆が合意に達す目出度き中立地帯、ジョン・ケッチ氏*こそは偉大なる公立学校教師なり。

マライア・クラーク*は四月二十二日火曜日、サフォック州イプスウィッチにおける処刑を宣告されていた。その日は復活祭火曜日に当たり、くだんの折における「公開処刑」に伴うと想定される復活祭の祝いへの嗜み深き世辞にかてて加えて、各人が祝日に縊られるのは、さらば然に幾多の人間が啓発的光景の御利益にごゆるりと与れようからというので、いたく肝要であった。たまたま、しかしながら、偉大なる「仕上げ学校教師」にくだんの朝、国の別の箇所の他の生徒に教えを垂れる先約があり、かくて新聞に氏の人道的職務を代行するは当座、早い者勝ちたろう旨小記事が掲載されることとなった。

サフォック州在住の、忠誠と善意にかけては比類なき殿方が、当該教導の持ち場への様々な志願者によりて州長官に宛てられた書簡の写しを小誌に委ねた。よって以下、それらを住所氏名省略の上、受け取ったままに読者諸兄の御高覧に供す次第である。その他全ての点において、書簡は原文の正確な写しである。これは、くれぐれもお心得違いなきよう、およそ悪巫山戯どころではない。ここに呈す書簡はくだんの折、サフォック州長官宛認《したた》められた手紙の文字通りの写転である。

第一通目は丁重な短信の体裁を取り、上品な常套句の雰囲気を漂わす——恰も招待状か、その返答のような。

サザック××在住の××氏は来《きた》る水曜キャルクラフト*によりて致し方なく辞退されし職務即ちマライア・クラーク処刑を全うさせて頂きたく何卒即答賜りますよう条件は例えば少なくとも二〇ポンドでは。

サフォック州長官殿。

第二通目は極めて啓発的なペックスニフ流*説教臭芬々たる書簡である。

四月二十日

拝啓

本日小生新聞を通読していた所かの不運な女性を処刑する執行吏を求む広告を目に致し候もしや誰一人名乗りを上げず所定の折までに何人《なんぴと》も見つからぬようなら小生掟の求めるものに片をつける代理として参上致したく

敬具

料金前納にて　サフォック州イプスウィッチ監獄所長宛

第三通目は偉大なる仕上げ学校教師に深甚なる敬意を表《ひょう》しつつも——令名とは然なるもの故！——名を綴り間違えては

いる。其がむしろ（他処にても散見される如く）大衆にはお馴染みなもので。

拝啓

五一年四月十九日日曜

本日付『タイムズ』紙の記事により貴兄がマライア・クラークを処刑する人物を必要としつつもキャルクロフト氏が来《きた》る水曜先約がありさりとて代理も見つからぬ由知り候もしや報酬が相応ならば小生喜こんでくだんの役を務めさせて頂きたく早急に御連絡賜りますよう

敬具

追而：何卒掛かりは「現金」にてお支払い願いたく当方手許不如意のためくれぐれも他言は無用にて

第四通目にて、差出し人は独立独行の信用の置ける人物として自薦している。

謹啓

五一年四月二十一日

水曜朝処刑人の任務を果たす人間を御所望とのこと就いては小生自ら名乗りを上げさせて頂きたく其を請け負うに足ろうと自負するからには。

敬具

ホワイト・チャップル××スクェア*

××通り××番地

第五通目は白羽の矢の立った暁には、公教育指導者兼国民教育組織長官としての己の価値を御存じと思しい。

ロンドン、サザック区

一八五一年四月二十日

州長官殿

小生、水曜のマライア・クラーク処刑に際し絞首刑人の責務を六〇ポンドの謝礼にて果たさせて頂く所存にて

敬具

料金前納　イプスウィッチ、サフォック州長官宛取り急ぎ

第六通目は職人らしく、至って簡潔である。

拝啓

五一年四月二十一日ディール*

来《きた》る水曜女囚を処刑する仕事を引き受ける人物をお探しとのこと小生条件さえ鷹揚にして意に適えば務めを果たさせて頂きたく

敬具

第七通目もまた事務的だが、より些事に細かい。差出し人は妻帯者である旨断っている所からして、生半ならぬ嗜みの持ち主と思われる。

拝啓　　　五一年四月十九日マンチェスター

新聞に同封された刷り物を拝見小生こぞは御所望の人物なりもしや任務に対し如何ほど報酬があり御地へ如何様に行くかじょお件さえ見合えば　　　敬具

追而：当方身の丈五フィート五齢《よはい》三十二――して妻帯者なり

第八通目の差出し人は名にし負う「キャルクラフト」に纏わる口調からして「愛読者」と思われる。

拝啓　　　四月二十日

イプスウィッチ州長官殿

キャルクラフトが来《きた》る水曜マライア・クラーク処刑に立ち会えぬ旨聞き及び小生この折キャルクラフトと同条件にて任務を全うするに足る適格の代理として名乗りを上げさせて頂きたくもしや雇って然るべきとお考えならば小生宛短信に至急応ず所存にて　　　敬具

第九通目は明らかにサクソン人が差出し人と思われ、自らの所業に何ら責めを負わぬ地球上の唯一の箇所に対し著しく不当ではあるものの、慎重かつ最後的である。

謹啓　　　五一年四月二十日

貴兄が目下来《きた》る水曜に処刑の決定されているマライア・クラークの身柄に対し本務を全うする執行人を探しあぐねておいでと知り小生是非とも同上の完遂されし暁には五〇ポンドの報酬を受け取ろう条件の下《もと》くだんの折の執行吏の役目を全うさせて頂きたく世に小生の本名住所が知れ渡らぬよう何卒宛先は××気付Ｍ・Ｂにて

もしや

当方の願い出に折返し返答賜れば火曜朝には拝受の上鉄道にて御地へ向かえようかと

上述の報酬に加えて諸経費の負担も無論御高配賜りたく

小生必ずや貴兄に課せられたる本務を全うすべく定刻に馳せ参ず所存のからには本状はおよそ徒《あだ》な申し出どころではなく是非とも御快諾のほどを

敬具

サフォック州長官殿

追而：小生無論御高配賜れぬ場合には名を伏せて頂きもしや御高配賜れるようならアイルランド、キルデア州（同国東南部レンスター地方州）パトリック・ケリーなる名を用いたく

十通目は正真正銘、仕上げ学校教師の御高誼に与り、氏の後釜に座るにすらおよそ吝かどころでなき個人より差し出されているだけに大いなる敬意を表《ひょう》さねばなるまい。仮にその他大勢とは異なる、わけても妙なる条《くだり》を選り出すとすれば、差出し人がくだんの職務を「誕生」として言及している点であろうか。

諸兄　　　　一八五一年四月十九日

本日の新聞の一節より諸兄がキャルクラフトに代わる処刑人を求めておいでの由知り憚りながら本短信の差出し人たる小生が適格の旨お報せ致したく。小生しばらく前から本誕生を望みキャルクラフトとも旧知の仲だけに何故《なにゆえ》諸兄が使いを立てし折キャルクラフトが小生の名を告げなかったものか未だ解《げ》しかねている次第にて。小生彼《か》の地なるつい先達ての職務を果たすべくホースマンガー・レーン＊宛申し込み致し候ふもキャルクラフトが自ら立ち会いし由諸兄もしや小生をその任に指名して然るべきと思し召しなら小生こそは其を全うす適任者に違いなく

何卒御返答賜りますよう　　敬具

速やかに応じさせて頂きたく

諸兄

仮に御賛同頂けるようなら何時如何様に参れば好いか御教示賜りたく

能ふ限り早急に州長官にその旨お伝え頂ければ幸甚にて

イプスウィッチ監獄所長殿

第十一通目における「悲しき任務」と「総額」との直結は、情緒豊かな心と欲得尽くとの見事な綯い交ぜの相を呈す。

一八五一年四月二十一日コッカーマス＊

拝啓　新聞にてキャルクラフト立ち会ふこと能はぬ由拝読致し候。然るべく謝礼賜れば悲しき「任務」を全うさせて頂きたく時も切迫している故総額を御呈示賜れば大至急馳せ参じたく

敬白

次が第十二通目にして最後の書簡である――差出し人は手間賃仕事を習いとする朴訥な男と思われる。

拝啓　　一八五一年四月二十日ウィガン*

新聞にて貴兄がキャルクラフトの代わりにマライア・クラークの処刑を執り行なう役人をお探しの旨知りもしやウィガンより往復の代金並びに手間賃五ポンド賜るようならウィガンからイプスウィッチへの経費を直接××宛御送付願いたく先方より小生へ連絡のあろうかと

敬白

上記の書簡は、くどいようだが、真正である。読者諸兄は自づと思う所おありであろう。時には、如何ほど意に染むまいと、仕上げ学校教師によって施される当該公教育にいささかなり思いを馳せ、如何ほど間々くだんの教師が国家がその良心にとことん得心の行くよう折り合いのつけ得る唯一の国家教育を始めると同時に仕上げて来たことか――今後も如何ほど長らく始めると同時に仕上げ続けようことか――惟みるのも御一興やもしれぬ。

第五十三稿　途轍もない受難の物語

『ハウスホールド・ワーズ』誌（一八五一年七月十二日付）

一廉の才能と信望に恵まれたとある殿方が――小誌にては御芳名をウェアはメイズ通りのロスト氏*と公表する許しを得ているもので――先般イングランドを旅しようと思い立った。当該、商いがらみに違いなき遠出に乗り出すに先立ち、ロスト氏は（ただし数年前に羊毛商人としての生業から足を洗い、一八三一年に家業を継いだ息子は目下ウォリックシャー州ストラトフォド・オン・エイヴォン（シェイクスピアの生地）の老舗にてロスト・アンド・ロスト商会を営み、彼《か》の地にて読者諸兄にとっては興味津々たろうことに一八三四年、不滅の詩人の直系卑属と思しきシェイクスピア嬢と結ばれてはいるものの）、まずもってホップ取引きより生ず、バラ（第十四稿三四頁参照）の然る商人との未決の勘定を清算すべく上京せねばならなかった。我が家を出立する前日より始まる氏の日誌が今しも我々の眼前にあるが、以下、そのいささか嵩の張る内容を簡約した形にて読者諸兄に呈示するとしよう——要諦のみを抽出することに意を用い。

どうやらロスト夫人は御亭主がくだんの旅に乗り出すのに真っ向から反対だったと思しい。夫人の宣はく。「家にじっとしてて、バカな真似なさらない方がどんなにいいかしれやしない」——ということにとどの詰まりはなろうと、強かな虫の報せを覚えていたらしく。気の置けぬ女中として一家に抱えられている若き娘御も氏の腹づもりに異を唱えるにかく物申した。「だんな様は天から鉄道向きのお方じゃございませんし、鉄道は天からだんな様向きの手合いじゃありませんでございます」ロスト氏が、しかしながら、これら待ったにもかかわらず、飽くまで我を通そうとしたためロスト夫人は敢えて力尽くで（お茶の子さいさいやってのけられていたろう如く）思い止まらせようとはしなかった。が最悪の場合には代理人に三千ポンドの受領資格を与える鉄道乗客生命保険会社の保険乗車券を購入するよう確約させた。のみならず一晩たり夜行便にて我が家宛一筆認めそくなった日には翌日『タイムズ』紙に長々と行方不明公示が掲載されよう旨クギを差した。

これら得心の行く予防措置が講じられ果すと、ロスト氏は気の置けぬ女中（名をメアリ・アン・マグという、貧しいながらも正直者の両親の下《もと》に生まれた）にとある『全英鉄道時刻表（第四十三稿一九二頁参照）』を買いにやらせた。当該文献こそは氏の途轍もなき旅がらみでロスト氏と家族の受けた仰《のっ》けの衝撃であった。というのもウェアが連合王国とウェールズ公国の鉄道との関連で如何様に記載されているか確かめるべく索引を参照してみれば、以下の如き謎めいた文字に出会したからだ。

ウェアＴｕ・・・・・・６＊

それきり何ら情報が得られなかったので、彼らは六頁を繰ってみてはと思い当たった。がそもそも八頁から始まるというおどけた奇矯を有す書にあって、六頁などという頁はなかった。破れかぶれで、さも曰くありげな単音節Ｔｕを思い起こし、彼らは「鉄道分類」を参照した。がそこにて頭文字Ｔの下《もと》にお出ましになったのは「タフ・ヴェール・アンド・アバデア」＊のみであり——一体全体誰が（と気の置けぬ女中の宣った如く）そんなものお呼びだったろう！　ロスト氏は以下の如く日誌に記している。頁にズイと下まで目をやるに及び「脳ミソはたじたじとたじろぎ」、ウェアを探す内、いつしかレイヴングラス、ブートル、スプルーストン*なる名の間をさ迷っている始末であった。

ロンドンへはかくて有料道路で向かわざるを得ず、ロスト氏は首都へ自家用の一頭立て二輪の幌付きで飛ばし、そこで馬車をそのためわざわざ同伴していたジョージ・フレイという名の下男の手に委ねた。サザックまで行ってみれば、幸いなるかな、ホップ取引きにおける損失は〆て三四七ポンド四シリング二ペンス半を越えていなかった。これは、氏の鑑みてごもっともの如く、引っくるめれば、くだんの先行き明るい投機部門における素人としては成功であった。よって己《おの》が僥倖を祝すに、ラドゲイト・ヒルのトム珈琲店*にてホップ商人と二人の友人に約しいながらも食べでのあるディナーを奮発した。

くだんの旅籠では宿を取らず、氏は貸馬車（四八二号）にてノース-ウェスタン鉄道（第五十一稿注(二四五)参照）終着駅に隣接するユーストン・ホテルへ向かった。翌朝、氏の世にも稀なる冒険は緒に就いたと見なされよう。

どうやら、念願の遠出をなお遂行するには、ロスト氏はまずもってウスターなる古都へ向かうが肝要だったと思しい。くだんの古都へはバーミンガム経由にて行けると知っていたので、午前十一時、列車にて出立し、レイトン（ベドフォドシャー町）まで一様の速度にて快適に進んだ。ここにて、しかしながら、腰を抜かしそうなほど仰天したことに、黒々とした横線が鉄道にくっきり引かれているせいで、行く手がお先真っ暗に阻まれているではないか*！

しばし思案に暮れていたものの――その間、氏の弁によらば、またもや「脳ミソはたじたじとたじろいで」いたとのことだが――ロスト氏はロンドンへ引き返した。軽い食事を認《したた》め、一眠りして平静を取り戻そうと努めはしたものの（謎の暗号ウェアTυ6が気紛れに脳裏を過るせいで、しかしながら、安らぎらしい安らぎも得られなかったとのことで）、爽快な目覚めは願うべくもなく、午後五時五分、今一度バーミンガム目指し出立した。が豈図らんや、朝方より遥かにツキに見限られていた。というのも前回待ったのかかった場所のおよそ一〇マイル手前のトゥリングに着いてみれば、いきなり例の黒々とした恐るべき柵が道に渡され、その由々しき響きに何やら超自然的な気配の漂わぬでもなき、キ印めいた声で然なる警告を受けたからだ。ラグビーからレスター、ノッティンガム、ダービィ*！

英国人の気概に溢れているだけに、ロスト氏はくだんの町のいずれにも向かうを潔しとしなかった。もしや声の了見が然《さ》たらば、一向聞く耳持たなかった。一体何故《なにゆえ》レスター、ノッティンガム、ダービィへ行かねばならぬ？　してラグビーにトゥリングにてチョッカイを出す如何なる筋合いがある？　ロスト氏はまたもやロンドンに引き返し、正気が失せては大変と、転ばぬ先の杖の瀉血《しゃけつ》をしてもらった。

翌朝起床した際、氏の面《おもて》はげっそりやつれ、その目が節穴でもない限り、悶々たる心労の跡は歴然としていたろうし、医学に通じた者ならば内面にては真実、何がどう狂っているものか易々見て取れていたやもしれぬ。良心ですら神秘ほどには萎《しな》びささぬ。果たして火照った頬は、二重顎は、団子っ鼻は、チラチラと瞬く目は、今何処《いづこ》？　跡形もなく消え失せた。してその代わりに——

夜の黙《しじま》に、氏はグレイト・ウェスタン鉄道にてグロスター経由で、目的完遂を期すホゾを固めていた。今回は真昼の十二時半に、今一度ロンドンを発ち、スウィンドン・ジャンクションへと向かった。難儀せぬでもなく。というのもディドウコットに着いてみれば、またもや黒々とした柵が道に渡され、どれ一つとして縁もゆかりもなき——わけてもエインホウなる野蛮な呼称の恐るべき地コミにて——七箇所へ力尽くで連れ行かれたからだ。*が、散々イタい目に会いながらもこれら小意地の悪げな町から逃れ、漸う（上述の如く）スウィンドン・ジャンクションに辿り着いた。

ここにて、氏には一縷の望みとて失せたかのようだった。国中に防柵が巡らされ、暴徒が（何者にせよ）やたら首尾好く措置を講じ果しているのは火を見るより明らか。これでは身動ぎ一つままならなかった。氏をバース、ブリストル、ヤットン・クリーヴドン‐ジャンクション、ウェストン・スーパー・メア‐ジャンクション、エクセター、トーキー、プリマス、ファルマス、*その他西コーンウォールのいっとう僻陬の奥地へと連れ行く拷問が狩り出された。グロスターへ辿り着く当ては仄見えすらせぬ。飽くまで、しかしながら、初志を貫き、抜かりなく機を窺い、とうとう——渾身の力を振り絞って、というよりむしろ正直、目出度き星の巡り合わせにて——難を逃れ果すや、恐るべき柵の下を掻い潜りつつ、チエルテナム（グロスターの約一〇キロ北東都市）伝《づて》グロスターへと向かった。

して今や、蓋し、然に幾多の障壁を乗り越え、然に究極的な危難に耐え忍んだ後とあらば、終に洋々たる前途が開け、憂はしき針路にも一筋の陽光が降り注がれるものと思って好さそうなものではあった。徒望みは、たといかようの代物がくだんの寄る辺無き旅人によりて抱かれていたとて、ほどなく雲散霧消した。悪運尽きたか、氏はサイレンセスター（グロスターの約二五キロ南東）に到着するかっきり一時間前に彼《か》の地を出立し、グロスターに辿り着く十分前に彼《か》の地を後にしていたとは！

果たしてロスト氏が幾多の艱難辛苦の当該圧倒的ダメ押しによりて如何ほど途方に暮れ果てたか、は筆舌に尽くし難い。なるほど、あろうことか祖国がとある町とまた別の町との連絡を遮断し、力と技においてジブラルタル（地中海の要衝・英直轄領）の難攻不落の砦によしんば劣るとしてもほとんど劣らぬ防柵体制を完遂する名も無き仇敵の手に落ちているのを目の当たりにするは、およそ軽々ならざる衝撃であった。なるほど、王国のあちこちの遠隔の地へ飛んで行くよう急き立てる狂乱の声に呼びかけられるは、およそ軽々ならざる衝撃であった。が、当該青天の霹靂は、時間の壊滅は、物事の自然の連続と秩序の途轍もなき逆転は、氏が耐え忍ぶに――と言おうか恐らく、人類が耐え忍ぶに――余りあった。氏はその下《もと》に頽れ、人事不省に陥った。

晴れて意識が戻ると、氏はまたもやいつしかノース‐ウェスタン鉄道にてどこへなり懶く旅をしていた。フォー・アッシイズと、スプレッド・イーグルと、ペンクリッヂ（バーミンガムの北方ウルヴァハンプトン‐スタフォード間の町）は、と氏の宣はく、記憶に残っている。いずれも、と氏の惟みるに、黒々とし、石炭っぽい。そこには何の筋合いもなければ、そこにいようといまいと一向構わぬ。自分がどこへ行きたいかは分かっている。して行きたい場所へは行けぬことも分かっている。マンチェスター、バンゴー、リヴァプール、ウィンダミア、ダンディー、モントローズ、エディンバラ、グラスゴー＊へと連れ行かれた。気がついてみれば幾度となくマン島（アイリッシュ海英国島）に渡っている。一再ならず、確か、ウェールズをあちこち歴回《めぐ》った。キングストン（ダブリンのやや南方）とダブリンにいたのは知っているが、如何様に辿り着いたかはほんの朧げながらしか分からぬ。然る折、これでとうとう我が道を行っているものと思い込んだその矢先、いきなり北スタフォドシャーのマウ・コップと（恐らくふざけて）呼ばれる駅＊で降ろされた。通則とし、如何なる道草を食おうと、エディンバラにやって来るのには気づいた。が例外もある――例えばホリヘッド（北西ウェールズ、アングルシー島、アイルランドへの乗船港）の陸の際の際で降ろされた時や、汽船に乗せられ、パリ経由で、フランスのど真ん中まで連れ行かれた時のように。氏の惟みるに、やりこなさせられた就中尋常ならざる旅は、ユーストン・スクェアからノーサンプトンシャー（英中部内陸州）へと分け入り、かくてリンカンシャー（英東部北海に臨む州）の沼沢地帯伝《づて》ラグビー（英中部ウォリックシャー東部都市）へ回り、そこからイングランド北部全域とスコットランドの大方を経由してリヴァプールへ戻り、そこからマン島のダグラス（東岸港・同島首都）へ渡り、そこからアイルランド、ウェールズ、グレイト・ヤーマス（英東部ノーフォーク州海港）、ビショップ・ストートフォド（英東部ハートフォドとエセックスの州境都市）を経てウィンザー城へ到着するというものであった。これら旅路の終始、黒々とした防柵体制はハバを利かせ、いっとう思いも寄らぬ時に限って待ったをかけられた。して相も変わらず意に反して旅をさせられ、密教神知学めいた暗号体系が津々浦々で罷り通っている所に出会した。

　心労と失望は今や当然の結果をもたらしていた。御尊顔は蒼ざめ、声は弱々しく嗄れ、髪は疎らにして白いものが交じり、総じて疲労と忍耐の跡がありありと窺われた。不安と意気阻喪がロスト氏の精神に如何ほど生半ならぬ影響を及ぼしたか、傷ましき例証たるに、氏は今や旅の目的をこの上もなく奇しき方向に狂おしく求め始めた。然に幾多の災禍に見舞われた鉄道にスッパリ見切りをつけるや、その数あまたに上る下宿屋や旅籠の直中にて旅の目的を熱っぽく探求しにかかった。「ベッド、朝食、靴磨き、サービス付一日六ペンス」――「ベッド、靴磨き付一週七シリング」――「選りすぐりのワインと火酒」――「夜間赤帽常時伺候」――「深夜到着の場合、私用玄関鈴にて」――「ロンドン各所との往復乗合馬車随時運行」――「当館を同名の他の旅籠とお間違えなきよう」といった大衆への口説き言《ごと》の直中に、ロスト氏は今やウスターへの道を求めた。予期していたやもしれぬ如く――と言おうか夢も希望もなくしている今や、事実予期していた如く――ウスターはそこには御座らなかった。氏の悟性はいたくガタついた。

　ロスト氏は日誌に、如何に次第に己《おの》が知性が鈍化し、機能が麻痺して行ったか、然に克明に綴っているものだから、下降の経緯を言はば一歩一歩、跡づけられるほどだ。かくて明らかにされるに、氏は家族向け、外交商人用等々の下宿屋や旅籠をシラミ潰しに見て回り果すや（さらば悟性は神聖文字めいた「1―6―51―W・J・A*」がひっきりなしにお出ましになるせいで大いに耗弱《こうじゃく》したが）、相も変わらぬ憂はしき腹づもりの下《もと》、モーゼ父子商会*とアルバート殿下御《ご》用達ブーツ職人メドウィン氏に本腰を入れた。してその後は以下の如き血の通わぬ代物にすら――特許コンパクト旅行鞄、新型藁切り・小麦粉砕《ふんさい》機《き》、ノルマン剃刀、イングランド銀行封蠟、シュウェップス・ソーダ水、サルサ根煎じ汁（強壮薬効飲料）、公許パルト（腰当て又はクリノリン付婦人用上着）、ローランドのカリドール（仏製香水）、サイクロイド・パラソル、咳止めドロップ、万能終夜灯、ポンチョ、オールソップ父子商会（一七〇九年創業エール醸造業者）製白ビール、特許ナイフ磨き粉と。これら全ての訴えにても、夏用紳士服なるウェリントン公爵閣下や、備え付け金物問屋のバートン氏へのこれが最後の身入れにも、当然の如く、しくじり果すや、ロスト氏は呆然自失し、そっくりサジを投げた。

ロスト氏は今や脱け殻同然である。ユーストン・スクエア・ホテルに宿を取り、我が家へ戻るよう諭されても、ただかぶりを振り振りつぶやくきりだ。「ウェアTU・・6」かく行き先を告げられようと、面倒を見て下さろうとする辻馬車御者は人っ子一人いない。氏は四六時中、黄表紙の小さな犬の耳折れ四折本の頁を繰っては、心悲しげな声でかく戯言《たわごと》を口走りながら座っている。「ブラッドショー、ブラッドショー」

数日前、御亭主の状態をそれとなく知らされたロスト夫人が、気の置けぬ女中同伴で旅籠までお越しになった。女丈夫の奥方の開口一番宣はく。

「ジョン・ロスト、どうかみっともない真似なさらないで下さいましな。このわたくしは誰でして?」

御亭主は返した。「ブラッドショー」

「ジョン・ロスト」とロスト夫人は言った。「わたくしもう堪忍なりませんわ。一体どこに行ってらしたの?」

四折本の頁をパラパラめくりながら氏は答えた。「ブラッドショー」

「まあ、バカも休み休みおっしゃいましな。いい加減うんざりだったら」とロスト夫人は言った。「何てシャクなんでしょ。一体全体どうしてこんなに痴れ返っておしまい?」

御亭主は弱々しく答えた。「ブラッドショー」

とは何のことか、神のみぞ知る。

第五十四稿　丸ごとの豚*

『ハウスホールド・ワーズ』誌（一八五一年八月二十三日付）

公共市場はこの所、常以上に「丸ごと」にして不可分の「豚」のアメリカ的原理に則る取引きに見るべきものがある。市場は不況である——その如何なる端くれにても活況らしきものの相をいささかたり呈していぬが、取引きは、たとい名ばかりにせよ、専ら「丸ごとの豚」を巡ってのそれだ。ほんの脇腹肉か、肋肉《ばらにく》か、脚か、頬か、顔か、足か、鼻面か、耳か、尻尾に対す小売り嗜好しか持ち併さぬ者も、臓物をこれきり端折ることなく御逸品をそっくり——しかもたらふく——鵜呑みにし、「丸ごとの豚」を頂戴するよう要求される。

人類全般は禁酒協会か、平和協会か、年がら年中野菜を食すことによってしか更生させられぬ、とは周知の事実。わけても特筆すべきことにくだんの格別なブタのいずれの耳にせよ、毛幅ほどの先っちょとて売った買ったから爪弾きにされた日には、これら三様の更生の手立てはいずれも完膚無きまでぶちのめされよう。貴殿の水を茶匙一杯のワインかブランデーで——失敬——アルコールで、薄めてみよ、さらば節制にはいささかの効能もない。女王の宮殿の門に歩哨をものの一人立たせてみよ、さらば平和な世など望むべくもない。鍋でグツグツ羊の厚切り肉の肋骨《あばらぼね》ですら野菜と一緒に煮込んでみよ、さらば家庭菜園を第二のエデンの園には金輪際仕立てられまい。貴殿は「丸ごとの豚」を、貴殿、して奴の針毛を一本残らず、食わねばならぬ。さなくば貴殿と人類のその他大勢は未来永劫、更生すること能ふまい。

さて、目下の所は果たして然に易々ポシャる更生の手立てとはかの、貴婦人が履いて部屋を過ったただけで拉《ひさ》げた物語の中のダンス靴（出典不詳）にいささか似ていぬか否かはさておき、以下、極端論者問題を別の観点から検討するとしよう。

まずもって、つと脇へ寄り、いざ御覧じろ、一大絶対禁酒行列のお越しを。そいつは俗に節制行進と呼ばれる——とは素朴な単語の正直な用法ではない——が、どうかお構いのう。万歳！　万歳！　旗は青で、縫い取りは金色だ。万歳！　万歳！　そら、その数あまたに上る選りすぐりの、実直な、とことん善意の、鑑のような連中が四人ずつ、或いは二人ずつ、練り歩いている。万歳！　万歳！　そら、その数あまたに上る子供もやはり四人ずつ、或いは二人ずつ、練り歩いている。一体あの子達は何者だ？――あの子達は、貴殿、禁酒幼子希望団です。――いやはや！　禁酒幼子希望団とは何だ？――彼らは人類更生児童団です。――ま、まさか？　万歳！　万歳！　これら幼気な市民は絶対禁酒に誓いを立て、終生何に対してであれ天地神明にかけて誓う十分な能力を有し、片やくだんの幼気な市民の両親は未だ更生に至らぬ目下の社会状況にあっては我が子を火酒や度の強いビールで手塩にかけるが習いたらば（何せいずれの酒も大家族という大家族にては八分の七までが常にへべれけで床に就くと見積もらる年端の行かぬ方々のためにわざわざ玄関扉の蔭にいつでも引っかけられるよう飲み口を付けたなり樽ごと据えてあるものと相場は決まっているので）、是ぞ一大山車行列なり。という訳で、またもや、万歳！　万歳！

　一体、これら二人ずつ歩いている、ほてっ腹に徽章を乗っけ、ボタンホールに蝶結びをあしらった殿方は何者だ？――あちらは、貴殿、委員会です。――ほう？　万歳！　万歳！　委員会にもう一声！　バアーンザーイ！　ジェイビズ・ファイアワーク（原義は「花火」）師――演説に目のない――に一声。立ち襟の御仁グロス（原義は「艶」）氏――演説に目のない――に一声。グルリの縁日宛然ににこやかに微笑みかけている、どデカい時計鎖の御仁グリブ（原義は「口達者」）氏――演説に目のない――に一声。宗旨替えしたハイエナに見えなくもない、やたら小汚いチビの御仁スクラジャー（縊り屋《スクラガー》の捩り）氏――演説に目のない――に一声。黒い目と褐色の肌の御仁、ハト派のアメリカ使節――演説に目のない――に一声。行列を黒々とススけさせつつ、ゾロゾロ付き従う有象無象、津々浦々からお越しの更生者――一人残らず善人にして一人残らず演説に目のない――してそいつをぶつ気満々の――に一声。

　小生に、無論、異を唱える筋合いなどない。万歳、万歳！　ジェイビズ・ファイアワーク師と、偉大なるグロス氏と、人気者のグリブ氏と、名にし負うスクラジャー氏と、ハト派のアメリカ使節と、津々浦々からお越しの映えある有象無象には心行くまで演説をぶつ機が存分あり、おまけにそいつの御利益に与れる。というのも今日は街頭デモ大集会が、明日はまた別の街頭デモ大集会が、明後日は動物園大連合更生見学会が、その翌日は一般デモ大総会が、その翌日は大更生合同朝食会が、その翌日は大更生合同茶会が、その翌日は大連合複合統合合同汽船水上デモ集会が、お待ちかねでないだろうか？　して更生者がしこたま演説をぶたずして何処へ行こうぞ？　それでもなお、小生に何のシャクの種のあろう？

何ら。それでもなお、声を上げてもって善しとしようでは。万歳！　万歳！　たとい更生者が高潔の士なれど、この世にまたとないほど（弁士としては）退屈千万な男共たろうと、たとい連中の如何ほど誠実にして善良な信奉者とて、人間なるもの固より脆弱とあって、かようの能弁試煉に耐えること能はず、むしろ紅茶とロールパンに没頭したり、せめてもの慰めに、ライオンや象やクマとのより凄まじからざる付き合いに訴えたり、耳障りな楽隊のガチャつきに更生雄弁を揉み消したりしようと、小生ならばいたくごもっともにして理に適ったことよと惟み、それでもなお、声を張り上げよう。万歳！

　だが、もしやくだんの雄弁の中身に、たまたま某か耳に留まり、たまたま聖書への言及とジョー・ミラー*からの抜粋の奇妙奇天烈なごた混ぜならざる折、小生にも、いよよ近づいてみれば、事実何か関わりがありそうだと気づくとすらば、どうする？　もしや映えある有象無象がカーライル氏が「自らの紫煙を吸い尽くす（『衣裳哲学』（一八三三―三四）第二巻第六章）」と評すかの物静かな手合いの殿方ではなく、濛々たる煙を吐き出し、隣近所の連中を生半ならず黒々とススけさしているのに気づくとすらば、どうする？　さらば小生自身、トバッチリを食っている人間とし、恐らく、口を利く筋合いがあろうでは？

　ベドラム（第三十五稿注（一四九）参照）や他の全ての瘋癲院にて「社会」は非道にも患者相手に結託していると弾劾される。ニューゲイトや他の全ての監獄にて「社会」は非道にも犯罪人相手に結託していると弾劾される。ジェイビズ師や他の更生活動家の演説において「社会」は非道にして邪悪にも彼ら自身の格別な「丸ごとの豚」相手に結託していると弾劾される——奴は針毛という針毛ごと丸呑みにされねばならぬ。さなくば豚肉など微塵もなかろうから。

　証拠は？「社会」はいっかな禁酒の誓約に署名しようとせぬ。「社会」はいっかな節制希望少年団の新会員を徴募しようとせぬ。故に、「社会」は酩酊がお気に入りで、そいつにこれきり害悪を認めず、猫っ可愛がりし、己自身酔っぱらいである——卑しく、さもしく、猥りがわしく、放埒な畜生である。父母も、子女も、兄弟姉妹も、牧師も、医者も、弁護士も、編集者も、作家も、画家も、詩人も、音楽家も、女王も、貴族も、貴婦人も、平民も皆、更生活動家相手にグルになってかかり、皆して酩酊に血道を上げ、もしや何らかの星の巡り合わせで、その語の真の意味において節制を身をもって証した日には、それだけいよよ剣呑極まりない！——との最後の強かな、蒸気ハンマーが如き論法は今や十八番のそれとなり、ひっきりなしに狩り出されている所にお目にかかる。

当該十把一絡げの虚偽陳述に対し、小生は憚りながら、脆弱な異を唱えさせて頂きたい。ジェイビズや、グロスや、グリブや、ハト派使節や、スクラジャーに深甚なる敬意を表しつつも、敢えて私見を述べれば、マライ人が血に飢えて暴れ狂えば、そいつは穏当な精神状態にあるとは見なされまいし、事ほど左様に寒暖計が「病的高体温《フィーバー・ヒート》」を指せば、御逸品、およそ温和な天候を示している由申し立てられまい。男は、真に穏健であるためには、幾多の点で——強い酒に劣らず強い文言を避ける上で——穏健であらねばならぬ。して我が親愛なる馴染み更生活動家にお目こぼし賜って、具申させて頂けば、かようの下卑た物言いにおいて御当人方、わけても不穏当な手本を示しているのではなかろうか。果たしてこの上もなく度の高い火酒の興奮の下《もと》なる同等数の酔っ払いがより悪しき手本を示せるものか否かすら、疑わしい。

して辛抱強く耳を傾けながら演壇のグルリに立つ人々に是非とも惟みて頂きたい——果たしてこの点に然るべく思いを致しているのか？　未だかつてかようの代物に出会したためしがあるのか？　未だかつて何か善なる名分がかように悪しき手立てによって促進された経験なり知識なり持っているのか？　未だかつて己《おの》が「選ばれたる器（『使徒行伝』九：一五）」によりて周到に、人類の状況の改善のために払われる、己自身のそれ以外の努力を悉く船外に打ちやり、「ブドウ園で汗を流す（『マタイ』二〇：一）」他の者皆を軽率にも謗り、弛緩なき共同体の——その知性、倫理、より善き物を求める懸命な試みの——大半を、誰しも嫌悪し、誰しも恥辱と見なしているとは百も承知の悍しき悪徳の現場幇助者なりと誹謗中傷的に決めつける連中の集団の噂を耳にしたためしがあるのか？　仮に、篤と惟みれど、他にかようの例が思い当たらぬとすらば、さらば恐らく次なる質問が念頭に浮かぶのではあるまいか——果たして然に身を処す名分を支持する上で己は真に、その内に秘められた真理に応じて「真理」の符号たるべき文言を扱う「節制」擁護者と呼べるものか？

人類は平和協会なる手立てによってしか、と「丸ごとの豚」第二号をでっぷり肥やす養豚業者は申し立てる、更生させられぬ。はむ！　では早速、最寄りの平和協会から我が奇特な馴染みジョン・ベイツを呼び立てるとしよう——奴は例の、アジャンクールの戦いの前夜、ヘンリー五世と口を利いた同姓同名のいかつい兵士（『ヘンリー五世』Ⅳ、1）の直系卑属たる、とびきり腕の立つ職人にして健全な男だ。「ベイツ」と小生は言う。「この『更生』をどう思う？　一体どうしてそいつは平和協会によってしか成し遂げられん？」ベイツの返して曰く。「戦争は恐ろしく、破滅的で、キリスト教精神に反すからです。とある戦の詳細は、とある攻囲の恐怖は、正しく身の毛もよだつようなもの故、一度《ひとたび》知れば、恐らく金輪際、幸せにはなれまいからです。人間は火薬で吹っ飛ばされたり、銃剣で突き刺されたり、剣《つるぎ》で深傷を負わされたり、馬の鉄の蹄で泥だらけの血溜まりへと踏み躙られるために『神の容《かたち》の如くに（『創世記』一：二七）』造られた訳ではないからです。戦争は必ずや高くつく罪悪だからです。戦争は私達の宝を浪費し、心を頑にし、産業を麻痺させ、商業を不具にし、言語に絶す数知れぬ損失と、病気と、凶悪な犯罪をもたらすからです」小生は侘しげに言う。「だがわたしは、おおベイツ、そんなことくらいとうの昔から知っていないだろうか?」「かもしれません」とベイツは言う。「でしたら、どうか平和協会へお入りを」小生は尋ねる。「どうして平和協会へ、ベイツ?」ベイツは返す。「なぜなら私達は戦争も、戦争の見せかけも、断じてしないと宣言しているからです。陸軍も、海軍も、野営も、戦艦も断じて持たないだろうからです。イングランドが武装を解けば、と私達は申します、そうした恐怖は全てなくなります」小生は尋ねる。「どのようにして、ベイツ?」ベイツは返す。「仲裁によって。同志にはハト派のアメリカ使節と、フヌケ派のフランス使節がいる上、私達は同胞の絆を深めつつあるもので、それで万事解決しようかと」「いやはや！　そうは問屋が、ベイツ。わたしだって戦争の恐怖や、平和の祝福や、というに太鼓の連打や仮借ない大砲の轟音のせいでみんなそれどころでなくなるということにかけては散々頭を悩ませて来たさ。けれど、ベイツ、この世はまだそんなに蒙を啓かれてないもので、いつでも打ってかかれるよう、『自由』の泣き所に虎視眈々目を光らせ、ばかりか大きな軍隊に後押しされてる暴君や迫害者はごまんとのさばっているのさ。おお、ジョン・ベイツ、オーストリアの方へ、ロシアの方へ、ドイツの方へ、ナポリの穢らわしい牢獄の向こうにあんなにも美しく長閑に広がっている紺碧の海の方へ、目をやっておくれ！　それでも何も見えないというのか?」ベイツは（『青髯（シャルル・ペロー作（一六九七））』の妹よろしく、とは言え遙かに鬼の首でも捕ったように）返す。「はい、塵しか見えません」――して是ぞ、でっぷり肥え太った「丸ごと」にして不可分の「豚」の厄介千万な点の一つなり――ヤツめ出入口に立ちはだかり、お蔭で養豚業者にはさっぱり見晴らしが利かぬというが。「塵しか！」とベイツは言う。小生はベイツに言う。「外でもない、今のその塵の背後では、ズラリと列を組んだ迫害者と迫害の犠牲者が互いに反目し合っているからではないか――君のハト派使節とフヌケ派使節の向こうでは、森の野獣が身を潜めているからではないか――私自身、暴政と戦争の悲惨を恐れ、忌み嫌っているからではないか――軍人に嵩にかかられるのも、外《ほか》の連中が同じ目に会わされるのも真っ平御免だからではないか――わたしが君の前提はそっくり認めながらも、君の結論には首肯しかねるもので、イングランドが武装を解くのに与せねば、君の平和協会の会員にもなれぬのは」その途端ベイツは、外《ほか》の点ではまっとうで、道理を弁えた男だが、それとなく当てこする。私の「丸ごとの豚」に与さないから、私の「豚」のどんな端くれにも与せないのでは。我が協会が今や貴兄に新たな発見として協会が感じ、惟みていると、協会しか感じ、惟みていないと、申し上げていることを、貴兄はついぞ感じも惟みもしたためしがないのでは。よって今のその新たな発見を告げられようと、これきりお構いにならないのでは！

人類は専ら野菜を食すことによってしか更生され得ぬ。それはまた何故《なにゆえ》に？　幾人《いくたり》かの奇特な殿方は、どうやら、長の年月、菜食に徹しているが、さりとて一向体調を崩した風にない。やにわに、これら傑人はカッカと頭に血を上らせ、自らを「映えある菜者主義者」と広告で触れ回り、演壇に躍り出で、野菜祭りを催し、味もすっぽもない軽口を叩きながら、クダクダしくなくもなく、如何に菜食こそは唯一真正の信仰か、如何に肉を食す上で、人類はとことん道を踏み外し、一部堕落しているか、一席ぶちにかかる。映えある菜食主義者とは！　恰も南京木綿ズボンを履く男が似たり寄ったりの集会を催せば、映えある南京木綿ズボン主義者の座にすんなり収まるが如く！　だが小生は肉を一切口にしてはならぬのか？　一旦カリフラワーの季節には毎日カリフラワーを三箇、エンドウ豆の時期には毎日エンドウ豆を一ペック（約九リットル）、カラスノエンドウの「旬」には毎日カラスノエンドウを一ガロン（約四・五リットル）、朝食の前には新キャベツを一箇かそこら、恐らくは食間にショウガを少々（くだんの腹の張り易い食餌の植物性中和剤とし）食しつつ摂取する旨誓いを立てたが最後、ジャガイモの風味付けに肉汁添えビーフを一オンス（約三〇グラム）たり口にしてはならぬというのか？　これっぽっち！　映えある菜食主義者は完璧ならざる動物には堪忍ならぬ。連中の「豚」は、当世の流儀に鑑み、「丸ごとの豚」たらねばならぬ。

さて、目下の所はこれらめっぽう不都合にして不格好な然にその数あまたに上る豚を匿っている我らが祖国に今一度、連中のより下卑た部位を「焼べ、清める」べき祭壇を築くほどには動物を神に捧ぐ習いを復活させては如何なりや。禁酒運動なる「丸ごとの豚」はその不可謬性の無節操な倨傲と、当該帝国の一般庶民の脚に向かってブーブー託ち言を並べながら突っかかって行く無節操なホゾの固さを剝ぎ取られれば、目下より遙かに不潔ならず、遙かに重宝な生き物となろうでは。平和協会なる「丸ごとの豚」は己自身と、戦争を劣らず憎悪しつつも、世の本紀元にあっては戦争に対す何らかの準備は平和を維持する術《すべ》にして独裁への歯止めに外ならぬと信じる幾多の人々との間の感情の共有を認識すらば、己《おの》が博学の先達「令名不朽のトービィ*」に勝るとも劣らぬほど物事に明るくなろうでは。してもしやありとあらゆる手合いの映えある菜食主義者がほんの少々肉にお目こぼし賜い、ありとあらゆる手合いの映えある獣肉食主義者がほんの少々青物を大目に見る気になりさえすれば、もしや前者が如何ほどなり地の恵みを黙々と貪り食いつつも、ビーフ添えマッシュポテトに潜むやもしれぬ徳性を認める気になりさえすれば——もしや後者がほんのわずかのホウレンソウ添え豚肋肉《ガモン》を許容する気になりさえすれば——もしや両者が壇上演説を気持ち控えても何とかやって行けるものなら——何せ当今「奏山鳴動ネズミ一匹」が横行しているもので——もしや我々皆が、詰まる所、我らが丸ごとにして完全な動物の某かを明け渡すようなら、我々にとっても連中にとっても畢竟、遙かに増しではなかろうか。

何のかの言ってみた所で、我が馴染みにして同胞《はらから》よ、とびきりの「丸ごと」にして不可分の「豚」ですら、「教育」という名のより気高く、より大いなる仕業のほんのちっぽけな欠片やもしれぬではないか?

第五十五稿　豚の子*

『ハウスホールド・ワーズ』誌（一八五一年十一月八日付）

我々はその語の真に英語的字義に応じて「節制」を説くと同時に実践しているが故、してこの所くだんの美徳の一、二の貴き鑑が「丸ごとの豚」に纏わる小誌にいたく心証を害している由、*頭《こうべ》に懺悔の灰を降りかけたなり目に留めているが故、くだんの方々には定めてより穏やかにして嫋やかな手合いの豚への当該論及によって機嫌を直して頂けるものと信じたい――即ち、もしや生き存えれば「丸ごとの豚」になるやもしれぬが、恐らくは若い盛り《ブルーム》に屠らるが定めたる、ほんの嚢虫《のうちゅう》症じみた手合いのブタにすぎぬ。

たまたま上記の華やいだ表現を用いたせいで一足飛びに我々の目下の所見の主題に入るとしよう。つまり、「ブルーマ派*」という名を授けられている「丸ごとの豚」のくだんの柔らかくあどけなき末っ子に。

「ブルーマ派――アメリカ流」『パンチ』誌（一八五一年九月二十七日付）

内心忸怩たる思いで寡聞を告白せねばならぬが、当該仔豚の存在を初めて知った時、てっきり御芳名は先方の瑞々しい、迸らんばかりの質《たち》なる権限にて授与されたものと思い込んだ。が爾来、しかつべらしさの印象の無きにしも有らず、聞き及んだ所によらば、其はアメリカ合衆国の「ブルーマ大佐夫人」に対す敬愛の賛辞とのことである。果たして、我らが空想がくだんの名立たる御婦人と、その団欒にて夫人が愉悦の源泉たる大佐を打ち眺めるに及び、如何なる幻影が「心眼」に彷彿とするか審らかにする、所詮徒労に終わろう骨は折るまい。

或いはまたブルーマ大佐夫人の下《もと》なる少佐、大尉、中尉、少尉、下士官、兵卒にせよ、他の如何なる部隊の兵士にせよ、「女性の権利」なる大問題に乗り出す気も毛頭ない。ただし個人的には、もしや我々自身の家庭的愉快の「源泉」が水の瓶と大コップのあしらわれたテーブルの背後なる塹壕にて身を固め、くだんの要塞より大衆に向かって滔々とまくし立てるが肝要と思し召した日にはさぞや千々に心が乱れようこと必定と素直に認めざるを得ぬ。事ほど左様に、果たして山の神がメリルボーン（ロンドン北西部旧自治区）選出議員として立候補したり、セント・パンクラス（ロンドン中央北部旧自治区）救貧委員会に名を列ねたり、ミドルセックス（ロンドン西・北部に接す旧州）大陪審員を務めたり、如何なる州であれ州長官として手腕を発揮したり、所得税に関す集会で議長席に着いたりするのが時宜に適っているか否かも甚だ疑わしい。或いは奥方が『タイムズ』紙の広告欄を通じ、かようの文言にて同性に訴えかけている所に出会せば、少々面食らうのではあるまいか。「バラとトゥーリー・*ストリートの女性達よ、わたしが仲間に加わるのはあなた方のためである！」とか「リヴァプールの代々《よよ》の婢《はしため》よ、汝《な》らは知らぬか、自由の身たらんと欲す者は、自ら槌を揮わねばならぬ（バイロン『チャイルド・ハロルドの巡礼』（一八一二）第一篇第七十六連より）！」仮に（議論の便宜上）我々の名をベロウズ（原義は「鞴」）としよう。さらば、我々としてはむしろ如何ほど目ざましかろうと、ベロウズ夫人の側《がわ》なる独創的な手続き故に、あちこちの小劇場やクリスマス無言劇において「ベロウズ仮装」が登場したり、公の集会所で「ベロウズ舞踏会」が催されたり、数知れぬ「ベロウズ円舞《ポルカ》」が作曲されたり、「わたしベロウズみたいになりたいの！」と題される（如何ほどチャーミングな歌詞に心地好いメロディーがつけられ、流行り唄となること請け合いたろうと）俗謡が世に出されたりするのは願い下げだ。要するに、もしやベロウズ夫人にあって就中、割愛したいものがあるとすらば、そいつは「使命」に違いない。我々はかく、ベロウズ夫人に質問を提起しよう。「大事な大事な君よ、君が家政の小径から、何であれ最も意に染む公的列席や談合の様相へと踏み出す『不可譲の権利（米国独立宣言より）』は惜しみなく認めよう。が果たしてそんな突飛な真似は賢明だろうか。最愛の君よ、君達女性は文明社会における影響力を求めているのか？　確かに、君達は文明社会において軽々ならざる影響力を持ち、文明社会が誕生して以来ずっと持ち続けている。果たして我々は我々のジュリアを（議論の便宜上、ベロウズ夫人の洗礼名をジュリアと仮定し）――果たして我々は我々のジュリアを、彼女が国会議員か、教区救貧委員か、州長官か、大陪審員か、議長席における辣腕で名立たる女性だからというのでそれだけ一層愛するだろうか？　どころか我々はむしろ我々のジュリアとの団欒に国会議員や、教区救貧委員や、州長官や、大陪審員や、辣腕議長からの避泊港を求めていないだろうか？　戸外の喧しい野次や虚仮威しの後で、我々のジュリアの憩いの声は鳥の囀りのように聞こえないだろうか？　して我々のジュリアは我が家にはグレるもグレぬも親次第の九人の（と議論の便宜上、しておくが）幼気なチビがいるというに、街角を曲がったその先に水瓶の載った小テーブル『使命』があると確信しているのかね？　我らが心の最高の宝たる君は、我々に大西洋の向こうの国を手本にせよというのかね？　ならば一言、くだんの大国の真の偉大さには心より敬意を表しつつも、我々のジュリアに但書きをつけさせてもらおうではないか、彼《か》の国は概してその家庭的安らぎにかけては広く遍く名を馳せていないと、最善の幸福を求めるならば、未だ他の諸国の家庭的手本に鑑みて自らを陶冶する必要があるやもしれぬと」といった手合いの根拠に概ね則り、ベロウズ夫人を理に服させにかかろう。が蓋し、以上全ては趣味の問題ではある。

閑話休題。豚の子、ブルーマ派に戻れば、豚との似通いは幾多の詳細において顕著である。まずもってベロウズ夫人が蕾《バダー》み屋もしくは花咲《ブロウワ》き屋たるのはてんでイタダけぬ。夫人はそいつはそっくり端折り、即、満開屋《ブルーマ》たらねばならぬ。ベロウズ夫人はたといブルーマ衣裳こそは嗜み深さの絶頂だと理解しようと、まだまだ片手落ち。その上、御自身と二人の（またとないほどあどけなく、お行儀の好い）上の娘の通常の夜会服は嗜みの無さの絶頂だと紛うことなく諒解せねばならぬ。夫人はブルーマ派慎ましやかさを擁護してもって善しとしてはならぬ。狂ったように暴れ回り、御当人の急進的な洗練の新たな視点から、我々の下卑た悟性には罪がなく美しいと映る習慣を誇らねばならぬ。ブルーマ派ベストのキチキチの媒体《なかだち》を通して（何やら船の船首像めいた流儀で）示唆されぬものは、他の如何なる状況の下《もと》にても、真の洗練を具えた人間には全くもって鼻持ちならぬと紛うことなく理解されねばならぬ。

ベロウズ夫人が男勝りのやり口でブルーマ軍徴募に応じねばならぬお次の謂れは何だ？　コルセットの紐でギュッと締め上げる習いはこの世に厖大な害を及ぼして来た。がベロウズ夫人は頭の天辺から爪先までそっくりブルーマ衣裳に身を固めずして、コルセットをお払い箱にするは、と言おうか御逸品の紐を緩めるは、土台叶はぬ相談。この点にこそ真の「丸ごとの豚」哲理が見て取れよう。我々の間でこの、コルセットの紐でギュッと締め上げる習いがハバを利かせている点に関しては（無論、誰の目にも明々白々としているからには）如何なる手合いの疑念もないのは認めるとしても——御婦人の姿が必ずや砂時計かスズメバチ（胴が細く腰がくびれている）そっくりに物されていた、今や神さびた戯画の時代以来何ら改善が施されていないのは認めるとしても——ことこの一件にかけては何ら啓発の光明が射していないのは、適齢の英国人男性が恰も中国の御亭主が足の小ささで妻君を選ぶ如く、判で捺したように腰のくびれ具合で嫁さんを選ぶのは、肖像画家が必ずや女性美を古めかしいお定まりのコルセット姿で表現するのは、クジラの髭やコルセットの紐でキチキチに締め上げる人殺しめいた習いは十中八九、豪勢なターバン風帽子の重みが脳ミソにずっしり伸しかかり、御当人の血の巡りをいたく損なっていると思しき、ヴェルヴェットを纏ったどなたか魯鈍な御老女指南の下《もと》なる、ここかしこのほんの一握りの智恵の足りない小娘に限られていないのは認めるとしても——然に自明にして紛うことなき以上全ては認めるとしても、お次のグウの音も出ぬ命題は、ベロウズ夫人は直ちにチョッキを着込まずしては断じてコルセットからお出ましになること能はず、踝の辺りに襞を寄せてキュッとリボンで結わえたパンタロンに誓いを立てずしては断じて如何なる人間的創意工夫によりても腰の辺りをまっとうにして頂くこと能はぬというものなり。

ばかりか、どうやらベロウズ夫人は泥濘った日和に散歩に出かけると、泥水を跳ね散らかすことにて長いドレスを台無しにするか、片手でそいつを持ち上げることにてブルーマ夫人の心証をとことん害すか、の二つに一つ。さて、ベロウズ夫人は長いドレスの丈を縮めたり、御当人の創意工夫が（この方、めっぽう創意工夫に富む女性なもので）当該不都合を解消すべく念頭に思い浮かばすやもしれぬ他の如何なる装いも纏ったりはせぬやもしれぬし、してはならぬし、できぬし、すまいし、しなかろう。曰く、夫人はブルーマで、丸ごとのブルーマで、なくてはならぬ。ブルーマ以外の何者であってもならぬ。さなくば死ぬまで婢《はしため》かパーリア（第四十五稿注（二一〇）参照）たらん。

　当該仔豚にあって似たり寄ったりの様相たるに、たといベロウズ夫人は自らの自由意志にして好き好んでブルーマたることを選んだとて、そいつはイタダけぬ。夫人は煽って、煽って、煽らねばならぬ。水瓶の載った小テーブルにしっくり馴染まねばならぬ。公人たるべく打って出ねばならぬ。「使命」に捩り鉢巻きで精を出さねばならぬ。正義のために正義を為すだけでは事足りぬ。ベロウズ夫人にとって、自ら目論んでいる事は正しく、故に為されて然るべきだと熟慮した末、我が意を満たし、かくてその点において自分は事の道理上、断じて無駄に葬り去られるはずのなきまっとうな手本を示していると意識しつつ坦々として穏やかに其を為すだけでは何ら満足は得られぬ。ベロウズ夫人に自力本願たる筋合いは、自らの感化と本務に取り囲まれた、世俗における夫人自身のひっそりとした小さな並木道を守る筋合いは、更にない。夫人は夥しき量の文言を吐き出さねば、そっくり喇叭手《らっぱしゅ》で構成される軍隊の兵籍に入らねば、そのためわざわざ（二人のベロウズ嬢同伴にて）耳を聾さぬばかりのスパルタ会館へと入って行かねばならぬ。なるほど、とは言え、特筆すべきことに、是ぞありとあらゆる社会的偉業の為されて来た喧しい物腰ではある。ハワード氏*は、例えば、人生の人道的想を得るが早いか、空色の縁取《へりと》りでそっくり返ったショベル・ハットを被り、爾来（くだんの着想を長閑に実践する代わり）ひっきりなしあちこち歩き回っては、外《ほか》の誰も彼もに空色の縁取《へりと》りのショベル・ハットを被り、自らをハワード主義者と称せよと焚きつけた。フライ夫人*も、事ほど左様に、倦まず弛まずとある善なる目的に身を捧げ、くだんの善なる目的と、強かな良心と、廉直な心根に支えられたなり、牢獄でおとなしく時を過ごす代わり、地上のここかしこ、落ち着きなく行きつ戻りつしてはありとあらゆる女性をいざ打って出で、フライ派たれよと唆けた。グレイス・ダーリン*もまた勇猛果敢な行為が為されるや、（俗人の想像する如く）万が一同胞の似たり寄ったりの危難によって似たり寄ったりの大らかな武勇に狩り立てられぬ限りは何の変哲もない日常の本務を全うしつつそこにて時を送ることに甘んじ、父親の預かる孤独な灯台に引き籠もるを潔しとせず、直ちにダーリン徽章を鋳らせ、幾ブッシェル（三六・三七リットル）分もの同上と、水瓶と大コップの載ったテーブルとお代取っ立て人をお供に全国津々浦々を歴回《へめぐ》り、弁を揮っては世の女性方に徽章を付けよ——同胞《はらから》が溺死しそうになっている所を目の当たりにしたらば必ずやくだんの同胞《はらから》の命を救うべく小舟で漕ぎ出す誓いを万歳三唱を三度《みたび》繰り返すことにて立てよ——して一人残らずダーリン兵徴募に応じよと呼びかけた。

我々はこれら自説を開陳するに当たり、ブルーマ大佐夫人の指揮の下《もと》なる軍勢に御当人方の武勇は仮装舞踏会衣裳を焚きつけるよりむしろ、そいつに歯止めを利かすことへ発揮されればより有益たらんと示唆するつもりでいた。というのも、例えば、本王国の後進の聖職者の間に然《さ》る、癇癪持ちの人間ならば勢いむんずと襟元につかみかかりざまボタンを揺すぶり落としたくなろうだけに、治安妨害をもたらすこと必定の、未だかつてこの世で裁断されたためしのないほど小癪な出立ちと憚りながら見なさざるを得ぬやたら殊勝ぶったチョッキがお出ましになっているのに目を留めているからだ。またもや、我々は後進の聖職者のまた別の手合いの間にて、奇妙奇天烈にも襟の前に垂らした滑《すべ》らかな白い紐のグルリで留められた、腑抜けの、細身の、大きな釦の、裳裾の長い黒のフロック・コートが流行っているのにも無頓着でいられぬ（オクスフォード運動（第十八稿注（五一）参照）の懐古趣味を揶揄して）。くだんの司祭平服《カソック》のしごくありきたりの二人の着手《きて》がつい先日のこと、我々のお招きに与った「婚礼の儀」にて式の進行中、祭壇近くの楽屋口から謂れ無くも神秘的にお出ましになるや、我々がいつぞやローマの然る公式の場のグルリを仰々しく担がれている所を目の当たりにした最後の生身のガイ・フォークス（即ち、聖ピエトロ大聖堂におけるローマ教皇（『イタリア小景』第十景参照））より自づと迸り出たそれそっくりの右手指の仕種もて参列者一同に陰険に手招きしてみせる所に際会したもので。またもや、高僧の中には、新参者の思わず噴き出さずして正視すること能ふまいエプロン（膝丈の式服の一種）を好むと好まざるとにかかわらず（故に連中、弾該されて、というより同情されて然るべきではあろうが）纏わされる者もある。のみならず、女王陛下の司法官は、ありとあらゆる崇敬と名誉により付き付きしい階層もまず存さぬはずが、大方の公式の折には、がわけても開廷期の初日には、来訪者皆によって（その尋常ならざる出立ち故に）チェシャー流儀でニタニタやられ*ているとの居たたまらぬ意識もろとも、小さな机の背後の一際高い持ち場に就かねばならぬ。

正しくこれ故である、くだんの早、十二分なほど当てこすって来た、ブルーマ陸海軍への潜在的有益性の仄めかしを物は試しに口にするつもりであったのは。が、思い直してみれば、ブルーマ陸海軍は既に、世の万物に具わっていると伝えられる効能を具えているに違いないだけに、どうやらその要はなさそうだ。連中——

寓意を指摘し、尻尾を飾るに（ジョンソン博士『人間の願望の虚栄』（一七四九）第二一九行）

一役買っている——丸ごとの豚の。ブルーマ派なる豚の子の目鼻立ちにはくだんの一族のある種細密画が、新たにして愉快な馬鹿馬鹿しさごと認められる。もしや豚の子が及ばずながら一役買えるやもしれぬとすらば、一族よりその気っ風に潜むやたら喧嘩腰にして理不尽な所を——百害あって一利なかろうだけに——剝ぎ取り、同じく気っ風に潜む善に——蓋し、偉大なだけに——ハッパをかけることではなかろうか。

第五十六稿　ハッと夢から目覚める如く

『ハウスホールド・ワーズ』誌（一八五二年三月十三日付）

ロンドン・シティーのファリンドン・ストリート*のいっとう先の、いつぞやはフリート監獄と、フリート市場と呼ばれる街路のど真ん中の悪魔めいた邪魔物のごった返しによって彩られていた辺りに、過渡の状態なる新たな、広々とした大通りがある。数年も経てば、目下の世代の我々はこの箇所に立ち現われよう繁華街に、木造りの柵と板囲いや——行き止まりの露地や——猥りがわしいフィールド・レーンとサフロン・ヒル*や——土塊《つちくれ》と古レンガとカキ殻の塚や——建てくさしの荒屋の迫持造りの礎や——継ぎ接ぎだらけの窓の惨めったらしい借家の背《せな》や——熱病に祟られた半端物《はんぱもの》揃いの中庭や小径——といった界隈の目下の様相の面影を求めようとて詮なかろう。が、こうしている今の今、果たして小生が未だそいつらが剝き出しにされぬとある晩方、初の貧民学校を探り当てようとこれら脇道を縫って以来、如何ほど歳月が流れたか弾き出そうと思えば、劣らず戸惑うこと頻りではある。

仮に十年前ということにしておこう――細かいことは言はずもがな*。当時、たとい国会で仰々しく熱弁を揮い、教会と国家のために万歳を三唱しようと、際限なく聖別式や堅信式を執り行なおうと、一千もの市場《いちば》で愛国的な歌や所見の至極ありきたりのネタというネタがらみで如何ほど滔々とまくし立てようと、所詮、人々が密集しているありとあらゆる祖国の街角で深刻な無知と完璧な野蛮がのさばっている片や、ほんのイングランドを「白く塗りたる墓（『マタイ』二三：二七）」で大がかりに飾り立てることにしかならぬとのウロコが目から落ちたばかりであった。のみならず、人々が死ぬために生まれ、十把一絡げの破滅が夜となく昼となく孵化しているこれら悍しき掃き溜めから、彼らは蒙を啓かれるべくいっかなお出ましになろうとせぬとのウロコもまた。彼らと健やかな全人類との間の深淵は然なる深さと広さにまで膨れ上がっているものだから、彼らは健やかな同胞《はらから》から越え難き大海原や砂漠によりて隔絶されているも同然だった。かくて彼らは生き、かくて死んだ――社会が終には説き伏せられようと信じるだに神《しん》人《じん》を問わぬありとあらゆる法則の逆転を想定することたる、心身共における無法破りの増殖の一途を辿る徒党たりて。

この期に及び、未だかつて如何なる主教も噂を耳にしたためしのなく、如何なる官庁赤帽も目にしたためしのない、信任状抜きのキリスト教特使数名が、彼らの下《もと》へ辿り着く道に迷った惨めな連中を訪い、連中自身の下卑た巣窟に指南所を建てる意を決した。小生が初めて訪ね当てた貧民学校は、ありとあらゆる不利な条件の下《もと》傷ましいほど懸命に糊口を凌いでいる、サフロン・ヒルのウェスト・ストリートと呼ばれる如何わしい界隈にあった。手立てもなければ、適切な教室もなければ、何らかの権威によって認可されていることからもたらされる力にも保護にも見限られ、惨めったらしい四つ壁の内に「希望」をすら居たたまらなくさすほど苦ムシを噛みつぶした――年端においては若いながらも他の何においても若々しからぬ――顔また顔の波打つ大群を誘《おび》き寄せていた。学校は天井の低い窖の中で、胸クソの悪くなりそうな大気の中で、穢《けが》れと不浄と疫病の直中で――野放しの大罪という大罪に戸口で吠え哮っては金切り声を上げさせたなり――営まれていた。「熱意」は秩序と教練の場を提供してはいなかった。教師は己自身の任務をほとんど知らず、生徒は邪な炯眼で教師を見破り、彼らの上手《うわて》に出ては、嘲り、聖書の質問に冒瀆的な答えを返し、歌い、闘い、踊り、互いにクスね合い、まるで無数の悪魔に取り憑かれてでもいるかのようだった。学舎は何度も何度も強襲攻略された。明かりは吹き消され、本は溝にバラ撒かれ、女生徒は古巣の邪悪へと凱旋よろしく掻っさらわれた。己《おの》が主意を措いて何ら力を有さぬながら、学校は以上全てに飽くまで抗い、歩み続けた。二年ほど前、小生はこの手の多くの端くれたるそいつがファリンドン・ストリートの当該過渡的界隈にある大きく、便利な藁置《ロフ》場《ト》で営まれている所に際会した——静かで、秩序正しく、生徒が一杯で、ガス灯の照明が利き、しっかり水漆喰を塗られ、幾多の教師に見守られ、余す所なく体制の整っている所に。

　学校を頼みとし、とは言え学校が閉まれば、後は勝手に道徳的・物理的汚染の山にせいぜい身を潜めよとばかり追い出される、その数あまたに上る宿無しの子らを前に、経営者は身につまされた。より律儀にして相応しい生徒の幾人《いくたり》かを救済すべく、彼らは荒屋を借り、床に簡素なベッドを数台——恐らく一ダースか、一ダース半ほど——設えさせた。これが貧民学校寮舎である。小生がファリンドン・ストリートに学舎を探り当てた際、寮舎はコレラの時節には憂はしき悪名を馳せていた、間際の中庭にあった。寮舎はちっぽけな取っ掛かりとしてをさておけば、ありとあらゆる点においてお先真っ暗な代物であった。風通しは悪く、むっと息詰まるような小さな部屋だらけの薄暗い廃屋、と来てはてんで目的にそぐわず、散り散りに眠っている子供皆に目を光らすのは土台叶はぬ相談。小生はその折、如何ほどガタピシにせよ夜露は凌げる点を除けば、果たして連中、路頭に迷うのとそこに御厄介になるのとどちらが増しかしれやせぬと首を捻ったものである。

　先月のこと、当該寮舎が（他処には外《ほか》の寮舎もあるので）、学舎が立派になるにつれて立派になっている由聞き及んでいたため、小生は先達ての晩、再訪を思い立った。学舎は同じ場所にあり、依然、改善の手を加えられていた。して今や実業学校でもあり、読み書き運算を学んでいる——中にはすこぶる呑み込みのいい者もあれば、四苦八苦難儀している者もあれば、うんざりしながらグズグズしている者もあれば、てんでソッポを向いている者もあったが——大の男や小僧にかてて加えて、一方は靴造りの、もう一方は（二階回廊の）仕立て屋の、グループが二つあり、脇目も振らず、満ち足りた風情で精を出していた。各々そのためわざわざ雇われたズブの職人の指導と監督を受け、職人は必要な手立てと道具を給付していた。彼らは皆せっせと身上のボロボロの古着又は古靴を、或いは誰か他の生徒のボロボロの古着又は古靴を、繕っていた。年齢は、年端の行かぬチビ助から老いぼれまで、色取り取りだった。皆、物静かで、懸命に仕事に励んでいた。中には、もしや小生が物は試しにやっていたならそんなザマを晒していたに違いないほど不馴れな者もあったが、誰しも興味津々の態で、何とか上手くやりこなそうと捩り鉢巻きでかかっていた。かくて畢竟、根無し草の胸にすら、何か有益な知識を身に付けたいとの普遍的な願望があるという極めて顕著な事例を呈していた。とあるボサボサ頭の男は御当人のちんちくりんの上着を繕い果すや、それは御満悦の態で袖を通し、自ら縢った肘を一目見ようとそれは不都合極まりなくも躍起になっているものだから、新《さら》の上着とて（よもやくだんのちんちくりんの上着に新《さら》たりし時分があったなど想像だに出来なかったが！）然まで御当人を有頂天にしては差し上げられなかったのではあるまいか。学舎の他の、各クラスが珈琲店のボックス席の要領で据えられた衝立てで仕切られた箇所では、実に見事な筆写が某かと、掛け算表の歌唱が某か行なわれていた——後者は歌い手幾人《いくたり》かにとっては余りに幼気にしてあどけない原則に鑑み。運算クラスもあり、そこにては浮浪児上がりの若造教生が三十秒毎にペッペと唾を吐いては御自身にカツを入れていたが、ヒビの入った石板に複名数加法の合計をデカデカ綴り、学級への御教示がてら、かく〆を出しながらその前を行きつ戻りつしていた。

では、いいかね！　こっちを見て、みんな！　7と5では、いくらだい？

利口な少年（襤褸同然の）。12。

教生。12——で8では？

血の巡りの悪い若造（脳水症の）。45！

利口な少年。20！

教生。20。君の正解だ。で9では？

血の巡りの悪い若造（散々首を捻った挙句）。29！

教生。29だとも。で9では？

破れかぶれの当てずっぽう屋。74！

教生（線を九本引きながら）。どうしてそういうことになるんだい？　ここに線が9本ある！　よく見たまえ！　29、で1足して30、1足して31、1足して32、1足して33、1足して34、1足して35、1足して36、1足して37、で1足すと？

破れかぶれの当てずっぽう屋。4と2ペンス、ファーデン*！

血の巡りの悪い若造（実演教授に食い入るように目を凝らしていたと思うと）。38！

教生（血気に逸る利口な少年に待ったをかけながら）。もちろん！　38ペンスだとも。そら、ごらん！　（石板の隅に

フィールド・レーン学校寮舎
『貧民学校連合マガジン』第四巻（一八五二）

38と書きながら）。さて38ペンスでいくらだね？　38ペンスとは、つまり？　（血の巡りの悪い若造は魯鈍に智恵を巡らせ、当座お先真っ暗にて、サジを投げる。）さあ君、いくらだね？　（とじっと目を据えつつもウンともスンとも宣はぬ寝ぼけ眼の小僧に）。さあ君は、いくらだね？

利口な少年。3と2ペンス！

教生。3と2ペンス。では3と2ペンスをどのように記そう？

利口な少年。まず2と書いて、それから3を一桁送ります。

教生。そうとも。で3をどこへ送ればいい？

破れかぶれの当てずっぽう屋。石板の裏っ側！

利口な少年。そいつを左手のお次の列に送って、どんどん足して行きます！

教生。そしてどんどん足して行くとも！　で8足す3は11、足す8は19、で足す7は？

――等々。

わけても優秀で溌溂とした教師は彼自身、当該学舎の尽力で悲惨と堕落のどん底より救い出された若者で、近々委員会によってオーストラリアへ派遣されることになっていた。彼らが関心を寄すのも宜なるかなと思わす若者で、風采から物腰から、学舎の真価を証して余りあった。

以上全ては寮舎そのものではなく、その準備である。仮に規則正しく学校に通わねば、仮に寮舎の開《あ》く二時間前に学校に来ていなければ、如何なる男も少年も寮舎には入れてもらえなかった。もしや何か仕事にありつける、というにそいつをこなそうとせぬと想定する謂れがあれば、生徒はそれきり締め出され、寝床は夜毎の避難所を求める、その数常にあまたに上る、誰か他の候補者に明け渡される。放蕩癖のあるノラクラ者が気をそそられる要素はほとんどない。それぞれ六オンス（約一八〇グラム）のパンだけの（この量は当今のペニー・ローフより少ない）、乏しい夕食と乏しい朝食はチャドウィック氏（衛生改革家・救貧法委員会幹事（一八〇〇―九〇））その人によってすらお祭り気分の、と言おうかドンチャン騒ぎの、宴会とはほとんど見なされまい。

小生の訪うた寮舎は学校の階下にあり、壁も、框も、床もそっくり剝き出しとあって、ガスの照明の十分利いたどデカい馬車置場の離れ家といった態であった。三方《さんぽう》に最近、木造りの回廊が巡らされたばかりで、四方《しほう》目の中央から、梯子によって昇り降りするある種、ガラス窓のついた蝿帳が突き出ている。ここにて監視人は夜毎、して終夜、持ち場に就く。部屋は実に涼しく、全くもって心地好いが、中央に小さな炉が据えつけられ、両側には窓があり、いずれの側《がわ》にも新鮮な空気を入れ、汚れた空気を外へ出す単純な手立てが講じられている。アーノット博士（医師・科学者（一七八八―一八七四））によって考案されたその場の換気装置は、がわけても回廊で寝る生徒が階下で寝る生徒の吐気を極力吸わずに済むよう工夫された設いは、簡素と、安価と、効率と、実践的良識の瞠目すべき賜物である。たとい五千から一万ポンドかかっていたとて、すこぶるつきではあったろう。

建物の床全体は幾本かの狭い通路をさておけば、何やら小麦・小麦粉・種子商の店の設いに似ていなくもない木造りの飼葉桶、と言おうか蓋無しの浅い箱に仕切られている。二階回廊も同じ要領で区分けされている。これら寝棚の中には――少年用に、めっぽう寸詰まりのものもあれば――大の男用に、長目のものもある。いっとう大きなそれですらやたら窮屈で、どいつもこいつも剝き出しの平板より成り、各々丸く巻き上げられた、目の粗い敷物が一枚添えられているきりだ。レンガの通路には防臭装置の施された排水管に通ず鉄格子が嵌められ、かくてこれら寝床の全面は毎朝、どっぷり水浸しにされる。回廊の床は亜鉛で覆われ、同じ謂れから溝と逃がし管が設えられている。飲料水と洗面用水はいずれも供給設備が整い、それぞれの用途のためのブリキの器が手近に用意されている。斧で薪を切るために実業クラスの一つによって使用される小さな差し掛け小屋はくだんの隅の空間をそっくり独り占めにしている訳ではなく、余地には立派な浴槽が設えられ、これらは週に一度、襤褸同然にせよ下着を持っている生徒が洗濯出来るよう、洗濯桶としても使用される。当該目的の一助とし、熱風の充満した乾燥納戸が近々、薪切り小屋の中に建てられる予定である。これら装置は全てこの上もなく簡素なやり口と、ありきたりの手立てと、狭い空間と、低い経費にて建設されている。がそれぞれの趣旨に一点の非の打ち所もなく適っていた。

小生が寮舎を一巡し、上記の設いを全て見て回ったか回らぬか、頭上で足音がしたせいで、その夜は一先ず学校がお開きになりつつあるのが分かった。と思いきや辺りはシンと静まり返り、それから讃美歌が、先刻お目にかかった生徒達によって抑えた調子で、拍子も階調も見事に、歌われ始めた。惨めな肉体と懸け離れ、この調べに一つとなった彼らの声はこよなく厳粛に響いた。さながら魂が歌ってでもいるかのようだった——我々を隔てる外見上の相違は悉く消え失せ、終に彼らに具わる、或いは具わっていたやもしれぬ倒錯した善がそっくり天へと拝み入らぬばかりに立ち昇る刻《とき》が訪れたかのようだった。

給食を配達するパン屋は讃美歌が歌われている間《ま》は柱に寄っかかったまま、奴なり、とは如何様なやり口にせよ、瞑想に耽っていたものを、今や籠を肩に担ぎ、その場を後にした。二名の腹ペコもいい所の配給係が（骨を折った分、二層倍分け前にありつけることになっていたが）、皆に配って回るお膳立てに、六オンス・パンを外《ほか》の籠に移した。夜間の見張りが到着し、御当人の蝿帳へ登ると、錠を外し、帽子を掛け、いざ、その夜を過ごす準備万端整えた。見張りは妻子のある、黒づくめの、見るからに人品卑しからざる男で、終日、とある事務所で働き、毎晩九時半から朝の六時までの空いた時間をここにて週給一ポンドで過ごした。二百名からの競争相手を向こうに回し、この職を勝ち取ったとのことである。

扉が今や開《あ》き、今宵寮舎にて過ごすはずの、数にして百六十七名の男と少年が入って来た（中には一人、飼葉桶に事欠き、いつぞや、未だ蝿帳のお目見得せぬ時分に夜警の掛けていた、ストーブの間際の椅子で休ませてもらう男もいたが）。彼らは静かに、整然と、銘々の寝床へ向かった。一人残らず御当人の秣桶に腰を下ろし、さらば妙に遠見風《とおみふう》の眺望を呈すこととなった。靴を履いている者は脱ぎ、すぐ脇の通路へ置いた。中には盗人や、物乞いや、宿無しや、流れ者を始め、ありとあらゆる手合いのお馴染みの爪弾き者が紛れていた。通常の救貧院収容室や他の幾多の避難所においてならば、連中、めっぽう手を焼かせていたろう。がここにては優しさの掟によって律せられ、とうの昔に、くだんの隠処を見繕ってくれる者に自分達に善かれと思う外《ほか》何の動機もあり得まいとの諒解に達していた。隣同士、ほとんど口を利く者はなかった――気の狂れた連中とほとんどいい対《たい》そっけなかった――が、誰しも籠が回って来ると、小さなパンの塊を大なり小なり陽気な感謝の気持ちを込めて受け取り、あっと言う間に平らげた。

　とある男の――「びっこのじいさん」の――行方が知れぬというので、いささか騒ぎが持ち上がった。皆、びっこのじいさんが階上《うえ》で眠っているのは目にしていた。が、いつの間にやら姿を消していた。じいさん、御自身をどうしちまったものか、は神のみぞ知る。が皆してあちこち探し回っているその最中《さなか》、ガックリ、痴れ返った頭を項垂れたなり、ズルズル足を引こずりながら転がり込んで来た――飢えと耄碌で死にかけた、いつぞや植字工たりし、骨と皮の酔っ払いだが。じいさん、棺桶に片脚突っ込んでいるものだから、夜が明けぬ内にあの世へ行かぬ限り、そこへ置いておく訳には行かなかった。して、じいさんをどうしたものやら額が寄せ合わされ、話しかけられる言葉に鈍い唇で何とか返答を象ろうとしている間《ま》にも、大の男の二人がかりで両脇から抱え上げられた。当該廃人の外《ほか》にもう一人、とは言えじいさんともこの世丸ごととも縁もゆかりもない、火照った頬と、大きな、くぼんだ、ひたむきな目をした孤児《みなしご》の少年がいた。少年も今はの際にあったが、この天穹の下《もと》、身上と言ってもほんの薬ビンと紙切れ一枚しか持ち併さなかった。少年はその双方をとある、満員のため少年を容れてやれぬ病院の住込み外科医の所からもらって来ていた。して、「苦しむ者の真の友《グッド・サマリタン》（『ルカ』一〇：三〇-三七）」の長《おさ》が如何ほど少年が抜き差しならぬ状態にあるか、下線の引かれ、忙しない文字で綴られたメモを読んでいる間《ま》にも、小さな廊下の一つでヨロヨロ、今にも気を失いそうな態で立っていた。少年は鉤爪よろしき手に薬ビンを握り締めていたが、どうやらそいつのことなど上の空にてヨロヨロ、ヨロめき、ギラつきながらもどんよりとした目を一心に凝らしていた。蓋し、母なる大地がその夜、胸に掻き抱き得る限り侘しく寄る辺無い生き物たりて。して瀕死のじいさんと一緒に優しく連れ去られ、薬ビンを手に、恰も墓へ向かってでもいるかのように暗がりへと姿を消した。

　パンが最後の一クズに至るまで平らげられ、皆ほとんど身動ぎ一つせぬまま、と言おうか物音一つ立てぬまま、水を飲んだり顔を洗ったりし果すと、寝仕度が始まった。中にはズタズタの野良着を、或いは似たり寄ったりの上着かジャケットを、脱ぐ者もあったが、そいつらをせせこましい仕切りの中に寝床代わりに広げた——その上に身を横たえ、敷物は上掛けとして用いる腹づもりの下《もと》。中には思案に暮れながら飼葉桶の端にちょんと乗っかっている者もあれば、クタクタにくたびれ果てているものか、ボサボサ頭を両手に埋《うず》め、膝に肘を突いたなり、微睡んでいる者もあった。水を飲んだり顔を洗ったりしたがる者が一人きりいなくなり、全員寝床に入ると、見張りが蝿帳の下に立ち、（恰も主《しゅ》の祈りが追而書きとして御逸品を所望してでもいるかのように）恐らくはおよそ音読され得る内で最も付き付きしからざる条《くだり》の含まれる、短い夕べの祈りと、新約聖書のとある章の端くれを読み上げた。それから全員で「晩禱（ビショップ・ケン（一六三七—一七一一）作）」を歌い、それから全員が就寝した。

　くだんの、幾千もの内ほんの百六十七名の成り代わりをざっと見渡し、とある政府が、真実をわずかなり慮れば、かようの場所の存在など知らぬとうそぶくこと能はず、恰も今しも眠りに就いた者達が金輪際目覚めぬかのように振舞うとは惟みるだに由々しきことであった。ここにて躊躇《ためろ》ふことなく言わせて頂こう——一体何故《なにゆえ》躊躇《ためら》はねばならぬ、其が真実だと知っているなら！——如何なる帳簿上の如何なる掛かりと比べても額の上では取るに足らぬ年経費がこれら学舎のために惜しみなく認められ、途轍もなき繁文縟礼《レッド・テープ》（第六十五稿三五〇頁参照）条件なる枷を一切かけられねば、牢獄は救済され、州税は減額され、街路からは夥しき恥辱と犯罪が一掃され、陸海軍に新兵が補充され、新たな国々へ幾艦隊分もの有益な労働が送り届けられ、さらば彼《か》の国の人々は我々に感謝し、恩義を感ずであろう。のみならず、かく言い添えようとて、学舎を取り仕切っている献身的な人々を蔑すことにはなるまい。即ち、指導の業務に纏わる熟練した知識や、当該活動領域につきものの困難と状況に適合した健全な体制といった援助を受ければ、彼らの有益性は数か月の内に五十層倍高められよう。

　上下院議員閣下よ、貴殿方は今しも本件にこれが最後、思いを致し、何かちっぽけなお易い御用を果たすに合意なされるか！　他処の我が親愛なる同信の友よ、師らはゴーラム論争と、ピュージ論争と、ニューマン論争*と、他の二十に垂んとす啓発的論争との間で、共同体の然る大きな階層の精神は次第に全ての宗教から追い立てられつつあるということを御存じか！　しばしこれら論争より這い出し、かくも遙か低き所で単に「使徒的」たるに如くはなし、とは思われぬか！

第五十七稿　削り屑《チップス》：オーストラリアにおける造形芸術

『ハウスホールド・ワーズ』誌（一八五二年三月十三日付）

目下、ペル・メル一二一番地『アマチュア画廊』にとある絵画が一時、収蔵されているが、この絵はそれそのものの優れた点はさておくとしても、オーストラリアで描かれた、或いは（多くの人々によって）鑑賞された初の大作であるという点で興味深い。

これは聖書の一節「幼児《おさなご》らを許せ我《われ》に来るを（『マタイ』一九：一四）」の挿絵であり、画家はマーシャル・クラクストン氏*である。して以下の如き状況の下《もと》制作された。

一八五〇年の夏、心優しき寛容と善意で広く遍く名を知られる、ロンドン在住の鷹揚な御婦人がクラクストン氏に然る幼児学校の室内装飾としてこの絵を画くよう依頼した。クラクストン氏は折しもシドニーへ移住するばかりにしていた。もしも主題に航海の途上、思いを巡らせ、と彼は言った、自分の帰化する国で絵筆を揮えさえすれば、新たな同国人にそれを見せる上で何たる誇りを感ずと共に、自作は彼らに対し、自分が祖国イングランドで蔑ろにされている訳ではない何たる証となろうことか！　依頼は然に対処されるよう惜しみなく彼に託され、いざ画家は心は軽く、志は強かに、海を渡った。

如何に画家が長き航海の終始、来る月も来る月も、想を練り、下絵を画いたことか、如何にくだんの絵こそは常に何か新たな発見のある、ついぞ倦むことのなき道連れたりしかは申すまでもなかろう。ところが、シドニーに着いてみると、絵を物すに足るほど大きな部屋のある、自らの要求に適う家が見つからなかった。そこで、シドニー大学委員会に校舎を貸して欲しいと伝え、さらば快諾を得たため、そこにて仕事に取りかかった。

果たしてそれまでオーストラリア人のモデルが絵画きに肖像を画いてもらったためしがあったか否か、疑問が呈せられるやもしれぬ。ともかく、モデルがいたにせよいなかったにせよ、シドニーの一般庶民はこの絵がらみで然に頭に血を上らせ、刻々仕上がる所を然に目の当たりにしたいと躍起になったものだから、延べ七千もの人々が御逸品を拝まして頂くべく立ち寄った。かようの代物は恰も旅回りの象が、隊商と共にくだんの遙か遠隔の地へ「しばらく前に」巡礼した際、ミシシッピー川の両岸の若者にとって目新しかったに劣らず、シドニー住民の大方にとって目新しかった。

かくて、大作は想を暖められ、絵筆を揮われ、祖国へと送り届られた。かくて、くだんの絵画は目下、ペル・メルに一時、収蔵されている――ありとあらゆる生活の術《すべ》にとってと同様、恐らくは造形芸術にとっても、未だかつて明けたためしのないほど長き夜の黎明たりて。恰も幼児学校の子供達の明るい目が当今、然にはるばる大海原を渡って来たことへの畏怖と驚嘆の念を込めて其に留められる如く、然に、マコーリ氏の旅人は恐らく遠い先の世に、いつぞやはロンドンと呼ばれていた砂漠のど真ん中の、いつぞやはセント・ポールと呼ばれていた古めかしい大聖堂の廃墟に佇みながら、くだんの神さびた国で初めて描かれた貴重な絵画を所蔵していたと、オーストラリア伝説童話において伝えられる「学舎」の跡やもしれぬ砕け石はないものかと、同じ感懐を込めて辺りを見回すのであろう。*

第五十八稿　賭屋

『ハウスホールド・ワーズ』誌（一八五二年六月二十六日付）

六月十四日、日曜付のとあるスポーツ新聞（『ベルのロンドン生活・スポーツクロニクル』誌）には競馬場で持ち上がろうありとあらゆる「椿事」に関し――ピンは一ポンド一からキリは二と六ペンスに至る心付けにて――提供すべきとびきりのネタを有す「八卦見」からの二十九件に垂んとす広告が掲載されている。これら「八卦見」は各人各様にありとあらゆる競馬厩舎にて（無論、裏切り者なれど、どうぞお構いのう）卓抜たる無名氏によりて垂れ込まれた特ダネに基づく比類なくも群を抜く「内報《ティップ》」を仕込んでいる。各人各様に己《おの》が蒙を啓かれし後ろ楯にして通信者は必ずや勝ちをさらおうこと信じて疑わず、各人各様に余りに坦がれ易き世間に何卒他者にはこれきり信を置かぬようクギを差す。連中、揃いも揃って博愛主義者だ。とある智恵者はかく宣ふ。「小生苦悶に喘ぐ社会の広き表《おもて》に熟練の目を向け、内幾人《いくたり》かの遅々たるも弛まぬ忍耐と、雲につかみかかっているにすぎぬ幾多の前後の見境のない血気を目の当たりにするにつけ、いよよ誰しもに光明のカンテラをかざしたき欲求に駆られている次第にて」智恵者は大いに心を傷めてもいる。何とならば「大衆が無価値なガラクタに金を濫費するのを目の当たりにせぬ日は一日とて過ぎぬ」だけに。また別の智恵者は蒼穹のよりちっぽけな星の直中なる己《おの》が再来を「またもや征服の預言者の来《きた》る（ヘンデル作曲T・モレル台本『マカベウス』（一七四七）より）！」との先触れもて告げる。また別の警世家は御当人の「白羽《ピック》」と「内報《ティップ》」に、新約聖書の大いなるキリスト教戒律（即ち「己の欲するところ、これを他に施せ」（『マタイ』七：一二））を綯い交ぜにする。また別の警世家はかくて「我々にとって悲惨な出会い」となった先達ての些細な過ちを告白する。が弁解は（散々並べ立てた挙句）不要と思い直す。というのも「なるほど、如何ほど周到に隠された競馬芝の秘密とて探り出す上で自ら先般、己《おの》が能力について立てた証の前代未聞の上首尾の後では、わずか一度のしくじりなど快く容赦されて然るべきたろうから」八卦見は一人残らず、さながら馬上にて霊感を授かり、鞍に跨ったなり、人類の啓発と黄金時代の復活を期し、出来立てホヤホヤの所を書き留めたかのように忙しない物腰で綴っている。

当該羽振りの好い商いは至る所で草を食み回っているロバ人間の概数の憂はしき指標《インデクス》である。して特筆すべきことに、その数あまたに上る門弟は仰《のっ》けは必ずやかの、然にやたら賢しらなものだから、断じてシェイクスピアやその手の感傷的な戯言《たわこと》にまんまと嵌められるを潔しとせぬ放埒な若き殿方の中に見出された。我々にしてみれば、当該自称慧眼の輩が賭金帳丸ごと分もの八卦見に食い物にされていると惟みるだに、想像を逞しゅうし得る限り最も馬鹿げた絵の一幅が呈せられる。が片や一件には、仮にペテンにここで待ったがかかれば、胸中、八卦見に対す敵愾心だけは掻き立てられぬという、正当にして愉快な因果応報が伴う。

然れど、是ぞ珠にキズたるに、当該ペテンにここで待ったはかからぬ。世にはその幸せな持ち主を「運命の女神」の膝に乗っけて下さろうこと請け合いの然に数知れぬ手っ取り早い「白羽《ピック》」や「内報《ティップ》」がゴロゴロ転がっているというなら、すかさずより安値の「白羽《ピック》」や「内報《ティップ》」に飛びつき、勝ちを攫いに行くのが御自身に何を見繕ってやって然るべきか御存じの肉屋の小僧という小僧や、使い走りという使い走りの本務と相成る。征服の預言者殿より護符を買い求め果せば、高貴な博奕打ちには出走馬と賭け率の最新の一覧の用意され、身銭を（或いはどいつか外《ほか》のヤツの金を）八卦見の炯眼が訳知り顔の目交ぜをくれている目出度き四つ脚に張れるお手頃な場所をあてがわれるが肝要となる。そーれ《ブレスト》！　通りという通りで賭屋がニョキニョキ頭をもたげる！　ありとあらゆる古物商に競走馬の古びた、ハエの染みだらけの彩色版画と、何であれともかく元帳じみた見てくれの二折判《フォリオ》の端本《はほん》にお呼びがかかる。如何なる店のウィンドーであれ、この手の版画を二枚飾った上から、如何なる店の勘定台であれ、この手の端本《はほん》を一冊載せれば、ケチのつけようのない賭屋の、筒元《どうもと》ごと、一丁出来上がりだ。

賭屋はかくていきなり化けの皮を被ったタバコ屋かもしれぬし、種も仕掛けもないただの賭屋かもしれぬ。本家本元の勘定台を取っ払い、片隅にお役所風の仕切りと机を据えることにて「白羽《ビック》」と「内報《ティップ》」投機なる目的にしっくり来るよう安価にでっち上げられるやもしれぬし、マホガニー製の家具と、フランスワニスと、事務調度にしこたま金をかけているやもしれぬ。とことんうらぶれ返った目付け役もどきがたまたま——社《やしろ》の内なる神秘より、要件に取りかかる一足お先に血道《ちみち》屋をざっと見て取る——小さな窓越しに、ぞっこんの顧客とジンをすすっている様が見受けられるやもしれぬし、監視人は官庁風の何やら坦々として恩着せがましげな殿方で、片眼鏡をあてがったなり、店の帳簿をつけているやもしれぬ。賭屋は一シリングの賭金まで身を貶めて下さるやもしれぬし、半クラウン（二シリング六ペンス）以下のヤマは御免蒙るやもしれぬし、御当人と俗物紳士との間に五シリングで、七と六ペンスで、半ソヴリン（一〇シリング）で、或いは（実の所、極稀ながら）一ポンドですら、境界線を引くやもしれぬ。そのささやかな業務の手控えはよりお粗末に余白の埋められた、惨めったらしい印刷の書式の、ほんの惨めなヨレヨレのボール紙の切れ端やもしれぬし、「貴族的倶楽部の帳場係殿」と宛名書きされ、晴れてグリーンホーンがフォーチュネイタスの酒盃*を勝ち取った暁には持参人に二ポンド十五シリング支払い、しかもレースの翌日に支払うことにかけてはめっぽう几帳面たる権限を与える、雅やかな色合いのカードやもしれぬ。が賭屋は、正体こそ何であれ、どこかに——人々の行き交う限り、どこであれ——御座りさえすれば好い。さらば俗っぽい世智をひっきりなし抜け目なく働かせ、日和見の目を絶えず瞠っているイングランドの機を見るに敏たる若人が暖簾を潜り、有り金をそっくり叩こう——事実然たる寄る辺無き無辜児よろしく。

　最期まで嬉々とし、己《おの》がヤマが当たったと思い込み
　必ずやハメられるが定めの手を嘗める！*

『ハウスホールド・ワーズ』誌本部はこれら施設のわけても直中に位置しているとは言えまい。というのもそいつらロンドン全域、のみならず郊外にまで広く遍く蔓延っているからだ。が、我らが界隈は賭屋なる生り物にどっさり恵まれているとあって、わざわざ遠方にまで足を運ぶまでもなく、連中がらみのネタならそこそこ仕込める。先達て、ドゥルアリー・レーン劇場に間近い、賑やかな、小汚い大通りを縫っていると、新顔の賭屋がいきなり「陽気《チアフル》」氏なる吉兆の下《もと》連中の仲間入りしている所に出会した。

陽気《チアフル》氏の小さな店舗は『ロミオとジュリエット』の薬屋（第五幕第一場）のそれとウリ二つな所へもって、さっぱり家具に見限られ、手堅く上がりのいい思惑買いの要件にしっくり来るよう然に短兵急に模様替えされているものだから、如何せん人目を惹いた。ばかりか御逸品、アスコット・ミーティング*の然に直前にパッと花開いたものだから、我々としてはひょっとして陽気《チアフル》殿、ともかく競馬当日までせしめられる限りの現ナマをせしめ、そこで――もしやがさつな物言いにお目こぼし賜れるなら――トンヅラを極め込む創意工夫に長けた投機を考案したのではあるまいかと下種の何とやらを働かさざるを得なかった。店のめっぽう幸先悪げな見てくれにもかかわらず、陽気《チアフル》氏相手にヤマが張られようこと請け合いの証拠、通りの反対側から（店は正しくその朝、開《ひら》いたばかりだったやもしれぬが）外っ面を篤と御覧じている間《ま》にも、新聞小僧二人と、パン屋の卵と、事務員と、青二才の肉屋が店の中へ入って行き、とことん信じ切った様子で陽気《チアフル》氏と話をつけていた。

我々は陽気《チアフル》氏相手に身銭を切り、一体如何なる顚末と相成るか見てみるホゾを固めた。よって、道を過って陽気《チアフル》氏の賭屋に罷り入り、もう一人、気高き博奕打ち（青カバン（法廷弁護士用の書類鞄）の小僧）が陽気《チアフル》氏相手に身銭を切っている片や、壁に吊る下がった一覧をざっと眺め果すや、半クラウンなる勇み肌の額にてウェスタン・ハンディキャップを当て込み、トップハーナにヤマを張りたき旨申し入れた。陽気《チアフル》氏に当該旨い話を持ちかける上で、我々は能う限りトップハーナにせよウェスタン・ハンディキャップにせよ、一件に通じているげな賢しらな面《つら》を下げた。とは言え、身も蓋もない話が、くだんの固有名詞がらみではトップハーナは馬であり、ウェスタン・ハンディキャップは賭金の総額だろうと目星をつけているのをさておけば、これきり存じ上げなかったし、今もって存じ上げぬものの。飽くまでしかつべらしげな風を装い、一切吹っかけぬが陽気《チアフル》氏の本領たるからには、氏は我々の賭金を受け取ると、元帳につけ、横桟の渡った机越しに小汚いボール紙の切れ端を手渡した——御逸品の権限にて、仮にトップハーナが勝ちを攫えば、レースの翌日——ことそいつがらみではやたら几帳面に身を処すことになっていたので——英貨七と六ペンス受け取ることになっていた訳だが。どこぞの悪魔がこっそり、今こそ陽気《チアフル》氏が金櫃にたんまり銀貨を仕舞っているか突き止めるに打ってつけの頃合いではないかと耳打ちするものだから、我々はソヴリン（一ポンド金貨）を手渡した。陽気《チアフル》氏の頭はすかさずスルリと、絵空事の引出しを引っ掻きすべく仕切りの蔭に潜り、陽気《チアフル》氏の声がほどなく、銀貨は今朝方、一枚残らず金貨の釣りに使ってしまったとくぐもりがちに宣ふのが聞こえた。と思いきや、陽気《チアフル》氏はまたもや瞬く間に姿を現わし、茶の間から未だかつてお目にかかったためしのないほど狡っこげな小僧を呼び立て、両替の遣いに立てた。我々は陽気《チアフル》氏にもしや（そんなにどっさり金貨の手持ちがあるなら）半ソヴリンお釣を頂けば、賭金を上乗せしよう、ならばお手を煩わさずとも済もうからと返した。ところが陽気《チアフル》氏はまたもやスルリと仕切りの蔭に潜りながら、小僧はもう出かけたし——のは確かに。お呼びがかかるやすっ飛んで行ったもので——ほんのこれしきと答えた。よって我々は陽気《チアフル》氏と、得体の知れぬ、テコでも動かぬ構えで通りを見はるかしている、恐らくは陽気《チアフル》夫人と思しき女性と一緒に、小僧が戻って来るまで待った。小僧が取って返すと、我々には何やらちらと、釣り銭を受け取る段に小僧がまるで「贄」宛ほくそ笑んででもいるかのように鼻をかすかにピクつかすのが見て取れたような気がした。がヤツと来ては然に途轍もなく狡っこげなものだから、いずれともつきかねた。

レースの翌日がやって来たので、我々はボール紙の切れ端を手に、再び陽気《チアフル》氏の店を訪うた。して訪うてみれば、店は上を下への大騒ぎで、大方は脂じみ、薄汚れた、放蕩者の小僧が犇き合い、皆して陽気《チアフル》氏はどこだと喚き立てていた。陽《チア》気《フル》氏の持ち場にデンと収まっているのはかの途轍もなき小僧で、陽気《チアフル》氏は、とヤツの宣ふに、今朝十時に「つくべつなよおじ」で出かけたきり、夜遅くまで戻って来ねえだろ。陽気《チアフル》夫人は骨休めってことで冬まで田舎に行っちまった。陽気《チアフル》氏は明日は戻っているのか？　と黒山のような人集りは声を上げる。「だんなはあすはこけえは来ねえ」と途轍もなき小僧の返して曰く。「あすは日曜で、だんなはいつも日曜にゃ教会へ行くもんで」との返答を耳に、スッた連中までゲラゲラ腹を抱えた。「だったら月曜にはここへ来てるのか？」とクチバシの黄色い青物屋が破れかぶれで食ってかかる。「月曜にゃ？」と神託伺いの小僧はつと思いを巡らせながら返す。「いや、たぶん月曜にゃこけえは来ねえ。何せ月曜にゃセリに行くもんで」との返答を耳に、チンピラの中には平気の平左の神託伺いを「セリにじゃなくてハメにじゃねえのか」とからかう者もあれば、店にウヨウヨ集る者もあれば、ゲラゲラ腹を抱える者もあれば、悪態を吐く者もあった。がとあるパシリの小僧が元帳を見つけ――陽気《チアフル》氏の唯一の置き土産たる――「ぶったまげるくれえウメえ話じゃ」と宣った。我々も憚りながらざっと目を通させて頂いた所、蓋し、仰せの通りであった。陽気《チアフル》氏はおよそ十七ポンド受け取り、たとい負けを支払っていたとて、十一から十二ポンドの上がりはあったろう。申すまでもなかろうが、陽気《チアフル》氏は「競り」で然に長らく足止めを食っているものだから、未だ御帰館遊ばしていない。最後に氏のつい先達てまでの店の前をフラリと通りすがった際（看板には「ブーツ・靴工場」とデカデカやられていたが）、見る間に夕闇の垂れ籠めている片や、ニュー・イン（法学予備院の一つ）からお越しの若き殿方が扉をほんのちびと開けたままにしている、ノロマな小汚い男に氏がらみで何やらネ掘りハ掘りやっていた。男はどいつのこともこれきり与り知らず、こと陽気《チアフル》氏に関せばなお輪をかけて（などということがあり得るとすれば）これきり与り知らなかった。扉の低い方の呼び鈴の把手が曰く言い難くも目一杯引きに引かれ、捩り鉢巻きのオルガンの音栓よろしく、そのまま放ったらかしにされていた。願はくは然に狂おしく陽気《チアフル》氏を呼び立てた哀れ、いいカモのチビ助がくだんのありたけの力コブよりせめてもの慰めを頂戴せしことを。身銭を切った見返りに、他の如何なるそいつも得られまいからには。

然れど一般庶民がよもや陽気《チアフル》如き輩にいいカモにされるがままにしてはなるまい。おお、よもや！　我々には賭屋スジでまだしも増しな隣人がいる。わざわざかようの悪を懲らしめるべく、我々には「品行方正小売商人賭博連合倶楽部」があり、以下（原物では競馬の板目木版画の見出しのついた）当該小売商人のための施設の「設立趣意書」を一言一句違えず紹介するとしよう。

『品行方正小売商人賭博連合倶楽部』発起人一同は、首都のその数あまたに上る賭屋の末席を汚すに当たり、同様の質《たち》の由緒ある、運営廉直な先達に敵愾心を燃やせばこそ社を興こしたのではなき旨明々白々と申し立て、公平な競い合いの精神にて大衆の愛顧を請うに、未だかつて提供されたためしのないほど手堅い、持ち金の投資への担保を請け合わせて頂く次第である。

『品行方正小売商人賭博連合倶楽部』は正しく名は体を表すに、実業家たる小売商の組合であり、組合員は賭博好きの庶民のより約しき人々が人品・資産共に破綻を来した輩によりて時々刻々窃盗を働かれているのを目の当たりに、商人仲間や、数シリングの投機家が公明正大な取引きをしかと意識しつつ金を投資し得る倶楽部の設立は当然の如く大衆の愛顧を得ようとの結論に達した。

「本倶楽部理事会は（一般庶民の信頼を勝ち取るべく高潔な手段にて懸命に励んでいる人々の不利に働く）賭屋に着せられている汚名の大半は、幾多の事務所がもしや支払われれば合法の業務とは明らかに齟齬を来す出費を伴う、ケバケバしい模擬の威容の様式にて設いを施されて来たとの状況より生じていると感じている。一方、奇しき対照を成すに、居住者の腹づもりたるや単に誰しもの金を受け取り、挙句誰一人にも支払わぬこと明々白々たるほど見るからに懐の寂しげな面《つら》を下げている店もある。

「くだんの両極端の様相を避けつつ、或いは『レースの翌日支払う』こと能はぬやもしれぬほどヤマを張る誘惑に断じて駆られぬ意を決し、

「倶楽部の業務は中心街に位置する、然る極めて人格高潔にして名にし負う小売商人の店舗にて営まれ、重役の側《がわ》にて店主との間に合意が成立していることそのものが、大衆の信頼に報いんとす我らが意図を能ふ限り確乎と保証しよう。

「全ての勝負に相場の歩《ぶ》が与えられ、発行される札には唯一重役の名のみ署され、金は投資されると」等々、等々。

ここまで太鼓判を捺して頂けば、小売商人は心安らかにお気に入りの馬に金を注ぎ込んで差し支えなかろう。して一家は、昔ながらの炉端物語の登場人物よろしく、それからというもの幸せに暮らしましたとさ！

さて当該害悪が生々ならず蔓延り、よって何らかの深刻な社会的考察を要すとは論を俟たぬ。が、小誌としては抱かぬ見解に深甚なる敬意を表しつつも、かようの場合、立法上の介入を声高に求めるのは心得違いであろう。第一に、常々国民の娯楽を然にほとんど意に介して来なかった立法府を唯一抑制行為においてのみ顕示するのは賢明でない。仮にくだんの立法府が大衆娯楽を慮り、正しくその逆たりしに劣らず長期にわたり、大衆娯楽を促進・拡張することに誠心誠意、腐心する、教育的立法府であったならば、問題は異なる様相を呈すやもしれぬ。とは言え、たとい然たろうと、同上の概念が真の責任のほんの転嫁にすぎぬか否か、は疑わしい限りだ。第二に、なるほど映えある下院議員や、枢密顧問官や、弁護士や、何やかやに御当人の持ち場にて何が――国民の間にて――正しいか、誤っているか、真実か、嘘偽りか、滔々とまくし立てて頂くのは結構千万だが、憚りながら、かようの問題に関す目下の国会の規準と平衡が傑出しているとは思

われぬ。してもしや規準と平衡が周到なまでに正当でなければ、国会が道徳的権威を自らに授けるは土台叶はぬ相談たろう。なるほど、幾人《いくたり》かの義侠の公的八卦見がいつからとはなし、四方八方で己《おの》が「白羽《ピック》」と「内報《ティップ》」を触れ回り、賭け手という賭け手の身上を潰すこと請け合いの馬を指差し、誰も彼もの身上を築こう馬にかけて誓いを立てて来たとは周知の事実。なるほど、如何に互いの政治的見解は相異なろうと、連中の内一人ならざる者が「苦悶に喘ぐ社会の広き表《おもて》に」恰も新聞の八卦見の要領で「熟練の目を向ける」に及び、同じ「いよよ誰しもに光明のカンテラをかざしたき欲求」に駆られ、光明のカンテラによりて『ブラック』こそは勝ち馬たるとの——己《おの》が「白羽《ピック》」と「内報《ティップ》」に身銭が切られるまでは——厳粛な霊感を授かって来たものの、さらばいきなり、勝ち馬は『ホワイト』やもしれず、『ブラウン』ですらあるやもしれず、ひょっとして『グレイ』やもしれぬと惟み始めたとは万人の知る所だ。なるほど、如何に其を認めるに二の足を踏もうと、是ぞ政治的廉直を穢《けが》し、混乱させて来た元凶とは——我々の眼前の選挙と祖国の政府丸ごとは目下の所、捨て鉢な一大賭屋に外ならず、そこにて八卦見は己《おの》が後ろ楯を能う限り長らく弄んだ挙句、己自身の八卦を懐中《ポケット》に収め、そこにて熟練の目を諸事に向けつつ、今や勝ちを攫う機があると見れば、何であれ、して何もかもに金を賭けているとは——万人の知る所だ！

否。もしや立法府は一件を引き受ければ、定めて廉正な実演をやってのけようが、啓発的な見せ場は作れまい。親と雇用主が独力でより力を注がねばならぬ。誰しも己の下《もと》に置かれた人間の習いや足繁く通う場所については某か知っておくべきであり、新たな手合いの誘惑がかくて立ち現われる場合にはかなりを知っておくべきである。徒弟は年季証文の約定により、博奕を打てば懲らしめを受けることになっている。数十名に垂んとすくだんの手合いの気高き博奕打ちを治安判事の前にて有罪と決し、槇肌を少々ほぐし《ピック》、粥を少々愚かな胃の腑に流し込む《ティップ》べく、矯正院にぶち込めば、世のため人のためになろうでは。博奕好きの事務員や、ありとあらゆる等級の博奕好きの召使いは、厳重な警告を受けたにもかかわらず一度《ひとたび》不埒が発覚すらば、断固解雇すべきである。後釜に座るに付き付きしい勤勉かつ堅実な若者ならごまんといる。警察は賭屋に一枚も二枚もカんでいるシッポのつかまれよう、札付きの——「お尋ね者」たろうとなかろうと——殿方を断じて見逃さぬ命《めい》を受けて然るべきだ。さらば一人ならざる名うての悪党がお縄になること請け合い。かようの予防措置を講ずだけで——必ずや親と雇用主が固より信を置いていぬ立法府に漠然と責務を委託する代わり、己《おの》が本務を全うするホゾを固めていると仮定しての話――恐らくは事足りよう。如何なる統制の下《もと》にもない愚者は必ずや破滅へと流離っている様が見受けられようが、一般庶民のかの広範な部門の大方は事実何らかの統制の下《もと》にあり、くだんの統制がより有効に利かされることが焦眉の急である。

第五十九稿 「死」を商う

『ハウスホールド・ワーズ』誌(一八五二年十一月二十七日付)

早、数年前から大方の識者の悟性には英国民がこと葬儀の慣習にかけては誠に遺憾な状態に陥っていることが明々白々となり始めた。野卑な見世物と濫費の体制がいつしか墓の上に自づと築き上げられ、くだんの体制は死者の追憶に何ら面目を施すべくもない一方、生者の面目を丸つぶれにした――何せ連中をして人間的用件の就中厳粛なそれを無意味な黙り狂言や、悪辣な借金や、夥しき浪費や、責任の全き忘却における悪例と結びつける誘惑に駆らすとあらば。一件をより綿密に調べ、より低層へと探りを入れるにつれ、これら慣例は(宜なるかな)それそのものと結果双方においてより言語道断に思われて来る。如何なる社会層も魔の手を逃れてはいない。葬儀において一枚上手の上流気取りを求める鍔競り合いは――お上品振りとは蓋し、葬儀屋が我が物顔で暴れ回ることを許される凄まじき愚行の量によって測られるだけに――赤貧洗うが如き連中にまで及び、連中にとって葬儀の習慣と来ては破滅的にして然に資力に見合わぬものだから、かようの出費を賄うべく互いの間に倶楽部を設立するに至った。この手の倶楽部の内多くは、大衆の弱みに付け込む腹黒い破落戸によって取り仕切られるとあって、貧乏人を極めて残忍に欺き、傷つける。が中には、貧乏人の就中邪な手合いに新種の誘い水をかけることにて、およそ言語が然るべく仮借なく弾該すること能はぬほどその非道において忌まわしき、新種の金目当ての殺人を犯すに至った倶楽部もある。当該成り行きの堕落と、空虚と、虚偽全般の画竜点睛を欠いてはならずとばかり、数知れぬ強欲な半鳥半女《ハルピュイア》の怪物が、葬儀調度を一点たり持ち併さぬながら、喪主と真正の商人との間の連綿たる周旋屋を成し、馬飾り一式を損料貸しするに、右から左へと――火事場のバケツよろしく――先送りし、どいつもこいつもが「闇取引き」のこちとらの骨折り分に庬大な口銭を請求する、葬儀調達人なる肩書きを標榜しているとの馬鹿げた事実が明るみに出た。かてて加えて、死者を人口稠密な市街のど真ん中に葬る習いから当然の如くもたらされる生者への恐るべき結果が、この上もなく単純かつ素朴な実践科学によってすら立証され、かようの埋葬所のせせこましい境界と所有主の貪婪から生ず、我々の性《さが》にとって疎ましく、我々の時代と国家にとって恥ずべき、猥りがわしい恐怖の体制がスッパ抜かれてみれば、当該巨大なお笑い種は終に極限に達することとなった。

その証明が余りに容易い点をさておけばかくもほとんど信じ難き堕落より、我々は依然、実に遅々として弱々しいながらも這い出しつつある。今や、我々の信じて疑わぬに、中流階級の中にはくだんの罪悪が其の審らかにされている国会議事録を介して知る所となったからには、断固として古き悪しき前例を永続化するを潔しとせず、自らをその死において同胞《はらから》の精神にせよ肉体にせよ病菌で冒す媒介とさせぬ旨厳粛な命《めい》として最も近しく愛しい縁者に遺そうとする者が少なからずいる。令名高き人々にあって、かようの鑑には事欠かぬ。故サセックス公爵（ジョージ三世第六子（一七七三―一八四三））は、ウィンザーの皇室地下納骨所における壮麗な野外劇じみた国葬を執り行なうまでもなく、死の平等において、ケンサル・グリーン（ロンドン初の営利共同墓地（一八三三年開園））に埋葬されるよう望んだ際、国家的貢献を成した。サー・ロバート・ピール（第五稿注(九)、第五十稿注(二四三)参照）はドレイトン（英中部スタフォードシャー小村・首相地所）に埋葬されるよう要望した。故皇太后は次なる感銘深くも気高き遺言にて全階層へ範を垂れた（第三十七稿参照）。「私は、神の御座の前にては人は皆等しいと心得ればこそ、慎ましやかに息を引き取り、故に亡骸は何ら威儀を正すことなく墓所へ運ばれんことを。亡骸はウィンザーのセント・ジョージ礼拝堂へ移され、そこにて能ふ限り密やかにして静かな葬儀の営まれんことを。わけても正装安置されぬよう。長閑に息を引き取り、現し世の虚栄や虚飾の枷を解かれ、長閑に墓所へ運ばれますよう。解剖も防腐処置も施さず、能ふ限り人手を煩わさぬよう」

　かようの前例とかようの事実が未だ国民の記憶に瑞々しく、祖国の社会史の然に重要な一齣におけるこの過渡期に、国葬の廃れた因襲が故ウェリントン公爵の呼び違《たが》えの「栄誉」とやらを称え、息を吹き返した。*公爵の映えある思い出にイングランドの生き存える限り、真の栄誉の余す所なく捧げられんことを！

　読者諸兄に衷心より具申するに、かようの復活に如何なる手合いの栄誉もなければ、あり得もせぬ。故人がより真《しん》に偉大たるほど、虚礼はより真《しん》に廃すべきであり、其は徹頭徹尾、「死」を商う風紀紊乱の習いの百害あって一利なき事例にして助長に外ならぬ。

　多種多様の政治的見解を有す全国民の知る所であろう――果たして世に存す列強のいずれか当該「死」を商って来たか否か――其を溜め込み、猫っ可愛がりし、能う限り旨い汁を吸い、渋々手離して来たか否か。一件のくだんの側面に関してはこれ以上とやこう言うは差し控えよう。

が、その内在的空虚と、整合性及び現実性の欠如において、長らく延期されていた国葬が当然の如く喚び起こしている全般的な商魂の逞しさについては以下、『タイムズ紙』（十一月十七日付）の広告欄から全て一言一句違えず写し取った事例を某か紹介させて頂きたい。

　まず第一に、座席と軽食について。一行が「ピアノの使用」なる便宜の図られる、くだんの恰好の二階は端折り、然に売れ筋なものだから、直ちに注文せねばならぬ「ウェリントン公爵国葬ワイン」や、かの「美味な逸品」の是々の焼き菓子職人からしか購入し得ぬ「ウェリントン公爵国葬ケーキ」や、ばかりか然々の仕立て屋からしか調達出来ぬ「国葬護身用仕込み杖」や、さらには製造業者によりては国民的愁傷の唯一効験灼然《いやちこ》なる緩和剤と目さる、一ポンド当たり一と四ペンスの「名立たるレモンビスケット」といった日々の雅やかな宣伝にはほんのちらと目をくれるに留め、一般大衆がその折の御利益に与る、数ダースに垂んとすより付き付きしい好機を観閲するとしよう。

　ラドゲイト・ヒル（セントポール大聖堂から西方へかけての通り）。――この度の壮大かつ粛々として威風堂々たる葬送を一眸の下《もと》に収める設いと手筈が今や当邸宅にて完了。就いては身体的便宜と快楽全てを兼ね備えた広大な絶景をお求めの向きは何卒目下は手配可能の「座席」を直ちに下見賜るよう。

国葬、前夜の宿泊も可――貸間アリ、三階三部屋、二箇所の窓からは葬送行列に恰好の見晴らし。賃貸料は軽食付で一〇ギニー。寝台・朝食付一間《ひとま》は一五シリングより。

公爵の国葬。――十五人収容第一級の眺め。併せて、清潔な寝台と居間を穏当な条件にて。

ストランド街、クーツ銀行から数軒、最適の場所に貸座席・窓アリ。二階の窓各八ポンド、三階の窓各五ポンド一〇シリング、四階の窓各三ポンド一〇シリング、磨き板ガラス陳列窓二枚各七ポンド。

ウェリントン公爵国葬観覧席。全行程中最高の位置。抜群の見晴らし。お申し込みは中央刑事裁判所《オールド・ベイリー》へ。注記。上述の持ち場よりは東はセントポール大聖堂、西はテンプル門（ロンドン西端旧正門）がほぼ一眸の下《もと》に見はるかせる。

故ウェリントン公爵国葬。――三階に貸間アリ。窓二つ。薪炭他設いは万全。一行に穏当な条件。正面に観覧席も数席、各一ギニー。ピカデリーからペル・メル（ウェストエンド高級住宅街）までを一眸。

ウェリントン公爵国葬。二階と三階に部屋毎、もしくは窓毎の賃貸アリ。殿方の一家に最適。能ふ限りの快適を期し、便宜が図られているのみならず、くだんの壮観の正しく最高の眺望を収める。一階もまた価格一ギニーより、広々とした座席の設い。申し込みは当方へ。

公爵の国葬。――条件は極めて穏当。――二階に二間。バルコニー付、勝手口はストランド街（トラファルガー・スクエアから北東へ伸びる目抜き通り）に面す。大部屋は十五人まで収容可。小部屋は八ギニーにて賃貸。

公爵の国葬。――約三十人分の観覧席を設えた陳列窓を二五ギニーにて賃貸。また大窓の二枚ある家具付二階。テンプル門からセントポール大聖堂全域の就中最高の眺望の一つを誇る。価格三五ギニー。各一ギニーの一人用座席も数席。

ウェリントン公爵の葬列。――チャリング・クロス（ストランド街西端広場）、コックスパー通り。全行路の内最高の位置たること疑いなし。未だ空席が若干アリ。穏当な価格にて調達。見る間に埋まりつつあるため早目のお申し込みを。屋根にも数席。絶景。

故ウェリントン公爵国葬。――ストランド街の最適の場所に賃貸アリ。三階は一〇ポンド、四階は七ポンド一〇シリングにて。窓は各二枚。店の正面席一ギニー。

公爵の国葬。――進路の内最も見晴らしの利くとある箇所なる二階を雅やかな一家に二五ギニーで賃貸。安全なバルコニーと控えの間付。二十人収容可、全員に遙かなる限無き眺望。人数に応じて割引き。設いは万全。

が就中、忘れてならぬのは――

聖職者へ告ぐ――フリート街T・Cは唯一サープリスにて姿を見せるとの条件の下、聖職者にのみ指定席用意。第一列目四席は各一ポンド、第二列目四席は各十五シリング、第三列目四席は十二シリング六ペンス、第四列目四席は一〇シリング、第五列目四席は七シリング六ペンス、第六列目四席は五シリング。他は全席各々四〇シリング、三〇シリング、二〇シリング、十五シリング、一〇シリング。

当該進取の気象の商人の側《がわ》なる己《おの》が陳列窓に何としても〆て六列に垂んとす二十四名の聖職者の貴き活人画《タブロー》を掲げんとの意気込みはわけてもあっぱれ至極にして、厳粛な式典にさぞや著き優美を降り注ごう。

上記数例は、影も形もなき視界の喧伝や、「軽食、ワイン、火酒、糧食、果物、皿、グラス、陶器」その他逐一列挙するにはその数あまたに過ぐ細々とした品をふんだんに買い込み果し、火を紅々と「熾し」ている気心の知れ合った仲間同士の小さなグループの欠員を補うに肝要な数名の好もしき殿方への招待状と一緒くたにされた幾十ものかようの広告から無作為に寄せ集めたものだ。これらを通覧するに及び、絶えずハッとさせられるのは大文字になる「神よ、願はくは夜の、或いはブリュッヒャの来たらんことを！」の文言にして、この、然る芸術作品に言及する文言は*、如何に今は亡き英雄が「公独特の物言いで『傑作、全くもって傑作』」と宣ったか審らかにする題銘《レジェンド》によって浮彫りにされている。おお、芸術よ！　汝《な》まで「死」を商うか！

それから、直筆が国葬供回りの持ち場に就く。封蠟の神聖も、書簡の内密も「死」の商人の語彙の範疇にはない。吹き止めよ、トランペット、葬送行進曲において。全世界へ我ら直筆の如何ほど個性豊かか吹聴すべく！

ウェリントン直筆。公爵の極めて個性豊かにして真正の連続書簡二通（一八四三）。関連する信書等々と併せ、正しく文学的稀覯書簡を〆て十五ポンドにて。

ウェリントン直筆。――ウェリントン公爵の直筆信書二通を売却処分。一通はウォルマー城（元ヘンリー八世の築城した、ケント州ウォルマーの公爵大邸宅）発一八三四年十月九日付、もう一通はロンドン発一八四三年五月十七日付。いずれも消印と印章あり。

ウェリントン。――各およそ二頁と四分の一の（石版刷《リトグラフ》ならぬ）自筆短信を印章、封筒と併せ売却。恐らく未だかつて出版されたためしのないほど閣下の個性溢ると思われる。二通で最高額三〇ポンド以上、鮮明な一通に二〇ポンド。

売却処分。当方、退役軍人。今は亡き英雄の手紙・短信五通――三通はサー・A・ウェルズリー（公爵の本名）たりし折のもの。大封筒一枚と併せ。いずれも封印あり。直接、又は手紙にてお申し込みを。

公爵の書簡――格別愉快にして個性的な状況に纏わる極めて興味深き真正の手紙二通。売却。

ウェリントン公爵。――御婦人宛の自筆書簡。印章と封筒と併せ。公独特の文体で綴られしもの。最高額を御呈示の方へ。申し込みは――書簡のお目にかけられる場所へ。

陸軍元帥ウェリントン公爵。――軍事について綴られた故ウェリントン公爵の六頁にわたる直筆書簡原物。保存状態秀逸。宛てられた一族の者によりて売却。価格三〇ポンド。

陸軍元帥ウェリントン公爵の直筆。――公爵自ら寿命一〇〇歳に言及している、極めて個性的な一八四七年付の手紙を封筒と併せて処分。家紋付印証にもカスレ無し。一〇ポンドにて。

ウェリントン公爵。――一八三一年、令室の逝去直後に綴られた公爵の直筆書簡売却。無料配達署名と封印の施された直筆封筒二枚と併せ。

ウェリントン公爵。――直筆事務書簡、封筒、印証、消印等非の打ち所無し。典雅な文体、極めて個性的。宛先住所にて御高覧を。価格十五ポンド。

陸軍元帥ウェリントン公爵。――一通は六十一歳、もう一通は七十二歳の時に認《したた》められた閣下の直筆書簡。いずれも肝要な主題に関し、公独特の活き活きとした文体で綴られた第一級の信書売却。真正性は余す所なく立証可。

ウェリントン公爵。――一部印刷、残りは然る御婦人に宛てられた閣下の極めて興味深き信書。骨董品飾りダンスに収めるに恰好。稀少品。最高額で落札。

売却。陸軍元帥ウェリントン公爵からの直筆書簡六通。封筒、印章と併せて。とある困窮に喘ぐ御婦人を援助すべくこよなく鷹揚に与えられしもの。

ウェリントン公爵。――とある御婦人は本年六月十八日に閣下によりて認《したた》められた手紙を所持。同上を売却致したく。書簡は閣下存命の最後の誕生日に綴られているだけになお貴重であろう。アプスリー・ハウス（ハイド・パーク・コーナーの公爵ロンドン邸）発、封筒、印章とも申し分なし。

とある聖職者が故公爵より受け取った手紙を二通、封筒と共に所持。閣下が如何ほど個人的功徳にも篤かったか証して余りある。本月十八日までに（一通或いは二通に対し）申し出られた最高額にて売却。申し出はさらなる詳細に得心が行くか否か次第やもしれず。

ウェリントン公爵。――困窮に喘ぐとある寡婦が、封筒に同封の上、宛名書きされ、公のデューカルコロネット（苺の葉三枚の飾りのある冠）で封印された、一八三〇年付のウェリントン公爵閣下の直筆書簡を所有。少額でお譲り致したく。

故ウェリントン公爵の一八五〇年三月二十七日付の貴重な直筆短信を受取り人である殿方が二〇ポンドで売却。公爵証印の完璧な捺印とナイツブリッジ（シティー・オブ・ウェストミンスターの一地区）の鮮明な消印の付された封筒と併せて。保存状態良好。やんごとなき公爵の筆跡と極めて個性的文体のかほどに優れた適例はまたとなかろう。

逝去一、二日前に認《したた》められたウォルマー城発ウェリントン公爵最後の書簡の一通を売却。極めて個性的。印章、消印共に明瞭。故公爵によりて綴られた恐らく最後の手紙故、遺品としての価値は高まろう。最高額の申し出に応じたく。願い出があれば高覧可。

偉大なる公爵。――偉大なる英雄の一八五一年三月二十七日付書簡売却。併せて、ジェニー・リンド（第四十八稿注(三二六)参照）からの一八五二年六月二十日付の美しい書簡も。最高額の申し出に応じたく。購入希望額を明記の上、お申し込みを。

リンド嬢の自署はどうやら葬列がお越しになるまで日の目を見ていなかったものを、さらば慎ましやかに行列に加わり、一際目立つ持ち場に就いたと思しい。果たしていずれに讃嘆の目を瞠ったものやら――当該ささやかな取引きの創意工夫にか、或いは何らかの雄々しき義務感に駆られて一筆認めた老齢の手が未だ墓所にて萎びぬ内に「故公爵によりて綴られた恐らく最後の手紙」を売却する感銘深き嗜み深さにか、或いは「閣下が如何ほど個人的功徳にも篤かったか証して余りある」書簡を然に汲々と売らんとすくだんの奇特な――ところで師はT・C店の陳列窓の最前列に短白衣《サープリス》で姿を見せたのだろうか？――聖職者の敬虔にか、或いは「直筆書簡六通を封筒、印章と併せて」困窮に喘ぐ御婦人の傷口に注いだかの「善きサマリア人（『ルカ』一〇：三〇‐三七）」の鷹揚さにか。＊殿《しんがり》を務めるのが遺品――ハーディにとってのネルソンの細密画よろしく死を悼む胸に近しく纏われ、断じて、現ナマをもってせねば広告主より捥ぎ取られること能ふまい貴重な形見――である。

今は亡きウェリントン公爵の形見《ミメント》。――名にし負う故公爵の遺髪売却。保証付き。最高額に応じたく。料金前納済み手紙にてお申し込みを。

ウェリントン公爵。――目下、とある寡婦の所有する故ウェリントン公爵の遺髪を売却処分。女王戴冠の朝に切られしもの。郵便料金前納にてお申し込みを。

故ウェリントン公爵の貴重な形見。――一八四一年に切られた、名にし負う故公爵の髪を某か所有している御婦人が同上の一部を二十五ポンドにて手離したく。公の御髪に相違なきこと、又如何に御婦人の所有する所となりしかについては料金前納済み手紙にて申し込みのあり次第確証を御呈示。

ウェリントン公爵の形見売却。——ストラスフィールドセイ（公爵が一八一七年以降住んだハンプシャー州北東部邸宅）における故ウェリントン公爵閣下の名立たる理髪師を務めていた故人の息子が亡父によりて切られし公爵の頭髪をわずかながら所持。売却処分致したく。祖国の英雄のかようの形見を所有したい向きはどなたであれ同上を手紙にてお申し込みのこと。

故ウェリントン公爵の遺品。——数年前に閣下によりて纏われていた保存状態良好のチョッキを売却。真正は確証可。

お次は選りすぐりの——極めて稀少な——逸品。その計り知れぬ価値は如何ほど猜疑心の強い者によりても真正性をいささかたり疑うこと能はぬとの決定的事項によりて生半ならず高められるやもしれぬ。

ウェリントン公爵の遺品——ヴェニス出身エドモンド・アンゲリーニによるフランス語訳併記『ナポレオンの死』、アレクサンドル・マンツォーニによる頌歌《オード》。——上記がその表題たる本はケントを通過している折しも、公爵によりて引きちぎられ、馬車より投げ捨てられたが、公爵が其を引きちぎり、投げ捨てるのを目の当たりにした人物が書籍の切れ端を集め、接ぎ合わせた。上記の形見《ミメント》を御所望の方にはどなたであれ連絡させて頂きたく。

掉尾を飾るは、瞠目的なまでに才気煥発たる文学作品。それなくして如何なる貴人の、或いは殿方の、蔵書も蓋し、十全とは見なし得まい。

ウェリントン公爵とサー・R・ピール。——政治経済学と自由貿易に関す、才能豊かにして興味深き貴重な書物が一八三〇年に出版され、即座に上述の政治家二名によりて買い占められた。一冊を除き。これを今や処分致したく。手紙によりてのみ申し込み可。

ここにて読者諸兄のために引用は締め括るとしよう。御逸品、小誌の本号の全紙面を埋め尽くすはお易い御用たろうから。

この期に及んでの国葬は、蓋し――葬儀の出費と壮麗の葬儀の崇敬との必然的結合に関し、一般庶民に及ぼす混乱の悪影響と、全社会層の恩恵のために最も肝要な大改革なる名分にもたらされるやもしれぬ必然的危害はさておくとしても――それそのものが然に紛うことなく有りのままならざるものの単なる見せかけにすぎぬだけに、然に非現実的にして、実体に対す形式の然なる挿げ替えにすぎぬだけに、然に味も素っ気もなく、尻座《へた》っているだけに、然にあからさまにでっち上げられた芝居がかりの瞞着にすぎぬだけに――死の由々しき厳粛を敗走せしめ、くだんの浅ましき商人《あきんど》をしてその取引きにおいて正しく今は亡き偉大さの棺桶の蓋にまで平然と鎮座坐さす。なるほど、偉大なるウェリントン公爵の私信やその他遺品は、たとい公爵が全国民の黙《もだ》した崇敬に包まれ、一軍事指令官の素朴な栄誉と共に埋葬されていたとて、それでもなお広告・販売されてはいたろうこと疑うべくもない。がその場合、商人《あきんど》は公の亡骸の上にて当該「国民縁日・大葬儀屋記念祭《ジュビリー》」を催すのを差し控えていたろうこともつゆ劣らず疑うべくもない。固より宮内長官職や紋章院の虚飾と、「人が歩き回り、空しく騒ぎ立つかの空しき影（『詩篇』三九：六）」の由々しき消滅とを結びつけようとしたとて詮なかろう。両者の間には如何なる死すべき定めの手によりて据えられたのでもなく、よって如何なる死すべき定めの手によりても架け橋を渡すこと能はぬ「大いなる深淵（『ルカ』一六：二六）」がある。さなくば、一体誰が信じよう、「議会」は火曜の夕べには「その英雄の死」を（然る仏陸軍元帥に見立てて）悼んでおきながら、同じその議会が同じその英雄の依然俎上に上せられ、埋葬にも至っていない水曜午後にはヒューム氏と呵呵大笑していたろうなどと？

＊

小誌に自づと課せられる早急により、上記の所見は正しく国葬の夕べに認《したた》めざるを得ぬ。既に当該頁において、我々は国葬を過ちと見なすものの、ここにて一件を穏健な考察に穏健に委ねたいと述べた。国葬が如何ほど大きな害を及ぼしたやもしれぬかは想像に難くない。が如何に国葬が恩恵をもたらし得たかはおよそ想像し難い。なおその上を行くものがあるとすらば、同上が偉大なるウェリントン公爵の直系卑属にわずかなり満足をもたらし得たと、或いは然に輝かしき名にほんのかすかな光線なり投じ得ると、想像することくらいのものであろう。仮にかようの儀礼が英国民全体の願望だと思われているなら、我々としてはかようの想定は国民性の誤解と庶民の良識の過小評価に基づいていると、両者が高位にてより正当に評価されるほど、我々皆にとって望ましいに違いないと、返答せねばなるまい。目下の所、真実を何ら枉げずして想定されようことは——即ち、儀式は全ての点において見事に取り仕切られ、英国民は終始、同国人に紛れた愚かな論《あげつら》い屋の面目丸つぶれたるに、あっぱれ至極に勝ち得ている令名に悖らぬ振舞いを見せたという事実は——当然のことと し、それでもなお本国における国葬は一八五二年十一月十八日、ロンドンの通りから通りをコクリコクリ頷いてはかぶりを振りながら縫った無粋にしてケバケバしい「山車《だし》」にて最も付き付きしく、己《おの》が墓所へ向かったとの希望を表明せねばならぬ。して相異なる意見には大いなる敬意を払いつつも確信するに、いつの日か「歴史」が——恰もゴテゴテ飾り立てられたテンプル門が其を待ち受けるに相応しいに劣らずゴテゴテ飾り立てられたテンプル門の下を潜《くぐ》るに相応しき——かの醜怪極まりなき絡繰を慈悲深き忘却の蔭より救い出したならば、この方——彼の律儀な、雄々しき、控え目な、克己の、廉潔な個性を思い出すにつけ——かく顧みるだに驚嘆するるのではあるまいか。即ち、御逸品をその種族の最後の怪物と化さしむ上で、然に律儀に愛し、仕えた祖国に最後の不朽の貢献を成した男こそ、アーサー・ウェリントン公爵なりと。

第六十稿　我らが大人になるを止めし所

『ハウスホールド・ワーズ』誌（一八五三年一月一日付）

子供としょっちゅう睦んでいる人間の内、お気に入りのチビ助が「大人になる」という考えによって時に胸中、喚び覚まされる心悲しい感懐を知らぬ者はほとんどいまい。これは容易に解《げ》せよう。子供時代とは概ね、然に美しく魅惑的なものだから、其がそこそこ思索的な傍観者に催さす深遠な興味を具えた幾多の主題はさておくとしても、のみならず、激しい情愛と先入主の自然な気紛れですらさておくとしても、子供時代がともかく他の何物かに移ろい変わるとの概念には人類共通の運命の憂はしき影がある。くだんの感情は理不尽で曖昧模糊とし、願望の形《なり》を帯びるには至らぬ。果たして寄辺無い幼子が我々がいなければどうなるものか、如何ほどあっという間にスウィフトの賢しらな空想の陰鬱において生まれた、地上なるかの恐るべき不死の輩*に劣らぬほど悪しき窮地に追い込まれるものか、惟みるは然に泡沫《うたかた》の思惟の範疇にはない。想像力はさらば、子供時代が老齢に達す様や、老齢が子供時代に逆戻りする様や、愛らしき男の赤子がかの、カーライル氏が人の世を憂ひて、六年間大樽の下に封じ込めたいと願った当惑的な未成熟の状態*に至る様を思い描くなどという詳細に立ち入るまでもない。哀惜は移ろい易い世界における蜻蛉《かげろう》の身に当然の如く儚く、判断に足掛かりを有さず、かくて来ては去る。

が我々筆者は先達ての晩、くだんの感懐に見舞われたこともあり——というのも、目下の時節には我々の大半は子供と睦むことが多く、我々とて例外ではないから——果たしてこの個人、我々が子供たりし時分、事実、大人になるのを止めたものが何かあるか思いを巡らせてみたくなった。一覧はめっぽう短かろうと危惧していたにもかかわらず、以下の通り書き出してみれば、快《よ》き哉《かな》、存外、長かった。

我々はロビンソン・クルーソーから千分の一インチたり大人になってはいない。主人公は我々が物心ついた時分につゆ劣らず、かっきり同じやり口で、しっくり来る。我々は彼のオウムや、犬や、鳥撃ち銃や、洞穴でばったり出会したギョロ目のおっかない老いぼれ山羊や、錆びついたコインや、帽子や、雨傘からこれっぽっち大人になってはいない。かの目出度き航海用小望遠鏡《スパイ・グラス》が作られてこの方、世の双眼鏡の造りには何ら変化が来していない。御逸品越しに、梯子を後ろから引こずり上げ、そっくり身を安全に固めるや、自らの砦の天辺で腹這いになったなり、主人公はくだんの人食い土人の黒々とした人影が、怪物共の晩メシ用に腹を空かしてやらんと狂おしきステップを踏む間《ま》にも、砂浜の焚火のグルリで舞っているのを目の当たりにした訳だが。我々はフライデーや、彼が目にして然に有頂天になった老いぼれの奇特な親父さんや、殿方めいたしかつべらしいスペイン人や、無法破りのウィル・アトキンズや、奴とくだんの他の謀叛の輩が上陸した際に島の中へと誘《おび》き寄せられ、船に穴を空けられた賢しらなやり口からこれきり大人になってはいない。ことフライデーがまんまと木の上で踊るよう仕向けた泣き笑い物《トラジ・コミック》のクマや、憂はしい日和に吠え哮る、身の毛もよだつようなオオカミの大群の点にかけては微塵の高さも天国に近づいてはいない。連中は因みに、人間や獣で豪勢な宴を張ろうと気も狂れんばかりであったものを、倒木に敷かれた火薬の導火線でもって迎え撃たれた上から、銃弾を一斉にお見舞いされ、挙句森の暗闇へと火ダルマのなり駆け込むか、木端微塵に吹っ飛ばされるかした訳だが。我々は小舟にゆらゆら揺られ、舳先に打ち寄すさざ波の音を耳にしながら、陸《おか》へ目をやれば必ずや、我々の「小舟成長」はロビンソン・クルーソーが島をグルリと小舟で回り、今にも行方が知れなくなりかけた所でかのオウムに、これまで存じ上げたためしのあるありとあらゆるオウムの偉大なる御先祖サマに、またもや我が家で然に懐っこく眠りから目を覚まされた時に止まったものと思い知らされる。

我々は偉大なるハルーン・アルラシッドが然に名を綴った時に、誰一人精霊《ジン》などというものを耳にしたためしのなかった時に、*大人になるのを止めた。インドの皇帝《サルタン》が舞台の上においてすら恭しく近づかれるべき畏れ多き統治者たりし時に。くだんの幾多の夜の目眩く驚異全てが想像力において茶化されたり戯画化されたりするには余りに遙か高みの位置を占めていた時に。青ヒゲが、忝くもともかく本の頁からお出ましになり、御当人の行進曲（マイケル・ケリー作曲。ドゥルアリー・レーン劇場にて一七九八年初演）に合わせて、象に跨ったなり山から山を乗り越え、俗語など梵語同様チンプンカンプンたりし時に（時事的俗語を多用したJ・R・プランシェ脚色狂想的喜歌劇《エクストラヴァガンザ》（一八三九）を揶揄して）。我々はドン・キホーテは詰まる所、困った人々を救うべく諸国を歴回《へめぐ》る上ではまっとうだったやもしれず、牧師と床屋は彼の蔵書を焼く筋合いなど（『ドン・キホーテ』（一六〇五）第一部第六章）、我々自身の寝室書架二棚で大篝火を焚く筋合いがなかったろうに劣らずさらさらなかった時に大人になるのを止めた。ジル・ブラース（ル・サージュ作ピカレスク小説（一七一五―三五）の主人公）が情深く、如何でか、我々の知る限りてんで世智辛くなかった時に。して奇しき星の巡り合わせか、『センチメンタル・ジャーニー（L・スターン作（一七六八））』の例の、風の強い晩と、公証人と、ポン・ヌフ（パリの「中の島」の両端でセーヌ川に架かる橋）と、風で吹き飛ばされる帽子で始まる興味津々たる物語の最後（第二巻「断章。パリ」）が、如何ほど目を皿のようにして探し回ろうと我らが版にてはさっぱり見つからなかった時に。

我々は本家本元の雄叫びを上げる巨人共（『巨人殺しのジャック』）からこれきり大人になってはいない。今時の巨人ならば一ペニーから半クラウンに至る様々な心付けで目にして来たが、連中、ほんの頭一つのっぽなだけで、単なる大男にすぎず、おまけに大男とは限らぬ時だってある。我々はかく、絵空事にて自問するのからこれっぽっち大人になってはいない。果たして、もしや仰山な兄弟姉妹と一緒に奴（とは、もちろんジャック）の苦境に立たされたならば、スヤスヤ眠っている巨人の子供達の頭から（いつもナイト・キャップ代わりに被っていると思しき）金の冠を引っ剥がし、我らが一家に被せてやり、かくて二枚舌の持て成し役をして御当人の子女を叩きのめし、我々を容赦さすほどの勇気と心の平静を同時に持ち併せていたろうかと。我々はことこの格別な点にかけては我ながらの自信の無さからつゆ大人になってはいない。

W・R・ビッグズ画「憂ひの月曜日《ブラック・マンデー》、或いは学校への出立」

それそのものはとうに失せているやもしれまいと、我々がこれきり大人になってはいない、して必ずや子供時代の目と心で眺める現実の人や場所がある。ウィンドーにとある茶盆の飾られていた、ロンドンはコヴェント・ガーデンの、ベドフォード・ストリートとキング・ストリートの角の茶盆店が姿を消して久しい。茶盆には、我々のこれまた大人になり切れていないとびきりの絵筆捌きで二人の少年が――片や馴れっこの、片や不馴れな――朝餉時に学校へ旅立つ様子が描かれていた。今は昔の装いの魅力的な母親は、そんな素振りは見せまいと努めながらも、見るからに身につまされ、小さな妹は、もしや我々の記憶違いでなければ、不馴れな兄を慰めようと果物の籠を提げている。片や馴れっこの少年は、どうやら祖母からお智恵を拝借しつつ、我々のいつぞやはつれないと思った、が以降はほんの強がっているにすぎぬのではあるまいかと合点の行った物腰で手袋を嵌めている。紐を掛けた梱があり、律義な召使いもいる。片隅の朝食用テーブルの上には（わけても壺とトースト皿なる）小物が添えられ、完璧な幻影としての御逸品に対す讃嘆の念から、我々はこれきり大人になっていなければ金輪際なるまい。

我々はコヴェント・ガーデン全域からさっぱり大人になってはいない。そいつをイカした、放蕩癖の、得体の知れぬ謎として大切に仕舞っている。コールマンのニッカリ笑い*に出て来る殿方は今なおキング・ストリートに住まっていること信じて疑わぬ。してオールド・ハマムズ*の廊下は隣近所の屋敷を丸ごと食い尽くす、木立成す豪勢な閨に通ずとの漠たる思い込みに凝り固まっている。そこにて自分達自身は五十年間床に就いたためしのない家令が深夜何時であれ、鈴《りん》を引く如何なる田舎紳士であれ、東洋風に設えられた宮殿さながらの続きの間《ま》における贅沢な休らいへと案内するとの。（我々は往時そこに宿を取ったことがあるが、そいつはお構いのう。）ピアッツア*にはゴキゲンな秘密と神秘の気配が漂う——如何に貴殿はその上のくだんの部屋また部屋へと昇って行き、何たる破れかぶれの所業がそこにて為されることか。（我々はくだんの続きの間《ま》の幾室かは熟知しているが、そいつは物の数ではない。）我々は二大劇場からこれきり大人になってはいない。偉大なる名のお化け共がいつもそこにては途轍もなく大がかりな書割りと絡繰の下《もと》、この世にまたとないほど奇妙奇天烈な無言劇を演じている。両劇場の平土間には夜毎、演劇評論家が座っていること疑うべくもない。我々のしごくありきたりの事務所でペンを走らせている今しも、窓越しにやたらグンニャリしたボネットの、黄色もしくはトビ色流儀で着飾った四人の若き娘御が道の向かいの霧で息の根を止められた小汚い、せせこましい通りのライシアム劇場の楽屋口へと向かっているのが目に入る。*大人びた世智はくだんの娘御は一度日《ひとたび》が暮れれば美しい妖精だが、この東風の吹く朝《あした》、「御伽の国」はドロ跳ねの散ったスカートにとってすら薄汚く、めっぽう（ガス灯と日光が一緒くたになってはいるものの）ひんやりとして懶いではないかと思し召そうと囁く。が誰がそいつの言うことなんぞ鵜呑みにするものか。

いつぞや、シティーをいつもウロつき回る哀れ、気の狂れた女がいた。女は黒づくめの所へもって、頬紅をごってり塗っているせいで、巷では「ルージュ・エ・ノワール」として知られていた。女から我々は「芥子種一粒（『マタイ』一三：三一）」の高さたり大人になってはいない。風聞によらば、一人きりの銀行員の弟が贋造の廉で死刑を宣告され、女は——悲嘆に暮れた姉は——処刑の朝、気が狂れたが最後、爾来、取り留めのない人生の夢の続く限り、かくて忙しない両替商の間をヒラヒラさ迷うこととなった。ああ、哀しいかな、風聞によらば！　然もありなん。が、然もあろうとなかろうと、真実たろうとなかろうと、我々の胸中、形を変えることはない。永久《とこしへ》に女は、こと我々の大人になるのを止めし想像力に関せば、人込みの中をさ迷い、同じ情深いパン屋の陳列窓から日々のパンの塊を恵んでもらい、合い間合い間に古びた銀行の事務所に腰を下ろしては弟を待ち続ける。「あの子はもう来まして?」いや、まだだよ、姉さん。「では一時間ほどこの辺りを歩いてからまた戻って来ましょう」その折のことである、女がかの、正気の虚栄の（神よ、我々皆を救い賜え!）心地好き自足に欠ける奇しき虚栄の風情を漂わせ、つゆ落ち着かぬ目をキョロつかせながら、我々のガキじみた姿と通りで擦れ違うのは。かくて弟の古びた銀行の事務所に戻るや、尋ねる。「あの子はもう来まして?」いや、まだだよ、姉さん! かくて言伝を残して家へ引き返す。こんなに長らく行方が知れないなんてほんとにどうしたんでしょう。どんなに夜遅くてもやって来たら、わたしの所へ来るように。ああ、奴はやって来るとも、おお、悲しみに打ち拉がれた姉さん、汝《な》のような者にとってではなく、富み栄え、幸せな者にとっては仇たる——汝《な》の最高の友と共に!

　我々が大人になるのに待ったをかけたまた別の、全く毛色の異なる人物は、オクスフォード街から北へ折れたバーナーズ・ストリートと切っても切れぬ仲にある。果たして女がひっきりなしに練り歩いていたのはくだんの通りだけなのか、それとも他処にもあちこち出没していたのか、は我々の与り知る所ではない。「白づくめの女」と呼び習わされていた。頭の天辺から爪先まで白一色の装いで、白いボネットの内側の、頭と顔のグルリに凄まじく白い組み紐を巻いている。真っ白い雨傘さえ（願はくは）提げている。真っ白なブーツで冬の泥道を縫うのは確かだ。女は物腰の冷ややかで杓子定規な、取り澄ました老婆で、ほんの個人的な謂れでニタついた具合に気が狂れたのは火を見るより明らか——十中八九、金持ちのクエーカー教徒がどうしても連れ添おうとせぬからというので。是ぞ女の花嫁衣裳だ*。女は年がら年中、二枚舌のクエーカー教徒と祝言を挙げるべく教会へ向かう途中、この道を縫う。小刻みな足取りと魚もどきにどんより濁った目からして、御亭主を尻に敷く気満々なこと請け合い。クエーカー教徒は「白づくめの女」を厄介払いしてもっけの幸い、との結論に達した所で我々は大人になるのを止めた。

　我々はこれきりニューゲイト監獄のゴツゴツの外壁からも、外っ面なる他の如何なる牢獄からも大人になってはいない。獄内は、相変わらず悔恨と悲惨の虚《うろ》のままだ。我々はこれきりトレンク男爵*から大人になってはいない。外つ国の砦や、塹壕や、城塁外濠《そとぼり》傾斜面や、稜堡《りょうほう》や、歩哨等々の直中にて、我々には常に遙か下方のどこぞの迫持造りの暗がりにて鎖に鑢をかけるか、オレに付き合えよと蜘蛛を手懐けるかしている男爵がいる。我々はこれきり邪な古めかしいバスティーユ監獄から大人になってはいない。目下のガキじみた折しも、我々の胸中、ここにては、小さな黒い扉のズラリと並ぶ、迷路まがいの低い丸天井の通路の（そっくり絵空事にして如何なる手合いの典拠にも則らぬ）くっきりとした平面図があり、ここにては、この、黒々としたクモの巣が迫持造りからヴェールさながら垂れ下がり、獄吏のカンテラもめったなことでは瞬くまい、左手のどん詰まりの扉の内側に、然に幾星霜暗黒の沈黙に包まれ、傷ましい逸話の纏わるくだんの老人が閉じ込められている。老人はとうとう自由の身となった。が蒼白の面《おもて》と白髪と幽霊じみた人影を、皆が自分を何者にせしか——如何に自分には妻も、子も、友も、光と外気の認識もないか——連中に物語るべく、再び連れ戻すや、死ぬまで元の独房に閉じ込めてくれと拝み入った（ルイ－セバスティアン・メルシエ『パリ生活誌』全十二巻（一七八二－八八）中の挿話）。

我々は物心つくかつかぬか、終生色褪せぬ印象を兵営と兵士や、船と海員の直中にて刻まれた（幼少時代を過ごしたケント州、海軍工廠の町チャタムの追憶への言及）。我々はこれきり航海や旅の物語から、冒険熱から、海洋探検家や旅人への熱っぽい好奇心から、大人になってはいない。これきり、路傍であれ、市場であれ、人気《ひとけ》ないヒースの野であれ、如何なる鄙びた旅籠からも、如何なる鄙びた光景からも、如何なる風の吹き荒ぶ山腹からも、如何なる古びた領主邸宅からも、ともかくその名に違わぬ如何なるお化け屋敷からも、大人になってはいない——怒濤逆巻く大海原の雫一滴たり。なるほど我々は（ムラっ気さえ起こせば）ランサーズ（十九世紀初頭英国のスクエア・ダンス）のステップを踏んでみせられようし、ポルカの仲間に加わっている噂を耳にされるやもしれぬが、サー・ロジャー・ド・カヴァリー（英国のカントリー・ダンスの一種）からであれ、楽譜帳に載っている如何なるカントリー・ダンスからであれ、これきり大人になってはいない。恐らく、固より我々を楽しますよう出来ているもので易々楽しめる天分からも、勿体ぶる気のさらになきまま折に触れては浮かれ返る素朴な愚かしさからも、これきり大人になっていないのではあるまいか。

然に幾多の点で大人になるのを止めたとは——各々の点にはまたそれ独自の連鎖があるだけに——何とありがたきことよ。わけても旧年の去り、新年の来《きた》るに際し。我々の誰一人、この感謝の念を恥ずこと勿れ。ほんの大人にならずにいられさえすれば、老いることもなく、若人は最後まで我々を愛おしむやもしれぬ。賢しらすぎず、厳めしすぎず、無垢な空想に手荒すぎず、或いは——劣らずイタダけぬことに——そいつらを扱うに軽々しすぎぬよう、ということを銘記すれば、来《きた》る歳月にあって、誰しもに幸ひがもたらされるやもしれぬ。して我々皆にもたらされる幸ひはくだんの歳月を越えた渺茫たる広がりへと及ぶやもしれぬ。これこそが、膝に幼子が信を寄せて座り、我々の歳月全ての端を発す彼《か》の方によりて鼓吹された精神とあらば。

第六十一稿　後裔を愉しますのススメ

『ハウスホールド・ワーズ』誌（一八五三年二月十二日付）

後裔、かの未だ生まれざる神さびた御仁は、時に小生にとっての大いなる思索のネタとなる。小生は御仁を様々な観点から惟み、幾多の妙な気紛れにて、がわけても目下の御時世を眺めようそれにて、思い描く。して就中、我々は果たして御老体の娯楽と気散じに然るべく与しているか否か問うのが好きだ。一件が抜き差しならぬのは、「よく学びよく遊べ」の俚諺は後裔にも当てはまろうからだ。

して、いやはや、何とどっさり御老体の「学ば」ねばなるまいことか！　ほんの、讃嘆の目を瞠る数知れぬ遺産受取り人によりて幾世代もにわたって然に惜しみなく遺贈されて来たくだんの書籍を一冊残らず読み、くだんの絵画や彫像を一点残らず打ち眺め、くだんの音楽に一曲残らず耳を傾けようと思えば、およそ一筋縄では行くまい。わざわざ御老体が独り読むために書かれた詩ですら他の如何なる脳ミソをもこんぐらからすに十分なのではあるまいか。謁見の儀の如何ほど途轍もなき時間を要そうことか、惟みるだに気が遠くなりそうだ。何せさなくば如何にくだんの、何としても御老体の下《もと》へ達さんものと意から眦から決した星の数ほどの紳士淑女を迎えられようか！　それから、永久運動から長射程に至るまで、試験し、証明し、採択せねばなるまいその数あまたに上る巧妙な発明品に、人生の絶頂の幾年かは必ずや費えよう。たとい上訴人の申し立てはいずれの場合にても水晶さながら透き通っていようと、控訴に耳を傾ける上で、御老体はよしんば各大法官が大法官席《ウール・サック》に銘々二十年間座ったとて、二十名からの大法官に劣らぬ長きにわたり辛抱強く座っていなければなるまい。己《おの》が仕業に対す如何なる高い評価であれ浅ましくも目の当たりにした、様々な芸術や科学におけるくだんのペテン師共を単に拒み、人類がグルになって見捨てたくだんの傑人を胸に掻き抱くだけでもかなりの時間を要そう。後裔がこと労働に関せば、未来の功行の英雄《ヘラクレス》の遙か上を行くよう運命づけられているのは火を見るより明らかだ。

　故に、たとい当該勤勉家の娯楽に気を配ろうと、単に慎ましやかに心を砕いていることにしかなるまい。もしや否応なく然に働き過ぎねばならぬとすれば、我々としては少なくとも御老体を愉しませます何か手を打とうではないか――くだんの詩と散文の書籍や、くだんの絵画と彫像や、くだんの音楽をすら凌ぐ何か手を。というのも御逸品を御老体は無類に堪能しようが、恐らくその鑑賞は心が浮き立つような、というよりむしろ（敢えて想像を逞しゅうすらば）心悲しい手合いのそれたろうから。

　といった辺りが、小生がこと後裔がらみで当今思いを馳すにつけ脳裏を過る感懐である。誠に遺憾ながら、我々は御老体を微笑ますべく十分手を尽くしていないのではあるまいか。御老体にもう少々擽《こそばゆ》い思いをさせても好いのではなかろうか。という訳で以下、後裔に面白おかしいと思われるやもしれぬ手合いの悪巫山戯に纏わる――いささか、我ながら認めざるを得ぬことに、奇抜で牽強附会めいてはいるものの、主旨には適うやもしれぬ――奇妙な発想を一、二紹介させて頂こう。

　仮に目下の御時世に二人の偉大な指揮官がいたとして――片や陸軍の、片や海軍の。して一方は（と言おうか御尊体の内未だこの世なるものは、というのも将軍はいつぞや片腕と片目か何ぞを失ったはずだから）戦で死にかけ、他方は耄碌するまで生き存えている――もしや二人の内一方のお粗末な彫像で我々の町から町の息を詰まらせ、他方の記憶をそっくりお払い箱にし、見捨てたならば、後裔にとっては傑作なジョークやもしれぬ。当該奇想になお焼きを入れてみるとしよう。仮にくだんの架空の偉人御両人をセントポール大聖堂に仲良く並べて埋葬し、それから我らが公の新聞の広告欄に各人につき一件の、記念祭二件に纏わるお触れ二条《ふたくだり》を仲良く並べて掲載したらば、して仮にくだんのジョークの図になお乗るに、一方の記念祭をべらぼう豪勢に、他方の記念祭を目も当てられぬほど貧相にし――一方への寄附の一覧には国の高位貴顕の四分の三の名を列ねさせ、他方への寄附にはほんの兵卒連の素寒貧の勘定をつけさせ――一方はお易い御用でとびきりの遺贈へと跳ね上がらせ、他方は今は亡き提督の娘御にとっての貧民支給よろしく*ヨロヨロ、ヨロめき這い蹲わせ――仮にくだんのジョークにほんのオセロの言う通り

「――かっきり、この程度まで（『オセロ』I、3）」

羽目を外させられるものなら、後裔殿はさぞや愉快がって下さろうが。

高位貴顕を口にした成り行き上、お次の奇想を呈示させて頂きたい。かくてイングランドにて公的栄誉と肩書きを授与する目下のやり口には変化が来すやもしれぬが、後裔に与す私心なき鷹揚の幾多の事例が眼前にあるのに意を強くし、物は試しに開陳するとしよう。

恐らく、必ずや後裔の豊かな遺産となろう（目下の行き暮れし御時世にはその大半が全く知られていない）かのめっぽう夥しき蔵書の中には英国史も含まれていよう。くだんの記録から、後裔は幾多の高貴な一族や高貴な肩書の記源を学ぼう。さて、小生の念頭にあるおひゃらかしとはこれだ。もしや事態を一変さすに、くだんの特権階級を必ずや注意おさおさ怠りなく保護し、ほんの一握りの将軍や、一握りの資本家や、一握りの弁護士しか攀じ登ることを許されぬ――後者は、因みに、我らが愛嬌好しの馴染み、後裔殿が首席裁判官と通常判事が共に紛うことなき自由と、徳義と、独立の男たり始めた時分を振り返れば気づこう如く、この二、三世代の内まではさしてあっぱれ至極な物腰にてではなく――バックラムの防柵とグリーンクロスの食卓*でグルリを取り囲めるものなら、もしやかようの特権階級が数百年前の物腰で四六時中監視され、警戒され、制限され、柵で締め出され、断じて当今の様変わりした状況に順応させられねば、もしやくだんの階級が政府の全機構や、全ての官庁、全ての海軍工廠、全ての船舶、全ての外交関係、わけても全ての植民地の卓越した状況に揚々と示されている如く、天地創造以来、高貴な統

治と治世と組閣に対す生来の優れた直観を授けられていたとして慣例上、祭り上げ、擁護されるものなら――一件には後裔殿の口許を思わず綻ばさずばおかぬ自明のおかしみがあろうに。目下の英国の慣例は、周知の如く、似ても似つかぬとあって、当該愉快な形勢を後世に伝えるには幾多の手を加えねばなるまい。例えば、目下の所は上院にて、組閣に際し（いつの日か）女王陛下に忠言するよう必ずや要請を受けるはずの高貴にして科学的公爵によりて然にあっぱれ至極に成り代わられている偉大なるジェンナー（種痘法発明者（一七四九―一八二三））或いは種痘公爵位並びに基金は削減せねばなるまい。ワット（蒸気機関完成者（一七三六―一八一九））或いは蒸気機関爵位も徐々に廃止する要があろう。して鉄道伯爵位や、管状鉄橋准男爵位や、ファラデイ（物理学者・化学者・電磁誘導の法則等発見者（一七九一―一八六七））メリット爵位や、電報ガーター爵位や、目下は文学的根拠にのみ基き著名な作家によって有されている肩書きや、画家によって有されている同様の肩書きもまた然り――なるほど、王立美術院会員二、三名を位階の上で市参事会員一名と同等にすればおひゃらかしには一層乙な辛味が利こうが。とは言え、いつぞや事実やってのけられた、爵位に叙せられた階級を、祖国をより幸せに、より善く、各国の間でより誉れ高くすることで社会的殊勲を立てる様々な階層の人々から完全に切り離すという大いなる悪巫山戯は定めて後裔殿を愉快がらすに一役買ったものと、小生には思われる如く――して今や小生の慎ましやかに具申する如く――高を括って好かろう。

また別の奇想がふと脳裏を過る。我らが神さびた馴染みは御当人のかの英国史において、君主の懐の寂しかりし比較的野蛮な時分、王室は金のためなら何でもしたとの――殺人であれ他の何であれ、犯したとの――して一部この、金に対す破れかぶれの餓《かつ》えから、一部、封建制富裕階層に与す偏頗な掟から、罰金刑と呼ばれる極めて馬鹿げた今は昔の懲罰が生まれたとの――史実を知ろう。さて、小生には、必ずや後裔を如何に愉しますかが気がかりなだけに、仮に法律は全ての犯罪人に対し平等でなければならぬと申し立てる片や、ほんのこの今は昔の罰金刑を――無論、金持ちにとってはイタくもカユくも何ともない――例えば言語道断の暴行のようなめっぽうイタダけぬ手合いの事例において温存しさえすれば、後裔殿にニッカリ歯を剥かさせられること請け合い。ああ、さらばこういう事態にすらなるやもしれぬ。とある「大佐」が全くもって不埒千万な謂れにて若い娘を鞭打った廉で警察署へしょっぴかれ、犯罪が立証されるに及び、「大佐」は掟の公平の大いなる鑑とし（ただし、他に選択の余地がないだけに、治安判事における何ら落ち度によってではなく）十五シリングの罰金を科せられ、さらばポケットからパンパンに膨れ上がった財布を取り出し、もしもほんのそれしきならポンドにしてみせようかと嘯くやもしれぬ。して是ぞ後裔殿にとりては何たる軽口たらん！　一八五三年、地上初の都市にて昼の日中にやってのけられたとすらば！

或いは、この同じ暴行罪に関す掟を首都から歩いて二時間と離れていないとある救貧院看護婦にジワリジワリ、幼子に火傷を負わせ、というに二週間の禁錮をさておけばありとあらゆる刑罰から無罪放免にて法の御前よりスタスタ立ち去らす*ほどにおどけた状態にするのも好いやもしれぬ！　して当該ジョークを煎じ詰めるに、寄る辺無い幼子には安らかに死んで朽ちるがままにさせ、残酷無比な看護婦をそこで初めて審理にかけては如何なりや——女の恐るべき罪はそれ故もたらされた苦悶とそれが露にする凄まじき残虐によってではなく、法的にはくだんの唯一の結果、と言おうかその欠如によってしか測られぬとすらば。してその間終始（おひゃらかしになお輪をかけるに）、王国中至る所に正しく崩れ落ちた際の「バベルの塔（『創世記』一一：一-九）」の高さに能う限り近いありとあらゆる手合いの物見櫓を建て、そこなる展望台に昼夜を舍かず、東西南北、遙か彼方まで何か悶着のタネは播かれていぬかと目を光らすべくありとあらゆる手合いと身の上の男や女を載っからせては。かくてくだんの心優しき看護婦は、ジンに慰められたなり、子守りの任へと御帰館遊ばし（親愛なる寮母の来歴を想像してみるが好い、汝《な》ら全ての母親よ！）、かくて後裔は苦々しいにせよ、思わず腹を抱えるのではあるまいか！

実の所、この最後のジョークはめっぽう質《たち》が悪いだけに、後裔殿はさっぱり食い気を催すまいから、毒消しのそいつがお入り用やもしれぬ。という訳で以下、提案させて頂けば、もしやほんの骨相学的に敵愾心旺盛にして好戦的部位の十二分な分け前に与っている殿方が非弁論者に対して散々鬨《とき》の声を挙げつつ、「平和」がらみで喧しく論じ立てる協会を結成しさえすれば、もしやほんの連中が「戦争」の幾多の言語に絶す悲惨や恐怖を雄弁に要約し、御逸品を祖国に対し、其が「戦争」への防備を解き、くだんの悲惨や恐怖を仕掛けて来るやもしれぬ仰《のっ》けの暴君の贄となる最後的謂れとして突きつける気になりさえすれば——ああ、さらば蓋し、我々は我らが『後裔のための決定版笑話全集』に収め得る正しく一等のジョークに行き着いたものと、してやおら腕を拱き、くだんの慧眼の長老殿の気散じのために打てるだけの手は打ったものと得心して差し支えなかろう。

第六十二稿　家無き女のための「憩いの家*」

『ハウスホールド・ワーズ』誌（一八五三年四月二十三日付）

五年半前に数名の御婦人が、性を同じくする幾多の者が身を持ち崩して通りをさ迷ったり、終生牢獄から牢獄へと送り回されたり、他のやり口で絶望の内にこの世を去ったりすると惟みるだに心を傷め、小規模ながら女性の矯正と移民のための「憩いの家」の設立を思い立った。して慈悲の対象となるやもしれぬ者の大半にとって祖国における希望は皆無か、皆無に等しいこと疑うべくもなかったので、「憩いの家」には次なる条件を明確に受け入れる者のみを迎えようと決めた。即ち、「憩いの家」に入るのは最終的には国外へ（目的地は御婦人方の裁量次第にて）送られるためであると。また箇々の場合の状況に応じ、見習い期間として、かつ正直な生計を立てる手立ての指導のために、必要と見なされる長さの時間だけ収容されるためであると。「憩いの家」の目的は二つある。一つ、既に人物証明を失い、悪の世界に陥っている若い娘を前途の開けた境遇に連れ戻すこと。一つ、同様の状況に身を貶める危険に晒された他の若い娘を救い、自らと犯罪が相対せば、後者から逃げ去る機会を与えること。

設立者は当該施設を運営する上で、幾人《いくたり》かの不幸な娘を自らや他者にとっての呪詛ではなく祝福たらしめ、新世界の奥処に彼《か》の地にて大いに求められている徳高き家庭を幾許か旧世界の悲哀と破滅より築き上げんとの高邁な意図をのみ心の拠としていた。彼らに如何なる絵空事めいた幻影も荒唐無稽な期待もなかった。幾多の失敗や落胆の覚悟は出来ていたし、いずれ、受け入れた症例の三分の一もしくは二分の一において成功を収めれば、企図は報われたものと考えることにしていた。

当該小ぢんまりとした施設の体験は、端緒の幾多の不利の下《もと》においてすら、有益かつ興味深いやもしれぬ。よって以下、その進展と結果の正確な報告を審らかにするとしよう。

「憩いの家」はとある庭付きの一軒家にて営まれ、目下も営まれている。屋敷は固より如何なるかようの目的のためにも設計された訳ではなく、ただ人里離れ、近所から覗き見られる心配がないという点において目的に適っているにすぎぬ。監督二名の外《ほか》に十三名の娘を収容出来る。目下寄居している十名の娘を勘定に入れなければ、一八四七年十一月以来、五十六名の寄寓者を受け入れて来た。彼女達は特定の階層には属さず、中には立派な人物証明にもかかわらず食うや食わずのお針子や、家具付きの下宿で盗みを働いた貧しいお針子や、管理の杜撰な救貧院で騒動を起こした廉で投獄された粗暴な少女や、貧民学校出の貧しい少女や、命からがら警察署に駆け込んだ極貧の少女や、春を鬻《ひさ》ぐ若い娘や、そこにて風紀紊乱《びんらん》者として、或いは万引きの廉で、或いは掏摸《すり》の廉で懲罰を受けた後《のち》牢獄から連れて来られた同じ身の上の若い娘や、貞操を蹂躙された女中や、自殺未遂のために保釈を許された二人の若い娘がいた。他より格別目にかけられる階層はなく、不幸と悲惨が十全たる紹介状である。二十五、六歳以上の女を受け入れることは稀で、五十六件の平均年齢は恐らく二十歳前後であろう。中にはたいそう眉目麗しい場合もあるが、実に無器量な場合もある。受け入れるか否か、はかようの興味のネタとは全く無関係だ。ほぼ全員が無筆に等しい。

これら五十六件の内、七名は見習い期間中に自ら希望して立ち去った。十名は「憩いの家」における不品行故に追い出された。七名は逃げ出した。三名は移住を志したが、渡航中に再び非行に走った。三十名は（内七名は今や主婦だが）、オーストラリアその他の地に到着するや、奉公先に恵まれ、立派な人物証明を手に入れ、爾来、然に模範的に身を処しているお蔭で、同方面から送り出される後輩にすこぶる好意的な先入主を築き上げるに至っている。上記の数字からも明らかな通り、不適格者は概ね「憩いの家」自体で発覚し、訓練と移住後の不行跡の件数は極めて少ない。して、当初よりほとんど期待が持てぬながら、実地の試みから締め出すのは正当でないと見なされる幾多の事例も「憩いの家」に受け入れられている点も考慮されて然るべきであろう。

「憩いの家」は監督二名によって取り仕切られている。補佐役は責任者の指示に従って行動し、後者は日々、一家の至上の指揮を執る。これら二名の御婦人のほがらかさと、素早さと、気さくさと、意志の堅さと、用心深さに――して断じて口論せぬことに――施設の見事な運営は負う所が大きい。両名の立場は篤い信頼と重責のそれにして、経験の絶えざる積み重ねのみならず、周囲の者一人一人に関す正確な観察を要求する。「憩いの家」を設立した御婦人方が寄寓者と親密な言葉を交わすことはほとんどない。これは個人に煩わされぬ方が体制がより穏当に運営されると考えてのことである。経験豊富な殿方数名より成る委員会が月に一度集まり、会計を監査したり、監督主任の報告を受けたり、何か特別な出来事は起こらなかったか調べたり、寄寓者皆と個々に面会したりする。何であれ、言い分を遠慮なく申し立てられるよう、寄寓者が一人一人入って来る際には委員以外、誰も立ち会わぬ。何者からにせよ、苦情が訴えられることは極稀である。各人の来歴は――通常「憩いの家」に入所してほどなく――本人自身の口から書き留められ、帳簿に記録される。寄寓者は自らについて述べることは内々に述べられているのであり、監督官にすら伝えられぬと説明される。してわけても自らの来歴を他の誰にも断じて審らかにせぬよう忠言され、他の者は他の者で皆、同様の忠言を受ける。して自ら進んで真実を打ち明けるよう仕向けられるに、一旦収容されれば嘘偽り以外、来歴の何一つ「憩いの家」における立場を危うくするものはない由請け合われる。

「憩いの家」での営みは次のように分けられる。夏も冬も六時に起床。朝の祈りと聖書の読み聞かせは八時十五分前。その後直ちに朝食。ディナーは一時。軽食付きの紅茶が六時。夕べの祈りは八時半。就寝は九時。仮に「憩いの家」が満員なら、十名が家事に携わり――二名が寝室、二名が共同の居間、二名が監督の部屋、（調理をする）二名が台所、二名が流し場の――三名が針仕事に精を出す。その他に麦ワラ編みも時折教えられる。洗濯日には五名が洗濯に狩り出される――内三名は針仕事から、二名は家事から特派され。家政の務めの日課全体を実地に習得するよう、少女一人一人の仕事の質と順序は毎週変わる。屋敷で食べるパンを焼く役が順繰りに回って来る。毎週月曜日の朝、各室には一週間そこを預かる、よって整理整頓を心がけ、部屋に纏わる仕事を然るべくこなす責めを負う少女の名がガラス張りの額に入れて掲げられる。かくて優れた家政へのより高い誇りと、その逆における羞恥が培われることが明らかになっている。

少女は概ねしごくありきたりの家庭的な務めを学ぶのに手一杯な所へもって、しばしば習得に生半ならず手間取るため、教科書による教育は極めて素朴な手合いのそれである。彼女らは読み書きと運算を学ぶ。課業は（土曜を除き）毎朝十時半に始まり、二時間続く。監督が教師を務める。気晴らしの時間は課業とディナーの間の三十分、ディナー後の一時間、紅茶の前の三十分、紅茶の後の一時間だ。冬時には、かようの合い間は通常ちょっとした手芸や、友人へのささやかな贈り物造り等々に充てられる。清しい夏の日和には庭で過ごされ、そこにて散歩や、小さな花壇の手入れをする。午後と夕方には皆で針仕事に勤しみ、誰かが音読する。書物は入念に選ばれるが、必ずや興味深い。

土曜は屋敷全体の格別な掃除と床磨きに、して清潔な衣類の配布に充てられ、銘々が自分の衣類を整え、仕度する。土曜には各人、入浴もする。

日曜には近くの教会へ行く――ある者は朝の礼拝、ある者は午後の礼拝、またある者は双方の礼拝へと。必ずや監督の内一人に付き添われて。制服を着ることも、同じような装いをすることもないので、戸外ではほとんど人目を惹かぬ。服装は人品卑しからざる質素な召使いのそれである。日曜の夕べには監督主任から宗教的教えを受ける。毎週一日、隔週で二日、牧師からも定期的に法を説かれる。絶えず何かに携わり、常に監視されている。

次のような制約の下《もと》、面会を許される。両親とならば月に一度、他の身内や友人とならば三か月に一度。監督主任がかようの面会の場合、必ずや立ち会い、会話を聞く。少女と馴染みが互いに話に花を咲かすことはめったになく、こうした折に感情が露にされるのも稀だ。概ね観察されている如く、面会が終わると、少女はむしろほっとしている様が見受けられる。

少女は委員会に申し込み次第、月に一度、身内や、かつての教師や、我が身を慮っているはずの人々へ手紙を書くことが出来る。ともかくこの世に連絡を取る人間がいる少女が、この機に乗ざぬことはめったにない。「憩いの家」から発送される手紙は全て監督主任が目を通し、投函する。配達された手紙も同様に監督主任が目を通すが、開封されることはない。かようの手紙は全て受け取り人の少女が封を切り、まずもって監督主任の前で目を通す。少女が中身を隠したがることは一度としてなく、皆、必ずや直ちに伝えたがる。中身を打ち明けることこそ、手紙を受け取る主たる悦びの一つのようだ。

少女は自分自身の服を作り、繕うが、保管はしない。しばらくかようの預かり物の任せられない場合も多々あれば、また、ムラっ気が起これば、ショールとボネットを所持しているばっかりに突然逃げ出したくなり、不運な少女が以降、終生悔いる結果を招くことも間々ある。こうした事例と他の、より前途洋々たるそれらとの間に一線を画せば、「憩いの家」にとってかほどに不利なそれもなかろう不快な差別立てをすることになろう。というのも庇護の対象たる少女は誰しも傷つき易く、嫉妬深いからである。これら様々な理由により、少女の衣類は衣裳納戸に錠と鍵の下《もと》保管される。少女は衣類の状態と小ざっぱりとした身繕いに軽々ならざる誇りを抱いている。収容時にかようの誇りを有さぬ者も、いずれ必ずや抱き始める。

かつては、入所する少女が自分の衣類を持っている場合、一旦それを着て入所し、衣類は少女のために保管されていた――施設内では支給される服を常に着用したが。しかしながら、昔の仲間に強い愛着を示す少女はくだんの保管された衣類にむしろすがり、逃げ出すか追い出される段には少なからず気取って着用するものと判明した。よって少女は今では必ずや「憩いの家」で用意した衣類を着て入所し、それ以外の服は持参しない。見習い期間中に立ち去るか、追い出されるやもしれぬお次の少女には特段簡素な上着とスカートがあてがわれ、かくて辱めを受けて出所する少女の姿を目の当たりにすれば、後に残された少女に好影響が及ぼされるものと考えられている。「憩いの家」が次第に経験を積むにつれ、しかしながら、放逐や出所の事例は稀になり、くだんの試みを行なう機は今の所、出来していない。

「憩いの家」が開設されてほどなく、マコノキ船長のマーク制度（第四十三稿注（二九〇）参照）の得点制の変形を採用することが決定され、少女はその項目の内いずれの下《もと》に得点を失おうと、必然的にほとんど全ての他の項目の下《もと》においても得点を失わざるを得ぬような得点表が考案された。得点表は次なる九項目に分かれる。廉直、勤勉、平静、言動の礼節、自制、秩序、時間厳守、倹約、清潔。「自制」という語は当今の俗語的語義ではなく、スペンサー（英国詩人・学者（一五五二？―一九九））の英語から、ジョンソン博士によって定義される（サムエル・ジョンソン『英語辞典』（一七五五））広範な意味において使われている。即ち「穏健、忍耐、平静、沈着、情緒の安定」毎日、各人に関し、各項目毎にそれぞれ記録が付けられる。仮に行動に問題がなければ、各欄に三点が記される――ただし廉直と自制の欄は例外で、特別な状況の下《もと》をさておき、二点しか記されない。というのも「憩いの家」で送っている生活の状況の下《もと》では、くだんの二項で過ちを犯す誘惑は乏しいと思われるからである。他の項目のいずれの下《もと》であれ、少女が格別評価に値する場合には、最高得点――四点――が記される。逆に功労に欠ければ、一点しか記されないか、全く記されない。如何なる項目の下《もと》であれ日中の行状が格別疎ましい場合、褒美の四十点を帳消しにする（一目で他と見分けがつくよう赤インクで記される）罰点を頂戴する。プラス点の価値は千点につき六シリング六ペンス。各人の稼ぎは上陸に際して、最初の生計のささやかな基金を成すよう、移民するまで取って置かれる。少女は例外なく、自らの得点を大いに尊重しているようだ。罰点は極めて稀で、食らった者は少なからず悲嘆に暮れ、周囲の者も少なからず取り乱す。「憩いの家」からの放逐、又は早期出所の場合、それまで獲得した点は全て没収される。仮に自らの過失ではなく病気になった際、少女は床に臥している間《かん》、日頃の平均点に応じて加点される。が、もしや（不注意と屋敷の規則の違反により、火の手に巻かれた最近の事例におけるように）少女が自らの所業によって床に臥した場合、再び得点を稼ぐ状態に戻るまで加点はない。年間の通常の収益はより約しき手合いの召使いの平均的給料にほぼ等しい。

少女は通常、監督主任によって馬車で「憩いの家」へ連れて来られる。どこから来ようと、概して道々泣きじゃくり、しょんぼり口ごもったきりだ。見習いの平均期間は約一年だが、呑み込みの悪い場合は一年以上かかる。移民の時期が来ると、やはり監督主任が乗船に付き添う。少女は普通目的地の誰か有力者への推薦状を携え、三、四人一緒に海を渡る。時に、人品卑しからざる移民一家の庇護に委ねられることもあれば、また時に、船上の子連れの個々の御婦人の看護婦、或いは召使いとして、仕えることもある。こうした役所において、少女は周囲の人々に少なからず喜んでもらっているとのことである。監督との別れに際しての悲しみはいつも大きく、泣きの涙の場合も稀ではない。「憩いの家」とも後ろ髪を引かれる思いで別れる証拠、恰も木という木や、低木の垣という垣にすがりつこうともでいうかのように、概ねまずもって庭をグルグル、グルグル歩き回る。にもかかわらず、少女同士の間に愛着が芽生えることはめったにない。とは言え、後《のち》に遙か僻陬の地で出会した場合は強い情愛が育まれる。この手の思いがけない再会が小さな会衆の様々な信徒が遠隔の地より足を運ぶ孤独な教会にて日曜日に出来した折など、実に感動的な場面が繰り広げられて来たものだ。今や嫁いでいる少女の中にはかくて出会ったかつての仲間を花嫁付添い人に選び、手紙の中で無上の悦びを実に感銘深く書き綴って来た者もある。

「憩いの家」でやりこなされる針仕事のかなりの割合は、わけても少女の内多くはその手の仕事をほとんど、或いは全く、知らず、一から学ばねばならぬとあって、「憩いの家」それ自体が本質的に小ざっぱりとするためにも、移民のための装備を整えるためにも、肝要だ。が腕が上がるにつれ、簡単な仕事が引き受けられ、収益が装備の経費を賄うべく基金として充当される。装備は常にこの上もなく簡素な手合いである。「憩いの家」では何一つ無駄にすることも捨てることも許されぬ。骨や食べ物の残りから、少女は貧者や病人のためのスープを作る術《すべ》を学ぶ。これは家政の知識を深めると同時に、困った人々への思いやりを育むに与す。

未だ言及されていないが、「憩いの家」の運営において得られた経験の中には興味深く、恐らくは牢獄や他の施設において検討に値しようものもある。来歴を――わけてもより狡猾な事例の――書き取る上で、顔色一つ変えぬまま相手の話に耳を傾け、こちらからは何ら誘導尋問をかけたり自説を開陳したりせぬほど真実を引き出し易い手立てはないことが明らかとなっている。果たして如何なる口調が自らを興味の対象としようかちらとでも語り手に悟らせてみよ、さらば彼女は直ちにくだんの口調を用いよう。語り手に一切手がかりを与えるな、さらば彼女は真実へと追い詰められ、十中八九そいつを打ち明けよう。同様の謂れから、必ずやお定まりの信仰告白や信心深い決まり文句に歯止めをかけ、感傷の見せかけを慎ませ、自らの生活を実践的かつ活動的にするのが望ましいと判明している。「不言実行」が施設の座右銘である。少女は周囲の至る所、同じ、心優しき洞察的な意志強固と、同じ、如何なるお気に入りの興味の主題も対象も有さぬ決意を見て取る。貧民学校出の少女は概ね、重労働で糊口を凌ぐのに失敗した赤貧の少女や娼婦ほど感受性が強くない――のは恐らく、然まで苦労をしていないからであろう。収容当初は近づくだに悍しき、貧民学校境遇の如何ほど貧しい少女とて必ずや後ほど友達は「お金持ち」の風を装う。この心理学的特異現象は解明されていない。少女の大半は当初、意気消沈している。祝祭時になると、より如何わしい手合いは心の平静や落ち着きを失う。通常、六、八か月後にも精神的に不安定な時期があるらしい。如何なる些細な揉め事においても、全体的な感情は必ずや施設に与し、断じて違反者に与することはない。少女は不行跡で放逐される際、概ね悲嘆に暮れ、惨めに立ち去る。時には、残りの者が涙ながらに執り成そうが、この点であれ全ての点であれ、一旦決定が下されたならば飽くまで意志を貫くことが大多数に健全な影響を及ぼすだけに、最も人道的な方策だと見なされている。この謂れ故に、単なる放逐の脅しの手は断じて訴えられぬ。運営上の二点が極めて肝要だ。一つ、過去には極力触れぬこと。一つ、少女を決して子供扱いしないこと。寄寓者に経営陣の上《うわ》手《て》に出られようなどと思わせてはならぬ。相応の場合には穏当な称賛が極めて健やかな感化をもたらす。得点表によると欠けているのが明らかな何らかの点（概ね短気）への自制を働かすようとの、少女への真剣かつ切迫した要請には以下の如き励ましを添えれば間々素晴らしい功を奏すということも判明している。「あなた自分がここへ来てからどんなに変わったか分かっているわね。私達があなたに大きな期待を寄せ始めているって分かっているわね。後生だから、よく考えてみて頂だいな。どうかあなた自身や周りのみんなを悲しますことでこの人生の大きなチャンスを無駄にしてしまわないように――今のままでは出て行ってもらわなければならないもの。何とか乗り越えて頂だいな。さあ、一か月頑張ってみて。そして一か月後、どこにも落ち度が見つからなくなっていますように」かように諌められると、多くの者は懸命にして首尾好く、努力する。全ての事例において、簡にして要を得るのが最善だ。施設に来てまだ間もない内、少女は不注意から物を壊したり台無しにしたりすることがある。忍耐と、秩序正しさや几帳面への細心の注意がほとんどの場合、こうした落胆の要素を克服しよう。他の何ものでもなく。少女はしばしば、わけても生活が必然的に単調で窮屈にならざるを得ぬ悪天候の場合、互い同士の間で諍いを起こしがちだが、総じて、相異なる育ちを斟酌すらば、インド航海途上の特等船室の並みの乗客より悶着を起こさぬのではあるまいか。

「憩いの家」寄寓者の中には他の誰からというより自分自身から救われ、守られねばならない者もいるので、如何ほど幾多の予防措置が講じられようと講じられ過ぎることはない。くだんの予防措置は無理強いはされぬが、厳重に守られる。鍵は決して手の届く所には置かれぬ。庭門は必ず施錠されているが、少女は代わる代わる、監督補佐に見張られつつ、門番の役を務める。皆、この任務を誇りにしている。如何なる寄寓者とて通常の持ち場からものの十分、姿が見えねば、探し回られよう。如何なる怪しい状況とて速やかに、して静かに探りが入れられよう。誰一人自分のベッドは整えぬので、誰一人手紙であれ他の何であれ、内密に隠し果す見込みはない。個々のベッドをあてがわれるが、一室に数台設えられている。各室に入る者は常にそれぞれの性格と中和作用との関係で振り分けられる。所を出たいと訴える少女も性急には許されず、翌日まで考えるよう、独りきり一室に閉じ込められる。それでもなお出たがるようなら、正式に放逐される。如何ほど興奮していようと、少女がこの拘束に屈するのを拒んだことは未だかつて一度もない。

最終的には成功しない事例の幾多においてすら、「憩いの家」の最も特筆すべき効果として、少女の容姿にもたらされる生半ならぬ変化が挙げられる。見るからに小ざっぱりとして健やかそうな様子はさておくとしても（くだんの様変わりは彼らの待遇の身体的結果と見なされようから）、面立ちの表情と姿形全体の佇いからは当人が如何ほど著しく洗練され、心濃やかに成長していることか、驚くばかりの痕跡が認められる。一人ならざる貧民学校教師が以前、しかも長らく、知っていた若い娘に関し、上記の所見を述べている。実に聡明で慧眼のとある警察判事が、法廷より連れ去られた少女を移民前に訪うたが、娘の中に記憶に残る少女の面影を全く認めることが出来なかった。最悪の事例の大多数においてすら、当人が一年後、十数名の少女に紛れてみれば、かつての仲間に容易に見分けられるか否かは甚だ疑わしいという。「憩いの家」の道徳的感化も、依然、失敗例をすら含め、劣らず歴然と例証されている。施設は椅子一脚、床几一つ、傷つけられたためしがない。十三名の少女と来る日も来る日も閉じ込められている一名の御婦人とその補佐役に何らかの力添えをするよう求められたためしもない。口汚い言葉は然に稀なため、悪態を吐けば椿事である。委員会はついぞ、いささかの申し入れを耳にしたためしも、従順以外の何一つ目にしたためしもない。なるほど間々、猛々しく動揺し、明らかに（当座）委員会に対して激昂している女を譴責の上、放逐することを責務としては来たものの。脱走者の内四名は施設から衣類を盗んでいた。その他の者には、留まらぬ恥辱をさておけば、放逐を願い出るよりむしろ逃げ出す方を選ぶ理由はさらになかった。

成功例として興味深そうなものを一、二紹介するとしよう。

二十七番の事例は歳の頃およそ十八の少女だが、自分の年齢については推定的な知識しか、誕生日については全く、知識を持ち併さなかった。両親とは幼い時分に死に別れ、例の、大衆の偏見の愛嬌好しの犠牲者、トゥーティングの故ドゥルーエ氏（第三十三稿参照）の施設で手塩にかけられていた。生来魯鈍のようにはなかったが、蔑ろにされていたせいで知性が然に鈍っているものだから、「憩いの家」に入って何か月も経って漸うクリスマスはイエス・キリストの誕生日ということでそう呼ばれるのだとそっくり呑み込めた。が、このささやかな知識を習得すると、たいそう誇らしげだった。元はと言えば、外《ほか》の三人の少女と小さな造花屋の所へ奉行に出された。四人共虐待され、四人共時期は異なるが、逃げ出したようだ。この少女を最後に。少女は玄関先に売り種の「櫛その他」を持って来た老いぼれの呼び売り商人《あきんど》と一緒に姿を晦ました。して、奥さんの、少女に言わせば「古着」を持ち去っていた。かくて爺さんと一緒に捕まり、一緒に審理され、爺さんは無罪放免と相成ったが、少女は有罪の判決を下された。刑は六か月間の禁錮で、刑期が切れると、「憩いの家」に受け入れられた。恐ろしく無学だったが、知識欲が格別旺盛で、なまくらな知能に我ながら遅々とながら辛抱強く抗った。言葉の音も、意味も全く分からぬまま目だけで文字を写す格別な能力を発揮した。文字を綴ることと、造花を作ることとの間には何らかの似通いがあるらしかった。一年ほど「憩いの家」に留まり、人物証明は折紙付きだった。移民の渡航中、同船している御婦人方のために造花を作り、金を稼ぎ、たいそう気に入られた。上陸すると同時に裕福な奉公先に恵まれ、今では皆に敬愛され、幸せに暮らしている。この世に馴染み一人いなかったにもかかわらず。この地の表《おもて》にあってついぞ人として当然の情愛を味わったためしも、当然の絆を結んだためしもなかったにもかかわらず。

十三番の事例は食うや食わずの十八歳の少女で、父親は生まれて間もなく亡くなり、簡単な針仕事をこなすことで自分と病弱な母親の惨めな生計を細々と立てていた。とうとう母親が救貧院で亡くなり、針仕事も「少しずつ減って」行き、かくて九か月間、赤貧洗うが如き窮乏に耐えた。とある晩のこと、食べ物一欠片、夜露を凌ぐ庇一枚、なくなり、いつぞや自分と母親と同じ屋敷に暮らしていた女の間借り先へ行き、階段に寝かせてくれと頼んだ。が断られたため、ショールを盗み、一ペニーで売った。二週間後、依然として腹を空かせ、路頭に迷っていたため、同じ女の間借り先へ引き返し、同じ願いを申し入れた。またもや断られ、少女は女の聖書を盗み、二ペンスで売った。窃盗はすぐ様発覚し、救貧院の浮浪者収容室で寝ている所を逮捕された。以上の事実は審理の際に紛うことなく証明された。三か月間の禁錮刑を申し渡され、それから「憩いの家」に収容された。少女はついぞ身を持ち崩してはいなかった。「憩いの家」に一年と少し留まり、終始人物証明は折紙付きだった。して海を渡り、立派な奉公先で常に嗜み深く身を処し、今では嫁いでいる。

四十一番の事例は齢《よはい》十九の、物静かで嗜み深い物腰の愛らしい少女だった。二、三年前まで母親とともある湯治場で暮らしていたが、母親が再婚し、たいそう荒れた家庭で邪魔者扱いされるようになった。やがて婦人服仕立て屋の奉公に上がったが、仕立て屋は娘がある晩、他の若者数名とサーカスに行き、門限を破ったからというので締め出しを食わせた、と言おうか通りから中へ入れてやろうとしなかった。当該弁明の余地なき行状の当然の結果が招かれた。少女は読者諸兄の想像に訴えることすら憚られるほど嘆かわしい病気と悲惨の状態に陥るに及び、幸運にもすがった牧師の紹介で「憩いの家」へやって来た。「憩いの家」には（病院での治療の合間も含め）一年半以上いたが、それから海を渡った。今では人物証明に一点の非の打ち所もなく、幸せで感謝に満ちた、勤勉な生活を送っている。

五十番の事例は実に粗野で、不器用で、無知な少女だった。歳の頃およそ十九だったが、やはり誕生日に全く覚えがなかった。貧民学校から連れて来られた。母親は娘がまだ幼い内に死に、父親は再婚し、娘を戸外へ追い出した。義母は継子に優しかったにもかかわらず。娘はいつぞや「どこにもごやっかいになるとこが思いうかばなかったもんで」市長公邸近くの窓を一枚ならず割り、その廉で拘禁されたことがあった。それ以外はグレたことは一度もなく、わけてもくだんの事実を「書きつけて」欲しいと言った。収容された時には、宜なるかな、またとないほど薄汚く、不健全な状態にあったが、髪を剃られると思うだに悲嘆に暮れた――恰も好し、剃髪すればこれまでよりもっと房々に伸びると請け合われるまで。さらばポロポロ涙をこぼしながらも、くだんの(彼女の場合には)致し方ない処置に応じた。この寄る辺無い、不幸な少女はしばらく意気阻喪していたものの、明るさを取り戻し、正直で誠実な気立てには斑がなく、「憩いの家」で一年ほど過ごした後《のち》、先達て海を渡った。雇用主への律義で懐っこい思慕をいとも容易く抱ける、徹して善良で純朴な召使いたりて。

五十八番の事例は十九歳の少女だが、針仕事ではほとんど生計を立てること能はぬせいで、飢え死にしかけていた。ついぞ道を踏み外したためしがなく、次第に健康を回復し、いつも嗜み深く身を処し、晴れて命拾いの果報に恵まれ、海を渡った。

五十一番の事例は、本人が言うには、十六、七歳の小さな着たきりスズメの少女だったが、ずい分幼く見えた。前夜、救済を断られた腹いせに救貧院の門前で騒動を起こした廉で、筋金入りの流れ乞食たる、二人の遙かに年長の女共々警察裁判所で審理にかけられた。この六、七年ほどは歴たる宿無しとして世を渡っていたが、身内一人いなければ、とある婆さんを措いて馴染み一人いなかった。婆さんの正しく名すら定かでないようではあったが。足場組み職人の父親とは十か十一歳の時にロンドン橋で「はぐれて」いた。父親が娘を意図的に捨てたことにほとんど疑いの余地はなかろうが、これきり勘繰ってはいなかった。ずい分前から、ホップの季節にはホップ摘みで金を稼ぎ、季節を問わず国中を流離い、靴を履く習いにない上、めったにベッドで寝たこともなかった。かなり立ち入った質問にも何ら隠し立てすることなく答え、己に善かれと取り繕う所もなかった。無一文同然の見てくれは来歴とぴったり符合した。この少女は「憩いの家」に収容された。一年と経たぬ内に、オーストラリア行きの船の船上には――周りの者を涙ぐまさずばおかぬ訣れの悲嘆に暮れ――監督主任の首にすがりつく、愛らしい、小ざっぱりとした慎ましやかな働き者の小さな少女の姿があった――片時たり苦情の訴えられたためしのなく、眼前に呈さる一から十までを倦まず弛まず学んだ少女の。

五十四番の事例である、齢《よはい》二十二の眉目麗しい娘が初めて人目に晒されたのは自殺未遂の廉で再拘留中の折のことだった。母親は娘が二歳にならぬ内に亡くなり、父親は再婚していた。が娘は父親のことも義母のことも懐っこく、恭しそうに口にした。とある初老の御婦人の旅の付き添いのメイドを務めていたが、奥様がロシアに行くのを期に、父親の下《もと》に戻っていた。とある晩のこと、海の向こうで知り合った「長官」とやらと一緒に夜更けまで外出し、帰宅するのが恐ろしかった、と言おうか恥ずかしかったため、そのまま身を持ち崩した。いよよ身を貶め、いよよ貧しくなり、とうとう鉄道駅の改札係と知り合いになった。が男は女が疎ましくなった。とある晩のこと、男は（しょっちゅうやっていた如く）約束をしておきながら、職務を離れることが出来ぬのに事寄せて、娘が無事帰宅するよう（娘は男にせめてかほどには辛抱の利く思いやりを植えつけていたと思しく）辻馬車に乗せた。が娘は窓を引き上げるや、一時間ほど前に薬屋で買い求めていた、二シリング相当の扁桃精油を呷った。御者がたまたま振り向いてみれば、娘は依然、瓶を唇にあてがっていた。よって直ちに一部始終を呑み込むと、機転を利かせ、真っ直ぐ病院へ連れて行った。娘は一か月ほど入院し、漸う快復した。が獄中にては果たして「憩いの家」に収容して安全か否か、慎重な考慮を要すかの意気消沈の状態にあった。というのもそこにて飽くまで自殺を図ろうとすれば、阻止することはほぼ不可能だろうから。娘と、しかしながら、話し合った末、「憩いの家」へ収容しようということになった。娘は未だかつて迎え入れられたためしのないほど感心な寄寓者の一人と判明し、七か月後、海を渡った。娘が夜更けまで外出した晩以来顔を合わせていない父親は「憩いの家」に面会に訪れ、くだんの詳細が真実であることを認めた。果たしてかようの施設で施される処置以外のそれがこの少女を更生させ得ていたか否かは疑わしい。

十四番の事例はすこぶる器量好しの二十の娘で、母親が酒癖の悪い男と再婚し、男は連れ子を虐待した。娘は許婿がいたが、裏切られ、身の置き所をなくして家を飛び出し、三年間寄りつかなかった。その間《かん》、とは言え、二度ほど戻ってはいた――一度目は半年、二度目は数日。娘はまたロンドンの病院に入院していたこともあり、売春婦感化院《マグダリーニ》に入っていたこともある。後者から、義父は、さすが斑気な酔いどれならでは、母親の葬儀に参列すべく出て来るよう仕向け――挙句、以前同様、虐待しにかかった。娘は然る折、風紀紊乱者として留置され、牢獄から「憩いの家」へ収容された。健康は損なわれ、経歴もロンドンの猥りがわしい地区における猥りがわしい手合いのそれであった。が依然として人の気を逸らさぬ、華奢な眉目形の少女だった。「憩いの家」で十三か月間過ごし、見る間に洗練されて行った。ついぞ苦情を耳にされたためしがなく、立居振舞いは並べて実に物静かで控え目だった。海を渡り、今では心優しく、働き者の、幸せな妻になっている。

以下、嫁いだ若い娘の一人の手紙からの条《くだり》を紹介させて頂きたい。本稿に然まで付き付きしい締め括りもまたなかろうからには。

ありがたき寮母様方

前回「憩いの家」へ手紙を出して以来どのように過ごしているかお伝え致したく、またお便りを差し上げますというのも今なお記憶に瑞々しいその名を決して忘れることができないからです、ありがたき寮母様方お二人のたいそうお優しい手紙を五月二十一日火曜日に受け取りました奥様はお優しくもわざわざ手紙を持って来て下さり御自身もお二人から手紙を受け取ったと、自分からも「憩いの家」へ一筆認めわたくしたちが恙無く暮らしている由お伝えしようとおっしゃいました。ありがたき寮母様方お二人のこよなくお優しい手紙を受け取りどれほど胸の詰まる思いだったか言葉にはとうてい尽くせません、初めに手紙を読みましたがそれから泣いてしまいましたでもわたくしたちにお手紙を下さるとは何とお優しいことかと思い、嬉し涙がこぼれて来ただけですありがたき寮母様方ジェーンに会いお手紙を見せるとあの子も「憩いの家」へ手紙を出すそうです、ジェーンはわたくしの住んでいる所から三十六マイルほどの所に住んでいてあの子とだんな様はとても幸せに暮らしていますジェーンは今週わたくしたちの町へやって来ましたわたくしたちがあの子に会うのは二人が結婚して一週間経ってから初めてのことです。夫はわたくしにとても優しく、わたくしたちはとても幸せに何一つ不自由なく暮らしていますわたくしたちには小さな庭がありそこに何でも欲しいものを植えますマメとカブの種をまきわたくしも少し手伝いましたそれは見事なブタを三匹飼っていますが先週一匹ツブしましたその子はあんまり肥っているものですから目から外がのぞけないほどでしたいつもエサを食べるのに座っていましたわたくしとても可愛い猫を飼っています――こうして手紙を書いている今も肩からのぞき込んでいますが。夫がある日出かけていると、この子が鳴いているのが聞こえましたあんまりやせているものですから連れて帰りました。わたくしの二羽の小鳥はいなくなってしまいました――一羽は死んでもう一羽はどこかへ飛んで行ってしまって今はですから一羽もいません、さあさ下りてちょうだいなネコちゃんお願いだから。夫は家のはたに差し掛け小屋を建てています自分であれこれ作業ができるようにある晩仕事から帰って来るとわたくしに言いますもしも神様の思し召しで長生きできたら九年に一度「憩いの家」へ帰っていいよと、でもただわたくしをからかっているだけのような気がします。ありがたい寮母様方幸せな「憩いの家」で御親切にして頂きまた優しくわがままを許して頂きほんとうにありがとうございましたいくらお礼を申し上げてもまだまだ足りません、もう一度「憩いの家」に戻り、あの幸せな家と親切なお友達みんなに会えたらどんなにいいかしれやしないとよく思いますいつの日か神様の思し召しあって願いが叶いますよう。

これ以上注釈なり議論なり加え、それでなくとも尽きかけている本稿の紙幅を膨れ上がらすまでもなかろう。読者諸兄には御自身で判断願いたい、果たしてその慈悲の然に嗜み深く然に公平な御婦人方によりて創設された「憩いの家」の時宜に適った仲介がなければ、上記の事例の内某かはほどなく如何様になっていたろうことか。

第六十三稿　お化け屋敷

『ハウスホールド・ワーズ』誌（一八五三年七月二十三日付）

世にはお化け屋敷に纏わる詳細な、微に入り細にわたった幾多の報告があるとは論を俟たぬ。が、かようの物語はとことん眉にツバしてかかり、念には念を入れて篩にかけられねばならぬ。物語の内何一つ鵜呑みにされてはならず、詳細という詳細は直接的かつ明白な証拠によって立証されて初めて真に受けられねばならぬ。というのも仮に当該手続きが既知の自然の法則に応じて哲学的実験を立証するに肝要だとすらば、申し立てられている真実が（其が理解されている限りにおいて）くだんの法則や、教養人の経験と相反す場合には如何ほど遙かに肝要たろうからだ。して、なお如何ほど遙かに肝要たろう——当該手合いの超自然的物語の大半がその本質上、口から口へと繰り返される内、劣らず容易く端折られるか、尾ヒレをつけられていたろう何か取るに足らぬ状況を差し引くか付け加えさえすれば自づと至極ありきたりの自然な事象に帰着せざるを得ぬとあらば！

我々は上記の前置きを一般的主題の困難さに払って然るべき公平を期し、述べている訳だが、以下、その恐怖全てにおいて簡潔に要約するつもりの格別な事例に関せば、審らかにされる状況は全て正確に我々の知る所となり、余す所なく我々によって請け合われ、津々浦々より任意に連れて来られる「雲なす証人（『ヘブル人への手紙』一二：一）」によって証を立てられ得ると断っておかねばなるまい。

問題のお化け屋敷の持ち主はブルという名の殿方（第四十八稿参照）である。ブル氏は大資産家で――やたら感傷的な若者はしばらく前なら、ではないと説きつけていたろうが、中年を遙かに越え――屈強な体質と大いなる常識に恵まれている。常識とは、蛇足ではあろうが、この世で最も常ならざる感覚ではある。

およそ嫉《そね》ましからぬ悪名を馳せているブル氏の持ち家はウエストミンスターにあり、テムズ川に臨む。ブル氏は数年前、神さびた一族の大邸宅が焼失した際、新たなメンバー数名の加入によって既に膨れ上がっていた一家を受け入れるべくこの建物の建築を思い立った*。この建物に関しては当初から様々な特筆すべき事実が発覚している。単に一建造物としてだけでも、この建物は金輪際完成されまいと目され、巷では塔の天辺が築かれる幾世紀も前にフクロウがくだんの塔の基《もとい》に絡みつく古びた蔦からホーホー鳴こうと八卦が見られている。仰《のっ》けに計画された時、経費の総額は相応の大きさの文字で設計図に明々白々と記されていた。くだんの数字は爾来、この上もなく瞠目的なやり口で膨れ上がり、今や途轍もなく嵩張っている様が見受けられるやもしれぬ。未だほんの梁と壁にすぎぬ折のことである、礎《いしずえ》よりとびきり味気ない類の尋常ならざる声が発せられ、果たしてクロムウェルは彫像を有すべきか否か取り留めもなく問いつつ、夜となく昼となく都中に谺したのは*。不気味な声がとうとう王立委員会によって揉み消されるや（委員の中には紅海にて職権上《エクスオフィショウ》有力なオクスフォード大学選出議員*も紛れていたが）、新たな珍現象が出来した。建物を温めるも、冷やすも、照らすも、土台叶はぬ相談。ブル家のメンバーは身を切るような突風によって座席から吹っ飛ばされたかと思えば、その刹那、過剰な吐き気催いの暑気のために気を失った。左の視覚器官がエジプトの暗黒にて闇に閉ざされている片や、右目の晒されている強力なギラつきのせいで眼炎が猛威を揮った。途法もない大きさの洞《ほら》が足許でこっぽり口を空け、臭気が芬々と立ち昇ったが、せめてもの慰めと言えば、硫黄の臭いが紛れていなかったことくらいのものであろうか。蒼白の人間の姿形が――とは言え大半は誇張された、この世ならざる釣合いの――ホールに立ち現われるや、(「下絵《カートゥーン》」なる名の下《もと》(第二十一稿参照))長らく取り憑いた。くだんの亡霊の中には最新のドイツ流儀の顎鬚を蓄えた(「芸術の亡霊」(『翻刻掌篇集』第九章)参照)古代ブリトン人の不吉な亡霊の姿も認められた。これら度重なる恐怖にも怖めず臆せず、ブル氏は当該お化け屋敷を手に入れ――それから憂はしき任務が、蓋し、始まった。

まずもってブル氏によりて耐え忍ばれた超自然的迫害は夥しき量の罵詈雑言であった。と思いきや、時ならぬ時に屋敷中をズルズルと重い鎖を引こずり回す音が聞こえ始めた――金切り声だの、叫び声だの、犬の吠え声だの、ロバの嘶きだの、雄鶏の刻《とき》だの、咳《しはぶ》きだの、悪魔めいた笑い声だの等々、身の毛もよだつような伴奏付きにて。ブル氏によらば当該阿鼻叫喚を耳にすらば如何ほど毛の生えた心臓とて怖気を奮い上げずばおくまいとのことである。が幽霊に取り憑かれた屋敷の内部より絶え間なく迸り出る奔流が如き言葉はなお輪をかけて大きな悩みの種であった(国会議員の冗長と喧嘩好きを揶揄して)。真夜中に言葉、言葉、言葉が――賛美の言葉が、悪罵の言葉が、忿怒の言葉が、掉尾の言葉が、秩序の言葉が、無秩序の言葉が――言葉、言葉、言葉が――ほとんど、或いは全く、意味のない同じ言葉が同じうんざりするような勢揃いにて幾度も幾度も――お気の毒な殿方の耳許で谺した。これら恐るべき音にはやたらしょっちゅうアイルランド訛りも紛れ、悲嘆に暮れたブル氏の癇に障ること夥しかった。

この間終始、とびきり奇妙奇天烈にして突拍子もない混乱が家具の直中にて持ち上がっていた。座席は引っくり返された上から小突き回され、テーブルの上に載せられた重要書類はいつの間にやら姿を消し、大きな物差しが持ち込まれる側《そば》からお払い箱になり、ブル家のメンバーは、ともかく党派を変えたものとピンと来た風もなきまま、党から党へと幾度となく手玉に取られ、外《ほか》のメンバーは遙か彼方から最前列のベンチ(議長席に最寄りの与野党幹部席)へと如何でか一足飛びに放り込まれ、そこにてギュッとしがみつこうとしてはみたものの、いっかなしがみつくこと能はず、影も形もなき足蹴が目にも留まらぬ早業にて食らわされ、ブル氏の公式印璽は生半ならずずっしり重たいはずが、羽子《はご》よろしくあっちこっちへポンポン放られ、上を下への大騒ぎの煽りを食った挙句、ブル氏はモロに壁に打ちつけられ、そこにていい加減長らく体をくの字にしたなりへたばっていた。これら由々しきお祭り騒ぎにかてて加えて、幾世代もの内にブル氏の元の屋敷のロビーと廊下に溜まりに溜まっていた森育ちのクモの巣やキノコが摩訶不思議にも新しい屋敷のロビーと廊下に複利で蔓延り始め、＊ばかりか屋敷はくだんの茂みに身を隠す（想定上の）「悪霊（『マルコ』一：二七）」の大群にまで集《たか》られた。かくて屋敷はおまけに、ブル氏が区別立てのために「個別的法律案」と呼ぶ所のものに取り憑かれ、御逸品のせいでブル氏の邸宅の全てのより小さな事務室や委員会室におけると同様、上述の全ての廊下とロビーにおいてものべつ幕なしぺちゃくちゃと喧しい戯《たわ》言《こと》がほざかれ、それは夥しき横領だの汚職だのが横行し、それは巨額の金が濫費されるものだから、ブル氏はお蔭で年に数十万ポンドは下らぬ、懐が寂しくなっているものと思い知らされている。

この危急存亡の秋、ブル氏の脳裏をふと、一家のメンバーを（お心得違いのなきよう、時に氏の習いたるに）気散じと少々の転地を兼ね、田舎へやっては如何なりやとの思いが過った。屋敷は一時《いっとき》空き家になれば、その間《ま》にまだしも静かになるやもしれぬ。いずれにせよ、今より状況が悪くなることだけはあるまい。故に彼らをあちこちの選挙区や州に送り出し、いささかの期待を込めて、結果を待ち受けた。ところが、今や当該お化け屋敷に纏わる、して我々の読書の範囲内にては如何なる同様の場合においても未曾有の身の毛もよだつような状況が繰り広げられたせいで、さすがのブル氏も絶望の極限にまで追い詰められた。

当座、屋敷そのものはひっそり静まり返った。が語るも憂はしきことに、ブル家のメンバーの大半は屋敷のとびきり凄まじき祟りを田舎にまで引っ連れて行き、どこへ行こうと無数の悪魔を野放しにするかのようだった。以下、分かり易いよう、バーニングシェイム＊選挙区を取り上げ、そこで何が持ち上がったか、他の幾多の場所で出来した事態の一例とし、概括的に述べるとしよう。

ブル家のとあるメンバーは御当地にてのん気に楽勝と洒落込み、馴染み方にはほんの子供だましの手管でブル氏の下《もと》へ返して頂く――それそのものは全く罪のない――腹づもりの下《もと》バーニングシェイムくんだりへと赴いた。にもかかわらず、くだんの殿方がバーニングシェイムに到着するが早いか、ホテルの部屋という部屋で、バルコニーというバルコニーで、得も言はれぬほど由々しくも破れかぶれにして狂おしく声や言葉が飛び交い始めた。そいつらはこの上もなく突拍子もない御託を並べ、この上もなくデタラメな約束に誓いを立て、一時間の内に五十もの事を広言しては撤回し、これきり羞恥心や責任感を覚えている風もなきまま、黒を白と、白を黒と、申し立てて憚らず、かくて人民の大半の髪を逆立たすに至った。この間《ま》も終始、街路のとんでもなく口汚い誹謗中傷の泥が辺り一面跳ね散り、遙か彼方の人々にまでトバッチリを食わせている様が見受けられた。などというのはまだまだ序の口。挙句の果てならどれほど好かったかしれやせぬ！　悍しき成り行きは火蓋を切ったばかり。バーニングシェイムの町が自らの嘆かわしき状況に気づいたか気づかぬか、ブル家のかのメンバーは昼夜を舍かず、御当人と一緒にやって来ていた（いつもは屋敷のロビーと廊下や他の乾涸びた場所をあちこちウロつき回っている）、して「代理人」と「政党顧問弁護士」なる名の下《もと》全くもって悪魔めいた狼藉を働く二匹の悪霊に取り憑かれているのが発覚した。当該地獄生まれの御両人の仰《のっ》けの所業は居酒屋を一軒残らず開け放ち、バーニングシェイムの住民を誘《おび》き寄すや、痴れ返るまでへべれけに酔っ払わすことであった。二人はそれから連中にチンドン屋よろしく幟や、金管楽器や、大太鼓ごと町を練り歩かせ、出会す端から外《ほか》の幟や、金管楽器や、大太鼓に襲いかからせた。してその一方で、小商人《こあきんど》を苛《いじ》めては怖気を奮い上げさせ、耳許でブンブン音を立て、目をクラクラ眩ませ、ポケットから金をクスね、チビ助の小遣い銭をチョロまかし、（内多くはお腹の大きな）女房の前にドロンと立ち現われてはギョッと胆を潰させ、一家全体の休らいを台無しにし、皆を不安と恐怖に陥らせた。だけではまだ飽き足らず、町を丸ごと誑かし、住民にはかけがえのない魂を売らせ、明《あ》後日《さって》の方を向いている間《ま》に赤熱の現ナマをつかませ、似非の証を立てさせ、親父を倅と、兄貴を弟と、馴染みを馴染み同士と刃向かわせ、バーニングシェイムを是一つの鯨飲馬食と、酩酊と、貪婪と、虚言と、偽誓と、濫費と、渇望と、悪意と、論争と、堕落の淀みたらしめた。詰まる所、もしやメンバーの滞在が延々と長引いていたなら（ということには幸い、ならなかった訳だが）、彼《か》の地は幾世代にもわたり、地上の地獄と化していたに違いない。して一から十まで、これら悪霊共は我らが町こそは穢《けが》れなき栄誉なりと、自由にして独立独歩なりと、永遠に古きイングランドなりと、外にもあれこれ恨みがましき嘲りをのべつ幕なし口走りながら、己《おの》が呪われし身の上につきものの逆しまさもてやってのけた。

　かくて事態が、バーニングシェイムのみならず、前述の如く、他の色取り取りの場所にても切羽詰まった折しも、ブル氏は――恐らくこうした惨事の噂を某か耳にしたのであろう――一家の様々なメンバーを市内の屋敷に呼び戻した。が彼らが一堂に会すや否や、かつての物音がそっくり、二層倍耳を聾さぬばかりに轟き渡り、同じ途轍もない混乱が家具の直中にて持ち上がり、クモの巣とキノコが以前にも増して辺り一面蔓延り、ロビーと廊下の有象無象の悪霊は吠え哮っては、金切り声を上げては、ずっしりとした櫃を開け閉てする音に似ていなくもない憂はしき音を数週間ぶっ通しで立て続けた。

　が、これとて最悪ではない。ブル氏は今や家族に探りを入れるに及び、くだんの悪霊「代理人」と「政党顧問弁護士」が幾多のメンバーを然に牛耳っているものだから、彼ら（とはブル家のメンバー）はくだんの悪霊に怖れを成し、悪霊の働いた狼藉に一切荷担していない風を装う間《ま》にも絶えず奴らを弁護し、肩を持ち、仲間内ではもしや当該マズい成り行きを何とか乗り越えさせれば、連中もいつかその内礼を返してくれようと言い合っているのを突き止めた。かくて真実が明るみに出るや、容易にお察し頂けようが、ブル氏は業を煮やしに煮やし、何かお化け屋敷からそら恐ろしい物の怪共を祓《はら》ふ手立てはないものかと狂おしく辺りを見回し始めた。投票箱と呼ばれる（ブル氏によりては家庭的な目的のために重宝される）器具が効験灼として推奨されたので、ブル氏は一族にくだんの利器を試しては如何なりやと持ちかけた。が、メンバーの内然に幾多の連中が「非英国的！」と喚き立て*、そこへもって廊下とロビーの悪霊全員によって然にそら恐ろしい調子にして、然に耳障りな歯軋り諸共谺を返されるものだから、ブル氏は（案件によってはへっぴり腰故）叫び声が何を言わんとしているものかとんと解《げ》せぬながらも当座、妙案にサジを投げた。

　屋敷は相も変わらず上記の由々しき状態にあり、ブル氏にあって悩みのタネは、其を如何にすべきか？　まだしも増しになる代わり、屋敷は夜毎いよよ、などということがあり得るとすれば、イタダけなくなっている。寝不足のために熱に浮かされ、のべつ幕なし言葉、言葉がまくし立てられ、ズルズルと錘が引こずられるせいで頭の中がこんぐらかり、こっちの側《がわ》からあっちの側《がわ》へと放っては放り返された挙句目が眩み、悪霊の喚き声で見当識を失い、バーニングシェイムやその他の場所での所業に毒され、ブル家のやたらその数あまたに上るメンバーは今や（ブル氏の歯嚙みせぬばかりに見て取るに）ブル氏の屋敷の外にて真実にして徳義たるものは屋敷の内にては真実にして徳義に非ズと思い込み始めている――くだんの取り憑かれた建物の内にて殿方は言葉さえあれば事足りると高を括り、故に惨めな言い抜け屋に成り下がっても構わぬものと。全世界はブル氏のお化け屋敷の中にギュッと押し込められ、故に屋敷の外にはブル氏の正体を見破ったり、ブル氏の責任を問うものは何一つないものと。が、これは、ブル氏に言わすと、悪霊に祟られた精神の錯乱に外ならぬ。経験上（しかもめっぽう豊かな）屋敷の外にもどっさり

――ブル氏の惟みるに、人々の敬意を失うや否や屋敷を上を下への大騒ぎに巻き込まざるを得ぬほどしこたま――氏を問責するネタがあるからには。

上記がお化け屋敷の現状である。ブル氏にはインドに立派な領土があるが、御逸品、いささかの混乱を来し、行き届いた運営と公正な管理を要す*。されど氏自身宣ふ如く、かようの騒動が持ち上がっている片や如何で然るべく国事に注意が払えよう？　より幼気な我が子は大いに教育を必要とし、どこかの学校にやらねばならぬ。が如何で目下の狼狽した状態にあって、ライバル学校の色取り取りの案内書を比較検討すべく頭脳を明晰にしてやれよう？　聖水が試されてはいるが――厖大な量の供給がアイルランドからもたらされた関係で――毎晩床に撒き散らされているにもかかわらず、さっぱり功を奏さぬ。「ならば」とブル氏は、宜なるかな、思案投げ首の態にて独りごつ。「一体この我が家をどうすればいいのか？　このままやって行く訳には行かぬ。バーニングシェイムや例の他の場所に関しては何もかも世に知られている。こいつはイタダけぬ。みすみす一族のメンバーに健康をもたらして然るべき祖国に病気をもたらさす訳には行かぬ――祖国にどっさり、名誉ではなく恥辱を背負い込まさす訳には――連中の穢《けが》れた手で、接触を持つ最も肝要な折々祖国の顔にドロを塗らさす訳には――連中の大風呂敷で、自分達自身にはとある道徳的規範を、大衆には別のそいつを設けさす訳には。こと本件がらみで手を拱いている訳にも行かぬ。正しく焦眉の急だけに。ならば一体この我が家をどうすればいいのか？」

第六十四稿　道に迷って

『ハウスホールド・ワーズ』誌（一八五三年八月十三日付）

小生は齢《よはい》も柄《がら》も蓋し、めっぽう小さなガキたりし時分、ある日ロンドン市内で迷子になった。「誰か」に（影法師のような「誰か」よ許し賜へ、汝《な》の正体にはそれきりしか覚えがない！）とびきりの御褒美とし、セント・ジャイルジズ教会*の外っ面を拝ませてやろうというので連れ出された。小生はくだんの教会がらみでは奇抜な絵空事をでっち上げるに、月曜から土曜まで盲や、びっこや、片腕や、聾唖や、他の身体的障害を負っている風を装う物乞いは一人残らず、日曜日が巡り来る度、化けの皮をかなぐり捨て、晴れ着でめかし込み、連中の守護聖人の社《やしろ》における礼拝《らいはい》に集うものと思い込んでいた。して漠とながら、くだんの折にはバムフィールド・ムア・ケアリ（「ジプシーの王」の異名で知られる十七世紀末の流れ乞食の破落戸）の当代切っての後釜がある種教区委員の役をこなし、真っ紅なカーテンの垂れ下がった高みの家族専用席に腰を下ろしているものと想像を逞しゅうしていた。

正しく春闌の折のことである、これら小生のヤワな絵空事が季節の感化の下《もと》一気に瑞々しく芽吹き、かくてほとほと手を焼いた両親と後ろ見方が「誰か」に小生をセント・ジャイルジズ教会の外っ面を見に連れ出す名乗りを上げるよう仕向けたのは。さらば恐らく（と今に小生の惟みるに）小生の伝奇《ロマンチック》小説的な炎も揉み消され、まだしも素面めいた状態に戻ろうからというので。我々は朝食後、出立した。「誰か」はド派手な物腰でめかし込んでいたような印象が刻まれている——肌理細かな乳白色のコール天半ズボンに、長ずっこい細綾綿布《ジーンズ》のゲートルに、金ピカ釦の緑の上着に、ブルーの首巻きに、馬鹿デカいシャツ・カラーなる。確かケントのホップ園から（小生同様）上京したばかりだったはずだ。小生にはまるで「流行の鑑にして礼節の手本（『ハムレット』III、1）」かと——正しくややこしい家族の柵《しがらみ》を解かれたハムレットその人かと——見紛うばかりであった。

我々はペチャクチャおしゃべりに花を咲かせ、尖塔から旗が翻っているせいでいよよ得々とセント・ジャイルジズ教会の外っ面を打ち眺めた。それから、確か、アーチの上の名にし負うライオン*を見るべくストランド街のノーサンバーランド・ハウスへと向かった。いずれにせよ、くだんの名立たる四つ脚殿を畏怖と讃嘆の入り混じった感懐を込めて見上げているその最中《さなか》、「誰か」とはぐれたのは確かだ。

　幼心にも頭の中が真っ白になるような、迷子になった理不尽な怯えは今に胸中、当時に劣らずまざまざと蘇る。たといふと気がついてみれば、往時ライオン殿の睥睨していたせせこましい、ごみごみした、不便な通りの代わり、北極で迷子になっていたとて然まで怖気を奮い上げていなかったのではあるまいか。とは言え、当該仰《のっ》けの怯えのほとぼりは少々ベソをかきかき、そこいらを駆けずり回る内にいつしか冷め、小生はやおら憂はしくも勿体らしく袋小路へと入って行き、戸口の上り段に腰を降ろした。はてさて、これからどうやって世の中渡って行ったものやらと。

　小生の信ず限り、家への帰り道を尋ねるという考えはついぞ脳裏に浮かばなかった。ひょっとして、当座、迷子になった憂はしい勿体の方が気に入っていたのやもしれぬ。が、先行きがらみで如何ほど色取り取りの手筈の前途が開けていようと、いっとう最寄りの明々白々たる針路だけはてんで眼中になかった。まだほんのガキだった。恐らく八、九歳の。

　ポケットの中には一と四ペンスあり、小指には小さな赤いガラス玉のくっついた白鑞の指輪を嵌めていた。当該宝石は小生の誕生日、結婚しようと誓い合いながらも、彼女（齢《よはい》六つの）がウェスレー派（神学者ジョン・ウェスレー（一七〇三―九一）の唱道したキリスト教教義。即ち、メソジスト派）で、小生が片や英国国教会の敬虔な信者だったせいで家族の猛反対に会うこと請け合いとムシの報せを覚えし折、お熱の相手から贈られた逸品だ。一と四ペンスはやはり同じ誕生日に教父——己《おの》が務めを心得、果たした男——によりて贈られた半クラウンの成れの果てである。

　これら魔除けで身を固め、小生はいざ功成り名を遂げんと小さな肚を固めた。晴れて立身出世した暁には六頭立て馬車で故郷に錦を飾り、花嫁を娶ろうと。かほどの凱旋を思い浮かべるだにもう少々ベソをかいたが、ほどなく涙を拭い、計画を実行に移すべく袋小路からお出ましになった。計画とはまずもって（ある種投資とし）ロンドン市庁の巨人（ゴグとマゴグの巨像。『ハンフリー親方の時計』第一章参照）を見に行くこととなり——御両人から何か幸先の好い冒険が持ち上がること請け合いと高を括り。もしやくだんの棚ボタが落ちて来ねば、何かホイッティントン（一匹の猫のお蔭で巨万の富を築き、後に三度ロンドン市長になった半ば伝説的人物（一三五八？—一四二三））手合いのとば口が開けるかもしれぬとシティーをウロつき回ろう。そいつの当ても外れたら、鼓手として入隊するまでのこと。

　という訳で、小生はロンドン市庁への道を尋ね始めた（てっきり、ロンドン市庁とは如何でかゴールド又はゴールデン・ホールの謂だろうと思い込み）*。とは言え巨人への道を尋ねるほど間抜けではなかった。何せみんなに腹を抱えられるに決まっていようから。今に忘れもせぬ、独りぼっちになってみれば、何と通りが途轍もなくだだっ広く見えたことか、建物が何とのっぽで、何もかもが何と厳めしく、謎めいて見えたことか。テンプル門（十八世紀初頭まで国賊の首が晒されていたシティ西端正門）に差し掛かると、マジマジやるのに三十分ほどかかり、その期に及んでなおマジマジやり尽くせぬままお暇した。物の本でテンプル門の天辺には首が晒されていたと読んだ覚えがあったため、建築術の高貴な記念碑にして有用の極致であるにもかかわらず、何となく逆しまな古めかしい場所のような気がして。やっとの思いでテンプル門を後にすると、見よ、お次の瞬間にはセント・ダンスタン教会（東ロンドン、フリート街の中世教会）の絡繰人形に出会すとは！　一体どこのどいつにくだんのありがたき怪物共が鐘を撞くのを目の当たりにしてなおスタスタ立ち去れたろう？　四半時と四半時の間には、そら、じっと目を凝らしてやらねばならぬ正しくオモチャ屋がある――こうしてペンを走らせている今しも新たな形《なり》にて依然坐すが――してくだんの魔法の場所から一時間以上して漸う逃れ果したと思いきや、すかさずセント・ポール大聖堂にそそり立たれてみれば、一体如何でその丸屋根を乗り越えることなど、と言おうか黄金の十字架から目を逸らすことなど出来たろう？　巨人までは蓋し、長き旅路にして遅々たるそいつなものと思い知らされた。

　小生は終に巨人の御前に罷り入ると、畏敬の念を込めて見上げた。御両人は想像していたより気さくげで、総じてもっとテラついた面《つら》を下げていた。がとにかくどデカく、台座が四〇フィートは下らぬあろうところからして、もしや石畳を歩いた日には蓋し、どデカかろうと思われた。こと御両人のみならずかようの彫像全てに関せば、小生は大方の子供に並べて当て嵌まろう心持ちにあった。無論、血肉ならざる代物でこさえられた像だということは知っている。がそれでいて勝手に生身の属性を――例えば、小生がそこにいるという意識や、小生に狡っこく目を凝らす力といった――附与していた。くったくたにくたびれていたので、小生は、奴に睨め据えられたくないばっかりに、マゴグの下の隅に潜り込み、ぐっすり眠りこけた。

　長らく居眠りした挙句ハッと目を覚ましてみれば、巨人が哮り声を上げているのかと思ったが、そいつはほんのシティーのどよめきだった。辺りはぐっすり眠りこけた時とまるきり同じで、豆の木もなければ、妖精もいなければ、王女もいなければ、竜もいなければ、如何なる手合いの人生のとば口も開けていなかった。よって、腹ペコだったから、何か腹の足しを買い、そこへ持ち込んで平らげ、やおらホイッティントン流儀に鑑み、功成り名を遂げに繰り出そうとホゾを固めた。

　パン屋でペニー・ロールを買うのは恥ずかしくなかったが、何軒も何軒も覗いてからでなければ惣菜屋に入る踏んぎりはつかなかった。とうとうあるウィンドーの「スモール・ジャーマン（一種の豚肉ソーセージ）。一本一ペニー」なる札の立った調理済みソーセージの山が目に留まった。何と注文すれば好いか先刻御承知とは心強い限りと、小生は店の中に入るや声をかけた。「すみませんが、スモール・ジャーマンを一本下さい」かくて身銭を切ると、御逸品を紙に包《くる》んだなりポケットに突っ込み、市庁へ持ち帰った。

　巨人は相変わらずそ知らぬ素振りを装いながらも、持ち前の狡っこいやり口で待ち伏せしているものだから、小生は別の隅に腰を下ろした。が何と、目の前にピンと耳を欹てた犬がいるではないか。ヤツは黒い犬で、片目の上に白い毛がちょっと、足に白と渋色の毛がちょっとずつ混じっていた。してやたらじゃれたがった——小生のグルリで跳ね回ったり、鼻をこすりつけたり、斜にヒラリハラリ身を躱したり、かぶりを振り振り、後ろ方《ざま》駆け去る振りをしたり、まるで自分のことそっちのけにして、ともかく小生にハッパをかけたくてたまらぬかのように、お人好しな具合に剽軽玉を飛ばしたりと。さて、小生はこの犬を目にした途端、ホイッティントンのことを思い浮かべ、そろそろ事態が思うツボに嵌まり出したではとほくそ笑んだ。してヤツにカツを入れてやるに「さあ、来な！」「かわいそうに！」「そら、いい子だ、いい子だ！」などと声をかけ、こいつはこれからずっとぼくの犬で、功成り名を遂げる助っ人になってくれるに決まってると得心した。

　ヤツに出会したお蔭でずい分気が晴れ（迷子になってから何かと言えばちょくちょくベソをかいていたので）、小生はポケットからスモール・ジャーマンを取り出すと、ディナーに取っかかるに、まずは一口齧って、ヤツに放り投げた。するとヤツはすかさずゴクリと、丸薬よろしく小首を傾げて呑み込んだ。小生は自分もパクリと食いつき、ヤツにマジマジ、二口目はまだかとまともに顔を覗き込まれている片や、何という名をつけてやろうかと知恵を絞った。目下の状況の下《もと》ではメリーチャンスがドンピシャの名のような気がした。して我ながらこんな打ってつけの名がひらめくとはと、今に忘れもせぬ、有頂天になった。と思いきやメリーチャンスがとんでもなくおっかない物腰で小生宛唸り声を上げ出した。

よくもそんな真似をして恥ずかしくないものだと呆気に取られはしたが、ヤツはてんでお構いなしだった。どころかこれでもかこれでもかとおっかなく唸り続けた。口からタララ涎を垂らし、目を爛々と輝かせ、鼻をじっとりジメつかせ、頭をやたら一方に傾げたなり、スゴ味を利かせて石畳の上まで躙り出ながらも小生宛唸り続け、さらばいきなりパクリとスモール・ジャーマンに食らいつき、小生の手から引ったくりざま、尻に帆かけた。それきり小生が功成り名を遂げるに手を貸すべく戻って来てはくれなかった。その刻《とき》から齢《よはい》四十の今の今まで、二度と律儀なメリーチャンスにはお目にかかっていない。

小生はやたらしょぼくれた。なるほど旨くはあったが（当時はまだコショウをどっさりまぶした馬肉ソーセージのことはからきし知らなかったから）スモール・ジャーマンに食いっぱぐれたからというよりむしろ、メリーチャンスにそんなにも酷たらしいやり口で肩透かしを食わされたからというので。何せヤツが口を利く以外は何なり気さくな手柄を端から上げてくれ、多分、そいつさえお茶の子さいさいやってのけようと胸算用を弾いていたからだ。よってもう少しばかりベソをかき、せめてホの字の相手がほんの馴染みの誼にせよ、一緒に迷子になっていたらと願わずにいられなくなった。

が、そこではったと、あの娘は鼓手として軍隊に入れっこないのだと思い起こし、涙を拭うと、パンの塊を平らげた。して教会から這いずり出すや、またもや乳搾り娘に出会し、一ペニー分のミルクを買い、またもや腹拵えのお蔭でカツが入り、いざシティーをあちこちウロつき回り、ホイッティントン方面にて功成り名を遂げにかかった。

現今、シティーに足を踏み入れると、自分が全くもって小賢しい野郎に成り下がったものだと惟みるだに悲しくなる。迷子たりてシティーをウロつき回りながら、小生は英国商人とロンドン市長のことを思い浮かべ、畏怖の念に打たれたものだ。現今シティーをウロつき回りながら、小生は勿体らしい聖なる仕着せを嘲笑い、市自治体には当世のほとほと質《たち》の悪いイタヅラの端くれとして怒りを覚える。小生に当時、年がら年中シティーで肩透かしを食っている——年がら年中そこで然る当事者に会い、金を受け取るつもりでいながら、すっぽかされてばかりいる有象無象について何が分かっていただろう？　小生に当時、然に幾多の連中のために然に幾多の骨を折ってくれるはずの——この男を祖国の然る職に就かせ、あの男を海の向こうの然る職に就かすはずの——こいつの債権者と話をつけ、あいつの倅に食い扶持を見繕い、はたまた別の奴がクチにありつけるよう取り計らってやるはずの——

この一大合資の確かな賭けに身を投じ、あの生命保険人名録に名を記すことになっていながら、当人がらみで見られている八卦を何一つ全うせぬ――かの素晴らしき人物、シティーの馴染みについて何が分かっていたろう？　小生に当時、概ね競馬場で姿を見かけられ、主としてレッド・ライオン・スクエア（東ロンドン、ホウボーンに面す）の界隈に住まうモーセのアラブ人*その他の殿方の馴染みとしての奴について――くだんの手形の総額を金で割引く訳には行かぬが、たまたま樽入り極上シェリーか、化粧鞄か、ティチアーノ（盛期ルネッサンスを代表するベネチアの画家（一四八八？―一五七六）。第四十四稿二〇四頁参照）のヴィーナスが手許にある故、そいつでもって差額を埋め合わすのはおよそ吝かどころではなき奴について――何が分かっていたろう？　くだんの知らぬが仏の日々、果たして小生が奴がらみで（ついぞこれっぽっち図星とは相成ったためしのなき）ネタをしかつべらしげな禿頭の御仁方にこっそり垂れ込み、御仁方は御仁方で固唾を呑んで聞き入るディナー・テーブルにバラしてやるとの噂を耳にしたことがあったろうか？　否。果たして奴を我利我利亡者として恐れる術《すべ》を、ペテン師として見下す術《すべ》を、でっち上げと見破る術《すべ》を、会得していたろうか？　よもや。果たして奴がらみで金融界の逼迫や、コンソル（一七五一年、三分利付年金形式に統合した整理公債）の陰鬱や、金《きん》の輪出や、かの、誰しもの行く手に立ちはだかる巌たるブッシエル・オブ・フィート（先物取引きで用いられる乾量単位）と関わりがあるなどという風聞を耳にしたためしがあったろうか？　ついぞ。果たしていささかなり利権漁りや、相場操りや、勘定ごまかしや、配当こさえや、辻褄合わせ云々といった言い回しが何のことやら呑み込めていたろうか？　これっぽっち。ハドソン氏（第三十五稿注（二五一）参照）その人においてすら黄金の仔牛肉（アロンがシナイ山の麓で造った偶像「黄金の仔牛（『出エジプト記』三二）」と懸けて）のあざとい屍《しかばね》を気取っていたろうか？　まるで。シティーは小生にとって、宝石と貴金属の、樽と梱の、名誉と寛容の、外国の果物と香辛料の渺茫たる大《エム》百貨店《ポーリアム》だった。商人という商人は、銀行家という銀行家は、フィッツウォレン氏（ホイッティントンが仕え、その娘と連れ添った裕福なロンドン商人）と船乗りシンドバッドの合の子だった。スミス・ペイン・アンド・スミス（ロンドン切っての大銀行）はもしやバーバリ（アフリカ北部、エジプトの西から大西洋岸に至る地域）へ向けて順風が吹き、船長さえ居合わせば、いつも召使いを（ムシの居所の悪い厨女もコミにて）呼び集め、ささやかな積荷を担ぎ出すよう告げる習いにあった。グリン・アンド・ハリファックス（一七五三年創業の銀行）は「ダイアモンドの谷（シンドバッドの第二の航海に登場する宝石と危険な動物だらけの谷間）」にて一個人とし、大いなる辛酸を嘗めていた。ベアリング兄弟（一七六三年創設のマーチャントバンク（外国貿易用為替手形受け・証券発行を主要業務とする金融会社））は「白い怪鳥の卵《ロック》（比喩的に絵空事の謂）」を目の当たりにし、隊商と共に旅をしたことがあった。ロスチャイルド（反ナポレオン諸国への軍資金貸付業務により巨富を得たドイツ出身の国際金融業一族）はバグダッドの市場《バザール》にて豪勢な売り種ごと腰を下ろし、皇帝《サルタン》の婦人部屋《ハーレム》からお越しの、ロバに跨ったヴェールの貴婦人と恋に落ちたことがあった。

かくて小生は夢遊病の子供さながら、英国商人にマジマジ目を凝らし、一から十までがぶっちぎりたること信じて疑わず、シティーをあちこちさ迷った。袋小路をあちらへこちらへ――中庭や小さな広場に潜っては這い出し――会計事務所の通路を覗き込む側《そば》から駆け去り――サウス・シー・ハウス（スレッドニードル通りにあった泡沫事件で悪名高き南海会社本部）の路地に住まう谺共におづおづとした足音なるお粗末な餌をくれてやり――オースティン・フライアーズ（アウグスティノ修道院に因む、スログモートン・アヴェニュー東の通り）へと紛れ込みながら、どうして修道士はいつぞやこいつが気に入っていたものやらと首を傾げ――相変わらず英国商人にマジマジ目を凝らし、店から店にこれっぽっち飽きもせず――日がな一日ウロつき回った。是ぞ色取り取りの場所の筋書きと、自らでっちあげた作り話を、小生はシティーそれ自体に対すにつゆ劣らず心底敬虔に信じていた。わけてもまざまざと記憶に蘇るに、ふと気がついてみれば王立取引所に差し掛かり、みすぼらしい身形の連中が船に纏わる立て札の下に腰を下ろしているのを目の当たりに、勝手に連中、守銭奴にして、身上をそっくり、砂金か何かその手の代物を買い占めに行くべく船に積み終え、今やそれぞれの船長がお越しになって、出帆の用意が万端整った旨告げに来るのを待っている所なりと決めつけた。一人残らずパサパサのビスケットを頰張っているせいで、てっきり御逸品、船酔いの魔除けなものと思い込んだものだ。こいつは実にゴキゲンだった。が相変わらずホイッティントン前例に鑑みれば、これきり棚ボタは落ちて来なかった。市長公邸ではディナーの仕度中で、ひょいと台所の格子窓から中を覗くや、白い縁無し帽の調理人達がせっせと精を出しているのを目の当たりに、小生の胸はひょっとして市長閣下か、市長夫人か、それとも夫妻の娘たる若き王女の内一人が上方の続きの間《ま》の窓から顔を覗かせ、中へ入れてもらうよう声をかけて下さるやもしれぬと想像を逞しゅうするだに高鳴った。が、その手の椿事は何一つ持ち上がらなかった。いい加減長らく中を覗き込んでいると、どいつか調理男が（窓は開けっ放しだったから）怒鳴りつけた。「とっとと失せんか、おいこの！」小生は真っ黒な頰髯にそれは恐れをなしたものだから、立ち所に仰せに従った。

それからインディア・ハウス（東インド会社ロンドン本部）へやって来た。小僧にここはどこかと尋ねると、小僧はウンともスンとも返さぬ内にしかめっ面をしてみせながらグイと小生の髪を引っ張り、総じてすこぶる下卑て無礼な物腰で身を処した。サー・ジェイムズ・ホッグ（国会議員・東インド会社取締役）その人とて、小生がインディア・ハウスに抱いた崇敬の念には得心が行っていたやもしれぬ。小生はそいつがこの地の表《おもて》で最も素晴らしく、最も鷹揚で、最も潔白で、最も実質上、廉直で、ありとあらゆる点において最も瞠目的な本営たること信じて疑わなかった。小生にも誓約なるものの質《たち》は呑み込めていた。よってそいつが「是一つの全き、一点の非の打ち所もない貴橄攬石《きかんらんせき》（『オセロ』V、2）」たる旨天地神明にかけて誓っていたろう。

インドへ行き、あっという間にゴホゴホ噎せずして、どん詰まりに引っくり返った切子ガラスの砂糖壺のくっついたグルグル巻きの釣鐘紐よろしきパイプを吹かし出す少年達のことを思い浮かべながら、小生はいつしか装身具店の直中に紛れ込んでいた。してそこにてインドへ渡る少年に必要なあれやこれやの代物の一覧に目を通し、「ピストル一挺」の所まで来るや、そんな星の巡り合わせにはどんな果報が待ち受けていることかと惟みた！　がそれでいて、如何なる英国商人も小生を屋敷へ請じ入れる気にはさらさらならぬかのようだった。唯一例外は煙突掃除夫で——小生を稼業に打ってつけと思し召してでもいるかのようにとっくり睨め据えた。が小生はとっとと尻に帆かけた。

小生は終日《ひねもす》小僧共にしつこくイジメられた。奴らは小生を曲がり角越し追っかけ回し、ジリジリ出入口へと追い詰め、全くもって踏んだり蹴ったりの目に会わせた——こっちはこれきりシャクの種を蒔いた覚えが今にないというに。ポケットにちんちくりんの黒鉛鉛筆を突っ込んだ小僧など、小生の真っ白な帽子の山の外っ面に（ヤツの言うには）お袋さんの住所氏名をデカデカやって下さった。ブローズ夫人、ウォッピング（東ロンドン波止場地区）、煙草詰め器《タバコーストッパー》通り、義足《ウドンレッグ》横丁。していっかな摩り消すこと能はなかった。

こんな嫌がらせを受けた後だけに、小さな教会墓地に腰を降ろしてみれば、何がなし引っくるめればお熱のあの娘《こ》とこのままここに一緒に埋めて頂ければ、さぞかし楽ちんだろうにという気がし始めた。が、またもやうつらうつら居眠りし、ポンプに精を出し、バン（干しぶどうなどの入った菓子パンの一種）を平らげ、何よりかより、とある絵空事が瞼に彷彿とするに及び、またもや息を吹き返した。

小生は、今に道筋を辿り直してみれば、グッドマンズ・フィールズ（往時は劇場が二つあったホワイトチャペル一街区）か、ともかくどこかその辺りにさ迷い込んでいたに違いない。瞼に彷彿とした絵空事とは、最早影も形もない、くだんの界隈のとある劇場で当時上演されていた芝居の一場面である。かくてハッパをかけられるや、くだんの芝居を観るべく、くだんの劇場へ足を向けた。して、どうやらホイッティントン筋《すじ》では何一つ持ち上がりそうにないものだから、芝居に幕が下りたら、兵舎への道を尋ね、門にノックをくれ、連中に鼓手がお入り用なのは先刻御承知、そら、ぼくこそそいつさと啖呵を切るホゾを固めた。小生は兵舎の門という門の蔭には夜となく昼となく、兵士が必ずや一シリングごと番に就き、ともかくそいつを受け取るよう言いくるめられる少年は、親父さんが四〇〇ポンド叩《はた》かぬ限り、その時その場で鼓手になるものと、多分どこかで聞きカジっていたに違いない。が然に思い込んでいたのだけは確かだ。

　小生は劇場を見つけ出し――外っ面に関せば、ただ正面に国王のイニシャルがＧ・Ｒ（ジョージ王のラテン語表記Ｇｅｏｒｇｉｕｓ　Ｒｅｘの頭文字）と、黄土色で不様に塗ったくられていたことくらいしか覚えていないが――黒山のような人だかりに紛れて、天井桟敷の扉が開くのを待ち受けた。人だかりの面々たる兵士その他の大半はとびきり下卑た手合いの輩で、連中の会話はおよそお蔭で蒙が啓かれるどころの騒ぎではなかった。が当時、やり交わされている文言の内悪しきものはほとんど、と言おうか全く呑み込めなかったので、悪い朱にも染まらずに済んだ。爾来、訝しんではいる、果たして小生のように手塩にかけられ、小生のように無垢なチビ助をかようの付き合いなる手立てにて毒すには如何ほど長らくかかろうことかと。

　自分の見てくれが戸外であれ、その後《ご》劇場内であれ、人目を惹いていると見れば必ずや、小生は誰か自分の面倒を見てくれている、が目下は離れ離れの人物から目だけは逸さず、くだんの架空のやっこさんと頷きや笑みを交わしている風を装った。こいつはまんまと思うツボに嵌まった。小生はいつでも払えるよう、ギュッと六ペンスを握り締め、閂桟のガチャつきと、人込みの中の女達からの金切り声諸共扉が開くや、どっと、藁しべよろしく人波に乗って雪崩れ込んだ。手の中の六ペンスは、当時はある種「口」としか見えなかったお代取っ立て人の鳩穴へと瞬く間に呑み込まれ、小生は上方のまだしも窮屈ならざる階段に潜り込み、いい席にありつくべく（他の誰も彼もがやっていた通り）駆けずり回った。天井桟敷の奥までやって来ると、客はほんの一握りしかいなかったが、座席と来てはそれは恐ろしく切り立って見え、小生を真っ逆様に平土間へと突き落とす飛び込み台にそれはそっくりなものだから、思わず内一席に命からがらしがみついた。しかしながら、若い娘同伴の気のいいパン屋がいて、手を貸してくれたお蔭で、我々は三人して仲良く座席から座席を伝い、最前列の隅へと這いずり降りた。パン屋は娘にぞっこんで、一晩中やたらキスばかり浴びせてはいた。

小生は居心地好く席に収まるが早いか、ずっしり、胸が塞《ふた》がれ、塞《ふた》がれたが最後そいつはいたく締めつけられることと相成った。のは何故《なにゆえ》か、一言説明を要そう。それは寄附興業の――喜劇役者の寄附興業の――晩で、役者はどデカい顔と、その折小生の惟みるに、ついぞお目にかかったためしのないほどちんちくりんで、おもしろおかしい帽子を被ったほてっ腹の小男だった。この喜劇役者は馴染みや後ろ楯のために、ロバの背に跨がったなりコミック・ソングを歌い、その後で然に誉れ高きロバを富クジで譲るよう請け負っていた。この富クジに、平土間と天井桟敷の観客は一人残らず勝ち目があった。六ペンスのお代を払った際、小生は四十七の番号札をもらっていた。して今や、冷や汗タラタラで、もしやくだんの番号が当たりクジで、ロバを勝ち取ることになったら一体どうしようと怖気を奮った。

ひょっとして然に好運な星の巡り合わせにならぬとも限るまいと惟みるだに小生は頭の天辺から爪先までワナワナ震えた。万が一、くだんの番号が当たった場合、四十七を握っている事実を隠すは土台叶はぬ相談なのは分かっていた。何せアタフタ慌てふためき、立ち所にホシと決めつけられようのはさておくとしても、早パン屋に番号札を見せていたからだ。それから、自分が舞台まで降りて来て、ロバを受け取るよう呼び立てられるの図を思い浮かべた。如何に観客が挙って、ぼくみたようなチビ助に褒美が当たったと見て取るや金切り声を上げようことか惟みた。どうやってヤツを連れ出せばいい？――というのも、当たり前ヤツはテコでも動くまいから。もしも嘶き出したら、どうすればいい？　もしも蹴っ飛ばしたら、このぼくはどうなる？　ひょっとしてジリジリ楽屋口まで後退り、ぼくを乗っけたままそこで二進も三進も行かなくなったら？　というのももしもヤツを手に入れた日には、喜劇役者はぼくに手を触れるか触れぬか、ヤツの背に乗っけるに決まっていようから。それから、劇場の外へ連れ出したら、ヤツをどうしてやればいい？　どうやって餌を食わしてやる？　どこに寝かしてやる？　ぼく独り迷子になっただけでもいい加減イタダけないのに、おまけにロバと一緒に迷子になるってのはちょっとやそっとでは思い描けないほどサンタンたる有り様だ。

などと疑心暗鬼を生ずに及び、仰《のっ》けの出し物は味もすっぽもなくなった。船が登場し――ビラにては本物の軍艦と触れ回られている――怒濤逆巻く大海原にて木の葉のように揉まれようと、ロバは、時化の恐怖の直中においてすら、脳裏を去らなかった。船乗りが（軍艦の上にては蓋し、すこぶるのっぽに見えたが）望遠鏡と拡声器ごとグラグラ揺すぶられているのを目にするのはおっかなかった。水先案内人の奴、みんなをペテンにかけているんじゃないかと下種の何とやらどころではなく、勘繰らざるを得ぬのは——何せ「俺たちゃイッカンの終わりだ！　筏へ、筏へ！　雷のせいでメイン・マストが折れちまった！」と叫んでいる間《ま》にも、奴がメイン・マストを軸受けから引っこ抜き、船外へ打っちゃるのが見えたからには——おっかなかった。が、これら手に汗握る成り行きですら、ロバに対す怯えを前にしては如何せん顔色なからしめられた。善玉船乗りが（しかも絵に画いたような）好運に恵まれ、悪玉船乗りが（しかも絵に画いたような）何やら脚立に見えなくもない一風変わった見てくれの岩の天辺から海へ身を投ずに及んでなお、涙ながらに空恐ろしいロバの姿が彷彿とした。

とうとうバイオリン弾き達が、コミック・ソングを奏し始め、恐るべき四つ脚が、御逸品の立てる物音から推し量るに、おニューの蹄鉄をつけたなり、ガチャリガチャリ、喜劇役者を背にお出ましになる潮時と相成った。奴は（とは、ロバは）ヒラヒラ、リボンをヒラつかせていたが、どうしても尻尾を観客の方へ向けると言って聞かぬものだから、喜劇役者はロバから降り、クルリと向き直り、御尊顔を観客の方へ向けて座り直すと、割れんばかりの拍手喝采を浴びつつ三度《みたび》自慢の喉を震わせた。この間《ま》も終始、小生は生きた空もなく怖気を奮い上げていた。して通りの泥ハネまみれの血の気の失せた二人のやっこさんがクジを引く所に立ち会うべく平土間から呼び立てられ、外《ほか》のどいつもこいつもに、よお、待ってましたと、一頻りゲラゲラ腹を抱えられるに及び、胸中、連中にどうか後生ですから四十七番を引かないで下さいと手を合わさぬばかりであった。

がほどなく小生は漸う悶々たる思いから救い出された。というのも時化が猛威を揮い出さぬとうの先からシタビラメの唐揚げを二匹と、あちこちのポケット一杯のナッツを平らげていた、フラノのジャケットと黄色いネッカチーフでめかし込んだ、小生の後ろの御仁が、当選番号に名乗りを上げ、賞品を頂戴すべく降りて行ったからだ。御仁はどうやら登場したその刹那から奴のことをお見通しだったと思しく、奴の手続きに一から十まで大いなる関心を寄すに、有り体に言えば、奴にらしいカツを入れ、ちらとでもドジを踏もうものなら「しっかりせんかい、このウスノロめが。ええい、しっかりせんかい、このおっ！」とほとんど小生の耳許で怒鳴り上げていた。御仁は初っ端跨った途端に奴に振り落とされた——とは（小生コミにて）観客皆のやんややんやと囃し立てたことに。が、その後《ご》は実に見事な手綱捌きで乗りこなし、ほどなくすっかり落ち着き払って席に戻って来た。小生自身も、やれやれこれで一安心とすっかり落ち着き、出し物の残りは全くもって心行くまで楽しめた。ダンスが、中には足枷にて、またバラ飾りにて、ステップを踏まれるものもあったが、それはそれはどっさりお目見得し、内一つなどとびきり愛らしい少女が踊り子で、少女に比べればお熱のあの娘《こ》などてんでダサく思えたものだ。跳《い》ねの芝居で、少女は男の子役で（大方は武装して）再び登場し、お蔭で一再ならず戦いが持ち上がった。どうやら男爵は少女を溺れ死なせたがっているようだったが、事ある毎に喜劇役者と、お化けと、ニューファウンドランド犬と、教会の鐘の音《ね》に待ったをかけられていた。外《ほか》に覚えているといえばただ、胸中、果たして男爵はどこへ堕ちる気なものやらと訝しみ、男爵は事実、彼《か》の地へ火の粉に雨霰と降りかかられつつ堕ちたということくらいのものである。火の粉が消え失す間《ま》にも照明は消され、何がなし芝居は丸ごと——船も、ロバも、男も女も、とびきり愛らしい少女も、何もかも——是一つの摩訶不思議な花火にして、打ち上げられたが最後、後には塵と闇しか残っていないかのような気がした。

表へ出た時には夜もずい分更けていた。月も星もなく、ザアザア雨が降っていた。三々五々散って行く人込みから這い出してみれば、お化けと男爵はわけても疎ましい面《つら》を下げて記憶に蘇った。得も言はれず心細かった。今や初めて、小さなベッドと愛しい見馴れた顔また顔が瞼に彷彿とし、胸が疼いた。日中はこれきり我が家ではどんなに悲しんでいるかなど思い浮かばなかった。これきり母親のことなど思い浮かばなかった。ただ置かれた状況に何とか馴染み、功成り名を遂げることしか頭の中になかった。

声を上げて泣き、「おお、ぼく迷子になっちゃった！」と言いながらあちこち駆けずり回るしか能のないチビ助が軍隊に入るなど、と小生にもピンと来た、論外。よって兵舎への道を尋ねるホゾにサジを投げ——というよりむしろくだんのホゾが小生にサジを投げ——かくてあちこち駆けずり回る内、番小屋の夜警に出会した。やっこさん素面だったとは、今に不思議でならぬ。が多分、酔っ払うにも老いぼれすぎていたのだろう。

当該神さびた爺さんは小生を最寄りの詰所へ連れて行った——爺さんが小生を連れて行ったと言ったが、実の所、小生が爺さんを連れて行った。というのも、どしゃ降りの中の我々を思い浮かべると、「老齢の手を引く幼年」なる暈し絵《ビネット》そっくりの構図を地で行っていたに違いないのを思い出すからだ。爺さんはひどい咳に祟られ、発作に見舞われる度、壁に寄っかからねばならなかった。我々はとうとう詰め所に辿り着いた——大外套と夜巡りのガラガラに彩られた暖かな、眠気催いの場所だったが。中風病みの使い走りが、小生がらみで問い合わせをすべく表へやられると、小生は炉端でぐっすり眠りこけ、それきり、父親の顔宛パッチリそいつを開けるまで目を覚まさなかった。以上が小生が道に迷った字義通りの、正確な経緯である。みんなはよく小生のことを妙な子供だと言っていた。多分、仰せの通りだったのだろう。して今に恐らく妙な大人でもある。

影法師のような「誰か」よ、どうか小生が汝《な》にもたらしたに違いなき狼狽のことでは許し賜へ！　今ですら、ライオン像の下に佇むだに汝《な》が、いっかななだめすかされて下さるどころか、あちこち駆けずり回っている姿が目に浮かぶ。爾来、幾度となく、しかも遙か遠くまで、道に迷って来た。願はくは当該迷子にて汝《な》に与えしほどお手柔らかならざる狼狽を他の者には与えなかったことを！

第六十五稿　妖精に対す欺瞞

『ハウスホールド・ワーズ』誌（一八五三年十月一日付）

恐らく、子供時代の妖精文学に格別強い愛着を覚えているのは我々だけではあるまい。当時我々の心を捉え、目下も数知れぬ幼気な空想を虜にしているものは、同じありがたき人生の時期に、長き一日の労働を終え、白髪頭を枕に横たえる星の数ほどの男や女の心を捉えて来た。これら細々《ほそぼそ》とした径路を介し我々の直中へと流れ込む優しさや憐れみの情は計り知れぬ。忍耐、礼節、貧者や老人への思いやり、動物愛護、自然を愛でる心、暴虐や野蛮な力に対す嫌悪——幾多のかようの善性が幼心に初めて育まれるのはこの強かな助けによってである。くだんの大いなる助太刀の下《もと》、我々は世智辛い道を縫いながらも、子供と悦びを分かち合いつつ彼らと共に歩むやもしれぬ、とある断じて雑草の蔓延らぬほっそりとした小径を保ち続けることにて、幾許かなり、永遠の若さを失わないで来た。

　わけても功利主義の時代にあって、妖精物語が尊ばれるか否かは極めて肝要な問題だ。我らが英国の赤い紐《レッド・テープ》（公文書を結ぶのに用いたことから「繁文縟礼」の代名詞）は余りに勿体らしく赤いものだから、未だかつてかようの細々《こまごま》とした代物を括り上げるのに用いられたためしはないものの、一件を篤と惟みたことのある誰しも、空想に欠ける――某かの伝奇的気分《ロマンス》に欠ける――国家は日輪の下《もと》大いなる立場を占めたためしもなければ、占めることも出来ねば、この先占められもすまいということは熟知している。劇場が、これら素晴らしき虚構を台無しにするに最も悪しき狼藉を働いて来ただけに――くだんの本務の倒錯において、とびきり模範的なやり口で自らを、芸術家を、観客を、台無しにして来ただけに――小さな書籍そのものが、空想の言はば苗代たるからには、大切に保存されるが二層倍肝要となって来る。くだんの書籍は、その有益性において十全と保たれるには、恰も現《うつつ》の事実ででもあるかのように、素朴さ、純真さ、無垢な突拍子の無さにおいて十全と保たれねばならぬ。何人《なんぴと》であれ己の見解にしっくり来るよう――其が何にせよ――くだんの書籍に手を加える者は、僭越の罪を犯し、己のものならざるものを私用に供していると言えよう。

　我々は最近、図体ばかりどデカい「丸ごとの豚（第五十四稿参照）」が妖精花壇にヅカヅカ押し入っているのを目の当たりに心を傷めたばかりだ。くだんの四つ脚がバラの直中にて鼻で穿《ほじく》り返しているだけでも義憤に駆られていたろうが、我々が心を傷めているのはヤツが誰あろう天才画家によりて――我らが親愛なる馴染み、ジョージ・クルックシャンク氏（第二十六稿参照）によりて――荒らかに手綱を取られているためだ。くだんの比類なき画家はわけても妖精原典に己《おの》が卓抜たる手をかけてはならぬ人物のはずだ。自らの芸術において妖精原典を然に完璧に理解し、然に美しく、然に愉快な、然に才気溢る挿絵を添えているものだから、敢えて食刻用《エッチング》彫刻針を傍らへ置いてまで人食い鬼を「校訂」すべきではなかろう。そいつを、氏ならばくだんの小さな道具一つで、然に見事に描き得るというなら。されど、人食い鬼や、親指太郎や、彼らの家族の「校訂」に我らが親愛なる警世家は前後の見境もなく、絶対禁酒と火酒の販売禁示と、自由貿易と、庶民教育なる教義を普及さす手立てとして馴染んだ。* して、これら主題を導入すべく御伽噺の原典を改竄した。よって氏のかようの手立てを講ず権利に対し、我々は渾身の力を振り絞って異を唱えたい。氏が事ほど左様にかの素晴らしき銅版画連作『酒瓶《ボトル》』を宣伝すべく御伽噺を改竄することに関せば、近い将来『グディ・トゥー・シューズ（一七六五年ロンドンのジョン・ニューベリーが出版したシンデレラ風童話）』の新たな改訂版がE・モーゼ父子商会（第五十三稿注（二六二）参照）によって、「托鉢僧と軟膏の小箱（『千一夜物語』）」のそれがホロウェイ教授（第三十五稿一四三頁参照）によって、『ジャックと豆の木』の同上が「あなたはまだカラスムギを搗き砕いているのか」の人気女流作家メアリー・ウェドレイク（一八五〇年七月王立農業協会全員に自社の価格表を送付した農機具製造元）によって編集されること請け合いとしか言いようがない。

　さて、我々が果たして我らが奇特な馴染み、クルックシャンク氏に氏が昔ながらの御伽噺にさしはさむ見解において同意するか否かは、我々の唱えている異とはいささかの関係もない。氏の見解はそれ自体、まっとうであろうとなかろうと、くだんの関係においては「雑草」の名にし負う定義に実によく似ている。即ち、お門違いな所に生えている代物との。氏に罪のない小さな本を改竄する倫理的筋合いは、我々に氏の最高傑作の腐食銅板画を改竄する倫理的筋合いのないに劣らず、ない。万が一かようの前例が右に倣われた日には、我々はほどなく、当今の人物が然に押しつけがましく割り込んだ昔話にほとほと嫌気が差し、物語それ自体もほどなくすっかり味気なくなるに違いない。戦場なる七人の青ヒゲ（「リッチモンドめ、この戦場に六人はいるらしい」（『リチャード三世』V、4）の捩り）に各々御当人の演壇より泡汗をかいた棒馬に跨ってギャロップにて迫り来られてみれば、一、二世代後《のち》の者はどいつがどいつか見分けがつかず、偉大なる本家本元の青ヒゲは影武者とごっちゃにされよう。ラム酒の締め出された絶対禁酒版『ロビンソン・クルーソー』を思い描いてみよ。ラム酒は手つかずのままながら、火薬の締め出しを食った平和協会版を思い描いてみよ。山羊肉の締め出しを食った菜食主義版を思い描いてみよ。かの永遠の老いぼれ黒ん坊フライデーへの週に二度に及ぶ鞭打ちを導入すべく、ケンタッキー版を思い描いてみよ。人肉嗜食《カニバリズム》を否定し、ロビンソンに連中が上陸する度、愛嬌好しの蛮族を愛撫さすべく、原住民愛護協会版を思い描いてみよ。ロビンソン・クルーソーは百年も経てば、御当人の島より「校訂」締め出しを食い、島は「校訂」大海原に呑み込まれてしまおう。

　知的職業の就中、当今では主として、色取り取りの商い種に関す集会の意味を呑み込むべくあちこち旅をする新たにして殊勝な手合いの注文取りによって営まれる演壇職業というものがある。商い種の中には実に優れたものもあれば、さしてぞっとせぬものもあるが。以下、これら殿方の内、今しも華々しく業務をやりこなし、かなり広範な使命を有す御仁によりて「校訂」されたシンデレラ物語を審らかにするとしよう。

昔々ある所にお金持ちの夫妻が住んでいました。夫妻には愛らしい娘がいました。娘は器量好しで、齢《よはい》わずか四歳にして自ら進んで幼子希望団（第五十四稿二六五頁参照）に入りました。けれど、たった九歳の時に母親が亡くなり、娘の教区の――第五二七中央教区の――幼子希望団は全員、一五〇〇名に上る二列縦隊を組み、第四二合唱曲、「おお来たれ」等々を歌いながら、娘の後について墓場へ向かいました。墓地は街の郊外にあり、地元の衛生課の管轄下にありました。衛生課はホワイトホール（ロンドン中心部官庁街）の衛生本局へ所定の折々報告書を提出していました。

　母を喪った幼い少女は母の死をたいそう悼み、父親も最初はそうでした。が、一周忌が過ぎると再婚しました――相手は御自身に負けないくらい気難しい、お高く止まった高飛車な二人の娘を連れた、たいそう気難しい未亡人です。父親はこの御婦人との結婚をただ戸籍吏の前で誓いを立てることにて民間の手続きとして片づけられていたろうことは分かっていましたが、宗教的理由から当該手立てが意に染まず、モンゴルフィエ宗派*の教徒でもあったので、くだんの立派な教会の儀式に則り、ジャレッド・ジョックス師立ち会いの下《もと》祝言を挙げました。師はこれをいい潮にゴ託を並べて下さいましたが。

　父親は鼻持ちならない妻と長らく暮らす運命《さだめ》にはありませんでした。誠に遺憾ながら、本来ならば用いるべきであった冷水の代わりに〔医療付録Ｂ・Ｃを参照〕、温水でヒゲを剃る習いにあったため、剰え損なわれていた健康は妻の癇癪に耐えられず、父親は間もなく身罷りました。すると、この孤《みな》児《しご》の少女は継母と二人の連れ子にひどい仕打ちを受け、台所仕事の内いっとう汚い用事を言いつけられました――ソースパンを磨いたり、皿を洗ったり、火を熾したりといった――わけても炉火は「自らの煙を吸い尽くす（第五十四稿二六六頁参照）」どころか、気管支炎の元凶たる黒々とした蒸気を吐き出しました。屋敷の中で唯一、少女がイジメられずに済む暖かい場所は台所の暖炉の隅でした。そしていつも仕事が済むと、そこの燃《シン》え殻《ダー》の直中に腰を下ろしていたものですから、お高く止まったテングの姉達は少女にシンデレラという渾名をつけました。

　およそこの頃、国王様が――この方は一度として誰にも戦争を仕掛けたためしがなく、誰しもに自分に戦争を仕掛けさせていましたが――だからでしょう、臣民が皆、地上類稀なる製造業者にして、いつも安全と平和の内に暮らしていたのは――大宴会を催し、宴は二日二晩続くことになっていました。この素晴らしい饗宴の御馳走はチョウセンアザミとお粥きりで、宴に招かれ、ディナーの後の愉快なスピーチを聞く人々の中から、王子様は自分で花嫁を選ぶことになっていました。お高く止まったテングの姉二人は招待されましたが、誰一人としてかわいそうなシンデレラのことはまるきり知らず、彼女は留守番をするはずでした。

　シンデレラは、しかしながら、それは気立てが優しいものですから、お澄ましやさん方がおめかしするのに手を貸し、まるで二人にずっと優しくしてもらってでもいるかのように惜しみなく、典雅な趣味の彩りを添えて差し上げました。ばかりか、二人が着飾る上でコルセット紐を十七本もプツンプツン切ろうとクスリとも笑いませんでした。というのも彼女自身はコルセットでギュウギュウに締め上げると解剖学上体に悪いと知っていたので、一切身に着けませんでしたが、いつもその主題に関す自説は、善人皆の定期購読し、自らも寄稿家である（小ぢんまりとしたカバー付、価格三ペンスの）「更生記録」のため取って置いていたからです。

　とうとう待ちに待った日がやって来ました。お高く止まったテングの姉二人は瞬く間に宴とスピーチへと出かけて行きました――シンデレラを炉隅に独りきり置き去りにしたまま。けれど彼女はいつも海洋一ペニー郵便制という一般的な問題に我を忘れて没頭出来ましたし、ポケットの中にはちょうど、今のその主題に関す、著名な弁士ニーマイア・ニックスによってぶたれた未読の演説が入っています。という訳でかの天分豊かな使徒の熱っぽい能弁にひたすら読み耽っていました。すると、いつの間にやら例の（一般には知られていないかもしれませんが）男性が連れ添うは天から御法度の女性縁者方の端くれ――つまり、お祖母さん――が傍に立っていました。

「どうしてそんなに独りぼっちなんだね、おまえ？」とお祖母さんはシンデレラに尋ねます。

「ああ、おばあさん」と哀れ、少女は返します。「お姉さん達は宴とスピーチに出かけ、なのにわたし、シンデレラは、燃え殻の中に座っているなんて！」

「決して」とお祖母さんは檄を飛ばします。「希望団の団員は絶望してはなりません！　さあ、いい子だから、庭へ駆け出し、アメリカカボチャを取っておいでなさい！　アメリカ、ですからね。というのもあの独立独歩の国にはあちこち、どんな形のアルコール性飲料の販売も法律で禁じられている所があるからです。それに、アメリカという国は（多くの偉大なカボチャの中でも）女性の誉れブルーマ大佐夫人（第五十五稿参照）の生みの親だからです。アメリカカボチャでなければ、いいこと、用を成しませんからね」

シンデレラは庭へ駆け出し、見つけられる限りいっとう大きなカボチャを持って来ました。この徳高くも民主的な野菜を、お祖母さんは即座に見事な馬車に変えました。それからシンデレラにハツカネズミ捕りにかかったハツカネズミを六匹取って来るよう言い、六匹を早馬の苛酷な、疎ましい務めとは縁もゆかりもない、活きのいい馬に変えました。それから厩のクマネズミ捕りにかかったクマネズミを一匹取って来るよう言い、一匹を不公平な賦課税を支払う責めを負わない、正式鹵簿御者に変えました。それから如雨露の蔭を覗いてトカゲを六匹捕まえて来るよう言い、六匹を各々手にいつでも王子に提出出来るよう、五万人の署名のある、早店仕舞い運動*に与す請願書を握った従僕六名に変えました。

「でもお祖母さん」とシンデレラは有頂天になっていたのもどこへやら、はったと真顔になり、自分の身形を見やりながら言います。「どうしてわたし、こんなみすぼらしいぼろぼろの服で宮殿へなど行けるでしょう?」

「おや、心配御無用」とお祖母さんは返します。

その途端、お祖母さんはポンとシンデレラに杖で触れ、するとぼろぼろの服は消え失せ、彼女は目も綾なドレスを纏っていました。ただし、当今の、とんでもなく嗜みに欠けると同時に、馬鹿馬鹿しいほど不都合だと判明した、女性本来の出立ちではなく、踝の所でたっぷり襞を寄せた、鮮やかな空色の絹のパンタロンと、銀の小花の散った暗褐色の絹の衿付《ペリ》外套《ース》と、たいそうツバの広い麦ワラ帽子という出立ちにて。帽子には後ろで二本の鐘の引き紐風に垂れ下がった虹色のリボンが貞淑にあしらわれ、パンタロンには金色の縞の彩が添えられ、ひっくるめれば、得も言はれず理性的で、女性的で、はにかみがちな趣きが醸されていました。仕上げに、お祖母さんはシンデレラの足にガラスで出来た靴を履かせました。くだんの物品に課された税金(第三十五稿注(一四五)参照)の撤廃がなければガラスをかようの用途に充てることは叶はなかったでしょう。というのもかようの税金全ては消費者が損害を蒙ること明々白々たるに、発明の才を鎹《かすがい》で締めつけ、製造業者を手許不如意に陥らすが落ちですからと宣いながら。かくて賢しらなお智恵を授け果すや、お祖母さんはとっととシンデレラを宴とスピーチへと追っ立てました——決して真夜中の十二時過ぎまでお邪魔していてはなりませんよとクギを差した上。

シンデレラの「化け物集会」へのお成りは大きな旋風を巻き起こしました。合衆国使節がちょうど国王が議長役を務める可しとの動議を提出したばかりで、発議は満場一致で賛成・可決されたため、国王自身はシンデレラを迎えに出ることが出来ませんでした。けれど殿下は（第二案を発議することになっていましたから）、シンデレラに手を貸すよう、馬車の戸口まで出て行きました。この気高い王子は頭の天辺から爪先まで絶対禁酒徽章にすっぽり覆われているせいで、まるで完全武装してでもいるかのように燦然と照り輝いていました。片や二階回廊《ギャラリー》の（いくらハッパをかけてもまだかけ足りぬ、数にして十八匹の小さな仔羊一家より成る）平和吹奏楽団の勇ましい調べもおまけの熱狂を掻き立てています。

王子はシンデレラを演壇の上のピンク入場券用の指定席の一つに手づから案内すると、立ち所にクビったけになりました。よってすっかり食い気に見限られ、チョウセンアザミはほとんど口に含んだか含まぬか。粥に至ってはほんの弄ぶきりでした。スピーチが始まり、シンデレラが一晩中第一発議がらみで御託を並べ続けている、神より霊感を授けられし二名の使節の熱弁にうっとり来た勢い、折に触れて「謹聴《ヒヤ》、謹聴《ヒヤ》！」と声を上げると、愛らしい声を耳に、王子はこれが最後、金縛りに会ったかのように恋の虜となりました。けれど、それを言うなら、宴に集うた男性諸兄は一人残らずぞっこんでした――のも、もちろん、たといもっとおへチャであったとて無理からぬことではあったでしょう。シンデレラの装いと来ては外《ほか》の淑女皆のふてぶてしい、馬鹿げた身繕いとは似ても似つかなかっただけに。

十二時十五分前に、神より霊感を授けられし第二の使節がデキャンターの水を一滴残らず飲み干し、意識を失い果すと、王様は「本集会は今や明日まで停会」なる提議の決を採りました。くだんの発議に賛成の者が挙手し、次いで反対の者が挙手しましたが、大多数の者が与しているようでしたので、議案は可決されました。シンデレラは無事、帰宅し、その晩も翌日もずっと空色の絹のパンタロンの謎の令嬢を褒め称える噂しか耳にしませんでした。

またもや宴とスピーチの刻《とき》が巡り来ると、気難しい継母とお高く止まったテングの姉二人は席がなくなっては大変と、早目に出かけて行きました。三人が姿を消すが早いか、シンデレラのお祖母さんがドロンと立ち現われ、前回同様、見事に変身させました。可愛い仔羊一家の奏す高らかな歓迎の調べの直中を、シンデレラはまたもや殿下によって手づから演壇の上のピンクの席へと案内されました。

この才気煥発たる王子は実に強かな能弁家で、その夜は文字通り独擅場でした。かっきり八時十分前に席を立つと、割れんばかりの拍手喝采と打ち振られるハンカチーフに迎えられました。して熱狂のほとぼりがいささか冷めると、いざ一堂に会した客人《まろうど》宛、熱弁を揮いにかかり、客人《まろうど》は、世の善人の能ふ限り、ついぞスピーチを拝聴するのに慊《あきた》りませんでした。殿下は彼らを実に四時間十五分の長きにわたり魅了し続けました。シンデレラは時の経つのも忘れ、十二時の最初の鐘の音《ね》を耳にするやそれはアタフタ駆け出したものですから、美しいドレスは戸口でいつものぼろぼろの服に代わり、ガラスの靴の片割れも置き去りにしてしまいました。王子は靴を拾い上げると、誓いを立てました——つまり、治安判事の前で誓言しました。というのも原則、宣誓を徒に増殖させることには反対だったからです——この靴を履いていたチャーミングな娘としか断じて結婚しないと。

王子はそこで新聞という新聞にその旨広告を掲載させました。というのも理念において極めて不当にして行使において極めて不公平な賦課金たる広告税は彼《か》の国には存在しなかったからです。新聞の印章も彼《か》の国では知られていませんでした——合衆国に負けないくらいたくさん新聞があり、負けないくらい大きな恩恵を蒙っていたものの。星の数ほどの令嬢が広告を読んでやって来ると、さもガラスの靴は自分の靴のような風を装いました。けれど誰一人として足を捻じ込めませんでした。お高く止まったテングの姉二人も名乗りを上げましたが、やはりてんでお手上げです。それから、やはり広告を見てやって来ていたシンデレラが皆にクスクス、さも小馬鹿にしたように笑われながらも歩み出ると、靴は瞬く間にスルリと履けました。もしもシンデレラがお祖母さんにもらった服を着ていなかったら、王子には決して彼女の足が見えなかったろうということは、垢抜けした装いの知的な流儀に送られる特筆すべき賛辞ではないでしょうか。

結婚式は大いなる祝賀をもって挙げられました。蜜月が過ぎると、国王は公生活から引退し、王子が跡を継ぎました。今や王妃となったシンデレラは聡明で、民主的で、自由な大義名分に則り、国政に身を入れました。王妃の食べないものを食べたり、王妃の飲まないものを飲む者は皆、終身禁錮刑に処せられました。王紀の信条と異なる主義を唱える新聞社は一社残らず燃え尽くされました。演説家は皆、もしやこの地の表《おもて》に何事においてであれ自分と見解を異にする個人がいれば、くだんの個人は腹黒き破落戸にして放埒な人非人なりということを明々白々と証してみせました。シンデレラはまた女性皆に投票と、官庁への選出と、法を布く権利を開放しました。かくて女性は絶えず華々しく公生活に没頭し、誰一人、敢えて女性を愛そうとする者はなくなりました。それからというもの皆して幸せに暮らしましたとさ。

妖精に対す欺瞞は一度《ひとたび》許されれば、かようの羽目に陥らぬ理由はほとんどなかろうし、かようの羽目に陥るやもしれぬ理由は大いにあろう。ウェイクフィールドの牧師は「常に賢明であることに倦んだ時こそ（ゴールドスミス『ウェイクフィールドの牧師』（一七六六）第十五章）」、就中賢明であった。明けても暮れても、「この世は我々の手に余る（ワーズワース『ソネット雑録』第二部三十三番）」。俗世からのこの、昔ながらのかけがえのない逃避をそっとそのままにしておこうではないか。

第六十六稿　有り得べからざる事

『ハウスホールド・ワーズ』誌（一八五三年十月八日付）

祖国の法律の下《もと》にては、言語道断の悪事が働かれれば必ずや、相応の懲罰が下される。とは何たる心地好き真実たることよ！　小生は常々祖国の法律を簡潔で、安価で、包括的で、平易で、明白で、善行を積む者に与すには強かなれど悪事を働く者に与すには脆く、この世が早、通過し、滑稽千万にして不当と熟知している野蛮な慣習への固執を完全に免れたそれとして心底、崇敬している。快なる哉、法が過ちを犯している所を断じて目の当たりにせぬとは、法が我らのアメリカの身内ならば窮地《フィクス》と呼ぶ所のものに陥っている所に断じて際会せぬとは、ならず者がそれもて我が身を庇い得る所に断じて立ち会わぬとは、常に鬘とガウン姿の「法律」が目隠しをされた「正義の女神」の手を引き、真っ直ぐな広々とした進路を歩ます啓発的な光景を静観するとは。

小生は当今、「法」が己《おの》が謙虚な施行者を擁護する威厳に満ちたやり口にわけても深い感銘を覚えている。犯罪者に一定額の罰金を課すことにて如何なる違犯であれ罰すことに次いで——とは、余りに文明的にして、余りに紛うことなく公正かつ聡明なものだから、今更称揚の要もなかろう「法」の一慣行だが——一警官を終生不具にする、酌量の余地なき人非人に加えられる懲罰は小生の魂を厳粛な歓喜で弾ます。小生は常々新聞で、かようの犯罪人が一か月、二か月、三か月ですら、拘禁され、重労働を課せられる記事を目にする。してかようの事例と肩を並べて警官隊への外科医の以下の如き報告も目にする。即ち、かようの特定の短期間内に幾々名が自分の治療の下《もと》にあったが、内幾々名はその襲撃の質《たち》において暴漢によりて故意に目論まれていた極限的苦痛を耐え忍んだ後《のち》に快復し、内幾々名は衰弱著しく、最早職務を全う出来なくなったため警官隊を除籍されたとの。そこで小生は思い知らされる——人間の形《なり》をした獣はそいつが罪を犯すに待ったをかけようとする者への獰猛な憎悪を晴らせば必ずや忿怒の対象の一千層倍辛い目に会わされ、手堅くも苛酷な見せしめにされるということを。して是ぞ祖国の「法」の麗しさが上述の如く、小生の心を厳粛な歓喜で溢さす折の端くれである。

厳罰により、女性の迫害と虐待を阻止せんとす「法」の決断なる主題を巡り、小生がこの所胸中、口遊んでいる悦び歌《ピーアン》は公の新聞・雑誌にても谺されている。なるほど、「常識」という格別お門違いな名を有す、ツムジのひねた我が馴染みは本件に関しとことん得心し切ってはいない。なるほど、馴染みは小生に言う。「どうかこうした残虐行為の事例を見た上で、果たして如何ほど苛酷な（六か月ではなく）六か年の獄中での強制労働であれかように非道な残虐に対す十分な刑罰と見なせるか否か言ってみてくれんか？　どうかいよよ、いよよ多くの被害者が六か月を閲す法*によって次第に勇気づけられ、自分達の長きにわたる忍耐を告白し出すにつれて日々増える一方のかようの蛮行の記録を読み、果たしてほんの今頃になって、然なる極悪非道に対す片手落ちの賠償を適用する法制度とは如何なるそれに違いなきことか考えてみてくれんか？　どうか過去幾年もにわたる暗澹たる様相の拷問や殺人を思い浮かべた上で、果たしてありとあらゆる法の最低かつ第一の原則を弱々しく申し立てる法をダシに今更、然に雀躍りせぬばかりに有頂天になるとは、我ながら数知れぬ書架に山と積まれた『制定法規集』にいささか冷笑的でないか否か自問してみてくれんか？」だから、なるほど、小生のツムジ曲がりの馴染みはこんな調子で小生、並びに小生の猫っ可愛がりしている法律を詰《なじ》るが、小生にはその正義がしごくありきたりの水準の人間性を具えた悟性と心根を得心さす懲罰を受けずして、男がじりじりと妻を——或いは妻であろうとなかろうと、同棲している女ですら——嬲り殺しにするとは、世に有り得べからざる事の一つだと分かるだけで事足りる。

然れど、ともかく女性を故意に、不当に、中傷的に、公然と、執拗に付け狙い、侮辱するとは、有り得べからざる事の就中、筆頭に挙げられよう。無論、其は有り得べからざる事だ。本年は一八五三年であり、「蒸気」と「電気」は万が一現今、其が有り得べき事ならば、モタモタとびっこを引く「法」を蓋し、遙か後方へ置き去りにしていたろう。

小生の「法」、と同時にその女性への手篤き慮りに対す崇敬を例証すべく、然る有り得べからざる仮説を立てて頂きたい。目下は其に打ってつけの時やもしれぬ——我々の大半が仇討ちの義侠故、「法」に祝意を表《ひょう》しているとあらば。

仮にとある若き御婦人が一般の注意をその名に惹かれざるを得ぬような状況の下《もと》、大いなる遺産を継いだと想定しよう*。仮に若き御婦人は慎ましやかで、控え目で、それ以外にはただ生来の美徳と、慈愛と、気高い行為によってしか令名を馳せていないと。仮に破れかぶれの詐欺師が、然に卑劣にして、そこそこ悪辣なペテン師の男らしさにすら然に見限られ、然に恥も外聞もないとあって、ソデの下を使って追い払われるまで終生この若き御婦人に付き纏おうとの奇抜な想を得たと。仮に男が胸中かく、思惑がらみで己自身と入念に折り合いをつけたと。「オレは女のことは一切知らぬ。顔を見たこともない。が、オレは身上を潰した挙句、世間体もなければ、金目になりそうな食い扶持稼ぎもない。ということで、女を付け狙って食いつないで行くとしよう。女は引き籠もりたがっている。ならばそこから引きずり出してやるまでのこと。女は名を知られまいとしている。ならばそいつを押しつけてやるまでのこと。女はウナるほど金を持っている。ならば身ぐるみ剝いでやるまでのこと。オレは素寒貧同然だ。せしめられるだけせしめてやる。世間の評判。そんなものオレにとって何だというのか？　オレは『掟』をカジっている。『掟』がオレの味方だ——女の、ではなく」

かようの一連の状況を仮定する、と言おうかかようの獣が鉄格子の奥に閉じ込められも、頭を殴打されもせぬ様を想像するのは、無論、めっぽう難儀だ。が、伸びやかな空想力を仮定のかくの如き極限にまで膨らませてみようではないか。男は自ら就いた職業に勤しみ、例えば十五年、十六年、十七年、懸命に精を出す。そこで、耳にする如何なる人間もおよそ信ずべくもない不埒千万な見え透いた虚言を弄す。あろうことか、くだんの御婦人が自分と結婚しようと――例えば、男自ら作りながらも御婦人が手づから物したと公言し、誓いを立てる（というのも真実をさておけば、男が一体何を公言し、誓いを立てぬことのあろう？）戯けた、調子のいい押韻詩で――約束した風を装う。して能無しの州判事や「法」の仄暗くか細いファージング（四分の一ペニー）灯心草蠟燭よろしき微々たる知性の前へとこの御婦人をいつ何時であれ随意に喚び立てる。「法」を御婦人が初めから財布にしっかと固める勇気を具えている拳を無理矢理締め上げさす螺子に変える。「法」を御婦人の志操、情愛、生者への思いやり、死者への崇敬を苦しめる拷問台に仕立てる。法律条文を卑劣な腹づもりのために選りすぐるちゃちな法廷の頭上で振りかざし、連中の胆を冷やした挙句、己《おの》が傲然たる虚言癖を黙諾さす。「法」とは大らかな趣旨ではなく、こせこせした字義の「法」であるだけに、この治安判事はとある書類に判事署名を記す正確な箇所がらみで、何か惨めな書式の（長年にわたる慣例によって容認された）手抜かりを看過して頂くよう、こっそりソデの下を使いにかかろう。あの長官は法廷における博学の御当人の目の前の手書きの証拠の字面にては奴がロクに綴ることさえ叶はぬこと明々白々たるというに、奴の人並み優れた素養を大っぴらに褒めそやしにかかろう。が奴は「法」を御存じだ。して法律条文は破落戸の贅に、ではなく破落戸自身に、与す。

　というのも我々はくだんの長の年月、男は真の犯罪の簾で、その名に値する懲罰をもって断じて罰せられていないと想定することになっているからだ。男は折に触れて保釈金を払って釈放され、出獄し、またもや生業に精を出す。脇道伝《づて》、故意の背徳的な偽誓を犯し、くだんの簾で軽罰を食らうが、犯罪の天下の公道をいけしゃあしゃあと、臆面もなく伸し歩く。マゴつき屋の、戯言《たわごと》ほざきの、継ぎ接ぎだらけの「法」は男とグルになって取るに足らぬ些事で屁理屈を捏ね、己自身に用件を見繕い、御両人、仲良くトントン拍子にやって行く――どっちもどっちの道連れ――「羊飼い御両人（アルカディア両人（ウエルギリウス「牧歌」第七篇第四行）の振り）」たりて。

　さて、小生は以下の如く認めるにおよそ吝かどころではない。即ち、万が一かくの如き仮定がともかく成り立ち得るとすらば、万が一かくの如き状況が街中がくだんの事実を熟知しようほど長らく、公然と続き得るとすらば、万が一其が女王の御名に劣らず広く遍く知られているとすらば、万が一其が如何なる法廷においてであれ、改めて審理にかけられる度、「法」に疎い傍聴人皆の胸に正直な義憤を掻き立てずばおかぬとすらば、がそれでいて万が一、極悪非道の咎人が当初につゆ劣らず最後の最後まで生業を手広く営み、男の巧妙な思惑の対象が何ら賠償を見出せぬとすらば、さらば、してその場合、小生はかく認めるにおよそ吝かどころではない。「法」とはまやかしの見せかけにして自ら有罪を証拠立てる仕損じたろうと。が幸い、して周知の如く、是ぞ有り得べからざることの一例である。

然り。仮にかようの咎人に面と向かえば、「法」は奴に向かってかく告げよう。「立ち上がれ、この卑劣漢よ、して吾の言うことを聞け！　吾はきさまの思っているような『ズタズタの襤褸を纏った哀れな代物（『ハムレット』Ⅲ、4）』ではない。如何なる人非人であれ最も浅ましい欲望を満たし、最も穢《けが》れた所業を成すために訴えかけるやもしれぬような零落れ果てた奴ではない。よもやそのために、偉大なる自由の民《たみ》の労働より快く維持されている高価な体系の眼目たるのではない。よもやそのために、己《おの》が裁判官と弁護士を絶えず賛美し、己《おの》が高位より大海原が如き鬘を得々と打ち眺めるのではない。吾は、よいか、戯けたごた混ぜの文言ではなく、『公理』だ。ここに、その名の下《もと》に行動し、唯一其より力のもたらされる政治的統一体のために、悪人を罰すべく、手づから吾を引き倒し得る――もしや吾が無能ならば、引き倒そう――人々によって据えられた。きさまが札付きの悪人ということくらい百も承知だ。目の前にきさまは偽誓病みの、狡猾な、恐いもの知らずの、凄みを利かせた、悪疫よろしきペテン師なりとの証拠を揃えている。してもしや吾も、しかも輪をかけて悪辣なペテン師でなければ、吾の紛うことなき本務はきさまを足蹴にすることだ――そいつを、きさまがここから出て行かぬ内にとっととやってのける所存だが。

「よいか、よく聞け、この悪党。ツベコベ言うんじゃない！　きさまは例の、その目が国会制定法の網を六頭立て馬車で堂々と潜《くぐ》る手練手管を拝むだに瞬く、して同じ捩《よ》じくれた道から道を付き従うべく連中の薄汚い小さな犬用屑肉売りの荷車を手に入れる波止場詐欺師の端くれだ。がきさまに思い知らせてやろう、吾は迷路まがいに曲がりくねったウネクネ道よりまだしも増しな代物だということを――吾には少なくとも一本明々白々たる道があるということを――世の中の者皆を守るために、して己《おの》が第一義の職務を全うする上で、きさまをブタ箱に無事、ぶち込む道が。五万の法令に、十万の大文字に、五十万の条項を物ともせず。

「というのも、猛獣よ、ともかく何らかの力を有す全ての『法』の込み入った条文に、趣意は勝《すぐ》るからだ。仮に吾が、自ら申し立てる如く、アートフル・ドジャー（『オリヴァー・トゥイスト』の摺り抜け上手の若造巾着切り）を生みの親とするのではなく、『正義の女神』の申し子ならば、くだんの趣意に吾がもう一条《くだり》とて法的論議を早口にまくし立てぬ内にきさまやきさまと一つ穴の貉相手に然るべく手を打たせてやろうでは。もしや趣意に自づとかようの手が打てぬというなら、そいつに手を貸す条文を狩り出すまでのこと。が、ここにて断じてきさまの穢《けが》れた手で長服にしがみつかれ、鉄面皮の肺腑で吾という存在を誤って吹聴され、恥知らずの面《つら》に堕落なる我が身宛タラタラと涎を垂らしかけられたなり、『我が鼻孔の息吹（『創世記』二：七）』たる者達にとっての見世物にして醜聞たり続ける訳には行かぬ」

かく、「法」は如何なるかようの有り得べからざる人物にも歯に衣着せず言ってのけよう。似て非ならざる謂れの就中、当該謂れにて、小生は「法」を誇り、いつ何時であれ、其を支持するためならば己《おの》が最善の血を喜んで流そう。この謂れにてまた、小生は一英国人とし、自ら突飛な物の弾みで思い描いた女性へのかようの思惑は固より手を染められ得ず、よって――当然の如く――有り得べからざる事の一例とは自明の理たるを誇りに思う。

第六十七稿　炎と雪

『ハウスホールド・ワーズ』誌（一八五四年一月二十一日付）

果たしてこれが我々のこれまでも折々、夜分であれ日中であれ、過ったことのある石炭殻と炭塵の一帯だというのか――さらば薄汚れた風は細かな石炭の粒子を孕んだなり突っかかって来る間《ま》にもガラガラと音を立て、大地はその植生ごと、幾マイルもの荒野の見渡す限り、黒一色だったやもしれぬが。蓋し、同じ田野には違いない。なるほど然に一変しているものだから、旧年も終わりに近い今日という今日、北東風は真白く吹きつけ、地の表《おもて》はたとい我々がこのバーミンガム-ウルヴァハンプトン線*をギシギシ揺られる片や、燃え殻山をそれと認められねば命にかかわろうと、ほんの一握りすら見つけられぬほど一面、白で――純白で――はあるものの。

日輪はこの身を切るように冷たい一日《ひとひ》、ひんやりとした、ひんやりとした日輪なれど、燦然と輝き、いざバーミンガム・トンネルが我々を霜白の外気へと吐き出してみれば、転轍手はほんの番小屋などにではなく、少なくとも一ヤードはあろうかという、目眩く氷柱のふんだんに鏤められたキラびやかな大天幕《パヴィリオン》にすっくり収まっている。御当人、定めて虹色のドレスを纏った妖精に取り囲まれ、金銀の支軸《ピボット》の上で何やら豪勢に悪戯っぽい物腰でクルクル、クルクル回る、目映いばかりの転轍手に違いない。が、奴はいかつい大外套も、カッチンコの帽子も、カッチンコの見張りの姿勢も、これきり変えてはいない。して(マクベスの幽霊じみた短剣さながら)「我々の行かんとす道伝《づて》我々を案内する(『マクベス』Ⅱ、1)」様を篤と御覧じれば、グイと突き出した腕からこびりついた雪が音もなく滴っている、紅ら顔の——一部、時節ならではの浮かれ気分から、一部、霜と風のせいで、紅ら顔の——やっこさんにすぎぬ。

　常にも増して赤いではないか、バーミンガム郊外のめっぽう赤いレンガの小さな家の奴ら——どいつもこいつも白髪頭の多血症の爺さんよろしく、雪深い日和の中、鉄道を睨め据えているが。中庭に吊る下げられた洗い立てのリンネルは辺り一面の凄まじき白を背にしてみれば、何やら洗いくさしのように見えなくもない。ここかしこ、のっぽののっぽの煙突は互いの肩越しにお馴染みのどす黒い灰殻はどこぞと首を伸ばしているが、雪以外何一つ拝まして頂けぬ。北東から然にずっしり垂れ籠め、白日の儚い明るさを暗澹と曇らすこいつは、他の煙突の吹き上げる煙か? 否。北極点にかけて、いよよ深々《しんしん》降り頻る雪では!

　我々に真っ向から突っかかり、風を受けてほとんど水平に舞いつつ、そいつは言はば真白き吹き寄せの羽根のふんだんに散る仄暗い陣風たりて、汽車に突撃をかける。罪無きそれなれど、痛烈な衝突! 機関車が鼻風邪をひいてでもいるかのようなのも宜なるかな。かようの冬時に戸外で散々コキ使われ、ヤツがめっぽう嗄れ、ゼエゼエ喘ぎ、お次の駅に差し掛かるやくったくたにくたびれ果て、停まっている間《ま》もずっとやたらベソをかいては、鼻嵐を上げては、ペッペと唾を吐くのも宜なるかな!

　停まっている間《ま》はただし、やたら短い。というのも我々があちこちに散った作業場の煙突を見降ろさんばかりにして、そいつらの煙を我々宛モクモク吐き出される側《そば》からモロに吹い込んでいる高みの迫持ち造りの天辺のこれら小さな階上駅は——これら小さな階上駅は、蓋し、何処であれほとんど仕事らしき仕事もこなしていぬかのようで、目下は正しく雪の深海へと身投げしそうな自殺癖の高台そっくりだからだ。よって、またもや荒原をかすめ去れば、そこにていつもならば炭坑の上でぬたくっている、ガチャリガチャリと喧しい蛇共は——折しも休暇中とあって——冬眠を極め込んでもいるか、すっぽり雪に被われている。がかのしかつべらしき怪物、溶鉱炉は、身を貶めてまで現《うつつ》を抜かすものかは、大きく目を瞠り、吼え哮っている。今や、ススけた村。今や、煙突。今や、炭坑の口の傍に独りぽつねんと立つ機関車庫にて夜露を凌ぐべく四苦八苦進む間《ま》にも悴んだかのような寝ぼけ眼の蛇。今や、黒々としたポチが氷滑りやスケートをしている池。今や、半ば沈みかけた似たり寄ったりのポチが雪合戦をしている吹寄せ。今や、炎が真っ紅に燃え盛っている、ひんやりとした真白き雪の祭壇。今や、滑《すべ》らかに雪に覆われ、とうとうむっつりとした煙突の街に囲い込まれた、塚と丘の侘しい、開けた荒野。道案内もなきままかようの空間を過り、長らく打ち捨てられ、長らく忘れ去られた立坑に呑み込まれる様を思い浮かべるは、さして心地好いとも言えぬ。況してこの、下に坑道のこっぽり穿たれた一帯にて、上に汽車を載せた半ダースからの鉄道迫持がいきなり雪越し、鬱蒼たる石炭森林の抉られた深みへと消え失す様を思い浮かべるはなお輪をかけて心地好かるまい。

雪と、風と、氷と、ウルヴァハンプトン——が一緒くたに。何もかも雪に閉ざされているとあって、駅には馬車一台とてない。とは願ったり叶ったり。「白鳥」が、歩くにせよ跨るにせよ、暖かな翼の下に抱き寄せてくれよう。「白鳥」の巣はどこだ？　市場だ。とはまたぞろ願ったり叶ったり。何せ今日は市《いち》の立つ日で、「白鳥」の巣からはともかく何か拝ませて頂けようから。

ウルヴァハンプトンの通りから通りを縫い——医者の扉の標札が恰も「老いぼれ冬」の息がハアーッと吹きかけられでもしたかのようにぼんやり霞み、弁護士の窓が付き付きしくも曖昧模糊と霧に包まれているのを後目に——一路、市場へ。さらば仰山な——大方は、人の世の常か、雪を気に食わぬ風を装いながらも、実はめっぽう気に入っている——連中が忙しなくも陽気な風情でセカついている。「白鳥」は、さすが持て成し心に篤い「雌鶏《めんどり》と雛《ひよこ》亭」の田舎育ちの従姉だけのことはある、たっぷりとした食べ出のある雛《ひな》を孵す鳥である。後者には我ながら数時間ほどつれない素振りを見せてはいるものの、今晩、またもやバーミンガムにて塒を共にする予定だが。「白鳥」はこと薪炭と、小ぢんまりとした約しい部屋と、市場を行き交う雪まみれの雨傘また雨傘や、然に深《しん》々《しん》と積もり、依然音もなく舞い落ちているぶ厚い、真白き綿毛のせいでゴキゲンにくぐもったペチャクチャと賑やかな掛け合いやおしゃべりを見降ろす陽気な窓にかけては、さすが炭鉱地帯ならではの気前のいい概念を持ち併せている。小ざっぱりとした明るい目の女給達が「白鳥」の接待役を務める。「白鳥」は己《おの》がスープがらみでは自信満々にして、タラに関せば如何なる下種の勘繰りを働かすまでもない。して四時には解禁の「製鉄業者ディナー」における馳走の一品たる、どデカい骨付きロースト・ビーフの塊との関連では天地神明にかけた約言を口にする。「製鉄業者ディナー」だと！ 何とも厳めしい名ではないか。我々は製鉄業者が与太を飛ばし、上さんの健康を祝して盃を乾し、互いにカチリカチリと金っ気な音を立ててグラスを打ち合わせ、浮かれ気分の食事にて鉄を制して来た男の力の限り豪勢に身を処す様を思い浮かべる。

今やいざ、徒《かち》で繰り出そうでは！ 溶鉱炉の方角へではなく──連中なら今晩、夜闇が炎を際立たす頃合いに見てやれようから──面《おもて》をウェールズに向けたなり、鄙びた辺りへと。さあ、言ってみてくれ、汝《な》ら、画趣に富む古式床しきシュルーズベリーなる名が霜の文字にて記された真白き道標《みちしるべ》よ、汝《な》ら、この所ずっと剝き出しだったものを、いきなり雪の葉を生い茂らせている生垣よ、汝《な》ら、風がキラびやかな塵を舞い落とさす目映いばかりの木々よ、汝《な》ら、道端の小高い吹寄せよ、青味を帯びた天辺にては地平線の明るい赤と黄と鎬を削っている様が見受けられるが──だから、汝《な》ら皆よ、言ってみてくれ、果たして夏だけが愉快な散策に打ってつけの季節か否か！ 答えてくれ、破落戸めいたカラスよ、おまけの毛布にと、毛を毟り取るべく羊の背《せ》にちょんと乗っかり、さらばとっとと、白い平原の上を然に黒々と飛び去るが。きさまの意見を言ってみろ、グラグラ揺れている居酒屋の看板と、居心地好さそうな小ぢんまりとした酒場《バー》よ。正面切って聞かせてくれ、蹄鉄工の差し掛け小屋よ、顔また顔は真っ紅に火照り上がり、火の粉は泉さながら湧き上がり、鞴は大きく膨れ上がり、高らかに調べが打ち出されるが。さあ、教えてくれ、田舎家の炉と、田舎家の窓辺のセイヨウヒイラギの小枝よ。冬時の散歩を称えて雄弁に語れよ、きさまら、自然の女神の身震いよろしくさっと吹き渡る一陣の風よ、きさまら、深々とした道よ、きさまら、芳香をガチガチに封じ込められた古い藁におの凍てついた藁稭よ！ きさまらだって、石炭をどっさり積んだなり四苦八苦駆っている荷馬車御者達よ、犬に見張られ、籠を提げた預かり物の後ろで仲良く連んでいるが。きさまらだって、なるほどちょくちょく手綱を引いては、二進も三進も行かなくなった車輪から鶴嘴で雪を刮《こそ》げるのはお易い御用どころではないものの、冬にかけてやる褒め言葉の一つくらい持ち併せているんじゃないのか！

　遊山客に打ち捨てられた、道の窪みの人気《ひとけ》ない工場へと──そこにて水車は凍てついているが。してやおら踵を返す。明るき鳥にまたもや近づくにつれ、早目の夕闇が迫り、冷気はいよよ募り、雪は萎え暗ませ、明かりが次から次へと店の中で躍り上がる。終始踝までズッポリ雪に埋《うず》もれているとあって、蓋し、ぐしょ濡れの散歩ではある。長靴下を買い、ディナーの前に「白鳥」で室内履きを借りねばならぬ。

　携帯用の櫛も調達すべくオモチャ屋へ入って行ってもっけの幸い。さなくば愛らしいチビ助顧客（オモチャ屋の初老の女店主が最近御贔屓に与った唯一、もう一人の顧客と思しき）は鎧戸が閉《た》てられるまでどっちもどっち一シリングの二つのパズルの間で迷いに迷っていたやもしれぬ。が、我々の火照り上がった面《つら》と雪まみれの出立ちがいきなりヅカヅカ押し入った所へもって、第三者としては右手のパズルを推してやったお蔭で目出度くケリがつく。とびきりの携帯用の櫛がわずか一シリング。お次はいざ、長靴下へ。ディブズは、デカデカ触れ回っているクセをして「生憎、切らしております」ジブズはその辺りの市日《いちび》とクリスマス週間の買い物客に然にどっと詰めかけられているものだから、舗道までびっしり鮨詰めだ。ミブズこそは我々が金を叩《はた》いて然るべき男なり。して長靴下スジにかけては各種品揃えしている。御逸品、どこにあるものやらちと定かでないやもしれぬが。とは言え、街灯点灯夫よろしく梯子を登った甲斐あって、どこぞの屋根裏か高みの納戸でお誂え向きの奴を見つけて来る。これがまたすこぶるつきの代物にして、ミブズはすこぶる礼儀正しい律儀な商人《あきんど》と来る。願はくはミブズのどんどん巷に溢れ返らんことを！　事ほど左様に在荷の何一つ値を御存じない幼気なミブズの、御婦人部門専門の幼気なミブズの叔母上の。

　「白鳥」はこと室内履きにかけては実に豪勢だ──例の、誰一人としてしっかと履いていること能はず、履き手が階段を降りるにつれて一段毎にダブルノックをくれ、奴を平らな床に無事お連れせぬとうの先から欄干越しどこかへすっ飛んで行ってしまう、古き善きフリップフラップ（平底とストラップだけのサンダル）式旅籠室内履きにかけては。「白鳥」は腕を揮われた滋養たっぷりのディナーと、柔らかい骨付きビーフの塊にかけても。後者の御逸品は因みに、そのどデカさにおいてそれは華々しいものだから、強かな製鉄業者皆に坑道を穿ったとて、ほんのそいつの肉汁がチョロチョロと流れるに足る捌け口にすぎまい。健やかで、堅実で、衒いのない万事にかけて、

「白鳥」は豪勢だ。ただくだんの奇特な鳥殿にはくれぐれも手持ちのシェリーにはひょいと嘴を突っ込まぬようクギを差しておきたいが。雪と風から熱々のスープと、ぴっちり引かれた赤カーテンと、炉火とロウソクへの移ろいの下《もと》、我々は自らの陽動作戦が仰《のっ》けは小さな駅に停まった機関車のそれそっくりなのを見て取る。が漸うほとぼりが冷めると、猛然と馳走を平らげにかかる——とは冬の散歩へのも一つおまけの賛辞たるに！——してこと何か熱い飲み物にかけては「白鳥」の概念がいたくまっとうにしてあっぱれなのに気づくと、同上に従う——ただし（主としてレモンなる一件にかけては）穏当と絶対禁酒主義が記録を禁ず校訂コミにて。それから、この二十四時間の内に身に降り懸かったことをそっくり、この二十四年間の内に身に降り懸かったことを大方、ウツラウツラ、ゴキゲンに思い起こしながら、肘掛け椅子に背《せな》を預けたなり炉火の前で——幼子のための遊び道具にして、何か願いをかけるべき奴らの前で——ヌクヌクとしてのん気に微睡む。がハッと、淹れたての紅茶とマフィンの芳香で目が覚める。御両人、専ら芳しき香り目当てに注文していた訳だが。

「白鳥」の勘定書きは御当人の羽衣との均整を欠かぬそれとして推奨されよう。して今や、我々の散歩靴もしっかり焼き乾かされているとあって、ともかく履かねばならぬ——というのも我々をビルストン（ウルヴァハンプトンの南東都市）経由にて「霜枯れたヒースの野（『マクベス』I、3）」の炎の直中を連れ帰ることになっている二頭立て四輪の紅ら顔の御者がショール二、三枚と、外套四、五着の襟の下よりそろそろ出立の旨声高に宣ふから。よって召喚に応じて腰を上げ、扉の開く都度ガラスケースからカサコソと追っ立てられ、あわや二階まで吹き飛ばされそうになる、玄関扉の向かいの「白鳥」の酒場《バー》の御婦人に暇を乞い果すや、ほどなく戸外の真っ暗闇の直中にてザクザク、雪を砕いている。

ところする内、炎が姿を見せ始める。この灰だらけの田野の見渡す限り、依然、燃え殻一つ転がっていなければ、この煤まみれの土地の見渡す限り、一面の純白の上に染み一つ落ちていない。冷たい、生気の失せた雪のど真ん中にて燃え盛る、幾百とない巨大な炎によって、実に目新しくも興味深い光景が呈せられる。炎はほとんど雪を照らし出さぬ。時に、溶鉱炉か、窯か、煙突の造りによっては赤っぽい色合いが近くの蒼ざめた地べたに且々投ぜられることもある。が概ね火は手前勝手にむっつり、荒らかに燃え、雪は坦々と、手つかずのまま広がっている。より大きな溶鉱炉の上空では時折ギラつきが明滅するが、大地は己の経帷子を纏ったなり硬直して横たわり、その上でどデカい遺骸蠟燭《コープス・キャンドル》が揺らめこうとそいつをビクともさせぬは、恰も巨大な大礼用細蠟燭が死せる人類を微動だにさせぬが如し。

　大きさは異なれど、どいつもこいつも巨大な、してどいつもこいつも氷と雪仕立ての生贄祭壇には事欠かぬ。連中から炎の舌が上方へ突き出され、火柱がその上にて身を捻《ひね》っては捩《よじ》くらす。火の手に巻かれた要塞、メラメラと炎上する丸ごとの町、火を放たれたばかりのモスクワ、を我々は五十度となく目の当たりにする。ガラガラ、ガタガタという喧しい音が耳に留まる。風はヒューヒュー吼え哮る。かくて車輪で雪を搗き砕き、雪の塚を斜《はす》に乗り越え、吹溜まりへと沈み込みながらも、山火事の直中を音もなく縫い続ける。紅ら顔の御者は己《おの》が地元の栄誉を慮ってか、今晩は仰山な炎が遊山に出かけ、然にほんの一握りしかお目にかけられぬのを大いに口惜しがる。

　とうとう我々は鉄道駅にて言はばマストの先に登らせられる急な木造りの階段の所までやって来る。紅ら顔よ、この世にまたとないほど陽気な男よ、お休み。して上へと。御多分に洩れず、めっぽうザラっぽい駅。ガス灯が凍てついているとあって、めっぽう暗い駅。宙に吊る下がったなりかようの陣風に突っかかられる如何なる平板小屋とて宜なるかな、めっぽう寒々とした駅。固より駅であるからには、めっぽう佗しい駅。切符売り場の仕切りの後ろでは男と小僧が勘定を照合しているが、こんぐらかった七と六ペンスなる難題がいっかな解けずにいる。罪の「重荷《じゅうか》を担うキリスト教徒（バニヤン『天路歴程』（一六七八））」よろしくどデカい包みを背負《しょ》ったチビ助が如何ほど深く遠いか、は神のみぞ知る、下方の雪の中へと遣いにやられる——「そいつをちゃんと届けたら、いいか、お次のを取りにとっとと引っ返すんだぞ」との命《めい》ごと。お次のチビ助は、よもや御逸品そこにないなど、してどいつであれ御当人に肩透かしを食わそうとするなど、端から信じられぬブラウン殿のために血眼になって籠を探している。三等室の乗客六名はあちこちブラつきながら、一つこっきりの灯油ランプの仄明かりの下《もと》壁の上に貼られた憂はしき時刻表と、汽車への投石に関す警告を興味津々読もうと躍起になっている。もう二人は錆だらけのストーブで我と我が身を焦がしている。ガタガタ震えている赤帽は延着の列車はまだかと、鈴《りん》を手に出たり入ったりするが、終に当座、ヤツにサジを投げ、鈴《りん》を下ろし——ついでに乗客の意気まで下げる。我々は天から疎いばっかりに、しょっちゅう最寄りの溶鉱炉の吼え哮りをてっきり汽車のお越しかと早トチリし、セカセカ駆け出しては面目丸つぶれにて引き返す。とうとう汽車が視界に現われる

――が別のそいつで――ここには停まらず――素通りする間《ま》にもワナついた駅を八つ裂きにするかのようだ。とうとう、雪との取っ組み合いのお蔭で定刻よりおよそ三十分遅れにて、お待ちかねの機関車が忿怒と悲嘆の金切り声を上げながらお越しになる。して我々はバーミンガムにてベッドの中で洗い立ての真っ白な上掛けを引っ被ってみれば、霜の置いた風の吹き荒ぶ幾々マイルもの見渡す限り、渺茫たる光景に降り敷く純白を思い浮かべるだに、何とベッドの心地好いことよと惟みる。

第六十八稿　ストライキ決行中

『ハウスホールド・ワーズ』誌（一八五四年二月十一日付）

本日より一週間ほど前にプレストンへ向かう途中*、小生はたまたまめっぽう刺々しい、めっぽうホゾの固げな、めっぽう力コブの入った御仁と向かい合わせになった。御仁はいかつい鉄道旅行用の膝掛けを然に喉元までずっしり引っ被っているものだから、まるで大外套と、帽子と、手袋を着けたなりベッドの中で起き上がり、どデカいブルーと灰色の格子模様の掛け布団の向こうから当方をグイと睨め据えてでもいるかのようだった。力コブの入った、と評したが、御仁は頭に血が上っていた訳ではない。むしろ身を切るように冷たい北風よろしくひんやりとして肌を刺すように力コブが入っていたにすぎぬ。

「プレストンまでお行きと?」と御仁はプリムローズ・ヒル・トンネル*を潜り果すや、吹っかける。

御仁の質問を食らうは鼻をいきなりグイと捻り上げられるようなもの。然に突っけんどんにしてぶっきらぼうなものだから。

「ええ」

「このプレストン争議は傑作な一件では！」と御仁は宣った。「実にタワけた一件では！」

「いずれにせよ」と小生は返した。「誠に遺憾な話ですな」

「あいつらごってりシゴいてやらねば。そうでもせぬ限り、正気には戻りますまい」と御仁は宣った。先方のことを小生は胸中、早スナッパー氏*と呼び始めていた。して本稿にても他の如何なる名でよりくだんの名で呼ぶに如くはなかろう。

小生は恭しく尋ねた。ごってりシゴいてやらねばとは誰を？

「職工共を」とスナッパー氏は返した。「ストライキをやっておる職工共と、連中の肩を持つ職工共を」

小生は一言物申した。もしやほんのシゴいてやれば好いだけの話なら、連中、めっぽう理不尽な輩に違いない。というのも既にあっちこっちでシゴかれて少々イタい目には会っているはずだから。スナッパー氏はグイと、小生宛苦ムシを噛みつぶし、上掛けの外で二、三度革手袋の手を開いたり閉じたりしていたと思うと、やぶから棒に問うて来た。「お宅はどこぞの代表者と？」

小生はくだんの点に関すスナッパー氏の下種の何とやらに待ったをかけるに、どこの代表でもなき旨返した。

「それは何より」とスナッパー氏は言った。「けれどストライキの味方と？」

「いえ、全く」と小生は答えた。

「では工場閉鎖《ロックアウト》の味方と？」とスナッパー氏は畳みかけた。

「いえ、これきり」と小生は答えた。

せっかく小生を見上げかけていたものを、またもや見損なうと、スナッパー氏は人間、親方の味方か職工の味方のいずれかであらねばならぬ由御教示賜った。

「ですが人間、双方の味方になっても好いのでは」と小生は言った。

スナッパー氏は、はてさてそいつは如何なものか。一件の政治経済学に中庸というものはなかろうかと。小生のスナッパー氏に異を唱えるに、政治経済学はそれなり、して己《おの》が分際にては偉大かつ有益な学問ですが、小生なりのその定義を祈禱書から移し変え、全ての神の上位なる偉大な王に仕立て上げるつもりはありません。スナッパー氏は恰も小生を締め出そうとでもいうかのようにすっかり上掛けに包《くる》まり、天辺で腕を組むや、仰け反りざま窓の外へ目をやった。

「でしたら資本と労働の間に」とスナッパー氏はいきなり窓外の光景から小生へと目を引き戻しながら吹っかけた。「政治経済学ではなくして何を持っておいでになろうと?」

小生はこの手の議論においては必ずや、能う限り紋切り型の文言を避けることにしている。というのもちっぽけな経験上そいつらがしょっちゅう分別と節度に成り代わっている所を見て来ているからだ。故に資本と労働ではなく、雇い主と雇い人なる文言にて話の穂を継いだ。

「雇い主と雇い人の間にも」と小生は切り出した。「この世のありとあらゆる人間関係におけると同様、何か感情と情緒の籠もったものが、何か互いの諒解と忍耐と配慮を具えたものが、何かマカラク氏の辞書*には載っていない、よって正確には数字で表わせないものが、介入すべきではないしょうか。さもなければそうした関係は芯が傷み、腐っているだけに、決して健やかな実を結ばないはずです」

スナッパー氏はせせら笑った。小生とてせせら笑っていたくごもっともという気がしたので、せせら笑い、かくて仲良く溜飲を下げた。

「ああーっ!」とスナッパー氏は何やら強かに上掛けを撫でつけながら言った。「貴殿は一般庶民の不用意で理不尽な習性をほとんど御存じないとみえる」

「がそれでいて、くだんの連中について某かは知っているつもりです」というのが小生の返答であった。「実の所、スナ——」小生はすんでにスナッパー殿と言う所であった!「実の所、果たして当今、単に階級特有の欠陥にすぎない欠陥がさほどあるとは思えません。概して、例えば御自身の界隈で職工の間に存在するのに気づかれる欠陥は何であれ、親方の間にも、して親方の上の階層の間にすら、量的には劣らず存在するのに気づかれるのではないでしょうか。くだんの欠陥は状況によって軽減されるだけに、より高度な教育を受けた者の間ではそれだけ申し訳が立ちませんが、いずれにせよかなり公平に分配されるはずです。よって近い将来、目下は明らかに労働階層や下層階級とは分かち難い因襲的な形容辞が、今申し上げたような謂れ故に、次第にすっかり廃れて行く日が来るに違いありません」

「はむ、ですがケチのつき始めはストライキですぞ」とスナッパー氏は苛立たしげに宣った。「雇い主はストライキにこれきりかかずらってはいなかったのですからな」

「とは言え、今のそのランカシャー州で持ち上がったストライキについて小耳に挟んだ所では」と小生は言った。「一件は価格を吊り上げる口実が入り用の際にはまんざらでもない雇い主もいたとか」

「つまり貴殿はそうした雇い主はそうしたストライキを起こすのに一枚噛んでいたとおっしゃりたいのですかな?」とスナッパー氏は切り返した。

「恐らく、何かマンチェスター部門稼業に携わる、記憶のいい方々に問い合わせれば、より確かな情報が得られるのでは」と小生は答えた。

スナッパー氏は、とおっしゃると、貴殿は職工には手を組む権利があるとお考えと?

「如何にも」と小生は言った。「如何なる合法的やり方であれ、手を組む完璧な権利が。彼らには手を組むことが可能であり、手を組む習いにあるという事実は職工にとって栖となろうとは想像に難くありません。今回の一件の責めですら、そっくり一方にある訳ではないでしょう。私見では、連携的な工場閉鎖《ロックアウト》は大きな過ちでした。して貴殿方プレストン雇用主は――」

「やつがれはプレストン雇用主ではありませんぞ」とスナッパー氏は口をさしはさんだ。

「プレストン雇用主の人格高潔な協同組合は」と小生は仕切り直した。「目下の不幸な諍いの端緒に、如何なる組合であれ――例えば彼ら自身のそれのような――組合に属す従員は以降雇用せぬとの原則を規定した際、偏頗にして不公平な空理空論を高飛車に推し進めようとしたため、すぐ様断念せざるを得なくなりました。是ぞ無謀な手続きであり、最初の敗北でした」

スナッパー氏は、初めから分かっていましたが、貴殿はおよそ雇用主の味方どころではありませんな。

「お言葉ではありますが、小生は嘘偽りなく、雇用主の味方であり、雇用主の中に馴染みもたくさんいます」

「がそれでいて、これら雇い人はまっとうだとお考えと?」とスナッパー氏の宣はく。

「よもや」と小生は返した。「どうやら目下の所、彼らは不条理な葛藤に陥っているようです。出だしで躓いたからには、首尾好く抜け出すのは難しいかと」

スナッパー氏はどうやら小生を天下の日和見主義と決めつけていると思しく、しばし口ごもっていたと思うと、カマをかけた。憚りながら、プレストンへは用事で?

実の所プレストンへは、と小生は明かした、小生なりおよそ事務的ならざる物腰で、ストライキを見に行く所です。

「ストライキを見に!」とスナッパー氏は両手でグイと帽子を被り直しながら、オウム返しに声を上げた。「ストライキを見に！　立ち入ったことをお尋ねするようですが、一体どういう了見でそいつを見にお行きになるのですかな？」

「いえ、御遠慮なく」と小生は答えた。「小生は自由主義の紙面においてすら、最も難解な――しかも時には尋常ならざる手合いにして、確かに書物にてはお目にかかれぬような――政治経済学が唯一、この度のストライキの試金石として取り上げられるのを目にします。正しく今日のこと、明朝付の新聞で、極めて激し易い将軍によって武装した叛徒や山賊に関して為されるやもしれぬような手合いの、これら職工に関す言及と併せ、如何に利潤と賃金の間には何ら関係がないか示す、政治経済学上の瞠目的新説も目にしています。さて、仮に労働者の最も気高い美徳がこの、彼ら自身の過ちの行為において自づと常にも増して明るく輝くとすれば、恐らくその事実から小生が――して小生以外の人々も――彼らと彼らの雇用主との関係には何か、政治経済学も戦地軍法会議宣言書も固より補い得ぬ、よって我々がその何たるか突き止めようとする上で如何ほどほどなく、如何ほど穏健に手を組んでも勇み足にはなるまい些細な代物が欠けていると推し量ったとしても当然ではないでしょうか」

スナッパー氏は、またもや手袋を嵌めた手を一再ならず開いては閉じていたと思うと、上掛けをいよよ喉元までぴっちり引っ被り、ほとほと嫌気の差した態で床に就いた。してラグビー（英中部ウォリックシャー州東部都市）にて御尊体と上掛けを別の客車へと連れ去った。小生には後は勝手に独り旅を続けよとばかり。

プレストンに着いた時には午後四時になっていた。その日は土曜で、市《いち》の立つ日でもあったので、外つ国人《びと》ならば、町に住まう幾多の物臭な、食いすぎてだけはいない連中の直中から、街路にはさぞやツムジのひねた不穏な暴徒まがいが繰り出しているものと目星をつけていたやもしれぬ。が、ひんやりとした、煙の立ち昇らぬ工場の煙突と、街角の貼り紙と、一心にそいつらに読み耽っている労働者の塊をさておけば、外つ国人《びと》であれ英国人であれ、よもやこの地の通常の労働が途絶えているなど思いも寄らなかったろう。かくて精読されている貼り紙はなるほど論理性に見るべきものがある訳でも、言い分を殊の外明確に申し立てている訳でもなかった。が、ぶっ通しで二十三週間もの間《あいだ》仕事にアブれている連中から発散され、同上の連中に訴えかけられている割には、さしたる理性の窺われぬ代わり、少なくとも激情は皆無に等しかった。以下、紹介するのが小生の目にし得た限り最もお粗末な代物だろうか。

「馴染みと職工仲間へ

「貴兄らが目下の闘争が始まって以来プレストンに惜しみなく注いで来た助力に対し、二万人の苦闘する職工の篤い謝意を受け留められんことを。

「貴兄らの親切と寛容、忍耐と長きにわたる援助は満腔の称賛に値し、それに匹敵し得るものがあるとすれば、ただプレストンの虐げられ、蔑されし工場労働者の英雄的かつ決然たる不屈の精神くらいのものであろう。というのも彼らはこの数か月というもの苦闘し、目下の厳寒の時節にあってなお己自身並びに苦役に喘ぐ全共同体の権利のために雄々しく闘っているからだ。

「未だプレストンにてストライキが持ち上がらぬ幾年もの間《かん》、職工は雇主の蹂躪され、侮蔑されし農奴であった。というのも雇主は好況と全般的な繁栄の折に彼らの労働よりカリフォルニア全州分もの金《きん》を絞り取り、金《きん》は今や其をもたらせし者を文明の階級においていよよ、いよよ低く打し拉ぐに用いられているからだ。これが我らが商業的繁栄の結末とは！——富める者により多くの富を、貧しき者により大きな貧困を！　かようの現状にプレストンの労働者が異を唱えたからというので——自らの労働の報酬の妥当な分け前を得る目的のために公平かつ合法的やり口で団結したからというので——公平な措置を宗とするプレストンの雇主は、己《おの》が永遠の恥辱と不面目たるに、工場を閉鎖し、『一溜まりもなく（『マクベス』Ⅳ、3）』、と彼らの思うに、二万、或いは三万の人間から生きる手立てを奪い去った。残虐と暴政は必ずや己自身の目的を敗北さす。この場合もまた然り。祖国の労働階層の栄誉と信望を高めるに、敢えて記せば、裕福な金持ち連中が破滅に追い込もうとした人々を、貧しく勤勉な連中が危害から守って来た。正義を愛し、不正を憎む心は、労働者の人格と性向の気高い特質であり、我々にこの世はいずれ偉大な造物主の意図されたものに——悲嘆と苦役と迫害と邪悪の場ではなく、目下の欺瞞と不当の体制によって生まれた貪婪と悪しき激情全てには付け入る隙のない、平和と豊饒と幸福と情愛の住処にして住居に——なろうとの希望を抱かせる。

「地球はそこに住まう人々の悲惨のために造られたのではなく、知性は己自身と同胞《はらから》を不幸にするために人に授けられたのではない。否。土壌の豊穣と素晴らしき発明は——知性の賜物は——挙って、これらは人類の悲惨と堕落ではなく、我らが幸福と安寧のために我々に授けられたのだと申し立てる。

「固より偏りのない神が自らの祝福の分配に偏りがあるよう意図していたと言うのは工場主や労働の賜物の『ライ

オンの取り分（『イソップ物語』）』を掻っさらう者皆にとっては都合のいい論法やもしれぬ。が我々は全ての穀物を植え、刈る者が粥一皿作るにも事欠いて然るべきだと信じるのは自然の理に反すということを――唯の一インチも織ったためしのない者が一ダースからの労働者とその家族の妥当な要求を満たす以上の沙羅や、絹や、繻子を有す片や、全ての布を織る者が我が身を包む一ヤードにとて事欠くべきではないということを――知っている。

「一握りの人間に全てを与え、幾多の人間に何一つ与えぬこの体制は可惜長らく続いて来た。よって我々は祖国の労働者に新たにして改善された体制を――額に汗する者皆に、彼らの労役のもたらすかの祝福と快楽の公平な分け前を与える体制を――築く意を決すよう訴える。要するに、かの『働かざる者、食うべからず』との神聖な戒律が強く主張される所を見届けたいと願う。

「任務は貴兄らの眼前にある、労働者よ。もしやその達成よりもたらされるであろう善が勝ち取るべく奮闘するに値すると思えば、直ちに仕事に着手し、来る好機を獲得するまで弛むこと勿れ――プレストン職工のみならず、貴兄ら自身のために。

「委員会の命《めい》により

「プレストン、チャペル通り、マーフィー禁酒旅館

「一八五四年一月二十四日」

仮にくだんの沙羅や、絹や、繻子が蓋し、大量に纏われねば、果たして彼ら自身や、彼らの馴染みや、職工仲間はどうなるものか考えてみんとの思いが委員会の脳裏を過らぬとは憂はしきことではなかろうか。がそいつは不問に付すとしよう。自らスナッパー氏にも告げた通り、小生がこの目で見届けたいのは如何にこれら労働者が誤った印象の下《もと》身を処しているか、共同体の――弱さと厄介ではなく――強さと平和たるべき如何なる資質を、くだんの不利な状況にあってなお発輝するかである。当該刷り物からすら、しかしながら、雇用主が十把一絡げに鼻を摘まれている訳ではないと判明した。以下、プレストン・ストライキという新たな流行り唄からの押韻詩を御覧じろ。

「ブラックバーン*のヘンリー・ホーンビー。
奴は陽気な男。プレストン親方にすこぶる打ってつけ。
ゴマかしは利かぬ。手当はべらぼう。クビにはすまい。
ってことでホーンビーとブラックバーンよ、いついつ
までも達者でな。

「もう一人御仁がいる。きっと皆して死を悼んでる。
ブラックバーンじゃ御仁のために碑を建ててる。
御仁の名は知ってよう。名にし負う映えある故エクルズ。
ホップウッドよ、スパローよ、ホーンビーよ、いついつ
までも達者でな。

「だからそろそろオレの戯れ唄も仕舞い。今のその
プレストン綿花王よ気をつけな、この先のことじゃ。
平和とおまけに秩序もありゃオレ達ゃ賢くなれようさ。
ストックポートとブラックバーンよ、いついつまでも
達者でな。
「さあ、お前らせいぜいそいつに精出しな」

ストライキ第二十三週目の収支貸借対照表が広範に貼り出されていた。くだんの週の収入は二千百四十ポンド某。寄附者の中には詩的な者もある。例えば——

「皆に愛を、死者に平穏を
目下困窮している貧者が
パンにすら事欠かぬよう
三と六ペンス」

次なる詩的諫言はゴートン（マンチェスター市の一地区）からの寄附の一覧に添えられていた。

「この壁の内にて麗しの娘御は
持ち分の寄附を拒むというか
務めにぞんざいにして——令名に疎くも
恥を知れ、汝《な》ら娘御よ、おお、恥を知れ！
さあ、そっくり叩き、娘御よ、何が正しいか考えろ。
力の限り汝《な》らの生業を守れよ。
汝《な》らが守らねば世間は咎め
声を上げようから、汝《な》ら娘御よ、おお、恥を知れ！
希望を繋ごう、いずれは全て引き合おうと。
プレストンの連中はほどなく言うやもしれぬ——
汝《な》らの助けのお蔭で手にしたと
未だかつて得られたためしのないほど偉大な勝利を」

寄附者の中には本名を、例えば「まだネを上げるな」「みんな心は一つ」「勝ちをさらえ」「友愛組合」等々のようなハッパめいた所感なるヴェールに包む者もあった。また中には「ぶっちぎりの馴染み」「二対一でプレストンの勝ち」「スネっかじられ屋のジョー」「ロバ御者」といった剽軽な名を騙

る者もあった。またぞろ中には生業伝《づて》名乗りを上げる者もあった。「靴直しのディック、六ペンス」「正直者の仕立て屋、六ペンス」「靴造り、一シリング」「陽気な鍛冶屋、六ペンス」「マスカリーのとびきり親身な馬車造り数名、三と三ペンス」といったように。ストライキ第十四週目の古びた貸借対照表にはカーライル氏からの以下なる引用の見出しがつけられている。「逆境は時に人に辛く当たるが、繁栄に耐え得る一人に対し、逆境に耐えよう者は百人いる（『英雄論』（一八四一）第五講話「文人としての英雄」結語）」エルトン地区（英西部チェシャー州首都チェスターの一地区）はその報告書の前置きとし、次のような条《くだり》を添えている。

「おお！　汝《な》ら、皆のために企図されし
　気高き目論みを始める者よ
汝《な》ら、同胞に恩恵をもたらそう
　大義に与す者よ！
しかと定めよ、自ら進もうとする道を
　自ら力を尽くさんとす勝負を
もしや其が正直なそれならば
　迷うことなく進め！
「たとい最も望む主張を
　直ちには押し通せまいと
辛抱しろ――時は驚異を成し遂げる
　トボトボと歩み続けよ、倦まず弛まず
障害も行く手に、仮借なき、殺伐たる
　隊列を成して立ちはだかるやもしれぬ
が怯むこと勿れ！　怖れること勿れ！
　ほんの邪魔っけな影法師やもしれぬ
「さらば汝《な》らに果たすべき務めの
　ある限り、飽くまで踏みこたえよ
『前へ』を汝《な》らの為す動きとせよ
『先へ』を汝《な》らの鬨《とき》の声とせよ
成功が晴れて汝《な》らの企図に栄冠を授けた暁には
　汝《な》らの辛苦全てに報いよう
労苦の為せし善を目の当たりにするは
　さらば萎えることなく己《おの》が道を行け」

当該一覧にて「互いの荷を担えよ」は一ポンド十五、「原典に飽くまで則り、互いを愛そう」は十九シリング、寄附していた。「クリストファー・ハードマンの職工再び。曰く、常に十シリングの内一は割ける」は二と六ペンス。次なる覆面の脅しがせいぜい小生の目にした如何なる貼り紙においても最悪の様相だろうか。

　「例の部屋へヅカヅカ押し入って来る
　『アンクル・トムの小屋』のバイオリン弾きが
　　金を叩かんというなら、パンチ（人形芝居の主人公）が奴の
　　脚を真っ直ぐにしてやる。
　「例のカードの側の給仕と
例の二人の縒りかけ屋が金を叩かんというなら
パンチが奴らの騒ぎをスッパ抜いてやる。
　「例の切羽詰まった糸巻き娘が来週
金を叩かんというなら、パンチが娘の一切合切
　スッパ抜いてやる」

とは言え、当該貼り紙を改めてよく見てみれば、そいつはベリー（マンチェスター北北西の町）に関わる、ベリーからのビラで、プレストンとは縁もゆかりもなかった。雇用主の掲示も引きちぎられたり破られたりしているものはなく、反対側のそれにつゆ劣らず食い入るように読み耽られていた。

　くだんの夕べ、周辺地区からの代表が慣例に従い、週極めの寄附一覧を携えてやって来つつあった。これら代表は唯一暇な日たる日曜に集い、報告を済ますや我が家と月曜の労働へと戻る。日曜の朝、小生は代表者集会へ赴いた。

　くだんの集会は、我らが堕落した祖国のより善き御時世にはその名に暗示される知的娯楽のために今は亡きダービー卿＊の所有していたとある闘鶏場《コックピット》で開催される。小生はより下層の手合いの労働者で生半ならずごった返したせせこましい小径の先の闘鶏場《コックピット》を指し示された。その町では全く顔見知りがいないにもかかわらず、誰もがすこぶる恭しく、上機嫌に道を譲ってくれた。闘鶏場《コックピット》の戸口に辿り着き、見聞の希望を伝えると、人込みを掻き分けるようにして土間《ピット》へと連れて降りられ、またもや連れて上がられてみれば、書記のテーブルから一脚と離れていない、して議長から三脚と離れていない、いっとう高みの円形ベンチに腰掛けていた。議長の後ろには天辺に斑染めの更紗でこさえた大きな花冠を頂く棹が立てられ、何がなし五月祭《メイデー》の趣きを醸している。その場に他の象徴ないし装飾は見当たらなかった。

　会場は小生が未だかつてお邪魔したことのある如何なる製作所や工場より暑かったにもかかわらず、砂敷きの土間《ピット》にはストーブが据えられ、代表者は間際に座り、とある格別な御仁などしょっちゅう、まるで悴んで仕方ないかのように手を温《ぬく》めていた。大気が然にむっと息詰まるほど暑苦しいせい

で、小生は当初、下方の土間《ピット》の代表者や、ベンチというベンチにぎっしり腰掛けたり、せせこましい、なけなしの立見席を塞いだりしている、一心に聞き入る男や女の（後者はさほど多くない）黒山のような人集りが朧にしか見えなかった。その場の雰囲気が、しかしながら、お近づきになるにつれて少々晴れるに及び、目下俎上に上せられている問題は果たして「労働議会」から出席しているマンチェスター代表者達は言い分を聞かれて然るべきか否か？　たることが呑み込めて来た。

仮に「集会」が静粛と秩序の点で下院と比較されたならば、下院議長閣下その人とてプレストンに軍配を挙げよう。議長は歳の頃五十二、三のプレストン織工で、*大振りな頭の両脇と後部には暗褐色の長髪を蓄え、穏やかな面《おもて》は注意深く、眼光は鋭く、物腰はわけても坦々と落ち着き払い、声は物静かで、右腕の仕種が殊の外モノを言った。さあ、いいか、我が馴染みらよ。問題は何か見てくれ。問題は、果たしてここなるこの男達の言い分は聞かれるべきか否かだ。そこでこういうことになる、果たしてこの男達の言い分は何か？彼らはカネを持って来ているか？　もしもこのストライキの出費の足しになる金を持って来ているとすれば結構。というのも現《プラース》なまこそは、馴染みらよ、我々の欲している、我々に是が非とも必要な、ものだからだ（謹聴《ヒヤ》、謹聴《ヒヤ》、謹聴《ヒヤ》！）。彼らはこのストライキのやり方に何か提案を携えて、我々の下《もと》へ来ているのか？　ならば、結構。忌憚なく忠言を言ってもらい、我々は傾聴しようではないか。だが、もしやこの男達が我々に「労働議会」とは何か、或いはアーネスト・ジョーンズ（法廷弁護士・チャーティスト運動家（一八一九—六九））の考えとは何か言うために、或いは我々の欲しているのが調和と、同胞愛と、友好である時に、我々の直中に政治学と不和をもたらすために、ここへ来ているとしたら、ならば私は君らに言おう、果たしてこの男達はこの場で言い分を聞かれるべきか否かは自分達で慎重に決めてくれと。（謹聴《ヒヤ》、謹聴《ヒヤ》、謹聴《ヒヤ》！　して否、否、否！）議長は着席する。代表団に食い入るように目を凝らし、椅子の両の肘掛けにしっかとつかみかかりながら。見るからに道理を弁えた面構え。目の粗い素朴な工員シャツの襟はゆるりと巻いたベルチャー（初めて用いたボクサーに因む、紺地に大きな白斑点のネッカチーフ）の上にさりげなく折り返されている。マンチェスター代表団の言い分は聞かれる可しとの動議を提起している代表者は発議を力説する

——議長殿、小生は皆の衆に、男《を》の子として、これら代表者はこの目下のストライキと工場閉鎖に関し何か言い分があると申し上げましょうか、というのも我々には為すべき要件が山とあり、この目下のストライキと工場閉鎖に関わること

が、してそれのみが、我々の要件だからあります。（謹聴《ヒヤ》、謹聴《ヒヤ》、謹聴《ヒヤ》！）――小生、事実に安易な折り合いをつけるつもりはありません。これら代表者は「労働議会」を自ら受けている問責から守りたいと思っています。――結構、議長殿、ならば小生は修正案とし、議長には目下これら代表団の言い分を聞かぬよう、要件の先を続けるようと――してもしや先を続けて頂けぬなら、よろしいでしょうか、小生に議長の世話を焼かせて頂くようと――発議致します。（喝采と笑い）――ならば馴染みらよ、証してみせよ！――二、三人の手が代表団に与して、残り全ての手が議事に与して、挙げられる。動議は否決され、修正案が通過する。マンチェスター代表は言い分を聞き届けられぬ可し。

　然れど今やスロスルトン（チェシャー州ウオリントンの町）代表がガバと、凄まじき剣幕で腰を上げる。議長殿、自分はとある貼り紙を手にしています。議長から、議長、説明を求め請う貼り紙を。実にけしからん貼り紙を。自分の知らぬ間《ま》に、してここに共に出席している仲間の代表の知らぬ間《ま》に、我がスロスルトンの町に掲げられていた貼り紙を。委員団の権限で、議長、貼られたと思われる、して仲間の代表と己自身のツンボ桟敷に置かれたビラを。我々は何故《なにゆえ》蔑されねばならぬと？　何故《なにゆえ》侮られねばならぬと？　何故《なにゆえ》闇討ちされねばならぬと？　この刺客めいた狼藉は何故《なにゆえ》我々に対し働かれねばならぬと？　何故《なにゆえ》スロスルトンが、この大いなる闘争において貴殿方、プレストンの職工をあっぱれ至極に支援し、一織《ひとはた》につき優に七ペンスに上る寄附を募って来たというに、非英国的にして卑劣な所業によってかくの如く貶められ、かくの如く誇られ、かくの如く罵られ、かくの如く蔑まれ、かくの如くその感情を蹂躙されねばならぬと？　議長に、議長、くだんの貼り紙をお渡し致します。何卒、議長、くだんの貼り紙について得心の行く説明を賜りますよう。して自分は議長の名にし負う廉直に然に深甚なる信頼を寄せればこそ、議長、必ずや得心の行く説明を頂けるものと、一体何者に責めが帰せられるべきかおっしゃって頂けるものと、してこの不埒千万な処遇に対しスロスルトンに償いをして下さるものと信じています。さらば、血気に逸ってガバと、当該貼り紙にいささか責めを負うグラフショー*（玄人弁士）が起立する。おお我が馴染みらよ、だがここにて説明が求められていると！　おお我が馴染みらよ、だが真の中傷者と背信者の、真の非英国的刺客の、腹黒いやり口が皆の衆の前にさらけ出されることこそ付き付きしく、まっとうと言えるのでは。我が馴染みらよ、この腹黒き陰謀が初めて企まれた際――がここにて議長の口ほどにモノを言う右手がそっとグラフショーの肩にかけられる。グラフショーは業を煮やしに煮やしたその刹那、待ったがかかる。我が馴染みらよ、今のは我が馴染みグラフショーの不穏当極まりなき文言かと。してこれは要件ではない――最早、要件では。よって今一度、議長、小生、先刻議長の世話を焼かせて頂こうと申した代表は、ここにて改めて要件の先を続けて頂くよう、げに発議致します！　プレストンはウェストミンスターとは異なり、人身攻撃的口論にはさして食指が動かぬ。発議は賛成の上、通過し、議事に移られ、グラフショーは押し黙る。

恐らく世界中どこを探しても、これら職工が議事を進行する坦々として思慮深き物腰と、その直中にて彼らの生活が日々営まれている発動機の金っ気な騒音や慌ただしさとの間のそれほど著しい対照を成すものもまたなかろう。彼らの類稀な不屈の精神と堅忍不抜――互いの間における高邁な徳義心――自らに課された、皆に丹念な手本を示し、己《おの》が階層を如何なる危害や評判の損失からも守る責任の確たる銘記――大半の開業医や実践的聖職者が然に幾多の事例を挙げ得る、互いに手を貸し合わんとす気高き心意気――は、人間性のしごくありきたりの観察者にとって当該闘鶏場《コックピット》におけるほど明々白々と映りはすまい。ものの一分たり、彼らの大多数が以上全ての資質は自ら為している事に収斂されているとの――自分達は正しい事を為しているとの――信念に心底衝き動かされていないと考えるは、土台叶はぬ相談かと思われた。様々な代表者が（中には昨夜工場を発った正しくそのままに作業着の者もあったが）自分達の成り代わっている相異なる地から送られた総額を報告する際、彼らの側《がわ》におけるこの強い信念は、くだんの信念を表わし得る口調という口調に、眼差しという眼差しに表わされているかのようだった。ある男は然に多額の寄附を持参している誇りの余り、雀躍りせぬばかりかと思えば、別の男は然に少額しか持参していないからというので恥じ入り、気落ちしていた。この男はもしや必要とあらば、手持ちの貯えから来週さらに一〇〇ポンド寄附出来ようと、誇らかに公言し、あの男は自分の地区はほどなく景気が持ち直そうと申し立てた。が彼らが（内多くは自分達の後《のち》に汗水垂らすべく生まれて来るはずの子らに言及していたが）「この偉大な、この気高い、勇敢な、神々しい苦闘」を口にするひたむきさを疑うくらいなら、いっそグルリを取り囲んでいる壁の存在を疑う方がまだ増しだったろう。彼らの中にも確かに、企み心のある、不穏な輩が紛れてはいるが、小生は彼らの過誤は概して正直なそれにして、内なる悪ではなく、善によって支えられていようとの深甚なる確信を胸に、その場を後にした。

夜にせよ昼にせよ、街路の平穏がいささかも乱されることはなかった。これが偶然の事態でない証拠、町の警察報告は同上の趣旨を雄弁に語っている。小生は頻繁に通りから通りを歩き、さすが他処者だけに、ノラクラ者の間では少々物珍しげに見られたが、不躾や不機嫌な目には全く会わなかった。一再ならず、上述の貸借対照表の刷り物を眺めながらも、数字の言はんとする所がそっくりとは呑み込めずにいると、傍に立っている労働階層の男が説明がてら人差し指で割って入り、謎を解き明かしてくれたものだ。日曜日の闘鶏場《コックピット》は立錐の余地もないほど人々でごった返し、人いきれの余り小生は議事が締め括られぬ内に人込みを搔き分けながら表へ出ねばならなかったが、迷惑を蒙ったはずの誰一人としていささかの焦れったさも見せず、誰しも快く道を譲り、通りすがりにかけた詫びの言葉に陽気に会釈を返してくれた。にもかかわらず、恐らく、彼らはともかくその場に立ち会っていることから推して——小生と馴染み*しか、その場に居合わす者の内、彼ら自身の階層に属さぬ者はいなかったから——小生は見たり聞いたりしたことを反対側に垂れ込むためにこそやって来ているものと勘繰っていたやもしれぬし、実の所、とある弁士などその旨当てこすってもいるようだった。

月曜正午、小生は人々が金を受け取る所を見るべく再び当該闘鶏場《コックピット》へ足を運んだ。その折、会場は半ばほどしか、しかも主として娘と女によってしか、埋まっていなかった。彼らは皆、これっぽっち目ぼしいもののなきまま、腰を降ろして待っていた。して正しくかの、自分達自身とは身形が異なる所へもって無論、その者独特の個性を具えた他処者が不意に姿を見せれば、不快のタネまでは蒔かずとも、より雅やかな集会にとってすらどこかしらおどけた風情を醸す状態にあった。が小生はまるで外《ほか》の連中同様、金を受け取りにやって来てでもいるかのようにこれきり気にも留められぬままそこに突っ立ったなり傍で見守っていた。前日書記が座っていた場所にはしごくありきたりの小さな小汚いテーブルが据えられ、半ペンスより成る五ペンス分の山が所狭しと載っている。未だ支払いの始まらぬ内、小生は一体何者がこれらスズメの涙ほどの端金を受け取ることになっているものやらと訝しんだ。がいざ支払いが始まってみれば、謎はほどなく解けた。くだんの山はそれぞれ一ペニー差し引いた、六ペンスへの釣りだった。金を受け取る者は皆、混乱を避けるために縦列を成して建物をグルリと回る上で、外へ出る際にこのテーブルの前を通らねばならぬ。未婚の娘の大半はここでつと足を止めては、各々六ペンスを崩し、家族を抱えたストライキ中の労働者を助けるべく週極めの一ペニーを寄附した。これら娘や女の大半はどこからどこまできちんと身形を整え、清潔で、健やかで、見るからに人好きがした。並べて小ざっぱりとした、陽気な雰囲気が漂う片や、むっつりとした不服らしきものは滑稽なまでに欠けていた。

全く同じ光景が同日、「チャドウィック果樹園」の――赤レンガを措いて何一つ花盛りのもののなき――さして出席者の多からざる戸外集会にて繰り広げられた。ここにては、昨日の議長が荷馬車の中で会を取り仕切り、荷馬車より弁舌が揮われた。議事はまずもって以下なるいい加減お定まりにして取り留めもなき賛美歌で幕を開け、賛美歌はバーンリー（ランカシャー州東部、鉄工業・綿織物業都市）からお越しの職工によって歌詞が読み上げられ、全会衆によって長韻律（弱強格八音節四行から成る賛美歌調）で歌われた。

「汝の広き蒼穹の下《もと》に集い
汝に、おお神よ、汝の子らは叫ぶ
汝の造り賜いし貧しき者は訴える
汝は皆に偉大にして優しかれば

「汝の惜しみなき恩恵は四方へ微笑み
汝はついぞ幸を拒んだためしがない
が富を有す者が、力を有す者が
イナゴの如く我らが賜り物を食い尽くす

「目覚めよ、汝ら苦役の息子！　眠ること勿れ
数知れぬ人間の飢え、数知れぬ人間の泣く限り
権利を申し立て、暴君共に思い知らせよ
飽くまで自由たらんと意を決しているものと」

ホリンズ氏経営至高紡織工場はこの間《ま》もずっと開いていた。すこぶる美しい工場で、立派な機械が大量に備え付けられ、さらに最近の精巧な改量品も加えられている。四百名からの人間がクチにありつけたろうが、折しも働いているのはわずか八十五名にすぎず、しかも内五名はその朝の「新入り」だった。職工はズラリと並んだ、微動だにせぬ力織機《りきしょくき》に囲まれてみれば、何やら冬の木立にわずかに残った枯葉のように見えなくもない。彼らは（極めて慎重にも、上述の光景には立ち入っていなかった）警察に護衛され、毎日工場から出て来る際にはストライキ中の人数との比ではついぞ多かったためしのない、して今や二、三十に減っている人集りにジロジロやられていた。その折、戸口に警官が一人立てば、秩序を保つに充分だった。これら八十五名はすこぶる上品な身形の、主として女性より成る工員で、いささかも我が身を案

じていないのは火を見るより明らかだった。これまで薄暗い通りで乱暴に小突いた上、殴りかかられた少女は一人しか、たった一人きりしか、いないそうだ。

捉えられ得る如何なる様相においても、このストライキと工場閉鎖《ロックアウト》は嘆かわしい惨禍だ。時間の浪費において、偉大な民族の精力の浪費において、給金の浪費において、用いられることを望んでいる富の浪費において、日々身を粉にして働いている幾千もの人間の資力への侵害において、利害が同一たると諒解されねばならぬ、さなくば破壊されざるを得ぬ人々の間の刻々と深まるばかりの懸隔において、其は大いなる国家的災禍である。が、事ここに至りて、怒りは詮なく、兵糧攻めは詮なく――というのもくだんの手立てが五年後、英国中の製作所に苦々しい記憶の増大なる蔭を垂れ籠めさす以外、何の用を成すというのか？――政治経済学はもしやいささかなり人間的な衣を纏わせ、肉付けを施さねば、いささかなり人間的な紅みを添え、人間的な温もりを与えねば、ほんの骸骨にすぎぬ。あちこちの大工業都市では殿方が国外の剣呑な狂人による痴れ返った仲裁を称揚するにおよそ吝かどころではないという。彼らの内誰一人として国内における正統的仲裁と和解に思いを致せる者はいないというのか？　よもやかほどに込み入った紛糾がアデルフィ（ストランド街近くの高層住宅区）における朝の社交会によって解決されようなどという甘い了見を抱いてはいないが、目下然に傷ましく敵対している両者に是非とも思いを巡らせてみて頂きたい――果たして祖国にはわけても公正に行動したいとのくだんの男達の願望に、全階層の同国人と祖国への誠実な愛着に、全幅の信頼を寄せて争点を付託し得る公明正大な男は全くいないのか否か。雇い主が正しいにせよ雇い人が正しいにせよ、雇い主が誤っているにせよ雇い人が誤っているにせよ、両者が正しいにせよ両者が誤っているにせよ、この軋轢が続く限り、或いは度々繰り返される限り、いずれ劣らず大いなる傷手を蒙ろうとは論を俟たぬ。して両者の衰亡の果てしなき波紋を、一体社会なる大海原の如何なる雫が免れ得ようか！

第六十九稿　一般には知られていないが

『ハウスホールド・ワーズ』誌（一八五四年九月二日付）

新聞購読者は恐らく、誰しも上記の常套句とは昵懇の間柄にあろう。一般には知られていないが、百二十門帝国スクリュー戦列艦「ホガース」はポーツマス海軍工廠にて完成までにかっきり七年七月七日七時間七分を要した。一般には知られていないが、目下キャンバウェル（ロンドン南部旧自治区）のピップス氏の果樹園では、氏が専らトーストパン浸しの湯のみで育てた木に一粒、三オンス（約九〇グラム）を越えるグースベリが実っている。一般には知られていないが、ブーズル城のブーズル伯爵の地所の先達ての地代徴収日に、伯爵はその折完納された全額の五パーセントを小作人に免除し、さらにその後《ご》ローストビーフと泡立ちのいいエールの古き善き英国風馳走で皆を持て成した。（一般には知られていないが、当該関連におけるエールは必ずや泡立ちがいいものと相場は決まっている。）

一般には知られていないが、去る火曜日、F・S・Aのコッカー・ドゥードル殿に、他の何であれ読者諸兄がもって余白を埋めたきものに劣らず、氏の一男《いちをのこ》としての資質に対する称賛の証とし、綺羅星が如き馴染み並びに崇拝者によりて催された華々しき宴において、重量五百オンスに垂んとす壮麗な銀製中央飾り《センターピース》と枝状燭台《カンデラブラム》の形《なり》なる記念品が贈呈された。一般には知られていないが、サー・チャールズ・ネイピア提督*がアフリカ要港の下級大佐艦長たりし折、ある日、奴隷貿易船を監視していると奇妙な舟艇が舷側に迫って来た。舟艇の艇尾座にはズブの英国海員の生粋の雛型が腰を掛け、横付けになりながら大声布告人《ステントール》張りの声で呼びかけた。「進行止め！　やあ、チャーリー、おーい！」その途端、当時大佐艦長たりし提督は、たまたま折しも望遠鏡を片目にあてがったなり（一般には知られていないが、食事と就寝の折を除き、片時たり外さぬとあって）船尾甲板を行きつ戻りつしていたため、右舷舷墻《げんしょう》越しに気さくに顔を覗かせ、三角帽を振りながら返した。「トム・ギャフ、おーい、まさかこんな所できさまに会えるとは！」二人は一八一四年以来ついぞ顔を合わせていなかった。がトム・ギャフはさすが筋金入りの船首楼水《フォクスル・ソー》夫《ルト》だけあって、いかつい荒くれ第一縦帆前縁《ファースト・ラフ》を（と、いみじくも奴のことを呼んでいた訳だが）片時たり忘れたためしはなく、今や賜暇を利用し、要港の別の箇所から一目、その華々しき経歴を宜なるかな、誇りにしている、かつての将校に会いたいばっかりに、はるばる二五〇マイルの長きを甲板すらない小舟でやって来ていたのだった。蛇足ではあろうが、乗組み員は全員号笛でグロッグ（水又は湯割りのラム又はリキュール）へと呼び立てられ、トムとチャーリーの奴は互いに再会を祝し合った。が一般には知られていないが、二人はタバコ入れを交換し、もしや「チャーリーの奴」がバルト海艦隊を誇らかに指揮する上で代将旗《ペナント》を高々と掲げるに及び、雄々しき胸が常にも増して高鳴るとすらば、そいつは恰も共感を求めるかの如く、左手のチョッキのポケットがいつ何時であれ捧げられているトム・ギャフのタバコ入れ宛昂った。事ほど左様に、専ら地方紙の格別なロンドン特派員に取り置かれている他の幾多の選りすぐりの椿事も一般には知られていない。例えば、御幼少時、女王陛下によりて様々な一〇ポンド紙幣が様々な老婆に贈られたとか、主として猫とチーズなる、数知れぬ皇室ギフトがひっきりなしにバッキンガム宮殿へ届けられる等々といった。とある椿事は必ずや出来する。コジャーズは著名な公人、もしくは偉大な資産家になる。さらば一般には知られていないが、一八××年のとある夏の夕べ、ロンドン橋の上で歩きくたびれた少年がペニー・ローフを頬ばりながら、道行く人々を心悲しげに見つめていた。少年に、ミナリズ（オールドゲイトからロンドン塔に至る東ロンドンの通り）のフラム氏は——何がなし少年の風采の徒ならぬ所に惹かれ——六ペンス恵み、七年間、毎日曜日、一時にディナーに招待し続けた。この少年こそコジャーズで、一般には知られていないが、フラム家ではくだんの伝統が今なお誇らかに守られている。

　さて、我々の周囲ではどうやら、ほとんど一般には知られ得ぬ、と言おうかもしや知られたとしても一般には理解され得ぬ、異なる類の一つならざる些細な状況が最近出来した、と言おうか今なお出来していると思しい。目下は我々の大方が噂話に花を咲かす余裕のある休暇時だけに以下、二、三例を挙げてみよう。

　一般には知られていないが、本一八五四年、中流階級の英国民はピョートル大帝の下《もと》なるロシア廷臣よりなお獣じみた酔っぱらいの徒党である。一般には知られていないが、これは国民性である。一般には知られていないが、理性、勤勉、克己、矜持を始め、祖国の家庭的美徳から任意に選り出された、その数あまたに上る我らが同国人は、シドナム（水晶宮がハイド・パークから移された南ロンドン郊外）の大英博覧会へと向かうや、そこにてすかさず捩り鉢巻きで酔っ払いにかかり、互いに取っ組み合いの喧嘩を始め、互いの服を引きちぎり、彫像を打ち砕いては引き倒した。だから、上記は一般には然たるものと知られていない。がそれでいて小生は当該絵画が、禁酒の熱狂に駆られた勢い、彼ら自身を対象とする頁にて、彼ら自身の端くれたる画家によりて人々に呈示されているのを目の当たりにする。のみならず禁酒雑誌により、画家はシドナムにおけるくだんの大英博覧会においてこれら事実を正真正銘その目で見た由告げられさえする。はむ！ くどいようだが、是ぞ一般には知られていない事態である。

確か、一般には知られていないが、英国で最も稀少な二冊の本は『天路歴程』（J・バニヤン作（一六七八））と『ウェイクフィールドの牧師』（O・ゴールドスミス作（一七六六））である。がそれでいて、あろうことか（イングランドにとことん通じている）現アメリカ公使は先般、フィッシュマンガーズ・ホール*に集うた同業組合員に瞠目的蘊蓄を傾けた。恐らく、一般には知られていないが、同国人の教育についてクダクダしく述べる上で、閣下はくだんの二冊の稀有な書籍について、二冊は合衆国の丸太小屋という丸太小屋でお目にかかれる片や、「英国では比較的ほとんど知られていない」――即ち、一般には知られていない――と宣った。

一般には知られていないし、もしや我らが祖国の制度について、例えばフランスの作家によって記されたならば、恐らく一般には信じられまいが、英国には審理中の事件に密接に関わる個人が反対側弁護士を公然と、裁判官の鼻先にして裁判官に聞こえる所で、二度にわたり「破落戸」呼ばわり出来る法廷がある。かようの事件が去る七月、事実出来し、誰の知ったことでもなかったと、一般には知られていようか？

一般には知られていないが、国民はウェストミンスターに集う然る大きな「倶楽部」とは縁もゆかりもなく、「倶楽部」の会員は彼らと縁もゆかりもない。「倶楽部」の会員が「倶楽部」に全く属さぬ団体によってたまたま選出されるのは単に奇しき変則にすぎぬ。「倶楽部」の欲求と本分はくだんの団体ではなく、「倶楽部」自体の会員の言動に係るだけに。「倶楽部」の議事録をいざ御覧じろ。一月に、右手は「然る傑人」に対す中傷を幇助したのは左手だと言い、左手は右手だと言う。二月に、ポット氏はケトル氏にいきなり食ってかかり*、さらばケトル氏は揺り籠から取り下ろし、ジリジリとかの映えあるやかん載せへと付き従われるよう申し立てる。同じその二月に、左手の人差し指はモーセのアラビア人（第六十四稿注（三四二）参照）も斯くやとばかりしぶとく右手の人差し指二本にクネリと絡みつき、絡みついたが最後いっかな離そうとせぬ。三月に、全会期中でいっとう愉快な興奮のタネは倶楽部の午餐会だ。四月に、イースターがある。五月に、人身攻撃的モーセのアラビアと人身攻撃的海軍省がらみで「倶楽部」はとことん浮かれ返る。六月に、AはBこそ「尋常ならざるふてぶてしき背教者」なりとの穏やかな啖呵にて憂さを晴らし、その途端縁もゆかりもなきCが嘴を突っ込み、アルファベットが全員、取っ組み合いの喧嘩をおっ始める。八月に、内務省は同僚の下級大蔵省が「全き戯言《たわこと》」をほざいたからというのでコキ下ろす。同じその八月に、停会。この間《かん》終始、絶え間なく叩かれる無駄口は「私は何と言った？　君は何と言った？　彼は何と言った？　ああ、私はそうしよう、いや、君はすまい、ああ、私はそうした、いや、君はしなかった、ああ、私はだろう、いや、君はではあるまい」——して彼ら（蚊帳の外の、ほんの一握りのくだんの人々）は何と言う？　はついぞ耳にされたためしがない！

　恐らく、一般には知られていまい、当今、如何ほどの極端にまで、とある目的の遂行や喝采や笑い声が上述の当該倶楽部の会員を走らすものか。一般には看取されていたはずがない、と小生には思われる訳だが（というのも一件に関す義憤にこれきり出会していないもので）、つい先達て、倶楽部の会員が如何ほどの羽目をかくて事実外したか。以下がそのあらましである。然る「局」はお払い箱にされねばならぬ。我が輩はこの「局」に反対である。* 我が輩は長らくこの「局」に反対して来た。或いは我が輩の公的反対が生半ならずその困難を膨れ上がらせ、その有効性を損ねて来たやもしれぬ。我が輩はおどけた演説をぶち、その場のウケを狙いたい。我が輩は世界の首都のど真ん中にて起立する。世界の四方八方から、わけてもその他大勢の祟りたる、というのもその他大勢は腹を空かせた荒屋住まいの貧乏人だから——片や少数派の我が輩は腹を空かせても荒屋住まいでもないが——恐るべき疫病がグルリでひた迫っている。疫病は我が輩の身の上の低く、名も無き同国人、ヴァルナ（ブルガリア北東部黒海に臨む海港。クリミア戦時の英仏海軍基地）における兵卒連からひた迫っている。インドの灼熱の砂漠から、ロシアの凍てついた海原から、ひた迫っている。疫病はフランスで、ナポリで、蔓延している。むっと息詰まるような古都ジェノヴァで蔓延している。そこなる人々の——もしやこの世の何か我が輩の身につまされるものがあり得るとすれば、げに身につまされようはずの悩める人々の——記事を読んでいるだけに。否、疫病は今しも我が輩が口を利いているこの都にて幾多の犠牲者を打ち倒し始めている。とは我が輩、今しも口を利いている者の知らぬはずのない——知らねばならぬ——知って然るべき——事実、徹頭徹尾知っている如く。だが我が輩はツボを押さえたい。ああ、これだ！「コレラはいつもこの局の力が今にも潰えかけている時に限ってやって来る（哄笑）」この、人間性の耐え得る最も大きな悲惨にして最も凄まじき災禍をダシに然に巧妙に叩かれた我が輩の時宜に適った軽口は、明朝、正しくこの悪疫を載せてプリマス港へ送り返される兵員輸送艦の便りをここなる我が映えある馴染みへと電報で届けよう同じ新聞にて繰り返されるはずだ。かようの些事という些事が一体我が輩にとって何だというのか？　我が輩は笑いを取りたかった。して事実、取った。我が輩に向かって「人間にして同胞（奴隷反対運動標語より）」の苦悶と死を語るとは！　我が輩は「卿にして議員」ではないのか！

　さて、果たしてこの猥りがわしき振舞いが出来した事実は一般に知られていようか？　例えばトトゥニスのような土地の人々はたまたまその噂を耳にしていようか？　それとも彼らはこの先、噂をともかく耳にし、我々はこの先、彼らが噂を耳にした噂を耳にしようか？

　一般には知られていないが、全く新規の原則が立法において罷り通り始め、日々いよよ広く遍き認可を得つつある。とは即ち、社会の最悪の輩を絶えず参照し、かつ彼らに敬意を払って法を布く片や、最善の人々の快楽と便宜はほとんど斟酌せぬ途轍もなく聡明な原則が。「嗜み深き職工とその家族は何を欲し、何に値するか？」という問いは必ずや、当該啓発された圧力の下《もと》、「やくざな怠け者や、酔っ払いや、常習犯は何を悪用しようか？」との問いに屈す。恰も広いこの世の中に何か人間のクズ共が善用しようものがあるかの如く！　恰も流刑囚船やニューゲイト絞首台《ドロップ》の暗澹たる蔭が年がら年中、謹厳実直な働き者のジョブ・スミスの一家の炉端に投ぜられる筋合いがありでもするかの如く！

　がそれでいて、ジョブ・スミスは事ある毎に、人生の真っ直ぐな行路の一インチ毎に、皇族に縁もゆかりもないに劣らず縁もゆかりもない筋金入りの破落戸根性のとんだトバッチリを食らう。ジョブの六日間は苛酷で、単調な骨折り仕事の日々だ。七日目、ジョブはふと、自分と上さんと子供達とは叶ふことなら庭園を散歩するか、絵画なり、植物なり、森の獣なり、世界の七不思議の何かを象ったどデカいオモチャをすら見るのも悪くないような気がする。大方の人々はこの点においてジョブはいたくごもっともと考えよう。ところが、ガバと、ブリタニアは立ち上がり、髪を掻き毟りながら喚き立てる。「断じて、断じて！　ここなるスロギンズを見よ、鼻を圧し折られ、目の周りに黒痣を作り、ブルドッグを引き連れた。ジョブ・スミスの用いるものを、スロギンズは濫用しよう。故に、ジョブ・スミスは用いてはならぬ」という訳で、ジョブはまたもや、いささかうんざり、して虫の居所も芳しからず、息の詰まりそうな大気の中で腰を下ろすか、日曜の日がな一日、支柱に寄っかかる。

一般には知られていないが、この忌まわしきスロギンズはジョブの人生の悪霊である。ジョブはこれまでついぞ身上とし、ビールの小樽も火酒の瓶も所有したためしがない。その点で彼と家族が飲むものは全くもって少量ずつ居酒屋から調達される。如何ほどウェストミンスター倶楽部紳士がかようの生活を実現するのは至難の業と思し召そうと、ジョブは長の年月、そいつを実現して来たし、倶楽部が束になってかかっても言ってやれぬほどドンピシャ、何時に自分は「ビールを一口」引っかけたいか、如何ほどそいつをちびとやるのが懐具合と便宜にぴったり適っているか御存じだ。ところがジョブのくだんの実際的な確信に対し、ブリタニアはまたもや髪を掻き毟りつつ、気づかわしげに金切り声を上げる。「スロギンズ！　鼻を圧し折られ、目の周りに黒痣を作り、ブルドッグを引き連れたスロギンズは地獄墜ちだ」――恰もやっこさん、どこか外《ほか》に行く所がありでもするかのように！――「ジョブ・スミスが引っかけたい時にビールを引っかけた日には」という訳で、ジョブはブリタニアがスロギンズにとって奴に飲ませても大丈夫と思し召す時だけそいつにありつけ、いたく呆気に取られる。

だが、恐らくジョブがいっとう呆気に取られるのは、どデカい活字で、「能弁の福音伝道者」か「清廉の使徒」の説法を聞きに来いと招かれ（小生自身、かようの招待にては烏滸がましい、とまでは行かずとも、やたら高尚な肩書きを目にして来ているので）、フラリと、開けっ広げの戸口から中へ入ってみれば、演壇の御仁が彼に大声で訴えかける折であろう。「吾を見よ！　吾もまたスロギンズなり!!　吾も同じく鼻を圧し折られ、目の周りに黒痣を作り、ブルドッグを引き連れていた。吾をズイと御覧じろ。鼻は真っ直ぐ伸び、目の周りは白く、ブルドッグはあの世だ。かつてのスロギンズ、今や『福音伝道者』たる（或いはその時次第で『使徒』たる）吾は荒れ野にて声を大にして汝ジョブ・スミスに告ぐ。吾はいつぞやはスロギンズたりしものを今や聖徒よろしきに鑑みれば、故に汝ジョブ・スミスは（ついぞスロギンズたらず、と言おうか似ても似つかなかったというなら）掟の力づくにて、吾の受け入れるものを受け入れ、吾の拒むものを拒み、吾の形《なり》を我が身に引き受け、吾に倣うが好かろう」さて、一般には知られていないが、哀れジョブは、人並みの理解力に恵まれているにもかかわらず、してくだんの神出鬼没のスロギンズをお払い箱にすることこそあっぱれ至極な所業と見なしているとあって、以上全てがついぞスロギンズとは縁もゆかりもないどころか、常々忌み嫌って来た自分自身に何故《なにゆえ》適用されねばならぬのかとんと解《げ》せぬ。

一般には知られていないが、ジョブ・スミスは音楽が好きだ。如何にも。生まれながらにして音楽に目がない。イタリア歌劇はいささか値が張るので（もしや安値《やすね》で入れてもらえるならスロギンズが演技に茶々を入れようが）、ジョブの趣味はさして洗練されぬ。がそれでいて、音楽を聴けば気が晴れ、心が和み、いざ耳にすれば、ささやかな資力で賄えるような手合いの気散じを味わう。ジョブは芝居も好きだ。子供や蛮人に植えつけられ、教育を受けた悟性にて生き存えるかの普遍的な趣味に欠ける訳ではない。よって、この現し世の悦びと悲しみや、犯罪と美徳や、苦悩と凱旋が男や女によって演じられれば、我を忘れるほどに陶酔する。ジョブは踊りはさして上手くないが、踊りを見るのはめっぽう好きだし、長男はかなりの腕前で、彼自身、時たまそこそこ気のいい素朴な旋回でならば片脚くらいは揺すぶってやれる。以上全ての謂れをもって、ジョブはちょくちょく、稀な休日など、安《やす》音楽会か、安《やす》芝居《や》屋か、安《やす》舞踏会の末席を汚している所が見受けられるやもしれぬ。してここにて、もしや頂戴出来るものなら、身銭を切った分だけ長閑に堪能するがままにされても好かろうものを。

一般には、しかしながら、知られていないが、これら哀れ、気散じに対し、軍隊が周期的に蜂起し、罪のないジョブの度胆を死ぬほど抜く。何故《なにゆえ》か、一般には知られていない。がスロギンズ故に。二十五名の刑務所教誨師——正義の士（『空騒ぎ』Ⅲ、3）——は、各々スロギンズをギッチリ掌中に収め、奴を回心さす。スロギンズは、同時に二十五の独房にて二十五名の教誨師に一件をそっくり打ち明ける。この二十五年間というもの体内の血の一雫一雫が頭の天辺から爪先まで嘘八百を循環させて来た、悪の申し子たれど、スロギンズは、にもかかわらず、「真実」の具現と化す。スロギンズは宣ふ。「愉しみ事がやらかしました」スロギンズは証してみせる。「調子のいい節回しがそもそものケチのつき始めで」スロギンズは申し立てる。「しべえをみたばっかにおっかあのドたまあ壁にぶち当てちめえました」スロギンズは打ち明ける。「教会から足が遠退いたのも二度摺り足《ダブル・シャフル》のせえで」スロギンズは告白文を認《したた》める。「先生様もしかあしゃフラーディーヴェラ＊ーのオペレえみてなかったら先生様ハラワタあ煮えくりけえしたいきおいベッツィーを真っ紅にほてれ上がった火っ掻き棒でぶちのめすなんてバカなまにゃあしてなかったろうに」スロギンズは熱っぽく訴える。劇場という劇場を永遠に閉鎖し、舞踏室という舞踏室を引き倒し、音楽という音楽に待ったをかける可しと。外《ほか》に何一つ人々を破滅に導くものはなかろうと。そんな禍のタネさえなければ、自分も今頃は商いで羽振りを利かせ、皆から尊敬されているに違いないと。挙句、二十五名は二十五名とも、二十五通の正直にして誠実な報告書にて各々、申し立てる。ジョブ・スミスの要求と功労は一切考慮に入れたり気にかけたりす可からず。人類の自然な、して深く根差した欲求は悉く根刮ぎ引き抜いた上から、踏み躙られる可し。スロギンズの福音こそが世界の良心的かつ勤勉な人々にとっての福音たる可し。スロギンズが地を制し、波を制す。ブリテン人はスロギンズにいつ、いつ、いつまでも——奴隷たる可し*（「ブリタニアよ統治せよ」の捩り。第四十七稿注(一二二)参照）。

当該大いなる、剣呑極まりなき過誤はいくら一般に知られても知られすぎることはなく、いくら一般に惟みられても惟みられすぎることはなかろう。

第七十稿　法的かつ衡平法《エクイティー》*的軽口

『ハウスホールド・ワーズ』誌（一八五四年九月二十三日付）

小生はシドニー・スミスがかの、ホイッグ党政府お気に入りの動物、職歴七年の法廷弁護士と呼ぶ所のもの*である。たとい職歴十七年のと言おうと、さして度は越すまいし、たとい職歴二十七年のとすら言おうと、さして度は越さぬやもしれぬ。が、敢えてのっぴきならぬ羽目に陥るまでもなかろうからには、この点は不問に付そう。

無論、小生は合法の職歴を有す法廷弁護士として、法曹界の衰退を少なからず嘆いている。法曹界が萎え、朽ちる様を如何に目の当たりにして来たことか！　現役中に、ジョン・ドウとリチャード・ロウ（それぞれ元不動産回復訴訟で原告、被告を仮想的に呼んだ名）御両人とてほんの俗人の偏見と無知の摯と化した。現役中に、ロンドン・シティーの中央刑事裁判所における愉快な夕べの一時《ひととき》は中止された。誤解を恐れずに言えば、これまで幸運にも末席を汚して来た他の如何なる宴におけるより二、三時間の内にしこたまワインが呑み干されるのを目にし、より剽軽な与太が飛ばされるのを耳にして来た正餐後のくだんの陽気な集いは。いやはや！　ほろ酔い機嫌の管区長がゴキゲンなサラダを混ぜ、判事方がロンドン市長並びに州長官と年号物ワインがらみで口角沫を飛ばし、中央刑事裁判所所属弁護士の先達諧謔家方が市参事会員や視察官の腹の筋を縒《よ》らせ、かくて一同、かようの饗宴の効験灼なるかな、和気藹々と火照り上がったなり同胞《はらから》を、恐らくは死刑に処すか否か審理すべく、またもや法廷へと引き返すの図を思い浮かべれば——だから、これら今は昔の栄光と、我々の陥っているしごくありきたりの愚昧を惟みれば、イングランドが破滅へ向かいつつあるとしてもこれきり驚きもせねば、驚くにも値すまい。

　小生の名は本稿に付されていず、故に一般読者に自己吹聴癖を勘繰られることもまずなかろうからには、一言断っておけば、小生は常々咄嗟に絶妙の頓智が利く。軽口を叩くのが三度のメシより好きだ。かの人並み優れた証人達、第四十六連隊将校同様（第八十三稿注(四九〇)参照）(さる馬喰判例においてすら、ついぞよりまっとうな証人にお目にかかったためしがない——が、それでいて大衆は、当今の堕落した御時世には連中にいたくつれない)、小生はそいつが質《たち》の悪い冗談だろうと一向構わぬ。趣味がそちら向きのからには、冗談が法的或いは衡《エク》平法的《イクイティー》なのは願ったり叶ったり。とは言え御逸品、質《たち》が悪いからといってそれだけ鼻を摘む訳でもない。実の所、現存する最高の法的かつ衡平法的《エクイティー》冗談は概ね質《たち》が悪いものと相場は決まっている。

　現存する、という文言を使うのは当世の平等化の風潮のせいで弁護士業に纏わるとびきり気の利いた質《たち》の悪い冗談の某かは台無しになったからだ。例えば、訴訟当事者の法廷における尋問（一八五二年制定証人修正法令規定）は諧謔に加えられた致命的打撃に違いない。この世に真実を追求する厳粛な風を装いながらも、十件の内九件まで真実について最もよく知っている二人の人間を締め出すほど愉快なことがまたとあろうか。がこいつは今や過去の習いであり、法曹界の父祖が愉快がっていた他の数知れぬ気紛れなおどけ種《ぐさ》もまた然り。

　だが以下、わずかな紙幅にて、現存する質《たち》の悪い冗談のささやかな蒐集を紹介したい——我々の他愛ない愉悦のために今なお幸い、法律と衡平法《エクイティー》において残されている他の幾多の軽口のほんの数例を。小生は（なるほど自ら諧謔家をもって任じてはいるが）固より他人の話を小生自身のそれとして語るを潔しとせぬので、筆を擱く前に典拠を証すつもりではいる。

衡平法《エクイティー》上の最も単純な訴訟においてすら費やされる厖大な経費と、数知れぬ訴訟において、彼らの唯一の賠償のために衡平法《エクイティー》裁判所へと英国臣民を無理強いするおどけた法律のお蔭で、今日、棒腹絶倒物《もの》の質《たち》の悪い軽口が叩かれるに至っている。とはつまり、諧謔が専ら男がこれきり権利を持ち合わさぬ風さえ装いながらも、もしや正規の持ち主が権利を申し立てようものなら、そっくり訴訟費用に呑み込まれようとは百も承知なだけに引っつかんでいる金もしくは他の資産を掌中に収め、なおかつ収め続けていることより成るくだんの馬鹿げた類のそれが。当該手合いの逸話を二、三審らかにするとしよう。

機智に富む被信託人の軽口

然る剽軽者は、遺言者が慈善の目的のために売却するようささやかな自由保有権資産を遺した遺書の下《もと》被信託人に指定されると、資産を売り、売ったはいいが、信託は非合法と判明した。基金は（高々六〇ポンドとあって）およそ衡平法《エクイティー》訴訟を賄えそうにもなかったので、男は最近親《さいきんしん》を腹の底からせせら笑い、金を失敬し、叩《はた》き、あの世へ身罷った。

傑物医者の軽口

田舎医者が取り留めもないおしゃべりの老婦人に自分を唯一の遺言執行者に指定するよう仕向け、遺書にて老婦人はささやかな資産の大半を弟と妹に譲った。果たしてこの人好きのする医者は取り留めもないおしゃべりの老婦人が死亡するや、遺書を検認し、資産を掻き集め、大枚二、三百ポンドに上る（さらば資産が底を突く）医療請求書を作成し、弟と妹宛「ぶー！　大法官庁裁判所だと！　惜しかったらお縄にしてみろ！」と啖呵を切り、以降何一つ不自由なく暮らす外《ほか》如何なる手に出たろう。

不運な債権者をダシにした軽口

債権者数名が今は亡き債務者の遺書にて何ら言及されず仕舞いだったので、故人の資産を売却する判決を求める衡平法《エクイティー》訴訟を起こし、判決が得られた。が資産は現金にして七〇〇ポンドに上り、訴訟費用は七五〇ポンドかかったため、これら債権者はとんだヤマが外れ、大法官庁裁判所弁護士団のいいお笑い種になった。

幼子がらみの軽口

誰一人として何一つ争わなかったとある気さくな訴訟において、数名の幼子に教育を施すべくとある遺産から一〇〇〇ポンド隔通する権限を被信託人に与える、大法官庁裁判所への申請は一〇三ポンド一四シリング六ペンス経費がかかった。同じ遺書の下《もと》なる同じ被信託人への、他の数名の幼子のための同じ権限を求める同様の申請は同額経費がかかる。他の二十名もしくは二十組の幼子のための、同じ被信託人への同様の権能を求める、同じ遺書の下《もと》なる二十件の同様の申請は、要望が生ず都度、各々同額経費がかかろう。

　貧しい国民学校教師が二〇〇ポンドの生命保険に入り、二人の子供が未成年の内は金を彼らのために用い、その後《ご》は二人の間で分ける任意の権能を遺言執行人に与える遺書を作成した。遺言執行人の内一人は、果たしてこの遺書の下《もと》、負債と税金を払ってしまえば、元金を（くだんの文言は証書の中では使われていないが）二人の幼気な子供を孤児院へ入れるのに充てられるものか否か訝しんだ。大法官庁裁判所の認可は少なくとも基金の半額はかかろう。よって打つ手はなく、二人の幼気な子供は一年に二人で四ポンド一〇で教育を受け、育て上げられねばならぬ。

　ハリス夫人をダシにした軽口

　ハリス夫人は終生、三〇〇〇ポンドの株の配当金を委譲され、元金は死亡に伴い受遺者の間で分けられることになっている。スポジャー氏はハリス夫人にかようの配慮のなされている遺書の下《もと》、被信託人に指定されている。スポジャー氏はある日、遺言書を作成せぬまま身罷る。スポジャー氏の動産物件は弟と妹であるＢ・スポジャー氏とスポジャー嬢が管理する。スポジャー嬢は如何でかハリス夫人の信託株には一切かかずらうまいとのホゾを固める。ハリス夫人はよって、配当金を受け取ること能はず、衡平法《エクイティー》裁判所に請願書を提出する。衡平法《エクイティー》裁判所はハリス夫人の請願する時点で事実満期の配当の支払いしか命ぜられぬとの判決を申し渡す——即ち、新たな配当が満期になり続けるに応じて、ハリス夫人は新たに請願書を出し続けねばならず、ハリス夫人は教義問答に鑑みれば「終生日々同じ道を歩む（『祈祷書』より）」可しと。故にハリス夫人は目下も歩み続ける——かようの申請毎に一八ポンド二と八ペンス、と言おうかお気の毒な実入りの三〇パーセント、叩《はた》きつつ。

　蓋し、小生自身、腹の皮を縒《よ》るほど笑わせて頂いたこれら軽口以上に傑作な質《たち》の悪いそいつらをこねくり出すのは至難の業に違いあるまい。上記は本年五月、州裁判所の現状と慣例を調査すべく任ぜられた下院の某委員会の前で、勅選バリスター兼州裁判所判事グレアム・ウィルモア氏（ウェルズ市裁判所判事を経てサマセット州裁判所判事（一八〇四？―一五六）によって証言とし、適切かつ簡潔に審らかにされている。が、にもかかわらず、誠に遺憾ながら言い添えざるを得ぬことに、我が博学の馴染みウィルモア弁護士はユーモア感覚をこれきり持ち併さず、冗談を真《しん》に解《かい》す力にとことん見限られている。

というのも一体氏はこの同じ証言の中にて何を推奨しているると？　ああ、氏の曰く、これら判例は「正義の全き否認」を意味し、仮に州裁判所判事に衡平法《エクイティー》における立憲制の権限が委ねられるものなら、こうした問題は決して出来すまい。というのもさらば、機智に富む被信託人や傑物医者のそれのような判例はものの二、三ポンドで訴訟の本案について判決が下され、片や幼子のためのそれらが如き申請はものの二、三シリングで片がつけられようから。が一体、と我が博学の馴染みに尋ねたい、冗談の落ちにしてツボはどうなる？　我々は軽口を一切堪能してはならぬと？　氏は法律と衡平法《エクイティー》を味も素っ気もない功罪の佗しく懶い業務に成り下がらせようというのか？　ならばお次は鬘を引っ剝がし、我々を俗人如きに成り下がらせようとの暴言を耳にせぬとも限るまい。しかもものの二、三ポンドで！　してものの二、三シリングで！　我が博学の馴染みは幾百ポンドは二、三ポンドや二、三シリングより遙かに実入りがいい、とまでは行かずとも体裁がいいのをこれきり知らぬというのか？　あれやこれやのブーツならば二、三ポンドで、一足ならざる長靴下ならば二、三シリングで、買えようでは。果たして衡平法《エクイティー》はブーツより高値《たかね》ではないのか？　或いは法律は長靴下より？

のみならず、我が博識の馴染みウィルモア弁護士は専らこの、ユーモアを解《かい》さぬとある興味深き体質的欠陥故に、当該委員会の前にて幾多の過ち全てを犯しているように思われてならぬ。例えば、氏は次なる乙な小咄《こばなし》を審らかにする。

とある船長に纏わる戯《おど》け

とある船長は騒々しい酒浸りの海員を不行跡の廉で船から追放し、同時に劣らず厄介千万な、酒浸り海員の呑み友達数名も放逐した。ビボは（と、酒浸り男を便宜上呼ぶが）船長に対し暴行殴打を理由に訴訟を起こす。さらば船長は弁明とし、原告「並びに数名の不詳の人物」を放逐したのは彼らの行状が悪いからだと訴える。「如何にも」とビボ側の法律顧問は審理の場にて宣ふ。「だが、くだんの抗弁には十七に上る異が唱えられ、その主たるものは数名の人物は、汝によって申し立てられている如く不詳ではなく、名が知られているらしいとの異である」「ま、まさか」と法廷は声を上げる。「がそいつは致命的では、陪審員諸兄！」故に評決。船長に女王座裁判所へ正式弁論にて上申する許可が下りる。同上に大いなる遅滞と経費を伴い片がつけられると、船長は（事実は全て最初から明々白々としていただけに）とうとう有利な判決を受けた。が今日に至るまで誰一人として如何で、或いは何故《なにゆえ》くだんの判決を受けたものか、或いは如何なる謂れにて訴訟はまずもって審理された際、本案について判決を下されなかったものか、船長に得心さすこと能はぬ。然たるべきだったと、この魯鈍な船乗りは渾身の力を振り絞ってグイと、真っ直ぐ前を睨め据えながら、絶え間なく申し立てているだけに。

さて、上記は蓋し、船長の愚昧と頑迷と混惑を実に馬鹿げた観点から浮き彫りにする、ありとあらゆる点において傑出した逸話ではなかろうか。我が博識の馴染みはそのおかし味を堪能していると？　否、全く。氏の退屈千万な所見は以下の如し。州裁判所においてならば訴訟は事実招かれた厖大な出費の百分の一以下で、その本案について裁決されていたろう、して是非とも祖国の法を改正し、仮に判事が一件をわずかの費用で州裁判所に委ね、直ちに判決を下されるよりむしろ上位裁判所で審理されて然るべき一件と証明せぬ限り、かようの訴訟で（とは所謂私犯訴訟で）くだんの上位裁判所にて訴えを起こし、二〇ポンド以下の賠償しか受けぬ原告からは費用に対す全請求権を剝奪させて頂きたい。

かっきり同じ血の巡りの悪さが我が博学の馴染みの正しくお次の提案には余す所なく発揮されていまいか。小生には常々上限五〇ポンドの契約訴訟における司法権を有す州裁判所が、同様に上限五〇ポンドの私犯訴訟における司法権をも有さぬというのは傑作なジョークのように思われて来た。いつもの伝で、我が博学の馴染みウィルモア弁護士は冗談の落ちを解《かい》さぬ。氏は持ち前の陳腐な物言いで宣ふ。「恐らく司法権が委ねられるのは一般庶民の願望であろう」して例を呈示する――「仮に殿方の馬車が衝突される。損害賠償は五〇ポンドやもしれぬ。呼び売り商人のロバ荷馬車の場合、損害賠償は五〇ペンスやもしれぬ。事実は全く同じである」さて、是ぞ無味乾燥の極みではなかろうか。

州裁判所に破産の非訴事件、のみならず目下は何人《なんぴと》たりさして得心せぬことに、と氏は考えていると思しいが、四季治安判事裁判所にて処理されている――そこにては、因みに、これまでもあっぱれ至極な質《たち》の悪いおひゃらかしが働かれて来たのを小生自身、知っているが――刑事事件においても司法権を与えることに与す、さらには控訴院（最高法院の一部。民事部と刑事部に分かれる）を州裁判所判事の精鋭で構成することに与す、我が博学の馴染みの性向はさておき、以下直ちに氏の極め付きの提案に移るとしよう。氏はこの点において他の点におけるほど手並みが鮮やかではない。というのもそいつは一般庶民を「是が非とも法を安く手に入れたいなら、お粗末な代物に甘んじよ」との二律背反に陥らすすこぶるつきのジョークの核心に打ちかかっているからだ。

この——脂質の、瞠目的な、取るに足らぬ、質《たち》の悪い、大戯けの突拍子もないユーモアの特徴という特徴の横溢する——おひゃらかしにいささかの慮りもあったものかは——我が博学の馴染みは御逸品からめっぽう陳腐な玄翁もて魂を叩き出す。小生の思うに、と氏は言う、諸兄は多種多様な込み入った重要な問題を扱う州裁判所判事には、正しく最上の人物を選ばねばならぬ。「恐らく、とある人物は州裁判所判事に任命されれば、他の何ものにもなり得ぬと想定することには大きな禍の元が潜んでいる。恐らく、逆の状況が想定されれば——仮に州裁判所判事としての任命が男の立身出世の妨げと見なされなければ——その職務へのより優れた男性候補者を得られよう。して弁護士業の有能な全組織体が州裁判所判事職という見習いの——ということに、さらば、なろうから——前段階を喜んで踏むに違いない。仮に目下の俸給で最終的な任用となるなら、かようの職務に相応の訓練と教育を受けた有能かつ良心的な人物が永遠に前任の跡を継ぐと期待してはならない。わけても地方の州裁判所判事は苛酷にして虚偽の立場に置かれている。その人物は治安判事に任ぜられ、仲間の裁判官と交わらねばならぬ。仮にともかく仲間と同じように暮らそうと思えば、恐らくやり繰りが困難なほど出費は嵩み、家族のために蓄財するなど到底叶うまい。仮に仲間と同じような暮らしを送らねば、謂れのない侮辱や非難を受け、執務にも支障を来そう」氏はまた控訴院が設置され、欠員の生ず都度、他の州裁判所判事が状況に応じて正会員に任命されるなら、「一般庶民は上位裁判所判事とし、言はば白紙の人物を受け入れずに済むというさらなる恩恵にも浴せよう。よって、単に弁護士として某かの地位に就いているからとか、某かの政治的推薦を受けているからという理由で採用された人物の代わりに、巡回判事陪審裁判と総員合議審理双方において鍛えられ、公衆と同業者双方の面前にて鍛えられた人物を受け入れることになる。さらば上位裁判所判事としての任命に先立ち、人物の真価を判ず遙かに手堅い方策となろう」とも信じている。

だから、大衆を、その要求において依怙地ならば、とびきりのパンをたらふく食わす代わり、お粗末なパンの塊半分ではぐらかすという古き善き軽口を——然る、公的立場にあり、極めて肝要な社会的任務を果たしている、充分な教育と訓練を受けた殿方を英仏海峡とアビシニアの間《はざま》にて知られているありとあらゆる階級の就中一刻者にして金自慢の階層の直中なる不利な社会的立場に置くという軽口を——要するに、故意に国家的「虚飾」に過剰な金を叩き、国家的「実質」に過少な金しか叩かぬ軽口を、我が博学の馴染みウィルモア弁護士はいささかたり解《かい》さぬ！　氏はどうやら、そいつの面白味が全く分かっていない。かくて以下の如きほとほと味も素っ気もない所見にて証言の掉尾を飾る。

「庶民の注意は次なる事実に明確に向けられるべきであろう。即ち、金持ちの上位裁判所にて訴訟当事者は判事、廷吏等々の報酬にはビタ一文払わぬが、片や貧乏人の州裁判所にて訴訟当事者は以上全て、のみならず某かの別料金をも賄うよう課せられ、くだんの別料金を国家は卑しくもささやかな収入源としているという。果たして如何で何人《なんぴと》にせよ——恐らくは、めっぽう胆の小さな大蔵大臣をさておけば——かほどに甚だしき、見え透いた、残酷無比の不正を正当化し得る、と言おうか黙許すらし得るものか理解に苦しむ」

　故に、総じて、小生には以下のように思われ、以下が私見である。即ち、仮に我が博学の馴染みウィルモア弁護士のような幾多の人物が発言の機会を得ようものなら、我々の法的かつ衡平法《エクイティー》的軽口の厖大にして極めて愉快な蒐集は瞬く間に、未来永劫、息の根を止められよう。してかように血の巡りの悪い連中の腹づもりは法と衡平法《エクイティー》を知的かつ有益な代物に仕立て、双方に正義を行ない、人々の敬意を集めさすことにある。畢竟、ガラクタを片づけ、塵を一掃し、クモの巣を払い、夥しき量の値の張る質《たち》の悪い軽口を台無しにすることはおよそ軽口どころではなく、正反対もいい所にして、ウェストミンスター・ホールの如何なる法廷にても金輪際、面白おかしいとは思って頂けまい。

第七十一稿　労働者に告ぐ

『ハウスホールド・ワーズ』誌（一八五四年十月七日付）

由々しき疫病の記憶が未だ鮮烈にして、その痕跡が至る所で我々の内、故意に盲目たらんとせぬ誰しもに一目瞭然の、貧困と荒廃の様々な傷ましき様相において認められる今し*も、新聞雑誌寄稿家《ジャーナリスト》は一人残らず読者諸兄に、地位や境遇が何であれ、万が一自分達の住んでいる町を改善し、貧しい人々の住まいを修繕すべく全力で取りかからねば、神の御前にて、大量無差別殺人の罪を犯しているようなものだと警告するが本務であろう。

我々の新聞雑誌《ジャーナル》の内最善の手合いは既にこの点における責務を然に重々心得、一般庶民の良心に然にまざまざと真実を呈示して来ているため、焦眉の急に関しこの上綴るべきものはほとんど残っていない。とは言え、小誌なりに同業の『タイムズ』紙（九月十八日付）によって祖国の労働者に告げられた力強い要請をなおもう一歩推し進め、彼らに是非とも——この先、昔ながらの致命的な過誤を避けるためにも——片や因業な如何様師によるに劣らず、片や高位の政治的権威によりて、最も近しい関心事なる本道を踏み外させられぬよう警告させて頂きたい。高貴な卿や、映えある准男爵閣下や、映えある下院議員や、映えある博学の弁護士や、映えある陸海軍出身議員や、映えある面々丸ごとは、地位と権勢と後援と「一身の利益（『ヨハネ』六：九・二七）」を汲々と求める上で、労働者の注意を今や瘋癲院にて絶望的に痴れ返った廃人——かつての民衆の過てる指導者*——につゆ劣らず第一義の必須から逸らした。連中が実質の代わり、如何なる幻影を呈そうと、今やそいつらに断乎目を閉ざし、耳を塞ぐことこそ人民の第一義の本務である——就中、天祐が皆に授け賜ふている生命と健康の手立てという手立てに対す己、のみならず我が子の権利を飽くまで申し立て、いずれ住処が清められ、清潔と品位の惜しみなき手立てが確保されるまで、我が名が如何なる目的のためにせよ、如何なる党派によってにせよ、空しく用いられるを潔しとせず。

憚りながら、ありとあらゆる現し世の問題の内最も由々しきこの問題は、我々が今初めて注意を喚起しているそれではない。小誌が世に出るより遙か以前から、我々は「虚構《フィクション》」

を、一般大衆の住まう困窮と悲惨は未然に防げることを示し、彼らの住居の改善こそ他の全ての改善に優先されねばならず、それなくして他の全ての改善は失敗に終わろうとの、観察に基づく確信を再三再四にわたり表明するという善き用に充てようと周到に努めていた。「宗教」も「教育」も、このキリスト教歴年十九世紀にあって、キリスト教政府がいずれその第一義の責務を全うし、人々に穢《けが》れた窖ではなく「我が家」を確保し果すまで、いささかたり前へは進むまい。

さて、通常の知性を具えた如何なる労働者であれ、国会の一会期は、当該目的に懸命に捧げられればその達成を確保しようということくらい百も承知だ。たといその上、政府なり国会なり、奴の命を救うために自らは何一つ手を打つ気がないということも熟知していまいと、ほんの少々探りを入れさえすれば事足りよう。外ならぬ去る八月のとある晩まで、果たして政府からの如何なる量の注意を、国会における如何ほどの出席を、くだんの状況の問題が喚起して来たか問うてみることだ。正しくその晩、一件は個人的な問題と、おどけた問題と、化し、トトゥニス選出議員シーマ卿はとある偉大な公の「局」の長《おさ》に任ぜられるに如何ほど相応しいか示して余りあることに、当時猛威を揮っていた疫病なる主題をダシに軽口を叩き、大いなる哄笑をもって迎えられたとあらば（第六十九稿注（三八八）参照）。仮にくだんの労働者が明白な事実をかくて概観するに及び、自助なくして救われる術《すべ》はなく、後は勝手に病と死との不自然な諍いにおいて苦悶するがよかろうと仮借なく突き放されるが落ちと得心すらば、さらば然に言語道断の悪を是正すべく立ち上がり、念頭から――少なくとも当座――他の全ての公的問題をものの天秤皿の藁稭《わらしべ》如きとして打っちゃることだ。是々卿（例えばシーマ卿）もしくはサー・ジョン某に票を投ず映えある権利や、アビシニアの知的状態や、メイヌース大学の基金*や、紙税や、新聞税や、五パーセントや、二十五パーセントや、朦々たる霞が挙句「死に神」の先触れの翼によっていきなり煽ぎ去られるまで、己自身の炉すら見えぬほど目の中にしこたま塵を撒き散らしつつ眼前で教練される一万頭もの棒馬は――これら気がかりのタネは――そっくり扨措《さてお》き、とある真実にかく、ひたぶるしがみつくが好い。「寝ても覚めても、私と家族はゆっくり毒殺されている。発育不全と早老が私にとって命ほどにもかけがえのない者達の宿命だ。私は理不尽に苦しみ、慈悲深き『父なる神』ならば生かし賜おう時に死んで行くために、我が子らに生を授けたというのか。揺籃期の美しさは視界から抹消され、代わりに蒼ざめた母親の膝から病弱と苦痛が私を見つめる。浅ましくも、人間の生を獣の生と分かつしごくありきたりの手立てにすら見限られるというのが我が遺産。私の家族は疫病の贄として傍らに取り置かれている幾万もの家族の端くれにすぎぬ」してそれから、人の形《なり》にて造られているからには、意を決すが好い。「こいつには堪忍ならぬ。断じて!」

仮に労働者がかくて己自身や互いに律義たらんとすれば、然まで当然の共感と然まで快い援助が手近にあったためしはない。祖国の強靭な中産階級は、自責の念に駆られたばかりとあって——自衛や恐怖といったより低俗な動機以上に自責の念に駆られているだけに遙かに強かな、と信じて疑わぬが——挙って、彼らと手を組む覚悟が出来ている。報道界も力の及ぶ限り援助するに吝かどころではない。が運動は、難攻不落たるためには彼ら自身——苦しめる多数——に端を発さねばならぬ。彼らに主導権を握り、中産階級に結束を呼びかけさせてみよ。さらば中産階級は全身全霊を賭して結束しよう! 首都の、或いは如何なる大都市であれ、その労働者にほんの彼らの知性と、精力と、数と、団結力と、辛抱強さと、不屈の精神をこの真っ直ぐな方向へ一途に向けさせてみよ——さらば連中、クリスマスまでには、ダウニング街*のとある政府と、そこから呼べば聞こえる場所のとある下院がくだんの寝ぼけ眼の界隈で最後に噂を耳にされた無頓着者や役立たず共とはこれきり骨肉の似通いを有さぬ様を拝ませて頂けよう。

貧しい人々の住まいの現況から生ず耐え難き疾患が治療され得るのは独り、その第一義の責務を果たすよう然に働きかけられ、然に強いられる政府を通してでしかない。衛生局にかなりのことは出来るが、およそ十分とは言い難い。基金が求められ、大きな力が求められている——普遍的な善のためにちっぽけな利害を無効にする力が——無知で、頑迷で、怠惰な連中を抑制し、肝要な法律の如何なる違反によってであれ公共衛生を危機に瀕さす者皆を罰す力が。労働人口と中産階級がかようの法を有す意を徹して決せば、大英帝国中の「赤い紐《レッド・テープ》(第六十五稿三五〇頁参照)」は恰も手回し風琴の胴体に何を奏すか勝手が利かぬに劣らず、ことお次は如何様な形《なり》に己を結わえるかがらみで、選択の余地はあるまい。

だが、たといかようの協調は先般の災厄が——不幸にもこれが初めてではなく——露にした罪深くも酷き怠慢から生ず暗澹たる惨禍の一覧をほどなく計り知れぬほど軽減し、最終的には廃絶するに違いなかろうと、其よりもたらされよう幸せな結果に限界を施けることは不可能だ。社会の隔絶された二大階層の間により深き理解が生まれ、より親身にして近しい歩み寄りが習いとなり、双方の側《がわ》において敬意と信頼が深まり、それぞれにおいて他方の見解を慮る方法が穏やかに矯正されれば、我々の間にありがたき改善と交流が生まれ、かくて我らが限られた叡智ですら近い将来、然に幾多の善が悪より開花した悪疫の年を祝福することを学ぶ日が来るやもしれぬ。

誠心誠意、濃やかな共感をもって、彼らに何らかの手を貸し、我々皆を互いに結束させ、我々の必然的に相異なる境遇全てが享受し得る幸福を我々皆に銘記さすはずの体制において彼らが然るべく持ち場に就いている所を見届けたいとの深甚なる願いに駆られればこそ、これら寸言を労働者に呈したい。彼ら一人一人が誰を犠牲にするでもなく、一切暴力も不正も伴わず、陽気な援助と支持を得て、共同体全体に永続的な恩恵をもたらしつつ、己自身と己に近しき者とを奮起さす機は熟している。この冬、その炉端に空席のあろう、彼らの内幾多の者にすら、希望をもって呼びかけたい。試煉が如何ほど辛く、喪失が如何ほど重かろうと、墓の傍らにてむっつり目を伏せ、鬱々と塞ぎ込むより、飽くまで残された生命のために闘い抜くことにこそ遙かに高邁な慰めは見出されよう。

第七十二稿　腰の座らぬ界隈*

『ハウスホールド・ワーズ』誌（一八五四年十一月十一日付）

賢しらな立法府がその時次第でこの世にお出ましになるがままにさす――木々を伐り倒し、田舎の面《おもて》を擦《なす》り消し、醜い造りの荒屋の立ち並ぶ迷路まがいの悍しき小路を一緒くたに掻き集め、醜怪に醜怪を、不便に不便を、泥に泥を、汚染に汚染を山と積む――かの新しき界隈のいずれにせよ俎上に上すは己《おの》が腹づもりではない。厖大に膨れ上がりつつある階層の二、三十万の人々が自分達は（いつ何時であれ出来せぬとも限らぬ道徳的現象たるに）予防可能な病気で惨憺たる目に会ったとの結論にたまたま達そう時には必ずや、当該賢しらな立法府は気がついてみればこっぴどい灸を据えられていよう。そいつがくだんの窮地より、いつしか陥っていたに劣らず安閑と這いずり出さんことを。アーメン！

小生が目をつけている――とは文字通り、というのも目下そこに住まい、今しも窓から外を眺めているから――腰の座らぬ界隈はおよそ新顔の界隈どころではない。この世にお出ましになって、かれこれ四十年、五十年、になろうか？　野原の外れにちびと触れて未だ四半世紀と経っていぬが、当時は目も当てられぬほどみすぼらしく、ススけて、ジメついて、さもしかった。そいつの貧困はこれ見よがしな手合いではない。表戸を閉《た》て切り、鎧戸を引き下げ、茶の間の窓に衝立代わりにいじけた鉢植えを並べ、悪あがきもいい所、体裁を繕おうと躍起になっていた。住人の内より雅やかな手合いは、ノックに応える上で、姿を隠すべく扉の蔭に引っ込み、何らかの類《たぐい》の召使いはお化け番人なりとの絵空事を触れ回らそうと振り鉢巻きでかかっていた。部屋は貸され、なお幾多の部屋は依然「貸間アリ」と宣っていたが、当該例外をさておけば、看板や貼り紙は肩身が狭かった。下半身が皺伸《しわの》しや糊付けのオデキに祟られた数軒の屋敷は界隈の面汚しとして鼻を摘まれた。どデカい標札を吊る下げた製本屋は鶏を飼い、連中、いつもそこいらをウロチョロしているからというので見下された。二階の窓の上の板に「女学校」とデカデカ記された角屋敷はその教育施設故に堪忍ならなかった。両の茶の間《パーラー》に住まい、表のそれの窓に「流行」を象る今は昔の芸術作品を据えている婦人服仕立て屋ジャマンヌ嬢は、界隈の御婦人方から紛うことなくよそよそしくされていた――皆さん、とは言え、お代を払うより遙かに小まめに御贔屓にしてはいたが。

　当時、くだんの界隈はロンドン周辺の如何なる界隈にも劣らず静かで憂はしかった。ガタピシの屋敷は――いっとう大きなものでも八部屋の――「競売に付された」借家人の身上を運び出すべくガラガラお越しになる撥条箱荷車《スプリング・ヴァン》より重い乗物に揺すぶられることは極稀にしかなかった。競売に付されるのは日常茶飯事。界隈は丸ごと、くだんの人生のしごくありきたりの災難にいつ何時見舞われても不思議はなかろうと開き直っていた。男は判で捺したように界隈にやって来ては、地方税と国税の勧告を廻状よろしく配って行ったものである。我々はとことん切羽詰まるまでビタ一文払わなかった。して神のみぞ知る、その期に及んでなお如何でそいつを払ったものやら。通りという通りは滞納者への水道会社の水の供給を絶つべく鶴嘴を引っ提げた男によってこさえられた凹凸のせいでズブの小山めいていた。誰一人、リトル・トゥイッグ・ストリート十四番地にお袋さんと二人きり住まい、ウナるほど金を持っているとは専らの噂の、行かず後家のフラウズ嬢をさておけば、これっぽっち金を持っていないかのようだった。とは言えこの方、一歩たり外へ出たためしがなく、一度たり帽子を被ったためしも、髪を梳いたためしもなく、どこからどこまで垢まみれだから、というのでなければ何故《なにゆえ》か、は今に存じ上げぬが。

　こと旅回りの芸人に関せば、当時、そんな物好きなど蓋し、人っ子一人いなかった。スタバーズ楽隊が毎週月曜の朝、やって来ては「ノリッヂ城亭」の傍のとある格別な場所で四十五分ほどブースカやって行った。が如何でそもそもお越しになる習いになったものやら、如何で連中がスタバーズ楽隊だとピンと来たものかすら、今もってさっぱりだ。楽隊は界隈では人気者で、我々はいつも貧者の一燈を献ずに、必ずやまめまめしく回って来る、ある種鳥の巣そっくりの（果たしてスタバーズ氏その人の身上か否か、は神のみぞ知る）、中に温かいハンケチを敷いたやたらカッチンコの帽子に半ペンス落としたものである。楽隊はいつも「さらば、懶い心労よ（十六、七世紀に遡る作者不詳の流行り唄）！」で幕を開け、界隈にては「一ポンド紙幣よか一ギニー金貨がオレ好み」として知られる調べで幕を閉じた。召喚もしくは差し押さえならざる金への言及は、何であれ旋律豊かに聞こえたように記憶している。ことパンチ人形芝居に関せば、予め金が集められでもせぬ限り――とは必ずやオジャンの如く――界隈ではキーキー金切り声を上げては太鼓を叩くのが関の山だった。奇術師や怪力男は忘れた頃にフラリとお越しになったが、ロバが高々と昇る所（棹ごと掲げる怪力男大道芸）にはついぞお目にかかったためしがない。呼び売り商人《あきんど》ですら我々には所詮イタダけぬ代物と、匙を投げていた。どうやら界隈がグレイト・トゥイッグ・ストリートの青物屋等々のスローターの上さん相手に借金が嵩んでいるせいで、他処ではものの半ペニー分ですら身銭を切ろうとしないのを気取っていると思しく。それとも然に、店を切り盛りし、いつも石炭部門に身を潜めては、ジャガイモ三箇でラモ・サミー（一八三八年、ヴィクトリア劇場で百晩興行を打ったインドの名手品師）を練習している倅のスローターに垂れ込まれたものか。

　こと店に関せば、取り立てて言うほどの店もなかった。なるほど「ノリッヂ城亭」と、J・ウィグゼルのやっている「トゥルーマン・ハンベリー・アンド・バクストン*」もあるにはあった。J・ウィグゼルというのは気の荒い亭主で、四六時中、酒場《バー》で腹を膨らしては、四六時中、気のいい娘がこれ以上、掛けで売るのに待ったをかけるべく、口一杯食い物を頬張り、帽子を被ったなりお出ましになっていたものだ。それからスローターの店があり、（とある厨なる）賃仕事の仕立て屋と、（とある茶の間《パーラー》なる）オモチャとハード・ベイク（アーモンド入りタフィ）屋と、瓶・襤褸・骨・残飯・御婦人持ち衣裳屋と、煙草・週刊誌屋もあった。我々はいつも辻馬車を一目拝ませて頂かんものと戸口や窓辺へ駆け寄ったものである——然に物珍しかったから。小僧は（連中、掃いて捨てるほどいた。が一体この世のどこに小僧の掃いて捨てるほどいぬ所のあろう？）いつも道のど真ん中で「フライ・ザ・ガーター（一種の馬跳び）」をして遊んでいた。して何者か、とある界限が挙句バラバラに崩れるまで尻座り込んでいるものと思っていたやもしれぬとすらば、我々の界限こそは然なるものと思っていたやもしれぬ。

　果たして何がくだんの事実を逆転させ、界限を見る影もなく一変させたのか？　小生はこれまでもとある界限が幾多の謂れにて一時《いっとき》様変わりするのは見て来た。夜毎のごた混ぜ声楽会がそいつをやらかすのは、太鼓とオルガンを引っ提げた撥条仕掛けのロウ人形がそいつをやらかすのは、シオン礼拝堂（聖書の「シオン（信徒の会堂）」に由来する非国教徒礼拝堂）がそいつをやらかすのは、花火職人の店がそいつをやらかすのは、人殺しが、或いは獣脂溶解業者の店が、そいつをやらかすのは。が、かようの場合、界限は一時《いっとき》経つとまた大概、何事もなかったかのように息を吹き返したものである。だから、一体何が我々の界限をそっくり、未来永劫、変えてしまったのか？　つまり、小生は一体何が幾並びもの屋敷を叩き潰し、リトル・トゥイッグ・ストリートを丸ごとどデカい旅籠に呑み込み、「フライ・ザ・ガーター」を果てしなき客待ち辻馬車の列もてすげ替え、我々を日がな一日ずっしり荷を積んだ大型荷馬車で礎まで揺すぶり上げたのか問うているのではない。一体何が界限をほとほと痴れ返らせ、爾来、何一つ本腰を入れて取りかかること能はず、金輪際能ふまいほどカッカと頭に血を上らせたのか問うているのである。張本人は「鉄道」なり。

　鉄道終着駅がいきなりど真ん中に立ち現われれば、界限に小生呼ぶ所の物理的変化がもたらされようことくらい端《はな》から察しはついていた。我が身を横たえる寝台すらろくに持ち併さぬ人間が、旅行客相手に寝台を貸しにかかり出すことくらい端《はな》から察しはついていた。コーヒー沸かしや、パサついたマフィンや、茹で卵立てが無言劇《パントマイム》の手品よろしく茶の間《パーラー》の窓に飛び込み、誰も彼もが「鉄道旅行客に恰好の宿泊施設」とデカデカ触れ回ろうことくらい端《はな》から察しはついていた。フラウズ嬢が煙草屋を始め、ウィンドーのど真ん中にバラモン僧の吹かす何たらを飾り、表にカヌーを押っ立てたげな代物を据え、*その下にお馴染みの口説き言《ごと》「火をお一つ」を貼り出そうことすら察しはついていたやもしれぬ。たとい屋敷の正面が店へと、わけても「鉄道食堂」へと、叩き潰され、ウインドーに塩コショーを利かせたマトンの尻肉や、塩コショーを利かせたカリフラワーや、ダイオウ（蓼科多年性植物。黄色い地下茎を健胃剤として用いる）

のどデカい平らな束をひけらかしたとて何の不思議のあろう。たとい八部屋屋敷の四軒の内三軒までが己を「特定旅館」と称し、ブラッドショー全英鉄道時刻表（第四十三稿一九二頁参照）に然なるものとして広告を掲載し、一泊、靴磨きとサービス込みの朝食付にていくらいくら、私用の居間にはいくらいくらの追加料金要の旨――果たしてかようの旅籠の一体どこに私用の居間のあり得ようものか、判断は貴殿に委ねるしかないが――申し立てにかかったとて何の不服のあろう。たといミンダソン夫人（幼気な一家を抱えたとびきり奇特な後家さん）が蓋付きのスープ用深皿を一つこっきりひけらかす上で、どうやら「鉄道肉部屋」として十分やって行けると得心していると思しかったとて何の異議申し立ての根拠のあろう。たとい界隈に取り残された小僧がどいつもこいつも絨毯地鞄を赤帽代わりに運ばせてくれとせっついたとて是ぞ公害なりとヤリ玉に挙げることのあろう。「鉄道ハム・ビーフ・ジャーマンソーセージ小売り店」ならばとうに覚悟は出来ていた。「鉄道パイ店」ならばそこで焼き菓子を買ったことだってある。「鉄道帽子・旅行用縁無し帽倉庫《デポー》」ならば道理上、お目見得せざるを得ぬ代物ということくらい百も承知だった。「鉄道理髪店」ならばそこで剃刀を当ててもらったことだってある。「鉄道金物・釘・工具問屋」「鉄道パン屋」「鉄道牡蠣食堂・甲殻類店」「鉄道診療所」「鉄道メリヤス下着・旅行用品商」――こいつらどいつもこいつも、何の不服のあろう。事ほど左様に、辻馬車御者はその地下石炭倉庫の上げ蓋の上にて水撒き人足のバケツに紛れてパイプをふかし、二度《ダブル》摺り足《シャッフル》のステップを踏めるビール店がなくてはやって行けまいし、何としても御所望になろうということくらい先刻御承知。鉄道赤帽は連中の溜まり場がなくてはやって行けまいし、かようの飲食店にては「鉄道ダブル・スタウト」がどデカい三ペンスにて貴殿自身の水差しになみなみ注がれている所に出会す用意は出来ている。こいつには一向不服がないし、J・ウィグゼルが両隣の屋敷二軒を「鉄道ホテル」（今は亡き「ノリッジ城亭」）に呑み込み、照明の利いた時計をちんちくりんの金色の機関車そっくりの棹の天辺の風見ごと掲げようと一向不服はない。が事実小生が不服に思い、遺憾に存じているのは、界隈の陥っている心持ち――精神状態――である。そいつは腰が座らず、放蕩癖がつき、あちこちフラフラさ迷い（蓋し、「根無し草《ノーマディック》」めいて、というのが目下の所、くだんの手合いの代物を表《ひょう》すドンピシャの形容に違いないが）、ものの一時間、己《おの》が本意をすら存じ上げぬ。

　これまでも風紀紊乱の色取り取りの謂れが報告や演説や、大陪審への説示において実しやかに指摘される所にお目にかかって来た。が小生の知る限り、風紀紊乱の元凶は旅客手荷物に外ならぬ。小生は旅客手荷物が界隈のあちこちで四六時中、芽を吹き出したその刹那、くだんの界隈は気が狂れるとの結論に達している。誰も彼もがどこかへ出かけたがる。誰も彼もが何もかもをアタフタこなす。誰も彼もが「線路伝《づて》」出掛けるのが漠然とながら御当人の要件なりとの奇妙奇天烈な思い込みに凝り固まる。もしや急行列車に小生の綴っている界隈をそっくり――レンガや石や材木や鉄金物や、その他一切合切ごと――乗せてやれるものなら、ヤツは定めていそいそ線路伝《づて》出立しよう。

　ああ、ほんの見てみるが好い！　屋敷が引き倒されるやら、屋敷がでっち上げられるやらで、かほどに頭の中のこんぐらかった界隈がまたとあろうか？　界隈広しといえども、如何なる手合いの屋敷であれ、ものの一か月、己《おの》が本意を存じ上げている奴は五十軒とあるまい。今、ある店は言う。「オレはオモチャ屋になろう」明日、そいつは言う。「いや、やめた。婦人帽子屋になろう」来週、そいつは言う。「いや、やめた。文具店になろう」翌週、そいつは言う。「いや、やめた。上等細毛糸《ベルリン・ウール》店になろう」小生の屋敷の真正面の店を例に取るとしよう。一年の内に、店は以上全ての様変わりを掻い潜り、のみならず鉛細工・ペンキ・ガラス屋でも、仕立て屋でも、質屋でも、寺子屋でも、講堂でも、「三ペンスで最高級のサンドイッチとクローリー社の発泡性アルトン・エールを一杯、鉄道民衆に供すべく設立された」食堂でもあった。小生はこの目で、十人十色の連中がこれら色取り取りの生業に一見、正常かつ健全な精神状態にて乗り出すのを見て来た。して一人また一人と、旅客手荷物で頭でっかちの、御者と来ては大御脚の間にギュウギュウ突っ込まれ、足掛け板に山と積まれた梱だの旅行鞄だのにすっぽり埋《うづ》もれた辻馬車がガラガラ駆け去るのを眺めている内、気が狂れるのを見て来た――だから、小生はこの目で、連中が旅客手荷物のせいで途方に暮れ果てた挙句、鎧戸を閉《た》て、線路伝《づて》出立するのを見て来た。

　界隈の今は昔の状況にあって、もしもチビ助が今何時か「ノリッジ城亭」まで行って見て来いと遣いにやられたら、手堅い情報が――例えば、議論の都合上、十二時二十分前と――もたらされていたろう。時計の文字を読める限り界隈でいっとう幼気な子供ですら、当今では十二時二十分前と言う暇《いとま》がないと思い込んでいるものか、取って返すや、出し抜けに、チビのブラッドショーよろしく金切り声を上げる。「十一時四十分」十一時四十分だと！

「ノリッジ城亭」の名を出した勢い、J・ウィグゼルのことを思い出した。あの男は世の居酒屋の亭主の御多分に洩れず、いつもシャツ姿で、強張ったトビ色ズボンを履いていたものだ。して「酒類販売免許所有者祭」に出かけるのをさておき、年に二度ほど外出するとしても、そいつがせいぜいだった。が今やあの男のザマと来ては？　パンタロンは鉄道市《チ》松模《エック》様でなくてはならぬ。上着は旅行用ポケットでこっぽり中を抉られた裁ち落し型上着《カットアウェイコート》でなくてはならぬ。チョッキに——酒場に額入りで掲げているどデカい「上り」と「下り」の御逸品二枚の外《ほか》にも——時刻表を突っ込んでおかねばならぬ。椅子にはいつでもお呼びをかけられるよう、防水外套と汽車旅行用膝掛けを引っかけておかねばならぬ。してひっきりなし、ものの五分あるかないかで線路伝《づて》すっ飛んで行かねばならぬ。さて、小生の知る限り、J・ウィグゼルには線路の先に何の要件もなければ、そこへ行く筋合いなど中国人といい対さらにない。が実の所、奴は旅客手荷物が通りを飛ぶように行ったり来たりするのを目の当たりに、そっくり正気を失うまで酒場《バー》にじっとしている。がさらば、防水外套と汽車旅行用膝掛けを引っつかみ、線路伝下《づてくだ》り、町から二マイル離れた公有地《コモン》で降り、彼《か》の地の新しい小さな鉄道旅籠でアタフタ飯を搔っ込み、お次の上《のぼ》り列車でまたもや取って返し、それで何やら要件をこなしたような気になっているとは！

我々は当該界隈にては、絨毯地鞄と小荷物の夢を見る。如何で見ずにいられよう？　一晩中、客車がぱったり途絶えると、貨物列車がセバストポリ（クリミア戦争における長期抗戦で名高いソ連邦海軍基地）の攻囲よろしく構内の板レールにガンガン、ビシビシ打ちかかりながらお越しになる。それから郵便列車がお越しになり、それから郵便馬車が出て行き、それから早目の労働者用割引列車《パーラメンタリ》（第二十三稿注(八四)参照）のために辻馬車の潮が差し、我々は以降、日がな一日のっぴきならぬ羽目に会うものと観念のホゾを固める。さて、小生は汽笛に文句を言っているのではない。煙や蒸気を論《あげつら》っているのではない。割れ目《ブレイク》から迸る赤熱の、焼けつくような臭いには馴れた——仰《のっ》けの十二か月というもの、てっきり我が家が火の手に巻かれ、今にも吹っ飛びそうなものと勘違いしてはいたが。ではなく、小生が業を煮やしているのは界隈の道徳的感染である。小生の頭の上の帽子と、いつも線路を下《くだ》っている帽子箱の中の帽子という帽子との間には何やら摩訶不思議な共感があるに違いない。洋服ダンスに仕舞ってあるシャツと長靴下は、いつもどこへもかしこへも時速四〇マイルにて、急行で、すっ飛んでいるその数あまたに上るシャツと長靴下の仲間に入れてもらいたがっている。かようの旅客手荷物ごとプラットフォームをガラガラ、目一杯の速歩《トロット》で行きつ戻りつする手押し車は我々の精神にヅカヅ力押し入り、我々を急かし、かくて片時も休まる暇《いとま》がない。

要するに、鉄道終着駅の絡繰そのものが我々の精神状態の縮図である。連中、年がら年中徹夜をし、年がら年中クラクラ目が眩んででもいるかのような面《つら》を下げているとあって、見るからに途方に暮れ、自堕落げだ。ここには、昨日はここになかった、して明日には引き倒されるやもしれぬ巨大な差し掛け小屋。あそこには、何か外《ほか》の建物の仕度が整うまでやっつけ仕事ででっち上げられた壁。あそこには、ど真ん中に泥濘《ぬかるみ》があり、四方を引き倒されたり、突っかいをあてがわれたり、頭を打ち砕かれたり、びっこを引いたり、松葉杖に寄っかかったり、ありとあらゆるやり口で小突き回され、滅多斬りにされたり、ありとあらゆる手合いの気紛れな思いつきの端切れをベタベタ貼られたりした、荒れ野が如き屋敷に取り囲まれた空地。我々は、身も心も、腰の座らぬ界隈だ。ひっきりなしに駆けずり回る旅客手荷物を打ち眺める内、生きた空もなく取り乱している。ほんのそこそこどっさり――単に量の問題故――旅客手荷物をクエーカー教徒集会にてグルグル駆け回らせてみよ。さらば、そこなるツバ広帽子と石板色のボネットは一つ残らず、能ふ限りの蒸気機関高速度にて四方八方へ雲散霧消すること請け合い。

第七十三稿　ブル氏の夢遊病者

『ハウスホールド・ワーズ』誌（一八五四年十一月二十五日付）

かの奇特な殿方ブル氏の一家で発生し、目下もその一見絶望的な徴候の一向緩和する気配のなきまま顕現している、極めて困難な夢遊病の症例が本稿の主題となろう。その興味津々たる心理的関心はさておくとしても、当症例は意気阻喪した際にブル氏に多大の心痛をもたらして来たのみならず、依然もたらしているとあって、探りを入れるだけのことはありそうだ。小生は一家の主治医の一人として申し述べても好かろうが、全てを勘案すらば、これは間々出来することではない。というのもブル氏は固より楽天的な気っ風で、珠にキズなほど気さくで、体質的に壮健たること少なからず鼻にかけているからだ。この自信のせいで、誠に遺憾ながら付け加えさせて頂くに、氏は留意する急に迫られている時にすら我が身を顧みぬことが可惜多々ある。

以下審らかにすることになろう傷ましき症状の顕現している患者は老齢の女性だ――名をアビゲイル・ディーン夫人と言う。夫人の廃れたも同然の洗礼名のお定まりの短縮形はブル家でもその簡潔さ故に用いられ、夫人は「屋敷《ハウス》」ではアビー・ディーンとして知られている。＊くだんの名にて、故に、患者の徴候を記録する上で、夫人のことを呼ばせて頂こう。

恰もこの老齢の女性がらみでは万事が奇妙にして例外的たる定めででもあるかのように、特筆すべきことに、アビー・ディーンは上働き「部屋《ホール》」の長《おさ》にして、ブル家の女中頭《がしら》の地位を占めているにもかかわらず、誰一人としていささかたり夫人を信用している者のなく、ブル氏その人ですら如何で夫人がくだんの身の上に収まっているものやらとんと解《げ》せぬ。一件に関して問い質されると、とは小生も時に御免蒙って問い質させて頂いている如く、氏は頭を掻き、グイと前方を睨め据えるも、説明がてらかく答えることしか能はぬ。「はむ！　ともかくそこにおいでだ。ということしかわたしには分からんのさ！」かようの折々、氏が然にめっぽうウロたえ、恥じ入っているものだから、さすがの小生も氏が人物証明もなきまま夫人を採用するとは、と言おうかともかくかほどに耄碌した人物がその俸給に値し得ると（恐らくは思い込んでいたに違いない如く）思い込むとは何と馬鹿げていることよと指摘するのは今に差し控えている。

症例に関す小生の診断からの以下の抜粋を読めば、その通常の状態がお分かり頂けようか。「アビー・ディーン。粘液質。胆汁分泌過多。血の巡り、極めて鈍し。発話、眠たげ、不明瞭、取り留めなし。知覚、脆弱。記憶、短し。脈拍、極めて遅鈍。歩み、牛歩の如し。いつ何時であれ眠りが深く、なかなか目覚めぬ。起こされると、機嫌悪し。往時、発作を起こしたことがあり、少なからず捻《ね》じ曲げられた――まずもって一方へ、次いで他方へと＊」

当該神さびた女御が夢遊病の状態に陥ったのは、如何でかブル家の上座に姿を見せて二、三週間と経たぬ頃のことである。ブル氏は夫人が――ここにて氏自身の文言を引用させて頂けば――「いつ果てるともなく『屋敷《ハウス》』をあちこちフラフラさ迷って」いるのを目に留め、いくつか問いをかけたが、ほんの戯言《たわごと》しか返って来ぬのに気づき、小生に遣いを立てた。小生が駆けつけてみると、夫人は上働き「部屋《ホール》」の「長椅子《ベンチ》」に腰掛けたなり、明らかに（瞼は開いていたものの）ぐっすり眠りこけ、高鼾をかいていた。一時《いっとき》ブル氏の手を借り、夫人を揺すぶり起こした挙句、小生は尋ねた。「御自分がどなたか御存じですかな？」夫人の返して曰く。「んれまあ！　アビー・ディーンに決まってるじゃ！」小生は畳みかけた。「御自分が今どこにいるか御存じですかな?」夫人の何やら苛立たしくも挑みかからんばかりに答えて曰く。「ブル様のお宅の上座ですとも」小生は吹っかけた。「してそこで何を致さねばならぬかも御存じと?」夫人の返答は「ええ——何一つ致してはなりません」というものなり。ブル氏がそこで口をさしはさみ、いささか熱り立たぬでもなく、御教示賜った。初めて一家の邸宅に梱だの櫃だのを担ぎ込んで以来「このクソ忌々しい婆さん」からせいぜいかほどの得心しか味わわせて頂いていぬと。

夫人は相当期間、日々、強烈な発疱膏をあてがわれた。芥子ハップ剤がふんだんに用いられ、焼灼剤《しょうしゃく》が反対刺激剤として使用され、串線《かんせん》が首に突っ込まれた。のみならず、ブル氏への忠義においてめっぽうひたむきな召使い数名によりてほとんど絶え間なくチョコチョコ歩き回らされ、小突かれ、抓《つね》られた。が誠に遺憾ながら、くだんの折より今日《こんにち》に至るまで折々、強かに続けられた当該治療の下《もと》、持ち直しているというよりむしろ悪化している。かくて今や不断にして慢性の夢遊病の状態に陥り、そこより回復する望みは一縷もない。

症例は、昏睡性の手合いのそれだけに、主として難治性故に興味深い。現象は概して想像力にとって魅力的ではない。実の所、私見では、病身の生涯の如何なる時期においても才気煥発が一瞬たりこの不幸な女性の嗜眠状態に光を投じたためしはなかろう。夫人の所業は我々が信頼の置ける記録を有す限り最も侘しい夢遊病者の大半の所業に符合する。夫人は起床し、身繕いを整え、道々頭を壁や扉にぶつけぬよう気をつけながら、とは言え外《ほか》には一切知力の兆しを露にせぬまま、何としてもブル氏の「宝物蔵《トレジャリー》」へ行くか、上働き「部屋《ホール》」のお定まりの「長椅子《ベンチ》」に腰を下ろそうとする。して時には呻吟を洩らしたり、ブツブツ不平を鳴らしたり、たまさかガバと、敵に襲撃されているとか何とかグチをこぼすべく立ち上がったりしながら夜の更けるまで座っていようとすることもある。(周囲の連中に寄ってたかって目の仇にされているとのしごくありきたりの思い込みは、当然予想される如く、夫人の疾患の一様相である。)ばかりかしょっちゅう、どっさり溜まったブル氏の勘定書きや、氏の地所の活用計画や、その他肝要な書類を何としてもポケットに捻じ込もうとしておきながら、同上を何ら謂れのなきまま落っことし、いざ差し出されれば再び手に取るを平に御容赦願う。他の似たり寄ったりの書付けを穴や隅に隠し、そのなりあっという間に、そいつらをどうしたものやら忘れる。時には、「屋敷《ハウス》」をさ迷っている最中《さなか》、いきなり両手を揉みしだき、もっと恭しく扱われぬようなら「出て行く《ゴーアウト》」といきなり啖呵を切りにかかる。とは言え、ついぞ一インチたり扉の向こうへ出ようとしたためしがないのは、当該疾患と間々綯い交ぜになった悪智恵の奇しき例証ではあろう――人事不省の直中にあってなお、一旦「出て行った」が最後、ブル氏が二度と再び中へ入れては下さるまいと、虫の報せか察知すらばこそ。

　夫人の目は夢現にあって必ずやパッチリ開いているが、視力は極めて覚束無い。いつからとはなし、夫人の憂はしき症例を目にする誰しもにとって夫人が大方の人間にはお易い御用で見て取れるものがさっぱり見えていないというのは歴たる事実だ。

　アビー・ディーンの事例に特有にして、その剣呑極まりなき質《たち》を生半ならず膨れ上がらさずばおかぬと思しき状況について以下、触れるとしよう。ブル氏は近代風の造りにして風変わりな職人芸の「飾りだんす《キャビネット》」を所有している。この「飾《キャ》りだんす《ビネット》」は様々な材木の様々な木切れより成り、相異なる木目と生育の割にはかなり精巧に切り嵌め細工が施され、蟻《あり》枘《ほぞ》で接ぎ合わされている。が如何せん、総じて不器用に寄せ集められているだけに、いつバラバラにバラけぬとも限らぬ。「飾りだんす《キャビネット》」には、しかしながら、以前の調度においてブル氏に大いに貢献した国産材木の優れた標本も含まれ、就中生粋の刈り込みオークの屈強にして健全なれど小さな見本は特筆に値するやもしれぬ。というのもそいつのことをブル氏はいつも馴染み相手にいたずらっぽい「ジョニー」なる＊名で指し示す習いにあるからだ。この「飾りだんす《キャビネット》」はついぞそっくりとはブル氏の意に染まったためしがないが、製造業者から我が家へ届けられた際、まだしも増しなものに事欠いて、そいつを使うことにした。少々ブツクサ不平をこぼしてはいたものの、氏は選りすぐりの身上をその保管に委ね、他の俗世の資産同様、アビー・ディーンに世話を任せた。さて、小生は目下の所、如何なる手立てにてこの不幸な星の巡り合わせの女御が不活性物質に微妙な影響を及ぼし得るものか理論的に審らかにする術《すべ》を持ち併さぬが、症例をずっと見守って来た幾千もの信用の置ける人々には文句なく周知の事実たるに、夫人は「飾りだんす《キャビネット》」を丸ごと麻痺させてしまった！　よもやと思われるやもしれぬが、「飾りだんす《キャビネット》」は夫人の夢遊病的後ろ見から病原菌をもろに頂戴している。塵に塗れ、蛾に集られ、ボロボロに朽ち果て、ほとんど使い物にならぬ。蝶番は錆びつき、錠はビクともせず、扉と抽出しはキーキー軋みこそすれ、いっかな開きも閉まりもせず、ブル氏は何一つ突っ込むことも取り出すことも能はぬ――公文書と赤い紐《レッド・テープ》をさしておけば。御逸品、手持ちが嫌と言うほどどっさりあるからには、一向お呼びでないが。さしもの「ジョニー」ですら、そいつのおよそしっくり来ぬ素材を十把一絡げに縮こめたり歪めたりする上で、異彩を放つどころではない。果たして未だかつてこの世に然までグラグラ、ヨロヨロした家具が御座ったものやら！

　ブル氏の心痛はかくも女中頭の夢遊病と切っても切れぬ仲にあるだけに、小生は老婦人の疾患の通俗的な説明のような何を審らかにしようと、お気の毒な主人の名をしょっちゅう挙げざるを得ぬ。ブル氏は、それから、この所、大いなる窮地に追い込まれ、難儀が膨れ上がる謂れを如何せん、御当人の夢遊病者から切り離せずにいる。かく。とあるニックという男*が、ブル氏の不倶戴天の敵が――同名の氏の精神的仇敵に然に夥しき骨肉の似通いを有しているものだから、かのニックが「虚言の父親」なら、このニックは少なくとも「叔父」と言えそうだが――めっぽう高飛車にして喧嘩腰になった勢い、ブル氏の近所の三日月広場《クレセント》で飼われている「七面鳥《ターキー》」を取っ捕まえた。さてブル氏は、正邪の種も仕掛けもない法則が一旦覆された日には、御当人の身上の安全には止めが刺されようと気取り、「七面鳥《ターキー》」の奪還を要求する上で三日月広《クレセン》場《ト》に加勢した。ただしクリスマスの目的には全くそぐわぬくだんの鳥そのものに格別御執心だったからというよりむしろ、ニックの金科玉条が氏の平穏にとって極めて肝要だからというので。よってアビー・ディーンに命じて、辛抱強く、とは言え一度《ひとたび》ホゾを固めたらテコでも動かぬ構えで、「七面《ター》鳥《キー》」であれ他の何であれ、盗みを働けば必ずや罰せられようと、もしや当該ニックが飽くまで凶悪なやり口で身を処そうというなら、自分（ブル氏）は厳罰に処さざるを得まい旨通達させた。これら命《めい》に従う上で、この老婆と来てはあろうことか、然に眠たげにして気怠げにして躊躇いがちにして弱々しげな物腰で虚言《たわごと》をほざきにかかるものだから、ニックは老婆と渉り合えば合うほど、ブル氏というのはこれきり性根の座らぬ腑抜けなものと――宣なるかな――得心するに至るとは！　故に、奴は然なくば断念していたやもしれぬ邪悪な腹づもりにしぶとくしがみつき、ブル氏は已むなく愛しい我が子らを征伐に送り出さざるを得なくなる。

　ブル氏の一族は然に勇猛果敢にして、艱難辛苦の下《もと》然に瞠目的なまでに不屈にして、並外れた武勇において然に難攻不落の民族なものだから、ブル氏は仇敵に対す我が子らの勲功を耳にすらば必ずや狂おしき矜持と歓喜に駆られずばおかぬ。が、戦時には我が子らの生命を心底慮り――生憎、平時には生命の価値が然まで身に染みて分かってはいないようだが――さすが心優しき老人だけあって、雄々しくもかけがえのない血が然なる名分のために流され、今後も流されねばならぬと思えば間々、人目を忍んで涙をこぼす。アビー・ディーンの夢遊病の実に苛立たしい点は、ブル氏のこの人生の危急存亡の秋、相も変わらずのっそりとした物腰で依然「あちこちフラフラさ迷い」続け（ここにてまたもや奇特な殿方自身の文言を引用させて頂くが）、かくて氏の子供達の精力と著しい対照を成していることにある。してこの対照と来ては不快極まりないものだから、ブル氏は、固より乱暴な男ではないものの、時に業を煮やした勢い、いっそ夫人の頭に殴りかかりそうになることすらある。

この症例におけるまた別の特質は——書物に記される夢遊病の他の症例にも通底するそれのようだが——患者は間々自らの自己同一性《アイデンティティ》に関し混乱を来す。かくて上述の、ブル氏の気高い子供達と自らを混同し、彼らの武勲の高邁な令名を多かれ少なかれ我が身に引き受ける様が見受けられる。最近の徴候を入念に診察した限りでは、恐らく当該忘想は増大し、二、三か月の内に患者は「屋敷《ハウス》」全体に自分はくだんの律儀な息子達の勝ち得た栄光に事実、某か寄与していると夢現でそれとなく仄めかすに至るに違いない。のみならず、この症状は患者が摩訶不思議にも「飾りだんす《キャビネット》」に感染させ得る病気の一端にして、くだんの嵩張った家具が丸ごと、ほぼ同時に同様の症状を顕現さすのはまず間違いなかろう。

当該夢中歩行の当惑した症例の付随状況としてさらに目に留まるのは、患者は氏の子供達の加わっている戦争への一点張りの申し立てにて、ブル氏に仕える身となる上で自ら全うすべく請け負った本務という本務の遂行を怠っている言い抜けを弄すだけの意識は持ち併せているという点である。「屋敷《ハウス》」は蔑ろにされ、地所は杜撰に管理され、国民の窮境と苦情は無視され、何もかもが謂れなく延期され、放置される。「片や」とブル氏の宣ふ如く——して論駁の余地なきことに——「たとい不幸にも彼《か》の地にてこの難儀一切合切に巻き込まれねばなるまいと、せめて我が家では何かささやかな善を施させてくれぬか。此方にては、彼方なる家庭的喪失と哀悼に対す、何か埋め合わせとなる釣合いを保たせてくれぬか。もしや右手にて大事な我が子が殺戮されねばならぬとすれば、後生だから、左手にては今や育ちつつある者にそれだけよりまっとうな教育と滋養を与えさせてくれぬか」がかく、或いは何を、夢遊病者相手に宣ったとて何の甲斐のあろう？などというのはまだまだ序の口——アビーは、あちこちフラフラさ迷う上で（というのも、またもやブル氏の文言を引用させて頂けば）、もしや何者であれ自分に指一本触れようものなら、遙か彼方のブル氏の雄々しき子らの身に危険が降り懸かり、さらば彼らは何か謎の損害を蒙ろうとブツブツ独りごつのがしょっちゅう洩れ聞かれている。さて、「屋敷《ハウス》」の内にせよ外にせよ、またとないほど卑しい作男ですら、よもやこいつが本当だとか可能だとか思うほど間抜けではなかろうが、語るも憚られるに、くだんの虚言《たわこと》は夫人の目を覚まさそうと骨を折るのに待ったをかけるに大いなるモノを言い、いざとならば強かに体を揺すぶったり、夫人の鼻をグイと、ありがたきかな捻じ上げられる幾多の家人までも、かくて御当人方の特効の手を貸すに二の足を踏む。症例のダメ押しの様相として述べておけば、くだんの虚言《たわこと》は「飾りだんす《キャビネット》」によりて不吉な調子で訝され、私見では、訝はもしや然に長らく即かず離れずしていられるものなら、来年の一月か二月辺りにはなお大きくなっていよう。

　以上が患者の病状である。解決されねばならぬ問いは――果たして夫人は目覚めさせられるものか？　もしや「科学」が何か術《すべ》を考案し得るなら、夫人の目を覚まさすは焦眉の急かと。何とならば、夫人がブル氏と氏の御家庭の事情との関連で自分の置かれた状況を幾許かなり察知させられぬ限り、ブル氏は如何なる手を尽くそうと、夫人をお払い箱には出来ぬからだ。夫人を何としても警告を受け得る状態に覚醒さすことこそ何より肝要と見なす上で、小生はブル氏と見解を一にしている。徒に頭に血を上らせて頂きたくないのは山々なれど、氏がかく（事実しょっちゅう宣ふ如く）宣ふ折に氏を諫めるは土台叶はぬ相談。この危急存亡の秋、世帯の長《おさ》に据えられねばならぬのは――断固、男《おのこ》なり。

第七十四稿　行方不明の北極探検隊員

『ハウスホールド・ワーズ』誌（一八五四年十二月二日付）

レイ博士は祖国へもたらした遺骸の物言はぬながらも厳粛な証によって、サー・ジョン・フランクリンと一行は最早この世になき旨立証してみせたと考えられるやもしれぬ。*が、博士の憂はしき報告にはとある条《くだり》があり、その蓋然性と非蓋然性に某か探りを入れれば、くだんの不運な遠征隊員の誰一人として自ら生き存えるために息絶えた仲間の遺骸を食べるという恐るべき窮余の一策に訴えたと信ず謂れは全くないとの結論を導くことにて、彼らの命運にこよなく近しく愛しき関心を寄す人々にせめてもの慰めがもたらされるのではなかろうか。エスキモーの証言の（それに基づいては、如何ほど通常かつ自然な出来事ですら能ふ限り慎重に受け留めねばなるまいが）曖昧模糊として信頼性に欠ける質《たち》はさておくとしても、我々は綿密な類推と厖大な経験はかようの証言の容認に真っ向から異を唱え、二艘の行方不明の船の士官や乗組員のような男達が如何ほど極限的飢餓に追い込まれようと、この恐るべき手段にて餓死の苦痛を軽減させようとする、と言おうかさせ得るなど全くもってあり得べからざることだと立証できるものと信じている。

論議に入る前に、まずもって前提として述べておかねばなるまいが、我々はレイ博士を一向咎めている訳ではなく、むしろ博士に全く罪はないと思っている。自ら公然と説明している通り、博士は職務上、ハドソン湾会社、もしくは海軍省に、自分に審らかにされた状況という状況を忠実に報告せねばならなかった。よって然るべく、一切包み隠しなく報告し、報告は博士によってではなく、海軍省によって公開された。たとい最悪の証言に基づきこの傷ましい概念を広めることが皮相な手続きだとしても、レイ博士にその責任がないのは火を見るより明らかだ。レイ博士が所謂「カニバリズム」を信じている事実は一件とはほとんど関係ない。博士は単に我々皆の眼前にある「様々な折々、様々な典拠から得られた情報の内容」に基づき、信じているにすぎぬ。同時に我々は博士には北極地方における豊富な経験を有す、熟練した勇猛な探検家としての令名が——男らしく、良心的で謙虚な人格と相俟って——自らに授け得る限りの評価を飽くまで守る全

ジョン・レイ博士
『イラストレイティッド・ロンドン・ニューズ』（一八五四年十月二十八日付）

ての権利があるという点を認めるにおよそ吝かどころではない。博士が手に入れた情報を携え、直ちにイングランドに帰国した妥当性については疑うべくもない。分別と慈愛を具えた男とし、博士はくだんの情報を充て得る第一義にして最大の用途は、貴重な生命を無益に危険に晒すことを未然に防ぐそれであろうと見て取った。して北極圏を八度も訪うたことのある男ほど、フランクリンの足跡を辿る生命という生命が如何ほど大きな危険に晒されているか知っている者はいまい。以上の所見をもって、我々は博士を一英国人として誇りに思い、功労の当然の報いなる安らかな休息への恙無き帰国に深甚なる祝意を表しつつ、当該穿鑿からは放免させて頂くとしよう。

以下は報告の就中、注意を喚起したい一節である。「遺体の中には（恐らく飢饉の最初の犠牲者のそれであろうが）埋葬されているものもあれば、テントもしくは複数のテントに寝かされているものもあれば、覆い代わりに引っくり返されたボートの下に横たえられているものもあれば、様々な方角に点々と散っているものもあった。島で発見された遺骸の内一体は、望遠鏡を肩から革紐で提げ、二連銃を下にして横たわっている所からして士官だったと思われる。遺体の切り刻まれた状態と、湯沸かしの中身からして、我らが惨めな同国人が生き存える手立てとして最後の方策――カニバリズム――に訴えざるを得なかったことに疑いの余地はない・・・私が言葉を交わしたエスキモーの誰一人として『白人』をその目で見た者はなく、死体の発見された場所に行ったためしのある者もなかったが、彼らはそこに行ったことのある者や、探検隊が旅をしている所を目にした仲間から情報を得ていた」

前述の通り、我々はそれそのものがせいぜい又聞きのエスキモーの証言の非蓋然性と非合理性はさておくとしても、こと究極的手段に関す当該推測の全き非蓋然性は第一に綿密な類推に、第二に広範な一般的根拠に、依拠させ得ると信じている。なおかつ、エスキモーの証言は恐らく、通訳を介して又聞きで伝えられているはずであり、通訳が自ら白人に翻訳する言語にあまり通じていないとはさもありそうなことだ。共通の一言語を用いるエスキモー族は（仮にいたとしても）ほとんどないに違いない。してかつての航海における通訳に纏わるフランクリン自身の経験は、自分達と自分達の遭遇するエスキモーとは互いに「かなり」意思を通わせられたというものであり、彼が体験記の中でしばしば用いるこの表現からは彼らの意思疎通が必ずしも得心の行くものではなかったことを示そうとする筆者の意図が紛うことなく窺われる。だがレイ博士の通訳は、たとい告げられた内容を完璧に理解していたと鷹揚に認めるとしても、依然、果たしてそれを相応の重さと価値を有す言語に訳せるか否かという問題が残る。典雅にして字句の豊富なヨーロッパ言語が問題となる折ですら、翻訳の困難と、要求される語学力の高さが見て取れぬ読者はどなたであれ、キャロライン女王の審理*の記録に当たり、イタリア人証人によって用いられる文言の、英語における価値に関し出来する――時には極めて肝要な――絶え間ない議論に目を向けられるが好い。さらにまた別の考慮すべき――しかも由々しき――問題もある。即ち野蛮人であれ、半野蛮人であれ、文明人であれ、より優れた地位と学識を具えた人物に通訳をする百人の内九十九人までが誇張の強い衝動に駆られようという。この衝動はかっきり、通訳される人間が自ら耳にする内容によって最も興奮し、強い感銘を受けている様が見て取られる場合に必ずや最も抗い難いはずだ。というのも相手が感動する度合に応じて通訳にも箔がつくからだ。我々自身、この「様々な折々の様々な典拠」の不十分な所産たる由々しき情報の某かは身振り手振りで伝えられたのかと問う機会があった。答えは然りであり、劣らず度々繰り返されたとして描写される仕種――情報提供者が自らの腕に口を押し当てるという――は、男が己の静脈の一本を掻っ裂き、そこより迸る血脈を飲んでいた様を彷彿とさせはすまいか。仮に二連銃の上に身を横たえていた士官が餓《かつ》えた船員に対し最期まで船の下なり、他のどこでなり、我が身を守り、我が身を守る上で息絶えたとすれば、一体どうして彼の遺骸が見つかろう？　遺骸は、審らかにされた所によると、食べられても、切断すらされてもいなかった。凍てついた大地に埋葬された遺体もまた荒らされてはいなかった。してもしやともかく遺骸が食料として訴えかけられるとすらば、近来の生活と交友から最も懸け離れたそれこそ最初に糧に供されよう遺骸ではなかろうか？　果たしてくだんの雪原に「湯沸かしの中身」を調理するための燃料があったものか？　もしやなかったならば、旅人達が携えていたやもしれぬアルコールランプのか細い炎がかようの目的に十分用を成していたろうか？　もしや成さなかったなら、そもそも湯沸かしはくだんの目的のために神聖を穢されていたろうか？「遺骸の中には」とレイ博士は『タイムズ』紙への書簡において付け加えている。「無慙に切断されているものもあれば、不幸にも生き存えた者によって衣服を剝がれているものもあった。生存者は二、三着もの衣服に身を包《くる》んでいる所が発見された」あの辺りにはくだんの遺骸を無慙に引きちぎるに、熊はいなかったのか？　狼は、狐は？　恐らく、くだんの緯度にてはヨーロッパ人の最も恐るべき天罰として知られる壊血病が遠征隊の間で発生していたはずだ。してかようの状況の下《もと》、当然の如く致命的たらざるを得まいが、それ自体、醜怪な畸型を――傷ましき切断を――もたらそう。が、それ以上に、かくてほどなく食欲は（わけても、如何なる類《たぐい》であれ肉へのそれは）損なわれるのみならず、食べる力も失われよう。最後に、何人《なんぴと》たり、ともかく理路整然と、この悲しいフランクリンの勇猛果敢な一隊の生き残りがエスキモー自身によって襲撃・殺戮されなかったと断言する責めを敢えて負える者はまずいまい。相手が強かな限りにおいて、白人に対して見せる恭しい振舞いから、如何なる種族であれ蛮人の性格を判ずのは固より不可能だ。過ちは幾度も幾度も繰り返されて来た。白人が己より弱い新たな様相で立ち現われるや否や、蛮人は豹変し、白人に襲いかかる。世にはその実践において奇しくも辻褄の合わぬことに、文明世界に生まれた子供という子供に潜在的堕落を悉く、片や森林と原野に生まれた蛮人という蛮人に潜在的美徳を悉く、申し立てる敬虔な人々がいる。恐らく蛮人は皆、心根は貪欲で、欺瞞的で、残忍に違いない。我々は依然白人が――道に迷い、家もなく、船もなく、一見己《おの》が民族から忘れ去られ、明らかに飢餓に苦しみ、弱り、凍え、寄る辺無く、死にかけた――エスキモーの性《さが》の優しさについて如何なる知識を持ち併せているか定かにする要があろう。

当初の目的通り、一件のこの一端は一瞥するに留め、以下、仮説を立ててみようではないか。

仮にこの悲運の遠征隊の士官につゆ劣らぬ教育と訓練を受けた英国海軍士官の小部隊がいつぞや、上述の二艘の乗組員より遙かに劣る部隊を率いて、同じ酷烈な寒さに晒されたとしよう——仮に彼らは極限的な疲労と、風雪と、災禍を耐え忍んだ挙句、ほとんど這い躙う力にも見限られ、ものの二、三ヤード歩くにしても幾度となくヨロけては倒れざるを得なかったとしよう——仮に自分達の「不浄と悲惨を、互いの痩せ細った体軀を、げっそり頬のこけた面《おもて》を、大きく瞠られた目を、あの世じみた声を」直視するに耐えられなかったとしよう——仮に彼らは靴で腹を膨らし、脱いでも凍え死なない程度の外衣を食べ、死んだ狼の乾涸び、白くなった脊椎に依然残っている辛味の強い骨髄の欠片を食べたとしよう——仮にかようの糧食や、腐った皮や、獣皮の端切れや、銃覆いや、突き砕いた骨で食いつなぐ内、骨と皮に痩せさらばえたとしよう——仮に飢餓の疼きという疼きを掻い潜り、苦痛のほとんど、或いは全く残らぬかの飢えの極限にまで達し、然に遙か「死の影の谷（ジョン・バニヤン『天路歴程』）」の深みに降りたものだから、互いに肩を並べて横たわったなり、現し世からの救済を穏やかに、ほがらかにすら、待ち受けたとしよう——仮に彼らは然に凄絶な極限を耐え忍び、がそれでいて死した仲間の亡骸がものの二、三歩と離れていない所に埋葬されぬまま横たわっている所に身を横たえ、がそれでいて今はの際にくだんの「最後の手段」に訴えるなど夢想だにしなかったとしよう——さらば其は、「様々な典拠」よりたまさかもたらされるにつれて「様々な折々」収集された取り留めのないエスキモー証言に対す強かな推定証拠とはなるまいか？　が、仮にくだんの部隊の指揮官が、正しくこの部隊の指揮官でもあったと——仮にフランクリンその人がこれら恐るべき試煉を掻い潜り、健康と強壮を回復し——ものの数日、数か月ではなく、数年にわたり——正しくこの遠征隊の「隊長」を務め、かようの男にあっては当然の如く己《おの》が気骨と修養の、忍耐と堅忍不抜の力を、部隊に鼓吹していたとしよう——さらば蛮族の群れの荒唐無稽の作り話に対し、遙かに強かにして大きな倫理的非蓋然性が真っ向から突きつけられぬであろうか？

さて、これが蓋し、フランクリンの場合であった。彼は上述の試煉を全て掻い潜っていた。くだんの遠征隊の隊長にして、この遠征隊の隊長であった。この遠征隊において、第一級の選りすぐりの英国海員の一行を指揮し、くだんの遠征において、彼と三名の士官には唯一人しか信頼の置ける英国海員がいなかった。他の乗員はカナダ生まれの探検家とインディアンにすぎなかったからだ。一八一九年から二二年にかけての「北極海沿岸遠征」のフランクリンの記録は航海・旅行文学全ての内、最も率直かつ魅力的な物語の一つに数えられよう。フランクリンとリチャードソンとバック*の描写において、事実は読者の眼前で演じ、耐えられる――英雄的忍耐の史上最も偉大な名にし負う三人の。

彼らが如何に次第に悲惨のどん底に突き落とされるか見て頂きたい。

「小生は」とフランクリンは最悪が訪れる遙か以前に述べている。「ほとんど骨と皮に痩せ細り、一行の他の者同様、健康と強壮に恵まれている時なら物の数ではなかったろう寒さにすら苦しんだ」「小生は作業（カヌーを作る）を急かすべく、セント・ジャーメインの所へ行く腹づもりの下《もと》出立したが、ものの四分の三マイルしか離れていないにもかかわらず、彼の下《もと》に辿り着こうと空しく三時間を要した。体力が深雪を踏み越える労働に耐えられなかったために。して幾度となく倒れたせいで弱り果てて戻って来た。仲間は皆同様の衰弱し切った状態にあった。隊員は我々自身よりいささか元気だったが、気が塞いでいるせいか、我々ほど体を動かしたがらなかった。最早、空腹感を覚える者は誰一人いなかったが、それでもなお食事の愉しみ以外、如何なる話題に関しても花を咲かせられぬ始末だった」「夕刻、この雑草（イワタケ。して必ずや隊員の内幾人《いくたり》かにとっては惨めな病気の謂れたる）を少量食べ、夕飯の残りは炙った革の切れ端より成っていた。今日進んだ距離は六マイル」「出発前に、隊員は皆その日の旅程の疲れに耐えられるよう、腹ごしらえに古靴の残りと、何であれ手持ちの革の切れ端を食べた」「イワタケが見つからなかったため、ラブラドル茶（北米産ツツジ科常緑低木。葉を茶に代用）を煎じ、夕飯に焼いた革を二口三口食べた」「テントを建てることが出来ず、先へ運ぶにも重すぎると分かったので、幾枚かに切り分け、粗布をそれぞれ上掛け代わりに運んだ」かくて日に日に弱りながらも、彼らは終にフォート・エンタプライズ――佗しく人気《ひとけ》ない仮小屋――に到着し、そこにてしばし行動を別にしていたリチャードソン――当時はリチャードソン医師、今やサー・ジョン――と、英国水夫ヘップバーンと合流した。「我々は皆、医師とヘップバーンの憔悴し切った表情を目の当たりに、衝撃を受けた。というのも二人は衰弱著しかったからだ。我々自身の変貌も彼らにとって劣らず傷ましかったはずだ。何故なら、腫れが引いて以来、ほとんど骨と皮に痩せこけていたからだ。医師はわけても我々のあ

ネグレン画「サー・ジョン・フランクリン」石板刷複写
Ａ・Ｈ・マーカム船長著『サー・ジョン・フランクリンの生涯』（一八九一）

の世じみた声の調子に気づくと、叶うことならもっとほがらかに口を利くよう言った――自らの声も同じ調子を帯びているなど思いも寄らず」「午後ペルティエがずい分衰弱し、座っているのもままならず、悲しげに目を据えていた。とうとう、恐らくは眠るためであろう、床几からベッドに滑り降り、そのまま二時間以上安らかに横たわっていた。我々も何ら危惧を抱かなかった。ところがその期に及び、我々の胆を冷やしたことに、喉をガラガラ鳴らし出し、医師が診察した所、最早口が利けなくなっていた。してその夜の内に息を引き取った。セマンドレはその日の大半はきちんと座り、骨を砕くのに手を貸しさえした。が、ペルティエの憂はしい状態を目の当たりに、がっくり肩を落とし、寒さが身に染む、関節が痛むと不平をこぼし始めた。体を温《ぬく》めてやるほどの火を熾こせなかったため、我々はセマンドレを横にならせ、毛布を数枚かけてやった。しかしながら、持ち直す風もなく、無念の極みたるに、夜が明けぬ内にやはり亡くなった。我々は死者の亡骸を小屋の反対側に移したが、たとい皆で力を合わそうと埋葬することも、川まで運ぶことすら、叶はなかった」「仲間の二人を突然喪った衝撃の余り、我々は鬱々と塞ぎ込んだ。アダム（通訳の一人）はわけても意気阻喪した。この様変わりがなおさら気づかわれたのは、彼はこの二日間というもの見る間に生気も体力も回復しつつあったからだ。小生は薪を集める作業がリチャードソン医師とヘップバーンに委ねられざるを得ず、小生自身、かほどに衰弱していては事実上、全く手を貸すこと能はぬと思えば殊の外気が滅入った。実の所、二人は実に心優しくも、手を貸そうなどと思わぬようと説きつけてはくれたが。二人の留守中、小生は徒に我々の状況に思いを馳すのに待ったをかけ、能ふ限り元気づけてやるべく絶えずアダムに付き添い、四方山話に花を咲かさねばならなかった。して夜も傍で寝た」「医師とヘップバーンは見る見る弱り、後者の手足は今や生半ならず腫れていた。二人は一日の間《あいだ》にしょっちゅう休息を取るべく小屋へ戻り、一旦腰を降ろすと、互いか杖の助けなくしては腰を上げられなかった。アダムは大方、昨日同様塞ぎ込んでいたが、時に皆をびっくりさすことに、いきなり立ち上がり、一見、元気を取り戻したかのように歩き回った。眼差しは今や狂おしく、不気味で、会話は間々取り留めがなかった」「ここにて言い添えておけば、我々の肉が落ち、そこへもって毛布一枚しかあてがわれていない床が堅いせいで、体は、わけても横になっている際に体重のかかるくだんの箇所は、ヒリヒリ痛んだ。がそれでいて、せめてもの慰めに寝返りを打つのは並大抵のことではなかった。しかしながら、この間《かん》、してほんの短期間しか続かなかった飢えの激しい苦痛が収まってからはずっと、概ね数時間、睡眠の快楽は享受した。必ずしも、ではないにせよ大方、睡眠に伴う夢は間々馳走をたらふく食べる愉しみに纏わるとあって、概して（いつも決まってではないものの）愉快な質《たち》のそれだった。日中、我々はいつしかありきたりの、軽い話題で花を咲かす習いとなっていた――時には真剣に、して懸命に宗教に関わる主題で語り合うこともあったが。我々は概して、目下の苦しみや、救出の見込みについてすら、直接口にするのは避けた。どうやら、体力が衰えるにつれ、精神まで衰弱の徴候を示し、わけても互いに対するある種、理不尽な気難しさの形で表出するようだった。誰しも相手は自分より知的に劣っているだけに、忠言と助力をより必要としていると思った。ある者によってより暖かく快適だとの理由をもって推められ、にもかかわらず相手によって体を動かす恐れのために拒まれる、ほんの場所の移動のような些細な状況が、苛立たしい表現を間々喚び起こし、一旦発せられるや否や償われるとは言え、確か、ものの数分の内に蒸し返されたものだ。同じ事が薪を炉に運ぶ上で互いに手を貸そうとする際にも度々出来した。くだんの力仕事は我々の手には余ったにもかかわらず、誰一人として手を貸されるのを潔しとしなかったからだ。かようのとある折、ヘップバーンはこの種の片意地を嫌というほど思い知らされたものだから、思わず声を上げた。『いやはや、万が一目出度く祖国へ戻れたとしても、果たして我々は互いの仲を取り戻せるものやら！』」

確かに、今や安らかに眠っているフランクリンと彼のその後の危難の勇敢な仲間の身内や友人にとって、この雄々しく感動的な物語に思いを馳せれば――物語が然に感銘深く審らかにし、その弱さ全てを然に忠実に描いている当時、死者の遺骸は手の届く所に、冷気故に保存されながらも切断されることなく、寝かせられていたと惟みれば――紛うことなき真実として、受難者は飢餓の苦しみを早乗り越え、折しも可惜抗うことなく死につつあったと知れば――大きな慰めとなるに違いない。

彼らは翌日における救援の到着に纏わるフランクリンの記述が明らかにする通り、死期が迫っていることを熟知していた。「アダムは迫り来る死への――誰しも追い払おうとて詮ない――憂はしい危惧の余り平静を失い、寝苦しい夜を過ごした。して朝方は口も利けぬほど塞ぎ込んでいた。小生は能う限り励まそうと、ベッドで依然、寄り添っていた。医師とヘップバーンは木を伐りに出ていた。が作業を開始したかせぬか、マスケットの銃声を耳に胆を潰した。よもや何者かが近くにいるなどほとんど信じられなかったが、やがて叫び声が聞こえ、すかさず小屋の近くにインディアンが三人いるのが目に入った。アダムと小生も叫び声は耳にしていたから、小生は小屋の一部が仲間の誰かの上に崩れ落ちたのかと思った――実の所、如何にもありそうな災難たるに。と恐れたのも束の間。リチャードソン医師が駆け込みざま、救援隊が到着したとの吉報をもたらした。医師と小生は直ちに神の御座《ござ》へこの救出に対す感謝の祈りを捧げたが、哀れ、アダムは然に塞ぎの虫に取り憑かれているものだから、吉報がほとんど解《げ》せなかった。インディアンが入って来ると、彼は起き上がろうとしたが、またもやへたり込んだ。この『天祐』の時宜を得た介在がなければ、彼の存在は二、三時間で――残りの者のそれも恐らくものの数日で――無と化していたに違いない」

ただし、くだんの遠征隊の救出に先立つ試煉と困窮において彼らの肉を食う格別な腹づもりの下《もと》いっとう弱っている者を殺しさえする、とまでは行かずともはぐれ者の遺骸で生き存えんとの恐るべき考えを事実抱いている男が一人――マイケルという名のイロクォイ族（好戦的で文化程度の高い有力なアメリカインディアンの種族）の猟師が――事実いた。とは紛うことなく。この男はジョン・リチャードソンとヘップバーンが毎日奴と共に徒《かち》で繰り出している時分――苦しみは甚だ大きいにもかかわらず、彼らが上述の衰弱した精神状態には未だ陥っていない時分――して単に奴の筋骨逞ましさと一行のその他の者の憔悴との相違だけですら――奴が如何でか姿を消してはまたもや舞い戻って来る妙な習いは言はずもがな――疑念を掻き立てていたやもしれぬ時分――狼めいた企てを練り、実行に移した。がそれでいて、カニバリズムという非道な概念は彼らの念頭の、して彼らに同行しているもう一人の士官フッド氏の念頭の、それは遙か埒外にあるものだから――当時、誰しも飢えの苦痛に苛まれ、刻々弱っていたにもかかわらず――真実をいささかたり気取る者はなかった。終にくだんの狩人が炉端に腰を降ろしているフッド氏を銃殺するまで。二人の生存者の胸中、様々な状況が繋ぎ合わされ、かくて事実、卑劣な狩人が人殺しだと分かるまでいずれの念頭にもついぞ浮かび上がったためしのないほど両者にとって途轍もなくあり得べからざる罪が朧げながら立ち現われたのは、殺人が犯されて後《のち》のことだった。さらば男は恐怖と不信の対象となり、残忍極まりなきまで気が狂れかけているかと思われた訳だが。奴の存在を抹消し、其に満ち満ちていると彼らがとうとう見て取るに至った危険を免れるべく、サー・ジョン・リチャードソンはより凡俗の地位の男に負わすを潔しとせぬ責めをあっぱれ至極に身に受け、くだんの悪魔の頭をぶち抜いた――一件に纏わる彼の瞠目的記述においてリチャードソンを称える全世代にわたる読者の得も言はれず歓喜しようことに。

この世が奴をお払い箱にした後《のち》サー・ジョン・リチャードソンがこのマイケルという男について述べている文言は、我々の今や向かっている広範な一般的根拠の正鵠をほぼ射ているだけに、我々の主旨にとって極めて肝要だ。「男の道義は、キリスト教の聖なる真実への信念に裏づけられていないとあって、苛酷な危難に耐え得なかった。男の同国人、イロクォイ族は概してキリスト教徒だが、男自身は全く教えを授からず、キリスト教によって鼓吹される義務に通じていなかった。してインディアンの国に長らく住んでいるせいで、南部インディアンが自らに定めている行動規範を受け入れた、と言おうか保持していたと思しい」

夜露を凌ぐ屋根にも食べ物にも恵まれ、この問題を我々自身の暖かい炉端で検討している我々の断じて不遜にも絶望的悲惨の究極に限界を設けること勿れ！　我々が氷と雪の荒野の「四方八方へ散り散りに撒き散らされる」いつぞやは血気盛んな男たりし微塵に思いを馳せ、彼らのこの上もなく軽い屍灰のためにすら訴えるのは、勇猛果敢な男達への崇敬――今はの際まで耐え忍び得る偉大な精神への讃嘆――彼らの令名への愛着――思い出への慈しみ――からである。蛮人の漠たる戯言《たわこと》に対し我々が最終的に申し立てたいのは、然に易々と受け入れられる「最後の手段」が生と死の間に介在することを許される事例は極めて稀にして例外的である片や、飢えの苦しみが苦痛の峠を越えるまで耐え忍ばれる事例は枚挙に遑がないということだ。のみならず、命題の「砦」として申し立てたいのは、人間がより高度な教育を受ければ受けるほど、習慣がより統制されればされるほど、思考の調子がより内省的かつ宗教的であればあるほど、「最後の手段」はおよそあり得べからざるものになって来るということだ。

読者諸兄には行方不明の北極探検隊員は任務のために入念に選りすぐられ、各人が確かに平均より遙かに優れた体調にあったということを絶えず銘記するよう請いつつ、我々は記録上最も苛酷にして名立たる飢餓と野晒しの事例の内某かによってエスキモーの「湯沸かし説」を検証するとしよう。検証は、しかしながら、来週の締め括りの別稿に譲らねばならぬ。

ディケンズは『ハウスホールド・ワーズ』誌次号（一八五四年十二月九日付）においてさらに十六コラムに及び、蔵書であるサー・ジョン・ダリアル『難破と海難』（一八一二）三巻本を主たる典拠とし、カニバリズム説への論駁を続ける。以下、結論とし——

大海原であれ陸地であれ、如何なるカニバリズムの申し立ても、仮定的にせよ、推論的にせよ、最も直接的かつ断定的証拠以外の何ものに基いてにせよ、認められてはならぬ。以前ならば其が余りに度々残虐と略奪の口実とされていた野蛮な民族の直中において出来するとしてすら、否。プレスコット氏（アメリカ歴史家（一七九六—一八五九））は名著『メキシコ征服史』（一八四三）の中で、生活の芸術と優美においてかなりの進歩を遂げている民族に認められるカニバリズムの存在のように驚嘆すべき事実に触れ、「彼らは単に獣的食欲を満たすために人肉を食したのではなく、宗教に従って食したにすぎぬ——これは」といみじくも宣ふに、「注目に値する逕庭である」と語っている。のみならず、くだんの食習慣の幾多はコルテス（アステカ王国を滅ぼし、メキシコを征服したスペインの軍人（一四八五—一五四七））の軍隊の先頭にて聖ヤコブ（スペインの守護聖人）と聖母マリアが戦っている所を紛うことなく目にした、故に、どう控え目に言っても千里眼の持ち主たる語り手達の典拠に則っている。一件を巡る我々の漠たる印象を胸に——もしや男の信念のオークが殼斗果《エイコン》にまで遡られるものなら、間々、定めてロビンソン・クルーソーに端を発すに違いなき——当該習いは蛮族の間においてすら如何ほどめったに証明されていないか惟みるのもまた一興やもしれぬ。蛮人の言葉も鵜呑みにしてはならぬ。第一に、奴は嘘つきだから。第二に、奴は法螺吹きだから。第三に、奴はしょっちゅう尾ヒレをつけるから。第四に、奴は胃の腑に敵を呑み込んでいると言えば、貴兄は論理的に、胸に敵の勇猛を秘めている箔を与えようとの迷信めいた思い込みに凝り固まっているから。この、或いはあの、刺青の部族の直中なる炙られ、切り刻まれた人体の光景ですら保証付きではない。己《おの》が大口でギョロ目の野蛮な神々へのかように付き付きしき供え物を蛮人はしばしば捧げるのを目にされても来たし、知られてもいる。してたとい司祭友愛組合《フラターニティ》が神々に貢がれた一から十までに汲々たる手をかけるのは概ね通則と見なされようと、恐らくこうした捧げ物は例外であろう——偶像に畏れ多き性《さが》を纏わすと同時に、司祭に彼らの階級の折々必要に迫られるやもしれぬ無私の気味を帯びさすそれとして。

その伝奇《ロマンス》の黄金時代、東方の想像力豊かな人々は——恐らく、大海原にはさして馴れ親しんでいない代わり、砂漠の危難には経験と伝統上通じていたに違いなく——文明人の直中における「最後の手段」なる概念は一切持ち併せていなかった。『アラビア夜話』の野卑な仲間のその数あまたに上れど、くだんの手立ては専ら食屍鬼や、一つ目の黒ん坊大男や、巨大な図体と二目と見られぬ面構えの、櫓よろしき怪物や、岸辺に身を潜めては、骸《むくろ》の埋められている洞穴へブーブー、ポッポと分け入る穢《けが》れた獣の役所《やくどころ》と相場は決まっている。生き埋めにされた船乗りシンドバッドに対してすら、語り手は当該憂はしき方便を考案するより、シンドバッドの後から生き埋めにされた（して奴が、固より几帳面な質《たち》でないだけに、骨で殺した）外《ほか》の連中一人一人と一緒に穴の中へスルスル降ろされる是々《これこれ》箇のパンの塊や然々《しかじか》量の水の形《なり》なる至極ありきたりの滋養物を用意してやる方がお易い御用と心得た（「船乗りシンドバッドの冒険」第四の航海）。

我々はかくて前稿の締め括りに引用したサー・ジョン・リチャードソンの言葉にほとんど体現されている命題へ自づと立ち返ることとなる。「最後の手段」の蓋然性と非蓋然性を比較考量する上で、第一義の問題は――極限の質《たち》ではなく、人間の性《さが》である。即ち、行方不明の北極探検隊員の思い出は、理性と経験により、この、然に安易に許容される連想の穢《けが》れの遙か高みに位置づけられ――同様の試煉の下《もと》なるかようの男達の、して彼ら自身の偉大な指揮官自身の、気高い行動と手本はくだんの連想の虚偽を証し、血と脂身を生の営みとする、ほんの下卑た一握りの未開人種の戯けたおしゃべりより全宇宙の重さだけ重いはずだ。功利主義はかく物申そう。「彼らはあの世だ。たかがそれしき構わぬではないか？」さらば我々はかく答えよう。彼らが事実あの世だからこそ、我々はこだわるのではないか。彼らは祖国に十全と仕え、十全と面目を施し、というにこの世では最早祖国の正義も「親愛（『詩篇』八九：三三）」も求められぬからこそ、彼らに両者を惜しみなく、滔々と、溢れんばかりに与えよ。如何なるフランクリンも二度とこの世に蘇り、彼らの悲哀と忍従の正直な物語を綴ること能はぬからこそ、其を彼が我々に遺した著書において心優しく、律儀に、読めよ。彼らはくだんの雪原に散り散りに散り、自ら溶解しつつある自然界の要素や、今や唯一彼らを影も形もなき外気たりて祖国へ送り届け得る冬の閑に抗えぬに劣らず、来《きた》る世代の記憶にも抗えぬからこそ、故に、彼らを子供達の胸中においてさえ、優しく愛おしめよ。故に、何人《なんぴと》にも謂れなくして彼らの末期の歴史に身震いするよう教えること勿れ。故に、彼ら自身の意志鞏固をもって、彼らの堅忍不抜に、高邁な義務感に、勇気に、して宗教に、信を寄せよ。

虚言や補食性の問責に対しエスキモーを権威的に擁護するレイ博士のディケンズに対す礼儀正しいながらも毅然たる

返答が一八五四年十二月二十三日付『ハウスホールド・ワーズ』誌に依然「行方不明の北極探検隊員」の表題の下《もと》掲載される。ディケンズはレイ執筆の記事をさらに二稿(「レイ博士の報告」(五四年十二月三十日付)「サー・ジョン・フランクリンと全乗組員」(五五年二月三日付))同誌に掲載。庶民の関心はディケンズ自身、後者の寄稿の序言で述べている通り、クリミア戦争(一八五三―五六)のために当座、この主題からは逸れるが、フランクリンと乗組員の命運は彼の念頭から去らず、いずれ五七年一月、自宅で初演されたウィルキー・コリンズとの合作『凍える海』へと結実する。フランクリン遠征隊の調査は、ただし、政府の支援不足にもかかわらず続けられ、五七年に出発したフランシス・マックリントック船長率いる遠征隊は五九年の帰航と共に、フランクリンが四七年六月十一日「暗黒神《エレボス》号」の船上で死去し、約一年後、依然生存していた士官・乗員一〇五名も終に船を見捨て、グレイト・フィッシュ・リバーへ南下を試みた経緯を記す証拠書類をもたらす。その結果、カニバリズムの疑いはほぼ払拭されるが、近来の調査ではグレイト・フィッシュ・リバーへ向かった最後の生存者数名はレイ曰くの「最後の恐るべき方策」に事実訴えたらしいことも明らかにされている

第七十五稿　くだんの他方の「大衆」

『ハウスホールド・ワーズ』誌(一八五五年二月三日付)

小誌の第九巻(一八五四年四月一日付一五六頁。G・A・サラ「彼らはどこにいる?」)で、たまたまかの多数を意味する曖昧な集合名詞「大衆」の居所を巡り、二、三質問を提起することとなった。して読者諸兄に改めて思い起こさせて頂いた如く、「大衆」とは劇場で軽口のネタにされる時には断じてその辺りに御座らぬ――というのも軽口は必ずや十分それに値するものの目下立ち会っていないどこぞの他方の「大衆」への当てこすりたるが必定だからだ。当今の状況を考え併すと、小誌第十一巻を始めるに当たり、くだんの他方の「大衆」の記憶をそれとなく喚起するに如くはなさそうだ――間々不埒千万にも己自身の義務と権利と利害を顧みず、我々や読者諸兄には縁もゆかりもなきこと明々白々とあらば。我々は、必ずや一定の水準に達している、理性的かつ自省的かつ敏速な「大衆」だ――片やくだんの他方

の「大衆」はグズグズと気怠げに後方で躊躇っては、無分別な物腰で振舞うと言って聞かぬ。

まずもって我らが馴染み『イグザミナー』誌によって最近息を吹き返されたささやかな手本から始めれば*——果たしてくだんの他方の「大衆」は自ら従僕として受け入れている道義に篤い人々によって夜毎、金を巻き上げられるがままになっているとはどういう了見なりや？　事実は以下の如し。鉄道大会社があちこちでお出ましになった際、ケチな官公吏への賄賂や謝礼は全くもって鼻持ちならなくなっていた。かようの悪弊を悉く、連中は直ちに、して大いに面目を上げるに、自分達の管理体制から根扱ぎにし、旅籠の経営者はほどなく彼らの理性的な方角に概ね付き従わざるを得なくなり、「大衆」は（とは無論、必ずやくだんの他方のそれの謂にて）旅につきものの忙しなさと煩わしさへのとびきり苛立たしくも癇に障るダメ押しから解放され、改善は、肝要にして理性的な改善という改善の性質上、幾多のより些細な方角へと普及し、幾多のより些細なやり口でありがたく感じ取られた。当該時点で改善に臆面もなくしぶとく挑みかかっているのは唯一「劇場」のみにして、そいつはもしやくだんの他方の「大衆」が桟敷席か一階前方一等席のお代を払ってなお、くだんの他方の「大衆」を食い物にすべく連中の席を買う劇場雇い人の手当まで払おうとせぬなら、くだんの他方の「大衆」との契約を全うするを平に御容赦願うという昔ながらの廃れた手続きを飽くまで踏み続けている。恰も我々にあっては出版者の地位をいっとう高値の競り手に売り、かくて後釜殿には勝手に御当人がくだんの他方の「大衆」に忝くも賜はる『ハウスホールド・ワーズ』誌各号におまけの一ペニーもしくは二ペンスもしくはせしめられる分だけ上乗せさすがままにさせよとでもいうかのように！　未だ一、二週間と経っていまいが、我々は夜九時、無言劇《パントマイム》の席に五シリング身銭を切った。くだんのお代を気前好く払ったのも束の間、腹を空かした追い剝ぎ殿が我々の胸をポンポン、ピストルの砲口よろしくクルリと丸めた芝居のビラで叩き、御当人が番人たる扉の前にモロに立ちはだかった——のは我々が早身銭を切っている席へ（奴への心付けとしもう一シリング叩かねば）近づくのに待ったをかけるべく。さて、くだんの他方の「大衆」は、最もウケのいい芸人ですらそいつの御利益に与れる上がりをそっくり放棄し、その紛うことなき不条理と強奪を指摘しているにもかかわらず、甚だしき瞞着に依然屈服している。してなるほど公共機関としての「劇場」が極めて羽振りの好い、前途洋々たる状態にあるとは周知の事実ながら——行き当たりばったりにとある劇を観さえすれば、その成り代わりたる紳士淑女の大きな一団は様々な技芸において果てしなき労力と出費を賭して自らを陶冶し、「造形芸術」の学徒の真の精神において蓋し、天職に付き付きしきこと一目瞭然ながら――がそれでいて読者諸兄と我々の縁もゆかりもなきくだんの他方の「大衆」に敢えて物申させて頂けば、かと言って御当人が然にあざとくいいカモにされて好い謂れには断じてなるまい。

我々はつい今しがた鉄道会社に言及した。くだんの他方の「大衆」は鉄道会社相手には注意おさおさ怠りない。のも故無しとせぬ、全く先方の為すがままというなら。単に目を留めざるを得ぬことに、そいつは何かともかく謂れのある際には概して、グチをこぼすに抜かってだけはいない。往時、鉄道料金がらみで楯突き、運賃が文句なく高い事例を並べ立てたこともある。が、くだんの他方の「大衆」はこれまで鉄道会社の逃れようのない、して大地をものの一フィート切り開きも、鉄の横棒をものの一本地べたに渡しもせぬ内に信じられぬほど大枚の財貨を濫費する上で放埒を極める予備的体制の噂を耳にしたためしがあるのか！　一体何故《なにゆえ》くだんの他方の「大衆」は仰《のっ》けの仰《のっ》けから手をつけるに、国会において個別的法律案を懇請し、下院の委員会――満場一致で、人間の悟性に想像し得る正しく最悪の法廷と認められる――の前で調査を行なう途轍もなき問責に対して声を上げぬ？　くだんの他方の「大衆」は当該失政の過程によってもたらされる腐敗、濫費、荒廃について然るべき概念を持ち併せているのか？　仮にくだんの他方の「大衆」は、今を遡ること十年、当時存在している全鉄道会社の平均的な国会・法曹経費は連合王国中に敷設された鉄道の全マイル、一マイルにつき七〇〇ポンドに上ったと報らされたら、果たして胆を潰そうか？　だが、仮にすかさず、この掛かりは実は一マイルにつき七〇〇ではなく一、七〇〇ポンドだったと告げられたら、くだんの他方の（無論、内ファージングというファージングを負わされる）「大衆」はさらば何と言おうか？　がそれでいてこれは商務省によって発行される――して今やいささか稀な、のも宜なるかな、剣呑な骨董の類というなら――然る文書のその数だけの文言と数字になる明細である。くだんの他方の「大衆」は同上の頁から、「法案」の通過しなかった（故に詰まる所、路線の開通しなかった）然るストーン‐ラグビー線の法曹・国会経費に一四六〇〇〇ポンドなる約しくもささやかな予備総額が支払われていたと知るやもしれぬ！　以上は国会諸手続法規に通じた法律顧問が一〇〇ギニーの謝礼の記された摘要書をはねつけ、一〇〇〇ギニーの謝礼の記された同じ摘要書を受け入れていた――して事務弁護士がその場で、読者諸兄と我々が今や苦々しく一笑に付している(前述の如く我々とは縁もゆかりもなき)くだんの他方の「大衆」に対す御当人のささやかな勘定書きを暗に仄めかす心の平静さでもって三番目のゼロを小ぢんまりと書き加えていた――愉快な時代のことである。それはまた未だ公共衛生法令がなかっただけに、ホワイトチャペル(ロンドン東部地区ユダヤ人居住地)が公益のため、「悪徳」と「熱病」の住まう一ダースからの悍しき街路を忝くも引き倒させて頂くべく、守り本尊たる法曹と国会に六五〇〇ポンド叩いた目出度き時代のことでもある。

我らが「大衆」はこうした事柄は一から十まで御存じで、我らが「大衆」はそれが如何に言語道断か知らぬが仏どころではない。必ずや一杯食わされ、言いくるめられるのはどこぞの――一体何処なものやら?――くだんの他方の「大衆」である。そいつはこの三、四年というもの例の議論紛々とした難題――「報道の自由」――がらみで疑念と混乱の迷路に陥っている。気高き上院議員に「自由」とは途轍もなく不都合な代物だと告げらて来た。なるほど、然り。なるほど、「自由」という「自由」は――某かの連中にとっては。光は闇を好むそれなりの謂れのある者にとっては不都合極まりなく、石鹸水は清潔よりむしろ不潔を好む連中にとっては邪魔物以外の何物でもなかろう。が、くだんの他方の「大衆」は気高き上院議員が何かと言えば狡っこい退屈千万なやり口でこの一つ弦をクダクダしく爪弾きたがるのに気づくや、一件がらみで気が気でなくなり、爪弾き手の腹づもりは一体何なのか――例えば彼らは如何様に当該剣呑な「報道界」を管理した上から統制しようとしているのか――知りたがった。はむ、今や連中、知っているやもしれぬ。もしやくだんの他方の「大衆」にともかく仕込む気さえあれば、ごく最近発刊されたばかりの指南書が目の前に開かれている。第一章は高等法院。第二章は個人的冒険譚。それについては近い内に恐らく、後日談を耳にしよう。連合王国の極めて肝要な部門の女王の成り代わり殿は――ズブの殿方にして、ありとあらゆる疑念の埒外にある、一点の非の打ち所もなき徳義の男《おのこ》は――「報道界」に余りに疎いがために、正しく「報道界」の拒絶している穢《けが》れたさもしき手先と密かに個人的な連絡を取るに、公金で連中の称賛を買い、連中の瞞着を看過し、連中に浅ましき仕事を割り当てる様が見受けられる。ダウニング街(第七十一稿注(四〇二)参照)の国家の大いなる省の端くれはこの地の表《おもて》にて未だかつて蔓延《はびこ》ったためしのないほど褒めそやしに祟られた国民の直中なる遙かな褒めそやしを購うべく、劣らず無知蒙昧にして如何わしき交渉の紛うことなき嫌疑の下《もと》ひけらかされている。我らが「大衆」はそんなことくらい百も承知で、無論、その幾多の暗示的様相において同上をとことん気に病んでいる。がくだんの他方の「大衆」は——必ずやどこぞの人目につかぬ片隅でグズグズと躊躇っているが——いつになったら一件がらみでネタを仕込み、智恵を回し、行動に移すというのか？

　我らが「大衆」がセバストポリ（第七十二稿四〇九頁参照）を前にした英陸軍の状況より生ず真の問題の精髄に如何ほど徹頭徹尾通じているかいくら誇張しようと誇張しすぎることはあるまい。「大衆」は苛酷な経験の真っ直中における焦躁、閉塞、自然な情動の激しさは能ふ限り斟酌するとしても、『タイムズ』紙の通信が祖国の勇壮がその下《もと》に萎え、打ち拉がれている渾然一体たる不始末、痴愚、無秩序を暴いてみせたものと熟知している。我らが「大衆」はこれはおよそ新たな手合いのスッパ抜きどころではなく、似たり寄ったりの欠陥と不適任はこれまでもいずれ苦難の時代が祖国の失政と組み打ち、そいつを大の字に伸びさすほどの豪腕の男を地の底より吐き出すまで、似たり寄ったりの時期にハバを利かせて来たという事実を嫌というほど思い知らされている。ウェリントンとネルソンは共にこれを成し遂げた。してお次の偉大な将軍にして提督は——我々が今やシビレを切らしそうになりながらも待ち受け、最も偉大な勲功が立ち現われるのに手を貸すは陸海軍を問わず、我らが軍務の性《さが》にはないと知って（能うことなら）もって善しとしつつ、今しばらく待つやもしれぬ人物は——同上を成し遂げねばならず、必ずや成し遂げよう。して「かの徴《しるし》によりて汝《な》らは知る（『マタイ』七：二〇）」可し。我らが「大衆」はこれら思索のネタがらみで深く思いを巡らせ、以降は次なる真実にしぶとくしがみつこう。即ち、国事を治める体制は固より腐敗しているとの——階層や家庭や利害関係は彼らを実に卑俗な状況に追い込んでいるとの——個人的な請け負いにおいては英国を他の全ての国々に擢んでさせている知性、堅実、先見の明、類稀な機略縦横の才は公的業務においては一切生気を有さぬとの——商人という商人や貿易業者という貿易業者は縄張りを広げ、持ち前の天分にカツを入れている片や、公官庁はほんの豪勢な棺桶と弱々しく揺らめく灯の愚にもつかぬ山車行列たりて、佗しく正装安置されて来たにすぎぬとの——窓は今や大きく開け放たれ、ロウソクは吹き消され、棺桶は埋《うず》められ、日光は惜しみなく取り入れられ、家具調度は焼べられ、塵芥は掃き清められねばならぬとの。是ぞ、周知の如く、我らが大衆の金輪際、如何なる手練手管によりても気を散らされることなき教えなり。が、くだんの他方の「大衆」は。彼らはどうするつもりなのか？　連中は、なるほど情深く、心の大らかな、ひたむきな「大衆」

だ。が、飽くまで「我々がこのイラクサ『戦争』から摘んだ花『警告』（『ヘンリー四世』第一部Ⅱ、3）」に陰険な「死に神」よろしくしがみつこうというのか？　世の甘言屋皆に断固、たとい文明世界のフラノのチョッキというチョッキが、非文明世界の熊皮という熊皮や水牛革という水牛革が当今、我らが衣服に事欠く同国人の下《もと》へ送られていた（してついぞその下《もと》へは届いていなかった）とて、そいつらは不変の問題にはこれきり差し障るまい、と言おうかブリタニアの王室と体系丸ごとにおいて肝要と証され、晴れて加えられるまでは仮借なく要求されよう修正の一箇条とて割愛すまいと返答しようというのか？　いざ戦争が終わり、必ずや顕示欲旺盛なくだんの他方の「大衆」は忙しなく帽子を放り上げ、屋敷に煌々と明かりを灯し、太鼓を叩き、トランペットを吹き、幾百マイルもにわたる新聞寄稿欄の演説をぶつに及び、残された唯一明々白々たる問題の乾涸びるまでゴマをすられ、汲々と多弁を弄されるというのか、それとも争点を忘れずにいるというのか？　おお、くだんの他方の「大衆」よ！　せめて我々が――貴殿と、小生と、我々の残りの皆が――くだんの他方の「大衆」がらみで確信が持てるものなら！

　仮に尋常ならざる危急存亡の秋にあって、頭《かしら》無き内閣をせせら笑い、それでいて手を拱いてもって善しとするなら、其はくだんの他方の「大衆」の側《がわ》なる甚だしき怠慢ではなかろうか？　仮に剣呑な刻《とき》にあって国家の身の心も委ねているくだんの権威の途轍もなき痴愚に啞然としている様がついぞ目にされぬなら、其はくだんの他方の「大衆」の落ち度の瞠目的事例ではなかろうか？　我々は知っている――もしやくだんの惨めな病人、内閣殿がクリスマス前にわけても身内や馴染みを呼び寄せ、不随の最終段階なる痩せさらぼうた大御脚でヨタヨタ、ヨタつき、いじけた金切り声を上げつつ、もしや是々の権力が即座に行使出来るよう委ねられねば、必ずや打ち敗られた愛国心のせいで前後の見境もなく錯乱した勢い、哀れ、老いぼれた惨めな目玉を破れかぶれで抉り出してくれるわとほざくのを目の当たりにすらば、さぞや傑作な見《み》物《もの》たろうということを。我々は知っている――如何なる蔑みを込めて奴が得心し、やおらズルズルと足を引こずって立ち去り、床に就くのを目の当たりにしようか。自ら手にしたものを一切使わず、いずれ外《ほか》の連中より癇癪持ちの看護婦の一人が皺くちゃの鼻を引っぱり、メソついた泣き声を上げさすまではウンともスンとも噂を聞かれぬべく。我々はこれら経験が我々にとって何たろうか知っている。して、いやはや！　我々は正しく捩り鉢巻きにてそれらに則り事を起こそう――がくだんの、その無関心こそがかようの案山子共の生命たる、してどうやら「疫病や悪疫や飢饉や戦争や殺人や不慮の死すら（『礼禱書』連禱より）」奮い立たすこと能はぬかのような他方の「大衆」は一体どこにいる?

以上全てにもせめてもの慰めはある。我々英国人だけが唯一くだんの他方の「大衆」の贅ではない。そいつの噂は他処でも聞かれる。そいつはピルグリム・ファーザーズ（一六二〇年英国国教会に不満を抱き渡米し、マサチューセッツ州プリマスに植民地を築いた一〇二名の分離主義者）の後を追って大西洋を渡り、爾来しょっちゅうアメリカで驚異を成し遂げている。十年か十一年前、何でもとあるチャズルウィットという男が、そいつは大海原の向こう側で突拍子もない事をしでかしているのを目にしたと口にしたらしい（『マーティン・チャズルウィット』（一八四四））。くだんの申し立てはありとあらゆる手合いの「大衆」の不興を買い、「大衆」はここぞとばかり手を組み、挙ってそいつに憤慨し、異を唱えにかかった。が、今しも傾聴に値するささやかな回顧録が事実あり*、若きチャズルウィット青年もまんざら道理を弁えていなかった訳ではなさそうだ。かようの「人魚」をでっち上げ、かようの「ワシントンの乳母」をでっち上げ、かようの「小人」をでっち上げ、かようの地上における「美声天使」をでっち上げ、かようの「身上」をでっち上げ、わけてもかようの回顧録をでっち上げる「目から鼻に抜けるような」見世物師は——果たして彼は偉大な合衆国の自由にして聡明な「大衆」を相手にしているか? 州立学校の、一般教育の、自由党公認候補者名簿の、第一級の知性の、大衆を? 否、否。くだんの他方の「大衆」こそが鮫の餌食なり。然にあからさまに一杯食わされ、然に図々しく物ともされていないのはくだんの、その「明るき格別な星（『終わりよければ全てよし』I、1）」と条《じょう》の未だ確かめられていない、どこかそこいらの他方の「大衆」である。くだんの他方の「大衆」のために、ニューヨークの帽子屋は仰《のっ》けのリンド座席の競売で誰より高値で競り落とした。くだんの他方の「大衆」のためにリンド演説がぶたれ、涙がこぼされ、小夜曲が歌われた。旅の道連れが高いホテルのバルコニーから光を降り注いだのは、くだんの、いつも何がらみであれ、何がらみでもなかろうと、沸々頭に血を上らせている他方の「大衆」である。然に誇らかな分け前に与っている「目から鼻に抜けるような」回顧録を読み、買い求めすらしようのは、してそいつが古びた花崗岩州（米北東部ニューハンプシャー州）の古びた海岸の絶壁からロッキー山脈に至るまで広く遍く流布しているからというので有頂天になろうのは、くだんの他方の「大衆」である。『アメリカ探訪』という名の書物の以下のような条《くだり》は紛れもなくくだんの他方の「大衆」に関すものであろう。「もう一つの顕著な特質は『抜け目ない』取り引きへの偏愛であり、そいつは幾多の詐欺や甚だしき背信に、公私を問わぬ幾多の約束不履行に、金《きん》を着せ、かくて絞首刑に処されて然るべき幾多の悪漢が最も気高き人々と並んで臆面もなく頭をもたげるに至る。とは言え、それなり因果応報が伴わぬでもない。というのも当該抜け目なさは公的信用を損ない、公的資力を殺ぐに、愚直な正直が如何ほど振り鉢巻きでかかろうと一世紀の内に為し得なかったろうほどの事をものの二、三年の内にやってのけているからだ。山の外れた投機や、破産や、まんまと旨い汁を吸っている破落戸の功罪は其が、或いは男が、如何に黄金律『汝の為されたきよう為せ』を遵守しているかによって測られるのではなく、連中の抜け目なさとの関連で考慮される。以下の如きやり取りを、小生は幾度となく交わして来た。『誰それのような男が不埒千万な悍しき手立てにて巨万の富を手にし、これまで幾多の罪を犯して来ているにもかかわらず、貴殿の市民によって大目に見られ、むしろ焚きつけられているというのは極めて恥ずべき状況ではないでしょうか？　あの男は世間の鼻摘み者では？』『イエス、サー』『札付きのペテン師では？』『イエス、サー』『これまでも散々足蹴にされたり、平手打ちを食らったり、杖でぶたれたりしているのでは？』『イエス、サー』『してとことん浅ましい、卑劣な遊び人では？』『イエス、サー』『だったら一体全体、何が取り柄だというのです？』『ウェル、サー、あいつは実に抜け目ない男でして』（第十八章「結び」）」

我々自身のくだんの他方の「大衆」は相手が明らかにろくすっぽ簡潔に口も利けぬほど年端の行かぬ少年であるにもかかわらず、上述の「小人」に額づく十分な、或いはそれ以上の、役所を果たした。して我々、断じて担がれるを潔しとせぬ「大衆」は彼らの愚昧を容赦すまい。という訳で、もしやこちら岸の英国人《ジョン》と向こう岸の米国人《ジョナサン》がせめて己《おの》がくだんの厄介な他方の「大衆」を取っ捕まえ、少々血の巡りを好くしてやれるものなら、両兄弟にとっては願ったり叶ったりだろうが。

第七十六稿　ガス灯妖精

『ハウスホールド・ワーズ』誌（一八五五年二月十日付）

思い描いてみよ、妖精三十五人の注文を！　ロンドンの街路の泥ハネを大御脚にこびりつかせた、ダブダブの袖の大外套の男が、しごくありきたりの、肌寒い、濛々と霧の立ち籠める午前、「妖精をもう三十五人！」と木で鼻をこくったように注文するの図を想像してみよ！　がそれでいて小生、物書きは、くだんの注文が出されるのを耳にした。「ヴァーノン*殿、明日の朝、妖精をもう三十五人ほど頼む——それも、すこぶるつきの奴らをな」

一八五四年の年の瀬も迫る、とある仄暗い十二月の朝、小生がこの奇妙な注文がヴァーノン氏に出され、ヴァーノン氏によって一言の異も唱えられぬまま受け入れられ、手帳に書き込まれるのをつい洩れ聞いたのは一体どこだったのか？　それは霧で茫と霞んだ、どこか薄暗い、深い淵のような場所でのことだった——ある種、水の干上がったどデカい井の底なる——日光の遙かな割れ目と裂け目が上方の縁に仄見え、埃っぽい棺衣が脇を包み、ガス灯が足許で揺らめき、玄翁が目に清かならざる作業場で揮われ、人々の塊があちこちウロついては鼻がぼんやりと、御当人の白い吐息越しに見える片や、足や手の指先を温《ぬく》めようと躍起になっている。それは目に清かなる連中だけが一歩たり前進せぬ奇しくも因襲的な世界でのことだった——影も形もなき画家は学び、変わり、影も形もなき仕立て屋は学び、変わり、影も形もなき職人は日進月歩の創意工夫を己《おの》が腹づもりに合わせ、電灯が男の小脇に抱えられた箱に入ってお越しになる——が目に清かなる生身の人間だけは然に一つこっきりの日課に凝り固まっているものだから、侍女の（両手の突っ込まれた）エプロンのポケットを始めとし、ピンは鬘に藁しべを突っ込んだキ印のリア（『リア王』Ⅳ、6）の「商い」のいっとうちっぽけな売り種から、キリはかれこれこの百年というもの登場人物が一人残らずかっきり同じやり口で、かっきり同じ場所で、かっきり同じ状況の下《もと》、さっぱり謂れもなきまま手探りで登場して来た、無言劇《パントマイム》の最後から二番目の場面に至るまで——だから、目に清かなる人口が連中の「かくも強かな魔術（『嵐』Ⅴ、1）」を然に型に嵌めてしまったものだから、戸口で金を払う段には早、中でこの身に降り懸かり得る一から十まで先刻御承知のかの、奇しき世界でのことだった。然り、小生が当該三十五名の妖精注文が出されるのを耳にしたのは「劇場」でのことだった。

してこの辺りに妖精のそれではないながら場違いでもなき追憶が纏いつく。いつぞや、ちょうどかようの十二月の朝《あした》、小生は同じ身を切るように肌寒い外気の中、同じ埃っぽい舞台の上で、無言劇《パントマイム》の下稽古を一心に見守っていた。見上げるばかりの巨人の根城が眼前に立ち現われ、巨人の護衛隊が──どデカい面《つら》が二十もの色取り取りの馬鹿げたやぶ睨みに象られた、ちんちくりんの腕と脚の二十人からの不気味な奴らが──滑稽な節回しに合わせて練り入って来た。くだんの面《つら》の一つはわけても──パチリとウィンクし、舌を頰に突っ込んだ、とんでもなくテラついたそいつは──そのスジ方からは色好い愛顧を生半ならず、オーケストラからは待ってましたとばかりの哄笑を、頂戴し、優に三十秒というもの大ウケにウケていた。が、たまたま当該晴れやかな御尊顔の持ち主は旗を掲げていた。して行列が進むにつれて、飾りの施された側《がわ》が必ずや観客の方へ向くよう旗を翻さぬは今に、旗持ちの犯し得る「地獄落ち七罪悪」の一つである。くだんの愛嬌好しの小鬼は、仮面で半ば目が見えぬ所へもって、一部息が詰まりそうなせいで面食らっていたものだから、紛うことなく三度にわたり、男《おのこ》の第一義の本務を怠り、巨人の大紋章の代わりにほんの麻布と棹をとびきりこれ見よがしなまでにひけらかすことにて我々の胆を生きた空もなく冷やした。して当該軽犯罪にダメを押すに、声をかけられてもちらとも耳に入らず、脅しも呪いも知らぬが仏で、持ち前のとんでもなく豪勢なやり口であちこちチョコチョコ駆けずり回るきりだった。いきなり、そら恐ろしい声がかく叫ぶのが伴奏を突いて聞こえた。「止めろ!」辺りはシンと、死んだように静まり返り、我々は枡席の直中なるユピテルに気づく。「昇降口《ハッチウェイ》」とユピテルは支配人に声を上げた。「あの男は何者だ? こっちへ連れて来い」その途端、(義足の)昇降口《ハッチウェイ》は不届き者宛「このクソじじい」と吐き捨てぬばかりに頓呼しながら、ゴツンゴツン、今や城の前に整列している護衛隊の方へ真っ直ぐ向かい、愛嬌好しの御尊顔の鼻をむんずと引っつかまえるや、そいつをソースパンの蓋よろしく持ち上げ、その下《もと》なるツルっ禿げにしてヨボヨボの、やたら剃刀の当てようの足らぬ爺さんの御尊顔を露にし、爺さんは片や、頭の天辺で傾いだ大顔に虚仮にされている間《ま》にも、またとないほど寄る辺無き物腰にて観客に目を据えていた。「なぬ! きさまか?」と昇降口《ハッチウェイ》は唾でも吐きかけぬばかりに食ってかかった。「じゃないかとは思ったが」「ああ、どうせな!」とユピテルが声を上げた。「昨日言ったろう。昇降口《ハッチウェイ》、あいつには無理だと。とっとと引っ立てて、別の奴を連れて来い！」爺さんは面目丸つぶれの態にて追っぽり出され、移り気な仮面はすかさず別の男の肩の上にて劣らずおどけ返っていた。今日《こんにち》に至るまで、小生はめっぽう剽軽な無言劇《パントマイム》 - 面仮《マスク》を目にすると必ずや、この惨めな爺さんに限ってよもやそいつの裏っ側に回ってはいまいがと訝み、爺さんが（よっぽどかありそうなことに）今や草葉の蔭やもしらんと惟るだに、くだんの馬鹿げた御尊顔も爺さんの死すべき定めの端くれとし、「世の『目配《ウィンク》せ』の皆行く道を行く（『ヨシュア記』二三：一四の捩り）」の図を胸中思い描かざるを得ぬ。

妖精をもう三十五人、それも、すこぶるつきの奴らをな。

小生は翌日、連中にお目にかかった。ざっと、食い物と薪の値に通じた、齢十の気づかわしげな女から、「いっぱし役者になる」（と小生の垂れ込まれた所によらば）ホゾを固めているばっかりに、必ずやお門違いなほどしぶとく片脚で突っ立つと言って聞かぬ、齢十の五層倍のうぬぼれ屋のうら若き御婦人に至るまで、よりどりみどり。当該五十路の妖精は長き芸人家系の――確か幾世紀もに及ぶ――出だが、英国観衆に伝える一言たり委ねられた御先祖様一人いぬ。がそれでいて一族は皆「いっぱし役者になる」一つ考えに凝り固まったまま生きて死に、いっとうの末裔たるこの女も依然、片脚にて後の世に伝えられるホゾを固めに固めている。女の父親は一族の高望みの贄と化していた――いつの間にやら村人か、船乗りか、密輸業者か、何だかだとして「ヅラかる」のもままならなくなり、とうとう御当人を「舞台に登らす」のは危なっかしかろうということになった。よって例の、芸の極致を御披露賜っていた観客との絶妙の内証事は――概ね目は口ほどに物を言う一粒の涙か、折しも捗の行っている目論見において討ちてし已まんとのここだけの話のホゾを黙り狂言にて仄めかすいたずらっぽい仕種より成る――有らずもがなと目され、御当人がほどなく「いっぱし役者の仲間入り」しようと予見した正しくその期に及び、割愛されることと相成った。小生は幸い、この御婦人によりて（さなくば詮ないと惟みていたろう）投げ槍の一突きもて退治された「沼地の悪霊」に見覚えがあった。というのもいつぞや御当人が小生の記憶に心地好く留められることとなった状況の下《もと》、田舎で出会したことがあったからだ。専ら海員観客相手に上演された劇は『ハムレット』で、この殿方はポローニアスとして大いなる面目を施しつつ危められ果す（『ハムレット』V、2）と、オズリックの役所にて再び姿を現わした――正体を見破られぬよう、白い鬘を引っ剝がし、腰のグルリにやたら幅広の帯を巻いた上からバックルで留めたなり。やっこさんはこれら手の込んだ石橋を叩いて渡ったにもかかわらず、あっという間に化けの皮を剝がれ、観客に小生には曰く言い難き厳かな印象が刻まれた――挙句、平土間の水夫が長々と溜め息を吐きざま、野太い声でかく独りごち、やおら墓所からのお次の通信に耳を傾けにかかるまで。「コンチキショーめ、またぞろ幽霊かよ！」もう一人、小生には無言劇《パントマイム》の翼の下《もと》難を逃れたものと察しのついた人物は（彼女はなるほど妖精ではなかったが、妖精方のお越しの田舎家を切り盛りし、大御脚を紛うことなく表戸の蔭に隠したなり、小ぢんまりとした上階の寝室に住まっていたが）、とある田舎の座元の上さん――小生には数えきれないほど仰山な子宝に恵まれた、一五ストーン（約九四・五キロ）はあろうかというとびきり奇特な女――だった。小生が女を最後に観たのはリンカンシャーでジュリエットを演じている時のことで、片や四人のいっとう幼気なおチビさん達は（外には誰もいない）枡席に陣取り、正面の模様を人差し指でなぞるべく、言はば窓から身を乗り出し、あわや平土間へ落っこちそうになることにてヴェローナ中の胆という胆を冷やしてはいた。実の所、小生は当該類稀なる女性には早、シェイクスピアの佳人名簿丸ごとにてお目にかかり、原典を掻い潜る持ち前のやり口に大いに讃嘆の目を瞠ってもいた。もしや誰かが御逸品がらみで何らかの返答がふと念頭に浮かぶような言葉をかければ、この方、くだんの返答を賜った。が、さなくば一登場人物としては感銘深き沈黙を守り、一個人としてはお次に登場するはずの影も形もなき人物にかくつぶやくのが聞こえた。「さあさ、おいで！」今や女は妖精方とはお袋さんめいた近しい間柄にあり、くだんの一族のより若き手合いの指をせっせとこすっては温《ぬく》めてやっていた。「妖精の国」から一歩外に踏み出せば、恐らく格別グンニャリした然にその数あまたに上るショールやボネットが一緒くたに掻き集められたためしはまずなかろう。してこと靴とブーツに関せば、「妖精たち《グッドピープル》」がまだしもまともな靴を履かせて頂いていたなら、と言おうか宮廷にて王女様方の代母妖精として迎えられる陽の燦々と降り注ぐ日々に劣らず風邪を召しそうになければと心底願はずにはいられなかった。

均して年に二度、これら「ガス灯妖精」は我々の前に立ち現われる。が、外《ほか》の時はどうしているものか、は神のみぞ知る。貴殿は連中に必ずやクリスマスにはお目にかかろうし、連中、復活祭にはあながちお門違いでもなく待ち受けられるやもしれぬ。が一体、その間《かん》の長き八、九か月どこにいる？よもやマッシュルームの笠で夜露を凌ぐ訳には行くまいし、露を腹の足しに生き存える訳にも行くまい。超自然的な緑の衣を身に纏うは土台叶はぬ相談とあらば、我が身を装う綿織物を求めてマンチェスターにすらすがらねばなるまい。いざ姿形が現われてみれば、連中、いい加減古風な生き物で、為る事為す事、何やら昔ながらに一本調子なせいで、さして胆も潰して頂けぬ——たまさかベバリー氏*共々お目見得する時をさておけば。概して、ここ何年間も、居酒屋へ配達されるビールの大樽の要領で、雲間から滑り降りて来た。同じ小さなカタカタ音のする星に紛れて腰を降ろし、グルリでは幾々シーズンもぶっ通しで、映えある栓抜きがクルクル回りはするものの、何一つ汲んでは下さらぬ。同じ三列の（柄の小さな仲間は頭をあっちこっちへ向けたなり正面に寝そべった）絽の池から、同じ貝殻に乗って浮かび上がり、貴殿は連中が花輪で武装するのを目の当たりにすらば、まず間違いなく何が持ち上がらねばならぬか肚を括ることとなる。貴殿は月明かりの下《もと》連中の何を当てにせねばならぬかもそっくり御存じだ。白熱の日中、彼らが片側へ「渡る」のを目にし、片や瞠目的珍現象が巨大な凄まじき影の背景に当今の帽子を被ったなり映し出され、連中に有無を言わさず然に命じれば、筋張った大御脚と寸詰まりのチュニックの（理髪店のマネキンをとことん地で行く）殿方がお越しになっていると目星をつけてまず差し支えなかろう。貴殿は「ガス灯妖精」のこれらなくて七クセならそっくり先刻御承知。連中が腕と脚でやってのけよう一から十までを、していつやってのけようかも、ソラで御存じだ。がこと、その目に清かならざる状態におけるくだんの「妖精たち《グッドピープル》」にかけては十中八九、連中の何一つ知らねば、連中のことを思い浮かべもせぬ。

小生は本稿を起こすに当たり、恐らくはかの一族の歴史上、詰まる所、最も興味深い特性を引き合いに出したのではあるまいか。即ち、お入り用とあらば必ずや手に入るという。ヴァーノン殿に次の月曜の朝、「ガス灯妖精」を百五十人から敷設するよう注文してみよ、さらば連中、百五十立方フィートのガスよろしくどっと場内へ引かれて下さろう。妖精は誰しもお茶の子さいさい他の妖精方を連れて来る。姉のジェーンを、友達のマティルダを、友達のマティルダの友達を、兄さんの所のおチビさん方を、お袋さんを——とはもしやヴァーノン殿がくだんの奇特な女性に検閲を掻い潜らせて下さるようなら。妖精にお呼びを立ててみよ、さらばドゥルアリー・レーンも、ソーフォも、サマーズ・タウンも、セント・ジョージズ・フィールズの方尖塔《オベリスク》*の界隈もどいつもこいつもワンサと連中で溢れ返ろう。貧しく、気さくで、辛抱強く、恐らくは（時に、がおよそいつも、どころではなく）御自身を気持ちひけらかしたがり、彼らはより幼気な弟妹《きょうだい》妖精の手を引きながら泥の中をお越しになり、仄暗い楽屋口をあちこちウロつき、ブルブル身を震わせては持ち前の甲高いやり口でペチャクチャおしゃべりし、ささやかな金を懸命に稼ごう――たとい我々が如何ほど連中のことを宿無しのノラクラ者と思し召そうと。小生自身としては、我々が我々の娯楽に与す者達のことを然にしょっちゅう悪く思し召さねばと思う。我々も彼らもお蔭でこれきり増しになろうなど得心しているどころでないだけに。

世の何人《なんぴと》にとろうと、説教壇に立つか、桶なり切り株なり演壇なりに登るや、お好み次第の如何なる階層のちび妖精《スモールピープル》であれ（我々の胆汁質の独り善がりな息もて能ふ限り）立ち枯らすほどお易い御用もまたなかろう。が、お易い御用にして安全だからと言って、即、正しいということにはなるまい。これら正しく「ガス灯妖精」にしてからが、そら。連中が泡《うた》沫《かた》の一時間ケバケバしく装い、それからまたもやみすぼらしくなる定めのみすぼらしい連中だからと言って、何故《なにゆえ》小生は連中に辛く当たらねばならぬ？　小生は異なる手合いの公演のためにケバケバしく装い、しかもすこぶるつきの手当を頂戴しながら途轍もなくマズい演技を披露する――がそれでいて誰一人見くびらぬ！――全くもってめっぽうみすぼらしい連中を――ついぞ噂を耳にしたためしのないほどみすぼらしい連中を――存じ上げている。公平無私の正義にかけて、どうかこれら小妖精《リトルピープル》に認めるべきを認めさせて頂きたいものだ。

紳士淑女の皆様方。ではないと耳にするやも（して時に、ではないと信じて妙に得心するやも）しれまいと、妖精には溢れんばかりの美徳と謙遜が具わっている。全てを勘案すらば、果たして連中、我々自身の高尚な程度より遙かに劣っているものか否か。親族の要求に絶えず応ず点に関せば、妖精のために断っておくが、連中、如何なる等級の人間にも引けを取るまい。口にするだに哀しきかな、小生は妖精がこの彼ら自身の忠義故に身を持ち崩しさえするのを目にして来た。こと幼気な我が子や、病身の母親や、放蕩者の兄弟や、不運な父親や不相応な父親に関せば、いやはや、何と内幾多の者がとある小さな、脚の弱い、体の傾いだ妖精のスパンコールのスカートにしがみつき、夜毎の一、二シリングを我勝ちにせびるのを目にして来たことか！

では、短いながらも本稿に幕を下ろすべく鐘を鳴らす前に、スターンが彼の「捕われ人《びと》」を例に取った如く（『センチメンタル・ジャーニー』第二巻（一七六八））、とある妖精を例に取り、一族の肖像の素描を物させて頂くとしよう。登場願うは齢二十三の妖精《フェアリー》嬢。ロンドンはウォータールー橋から砲弾射程内に住まう――とは言え独りきりではなく、膝が持病のリューマチに祟られているせいで体の自由の利かぬお袋さん、妖精《フェアリー》夫人と、専ら居酒屋辺りに身を潜め、(かれこれ十五年もの長きにわたり冷えている)腹に何か暖かいものをぶち込んでやるべく古エールを一杯買う二ペンス欲しさに役者仲間を待ち伏せするのを主たる生業とする親父さん、妖精《フェアリー》氏と、それぞれ齢十四、十、八歳のロジーナ・妖精《フェアリー》嬢と、アンジェリカ・妖精《フェアリー》嬢と、エドモンド・妖精《フェアリー》坊っちゃんと一つ屋根の下《もと》。妖精《フェアリー》嬢には週十二シリングのクチがある——妖精《フェアリー》家が且々二進も三進も行かなくならずに済んでいる唯一の実入りたるに。なるほど一年のこの時節ともなると、三人の若き妖精《フェアリー》は夜な夜な仏兵としてカボチャよりお出ましになるクチにありついてはいる。が家政にとってのその御利益は、くだんの老妖精《フェアリー》殿が金を御自身、土曜毎に引き出すを法的儀礼と定め——そこへもって腹がすっかり温《ぬく》もり、懐がスッカラカンに寒くなるまで御帰館遊ばさぬことにて有名無実と化している。妖精《フェアリー》嬢はおまけに愛らしく、しかもめっぽう愛らしく化粧する。こいつはいっとう増しな時ですら辛い人生だが、いっとうイタダけぬ時は辛いの何の。していっとうイタダけぬ時にはかの、年がら年中ビール浸けの老いぼれ妖精《フェアリー》親父が一週間に四、五晩は下らぬ、楽屋口の辺りをウロつき、大工や従僕に紛れた古馴染みに娘宛の言伝を届けさせ(御当人は中へ入れて頂けぬので)、腹が抜き差しならぬほど冷えている故、娘なら娘らしく二ペンス寄越せとせっつく。ニベもなく突っぱねられると、親父さんは悶着を起こし、呑み代《しろ》を恵んで頂けば、やたら涙脆くなり、座頭が出て来るのを待ち受け、涙ながらに愛し子にして愛弟子は、魂の誇りは、「劇場に封じ込められて」いると訴える。こいつは、だから、妖精《フェアリー》嬢にとっては辛い人生で、危なっかしいそれでもある! してありがたきかな、その直中にあって彼女が然にロジーナ・妖精《フェアリー》に目を光らせているのを目の当たりにするとは。さなくばいつの日かどんなひどい目に会わぬとも限るまい。こいつは、だからくどいようだが、たとい兄きのジョン・ケンブル・妖精《フェアリー》が——歌はめっぽう上手いが、クチにありつくといつも決まって二週目かそこいらで姿を消し、それきり行方が分からなくなる——土曜にフラリと、もしや半クラウンのソデの下を使って頂かねば断固、身投げをするホゾを固めて、長靴の踵をてんで擦り減らせたなり舞い戻る奇跡的属性を有していなかったとて。がそれでいて——これら妖精《フェアリー》の住まうガス灯に照らされた大気とは然に摩訶不思議なものだから!——かようの生活のせせこましい道という道を縫いつつも、妖精《フェアリー》嬢はかの性懲りもない老いぼれ妖精《フェアリー》親父がとびきりの男たる信念を決して捨てぬとは!

彼女はローラ（シェリダン『ピサロ』（一七九九）の主人公。ピサロはインカ帝国を滅ぼしたスペイン軍人）役で親父さんの右に出る者は、と言おうか未だかつて出た者はこの世にいないと心底信じている。して当該思い込みに凝り固まって育ち、あの世へ行くまで凝り固まったまま、身罷ろう。万が一、奇しき星の巡り合わせで、明日、入場無料寄附興業の報酬と威厳の高みに達すらば、しどろもどろ口ごもる、痴れ返った——振戦譫妄《デリリアム・トレメンズ》で正しくボタンまでも吹っ飛びそうな——紅鼻の老いぼれ妖精《フェアリー》を気高きインカ帝国原住民に「扮さ」せ、自らコーラ役を買って出るのではあるまいか——親父さんが終には町を強襲し、陥落さすこと信じて疑わず。

第七十七稿　「犬」にくれられる＊

『ハウスホールド・ワーズ』誌（一八五五年三月十日付）

我々は誰しも「後世」が時満つれば、如何なる財宝を譲り受けようことか知っている。我々は誰しも日々何と惜しみない遺産が「後世」に贈られていることか、何と延々たる手荷物車よろしきソネットの恩恵にそいつは浴そうことか、当世には何と我々のこれきり思いも寄らぬ愛国者や政治家が存在していたのをそいつが発見しようことか、そいつは何と大きく目を見開こうことか、というに「時の翁」は何と全き盲目たることか、知っている。我々は何と星の数ほどの公平無私の人々が精霊の行列さながら、無尽蔵の計り知れぬ富をどっさり背負《しょ》ったなり連綿と「後世」へ向かっていることか知っている。我々は何と心大らかに、この上もなく深遠な才人や、この上もなく鋭敏な政治家や、正鵠を失さぬ発明家が、惜しみなき人類の恩恵者が、そいつ宛キャプテン・ウォーナ

＊ーのそれより長い射程もて慈悲深き狙いを定め、「後世」を本日より百年後、正しく最高天へと吹き飛ばすのを間々経験している。我々は誰しも「後世」に先行きの大資本家として、目下は換算不能の資産という資産の点における残余遺産受遺者として、長く実り多き未成年期の相続人として、地上のありとあらゆる真の財宝の限嗣不動産権を揺るぎなく設定された果報者として、敬意を抱いている。「後世」が晴れて正当の財産を手に入れた暁には何たる成年が出来しようことか！

　どうやら、然にその数あまたに上る多額の不動産処分の対象として、「後世」には唯一の競争相手しかいないかのようだ。外ならぬ「犬」が、日々厖大な量の貴重な資産で懐を肥やしていると思しいだけに。

　一体全体――まずもって慈愛よろしく「我が家から始めれば（『テモテ第一』五：四）」――だから、一体全体、小生自身、齢十九にして相続した遺産はどうなったのか？　若きキューピッドが窓から外を見はるかし、精神の全き満足と安らいがポーチにてこの世ならざる表情を浮かべて佇み、幻影が夜となく昼となく純金の大気もて其を包む、輝かしき（空中）楼閣は。是ぞ小生の唯一の遺産にして、ついぞ濫費したためしはなかった。いやむしろ、我利我利亡者よろしく後生大事に仕舞っておいた。言ってくれ、明るい目をした（石頭の両親の）アラミンタよ、楼閣の唯一の姫たりし汝《な》よ、小生は、ではなかったか？　「時」という名の、城壁際の滔々たる小川伝《づて》、何と幸せに我々の共に下《くだ》りしことよ、死ぬまで我らが幸ひを大切に抱き締め、移ろいも疲れも訣れもこれきり知らぬまま！　魔法の家具調度共々、あの楼閣は今何処？「犬」にくれられたとは。くだんの地所はおよそ四半世紀前、我が初々しきアラミンタよ、「犬」の掌中に収められたとは。

　戻れよ、我が青春の馴染み。戻れよ、汝《な》のグルリに垂れ籠めている闇と影から。して今一度、学舎のゴツゴツの、切欠きだらけの長腰掛けの上に肩を並べて座ろうではないか！　物臭な奴め、ボブ・タンプルと来ては、課題をズルけては、小生に肩代わりさせてばかりで――規律正しき肉体との関連なる規律正しき精神が概ね目にされる以上にインクまみれの――小遣い日には必ずや貸主方と話をつけ、しょっちゅうペン・ナイフを競りで見切り売りにし、妹の誕生プレゼントを捨て値で売り払う。がそれでいて紅ら顔の、陽気な、うっかり者だ、ボブ・タンプルの奴――休暇が明けたら十八ペンス払うつもりで世故長けたディック・セイジからのん気に六ペンス硬貨を数枚借りたはいいが、飛入りみんなに気前好くおごってやる。音痴でだけはない、ボブ・タンプルの奴。何でも歌えて口笛が吹ける。ピアノを（応接室《パーラー》で）習い、一度など音楽教師、ロイヤル・イタリアン・オペラ（現女王陛下劇場）の（小生の爾来然に信ず謂れの無きにしも有らず、くだんの施設の臨時写字生代理たる）グワヴァス氏と連弾を御披露賜る。因みにこの方、ボブの馴染みや味方は――外ならぬ小生を筆頭とし――仰《のっ》けの六小節で足を掬われるものと踏んではいる。

遺産相続の明るい見込みのないではない、ボブ・タンプルの奴。イングランド銀行界隈に後ろ見のいる孤児《みなしご》にして、陸軍に入隊する手筈が整えられているとあって。小生は我が家でボブのことを鼻にかける。奴の名は「英国陸軍総司令部に記されて」いるんだと、して親父さんは遺言で「対《つい》の連隊旗」を（小生は、とはどういう意味か特段定かならぬままくだんの表現が気に入っているが）、奴のために購入す可しと言い残したのだと。小生は然る折、ボブと一緒に奴の名の記されている建物を見に出掛ける。我々は果たしてどの部屋にそいつは記されているものか、当直の騎兵御両人はそいつを知っているものか、首を捻る。小生はおまけに、ボブについてハマースミス（ロンドン西郊外）のマギッグズ嬢寄宿女学校にいる妹に会いに行き、言はずもがな、何てべっぴんなんだと、クビったけになる。妹は左団扇の御身分に収まろう、とボブは言う。小生は我が家でタンプル氏は遺書の中で娘は左団扇の御身分に収まる可しと言い残した旨審らかにする。小生はてんで手前勝手な絵空事にて、氏を陸軍にぶち込み、身内の者皆を大いに戸惑わすにくだんの今は亡き将校殿によりてワーテルローの戦いにおいて立てられた勲功の数々を物語り、御当人を戦場にて（綷切れるまで明け渡そうとしなかった）英国軍旗をしっかと左腕に巻きつけたなり息絶えるがままにする。かくて我々は仲良くやって行き、とうとうボブはサンドハースト（英南部バークシャー州南東村。元陸軍士官学校所在地）へと去り、小生もやがて去り――誰も彼もが去る。数年後、小生は口髭を蓄えた殿方が、やたら派手派手しいボネットの御婦人の乗った馬車の手綱を取っている所に出会し、御婦人の面《おもて》はふと、ハマースミスのマギッグズ嬢寄宿女学校を彷彿とさす――くだんの嗜み深き女性のことをてっきり血も涙もないメス鬼校長なものと思い込んでいたものの、マギッグズ嬢の下《もと》にあった時ほど幸せには映らぬながら。かくて口髭の殿方こそボブなものとピンと来る。してある日のこと、ボブは手綱を引き、声をかけ、小生をディナーに誘う。が話の流れで小生がビリヤードはやらぬと分かるや、存外、小生宛色気がなくなるかのようだ。小生はこの期に及び、ボブにまだ陸軍にいるのかと問う。ボブの返して曰く、いやそれがさ、うんざり来て身売りしちまった。ならば、と小生は（世智辛くなりかけているもので）、胸中惟みる、ボブは全くもって左団扇の御身分に収まっているか、「犬」にくれられかけているかの二つに一つ。さらに幾年か過ぎ、その間《かん》さっぱりボブの姿を見かけねば噂を耳にもせぬとあって、小生は丸三年というもの均して週に二度は、どうしてもイングランド銀行界隈の後ろ見を訪ね、ボブのことを問うてみようと独りごつ。してとうとう事実、後ろ見を訪ねる。事務員達は用向きを告げられると、急にふてぶてしげになる。後ろ見は禿頭を真っ紅に火照り上がらせたなり、奥の事務所から飛び出して来るなり、貴殿の御高誼に与っている覚えは全くないと宣い、それきり小生とお近づきになりたげな素振りも見せぬまま、またもや中へ飛び込む。小生は今やボブは「犬」にくれられかけているものと心底信じ始める。さらに数年経ち、歳月が過ぎるにつれ、ボブも時に小生の脇を行き過ぎる——が断じて二度と同じ風情にてではなく、必ずやいよよ下卑て、下卑て、行きながら。たとい必ずや妹と一緒でなくとも、埋め合わせとなるような如何なる上向きの気配も今やボブには付き纏いそうにない。派手派手しいボネットは失せ、何やらぐんにゃりとしてヴェールの垂れた代物が後釜に座り、御逸品、悲惨の重荷《じゅうか》を担ぐ、ほんの女性版赤帽の肩当てやもしれぬ。して総じてみすぼらしく、だらしなげですらある。小生は何やら漠たる手立てにて、妹は例の左団扇の実入りをボブに託し、ボブは——詰まる所、身上は、そっくり「犬」にくれられたとの事実を突き止める。とある夏の日、小生はボブがドゥルアリー・レーンに間近い居酒屋の外でノラクラ日向ぼっこをしているのを目にする。妹は、外《ほか》の何もかもが剝がれ落ちた時に貧困の衣のみが事実、着手《きて》に纏いつく要領でショールを纏いつかせたなり、街角で奴を待っている。奴は生気のない、お定まりの風情で歯をほじくりながら物思いに耽っている。小僧が二人、うっとりせぬでもなく、じっと目を凝らしている。こいつがらみでもう少々ネタを仕込もうと、小生は日を改めてそちらへ足を運び、居酒屋の窓の演奏会の貼り紙を眺め、ボブこそはピアニスト役もこなす、酒神《バッコス》めいた声楽家バークリー氏その人なりと合点する。その後、折々、如何でか、何処よりか、は与り知らねど——ひょっとして涎を垂らした、餓鬼よろしき「犬」共からやもしれぬが——家具も疎らな間借り先からシーツが人目を忍んで質入れされるだの、ハマースミスの老マギッグズ嬢の下《もと》へ無心書簡が届けられるだの、とある霧濛々と立ち籠める夕べ、辺りが薄暗くなってから、返答を求めに訪うた殿方によりて、マギッグズ嬢の雨傘と木靴がごっそり運び出されただの、風の便りに耳にする。かくて零落れに零落れ、とうとう律儀な妹は小生に物を乞い始め、その途端小生は（今や全くもって世智辛くなっているもので）、あの女に金を渡して何になると自らに問い、女が夜闇に紛れてくだんの小生の半ソヴリンごと立ち去る姿を窓からこっそり見送りながら、胸中、よくもおぬし、マギッグズ嬢寄宿女学校なる丸味を帯びた長い巻き毛の房に、今しも雨を突いてバシャバシャ立ち去っている猫背の人影への憧れを抱けたものだと自嘲する！　一再ならず、妹は兄の病床の短信を手に舞い戻る。というのも奴はいつも今にも死にそうながら、断じてそっくりとはあの世でないから。がとうとう遅れ馳せながら一件に事実ケリをつけるに、当該逆様アクタイオン＊は「犬」共をとことん追い詰め、挙句、奴らの下《もと》へ身罷った。さらに数年が経ち、とある日のこと小生は四一年物の赤葡萄酒《クラレット》を飲むべく、ブライトン（イギリス海峡に臨む英国最大の海水浴場）のウィザーズ亭《ト》でディナーを認《したた》め、そこにて新法務長官のスピザーズがテーブル越しに声をかける。「貴殿はミザーズ寄宿学校の卒業生では？」さらば小生の返して曰く。「如何にも！」さらば相手の突っ返して曰く。「でわたしを覚えては？」さらば小生の突っ返して曰く。「もちろん覚えているとも」――その刹那まで覚えてはいなかったものの――それから相手の宣はく。何と仲間のみんな散り散りになってしまったことか、自分はあれ以来誰にも会っていないが、貴殿は？　さらば小生は、我が博学の馴染みが奴の十五の誕生日、くだんの折に妹からくだんのボブに送られたペン拭いを「クスねる」権利を申し立てる上で目の周りに黒痣を作ってやったことではボブに纏わる愉快な思い出を持っていると分かるや、返答代わりに、今や締め括ったばかりの経緯《いきさつ》をかいつまんで話し、何でもボブの死後、マギッグズ嬢は学舎が寂れたせいで素寒貧同然ながら、奴の妹を引き取り、一緒に住まわせてやっているらしいと言い添える。我が博学の馴染みは、誓って、何たら嬢の何とあっぱれ至極なことよ、ミザーズ校卒業生みんなでささやかながら寄附を募ろうではないかと持ちかける。それには及ぶまいと、小生はワインを称え、我々は世の習わしで（何でもそいつは、その存在の年毎に太陽に近づいているそうだが）、ワインを回し、かくて奴は「犬」にくれられたとの墓碑銘諸共ボブの記憶を葬る。

時には、街路が――レンガとモルタルの屋敷の、血の通わぬ街路が――丸ごと「犬」にくれられることもある。のは何《なに》故《ゆえ》か。「犬」の奴らが連中を誑かし、連中を見込み、催眠術をかけ、呼び立て、さらば連中、すんなり仰せに従わざるを得ぬ、としか言いようがない。こうしている今も小生はかようの街路に心当たりがある。そいつは陰気臭いそいつなり厳めしい通りで、屋敷は皆、貴族一族の最後の生き残りよろしく肩を寄せ合い、通則とし――やはり連中に似ていぬでもなく――やたらのっぽでやたら味気なかった。一体如何ほど長らく「犬」共が当該通りに連中の勾引かしの目をつけていたやもしれぬか、は神のみぞ知る。が、とまれ奴らはそいつを呼び立て、さらばそいつめ、すんなりくれられた。いっとう大きな屋敷が――角屋敷が――仰《のっ》けに。神さびた殿方が息を引き取り、葬儀屋は固より白日の下《もと》に晒される手筈にはなく、ほんの夜分照明を当てられるようこさえられたにすぎぬ、実にお粗末な透かし絵そっくりの忌中紋標を掲げ、代理人は借家証書に纏わるビラを貼り出し、(一見、咳以外何一つ生き存える腹の足しの御座らぬ)ヨボヨボの婆さんを突っ込んだ。さらば婆さん、胆を冷やした老いぼれヤマネよろしくゴソゴソ物蔭に這いずり込み、クルリと毛布に包《くる》まったが。「犬」共の摩訶不思議な祟りが屋敷に取り憑き、屋敷はたちまち崩れ落ち始めた。何故《なにゆえ》祟りは十四軒通り越して十五軒目に取り憑いたものか、は小生の与り知る所ではない。が十五軒先がお次に窓の辺りが致命的に霞み始め、一時《いっとき》ボロボロ朽ちていたと思うと、両目が周旋屋によってそっくり閉ざされ、とどの詰まり、廃屋と化した。いっとう立派な向かいの屋敷はこれら悲痛の光景を見るに忍びず、未だ満期にならぬ残りの期限がらみで大至急、黒板と広告を大っぴらにかざした。一家は夜逃げし、レンガ工の上さんと子供達が屋敷の「守り」をすべくお越しになり、ささやかな週毎の洗濯物を食堂に渡した紐に吊る下げた。蝶番から外されたその数だけの霊柩車の扉よろしき黒板が今や溢れ返った。「犬」のことなど思いも寄らぬ山師が一人きり渡りに船とばかり飛びついた。男は二十四番地を修繕し、化粧漆喰を塗り、装飾を施した欄干とバルコニーを設え、ノッカーを取り外し、磨き板ガラスを嵌め込んだはいいが、一旦見込まれたが最後、地上の全蒸気力をもってしてもくだんの街路を「犬」の下《もと》へ向かわすに待ったをかけること能はなかったろうと、後の祭りで気づくや、天水桶に身を投げた。一年と経たぬ内に男の手を入れた屋敷がいっとうイタダけぬ代物となり、化粧漆喰はスティルトン・チーズよろしく腐り、装飾を施した欄干は壊れた十二日節前夜祭祝い菓子の砂糖もどきにボロボロ崩れ落ちた。それから、これら広々とした邸宅こそ公共施設や続きの間《ま》として打ってつけたる旨触れ回る黒板がちらほら掲げられた。が水の泡。一件はポシャった。今や、悪あがきもいい所、街路は丸ごと二束三文《ア・ミア・ソング》で買い取られるやもしれぬ。が誰一人、耳を貸す者はない。何せそいつを「犬」相手に手に入れようとする物好きが一体どこにいよう!

　時には、これら恐るべき四つ脚のいっとう小さな鳴き声ですら立ち所に一件に片をつけるかのように思われることもある。我々の内一体誰がくだんの傑人を覚えていまいか――シティーに金鉱にも匹敵しようかという無尽蔵の富を有し――都心近くにゴキゲンな屋敷と、見事な庭と庭師と、美しい農園と、なだらかな緑の芝地と、松林と、馬二十五頭を収容する廐と、六台分の馬車置き場と、玉突き室と、音楽室と、画廊と、嗜み深き娘達や野望に燃える息子達と、ありとあらゆる財宝の壮観と「盛儀盛宴（『オセロ』Ⅲ、3）」に恵まれた？　我々の内一体誰がその折の大使たりし我らが尊き馴染みスワローフライの口利きで如何に傑人とお近づきになったか思い起こすまいか？　我々の内一体誰にスワローフライが我らが新たな馴染みは身代がもしや一ペニーあるとすらば、貴殿、五〇万ポンドは下らぬおありだろうと垂れ込むその北叟笑まんばかりの朗々たる声音が依然聞こえまいか？　如何に我々はそこにてありとあらゆる「芸術」と「優美」の女神に傅かれつつ正餐を認《したた》め、如何に我々は詰まる所、金をウナるほど持つに越したことはなかろうと惟みつつ立ち去ったことか、は言はずもがな。事ほど左様に、如何に我々は一人残らずくだんの日よりほんの六か月と経たぬ内にスワローフライに出会し、さらば奴が腰を抜かさぬばかりに宣ったことか、も言はぬが花。「まだ聞いていないと？　いやはや！　身上丸つぶれさ

「ウェストミンスター王室劇場にお目見得せし素人名役者の肖像」
パーマストン卿の諷刺漫画《カリカチュア》（『パンチ』誌　一八五五年五月五日付）

――イギリス海峡諸島が――犬にくれられて！」

時に、またもや、ここかしこの例外的な場合において、「犬」共も不憫に思し召すか、切羽詰まった男に対す睨みを如何でか失うやに思われることもある。例えば小生自身の従兄――彼は今やあの世故《ゆえ》、名を明かしても差し支えなかろう――トム・フラワーズの場合のように。従兄は（幸い）独り身で、実入りを増やして先行きを明るくするあれやこれやのやり口の就中、べらぼう大きな山を張った。して「為すべきでなかったありとあらゆる手合いの所業を為し（『祈禱書』早禱）」、しかも一から十まで超特急でやってのけた。よって、奴を知る誰の目にも、何一つ奴を「犬」から遠ざけておくこと能はぬからには御当人、連中を盲滅法追い詰め、大童で一群の正しく真っ直中へと脇目も振らず突っ込んでいるのは火を見るより明らかだった。はむ！　従兄はおよそ人間の能ふ限り連中の間際まで行っていたのではあるまいか。がいきなりひたと立ち止まるや、連中の下顎を真っ向から睨め据え、幽明境を異にするまでそれきり一インチとて先へ進まなかった。して十七年間というもの、とびきりの雨傘と、イカした首巻きと、染み一つない真っ白なシャツのめっぽう小ざっぱりとした小男たりてあちこち歩き回り、その期に及んでなおひたと立ち止まった時よりくだんの恐るべき四つ脚共に毫も近づいてはいなかった。如何で生き存えていたものか、身内はこれきり突き止められなかった――果たして「犬」共がともかく何かを恵んでやるなどということがあったか否か、小生には未来永劫、謎たろう――が、従兄はこと我々がもってお払い箱にしようと用意していた犬風碑文にかけては皆にとんだ肩透かしを食わせ、挙句我々は哀れ、トム・フラワーズは六十七で行っちまったとつぶやく外なかった。

「犬」共の大蔵省を思い浮かべると気圧されそうだ。この世のありとあらゆる投機において、くだんの方角へ向かったほど厖大な資産が注ぎ込まれたためしはない。連中には娯楽と教導のためのすこぶるつきの「演劇《ドラマ》」がある。連中は疲れた体軀にカツを入れ、疲れた精神の息を吹き返さすための人間サマの祝日をそっくり掌中に収めてしまった。ことその点にかけては、我々に統治者の無知と痴愚のための折々の「物断ち」以外、ほとんど何も残してくれていない*。恐らくくだんの日々がお次にくれられよう。だとしても、歯に衣着せず言わせて頂けば、一向驚くまいが。

「犬」にいっとう最近くれられた身上を考えてもみよ。馴染みや同国人よ、如何に「犬」がバラクラーヴァ*という名の然る僻陬の地の岸辺で、外ならぬ汝《な》らのありがたき支配者の手になる――連中にとりて星形勲章とガーター勲章のいつい

「パーマストンの悪夢」：ニネベ牡牛オースティン・レアード
『パンチ』誌 一八五五年五月十九日付

つまでも栄誉と令名たらん！——汝《な》らに対す略奪によって懐を肥やしていることか考えてもみよ。というのも彼《か》の地にてブリタニアは然にあっぱれ至極なやり口で「大海原を統治（第四十七稿注（二二二）参照）」しているものだから、御当人の映えある三叉籍《やす》を揮う毎に（断じて、断じて、断じて奴隷にはなるまじ、ながらやたら、やたら、やたらしょっちゅういいカモにされよう）我が子らを幾千となく惨殺しているからだ！ 果たしていつ「犬」の身上にかの、たとい英国兵の縦隊は消え失せようと依然、我々の眼前をうんざり、うんざり、どこへ至るでもなく、何を成すでもなく、大方は何一つ口にするですらなく、ただ彼方にて自づと——ただし、愉快な形《なり》にでだけはなく——象られつつある出来事を霞ます空しき吐息の霧で我々を包みながら行進する無駄口の縦隊が加えられるのか。もしや「犬」がこの所かくもたらふく食い上げてなお、然にガツガツ餓《かつ》え、然に強かなせいでとびきり鷹揚な吠え声を上げられもすれば、上げる気でもあるというなら、連中の警告は以下の如きではなかろうかという気がしてならぬ。即ち——

「上下院議員閣下。我々は大口を開け、餓《かつ》えている。とっとと打ってつけの腹の足しを賜るか、閣下方御自身が我々にくれられるか、の二つに一つ。いくら言葉を弄そうと、黄泉の国の門を守る三つ頭《がしら》の犬（冥府の支配者ハーデースの番犬ケルベロス）がなだめすかされなかった如く、我々とてほんの戯言《たわこと》で餓《かつ》えが癒されようものか。曾祖母《ひいばば》がニネベで崇め奉られていないからというので竹馬に乗ったなりトンボ返りを打つ如何なる剽軽な御老体も我々にとっては片時たりパン切れたらぬ。* 如何なる謹聴《ヒヤ》の掛け声も、囃し立ても、蠟封じも、赤紐括り（第六十五稿三五〇頁参照）も、火食いの術も、票食いの術も、その他ウケのいい倶楽部軽業も、物の数ではない。我々は「犬」だ。我々は今しも貴殿方には「戦いの犬（『ジュリアス・シーザー』Ⅲ、1。即ち飢饉・殺戮・兵火等の戦禍）」として知られている。我々は恰も平民ウィリアム・シェイクスピアがハリー五世の足許に蹲っているのを目にした如く、クチ欲しさに閣下方の足許に蹲った——して閣下方はそいつを与え賜ふた——正真正銘の英語で「大破壊《ハヴォック》！」の号令を下し（『ジュリアス・シーザー』Ⅲ、1）、我々の綱を（全くもってたまたま）正真正銘の英国人宛解き放ちながら。食い気を然にそそられ、我々は腹を空かしている。我々は鼻が利けば、目も鋭い。しこたま、しかもとっとと、我々の方へやって来るのが見えもすれば、臭いもする。閣下方は所詮我々のものたるに違いなき古びた屑を与え賜ふか？　上下院議員閣下よ、グズグズなさるな！　何かが、捩り鉢巻きにて『犬』にくれられねばならぬ。そいつは閣下方か、それとも何か外《ほか》の代物か？

第七十八稿　千一戯言《たわこと》

『ハウスホールド・ワーズ』誌（一八五五年四月二十一日付）

誰しもイングランドにては『アラビア夜話』としてより人口に膾炙しているかの魅惑的な御伽噺『千一夜物語』とはお馴染みだろう。周知の如く、これら素晴らしき奇想は紛れもなく純粋に東洋に発祥し、ヴァチカン宮殿、パリ、ロンドン、オクスフォードに現存するアラビア語稿本にて見出される。最後に挙げられた都市は、因みに、わけてもこの点についてはクライストチャーチ図書館に金輪際忘れ得ぬ「船乗りシンドバッドの冒険」の稿本を所蔵していることで夙に名高い。

文明社会はその厖大な資産と、就中、東洋の財宝の当該豪勢な宝庫のヨーロッパへの世界初の開放にかけてはフランスに負う所が大きい。原翻訳家ムッシュー・ギャラン（東洋文化通・古銭学者（一六四六—一七一五））は実に見事な仕事を成し遂げたため、ワートリー・モンタギュー氏（作家・冒険家（一七一三―七六））が目下はボドレイ図書館（オクスフォード大学の世界屈指の大図書館）に所蔵されている稿本を祖国へ持ち帰った際、ムッシュー・ギャランが既にフランスとイングランドに余す所なくお馴染みにしていたものに付け加えるべき内容は（詩的引用をさておけば）ほとんどなく、しかも実に取るに足らぬ手合いのそれであった。

我々が以下審らかにしようとしている発見の前置きとしては、ただし、『千一夜物語』についてはここまで。

我々は先達て構成と挿話においては『千一夜物語』に極似している様々な物語を含みながらも、明らかに古代の発祥であるにもかかわらず当今に奇しくも偶然纏わるとの稀有な様相を呈す（我々の自家薬籠中のものたる）アラビア文字になる稿本を入手した。流儀や風習の相違は斟酌するとしても、間々――ほんのただの人間なり人間達なりによもやかほどの先見の明が利くはずがないというのでなければ――くだんの物語はまるでわざわざ当今の出来事を目して書かれたとしか思われぬ節がある。我々は稿本を（小社の事務所にて毎年四月一日、かっきり午前四時に閲覧可能だが）、イングランドとフランスの最も該博な東洋研究家に付託した所、彼らも我々自身に劣らず当該顕著な一致に気づき、劣らず何と解明したものか途方に暮れている。彼らは、因みに、我々が『千一戯言《たわこと》』なる文言で表題を付して然るべきだろうという点では見解の一致を見ている。というのも東洋の物語作家は（実の所、「砂で捏ねたラクダ」なる比喩的常套句で表現しているだけに）近代英語の「戯言《たわこと》」にぴったり符合する如何なる単語ないし単語の端くれの組み合わせも持ち併せていなかったと思しいにもかかわらず、確かに然にありきたりの代物には精通していたはずであり、なおかつくだんの代物は目下我々の眼前にあるアラビア語稿本の概括的な表題に明示されるよう格別意図されていたに違いないからである。では、解説はここまでとし、直ちに当該稀覯本の、向後折々呈示することになる適例を紹介するとしよう。

序章

その映えある版図をインド諸国へと、名にし負うガンジス川の遙か彼方へと、中国との国境にすら広げた古代ペルシア王の就中タクストタウロス（即ち、毛を刈られた牡牛《ブル》）が群を抜いて令名を轟かせていた。王は巨万の富を有していたため、まずもって財宝物係に金貨数百万枚を泥にぶち込むよう命じずして如何にちっぽけな謀といえども請け負うを潔しとしなかった。同じ謂れにて、己《おの》が外つ国の資産にも何ら価値を見出さず、一時《いっとき》ほんの慰み物として玩んでいたと思うと、

「旧年を戸口まで見送る」：アバディーン伯爵首相職の終焉
『パンチ誌』（一八五五年一月六日付）時事諷刺漫画《カートゥーン》細部

必ずや湯水のように使い果たすか失うかした。

この目から鼻に抜けるような君主は、数知れぬ幸福の源に恵まれてはいたものの、とある実り多き不満のタネに祟られていた。つまり、幾十度となく結婚したにもかかわらず、ついぞ意に染む妻を娶ったためしがないという。宮廷のやんごとなき貴人の血筋のみならず、他の階級の家臣からも選りすぐられた、色取り取りの佳人をハウサ・クマウンズ†（即ち、「比類なきおしゃべり」）の高位に引き立てようと、結果はいつも同じだった。佳人は、蓋を開けてみれば、不実で、不遜で、多弁で、物臭で、贅沢で、無能で、高慢ちきだった。かくて当然のことながら、ハウサ・クマウンズはめったなことでは自然死を遂げず、概ね時ならずして、何らかの形の非業の死を遂げることと相成った。

とうとう若く愛らしいリーファウム*（つまり「理性の光」）——君主の妃全ての中で最も若く麗しい、して君主自身、幾多の落胆の埋め合わせをしてくれるものと期待を寄せていた妃——までが他の誰にも劣らずイタダけぬハウサ・クマウンズと化した。お気の毒なタクストタウロスはこれを然に甚だしく気に病んだものだから、鬱々と塞ぎ込み、人の世を拗ね、一時然《いっとき》にめったなことでは姿を見られも噂を耳にされもしないせいで、政府の高官の多くはてっきり身罷ったものと思い込んだ。

朕は金輪際、と不幸な君主は「蹉跌の大天幕《パヴィリオン》」なる閑居にて胸板に打ちかかり、さめざめと涙をこぼしながら独りごちた、朕に律義なハウサ・クマウンズを見出せぬというのか！　して詩人から以下の如き意の韻文を引用した。ハウサ・クマウンズは一人残らず朕を裏切って来た、ハウサ・クマウンズは一人残らず戯言《たわごと》だ、朕は目下のハウサ・クマウンズを惨殺せねばならぬ、他の幾多のハウサ・クマウンズを惨殺して来た如く、朕は恥辱と屈辱を嘗めさせられている、世界中から蔑されている。かく独りごちたと思いきや、ほとほと悲しみに打ち拉がれた挙句、気を失った。

たまたま、意識を回復した途端、隣り合わせの謁見の間《ダイヴァン》から、いっとう後釜のハウサ・クマウンズの声が聞こえて来た。格子細工に耳をあてがい、くだんの恥知らずの王女が己《おの》が忠誠と美徳を鼻にかけ、幾多の事実を否定しているのに気づくと——王女はいつもそいつを一晩中やってのけていたから——君主は激昂した勢い、偃月刀を抜いた——王女に止めを刺すホゾを固めて。

ところが、折しも「蹉跌の大天幕《パヴィリオン》」の絹のカーテンの蔭か

† ハウス・オブ・コモンズ（下院）に発音がそっくりである。

ら怒り心頭に発した君主を見守っていたパルマーストゥーン(即ち、「クルクル回りの風見鶏*」)がアタフタしゃしゃり出るや、ワナワナ身を震わせながら床に平伏した。この宰相はごく最近、悪業故に靴下留め《ガーター》で縊られていたアバッディーン(或いは「脳たりん《アドルド》」)の跡を継いだばかりだった。

臣《やっこ》の息は、と宰相は言った、主《あるじ》の掌中にありますが、獅子も時には蛙の鳴き声に耳を傾け賜いましょう。よいか宰相よ、と皇帝は返した、朕は早余りに多くを耐え忍んで来た、これ以上は堪忍ならぬ。汝とハウサ・クマウンズは一つ穴の貉。アラーの権力とマホメットの髭にかけて、汝《な》らの息の根を諸共止めてやる!

宰相は皇帝がかく、息の根を止めてやると脅すのを耳にするや、さすがに意気消沈した。が老いぼれてはいるものの、固より敏捷で素早い男だったので、詩人から雷雲も間々葉を容赦する、さなくば何一つ実は結ぶまいといった主旨の条《くだり》を引用し、屈従の印に平身低頭、額づいた。汝《な》よ、一体何が言いたい、と寛大な帝は尋ねた、口を利かせて遣わそう。其方《そち》は公の席で話すのに不馴れな訳ではない。ペラペラと好きなだけまくし立てるが好い! 陛下、と宰相は返した、ですが閣下の権力を畏れればこそ、無筆の男によりて「精霊」に訴えられた文言にて答えさせて頂きとう存じます。してその文言とは何だ? と皇帝は尋ねた。繰り返してみよ! パルマーストゥーンの返して曰く、聞くは従うなり。

無筆の男と「精霊」の物語

陛下、韃靼人の王国の荒らかな国境に無筆の男が住んでいました。男は「荒涼の大砂漠」を旅せねばならず、旅は今に、陛下も御存じの通り、時には七十年以上かかることもあります。男は朝未だき、母親に訣れを告げると、道案内もなく、独りきり、襤褸を纏ったまま、裸足で出かけて行きました。道はすると、驚くほど険しく、凸凹で、疎ましい蛇や悍しい姿形の奇妙な得体の知れぬ生き物に取り囲まれています。ばかりか泥濘《ぬかるみ》や窪《くぼ》みだらけで、そこへ男自身落ちるのみならず、せっかく道中出会った外《ほか》の旅人までしょっちゅう引きずり込まれ、それきり這い出せぬまま、惨めに息の根を止められてしまいました。

陛下、韃靼人の王国の無筆の男は旅に出てから十四日目、(まだしも増しな井に事欠くばっかりに)穢《けが》れた井の傍で一息吐くべく腰を降ろし、そこにて腹の足しにめっぽう硬い木の実の殻を、それきりしか持っていなかったものですから、やっとの思いで割りました。殻をどこへなり、剝く側《そば》から放り投げ、食事にケリをつけると、またもや流離うべく腰を上げました。すると一天俄に掻き曇り、凄まじい叫び声が聞こえ、途轍もない大きさの奇っ怪な「精霊」が鉄の手に握った偃月刀を振り回しながら近づいて来るのが見えます。立てよ、無筆の歎め、と怪物はこちらへ向かって来る間《ま》にも言いました、我「掟」がおぬしを我が被後見人を侮辱した廉で殺してやれるよう。これはこれは、精霊様、と無筆の男は返しました、一体どうしてこのやつがれに見ず知らずのお宅様の被後見人を侮辱することなど出来ましょう？　被後見人の姿はおぬしには見えぬ、と「精霊」は返しました、何故ならおぬしは行き暮れた野人にすぎぬからだ。が、もしや何か善事を学んでいたなら、あの者の姿がはっきり見えていたろうし、あやつを尊んでもいたろう。我が命《いのち》の主《ぬし》よ、と旅人は訴えました、一体どうやってやつがれに教える者の誰もいない所で学ぶことが出来ましょう、どうやってやつがれには姿形の見えないお宅様の被後見人を侮辱することが出来ましょう？　よく聞け、おぬしは自らの毒気《どっき》のある屑で我が被後見人ソサイエティー王子の瞳に飛礫を打った。この所業故に我はおぬしの破滅となろう。ただそれだけの謂れで、我はおぬしのような者を毎年幾千人となく片端にし、息の根を止める。しておぬしだけを容赦するとでも？　跪いて打擲を受けよ。

陛下もお分かりの如く（と宰相は続けた）韃靼人の王国の無筆の男はくだんの酷き言葉を耳にするや命はないものと観念しました。我らが信仰告白文——我らの来《きた》り、我らの帰らざるを得ぬ、唯一神アラーしか坐さず、誰の神の御意に抗えよう——を繰り返しすらせぬまま（というのも無筆故、くだんの条《くだり》とて耳にしたためしがなかったからですが）、男は致命的な一撃を受けるべく項垂れました。男の首は次なる文言を締め括る間《ま》にも転がり落ちました。畏れ多き「掟」よ、もしやお宅様が被後見人の仇を討つべく折る骨の半ばでもやつがれを教える骨を折って下さっていたなら、やつがれがお宅様に対して問う大いなる責めを容赦されていたでしょうに！

ペルシアの皇帝タクストタウロスは宰相の側《がわ》におけるこの朗唱に注意深く耳を傾け、締め括られるや、眉を顰めて宣った。朕に説明してみよ、おお、犬の甥よ、虎と小夜啼鳥との類似点を、して汝《な》の韃靼人の呪われし王国の無筆の男がまやかしのハウサ・クマウンズとおしゃべりな宰相パルマーストウーンと何の関わりがあるのか？　して然に口を利きながらもまたもやギラつく偃月刀を振りかざした。何卒、我が主《あるじ》の虫ケラを踏み躙ることにて足裏を穢《けが》されませぬよう、と宰相は七度《ななたび》床に接吻しながら返した。わたくしはただ「信者の眼《まなこ》の明かり様」が剣《つるぎ》を振り下ろさぬ内に、愛娘の話をお聞き賜ふよう、塵芥《ちりあくた》から願い事を捧げているにすぎません。汝《な》の娘が何だというのか？　と皇帝は苛立たしげに尋ねた、この世にまたとないほど薄汚い芥浚《ごみさら》い屋の娘の話を聞く筋合いがない如く汝の娘の話を聞く筋合いもなかろうが？　陛下、と宰相は返した、わたくしは陛下の目から見ればこの世にまたとないほど薄汚い芥浚《ごみさら》い屋より薄汚いやもしれませんが、娘は幾年となく陛下の寵愛を切に求めて来たハウサ・クマウンズというハウサ・クマウンズの歴史に精通しています。もしや陛下さえ娘に物語れる口碑の某かなりお聞き賜ふようならば、さぞや――汝《な》の娘は名を何と言う？　と皇帝は口をさしはさみながら尋ねた。ハンサルダダーデと申します、と宰相は答えた。ならば、と皇帝は宣った、娘をここへ連れて参れ。戻って来るまで汝の命は容赦しよう。

　宰相は愛娘ハンサルダダーデを君主の御前へ罷り入らすよう命《めい》を受けると、時をかわさずほんの皇帝の庭園を過ったばかりの所にある自らの宮殿へと向かい、真っ直ぐ女人部屋へ行ってみれば、ハンサルダダーデは皆して一時《いちどき》にお伺いを立てている数知れぬ老婆に取り囲まれていた。実の所、この愛嬌好しの王女はありとあらゆる手合いの老婆にひっきりなしに相談を受けていた。父親の用向きを耳にするや、お付の者達に太陽よりもキラびやかないっとうの晴着を自らに装わすよう命じ、妹のブラザルトゥーン（或いは「寝室燭台」）にも同じような身形を整え、自分に付き添うよう告げると、宰相の娘はほどなく豪華なヴェールを纏い、父親に深々とお辞儀をしながら言った。父上、いつでも我が陛下「大教主様」の下《もと》へお供致せます。

　宰相と、娘のハンサルダダーデと、妹のブラザルトゥーンは王室「後宮《セラーリオ》」の役人の長《おさ》である黒人唖者、ミスタスピーカに案内され、宰相が先刻やって来た道伝《づて》皇帝の庭園を過り、やがて皇帝の宮殿へやって来てみれば、くだんの君主は玉座にて国の主立った顧問や高官に取り囲まれていた。彼ら四人《よったり》は皆、離れた所で平伏し、皇帝の御意を待った。くだんの仁愛深き皇子は眉目麗しきハンサルダダーデに（引っくるめれば、蓋し、めっぽう眉目麗しかったので）側《そば》へ寄るよう命じた時、千々に心を乱した。というのも宰相の留守に、断じて背くこと能はぬ誓いを立てていたからだ。にもかかわらず、誓いは飽くまで全うせねばならなかったので、一堂に会した者の前でそれを審らかにしにかかった。宰相よ、と皇帝は言った、汝《な》は娘が何か朕の受けて来た度重なるひどい仕打ちの下《もと》、あれでも心を慰めてくれるやもしれぬ話を物語れようとの期待を寄せ、娘をここへ、ハウサ・クマウンズに纏わる夥しき経験を有しているからというので、連れて参った。よいか、朕はもしや娘の物語が積年の忿怒を——定めて鎮め損なおう如く——鎮め損なえば、娘を火炙りに処し、屍灰を四方八方へ散蒔こうとの誓いを立てた！　のみならず、汝《な》と目下のハウサ・クマウンズの首を絞め、毎日、真に律儀でまっとうなそれが見つかるまで、新たなハウサ・クマウンズを迎えては、迎えるや否や縊ろうとも。パルマーストゥーンの返して曰く、聞くは従うなり。

ハンサルダダーデはそれから一弦のリュートを抱え、散文体の長い長い歌を歌った。その趣旨たるや——私《わらは》は輝かしき能弁の記録女《め》、私《わらは》は愛国心の年代記編者、私《わらは》は智恵者の誇りにして諸国の愉悦。祖国のいつ果つともなき救済は私《わらは》の大切に仕舞っているものに負い、それなくして何一つ務めは全うされまい。ミヤマガラスとベニハシガラスの声は甘く、ペルシアは断じて断じて断じて十分な言葉を有し得ぬ。甘美な調べが締め括られるや、皇帝と謁見の間《ま》の者皆はそれは陶然と酔い痴れたものだから、七時間もの長きにわたり正気を失っていた。

陛下様は、とハンサルダダーデは皆がとうとう意識を回復すると、尋ねた、まずは「不思議なキャンプの物語」を、それとも「おしゃべりな床屋の物語」を、それとも「スカーリ・テープと四十人の盗賊の物語」をお聞きになりたいと？　ではまずもって、と皇帝は返した、「四十人の盗賊の物語」から始めてくれ。

ハンサルダダーデは始めた。陛下様、昔々ある所に貧しい縁者が住んでおりました——するといきなりブラザルトゥーンが口をさしはさんだ。愛しい姉上、とブラザルトゥーンは声を上げた、もう真夜中を過ぎました、もうじき夜が明けましょう。たとい現に眠っておいでないとしても、お眠りにならなくては。どうか、愛しい姉上、今晩は是非とも口をおつぐみになって。もしや皇帝閣下様がもう一日生き存えさせて下さるようなら、明日お話しなされましょう。皇帝は苦ムシを噛みつぶして腰を上げたが、処刑の命《めい》は下さぬまま出て行った。

ディケンズは本稿の続篇とし、『ハウスホールド・ワーズ』誌に『アラビア夜話』のパロディーをさらに二篇——「スカーリ・テープと四十人の盗賊の物語」（一八五五年四月二十八日付）、「おしゃべりな床屋」（一八五五年五月五日付）——を寄稿する。前者（スカーリ・テープは赤い紐《レッド・テープ》（第六十五稿三五〇頁参照）の捩り）は政治権力を維持するために必要な時だけ提携を結ぶにおよそ吝かどころではない様々な貴族的派閥によって行使されるその独占に対す痛烈な批判。後者は自らを「熟練の外交官、第一級の政治家、快活な弁士、のん気な理髪師、おっちょこちょいのおどけ者、不平居士相手の知らぬ顔の半兵衛、わけても床屋特権階級の端くれ」として脂下がる「おしゃべりな床屋」パーマストンに対する諷刺。

第七十九稿　おべっか使いの木*

『ハウスホールド・ワーズ』誌（一八五五年五月二十六日付）

公益のための如何なる真正にして真実の変化も堅実な人々の実践からその生気を養わねばならぬとは、今に始まったことではない。「『慈愛』は我が家から始まる（『テモテ第一』五：四）」なる金言の主旨として何が受け入れられるやもしれまいと――概ね、小生に判ぜられる限り、主旨らしい主旨も有さぬが――「刷新」は我が家から始まるのは火を見るより明らかだ。たとい小生がヘラクレス（ジュピターの子で大力無双の英雄）の肺腑とキケロ（ローマの政治家・著述家）の雄弁に恵まれ、日々サジを投げる機会の呈せられる都度（とは均して日に五十度となく）サジを投げる大義名分に如何なる数に上ろうと怪物集会において御両人を捧げたとて、いっそ己《おの》が肺腑と雄弁は後生大事に仕舞ったまま、いつ何時であれ、時節を問わず、くだんの大義を放っておくに如くはなかろう。

当今の慎ましやかな見解は、如何なる特権階級も公務の執行において生得権を有すべきでなく、祖国の服務に祖国の生み出す最大の合目的性と勲功を徴募し損なうような体制は固より何か内在的に悪しきものに祟られているに違いない、というものだ。恐らく、西暦一年は早、過去の暦に載って久しいだけに、これは概して穏当かつ理性的な見解ではなかろうか――さして時代の、と言おうか如何なる時代であれ、その遙か先を行く訳でも、大いなる国家的崩解への何ら格別非キリスト教的報復を伴う訳でもなき。がそれでいて、支配階級にとっては概して、当該所見は然に新奇にして尋常ならざるだけに、不可解かつ不可思議な代物として受け留められているると思しい。小生はこの所、冗談抜きで首を捻っている。こいつは何者のせいか？　して巨大な「おべっか使いの木」を繁茂させ過ぎたせいなりとの結論に達している――イングランドにては見上げるばかりの高さまで聳やぎ、祖国全土に蔭を垂れ籠めさせている、大枝の数知れず張った木を。

小生の名はコブズ。一体何故《なにゆえ》小生コブズは、長老よろしく「おべっか使いの木」の蔭に腰を降ろすのが無性に好きなのか？　そいつと何の関わりがある？　そいつからどんな慰めを得る、どんな自尊の実をそいつは小生に結んでくれる、そいつにどんな美しさがある？　「公式正餐会」に小生を誘《おび》き寄すためには、何故《なにゆえ》この椅子に閣下がお見えにならねばならぬ？　「寄附申し込み人名簿」に小生を引き入れるためには、何故《なにゆえ》その筆頭に一般庶民より大きな活字にしてより長々とした行にて五十名に垂んとす男爵や、侯爵や、子爵や、公爵や、准男爵がお入り用なのか？　もしや小生がこれら「おべっか使いの木」の大枝で永久《とこしへ》に飾られていたいというのでなければ――もしやそいつがお待ちかねのボタンホールにかようのお追従が絶えず突っ込まれる小生コブズでなく、我が馴染みドブズならば――何故《なにゆえ》小生は自ら坦々としてすこぶるつきの上機嫌で、連中との縁を切らぬ？　何故《なにゆえ》にと！　何とならば小生は必ずや「おべっか使いの木」の根元で、多かれ少なかれ、庭いじりをする気でかかっているからだ。

ドブズを例に取ってみよう。ドブズは物知りで、生真面目な男で、強かにして誠実な信念の男で、もしや小生が君はその語の最善の意味において真の行政改革者でないと言ったならば大いに心証を害そう男だ。ドブズは小生に下院をダシに御託を並べ、例の、年から年中予め装塡した上から口金を被せて携帯している役所がらみの特ダネの小さな連発拳銃を小生宛お見舞いして下さる時、何故《なにゆえ》奴にしてみればアフリカの奥地の訛りといい対《たい》縁もゆかりもなき控え廊下俗語《ロビー・スラング》を用いる？　何故《なにゆえ》フィズマイリを「フィジー」と、ギャンバルーン卿を「ギャム」として＊俎上に上さねばならぬ？　一体如何で内閣の腹づもりを六週間も前に――実の所間々、かようの腹づもりが存在していた気配すらさらになき間《ま》に小生、十中八九身罷っていようほどとうの昔に仕込んでいる？　ドブズはこと人間誰しも他の何物によってでもなく、自ら請け負うものをやりこなす能力や、自らの才能と真価故に尊ばれるべきだとの世故においては完璧に長けている。如何にも、如何にも、だろうとも。が小生はドブズが然る上つ方を追い求める上でかの王立美術院展覧会の辺りをとんでもなくちっぽけなやり口で潜っては身を躱すのを目の当たりにした。ドブズと並んでとある絵画を具に鑑賞していた時のこと、侯爵が入って来た。が小生は目を上げも頭《こうべ》を巡らせもせずして、ただドブズの目利き然たる物言いが聞こえよがしなまでに上品ぶった調子になったせいで、上つ方が入って来たものとピンと来た。それから侯爵が近づくと、ドブズは小生にはほんの人台《じんだい》として話しかけ、実は侯爵宛、侯爵のために、口を利いた。してやがて侯爵が「はっ、ドブズでは？」と宣ふと、さも恭々しげに顔を皺くちゃにしたなり、くだんのやんごとなき上つ方を彼自身、見出せし絵画的精妙の観照へと水先案内人よろしく連れ去った。さて、ドブズはこれら一から十までにおいて戸惑い、恥入っていた。声も、顔も、物腰も、如何とも御し難き依怙地さで御当人の不安を露にしていた。侯爵を案内する間《ま》にも正しく肩の表情にて、小生に自分のことをせせら笑っているのは百も承知と、してそれもごもっともと証していた。がそれでいて、「おべっか使いの木」の蔭に命がけで抗い、自然の外気へとお出ましになるは土台叶はぬ相談だった！

先日、ハイド・パーク・コーナーからピカデリー伝《づて》歩いていると、小生はたまたまホブズに追いついた。ホブズは二人の身内にはセバストポリ（第七十二稿四〇九頁参照）を前に飢えと寒さで無駄死にされ、また別の身内をスクタリ（イスタンブールの一地区。現ユスキュダル。クリミア戦争時の英軍基地）の病院の治療ミスで亡くしていた。ホブズ自身も生憎、十五年ほど前に海軍工廠にとってめっぽう肝要な極めて精巧な絡繰を発明し、爾来官庁の待合室で空しくお預けを食わされる内、御逸品、先月フランスで他の何者かによりて発明され、彼《か》の地にては即座に採択されるという辛酸を嘗めたばかりであった。ホブズは小生が追いついた正しくその日、ローバック氏の委員会＊に庶民の一人として参加していたこともあり、耳にした噂のことで怒り心頭に発していた。「このゴルディオスの結び目＊じみた赤い紐《レッド・テープ》は」とホブズは言った。「何としても断たねばならん。詰まる所、当今の我々ほど虐げられた国民は未だかつていなかったし、これほど切羽詰まった国家も未だかつてなかったのではないか。よもや――（ジョドル卿）」挿入句は通りすがりの馬車を指し、ホブズは振り向きざま、そいつを興味津々見送った。「今の体制は」と彼は仕切り直した。「そっくり変えてやらねばならん。我々は然るべき地位に然るべき人物を据えねばならんし（騎馬のトワドルトン公爵）、家系の縁故ではなく才能のみが公職に就くべきだ（ゴーラムベリー主教（即ち、ヘンリー・フィルポッツ。第十九稿注（五五）、第八十二稿注（四八五）参照）の義弟）。我々はほんの偶像ごときに信を寄せるべきではないし（御機嫌麗しゅう！――コールドヴィール伯爵夫人――いささか厚化粧だが、年にしてはなかなかのべっぴん）、我々は一国家として、百害あって一利なき高位貴顕や単なる位階に対す敬意はお払い箱にすべきだ。（忝い、エドワード卿、わたくしならばお陰様で至って健やかにしております。閣下にお目にかかれて何より。エドワード令夫人もさぞや御健勝のことと。おお、それはそれは）」最後の括弧の間《かん》、彼は懸命に目と目を合わせようとしていた、亜麻色の鬘ののろまな御老体と握手を交わすべく立ち止まり、我々がまたもや二人して歩き出すに及んでは、御老体と言葉を交わしたせいで然に溌溂とカツを入れて頂いたものだから、当座、実に背《げ》が高くなっていたのではあるまいか。ホブズにあってこれ故――小生自身、素寒貧同然とは百も承知の、時ならずして白髪なのを目の当たりにしている、人生の最上の部分とて今や断じて覚めること能はぬ惨めな夢と化した、外っ面も喪に服していれば心の中も喪に服している、しかも一から十まで、ロンドン商工人名録から行き当たりばったりに選り出し、頭陀袋からダウニング街（第七十一稿注（四〇二）参照）へぶちまけられる如何なる半ダースの商店主とて脇へ打っちゃれていたろう謂れにて――だから、よりによってホブズにあってこれ故、小生は然に頭の中が一杯になったものだから、彼がその後どんなことを口にしたかほとんど、と言おうか全く意に介せなかった。我々はとこうする内バーリントン・ハウス（ピカデリー通りにある王立美術院会館）に差し掛かっていた。「小さな子供の描いた」と彼は折しも言っていた。「小さな写生に、もう二五〇ポンドの値がついているとは！　はむ、すこぶる結構なことではないかね、えっ？　全くもってすこぶる結構なことでは！　中に入らないか？　入ろうよ！」小生は御免蒙り、ホブズは独りきり入って行った――一般庶民の膨れ上がった奔流の直中なる一雫たりて。小生は通りすがりに中庭を覗き込み、そこにては絵に画いたような、とびきり見事な「おべっか使いの木」が生い茂っているのが見て取れるような気がした。

馴染みにノブズという男がいる。坦々と自己を頼み、他の何人《なんぴと》からも褪せた反射光を受ける要がないに劣らず、己を過度に申し立てる要のない、男らしい心の平静を保つに、恐らく、足るだけの功徳を積んだ男が。小生は白昼公然と、ノブズはテーブルの席に着き、知り合いの有爵士が話題にされるのを耳にすると必ずや知遇を申し立つべく口をさしはさまぬこと精神的にも肉体的にも能はぬ旨誓いを立てられよう。かようの状況の下《もと》なるノブズを幾百度となく目にして来たが、奴は一度として沈黙を守れたためしがない。のみならず奴が苛立ち、クヨクヨ悩み、「おべっか使いの木」から身を引き離そうと躍起になり、声に出して言えていたろうほどはっきり己自身に言うのも目にして来た。「ノブズ、ノブズ、おぬしのこのザマは何だ、恥を知れ。おぬしがこの男を知っていようといまいとここに居合わす連中に何の関わりがある?」がそれでいて、奴は否でも応でも言わずにいられぬ。「是々然々卿と? おお、如何にも! あの方ならよおく存じ上げておりますぞ。全くもって、よおく存じ上げて。是々然々卿とお近づきになって――はてっと――卿とお近づきになってかれこれ如何ほどになろうか言うのも憚られますが。確か十余年にはなろうかと。実に気さくな男でしてな、是々然々というのは!」して我が馴染みのホブズ同様、その後しばらくは蓋し、のっぽになっている。ノブズがらみでは、既にドブズがらみで事実上申し立てている如く、たとい奴がその端くれたる客人で一杯の部屋へ目隠しをしたまま連れて入られたとて、瞬く間に、ほんの奴の息遣いだけで、とまでは行かずとも、物言いで、有爵士が居合わせているか否か言い当てられよう旨申し立てさせて頂く。その全盛時代なる古代エジプト人ですら仲間内に、ノブズに貴族名鑑からのものの一行《くだり》現し身がものの一分で来《きた》させられるほど摩訶不思議な変化《へんげ》をもたらせていたろう魔法使いを有してはいなかったはずだ。

ポブズは異なるやり口においてにせよ劣らずイタダけぬ。ポブズはこれら称号を蔑している風を装う。有爵の知己を「洒落者《スウェル》」としてのんきな軽々しい物言いで口にする。その時々の気分次第で、「洒落者《スウェル》」というのは、何のかの言っても、付き合うにいっとう打ってつけの連中だと言ったり、あいつらには嫌気が差した、もううんざりだと言ったりする。が、御留意あれかし、一つ、小生の信じ、突き止め、仕込んでいる限りにおいて、ポブズは万が一「洒落者《スウェル》」が奴をディナーに招待するのを止した日には、死ぬほど歯嚙みしよう。一つ、シェイクスピアの生まれ変わりと親しく交わるよりむしろ、ハイド・パークで半ば惚《ほう》けた公爵未亡人と会釈を交わしたがろう。一つ、ポブズ嬢が(奴は妹思いで、めっぽう感心な兄貴だが)爵位を有さぬ連中の外っ縁《ぷち》の暗がりにて遙かに幸せな御身分に収まり、どいつか「洒落者《スウェル》」なる浮世を捨て

（『ヘンリー六世』第一部Ⅳ、1）」、そいつにとっとと素通りせよと言ってのけられる気のいいヤツに惚れられ、上さんになるよりむしろ、「洒落者《スウェル》」にお情けで迎えられる方を望もう。が、それでいて、おお、ポブズよ、ポブズよ！　もしや一度きり——ほんの一度こっきり——きさまのくだんの未亡人方の幾人《いくたり》かが何気なさげにポブズ嬢のことを「まあまあのべっぴんさん」として口の端にかけるそのそっくり返った恩着せがましさを耳に出来ていたなら！

　ロブズやソブズやトブズ等々、ゾブズに至る面々は不問に付そう。連中のお追従と来ては衒いや羞恥の如何なる薄っぺらな化けの皮も被らず、御当人、神聖な愉悦に浸ってチョッキ姿のなり這い蹲い、肩書きなるものを口の中でコロコロ、とびきりの砂糖菓子よろしく転がすとは言え。市長や同様の手合いは不問に付そう——媚び諂いを水漆喰刷毛で塗ったくり、お返しに御逸品を塗ったくって頂くのがかようの輩の職能にして、蓋し、連中それ相応の報酬を頂戴するとは言え。地方の名門や、鄙の近隣や、執事とパトロン令夫人の一覧や、選挙運動や、競馬や、草花品評会や、訪問の縄張りと縄張り争いや、「おべっか使いの木」が大聖堂の町及び地方自治区内やその周辺にて栽培されるありとあらゆる形式は不問に付そう。小生が締め括りに述べたいのはそいつではなく、これだ——

　仮に我々皆の愛する祖国の歴史と進歩における危急存亡の秋、我々、全般的な中庸と良識を相応に具現する庶民の大半が紛れもなく大いなる博識と公私を問わぬ真価を具えた一階層によって然に甚だしく誤解されているせいで、彼らに向後は断じて「ペテン府」や「ごまかし府」ではなく歴たる「政府」の下《もと》で暮らす我々のホゾがこれきり解《げ》せぬか、或いは解《げ》せても、我々の面前で帽子をクイと斜《はす》に被り直すことにて（というのがありとあらゆる場合において国務大臣が我々に賜はる政策の公的説明であるによって）我々のホゾに片をつける気になれるとすらば、責めは我々自身にある。が責めが我々自身にある如く、償いもまた然り。我々はくだんの御仁方にあるがままの姿を呈していない、ならば彼らがてっきり我々のことを然に骨を折って見せかけているものと思い込んだとて、一向驚いたり不平を洩らしたりする筋合いはなかろう。一人一人に、故に、自らの斧で自らの「おべっか使いの木」の大枝へ打ちかからそうではないか。一人一人に、まずもって己自身から根本的「刷新」を始めさそうではないか、さらば男は其がそこにて終わるやもしれぬと怯える要はない。我々は幽霊に境遇や栄誉の幾多の不平等は必ずや存在するに違いないと言って頂くまでもない。たとい「おべっか使いの木」の蔭が払い除けられようと、大いなる社会的階段にて今しも数えられる一段また一段は依然、存在し続けよう。が、より肝要なのは、階段は丸ごとより安全にして強かたろうということではなかろうか。「おべっか使いの木」は固より腐朽に祟られた木にして、その雫はポタポタ、自ら垂れかかるものを冒し去るとあらば。

第八十稿　ケチな愛国心

『ハウスホールド・ワーズ』誌（一八五五年六月九日付）

本稿の筆者はたとい四十年間寄附して来た退職年金に基づき文官勤務を退《ひ》いていると述べようと、自らが政府官吏だったとの告白によって恐らくは招かれよう偏見が著しく不利に働くことはあるまいと信じたい。

要するに、直ちに第一人称で語り始めれば――というのも、飽くまで第三人称を貫くのが厄介千万なせいで、くだんの立場に収まらざるを得まいからだが――わたしは最早サマセット・ハウス（ストランド街の官庁用建物）とは縁もゆかりもないと断っておきたい。故に、先入主に囚われぬ証人であり、自らの体験を平静な物腰で語ろう。

一官吏としてのわたしの公務についてはほどなくケリがつくやもしれぬ。わたしは十八歳で公職に就き（父がしばらく前にグローバスに「票」を投じ果したばかりで、卿は女王陛下枢密顧問サー・ギルピン・グローバス・グローバス准男爵閣下なるより馴染みのない称号の下《もと》、当選直後に彼方の地と畏れ多き威厳へと隠棲していたため）、初任給は年酬九〇ポンドだった。お定まりの事は何でもやった。能う限りしこたま筆記用紙を無駄使いした。弟皆にお上のペンナイフを賄ってやった。封蠟で（他の如何なる手立てにても使い切ることになっている量を使い果たすは土台お手上げと）あれこれ象るのに馴染み、頁という頁に片手に小枝を握り締めたなり卵形に腰を降ろしたブリタニアを模す小ぢんまりとした透かし模様の入った（恐らくは英国海軍に服務していたと思しき）外側に錨の印のついたどデカいヴェラム装丁の帳簿に夥しき量のフルートの楽譜を複写した。二時のランチ・タイムまで勤務する時は毎日、役所で昼食を取り、食費は均して年に六〇ポンドまで嵩んだ。洋服代は（と言おうか、こうも時間が経ってしまうと誰のお代についたものやら定かでないが）、もう一〇〇ポンドほどかかり、給料の残りはしごくありきたりの気散じに叩《はた》いた。

　わたし自身下っ端の時分、役所にはお定まりの手合いの下っ端がいた。例えば国会議員の甥っ子にして、アイルランドの広大な地主の倅オゥキラモリボー二世のような。親父さんは、因みに、名立たる佳人とダンスを踊る踊らぬで名にし負う舞踏会で名にし負う喧嘩が火種の名にし負う決闘でもう一方のアイルランドの広大な地主を殺していた――くだんの椿事の詳細ならば一から十まで周知の事実たるに。オゥキラモリボーは帝国中の学問の中心地という中心地で教育を受けて来たとうそぶいていた――して恐らく、事実受けて来たのであろう――が、こと綴字法の観点から言えば、当てにされていたやもしれぬほど物の見事に試煉を掻い潜ってはいなかった。彼はまた自らを天才画家と称し、自作の鉛筆画の裏に、店で捺されるが常の印のそれはイカした擬いをくっつけているものだから、連中、どこからどう見ても身銭を切られたげな面《つら》を下げてはいた。下っ端には偉大なるフィッツ‐リージョナイト家のパーシヴァル・フィッツ‐リージョナイト二世のような男もいた――何か用が（ついぞ片づけたためしはなかったが）あるのに託けて、本人の言うには「四半季毎の小遣い」を受け取り、朝刊に載っているパーティーというパーティーに顔を覗かせ、いつも机に一脚残らずソーダ水をぶちまけていた。或いは、これまた上流人にして我らが大いなる光明たるメルトンベリーのような男も――精鋭連隊に服務していたものの、賭けでスッて身売りをし、お袋さんの老メルトンベリー令夫人に御当人、我々の事務所に御厄介になり、石炭でホッケーに興じるとの条件の下《もと》「金を肩代わり《スタンプ・アップ》」して頂いていた。或いはまた（成年に達したばかりの）スクリブンズのような男も——摂政の宮（ダンディー・ファッションの魁と称された、後のジョージ四世）を気取ってめかし込んではいたが。それからバーバのような男も——我々の部署では「競馬場」に成り代わり、胴元を務めるに、斑《ぶち》の青いクラヴァットを巻いた上からトップブーツを履いていた。最後に、日当五シリングの臨時雇いの事務員もいた——三人の子持ちにして、仕事を一手に引き受け、使い走りの連中からもえらく見くびられていたが。

　こと暇を潰すやり口に関せば、我々はいつも炉の前に立っては、挙句気が遠くなるまで背《せな》を温《ぬく》めていたものだ。して新聞に読み耽って。それとも暑い日和ならば、いつもレモネードをこさえては呑んでいたものだ。いつもしこたま欠伸をし、しこたま鈴《りん》を鳴らし、しこたまおしゃべりしてはノラクラ油を売り、しこたま外出はすれど、ほんのちびとしか戻って来なかった。いつもことコキ使われるとんだ骨折り仕事がらみで、ことパンとチーズにも足の出る安月給がらみで、こと世の中の連中に絞り取られるやり口がらみで、ゴ託を並べ合ったものだ——という訳で、連中が役所へやって来る度、待ちぼうけを食わせたり、すげない答えを返すことにて意趣を晴らしていた。長の年月、目を丸くしていたものだが、何《なに》故《ゆえ》連中、下っ端時分、わたしの首根っこをむんずと捕らまえざま、欄干越しに三階下の玄関広間まで突き落とさなかったものやら。

　しかしながら、「時の翁」は忝くも、本人の側《がわ》にては何ら手を貸さずとも、わたしを格上げさすに、下っ端の御身分から足を洗わせて下さった。わたしは（大概の男の常の習いで）年を取るにつれて無躾な言行を某か脱ぎ捨て、やりこなさねばならぬ仕事をそこそこ上手くやりこなした。固より高等法院王座部主席裁判官や大法官の脳ミソはお呼びでなかったから、概して我ながら務めをすこぶる上手くやりこなしたとすら言ってやれるやもしれぬ。昨今、事務官職志願者を考査する件に関し、恰も連中、知的職業において高い地位に就きたがってでもいるかのように仰々しく取り沙汰されている。私見では、高等法院王座部主席裁判官や大法官はいずれ時満つれば年収およそ五、六〇〇ポンド得よう最終目標がありながら、四半季につき二十二ポンド如きで雇われるべきではなかろうし——たとい事実雇われたとしても、果たして彼らの才能が官庁のありきたりの仕事において異彩を放てるか否かは甚だ疑わしい。

　かく綴った所で成り行き上、わたしの審らかにしたいと思っている自らの体験のくだんの端くれに触れさせて頂きたい。わたしが往時、刷新の点で我々の部署で何が成されるのを目の当たりにして来たか、は驚くばかりである――とは言え、いつも決まってアベコベの端から始まり――いつも決まって小物で待ったがかかり――いつも決まってかの逆しまな贄、年二〇〇ポンド国会議員をダシにして年二〇〇〇ポンド国会議員の公的美徳をひけらかす。以下、例を二、三紹介するとしよう。

我々の部署の長《おさ》は内閣と共に着任し、退陣した。くだんのポストは高位高官の間では小ぢんまりとした代物として広く遍く知られていただけに、ウケのいいそいつだった。わたしが所長になってほどなく、内閣が変わり、我々はスタンピントン卿を迎えた。スタンピントン卿はある日お越しになり、わたしは卿にいつでも伺候する仕度を整えておくようとの命《めい》を受けた。卿は実に気さくで愉快な上つ方で（ごく最近競馬場で大枚をスッたばかりで、さなくば如何なる公務も受け入れなかったろうが）、職務上の秘書として任命してある甥のチャールズ・ランダム閣下を連れて来ていた。

「テープナム殿*と？」と閣下は炉の前で、両手を燕尾の下に突っ込んだなり尋ねた。わたしはお辞儀をしながら繰り返した。「如何にも、テープナムであります」「はむ、テープナム殿」と閣下は続けた。「この部署の調子はどうだね？」わたしはお蔭様で順調に行っていますと答えた。「で、朝何時に部下はやって来る？」と閣下は尋ねた。「十時半です、閣下」「ま、まさか！」と閣下は声を上げた。「君も十時半に出勤するのか？」「はい、十時半に、閣下」「よくもそんな真似が」と閣下は返した。「驚くではないか！ はむ、テープナム殿、我々はここで何か手を打たねばならん。さもなければ野党に襲いかかられて、ぶちのめされてしまおう。一体どんな手が打てる？ 君の部下は何に精を出している？ ソロバンを弾くのか、ペンを走らすのか、いつも何にかかずらっている？」わたしは部署の全般的な職務を説明し、さらば閣下はえらく面食らっているようだった。「いやはや」と閣下は秘書の方へ向き直りながら言った。「どうやら、テープナム殿の話からすると、こいつは恐ろしく退屈なクチのようではないか、チャーリー。だが、何か手を打たねばならん、テープナム殿、さもなければあの連中に襲いかかられて、ぶちのめされてしまおう。例えば、どいつか少々切り詰められる課はないのか（君はたった今、部署の中のあれやこれやの課のことを口にしたが）？ 某かの給料に片をつけたり、事務員を数名リストラしたり、何かを外《ほか》の何かと一緒くたにして、どこかにある種割のいいごた混ぜをでっち上げられぬものか？」わたしは怪訝な表情を浮かべ、胸中、戸惑った。「ああ、これなら行けそうだ、テープナム殿、ともかくな」

と閣下は妙案がひらめいたか、パッと晴れやかになって宣った。「まずもって部下を十時に出勤させよう——チャーリー、お前は真夜中には床を抜けて、十時に出勤せねばならん。して先行き事務員は何か知識を身につけ——例えば、フランス語とか、チャーリー——算術に長じねばならんという——比例算だの、風袋《テア》と歩増し《トレット》だの、チャーリー、十進法だの、何だかだ——覚書きを作成しようではないか。して、テープナム殿、もしや君がランダム殿と膝を突き合わせてくれるようなら、恐らく君達同士で割のいいごた混ぜスジで何かいいアイディアをこねくり出せるのではないかね。チャーリー、テープナム殿はさぞやかけがえのない右腕となってくれようでは。してかようの助っ人がいてくれる所へもって、部下を十時に出勤させれば、こいつを全くもってケチのつけようのない部署に仕立て上げ、公務の能率を高めるありとあらゆる手合いの仕事をやりこなせること請け合いだ」ここにて閣下は、めっぽう気さくな、人の気を逸さぬ物腰の御仁だったから、カンラカラ声を立てて笑い、わたしの手をギュッと握り締めるや、もう下がって構わぬと宣った。

　くだんの政権は二、三年続き、それから我々はサー・ジャスパー・ジェイナスを迎えた。氏は下院にては驚くほど自信満々、これきり与り知らぬ詳細を御当人といい対チンプンカンプンの聴き手方に審らかにするというので辣腕の実務家との評判を取っていた。サー・ジャスパーはしょっちゅう官職に就き、己《おの》が言い分を申し立てる捨て鉢なまでのホゾの固さにかけては正しく「大蛇《ドラゴン》」として名を轟かせていた。氏とお近づきになるのは我々の部署としては初めてのことで、わたしは戦々兢々御前に罷り入った。「テープナム殿」とサー・ジャスパーは言った。「君の手控えの用意が整っていれば、この部署の業務と体制全体に一緒に細かく目を通したい。まずは総員名簿を点検し、それから部署を合併整理する措置を講じねばならん」氏はかく、刺々しくもしかつべらしいお役所風を吹かしながら言い、わたしは早速報告に取りかかった。相手が炉格子に両足を掛けたなり椅子に背《せな》を預け、表向きこちらを見ている風は装いながらも、その実（と思われた訳だが）わたしの口にしていることには一切注意を払っていぬ片や。「結構、テープナム殿」と氏はわたしが締め括ると宣った。「さて、君の説明からすると」——とは言え、こっちは相手がお越しになる前に『宮廷暦法（宮廷と政府の詳細を記載した年鑑）』から仕込んでいることくらい百も承知だが——本署にはA、B、C、D四課に配属された四十七名の事務官がいる。本署は今のその四十七名を三十四名に削減し——つまり十三名の下級職員をクビにし——四課の代わりに二課と一中間課を設け、英国海軍にとっての前檣上檣帆桁《フォアートゲルン‐ヤード》と切欠き滑車《スナッチ‐ブロック》なる外港における論点に複式記入と連署のチェックを入れる完全に新しい体制を構築することで合併整理されねばならぬ。済まんが、テープナム殿、この合併整理を実行に移すのに君の推薦する企画を明後日、仕込んでくれんか、下院が『多種概算』がらみで委員会を開催する際、自ら推奨する合併整理を説明出来る状態にしておきたい」わたしはそれには、サー・ジャスパー・ジェイナスの在任中且々持ち堪えよう（ということしか御当人、念頭にないとは先刻御承知の）実行不可能な計画を四苦八苦こねくり出す外なく、氏はそいつがらみで、もしやともかく骨を折りさえすればかように足許の覚束無い代物とて歩かせられるというなら、内閣をすら組織させていたろう演説をぶった。わたしは良心に鑑みて心底信じているが、我々の部署に関して言及する箇々の点全てにおいて、氏はおよそ死すべき人間の能ふ限り正確さから程遠かった。がそれでいて同じ不正確を地で行くにしてもそれは御大層な勿体をつけるものだから、仕切り《バー》の下に座り、氏の申し立てを聞いている間《ま》にも、事実に関す自分自身の知識をほとんど疑いかねぬほどだった。わたしはこの目で、前檣上檣帆桁《フォアートゲルン‐ヤード》と切《ス》欠き滑車《ナッチ‐ブロック》が作動し始めるや三名の提督が腹の底から万歳を唱えるのを目の当たりにした。して合併整理のくだんの端くれの顚末は、海軍の如何なる船舶といえどもおよそ想像し得る如何なる危急の状況の下《もと》であれ其の持ち堪えられる限りは艤装され得なかったろうというものではあったが、御逸品、サー・ジャスパーに与す然に強力な切り札となったがために、野党が政権を取って二週間と経たぬ内に、氏は後継者にかく吹っかける意を大っぴらに触れ回った——耳を聾さぬばかりの万歳三唱の直中にて。「果たして女王陛下の政府は前檣上《フォアート》檣帆桁《ゲルン‐ヤード》と切欠き滑車《スナッチ‐ブロック》なる外港における論点に複式記入と連署のチェックを入れる体制を放棄したのか否か」

我々の迎えたお次の名士はソーダスト州選出のグリッツ国会議員*だった。グリッツ氏は我々の部署へ主義主張を掲げてお越しになり、くだんの主義主張とは、事務官職にある何人《なんぴと》といえども年酬一〇〇ポンドを越えてはならぬ、というものであった。グリッツ氏はかく宣った、それ以上はかようの男に百害あって一利なし。男にそいつはお呼びでない。男は生産者ではない——何とならば何一つ育てぬから。或いは製造業者でもない——何とならば何物の形も変えぬから。計数には何一つ育てたり、何物の形も変えたりせぬ男の収入を最大かっきり年一〇〇ポンドに限定する何か第一原理が働いている。グリッツ氏は専ら当該目からウロコのお蔭で得も言はれず実際的な叡智を具えているとの世評を得ていた。恐らく、氏は夜となく昼となく当該ゴ託もてガンガン頭を叩くことにて大蔵大臣を二人ほど葬り去ったと言っても過言ではあるまい。さて、わたしも四十年の内にはいささかの利権漁りは目にして来た。がソーダスト州選出グリッツ氏ほどズブの利権屋が我々の部署にお越しになったためしはない。氏は以前のお抱え帳簿係を秘書として連れて来た。してまずもって、紛うことなく、くだんのお気の毒な男の公的給金の半分をせしめ、よくぞ我ながら引き立て賜ふていることよとばかり、残りの半分をくれてやった。グリッツ氏が任命する、腹を空かせた陰気臭い、その数あまたに上る男皆の内、果たして贈収賄がらみで任命されなかった男が一人でもいたものやら。我々は氏の義弟に食い扶持を見繕うべく事務官職の合併整理を行ない、氏の従弟に食い扶持を見繕うべく事務官職の合併整理を行ない、御当人の給料を上げるべく統合を行ない、来る日も来る日も国家の祭壇に下級官吏なる贄を捧げた――が一度たり、国家がグリッツ家の者を贄として要求したのを存じ上げぬ。後はただ、何もかもとんでもなく卑劣にやりこなし、かかずらう誰も彼もを疎んじ、ヌラリクラリはぐらかしては、ケチケチ値切っては、チョロリと言い抜けるのが――みすぼらしいザマを晒しては、胡散臭い真似をしては、あくどく押し売りするのが――我らが部署の習い性《せい》と成ったと言い添えれば、グリッツ行政を余す所なく審らかにしたことになろうか。宜なるかな、我々はほどなくまたもやスタンピントン卿へと一巡りし、それからまたもやサー・ジャスパー・ジェイナスへと辿り着き、かくてスタンピントン共とジェイナス共にて転調の鐘が撞きに撞かれ、爾来、一方が他方の所業を御破算にし続けている。

わたしは公平無私の立場にあるだけに、一般庶民に警告を発したい。彼らは金輪際、下級官吏に苛酷に廉直なくだんの廉直な様変わりからは何一つ御利益に与れまい。かようの様変わりはこの世にまたとないほどケチな、またとないほどさもしい、愛国心に端を発す。公務体制は逆様で、根っこが天辺だ。まずもってそこから始めよ、さらば小枝はほどなくまっとうになろう。

第八十一稿　どデカい「赤子」

『ハウスホールド・ワーズ』誌（一八五五年八月四日付）

読者諸兄のどなたかふと思い当たってはいまいか、西暦一八五五年、民衆の代表より成る然る委員会*が如何ほど民衆は休日に約しき旅籠や茶店公園にて気散じに耽る自由を委ねられようか仰々しくも大っぴらに問う光景を呈すとは蓋し、不如意千万な社会状況ではなかろうかと？　我々が今や訴え、我々が提起する問題にしばし思いを巡らすべくつと立ち止まろうどなたかには、祖国における、この期に及んでのかようの団体の存在とかようの調査の遂行には、ともかくどこか辻褄の合わぬ、屈辱的な所があるように思われぬだろうか？

我々自身としては、上述の問いに躊躇うことなく答えよう。一件には国家的名折れとして義憤を禁じ得ぬと。其は、たとい長らく遙かにまっとうな扱いを受けて然るべき、重労働と重税を課せられながらも飽くまで気さくな、極めて辛抱強い人々にあらずもがなの汚名を着せることにて箔を頂戴していずとも、ただ単に浅ましかろう。この瑞々しき真夏に、あろうことかとある委員会が果たして英国人は警察の事件簿に載った酔っ払いや風紀紊乱者の一味としてではなく、他の何らかの観点より眺められ、他の何らかの物腰にて内政上統治され得るか否か事実上、問おうとは！　おお、上下院議員閣下よ、上下院議員閣下よ、我々は英国史の暗く血腥き道程《みちのり》を共に長らく旅して来た挙句、然に理想郷《ユートピア》に近づいたものだから、其を措いて何一つ国民に告げたり為したりすることが残されていないというのか？　より高邁にして寛大な諸事を指向するものは国外に何一つ、国内に何一つ、ないというのか――何一つ我々には見えないと、何一つ我々から隠されてはいないというのか？

世にはこと民衆を全く知らず、彼らをまっとうにしてやろうとひっきりなしに嘴を突っ込むに見るべきもののある公的団体が二つある。片や下院、片や偏執狂という。議員と偏執狂との間で、ひたむきな国民は、全く言い分を聞き届けられぬとあって、とことん苛立ち、業を煮やしている。己自身のそれでない必需品に対す一般的な共感と、観察の一般的な手立てを具えた、通常の分別を持ち併す誰しも――議員と偏執狂は無論、さておき――ここ何か月もの間《かん》、先般の日曜規制によって課されようとした不都合と剝奪に国民が耐え得る、と言おうか耐えようとするのは明らかに不可能だと見て取って来た。*目下、本稿を書いている我々は他の人々が彼らに警告するのを耳にするにつけ、再三再四、その数あまたに上る議員、偏執狂双方に歯に衣着せず警告して来た——彼らが正しく無知蒙昧なばっかりに成されるがままにしている事はおよそ耐え難いと。議員や偏執狂はその手は食わなかった、と言おうかてんでお構いなしだった。後は言わずと知れたこと——今の今に至るまで。

さて、偏執狂は、病膏肓に入った勢い演壇に攀じ登り、そこにて偏頗な一つ考えなる強かな祟りの下《もと》恐ろしくやぶ睨みをしてみせざるを得ぬというなら、無論、道理を忘れもすれば、道を踏み外しもしよう。が、何故《なにゆえ》議員が偏執狂の言いなりにならねばならぬものか、は別問題。して何故《なにゆえ》彼らは事実、言いなりになる? 果たしてそいつは民衆なるものが引っくるめれば、彼らにとって抽象概念にすぎぬからか——選挙の折にはなだめすかされては顎の下を軽く叩かれ、四季裁判所にては苦ムシを嚙みつぶされ、日曜日には懲らしめに隅っこに立たされ、祝日には女王の馬車にじっと目を凝らすべく連れ出され、概して月曜の朝から土曜の晩まで鞭打ちの下《もと》、学校に閉じ込められねばならぬどデカい「赤子」にすぎぬからか? 果たしてそいつは連中が民衆をほんの今やゴマをすられたかと思えば今やカミナリを落とされねばならぬ、今や子守り歌を口遊まれたかと思えば今やエンマ様に舌を引っこ抜いてもらうぞと脅されねばならぬ、今やキスされたかと思えば今や鞭でぶたれねばならぬ、が必ずやゾロリとした産着に包《くる》まれねばならず、如何なる状況の下《もと》にても断じて「立っち」をして、あちこち歩き回ってはならぬ頭でっかちの「赤子」としか思っていないからか? ああ、忌憚なく答えさせて頂こう、如何にも。

して議員と偏執狂は是ぞ我々のスッパ抜きだとでも思っているのか? 自分達の気紛れな愛撫と懲罰の対象は自らがどデカい「赤子」扱いされていると腹立たしくも見て取っていないとの——よもや悪戯好きな大御脚にて連中宛蹴りかかり出しはすまいとの——曖昧模糊たる信念に安んじているのか?

小誌創刊一月目《ひとつき》に、刑務所教誨師という名の下《もと》牢獄を掌中に収め、悪徳に紛うことなく謝礼を提供し、偽善を焚きつけ、剣呑な破落戸を鑑に仕立て上げる偏執狂の小部隊に注意を喚起した。† 連中は我が物顔に振舞い、議員は連中の肩を持

---

† 第一巻九七頁（第四十三稿参照）。

った。して今や連中の「猫っ可愛がられ屋」は正しくこの世で最悪の手合いの囚人を徴募している。本稿が道徳的教訓と目しているどデカい「赤子」は事の真相には全く感銘を覚えず、絵に画いたような知らぬが仏と思われている。故に、あちらのウェストミンスターでは夜な夜な、何処其処《どこそこ》選出の下院議員閣下と、他の何処其処《どこそこ》選出の下院議員閣下は闘鶏場なる己《おの》が支持者の得も言はれず有頂天になるに、互いをイジメ抜き、首相は御当人の気高き胸から個人的侮辱なる鬱憤を晴らし、その夕べは一先ず持ち前の軽口を叩いてはシッペを返し、不言不実行を地で行き果すや、戦争の強硬な遂行と正当かつあっぱれ至極な平和がらみで、わけてもどデカい「赤子」宛言い放たれる杓子定規な決まり文句で締め括り、御逸品を「赤子」は必ずやついぞ耳にしたためしがないものと思われ、よっていたく感銘を受けるが「赤子」の教義問答の端くれと諒解されている。して何処其処《どこそこ》選出議員と、他の何処《どこ》其処《そこ》選出議員と、映えある閣下と、くだんの映えある下院その他全員は床に就くべく家路を辿る――どデカい「赤子」はゴ託を並べられた挙句スヤスヤ寝入ったものと心底得心し切って！

果たして如何にお気の毒な「赤子」が日曜の飲食に関す――童歌といい対突飛にして、ベドラム（第三十五稿注（二四九）参照）といい対《たい》支離滅裂な――取調べにおいて話しかけられ、扱われるものか、以下、御覧じろ。

どデカい「赤子」は目下公判に付されている。キュッキュと、ブーツの軋む大きな音が外の廊下で聞こえる。おお、これはこれは、当局のお役人がお見えでは！ 公式の証人がお越しでは！ ギャンプ殿*、確か貴殿はここ何年もどデカい「赤子」の育児夫《ドライ・ナース》を務めておいでと？ ああ、如何にも。――して赤子の性格は知り抜いておいでと？ さよう、知り抜いて。――警察判事として、ギャンプ殿？ さよう、警察判事として。（廷内にどよめき。）――どうか、ギャンプ殿、貴殿は労働者か、小商人《こあきんど》か、事務員か、ともかくその手の人間が、日曜日、自分の都合の好い時に家族とハムステッド（ロンドン北西部旧自治区。上流向け鉱泉地）かハンプトン・コート（第三十五稿一四三頁参照）へ出かけ、そこにてジョッキ一杯のビールとコップ一杯の水割りジンを買い求められる旅籠で家族と一緒に馳走をたらふく食う勝手をお許しになりましょうか？ いや、断じてかようの許可は何者にも与えますまい。――とは何故《なにゆえ》か、お教え頂けますかな、ギャンプ殿？ 喜んで。何故《なぜ》なら私はいないいない《ボウ・ピー》ばあ《プ》警察所で幾年となく判事を務め、そこにて夥しき酩酊を目にして来たからです。いないいないばあ《ボウ・ピープ》訴因の大半は、酩酊のため前後不覚に陥っている最下層者に対する訴因です。

――何か例を挙げて頂けましょうか、ギャンプ殿？　では、スロギンズ（第六十九稿参照）の場合を例に取りましょう。――とは、あの、鼻を圧し折られ、目の周りに黒痣のある、ブルドッグを連れた？　正しく。――スロギンズはしばしばかようの訴因の対象だったと？　常に。絶えず、と言っても過言ではなかりましょう。――わけても月曜にはと？　全くもって。わけても月曜には。――して、それ故、貴殿は日曜には居酒屋への、就中郊外の居酒屋への労働者の立入りを禁じたいと？　是が非とも。（ギャンプ氏は皆の讃嘆の直中を退廷する。）

悪戯者の「赤子」よ、シングル・スワロー師*の話をよく聞け！　スワロー殿、牧師は泥棒や様々な悪党の打ち明け話を数知れず聞いて来られたと？　確かに、なぜか皆、この至らぬわたしに全幅の信頼を寄せてくれて来ましたな。――彼らは通常牧師に「酔っ払う《ドウランク》」習いにあると告白して来たのでしょうか？　「酔っ払う《ドウランク》」というのではありません。その点について一言御説明致しましょう。彼らの巧妙な言い回しは概ね「酒浸り《ラッシー》」というものです。――けれど両者は同意語では？　かもしれません。がそれでいて、悔いた心から自づと迸り出るものとして、憚りながら「酒浸り《ラッシー》」と明記させて頂きたいと存じます。どうか御寛恕のほどを。――では牧師は、スワロー殿、「酒《ラッシュ》」への過度の耽溺がくだんの男達の犯罪の原因となって来たと信じる謂れがおありと？　おお、全くもって如何にも。おお、如何にも！――彼らの犯罪は他の何物にも跡づけられぬと？　彼ら自身、敢えて取り立てて言うほどの他の何物にも跡づけられぬと常々言っています。――牧師はスロギンズという名の男を御存じでしょうか？　おお、もちろん！　わたしはスロギンズには真実真正の情愛を抱いています。――あの男は師に何か、この「酒浸り《ラッシー》」になる一件に関し、公にしても差し支えないとお考えのような打ち明け話をしたことがありますか？　スロギンズは独房に監禁されている八か月間、毎朝、判で捺したようにかっきり十一時五分になると、必ずや目に一杯涙を浮かべて、自分が投獄される羽目になったのは、（彼に言わせば）「筋金入り《ワイアリー・》のぐず亭《タリアー》」という名の酒類販売免許飲食店で湯割りラムを飲んで来たせいだと言っていました。して口癖のように亭主と、女将と、幼い子供達と、給仕の小僧と、くだんの居酒屋の常連は一人残らずお縄にすべきだとも。――牧師はスロギンズに対し、仮出獄許可書に則る減刑を推薦なさいましたか？　はい。――彼は今どこにいます？　確かニューゲイトかと。――何の廉で？　直接知っている訳ではありませんが、何でも、ふとした弾みで市場向け菜園経営者の首を後ろから絞めて金品を奪ったために逮捕されたとか。――この最後の犯罪のためにどこで捕まったのでしょう？　日曜日に、「筋金入りのぐず亭《ワイアリー・タリアー》」で。――お尋ねするまでもなかりましょうが、シングル・スワロー殿、それ故牧師は日曜日には居酒屋を一軒残らず締めるよう提唱なさると？　如何にも、無論。

　性ワルの「赤子」よ、きちんと手を組み、テンプル・ファリシー＊師の話を聞くがよい。師はお前自身びっくりするような人物証明書を賜るべく委員会正面玄関で馬車からお降りになろう。テンプル・ファリシー殿、牧師は広大なキャメル‐カム‐ニードルズ‐アイ教会区所領の聖職禄所有者であられると？　如何にも。どうか、日曜日におけるくだんの地区の御自身の体験をお聞かせ頂けましょうか？　全くもって惨憺たるものですな。主要教会のあるキャメル‐カム‐ニードルズ‐アイ所領のかの辺りは野原に面しています。説教壇に立つと、建物の脇窓越しに（暑い日和の時には窓を開けざるを得ませんので）人々が歩いているのが事実、見えます。時には声を立てて笑うのが聞こえることもあります。口笛が助任牧師の耳に留まったこともあるようですが（彼は実に勤勉な、気のいい若者です）、わたし自身耳にした訳ではありません。――牧師の教会には信者がよく出入りしますか？　いえ。会衆の内家族専用席の者に不平を洩らす筋合いはありません。極めて人品卑しからざる連中ですので。片や自由席は疎らです。さして数が多くないだけにいよよ断固、嘆かわしいことに。――教会の近くに鉄道は走っていますか？　誠に遺憾ながら、走っています。して説教をしている間ですら汽車の轟音が聞こえて来ます。――つまり連中、牧師が法を説いているからと言って速度を落とそうとはせぬと？　いささかたり。――教会の側《そば》には何か外《ほか》に委員会の注意を喚起なさりたいものは？　一マイル半と三ロッド（一ロッドは約五メートル）離れた所に（というのも書記に命じて測らせたもので）、「草原の《グリンプス・》一眸亭《オブ・グリーン》」という名の、至極ありふれた茶店庭園付き居酒屋があります。晴れた日和には、日曜の夕べともなると、これら庭園は飲み客で溢れ返り、由々しき光景が繰り広げられます。パイプは吹かされ、火酒は湯で割られては呑み干され、エビは平らげられ、ザルガイは貪り食われ、紅茶は鯨飲され、ジンジャー・ビールはポンポン栓を抜かれます。若者同伴の若い娘、若い娘同伴の若者、子連れの夫婦、籠に、包みに、小型馬車に、柳枝細工の乳母車にと、ありとあらゆる手合いの下卑た忌まわしき代物が視界に飛び込んで来ます。夜の帳が降りるにつれ、連中は皆ゾロゾロと、三々五々野原伝《づて》家路に着き、するとわたしの食堂（横三十八フィート、縦二十七フィート）のいっとう遠い端にいてすら耳に留まる陽気な会話の漠たるさんざらめきほど気の滅入るものもありません。「草原の一眸亭《グリンプス・オブ・グリーン》」は公共道徳と全く相容れないと思われます。――ここには巾着切りが出没するという噂は聞いたことがおありでしょうか？　はい。書記の話では、伯父の義弟の中古船具屋がそこへ庶民の堕落を観察しに出かけたはいいが、帰ってみるとハンカチを掏られていたそうです。地元の猥りがわしい風聞によれば、男はロンドン主教が先達て法を説かれた折にセント・ポール大聖堂で掏られた会衆の一人だとのことですが、よもや。というのもくだんの会衆をよく知っていますが、身分の高い人々ばかりだからです。――牧師の教会地区の住民の大半は一週間ずっと汗水垂らして働いているのでしょうか？　さぞや。――朝早くから夜遅くまで？　助任牧師の話では。――彼らの住まいは窮屈で、むっと息詰まるようでしょうか？　さぞや。――仮に「草原の一眸亭《グリンプス・オブ・グリーン》」を取り壊すとしたら、彼らは日曜日にどこへ行けば好いとお思いでしょう？。無論、教会へ。――教会へ行った後は？　実《げ》に、それは連中の要件で、わたしの知ったことではありません。

頑固一徹の「赤子」よ、がっくり項垂れ、ゴンゴン胸板を叩いているお次の証人を目の当たりに、熱き悲涙を流すが好い。男は、自らお前に告げよう如く、この世にまたとないほどの大酒呑みの端くれだった。酔っ払うと、正しく悪魔だった――してついぞ素面だったためしがない。というに今では度の強い酒は一切口にせず、「光の天使（『コリント第二』一一：一四）」さながらだ。してこの男はついぞ濫用せずして用いること能はなかっただけに、食欲の獰猛さにかけては「節制」の何たるかを知らぬことにおいてハイエナや他の悍しき獣の右に倣っていただけに、故に、頭でっかちの「赤子」よ、奴こそはお前にとっての規範とならねばならず、男がまたもや悪の道に陥れば、お前こそ懲らしめにいつ果てるともなく部屋の隅に立たされるが定めと思い知れ。

ジョン・バニヤン（『天路歴程』の著者・説教師）の亡霊よ、委員会室に自発的証言者モノメイニアカル・ペイトリアーク氏*を請じ入れるは確かに汝《な》なり。「赤子」よ、「左右の目に指を突っ込み（「メソメソ泣く」の意の常套句）」、最寄りのゴミ溜めの「灰（懺悔の象徴）」を惨めな頭《こうべ》に振りかけよ、というのも今やお前にあっては万事休したからだ。さて、モノメイニアカル・ペイトリアーク殿、貴殿は酩酊におさおさ怠りなき注意を払って来られたと？　厖大な注意を、言語に絶す注意を。――何年ほど？　七十年ほど。――モノメイニアカル・ペイトリアーク殿、貴殿はこれまでホワイトチャペル（東ロンドン労働者階級郊外）へいらしたことは？　幾々度となく。――してそこで目の当たりになさる光景に涙をこぼされたと？　留め処なく。――モノメイニアカル・ペイトリアーク殿、どうか証言をお続け頂けましょうか？　如何にも。小生こそ一件に関し言い分を聞き届けられるべき唯一の男です。一件に関しともかく何か知っている唯一の男です。他の組織とは縁もゆかりもありません。他の者は皆ペテン師です。小生こそ真の本家本元です。他の者はこうした場所を調べ、彼らを「失望の泥沼（『天路歴程』）」より救い出そうとして来たと言われています。が鵜呑みになさらぬよう。小生の署名がなければ何一つ真正ではありません。小生こそ本家本元の「小さな目のハエ（童歌「コック・ロビン」より）」です。未だかつて、小生を措いて誰一人最下層者の悲惨と悪徳を嘆き悲しんだ者はいません。小生を措いて誰一人、寝ても醒めてもそれらに取り憑かれて来た者はいません。小生を措いて誰一人、どん底に落ちた惨めな輩を立ち上がらせようとした者はいません。小生を措いて誰一人、如何様に立ち上がらせば好いか知る者はいません。――人々は真実、口にするビールや火酒を欲しているとお思いでしょうか？　断じて。小生は一から十まで存じていますが、彼らは一滴たり欲していません。――人々はともかく口にすべきビールや火酒を有すべきだとお思いでしょうか？　断じて。小生は一から十まで存じていますが、彼らは一滴たり有すべきではありません。ビールや火酒を完全に禁じられたら、彼らは何らかの不都合を蒙るとお思いでしょうか？　断じて。小生は一から十まで存じていますが、いささかたり不都合を蒙るはずがありません。

かく、大きな「赤子」は徹頭徹尾、扱われる。議員によっても偏執狂によっても等しく「これ」と「あれ」とを繋ぎ合わせ、これら途轍もなき演繹の専横な戯言《ナンセンス》を看破すること能はぬと思われている。国民全体が――その気さくさと良識は知的な外国人の称賛の的にして、彼ら自身の同国人の内、彼らと屈託なく接し、彼らを信頼する雄々しさを有す人々の情愛深い敬意を劣らず必ずや得よう、家庭的で、理性的で、思慮深き国民が――就中堕落した惨めな輩を規準に判断され、連中の責めを負わされるに連中のために苦しまねばならぬとは、その不正において然に言語道断にしてその不条理において然に常軌を逸した哲理故、片時たり其を奉ずは英国民の悟性と気質に対す甚だしき無知をさらけ出すことなり。偏執狂にあって、これはさして重要ではないやもしれぬ。が議員にあっては剣呑極まりない。というのも、仮に彼らが自らそのため法を布く民衆を理解するに至らぬとすらば、仮に彼らが然に甚だしく民衆を過小評価するとすらば、如何で議員と、法と、民衆が、然なる一束ねの変則にすぎぬというに、共に栄えられよう？

我々にせよ如何なる嗜みのある者にせよ、わざわざ不節制宛仰々しく叛旗を翻すべくウェストミンスターなり他の何処なり足を運ぶまでもなかろう。我々は不節制なるものを忌み嫌い、断じて酔っ払いは御免蒙る。愛し子には、万が一かようの悍しき蔭の下《もと》生き存え、成人するくらいなら、いっそ目の前で幼気な美しさのまま、ありがたきかな、神に召されてもらいたいものだ。天帝の御名にかけて、酔漢や破落戸には自らに抑えを利かさせ、なおかつありとあらゆる手立てにて抑えを利かそうではないか――が、身を粉にして働く国民全体の節制や、勤勉や、理性的な欲求や嗜深き娯楽を抑制し、拘束し、侮辱すること勿れ！　我々は貴族院もしくはエクセター・ホール（第十六稿注(四三)参照）から半狂乱の態で駆け出すかの徳高きマライ人には、ロザライズ（テムズ川南岸船渠地区）の船乗り木賃宿から半狂乱の態で駆け出すかの荒くれ者のマライ人に劣らず真っ向から異を唱える。いずれの場合においても背《せな》をグサリと刺されるは平に御容赦願う。後者の手合いにかようの筋合いがないに劣らず、前者の手合いの偏執狂にも己《おの》が長閑な道を行く正直者に深傷を負わせ、生来の姿を醜く歪める筋合いはなかろう。して最後に、渾身の力を振り絞り、かく具申させて頂きたい――民衆は謹厳な真実と現実において、大きな「赤子」の遙か上を行く代物だと、騒音《サウンド》を理性《センス》と区別出来れば成人に達しているはずと、単なる巧言《ジングル》はそいつにはイタダけぬと、要するに、どデカい「赤子」は今しも成長しつつあり、相応に評価されるに如くはなかろうと。

第八十二稿　我らが委員会

『ハウスホールド・ワーズ』誌（一八五五年八月十一日付）

先般、食物・飲料・薬品の不純化に関す摘発に触れ――その点に関し、一般庶民は我らが同業誌『ランセット（トーマス・ワクリー創刊（一八二三）医術雑誌。第三十三稿注（一三三）参照）』の筆力と気概に負う所大な訳だが――祖国が純粋な状態で所有するが最も肝要な然る他の物品の広範な不純化に探りを入れる委員会を結成してはとの妙案がひらめいた。当該大委員会には全階層に及ぶ一般庶民が含まれ、分析・考査・観察・実験全てはかの熟達した実践化学者ブル氏によりて行なわれた。

調査の最初の対象はイングランドにては「政府」として人口に膾炙したくだんの普遍的消耗品である。ブル氏は本年七月中旬、ダウニング街の卸売り商店にて購入された当該商品の見本を取り出した。見本に関し、まずもって委員会の前にて審らかにされねばならぬ所見は、とブル氏の宣ふに、その過剰な値の張りようである。真正の品物ならば検討中の見本の原価の約五〇パーセント以下にして、真の生産者にとってはより公平な利潤にて庶民に提供され得ることにほとんど疑いの余地はない。質の点において、見本は極めて粗悪にして下等な手合いであった――こと雅趣や、気っ風や、明白さや、利発さや、ほとんど全ての他の必須条件において劣等であるというなら。ブル氏は委員会に対し、当該見本の天辺には然る揮発性の素材が浮遊し（時の首相パーマストンを揶揄して）、御逸品、そこに御座る筋合いは全くなかろうと直言した。くだんの代物は討論会にて、或いは公式正餐会やコミック・ソングの後で、体制に組み込まれるにはそこそこ罪がないやもしれぬ。が目下の関連においては剣呑極まりない。維持されるにつれ質が好くはならなかった。固より浮き滓《フロス》を作る手っ取り早い手立てとして使用され始めたが、浮き滓《フロス》は正しくこの商品の天辺に、と言おうかその如何なる部分においてであれ、見出されぬに如くはなき代物である。委員会に呈せられている見本は「駄弁」と呼ばれるしごくありきたりの雑草の夥しき煎じ出しの混入によって質が恐ろしく低下している。「駄弁」はかようの化合においては「猛毒」に外ならぬ。自分は当該購入品からは「腐敗」の沈澱物を手に入れた。つまり、金や、銀や、銅の澱《おり》のような金属の腐食ではなく、然るべき分析が適応されるや白を黒に、黒を白に、変え、事ほど左様に多量の寄生虫をも生むかの類《たぐい》の腐食を。見本の強度も検査した所、到底標準には達していない。また、とある大きな部署で変動と脆弱をもたらす「灰色」の沈澱物の存在を見て取った——今日、活動への嫌気を促したかと思えば、明日には強制の下《もと》なる活動を促進さす。見本は、概して、使用には断固適さぬと思われる。ブル氏のさらに続けて宣ふに、実は道の向かいの、「英国獅子（即ち、英国民）」なる看板を掲げ、吹奏楽団助太刀の下《もと》、我こそは「唯一純粋にして愛国的商店」なりと標榜する野党商会にて同じ商品の別の見本を買い求めた。ところがくだんの見本も劣らず百害あって一利なしと判明した。よって未だ目下検討中の商品を純粋な、或いは健全な状態で商う如何なる業者も発見するに至っていない。

「官庁」と呼ばれる苦い薬がお次の調査対象である。ブル氏はダウニング街、ホワイトホール（第六十五稿三五二頁参照）、パレス・ヤード（下院前庭）、ストランド街、その他の箇所から入手した当該薬剤のその数あまたに上る見本を取り出した。分析の結果、その全てにおいて七五から九八パーセントの「阿呆たるの身《ヌードルダム》」が検出された。「阿呆たるの身《ヌードルダム》」は劇毒である。過剰投与は一国全体の破滅をもたらす。最近では幾千もの人命を奪った事例も知られている。時には「日課」と、時には「紳士的業務」と、時には「最善の意図」と、時には「愛嬌好しの無能」と、呼ばれることもある。が、何と呼ぼうと分析の結果は必ずや「阿呆たるの身《ヌードルダム》」と出る。動物界、植物界、鉱物界広しといえども、「阿呆たるの身《ヌードルダム》」ほど生命のありとあらゆる機能と齟齬を来すものはない。誠に遺憾ながら、いともお易い御用で発生させられる。何であれそいつにしっくり来る土壌と条件から、しっくり来ぬ土壌と条件へ移し替えてみよ、さらばそら、「阿呆たるの身《ヌードルダム》」の一丁出来上がりだ。当該猛毒に含まれる自己増殖菌は計り知れぬ。「阿呆たるの身《ヌードルダム》」は「阿呆たるの身《ヌードルダム》」を一様に、絶えず、培養し、挙句そこいら中に立錐の余地なきほどそいつが蔓延《はびこ》る。委員会の前に目下呈せられている薬剤の不純化の歴史は、かいつまべば以下の如し——くだんの薬剤の卸売り業者は誰しも商いを始めるに当たり、大量の「阿呆たるの身《ヌードルダム》」の在庫の手持ちがある。御逸品、めっぽう安価にして、掃いて捨てるほど溢れ返っているだけに。業者は直ちに薬剤に毒を混ぜる。さて、「官庁」業の特徴たるに、卸売り業者はひっきりなしに稼業から足を洗っては後釜を据える。新顔の業者は早劣化している在庫を手に入れると、奴は奴で、己自身の個人的蓄えからどっとばかり、新たな「阿呆たるの身《ヌードルダム》」を大量に注ぎ込む。それから、奴が足を洗うと、別の業者がお越しになり、右に倣い、それから奴が足を洗うと、別の業者がお越しになり、右に倣い、等々。かくて、委員会の前に呈せられている見本の多くは事実上「阿呆たるの身《ヌードルダム》」を措いて何一つ含有せぬ——詰まる所、国全体を麻痺さすに足る。果たして委員会の前に呈せられている薬剤の有益な属性は必然的にくだんの医療過誤によって損なわれてはいまいかとの質問に対し、ブル氏は見本は全て致命的に薄められ、半ばは全くの役立たずだと返答した。かくも遺憾な状況を如何に立て直すつもりかとの質問に対しては、薬剤を欲得尽くの業者の手からそっくり取り上げる外あるまいと返した。

　ブル氏は次いでローンの袖*の見本を三、四対《つい》呈示したが、御逸品、入手された相異なる商店にては肌理が細かい上、一点の染みもないとの折紙付きであったにもかかわらず、見るからに薄汚く、ぞんざいにでっち上げられた粗悪な素材より成っていた。とある対《つい》の袖に関し、氏は極めて悍しき手合いの印刷インキの広範な染みのみならず、がさつな織り交ぜをも指摘し、くだんの織糸は検査の結果、顕微鏡の御厄介になるまでもなく、アザミの繊維——中央刑事裁判所弁護士業——なる馬脚を現わした。第三の袖は純白として売られていたものの、実はチョークでデカデカやられた、しごくありきたりの「富の神《マモン》（物欲の擬人的偶像）」模様以外の何物でもなかった——ブル氏の単に御逸品を光にかざすことにて論駁の余地なく証してみせた事実たるに。氏は当該生産部門は在庫過剰にして、およそ健やかならざる状況にあると結論づけた。

　それからテーブルの上には大英帝国小作農の見本が数点載せられ、ブル氏は其に対し、唯一明白な目的をもって委員の注意を格別惹きたい由告げた——即ち、愛する祖国の幸福のためという。くだんの目的が眼前にあらばこそ、と氏の宣はく、折しも取り出されている見本のいずれに関せよ、果たして完璧に健全か否かといった一般的な状態に探りを入れるつもりはない。果たしてこの見本、或いはあの見本は、もしや人間がもういささかなり、周囲の植物界に然るべく授けられているような関心、研究、注意を払って育てられていたならより強く、大きくなり、より消耗に耐え、然まで早々と腐朽しなかったやもしれぬか否かは問わぬ。が、委員会の前に呈せられている見本はイングランドの全州より集められたものであり、王国の津々浦々より持ち寄られたにもかかわらず、皆一様に銃や剣を扱うことにて、或いは鍛錬された一部隊として何らかの行動様式において結束することにて、祖国を守る能力が著しく欠けている。同じ息の下《もと》、英国人は戦闘的な民族ではないとも、彼らは（敵・味方双方の証言に基づき）世界で最も優れた兵士になるとも言われる。自分も戦争と国民共通の危難の折ならば、敢えてくだんの相反す申し立てを「戯言《たわこと》」を跡形もなく溶かし、真実を生み出す「常識」の坩堝にぶち込ませて頂く所ではあろう――ともかく、いずれにせよ、ぶち込もう。さて、委員会に報告させて頂くに、彼らの前に呈せられた見本や、他の幾千もの見本において、自分は大英帝国小作農を丹念に分析・考査し、くだんの小作農が常々具えて来たと正しく同じ資質を併せ持っていることを突き止めた。調査の一端とし、しかしながら、一件と十全とは分かち難き然る他の物質をも分析・考査するに及び、自分（ブル氏）は大英帝国小作農がしばらく前に、彼らの猟鳥獣類を嫉《そね》む上下院議員や、彼らの権力を嫉《そね》む当局――間諜雇用者並びに偽誓教唆者――によって武装を解かれているのに気づいた。「よって、もしも委員諸兄がこれら見本に」とブル氏は言った。「わたしがそれらに欠けていると見なす、してその欠如が然に貴兄らを驚かせているかの重宝な資質を取り戻したければ、もう少々愛国的になり、もう少々不甲斐なくも利己的でなくなるよう――諸兄らの小作農をもう少々信頼し、彼らを――単に良い子のそれではなく――自由民の知識において、もう少々教導するよう。さらばほどなく撃発ライフルを担う己《おの》がサクソン射手を手に入れ、かくて己《おの》が外人部隊の突撃に訴えるまでもなくなるやもしれぬ」

氏の所見の開陳されていた見本を引き下げ果すと――その呈示がブル氏の発言と相俟って、一堂に会した委員に強い感銘を与えていた証拠、中にはその時その場で、当該一件をいつの日か調査しようとの誓いを登記する者まであったが――ブル氏は生粋の大英帝国「汚職」の多種多様な格別素晴らしい見本を委員会の前に呈示した。して公共財産の上に繁茂するこれら植物は、然に瞠目的に生育し、然に辛抱強く栽培されているからには、絶対的に不死なりとの私見を明らかにした。「汚職」こそは自分がイングランドにおいて唯一、完璧に混ぜ物のない状態にあるのを目の当たりにした代物である。委員会にとりても何とも慶ばしいことではなかろうか、少なくとも一点、大英帝国によりて享受されている商品が存在するとは――何人《なんぴと》といえども首尾好く干渉すること能はず、多年性の生り物におけるいささかの不作の見通しにも脅かされることなく、大衆が常に十二分な蓄えを有す。

当該目出度き声明のもって受け留められた歓喜のほとぼりが冷めるや、ブル氏は委員会にいよいよ己《おの》が任務の最も由々しく、気の滅入るような部分に立ち入らねばならぬと告げた。自分としては労苦の頂点を成す艱難辛苦の分析の忠実な描写から後込みするつもりはないが、委員会はかくて生半ならぬ衝撃を受けよう。との前置き諸共、氏は彼らの前へ「代議院」のとある見本を呈した。

委員会がくだんの惨めな見本を見るからにこよなく傷ましく辛い手合いの情動を込めて吟味し果すと、ブル氏は説明の先を続けた。自分が彼らの気づかわしき注意を喚起している「代議院」の見本はウェストミンスター市場から持って来たものだが、本年七月にそこにて集められていた。他のそれ以上に何か格別な反対勢力に訴えられていた訳ではないが、市場は丸ごとくだんの見本を提供するよう寄附を課されてはいた。その病んだ状態は何ら科学的な助けを借りずとも、如何ほど近眼《ちかめ》の人間にも火を見るより明らかであろう。駄弁によって甚だしく品質が損なわれ、「汚職」によって穢《けが》され、まやかしにしてゴマかしめいた手合いの大量の染料によって希薄にされているというなら。上っ面にはしこたまワニスが塗られ、くだんのワニスを構成要素に分解してみれば、夥しき量の「党派愚陋」と山のような「空念仏」と一緒くたに茹で上げられた（感傷的であると同時に挑戦的な）ガラクタより出来上がっていた。「空念仏」とは、委員諸兄に申し上げるまでもなく、最悪の毒である。如何で代議院ほどそれ自体、健全な品物がかほどに不面目な状態に成り下がれたものかほとんど解《げ》しかねる。其は人間が食すには全くそぐわぬ、嘔吐とむかつきをしかもたらさぬほんの屍肉にすぎぬ。

委員会に果たして上述の有害な物質に加えて、我々に呈せられた見本に「戯言《たわこと》」の存在を突き止められたか否かと問われると、ブル氏はかく答えた。『戯言《たわこと》』？　あれやこれやの形《なり》なる鼻持ちならぬ『戯言《たわこと》』が見本全体に浸み渡っている」してさらに続けて曰はく、五感全てに然に疎ましいからには、いささかの間《ま》なりこの見本を熟視するに耐えるはおよそ人間の性《さが》にはなかろう。ブル氏は果たして、まずもって然に国民にとって肝要な品物における由々しき退化の、次いで国民におけるその容認の、説明はつくか否かと問われた。委員会の所見では、如何ほど民衆の胃の腑は吐き気を――しかも当然の如く――催すやもしれまいと、それでもなお彼らは事実、其に耐え、其のひけらかされている「市場」を事実、傍観しているだけに。これら質問への返答とし、ブル氏は以下の如き説明を行なった。

商品そのものの（と氏の宣はく）、悲惨な状態に関せば、くだんの結果は主として、上述の例の無節操な卸売り業者の掌中にあることに帰せられよう。くだんの業者の一人が稼業の跡を継ぐ――業界用語によらば「入閣《カム・イン》」する――と、その者が官庁を「阿呆たるの身《ヌードルダム》」で不純にした後《のち》に踏む最初の手続きは、如何に己《おの》が代議院を不純かつ低級にし得るか智恵を巡らすことである。是を、その者は前後の見境もなくまたとないほど猥りがわしき手先を使うことにて、ありとあらゆる手練手管を弄して行なう。さて、くだんの稼業は然に長らくこうした男共の掌中に収められ、当該商品を不純にする上で内一人はまた別の一人の右に（如何ほど互い同士の間の業務対立は熾烈を極めようと）一様に倣って来たものだから、公平に仕事を成したいと願う人品卑しからざる人々は当該通商部門に元手を、其が何であれ、投資するのを阻まれ、実の所、幾多の事例において、いっそ正直者のゴミ浚い屋で身を立てたいものだと宣ふのが耳にされている。のみならず、一言断っておかねばならぬに、前述の業者は、概ね手広く商っているだけに、その数あまたに上る家臣や、借地人や、商人や、労働者を抱え、連中に自分達の悪しき「代議院」を好むと好まざるとにかかわらず受け入れさすことにて売りつける。ことこの恐るべき商品の国民による受容に関せば、ブル氏は以下の如く宣った。なるほど、大衆が純粋な品物よりむしろ余りに染料を受け入れがちであるということは否めぬ。時にそれは「血縁」のこともあれば、時に「ビール」のこともあれば、時に「駄弁」のこともあれば、時に「空念仏」のこともある。が確かに、本来ならば骨と腱を求めて然るべきだったろう時にややもすると単なる染料を求めて来た。今やその大きなツケが回って来たとあって、さぞや悔いているに違いない。彼らが物も言えぬほど業を煮やしていることに、この商品の正体を完全に見破っていることに、疑いの余地はない。

さらにもう一点、委員会によりて質問が提起された。即ち、証人は当該英国の生活必需品が純粋かつ健全な状態に回復されるのを目にする如何なる希望を抱いているか？ ブル氏の返して曰く、唯一の望みは国民が断乎、何であれ染料という染料を拒絶し——たとい業者が脅そうと甘言を弄そうと、連中に等しく仮借なく接し——何としてもくだんの商品を穢《けが》れなく、有益な形で支給されるよう飽くまで主張し続けることにしかない。委員会は蓋し、意気阻喪して停会した——無期限《サイニ・ダイイ》に。

第八十三稿　僅かな貨幣価値下落

『ハウスホールド・ワーズ』誌（一八五五年十一月三日付）

機智に富む才人シドニー・スミス（セント・ポール大聖堂参事会員・神学者）の至言通り（出典不詳）、幾多の英国人は大金を口にするだに生半ならぬ得心を覚え、この種の男が誰それ氏がらみで「何でも資産は二〇万ポンドを下らぬそうでは」と言う時、彼らの力コブからは舌嘗めずりが——大口を開けた物言いからは脂ぎった食い気と舌鼓が——聞こえるかのようで、御逸品、唯一カツ入れのネタ「金」しか醸し出せまい。

是ぞ正確な観察の賜物たることに、ともかく観察眼を具えたほとんど何人《なんぴと》たり異は唱えまい。くだんの至言が当てはまるのは特定の社会階層に限られたことではなく、凡俗の輩よりむしろ高位貴顕にこそ遙かに概ね該当する。この国を醜怪にした最後の名にし負う黄金の仔牛（即ち、「鉄道王」ジョージ・ハドソン。第三十五稿注（一五二）参照）は崇め奉るべく最も聳やかな場所に据えられ、ベルグレイヴィア（ハイドパーク南高級住宅街）中にて、セブン・ダイアルズ（西ロンドン貧民窟）においてすらついぞ上を行かれたためしのないほどの凄まじき卑劣さでもって、面と向かっては猫撫で声で甘やかされ、背《せな》に回ってはお定まりのお笑い種にされた。

が小生はかの神さびた原典、「金」の一般的神格化について説法を綴ろうというのではない。本稿にて認《したた》めたいと思っている寸言は「金」のとある格別な誤用と、その権力の誇張に纏わる。同上こそ、当今に付きものの興味深き腐敗として自づと念頭に浮かぶだけに。

ではまずもって、その昔、男爵がいたと想定しよう。男爵は地所を「賢明でもなければさして上首尾にも（『オセロ』V、2）」治めていなかった。よって家来は幾多の予防可能な辛苦に耐えていた。男爵は極めて鷹揚な気っ風だったので、もしやとある家臣が地所の取り仕切られているぎくしゃくとした体制の何か途轍もなき点を無理強いする、冷酷な、或いは愚かしい家老によって虐げられているか蔑ろにされていると見て取るや、即座に、家臣に「金」を賜った。かように気前の好い振舞いは高貴な男爵の心をすっかり安らがせ、然なる手に出たからというので、男爵は己自身、のみならず他の誰も彼もがらみでとことん得心し、己《おの》が本務は全うされたものと高を括り、くだんの点を向後二度と再発せぬほど調停しようなどとは夢にも思わなかった。かくて来る日も来る日も、年々歳々、こいつをひっきりなし繰り返し、いつ果てるともなく叩き割られた頭に「金」の接ぎを当て、道徳的不正を「金」で繕い、がそれでいて叩き割られた頭と道徳的不正の謂れは野放図にのさばるがままにさせていた。以上の前提に立てば、我々は恐らく、男爵の地所はおよそ前途洋々たるそれではなかったと、男爵は物臭な男爵であり、気前が好いより公平である方が遙かに増しだったろうにと、男爵は高貴な良心の当該安易な得心において、「金」の力と使い途に関す過った概念を示したにすぎぬとの結論において見解の一致を見るのではあるまいか。

　果たして目下のイングランドにおいて、我々は想定上の心得違いの男爵にいささかなり似た所があるのだろうか？　以下、検討を加えるとしよう。

　一年かそこら前、ウィンザーで軍法会議が開かれ、徒ならぬ物腰で一般庶民の関心を惹いた*——会議が公平な裁きに与す大衆の先入主とほとんど相容れぬ精神で取り仕切られたから、というよりむしろ祖国の軍事体制の極めて深刻な欠陥を暗示し、こと将校の鍛錬に関せば他国との著しく分の悪い対照において我々の姿を浮かび上がらせたからというので。くだんの軍法会議の達した結論は広く遍く不条理かつ不当と見なされた。では己《おの》が正直な確信に衝き動かされ、くだんの見解を有すに至った我々は、如何なる手を打って然るべきだったか？　かくて暴露された体制を改めるべく捩り鉢巻きでかかって然るべきだったか？　我らが同国人に、くだんの体制は我々や子孫にとって厖大な危険を孕んでいると、如何なる当局にであれそいつを維持さす、と言おうか我々自身、そいつがらみで脅しつけられたり甘言を弄されたりするがままになる上で、我々はその下《もと》に生きている制度を、我々の誇りたる国民的自由を、国家間における立場なるイングランドの存在そのものを、危険に晒していると、懸命に訴えて然るべきだったか？　果たして我々は思慮に欠ける者達に、後裔のために勇猛果敢な父祖が何を為したか、彼らの決然たる精神が何を勝ち得たか、彼らの懸命さが何をもたらしたか、というに我々は労働を遊戯に成り下がらすことにて刻々、何に対す掌握力を緩めているか、指摘すべく精を出し始めたか？　我々の幾多は確乎たる腹づもりの歩兵密集方陣《ファランクス》へと結束し、一意、これら真実を政府の重責を担う者達の胆に銘じ、かつ厳然として堅実な実践において大英帝国の枢要な全機能を通し飽くまで全うさすべく邁進したか？　否。誠に遺憾ながら。我々は大いに憤慨し、少々胆を冷やした。これら両の情動の間《はざま》にて、当座やたら居心地が悪かった。という訳で我らが不穏な魂を救済した――軍法会議の対象に「金」を募ることにて。ポケットに手を突っ込み、五ポンド紙幣を取り出す上で、我々はこと一件に関せば、人間としての全責務を全うした。一件には目出度く片がつき、祖国はそれきりかかずらう要がなくなった。寄附は、貴兄、実に二〇〇、〇〇〇ポンドにも上った。

　さて、仮に現ナマにかくも素晴らしい使い途はなかったと想定しよう――仮にかようの事例全てにおいて金を受け取った者は贈り物のせいで一向堕落するどころか、いよよ気概に満ち、自己を頼みとし、独立独歩を宗とすると想定しよう。がそれでいて、敢えて尋ねさせて頂きたい。果たして小生にはくだんの寄附における己《おの》が役所に得心する筋合いがあるのか――ほんのそれしきで一市民としての義務をいささかなり履行したことになるのか――くだんの立場における己《おの》が労苦を安易に回避しているにすぎぬのではないのか――この王国の礎において挙句、砂をもって巌に替えるが落ちの惨めな折り合いをつけているだけではないのか――かくて小生自身の浅ましき拝金主義と、「金」に叶はぬものは何一つないとの胸中の下卑た信念が露にされてはいまいか。

　また別の事例を挙げてみよう。二人の労働者が半日仕事を休み（予めその意を告げ、埋め合わせに早起きした上）、閲兵式を観に出かける。＊ くだんの閲兵式は仲間や近所の者には極めて愛国的かつ忠節な見世物として推奨されている。恐らくはとある田舎判事以外の誰一人、敢えて無理強いする同縁の愚かしさを持ち併すまい愚にもつかぬ古びた国会制定法の下《もと》、二人は田舎判事共の前へ引っ立てられ、くだんの超弩級《ブロブディンナグ》（『ガリヴァー旅行記』第二部）とんまによりて投獄される――因みに、不法に。がそいつはどうぞお構いのう。近所に住まうとある非立憲的人物が当該瘋癲院《ベドラム》じみた残虐を大っぴらにするや、国中の他の非立憲的男共から挙って驚嘆と不満の唸り声が沸き起こる。我々は内務大臣を試すが、大臣には判決を覆す「理由が見えぬ」――とはさもありなん。何に対せよこれきり理由が見えも、聞こえも、そいつを口にせもせぬというなら。そこで我々は如何様な手に出る？　一致団結し、かく言おうか？「我々は当今、断じて労働者に是ぞ彼らに対す我らが『掟』の精神だとの印象の下《もと》生きさせてはならぬ。よもや彼らを四六時中手玉に取る者達の手にかようの武器を握らせてはならぬし、握らす訳には行かぬし、握らすつもりもない。これら司法官を前に、何としてもこれら二人の男たりて、国家の常識が蹂躙を心底疎まざるを得ぬほど甚だしく圧迫されている階層への保証とし、彼らの法曹界からの免職を申し立てねばならぬ。のみならず、同じ手合いの他の司法官が同様

「正義の坊主身《ジャスティス・パーソニファイド》」
コリン兄弟判例を巡るパンチ注釈（一八五五年九月八日付）

の権力を委ねられるのに待ったをかけ、権限の穏当かつ理性的な行使に対す新たな担保を手にすべく力を尽くさねばならぬ」是ぞ我々の打つ手か？　ああ、否。では、如何なる手を打つ？　我々は兄弟に「金」を与える――して一件落着。

さらに別の事例を挙げれば――とある百姓が小さな小麦畑を所有し、生り物を日曜日に刈り入れる――さなくばちっぽけな収穫は台無しになろうと先を見越して。当該極悪の犯罪に対し、男もまた巨大な「シャロウ一族」の田舎判事の前にしょっぴかれ、罰金を課せられる。*　かくて新たなハッパをかけられ、我々はシャロウ共に対し、何かともかく決意めいた所のある姿勢で蹶起し、我らが掟と人民を連中の手より奪い返そうとのホゾを固めるものと想定されよう。が、否。さらば面倒なことになるやもしれぬ。我々には皆、かかずらってやらねばならぬ要件がある。うんざりさせられるのは正直、願い下げだ。かくてまたもやポケットに手を突っ込み、時代遅れの国会制定法と常緑のシャロウ一族はどこへなり、お好み次第の所へ我々を漂い流さす。

しばらく前に小誌にて、この世にまたとないほど凶悪な人非人を六か月間の禁錮刑に処す、女性保護のための惨めったらしいちっぽけな法律の制定に対し凱旋の声が上げられるとは、蓋し、我らが立法文明が如何に不完全にして拙劣か示して余りあろうと述べた（第六十六稿参照）。当該ケチな掟の片手落ちと、其が対象とする犯罪の多発は巷でも悪名高きネタである。さらば、我々は一件を自らの手に引き受け、断固、法の厳正さを強化させようと宣言し、かようの事例において剝き出しにされた社会状況を検討し、夥しき数の人間が恐ろしい堕落に陥っていると、彼らはくだんの堕落より（就中）教導的な愉悦や、ジン酒場がもたらすよりまだしも増しな、彼らの存在の惨めさからの逃避の手立てを提供されることにて救い出されねばならぬと声を大にし申し立てるか？　彼らは指導の「空念仏」抜きの陽気な気散じを必要とすらしていると、モールバラ・ハウス（第二十稿注（六三）参照）それ自体とて、にもかかわらず税金を納め、救済されるべき魂を有す無数の連中にとっては厳粛な悪夢にすぎぬやもしれぬと？　我々は真正の問題に目を瞑るのを止め、かく雄々しく告げるか？「くだんの人々の生活が――男も、女も、子供も皆一様に――惨憺たるのは一目瞭然。が現状では、アクセク精を出していない折にコソコソ身を潜めては、呑んだくれては、喧嘩を売っては買う外《ほか》、連中に何を見繕ってやれるものか皆目見当もつかぬ」我々の内、事実を僅かなり知っている者は誰しも是ぞ「神」の真実だということを知っている。されど「真実」を申し立てる代わり、我々は先般半殺しの目に会った例の気の毒な女を救済すべく警察裁判所判事に五シリング分の郵便切手を送り、お次の日曜にはくだんの六十枚の女王の頭部*なる絆創膏をぺったり、グラグラの良心に貼り上げたなり、教会へ向かう。

　ありとあらゆる場合において香膏としての「金」に訴える当該卑劣な手に出るのは我々人民だけではない。我々が付き従う誓いを立てている旗を掲げる主導者も範を垂れるに、同じ手に出る。去る感謝祭日からさほど日数が経っていないだけに、誰しもくだんの折に纏わる新聞の広告欄と、それらが敬虔な投資のために提供する好機のことを忘れてはいまい。我々が自らの恩に篤い感情を「金」に鋳直《い》さねばならぬということは、くだんの広告主には明らかであり、くだんの雅やかな訴えを掲載したモーゼ（と息子達）（第五十三稿注（二六二）参照）一族全てにも明々白々としていた。今一度勝利を得たければ、ロハでは、或いは信用貸しでは、そいつを手に入れるは土台叶はぬ相談。即金を叩《はた》かねばならぬ。我々がくだんの負債を弁済し、見返りにセバストポリ（第七十二稿四〇九頁参照）の反対側への資格を与える切符を手に入れるよう要求されぬ未払いの教会オルガン一台、教区委員が責めを負う教区吏の三角帽と紅らんだ半ズボン一揃い、ともかくペンキ屋やガラス屋の帳簿に載っている、礼拝堂のペンキ塗り・ガラス嵌め仕事一つなかった。して我々は身銭を切り、切符を手に入れた。その数あまたに上る我々が。してくだんのオルガンの不足額を払い、三角帽と紅らんだ半ズボンの勘定を清算し、ペンキ屋とガラス屋の帳尻を合わせ、俗に言う、まんまとケリからカタからつけたような気になった。

　我々の内、然に幾多の者がこれら勘定を清算すべく手持ちの小銭を手離したのは、服務を請け負うより上納金を支払う方が遙かにお易い御用だからだ。我々に求められる任務は苛酷だった。麻痺は我らが事務処理の心臓と脳において露顕していた。寵愛と懶い日課が「掛け替えのないもの（『コリント第一』一五：二八）」にして、美点と急務は取るに足らなかった。一階層が我々の力を掌握し、そいつを脆弱に変え、地球の四分の三は素晴らしき見世物を興味津々、手を拱いて見守った。危急によって我々に要求される任務は紛れもなく正しいものにおける着実さと、紛れもなく間違っているものの打倒を通し、我々の力を回復することであった。くだんの任務は困難にして、粗野にして、上流社会においてはウケが悪く、我々は嬉々として上納金を払った。

　だが、仮に徴兵される者が一人残らず、兵士になる代わり、科料を払うとすれば、然なる事態の出来する国には祖国を守る者がいなくなろう。世には兵士によって戦われぬ戦いもあり、おお、我が同国人よ、其は国の防衛にとっては劣らず肝要にして、くだんの戦いに我々一人一人が徴兵されている。「金」は偉大だが万能ではない。地球と月との間に堆く積まれ得る「金」全てをもってしても、ほんの小さな芥子粒ほどの義務の場所も占められはすまい。

第八十四稿　島国根性

『ハウスホールド・ワーズ』誌（一八五六年一月十九日付）

自らとその制度を他の全ての国以上に褒めそやし、鼻高々になるのは、大なり小なり全ての国の習性にして——大なり小なり全ての場合において称賛に値する。かくて育まれ、保たれる偏向から、夥しき愛国心と、夥しき公共精神が生まれて来た。が片や、いずれの国家にとっても、自らの誇らしさが偏見や、因襲性や、不合理な行動・思考法への偏愛をもたらさぬことこそ最大の重要事であろう。というのもくだんの性向は尊敬に値するものを何一つ有さず、単に馬鹿げているか誤っているにすぎぬからだ。

我々英国人は、大半は孤島たる位置のせいで、が僅かにせよいとも易々と選挙運動中の上下院議員をしてさも我々の身を慮り、我らが弱さを強さとして呈示さすがままにして来たせいで、わけても以下、便宜上「島国根性」と呼ばせて頂く習慣に陥る嫌いがある。本稿における我々の趣旨は例を二、三繋ぎ合わすことである。

ヨーロッパ大陸において、概ね人々は個人的な便宜と性向に応じて身形を整える。かの、こと装いにかけては流行の魁となると目されている首都には、この点における格別な独自性がある。仮にパリのある男が帽子とブーツとの間の何か洋装品なる一件に関し酔狂を起こそうと、男はそいつを己以外の何者かの要件たり得ようなど夢にも思わぬまま満たしにかかり、外《ほか》の誰一人己の要件にする者もない。仮に、実の所、くだんの「奇」にどこか紛うことなく便利な、或いは粋な所があれば、さらばそいつはほどなく「奇」たることを止め、外《ほか》の連中によって右に倣われる。さなくば、放っておかれる。一方、街路の如何ほど平々凡々たる男であれ、吠え哮ったり、ジロジロ凝視したり、野次ったり、ともかく「新機軸」の生みの親にとって不快な態度を取るは真のフランス人としての己《おの》が気っ風に不可欠とはおよそ思わぬ。くだんの語は、奴が農奴たることを止めてこの方、奴にとっては悪魔《オールド・ボギー》たることをも止め、奴は「新機軸」の格別な見本をその功罪に応じて流行ったり廃れたりするがままにさす。

何であれ、文字通り目新しいこの種の代物に対す強い英国人的偏見は、我々の紛うことなき島国根性の端くれを成す。そいつは蒸気と電気の賜物たる、他国に纏わる広範な知識を前に、姿を消しつつあるものの、未だそっくりとは失せていない。高さ一フィート半の、我々が帽子と呼ぶ所の、真っ黒な、強張った密閉「煙突通風管」は便利でもなければ典雅でもない、とは誰しも認める所であろう。が王立取引所から歩いて二時間とかからぬ界隈に住まう中年の殿方の内、如何ほど被り手自身は非の打ち所がなかろうと、山の低いフェルト帽に娘をくれてやろうとする者はまずいまい。スミス・ペイン・アンド・スミス（第六十四稿三四二頁参照）にせよ、ランサム商会（一七八六年創業の銀行）にせよ、行員が縁無し帽か、お蔭で頭痛を催さず、安く楽に被れるようなフェルト製流行を頭に載っけたなり、出勤し出した日には、どっと取付け騒ぎが起こるのも必至と観念するのではあるまいか。ロンドンの少なくとも半年に及ぶ泥濘《ぬかるみ》と雨の間《かん》、ズボンをズワーブ兵（仏軽歩兵。元アルジェリア人で編成し、アラビア服を着用）よろしく脚のグルリでたくし上げ、下に長いゲートルを巻けば——御逸品を取っ払うは是即ち、出立ちの泥ハネだらけの部分をそっくり取っ払い、立ち所にして小ざっぱりと乾き切ることたるからには——大多数の者にとっては大いなる慰めにして費用の節約となろう。遙かに値の張る代物たるジャック・ブーツは、そいつを買う余裕のある事務員や、戸外の仕事をしこたまこなさねばならぬ他の連中にとっては同上の謂

「煙突通風管」帽を被ったディケンズの手札型写真《カルテドゥヴィジテ》

れにて、すこぶるつきの履き物だ。が果たしてグリッグズ・アンド・ボジャーはジャック・ブーツに対して何と言おうか？　彼らはかく宣おう。「この手の代物は、貴殿、我が社の馴染んで来た代物ではありません。貴殿は小社を官報《ガゼット》（即ち、破産者公示）に載せるおつもりですかな。貴殿は毎日ズボンを四インチずつほぐしてお行きにならねばなりません、貴殿、さもなければポシャってしまいましょう」

数年前、我々筆者は、グリッグズ・アンド・ボジャーに勤めてはいないもので、憚りながら、ロンドンはバーリントン・アーケイド（ピカデリーに間近い上流贔屓の商店街）で売り出されているのを目にした大外套を買い求めた。御逸品、未だかつてお目にかかったためしのないほど理に適った大外套のように映っただけに。なおかつ憚りながら、当該大外套を買い求めた後《のち》、着用するに及び、我々はある種「お化け」と化し、通りから通りをヒラつく間《ま》にも同胞《はらから》の訝しみと怯えを醸す羽目と相成った。我々は六か月間、大外套に付き添ってスイスまで行った。そこにて御逸品、全くの新顔ではあったものの、いささかたり取り合って然るべき驚異と見なされていないのは一目瞭然。我々はさらに六か月間、大外套に付き添ってパリまで行った。そこにてもまた御逸品、全くの新顔ではあったものの、誰一人として歯牙にもかけて下さらなかった。大英帝国にとりてかくも鼻持ちならぬこの大外套は、その下《した》なる代物を何一つ拉がさぬ、ほんの簡単に脱ぎ着の出来る、ゆったりとした、袖のダブダブの、当今では誰しも身に着けているマント以上の何物でもなければ、それ以下の何物でもない。

数百年間、顎鬚を蓄えるのがイングランドにおける習慣だった。いつしか、きっちり剃刀を当てるのが我らが島国根性の端くれとなった。ヨーロッパのほとんど全ての他国において、口髭と顎鬚を多かれ少なかれ蓄えるのが習いである片や、この芥子粒もどきの島国では、英国人は好むと好まざるとにかかわらず、日々己《おの》が顎と上唇をぶった斬っては、滅多斬りにしては、ガリガリ鑢をかけねばならぬというが、何ら上訴なき島国根性として確立されるに至った。当該英国的体裁の不可謬の試煉の不都合たるや、然に広く遍く感じられたものだから、剃刀や、革砥や、砥石や、軟膏や、ヒゲ剃り用石鹸や、ヒリついた肌を鎮静する軟化薬や、ヒゲ剃りの過程の悲惨を和らげ、そいつに要す時間を短縮するためのありとあらゆる手合いの考案品によって巨万の富が築かれた。当該格別な島国根性は「戯事《ナンセンス》」のだだっ広い本街道を他の島国根性の数マイル先へすら突き進むに至った証拠、剃刀を当てていない文民を禁忌するのみならず、とある格別な、めっぽう限られた軍人階層にのみこと連中の上唇にかけては剃刀を割愛する唯一の特権を申し立てた。我々はかつて小誌にて、御法度は馬鹿げていると仄めかし、何故《なにゆえ》馬鹿げているか一つならざる謂れを示そうとしたことがある（モーリー、ウィルズ共同執筆「何故《なにゆえ》剃刀を当てる？」（一八五三年八月十三日付））。島国根性とは固より分別を有さぬだけに、爾来、日々刻々地保を失って来てはいる。

数ある島国根性の内、最も顕著なものの一つは、英国的でないものは自然でないとの一点張りに凝り固まる性向であろう。先達て閉幕したフランスの博覧会（一八五五年開催パリ万博）の造形芸術部門において、我々は再三再四、同国人の就中学識深く思索的な人々からすら、一見大いなる美点を具えていると思しき絵画に関し――力強く、大胆な「概念《アイディア》」なる美点を有している、というはその最低の条項でだけはあるまい――なるほど傑作ぞろいだが、「芝居がかって」いるとの評を耳にした。固より劇的絵画と芝居がかった絵画との違いは、前者において物語は表向き観客を意識せずして感銘深く語られる片や、後者において群像はこれ見よがしなまでに観客を意識し、明らかに派手派手しく着飾り、物語のために、ではなく観客のウケを狙って、何事かを為して（或いは為さずに）いることだと思っていたので、我々は当該落ち度を探そうとて詮なかった。それから、芝居がかったという文言にて何が意味されているのか突き止めようとさらに骨を折った挙句、人物の行動や仕種が英国的でない、との事実に突き当たった。即ち、ヨーロッパ大陸全体にとっては多かれ少なかれしっくり来る快活な物腰で自己表現する人物達は、専ら我らがちっぽけな島国の物腰で自己を表現していないとの謂れをもって、ゴテゴテと描き込まれすぎ、迫真性に欠けるとの事実に。くだんの物腰とは、然にめっぽう例外的なものだから、いずれ外面的な堅苦しさや遠慮越しに男の純金の傑出した資質が輝き出すまで、英国人を一旦国外へ出ると必ずや不利な立場に追い込む訳だが。蓋し、かほどに不条理極まりない話もまたなかろう、例えば、我々がロベスピエール（仏革命における山岳党指導者（一七五八―九四））の時代の一フランス人に一八五六年に中央刑事裁判所にての審理の後《のち》、クラッパム（堅牢な屋敷の立ち並ぶロンドン南西郊外）の平穏、もしくはリッチモンド・ヒル（富裕な紳士階級の多く住むロンドン南西丘陵）の人格高潔を湛えて、牢から断頭台《ギロチン》へと引っ立てられよと要求するとすらば。がそれでいて是ぞ正しく目下検討中の格別な島国根性の如実な例証に外ならぬ。

一体いつになったら、我々はささやかな資力をせいぜいやり繰りし、乏しい娯楽の手立てを目一杯活用するのに二の足を踏む「島国根性」をお払い箱に出来るのか？　パリでは（数知れぬ他の場所や国におけると同様）六フィート平方の中庭、もしくは六フィート平方の屋根の頂を有す男は、そいつを男なりの約しいやり口で飾り、晴れた日和ならばそこに、ただそうするのが好きだからというので、そうしたいからというので、それ以上増しな身上がないからというので、座り、さりとてついぞ手持ちのもので悦に入っているのをせせら笑われた挙句そいつにサジを投げざるを得なくなったためしはない。事ほど左様に、男は単にそいつが愉快で陽気で、街の賑わいを眺めるのが好きだからというので、戸口や、バルコニーや、表の舗道に腰を降ろそう。この七十年というもの、男の家族は果たして階上《うえ》や階下《した》の、右や左の、道の向かいや角を曲がった先の、他の家族はこうした気散じを上品だと思おうか、似たり寄ったりの真似をしようか、すまいか、といった臆測や下種の何とやらを四六時中働かすことにて悶々と思い悩んだためしはない。かの忌まわしき暴君グランディー夫人*がついぞ知己の中に紛れていたためしはない。お蔭で、めっぽうささやかな実入りでもってめっぽう値の張る街に暮らしながら、男は同じ身の上の五十人からの英国人より無垢な愉悦に浸り、我々のアベコベの思い込みにもかかわらず（これまた「島国根性」とは！）己《おの》が素朴な娯楽が遙かにたっぷり妻子と分かたれているという点において、英国人より家庭的な男たること請け合い。とは連中の娯楽がのん気で値が張らず、グランディー夫人などどこ吹く風と高を括っていられる当然の結果ではあろうが。

されど、当該「島国根性」はおよそイングランドの面目を立たすどころか、恐らくは他の何より明々白々としたとある根柢に行き着く。かつてトーリー党著述家は然にしぶとく、日常生活の単調から逃れる手頃な気散じという気散じや、安価な気晴らしという気晴らしを冷やかしと蔑みで覆い尽くすべく事実、アクセク骨を折ったものだから、大多数の英国人は怖気を奮った勢い味もすっぽもなくなり、ほんの今頃になって漸う勇気を取り戻しかけたばかりだ。これら著述家の腹づもりは、祖国の生き血を尊大にも見くびる外《ほか》何かともかくそいつがあるとすらば、中産階級のより意気地無しの連中を嘲笑い、挙句、自己本来の正直であっぱれな独立独歩の地位を占める代わり、上の階層の裳裾の哀れ、縁飾りに成り下がらすことであった。生憎連中の思惑はまんまとツボに嵌まり、当該嘆かわしき源へと我々の目下の政治的病弊の多くは跡づけられるやもしれぬ。英国以外の如何なる国においても、およそ百から二百万の人々の手の届く唯一の気散じの手立てや光景が故意に諷刺されたり嘲笑されたりしたためしはない。この不面目極まりなき「島国根性」は最早存在せぬ。が、それでいてその侮蔑的精神のいじけた痕跡は時に極めてらしからぬ場所においてすら依然認められるやもしれぬ。該博のマコーリ氏（英国の歴史家・評論家。『英国史』（一八四八—六一）の著者）は名著第三巻において「カトリン湖（スコットランド中部セントラル州の湖）とローモンド湖（同中西部、スコットランド最大の湖）を目にして今や陶然となる幾千もの事務員と婦人帽子屋」について傲然と書き記している。フランスやドイツにおいて、歴史を物する——何であれ物する——かようの理非に聡い殿方は、ともかく同国民の内、罪の無い、有益な階層を嘲笑うを潔しとはすまい。もしや事務員と婦人帽子屋が——幾千人となく、腕に腕を組み、恐らくは「早店仕舞い運動（第六十五稿注（三五四）参照）」を祝すべくカトリン湖とローモンド湖へ出かけ——「自然の女神」の美を愛でるに自分に共感を寄せてくれるホイッグ党国会議員を探しながら堤を漫ろ歩く厳めしい歴史家にとりては自分達の存在そのものが湖水を毒すと想像するだに、その図の馬鹿馬鹿しさにおいて意趣を晴らされて余りあるのではなかろうか。

　我らが「島国根性」のどれ一つとして、知的な外国人の目に皇室記者ほど瞠目的に映るものもまたない。皇室記者は我々が海の向こうにて理解されるのに悉く待ったをかける馬鹿げたちっぽけな邪魔物の端くれだ。国民性の物静かな偉大さと自立心は、そいつが坂道と庭園だの、アルバート殿下が狩りに出かけて昼食に戻って来るだの、ギブズ氏とポニーだの、騎馬の殿下方と乳母車散歩の幼気な王子・王女だの、はたまた坂道と庭園だの、はたまたアルバート殿下だの、はたまたギブズ氏とポニーだの、はたまた騎馬の殿下方と乳母車散歩の幼気な王子・王女だの等々、年がら年中、来る日も来る日も、毎週毎週、退屈千万な無駄話を聞かされてともかく得心していることと然に相容れぬものだから、肝要な問題において、一国民としての英国人は蓋し、正当な認識に与り損ねている。似たり寄ったりの「ちっぽけなネタ」が御当人方の田舎の邸宅《カントリーハウス》なる高位貴顕がらみで微に入り細にわたって「年代記に留められる（『オセロ』Ⅱ、1）」。英国人はこれら取るに足らぬ詳細のことなどてんでお構いなしにして願い下げだと言おうとて暖簾に腕押し。お蔭で誤解なる火に油を注ぐようなもの。もしや願い下げなら、何故頂戴する？　もしや挙句馬鹿を見るだけだと思うなら、何故平気で虚仮にされる？　もしや致し方ないというなら、ああ、さらば当惑した外つ国人《びと》の憚りながら宣はく——自分は仰《のっ》けは間違っていなかった、権力者は英国民ではなく、アバディーン卿（第七十三稿注（四一一）参照）か、パーマストン卿（第二十二稿七八頁参照）か、オールドバラ卿（アイルランド貴族一八五四年六月叙位）か、誰か知る人ぞ知る《ノウズフーム》卿なりと。

　英国民は矜恃に欠けるというのは一般的な検討と訂正に少なからず値する「島国根性」だ。然にその数あまたに上る大衆が常に爵位の前に喜んで平伏すからにはさして横柄でも狭量でもない点において彼ら自身が供すほど、英国貴族の美質に高い証を立てるは至難の業。公的にせよ私的にせよ、くだんの機の与えられるありとあらゆる場合において当該嬉々たる傾向は目に留まる。其が然に広く遍く、ハバを利かす限り、我々が我々を治める上で最も重大な役割を担う人々によって正当に理解され、真価を認められるは土台叶はぬ相談。かくて今や我々は英国首都において己《おの》が首相によりてふふんと、おどけた具合に鼻であしらわれたかと思えば、今や我らが芸術と科学の公認の成り代わりがフランスの首都において英国大使によりてさもせせら笑わぬばかりに蔑され、気がついてみれば我々自身、他国の人々との比較において然に奇しくも不利な立場に置かれているものだから、蓋し、愕然とする。他国の人々は幾多の謂れにて、我々ほど幸運でも自由でもないやもしれぬ。が我々以上に社会的自尊を具えている。してくだんの自尊は、彼ら自身、如何ほど変化を蒙ろうと、敬意を払われねばならぬし、自己を申し立てよう。恐らく、高位貴顕はヨーロッパ大陸にては然るべく忠順の分け前に与っていないと論ず向きはほとんどいまい。が彼《か》の地にて享受する忠順と、我らが島国にて享受する忠順との間には大いなる逕庭がある。英国の州舞踏会か、公式正餐会か、ともかく何かそこそこ雑多な集いにおいて、半ダースからの公爵や男爵は傷ましくも不快な一座である——分不相応にふんぞり返りたがるから、というのでも概して教養を具えた慇懃な殿方以外の何者かだから、というのでもなく、ただ我々の内余りに幾多の人間が連中を前にしてはクネリと、隷属と追従の捩《よじ》くれへと我が身を歪めるからというので。他処にては通常、矜恃がこいつに待ったをかけるべく割って入る。おべっか使いや権門への阿りは鳴りを潜め、二階層間の友交は両者にとって計り知れぬほど心地好く、両者にとって遙かに啓発的である。

仮に我々の直中に皇室か有爵の御仁にお越し頂いているとすらば、我らが公的所信において、生きとし生ける何人《なんぴと》の心をも打つまい卑屈な媚び諂いの表現を用い、かようの客人《まろうど》の教会における敬虔な振舞いや、応接室における雅やかな立居振舞いや、ディナー・テーブルにおける——ナイフ、フォーク、スプーン、ワイングラスの使い方に通じているとは一目瞭然の——嗜み深き振舞いに纏わる詳細を巻に広めようとするは——よもやオーソン*がお越しと踏んでいた訳でもあるまいに——我らが「島国根性」の端くれである。これら如何わしきゴマは他処では擂られぬし、もしや我々に今少しの自尊が具わっていれば、我々によって擂られることもあるまい。他国との交流を通し、とっとと自尊を幾許かなり輸入するに如くはなかろう。して日に五十度となくブレントフォードの王とトゥーリー・ストリートの仕立て屋頭*に御当人方の笑みこそは我々の存在に不可欠なりと身をもって証すのから足を洗えば、くだんの威風堂々たる御両人も事実、然に非《あら》ざるやもしれぬと首を捻り始め、さらば「島国根性」がもう一つお払い箱にされ始めたことになろう。

第八十五稿　ロンドンの一夜景

『ハウスホールド・ワーズ』誌（一八五六年一月二十六日付）

去る十一月五日、小誌編集主幹たる小生はさる、庶民にも名の知れた友人（雑文家・見世物師アルバート・スミス（一八一六―六〇））と共にフラリと、ホワイトチャペル（東ロンドン労働者階層住宅街・ユダヤ人居住地）へさ迷い込んだ。惨めな夕べで、めっぽう暗く、めっぽう泥濘り、篠突くような雨が降っていた。

　ロンドンのくだんの界隈には幾多の悲惨な光景があり、幾年もの間《かん》、小生にとってもその様相の大半において馴染み深い。ゆっくり道を縫い、辺りを見回す内、我々はいつしか泥と雨のことを忘れていた。さらばかっきり八時、救貧院の前に出た。

　どしゃ降りの雨に打たれながら、救貧院の壁際の、薄暗い通りの泥濘った石畳の上で蹲っているのは、五つの襤褸束であった。襤褸束は微動だにせず、人間の姿とは似ても似つかぬ。襤褸にすっぽり包《くる》まれた五つのどデカい蜂の巣——墓から掘り起こし、首と踵を括った上から、襤褸で包《くる》んだ五つの死体——ならばくだんの、天下の公道でどしゃ降りの雨に打たれている五つの束そっくりだったろう。

「これは何だ！」と道連れは声を上げた。「これは、一体何だ！」

「浮浪者収容室から締め出された惨めな連中では」と小生は返した。

我々は五つの襤褸の小山の前で足を止め、連中の悍しき見てくれのせいで正しくその場に釘づけになっていた。かく、通行人に向かって叫んでいる路傍の五頭の由々しきスフィンクスの。「足を止めて当ててみろ！ 我々をここへ締め出す社会状況の成れの果ての何たるか！」

我々が襤褸束を眺めながら立ち尽くしていると、一見石工風の、人品卑しからざる人足がポンと小生の肩に手をかけた。

「何とも恐ろしい光景では、御主人」と男は言った。「キリスト教徒の国にあって！」

「いやはや、全くもって」と小生は返した。

「作業場からの帰りがけにしょっちゅうこれよりずっとひどいのに出会します。数えてみれば十五、二十、二十五人。幾度も幾度も。目にするだけでも身の毛がよだちそうです」

「なるほど、身の毛がよだちそうだ」と小生と道連れは声を揃えて返した。男はしばし傍に立っていたが、お休みなさいと言うと、またもや歩き出した。

くだんの人足よりまだしも言い分を聞いてもらえそうな立場にありながら、一件をそのままうっちゃらかすとすれば、我ながらさぞや人デナシのような気がしていたろう。という訳で我々は救貧院の門をノックした。小生が専ら口を利く役を引き受けた。老いぼれ貧民によって門が開けられた途端、道連れにひたと付き従われたなり、中へ入った。して時をかわさず老いぼれ門番の脇を行き過ぎた。というのも相手の潤み目に我々を締め出したがっている気色が見て取れたからだ。

「済まないがその名刺を院長に渡して、ちょっとお目通り願いたいと伝えてくれないか」

我々はある種、屋根付の門口にいた。老いぼれ門番は名刺を手に門口を過って行った。門番が左手の扉に辿り着かぬ内にマントと帽子の出立ちの男が、まるで夜毎虚仮威しの目に会い、世辞に熨斗をつけて返す習いにでもあるかのようにやぶから棒に飛び出して来た。

「はて、お客様方」と院長は声を荒らげて食ってかかった。「当方に何の御用でしょう?」

「まずもって」と小生は言った。「手の中の名刺を御覧になって頂けませんかな。おそらく小生の名は御存じかと」

「ああ」と院長は名刺にちらと目をやりながら返す。「この名なら存じています」

「結構。小生はただ院長に丁重な物腰で素朴な質問をさせて頂きたいまでのこと。我々のいずれにも腹を立てる筋合いはいささかもありません。もしや小生が院長を責めるとすれば愚かしい話もあったもので、小生、院長を責めたりは致しません。たとい院長が管理しておいでの体制を非難しようと、どうかお心得違いなきよう、院長が命ぜられた任務を全うするためにここにおいでだということは重々存じていますし、院長が事実本務を全うしておいでのことに疑いの余地はありません。という訳で、これからお尋ねすることにお答え頂くに異存はないと」

「はい」と院長はすっかり腹のムシも収まったか、理に服して返した。「いささかたり。で、お尋ねとは何でしょう?」

「表に惨めな連中が五人いるのは御存じでしょうか?」

「この目で見てはいませんが、恐らく、いるでしょうな」

「まさかいないとお思いでは?」

「いや、よもや。もっとたくさんいても不思議はありません」

「連中、男ですか? 女ですか?」

「多分、女でしょう。確か、内一人二人は昨夜も、してその前の晩もあそこにいたはずです」

「つまり、あそこに一晩中と?」

「恐らく」

道連れと小生は思わず互いに顔を見合わせ、救貧院長はすかさず言い添えた。「おお、これはこれは、このわたしにどうしろと? 何ができると? ここは満員です。いつも満員です――毎晩。わたしとしては子連れの女から先に入れてやらねばならぬのでは、えっ? よもや先に入れてやるなとはおっしゃりますまい?」

「ああ、よもや」と小生は言った。「極めて人の道に適った原則であり、全く正しいと思います。して今のをお聞きして安心しました。どうか小生は院長を責めている訳ではないということをお忘れなく」

「はむ!」と院長は言った。してまたもや和やかになった。

「小生の知りたいのは」と小生は続けた。「果たして外のあの五人の惨めな連中に関し、好からぬことを御存じかということです」

「わたしは連中については何も知りません」と院長は腕をさっと振ってみせながら言った。

「どうしてこんなことをお尋ねするかというと、これからあの者達に宿賃代わりに少々恵んでやりたいと思っているからです――もしや、例えば盗人《ぬすびと》だからというので締め出しを食っているのでないとすれば――まさか連中、盗人《ぬすびと》ではないでしょうが？」

「わたしは連中については何も知りません」と院長は力コブを入れて繰り返した。

「つまりあの者達は偏に収容室が満員だからというので締め出されているにすぎぬと？」

「ええ、収容室が満員だからというので」

「してたとい中へ入れてもらっても、ほんの一晩夜露を凌ぐ屋根と、起き抜けのパン一口にしかありつけぬと？」

「ほんのそれしきにしか。どうか如何ほど恵んでやるかについては慎重に御判断を。くどいようですが、わたしはただ今申し上げたことしか存じませんので」

「如何にも。小生としてもそれ以上お尋ねしたいとは思っていませんでした。院長は小生の質問に丁重かつ快く、お答え下さいました。忝い限りです。院長に何か不服があるどころか、感謝の気持ちで一杯です。では、お休みなさい！」

「お休みなさい、お客様方！」かくて我々はまたもや表へ出た。

二人して救貧院の戸口に最寄りの襤褸束に近づくと、小生は手をかけた。ビクともせぬので、そっと揺すぶった。襤褸は中でゆっくり蠢き始め、少しずつ頭が剝き出しになった。歳の頃、二十三、四の――飢えで痩せこけ、泥まみれではあったものの、生来醜くはない――若い女の。

「教えてくれ」と小生は身を屈めながら尋ねた。「どうしてこんな所で蹲っている？」

「救貧院へ入れてもらえないからで」

女は力無い、懶い物言いで口を利き、興味や関心は微塵も名残を留めていなかった。夢現で黒々とした夜空と降り頻る雨を眺めこそすれ、一度たり小生の方も道連れの方も見なかった。

「昨夜《ゆうべ》もここにいたのか？」

「ああ。一晩中。でその前の晩も」

「ここの外《ほか》の連中のことは何か知っているか？」

「隣の隣の子のことは。昨夜《ゆうべ》もここにいて、エセックスから来たって言ってたよ。それきりしか知んないけど」

「昨夜《ゆうべ》一晩中ここにはいたが、まさか日中もずっとここにいた訳では？」

「ああ、日中もずっとじゃ」

「昼間はずっとどこにいた?」

「通りをあちこちほっつき歩いてた」

「腹の足しには何かありつけたのか?」

「これきり」

「そら!」と小生は言った。「ちょっと考えてみろ。お前は疲れて、ずっと寝てた。自分でも何を言ってるかよく分かっていないんじゃないのか。今日、何か食べたろう。そら! 思い出してみろ!」

「いや、これきり。市場の辺りで拾えるようなクズをのけにすりゃ。ああ、あたいを見てみなよ!」

女は首を剝き出しにした。小生はすかさず包《くる》んでやったが。

「もし何か晩メシと宿にありつくのに一シリングあったら、どこへ行けばありつけるかくらい知っていると?」

「ああ、それくらいはさ」

「後生だから、だったら、ほら!」

小生は女の手に一シリング突っ込み、女はヨロヨロ腰を上げるや立ち去った。礼も言わねば、小生の方に目を上げもせぬまま——小生のついぞ目にしたためしのないほど奇しき物腰で惨めな夜闇へと溶け去った。これまでも奇しき光景は数知れず目にして来たが、くだんの擦り切れた悲惨の山がくだんの硬貨を受け取るや消え失せた無感覚な懶い物腰ほど記憶に克明な印象を刻んだものは一つとて。

一人また一人と、小生は五人皆に話しかけた。誰においても、関心と興味は仰《の》っけの女におけるに劣らず死に絶えていた。皆、懶く、気怠げだった。誰一人として如何なる手合いの打ち明け話にせよ不平にせよ口にする者はなかった。誰一人として小生に目をくれようとする者も礼を言おうとする者もなかった。三番目の娘の所まで来ると、どうやら娘は道連れと小生が思わずゾクリと、新たに身の毛をよだたせながら、互いに寄っかかったなり眠りこけ、まるで壊れた彫像さながら横たわっている最後の二人にちらと目をやるのを見て取ったと思しい。たしか姉妹《きょうだい》だってよ、と娘は言った。それきりしか、五人の間で自ら発せられた言葉はなかったが。

して今やこの恐るべき逸話を締め括るに、とある埋め合わせとなる、貧者の中でも最も貧しき者達にすら具わる麗しき資質を紹介させて頂きたい。救貧院を後にすると、我々は銀貨の手持ちがないのに気づき、居酒屋でソヴリンを崩してもらおうと通りを過っていた。小生は五人の物の怪共と口を利いている片や、金を握り締めていた。我々が然にかまけている姿はくだんの場所の常連の仰山な素寒貧同然の連中の注意を惹かずばおかなかった。我々が襤褸の塚また塚の上に屈み込んでいると、連中は連中で目を瞠り、耳を欹てるべく食い入るように我々の上に屈み込んだ。かくて小生が何を握り締め、如何なる文言を口にし、如何なる手に出ているか、は人集りのほぼ全員に歴と分かっていたはずだ。五人の内最後の者が腰を上げ、茫と姿を消すや、野次馬は我々に道を空け、内誰一人として、言葉にせよ、眼差しにせよ、仕種にせよ、金をせびる者はなかった。注意深き面《おもて》の多くは、我々にとってもしや何かそいつでもって功徳を施せそうだというので金の残りを叩けるものならさぞやせいせいしていたろうと見て取るほどには聡かった。が彼ら皆の直中には自分達の困窮はかようの光景の傍に置かれるべきではないとの感情が漲っていた。よって連中は黙りこくったなり、どうぞお通りをとばかり、道を空けた。

　道連れは翌日、小生に一筆認め、五つの襤褸束に夢の中で一晩中うなされたと書いて来た。小生は如何に我々の証言を何かこの種の浅ましくも衝撃的な光景に出会したせいで折々新聞に投稿せざるを得ぬ他の幾多の人々の証言に加えるべきか思い悩んだ。して我々の目にしたものの正確な報告を小誌に綴ろうと、が有らずもがなの興奮や焦燥を掻き立てぬよう、クリスマスが過ぎるまで待とうと、ホゾを固めた。言わずと知れたことだが、合理的学派の不条理極まりなき門弟（即ち、功利主義者）は――算術と政治経済学を（人間性などという弱さは言うに及ばず）悟性の領域の遙か高みへと押し進め、是ぞありとあらゆる場合において十分にして十全だと申し立てる気の狂れた門弟は――かようの代物は存在して然るべきであり、何人《なんぴと》たり気にかける筋合いはないと易々証してみせられよう。その正気なる、くだんの不可欠な学問を蔑す気は毛頭ないながら、その狂気なる両の学問を小生は徹して憎み、弾劾する。してかようの事共をこそ気にかけ、我らが街路にあっては不埒千万と見なす人々に、新約聖書の精神への敬意を込めて訴える次第である。

第八十六稿　ライオンの馴染み*

『ハウスホールド・ワーズ』誌（一八五六年二月二日付）

我々は然る馴染みの——ありとあらゆる手合いの鳥獣に関す博学は他の追随を許さず、動物界全体を巡る深い造詣には国内外を問わぬ近代画廊や版画店が挙って証を立てている——アトリエにいる。我々は馴染みによりてネズミ捕り屋のモデルを務めて欲しいと要請され、かくて是ぞ光栄の至りと、くだんの映えある役所にて折しもモデルを務めている——そら恐ろしいブルドッグを勘弁願いたいほど側《そば》に従えたなり。

馴染みは、御明察通り、リージェンツ・パークのロンドン動物園のライオンの格別な馴染みである。心に近しきくだんの王室のために、馴染みは——画架の前に立ったなり、例の調子でめっぽうさりげなくも力強く絵筆を揮いながら——動物協会へ二言三言、気さくな苦言を呈す。

貴兄は素晴らしき協会であり（と馴染みは今や我々の頭部を少々、今やブルドッグのそいつを少々、画き加えながら言う）、数々の驚異を成して来た。貴兄は英国に最も美しい類の国立動物園を設立し、くだんの動物園を惜しみなく、してこよなく高い称賛に値する精神で、庶民の大多数の手の届く所に位置づけた協会である。して庶民に真の貢献と利益を施し、卓抜たるミッチェル（ロンドン動物協会会長（一八四七—五九））に常に極めて理性的かつ礼儀正しく成り代わられている。

ならば何故《なにゆえ》（と馴染みは続ける）、貴兄のライオンをもっと手篤く扱わぬ？

かくひたぶる吹っかけた勢い、馴染みは常にも増してグイと、ブルドッグを睨め据える。ブルドッグはやにわに項垂れ、ドギマギうろたえる。犬はどいつもこいつも馴染みは奴らの秘密をそっくり握っているものと、馴染みをハメようとて土台叶はぬ相談と、感じている。馴染みに狙いを定められたその刹那、当該ブルドッグによりて犯された最後の卑劣な所業がずっしり奴の良心に伸しかかる。「何？　きさまがやったなと、えっ？」と馴染みはブルドッグに吹っかける。ブルドッグはビクビク、生きた空もなく舌を舐め、血走った目をシバシバ瞬《しばた》き、改めてガニ股の前脚で体の釣り合いを取り、絵に画いたようなしょぼくれの図と相成る。奴はフランス人がブールドーグと呼ぶ所のかの傑出した種族といい対やくざな己本来の姿とは似ても似つかぬ。

貴兄の鳥類は（と馴染みは、スケッチを仕切り直し、またもや動物協会宛訴えながら言う）、恰も日が――「長い」と続けかけるが、ちらと日射しに目をやり、すげ替える――「短い」如く幸せだ。* 生来の習性は完璧に理解され、構成は十二分に考察され、連中にこれ以上望むものは何一つない。貴兄の鳥からロジャーズ氏（英国詩人・文人 一七六三—一八五五）がかつて「我らが貧しき縁者」と呼び習わしていた（出典不詳）、貴兄の蒐集のくだんの面々に移るとしよう。とは無論、猿のことだが。連中は人工的な気候を丹念に用意され、ありがたきかな、気心の知れた仲間を丹念に選りすぐられ、己自身の部族や縁者に囲まれている。ピョンと飛び乗る棚もあれば、ひょいと覗き込む鳩穴もある。居間の天井の梁からは優美なロープが吊る下がり、それもて、こちらの憂さを晴らすためにせよ、雌ザルをうっとり来さすためにせよ、次代を担う若人の詮索好きの知性への御教示のためにせよ、ブラブラ、ブランコする。「我らが貧しき縁者」からかの四つ脚、カバへ移るとしよう――おぬし、どういう了見だ？

との最後の問いは動物協会ではなく、ブルドッグに吹っかけられしもの。奴め、持ち場を離れ、こっそりヅラかりかけているによって。パレットを支えている左手の親指へ画筆を移し替えながら、馴染みはやおらブルドッグに歩み寄り、ピシャリと横っ面を張り飛ばす！　大いなる信を寄せている我々ですら、てっきりお次の瞬間には馴染みが鼻っ柱に食いつかれているの図を目の当たりにするものと観念する。がブルドッグは意地汚いほど丁重にして、もしや仔犬の時分に食いちぎられてさえいなければ尻尾を振りすらしよう。

「我らが貧しき縁者」から、と私は言いかけていたのだが（と、またもや画架の前に立ちながら、馴染みは坦々と続ける）、かの肉欲の具現カバに移るとしよう。貴兄は奴に如何様に見繕われる？　奴はナイル河の堤にて、貴兄がリージェンツ運河の堤に建ててやっているような別荘《ヴィラ》を見出せようか？　生まれ故郷のエジプトにてそっくり一続きの、しかも常に用意万端整っている、過不足なく設えられた客間や、書斎や、風呂や、洗濯場や、広々とした遊園地を見出せようか？　よもや。さて、貴兄の運営委員会と自然科学者方よ、是非ともライオンを見に小生に御同伴願いたい。

ここにて、馴染みは一欠片の木炭を手に取ると、直ちに間近の別の画架にもたせてある新《さら》の画布に高貴なライオンの雌雄を描き出す。ブルドッグは（ピシャリと横っ面を張り飛ばされてからというもの、借りて来たネコみたようにおとなしく持ち場に就いているが）、当該新たな手続き、まさかこちとらとは縁もゆかりもなかろうがと、見るからにオロオロ不安げに見守っている。

　そら！　と馴染みは木炭を放り出しながら言う、そら、一丁上がり！　威厳溢る百獣の王と妃だ。英国獅子は最早英国紋章の絵空事の生き物ではない。貴兄は陛下と妃より毎年、貴兄の英国獅子を生み出そう。が如何様に、夥しき方策と、知識と、経験に恵まれているというに、如何様に、貴兄はこれら偉大なる呼び物を扱っている？　来る日も来る日も、小生は高貴な雌雄が、ほとんど向きを変える隙間すらない、如何ほど苛酷な天候にあろうと身を切るように冷たい北西方向をまともに向かざるを得ぬせせこましい空間にてうんざりするような時間を辛抱強くやりこなしているのを目にする。跳躍からヒラリと着地する見事な絡繰を具えた、くだんの世にも稀なる構造の足を見よ。くだんの足が、「自然の女神」の大いなる先見の明において、最もそぐわぬのは如何なる類の床と心得られる？　恐らくは、船の甲板さながらに剝き出しの、滑《すべ》らかな、硬い板と？　如何にも。何故《なにゆえ》彼らの檻に、他の如何なる床材でもなくそいつを選ぶものか、妙な謂れもあったものでは！

　ああ、天よ、我らを救い賜え！（と馴染みはかくてブルドッグの度胆を抜きつつ声を上げる）貴兄のどなたか猫を飼っておいでては？　どなたか日の燦々と降り注ぐ明るい日に、野原か庭の猫を観察して頂けまいか――何とそいつが地べたに蹲り、砂の中を転げ回り、草むらで日向ぼっこをし、ゴロ寝をしている地面を凸凹にし、くつろいでいる枯草山をあれこれ崩しては喜ぶことか。かようの地べたや草むらを、これら麗しき四つ脚獣が悩ましげな面《つら》を下げたなり日に二百五十度は下らぬ行きつ戻りつしては、互いと擦れ違う、とあるぬっぺらぼんの、ビクともせぬ、わざとらしい、現《うつつ》らしからぬ、てんでお門違いな人間サマの木工品と比べてみよ。

　全くもって不可解でならぬ（と馴染みは続ける）、動物に然に通じている貴兄がこれら板切れを――或いはあの他方の、中身をこっぽり抉り出した皺伸《しわの》し機そっくりの、寝心地悪げな板張りの代物を――これら四肢と、これら習性を具えた生き物にとっての「ベッド」と呼ばおうとは。たまたまにせよ新たな箇所に打ち身を作れもせぬそいつを、雌雄のライオンにとっての「ベッド」と？　またもや猫から学べよ、して如何にそいつが床に就くことか御覧じろ。未だかつて猫にせよ、如何なる生き物にせよ、その折の気紛れと心持ちに応じて、ベッドそのものの素材を整え直さずして床に就く所を見たことがおありと？　貴兄は御自身、動物協会殿、枕を小突いてはゲンコを揮い、挙句ベッドの然るべき場所にすっくり落ち着かせてやられぬと？　さらば、選択の多様性も新たな模様替えの力も残してやらぬ、してことその一定不変にしてビクとも動じぬベッドにかけては固より自然の生活に似通ったもののさらになき形状と中身から取っかかられるこれら威厳に満ちた野獣が如何ほど不快な思いをしているか考えてもみられたい。もしや連中の耐え忍ばねばならぬ苦痛に疑念をお持ちなら、同様の状況の下《もと》囚われの身として暮らして来たライオンや他のネコ科の動物の骨の保存されている博物館や大学へ行ってみられよ。さらば連中の骨が長らく不自然かつ不快な平面の上に寝かされて来たせいで顆粒状の物質にびっしり覆われているのに気づかれよう。

小生はこと、我が王室の馴染みの給餌がらみで然に目クジラ立てるつもりはないが（と巨匠は続ける）、その点にかけても貴兄は誤っておいでのようだ。まず間違いなく、如何ほど規律正しきライオン一家とて、その自然状態にては毎日かっきり同じ刻限に食事は取るまいし、必ずしも肉部屋に同じ手合いと量の肉を仕舞っているとは限るまい。しかしながら、ほんの貴兄が他方の問題を断念するつもりさえあれば、小生は賄いなるくだんの問題は喜んで先送りさせて頂こう。

モデル相手の時間が切れると、馴染みは親指からパレットを外し、画筆と共に脇へ置き、動物協会に話しかけるのを止しにし、ついでにブルドッグと小生もお役御免にする。ブルドッグの胸板を入念に見る謂れのなきにしもあらず、画家はくだんのモデルをクルリと、まるで土くれでこさえられてでもいるかのように引っくり返し（もしや小生が小指でちびとでも触れようものなら、奴め、立ち所に釘づけにして下さろうが）、御当人の個人的願望や都合などどこ吹く風と細かく調べ上げる。ブルドッグは、おとなしく言いなりになっていたと思うと、戸口へと案内される。

「明日、かっきり十一時に」と馴染みは宣ふ。「さもなければ、こっぴどい目に会おうが」ブルドッグはへいこら、背を丸めて出て行く。窓から外を眺めていると、ほどなく奴がわけても人相の芳しからざる、目の周りに黒痣をこさえた――恐らくは小生の雛型たる――御主人様に付き添われ、庭を過るのが目に入る――またもや、御帰館遊ばす前にどいつか外《ほか》の犬を嚙み殺そうこと請け合いの獰猛にして不敵なブルドッグたりて。

第八十七稿　何故《なにゆえ》?

『ハウスホールド・ワーズ』誌(一八五六年三月一日付)

小生は以下、しょっちゅう胸中、彷彿とする問いを幾許かかけさせて頂きたい。さりとて、何か答えが返って来るやもしれぬから、というのではなくひっきりなしに胸中、似たり寄ったりの問いを吹っかけている幾千もの気心の合う読者を見出すやもしれぬとの慰めにも似た期待を込めて。

何故《なにゆえ》魅力的な姿形と、艶《つや》やかな髪と、小ざっぱりとした装いの若き女性は如何なる身の上からであれ一度《ひとたび》連れ出され、英国鉄道の食堂のカウンターの後ろに据えられるや、己《おの》が人生の使命は小生を鼻であしらうことなりとの一つ考えに凝り固まる? 何故《なにゆえ》ポークパイ一皿にせよ紅茶一杯にせよ、小生の心悲しくも恭しい注文をさもせせら笑わぬばかりに見下す? 何故《なにゆえ》ハイエナにくれてやる如く、小生に給仕する? 小生若き御婦人の不興を買うような一体何を小生がした? 小生がそこに、軽食を認《したた》めにやって来たからというのでか? そいつを悪く取るとは妙な話もあったものでは、何せ小生や同じ旅の道連れが平身低頭、何卒端金を叩かせて頂きたいと請いつつ娘の前に姿を見せねば、商売上がったりだろうから。がそれでいて、小生は未だかつて娘に外《ほか》に何一つ癪のタネを蒔いた覚えはない。ならば何故《なにゆえ》然に凄まじく突っけんどんに当たることにて小生のヤワなハートを傷つける? 喧嘩を売るに親戚や、馴染みや、知り合いがいよう。よりによって何故《なにゆえ》小生に天敵として白羽の矢を立てる?

評論家にせよ他の物書きにせよ、何か格別深遠なネタを息が詰まりそうになるほど仕込み果すや、何故《なにゆえ》前置きに「小学生とて知らぬ者はいまいが」とさもさりげなさげに断わる? 男自身、先週は知らなかったはずだ。それが何故《なにゆえ》当該前置きの癇癪玉《クラッカー》を何が何でも読者の間でぶっ放そうとする? 星の数ほどの尋常ならざる絵空事が巷に出回っているが、当該小学生なる絵空事ほど摩訶不思議なものもない。そいつによらば、どうやら小学生は何でも知っているようではないか。小学生は月から天王星までの正確な距離を一インチに至るまで知っている。小学生はギリシア・ラテン作家からのおよそ想像し得る限り全ての引用を知っている。小学生はロシア・トルコ地図のいっとう隅の隅にまで目下、通じている如く、この二年間、通じて来た。地理学上の素養をかくてひけらかす以前にはオーストラリアの金鉱全域とこよなく親しい間柄にあった訳だが。もしや明日、国家の金隔組織に取付け騒ぎが持ち上がれば、さぞやこの神童めいた小学生はどっとばかり、銀行業務と通貨がらみで深遠極まりなき蘊蓄を傾けて下さろう。我々はおどけた逸話の語り手に「かのアイルランド人の言った如く」と、すんなり御逸品を切り出すことにて然に長らく我々の肩を持ち、然にどっさり社会奉仕を施したアイルランド人をほぼお払い箱にしかけている。実の所、奴と長の年月手を組んで来たフランス人の方はすっかりお払い箱にした。というに金輪際、小学坊主はお払い箱に出来ぬというのか？

　もしや王室関連ニュースが自由国民の啓発のための聖なる慣例だとすれば、何故《なにゆえ》この世にまたとないほど疎ましき破落戸がかの恐るべき箝の権限にて、年がら年中、男自身の言はば王室関連ニュースをあてがわれねばならぬ。何故《なにゆえ》小生は年がら年中、極道の愉快な物腰について、気さくなやり口について、人好きのする笑顔について、純真無垢な仔羊が如き獄吏のヤワな胸にさりげなくそっと打ち明ける奴の無実の天地神明にかけての確信について、小生の何卒絞首台以外に奴のための出口のありませんようと心底敬虔に願わざるを得ぬ中庭を、聖書と祈禱書を手に行きつ戻りつするお定まりの風情について、耳ダコもので聞かされねばならぬ？　何故《なにゆえ》そのネタたるに足るほど極道非道のならず者というならず者の場合において、これら吐気催いの詳細を服薬させられ、浴びせかけられねばならぬ？　何故《なにゆえ》そいつがらみではとうに一から十まで御存じではないと、生まれてこの方ついぞ似たり寄ったりの泥の飛礫を打たれたためしはないと、思い込まれねばならぬ？　早五十度となく、くだんの悍しき次第書を丸ごと、十年一日の如く呈せられていないとでも？　ピンは、シャーマーがこれこれ《ブランク》シャー州では大いなる尊敬の的だと一般には知られていないという点から、キリは、シャーマーの弁護士ビルキンズが力強い答弁において陪審員に枕の上に頭を横たえることがらみでクギを差し、その機能が想像し得る最も凶悪な殺人に異を唱える人間性の逆しまな性向によって敬虔な忿怒に駆られた際に如何ほど徳高き業を煮やしに煮やしたかという点に至るまで、その行《くだり》という行《くだり》にお馴染みでないとでも？　何故《なにゆえ》、何故《なにゆえ》、何故《なにゆえ》ニューゲイト王室関連ニュースを何度も何度も読まされねばならぬ――恰も本家本元の王室関連ニュースでは然るべく慎ましくも自立的で、矜恃に満ち、恩に篤く、幸せにして頂けぬかの如く？

　小生の馴染み黒句読線《ブラックダッシュ》が小生の馴染み星印《アステリスク》にサー・ジャイ

ルズ・スクロギンズ＊を知っているかと問うのを耳にするともなく耳にすると、何故《なにゆえ》星印《アステリスク》は取り敢えず、但書きめかして答えねばならぬ？「会ったことはある」星印《アステリスク》は小生に劣らず、自分はサー・ジャイルズ・スクロギンズとは一面識もないことくらい百も承知だ。何故《なにゆえ》奴は正面切って、そう言わぬ？　たとい男はサー・ジャイルズ・スクロギンズと顔見知りですらなかろうと、「にもかかわらず、男（ロバート・バーンズの詩の一節より）」たるやもしれぬ。サー・ジャイルズ・スクロギンズの共感や援助なくしても男を上げられるやもしれぬ。中にはサー・ジャイルズ・スクロギンに紹介して頂かずとも「天」に昇れるやもしれぬと思っている連中すらいる。さらば何故《なにゆえ》正面切って真実をバラさぬ？「俺は正直サー・ジャイルズ・スクロギンズは存じ上げぬし、生まれてこの方くだんの著名人がお入り用だったためしもないね」

観劇に行くと、何故《なにゆえ》一から十まで仕来り通りに成されるのにお目にかからねばならぬ？――果たされるべき自然を、演劇の北極星たる舞台慣例を、参照。何故《なにゆえ》男爵にせよ、将軍にせよ、神さびた家令にせよ、お人好しの老農夫にせよ、自分のこおー《チー》どおも《アイルド》のことを口にせねばならぬ？　男は他の何処にてもこおー《チー》どおも《アイルド》などという代物はこれきり存じ上げぬ。舞台の上でのみ、こおー《チー》どおも《アイルド》に何の用がある？　小生はついぞ御老体が左腕で我と我が身をひしと抱き締めざま、振戦譫妄のおどけた発作に陥り、倅に向かって「えいクソ、こやつめ、あの娘と連れ添う気か？」などとほざく所にお目にかかったためしがない。がそれでいて、御老体が外套に小さなケープをくっつけたなり舞台に登場すると、もちろん、こいつが必ずや出来しようと観念する。さて、何故《なにゆえ》小生は判で捺したように当該光景で、如何ほど爽快たろうと、楽しませて頂かざるを得ぬ？　何故《なにゆえ》不意を打たれてはならぬ？

何故《なにゆえ》六百人からの男が幾世代にもわたり、腕を組もうとして来た？　ここ二十閣の国会は当該優美な芸術に注意を丸ごと払って来た。個々の上院議員によって依然引き合いに出せる然る元上院議員がらみで「上院の誰より雅やかに腕を組む」と断言されるのを耳にしたのも一度や二度ではない。高邁な野心に燃える大望の士が会期の初めから仕舞いまで国務大臣席（議長右側の第一列）にて組まれた腕を研究し、そこにて呈される雛型に倣って腕を組もうとするのも目の当たりにして来た。新参者が己《おの》が政治的見解を体系的に述べる、と言おうか己《おの》が掉尾文を巧みに仕上げることより遙かに腕の組み方なる一件でハラハラ気を揉むのも知っている。氏が腕を組み、肖像を描いてもらった際、キャニング氏によりて祖国に加えられた危害は計り知れぬ。＊くだんの刻《とき》から今日《こんにち》に至るまで国会議員という国会議員は懸命に腕を組もうとして来た。そいつはなるほど優美で、垢抜けした装飾美術やもしれぬ。がその結果が果たして陶冶に費やされる果てしなき苦痛と代価との比較に耐え得るものか否か、は甚だ疑わしい。

何故《なにゆえ》我々は我々自身のことを「極めて実際的な国民」として口にしたがる？　我々は事実極めて実際的な国民か？　例えば、国家的な事業において――公共建造物、公共施設、円柱、新たな街路、巨大な彫像において――我々は以上全てから然にめっぽう実際的にお出ましになっているか？　確かに、否。が我々には私的企業の賜物たる鉄道があり、連中は蓋し、偉大な事業だ。文句なく。がそれでいて、我々がくだんの鉄道がものの一インチ敷かれぬ内に幾十万ポンドが法と汚職に濫費される体制の下《もと》に生きていることは、極めて実際的な国民たることを紛うことなく証していようか？　果たしてそいつら、金銭的な利潤の点で、公的便宜の点で、快適、収益、経営全ての詳細において、全長二十五マイルの海峡の向こう側の鉄道と比べてみれば――なるほど連中、不安定な政府と揺らいだ大衆の信頼の結果たるありとあらゆる不利の下《もと》敷かれたとは言え――ほとほと分が悪いというのは、鉄道を建設するのに大枚を注ぎ込んだ極めて実際的な国民の目ざましき証たろうか？　何故《なにゆえ》我々は然に法螺を吹く。もしやどこか他の天体の住人が我らが地球のノリッヂ（英東部ノーフォーク州首都）界隈に降り立ち、ロンドン行きの一等車切符を買い、ビショップスゲイト・ストリートにて東欧諸国鉄道集会に出席し、ロンドン橋からドーヴァーへ向かい、カレーへと渡り、カレーからマルセイユまで旅し、海峡のそれぞれの側《がわ》なる鉄道経費と収益についての正確な報告を（自ら快適と安楽さ加減を比べ果した後《のち》）受けたとすらば、果たしていずれの国民をこそ極めて実際的なそれと思おうことか！

何故《なにゆえ》、片や、我々はほんの物臭な仕来りの問題とし、自らの法螺の某かといい対ネもハもない、己自身に対す咎め立てをすんなり拝借する？　我々は金に目のない国民だ。ほんとうに？　はむ、我々はいい加減イタダけぬ。が小生はユニオン・ジャックの下《もと》一年間で耳にするよりどっさり、星条旗の下《もと》一週間で金が口の端にかけられるのを耳にして来た。いつ何時であれ、パリを二時間も歩けば、テンプル・バーと王立取引き所との間を日がな一日ブラつく内耳に留めるよりしこたま金、金、金、金に纏わる四方山話の端くれを小耳に挟もう。小生は幕が上がってから、フランス座へ入って行く。十中八九、席に腰を落ち着けるが早いか舞台から聞こえて来る仰《の》っけの台詞は五万フランだ。彼女には五万フランの持参金がある。奴には五万フランの収入がある。五万フラン賭けてもいいぜ、愛しいエミール。オレは証券取引所《ブルス》から、麗しのデイアン、五万フランせしめて戻って来るぜ。小生は並木遊歩道《ブルヴァール》（パリのマドレーヌ寺院からバスティーユに至る大通り）の劇場へ一つまた一つと入って行く。ヴァリエテ座（上流贔屓の「寄席演芸《バラエティー》」劇場）にては、老婦人が年酬五万フランあるからというので、「犬と猿」の甥っこ二人に散々ゴマを揺られねばならぬ。ジムナーズ（中流贔屓の「体育館《ジムナジウム》」劇場）にては、英国首相が（律義な従者トム・ボブに傅れ）、何百万フランもの無謀なヤマを張ったばっかりに二進も三進も行かなくなっている。ポルテ・サン・マルタン（本来はオペラ専門の「聖マルタンの門」劇場）にては、絵に画いたような洒落者が五万フラン入った金櫃目当てに已むに已まれず人殺しを企んでいる。アンビギュ（メロドラマ、笑劇、パントマイム専門の中流「喜劇《アンビギュアス》もどき風《リ・コミック》」劇場）にては、誰も彼もが五万フラン欲しさに外《ほか》の誰も彼もに毒を盛っている。リリック（「抒情」劇場）にては、舞台の上でほてっ腹の御老体と、痩せぎすの若き殿方と、活きのいい眉の潑溂たる小女が三人して五万フランがリラ－ララ、五万フランがティン－ティン！　と、やたらすげなく声を合わせている。インペリアル（大がかりなメロドラマで名を馳せた「曲馬団皇帝」劇場）にては、片腕を包帯で吊った将軍が厳かな四阿に腰を下ろし、姪に半生を物語るに、かくの如き時点に差し掛かっている。「そこでこの麗しき場所へと、最愛のジュリーよ、常に皇帝に律義な私、汝の伯父はそれから引き籠もった。我が愛らしきジョーゼットと、この傷ついた腕と、この栄光の十字勲章と、フランスへの愛と、永久《とは》に失せぬ我が主《あるじ》皇帝に纏わる思い出と、五万フランと共に」当該劇場にて、五万フランはいつしか減り始め、あれよあれよという間に底を突きかける。してどん尻のフュナンビュール（「綱渡り芸人《フュナンビュリスト》」劇場）にては、ピエロは馴染みから百フランぽっちふんだくる――仕事着《スモック》集団のやんややんやと囃し立てることに。またもや。如何なる英国人であれ、かの、小生が立ち所にフランスの首都の五階建ての如何なる屋敷の私生活からであれ、奴に張り合うに引っ立て、小生の金であれどいつの金であれ呑み込むほんの底無し沼たる「属」特有のフランス老婆の向こうを張る気がおありか？　かの、小生に愛娘を嫁に賜ろうと、劇場の階上席《バルコニー》で隣に座ろうと、乗合い馬車で向かいに腰かけようと、続きの間《ま》を貸そうと、ドミノで一勝負しようと、雨傘を売りつけようと、いずれにせよ、小生の身上を食い物にし、懐具合を獰猛なまでにドンピシャ弾き出し、小生の破滅にこそ御執心の「属」特有のフランス老婆の向こうを？　かの、年がら年中黒づくめの、年がら年中むくみ上がった、年がら年中おべっかを使う、年がら年中出されたものを端から平らげ――ついでにナイフまで食い上げかねぬ――現ナマに超自然的なまでに汲々と餓《かつ》え、お蔭で見込まれた小生は思わず有り金そっくり足許に投げ出しざま「どうかそっくり持ってって、これきりその飢えた目でわたしにシバシバ瞬《しばた》かんでくれ」と声を上げそうになる「属」特有のフランス老婆の向こうを？　我々が金に目のない国民だと！　当該身の毛もよだつような老婆に真っ向から異を唱えられてなお、何故《なにゆえ》かくも戯けたことが言える？

　何故《なにゆえ》我々は何の保証もない結論を頭の中に叩き込み、そいつらごと狂った馬よろしく疾駆する――挙句石壁で待ったがかかるまで？　何故《なにゆえ》我々は脱走しなかったとある将校の後を喝采や歓声を上げながら付いて行く――まるで我らが勇猛果敢な将校のその他大勢はどいつもこいつも脱走しでもしたかのように？　して何故《なにゆえ》今のその軍馬の尻尾から毛を毟り、今のその軍服の後に付き従い、愚かしくもただ徒に声が嗄れるまで歓呼の叫びを上げねばならぬ？　何故《なにゆえ》つと足を止め、思いを巡らそうとせぬ？　して互いに言い合わぬ？　「今のその軍馬と今のその軍服が我々にどんな御利益を、してどんな禍を、もたらしたか、差し引き勘定を見てみようではないか」この方がどれほど増しか知れやせぬ、まずもって喉を振り絞り、その後で同上の謂れの無《む》よりなお無《な》きものと思い知らされるより！

　何故《なにゆえ》小生はいつ何時であれ、バフィーとブードル（『荒涼館』に登場する国会議員、政治家）が公務の筆頭にいるからというので凱旋と歓喜の涙に噎ばねばならぬ？　歯に衣着せず言わせて頂くが、バフィーとブードルがその全生涯を通じ何か我が愛すべき祖国に多少なり利益となるような格別な行動を取ったものかさっぱり解《げ》せぬ。片や、劣らず正直認めざるを得ぬに、バフィーとブードルが（何やらささやかながら主義主張を商っている風を装いつつ）、政《まつりごと》艦隊のマストというマストに旗を釘づけにするのは目の当たりにして来た。がそれでいて小生は誰も彼もに誓いを立てる――誰も彼もが小生に誓いを立てるからというので――バフィーとブードルのみが危機に相応しき男にして、バフィーとブードルを措いて「女より産まれし何人《なんぴと》たり（『ヨブ』一四：一、『マクベス』Ⅳ、1）」我々をして危機を掻い潜らせ得まい。小生はバフィーとブードルの肩を持って倅と口論しよう。ほどなくバフィーとブードルの彫像のために寄附をしていよう。さて、小生は我ながら何故《なにゆえ》こんな調子でやっているのか知りたいものだ。我ながら大真面目だが、御教示賜りたい。何故《なにゆえ》？

　果たして何故《なにゆえ》小生は法廷にて、博学の判事が囚人に真実を告白さすまいと生半ならず躍起になっているのを耳にすると得々たる満足感を覚えるのか？　仮に審理の目的が真実を突き止めることにあるなら、囚人からですらそいつを耳にするは、囚人側弁護士から紛れもなく真実ならざるものを耳にするに劣らず目からウロコやもしれぬ。ならば何故《なにゆえ》小生は紅潮した陶然たる物腰で、囚人に尋問するのは「非‐英国的」たらんと言う？　恐らく、当たり前公平に判ずらば、もしや虚言を弄さぬ限り、囚人をオタつかさすは土台叶はぬ相談。して仮に事実、虚言を弄しているなら、奴めいくらとっととオタつかさせられたとて早すぎはすまい。何故《なにゆえ》くだんの「非‐英国的」なる語は必ずや小生に呪《まじな》いさながら効験灼なのか？　かくて何故《なにゆえ》そいつは如何なる問題にもあっさりケリをつけ果すのか？　十二か月前、英国兵の首を絞めるのを差し控えるは非‐英国的だった。三十年前、毎週月曜日に人々を十把一絡げに絞首刑に処さぬは非‐英国的だった。六十年前、ディナーの後で素面なるは非‐英国的だった。百年前、闘鶏や、拳闘や、闘犬や、牛攻めや、他の残虐な見世物を愛でぬは非‐英国的だった。何故《なにゆえ》小生はともかく何か含意があるか否か自問すらせずして、くだんの一語を前にしてはグウの音も出なくなる？　一年三百六十五日、グウの音も出なくなるのは確かだ。が、お教え願いたい。何故《なにゆえ》？

　片や、仮にくだんの強かな子食いお化け《バグベア》よろしき一語にお呼びがかからぬとあらば、小生は何故《なにゆえ》こと真に英国的ならざる感情の点で借りて来たネコみたようにおとなしい？　ここなる治安判事は小生にお前は酔っ払いの国民の端くれだと言う。英国人は一人残らず酔っ払いだ、というのが判事のロバじみた断きだ。ここなるまた別の治安判事は裁きの座から、街頭で施し物を与える者は皆くだんの犯罪に対し罰金を課せられるが望ましいとの途轍もなき戯言《たわごと》をほざく。しかもこれをキリスト教徒の国民に向かって、目の前に新約聖書を――恐らくはそいつにかけて証人に宣誓さす、ある種擬い物とし――広げたなり。何故《なにゆえ》然にお易い御用で怖気を奮い上げる我が国民性はかようの事共で心証を害さぬ？　小生の棒馬は影法師にすらギョッと飛び退く。ならば何故《なにゆえ》そいつはこれら広告用大馬車よろしき、悪評目当ての木偶坊《でくのぼう》の脇を然にごゆるりと軽歩《アンブル》にて行き過ぎる？

何故《なにゆえ》？　いっそかく問うた方がまだ増しというもの――何《なに》故《ゆえ》小生はここにて筆を擱く、眼前に「何故《なにゆえ》」の眺望が果てしなく伸びているというに。

第八十八稿　『国民笑話集』への提言

『ハウスホールド・ワーズ』誌（一八五六年五月三日付）

ここ二年足らずの内に、ブリタニアは公務上の道化師《ジョーカー》以外何一つ必要としていないということが確認されている。然に気高き役人に自分の状態が深刻と思しき時にそっと横腹を小突いてもらい、呻き声を上げるや目配せ一つではぐらかして頂けば、御当人、さぞや羽振りを利かせておいでに違いなく、くだんの事実に眉にツバしてかかるは異端たろう。「この徴《しるし》によりて汝《な》は其を知ることとなる（『マタイ』七：一六）」。

小生の愛国心と国家的誇りはくだんの発見によりて然にハッパをかけられているものだから、大いなる着想をとことん突きつめ、小生は「宮庭道化師」なる今は昔の役所《やくどころ》の息を吹き返さす計画を文に綴って来た。そいつは軽口省《ジョーカリ》長官（即ち時の首相パーマストン）を養ってやるほど高くはつくまいし、くだんの省より繰り出すより気の利いた軽口の発見につながるやもしれぬ。

小生の企図はロンドン市長の道化《フール》の役所《やくどころ》の復活のために数年前に自ら練り上げた計画の翻案に外ならぬ。くだんの腹案は、強ち口から出まかせでもなく断っておけば、もしやかの名にし負う団体、市議会が職務を付託され、一般庶民に大立て者への所信表明という所信表明において自分達はそのおどけた本務を蔑ろにしてはいなき旨得心さすことに同意してでもいなければ、ロンドン・シティーによりて採択されてはいたろう。

小生が目下取り扱いたいと願っているのは、しかしながら、これら創意工夫に満ちた（とは口幅ったいようだが）提案のいずれでもない。其は『国民笑話集』編纂のためのまた別の、遙かに包括的な目論みである。

恐らく、かようの蒐集のための如何なる豊かな素材が年がら年中、巷に溢れ返っていることか見て取れぬ者はほとんどいまい。国会討論、官庁にて代表団に賜られる公式会見、特別審査裁判所の訴訟手続き、著名人の公開書簡、はこの上なく豊かなユーモアに満ち満ちている。大英博物館にてシニョール・パニッツィ（博物館図書館長（一八三七—六六））によりて所蔵され、（いずれは）目録に記載されるやもしれぬこれらおどけた財宝の公認の百科全書を持ち併さぬとは、ユーモアに富んだ国民としての我々にとって名折れではなかろうか？

小生の提案とは、一つ、各々が所得税免除にて年酬二五〇〇ポンド受け取り、一人残らず貴族の次男・三男、甥、従兄弟から選りすぐられる〆て四十名に垂んとす会員より成る学会が直ちに『国民笑話集』編纂のために無期限に任命される可し。一つ、くだんの任命において、優先権は一件に関していささかの知識も持ち併さぬかの若き貴族や殿方に与えられ、有資格の人物を排除する注意が徹底的に払われる可し。一つ、軽口《ジョーカリ》省長官が、職権にて、本委員会の委員長を務め、職務上、専ら任命権を委ねられる可し。一つ、委員会は然るべきと思われる限りめったに招集されぬ可し。一つ何人《なんぴと》といえども特定治安判事《クオーラム》（出席がなければ裁判所の成立しないポスト）たらぬ可し。一つ、毎年四月一日、本学会は『国民笑話集』の年刊書を定価一〇ポンド、インペリアルクォート版（11×15インチ）にて発行す可し。

この時点で、宜なるかな、予価が高すぎ、『国民笑話集』の売上げは国の出版負担額に見合うまいとの異が唱えられよう。がこの異はかく説明すれば立ち所に解消されるのではあるまいか——即ち、貧民救済に年二五ポンド課せられている全戸主に本著一部の購読を義務づける国会制定法を通過さすことにて当該珠玉の名作を国庫歳入への莫大な上乗せの財源とすることこそ小生の主たる着想の一端だと。くだんの措置の手配は名立たる陸軍次官フレデリック・ピール氏*に委ねたい。何とならば氏の控え目な才能、懐柔的な物腰、スコットランドの個人の家庭全てに兵士を宿営さすことにおける顕著な上首尾はわけても企図に打ってつけの政治家として適格たることを如実に示すからだ。

現用語は専ら上流階層によって通われるパブリック・スクールにてはさして尊重されていない所へもって、「国民」の蒐集は（余りにありきたりにして理解し易いながらも）「国民」の言語で出版されるが概して当を得ているやもしれぬので、ともかく大冊が最終的に印刷に付される前に、博学の委員会の労苦の何らかの校訂が必要となろう。かようの校訂を、とある文学教授が協議委員会の一員たるからには、王立文学基金に委ねたい。してたとい『国民笑話集』第一巻をくだんの裕福な組織の概観と、当組織が一〇〇ポンド寄附する上で四〇ポンド費やし、断じて集まること能はねば金輪際招集もかけられぬ評議会によりて牛耳られ、公的にはいつ何時であれ一社以上の出版社にとって入手可能な作家の困窮に纏わる秘密を鼻にかけ、組織自体是一つの悪巫山戯の適例たることを審らかにする事細かな本文で飾ろうと強ち的外れではあるまい。

『国民笑話集』の文体は、其がその宝庫たろう機智とユーモアのくだんの選りすぐりの掌篇を物語る上で、厳密に先例によりて（とは大英帝国・アイルランド連合王国の万事の顰みに倣い）限定されねばならぬ。お定まりの『笑話集』様式からの如何なる逸脱も断じて容認されぬ。仮に古き善き文体は、もしや我らが父祖にとって充分だったとすれば、目下の、して将来の全ての、世代にとっても充分であろう。これら提言を明瞭かつ、完璧かつ、実践的にすべく、以下『国民笑話集』が如何様に取り仕切られるべきか、例を二、三紹介するとしよう。恰も先例において、他の何者かに帰すのが困難な機智に富む発言をその者の口にしたことにする、名をトム・ブラウンという架空の人物がいる如く、然に『国民笑話集』においても、同様の絵空事を導入するが不可欠たらん。故に、ブル氏という架空の人物を『国民笑話集』のトム・ブラウンとして設定させて頂きたい。

仮に、例えば、博学の委員会は本年一八五六年、苛酷な本務を全うする上で四月の「国民」笑話を文書に帰しているとする。彼らは以下の例に則り作業を続けよう。

ブルと国会議員

然る剽軽者の国会議員*が、種痘がジェンナー博士によりて発明されて早、半世紀以上を閲し、かくて数知れぬ人々が若死や、苦痛や、瘢痕から救われて来たというに——とは、くだんの折に至るまで、賢者にも愚者にも等しく熟知されている如く——下院にて起立し、あろうことか、其を弾該した。「というのも」と議員の曰く。「種痘は失敗にして死因だからだ」ある男がブル氏にばったり出会し、当該傑作な演説と、さらにはくだんの瞠目的集会がさりとて何ら示威運動を展開しなかった事実を告げると、「ああ」とブルはやたらしかつべらしげな表情を浮かべて声を上げる。「が、もしやニネベ選出国会議員（サー・オースティン・ヘンリー・レアード。第七十七稿注（四五四）参照）が今のその同じ場所で近衛連隊の騎兵旗手の洗礼名を間違っていたなら、耳を聾さぬばかりの吠え哮りが上がっていたろうに！」

またもや、別の例。

ブルと主教

公的には博学にして敬虔な司祭ながら、私的には痴れ者、と言おうか悪態吐きの下卑た凡人にすぎぬ然る主教（エクセター主教。第十九稿注（五五）参照）が逆しまな書簡を出版し、そこにて人々を悪魔だの嘘つきだの等々、悪しざまにコキ下ろした。とあるケンブリッジの男がブルに出会すと、この主教は如何なる一族の出で、如何なる縁者がいるのかと問うた。「はて、私は知らぬが」とブルは声を上げる。「神かけて、あの男は十二使徒の家系でもなければ彼らの主《しゅ》の後裔でもない」「ほう、ならば」とケンブリッジの男の宣はく。「漁夫とは縁もゆかりもないと？」「ビリングズゲイト（ロンドン北端近くの魚市場）が漁夫と縁もゆかりもあるくらいには。が他には何ら」とブルは言う。「が」とケンブリッジ男のまたもや宣はく。「確かあの人物は死語にかけては人並み優れているとか」「それはそうかもしれぬ」とブルは言う。「がそれでいて現用語にかけてはお粗末極まりない。というのも母国語を綴るのもそいつを引っ込めておくのもお手上げのからには*」

時にはトム・ブラウンの先例におけるが如く、上述の雛型にあって顕著なかの当意即妙の機智を具えた男として、ではなく知らぬが仏で虚仮にされる観点よりブルを登場さすのも肝要だろう。『国民笑話集』を物す学会はさらば次なる流儀を採用しよう。

嵩にかかられるブル

ブルはいつぞや、頑丈なギャロウェイ（スコットランド南西端牛馬名産地）小馬の手綱を取りつつ市場からやって来ていると、ティヴァトン（デヴォンシャー州）本街道で軍服姿の（手練れの）追い剝ぎに襲われ、身ぐるみ剝がれた。追い剝ぎは、のみならずかく言いながらブルをからかった。「きさまなんぞクソ食らえ。小指にクルリと巻いて、お茶の子さいさい鼻を抓《つま》んでやる*」――して然に口を利きながらも、おまけに、さもせせら笑わぬばかりに事実、グイと抓《つま》んだ。よってカッとブルの頰に血の気が差した。「どうか教えてくれ」とブルはなだめすかしがちに言う。「どうして私の金が欲しい？」「猛禽に対するきさまの戦争の強硬な遂行の見返りに」と追い剝ぎは頰に舌を突っ込んだなり（皮肉たっぷりのジェスチャー）返す――奴は実の所、農場の罠やらっぱ銃がてんで役立たずだと判明し、漸う修繕され始めた折しも、くだんの害鳥を追い払うべくブルに雇われていたのだった。そいつの手柄を奴は今や独り占めにした。「だがお前は一体何をした？」とブルは問う。「きさまの知ったことか」と追い剝ぎはまたもやグイとブルの鼻を抓《つま》みながら言う。「私の知る限り、お前は如何なる方角へもまともに弾《たま》一発打ったためしがないではないか」とブルは声を上げる。「そいつが強硬な遂行か？」「ああ」と奴はまたもやグイとブルの鼻を抓《つま》みながら声を上げる。「お前は私が戦場へ送り出した最も律儀で、勇敢な少年達がらみで裏をさえかいたではないか」とブルは言う。「そいつが強硬な遂行か？」「ああ」と奴はまたもやグイとブルの鼻を抓《つま》みながら声を上げる。「お前は私の蔵書の中でも最も重く、恥ずべき、青表紙の（『カーズの陥落*』という表題の）本を私の頭の上に落とした」とブルは言う。「そいつが強硬な遂行か?」「ああ」と奴はまたもやグイとブルの鼻を抓《つま》みながら言う。「ならば」とブルはギャロウェイ小馬に手綱を預けながら耳打ちする。「お前と私きりトボトボ、このまま先へ行った方が好さそうだ。世の中渡って行くにそれしかまっとうなやり口がないというなら」かくてスゴスゴ立ち去った。

折々、学会はマンネリ防止に、会話の形なる手に訴えよう。以下の如く――これら事例を通し、彼らは本年四月号の編纂に取り組むのではあるまいか。

ブルと高位の人物との間の会話

高官　だから、ブル、調子は?

ブル　これはこれは、閣下、お蔭様で――まずまず恙無う。

高官　確乎たる、揺るぎない、映えある平和のためには何よりと、えっ、ブル?

ブル　はむふ!

高官　おや、おぬし何たる意地悪じじいだことよ、ブル! 平和をシブるというか?

ブル　これはこれは、閣下、よもや。ですが（閣下の御免蒙って）如何様にすれば平和を最も上手く維持出来るかと考えておりました。

高官　その点は心配無用。偉大な常備軍があり、偉大な海軍があり、おぬしの縁者・友人には双方における悪しき、如何わしき、お粗末極まりなき地位に存分就かせてやろう。

ブル　立派な地位については如何なさるおつもりと?

高官　はむふ!　（声を立てて笑いながら。）

ブル　誠に申し訳ありませんが、一言よろしいでしょうか?

高官　ならば、グズグズするでない、ブル。してクダクダしく。退屈なのは願い下げだ。

ブル　ありがたきお許しを賜り、閣下、誠に忝う。陸軍と海軍は、無論、いずれも必要でありましょう。がわたくしは（憚りながら）我が善き馴染みにして同盟者フランス人は大きな部隊同士協力して行動を取り、武器の使用にも馴れていると考えておりました。

高官　（眉を顰めながら）軍事国家。我が国では一切罷り成らぬ、ブル。我が国では一切罷り成らぬ!

ブル　忝き閣下の御免蒙って、輝かしき御前にて衷心より二言三言述べさせて頂けば、この特徴は我が馴染みフランス人に特有というよりむしろ、ヨーロッパの全国民に多かれ少なかれ具わっていようかと。片や、英国人だけが自らを、して妻子や祖国を、守るべく連携する力において全く鍛えられていないという特徴を有しています。鷹揚な閣下のこと、わたくしが然に申し上げても御寛恕賜りましょうか、閣下はこの数年というもの古き英国魂の意気を挫き、英国の手より武器を奪ってしまっておいでだと？　閣下の禁猟区と政見が原因で――

高官　（口をさしはさみながら）やっ、いやはや、ブル、もううんざりだ。とっとと切り上げげんか。

ブル　では御高配賜って、直ちに締め括らせて頂きとう。これを閣下への約しき本務と心得、申し上げようと致していた所です――もしやこの「平和」の機を捉え、閣下の同国人を今少し信じ――彼らの愛国心と君主への忠誠により大きな信頼を寄せ――百姓《ペザント》のことをもう少々慮り、雉子《フェザント》のことをもう少々慮らぬが大らかな御心に適うようなら、して畏れ多くも我らが市井の土くれに其を帝国全体のための塁壁たらしめ、英国人をせめてフランス人や、ピエモンテ人や、ドイツ人や、アメリカ人や、スイス人と肩を並べさすほど兵士じみた形《なり》に象られるようハッパをかけ賜ふようなら、閣下はその点において恰も好し、大いなる善を施されましょう。がさなくば「死に神」ほどにも確実に（などという人を皆等しゅうする文言をお許し下さるようなら）終には同じ善行を手遅れになって初めて慌ただしく施そうとなさるが落ちかと。

高官　（欠伸をしながら）どうか下がらんか、ブル。これは過激だの何だのので、もうたくさんだ。

ブル　長らく御清聴賜り誠に忝う存じます。（かくて、晴れがましくも丁重かつ辛抱強く迎えられたことをいたく誇らかに感じている証拠、深々とお辞儀をしながら御前を辞す。）

では最後に、必ずやこれら提案が世に出てほどなく任命されよう、四十名の編纂者よりなる学識豊かな委員会の手引きとし、もう一例紹介することにて本稿を締め括りたい。当該例はブル夫人に登場願い、かくて夫人に如何に折々ブル氏の就中際立った取り柄を引き出す夫婦ならではの目的の下《もと》、慎ましやかに『国民笑話集』に華を添えて頂けようことか示して余りあるというので肝要だ。

例。

ブル夫人と髪巻き紙

ブルは、この同じ四月に、いきなりフランスへ旅をしようとのムラっ気を起こす。よってまずは旅行案内書を買うべく、ピカデリーはアルバマール通りの正直者のマレー（ガイドブック専門の出版社（一八二〇年創業））の倉庫へと足を運んでおいてから、出立し、パリとボルドー双方へ名にし負う乗合い馬車《ディリジェンス》（ノロさを皮肉って名付けられた「高速」馬車）にて向かう。突如、してブル夫人がてっきり御亭主、水など一滴も飲まず、ワイン特産の地に滞在しているものと思い込んでいる折しも、見よ、ブル氏が新聞を山ほど積んだ大荷馬車に傅かれたなり、ロンドンの自宅に舞い戻って来るではないか！　ブル夫人は然にどっさり、しかも外つ国の、新聞を目の当たりにびっくり仰天しながら、御亭主に吹っかける。どうしてこんなにとっとと、しかもくだんの積荷ごとお帰り遊ばしたの？　ブルの返して曰く。「こいつらお前の頭のための髪巻き紙さ、お前」ブル夫人は物申す。一生かかったってこの百分の一も使えやしない。「ともかく」とブルの宣はく。「どこか奥の物置きにでも片づけてくれ、お前。わたしは恥ずかしくてならんのさ」「恥ずかしくてならない！」と夫人は素っ頓狂な声を上げる。「ああ」とブルは突っ返す。「でこういう理由《わけ》ありで。フランスにいる隙に、お前、どうやら輸入ワインの関税がらみで代表団が本国政府に伺候したらしい*。してフランスの新聞が代表団のもって迎えられた軽口と、その発言において悉くお門違いな政府の無知にそれは胆をつぶしたものだから（連中の内いっとう通じた者ですら、とある計算において、一七五〇パーセントなどという数を割り出す始末）、こいつら、そこいら中に出回ってな。わたしゃ恥ずかしくて、手当たり次第に買い占めて来たのさ！」

『国民笑話集』出版の小生の目論見は今や大衆の眼前にある。掉尾を飾るに、後はただこう述べれば事足りよう——もしや『笑話集』購入の強制からもたらされる歳入のお蔭で、我らが聡明な政府が所得税を徴収せずとも済むようなら、一般庶民はシメたもの。何せ新たな賦課税は連中に何か身銭を切った分だけ如実に示す、花も実もある代物を提供しようから。

第八十九稿　鉄道夢幻

『ハウスホールド・ワーズ』誌（一八五六年五月十日付）

小生が前回、フランスとイングランドとの間の風の吹き荒ぶ泥濘った路上で過ごした幾時間もは差し引き、一冬中フランスにいたのはいつだったか？　初めてバルコニーから眺めた際、くだんのシャンゼリゼの木々が黄色く、葉も疎らたりしものを、最後にとある美しい五月の朝《あした》眺めれば、明るく、嫋やかな緑だったのはどの秋と春か？

判然とせぬ。一度《ひとたび》汽車に揺られると、時も場所も一向定かでなくなる。読むことも、考えることも、寝ることも叶はぬ――ただ夢を見ることしか叶はぬ。贅沢な戸惑いの内にガタゴト、この鉄道車両で突っ切りながら、自分はどこかから来て、他のどこかへ行っているのは当然のこととする。それ以上知りたいとは思わぬ。なぜあれやこれやは頭の中へ飛び込み、またもや出て行くのか、どこからやって来て、なぜやって来るのか、どこへ行き、なぜ行くのか、智恵を回すなど土台叶はぬ相談。そいつは車掌の要件やもしれぬし、鉄道会社のそれやもしれぬ。小生自身の要件でないのだけは確かだが。小生は己自身がらみではさっぱりだ――こと一件にかけては、今しも月からお越しになっている所やもしれぬ。

もしや今しも月からお越しになっている所だとすれば、月の住人は戸外で腰を降ろすには何と尋常ならざる連中に違いないことよ！　小生は連中がちらとでも日光が射すや否や公道の椅子から真っ白な霜を払い、いざ気散じに耽るべく腰を降ろすのを目の当たりにして来た。連中が丸二日というもの降り頻った雨が漸う上がってものの二分経つか経たぬか、泥水のど真ん中に椅子を引っぱり出し、四方山話に花を咲かすのを。顎鬚が今にも東風に吹き飛ばされそうだというに、のん気に道端の鉄の寝椅子にもたれかかっているのを。黒々とした霧雨と泥濘《ぬかるみ》から、頭上にはずぶ濡れの帆布の日除け、足許にはほんの一握りの砂しか身を守るもののなきまま、一晩中プカプカ紫煙をくゆらせては汲み立てのビールをすすっているのを。して月生まれの赤子は。いはやは、何たる仰天物《もの》の種族たることよ、月生まれの赤子の！　これら無辜児《むこじ》の内七十一名までがヘロデ（幼子キリストを殺害するためベツレヘムの二歳以下の嬰児の皆殺しを命じたユダヤの王）をとて得心させていたろう荒天の下《もと》「月の喫茶店《カフェ・ドゥ・ラ・リューン》」の表で乳母と椅子ごと日がな一日過ごしているのを数えて来た。くだんの界隈にて一時《いちどき》に内三十九名が雨傘の下《もと》自然の滋養の御相伴に与っている所をこの目で拝まして頂いて来た。内二十三名が深さ三インチの泥の中で縄飛びに打ち興じている所を目にして来た。齢三歳にして、月生まれの赤子は大人になる。その時までには珈琲店に入り浸り、ことトリュフにかけてはうんざり来ている。ディナーを六時に認《したた》める。スープ、魚、アントレ（魚と肉の間に出る料理）二皿、野菜、冷製料理、パテ・ド・フォアグラ、ローストビーフ、サラダ、デザート、桃の砂糖煮一箇かそこらが（たまさか食欲をそそるに、サーディン、ラディッシュ、リヨン・ソーセージごと）粗食を成す。十一時にマデイラ・ソース添えの軽目のビーフステーキ、シャンパン浸しの腎臓、仔牛の胸腺少々、フライド・ポテト一皿、健やかなボルドー・ワイン一、二杯で朝食を取る。小生は大人びたボネットとフープ・スカート姿の齢五つの適齢期の少女がレストランにて愛嬌好しの両親と共に他の如何なる国の子供をであれ一度こっきりの物は試しで一家の葬儀屋へ委ねること請け合いのコーヒーを締め括りに飲んでいるのを目にしたことがある。いつぞや気の置けぬパーティーの食事の席で、月生まれの赤子の隣に座ったことがあるが、赤子は氷菓と果物の外《ほか》に九皿もの馳走をあれこれ食べ、ソースで妙に頭に血が上ったか、何かと言えば絵に画いたような凱旋の物腰にて頭のグルリでスプーンを振り回していた。

月の住人の取引所は往時、奇しき見物《みもの》であった。ありとあらゆる身分と階層の月の住人は当時（とはそいつがいつであれ）この上もなく狂おしき物腰で博奕を打っていた——そのありとあらゆる博奕のネタへ及ぶ影響と、全階級の直中なる狂乱の蔓延において、ほとんど類例を想起し得ぬ物腰で。月の住人の証券取引所の上り段は毎日、血気に逸り、正気の失せた黒山のような人集りで溢れ返り、その面《つら》からして街が丸ごと破れかぶれの博奕に血道を上げていること一目瞭然のからには、こちらは思わず啞然として立ち竦んだものだ。月の住人の新聞にて、いつ如何なる日であれ、如何に是々の赤帽が「証券取引所で大枚スッた」からというので然々の屋敷から飛び出しざま川に身を投げたかとか、如何に是々の男がほんの証券取引所にてヤマを張る元手が欲しいばっかりに別の然々の男の金をふんだくったかといった記事を目にしようと一向驚かなかった。月の住人の大いなる天下の本街道では毎日、星の数ほどの人間がサラブレッドの手綱を取り、星の数ほどの人間が真っ紅なヴェルヴェットに裏打ちされ、白い明《みよう》礬鞣革《ばんなめしがわ》の引き具をつけた艶やかな馬車で行き交った。連中は一人残らずポケットにトランプと数取り《カウンター》を突っ込み、一人残らずサラブレッドに紙の餌を食わせ、奴らを遊戯盤《ボード》なる廐に住まわせ、豪勢な暮らしを猛スピードにしてこれ見よがしなまでに派手派手しく送り、どいつもこいつもトランプが切り混ぜられ、手札がグルグル回され続ける限りは羽振りの好い分、金遣いが荒かった。

同じ場所で、ほぼ毎日、小生は興味深い光景を目にした。とある窓辺の愛らしい幼子が必ずや、緑と金の仕着せの前駆《ぜんく》に護衛された幌型馬車の陣列に向かって手を振り、歓声を上げる。が誰一人として幼子の歓呼に谺する者はない。馬車の中なる時折の敬意、徒《かち》なる時折の興味、外国人からの時折のお追従、ならばくだんの場所にて、くだんの関連で目に留めた。が四本の揺るぎない無関心の大きな奔流が上《のぼ》っては下《くだ》るのを必ずや目の当たりにし、六か月間で一度たり幼子の真の救助に乗り出す手一つ目にしなければ、声一つ耳にしなかった。

小生はかつて孤独な少年たりしが、今や孤独な男ではない。がそいつは遠い昔のこと。月の住人の首都は、されど、孤独な男が住まうに打ってつけの場所だ。小生は物は試しに、わざわざそのため自らに孤独な自由を課した。して時にはむしろ連れも子供もない風を装い、胸中、果たして事実そうなら、交わしたくもない約束をいじけた具合に交わす絶え間なき恐怖の下《もと》に日々を送る代わり、何者かディナーに連れ出してくれたら渡りに船とばかり飛びつくものか否か訝しむ。故に、孤独な男として幾多の月の住人のレストランに足を運んで来た。客は小生をくだんの手合いの不運な男と見なす。大御脚の、正しい脚が正しい場所についぞ御座らぬからにはえらく利かん気たる二人の小さな少年と共に隣のテーブルに着いている父親めいた人物は当初、嫉ましげな眼差しで小生を見ていた。チビ助共が不作法にもセルツァ炭酸水のボトルで膨れ上がった際には、くだんの月の住人の額に狼狽と社交上の恥辱が見て取れた。小生は片や、自らの擬いの優越を無言の内にも申し立てつつ、爪楊枝をふんぞり返って使っていた。がそれでいて、如何にくだんの家庭的な月の住人が長い目で見れば小生をギャフンと言わせて下さったことか目にするはまんざらでもない。小生はついぞ肉とワインに舌鼓を打ちながら、男ほど真っ紅に顔を火照り上がらせたためしはない。ついぞ男ほど己《おの》が馳走に舌鼓を打ったためしはない。ついぞチビ助共の大御脚を忘れたためしはない。片やくだんの月の住人の魂より連中、スタスタ忘却の彼方へと立ち去ったが。して挙句、ディナーの円熟の効験灼なるかな、くだんのチビ助共が（恐らくは隣の隣の芝屋へ連れてってておくれよと）くだんの月の住人のチョッキを二人して引っ張った際には、男にくれられた一瞥の下《もと》竦み上がる。御逸品、英国家庭喜劇に登場する正直者の百姓諸共、然に口ほどにモノを言って下さるものだから。「ええい、チクショー、大地主のだんな、だんなにゃこいつがおできかよ！」（括弧付きにて、因みに、説明させて頂けば、正直者の百姓にはできて、大地主のだんなにはお手上げの「こいつ」とは胸に手をあてがうことなり——とは実生活における小生の体験とは裏腹の結果たるに。というのもそこにてはペテン師こそが必ずや胸に手をあてがえ、しかも正直者より遙かにしょっちゅう、遙かに上手く、あてがうものと相場は決まっているからだ。）

孤独な役所《やくどころ》にて小生は食事を認《したた》め、勘定を払った後《のち》——月の住人の首都にて我々はいつも勘定のことを「おまけ」と呼んでいたが——かようの気散じ専門のどこか別箇の店でコーヒーを飲みながら紫煙をくゆらすべく、表へ出る。して他の幾多の気楽で典雅な習いにおける如く、かようの気散じにつきものの習いにおいても、月の住人は我々自身の間で右に倣うに持って来いだ。もしや格別気難しくなければ、小生はついぞさして遠くまで足を伸ばす要はない——せいぜい十軒かそこらほどしか。ディナーからフラリと、これら溜まり場の一軒に行き当たりばったりに立ち寄った際、胸中にとある春の夕べが彷彿とする。店の立っている目抜き通りはロンドンのサマセット・ハウス（第八十稿四六八頁参照）に間近いストランド街よりまだせせこましく、屋敷はくだんの場所で目に留まるそいつらといい対小さく、貧相で、気候は（英国の気候はどうやら使い勝手のいい「贖罪の山羊（『レビ記』一六：七—二二）」と思しく）ここ何か月もストランド街の気候につゆ劣らず冷たく、ジメつき、やたらやたらしょっちゅう、どっこいどっこいどんよりしていた。小生の立ち寄った店はそこに一冬中、ちょうど折しも立っているように立っていた。言うなれば正面をそっくり引っ剝がしたストランド店、といった態だろうか。店内は砂が敷かれ、壁には愛らしい彩色が施されたり、艶やかな紙が張られ、鏡やガス灯のためのガラス製シャンデリアが彩を添え、小さな石の丸テーブルと、深紅の床几と、深紅の長椅子が設えられていた。して台座に据えられた二つの優美な花籠のお蔭で（週に三と四ペンスの身銭を切った分だけ）すこぶる雅やかな雰囲気が漂っていた。ストランド街の奥の間《ま》に当たる、内側の一段高くなった床は、紫煙の濛々と立ち籠めぬ大気の中にて新聞を読んだりドミノに興じたかろう客のためにガラスで仕切られている。そこにて、小ぢんまりとした小さな高座に掛けているのは「勘定台の女将」で、角砂糖と小さなポンチの深鉢にグルリを取り囲まれたなり、せっせと針を運んでいる。女将宛、小生は帽子を浮かす。女将は忝くも会釈を賜る。女将の脇から人好きのする給仕が出て来る——どこからどこまで小ざっぱりとし、キビキビとした、よく気の回る、堅気な。まめに気を配ってくれるが、端《はな》から熨斗をつけて返してもらえるものと思っている。奴相手に嵩にかかるは土台叶はぬ相談——さりとて物足らぬ訳ではない。固より嵩にかかりたいなどこれっぽっち思っていないからには。給仕は小生の注文に応じ、コーヒーと葉巻を、自らの発意で、小さなブランデーのデキャンターと酒盃を、持って来る。葉巻に火をつけると、どうぞごゆっくりとばかり、引き下がる。店の正面の取っ払われた箇所は陽気な舞台開口部《プロセニアム》を成し、小生が腰を掛けたなり紫煙をくゆらせていると、街路は舞台と化し、活きのいい役者が引きも切らず行き交う。子連れの女、荷馬車と乗合馬車、騎馬の男、兵士、バケツを提げた水運搬人、家族連れ、またぞろ兵士、手持ち無沙汰な洒落者、またぞろ家族連れ（芝居に少々遅れそうだというので、真っ紅に火照り上がったなり行き過ぎる）、新しい建物に仕事を打っちゃらかし、道すがら互いにふざけ合っている石工、恋人同士、またぞろ兵士、顧客の所へ平らな箱を届ける途中のめっぽう小ざっぱりとした若い女店員、真っ紅なヴェルヴェットの祠《ほこら》もどきに入れた飲み物を背負《しょ》い、チョッキからジャラジャラ、大コップを吊る下げたソーダ売り、小僧、犬、またぞろ兵士、私生活のイカしたシャツと黄色い仔山羊革手袋の出立ちにてサーカス小屋へ漫ろ向かっている騎馬の男、家族連れ、背《せな》に籠を負い、手にはそいつを一杯にする鉤棹を握ったゴミ拾い、またぞろ小ざっぱりとした若い女店員、またぞろ兵士。ガス灯が街路でパッと跳ね上がり始め、さらば小生の活きの好い給仕は我々のガス灯に火をつけ、小生を偶像よろしく、キラびやかな社《やしろ》に祀って下さる。家族連れが入って来る——父親と母親と小さな子供の。猪頸の老婆が二人、入って来る。御両人、まず間違いなく余った砂糖をちゃっかりクスねよう。とならば店は能ふ限りちびとしか旨い汁は吸えまい。しごくありきたりの作業着の人足が入って来るなり、ビールの小瓶を注文し、パイプに火をつける。我々は皆、退屈凌ぎの御愛嬌、街路を行き交う人や馬車を眺めて座り、街路を行き交う人や馬車も退屈凌ぎの御愛嬌、我々を眺める。小生にとっても、家族連れにとっても、二人の老婆にとっても、人足にとっても、悍しき土牢もどきでむっつり塞ぎ込み、孤独な場所で腹のムシの居所が悪くなったり疑り深くなったりするより、ありとあらゆる階層の市民生活と大いに親交を暖める方が、蓋し、増しというもの！小生は終生くだんの連中の誰にも一言たり話しかけぬやもしれぬし、彼らも小生に一言たり。が我々は皆気さくにしてざっくばらんに悦びを分かち合う――自らを柵で締め出しも、せせこましい場所に封じ込めもせず。我々は互いの配慮と斟酌の習いを形成しつつあり、当該カフェの仕来りは（そこなる持て成しと愉しみに小生は一〇ペンス叩くが）、巨人に人込みにあって己自身の持ち場に就くよう求め、断じて小人の持ち場を占めることを許さぬ、して如何ほど凡俗の輩であれ、侯爵がオペラ劇場にて一晩中己《おの》が一階前方一等席に着いていられようこと疑うべくもない如く、己《おの》がいっとうありきたりの席を占めていられようこと疑うべくもなき文明的な体制の端くれにすぎぬ。

月の住人の間には改善の余地あるやもしれぬものが少なからずあれば、我々を手本としても損はなかろうものも少なからずある。にもかかわらず連中、如何に「公園」を造り、管理すれば好いか――御逸品、我々こそ精通していると鼻にかける習いにあるが――如何に我らが装飾的な街路を日に十度となくタワシや、スポンジや、石鹸や、晒し粉でめかし込ませば好いか、御教示賜れよう。こと屋内の優美の問題にかけては、小生自身の住まいを、絶え間なき泥炭の影響下にあってなお、イングランドでいっとう安価な典型的下宿屋と張り合わさせたくはなかったろう。してこの十余年というもの幾度となく目の当たりにして来たとある奇しき光景は、月の住人の首都にてはロンドンにおけるほど見事に手筈が整えられているように思えぬ――たとい我らが検屍官は連中の恐るべき裁判を小さな居酒屋にて催そうと。是ぞ大英帝国政体の干《かん》城《じょう》の一端なりと耳にする覚悟は無論、出来ているし、一端に違いないと予め知っている習いなれど。

折しも念頭にあるのは月の住人の「モルグ」――即ち、身元不明のまま縡切れている所を発見された人々皆の骸《むくろ》がともかく足を運んで一目拝まして頂かんとす誰しもによって目にされるべく安置されている死体公示所――である。世界中の誰しもこの習いのことは知っていようし、世界中の誰しも恐らく、死体は恰もホルバイン（連作木版画『死の舞踏』（一五二三―六）で知られるドイツの画家。後にヘンリー八世の宮廷画家）ならば「死に神」がその陰険な「舞踏」において店を構え、リージェント・ストリートか並木遊歩道《ブルヴァール》（第八十七稿五二七頁参照）の切れ地商の要領で商い種を陳列している様を描こう如く、大きなガラス窓の内側の斜面に横たえられていることは知っていよう。が世界中の誰しも小生が時にたまたま目に留める手立てに恵まれるように、その場のたまさかの特徴の某かに目を留める手立てに恵まれて来た訳ではなかろう。番人はどうやら鳥好きと思しい。晴れた日和ならば、奴の小さな窓の外には必ずや鳥籠が吊る下げられ、中で何かが、ちょうど太古の昔、人間が未だこの地上で死んだためしのない時分に囀っていた如く囀っている。その箇所は午前中は日当たりが好く、小さな空地がある上、間近に野菜・果物市場があり、ノートルダム大聖堂への道まで戸口を過っているとあって、大道芸人にとって願ったり叶ったりの場所だ。故に、小生はしょっちゅうそこにて曲芸師が勢い余って入口にまで後退りかねぬほど懸命にナイフや藁稭のバランスを鼻の上で取っている所に出会して来た。博学のフクロウがやんややんやの喝采を浴びているのが耳に留まったこともあれば、一度など芸達者な犬が待ち時間の暇に飽かせて、真っ紅なジャケット姿のまま側《そば》へやって来るなり、小生が独りきり、内一人はこめかみに銃弾の貫通した、五体の骸《むくろ》を眺めていると、ひょいと中を覗き込んだこともある。たまたま、別の折、男前の若造が窓の中央の正面に寝かされ、背《せな》からどっと人波が押し寄せて来るものだから、抜け出そうにもおよそ一筋縄では行かなかった。右肩の男に場所を譲ると、男はスルリと小生の立っていた所へ潜り込んだ。が然に一心に骸《むくろ》に目を凝らしているせいで、持ち場が変わったのにも気づいていないようだった。小生はついぞ男の面立ちに浮かんでいるそれよりあからさまな表情を、と言おうか小生の記憶に然までしかと刻まれた表情を、目にしたためしがない。男は年の頃二十二、三の人相の悪い奴で、口に押し当てているクラヴァットの薄汚い端に左手をあてがい、右手で胸許を探っていた。小首を傾げ、じっと、食い入るように骸《むくろ》に目を凝らしながら。「そら、もしかあの横れんぼのニヤけの若造のド頭に後ろから手斧でガツンとくれてやるにせよ、夜闇に紛れて川に突き落としてやるにせよ、どのみち似たり寄ったりの面《つら》を下げることにはなろうな！」男はそう、然まできっぱり口にすることは叶はなかったろう――小生は常々、男はかくて立ち去るや、事実くだんの手に出たものと得心している。

当該公示所で人々を目にするは何と奇しきかな。その日のディナーの買出しへ行く途中か、そいつからの帰りがけに、籠を手にフラリと立ち寄る陽気な上さん、狙いを定めた小指で武装したチビ助、若い娘、ウロつき屋の小僧、仕事かズルけか何やかやの仲間。百度の内九十九度まで、お出ましになる顔また顔を覗き込みながら今にも敷居を跨ごうとする誰一人、ともかく連中の表情から、光景の質《たち》にこれきり目星をつけられる者はいまい。小生はこれまでそいつらを具に観察して来た。よって然に断言する謂れの無きにしも有らず。

が、小生はついぞ、いつぞやそこへ入って行き、番人が死体の直中を歩き回っているのに気づいた際に覚えたほど奇しき感懐をこの憂はしき公示所より味わったためしはない。後にも先にもついぞ血の通った人間が骸《むくろ》に紛れている所を目にしたためしがなく、男が死んで硬直した人間より遙かに凄まじく、身の毛もよだつように映ったせいで一驚を喫した。頭上からは鋭い光が射し、辺りにはひんやりとしてねっとりした様相が漂っている。して恐らく仰《のっ》けに男を目にした驚愕のせいであろう、骸《むくろ》がそっくり起き上がりかけている印象に見舞われたのは！　ほんの束の間の印象だったが、そいつが失せてもなお、男はそこにて凄まじくちぐはぐに映った。男のグルリを取り囲んでいるのは、小生がしょっちゅう目を留めて来た謎めいた本の書庫である。釘や鉤や棹からは身元不明のまま埋葬された死体の衣服がしばらく、掛かっている。ほとんどが水死体で見つかり、見る影もなく（土左衛門の常の習いで）膨れ上がった連中から剝ぎ取られたものだ。爪先がそっくり返り、砂や砂利のこびりついた、かくも由々しきブーツは他の如何なる衣裳の蒐集の中にても見当たるまい。依然絞り出された形を留めている、長く、ゾロンとしたかようの首巻きも、脚と腕の膨らんだ然にヌメった服も、杭や橋にぶち当たって拉《ひさ》げたかようの帽子も縁無し帽も、かように恐るべき襤褸も。何者の刺繍があの嗜み深きブラウスを彩り、何者があのシャツを縫った？　してそいつを着ていた男は？　男はいつぞや目下小生の佇んでいる如くこの窓辺に佇みながら首を捻ったろうか——これら臥床には如何なる眠り手が連れて来られるのだろうか、一体どこのどいつがそいつらに寝かされるものやらと首を捻る連中は己自身、ここに横たえられるべくお越しになったためしがあるのだろうか？

ロンドン！　どうか切符の御用意を、お客様方！　小生は馬車を拾わねばならぬ。勢いふと、何と連中は月の住人の首都にては庶民のために馬車を遙かに手際好く手配することか思い出す！　されど、そいつは「中央集権《セントラライゼーション》」の為せる業！　何者かがどこぞの教会祭服室のいっとうの高みより小生に向かって金切り声を上げる。ならば、貴殿、「中央集権《セントラライゼーション》」をありたがく頂戴しようでは。そいつは長たらしい言葉だが、有効な事柄を体現するというなら長たらしい言葉に一向文句はない。「繁文縟礼《サーカムロキューション》」は長たらしい言葉だが、無効を——万事における無効を、正式鹵簿馬車から小生の辻の一頭立てに至るまでの無効を——体現する。

第九十稿　殺人犯の挙動

『ハウスホールド・ワーズ』誌（一八五六年六月十四日付）

未だかつて中央刑事裁判所の被告席に立ったためしのないほど凶悪な犯罪人の先般の審理*の結果、かようの状況にはつきものお定まりの記事が巷に溢れ返ることとなった。一般庶民は来る日も来る日も、殺人犯の完璧な冷静沈着、徹した平静、深遠なる落ち着き、微動だにせぬ平常心に纏わる記事に触れている。中には殺人犯が時に訴訟手続きをむしろ愉快がってでもいるかのように捉える記者までいる始末だ。我々の目にする記事は全て、多かれ少なかれ、然に微に入り細にわたって審らかにされる挙動にはどこかしら讃嘆すべき所が、犯罪とは相容れぬ所が、あると仄めかす点では同断だ。

たとい故意でなかろうと、当該齟齬の不安な感覚を如何なる悟性へであれ忍び込ませ、然に悍しき悪漢に僅かなり英雄的資質を纏わしかねぬものは何であれ、公共の福利に禍をもたらさずばおくまい。よって以下、かようの振舞いには何ら特筆すべき所はなく、就中極悪非道の殺人犯の場合、必ずや待ち受け、当てにされて然るべきだということを明らかにしようと望めばこそ、敢えて疎ましい主題を再び取り上げさせて頂きたい。犯罪が凶悪であればあるほど、そいつはかくてとことんやってのけられるものと概ね相場は決まっていよう。

因みに、私見では、「自然の女神」は断じてマズい字を書かぬ。女神の筆跡は、人間の面付きにおいて読み取れるやもしれぬ如く、我々がともかくその判読に熟達してさえいれば、読み解くのに手こずることはまずなかろう。若干の比較考量は必要である。被告席の悪魔に目を向けることにおいて、男は血色が好いとか、そっくり返っているとか、ぶっきらぼうだとか、等々だ、故に殺人犯らしくない、これは全くもって驚きではないかと言ったとて始まらぬ。その審理がこれら発言を惹き起こす「毒殺犯」の人相と輪郭は男の所業と完全に合致し、男が胸中、溜め込み続けていた罪の意識は悉く男自身にくっきり烙印を捺していた。

では本稿の第一段落において読者諸兄に呈示した命題を、能ふ限り簡潔に、例証するとしよう。

「毒殺犯」の挙動は審理の下《もと》なる当人の冷静沈着故に――

ルージリでの毒殺事件。中央刑事裁判所におけるウィリアム・パーマーの審理
『イラストレイティッド・ロンドン・ニューズ』誌（一八五六年五月二十四日付）

最後の最後まで公言し、その感化の下《もと》、幽閉の様々な折に触れてまたもや自由の身となろう将来に抱いている計画を口にしていた、釈放に対す確信に近い期待故に――極めて特異と見なされた。

何者か、一件にものの五分でも智恵を回してなお、果たして可能と――我々は蓋然的と、と言っているのではなく可能と――想定し得るものか、この「毒殺犯」の胸に審理の日々、ともかく感受性の名残らしきものが、我々が感情と呼ぶ所の資質の惨めな成れの果てが、生き存えていたなど？　如何に深遠な、或いは単純な、男であれ信じ得るものか、かようの心にくだんの折に至ってなお「憐憫」が微塵なり残っていたなど？　死ぬことへの異議を、処刑されることへの格別な異議を、男は抱いていたに違いなく、相異なる極めて由々しき謂れにてくだんの異議が胸中、めっぽう強かたればこそ、男は――徹して落ち着き払っていた訳ではない。明らかに、徹して落ち着き払っていた訳ではない、どころか、めっぽう度を失っていた。ある時など、ひっきりなしに片方の手袋を嵌めては脱いでいた。またある時には、片手で絶えず顔を撫で回していた。して冷静沈着の証として就中引き合いに出される所作は――評決がいよよ、いよよ迫るにつれ、パラパラと疎らだったものを、驟雨さながら舞い始めた短いメモを絶え間なく書いては辺り構わず撒き散らす所作は――それ自体、惨めな狼狽の証に外ならぬ。この、如何なる下等動物とて同様の運命の危惧が身に迫れば覚えよう情動を措いて、かようの人非人から非情以外何が期待出来るというのか？　俺は馴染みの酒に毒を盛り、馴染みに臥床で毒を盛り、妻に毒を盛り、妻の思い出に毒を盛る。してこの期に及び、俺に感受性を当てにするだと？　俺は俺自身のためにせよそんな代物を働かせてはやれん。そんな代物のやり口などとうに忘れてしまった。そいつがどういうことかもさっぱりだ。この一件でオタついているザマを見ると、いじましい、ここにいるきさまらこそ不思議でならんだけだ。悪魔の名にかけて、おい、あの部屋係のメイドの証言を聞いたか*、娘の紅茶にこそ甘ったるい毒を盛ってやりたいものだが？　きさまら、娘が俺の馴染みがどれほど苦しみながら息を引き取ったかクダクダ申し立てるのを聞いたか？　きさまら知っているのか、毒に通じることこそ俺の稼業だったと、俺には一から十まで先が見えていたと、一から十まで計算尽くだったと、して奴のベッドの脇に立ったなり、その折蝶番の上でバタンバタン開いたり閉じたりしている恐るべき門越しに馴染みが墓所へ向から道すがら、助けを求めて俺の方へ向けられた面《つら》を見下ろした際も、後何時間で、何分で、今のその断末魔の苦しみがごっそり、必ずやお越しになるものか分かっていたと？　きさまら聞いていると、あれやこれや毒を盛った後で、俺は味方や敵や医者や葬儀屋やありとあらゆる手合いの連中相手に何食わぬ顔でシラを切らねばならなかった、してどいつ相手だって事実シラを切って来たと？　でびっくりするというのか、きさまら相手にそいつを切るからと言って？　何でいかん？　俺から何か外《ほか》のものを当てにするどんな筋合いや謂れがある？　びっくりするだと！　それを言うなら、今ここのきさまらの前で、俺がオタつくのを見たらびっくりするがいい。もしも俺が自分の面《つら》に露にさすような自然な人間らしい感情を持ち併せているとしたら、俺が処方して投与したあいつら毒薬がそもそも俺の手づから呷られていたなどと思えるのか？　ああ、きさまら、俺のこの被告席での挙動は俺の犯罪のしごく当たり前の相方で、もしもそいつが今のまんまとこれっぽっち違っているようなら、俺がマジでそいつらやってのけたかどうか眉にツバしてかかり出す方がよっぽどか物の道理に適っていような！

「毒殺犯」は釈放されるものと、確信に近い期待を抱いていた。男は事実抱いているよりなお大きな期待を抱いている風を装っていたことにほとんど疑いの余地がないに劣らず、男が真実生半ならずそいつを当てにしていたことに疑いの余地はない。ではまずもって、男がむしろ楽観的だったとは驚くべきことか否か考えてみたい。男は入念に立てた計画に応じて贅を毒殺していた。邪魔者は全て墓の中へ葬り去っていた。人を危め、捏造し、がそれでいていいヤツで博奕好き、との面目を保っていた。検屍官をツーカーの馴染みに、宿駅長を使い勝手のいい裏切り者に、仕立て上げていた。己の審理のために特別国会制定法まで通過させた*、大いなる公人だった。株式取引所の大立て者は大差で奴に勝ち目があると見込んでいた。して挙句、ここなる当代切っての弁護士と来ては奴のためにいきなりワッと泣き出し、陪審員に向かって三《み》度《たび》「よくも、よくも、よくも!」と叫んだと思いきや、奴の無実を信じている旨申し立てるべく走路からきれいに飛び出してしまうとは。以上全てにハッパをかけられ、人類を悪党と阿呆とに分ける奴自身のダービー競馬日《けいばび》分割に飽くまで則り、そこへもって毒殺のやり口における「毒」の証拠の取り囲まれた困難と謎を心密かに知らぬでなし、もしや奴がまんまと逃げ果す何らかの目算にカツを入れられていないとすらばそれこそ妙というものだったろう。が、何故《なにゆえ》事実抱いているよりなお大きな釈放の望みを持っている風を装わねばならぬ? 何とならば、くだんの窮地につきものたるに、そいつに追い込まれた破落戸なるもの必ずや己自身、釈放の強い期待を抱いていると公言するのみならず、周囲の者皆をそいつに気触れさそうとせずばおれぬからだ。くだんの手立てにて無実の印象を広めているとの(強ち根拠のない訳でもなき)手の込んだ空想に憑かれているのみならず、己《おの》がせせこましい世界にて己自身を当該虚構で取り囲めば、当座、牢は淡いバラ色に染まった大気で包まれ、絞首刑台はより心地好い彼方へと押しやられる。故に、将来のための計画は練られた側《そば》から看守に好もしくもざっくばらんに打ち明けられ、疑念のない心意気で語り合われることとなる。自然死の迫っている男や女ですらかっきり同じ原理に則り、周囲の者と絶えずおしゃべりに花を咲かす。

或いは、この「毒殺犯」の挙動を同じ苦境なる他の全ての凶悪にして筋金入りの犯罪人の挙動と同じ様相に帰着させようとの我々の試みには何やらいささか手の込んだ所があると、類例の方が議論より説得力があろうとの異が唱えられるやもしれぬ。類例ならば難なく見つけられようし、前科において劣らず悪辣な犯罪人を見つけるというほとんど克服し難き困難をさておけば、類例ならば数知れず見つけられよう。こうした所見を、しかしながら、とうに一般の記憶より消え失せた、或いはついぞ広く知られる所とならなかった、事例への参照によって紛糾させせたのでは議論を徒に煩わしくさすが落ちだ。よって名立たる事例に限定するとしよう。我々はラッシュが審理されて以来、奴の挙動が忘れ去られるほど長らく経っていようかなどとすら問うまい。英国中で最もしかと記憶に留められた殺人犯の一人として法廷へ召喚したいのは、外ならぬサーテル*である。

サーテルの犯罪の状況は「毒殺犯」のそれとは残虐さの点において比較すべくもないとの相違はあるものの、二人の間には紛うことなき類似点がある。いずれもかなりの身の上に生まれ、相応の教育を受けた。いずれも昵懇の仲にあり、殺害当時も友情を公言していた男を殺害した。二人共、競馬博徒にして如何様渡世の輩なるかの人間のクズの端くれであり、連中の一つならざる奇特な見本が双方の審理において呈示され、連中に、一共同体とし、人類はもしや十把一絡げにこれきりガツンと鉄鎚を下してやれるものなら、いい厄介払いになろうものを。サーテルの挙動は「毒殺犯」のそれと寸分違《たが》わなかった。一件に関す予備知識の補助とし、当時の新聞に当たってみたが、記事からは我々の申し立てている素朴な事実の完璧な確証が得られよう。審理の前の幽閉の間《かん》、来る日も来る日もサーテルは「挙動において決然とし、落ち着き払っている」と、「物言いにおいてはむしろ穏やかでなだめすかしがちだ」と、「馴染みが面会に訪うと、陽気に迎える」と、「相変わらず毅然とし、動じた所がない」と、「命運を決す日が近づくにつれ自信を深めている」と、「審理の願はしい結果をいつもながら自信たっぷりに語る」と、報じられている。審理の場で、彼は「わけても体調が好く、健やかそうだ」。注意と沈着は「毒殺犯」のそれに劣らず瞠目的と見なされている。「毒殺犯」同様メモを取る。同じ冷めた目で審理を見守る。「例の、逮捕の刹那から顕著な毅然たる態度を保って」いる。して「間近の机の上の書類を丹念に選り分ける」。男は（この点においては独特たるに）自らの弁士にして、概して「毒殺犯」の首席弁護士のそれに似ていなくもない、エドマンド・キーン（俳優（一七八七―一八三三））の物腰で一席ぶち、己自身の無実がらみでかく締め括る。「故に神よ、我を救い賜え！」審理を前にして「毒殺犯」は言う。来《きた》るダービー競馬には足を運ぶつもりだと。審理を前にしてサーテルは言う。「釈放されたら親父の所へ行き、俺に譲るはずの遺産の前渡しを申し込むつもりだ。海の向こうで暮らすのにな」（然にマニング氏（第四十三稿注（一九五）参照）も同様の状況の下《もと》、宣っていた。この茶番がそっくり終わり、一件に片がついたら、西インド諸島に腰を据えようかとも思っているのさ。）審理が依然もう一両日続きそうな時、「毒殺犯」は半ポンドのステーキと紅茶に舌鼓を打ち、いっとうの馴染み達も自分と同じくらいぐっすり眠られれば好いが、自分は墓を「臥床ほどにも」（幼子のための『晩禱』参照）怖れていないとうそぶく。審理が依然もう一両日続きそうな時、サーテルはコールドミートと、紅茶と、コーヒーを認《したた》め、「のんびり愉快な時を過ごす」。処刑の朝《あした》にもやはり「毒殺犯」のそれに劣らず無垢な眠りから覚め、昨夜《ゆうべ》はぐっすり寝られたと、「この一件がらみ」ではこれっぽっち夢を見なかったと啖呵を切る。果たしてこと「すこぶる健やかで快適な気分」にかけて、こと「しっかとした足取りとことん落ち着き払った風情」にかけて、こと「振舞い全般の男らしさと礼儀正しさ」にかけて、こと「状況の由々しさにもつゆ動じぬ表情」にかけて――絞首刑台から「気さくながらも威厳に満ちた物腰で」馴染みに会釈する点にかけて、とまでは行かずとも――相似は徹頭徹尾通用しようか否か、読者諸兄は我々にも見極めのつこう折、自ら見極めをつけられよう。

　かようの見てくれを綿密に分析する習いになく、それらに纏わる記事に触れる習いにしかない人々は蓋し、最悪の事例においてそいつらは最も至極当然のこととして予期され、これきり驚くには値せぬとの知識にそろそろ与っても好さそうだ。くだんの見てくれに矛盾はいささかも、剛毅はいささかも、ないとの。残忍と非情を措いて何一つないとの。男が自らの犯罪と終始一貫していればこそ、そいつらは目に留まるとの。仮に公的にその責めを負う立場にあることにおいて、人目に晒すべき当該挙動を有さねば、固より、自ら禍を蒙ることになる罪を犯せてはいなかったろうとの。

第九十一稿　ノーボディ、サムボディ、エヴリボディ*

『ハウスホールド・ワーズ』誌（一八五六年八月三十日付）

ノーボディの権力はイングランドにて然に強大になりつつあり、彼独りが遂行《コミッション》・怠慢《オミッション》双方の点で、然にその数あまたに上る手続きの責任を負い、然にどっさり申し開きをせねばならぬものがあり、然にひっきりなしに釈明を求められるものだから、ノーボディについて二言三言述べようと、時宜に適わぬ訳でもあるまい。

この瞠目的人物が先般の戦争（即ち、クリミア戦争）に如何なるクビを突っ込んだか、は惟みるだに仰天物《もの》だ。露営テントを置き去りにしたのは、軍用行李を置き去りにしたのは、およそ考え得る最悪の野営地を選んだのは、輸送手段を一切提供しなかったのは、馬を殺したのは、兵站部を麻痺させたのは、自ら精通していると公言し、独占した業務に一切精通していなかったのは、幾多のイギリス兵を殺戮したのは、奴である。かの名にし負う未焙煎のコーヒー豆を支給したのはノーボディだった。病院を筆舌に尽くし難いほど惨憺たる有り様にしたのはノーボディだった。バラクラーヴァ（第七十七稿注（四五二）参照）の港の凄絶な混乱を惹き起こしたのはノーボディだった。致命的なバラクラーヴァ騎兵隊突撃を命じたのすらノーボディだった。カーズ（第八十八稿注（五二四）参照）の見殺しはノーボディの仕業であり、ノーボディはくだんの不埒千万な所業のツケを、宜なるかな、こっぴどく払わされているという訳だ。

悟性がノーボディの一生の行路を計測するのはおよそお易い御用どころではない。当該驚異的人物に開かれている行動領域は日々然に広がっているものだから、エニボディの限られた能力も其を十全と把握するには脆弱すぎる。がそれでいてノーボディの摘発と処罰のためにわざわざ任命された先般の法廷の質《たち》は、くだんの人物の来歴の一端とし、瞬きだにせず概観されて然るべきやもしれぬ。*

中央刑事裁判所にて、違法行為の強い嫌疑の下《もと》にある人物が審理される場合、審理を仮借なき原理に則り行ない、同上を公平な手に委ねるのが（強い嫌疑が存在すると、事前調査によって判明していればなおさら）、習いである。未だ囚人の、或いは被告の、友人を招き、当人と共に居心地の好い、紅茶とマフィン流のやり口で一件をダシに花を咲かせ、仲良く、廃されし「鉄道王（ジョージ・ハドソン。第三十五稿注（一五二）参照）」ならば事態を「丸く」収めると呼んでいたものたらしめよう判決を下さすは、刑事法廷の、或いは民事法廷のすら、習いではなく——それらは、実の所サムボディを罰すために設置されている。というに、この二、三週間の内にノーボディが先般の戦争において言語道断の悲惨と損失をもたらしたと、道徳的に正気の誰しもにとって目下の計算の遙か埒外にある致命的結末に満ち満ちているとは一目瞭然の結果を惹き起こす上で厖大な罪を招いたと、証明された際、当該居心地の好い議事進行こそが事実、踏まれた手続きであった。閣下はひたすらノーボディの責任を立証するのに余念なく、さながら舞踏室へ罷り入ろう要領で法廷へ罷り入った。閣下の馴染みや信奉者は、さながら他方の集いにて閣下に阿り、媚び諂おう要領で法廷にて阿り、媚び諂った。閣下はふんぞり返り、下々の輩に対し高飛車な口を利いた。こと閣下が為したり言ったりすることに関せば何ら質問はなく、ノーボディがしてやったりとばかり、灸を据えられた。この世がこれまで目にした如何なる国家であれ敗北と恥辱に陥らせ、この世にこれまで存した如何なる頭《こうべ》とて打ち拉がすに足る無知と無能が、論駁の余地なきまでに証明された。が閣下は声を上げた。「ノーボディの目に其の降り懸からんことを！」して閣下の陪審名簿に載せられた合唱隊は声を上げた。「ノーボディ以外にペテン師はいない。ヤツに恥辱と譴責を！」

蓋し、これはノアの大洪水より然に長らく経ちながら、英国のような国で出来するにはいささか不可思議な状況ではなかろうか。蓋し、我々はこの神出鬼没のノーボディの居る所必ずや危害があり、必ずや危険があると、強ち的外れでもなく示唆されてはいまいか。というのも格別銘記されて然るべきことに、失敗が成し遂げられる所必ずや、ノーボディが身を潜めているからだ。成功とは、ヤツは縁もゆかりもない。そいつはエヴリボディの要件にして、ありとあらゆる手合いの有り得可からざる連中が必ずやそのどん底にて見出されよう。されど大英帝国・アイルランド連合王国の公的惨事は全て確実に、つゆ紛うことなく、ノーボディの仕業だとは本紀元の大いなる様相である。

我々はなるほど、ノーボディに模範的なまでに苛酷な制裁を加えて来た。一国民とし、如何なる職務や位階の権勢や尊大によっても惑わされるを潔しとせず、ノーボディに対しては世界中の称賛を掻き立てずばおかぬ公平かつ厳格な正義の精神で処して来た。小生は国外にて、不履行が証明され、悪事が働かれるや、我々が不履行者や悪人を追い詰め、処罰するその冷厳なサクソン魂によって他の国民に刻まれる印象を目の当たりする機会に一再ならず恵まれて来た。してここにて、自ら目にして来た幾多に基づく厳粛な信念を申し述べさせて頂けば、この三年以内の我々の恐るべき失敗と、ノーボディに対す報復の記憶はヨーロッパにおいて（のみならず恐らく、アジアやアフリカにても）この先幾々年もスペイン無敵艦隊の日々以来の我らが成功全てより鮮烈にして強烈たり続けよう。

民間の諸事においてもノーボディは劣らず忙しなく立ち回る。民間の事務所が倒産すれば、倒産は必ずやノーボディの管轄内にて出来する。当該定理に眉にツバしてかかる読者には是非とも次の倒産まで待ち（さして長らく待つ要はなかろうが）、一件がノーボディの管轄内でのことか否か、その目で確かめて頂きたい。この上もなく由々しき急送公文書が危急存亡の秋、海の向こうの国使の下《もと》へ届けられる。ノーボディはそいつに目を通す。英国臣民が外つ国の版図で侮辱を受ける。ノーボディは介入する。二、三千マイル離れた所にいる我らが律儀な臣民同士が国内の政治的、或いは商業的な情報を我々と交わしたいと願う。ノーボディは郵便に待ったをかける。政府は強大な資力や手段にもかかわらず、必ずや個人の企業に先を越され、叩きのめされる。これは我々誰しも知っている通り、ノーボディの責任だ。何かがいつの日か我々の国家的命取りになろう。一体どこのどいつに疑い得ようぞ、ノーボディに有罪の評決が下されようこと？

さて、目先を変えるためだけにせよ、少々サムボディを試してみるのも悪くないのでは？　ノーボディは彫像や、星形勲章とガーター勲章や、司令杖や、高位と税金のかからぬ恩給に取って置き、仮にサムボディを真実の仕事がらみで試してみてはどうだろう？　ばかりかヤツが休暇中に仕事をすると大仰に請け負っておきながら、いざ就業時間が来るとてんでそいつをやりこなすこと能はぬと判明するに及び、グウの音も出なくなるほどこっぴどい灸を据えてみては？

小生は、一英国人とし、一体サムボディにどこにいて欲しい？　至高の天にかけて、ヤツには至る所にいて欲しい！　小生は懶い地平線を隈なく見渡す。してサムボディには早「時は！」と叫んで声の嗄れている「真鍮の頭」が二度目の警告「時は！」に移りつつある間《ま》＊に仕事に精を出して欲しい。サムボディにはユピテルの雷《いかづち》もて強襲されねばならぬ悪事に対し、国会風一文《いちもん》爆竹を破裂させて欲しくない。サムボディには国会並びに倶楽部余興のために、して一人ならざる名士のお好み次第、浮かれた御老体の、放埓な御老体の、論争好きの御老体の、ハイカラな御老体の、極楽トンボの御老体の、年の割にイカした御老体の、役をこなして欲しくない。サムボディには要件のはぐらかしに、ではなく、そいつの遂行に巧みであって欲しい。前者の（予てよりノーボディの天分たる）資質において巧みであればあるほど、小生と小生の子供にとって、全ての男と彼らの子供にとって、イタダけまい。小生にお入り用なのは絵空事ではなく、腕のいい、律義な、ホゾの堅い職人たろうサムボディである。というのもくだんの地位における職能がそいつにつきものの由々しき任務を果たす代わり、小生と瞬《めまじ》を交わすことたるエニボディを高位に受け入れたその刹那から、その穢れたるや果てはニューゲイトから破産裁判所に、してそこより最高位の控訴院に至るまでありとあらゆる生活部門に時をかわさず顕現し始めよう虚偽表示と詐取全般の体制を発足させるように思われてならぬからだ。就中、当該謂れにて、目下は瞬《めまじ》屋のサムボディとノーボディが互いの間で独占している要職全てに働き者のサムボディが就いている所を拝ませて頂きたい。

　してここまで綴った所でまたもやノーボディへと立ち返る――当今の偉大なる、無責任な、罪深き、邪な、盲目の巨人へと。おお、馴染みよ、同国人よ、恋人達よ、くだんの（分捕り品の、と言おうか然まで逆しまならざる盗人ならば盗品と呼ばおうものの端くれたりし銀製のミルク壺から呷られた）青酸臭芬々たる屍《しかばね》がロンドン北郊外のハムステッド・ヒース（追剝ぎの名所）にのさばっている様を見よ！　かの忌まわしき代物が始まりであると同時に終わりである歴史を惟みよ。そこにて銀板写真《ダゲレオタイプ》の撮られた暗澹たる社会的光景を。ノーボディが浅ましき取引きを行なう上で生前、この生き物を昇進させた国家財政委員職を。来歴をそっくり跡づけ、締め括りに政党顧問弁護士がかく宣ふのに耳を傾けよ――ノーボディは一件について某か知っている（どいつもそいつのことなどさっぱりだ）。ノーボディはともかくかようの要件があったということを信じる資格が（代理人的観点に立てば）ある。ノーボディは、体面上、立法府より犯罪の山で生き存える手先を速やかに放逐するよう要求する権利がある。かようの放逐こそ、要するに、正しくノーボディの要件であり、目下はノーボディが果たすよう立憲的に委ねられねばならぬ。

　祖国で大火事が発生している。して――ありとあらゆる雅やかな先例と法規に準じ――貴兄はノーボディに後は勝手に一年かそこらでお越しになろう消火器でそいつを揉み消して頂くが好い。谷間《たにあい》大氾濫が起こっている。して――同じありとあらゆる雅やかな先例と法規に準じ――貴兄はノーボディが底の抜けたブリキのやかんで水を掻い出すものと当てにするが好い。ノーボディは貴兄にこれらちゃちな芸当で一点の非の打ち所もなき成功を収める責めを負うている。よって貴兄はノーボディに全幅の信頼を寄せれば天国へ昇ること請け合い。ヤツの代わりにサムボディにお呼びを立ててみろ。さらば全く逆方向へ堕ちるは必定。

　がそれでいて、エヴリボディのために、サムボディを寄越せ！　小生は荒野にてサムボディを求めて声を上げる。小生の心は、俗謡の歌詞ではないが、「サムボディを偲んでヒリついて（ロバート・バーンズ「何者《サムボ》か《ディ》のために」（一七九六））」いる。ノーボディはこのわずか一世代の内にエヴリボディが十世代では立て直せぬほどの危害をもたらした。来《きた》れ、責任感のあるサムボディよ、責めを負う木偶坊《でくのぼう》よ、来《きた》れ！

第九十二稿　危められた人物

『ハウスホールド・ワーズ』誌（一八五六年十月十一日付）

小誌の初期の発刊号で（第四十三稿）、我々は殺人犯の最期の瞬間に関し、一般読者に審らかにされる極めて啓発的な逸話の中で、危められた人物は通常、殺人犯が称賛の目を瞠る読者に賜る道徳的講話からは殺人犯自身の独り善がりな物語のほんの枝葉末節としてをさておけばそっくり切り捨てられている様が見受けられるやもしれぬという事実に触れた。

果たしてこの、独房なる「聖《ひじり》」をして飽くまで己を殺害する誘惑に駆らすことに御執心たりしめっぽう鼻持ちならぬ人物の切り捨てが如何ほど極端にまで走らされるやもしれぬものか、我々は近来、今は亡きダヴ氏*の事例において思案を巡らす機を得た。くだんの愛嬌好しの男は、俗に絞首刑台と呼ばれる「楽園」へと特別急行列車で向かうに先立ち、然る文書*を書き綴り、そこにて善人皆に巨大な宇宙の大いなる、慈悲深き造物主は専ら自分、ダヴを言はば「鳩《ダヴ》の翼（『詩篇』五五：六）」に乗って（いささか血に塗れているやもしれぬが、そいつは「物の数ではない（『オセロ』Ⅲ、3）」）「天」へ昇らしむよう、病弱な女を、しかもその女とは妻を、残虐かつ闇々裡に苦しめ、責め苛み、じりじり息の根を止めるべく格別取り計らわれた由審らかにした。

当該声明は悍しく、計り知れぬほどの距離を置いて「天帝」なる概念に慎ましやかにして恭しく近づくことの出来る如何なる悟性にとっても恐らくは疎ましいに違いなかろうと、蓋し、当日の刷り物の記録に留められている——如何にかの「選ばれし器（『使徒行伝』九：一五）」が独房にて面会人を迎え、夜分、讃美歌を合唱しようと持ちかけしか、如何に「牢獄博愛《プリゾン・フィラ》主義者《ンスロピスト》」は囚人を称して模範的悔悛者と呼びしかに纏わる「監獄－皇室報道記者」の特ダネの端くれたりて。

さて、「牢獄博愛主義者《プリゾン・フィランスロピスト》」に無論、善意以外何ら他意はなかろう。申すまでもなく、神さびた御仁は頭韻体の称号を自らに授けた訳ではなく、そいつの責めを負わぬは居酒屋がその看板の、船がその船首像の、責めを負わぬが如し。がそれでいて、師が然にあり余るほどの慈愛を注いだ無慈悲ならず者の側《がわ》における当該恐るべき精神錯乱はそれ自体、衝撃的にして、その影響において広範な危険を孕んでいると思われるだけに、歯に衣着せず申し上げねばならぬ——我々としては善意なるものをかようの心理状態の惹起に対す如何なる相殺とも見なせぬと、いずこの独房であれ（こと親切と熱意にかけてはめったに欠けることのない指定牧師に委ねられているとあって）かようの博愛ならば割愛させて頂くに如くはなかろうと。果たして内務大臣はホロウェイ教授（第三十五稿一四三頁参照）に、もしやくだんの博識家が塗布の影響の下《もと》連中の末期の感覚が穏やかな擽《くすぐ》りのそれたるよう、いよいよ絞首刑に処せられんとす囚人の喉に軟膏を摺り込むべくイングランド中の独房に自由に出入りさせて欲しいと申し込んだならば、何と宣おう？　果たして内務大臣は大英帝国健康大学の衛生評議会《ハイジアン・カウンセル》のやんごとなき委員に、もしや連中がかの偉大なる発見モリソンの丸薬*の似たり寄ったりの目的のための経口投与を目し、似たり寄ったりの申し出をしたならば、何と返答しよう？　たとい著名な正真正銘、医学の専門家が、薬局方《ほう》の範囲内にての薬物混入を念頭に——例えば患者を阿片と西洋ハッカで泣き上戸風に酔っ払わせ、この世からやぶ睨みのなり葬り去ってやらんとの博愛主義的目論見の下《もと》——同上の特権を求めたとて、内務大臣はくだんの啓発的な申し出を如何様に受け留めよう？　して当該疎ましき己惚れには、その踵《きびす》を危められた骸《むくろ》の上に掛け、危めた者の墓の縁にて不朽に挑みかかろうというなら、より由々しきものは何も孕まれてはいまいか？

危められた人物のお定まりの坦々たる切り捨てに故ダヴ氏によって加えられた当該さらなる改善の手を追究し、其が何処にて帰着するものか見てみようではないか。この世に二人の人間が送り込まれる。一人は神慮が大いに気にかけている極めて興味深い人物――ダヴ氏。もう一人は現世であれ来世であれ、全く取るに足らぬ、ほとほと面白味のない人物――ダヴ夫人。ダヴ氏は祝福されし者の地（天国）よりわけてもお呼びがかかっているものだから、ダヴ夫人は御亭主のそこなる存在を確実にし、肩透かしに先手を打つべく、身も心も氏に捧げられる。当該身の毛もよだつような、当該不敬極まりなき結末から逃れる術《すべ》はない。絞首刑に処せられるダヴ氏にとって欠けていた、ものの見出されし格別な「牢獄召喚」は、毒殺されるダヴ夫人にとって欠けていた、して見出されなかった。かくて新種の「落下《ドロップ》（即ち、絞首台）」が十字架の後釜に座り、聖ジョン・ケッチ（第五十二稿注（二五二）参照）が大衆に向かって最新かつ最も聖なる預言者として説かれる！

本稿の表題は当該見世物と然に強く連想されるものだから、つい、其について注釈を垂れることと相成った。が我々がこの表題を用いたのはむしろ、危められた人物を論外に打ちやる習いの一般的普及と、犯罪人の習慣が牢獄外で見出して来た広範な贔屓筋とを例示するためであった。

各々が相手の能力をほとほと見くびっている由意味シンに仄めかす、イヌとサルの仲の二人の高貴な閣下（ルーカン卿とカーディガン卿。前稿注（五四一）参照）は紛うことなく御両人の映えある戦闘指揮の下《もと》、事実もたらされた然る惨事の責任を問われる。二人は調査を要求する。格別な馴染みと信奉者より成る委員会が「調査すべく」任命される――恐らくは高貴な卿御両人宛くだんの銘の入った名刺を置いて行くやもしれぬ如く。調査はまず手始めに、高貴な卿の内一人により――必ずしも主たる係争問題ではなき――問題へと向けられる。即ち、委員会は『タイムズ』紙の編集主幹に口輪をかけられるか否か？　委員会は口輪をかけるにおよそ吝かどころではないながら、編集主幹が口輪をかけられるを平に御容赦願っていると判明するや、已むを得ず、口輪をかけること能はぬ旨白状する。調査はそこで高貴な卿のお気に召す他の何に対してであれ行なわれるが、高貴な卿のお気に召さぬ他の何についても行なわれぬ。そいつは詰まる所、卿御両人の軍人ならではの資質と行動に対す賛辞で締め括られ、然に物の見事にポシャに例証される指揮の適性を証してみせるものだから、ひょっとして御両人、もしや首尾好く行っていたならポシャっていたやもしれぬ。世辞が締め括られるや、委員会はお開きとなり（それ以上まっとうな事はやってのけられなかったろうし、そいつに唯一適う職務たるに）、高貴な卿は爵位に叙せられ*、一件にはケリからカタからつく。

故ダヴ氏の場合と何とそっくりなことよ！　危められた人物は――その名も英国の潰えし武力と資力という――歯牙にもかけられぬ。と言おうかたといかけられたとしても、ほんの高貴な卿が息の根を止め、そいつを足下に勲功の第七天（ユダヤ人が神と天使のいる所と考えた最上天）へと昇り詰めるべくわざわざ産声を上げたものと見なされるためだけに。委員長（「牢獄博愛主義者《プリゾン・フィランスロピスト》」）は暗がりで心行くまで戦勝歌《ピーアン》を歌い、相似に欠けるものがあるとすれば、それはただキャルクラフト氏（第五十二稿注（二五三）参照）の止《とど》めの手のみである。

別の例を取ってみよう。「離婚法」は然なる有り様にあるものだから、ここでは詳しく触れるまでもなき然る立証された状況の下《もと》をさておけば、してその期に及んでなお、大枚を叩かぬ限り、如何なる逃避も叶わねば如何なる免除も得られぬ。凶暴、酩酊、逐電、重罪、狂気――これらのどれ一つとして大枚叩かぬ限り鎖は断ち切れまい。幾年もにわたる暴行の末、妻を捨てた夫は、いつ何時であれ妻を己が身上として申し立て、妻が且々糊口を凌いでいる稼ぎをふんだくらぬとも限らぬ。女という女の就中、身持ちの悪い女房――亭主にとっての耐え難き拷問、苦悶、恥辱――は、にもかかわらず、男が大金持ちでもない限り、手錠で繋ぎ留められたまま、亭主を青春から老齢と死に至るまで、如何なるより幸せな婚姻からとて引き離すと言って聞かぬやもしれぬ。一般庶民の間における当該事態より、救済の不可能に纏わる苛立たしい認識より――平屋や一間《ひとま》にては、幾部屋もある屋敷に住まい、家庭内にせよ外にせよ、互いを遠ざけ、己が道を歩める不仲な夫婦にはおいそれと思い描けぬほどいよよ業を煮やさざるを得ぬことに――その目が節穴でもない限り、してともかく同胞に纏わる相当の経験を有す誰であれ、「巡回裁判法廷日程」から、当該源へと必ずや跡づけられよう悪徳と犯罪が発生する。道徳、正義、常識の限界を越えて長引かされる束縛の苛酷さを少しでも緩和し、法律を一部修正してはとの提案がなされる。すかさず戦勝歌《ピーアン》の歌唱が始まり、危められた人物は姿を消す！　聖俗を問わぬ権威が（何人《なんぴと》たり正当たることに異は唱えまい）制度としての結婚への賛辞を並べ立てるべく議会の席にて起立する。彼らには「教父」が一件については何と考え、そいつがらみでこれら悪徳の存在する何百年も前に何が書かれ、言われ、為されていたかをダシに、滔々とまくし立てるネタがどっさりある。飾り模様の打《ぶ》ち独楽《ごま》を据え、打《ぶ》って打《ぶ》って打《ぶ》ちまくる。固よりそいつらには事欠かぬ一件の良い側面について際限なく法を説く。が連中の一際高邁な視界から危められた人物は完全に消失している。受難者の蒙る苦悶や虐待は彼らの演説の中にては影も形もない。連中は殺人犯よろしく、己《おの》が輝かしき心理状態で得々となり、式辞を賜るべく滅多斬りにされた奴の上に登る——恰も似非攻城において君主の家臣がバーラターリアの打ち倒されし総督（即ち、サンチョ・パンサ。『ドン・キホーテ』第二部第五十三章）の上に仁王立ちになった如く。

極端に走る安息日遵守と労働からの罪のない民間の息抜きの否定の場合もまた然り。危められた人物は——健やかならざる土地の、肺病から瘰癧《るいれき》から佝僂《くる》病からを患う労働者は、その不全な体調の広範な蔓延のせいで、軍隊に新兵を募る健康と体力の基準を引き下げ、先般の戦争では兵卒を悪名高くも役立たずの健康状態にあるその数あまたに上る貧乏人により補強せざるを得なかった訳だが——危められた人物は、己《おの》が遍在の当該様相において、当然の如く視界の埒外へ追いやられる。我々はさながら「彼らの祖国の誇りたる、雄々しき小作人（オリバー・ゴールドスミス「廃村」（一七七〇）第五十五行）」は、陽気な健康と筋肉の発達の典型は、ありとあらゆる小村や、町や、市に住まい、週に一度、ひたぶる禁欲の習いと、俗世の放棄に努めるかのように、舌端《ぜったん》火を吐く意趣返しの演説をぶたれるが、その名も「無数《レギオン》（『マルコ』五：九）なる」危められた人物は目下の所、如何なる手立てにても週に一度、まんまと靡《なび》かされては下さらず、くだんの日は日がな一日、鬱々と塞ぎ込み、タラタラ不平をこぼし、ズルズル零落れる外何《ほか》一つせぬとあらば、恰も我々の内誰一人そいつの噂などついぞ耳にしたためしもないかのように視界の外へ打ちやられる！　大いなる弁士にとって我々はどこに住まおうと、どこへ行こうと、危められた人物を目にし、しかも然に生半ならぬ憐憫と狼狽の情と共に目にするものだから、男に達し損なって来たそれとは別の人間的手立てにてまっとうにしてやりたいと思おうと、そいつが一体何だというのか？　人殺しめいたやり口で男の記憶を闇に葬り、代わりに得々とふんぞり返る方が遙かにお易い御用だ。

破産が宣告され、貪婪な投機家はポシャり、銀行家はツブれる。一体どいつが噂を耳にすまいか、くだんのツキに見限られた御仁の苦境について、彼らの商会の崩壊について、御当人の贈与財産で食いつながざるを得ぬ妻君について、馬や、馬車や、絵画や、ワインの競売について、地に堕ちた大立て者と逆境の下《もと》なる彼らの鷹揚さについて？　が、危められた人物は——債権者は、投資者は、預金者は、如何なる名の下《もと》であれ欺かれ騙された者は——一体どこのどいつの心をヤツは煩わすというのか？　ペテン師まがいの会社の心を、とでも？　ロンドンはクラークンウェルの未決檻に問い合わせてみよ、さらばいっとう最近のペテン師まがいの大会社はヤツのことなど、ダヴ氏やパーマー氏が御当人の別クチの業務上「カタをつけた」顧客に煩わされぬに劣らず煩わされなかった由思い知らされよう。

　して最後に、開廷中如何なる晩であれ、サー・チャールズ・バリー（英国国会議事堂設計者（一七九五―一八六〇））の宮殿への入場許可書を手に入れてみよ、さらば危められた人物がニューゲイトにおけるに劣らずヌクヌク仕舞い込まれる所を目にしよう。一八三五年に与党は野党に何と言ったか、一八四七年に野党は与党に何と言い返したか、何故《なにゆえ》一八五四年に与党はもしや政権を取らぬことにおける野党の前代未聞の鷹揚さがなければ野党となっていたろうか、以上が全政権保持・非保持期間に及ぶ陋劣な全与野党コミにて、ぶっ通しで六か月の長きにわたり、四方八方で賛美歌と戦勝歌《ピーアン》が高らかに歌われる中、論じられよう。が危められた御老体「時の翁」と危められた既婚婦人「ブリタニア」は、悔悛者の独房にて、危められた人物が歯牙にもかけられぬに劣らず歯牙にもかけられまい――実の所、我々がもって口火を切った悍しき事例におけるが如く、連中、専ら弁士を高邁にするためにこそわざわざこの世に産声を上げた事実を証すべく改めて担ぎ出されでもせぬ限り。

第九十三稿　殺人的極端

『ハウスホールド・ワーズ』誌（一八五七年一月三日付）

我々の表題は読者の胸中、かの、大いなる誹謗中傷の的たる人物、仮出獄者*への言及を彷彿とさすやもしれぬ。というのも連中、固より恩知らずな大衆によりては相応の恩義をもって感謝され得ぬほどどっさり、御当人方の模範的な業務上の取引きを首都に賜っているからだ。表題は、しかしながら、くだんの意味合いを帯びるよう意図されてはいない。小誌において我々は獄中偽善の途轍もなき奨励と報償が必然的に招く結果について再三再四にわたり詳説して来た。果たして結果は（警察における効力の相応の減少と相俟って）嫌と言うほどしこたまもたらされているか否か、果たして堅気な職に就いていると証せぬまま、軽減された判決に則り釈放された既決囚の監禁と厳罰のための枢密院令はもしやこの六か月間のいつ何時であれ発布されていたなら、我々が真実、とある「政府」の下《もと》に暮らしている、所得税ほどにも真正の徴候となっていたろうか否か、は読者諸兄が御自身、判断なされよう。

我々が手短ながら、由々しき注意を喚起したい「殺人的極端」はどうやら、「パーラメント・ストリート殺人事件」と顕著な関わりがある上、一件に如実に例証されているように思われる。それ自体、より残虐にして、祖国にとってのより大きな面汚したる蹂躙はこの一世紀の内にイングランドで犯されたためしがないとあらば。

当該蛮行の内、我々の当面の目的上、蘇らさざるを得ぬ状況とはただ、一件はロンドンのとある大きな目抜き通りのとある人目につく（めっぽう小さい所へもって、ほとんどウィンドーばかりであるせいでそれだけ人目につく）店にて早目の夕刻、出来したとの――野次馬は手を拱いて見守り*、通りすがりの連中が一体何事かと問うている片や出来したとの――殺人犯の殴打と、被害者の弱々しい呻き声は表通りの一人ならざる者に聞こえていたとの――彼らの内誰一人として、哀れ、使い走りの小僧をさておけば、割って入ろうとする者がなかったとのそれのみである。

果たして何人《なんぴと》にとってであれ、かく自問するだけのことはあろうか――如何でかほどに衝撃的な受動性がかようの事件において顕現するに至ったのか？　果たして何人《なんぴと》にとってであれ、かく自問するだけのことはあろうか——如何で同様の事例における同様の受動性が事実、国民性の——雄々しく寛大なはずの——端くれとなりつつあるのか？　というのも、恐らく警察裁判所や刑事公判の記録をいささかなり注意深く読んでなお、「パーラメント・ストリート事例」の箇所でいきなり立ち止まり、そいつに特異現象として合印を入れられる者はほとんどいまいからだ——くだんの記録にては同じ悍しき様相が絶えず目に留まるというなら。

我々は敢えて当該傷ましき主題に関し、己自身の心に質し、二様の殺人的極端に——それそのものはまっとうな事柄が不自然にして馬鹿げた度合いにまで捻じ曲げられる二様の現象に——明白な解答を見出す。

第一の極端——

幾年も前から、権威者によって過小評価されると同時に過大評価されるというのが英国民の不運となっている。過小評価は単なる倨傲と無知に、過大評価は国民に対す謂れなき怯えと、彼らを上手く手懐けたいとの臆病な願望に、端を発す。

法に対す然るべき敬意は公生活の基礎である。それなくしては、我々はカンサス州のプレストン・S・ブルックス閣下*と、かの、鞘付片刃猟刀《ボーイ・ナイフ》と連発拳銃《リボルバー》という名で知られる、「自由の明星」の就中輝ける両の綺羅星に成り下がろう。が、我々英国人の誰一人として当該一弦の旋律豊かなバイオリンが、挙句心底うんざり来るまで爪弾かれるのを耳にしてはいまいか？　判事席から、弁護士席から、説教壇から、演壇から、下院の議員席から、一千もの退屈のありとあらゆる源泉から、我々の誰一人として、挙句モーリエ氏のペルシア生まれの主人公の奇妙な言葉遣いにおいて、我々の顔がひっくり返り、我々の肝臓が水に溶け去ってしまうまで（ジェイムズ・モーリエ『英国におけるイスパハンのハージ・バーバの冒険』（一八二四））、法に対す英国人の敬意で散々イジメ抜かれ、責め苛まれてはいまいか？　歯に衣着せず言わせて頂けば、如何にも。この上もなく力コブを入れて、如何にも！　我々個人としては誓っても好かろう——公的集会や、正餐会や、謝恩会や、慈善選挙や、他の滔々たる演説儀式において、弁士が法に対す英国人の敬意に近づきつつあると（必ずや見て取らずばおかぬ如く）見て取れば決まって、胸中、意気は萎え、恐怖の余り、体は凍てつく。身の毛もよだつ古びた場当たり言葉が調子好く響き出すや、我々は根深い憂鬱と惨めな絶望の贄と化す。くだんの代物がとうに生命の失せ、腐朽に祟られ始めた、鼻持ちならぬ形骸と化していることくらい百も承知。庶民の唇の上にて全く無意味な代物たること、権威の唇の上にていつしかとびきり有毒な意味合いを帯びた代物に成り下がっていること、一目瞭然。

というのも、そいつは一体どういう意味だ？　一体何物だ？　挙句、どういうハメになっている？　「いいかい、ジョン・ブル、しっかり頭をもたげて、オレの言うことを聞くんだぜ！　金輪際、何一つ自分でするんじゃない。己を助けるためにせよ、他人を助けるためにせよ、指一本動かすんじゃな。法律がきさまの面倒を見てやると、もう一方の男の面倒を見てやると請け負ってる、そいつがどこのどいつであろうと。きさまは法を尊ぶってことにかけては人後に落ちん。ありとあらゆる場合に、ジョン、法にお呼びをかけろ。もしも法の奴が角を曲がってるのを見つけたら、後を追いかけて、何かヤバいことになってる現場に引っ立てろ。けどきさまは指一本触れてはならん。何を目にしようと、きさまはクビ突っ込むんじゃない。そいつはきさまの知ったことじゃない。法にお呼びをかけるんだ、ジョン。法をきさま自身の手に取ってはいかん。いい子だから、ジョン、きさまはただ野次馬の真似してりゃ、手を拱いて見てりゃ、代わりに智恵を回して、体を動かして、もらえばいいのさ。そいつがきさまにお呼びの身の上ってもんだ。法は刃物で、ジョン、鉄鎚で、きさまには縁もゆかりもない。ってことで、ジョン、この何でもござれの法って奴のことは放っておけ、後は勝手にきさまのために、外《ほか》のどいつもこいつものために、端《はし》から片をつけてくれようさ。だからきさまはいついつまでも地上の誇りにして誉れでいるがいい。だからオレ達は耳にタコが出来るくらい、きさまがらみの愛国的な演説をぶって、きさまがらみの愛国的な歌を歌ってやろうじゃ！」かくて、ジョンはちびりちびり、我々の心底敬虔に信ずに、もしや男が一人息の根を止められかけている時に店のウィンドーを覗き込んでいれば、もしもその場に居合わさぬ警官という代物に成り代わられた法に一件をそっくり、心穏やかに任せておけば、自分は第一級の市民なりとの食わせ物の信念を抱くに至る。かくて警官に成り代わられた「法」そのものが石畳の上に伸び、片や「暴力」が奴の体の上でジグのステップを踏もうと、ジョンは掟の奴はどうにかこうにかいっとう上手に出ようと思い込み、そいつは掟の要件であって、自分の知ったことではないと信じて疑わぬまま、傍で手を拱く。

第二の極端――

法の専門的事項と形式は、道理上、ありとあらゆる階層の人々の自由と権利の維持にとって不可欠だ。何人《なんぴと》たりそれらに別の者より大きな利害関係も、より僅かな利害関係も持っていない。何とならば誰しも、いつ何時であれ、公平な正義を必要とする立場にあるやもしれぬからだ。にもかかわらず、その不条理において、ウェストミンスター会館は邪魔物だ。して仮にその不条理において、ジョンの当該嘆かわしき過ちをこれ見よがしなまでに後押しし、手を真っ紅な鮮血で染めた殺人犯を独り「法」によって取り抑えられるがままにせぬ恐るべき結果に新たな不信の念をこれ見よがしなまでに抱かすとすれば、ウェストミンスター会館は蓋し、鼻持ちならぬ邪魔物にして、ほとんど耐え難き邪魔物たろう。仮に「パーラメント・ストリート殺人事件」の未だ出来せぬ、危急存亡の秋にしてめっぽう名にし負う状況の下《もと》、自らをこの百害あって一利なき痴れ者に仕立て上げていたなら、ああ、さらばウェストミンスター会館はくだんの身の毛もよだつような残虐行為の絵画的描出において、ジョンがウィンドーを覗き込んでいる片や、彼の両手を引っつかみ、クビを突っ込んだら承知せぬぞと脅しつけている様を描かれていたくごもっともやもしれぬ。

　くだんの事実を覚えていない読者は然るバーテレミーという男の場合にウェストミンスター会館が何と宣ったか思い起こして頂けまいか？　男は不運にもトテナム・コート・ロードのウォレン・ストリートの老人を殺害した後《のち》、庭の柵越しに逃げようとした所、「法」が奴に待ったをかけるべくそこに居合わさぬからには自分が殺人犯に待ったをかけねばならぬとの馬鹿げた妄念に捉われたお節介焼きに襟首を引っつかまえられ、義憤に駆られた勢い、くだんのお節介焼きを撃ち殺した訳だが（一八五四年十二月八日発生）。大いなる注目を集めたくだんの事件において、ウェストミンスター会館はキャンブル卿（英国首席判事一八五〇—九）を前にかく、厳粛に論じ、申し立てた。曰く、撃ち殺されたお節介焼きには殺人犯に待ったをかける筋合いはなく、殺人犯には待ったをかけたからというのでお節介焼きを撃ち殺す筋合いがあった！　未だかつて判事席に華を添えたためしのないほど簾直にして聡明な判事の前にて、当該ほとんど信じ難き不条理は我を通すこと能はず、ウェストミンスター会館は、追って踏んだり蹴ったりの殺人犯が絞首刑に処せられるまで、倶楽部にて呻吟を洩らすいじけた窮余の一策に訴える外なかった。

　これら二様の極端からパーラメント・ストリートのウィンドーに向き直り、人々が中を覗き込み、こちらへやって来ながら、耳を欹て、二言三言交わす様を見よ。して果たして一八五六年の年の瀬、世に初めて火のない所に煙が立っている所を目の当たりにするか否か言ってみよ。

第九十四稿　最高権威

『ハウスホールド・ワーズ』誌（一八五七年六月二十日付）

願はくは奴の然に神出鬼沈でなきことを。

願はくは奴の必ずしも食事を共にする連中のなきことを。というのも連中にありとあらゆる内緒話を垂れ込み、連中、奴の余りに持て成し心に篤い食卓より、ヨーロッパや、アジアや、アフリカや、アメリカで出来するありとあらゆるネタがらみの（真正でだけはなき）特ダネでもって小生の魂を責め苛みにお越しになるからだ。心底敬虔に願はくは、奴の外食せんことを！

　それでいて、そいつは無いものねだりというもの。何せ奴は事実、外食するからだ。奴は外食する習いにある。年がら年中、外食する。もしや小生の知っている誰も彼もがどこもかしこもで奴に出会し、小生に垂れ込むネタを仕込むというのでなければ、如何で小生が現に然たる哀れ、戸惑い、当惑し、行き暮れし男たり得ようぞ？　願はくは奴の黙りこくらんことを！

　それでいて、そいつはまたもや無いものねだりというもの。何せ奴が事実、口を噤もうと、小生は一向増しにはならぬからだ。奴の沈黙の鋒こそ小生に向けられる。もしや小生が小生なりめっぽう約しきやり口で仕込んでいたやもしれぬちっぽけなネタを馴染みのポッティントンにバラすと、ポッティントンはかく返す。それは妙だな、まさかそんなはずは、実は昨日《きのう》クロックスフォードの所でたまたま「最高権威」の隣に座って、あれこれ四方山話に花を咲かせたんだが、それでいて奴はそれらしきことは噯気にも出さなかったもので――

　そう言えば、一体何故《なにゆえ》誰も彼もがたまたまにせよ必ずや奴の隣に座る？　十八名より成るディナーの席で、十七名が奴の隣に座るものと概ね相場は決まっていよう。否、百三十名より成るディナーの席で、百二十九名が奴の隣に座るものと。如何でそういうことになる？　特ダネを同胞《はらから》に垂れ込みたい一心で、ひっきりなしに席を移し、社交の輪の椅子という椅子に次々座らねば気が済まぬとでもいうのか？　たとい然たろうと、一座の一人一人にさも己のネタは文字通り「ここだけの話」であって、生半ならぬ個人的配慮と尊敬に衝き動かされてバラしているにすぎぬ素振りを見せる道徳的筋合いはさらになかろう。がそれでいて十中八九、何やらそんな素振りを見せる。ならば、奴はペテン師か。

奴はそもそもそんなに暇を持て余しているというなら、一体何をして食って行っている？　いつも倶楽部という倶楽部に入り浸りだ——倶楽部の年会費だけでも馬鹿にはなるまい。四六時中、通りという通りをほっつき回り、市場《いちば》でありとあらゆる手合いと身の上の連中にバッタリ出会す。奴のクツ屋はどこのどいつだ？　奴のウオノメを切るのはどこのどいつだ？　いつだって石畳を行ったり来たりしているからには、さぞや超弩級のウオノメがどっさりあるに違いない。

小生は奴がやたらゴマをすったり媚び諂ったりするのが気に食わぬ。敢えて当該告発を大っぴらにするのは、小生には固より己惚れるを潔しとせぬながら、奴がいつもゴマをする、人品卑しからざる馴染みが一人ならずいるからだ。例えば。奴は小生の（兄弟も同然の）親愛なるフラウンスビーにバッタリ、互いの馴染みの家で鉢合わせになる——そらまた！　奴はどいつもこいつもと互いの馴染みだ！——してどうやら以下の如き前口上にてフラウンスビーとの会話を切り出す。「フラウンスビー、僕はこれから言おうとしていることを触れ回りたいとは思わない。いささか微妙な問題だけに、世の中の連中の前で口にするのは如何せん憚られる。だが、君がどれほど人並み優れた才能や、濃やかな識別力や、深い洞察力を具えているか知らぬでなし——」等々。以上全てを、我が親愛なるフラウンスビーは、根っから慎み深くも嘘がつけぬだけに、どうしても小生に繰り返さねばならぬような気がする！　是ぞ「最高権威」の衒学的な物言いだが、小生は奴が何かと言えばついでめかして、何気ない会話に世辞っぽい調子を巧みに滑り込ます所にもお目にかかっている。例えばかく、小生の馴染みの側《がわ》の大らかな寡黙がらみで宣ふ折のように。「ああ、フラウンスビー！　いつもながら遠慮がちだと来たら、外《ほか》の奴らに累が及ぶやもしれぬとなると！」或いは、「君の口ほどにもモノを言う目は、我が親愛なるフラウンスビー、あっぱれ至極な舌が隠したがっているネタをバラしてしまっているでは！」等々。以上全てをフラウンスビーは、小生には真実を、真実をそっくり、真実のみを、打ち明けようと堅いホゾを固めに固めているとあって、さすが腰の低い奴ならでは、さも辛そうに蒸し返す。

奴は押し込み強盗か、それとも似非紳士の掏摸一味の端くれか？　小生はいずれかの御身分に収まっているからというので奴を責めている訳ではなく（さらば後ろ指を差すことになろうから）、ただ御教示賜りたいだけだ。何せ小生の悟性は奴が合法的には自由に出入り出来そうもない屋敷にひっきりなしに罷り入っているせいで、さなくば説明のつかぬ物腰で四六時中、他人様の手帳に頭から飛び込んでいるせいで、地獄の責め苦を味わわされているからだ。女王の宮殿に忍び込む点において、ジョーンズ少年（第二十稿注（五九）参照）は奴にとってはマヌケだった。奴はそこで出来する一から十までに通じている。国民全体がこれが九度目、歓喜で陶然となるのを今か今かと待ち望んでいた先般の目出度き折*、奴がクロロフォルムなる一件がらみで一体何を仕込んでいたか、は瞠目的だ。さて、ロコック医師（第二十二稿七八頁参照）は同業者の中ですら最も信用の置ける医師にして、女王陛下の自己を頼みとする静かな意志強固は自明の理とまでなっている。故に、是非とも御教示賜りたい、一体如何で、何時、何処で、何者から、「最高権威」は専らそいつを触れ回る腹づもりの下《もと》、ここ何か月もありとあらゆる倶楽部をウロつき回り、ありとあらゆる街路を行きつ戻りつし、全ロンドンを自分と共に食事させ、全ロンドンと食事すべく自ら出かけて行ったあの、クロロフォルム情報をそっくり仕込んだのか？　何卒社交界よ、せめてほんのこれしきの得心を要求せずして小生が何者によってであれちびりちびり、死ぬほどクヨクヨ悩まされるが好かろうなどと宣ふこと勿れ。だから、如何で奴は今のそのネタを仕込んだ？　「最高権威」にも確かな消息スジがあるはずだ。そいつを引っ立てろ。

　奴が秘密の記載事項を判読する手帳については上述の如し。内幾多は恐らく、目には清かならざるインクで記されていると思しい。というのもそいつら、持ち主の目にすら影も形もないからには。如何で奴は大使という大使の手紙鞄を、判事という判事の筆記帳を、手に入れる？　一体どこのどいつが今は亡きパーマー氏（第九十稿参照）が延々たる審理の間《ま》に書いてはあちこち手渡していた小さな紙切れを一枚残らず奴にくれてやった？　奴はありとあらゆる手合いの連中に紙切れに一枚残らず何が書いてあったかバラす。ならばその目で紙切れを見たに違いない。一体どこのどいつが小誌の決算報告を奴のために作成した？　一体どこのどいつが総収益を奴のために計算した？　して一体いつ経営者にそのどん尻に零の一つならずあるめっぽう大きな差引残高を納める早目の期日を指定するのが奴にとってとことん都合が好かろう？　何せ御逸品、御当人が未だ一切手をつけていないとあらば、くだんの経営者に返済義務のあるに違いなきこと火を見るより明らかだけに。

　如何で奴は露軍前線に潜り込んだ？　いつもそこにいたが。ちょうどいつも英軍野営にいた如く。していつもラッセル氏（『タイムズ』紙クリミア戦争特派員（一八二〇―一九〇七））に御叱正賜るべく陣営に戻っては、またもや引き返していた如く。兵站部がいっかな『タイムズ』紙に豚肉の糧食を配給しようとせず、豚肉抜きの『タイムズ』紙が以降、断じて兵站部を打遣らかしておこうとしなかった旨スッパ抜いたのは外ならぬ奴だった。奴は初っ端の大砲が火を吹くが早いか、やたら馴れ馴れしげに姓で話題に上せ始めたとあらば、露軍指揮官がらみのネタを戦前からどっさり仕込んでいたというのか？　我々の内何者か、「記憶が我らが疼ける頭《こうべ》たる、これら気の狂れた天体に鎮座坐す限り（『ハムレット』I、5）」、ことレダン（セバストポリの二塁壁要塞）との関連でこの男から如何なる禍を蒙ったか忘れようか？　我々の内最も慈悲深きキリスト教徒ですら、奴がマラコフ（仏軍に攻め落とされたセバストポリの城郭）がらみで弄した虚言を許せようか？　ひょっとして小生自身、くだんの侮辱ですら大目に見ていたやもしれぬ。もしや奴がかの疎ましき要塞の設計を企てた然に幾多の人間をテーブルクロスの上に、塩匙や、フォークや、デザート皿や、クルミ割り器や、ワイングラスと一緒に並べてでもいなければ。奴の――最高の――典拠に則り幾百度となく加えられたその恐るべき迫害を、小生はこれもて金輪際容赦せぬ旨誓いを立てよう！　この、火照り上がった額に鉛の文字にて刻印された、対壕を掘り、地雷を仕掛ける知識は小生の側《がわ》にては己《おの》が生命の残渣を「最高権威」への意趣返しに捧げよとハッパをかける恐るべき侮辱としてしか生き存えまい。叶ふことなら奴の血を我が物とすまいか！　そいつを天地神明にかけて誓っても好い、ロシア戦争当時、奴が小生を狩った「退屈」種の吠え哮り屋の猟犬に纏わる恨み骨髄の記憶の無きにしも有らざれば。

果たして奴は、かくて大っぴらな果たし状を受けるや、不倶戴天の敵、小生に一騎討ちにて立ち向かい、己《おの》が振舞いを如何に正当化し得るか言ってのけようか？　何故《なにゆえ》小生、断じて、断じて屈さぬ（『ブリタニアよ統治せよ』より第四十七稿注（二二二）参照）――と言おうか叶うことなら断じて、断じて屈すまい――生まれながらにして自由なブリテン人は、何故《なにゆえ》小生は、あの世へ行くまで来る日も来る日も当該暴君にペコペコ頭を下げねばならぬ？　何故《なにゆえ》「最高権威」はジェスラー*よろしく、ディナー・テーブルというディナー・テーブルの飾り皿《エイパーン》に、倶楽部会館という倶楽部会館の玄関広間に、街路という街路の石に、帽子を串刺しにした棹を突き立て、くだんの歌を歌いし守護天使によりて布告された大憲章に背くに、小生に奴の奴隷たるよう要求せねばならぬ？　理不尽にも小生に五感を明け渡すよう申し立てるとは一体どういう了見だ？　奴の非実在に小生の実在を呑み込もうとは何様《なにさま》だ？　してこいつら奴の食い気ではないのか？　一つ、フラウンスビーに問うてみよう。

フラウンスビーは結構、依怙地な男で（フラウンスビー夫人に言わすと、この世にまたとないほど依怙地な男で。がそいつはつい物の弾みで御亭主のことをコキ下ろしただけやもしれぬ）、如何なる話題に関しても、貴殿のお好きなだけ――と言おうかお好きでないだけ――クダクダしく論じ合おう。奴はおまけに、貴殿がついぞ口にしたためしのないことを、或いは思ってみてもいないことを、口にしたように見せかけ、そこでさも腹立たしげにそいつに異を唱える持ち前の巧妙なやり口にて必ずや貴殿をやり込める。まだ一月も経っていないが、フラウンスビーはありとあらゆる問題の就中理屈っぽい問題がらみで――とは問題という問題が奴にあっては然たるだけに、詰まる所、如何なる問題がらみであれ――立て板に水を流すが如くまくし立て、己《おの》が言い分をとことん得心の行くよう立証し果すや、それもて六名のディナーの一座を恰も連中、塑性金属にして、己と一件こそは蒸気ハンマーででもあるかのように粉々に打ち砕いていた。するといきなり（六人の内の）影の薄い、上流人っぽい見てくれの見知らぬ男が、何ら抗っている風すらなきままスルリと、ハンマーの下より這い出すや、フラウンスビーの言い分を一から十まで、「最高権威」を笠に、ニベもなく打ち消した。もしや相手が何か信念か、理性か、蓋然性か、類推なる根拠に則り、反駁していたならば、フラウンスビーはブルドッグよろしく男を釘づけにしてやっていたろう。がほんの「最高権威」が口にされた途端（そいつはその関連において雅やかな問題だったが）、フラウンスビーは大の字に伸びた。奴は血の気を失い、ワナワナ戦慄き、白旗を揚げた。たまたま、しかしながら、フラウンスビーの屋敷におけるいつもの伝で、ありとあらゆる問題の内お次にとびきり理屈っぽい問題がすかさず俎上に上せられた。その点に関し、小生は、影の薄い、上流人風の男にハッパをかけられ（男は、因みに、凱旋の刹那を境に、イアーゴよろしくその場を辞し、「最早一言も口を利かなかった（『オセロ』V、2）」が）、真っ向からフラウンスビーに挑みかかった。小生がものの二分と蒸気ハンマーの下《もと》、ぺしゃんこに伸ばして拉《ひさ》がされたかされぬか、フラウンスビーは絡繰をそっくり伝動装置から外し、小生に「最高権威」からの止めのぶちのめしを一発食らわすや、小生を縡切れたものと打っちゃった。匿名の迫害者に業を煮やしに煮やし、小生は思わず「最高権威」なんぞクソ食らえと狂おしく叫んだ。戦慄がテーブル中を駆け巡り、一座は皆、小生がおよそ人類に能ふ限り最も不遜にして大それた拒否を口にしたかのように後込みした。

当該迫害者に依然、業を煮やし――いつだって当該迫害者に業を煮やし――小生は吹っかける。そいつは何者だ？　奴はディナーへ出かけるとあらば、どこからお越しだ？　然に仰山な連中の会食する例のディナーをどこで催す？　前回の国勢調査に記載されたのか？　祖国の軽量の荷の己《おの》が端くれを担っているのか？　公正な所得税を課されているのか？「最高権威」よ、口惜しかったら前へ出ろ。

　一再ならず、小生は奴のシッポをつかんだものと思い込んだ。ロンドンはペル・メルのかの、東は陸海軍倶楽部会館（一八一五年陸軍将校により創設、翌年海軍倶楽部と合併した紳士倶楽部）と、西はカールトン倶楽部会館（トーリー党派の社交・会食倶楽部（一八三二年創設））と境を接す界隈にて――恐らくは日々、この地の表《おもて》の如何なる二千平方マイル内におけるよりどっさり退屈千万な戯言《たわこと》がぺちゃくちゃ交わされる、瘴気催いの箇所にて――くだんの憂はしき縄張りへと小生は時に暴君の跡をつけて行ったが、そこにて姿を見失った。とある日のこと、アシニーアム（ロンドン一知的と評される倶楽部（一八二四年創設））の上り段にて――かく言う小生もくだんの名立たる倶楽部の末席を汚しているが――会員仲間である王立工芸協会（一七五四年創設）のプラウラー氏（原義は「ウロつき屋」）が柱廊玄関《ポーチコ》の下にて、社《やしろ》に近づく全ての「同胞兄弟（奴隷解放運動標語）」の耳に格別なネタをポトリと一滴垂れ込むべく待ち伏せしている所に出会した。プラウラー氏はいつも耳寄りな特ダネを仕込んでいる、しかつべらしい、コソついた御仁で、世の中をヒソヒソ渡って行くに、ひっきりなしに他の誰も彼もの「葦」にとってのミダス（ギリシア神話で、アポロに耳をロバの耳に変えられたフリギアの王）の役を演じていた。彼は生温い風よろしくあちこち歩き回っては、仲間の耳にネタを吹き込み、ふっと姿を消した。してこれまでもしょっちゅう、小生を揉め事に巻き込み、困惑と恥辱まみれにして下さったものである。この折、彼の内緒事の主たるネタは――こう言っては何だが――常にも増して然に眉ツバ物なだけに、小生もついそいつは神人《しんじん》を問わぬありとあらゆる掟と相容れまいとの私見を審らかにし、ついでにカマをかけた。一体どいつから仕込んだ？　奴は「最高権威」からと返し、同時に頭をグイと、さもくだんの謎めいた「存在」はつい今しがた中へ入った所だとでも言わぬばかりに勿体らしくも意味シンに振ってみせた。小生は終にその刻《とき》の来りしものと心得――玄関広間へ駆け込み――駆け込んだはいいが、そこに御座《おわ》したのはほんのどこからどう見ても他愛なく痴れ返ったヨボヨボの爺さんきりだった。何せ爺さん、炉の前でハンケチを乾かしながら肩越しに、くだんの貞淑な場所を彩り、官能的な休らいへと誘《いざな》う、支柱のもげたガタピシのフランス・ベッドの形《なり》なる二台の優美な革製名物の方を振り返っていたからだ。

また別の折、小生はすんでの所で仇敵の喉元をむんずと捕らまえかけた。が奴と来ては然に摩訶不思議にもスルリと手を擦り抜けたものだから、くだんの状況もて当該稿の掉尾を飾るのも悪くはなかろう。追跡と逃走はリフォーム倶楽部（一八三二年選挙法改正法案《リフォーム・ビル》支持者の集会所として創設されたペル・メルの紳士倶楽部）にて出来した。当該名立たる倶楽部の末席をも、小生は汚している訳だが。「最高権威」がくだんの建物に入り浸っているのは百も承知。よって、奴の名を耳ダコもので聞かされる玄関広間の上に差し掛かる二階回廊に、小生の目はしょっちゅう、超自然的にして抗い難き怯えの感情を漠と意識しつつも、奴の姿を追い求めていたものだ。奴の影も形も、しかしながら、小生の前に顕現したためしはなかった。しょっちゅう間近に迫っていた証拠、「ちょうど今下院へ行った所だ」とか「ちょうど今お越しになったばかりだ」といったようなことは耳にした。が互いの間には虚《うろ》が広がるばかりであった。ここで一言断っておかねばなるまいが、目下話題に上せている壮麗な建物には、玄関広間の左手に、我々が帽子と上着を掛ける薄気味悪い小さな地下納骨所もどきがある。そいつの陰鬱とむっと息詰まるような大気は如何せん想像力に蔭を垂れ籠めささずばおかぬが。小生は国会のその折の会期の真っ最中《さなか》、ディナーを認《したた》めようと玄関広間を過っていた。すると我が畏友（アイルランド議員）オウブードルオム（『荒涼館』十二、二十八、四十章に登場する政治家ブードル卿の仮想支持者）が、つい今しがたエリン（アイルランドの雅名）に電報を打ったばかりの特ダネで度胆を抜こうと待ち構えていた然る爵士に肩透かしを食わされたものだから、小生に忝くもくだんの火器を発砲して下さった。ネタが根も葉もないとは先刻御承知の謂れという謂れの無きにしも有らず、小生はオウブードルオムに恭しく尋ねた。一体どいつから仕込んだ？「ビダッド（アイルランド語で「畜生」）、君」と奴は言う——して奴の繊細な雄々しさを知らばこそ、「ブラッド、君！」と言わなかったことに心底感謝した——「ビダッド、君」と奴は言う。「つい今しがた『最高権威』から仕込んだばかりで、先方は今の今、地下納骨所で上着だのコーモリだのをそっくり吊るしてるはずだぜ」小生はやにわに地下納骨所に駆け込み、とうとう死にもの狂いで組み打つべく「最高権威」を（とお目出度にも思った訳だが）取っ捕まえた。がそいつはほんの従弟のカクルズ——誰も彼もに無類に気のいいウスノロと思われている——で、何ら他意なく小生に吹っかけるに——例の噂を聞いたか？

「最高権威」は失せた！ 如何で失せ、何処へ失せたか、小生には知る由もない。故に、またもや声を張り上げ、啖呵を切る外ない。口惜しかったら前へ出て、名乗りを上げてみろ。

第九十五稿　『エディンバラ・レヴュー』誌の興味深き誤植

『ハウスホールド・ワーズ』誌（一八五七年八月一日付）

『エディンバラ・レヴュー』誌は、最新号の「現代作家の放縦《ほうしょう》」を巡る然る記事*において、ディケンズ氏や他の現代作家に対し、彼らが読者の単なる娯楽に徹してもって善しとせず、自作において祖国の安寧と名誉に真の英国人の深甚なる関心を寄せている由、明々白々と証しているからというので、遺憾の念を表明している。彼らには手持ち無沙汰な若き紳士淑女が手に取っては、ソファーや、居間のテーブルや、窓辺の腰掛けに置くべき安易なたまさかの本の執筆が委ねられるべきであり、『エディンバラ・レヴュー』誌にこそありとあらゆる社会的・政治的問題の解決とありとあらゆる不平居士の絞殺が取り置かれるべきである。サッカレー氏は「俗物」について書き著すのは構わぬが（『英国俗物列伝』（一八四八））、政府の上級官庁に俗物がいること相罷りならぬ。リード氏（英国の小説家・劇作家（一八一四—一八八四））がプラトニックなやり口でスコットランドの魚売りの女一人、二人と関わりを持つのに格別異存はないが（『クリスティー・ジョンストン』（一八五三））、氏は断じて「牢規制」にクビを突んではならぬ（『過ちては改むに憚ること勿れ』（一八五六））。其は公官吏の不可譲の身上にして、リード氏がいずれ一件を理解している（或いはしていない）ことに対し年酬いくらいくら四半季毎に支払われていると証せるまで、そいつは氏の知ったことではないし、氏がよもやかようの主題を扱うことなど許されまい。

ディケンズ氏の名は当該頁の冒頭に付され、ディケンズ氏の手が当該稿を物している。氏はその興味深き誤植を指摘する前に『エディンバラ・レヴュー』誌にひたむきながら穏健な異議申し立てを二言三言呈す上で、隠れ蓑代わりに他の何者かに成り澄ます気は毛頭ない。「文学」の名誉のために、穏健な。『エディンバラ・レヴュー』誌が往時、善き文学と善き政府に成して来た大いなる貢献故に、穏健な。ジェフリー（スコットランド生まれの判事。ディケンズを始め、文士と親交の篤かった『エディンバラ・レヴュー』誌編集長（一八〇三—二九））の情愛と、シドニー・スミス（第八十三稿四八九頁参照）の友情と、両者の律儀な共感を偲んで、穏健な。

「現代作家の放縦《ほうしょう》」とは気受けのいい表題だ。が自づと他方の表題——「現代書評家の放縦《ほうしょう》」——をも暗示する。素晴らしく正確かつ強健な英国政府に対すディケンズ氏の文書名誉毀損は——くだんの政府と来ては必ずや如何なる非常事態にも素早く対処し、人間の記憶する限りついぞ危急に際し脆弱なザマをこれきり晒したためしがないだけに——小説家における「放縦《ほうしょう》」である。果たして『エディンバラ・レヴュー』誌はディケンズ氏が図々しくも書評家における「放縦《ほうしょう》」とは何か指摘しようとお許し下さろうか？

『リトル・ドリット』における悲劇的結末《カタストロフィ》ですら明らかに、トテナム・コート・ロードにおける先般の家屋敷の倒壊からの借り物である。というのも惨事はたまたま、打ってつけの折に新聞に掲載されたからだ*」

かく、「書評家」の宣はく。「小説家」は「書評家」に果たして曲がりなりにも書物の批評的精読に慣れ親しんだ何者であれ、『リトル・ドリット（五五年十二月から五七年六月まで月刊分冊形式で連載）』の頁を注意深くめくれば、以下の事実に気づかずにいられぬというに、くだんの文言を綴り、くだんの推測を真実めかして申し立てることに「放縦《ほうしょう》」は一切窺われぬか否か問わせて頂きたい——即ち、くだんの悲劇的結末《カタストロフィ》は物語に古屋敷が正しく初めて登場した刹那から周到に準備されていると、屋敷の崩壊によって圧死するリゴーは初めて（結末の数百頁も前に）屋敷に入った際、不可思議な恐怖と戦慄に見舞われると、屋敷の今にも崩れんばかりの腐朽した状態は、屋敷が描かれる折は必ずや入念に読者の眼前に呈示され続けていると、男と屋敷諸共の瓦解は物語の終始、細心の注意を払い、繰り返し周到に準備を重ねつつ、伏線が張られていると。ほぼ二年間に及び読者の記憶に話の筋を留めておくためには、くだんの労を惜しんではならぬ点がかの連載形式での出版に付随する不利な条件の一つである訳だが。たといディケンズ氏が今や約言と名誉にかけて、くだんの悲劇的結末《カタストロフィ》はトテナム・コート・ロードの事故の出来する以前に執筆され、鋼版に彫られ、印刷され、植字工と、印刷校正者と、印刷工の手に順に渡り、ブラドリー・アンド・エヴァンズ出版会社にて版が作られ、校正中であった由公然と触れ回ろうと、さして問題ではないやもしれぬ。が、道義を重んず書評家ならば全ての詳細とあらゆる点において悉く、完全に、真実でないことを事実として述べる前に、悲劇的結末《カタストロフィ》を作品それ自体の内的証拠に難なく跡づけていたやもしれぬということは大いに問題である。のみならず、もしや『エディンバラ・レヴュー』誌の（「繁文縟礼省」の一点の非の打ち所もなきとある部局の苛酷な公務から一時《いっとき》くつろいだ）編集長がたまたま問題の条《くだり》にざっと目を通し賜い、その物理的な蓋然性と非蓋然性をすら版元に照会していたならば、くだんの熟練の殿方達は彼に危ない羽目に陥りそうだと警告していたに違いない——して日付を比較し、正しくくだんの惨事の挿絵の入った『リトル・ドリット』の月刊分冊と、一巻本にての出版日を参照すれば、如何でディケンズ氏がトテナム・コート・ロードの屋敷の倒壊が自らを窮地より救い出してくれるのを破れかぶれのミコーバー（『デイヴィッド・コパフィールド』に登場するたなぼた主義の呑気屋）跣の楽観主義で待ち受け、がそれでいて物の見事にかっきり期日を違《たが》えずお出ましになれたものやらほとんど見当もつかぬと告げていたに違いない。『エディンバラ・レヴュー』誌は手当たり次第に言い掛かりをつけてはいないか？　そいつは青と黄のガラスの*家に暮らしながら、それでいて然に大きな石を屋敷越しに投げつけてはいないか？　天下御免の「書評家」は奴のちっぽけな「繁文縟礼省」がらみで、天下御免の「小説家」に詫びを入れる気はあるのか？　くだんの書評家はディケンズ氏のそれのみならず奴自身の「一般的問責」の「正当性を検討する」気はあるのか？　奴自身の文言を自らに当てつけ、かくて「ともかく何らかの類の礼節を失わずして当該言語を所持する前に人間、如何なる資格を有すべきか一考するのも蓋し、いささか興味深い」との結論に達す気はあるのか？

「小説家」は今や「書評家」の興味深き誤植に話題を移したい。「書評家」は偉大なる公官庁を褒めそやし、それら全ての直中によもや「繁文縟礼省」の気味が紛れていようはずがないと腹立たしげに物申す上で、教示を乞う。「果たしてディケンズ氏は郵便局の全体制と郵便低料金制を何と心得られる？」セント・マーティン・ル・グラン（セント・ポール大聖堂の北側へ通ず街路。ロンドン郵便本局所在地）を綱で曳きつつ、怒り心頭の「繁文縟礼」蒸気船はポッポと、くだんの第一級船舶の全重量をかけて押し潰すべくディケンズ氏宛蒸気を吹きつけながら食ってかかる。「ほんの周知の一例を取るだけでも、氏はロウランド・ヒル氏（第四十稿注（一七〇）参照）の経歴を何と説明なさる？　私的な、さして目立たぬ立場にある殿方が政府の最も肝要な部門における革新に至ったものを推奨する小冊子を物する。果たして『繁文縟礼省』は殿方を蔑し、謗り、悲嘆に暮れさせ、身上まで潰したか？　彼らは氏の企画を採用し、其を遂行する上で氏に主導的役割を与えた。というに是ぞディケンズ氏が才能にとっての不倶戴天の敵と、創意工夫にとっての手の込んだ仇敵と、触れ回る政府である」

ここで言う興味深き誤植とは、ロウランド・ヒル氏という名である。印刷所には何か全く異なる別の名が送られていたに違いない。ロウランド・ヒル氏だと!!　ああ、もしやロウランド・ヒル氏が強靭さにおいて、十万人に一人の男でなければ、もしや氏が人生の苦闘において、ありとあらゆる傷つき易さを凌駕し、ひたすら陰険な絶望を顔色なからしむ、確乎たるホゾの堅さを持ち併せていなかったならば、「繁文縟礼省」はとうの、とうの昔に氏の息の根を止めていたろう。ディケンズ氏は固より怖めも臆しもせぬながら、怖めず臆せず言わせて頂こう——「繁文縟礼省」はロウランド・ヒル氏を心底憎んでいたと、「繁文縟礼省」はさすが面目躍如たるに、氏におよそ敵対の能う限り敵対していたと、「繁文縟礼省」はもしやロウランド・ヒル氏の魂を肉体より悶々と追い立て、氏と厄介千万な一ペニー企画を諸共墓場へ送り込めていたなら、衷心より快哉を叫んでいたろうと。

ロウランド・ヒル氏だと!! さて、如何ほどロウランド・ヒル氏がよもや『エディンバラ・レヴュー』誌の印刷所へ送った名であるはずがないか御覧じろ。其はロウランド・ヒル氏がそこにて禁忌《タブー》たりし折に正しくくだんの郵便局にて働かれていた大がかりな汚職がらみで押し黙っていたことでは、ディケンズ氏の生身の殿方に対す寛容にすがっていたやもしれぬし、たといロンドンはストランド街中央の南側にて、四季支払い日には依然そいつの悪臭芬々たる風がそよ吹こうと、氏の礼節にすがったとて無駄ではあるまい。が、『エディンバラ・レヴュー』誌がディケンズ氏の「繁文縟礼省」なるなまくらな絵空事をやり込めるために、よりによってロウランド・ヒル氏を祭り上げられようとは。「放縦《ほうしょう》」はさらば、甚だしすぎていたろう。不条理は見え透きすぎていたろう。「繁文縟礼省」独裁と党人根性はあからさますぎていたろう。

『繁文縟礼省』は氏の企画を採用し、其を遂行する上で氏に主導的役割を与えた」くだんの文言がロウランド・ヒル氏に当てはまらぬは自明の理。「書評家」は果たしてロウランド・ヒル氏の企画の辿った変遷を記憶しているのか？「小説家」はしかと記憶しているので其をここに正確に記させて頂こう——如何に「書評家」はその放縦《ほうしょう》の灼なれば万事を知り、「小説家」はその放縦《ほうしょう》の灼なれば何一つ知らぬとは永遠の神慮の端くれではあるものの。

ロウランド・ヒル氏は一八三七年初頭、一律一ペニー郵便制度の設立に関す小冊子を出版した。グリノック（スコットランド南西部海港）の選出議員ウォラス氏（郵便事業改革者（一七七三—一八五五））は、長らく当時現行の郵便制度に反対していたため、一件に関す委員会設置を求めて動議を提出した。その任命は政府によって——と言おうか、つまり「繁文縟礼省」によって——反対された。が後に譲られた。くだんの委員会の前にて、「繁文縟礼省」とロウランド・ヒル氏とは様々な事実の点で悉く食い違い、ロウランド・ヒル氏は必ずや氏の事実において正しく、「繁文縟礼省」が必ずや間違っていると判明せぬことは一度たりなかった。正《まさ》しく折しも郵便本局を通過している手紙の平均的な数のような単純な点に関してすら、ロウランド・ヒル氏は正しく、「繁文縟礼省」は間違っていた。

『エディンバラ・レヴュー』誌は自ら「一般的」と称すやり口にて、『繁文縟礼省』は氏の企画を採用した」と言う。本当に？　その折は、無論、否。というのもくだんの委員会の調査から出来する何一つとして遂行されなかったからだ。が、たまたま、ホイッグ政権が後ほどジャマイカ問題に関し、急進派の反対投票のために敗北を喫することとなった。*サー・ロバート・ピール（第四稿注（七）、第五稿注（九）参照）が組閣を命ぜられたが、女官《にょうかん》を巡って持ち上がった（読者諸兄の記憶にも新しい）難儀の末、失敗した。*女官《にょうかん》のお蔭でホイッグ党がまたもや政権を執り、さらば急進派は（いつ何時であれ何もかもを破壊するを宗とするだけに）一ペニー郵便制の採用を新ホイッグ政府支持の条件の一つとした。これは実に委員会任命から二年後、つまり一八三九年のことである。「繁文縟礼省」はそれまで、一ペニー郵便制に対しては反対し、延期し、反駁し、徹頭徹尾己《おのれ》が間違っていることを証す外、指一本動かさなかった。

「彼らは氏の企画を採用し、其を遂行する上で氏に主導的役割を与えた」無論、連中はそこで、いざ採用するとならば、其を遂行する上で氏に主導的役割を与え、くだんの制度の面目と人気を恣にしたと？　然に非ズ。一八三九年、ロウランド・ヒル氏は任命された――郵便局ではなく、大蔵省に。氏は自らの企画を遂行すべく大蔵省に任ぜられたと？　否。氏は「助言」すべく任ぜられた。換言すらば、無知な「繁文縟礼省」に如何に氏抜きでも――とはともかく能ふものなら――やって行けるか指導すべく。一八四〇年一月十日、晴れて一ペニー郵便制は採用された。さらば無論、「繁文縟礼省」はロウランド・ヒル氏に「其を遂行《キャリーアウト》する上で主導的役割」を与えたと？　否、必ずしも。が氏に自らを搬出《キャリーアウト》する主導的役割を与えた。というのも、一八四二年、そいつは即決にて、ロウランド・ヒル氏をそっくりお払い箱にしたからだ！

「繁文縟礼省」がロウランド・ヒル氏を庇護し、後援するという、『エディンバラ・レヴュー』誌によりて然に生半ならず称賛されているその愛国的方針において――「小説家」ならざる如何なる子供にとて氏が其の格別な被後援者《プロテジェ》たりしこと一目瞭然たろうから――くだんの窮地に陥るや、民意は（概ね依怙地なものと相場は決まっているので）一件がらみで生半ならず頭に血を上らせた。サー・トーマス・ワイルド（ニューアク‐オン‐トレント選出ホイッグ党国会議員）が別の委員会設置を求める動議を提出した。「繁文縟礼省」は嘴を突っ込んだ。指一本動かされなかった。大衆は寄附を募り、ロウランド・ヒル氏に一万六千ポンド贈呈した。「繁文縟礼省」は敢くまで己自身とその職分に律義であった。指一本動かさず、指一本動かそうとはしなかった。四年後、一八四六年になって初めて、ロウランド・ヒル氏は郵便局の然る地位に任ぜられた。その期に及んでなお、氏は自らの企画を「遂行する上で主導的役割」に任ぜられたか？　氏は然る持ち場をわざわざでっち上げられたせいで、裏階段伝《づて》郵便局へ這いずり上がることを許された。この威厳と名誉の地位は、この「繁文縟礼省」王冠は、既に郵政大臣が存在していたため、「逓信大臣秘書官」と呼ばれた。して前者がらみで「繁文縟礼省」はロウランド・ヒル氏をお払い箱にする理由として前者の職分とロウランド・ヒル氏のそれとは折り合いがつくまいと言明していた。

　蓋し、両者は折り合いがつかなかった。絶えず食い違っていた。一ペニー制はロウランド・ヒル氏によって行なわれた数ある郵便業務改革の一改革にすぎず、これら諸々の改革はさらにもう八年間、「繁文縟礼省」により渾身の力を振り絞りって妨害され、反対された。ウォラス氏の委員会の任命から十四年後の一八五四年になって初めて、ロウランド・ヒル氏は（当時公にされた如く、辞職すると、して辞職の理由も審らかにすると啖呵を切った甲斐あってか）、とうとう単独の郵政大臣に任ぜられ、ソリの合わぬ大臣は（この人物についてはこれきり何も言はぬが花）別クチの片をつけられた。ほんの一八五四年のくだんの日以来のことである、一般郵便と地区郵便の合併、ロンドンの十区域への分割、より早い刻限での全国的な手紙の配達、書籍・小包郵便、手紙を受け取る家庭の全域的増加、郵便局運営の効率の大幅向上といった改革がロウランド・ヒル氏によりて公益と公的便宜のために成し遂げられたのは。

　もしや『エディンバラ・レヴュー』誌が真剣に「如何様にディケンズ氏はロウランド・ヒル氏の来歴を説明する」か知りたいというなら、ディケンズ氏はかく説明しよう。ヒル氏は然に揺るぎない、強固な意志を具えたバーミンガム生まれの男であるがため、「繁文縟礼省」は最大限の努力を惜しみなく尽くそうと、氏の決意を弱めることも、剃刀を研ぐことも、心を張り裂けさすことも叶はなかったと。氏は然なる人物であるが故、氏のために大衆の義侠は掻き立てられ、大衆の気概は目覚めさせられたと。氏はその本質において然に紛うことなく、直接、国中の男や、女や、子供の即座の利益につながる企画を有していたがため、「繁文縟礼省」はたとい一時《いっとき》そいつの勢いを殺げようと、大衆の目は眩ませられなかったと。氏はかくて徹頭徹尾、「繁文縟礼省」にもかかわらず、して其に天敵として真っ向から挑みかかりつつ、己《おの》が道を行ったと。

されど、くだんの名は興味深き誤植にして不運な誤謬である。「小説家」は飽くまで「書評家」の校正と正しい名への変更を待つ所存である。

果たして『エディンバラ・レヴュー』誌はまた次の機会を利用し、「繁文縟礼省」気触れが常軌を逸すに及び、ことくだんのトテナム・コート・ロード主張にかけては粗忽にも虚偽をもって真実に挿げ替えた旨雄々しく遺憾の念を表明する気があろうか？　その不面目を、もしや単に公正たるほどには冷静かつ慎重であったならば免れていたやもしれぬ訳だが。貴社は十中八九、その時までにはインドへの往航がらみでの新たな凱旋において「繁文縟礼省」の擁護者として立ち回るのに手一杯ではあろうが（「小説家」はおよそ凱旋的ならざる心で虫の報せを綴る公的のみならず私的謂れがある、とは神のみぞ知る*!）党派占有、書評家の放縦《ほうしょう》、編集上の複数形ですら、殿方を殿方としての本務、殿方としての自制、殿方としての寛容から免除しはすまい。

ディケンズ氏は喜んで、「書評」が籠手を仕立てるやもしれぬ如何なる「繁文縟礼省」擁護の新たな事例をも「説明」すべく全力を尽くしたい。願はくは、「書評」や、氏自身や、天職への正当な敬意を払いつつ全力を尽くすものと信じて頂いて差し支えあるまい――その健全かつ、穏健かつ、合法的効用と影響を措いて、与したい目的も、満たしたい人生の野望も持ち併さぬからには。

第九十六稿　おスミ付のラッピング*

『ハウスホールド・ワーズ』誌（一八五八年二月二十日付）

筆者は嘘偽りなき本稿において筆者自身の三様の霊的体験を記すつもりだが、まずもって、くだんの体験の恩恵に浴すその時までラッピングもティッピングもこれきり信じていなかった由断っておかねばなるまい。筆者の霊的世界に関す卑俗な概念はその住人方を恐らくはペッカム（ロンドン南東郊外）かニュー・ヨークの知的最上位をすら凌ぐほど進化した生き物として描いていた。よって、この地球が恵まれている夥しき無知や、僭越や、愚昧に鑑みれば、綴りの間違いや、より悪しき戯言《たわごと》で人類を満足さすべくこの世ならざる「存在」を呼び入れるなど然に大いなる無駄ボネと思われたものだから、正しく僭越ながら、くだんの尊き霞方がほんの御自身を可惜骨身を削りたがる痴れ者と化さしむべくわざわざ地球へお越しになるに強く異を唱えていた。

以上がつい先達ての、去る十二月二十六日の時点での筆者のがさつにして生身の心理状態であった。くだんの忘れ難き朝《あした》、夜が明けて二時間ほど経っていたろうか――つまり、筆者の寝台脇のテーブルの上に載っていた、して目下は出版社にて目にされ、正真正銘ジュネーヴのボーテ*によって製造され、６７７０９と番号の打たれた準高精度時計と認められよう筆者の時計によらば十時二十分前に――だから、くだんの忘れ難き朝《あした》、夜が明けて二時間ほど経っていたろうか、筆者はハッと、額に手をあてがったなりベッドの中で起き上がると、くだんの箇所が紛うことなく十七度にわたりドクドク脈打つ、と言おうか鼓動するのを感じた。脈動にはその辺りの疼痛の感覚と、得てして胆汁異常につきもののそれに似ていなくもない全般的な感じが伴っていた。物の弾みで、筆者は思わず尋ねた。

「こいつは何だ？」

立ち所に（額の脈動、と言おうか鼓動において）返って来た答えは、「昨日《きのう》だ」

筆者はそこで、未だ夢現だったから、吹っかけた。

「昨日《きのう》は何の日だ？」

答え。「クリスマスの日だ」

筆者は、今やすっかり正気づいていたから、カマをかけた。「本件の霊媒は何者だ?」

答え。「クラーキンズだ」

問い。「クラーキンズ夫人か、それともクラーキンズ氏か?」

答え。「両方だ」

問い。「氏とは、親父のクラーキンズか、それとも倅のクラーキンズか?」

答え。「両方だ」

さて、筆者は前日、馴染みのクラーキンズと食事を共にし(問い合わせは公文書保管所《ステイト・ペーパー・オフィス》にて)、確かにディナーの席では様々な様相の下《もと》なる霊魂が話題に上せられていた。これまた筆者の記憶に留められていることだが、クラーキンズ親子はかようの話題となると俄然熱を帯び、むしろネタを一座に押しつけていた。クラーキンズ夫人も会話に頻りにクビを突っ込み、はち切れそうな、とまでは行かずとも愉快そうな口調で宣っていた。「ほんの一年に一度のことですもの」

これら徴候から、ラッピングは霊的起源たること信じて疑わず、筆者は以下の如く畳みかけた。

「お前は何者だ?」

額のラッピングはまたもや、とは言えとびきり支離滅裂なやり口でぶり返した。そいつを何と解《かい》したものか、しばらくお手上げだった。一時《いっとき》黙りこくっていたものの、筆者は(頭を抱え込みながら)呻き声もろとも、物々しい声で質問を繰り返した。

「お前は一体何者だ?」

支離滅裂なラッピングしか依然、返って来なかった。

筆者はそこで、相変わらず物々しげに、してまたもや呻き声を洩らしながら尋ねた。

「お前、名を何という?」

返答はかっきり大きなしゃっくりそっくりの音にて伝えられた。後ほど分かったことだが、当該霊的声音《こわね》は隣の部屋の筆者の使い走り(皺《しわ》伸《の》し女の後家さんパンピオンの七番目の子供)のアレキサンダー・パンピオンにもはっきり聞こえたという。

問い。「まさかお前の名はシャックリではあるまい? シャックリは固有名詞ではないものな?」

ウンともスンとも返らぬので、筆者は言った。「さあ、冗談抜きで、お互い霊媒のクラーキンズを──親父のクラーキンズと、倅のクラーキンズと、お袋さんのクラーキンズを──知っているからには、名を明かせ!」

めっぽう不承不承、コツコツやらされた返答は、「スモモージュース、ログウッド、クロイチゴ」

こいつは筆者には『真夏の夜の夢』の「クモの巣、蛾、カラシナの種（第三幕第一場）」の捩《もじ》りとしか思われなかったので、いたく当然の如く突っ返した。

「まさかそいつがお前の名のはずは？」

ラッピングの霊の返して曰く。「ああ」

「だったら日頃みんなはお前を何と呼ぶ？」

沈黙。

「だから、日頃みんなはお前を何と呼ぶ？」

霊は、明らかに凄みを利かされた勢い、いたく畏みて返した。「ポート！」

当該由々しきお告げのせいで筆者は十五分の長きにわたり、今にも気を失いそうになりながら伸びていた。その間《かん》ラッピングは猛然と続けられ、筆者の目の前を真っ黒な、その数あまたに上る亡霊が行き交った。亡霊はオタマジャクシそっくりだったが、時にクルクル回っては虚空に舞い降りる片や、音符に為り変わる摩訶不思議な力を授かっているかのようだった。これら亡霊の大群にじっと目を凝らしていたものの、やがて筆者はラッピングの霊に問うた。

「お前を私自身に何と言い表せば好い？　概して、何がお前にいっとうよく似ている？」

身の毛もよだつような返答は、「クツ墨」

今や総毛立たんばかりの怯えに漸う抑えを利かし果すや否や、筆者は尋ねた。

「何か飲んだ方がいいか？」

答え。「ああ」

問い。「何か処方を頼んでもいいか？」

答え。「ああ」

寝台の傍らのテーブルの上の鉛筆と紙切れがすかさず手の中に飛び込み、気がついてみれば筆者は無理矢理、以下の如き霊的メモを（筆者本来の手書きは際立って明瞭かつ真っ直ぐなものを、妙にフラついた文字にして、てんで右下がりに）綴らされ始めていた。

「拝啓、ポートランド・ストリートの向かいの、オクスフォード・ストリートの薬剤師ベル商会殿、C・D・S・プーニーは何卒使いの者伝《づて》真正青汞《せいこう》丸薬五グレインと、相応の薬効の真正複方センナをお届け頂きたく」

だが、当該文書をアレキサンダー・パンピオンに託す前に（小僧と来ては、ひょっとして呼び売りの栗炒り器の穴の一つに御逸品、どんな具合にメラメラ燃え上がるか試してやろうというのでわざっと突っ込んだのではと、下種の何とやらを働かれさえせぬまでも、帰りしなに生憎どこかへやってしまったが）、筆者はこれが最後、ラッピングの霊にきっぱり吹っかけてみようとホゾを固めた。よって粛々たる徐な声音《こわね》で尋ねた。

「青汞《せいこう》と複方センナを服用すると腹が痛もぅか?」

何と自信たっぷりに預言めいた答えが返って来たことか、は筆舌に尽くし難い。「如何にも」との太鼓判は、筆者自身、長らく記憶に留めよう如く、結果によって余す所なく立証された。してかほどにイタい目に会ったとあらば、最早眉にツバしてかかれぬと断るまでもなかった。

筆者がお次に恩恵に浴した興味津々たる手合いの交信は鉄道幹線の一本で出来した。霊が——本年一月二日——筆者に顕現した状況は以下の如し。筆者は前回の特筆すべき「訪い」の結果からは既に回復し、またもや時候の挨拶の御相伴に与っていた。前日はすこぶる愉快な時を過ごした。筆者は名にし負う街へ——やりこなさねばならぬ用件のある著名な商業中心地へ——向かっていた。して汽車が定刻より遅れ気味だったため、鉄道での常の習いよりいささか慌ただしく昼食を認《したた》めていた。御逸品、カウンターの後ろのお若い御婦人によりて不承不承もいい所、供されていた訳だが。お若い御婦人は折しも髪とドレスを一心に整え、さも見下したような表情を浮かべていた。ほどなくお分かり頂けよう如く、当該お若い御婦人こそ強かな「巫女《みこ》」と判明した。

筆者はたまたま独りきり旅をしていた一等客室に戻り、汽車はまたもや動き出し、筆者はいつしかウツラウツラ船を漕ぎ始め、前述の正確無比の時計は「巫女《みこ》」との会談から四十五分経っている旨告げていた。さらばいきなり筆者はめっぽう奇妙な楽器によって目を覚まされた。当該楽器は、筆者の胆を冷やさぬでもなくうっとり来たことに、腸の中にて演奏されていた。楽の音《ね》は曰く言い難い、さざ波めいた低い手合いのそれだったが、もしやかようの準えが許されるとすらば、旋律豊かな嘈囃《むねやけ》に似ていた。が、とまれ、筆者にはくだんの慎ましやかな感懐を彷彿とさせた。

問題の珍現象に気づくが早いか、筆者は胃の腑が忙しなくも腹立たしげにコツコツと立て続けに叩かれ、胸がグッと締めつけられることにて注意が喚起されているのに気づいた。早、懐疑主義者からは足を洗っているとあって、やにわに霊と交信を始めた。やり取りは以下の如し。

問い。「私は君の名を知っているかね?」

答え。「ではないでしょうか!」

問い。「Pで始まるかい?」

答え（二度目）。「ではないでしょうか!」

問い。「君には姓と名があって、どちらともPで始まるかね?」

答え（三度目）。「ではないでしょうか！」

問い。「どうかその上っ調子なのは止しにして、何という名か教えてくれ」

霊はしばし思いを巡らせていたと思うと、一文字一文字綴って行った。P・O・R・K。楽器はさらば短く、途切れがちな調べを奏した。霊はさらば仕切り直し、一文字一文字綴って行った。「P・I・E」

さて、正しくこの焼き菓子は、この格別な食品、と言おうか食べ物は、事実——嘲笑い屋よ、お見逸れなきよう——筆者の昼食のメインを成し、事実、筆者が今や強かな「巫女《みこ》」たる正体を突き止めたお若い御婦人によりて直々手渡されていた！　かくて悟性にとりては否応なくも、目下己《おのれ》の言葉を交わしている叡智はこの世のものでなき旨とことん得心するに及び、筆者は話の穂を継いだ。

問い。「皆は君のことをポーク・パイと呼ぶのか？」

答え。「ええ」

問い（筆者の如何せん二の足を踏んだ挙句、おずおず提起するに）。「君はほんとに、ポーク・パイなのかね？」

答え。「ええ」

当該肝心要の返答から果たして如何ほどの精神的安楽と慰安を得たものか筆舌に尽くそうとて詮なかろう。筆者の先を続けて曰く。

問い。「お互い誤解のないようにやろう。君にはポークでこさえられている部分と、パイでこさえられている部分があると？」

答え。「おっしゃる通りです」

問い。「君のパイの部分は何で出来ているのかね？」

答え。「ラード」さらば楽器から心悲しい調べが流れて来た。さらば次なる文言。「脂汁《ドリッピン》」

問い。「私は君のことを脳ミソの奴にどう言い表せばいい？　君は何にいっとうよく似ている？」

答え（間髪を入れず）。「鉛」

ずっしりとした意気消沈がこの時点で筆者を見舞った。そこそこ立ち直り果すや、筆者は仕切り直した。

問い。「君のもう一方の質《たち》はポークっぽい質《たち》だ。くだんの質《たち》は主に何で生き存えている？」

答え（潑溂たる物腰で）。「もちろん、ポーク！」

問い。「まさか。ポークはポークを餌にはすまい？」

答え。「けれど、ではないでしょうか！」

ハトの飛翔にも似た、何やら奇しき体内の感じが筆者を捕らまえた。筆者はそこで、瞠目的やり口で目からウロコと相成ったものか、言った。

「つまり、君の言いたいのは、人間サマはうっかり、君の名で呼ばれる熟《こな》れにくい砦を襲撃しておきながら、砦のほとんど難攻不落の壁があんまり堅いものだから、そいつらを強襲する暇《いとま》がなくなり、中身の大方を『巫女《みこ》』の手に委ねて行くクセがある。すると『巫女《みこ》』は今のそのブタで先行きのパイのブタを育てるということかね？」

答え。「ええ、その通り！」

問い。「だったら我らが不滅の詩人の言葉を言い換えると――」

答え（口をさしはさみながら）。

「往時、同じポークはパイをどっさりこさえる
　少なくともパスティ七枚ってなら（『お気に召すまま』第二幕第七場ジェークイズの台詞の捩り）」

筆者の情動は激しく揺さぶられた。が、またもやなおいよいよ「霊」を試し、果たしてそいつが、合衆国の高度な先覚者の詩的専門語を用いれば、内奥の、より高邁な圏内の一つより呼び掛けているものか突き止めたき思いの已み難く、筆者は「霊」の叡智を次なる問いで考査した。

問い。「またもや意識に上っている、この体内の楽器の狂おしき旋律において、君が名を挙げた以外にどんな素材の調べがある？」

答え。「ケープ。ガンボシ。カミツレ*。糖蜜。酒精。蒸留ポテト」

問い。「ほかには？」

答え。「取り立てて言うほどのものは」

さあ、嘲笑い屋よ、ワナワナ身を震わせ、臣従の礼を致すが好い！　脆弱な懐疑論者よ、赤面するが好い！　筆者は昼餉時《どき》、強かな「巫女《みこ》」にシェリー一杯と、同様にブランデーも一杯、小さなグラスで注文していた。一体何人《なんびと》に疑い得ようぞ、「霊」によりて列挙された商い種はそっくりくだんの両の名の下《もと》くだんの霊媒より供されていたと？

後もう一例挙げれば、上述の手合いの体験は最早疑いをさしはさまれるべきではなく、そいつらに実しやかな説明で片をつけようとするは死罪に相当するということは余す所なく証明されよう。以下はティッピングの類稀なる事例である。

筆者の「運命の女神」は奴をしてサフォック州バンギのL・B嬢に徒望みをかけさすよう仕向けていた。L・B嬢はティッピングの出来した時分、未だ公然と筆者の手と心の申し出を突っぱねてはいなかった。が爾来、彼女が突っぱねるのを差し控えていたのは専ら、筆者の野望に与していた親父さんのB氏への娘としての気づかいのためだったらしいと明

らかになってはいる。さて、ティッピングに御注意あれかし。ありとあらゆる律せられた精神にとって鼻持ちならぬ（爾来L・B嬢と連れ添っている）若造が屋敷を訪うていた。B坊っちゃんも学校から帰省していた。筆者もその場に居合わせた。内輪の一座は丸テーブルのグルリに集うていた。時は七月、黄昏なる霊的な刻限のことである。家具も何もかも茫と霞んでいた。いきなりB氏が、先刻来ウツラウツラ微睡んでいたものを、大きな哮り声、と言おうか叫び声を上げることにて我々皆の心臓を震撼させた。氏の文言は（若い時分、教育が怠られていたものだから）かっきり以下の如し。「ええいコンチクショー、どいつかこのわしのマホガニーの下からこの手に手紙を突っ込みおって！」一座は腰を抜かさぬばかりにびっくり仰天した。B夫人はその場の狼狽を弥が上にも膨れ上がらすに、三十分ほど前からどなたかわたしの足指を時折そっと踏んでらっしゃるのと宣った。一座はいよいよ腰を抜かさぬばかりにびっくり仰天した。B氏はロウソクを呼び立てた。さて、ティッピングに御注意あれかし。B坊っちゃんは声を上げた（以下、坊っちゃんの表現を正確に引用する）。「霊の仕業だよ、父さん。あいつらこの二週間ってものぼくにずっとかかずらってやがる」B氏は苛立たしげに尋ねた。「とはどういうことだ？　あいつら何にかかずらってやがるだと？」B坊っちゃんの返して曰く。「あいつらぼくをズブの郵便局に仕立てる気だ。いつだって影も形もない手紙をぼくに手渡してさ、父さん。さっきの手紙はうっかり、父さんの方へコソついてったに決まってる。ぼくはきっと霊媒だ、父さん。おうっ、何てこったい！」とB坊っちゃんは声を上げた。「とんだ霊媒もいたもんだ！」坊っちゃんはこの期に及びピクピク、生半ならず痙攣《ひきつけ》を起こし、辺り一面プシュプシュ唾を跳ね散らかし、腕と脚をグイグイ、小生にいたく不都合を蒙らさずばおかぬ（して事実、蒙らせた）物腰にて突き出した。というのも筆者は坊っちゃんのブーツの射程距離内にて御母堂を介抱し、坊っちゃんと来ては電信送置の発明以前の腕木信号機の要領で身を処していたからだ。その間《かん》終始、B氏はキョロキョロ、手紙はどこぞとテーブルの下を見回し、片や爾来L・B嬢と連れ添っている、鼻持ちならぬ若造は鼻持ちならぬやり口でくだんの若き御婦人を庇っていた。「おうっ、何てこったい！」とB坊っちゃんは息も継がずに喚き立てた。「とんだ霊媒もいたもんだ、父さん！　何てこったい！　すぐっとティッピングがお越しだぜ、父さん。テーブルに気をつけな！」さて、ティッピングに御注意あれかし。テーブルはそれはしこたまティップしたものだから、御当人がその下を覗いている間《ま》にもB氏の禿頭を優に五、六度は叩き、お蔭でB氏はアタフタお出ましになるや、そいつ（とはつまり、禿頭）をめっぽうお手柔らかにさすり、そいつ（とはつまり、テーブル）をおよそお手柔らかならず呪いまくった。筆者に見て取れる限り、テーブルのティッピングは判で捺したように磁気の流れの方角、即ち南から北へ、と言おうかB坊っちゃんからB氏へ、出来していた。筆者は当該興味津々たる点に関し、なお観察を続ける所ではあったろう、もしやテーブルがいきなり旋転し、筆者自身宛傾ぎざま、B坊っちゃんに加えられる弾みによりていよよ抗い難くも筆者を床に押し倒しかけてでもいなければ。何せ坊っちゃんと来ては雀躍りせぬばかりに御逸品ごと襲いかかり、しばらくいっかなどいて下さらなかったからだ。その間《かん》筆者は坊っちゃんの重みとテーブルのそいつとで押し潰されるのを意識するのみならず、坊っちゃんがひっきりなしに姉上と鼻持ちならぬ若造に、すぐっとお次のティッピングがお越しだぜと叫ぶのにも気づいていた。

如何なるその手の椿事も、されど、出来しなかった。坊っちゃんは二人と一緒に暗がりをしばし漫ろ歩いていたと思うと持ち直し、夕べの残りの間中、我々がその恩恵に浴したためっぽう麗しき体験の結果が坊っちゃんに顕現すると言ってもただこの方、わずかながらヒステリックに声を立てて笑ったかと思えば、左手を心臓、と言おうかチョッキのポケットにやたら（見込まれたように、と表《ひょう》しても過言ではなかろうが）突っ込みたがるということくらいのものであった。

以上はティッピングの事例だったか、ではなかったか？懐疑主義者や嘲笑い屋よ、何卒お答えを。

第九十七稿　どうか雨傘を置いてお行きを

『ハウスホールド・ワーズ』誌（一八五八年五月一日付）

小生は先日、ハンプトン・コートの宮殿（第三十五稿一四三頁参照）を訪うた。ハンプトン・コートの宮殿がらみではすこぶるつきの上機嫌たる小生なりのささやかな謂れ*があったやもしれぬが、くだんのささやかな謂れは此処《ここ》にもなければ（ああ！　此処《ここ》にあってくれるものなら！）彼処《あすこ》にもない（『オセロ』IV、3）。

如何なる丁重な願い出にも二つ返事で応ず心持ちにて、小生はハンプトン・コートの公共の続きの間《ま》の玄関広間で警官の中でもとびきり気のいい警官に迎えられ、雨傘を階段の袂にて御当人の保管に委ねるよう請われた。「喜んで」と小生は返した。「ぐしょ濡れだものな」よって警官は小生の雨傘をコウモリ掛けに吊るすと——さらばポタリポタリ、石の床に不規則な時計よろしき音を立てて雫を垂らし始めたが——後ほど表へ出る際に引き替えられるようおスミ付の札をくれた。そこで、小生は打ち捨てられた長い続きの間《ま》から続きの間《ま》を悠然と縫い、今や絵画を鑑賞したり、今や広々とした古めかしい窓下腰掛け越しに身を乗り出し、鯱張《しゃちこば》った砂利道や、きっちり刈り込まれた木々や、小ぎれいな芝生の堤も艶かな、雨に烟《けぶ》る古びた庭園を——宮廷服でめかし込んだ庭園を——見下ろしたりした。くだんの目出度き日、ハンプトン・コートには外《ほか》にもう一人（やたら陰気臭いブーツの）来遊者しかいなかった。その御仁もほどなく、代わる代わる、簱柱《ピア》にては仄暗く、窓にては明るい、己《おの》が長く、しかつべらしい道を行き、それきり姿を消した。

「果たしてこの」と小生は感傷旅行家（スターン『センチメンタル・ジャーニー』の独語癖の主人公ヨーリック）の向こうを張ってつぶやいた。「果たしてこの、ヨーリック、ささやかな謂れを胸に秘めたまま、ぼくはこれらどこまでも同じ果てしない続きの間《ま》をうっちゃり、喧騒と雑踏へ戻りたいと思うだろうか！　ぼくにはまるで蒼ざめた馬に跨った不気味な亡霊（『ヨハネの黙示録』で「世の終末」の四人の騎手の一人「死に神」）がぼくを追って階段を襲歩《ギャロップ》で駆け登って来るまでここにいて一向構わないって気がするのさ。ぼくのささやかな謂れは、これら奇妙なススけた納戸や、これらちっぽけな段重ねの角炉造《かどろづく》りや、これらずんぐりむっくりの形《なり》の古めかしい青磁や、これら痩せこけた支柱の、侘しい古びた来賓用寝台を、いや、親愛なるヨーリック」と小生はとある額に収まった、淀んだ水溜まりよろしき靴墨の方へ片手を差し延べながら言った。「正しくこれら芸術作品をすら、グルリを取り囲む美と至福の宇宙に変えてくれるだろう。地味な紅白の中庭の泉は（というのも我々は建物のくだんの角を曲がり切っていたから）、金輪際やたら一本調子に耳に留まることはないだろう。そいつの水盤の縁でちょうど今羽搏きをしている四羽の凍えたスズメは金輪際、日和の変化を願って囀ったりはしないだろう。点々と雨のポチの散る川面《かわも》のどんな艀船頭《がしら》も、公園の葉の落ちた木々の下《もと》にて雨宿りをしているどんな行き暮れし徒《かち》の旅人《たびびと》も、金輪際ぼくの空想の中へくだんの黒々とした叢雲を悲嘆に暮れて眺めやり、せめて一筋の陽光なり射さぬかと覗き込んでいるものとして立ち現われはしないだろう。ぼくとぼくのささやかな謂れとは、ヨーリック、生涯ここに何一つ不自由なく引き籠もり、一緒にあの世へ身罷れば、ぼく達の亡霊は懶い宮殿をこの世で初めてゴキゲンに祟られたお化け屋敷にしてくれようでは！」

　小生なりの脚色になる『センチメンタル・ジャーニー』のちょうどここまで差し掛かった所で、ハッと、上述の「靴墨」の目に清かなる存在によりて我に返った。「いやはや！」と小生は身を竦めぬでもなく声を上げた。「こうしてみると、あの階下《した》の警官は何とあれやこれや色んな代物を自分の下《もと》へ置いて行くよう言いつけてくれたことか！」

「ほんの雨傘だけでは。あいつは、どうか雨傘を置いてお行きをと言っただけだろう」

「全くもって、ヨーリック」と小生は返した。「あいつはあんまりどっさり大事な身上を雨傘の中に突っ込んで、そっくり、ここいらの仰山な絵を眺めに入る前に階段の袂に置いて行くよう言い張ったものだから、何て身ぐるみ剝がれたことかと思うだけでも総毛立ちそうだ。あの警官は一時《いっとき》、頭のいっとうまっとうなコブ（骨相学上の才能の顕われ）を寄越せと言ったようなものさ。形状、色彩、大小、均整、距離、個性、この地の表《おもて》であろうと天の表《おもて》であろうとありとあらゆる事物に対す真の直観を、あいつはぼくが目録とネンゴロになれもせぬ内に、階段のいっとう下に置いて行くよう言い張ったのさ。して今やぼくは月ってのはマジで出来そくないのチーズでこさえられていると、太陽ってのは黄色い薄焼きパンか小さな丸い発疱膏で、怒濤逆巻く大海原は薄っぺらな一列《ひとつら》なりのひっくり返った石板色の花綵で、人間ヅラの神様ってのはほんの染みか汚れだと、物的宇宙も霊的宇宙も丸ごと糖蜜でベタつき、靴墨で磨き上げられていると、思い知らされるって訳だ。どうか想像してもみてくれ、もしもあの警官がぼくの雨傘ごとトンヅラして、それきり返してくれなかったら、ぼくはあの世へ行くまでどんなザマをさらそうことか！」

　疑心暗鬼を生じ、小生は階段の天辺まで引き返し、御大層な身上は無事かと、手摺越しに見下ろした。そいつは相変わらずポタリポタリ、不規則な時計よろしく石畳の上にて拍子を取り、片や警官は（逆しまな物の怪には祟られていないこと一目瞭然）新聞を読んでいた。やれやれこれで一安心と、小生は部屋から部屋を物思いに耽りながら歩いて回った。

　どうか雨傘を置いてお行きを。貴殿から雨傘をふんだくる「権威」という「権威」の就中、「流儀」が縄張り荒らしの最たるものにしていっとう足るを知らぬ。再度、表へ出るまで玄関広間に置いておかれるべく、どうか雨傘の中に貴殿の比較力全てを、経験全てを、個人的見解全てを、突っ込んでお行きになるよう。この、雨傘との引き替え券と一緒に誰か外《ほか》の、その名もサムボディか、ノーボディか、エニボディ（第九十一稿参照）という御仁の個人的見解を受け取り、同上を四の五の言わず鵜呑みになさるよう。どうか貴殿の「目」を雨傘と一緒に置いてお行きを、して貴殿の個人的判断を散歩用ステッキと一緒にお明け渡しを。この、学識豊かなイスラム教熱狂派修道僧《ダーヴィッシュ》によって調合された軟膏をお塗りを、さらばラクダが引きも切らず針の目をお易い御用で潜《くぐ》って行く（『マタイ』一九：二四）所にお目にかかれよう。当該蒐集にては断じて突っ込まれ得まい、貴殿の雨傘一杯分の身上を警察にお預けを、さらば貴殿は、好むと好まざるとにかかわらず、この悍しき陶磁器は美しいと、これらうんざりするほど堅苦しく、味気ない形状は優美だと、これら下卑たヘボ絵は傑作だと、認められよう。雨傘を置き去りにし、代わりに貴殿の上流気取りをお連れを。「流儀」は貴殿に何がお上品な代物か申し立てる。そいつをありがたく頂戴し、お上品たられよ！　これきり雨傘のことはお構いのう――奴らの世話はロンドン警視庁本部にお任せを！　これきり勝手に智恵をお回しにならぬよう――貴殿らの世話は「流儀」警察にお任せを！

　小生に言わせれば正しく天下の「租税取り立て人」といえども小生の雨傘を申し立てる「権威」ほど多くを申し立てはすまい。「租税取り立て人」は小生が嫌がらせを受けずして髪粉を振るを肯《がえん》じまい。が「雨傘取り立て人」は小生が頭そのものを頂くを肯《がえん》じまい。「租税取り立て人」は小生の踏鋤の税金を徴収する。が「雨傘取り立て人」は小生に小生の踏鋤を踏鋤と呼ぶを許さぬ。ロンギヌス（ギリシアの新プラトン派哲学者）と、アリストテレスと、ヴァーゲン博士（美術史家。『英国の芸術作品・芸術家』（一八三八）の著者）と、ミュージカル・グラス（即ち、グラスハーモニカ。ゴールドスミス『ウェイクフィールドの牧師』第九章で上品な会話のお定まりの話題として揶揄される）と、国会職権と、何者か、は神のみぞ知る卿と、モールバラ・ハウス（第二十稿注（六三）参照）と、ブロンプトン・ボイラーズ（南ケンジントン装飾美術博物館の鉄・ガラス工芸品仮設展示場。ボイラーを三つ横に並べた形に似ていることに因む）は挙って小生の踏鋤はモップの柄だと宣ふ。さらば小生はすんなり小生の雨傘を明け渡し、モップの柄を鵜呑みにせねばならぬ。

またもや。小生が他の権威によりて然にしょっちゅう申し立てられる雨傘の中に突っ込み、幾多の思い出、ロビーに置いて行くよう命ぜられる道徳的区別立て、「これ」と「あれ」との釣り合いは、バーナクル一族（『リトル・ドリット』で、実入りの好い公職を全て独占する貴族一家）に劣らぬほどその数あまたに上る。ほんの一会期か二会期前のことだが、とある審理を聴くべく、中央刑事裁判所の傍聴席へ行った。席に着く前に置いて行くよう求められたのは雨傘だけだったろうか？　無論、否。小生は然に仰山な代物を雨傘の中に突っ込むよう申し立てられたものだから、御逸品、それそのものは小粋な雨傘なれど、ギャンプ夫人の身上どころでなく嵩張る始末であった（『マーティン・チャズルウィット』で夫人はいつもどデカい雨傘を提げている。そこから「ギャンプ」で「だらしなく巻いた不様なコウモリ」の意にも）。小生は気がついてみれば、当該お気の毒な身上に生まれてこの方一ポンドのマトンの首肉に手をかける罪と何十万ポンドもの金貨に手をかけるそれとの間に設けて来た由々しき対照を悉く詰め込むよう申し立てられていた。気がついてみれば、入廷する前に、小生の折しも抱いている（してたまたまどっさり抱いていた）、紛うことなく然にしこたま懐を温めると同時に、専門的令名を高めるべく、真実を歪め、捻じ曲げる様がそこなる被告人席の外にして囚人の向こうで認められるのではあるまいかとの如何なる危惧をも雨傘ごと置いて行くよう申し立てられていた。気がついてみれば、とうの昔に廃れていて然るべきだったろう幾多の傷ましくも馬鹿げた事柄に対す生まれながらの認識との引き替えに、くだんの場所にて十年一日が如く使われている札を受け取るよう求められていた。かと言って、小生は戸口におけるこの格別な要求にグチをこぼしているのではない。というのもさなくば、如何で裁判長が凶悪な殺人犯を永遠へと葬り去るためにしか用いられることのない奇妙なちんちくりんのおどけた帽子を被らずして御当人の究極的に由々しき職務を全うすること能はぬ恐るべき不条理に耐えられていたろうか？　或いは如何で同上のやんごとなきお役人と二人の徳高き法律顧問が（小生は生まれてこの方、二人の殿方が然までクダクダしくゴ徳を並べるのを拝聴したためしはないが）、たまたま生憎、縄張りの居酒屋が殺人現場となっていた黒人歌手らが毛織の鬘でめかし込んでいたのをダシに陰険な軽口を叩くに及び、思わずゲラゲラ——さらば法廷侮辱罪もいい所——腹を抱えずにいられたろうか？　片ややんごとなきお役人御当人と徳高き法律顧問御両人とて折しもこの世の如何なる芝居がかった鬘ともとことんいい対擬い物にして滑稽千万な――ほんのそいつら黒んぼ色でないだけのことで――もじゃもじゃの鬘でめかし込んでおきながら！

　が、下院の「一般傍聴席」に行った際、小生は『天路歴程（第二十二、六十七、八十一稿等参照）』においてキリスト教徒が置き去りにせねばならなかったよりどっさり雨傘ごと荷を置いて行かねばならなかった。「黒」と「白」の違いが――とは蓋し、めっぽう大きなそれだけに、如何なる雨傘とてお蔭で易々張り裂けようが――初っ端小生が無理矢理雨傘に突っ込まねばならぬ代物だった。して同上が警察によりて申し立てられていてもっけの幸い。というのも正しく同じ場所へ前回足を運んだ折、こよなく感極まりながら、自分は胸に手をかけて「黒」は「白」であり、この世に「黒」などという代物はないと誓うためにわざわざ下院までやって来たと宣ふのをこの耳で聞き届けた正しく同じ先生が、今やこよなく感極まりながら、自分は胸に手をかけて「白」は「黒」であり、この世に「白」などという代物はないと誓うためにわざわざ下院までやって来たと宣った際、如何で守衛長の手を逃れられていたろう？ もしや貴殿がめっぽう建築のお粗末な公共の場と、健全な愛国的事実との差のような代物を携えておいでなら（と雨傘取り立て人の事実上、曰く）どうかそいつをここの戸口に置いてお行きを。――如何にも、と小生は返した。――もしや貴殿がそこに祖国と呼ばれる衆多名詞、或いは多数を意味する名詞を携えておいでなら、どうかそれも雨傘の中にお入れを。――喜んで、と小生は返した。――民意はこの場の院外《ロビ》団《ー》や倶楽部の鼻摘み者には非ズとの貴殿の信念は大いに御自身や、この辺りの他の皆の邪魔になろうかと。どうかそれもついでに置いてお行きを。――結構、と小生は返した。――が、なるほど素直に認めざるを得ぬ、かくて身ぐるみ剝がれたお蔭で、全くもって愉快な夕べを過ごせたと。もしや雨傘とそいつの嵩張った中身ごと入廷させてもらっていたなら、とてもそんな訳には行かなかったろうから。

　どうか雨傘を置いてお行きを。小生はこれまで一つならざる教会に入って行ったことがある――そこにては「歴史」の幾百年もの波瀾万丈の歳月がギュッと迫持の肋《リブ》に詰め込まれた、似非中世風袖廊で雨傘を置いて行くよう命ぜられる。これまで仰々しい勿体の公共集会に――最も聖なる名の下《もと》一堂に会した集会にすら――入って行ったことがある――して小生のキリスト教公平と節度の感覚で柄《え》までびっしり詰まった雨傘は戸口で取り上げられたものだ。終生、個人的体験に鑑みれば、小生はどうか雨傘を置いて行って下さらねばならず、さなくば中へは入れまい。

小生はここまで辿り着くと、すんでに今一度、ヨーリックに頓呼しそうになった。すると慇懃な声が気のいい物言いで「雨傘をお受け取りを」と宣った。小生は引き替え札なしでも御逸品を受け取れていたろう。何せ今や知らず知らずの内に別の進路からグルリと戻っていたハンプトン・コート宮殿の玄関広間の傘掛けには外《ほか》に一本も吊る下がっていなかったからだ。しかしながら、札を返し、雨傘を受け取り、そこでささやかな謂れ共々そいつの庇護の下《もと》、篠突く春の雨の中を夢見がちに立ち去った。雨にはその日、来《きた》る夏の戦《そよ》ぎにも似た音が紛れていた。

第九十八稿　私事

『ハウスホールド・ワーズ』誌（一八五八年六月十二日付）

「読者」との目下の関係に乗り出して以来、二十三年の歳月を閲した。関係は小生が然に若い時分に始まったため、気がついてみればほぼ四半世紀もの長きにわたり続いている。その間終始、小生は「読者」が小生に対して律儀であると同様、「読者」に対して律儀であろうと努めて来た。断じて彼らを軽んじたり、欺いたり、厚意に付け込んだり、ともかく厚意に悖らぬよう懸命に力を尽くす外《ほか》其に対し何一つ為したりせぬのが小生の本務であった。

際立った立場上、小生はしばしば御伽噺めいた作り事や不可解な言説の主題となって来た。時に、そのせいで苛立つこともあれば、傷つくこともあるが、常に令名と成功という光とは分かち難い影として受け留めて来た。よってついぞ愛読者という寛容な総体に対し、小生自身のかようの個人的不安をこれ見よがしに押しつけたためしはない。

生涯初めて、して恐らくは最後、小生は今や然に長らく遵守して来た原則から逸脱するに、自ら編集する「小誌」において小生自身の個人的立場で姿を現わし、同信の友皆に（彼ら自身、小生に敬意を抱き、小生が我ら共通の天職に終始誠を尽くして来た男だと知る謂れがあると認めればこそ）、小生*の目下の文言を世に広めるに力を貸して頂くよう請う次第である。

神聖に個人的質《たち》たるとして重きを置かれるよう申し立てているという以上言及を差し控えたい、小生の然る、長きにわたる家庭的難事（妻キャサリンとの不和）にはこの所折り合いがつき、一連の示談に如何なる類の憤慨も悪意も一切伴わず、その発端、進捗、付帯状況は余す所なく、終始、子供達の知る所となっている。一件は穏便に調停され、その詳細は今や当事者によって忘れ去られさえすれば好い。

発端は邪心か、愚昧か、得体の知れぬ突飛な偶然か、それら三者か、は与り知らねど、何らかの手立てにて当該難事が元でこの上もなく猥りがわしくもまやかしにして、この上もなく言語道断にして、この上もなく残酷な不実表示が発生し*――小生のみならず、小生の心に近しき無垢な人々や、一面識もない――とは、たとい事実この世に有るとしても――無垢な人々にも累を及ぼさずばおかぬことに――然に周知の事実となっているものだから、果たしてくだんの条《くだり》を読んでなお、これら誹謗中傷の風の何らかの気配が不健全な息吹よろしく吹き過ぎぬ読者が千人の内一人いるものか否か、は怪しい限りだ。

小生と小生の気っ風を知っている人々には、小生の手づから、かようの名誉毀損はそれらがその常軌を逸した支離滅裂さにおいて互いに齟齬を来すに劣らず小生自身と齟齬を来すなどと太鼓判がてら綴る要はあるまい。が、世には小生を小生の物した作品を通じて知り、他の手立てにては知らぬ人々が数え切れぬほどいる。して小生は内一人として、小生が今や訴えている、「真実」を広言する常ならざる手段から意気地無くも後込みしたばっかりに疑念、と言おうか疑念の危険に取り残されるを潔しとせぬ。

小生は故に、天地神明にかけて誓いを立てよう――小生自身の名と妻の名双方において――上述の難事を巡りこの所囁かれている風聞は不埒千万なまでに偽りであると。何者であれかくて否まれてなお風聞の端くれですら繰り返す者は、如何なる偽証者とて「天地」を前に弄すこと能はぬほど故意にして逆しまに虚言を弄することになろうと。

チャールズ・ディケンズ

第九十九稿　元旦

『ハウスホールド・ワーズ』誌（一八五九年一月一日付）

小生は、目にするだに疎ましき小動物たりし時分（というのも小生の発祥はチビ助共が飼い主によりて怒り肩の袖の二目と見られぬ拘束服を着せられ、その上から二目と見られぬちんちくりんのズボンをぴっちりボタンで留められ、かくて連中、炉辺鉄具載せを空しく探し求めている二目と見られぬちんちくりんの火挟みよろしく、両手をズッポリ、ポケットに突っ込んだなり、しょんぼりその辺りをウロつき回っていた時代に遡るから）――十全たるありとあらゆる悟性にとりての当該ごもっともな侮蔑と恐怖の的たりし時分――過去における記憶と自省の及ぶ限り、ちんちくりんのシャツですら、袖なんぞの影も形もなく、胸板の辺りで急にブレーキのかかる儚い迷信たりし時分――目下の小生自身の当該めっぽうぎごちない所へもって面目丸つぶれの親父たりし時分、今に忘れもせぬ、元旦に何か贈り物を買ってもらうべく、ロンドンはソーホー・スクエアの市場《バザール》に連れて行かれた。とある印象が今にまざまざと記憶に刻まれていることに、カビっぽいラヴェンダーの芳香を芬々と立ち籠めさせ、黒い縮緬《ちりめん》に身を包んだ、苦虫を嚙みつぶした取り付く島もない婆さんが、道々ポケットに突っ込んだ何かをチリンチリン、耳許で鳴らしながらこの折、「オモチャの世界」へと案内して下された。小生は、今に忘れもせぬ、専ら揺すぶり上げられるためにだけ、オクスフォード・ストリートから脇へ逸れたどこぞの打ってつけの人気《ひとけ》ない小径をチョロリと偶然めかして護送された。して爾来、婆さんがどうしても手づから小生の鼻を（折しも鼻カゼとハンケチを諸共持ち併せていたせいで）、螺子回し原則に鑑み拭くと言って聞かぬその物腰によりて胸中搔き立てられた激しい意趣返しへの餓《かつ》えをこれきりなだめすかされてはいない。幾年もの間《かん》、何故《なにゆえ》婆さんが小生に贈り物をするのを請け負ったものか解き明かすはお手上げだった。が成熟した判断を働かすに及び、今では婆さん、娘の時分に何か悪事を働き、せめてもの罪滅ぼしに小生を連れ出したに違いないと踏んではいる。

当該金剛石が如く堅牢無比の女性にむんずと手袋を捕らまえられているせいで（くだんの暗黒時代のもう一つの恐るべき新機軸――二又鎖手袋《マフラー》。しかも枷よろしく手首に結わえつけられた）ほとんど宙に浮いたなり、小生は市場《バザール》中を引っ立てられた。小生のヤワな想像力（と言おうか良心）は、木造りの獄《ひとや》そっくりの、物蔭の一つならざる小部屋を――その中にて爾来、御婦人用の襟その他が試着されると想定する謂れを目にして来てはいるが――てっきり利かん気な小僧の真っ暗な監禁所か、それともそんなのへっちゃらさと言う少年をガツガツ食らって肥え太るライオン*が閉じ込められている檻なものと思い描いた。これら仇討ちめいた神秘の界隈に鳥肌を立てて恐れ戦いていると、一見、およそ一二〇エーカーはあろうかというオモチャの広場の前へ連れ出され、半クラウン（二シリング半）までで何が欲しいと吹っかけられた。仰《のっ》けは半ギニー（一〇シリング半）のオモチャばかりを選《よ》り出し、それから生まれながらの高望みの気《け》をそっくり五シリングの値のついた代物という代物に賭けてはいたものの、とうとう窮余の一策とし、ハーレキンの杖*に――ハーレキン御当人そっくりに斑染めの――突き当たった。

　固よりすこぶるお目出度にして絵空事めいた気っ風ではあったものの、小生はよもや当該お呪《まじな》いを手に入れたからとて、傍にいるピプチン夫人（『ドンビー父子』の突っけんどんな老寄宿舎女主）を何か人好きのする代物に変えられようなどという甘い了見は抱いていなかった。よってボネットの後ろにて婆さんに杖の効験を試してみた際、そいつはただ、婆さんまだしもまっとうな代物に変わるやもしれぬという密かな期待を込めて、というよりむしろこれ以上イタダけぬ代物にだけは変わりっこないとの確信に基づいた破れかぶれの物は試しとしてにすぎぬ。にもかかわらず、家《うち》へ帰ったらこの杖で何か魔法めいたことをしてやる妄想にしがみつき、挙句、散々振り回すことにててんで役立たずと思い知らされるまで、御逸品にそっくりとはサジを投げなかった。揺り木馬のギョロ目の依怙地は、さりとて、ビクともしなかった。ディナーの焼き立てのビーフステーキ・パイからいっかな生身の道化は飛び出さなかった。尊き両親の心とてせめて夜食まで起きていいとのお許しを賜る礼儀正しさと嗜み深さを仄めかすほども和みはしなかった。

　この杖のポシャが、終生忘れ得ぬ、元旦に纏わる仰《のっ》けの連想である。爾来、外《ほか》の杖にも次々肩透かしを食って来たが、元旦そのものがそいつらの後釜に座り、必ずやモノを言って下さる。元旦こそはこれまで手にしたいっとうスグれもののハーレキンの杖だ。そいつは奇しき様変わりをやってのけて来た――もうたくさんってほど――して「過去」を蘇らす威力と来ては目を瞠るばかりだ。くだんの呪《まじな》いに限ってシクじることはまずない。小生は元旦なる我が小さな杖を放り上げざま引っつかみ、そいつでもって足許の地べたから歳月の塵を払いのける。さらば「時の翁」は奴の砂時計を引っくり返し、未だかつて先へ先へと飛んで行ったためしのないほど驀地に後ろ方引《ざま》き返す。

元旦。初っ端小生の記憶に「元旦パーティ」なる文言を刻みつけしあれは、如何なるパーティにして、如何なる元旦だったろう？　子供時代の記憶は然に遙か彼方まで遡るものだから、小生は誰か女の人の腕に抱かれて階段を降り、下方への急な眺めを目の当たりに怖気を奮い上げた勢いギュッとしがみついた感懐をつい昨日のことのように覚えている。ひょっとしてここから、くだんのパーティへと連れて入られたのやもしれぬ。が、とまれ、そこまで降り、戸口でじっと見守っていた。して一眸の下《もと》、元旦パーティは小生の目に皆して一斉にカスタード・カップそっくりの把手のついた小さなガラスのコップから何かすすっている、壁際にズラリと並んだ御婦人や殿方のやたら長たらしい列として飛び込んで来た。一体全体このパーティは何だったのか！　生憎、ちっとも面白くないそいつだったに違いない。がおっ始まったということだけは確かだ。一体全体このパーティはどこであったのか！　どこか、はさっぱりだが、どこか、だったに決まっている。どうして客はみんな一斉に飲んでいたのか、何よりかよりどうしてみんなカスタード・カップからすすらなくてはならなかったのか、が「忘却の川《レーテ》」の幾星霜、逆巻いて来た事実問題だ。まさか、皆してほろ酔い機嫌で旧年を追い出し、新年を迎え入れていたはずはない。というのも連中、食事の席には着いていない証拠、一座の前にテーブルの影も形もなかったからだ。ばかりかスピーチらしきものも一切ぶたれねば、忙しなく立ち回ったり素早く仕種を変えたりといった、如何なる手合いの仰々しい所作も見受けられなかった。客は皆ズラリと、壁を背に――ちょうど「祈禱書」の惨めな挿し絵から小生が仰《のっ》けに頂戴した、神に召された善人を巡る概念そっくりに――低く腰を掛け、皆して頭を気持ち、仰け反らせ、一斉に盃を傾けていた。ひょっとして、赤ん坊の小生は、一座を一目見るべくベッドから抱え上げられ、一座はほんの束の間、たまたまそんな具合に酒をすすっていただけかもしれぬ。があれからというものずっと、まるで彼らを長い間――何時間も――飽かず眺め、その間《かん》連中、外に何一つやっていなかったような気がしている。して今の今に至るまで、耳に留まる所でつい何気なく「元旦のパーティ」という言葉が口にされようものなら、必ずやくだんの図が瞼に彷彿とする。

一体他の如何なる幼かりし元旦に、小生は義足の男を匿う――しかも地下の石炭蔵に――片棒を無邪気に担いだものやら！　小生の公認かつ法的縁者や友人の中に義足の男は一人もいなかった。がそれでいてつい昨日のことのように覚えているが、我々はこっそり義足の――結構仲良しの――男を地下の石炭蔵まで連れて行ったはいいが、向こうにある衝立か何かの後ろに隠そうと石炭を踏み越えさす上で、義足がギリギリ、錐よろしく小さな石炭の間に捩《よじ》くり込み、帽子は吹っ飛ぶわ、やっこさん仰向けに倒れざま突っ伏すわした――絵に画いたような全き寄る辺無さたりて。これまた瞼に焼きついて離れぬが、男はひたぶる小さな石炭の間で立ち上がろうと躍起になったものの、くだんのツルツル滑っては足許の覚束無いこと極まりなき状況の下《もと》何とかこちとらに挺子作用を利かそうと思えば並大抵のことではなかった。かくていっかな前へ進まぬところへもってガラガラ騒々しい音が響き渡るせいで、我々は生きた空もなく怖気を奮い上げた。一体「我々」とは何者なのか、今にさっぱりだ。ただ小さな妹がやはり無邪気に片棒を担がされ、召使いの娘が確か、ぼく達二人の親分だったというのをさておけば。ことほど左様に、義足の男が果たしてその前か後に屋敷に盗みを働いたものか、何か外《ほか》の極悪非道のやり口で異彩を放ったものか、もまた。のみならず、如何でネコが一匹その折クビを突っ込み、発作を起こすや、扉の天辺を飛び越えて行ったものか、もまた。がこちらはしかと存じ上げていることに、何か由々しきワケありで、我々は一件をそっくり揉み消さねばならず、よって「オクビにも」出さなかった。何年も、小生は元旦に纏わる当該連想をそっくり自分の胸の内だけに仕舞っていた。がとうとう、またもや寿ぎの日が巡って来るに及び、たまたま二人して我々自身の子供達に紛れて座っている折、妹に吹っかけた。「義足の男の元旦を覚えているかい？」その途端、幼い時分から男に垂れ籠めていたぶ厚い、黒々とした帳がスルスルと上がり、妹はドンピシャかほどには――が、せいぜいこれぽっきり――男を目の当たりにした。（亡くなる一日か二日前、妹は言っていた、夜分、我々が物心つくかつかぬか、いつも散歩をしていた森の落ち葉の匂いがあんまりツンと立ち昇って来るものだから、思わず力ない頭をもたげ、そいつら寝台の傍の床の上に散っていないか辺りを見回したと。）

　元旦。小生が果たし合いをしたのはとある元旦のことだった。愛と嫉妬に狂い、小生は女性の中でもとびきり愛らしくも移り気な女性への情熱を申し立てるべく、徳義を重んずもう一人の殿方と「刃を交え」た。くだんの若き御婦人は年の頃九歳だったろうか――かく言う小生は齢十《とお》に垂んとしていたが。小生は我が魂の「女王」のことは「下から二番目のクリキット嬢」として知っていた。結婚を申し込み、プロポーズはすこぶる好意的に受け入れられた。最終的な契りを結んだ訳ではなかったが。その期に及び、仇敵――名をペインターという――がどこぞの深淵、と言おうか洞窟から這いずり出し、我々二人の間に割って入った。クリキット「楽園」における「悪魔」ペインターの出現はどこからどこまで然に唐突にして謎めいていたものだから、今に奴がどこからやって来たものかさっぱりだ。ただ分かっているのは、気がついてみれば年の瀬も押し迫った十二月のとある昼下がり、この地の表《おもて》にドロンと立ち現われ、下から二番目のクリキット嬢と「ホット・ボイルド・ビーンズ・アンド・バター」（一種の宝探し）をやっていたということくらいのものだ。その折の奴の振舞いが然に目に余ったものだから、小生はペインターの所へ馴染みを遣わせた。馴染みの縁無し帽を引っ剝がし、キャベツ畑に放り込むことにて、上っ調子に要件をはぐらかしていたと思うと、ペインターは小生の遣いの者を自分の従弟の所へ差し向けた――さすが奴に打ってつけのギョロ目の「物の怪」だったが。手筈が万端整い、小生が自ら格別クギを差したせいで、果たし合いは元旦と定められた――我々の内一人が寿ぎの日に当該生存状態より足を洗うべく。小生は大晦《おおつごもり》の夕刻の大半は身辺整理に費やした。下から二番目のクリキット嬢には（万が一小生が倒れた場合、馴染みに彼女自身の手に届けてもらうべく）哀愁的な手紙とゴシキヒワを遺し、母にも一筆認《したた》め、財産を処分した――本数冊と、バムフィールド・ムア・ケアリ（第六十四稿三三七頁参照）とシプトン夫人（伝説的預言者（一四八八―一五六一？））等々の、ケバケバしい流儀になる彩色版画と、選りすぐりのビー玉一式より成る。これら最期の務めにかかずらう内、小生はまたとないほど暗澹たる悲嘆に暮れ、オイオイ泣きじゃくった。果たし合いは拳で始まることになっていたが、如何にケリがつくかはその時次第だった。悪いムシの報せにずっしり胸が塞《ふた》がれた。何せ信頼の置けるそのスジから聞いた話ではペインターは（親父さんは決闘の差し迫っている港町に駐屯中のどこぞの連隊の主計官だったが）、短剣を持っていると、して最悪の事態も辞さぬ構えだということだったからだ。小生自身は、ものの空包一挺しか持っていなかった――そいつの弾薬を、我々は連中が練習している際にいつもタバコごと追っかけ、古い手習い紙に捻ったパイプ何詰め分もの御逸品なるソデの下を使うことにてちびりちびり頂戴していた訳だが――事実、筒には込めぬながらも込める風を装うべく。当該薬筒を小生の馴染みにして介添え人はいよいよ果たし合いが抜き差しならぬ様相を呈し始めたら、極悪非道のペインター宛発砲するよう格別入れ智恵してくれていた。小生も作動の工学的詳細はこれきり調整されていないものの、くだんの殿方を吹っ飛ばしてくれんとの漠たる目論見の下《もと》請け負ってはいた。我々は要塞の直中なる人気《ひとけ》ない塹壕で落ち合った。ペインターは軍用古着を手に入れたと思しく、決闘場へ英国老練兵第二大隊の一丁前の兵卒の制帽を被って姿を見せた。――小生は今に奴が壕の一角のイラクサの直中よりヌッと立ち現われ、こちとらのおどろおどろしき出立ちにて小生の血を凍てつかす様が目に浮かぶ。お膳立てが整い、我々は「下から二番目のクリキット嬢！」なる号令がかかるや――これまた小生の格別なクギ差しの下《もと》――取っ組み合いを始めることになっていた。事ここに至りて、かの「チョッキより下を殴る」ことを禁ず決闘作法の条項の解釈を巡り、介添え人同士の間で意見の食い違いが持ち上がった。小生としては今に何がなし、悶着は小生の介添え人が姑息にも小生のチョッキをそっくり顎の辺りまで引っ張り上げていたせいで持ち上がったような気がしてはいる。如何にそいつが持ち上がったにせよ、ペインターにとっては――蓋を開けてみればめっぽうヤワな廉恥心の持ち主だったから――聞き捨てならぬ表現が用いられた。彼はやにわに守勢を解き、小生に訴えた。我々に付き添っている二人の殿方が当人方の廉恥を立証するまで、我々自身の本懐を遂げるを不如意千万ながら慎むのが我らが務めではないのか？　小生は宜な宜なと諾い、のみならず、すかさず馴染みを脇へ引っ立てると、弾筒を貸してやった。ところが、くだんの介添え人共と来ては、我々の信頼に然に悖るものだから、我々がハッパをかけようと、腹立ち紛れに食ってかかろうと、取っ組み合うを平に御容赦願った。となればペインターにも小生にも明々白々たるに、残る打つべき遺憾な手は一つしかなく、其は二人を（「唾棄するが如く」とペインターは言い、小生も衷心より賛同の意を表したが）置き去りにし、腕に腕を組んでその場を後にするというものであった。ペインターは二人して歩きながら、実は自分も下から二番目のクリキット嬢の不実の贄なのだと打ち明けてくれ、よって小生は互いに別れぬとうの先から奴のことがめっぽう好きになった。

してまたもや元旦が、ハーレキンのそいつより灼なる「杖」の効験の下《もと》、蘇る！　これはいつの元旦だ？　ボールズ氏の屋敷における、もっと長じてからの年に一度の集いの元旦だ。ボールズ氏は小高い、荒涼たる海岸地帯に住まい、そこにて風は、哮るのに馴染まぬ限り、一年中ヒューヒュー吹き荒ぶのを片時たり止めぬ。ボールズ氏は屋敷にいっぱし他人様の部屋で通りそうなほどデカい炉隅を持っている。ボールズ氏の肉部屋は愛嬌好しの巨人の肉部屋といった態で、ボールズ氏の台所も引けだけは取らぬ。ボールズ氏の婦《ブ》人用私室《ードゥワ》にはボールズ嬢が、聖なる乙女が、「女神」が、座っている。ボールズ氏の屋敷にはお化けがいる。ボールズ氏の屋敷には、詰まる所、ゴキゲンなものが何でもある――してボールズ氏の屋敷の下には、ボールズ氏の地下室がある。小生がボールズ氏の屋敷で過ごした元旦たるや然にその数あまたに上るものだから、小生は唯一不可分の最早影も形もなきフランス共和国の兵籍に入れられし息子よろしく、お定まりの出世街道を駆け抜けるに、仰《のっ》けは下士官寝室から始め、中尉寝室を掻い潜りつつ階段を昇り詰め、とうとう今や「杖」に忠順なるかな元旦、陸軍元帥寝室に住まう。されど、小生は然に軍務の上位まで昇進したというに、ボールズ氏はどこだ？　ああ、哀しいかな！　小生は近頃では吹きっさらしの雪の中へと、吹きっさらしの霜の中へと、吹きっさらしの雨の中へと、吹きっさらしの陽光の中へと――必ずや吹きっさらしの、他の何であれ、日和の中へと――出て行く――小さな教会墓地のボールズ氏の墓に参るべく。そこにて、ニレの並木が「生」さながら突風に煽られては嬲られている片や、鐘楼の蔭の一本の黒々としたイチイの木は「死」さながら、厳かに休らいでいる。してボールズ嬢は？　彼女もまた立ち去った――霊魂の、ではなくほんの既婚婦人の、世界へではあるが。彼女は目下、小生の女主でもある。彼女は（踏み締める地べたをも崇高にするという、今は昔の意味における）聖なる乙女、では最早ない。小生の憧憬もとうに冷め、小生には彼女の食欲が健やかなのが、鼻が紅いのが、見て取れる。だからどうした？　季節は小生のために止まってくれようか？　小ボールズが続々お越しだ。永久《とは》に失せし（たとい真実、お越しであったとて）聖なる乙女が自らの名を沈めし異なる名の下《もと》ではあれ。懐かしのボールズ婦人用私《ブードゥ》室《ワ》には今なお聖なる乙女にして女神が――小生にとってではないにせよ何者かにとっての――住まう。仮に目下の下士官や中尉が小生がくだんの格付けにありし折愛していたようには愛していないと、小生の半ばも彼女のためならたとい火の中水の中ではないと、半ばも心底クビったけではないと、半ばも狂おしく惨めではないと、思しかろうと、それがどうした？　事実そうやもしれぬし、ではないやもしれぬ。が、地球は、概して、丸く、永久《とは》に回転している。もしや小生のかつての雛型が当座、消え失せようと、そいつは、然るべき刻《とき》が浮かび上がらすに及び、またもや然るべき場所まで昇って来よう。ばかりか、「小生」のようなヤツが、現実にせよ絵空事にせよ、消え失せたと嘆くとすらば、我ながら知っているままの小生とは一体何者だ？　小生が「高潔でないからというので（『十二夜』Ⅱ、3）」、小生が捏ねる以外のケーキが、小生が醸す以外のエールが、あってはならぬというのか？　さようの思いの小生から遠ざからんことを！　万が一そいつが小生に近づき、じっと側《そば》にしがみついていた日には、観念のホゾを固めねばなるまい、元旦はとうとうグルリを包囲し、この世に造られし何ものも一つ処に留まらぬ体系にあって、小生はとっとと取るに足らぬ変則たるを止めるに如くはなかろうと。故に、おお、懐かしのボールズ時代の、して小生の懐かしの時代丸ごとの、元旦よ、ようこそ！　故に、ボールズの客用寝室の下士官や、中尉や、大尉皆よ、小生は陸軍元帥寝室から哀れ、手を差し延べ、ありとあらゆる等級の直中なる懇篤の情を乞い、「生の舞踏」のホヤホヤの新たな旋回に能ふ限り快く加わりたいと陽気に宣言しようではないか――パートナーもなきまま「死の舞踏（第八十九稿五三二頁参照）」のステップをブツブツと託ち言を並べながら踏んで行くよりむしろ。

してまたもや元旦が、最後のそいつをお払い箱にせぬ内に季節の「杖」に応えて立ち現われる。これは、イタリアの元旦で、菫色と紫色の岸の伸びる明るい地中海が、今朝、小生が夜明けと共にめくる新年の書の第一頁を成す。小生と海原との間の急な山腹では、数知れぬ接ぎよろしきシダレイトスギと絡まり合ったブドウの蔓でメリハリをつけられたなり、屋根また屋根が、教会また教会が、段庭また段庭が、壁また壁が、塔また塔が狂おしくもごった返す。胸中、果たして自分は、以前は夢にも思わなかったが、ハルーン・アルラシッド（イスラム教教主（七八六―八〇九））の直系の後裔ではなかろうかと訝しみながら、小生は段庭の切り嵌め細工の石畳を踏み締め、大理石の噴水盤の金魚を眺め、オレンジの心地好い木立をブラつき、時折、英国流儀なる今晩の『パンチ』を目して青いレモンを不粋にもポケットに捻じ込むことにて、足の生えた芳香の柱と化す。小生がめっぽう人気者の幽霊と二十五もの客用寝室の御座る宮殿（パラッツォ・ペスキエーレ。即ち、生け簀宮殿。『イタリア小景』第四景参照）に住まっているのを目の当たりにするのは夢の元旦ではなく、白昼の事実の元旦である。宮殿の打ち捨てられた広間の石と大理石の床の上をめっぽう人気者の幽霊は（ひょっとして「赤帽」の浮かばれぬ霊魂やもしれぬが）夜の黙にズルズルと、重い家具調度をごっそり引いて回る。町の下手のハッピー・チャールズ・ストリート（ジェノヴァの目抜き通り「ストラーダ・ディ・カルロ・フェリーチェ（幸せなチャールズ通り）」）のスイス生まれの菓子屋の店にては今しも、して日がな一日、一心不乱の一群がどデカい十二日節前夜祭ケーキ――と言おうか、ありとあらゆる言語を操るものの、どれ一つとしてチンプンカンの我が律儀な馴染みにして従者（ディケンズがイタリア・スイス旅行のために雇った供人《クリア》ルイ・ローシュ。『イタリア小景』第一景参照）が地元の連中に通訳してみせる所によらば「パーネ・ドルチェ・ヌメロ・ドディチ」——十二番目の菓子パン——を食い入るように覗き込んでいる。というのも御逸品、はるばるインギルテッラ、ロンドラ、ピアッツァ・バークリー・デラ・シニョール・ガンター（英国ロンドン、バークリー・スクエアのガンター氏。第六稿注（一二）参照）の店から贈り物として*お越しになったはいいが、途中、ヒビ割れ、目下ヒビを塞いで頂くべく、ハッピー・チャールズ・ストリートに鎮座坐しているからだ——ついぞ人目に触れたためしのなきほど超弩級の代物たりて。祝い菓子は（そいつを頭に載っけて届ける男が幽霊殿のお越しの刻限にならぬ内に尻に帆を掛けられるよう）、日暮れ時に無事、御帰館遊ばし、大きな玄関広間にデンと見世物よろしく据えられる。我々の明かり全ての能ふ限り明るく照明の利かされた——とは、正直、めっぽう暗い——大きな玄関広間に我々は英国流儀で「延々と愉しむ」べく夜分に集う。「我々」とは即ち、くだんの街で暮らすほんの一握りの英国人と、そこにて他国へと嫁いでいるほんの半握りの英国人と、詩を即興で作ったり、書いたり、ハープを爪弾いたり、音楽を作曲したり、絵を画いたり、年がら年中、御当人の小さな庭で誰かの胸像の除幕式を行なったりしている、痛快な老いぼれイタリア騎馬武者のことだが。浅黒い——痛快な老いぼれイタリア騎馬武者の面《つら》は。が瑞々しい——若者顔負けに熱いハートは。してこの狂おしき元旦の晩、我々の為《す》る事為《な》す事、騎馬武者は陽気にクビを突っ込み、固より英国人が誰しも遵守する英国の慣例たること信じて疑わぬ。して皆して不気味な謎言葉当《シャラード》てに興じたり、またとないほど突飛にして羽目を外しまくったり、今は昔のカントリー・ダンスのステップを踏み踏みがらんどうの二十五部屋中に散り散りに散るに及んでは、常に先陣たる騎馬武者は心底敬虔に鄙のお歴々と都の変わり種は一人残らず、カンタベリー全管区と、ホワイトフィールド教会堂（一七五六年、メソディスト説教師ジョージ・ホワイトフィールドのためにトテナム・コート・ロードに建てられた礼拝堂）と、セント・ジェイムジズ教区と、クラッパム（南西ロンドン郊外）と、ホワイトチャペル（東ロンドン郊外）はどいつもこいつも粛々と同じ手続きを踏んでいるものと思い込む。して声を上げる。「愛しいイングランド、陽気なイングランド、若く愉快な、空想の棲み処、風のように自由な、子供のようにはしゃいだ！」愛しい騎馬武者と来ては（午前三時にして、レモンの後で）然にうっとりかんと来ているものだから、小生の片手をぺしゃんと白いチョッキの下に突っ込み、その上から御自身の両手を組み、小生を言いなりな囚人《めしうど》たりて玄関広間を行きつ戻りつさせ、その間《ま》もイングランドの気散じに寄す大長篇詩を即興で物す。くだんの詩を小生は終始、ほどなく呑み込み始めそうな気がしているものの、ただの一言とてさっぱりだ。当該苛酷な知的鍛錬ですら騎馬武者をくたびれさすこと能はぬ。というのも帰宅するや、ハープを何時間か、は神のみぞ知る、爪弾いていたと思うと、ガバとベッドより跳ね起きざまペンとインクと紙を引っつかみ――「芸術」の全体系の手道具は夜分の霊感に備えていつも枕許に置いてあるので――同上の主題を巡るズブの「作品」を物すからだ――小生が明くる朝、未だ床を離れぬ内に送って寄越されるインクの染みだらけの白黒斑の原稿が感銘深くも証す如く。くだんの原稿は、御手にキスをしつつ、こよなく傑出したシニョールへ捧ぐと、小生自身へ献じられ、ともかく翻訳を請け負って下さろう如何なる英国の出版社の随意にとて鷹揚に委ねられる。

　してまたもや元旦が、時の「杖」によりて喚び覚まされる。この元旦はフランスのそれ――「身を切るように、身を切るように、冷たい（『ハムレット』I、1）」それ――だ。パリはそっくり繰り出している。並木遊歩道《ブルヴァール》に沿って、イングランドの縁日の露店そっくりの露店が向かい合って並ぶ。ここにてお気に召さぬ連中は、蓋し、ありとあらゆるちっぽけな細工品とありとあらゆるちっぽけな賭け事においておいそれとはお気に召すまい。パリはその最新にして最も明るい晴れ着にて繰り出している。パリは今しも全世界へ――とは周知の如くパリの謂だが――贈り物をしている真っ最中《さなか》。パリは今日一日で、ボンボン食らいの丸一年よりどっさりボンボンを食らおう。パリは今日一日、常にも増して外食しよう。元旦へ臣従の礼を致すに、王宮のレストランの年がら年中壮麗な磨き板ガラスのウィンドーは格別な壮観を呈す。というのもそこにてはアルジェ（アルジェリア北部海港・首都）からの世にも稀なる夏野菜が、フランスの就中肥えた土壌からお越しの見事な大梨や、天穹から射落とされたばかりの、小振りながら丸々太った美しい羽衣の鳥と鎬を削っているからだ。元旦へ臣従の礼を致すに、菓子屋は美しい配色やトライフル（ジャムと砕いたマカロンを乗せ、酒を振りかけたスポンジケーキ）における美しい感性と趣味で溢れ返っているとあって、目映いばかりにキラめき渡る。元旦へ臣従の礼を致すに、新作の軽喜劇《レヴュー》――ヴァリエテ座（第八十七稿五一七頁参照）や、軽喜歌劇座《ヴォードヴィル》（中流階層向け劇場）や、王宮座にての「演劇《ドラマ》」。元旦へ臣従の礼を致すに、七幕物の新作「演劇《ドラマ》」や、アンビギュ‐コミーク（第八十七稿五一七頁参照）、ポルテ・サン・マルタン（同上）、快活《ゲテ》（お涙頂戴式のメロドラマを主流とする劇場）にての数知れぬ光景。わけても最後の芝屋にて、塞ぎ屋の英国人ならば、興をそそられた勢い、向こう二週間は惨めったらしい気分に浸れよう。元旦へ臣従の礼を致すに、上記の劇場や、さらに五十館もの劇場にての格別なお触れ。午後三時には早、館外の冷たい石畳の上にて冷たい風に封じ込められた、野良着《ブラウス》の列また列。風と霜を物ともせず、シャンゼリゼとブローニュの森は馬車や、騎手や、歩行者で溢れ返り。片や市門《バリエール》の外の安食堂や、墓石造りや、舞踏室や、共同墓地や、葡萄酒酒場の奇妙な、ドンチャン騒ぎの、千鳥足の、徹夜面《づら》の世界もパリの街路それ自体とどっこいどっこい賑わい、両半球にて認められる唯一普遍の傾向は、凍え死ぬのも何のその、如何なる公の腰掛けであれへたり込むか、手回し風琴の調べに合わせ、如何なる回転木馬であれ木馬に跨ってグルグル、グルグル、眦を決して回ることなり。して今や、当該元旦は夜へと鎮まり、キラびやかな照明の利いた街が「魔法のランプ」（『千一夜物語』）の庭よろしくパッと浮かび上がる。北風に封じ込められていた野良着《ブラウス》は一糸乱れず、ハタハタと場内へと舞い込み、昼下がりには人類を概観しながら雨傘に寄っかかっている習いになくもない、安値で売る切符を手にした馴れ馴れしげな男共が連中の直中にてめっぽう忙しなげに立ち回り、頑丈な鉄の檻に閉じ込められた料金取っ立て係の女共も忙しなげに立ち回り、胸壁の後ろの、合札を受け取る一並びの男三人も忙しなげに立ち回り、枡席開け係の女共も足載せ台ごと、今の所さして、ならずとも、忙しなげに立ち回り始め、前狂言のために幕がスルスルと上がり、キチキチの黒々とした頭と新《さら》の黒々とした口髭の陰気臭い若き殿方は、やたら弓形の眉と、やたらか細い声の若き御婦人に相も変わらずクビったけにして、陰気臭い若き殿方の世故長けた馴染みは（概ね何かを、因みに、クチャクチャ噛んでいるが、一体何なものやら）、炉造りに背《せな》を預けたなり、奴に諄々とお小言を垂れ、十年一日の如く坦々と冷め切っている。して摩訶不思議な巡り合わせたるに、連中、いつもこいつを十年一日の如くやってのける代わり、他の何一つやってのけず、夕べの一大行事には一切クビを突っ込んでいる風もない。かくて勢い、そいつをやってのけてしまえば、我が家へ御帰館遊ばすものか否か、と言おうか一体どうなるものやら、首を捻ることとなる。片や料理の逆りがどっと、レストランの厨から夜風に乗って立ち昇り、カフェ・ド・パリや、カフェ・ド・トロワ・フレール・プロヴァンショー（田吾作三兄弟喫茶店）や、カフェ・ヴェフールや、カフェ・ヴェリや、金箔館《メゾン・ドレ》や、他の一流レストランの客は果てしなき姿見また姿見に映し出され、真っ紅なヴェルヴェットに腰掛け、真っ紅なヴェルヴェットのメニューから注文し、一方、株式取引所《ブルス》近くのカフェ・シャンポーや、他の二流レストランの市民は藺草の座部の椅子に腰掛け、ディナー文庫は飾りっ気のない革の装幀だ――食いっぷりにおいてこれきり引けを取ってはいないものの。していずれの手合いの一座も子供をワンサと（たとい世渡りを胆汁症気味に始めるやもしれまいと、何がなし微笑ましくも）引っ連れ、いずれも目の前に並べられた馳走は一切合切平らげることにかけては固い絆で結ばれている。が今や、この元旦も夕刻八時となる。新作「演劇《ドラマ》」がいよいよ始まるとあって、劇場のロビーや控え室ではベルがけたたましく鳴り、葉巻や、コーヒー・カップや、小さなグラスはアタフタ打ち捨てられ、小生は気がついてみれば軽喜劇《レヴュー》物の一つの客席にいる。そこにて英国紳士のほてっ腹はさしてらしくない。というのもてんでしっくり来ていないから。して英国婦人が後ろにクイと突き上げるようにして爪先立ちして歩く正確な国民性にも眉にツバしてかかる。軽喜劇《レヴュー》は色取り取りの時代と典拠から来ている。小生は、マホメットとアーブデル・カーディア（アルジェリア征服における仏軍と戦ったマスカラ首長（一八〇八―八三））とのおどけた場面なる詩篇作者ダビデ王にお目にかかり、イヴが（チャーミングな若き御婦人なれど、早晩、風邪を引きそうな）、その（フランボワーズ（原義はキイチゴ）氏との場面にて出来する）役所においていっとう気の利いた軽口を叩き、いっとうシャレた歌を歌うのを聞き果すと、快活《ゲテ》劇場へ向かい、一つ、そこにては何が持ち上がっているものか拝まして頂くことにする。して幸運にもちょうどぴったりの頃合いに到着し、舞台では実にあっぱれ至極な男が遙かにあっぱれ至極ならざる、「運命の女神」が絵に画いたような退屈男に仕立て賜ふた男の女房と駆け落ちしたばかりにして、田舎からとある戸口伝《づて》到着したばかりの女房の正直者の親父さんが、田舎からまた別の戸口伝《づて》到着したばかりの実にあっぱれ至極な男の親父さんと鉢合わせになり、御両人、いざ悪態を吐き合い始める――女房の親父さんは男の親父さんに、男の親父さんは女房の親父さんに。事ここに至りて、小生の一等席《ストール》の隣のそいつの浅黒い、のっぽの軍人風の殿方は感極まった勢い、涙を拭うべく帽子からハンカチを取り出す。が諸共、コーヒーを飲みながらちゃっかりクスねていたどデカい角砂糖まで引っ張り出し、御逸品、小生の大御脚に雨霰と降りかかる――小生の少なからず泡を食い、が殿方の一向泡を食わぬことに。幕間の緞帳が、どうやら、延々と下がったきりのようだったので、小生はもう少し――即ち、ゴミ浚い屋座《スキャヴェンジャー》（不詳。ただし浚い屋は綱渡り芸人の謂か）まで――足を伸ばし、そこにて連中、何をやらかしているか拝まして頂くことにする。ゴミ浚い屋座《スキャヴェンジャー》にては、ピエロが海を渡っている所だ。奴が船上だと分かるのは、空以外何一つ見えぬから。して乗組員は皆、帆桁の上だろうと、二本の縄梯子が舞台を交差し、天辺にて合わさっている状況より目星をつける。それぞれのほぼ中央では観客を真っ向から見据えるようにして、およそ海員らしからぬピンクの大御脚の男装の若き御婦人が、微動だにせぬまま吊る下がっている。当該奇観を目の当たりに、小生は祖国イングランドにおけるまた別の元旦を思い起こす。そこにては黒い瞳のスーザンの恋人、恐いもの知らずのウィリアムが（ダグラス・ジェロルド『黒い瞳のスーザン』（一八二九））、そっくり頭にこれ見よがしな櫛を挿した御婦人より成る軍法会議にかけられ、唯一の例外たる裁判長の海軍大将と来ては然にへべれけなものだから、ふとした弾みで「無罪」なる評決を宣《せん》そうものなら、一体全体悲劇的結末《カタストロフィ》がらみではどんな顛末になるものやらと想像するだに身震いしたものだ。この目下の元旦において、ピエロはあれやこれやのやり口で生半ならず船酔いに見舞われる。よって、小生はほどなく一緒くたのゴミ浚い屋共の手に奴を委ねる。ただしビラより、奴のドラマの場合においてすら、他の御当地物《もの》の場合におけるが如く、脚本を書くに少なくとも作家を二人要すとのネタを仕込んで初めて。かくてフランスのそれたる当該新年の夕べを真夜中まで辺りを見回すことにて過ごす。して日も変わる頃、帰途に並木遊歩道《ブルヴァール》のカフェに立ち寄ってみれば、そこにて年がら年中ドミノ戯に興じているか、そこにて年がら年中お互いがドミノ戯に興じているのを見ている初老の殿方連中は相も変わらずしゃかりきにかかずらっている――これきり元旦の賑わいや目新しさに動ずるでも、これきり新年を気にかけるでもなく。

第百稿　貧乏人とビール*

『オール・ザ・イヤー・ラウンド』誌（一八五九年四月三十日）

馴染みのフィロスーアズと小生は先日、道端の居酒屋の戸口の長腰掛けでジョッキのビールを飲んでいる農夫を眺めながら、いつしか貧乏人とビールと、御両人の仲を裂く罪が心悲しい折り返し句を成す古謡の端くれを口遊み始めていた。フィロスーアズはそこで、農耕地帯の――例えばハートフォドシャーの――然る友人が二年ほど前から貧乏人がビールを濫用ではなく活用することを自らと彼らとの間の名誉の問題にすることにて貧乏人とビールを風紀に馴染ませようと努めているのだと教えてくれた。然に控え目な、熱弁揮いじみていない手合いの努力に興味をそそられ、「おお、フィロスーアズ」と小生は東洋の寓話の佗しき智恵者の物腰に倣って言った。「どうかその、節制は勲章や、演説や、旗や、世界の半ばの弾劾なくしても達成出来ると考えている、してそいつに乗り出す頭と心を同時に具えた男を紹介してくれないか！」

フィロスーアズが佗しき智恵者の意に副う気満々たる旨返したので、そのための約束が交わされた。して当日、小生、佗しきヤツはフィロスーアズに付き添われ、節度ある節制を求めて、鉄道で北西地方へと向かった。それは雷催《いかづち》いの日で、然にずっしり雨雲が垂れ籠め、然にハートフォドシャー中のビールを酸っぱくする気でかかっているものだから（第二十一稿注（六四）参照）、皆して誓いを立ててもしたかのようだった。

が、太陽がいきなり昼下がりになって陽気に雲間から顔を覗かせ、我々の訪ねている人物の住まいたる、風変わりな古めかしい屋敷の、古めかしい切妻と、古めかしい中方立て《マリオン》の窓と、古めかしい風見鶏と、古めかしい時計の文字盤を黄金《こんじき》に染めた。くだんの人物を何と表《ひょう》そう？　当代切っての名立たる実践化学者の一人とでも？　くだんの呼称はまんざらでもない――と言おうか恐らく、他の大方の呼称より打ってつけだろう。してその名は？　フライアー・ベイコン。

「ただし、ほら、ごらん、フィロスーアズ」と小生は手の蔭で言った。「元祖フライアー・ベイコンの側《そば》にはあれほど眉目麗しい奥さんはいなかったはずだ。その点にかけては、おお、フィロスーアズ、先達は跡継ぎに比べて、惨めで寄る辺無い化学者だったという訳だ。若きロミオはローレンス神父に、もしも哲学がジュリエットを造れないなら、哲学なんて縊ってしまえと言った（『ロミオとジュリエット』第三幕第三場）。化学はもしもその命が何であれこのジュリエットの半ばも愛嬌好しの代物をこさえられるかどうかに懸かっているとしたら、まず間違いなく縛り首だろうな」嗜み深いフィロスーアズは相づち代わりにニコリと笑った。

小生、佗しきヤツからの上記のヒソヒソ話がフィロスーアズの耳をくすぐったのは、我々がディナーの前に小ざっぱりとした段庭の、早春の若葉や花々の直中を漫ろ歩いている折のことで、孔雀が二羽、何やらめっぽうキチキチの新《さら》のブーツを履いたなり、時折遠くの砂利道を過っていた。太陽が古めかしい屋敷窓越しに輝いては折々パッと、屋内の明るい綴織から、或いは古いオークの鏡板の上へと、目映い光彩を放った。事ほど左様に、フライアー・ベイコンも三人して行きつ戻りつしながら、己《おの》が善行をちょくちょく垣間見させた。

「大したことではありません」と彼は言った。「取り立てて申し上げるほどのことでは。以前、この辺りは酔っ払いで溢れ返り、そんな状況を、叶うことなら改善したいと思いました。人々はたいそう無知で、ずい分蔑ろにされて来ました。そんな状況も、叶うことなら改善したいと思いました。最終的な目標は、人々が少しでも自制を働かせ、少しでも約しい娯楽に浸る手助けをすることでした。私はただより善い事柄に至る道を案内し、忠言をするだけです。決して彼らの代わりに行動したり、介入したりすることはありません。わけても恩を着せるような真似をするなど以ての外でしょう」

小生は二人して北西地方へと向かいながら、フィロスーアズに恩着せがましさこそは英国の祟りの一つだと言っていた。かくて論より証拠と太鼓判を捺され、フィロスーアズの小生評は上がったようだった。

「という訳で」とフライアー・ベイコンは言った。「私は貸付け耕地クラブと、豚クラブと、我が家の御婦人方による例のささやかな音楽会を組織しました。ちょうど今晩、季節最後の音楽会が催される予定です。音楽会は思うツボに嵌まりました。というのもこの辺りの人々はびっくりするほど音楽が好きだからです。けれど、早目のディナーを告げる鈴《りん》が鳴り出しました。作業着姿の彼らにもう直お目にかかれるというなら、自分の骨折りを並べ立てるまでもないでしょう」

ディナーが済むと、見よ、フライアーと、フィロスーアズと、小生、佗しきヤツが六時に畑を過り、「倶楽部会館」へと向かう様を。

我々が最後の耕地回り木戸を開け、貸付け耕地に入った時には、幾多の会員は既に中央にある倶楽部の方へ向かっていた。一体何人《なんびと》がこれら倶楽部会員と、ロンドンはセント・ジェイムジズ通りかペル・メルの倶楽部会員との著しき対照を思い浮かべずにいられたろう！ そら、あそこでは年の割に老けた男が、畑仕事のせいでくの字に腰を曲げ、御当人よりなお捩《よじ》くれ上がった節コブだらけの杖に寄っかかったなりトボトボ、イタリア喜劇の道化者《ハーレキン》のそいつかヨレヨレの褐色紙《かっしょくし》袋《ぶくろ》かと見紛うばかりの拉《ひさ》げた帽子と、革脚絆と、まるでウキクサが――淀んだ日々を送る内――ずっしり溜まりでもしたか、或いはそもそも何かまだしも増しな代物に花咲くはずだったものを、如何でか止してしまった青物に見えなくもない、くすんだ緑の野良着の出立ちにてゆっくり倶楽部会館へと向かっている。男をセント・ジェイムジズ通りをゆるゆる、二、三世代前の流儀でめかし込み、如何ほど人間サマの担がれ易さを目一杯狩り出そうと鵜呑みにすること能はぬ頭髪と顔色と歯並びごと漫ろ歩く老いぼれ従兄のフィーニクス（『ドンビー父子』に登場する、西独の温泉保養地バーデンバーデンに閑居している、かつてのロンドン社交界の粋人）と比べてみよ。二人は同胞兄弟か？ 如何にも、然り。してなるほど従兄のフィーニクスは然にとっとと身を持ち崩しているものだからバーデン・バーデンで身罷ろうにもかかわらず、なるほどこの野良着姿の倶楽部会員は大の男の仲間入りをしてからというものずっと週九シリングで食いつなぎ、もしや畳の上で死ぬとしても救貧院で身罷ること必定にもかかわらず、男は、それでいて、従兄のフィーニクスほどにはどっさりこの世に持ち込み、劣らずどっさり持ち去ろう――或いはもっとどっさり。何せ男の方がまだしもどっさり現《うつつ》だから。

　小ざっぱりとした、飾りっ気のない建物である、表に鄙びた柱廊の巡らされた倶楽部会館は。柱廊の下で倶楽部会員は雨降りの夕べなど、腰を下ろし、自ら耕す小区画を眺められる。館内には換気のよく利いた、天井の高い、大きな部屋――彩色のタイルの敷き詰められた陽気な床に、ビールを出すための酒場《バー》に、仰山なお呼びにも応えられよう長腰掛けと椅子に、火の紅々と燃え盛る豪勢などデカい炉隅。隣にはもう一室、別の部屋がある。

「読書室として建てられましたが」とフライアー・ベイコンは言った。「あまり使われていません――目下の所は」

佗しき智恵者は、窓越しに覗き込み、室内に備え付けの読書机があるのを目にするや、用途を尋ねる。

「私があそこで礼拝を行ないます」とフライアー・ベイコンは返した。「人々はこれまで祈りを聞きにどこへも行ったことがありませんでした。そしてもちろん、信仰心を全く持ち併さなければ、彼らがより幸せで全うになる手助けをすることなど到底叶わないでしょう」

「倶楽部は隅々までとても小ざっぱりしていますね」かく智恵者の宣へり。

「そう言って頂けて何よりです。私は会館を貸付け耕地の所有者のために建て、彼らに譲りました。彼らにはただ、自分達自身の任命した委員会によって運営するよう、また決してあそこで酔っ払わぬようクギを差すだけで。彼らは会館で一度として酔っ払ったためしがありません」

「がそれでいて、ビールは好きなだけ飲めると」

「おお、如何にも。身銭を切りたいだけいくらでも。倶楽部は醸造元から直に、大樽《バレル》単位でビールを仕入れます。ですから新鮮です。居酒屋のビールより遙かに安いと同時に遙かに美味しいはずです。会員は代わる代わる賄い方を務め、ビールを注ぎ分けます。順番が回って来ても給仕を務めようとしなければ、二ペンスの罰金が課されます。賄い方の役は大《バレ》樽《ル》が空になるまで続きます。大樽《バレル》が替われば、賄い方も替わります」

「何と炉がゴーゴーと、威勢好く燃え盛っていることか！」

「ええ、見事なものです。会員は一人頭、一週間に半ペニー薪代を払います」

「会員は必ず貸付け耕地を所有しなければならないのでし

ようか？」

「ええ。年に五シリング、地代を納めます。この辺り一帯の貸付け耕地は十六、八エーカーほどあり、それぞれの菜園は経験に基づき、おおよそ一人の農夫が取り仕切れるだけの広さあります。ほら、何と丹念に耕され、何とどっさり生り物に恵まれることか。皆、暇さえあれば畑で汗水垂らしています。もしもビールを飲みたければ、村の居酒屋までわざわざ足を運ぶ代わり、鋤なり鍬なり、地べたへ放り、倶楽部会館へ来て一杯引っかけ、それからまた野良に戻ります。畑仕事にケリがつけば、やはり、倶楽部でビールを飲み、のんびりくつろいで、ささやかながら緑々《あおあお》と生い茂った作物を眺めたがります」

「倶楽部は実に見事に管理されているでは」

「一点の非の打ち所もなく。ここに彼ら自身の規則があります。自分達で定めた。私は求められた際に忠言をする以外、決して口をさしはさみません」

規則と規定

委員会制定

一八五七年九月二十一日より施行

倶楽部会費は週極半ペニー

一、各会員は貸付け地の番号順にビールを汲むこと。不履行の場合は倶楽部に二ペンスの罰金を払う可し。

二、ビールを汲む会員は同上の代金を支払い、会費が支払われる際に領収証を呈示すること。不履行の場合は六ペンスの罰金が没収され、倶楽部に納められる可し。

三、会費と罰金は毎月、最後の土曜の晩に倶楽部室にて支払われる可し。

四、会費と罰金は四半期毎に清算されること。清算されない場合は六ペンスの違約金が倶楽部に支払われる可し。

五、ビールを汲む者は毎夕六時までには倶楽部室に来ること。して十時まで賄い方を務めるが、会員がいない場合は九時に帰宅しても好い。上記の通り務めぬ場合は六ペンスの罰金が倶楽部に支払われる可し。

六、当倶楽部室にて妻又は家族以外の他人にビールを振舞う如何なる会員も一シリングの罰金を課せられる可し。

七、当倶楽部室で他の会員に手を上げる如何なる会員も六ペンスの罰金を課せられる可し。

八、当倶楽部室で悪態を吐く如何なる会員もその都度二ペンスの罰金を課せられる可し。

九、ビールを販売する如何なる会員も倶楽部から除名される可し。

十、貸付け耕地を手離したい如何なる会員も委員会に願い出ること。委員会は収穫物と耕地の状態を査定すること。査定額は次の借地人によって支払われ、その者は元の借地人の契約解除予告の時点で作物の植え付けられていない、如何なる貸付け耕地の部分にも取りかかることを許される可し。

十一、貸付け菜園から雑草を駆除しない、或いは他の何らかの方法で隣人に危害を蒙らす如何なる会員も委員会の三分の二の可決をもって一か月の立ち退き予告の下《もと》、菜園より放逐されること。

十二、不注意のためにジョッキを割った如何なる者も同上を新たに購入する代金を支払う可し。

小生は折しもフィロスーアズの注意を案山子代わりに貸付け菜園に吊る下げられた、その型たるや如何ほど遠く離れたフランスの鳥の胆をも冷やすこと請け合いの、一つならざる古い、古いボネットに惹いていた。するといきなりフィロスーアズが小生の注意を倶楽部会館の戸口の足拭いに惹いた。会員皆が足にくっつけたなりそこへ運んで来るイングランドの土の量たるや全くもって瞠目的であった。して小生ですら、自他共に認めるサラダ好きではあるものの、如何なる会員の野良着もしくは帽子にこびりついた泥で易々、ディナー用のサラダ野菜を育てられていたろう。

「そろそろ」とフライアー・ベイコンは懐中時計を見ながら言った。「豚クラブへ！」

佗しき智恵者は説明を求めた。

「ああ、豚は貧しい農夫にとってはたいそう値が張り、一年のこの時期ともなれば、一匹買う金を稼ぐのは並大抵のことではありません。という訳で私はそのために一ポンド貸します。ですが、こんな具合に。まずもって倶楽部の会員の内、希望者に自由に五人組を作らせます。それぞれの五人組の各人に、私は豚を一匹買うための一ポンドを貸します。ですが五人はそれぞれ金の返済にかけては他の四人に対する責めを負います。よって、彼らは信用の置ける人間を選りすぐる上で、互いに目を光らせ、慎重に篩にかけます」

「ですから豚が肥え太り、屠られ、売られると、会員は金を返すと？」

「ええ。そこで彼らは金を返します。して事実、返します。昨年一人、少々遅れ気味の（居酒屋へ行く習いにもある）男がいましたが、その男でさえ事実、きちんと返済しました。豚は農夫の田舎家と貸付け菜園から出るクズを平らげ、排泄物はその上、農夫の菜園を肥やしてくれます。豚は貧乏人の馴染み、とはよく言ったもので。さあ、もう一度豚クラブへお入り下さい」

貧乏人の馴染み。如何にも。小生はこれまでしょっちゅう、並居る競争相手の中で一体誰が本当に貧乏人の馴染みなものやらと首を捻って来たが、今やすんなり馴染みとは豚ナリと合点が行った。ヤツは貧乏人がらみで大仰な見得を切ったりはせぬ。ヤツは断じて貧乏人を担いだりはせぬ——ベーコンなる逸品において紛うことなく御利益に与らすのをさておけば。*ヤツは断じてこの院に「上《のぼ》った」り選挙区住民の所へ「下《くだ》った」りはせぬ。ヤツは包み隠しなく貧乏人に言う。「わたしはブタですから、ブタ小屋がいります。わたしはブタですから、御主人様がともかく腹一杯食わせて下されるだけタラフク食いたいと思います」ヤツは子供を養っているからというので貧乏人に一ソヴリン恵んだりはせぬ。ヤツは貧乏人の名を空しくブウブウ口にしたりはせぬ。していざブタ徳の誉れを残して死ぬ*とあらば、鼻面の輪っかから尻尾の渦巻きに至るまで、貧乏人にとりてのめっぽう重宝な四つ脚にして祝福たりて、切り刻まれる。貧乏人の他の馴染みの一体どいつがそこまで言える？　ほんの豚肉《Mere・Pork》を意味する国会議員《M・P》が一体どこにいる？

などという思いにいつしか駆られる内、侘しき智恵者は気がついてみれば、倶楽部会館の炉端で、緑の野良着と拉《ひさ》げた帽子に囲まれて座っていた。フライアー・ベイコンは間近の小テーブルで忙しなく、キビキビ、手練れた様子で立ち回っていたが。

「さあ、では、こっちへ。最初の五人！」とフライアー・ベイコンは切り出した。「みんな、どこだ？」

「静粛に！」と陽気な面付きの小男が、是ぞ社会勉強とばかり幼い娘を連れて来ていたが、声を上げる。男はかくて一件に手を貸し果すと、必ずやビール・ジョッキの中に照れ臭そうに顔を埋《うづ》める。

「ジョン・ナイチンゲール、ウィリアム・スラッシュ、ジョーゼフ・ブラックバード、セシル・ロビン、トーマス・リネット！*」とフライアー・ベイコンは声を上げた。

「はい、先生！」「はい、先生！」かくてリネットと、ロビンと、ブラックバードと、スラッシュと、ナイチンゲールは御当人たる由明々白々と証した。

我々、下名の者は当文書により事実上、各人が豚購入費の他の各人による返済の責めを負う旨誓う。「ちゃんと呑み込めているね、ナイチンゲール？」

「へえ先生《エス・スー》」

「自分の名は書けるかね、ナイチンゲール？」

「いや先生《ナッ・スー》」

フライアー・ベイコンが綴っている片や、御芳名に凝らされたナイチンゲールの目こそ後年、篤と惟みるべき見物《みもの》であった。何やら眉にツバしてかかっていた、口の隅に片手をあてがい、小首を傾げたナイチンゲールの、ことくだんの線描が真実己を意味するか否かがらみでは。何やら胡散臭げであった、ナイチンゲールの、ことかくて紙面に綴られる上で何か美徳が己より消え失せたか否かがらみでは。物思はしげであった、ナイチンゲールの、こと息子のナイチンゲールが長じて後《のち》くだんの術《すべ》を会得した日には一体どうなるものやらがらみでは。どっちつかずであった、ナイチンゲールの興味の、御芳名に無事、片がつくに及び――恰もアルファベットはほんの、ほどなく何か他の形《なり》にて芽生えるべく蒔かれたにすぎぬと思し召してでもいるかのように。途轍もなくどデカい所へもって、えらくぶきっちょであった、ナイチンゲールによりて記された×印（無筆の人が署名の代わりに書く）の――線が向こうからこちらへ引かれる代わり、こちらから向こうへ引かれるとあって。してとびきり辛抱強く、ゴキゲンであった、ナイチンゲールの微笑みの、御当人が晴れて皆の大笑いの直中へと後退りせし折。

「静っ――粛に！」と小男が声を上げる。すかさずジョッキの中へと姿を消しつつ。

「ラルフ・マンガル、ロジャー・ワーズル、エドワード・ヴェッチーズ、マシュー・キャロット、チャールズ・テイターズ＊！」とフライアー・ベイコンは言った。

「みなここにいます、先生」

「呑み込めているね、マンガル？」

「はあ先生《イス・サー》。あしゃのめこめてやす」

「名前は綴れると、マンガル？」

「はあ先生《イス・サー》」

固唾が呑まれる。ギュッと目の詰んだ野良着の背景がマンガルの後ろに集まり、内なる幾多の目が恰もかく問うてでもいるかのようにフライアー・ベイコンを怪訝げに見つめた。

「けど、奴はマジで綴れやすかい？」マンガルは帽子を置き、紙を篤と御覧じるべく気持ち後退り、ゆっくり口の前を過らすことにて右手をとことん湿らせ、いざ眦を決して紙に近づくや、ペタンと撫でつけ、腰を下ろしざま、捩り鉢巻きでかかる。ウネクネと曲がり、大海蛇そっくりであった、文字を象っている間《ま》のマンガルの舌の動きの。グイと吊り上がっていた、マンガルの眉の。えらくやぶ睨みめいていた。マンガルの目の、左の頰髭を左腕にもたせたなり、御両人が奴のお手並みを拝見している片や。その数あまたに上った、マンガルの懸念の。やたら悠長であった、pの字とhのくっつき具合を巡ってのマンガルの回顧的瞑想の。元気を持て余し気味であった、マンガルのどデカい人差し指の、然るべき謂れもなきまま滅多無性に擦り消したがる性向において。とうとう、長々として深々としていた、ペンを擱くに及び、マンガルによりて吐《っ》かれし息の。長々として深々としていた、背景によりて吐《っ》かれし讃歎の息の——恰も皆して奴が竹馬でナイアガラの急流を渡る様を見守り、今や一斉に声を上げてでもいるかのように。「よお、やってくれるじゃねえか!」

が、マンガルこそは、この世にまたとないほどズブの正直者であった。「ひでえ目に会う所で、先生」と奴は出来映えや如何にと御芳名を打ち眺めながら宣った。「やっとこケリいつけたはいいが」

一心に息を凝らしていた背景は堰を切ったようにどっとばかり腹を抱えた。

「静っ—粛に!」と小男が声を上げる。「バンザーイ!」してくだんの二言目を発したと思いきや、それきりジョッキよりお出ましにならなかった。

他の五人組も次々署名し、金を受け取った。名を綴れる者はほんの一握りしかいなかった。綴れぬ者は皆、その旨、多かれ少なかれしょんぼりと、して必ずやかぶりを振り振り、普段の話し声よりボソボソ誓いを立てた。×印は立ったまま書いても好かったが、署名するには腰を下ろさねばならなかった。この規則に例外はない。その間《かん》様々な倶楽部会員が紫煙をくゆらしたり、ビールを飲んだり、すっかりくつろいだ様子で四方山話に花を咲かせたりしていた。フライアー・ベイコンのテーブルへ向かう時をさておけば、皆帽子を被っていた。陽気な面付きの小男は、さりげなくも飲み友達の誼で、佗しきヤツとフィロスーアズ双方に御当人のビールを差し出した。御両人、ありがたく御相伴に与った。

「七時だ!」とフライアー・ベイコンは言った。「さあ、みんな、そろそろ音楽会へ行こうじゃないか。グズグズしてると始まってしまうぞ」

音楽会はフライアー・ベイコンの実験室で——とは開けた畑にぽつねんと立つ間近の大きな建物だが——催された。村や近郊の大方の連中が一方の二階回廊と、楽団席の向かいの二階回廊に集うていた。階下の空間は五、六百人に垂んとす、労働者とその家族で溢れ返っている。「今晩は席が足らないために」とフライアー・ベイコンは言った。「二百人ほど帰ってもらわなければなりませんでした——それも、ほんの数名選りすぐったきりの少年達は別にして。少年というものは、概して、ブーツの踵で喝采を送る、余りに熱っぽい習いにあるものですから」

出演者はフライアー・ベイコン家の御婦人方と二人の殿方。その場を取り仕切っている、後者の内一人はその名も「音楽博士」と言った。ピアノが唯一の楽器である。声楽の中には黒人メロディー（陶然たるアンコールを受けていた）、「インディアン・ドラム（出典不詳）」、「村の鍛冶屋（ロングフェローの詩（一八三九）に付けられた節）」があったが、「ああ《アー》！ 最高に嬉しいの《ノン・ジェンジェ》（ベリーニ歌劇『夢遊病の女』（一八三一）第三幕第二場中の詠唱）」や、「声も出ない《ミ・マンカ・ラ・ヴォーチェ》（ロッシーニ歌劇『エジプトのモーセ』（一八一八）第二幕中の四重唱）」を御披露賜るとあって、当世風イタリア歌曲にも事欠かなかった。我々の成功は目ざましかった。我々の気さくな、さりげない、控え目な物腰は鑑だった。聴衆はと言えば、彼らはオペラ・ハウス（現女王陛下劇場）におけるより遙かに礼儀正しく、遙かに御満悦で、詰まる所、一点の非の打ち所もなかった。かくて小一時間、音楽会は続いた。グルリの四つ壁から、フライアー・ベイコンの農業化学における百万と一の実験の賜物のぎっしり詰まった、してまず間違いなく、ものの五分前の予告で我々皆を天井から吹っ飛ばせていたろう色取り取りの発破もどきもおまけにぎっしり詰まった、どデカい薬ビンに見守られながら。

「女王陛下万歳」が唱えられ果すや、親愛なるフライアーが歩み出で、わけても次の二点に関わる二言三言を賜った。

一つ、次の土曜は半休日としたい。認めて頂ければ忝い。一つ、体制が幸運にも成功した結果、貸付け耕地をさらに拡張する予定である。ただし保有者に倶楽部会員の資格を与えるか否かは請け合えない。何故なら現会員がその点は自分達で検討し、解決しなければならないからだ。男同士の約定は飽くまで約定であり、倶楽部は固より本来の貸付け地耕夫としての彼らに委ねられているだけに。との閉会の辞は大きな拍手をもって迎えられ、かくて満ち足り、情愛に溢れた万歳と共に一件にはそっくり幕が下りた。

フィロスーアズと小生、侘しきヤツは月を見上げ、是ぞ徳義を重んず人々の棲み処に取り置かれている世界として俎上に上せながら、ロンドンへ急行で取って返す道すがら、其がより気高き針路たるよう仕度を整え、其の上にて生きて死ぬ同胞《はらから》を己自身、見出せしままよりなおまっとうにして遺さんと努める我らが現し世の男達に払われて然るべき名誉について語り合った。

第百一稿　刑法の新五箇条

『オール・ザ・イヤー・ラウンド』誌（一八五九年九月二十四日）

現行の刑法は「殺人」の審理において然に甚だしく性急にして、不公平にして、苛酷だと——要するに、くだんの軽率な行為で訴えられた愛嬌好しの連中にとって然にめっぽう鼻持ちならぬと——判明したがため、修正の動議を提出するが政府の意図と思しい*。修正案の蓋然的な条項の骨子を我々は内々に垂れ込まれている。

修正案は真の違法者は「危められし人物」であり、何としても殺害されると言って聞かぬ頑迷な執拗ささえなければ、審理にかけられんとしている興味深き同胞《はらから》が難儀に巻き込まれることもなかったであろうとの深遠な原則に基づこう。

主たる条項は自ずと次なる項目に分けられるやもしれぬ。

一、判事は一切任ず可からず。めっぽう俗受けする未決囚によりて当該邪魔っ気な人物は彼らの最大の利益にとって禍のタネしか蒔かぬとの強い異が唱えられて来た。法廷はセント・ジェイムジズ公園を一眸の下《もと》に収める密室に腰掛けるとある国政に携わる御仁によりて構成されよう。というのも御仁は早、如何ほど想像を逞しゅうしようと如何なる人間にも成すこと能はぬと思われるほどどっさり成すべきことがあるだけに。

二、陪審員は五千五百五十五名の有志より構成される可し。

三、陪審員は被告も証人も目にすること罷りならぬ。宣誓させられる可からず。断じて証言を聴くこと罷りならぬ。証言、ないしたまたま耳に入るやもしれぬ又聞きの証言を鵜呑みにす可し。してひっきりなしに新聞という新聞に投書することになろう*。

四、仮に審理は毒殺に係る審理だとし、仮に告発の仮定的訴因、と言おうか証拠は二種の毒——例えば、ヒ素とアンチモニー——の投薬の嫌疑だとし、仮に体内に認められるヒ素の気味は可能であっても蓋然的ではなく、片や体内におけるアンチモニーの存在は絶対的な確実性を帯びているとすれば、さらば専らヒ素に注意を向け、アンチモニーは完全に念頭より打ちやるが陪審員の本務となろう。

五、真の違法者（即ち、「危められし人物」）の死亡直前の徴候が、それらを事実目にした開業医達によって証拠として審らかにされると、徴候をついぞ目にしたためしのない他の開業医はそれらが然る既知の病気と相容れぬか否か明言するよう求められる――が、断じて徴候が「毒」の投与と必ずしも一貫していないか否か問われてはならぬ。提案されている修正案の当該条項を一事例によって例証すれば――猛り狂った犬が口から泡を吹きながら、Zが独りで暮らしている屋敷へ駆け込む姿が見受けられる。Zと狂犬は、否応なくZは犬に噛まれたとの結論に達せざるを得ぬ立証済みの状況の下《もと》、くだんの屋敷にしばらく共に閉じ込められる。Zはその後《ご》犬の噛み痕も生々しく、恐水病に感染した状態でベッドに横たわっている所が発見される。さて、くだんの病気の徴候は、Zが片足の然る箇所に錆釘を打ち込んだことに起因するやもしれぬ「破傷風《テタヌス》」と呼ばれる別の病気のそれと酷似しているため、ついぞZを診たためしのない開業医はくだんの抽象的な事実に証を立てねばならず、その後戸籍長官はZの死因は錆釘である旨認証する責めを負おう。

目下の訴訟手続き方法における上記の変更は被告にとって満腔の得心が行くのみならず（というのが第一義の要件であるによって）、社会の福利と安全にも少なからず与そう。というのも当該穏当かつ慎重な条令案において、過剰に毒を盛られるのは社会にとって不都合であるとの事実が完全に否定されるよう意図されてはいないからである。

第百二稿　レイ・ハント。諫言*

『オール・ザ・イヤー・ラウンド』誌（一八五九年十二月二十四日付）

「美と優しさの、道徳的美と律義な優しさの、感覚が澄んだ黄昏が迫るにつれ、父に募って来た。パトニー（ロンドン南西部郊外、テムズ川南岸住宅地区）の親戚を訪ねた際、父は依然、折しも手がけている作品と、より直ちに入り用な書物を数冊携えていた。体力は見る間に衰えつつあったが、最も際立った気質や、本に関す記憶や、情愛は残っていた。して髪が白くなり、厚い胸板が細り、背丈ですら目に見えて低くなってなお、足取りは軽く、黒い目は巧妙な言い回しの都度、優しさの発想の都度、明るく瞬いた。父の死は単なる老衰だった。仕事の手を止めたと思うと、横になり、休んだ。臨終はそれは穏やかなものだから、今はの際までほとんど気づかず、その時ですら恐怖を伴わなかった。身体的な苦しみはさほど大きくなく、臨終に、不安なのはただ息が切れそうなことだけだと言った。して息も絶え絶えではあったものの、然に思いもかけず病床に付き添うこととなった家族から受けた尽きせぬ優しさへの感謝を述べ——息子の一人から、綿密かつひたむきな、鋭い質問によって、イタリアの最近の変動と膨みつつある希望について知り得る限りを聞き出し——周りの友人や子供達に愛する者の消息を尋ね——己を愛しながら、その場に居合わさぬ人々に愛と言伝を託した」

かく、雄々しき簡明と孝心をもって、父親の死を記録に留める上で、レイ・ハントの長男は綴っている。上記がコーンヒルのスミス・アンド・エルダー社より出版され、子息によって校訂され、傑出した美と優しさを巡る序章によって彩を添えられた『レイ・ハント自伝』新版の結びの言葉である。長男が冒頭で読者に呈示する父親の描写——「長身で、背筋は真っ直ぐ伸び、実際より痩せて見えた。髪は黒く、光沢があり、かすかに波打っている。頭は反り気味で、額は白く真っ直ぐで、顔色は概して浅黒い。立居振舞い全般に並々ならぬ生気が漲っている」——をもって、一幅の肖像は仕上がる。即ち、「女より生まれ、泡沫《うたかた》の命しか有さぬ男（『祈禱書』埋葬の儀）」が栄え萎え行く一幅の。

父親の道徳的性《さが》と知的資質についての描写において、ハント氏は劣らず忠実かつ感銘深い。以下の条《くだり》でその姿を彷彿とさせられるや、レイ・ハントを知る者はまたもや彼の明るい顔を目の当たりにし、弾んだ声を耳にしよう。「人生で最も落ち込んでいた時期ですら、父の周りには多くの客が集まった。がそれでいて、父に付き纏う評判故、というよりむしろ個人的資質故に。大きな一座においてであれ、一家団欒においてであれ、父ほど社交の場で魅力的な人はほとんどいなかった。物腰はわけても溌溂とし、色取り取りの主題にわたる、変化に富む会話は、くだんの話し相手が哲人であれ学生であれ、智恵者であれ少年であれ、男であれ女であれ、相手の反応によって衝き動かされ、喚び起こされた。してこの上もなく快活な話題にも、この上もなく深刻な内省にも、等しく用意が出来ていた――表現は話し相手の心の調子に難なく順応したからだ。物腰の稀有な屈託のなさで、父は決して損なわれることのない自発的な礼儀正しさと、初対面の人ですら魅了せずにはおかぬ絶え間なき心優しさから生まれる思いやりを併せ持つに至った」或いはまた次の条《くだり》において。「父の活気、陽気で愉快なものへの共感、快活を促そうとする公認の信条は、一目瞭然で、社交の場で父を知る人々にも好もしく受け留められ、恐らくは際立った特質として誇張されすらしたろう。父自身、ある種浮かれた、これ見よがしな依怙地さで固執していただけに」

傍点を付した文言は他の如何なる文言にも叶はぬほど、極めて独創的かつ魅力的な男の、わけても人の気を逸らさぬ特徴を如実に示している。読者はほどなく挙げられる謂れ故に、くだんの特徴に目を留めるよう請われる。最後に――「他の人々の権利を認めようとする切なる願い、然る昔ながらの学友によって気づかれた、何であれ『磨きをかけ』ようとする傾向、全ての思索を巧みに練り上げようとする性向は、父自身の確信を立証する直接的議論と相俟って、反対側にて言われるやもしれぬ一から十までを認知さすのみならず、ほとんど容認させすらした」以上、並びに劣らず適切、かつ劣らず律儀に暗示される他の謂れ故に、子息は父親について次のように綴る。「父の気質はありのままに知られるのが最も望ましい。というのも父が負うているような欠点は父の過ちの正直な説明となるからだ。片や、読者諸兄も父の著作や行動からお察しの通り、くだんの欠点は、父が咎められて然るべき落ち度とは異なり、頭と心双方の最も気高い機能と相容れぬ訳ではない。ありのままの父を知ることは即ち、父を敬い、愛すことに外ならぬ」

　上記の条《くだり》をここで引用するのは、とある格別な目的があってのことである。ただし目的とは、レイ・ハントと懇意にしていた者の個人的証言によってその信憑性が立証されることではない。本稿において、子息の序章におけると同様、彼の生涯は最も和やかで家庭的な手合いであったと、彼は欲の少ない男であったと、約しい暮らし振りであったと、無駄遣いをせず、見栄も張らぬ男であったと、骨身を惜しまぬ、俗世を離れた文人であったと記すことではない。思いやりに欠ける、忘れっぽい者に摂政時代（ジョージ三世の病気の間、皇太子が摂政を務めた一八一一—二〇年）の日々に彼の蒙った苦悩や不当な仕打ちと、彼の下獄という国家的恥辱とを思い起こさすことではない。彼らの寛容が、彼の優美な空想、或いは政治的労苦と忍耐の権限で、その墓に対し請われることではない、たとい

　　「時」の最新の種子たる我々のみ
　　運命の車の回転にて
　　過去を誇る新たな男たる我々のみ
　　善悪を軽々に口の端にかける我々のみ
　　人々を十全と愛して来た訳ではないにせよ（テニソン『ゴディバ』第五—八行）

目的とは即ち、とある本務が能ふ限り直接的な方法で全うされることである。明白な、紛れもなき本務が。
四、五年前、これら行《くだり》の筆者は『荒涼館』のハロルド・スキムポールのモデルはレイ・ハント氏であった」との評言にたまたま出会し、少なからず傷ついた。これら行《くだり》の筆者はくだんの本の筆者である。評言はアメリカから届いた。たとい筆者が恐らくはこの世の如何なる男にも劣らず幾多の馴染みに恵まれ、深甚なる関心を寄せている彼《か》の国に対し、自分は時折、この上もなく突飛な狂人のこの上もなく突飛な妄想よりなお驚くほど事実無根の、太平洋の向こう岸の新聞の雑報のネタにされて来たとの事実を気さくに述べようとて、不遜にはなるまい。当該体験に基づく一つならざる謂れ故に、筆者は一件を遣り過ごした。
　ところがレイ・ハント氏が亡くなって以来、上記の評言がここ英国でも息を吹き返している。評言の蒸し返しに示される嗜みと寛容は蒸し返した当人方へのむしろ遅蒔きの配慮のためである。事実は以下の通り——

　上記で引用した文言において思い起こされる正しくかの物腰の優美と魅力が、くだんの登場人物を描く際、くだんの小説の著者によって思い起こされた。わけても著者を幾度となく楽しませ、得も言はれず気紛れで魅力的な資質として印象を刻んでいたかの、主題を巧みに扱う上での「ある種浮かれた、これ見よがしな依怙地さ」は著者が創作した人物にとって必要な軽やかな資質であった。一つには当該謂れ故に、また一つには（爾来、著者の一再ならず惟みるだに悔いて来た

如く）、くだんの愉快な物腰が自らの手の下《もと》に再現されるのを見出す悦び故に、著者は剰え度々登場人物に旧友のような口を利かす誘惑に屈した。著者はよもやデズデモーナとオセロの血の責めを絵画の中でイアーゴの片脚のためにポーズを決めた無実の王立美術院モデル氏に帰そうなど*夢にも思ったためしのないに劣らず、よもや、神よ許し賜え！　皆の崇敬の的たる本人が虚構の登場人物の絵空事の悪徳で咎められようなど思いも寄らなかった。ほんのたまさかの物腰に関してすら、著者は然に慎重かつ良心的でありたいと願えばこそ、拙著の第一分冊の校正刷りを内々にレイ・ハントと親しい（いずれも存命の）二人の文人*に見てもらい、彼の「やり口」に余りに似通っていると両者が判断するや、原文のくだんの箇所をそっくり書き改めた。

　彼は子息が当該花輪を父親の墓に手向けてなお、目下の文言は父親の思い出を正していたやもしれぬが、書かれず仕舞いであったと惟みる可能性に彼を委ねる様を目にすること能はぬ。彼は己自身の息子が愚昧も悪意も最早彼の心を傷つけること能はぬというに父を弁明せねばならぬも、当該務めを手つかずのままにするやもしれぬとは知ること能はぬ。

第百三稿　『タトルスニヴェル・ブリーター』誌*

『オール・ザ・イヤー・ラウンド』誌（一八五九年十二月三十一日付）

筆は目下の折、極めて由々しき類《たぐい》の陰謀を、例えばジャワ島の致死のウパスノキ（第四十五稿注（二一）参照）のような陰謀を、摘発すべく（文学的作文にほとほと疎い訳でもなき）一私人により て執られている。くだんの猛毒の木については、因みに、かの一私人は若年に（長さにほとほと欠ける訳ではなき）詩を物し、その詩の（批評的見解を述べるにほとほと疎い訳でもなき仲間内で）然に好意的に受け留められたものだから、一私人は世に出すよう推められ、定めてその提言を（出費とほとほと縁もゆかりもない訳ではなき）個人的要件さえなければ実行に移していたろう。

　今やその悍しき醜怪全てにおいて暴き立てられんとしている巨大な陰謀の摘発を請け負う一私人は名をタトルスニヴェルという町の住人である——なるほど、身の上の低き住人やもしれぬが、一英国人にして男《おのこ》として、断じて嘲りがちにして華美な群衆の前で目を伏せるつもりのなきそれである。

　タトルスニヴェルは身を貶めてまで己《おの》が息子共より擁護は求めぬ。史上然る折、我らがぶっきらぼうな英国君主、我らがハリー八世王は今少しで彼《か》の地へ行きかけた。して当該摘発の掲載されよう週刊誌が産声を上げる遙か以前にタトルスニヴェルは今なお峡間胸壁の上にて翻っているかの旗を掲げていた。くだんの旗とは外ならぬ『タトルスニヴェル・ブリーター』誌であり、同誌には印刷直前までの最新ニュースと市況が掲載されるのみならず、広告主には請け合われた刷込み広告の数に応じて格段と減少する、等級別料金率に則り有利な地元の媒体が呈示されている。

　侮り難き密集方陣《ファランクス》にて『ブリーター』誌に忠誠の誓いを立てるよう言質を取られし才人の大群について今更クダクダしく述べても詮なかろう。目下の目的のためには大胆不敵なアルビオン（大英帝国の雅名）の誇りたる男達の就中豊かな天稟に恵まれ、（非英国的共謀の広く、深々とした支脈さえ走っていなければ）就中新進気鋭の連中の一人を選り出せば事足りる。当該前口上の後では『タトルスニヴェル・ブリーター』誌のロンドン特派員をよりまともに指差す要はなかろう。

　特派員の週一度の通信について、その英語の柔軟性について、文法の豪放さについて、（如何なる現存の書物においても、それらが印刷されているがままには見出され得まい）引用の独創性について、情報の優先について、人々の密かな思索と実践されれぬ意図の熟知について、詳述するはこれら文言を綴っている約しきタトルスニヴェル住人に付き付きしかるまい。通信は記憶に刻まれている。『ブリーター』誌のファイルに綴じられている。後は随意に参照されたし。

　とは言え、国中に有毒な根を広げ、『ブリーター』誌のロンドン特派員がその唯一無二の標的たる不埒千万な、腹黒い、狡猾な陰謀よりヴェールを剝ぐが、当該摘発を請け負う約しきタトルスニヴェル住人の腹づもりなり。してその者は自らに課した労苦から後込みする気もない、なるほどヘラクレスの大力を要す難事ではあるが。

　陰謀は正しく我らが島国の女王陛下の宮殿にて始まる。律儀で忠実たるが、『ブリーター』誌の読者全員の誇らかな自慢であるだけに、当該摘発の筆を執っている住人は女王陛下にせよ、名にし負うアルバート殿下にせよ、個人的に糾弾するつもりはない。が絹の衣を纏った取り繕い屋や、深紅の腰巾着や、安ピカ物のおべっか使いや、豪華絢爛たる衣裳の汲々と餓《かつ》えたガーター勲爵士は蓋し、糾弾する所存である――ああ、しかも仮借なく！　果たして如何なる根拠の下《もと》、と問われようか！　以下、審らかにして進ぜよう。

『ブリーター』誌ロンドン特派員は己《おの》が肝要な探求を遂行する上で、ウィンザーへ赴き、名刺を取り次ぎに通じ、女王陛下と名にし負うアルバート殿下と打ち解けた会談を持つ。一時《いっとき》、『ブリーター』誌ロンドン特派員の陽気な会話の内に、知識の蘊蓄の内に、逸話の滔々たる流れの内に、天稟の雰囲気の内に、王位の自制はかなぐり捨てられ、かくて女王陛下は華やぎ、名にし負うアルバート殿下は和み、国事と派閥争いは忘れ去られ、昼食が申し出られる。くだんの気の置けぬ、家庭的なテーブル越しに、女王陛下は『ブリーター』誌ロンドン特派員に英国皇太子プリンス・オブ・ウェールズをケオプスの大ピラミッドの頂上視察へ送り出すつもりだと告げる――さらば人々の俯瞰に纏わる見聞を深められようかららと。女王陛下はのみならず空位のガーターを、例えばローバック氏（第七十九稿注（四六四）参照）に授ける高貴な意を（アルバート殿下は名立にし負う意を）決している由告げる。幼気な王子や王女が『ブリーター』誌ロンドン特派員の要望に応じて紹介され、良好な健康の通常の外的徴候を呈している様が見受けられ果すや、幸せな絆は断ち切られ、溜め息諸共、やんごとなき額は今一度、極限まで張り詰められ、『ブリーター』誌ロンドン特派員はロンドンに戻り、手紙を認《したた》め、『タトルスニヴェル・ブリーター』誌に己《おの》が知る所を伝える。タトルスニヴェル中が其を読み、彼が同上を知っている由知る。が果たして英国皇太子プリンス・オブ・ウェールズは結局、大ピラミッドの頂上まで登り詰めようか？　果たしてローバック氏に結局、ガーター勲位は授けられようか？　否。幼気な王子や王女ですら結局、健やかだと判明しようか？　どころか麻疹《はしか》に――正しくくだんの日にかかり――今もってかかっている。何故《なにゆえ》かようの事態に？　何とならば、『ブリーター』誌ロンドン特派員を目の仇にする陰謀人共が連中の腹黒き策略をもって割って入って来るによって。何とならば、女王陛下とアルバート殿下は夫妻が『ブリーター』誌ロンドン特派員との会見に応じた由陰謀人共に報られるや否や、北から南へ、東から西へ、心変わりするよう巧みに唆されるによって。今や義憤に駆られて問われよう、夫妻は一体何者に然に弄ばれているのか？　今や義憤に駆られて問われよう、一体何者がくだんの幼気な王子や王女の病気をやんごとなき、名にし負う両親より隠し、偏に『タトルスニヴェル・ブリーター』ロンドン特派員の裏をかくべく健康の化の皮を被せて、ベッドより連れ降りる責めを負った？　連中は一体何者ぞ？　と再び尋ねられよう。位階や寵愛によって連中の匿われることと勿れ。謀叛人を白日の下《もと》に晒さんかな！

ジョン・ラッセル卿（第七十三稿注（四一三）参照）が当該陰謀には一枚噛んでいる。閣下がそれには余りに気概と徳義に満ちた男だと言うこと勿れ。弾該の飛礫が卿に対して打たれている。証拠は？　証拠は以下の如し。

「時の翁」は次なる質問に対す回答を渇望している。ジョン・ラッセル卿は果たしてパーマストン卿の下《もと》大臣の座に収まる気はあるのか？　如何にも。『タトルスニヴェル・ブリーター』ロンドン特派員は今しも週に一度の手紙を書いている。がはったと、当該問題に最終的な結論を出して好いものか否か我ながら戸惑っているのに気づく。よってペンを置き、帽子を被り、下院のロビーへ赴き、ジョン・ラッセル卿への名刺を取り次ぎに通じ、卿を呼び出す。して卿の腕に腕を通し、脇へ引っ立て、カマをかける。「ジョン、おぬしパーマストンの下《もと》で大臣職に就く気か？」卿は返す。「いや」『ブリーター』誌ロンドン特派員はかようの男の叩いて然るべき石橋を叩いて渡りながら突っ返す。「ジョン、もう一度よく考えてくれ。やつがれに軽率な返答は無用。ちょっとした癇癪でも起こしている訳では？」卿は坦々と答える。「いや、全く」しばし思いを巡らす暇《いとま》を与えておいてから、『ブリーター』誌ロンドン特派員は言う。「もう一度、ジョン、質問させてくれ。パーマストンの下《もと》で大臣職に就く気はあるのか？」卿の返して曰く（厳密な表現に御注意あれかし）。「断じてパーマストンが長《おさ》たる内閣で要職に就く気はない」二人は別れ、『タトルスニヴェル・ブリーター』誌ロンドン特派員は通信を仕上げ――必ずや嗜み深さを第一義とし、全ての主題に関し直接、正確な情報を手に入れる手段をあからさまに公表するを潔しとせぬだけに――書中に次なる条《くだり》をさしはさむ。「ジョン・ラッセル卿は粗忽者によりては『外務』と取り沙汰されているが、本通信員には次の如く読者諸兄に請け合う揺るぎない謂れがある」（正確な表現を際立たせているのが見て取れよう）「『断じてパーマストンが長たる内閣で要職に就く気はない』」この点は絶対的に信じられたい」如何なる事態が出来する？　『ブリーター』誌のくだんの号の正しく発刊日に――陰謀人共の悪意たるやその日を選ぶ点にとて如実に示されているによって――ジョン・ラッセル卿は外務大臣に任ぜられるとは！＊　注釈は蛇足であろう。

タトルスニヴェル住民はジョン・ラッセル卿は約言を違《たが》えぬ男だと言われて来たし、これからも言われよう。卿は時折は、やもしれぬ。が、陰謀の黒々とした蔭にかくて暗澹と垂れ籠められるや然に非ズ、とタトルスニヴェルは知っている。「筆者はたまたま然る信頼の置ける消息筋から得た情報により」と『ブリーター』誌ロンドン特派員は昨年内に書いていた。「ジョン・ラッセル卿は去る月曜のくだんの腹蔵なき演説をぶったことでは一方ならず悔いている由確信するに至っている」とは持って回った物言いではない。どころか歯に衣着せぬ文言である。というにくだんの文言が文明社会全般に流布して四十八時間と経たぬ内にジョン・ラッセル卿は（表向き偶然）如何なる手に出るか？　国会の席で起立し、臆面もなく、もしや正しくくだんの演説をぶつ機会が五百度《たび》訪れるものなら、同上を五百度《たび》ぶとうと宣ふとは！　ここに陰謀は一切気取られぬか？　して、必ずや誤っていると証明されぬ限りは必ずや正しくありたいと願う者に対すかようの結託が、自由と公平を誇る国において許容されてよいものか？

　が、耐え難き迫害に対し今や声を上げているタトルスニヴエル住人は詰まる所、これは政治的陰謀だと告げられるやもしれぬ。その者は、なるほど、一件にはディズレーリ氏が嚙み、ダービー卿が嚙み、内務、外務、植民省大臣全てが嚙み、与野党全てが嚙んでいるということは、単に人間、政務においては他の何においても為すまいことを為そうとの証にすぎぬと告げられるやもしれぬ。とは抗弁か？　さらば答弁は、巨大な陰謀はありとあらゆる手合いの芸術家仲間を丸ごと、極悪人とそいつの生涯に止めを刺す絞首刑人に至るまで、ありとあらゆる階層の男をごっそり、巻き込んでいようというのものなり。何とならば連中は一人残らず『タトルスニヴェル・ブリーター』誌ロンドン特派員とは馴染みが深く、一人残らず特派員にペテンを弄しているからだ。

　では、実地に試してみようでは。『ブリーター』誌の綴じ込みが――証拠書類が――ある。王立美術院展覧会の何週間も何か月も前に、『ブリーター』誌ロンドン特派員は目ぼしい絵画の主題を仕込んでいる。画家が仰《のっ》けはどうするつもりであったか仕込んでいる。画家が仰《のっ》けはするつもりであったことを後ほどどうすげ替えたか仕込んでいる。どうすべきであるにもかかわらずしようとせぬか仕込んでいる。どうすべきでないにもかかわらずしようとしているか仕込んでいる。何者から委託を受けているか一文字違《たが》えず仕込んでいる。如何ほど金を支払われるか一シリングに至るまで仕込んでいる。さて、各々のアトリエの主《ぬし》が最も近しく親しき腹心の友にすら晒さぬ具合に己自身の姿を晒したかの傑人を各々のアトリエが厄介払いするや否や、陰謀と詐欺は始まる。アルフレッド大王は『妖精女王（エドモンド・スペンサー作（一五九〇－九六））』に為り変わり、「約束の地（『創世記』一二：七）」を見はるかすモーセは蓋を開けてみれば「縁日へ向かうモーセ（ゴールドスミス『ウェイクフィールドの牧師』第十二章）」と相成り、カンタベリー大主教閣下は恰も非国教派の不敬な呪《まじな》いにでもよるが如く、「お気に入りのテリア」か「草を食む牛の群れ」に身を窶し、かくて『ブリーター』誌によりて審らかにされる一覧の最も類稀なる芸術作品とて冷ややかに跡形もなく拭い去られ、制作者の最も曖昧模糊たる想念においてすらついぞ存在したためしがなかったものと申し立てられる！　とは不埒千万もいい所。が、まだまだ序の口。名画の買い手がさらば密かな隠処より這い出し、刺客群団よろしき陰謀人の直中たる持ち場にこっそり就く。ベアリング氏（金融業者（一七九九－一八七三））は『ブリーター』誌ロンドン特派員に第三十九番を千ギニーで購入したと言明しておきながら、得体の知れぬ何者かにものの二百ポンドで明け渡す。ランズダウン侯爵（政治家・閣僚（一七八〇－一八六三））は『ブリーター』誌ロンドン特派員が誓いを立てさせた如く委託は一切与り知らぬ風を装いながら、然る鉄道請負人に半額で己を出し抜かす。似たり寄ったりの事例は枚挙に遑がない。かようの男共よ、恥を知れ、恥を！　これが英国か？

　では、再び文学に目を向けようでは。『ブリーター』誌ロンドン特派員は著名作家と一人残らず面識があるのみならず、彼らの魂の秘密を握っている。作家の隠された意図や言及に精通し、出版前の原稿を目にし、未だ緒に就かぬとうの先から著書の主題と表題を仕込んでいる。如何で連中のよくもくだんの傑人に刃向かい、内々に打ち明けていた意図という意図にソッポを向けるものやら？　如何で原稿をそっくり書き改め、表題をガラリと変え、主題をお払い箱にする上で自らを弁明する気なものやら？　ではないと、タトルスニヴェルを向こうに回して啖呵を切る気か？　よくもヌケヌケと啖呵を切ろうものなら、『ブリーター』誌の綴じ込みにグウの音も出なくさせてやろうでは。「その実によりて彼らは知らる（『マタイ』七：二〇）」。連中の著作を『ブリーター』誌ロンドン特派員の先を見越しての通信と引き比べてみよ、さらば虚偽と欺瞞は日輪さながら明々白々となろう。連中、『ブリーター』誌ロンドン特派員に誓いを立てている何一つ全うせぬ様が見て取れよう。当該腹黒く卑劣な陰謀の最も腹黒き連累者に数えられる様が見て取れよう。この点はこと公的所業のみならず、私事にかけてもあからさまとなろう。今やこの言語道断の結託を白日の下《もと》に晒している、義憤に駆られしタトルスニヴェル住人は、これら文人を資産を濫費し、所得税委員を誑かし、似非の帳簿をつけ、擬いの契約を結んだ廉で摘発する。彼らを『タトルスニヴェル・ブリーター』誌ロンドン特派員の一点の非の打ち所もなき信義に則り告発する。さらば連中、特派員の証言と自らの人生の如何なる所業に纏わる己自身の説明をも折り合いをつけさすこと能はぬものと観念しよう。

国民性は多岐にわたる当該途轍もなき陰謀の影響の下《もと》堕落しつつある。捏造は絶えず犯されている。著名人が——如何なる手合いであれ——死亡する。『ブリーター』誌ロンドン特派員は故人の暮らし向きが如何様か、蓄財は（もしやあれば）如何程か、債権者は何者か、子供や身内については何もかも、仕込んでいる。して（概ね、遺体が冷え切らぬ内に）遺書を審らかにする。くだんの遺書は検認されようか？ 金輪際！ 何か他の遺書がすげ替えられ、真の証書は破棄される。してこれが（上述の如く）英国とは！

一体この叛逆的同盟の名簿に記載されている職人や細工師は何者か？ 連中、如何なる基金より支払われ、如何なる儀式をもって秘密厳守を誓わされている？ かようの者は全くいないと？ 以下、御覧じろ。先般『ブリーター』誌ロンドン特派員は次なる条《くだり》を物した。「聖ヤヌアリウス教会二階回廊におけるボドゥルボーイのピアノ演奏は好評を博し、一晩に三百ポンドの純益を上げる！ とはまんざらでもなかろう!!」聖ヤヌアリウス教会二階回廊の（喉元までどっぷり悪巧みに浸った）建設者は当該記事に出会すと、持ち前のがさつな物言いでかく宣った。「『ブリーター』誌ロンドン特派員は盲《めくら》のロバなり」当該聞き捨てならぬ言説の理由を述べるようとある気概に満ちた男に迫られると、建設者は二階回廊はたとい鮨詰めになろうと、二百ポンドは収容しきれまいと、してその出費は恐らく、事実収容する額の少なくとも半ばには上ると言明した。気概に満ちた（彼自身タトルスニヴェル住人たる）男はくだんの刻《とき》より一週間と経たぬ内に二階回廊を測定させ、さらばそいつは到底二百ポンドは収容しきれそうになかった！ さて、いっとうお粗末な脳ミソとて二階回廊がその間《ま》に改造された由疑い得ようか？

して事ほど左様に陰謀は全社会層を経て、獄中の死刑囚と、絞首刑執行人と、教誨師にまで及ぶ。過去十年間の名立たる殺人犯という殺人犯は『タトルスニヴェル・ブリーター』誌ロンドン特派員に格別打ち明けられる秘密を偽ることにて最期の瞬間の神聖を穢《けが》して来た。かようの折という折、キャルクラフト氏（第五十二稿注（二五三）参照）は不面目極まりなき先例に従い、尊き教誨師は己《おの》が聖服を忘れ、専ら（哀しいかな！ どうやら）悪巧みのみを念頭に、『ブリーター』誌ロンドン特派員専有の特ダネとは真っ向から齟齬を来す、死刑囚の振舞いや会話に纏わる某かの逸話に言質を与えて来た。してこれが（上述の如く）「陽気な英国（古代からの通り名）」とは！

真の天稟を具えた男は、しかしながら、易々とは白旗を揚げぬ。『ブリーター』誌ロンドン特派員は、恐らく己に対する画策の存在を気取り始め、この所新たな文体を編み出し、其は裏をかくのが極めて困難なだけに、新たな陰謀の画策を余儀なくさすやもしれぬ。特派員の名手の通信の一通は、先達て、次なる条《くだり》において当該文体の採用を露にし、かくて慧眼のタトルスニヴェル中に深遠なる旋風を巻き起こした。「文学関係の四方山話はと言えば先般X・アミータ氏（読者諸兄にも馴染みの深い詩人）の二階の（玄関扉の上に位置する）正面の間《ま》で交わされた由申し立てられたとして筆者が既に言及している会話に関し、某かの新たな、して尋常ならざる風聞が広まっている旨ここにて断っておいてもよかろう――即ち、くだんの会話にてX・アミータ氏の大伯父と、氏の次男と、氏の肉屋と、ケンジントンにては皆の崇敬を集めている片目の、恰幅の好い御仁がこよなく友好的な間柄にある訳ではなかったとの。筆者としては、しかしながら、今週は、一件を深追いするのは差し控えたい。情報提供者が正確な精細をもたらすこと能はぬだけに」

　が、もうたくさんでは、諸兄。とある輝かしき（地元の）人物に対す不埒千万な男共のこの悍しき結託を暴き出すべくペンを執っているタトルスニヴェル住人は其に憎悪と軽蔑を込めて背を向ける。かの住人に歯に衣着せず、陰謀人共の露な目的から今なお残っている見え透いた化けの皮を剝ぎ取らせよ。さらばその者の疎ましき仕事にはケリがつこう。

諸兄、くだんの目的とは、ここに申し立つに、紛うことなく二点に収斂する。第一に、『タトルスニヴェル・ブリーター』誌ロンドン特派員を固より仕込めるはずのなきことを報ずよう雇われることにて物蔭の木偶の坊に劣らず大きな社会的邪魔物と化している百害あって一利なき木偶の坊の観点より暴き立てること。第二に、タトルスニヴェル住民に然に夥しき乾涸びた「戯言《たわこと》」をぶちまけられていては町は一向まっとうにはなるまいと仄めかすこと。

　さて、諸兄、これら二点に関し、タトルスニヴェルは雷《いかづち》の語気にて尋ねよう、果たして法務長官はどこにいる？　何故《なにゆえ》『タイムズ』紙は一件を取り上げぬ？（後者も或いはグルなのか？　断じて前者の見解を取り上げも、文言を引用しもせず、ひっきりなしに論駁ばかりしているが。）タトルスニヴェルは、諸兄、我らが父祖がノルマン民族とヘイスティング（ノルマンディー公ウィリアムがハロルド二世を破った港市）にて戦い、容易に思い浮かぼう他の様々な地でも血を流したことを記憶に留めればこそ、「家督相続権を一椀の羹《あつもの》と引き替えに売る（『創世記』二五：二九－三四）」を潔しとせぬ。気をつけられよ、諸兄、気をつけられよ！　さなくばタトルスニヴェルがほどなく（見張りを立てられし街路という街路に手持ち無沙汰のライフル銃を山積みにしたなり）其の『ブリーター』誌と共に玉座の袂まで進軍し、女王陛下御自身の宝珠と王笏の手づから当該陰謀に対する賠償を求める様が見受けられるやもしれぬ！

第百四稿　啓発されし司祭*

『オール・ザ・イヤー・ラウンド』誌（一八六二年三月八日付）

サフォック州のあちこちでは（他処と同様）、ペニー朗読会が「下層階級者の教導と娯楽のために」催されている。サフォック州にはアイという名の小さな町があり、そこにてこれら朗読会の一つの主題に取り上げられたのは小誌の昨年のクリスマス号に掲載された「大海原の浮萍《うきくさ》を掬い上げる」と題された（ウィルキー・コリンズ氏による）物語であった。どうやらアイの上流階級はヨーロッパ中の目《アイ》が悪名高くも常に凝らされている、くだんの肝要な町の典雅な趣味とグラスハーモニカ（第九十七稿五七九頁参照）の直中に当該下卑た短篇が持ち込まれたことでは大いに心証を害したと思しい。わけても助任司祭一家の感情は踏み躙られ、某地元機関誌（例えば、『タトルスニヴェル・ブリーター』誌（前稿参照））は故に、くだんの短篇を「悪しき傾向」を有すとして永遠の忘却へ葬り去ったほどである！
当該恐るべき事実がくだんの悪運尽きた物語の不幸な著者の知る所となるや、著者はアイなる空恐ろしき町の雅やかな聖職階層上流人の鋒鋭き剣《つるぎ》の下《もと》「嗜み深く息を引き取る前に、長衣で面《おもて》を被った（シェイクスピア劇におけるジュリアス・シーザーの死（第三幕第一場）に擬して）」。が、己《おの》が憂はしき栄光において独りではないと気づくや、息を吹き返し、今なお存命である。

というのも、上述のサフォック州のストウマーケットにおける、また別のくだんのペニー朗読会にて、素描集（ボズ著より選りすぐられた「ブルームズベリー洗礼（『ボズの素描集』「物語」第十一章）」と題される若気の素描が取り上げられる旨触れ回られたからだ。その途轍、彼《か》の地の牧師はペンと勇を諸共揮い、次なる恐るべき書簡を極めて打ってつけたるガジャン*なる御芳名の御仁宛認《したた》めた。

一八六一年二月二十五日
於ストウマーケット牧師館

拝啓——寡聞ながら、今晩貴兄は「ブルームズベリー洗礼」という名の短篇を朗読賜るとのこと。朗読会の手筈に介入する気は毛頭ないながら、果たして貴兄にあられてはこの折、選りすぐられた作品の性質を然るべく検討なされたものか否かお尋ね致したく。当地の労働階級の間の品格を高め、当該趣味を親しみ易く、愉快な物腰で指導しようとの、朗読会出催者のあっぱれ至極な動機には讃歎の念を禁じ得ず。「ブルームズベリー洗礼」には、ただしこれはおよそ叶はぬ相談かと。かの素描は聖なる一儀式を愚弄し、言語と文体には趣味を陶冶する代わり、同上を下卑さす直接的傾向が認められる。

果たして一人ならざる聴衆の心証を害し、他の者の間には隣席の人々の良心の呵責を蹂躙することによってのみ耽られる笑みを生み出すに違いなきものを公に朗読することが望ましいか否か今一度御検討賜りたく。

ここにて嘲笑に晒されている儀式は英国国教会に属す幾多の家庭の間で少なからず誤解され、粗略にされているそれであり、同上が本挿話で扱われているその方法は必ずやかようの粗略を是認、もしくは少なくとも弁明しているように見受けられようかと。

貴兄は当該主題を朗読する旨公衆に誓いを立てておいでながら、もしや状況を知りさえすれば、彼らは他の主題への変更を極めて穏当と認めるに違いなく。要約は単に悪を幾許か軽減するに留まるにすぎぬ。というのも如何わしきは文体のみならず、主題そのものであるだけに。

突然の無礼をお許し頂きたく。ただ小生、御身同様、一件に並々ならぬ責任を負うていると感じた次第にて。

敬具

T・S・コールズ

J・ガジャン殿

以上は悪い冗談ではないと、なるほど断っておかねばなるまい。是ぞ、蓋し、悪い事実である

第百五稿　生半ならず強かな一服

『オール・ザ・イヤー・ラウンド』誌（一八六三年三月二十一日付）

「フィンズベリー（北ロンドン旧自治区）の非国教派教会堂《タバナクル・チャペル》の司祭にして、『ブリティッシュ・バナー』誌（キリスト教定期刊行物（一八四六―五八））編集長等々たるジョン・キャンブル博士（会衆派牧師（一七九四―一八六七））はかの博士独特の重厚かつ力強い文体にて」と我々はハウイット氏（クエーカー薫陶を受けた、降霊説信奉者・著述家（一七九二―一八七九））によりて告げられる。「『バナー』誌一八五二年十一月号にて」テーブル・ラッピング（第九十六稿参照）大義にとって極めて肝要かつ好意的な「所見を表明した」。我々は一件に関して判断を下す立場にある「読者」が当該大いなる所見における何らかの点を以降の斟酌に委ねたか否かは告げられていない。が卓見は依怙地な世代によりては最後的とは見なされなかったと思しい。何とならばハウイット氏はおよそ十年後、ロングマン社によりて出版された上製八折判九百六十二頁（『超自然現象の歴史』二巻本（一八六三））にて一件を蒸し返すが肝要

と見なすに至っているからだ。

　ハウイット氏は超自然現象なる主題に関しては然に気色ばんでいるものだから、我々としては敢えて氏と如何なる点にせよ論じ合おうとは思わぬ。が――宗旨替えを目論む上で氏に力添えをすべく――読者諸兄に、氏の決定的な典拠に則り、彼らが何を信ずよう求められているか審らかにさせて頂きたい――然る、「宗教改革」と呼ばれる歴史的些事に纏わる見解との関連で少なからず瞠目的やもしれぬ所見――即ち、目下の不信心の状態は全てプロテスタント主義の責任であり、「今や、それ故、プロテスタント主義に抗議《プロテスト》する潮時である」との大前提に立ち。

　読者諸兄には何卒、容易い端緒とし、我々が真実にせよ推定にせよ、ともかく何らかの曖昧模糊たる情報を有す最も初期の暗黒の時代から、北アメリカのアメリカ・インディアンの未だ完結せざる放逐に至るまで、東西南北でこれまで罷り通って来た、或いは罷り通って来たと伝えられる善魔悪魔、幽霊、預言、霊との交信、魔術の習わしを巡る物語という物語をそっくり鵜呑みにして頂きたい。読者諸兄には何卒、この点にかけては何一つ地上における我らが救世主の使命の成就によっては変わらなかったと、のみならず聖パウロの為したことは再び為され得るばかりか、再び為されて来たと鵜呑みにして頂きたい。以上は、なるほど、端緒としては微々たるものだけに、この時点で諸兄にはおまけにファラデーとブルースターと「哀れなペイリ」*を突っぱね、是非ともかの輝ける光明、チャールズ・ビーチャー師と、ヘンリー・ウォード・ビーチャー師（「アメリカで最も力強く、説得力ある説教師の一人」）と、アディン・バルー師*を盲目的に信じられたい。

　かくて健やかな信仰実践への道から邪魔物を取っ払い果すや、我らが発展途上の読者諸兄はお次はわけてもテッドワースの壁叩き、ジョージ・フォックスの霊感、石炭担ぎハンテイントン（奇跡的に御当人にぴったり来た革製半ズボンを祈願した男）の「交霊術、預言、予知」、果てはコック・レーンの幽霊*をすら鵜呑みにしにかかられよう。して何卒、息を継ぐ前に、ケリをつけるに、上述の一覧丸ごとに列挙されているそれのような明々白々として立証済みの事実の否定と、鉄道や、ガス灯や、顕微鏡と望遠鏡や、種痘の発明者によって遭遇された反対との間には密接な類似がある旨鵜呑みにして頂きたい。当該ズキリと身に染む要件を常に疼しき胸中、疼かせつつ、彼らは進み続けることになろう。

　コック・レーンの幽霊に関せば、我らが良心の呵責に苦しむ読者諸兄には何卒、肝心要の霊的顕現を徹頭徹尾化けの皮を剝がれた甚だしきペテンと見なしたことではわけても自責の念に駆られて頂きたい。してジョンソン博士はその真憑性を信じ、ハウイット氏の文言によらば「信じる格別な謂れを持っていたらしい」旨鵜呑みにして頂きたい。当該腹づもりの下《もと》、信徒方にあっては是非とも御自身のボズウェル（『サムエル・ジョンソン伝』（一七九一）の著者）より以下の条《くだり》を抹消されんことを。「読者諸兄の多くは、定めて、今日《こんにち》に至るまでジョンソンはかくて愚かしき迷信に囚われていたとの印象を持っていられよう。故に、ジョンソンは欺瞞を看破した人々の内一人であったと確かな典拠に基づき報されるや少なからず驚くに違いない。怪談が然に広まったがため、彼は一件は探りを入れられる可しと考え、欺瞞の偉大なる看破者」——してそれ故ハウイット氏にとっては途轍もなく鼻持ちならぬ——「現ソールズベリー主教ダグラス師（ジョン・ダグラス博士（一七二一—一八〇七））に当該探索の援助を仰ぎ、後者より筆者は証拠を調査すべく現場へ赴いた殿方達がその虚偽を確信した後《のち》、ジョンソンは彼らの前で概要を綴り、記事は新聞や『ジェントルマンズ・マガジン（一七三一年創刊月刊誌）』に掲載され、かくて読者の蒙は啓かれた由伝えられた（G・B・ヒル版『ジョンソン伝』第一巻四〇六—七頁）。」されど真の信徒蔵書のボズウェルには依然としてまた別の極めて不都合な条《くだり》がある故、手数ながら、その後に言及する以下の条《くだり》も同様に削除して頂かねばなるまい。「彼（ジョンソン）はコック・レーンの幽霊の騙《かた》りに対す軽々ならざる憤慨の念を露にし、如何に自ら詐欺を看破するに与し、新聞諸紙に記事を掲載したかすごぶる得々と物語った（第三巻二六八頁）。」

読者諸兄にはお次に（もしや、ボバディル船長（ベン・ジョンソン『十人十色』（一五九八）に登場する小心者の法螺吹き）の言い種ではないが、「さても鷹揚な心持ち（第四幕第五場）」にあられるならば）、コーラ・ハッチ夫人、ヘンダーソン夫人、エマ・ハーディンジ嬢といった、「直接的霊感によりて口を利いていると広言する」大西洋の向こう岸《トランスアトランティック》の恍惚状態話者《トランス・スピーカー》の言葉を信じ、さらにはくだんの傑出した御婦人方が「日曜には五十万人の聴衆を前に滔々とまくし立てた」由鵜呑みにされたい。ところで五十万とは先般、親指トム将軍（第二十稿注(六二)、第七十五稿注(四三六)参照）の婚礼に敬意を表《ひょう》すべくニューヨーク市に集うた知的群衆に比ぶれば物の数ではないが。霊的陶冶のおよそこの期に及び、読者諸兄には是非とも「殿方自身の亡妻とフランクリン博士（米国の政治家・著述家・科学者・独立宣言起草委員（一七〇六—九〇））が氏並びに他の著名な友人達の前に度々姿を見せる模様の綴られた、ニューヨーク在住の名立たる殿方からの手紙は超経験的現象の史料の中でも紛うことなく傑出している」由鵜呑みにして頂きたい。果たして何故《なにゆえ》これら慎ましやかな出現がハウイット氏にはともかく常軌を逸しているように思われるものか（氏自身、万が一我々が然に思えば怒り心頭に発しようものを）我々は理解に苦しんだ。がとうとう、さらに読み進むに及び、「証人達はこれら霊魂に相見ゆのみならず、手づから触れ、フランクリンの衣服と髪を触ったと厳粛に述べられている」との条《くだり》に突き当たった。敢えて同上をハウイット氏の顰みに倣い、超自然的経験と見なす気は毛頭ないながら、我々はそれでもなおかくて胸中、ハウイット氏自身の幽明境を異にしたブーツと帽子の宇宙空間における目下の消息に纏わる幾多の興味津々たる臆測を喚び覚まされた旨告白せざるを得ぬ。

お次の信仰箇条は以下の如し。一つ、「一八五三年の合衆国における三万人の霊媒」なる穏当な数字を――「個人的体験から霊との交信の確信に至ったと公言する」、一八五五年における同上の冷静な悟性の国家における二百五十万人の降霊術者の存在を――同上の穏健な哲学者の国家における「今なお衰えることなき年間平均三十万人の増加」を鵜呑みにす可し。一つ、ありとあらゆる手合いの場所における、がわけても「こと知性にかけては最も評判の高い」とハウイット氏の宣はく、して我々とて「博士の男児の内一人の服を再三再四ズタズタに切り裂き」、なおかつ「七十一枚の窓ガラス」を叩き割ることにおいて御当人の霊的扉叩き屋《ノッカー》によりてひけらかされるより遙かに高い知性を具えているものと喜んで認めよう――とはもしや実の所、扉叩き屋《ノッカー》殿、肉体を具えるに及んでは、仕立て業とガラス屋でメシを食っているのでないとすらば――「男性、コネチカット州ストラトフォードのフエルプス博士」の屋敷における霊的扉叩き《ノッキング》を鵜呑みにす可し。一つ、材木や、腸線や、真鍮や、錫や、羊皮紙といった有形の楽器を奏す（ただし暗がりで。連中、暗がりたることにえらく御執心なもので）無形の奏者を鵜呑みにす可し。読者諸兄はばかりか、「ケンタッキー振顫譫妄《ジャーク》」なる症状を鵜呑みにするよう求められる。かくて音調麗しき呼称を与えられた霊的成就は「どうやら」とハウイット氏は述べる。「極めて無秩序な類《たぐい》であった」と思しい。どうやら然る、長老派司祭のドーク氏は「初めて振顫譫妄《ジャーク》の発作に見舞われ」、振顫譫妄《ジャーク》はドーク氏を然に非聖職的やり口にして然に聖服を歯牙にもかけず襲ったがため、「氏は間々説教壇にて、極めて尋常ならざる物腰にてピクピク痙攣《ひきつけ》を起こし、大声で喚き立て、説教壇から飛び出しざま、狂人よろしく金切り声を上げながら森の中へと駆け込んだ。発作が収まるや、氏は坦々と説教壇に戻り、礼拝を締め括った。」会衆は、恐らく、森の中なるドークの遙かな吠え哮りにて蒙を啓かれるがままに待ち、とこうする内氏は再び、少々火照り、嗄れてはいるものの、それ以外は良好な状態にて引き返したのであろう。「人々はしばしばホテルで発作に見舞われ、食事の席で口に含むべくグラスを持ち上げるや、酒を天井にぶちまけたものである。御婦人方もまた朝餉のテーブルにていきなりコーヒーを高々と放り、間々カップを受け皿ごと割らざるを得なくなったものである。」とある進取の気象の司祭が振顫譫妄《ジャーク》の霊を法で説き伏せてみせようと誓った。「ところが説法の最中《さなか》発作に見舞われ、然なる醜態を晒したものだから、二度と人前に出ようとはしなかった」――大いに推奨さるべき鑑たるに。くだんの同じアメリカという恵まれた国はわけても「数知れぬ霊媒」の発生に恵まれ、ハウイット氏は読者諸兄にダニエル・ダングラス・ホーム、アンドルー・デイヴィス・ジャクソン、トーマス・L・ハリス*を「大西洋のこちら側にて最も傑出した、と言おうか最も馴染みの深い三名」として鵜呑みにするよう命ず。ホーム氏に関す信仰箇条は（家具の移動にかてて加えて）以下の如し。一つ、氏を介し叩音《ラップ》が立てられ、今は亡き友人達から交信が為されて来た。一つ、「氏の手は霊的感応に見舞われ、それらの宛てられた人々へ驚くべき文字になる素早い交信が清書されて来た」。一つ、氏の命ずがまま、「霊の手が出現し、手は居合わす人々によりて間々今は亡き友人達のそれとして目にされ、触れられ、認識されて来た」。一つ、氏は度々フワリと天井の間際まで宙に浮き、「言はば」部屋中を漂って来た。一つ、アメリカでは「これら超自然現象は全て当地におけるより大挙、顕現して来た」――とは蓋し、然もありなん。一つ、氏は「ヨーロッパ中に降霊術を樹立した」人物である。一つ、「何人《なんぴと》たり思いも寄らなかったろうような状況によりて、氏はフランス皇帝、オランダ国王、ロシア皇帝その他、幾多の小国の皇子に招かれた」。一つ、氏は「この思いもかけぬ使命の旅より」「超能力を授かって」帰国したが、帰国前に「チュイルリー宮殿にて然る折、皇帝と、皇后と、とある名立たる御婦人と氏の四人がテーブルの席に着いていると、片手が出現し、ペンをつかみ、力強い、お馴染みの文字にて『ナポレオン』なる語を綴った。手はそれから一座の要人にキスをされるべく次々紹介された」。屈強な信者にはホーム氏に片をつけ、一息吐くや、いざアンドルー・デイヴィス・ジャクソン、或いはアンドルー・ジャクソン・デイヴィスを（ハウイット氏は何分、当該相違に片をつけ、先覚者の正しい名を啓示する霊媒が手近に御座らぬ故、先方を両の名で呼んでいるもので）鵜呑みにしにかかられたい。先覚者は単に「事物の本性を全て見通し、人間と動物の内面をその外面に劣らず完璧に目の当たりにし、両者を然に正確な言語で描写するによって如何ほど有能な科学技術専門家とて上手《うわて》に出ること能はぬ。して疾患という疾患の適切な医薬と、それらが手に入る薬局を指摘した」――後者の点においてはどうやら広告業界出身と思しく。のみならず「地中の金属を目の当たりにし」、「最果ての地とその様々な産物を眼前に彷彿とさす」のもこの殿方の限られた専門領域に入る。当該手強い奴にケリをつけ果すや、信徒はトーマス・L・ハリスへと移り、彼を御当人の物した「史詩丸ごと」と共に――『黄金時代の叙情詩』と題される「ミルトン的壮大にほとんど引けを取らぬ」作品――九十四時間がかりでハリス（夫人ではなく）氏*によりて出版社に口述された、ハウイット氏の二巻本の内一冊に勝るとも劣らぬほど長たらしい叙情詩、並びに「豊かな、さりげない、自づと迸り出る、惜しみなき、心を惹きつけて已まぬ」という著しく明快な特性を有す幾篇かの即興説話ごと易々真に受けられたい。純粋な信心の考査の志願者にはそれから降神術‐写真部門へと移って頂くとしよう。この部門もまた、然ても恵まれたアメリカにて、ボストンの写真家、霊媒マムラー監督の下《もと》、見出される訳だが。氏は「己自身の写真を撮った際、傍に若い少女の人影も写っているのに気づき驚いた（ただし、ハウイット氏の言い分によらば、断じて驚くべきではなかったろう）。がすかさず、亡くなった身内のそれだと分かった。くだんの状況は大きな興奮を巻き起こし、数知れぬ人々が氏の部屋へ殺到し、亡くなった友人が自分達と一緒に写っているのを目にした者も少なからずいる」。（恐らく、マムラー氏もまたいずれ「超能力を授かる」やもしれぬ。でないとも限るまい？）最後に、福音の真の信者は、ハウイットによらば、ほんの己《おの》が全幅の信頼を「常習的に霊に相見ゆ御婦人方」に、然るべき刺激さえ受ければ自分には天翔る性向があると知っている女性達に、して駱駝の後《のち》に鵜呑みにされるべき他の二、三の蚋《ぶよ》（『マタイ』二三：二四）に寄す可し。さらばハウイット氏によりて「紋切り型の知性」ではないとの、「報道界の瞠目的無知」の相伴者ではないとの御スミ付きを頂戴し、第一級の勲功の証書を受け取られよう。

が読者諸兄が「晴朗な叡智の神殿」の当該正門を潜《くぐ》らぬ内に、我々は上り段にて寄る辺無くも盲目のなりつつと立ち止まりつつ、直ちに、して未来永劫、眉にツバしてかからねばならぬものを呈示させて頂きたい。即ち、ほんの一握りの者しか現今ならば科学の単なる気散じにすぎぬものに精通していなかった、してくだんのほんの一握りの連中が特権的な聖職階層を成していた暗黒時代、如何なる驚異とて洞穴の鏡の助けと某かの芳香と気体の属性に関す知識によって働かれていた事実に眉にツバしてかからねばならぬ――今のその同じ驚異は一年のいつ如何なる日であれ、ロンドンはリージェント・ストリートの科学技術専門学校《ポリテクニク》にて眼前で再現されようにもかかわらず。断じて、降霊術と催眠術は今は昔の稼業だという事実を鵜呑みにしてはならぬ。当今ではお馴染みの視覚や聴覚の疾患に関す――夢遊病や、癇癪や、ヒステリーや、瘴気の影響や、汚染された空気から共同体全体によりて誘発される植物性病毒や、病んだ模倣や、道徳的気触れといった驚異に関す――苛酷にして丹念な探求の記録を収めた「英国王立学士院会報」丸ごとに眉にツバしてかからねばならぬ。ウッドストック委員と連中の下男の事例やストックウエル幽霊と女中との同定の事例*のようなぎごちない指導的判例全てに眉にツバしてかからねばならぬ。小誌に関係なくもない四人の殿方による一日がかりの調査と、ものの一時間の地元の地方税帳簿参照以前は何年間も閉《た》て切られ、朽ち果てていると伝えられていたとびきりのお化け屋敷の（蓋し、ハウイット氏の著書からをさておけば）雲散霧消に眉にツバしてかからねばならぬ。「生」から「死」への暗黒の橋の最期の際なる人間が、一件ならざる事例において、極めて近しく愛しい者の悟性に、今や差し迫った厳粛な変化に纏わる何か不穏な感覚をまざまざと印象づけるほどには感化を及ぼし得る可能性に悉く眉にツバしてかからねばならぬ。神の無限の力と己自身の脆弱と無知を慎ましやかに意識すらばこそ、彼《か》の方は死者の霊魂に再び現し世を訪れさせ得ると、これまでも再び現し世を訪れさせて来たやもしれぬと、何か由々しき、或いは不可思議な物を存在たらしめ得るということは断じて否定せぬながら、幽霊や霊魂が無益な用向きの就中愚かしい用向きでこの世を訪い、連中を痴れ者だらけの瘋癲院へ送り込むべく、我らが投票と利権とお次の代理の懇請も同然の信任状を呈示する蓋然性は断固否定する知識階層の合法的存在の可能性に眉にツバしてかからねばならぬ。プロテスタント主義に対し抗議《プロテスト》するのではなく、其を広く遍く信じ込まれれば広く遍く品性を堕落さす、コック・レーンの幽霊や似たり寄ったりの卑劣なペテンへと至る進入路を悉く注意おさおさ怠りなく見張る、魂を虜と化さしむわけても暗澹たる迷信への防御柵と見なすキリスト教徒の権利への信心に眉にツバしてかからねばならぬ。してかようの人々は奇跡の行ない手をその成果で見分け、神憑《かみがか》り屋を蓋然性や類推や常識なる考査で考査する権利を有し、同上は連中の義務でもあるとの事実に眉にツバしてかからねばならぬ。一見超自然的ながら、徹頭徹尾証明された体験（のみ）の、可視の世界の標準的な体験と研究から導き出される合理的説明全てに眉にツバしてかからねばならぬ。主《しゅ》と十二使徒の特異性、並びに同じ試金石にて興業人の驚異を考査するとは言語道断も甚だしいとの事実に眉にツバしてかからねばならぬ。して最後に、人類の歴史の最も広く認められた章の一つは、欺瞞の歪められた快楽以外に何ら目的、と言おうか意図もなく絶えず働かれる驚くべきペテンを記録に留める章だという事実に眉にツバしてかからねばならぬ。

以上、ハウイット氏が傲慢極まりなくも盲目的遵守を要求する信仰箇条及び不信心箇条をほんの二、三――およそ全てどころではなく――要約した。箇条を奉ずべく、氏は無言劇の道化よろしく書物を用いるに、それもて邪魔者の頭を端《はし》からぶちまくる。のみならず、道化より怒《いか》った御仁たる証拠、真っ紅に火照り上がった火掻き棒の効験を貴兄の向う脛宛、物は試しに確かめる代わり、まともにブスリと、それもて貴兄の身体と霊魂を諸共刺し貫く。氏は貴兄らにもしやハウイットでなければ即、不信心者にして非キリスト教徒なりと告げるべく年がら年中熱り立つ。心霊術革命の急進革命家《サンキュロット》にして、貴兄がこの点は受け入れるがあの点は拒むを断じて肯《がえ》んじようとせぬ――十矛の鋒なる唯一不可分のそいつらをごっそり喉元より突き下す。自由も総体性も友愛も言語道断、さなくば死を！

敢えてハウイット氏の並べ立てているようなめっぽう実質的根拠に則り「プロテスタント主義に抗議《プロテスト》する潮時」たることに異を唱える気は毛頭ないながら、我々は事実敢えてハウイット氏の心霊術に、トーマス・L・ハリスの説話の独特の功徳の度をいささか越し、幾許か余りにも「豊かな、自づと迸り出る、惜しみなき、心を惹きつけて已まぬ」気味に溢れすぎてはいまいかと、異を唱える潮時だと惟みさせて頂きたい。

第百六稿　W・M・サッカレーを悼みて

『コーンヒル・マガジン』誌*（一八六四年二月号）

本誌を創刊した偉大な英国人作家の個人的友人の幾人《いくたり》から、氏が幽明境を異にしたささやかな記録はこれら行《くだり》を綴り、その者について氏自身度々、して必ずやこの上もなく暖かい寛恕と共にペンを執って来た旧知の同胞にして戦友によって認《したた》められるに如くはなかろうとの要請があった。

小生が氏に初めて会ったのは二十八年近く前、氏が小生の最初期の作品の挿絵画家としての名乗りを上げた時のことだった。氏に最後に会ったのはクリスマスの少し前、アシニーアム倶楽部（第九十四稿五六〇頁参照）でのことだった。その折、氏はここ三日ほど床《とこ》に臥せていたのだと——くだんの発作の後《のち》、悪寒に悩まされ、「仕事をする気力がすっかり失せて」いるのだと——新たな治療法を（愉快そうに説明してくれたが）試そうかと思っているのだと、言った。すこぶる陽気で、すこぶる晴れやかな表情を浮かべていた。が一週間後のその日の晩、亡くなった。

くだんの両の折の間の長い合間は、氏に纏わる小生の記憶に幾多の場面によって——氏がとびきり剽軽だったり、堪《こら》えようもなく羽目を外したり、穏やかで真面目だったり、子供相手にチャーミングだったりといった——留められている。が、そのどれ一つによってもその他大勢よりハッと飛び出す二齣三齣によってほど愛おしく氏を思い起こすことはない——かようの折、氏は不意に小生の部屋に姿を見せるや、何と然る本の何らかの条《くだり》のせいで昨日は泣けたことか、何「居ても立ってもいられず」、今のその条《くだり》について話し合おうとディナーにやって来たことか、告げたものである。何人《なんぴと》たりかようの折々小生が目の当たりにしたほど和やかで、屈託なく、真心がこもり、瑞々しく、掛け値なしに直情的な氏の姿を目の当たりにしたためしはなかろう。何人《なんぴと》たりその折自づと露にされた心の偉大さと誠実さを小生ほど確信すること能ふまい。

我々にも意見の食い違うことがあった。小生にしてみれば氏は余りに懸命さの欠如を装い、自ら委託されている芸術にとって詮なくも、己の芸術を過小評価している振りをしているように思われた。が、たといこの手の話題に突き当たったにせよ、ついぞやたらしかつべらしげに、ではなく、今に胸中、髪の毛を両手で捩《よじ》くり上げ、こいつにはそろそろケリをつけようではないかとばかり、腹を抱えながら地団駄踏んで回る姿が彷彿とする。

我々が共に故ダグラス・ジェロルド氏（劇作家・ジャーナリスト（一八〇三―五七））の追悼を催した際、氏はロンドンで公開講演を行ない、その中で幼子を抱える貧しい一家の成熟した心労を描いた、『パンチ』誌への正しく自らの最高傑作の寄稿*を読み上げた。朗読を耳にした誰一人として氏の生まれながらの優しさ、と言おうか弱き鄙賤の者に対すいささかの衒いもない雄々しき共感を疑い得なかったろう。掌篇は然にこよなき哀感と素朴な思いやりを込めて読み上げられたがため、聴衆の内一人が感涙に噎んだことだけは確かだ。これは氏がオクスフォードから下院議員に立候補してほどなくのことで、くだんの地より（後ほど口頭になる追而書きの添えられることになる）おどけた短信を代理人伝《づて》、小生の下《もと》へ急送し、「何卒当地へ赴き、演説をぶち、私が何者か皆に教えて頂きたく、どうやら有権者の内せいぜい二、三人ほどしか私の名を知らぬ代わり、貴兄の名を聞いたことのある者は六、八人はいるやもしれぬので」と訴えていた。かくて上述の講演の前置きとして先般の選挙運動失敗談を披露したが、逸話は良識と生気と上機嫌に満ち溢れていた。

氏は少年が殊の外好きで、少年相手のとびきりのやり口を具えていた。小生はいつぞや氏が小生の長男がその折いたイートン（英バークシャー州東部都市。イートン校で名高い）へ行っていた折、奇抜ながらもしかつべらしげに吹っかけて来たのを覚えている。君も少年を見るとすかさず一ソヴリン小遣いをやりたくなるってことではぼくみたように矢も楯もたまらなくなるのだろうか？　小生はこのやり取りを、氏の横たわる墓の中を覗き込みながらふと思い起こした。というのも氏が生前優しくしていた少年の肩越しに、そいつを覗き込んでいたからだ。

以上はほんの些細な思い出だが、心がとある死別において最初に向かうのは、この世では二度と再び相見ゆことなき声や眼差しや仕種を仄めかすお馴染みのちっぽけな事柄である。かくて暖かな情愛、静かな忍従、他者への私心無き思いやりの点で氏について知られているより大きな事柄は語られぬやもしれぬ。

たとい若気の至りで、冷笑的なペンが道に迷うか羽目を外したことがあったとしても、氏はとうの昔にくだんのペンに己《おの》が容赦の嘆願を提起させていた。

わたくしは彼の脳の愚かな空想を綴ったにすぎぬ

的中すれば痛みをもたらす、狙い無き軽口を
彼自ら撤回したいと望もう詮なき文言を（譚詩「ペンとアルバム」（一八五二））

如何なる頁においても、小生はこの期に及び、氏の著作や、個性への洗練された洞察や、人間性の脆弱にかけての濃やかな精通や、随筆家としての愉快な遊び心や、一風変わった感銘深き譚詩《バラッド》や、英語の熟達について語るを潔しとせぬ。況《いはん》や、連載の当初から氏の才気煥発たる資質に余す所なく恵まれ、偉大な名の力強さを通し予め大衆に受け入れられているこれら頁においてをや。

　が小生の目の前のテーブルには氏の最新にして最期の物語（『コーンヒル』誌連載中の未完の絶筆『デニス・デューヴァル』）の内彼が綴り終えた全てが載っている。絶筆がその断じて達成されることなき熟達した構想の、完遂されるべく緒に就かれながらも断じて完成される定めにはなき意図の、作者の断じて踏み越えることなき長き思索の道程《みちのり》と断じて達すことなき輝かしい目的地への入念な準備の証《あかし》において、何人《なんぴと》にとりてもたいそう悲しかろうとは――著述家にとりては得も言はれず悲しいとは――論を俟たぬ。絶筆を精読する上で感じて来た苦痛は、しかしながら、氏はこの最期の労作を手がけていた際、文才の最も力強い壮健にあったとの確信を凌ぐものではない。ひたむきな感情、達見の意図、人格、出来事、全体を綯い交ぜにする情愛濃やかな絵画性の点において、絶筆が氏の全作品中、最高傑作たることに疑いの余地はなかろう。氏が本作を最高傑作とする気概に満ち、かくて強い愛着を抱くに至ればこそ、一方ならず心血を注いでいた痕跡は、ほとんど全ての頁に留められている。絶筆には作家に極限的な苦悩を強いたに違いない、正しく傑作たる一幅の挿絵が添えられている。絵の中の二人の子供は未だかつて父親が幼き我が子を抱き締めたためしのないほど慈愛に満ちた優しき手づから描かれ、何か真実に劣らぬほど純粋で、無垢で、愛らしい幼気な愛が感じられる。して特筆すべきことに、物語の特異な構成のために、通常ならばかようの虚構の結末に属す、一つならざる主要な出来事が冒頭で予想され、かくて遺稿にはこと最も興味深い人物達に関す読者の悟性の満足に関せば、たとい著者の絶筆が予見されていたとてさまで見事に達成され得なかったろうほどの完成度が窺われる。

　氏の綴った最後の行《くだり》と、朱を入れた最後の校正刷りが、小生の然に心悲しく読み進めているこれら文書に紛れている。「死」が著者の手を止めた原稿の小さな頁の状態からは、氏が辛抱強く校閲を施し、行間に書き込みをすべく、原稿をあちこち持ち運び、ここかしこで間々ポケットから取り出して

いた様が偲ばれる。印刷上、校正した最期の文言は「してこの胸は無上の至福で高鳴った」である。神よ願はくは、氏が枕に頭をもたせ、たいそう疲れた時によくやっていたように両腕を突き上げたかのクリスマス・イヴに、何か務めが全うされ、キリスト教的希望が終生慎ましやかに暖められたとの意識が、己《おの》が「救い主」の終の栖へと身罷りし折、氏自らの胸を然に高鳴らせていたことを！

故人は一八六三年十二月二十四日、上述の如く安らかに、苦しんだ風もなく、眠っているかのように穏やかに横たわっている所が発見された。未だ五十三歳にすぎず、然に若いがため、息子に最初の眠りにおいて神の加護を乞うた母親は最期の眠りにおいても神の加護を乞うた。二十年前、雪まじりの疾風《はやて》に見舞われた後《のち》、かく認《したた》めていた。

してその猛威が潰えるや
罪無き嵐は凪ぎ
燦然たる日の出が
　大海原を紅く染めた
小生は夜が明けるにつれ惟みた
幼き娘らは目を覚まし
微笑みながら父のために

我が家で祈りを捧げていようと
（「真白き疾風」（『コーンヒルからグランド・カイロへの旅日記』（一八四六）第九章））

くだんの幼き少女らは父親が縡切れて横たわっているのを目の当たりにせし憂はしき夜の明けた際、早、女性に成長していた。父との交わりのくだんの二十年間に多くを学び、内一人は名高き姓に付き付きしくも文学的前途が洋々と開けている。*

明るい冬の一日《ひとひ》、去る大晦の前日、氏は自らの内死すべき定めのものの既に帰せし塵を幾年も前に幼くして亡くなった第三子のそれと交えるべくケンザル・グリーン（文人が多数葬られた共同墓地（一八三三年開設））の墓に横たえられた。芸術に共に携わる者の大きな人波の頭《こうべ》が墓の周りにて垂れられた。

第百七稿　故スタンフィールド氏*

『オール・ザ・イヤー・ラウンド』誌（一八六七年六月一日付）

芸術家は誰しも、作家であれ、画家であれ、音楽家であれ、役者であれ、私的な悲しみに能う限り耐え、悲しみを公的営為の遂行と分かたねばならぬ。が時に、その償いとし、愛しき馴染みの私的喪失が全共同体の側《がわ》なる喪失に成り代わることもある。さらば芸術家は私的人格を押しつけるまでもなく、ささやかな花輪を愛しき馴染みの墓に手向けるべく歩み出るやもしれぬ。

本月十八日土曜日、クラークサン・スタンフィールドが亡くなった。くだんの日の昼下がり、英国は向後幾歳《いくとせ》となく誇ろう偉大な海洋画家を喪った――その伝家の宝刀たる「大海原」の博物学者を――岸辺に打ち寄す波や、船と海員や、海岸と蒼穹や、時化と陽光や、海神《わたつみ》の幾多の驚異の見事な描写をもって世界中に名の知れた男を。その御手の掌《たなごころ》に大海原を載せ賜ふ彼《か》の方は、大海原と共に、画家に素晴らしき天稟を委ね、画家は七十四年の生涯を通し、其を遺憾なく発揮し、くだんの春の日の昼下がり、永久《とは》に手離した。

「トラファルガーの戦い」「ネルソンの遺体を乗せ、『ヴィクトリー号』ジブラルタルへ曳航」「難破の翌朝」「見捨てられし者」を始め、なお五十作ものかようの名画を物せし画家が七十四歳にしてスタンフィールド「氏」として亡くなった*と記すは蛇足であろう。――氏は一英国人であった。

くだんの大作は絵の具と画布の生き存える限り氏の天分を申し立てよう。がこれら文字を綴っている者は三十年にわたる馴染みであった。して亡くなるほんの一、二週間前、氏がかのいつぞやは然に巧みたりし手を筆者の胸に当て、また会おう、「がここではなく」と言った際、筆者の思いは当座、馴染みの気高き天稟へはほとんど致されず、気高き天性へと致された！

氏は率直と、寛容と、素朴を絵に画いたような男であった。またとないほど愛嬌好しの、懐っこい、情愛濃やかな、愛すべき男であった。功成り名を遂げたからとていささかたり傲る所がなかった。設備としての劇場への関心は――その最上の絵画性は全て氏に負うていると言っても過言ではなかろうが――最期まで律儀であった。演劇への信念、演劇に寄す悦び、かくていとも易々腹を抱えたり涙をこぼしたりする様は、何と昔ながらの劇場の書割りに心血を注ぎ、揺るぎない意図と誠意を込めてそいつを手がけていたに違いなきことか、証して余りあろう。筆者は素人芝居の幾作かにおいても氏とたいそう親しく付き合ったが（五五年にディケンズの屋敷で上演されたコリンズ作『燈台』における如く）、来る日も来る日も、来る夜も来る夜も、氏には同じ已み難き瑞々しさ、熱意、感受性が具わっていた――たとい健康を損ねようと、その期に及んでなお。

如何なる芸術家も氏が常に然たりしほど静かな威厳を込めて己《おの》が芸術に忠誠を尽くすこと能はなかったろう。断じて其を如何なる人間の足許であれ置くを潔しとしなかったろう。何人《なんぴと》に対してであれ、媚びたり、諂ったり、不相応の臣従の礼を致すは土台叶はぬ相談であった。がそれでいて、気っ風と来ては然に偏りがないものだから、自己を申し立てているような気配は微塵もなく、謙虚さは最も特筆すべき資質の一つであった。

馴染みは慈悲深い、敬神に篤い、穏やかな、真に善良な男であった。装うたり隠したりすることの叶はぬ、混じりっ気のない男であった。かつては船乗りであり、船乗りに広く帰せられる最上の特質はそっくり氏の特質であり、氏にあっては己《おの》が芸術の感化によって研ぎ澄まされているだけに、蓋し、めったなことではお目にかかれそうもない総体を成していた。筆者の思い起こし得る限り、馴染みのそれが如き笑みはない。然に生まれながらにして打ち解け、然に愉快極まりなくも魅力的な物腰はない。筆者がこの世で最期に馴染みを見舞った際、くだんの笑みと物腰が依然、衰弱を突いて今一度光り輝いた——変わり果てた面《おもて》と姿《すがた》の内なる明るい不変の「魂」たりて。

何人《なんぴと》たり氏ほど馴染みに敬愛された男はない。がそれでいて近しい馴染みは必ずや愛称で話しかけ、愛称で口にした。この点に氏の人の気を逸らさぬ個性と、いたずらっぽい笑みと、愉快なやり口の感銘深き表出を見出すには恐らく、筆者の記憶と連想を要そう。「君もインチボールド夫人の物語『自然と芸術』を知っていよう?」といつぞやトーマス・フッドは一筆認めて来た＊。「何て『自然と芸術』のとびきりの版なんだスタンフィールドって奴は!」

逝ってしまった! して幾多の幾多の愛しき懐かしの日々も共に逝った! が懐かしの人々の思い出は残る。氏自身の思い出も早々には消え失せまい。自ら怒濤逆巻く大海原に足跡を残し、令名は長らく巨浪の轟きに谺しようとあらば。

第百八稿 『ランドー伝』

『オール・ザ・イヤー・ラウンド』誌(一八六九年七月二十四日付)

フォースター氏の高著『ウォルター・サヴィジ・ランドー伝＊』第二巻の巻頭には、齢《よはい》七十七のくだんの傑人のボクソール(王立美術館長も務めた肖像画家(一八〇〇—七九))による肖像からの版画が載せられている。目下筆を執っている者は原画は画家の側《がわ》における周到かつ緻密な観察の賜物たる、絶妙な似顔絵の旨請け合えるが、正しく当該謂れ故に、版画は原画の美点と人物の個性を十全とは表していないように思われる。

版画からは両手、両腕が省かれている。原画において、それらは実物にあって然たりし如く、いかつい面付きの正しい解釈に不可欠である。腕は実に奇妙であった。少なからず寸詰まりで、肘の辺りの動きが妙に窮屈でぎこちなかった。左右の拳を固めている時ですら、手の仕種には同じ手合いの休止と、親指の側《がわ》における弛緩の著しい傾向が認められた。たとい面付きはまたとないほど厳めしい、と言おうか猛々しかろうと、手には面《おもて》と共に受け止められるに欠くべからざる優しさの注釈があった。たといハムレットよろしく「短剣が如き毒舌は揮おうと、そいつを用いは（『ハムレット』Ⅲ、2）」しなかった。腹立たしげに握り締められてすら、手の表情には必ずや気品と優しさが具わっていた。恰も左右共に広げられ、かの男前の老紳士がいつぞや、どなたか当代切っての佳人に捧げた何か古典的な世辞を思い起こしながら、御当人にすこぶるしっくり来るちょっとした礼儀正しい仕種でさっと、振るが常でありし折、氏のより甘美な韻詩に漲っているような手合いの慇懃な優美が御両人に具わっていた如く。かくて虚構のボイソン氏は（氏にこの関連にて、フォースター氏の顰みに倣い、触れても不躾にはなるまいから）、小鳥を「親指に止まらせ、そっと羽根と人差し指を撫でる」片や「ひたぶる滔々と」まくし立てる。

　フォースター氏の『ランドー伝』の精神から、これら特徴的な手は決して省略されていない、故に（その文学的美点とは別箇に）偉大な価値がある。恰も同じ熟達の著者の『オリヴァー・ゴールドスミスの生涯と時代』（一八五四）がとある時代の寛容な、がそれでいて良心的な活写である如く、然に本書はとある人生の劣らず寛容な、がそれでいて良心的な活写である――その野望、達成、失望の――その能力、好機、取り返しのつかぬ過誤の――余す所なく記された。本書は固より悲しい書であり、この点にこそ真正と真価の証がある。大いなる天稟を具えたほとんど何人《なんぴと》の伝記であれ、その人物にとっては悲しい書となろう。して本書は我々読者をして主題を目の当たりにさすのみならず、いざとならば、主題たらしめ得る。

　フォースター氏は「ランドーの令名は蓋し、当人を待っている」との見解に与す。この点が認められようと否まれようと、本書の価値は変わらぬ。これら頁に深い興味を抱くために、ランドーの著作を（伝記作家の注解を通して以外）知る要もなければ、生前の彼自身を知る要もない。これら頁の警告は多かれ少なかれ全ての良心に存し、素晴らしき天分への――さもしき言い抜けや空惚けの叶はぬ――もしや不幸にも、自制も叶はぬにせよ――大いなる、荒っぽい、寛容な性《さが》への何らかの賞讃が全ての胸中、芽生えよう。「最善の資質が思い起こされ、最悪のそれが忘れ去られた貴兄の如何なる物語であれ」とウォルター・ランドーの弟ロバートは本書についてフォースター宛一筆認める。「異を唱えよう幾多の人間が今なお存命やもしれぬ」フォースターの評釈は「著者はもしやこの追憶の記がともかく著わされるとすれば、微力の能ふ限り、真実の公平な記述に徹さねばならぬと意を決すに、当該提言を待つまでもなかった」というものである。して次なる真実の雄弁な条《くだり》が直後に続く。「氏の落ち度の内、何か心優しい、或いは大らかな所のないものは皆無に等しい。かくて我々は氏自ら、心底敬虔に信じまいほど荒唐無稽なものは何一つないと気づくのに長くは要さぬ。氏がオクスフォードを去るに当たって物した最初の詩集を出版した際、収益は然る困窮した牧師のために取り置かれることになっていた。ラテン詩を出版した際、ライプチヒの貧しい人々が純益を受け取ることになっていた。喜劇の上演の準備が整った際、カストロで氏を匿ったとあるスペイン人の暮らしがお蔭で豊かになることになっていた。ストックホルム芸術院の賞金を競った際、賞金はスウェーデンの貧しい人々の下《もと》へ行くことになっていた。たとい誰一人こうした企画の一つの御利益に与れぬとしても、それは断じて氏のせいではなかった。失望を忘れる類稀な才能に恵まれていたため、次から次へと蹉跌を喫そうと、恰も次から次へと凱歌を挙げてでもいるかのように、またもや揚々と出直したものである。筆者はこの特質を氏の前半生におけるに劣らずまざまざと、後半生においても描かねばなるまい。してくだんの特質は蓋し、人好きのするそれであった。氏はいつ何時であれ己自身の資産から、当座気に入るやもしれぬ何者かに某か取って置くにおよそ吝かどころではなく、気っ風と物言いの瑕疵が認められるというに、この他方の奇嬌が省かれてはなるまい。氏は当座一目置いている人々の愛情を、好意的評価に劣らずひたぶる求め、かようの感化の下《もと》、然に懐っこい男もいなかった。喜びを与え、受けることに氏が常に感じていたような混じりっ気のない喜びを感じることはおよそちっぽけな美徳どころではない。氏の寛容もまた専ら、礼においてはささやかな謝意を表《ひょう》せるものの、物品においては何ら礼の返せぬ人々に授けられた」

若い時分の同世代の者の中にはランドーを見栄っ張りだと思う者もいたやもしれぬ。が彼は、その語の一般的な字義において、断じて見栄っ張りなどではなかった。見栄っ張りというものは競争相手に払うべき敬愛をほとんど、と言おうか全く、持ち併さぬ。がランドーはことそいつがらみでは飽くことを知らなかった。して己の著作を高く買っていた。さなくば固より大切に取り置いてはいなかったろう。自ら著作を高く買っていると語り、記した。それが嘘偽りなき本音だったからである。彼は諸兄が必ずやその丸ごとを呑み込めるやもしれぬ数少ない男の一人であった――必ずや最善と同様最悪も呑み込める。いささかの隠し立ても蔭日向もなかった。

もしや何か不相応に立派な形容辞と結びつけられようものなら、「いや、断じて！」とよく（「またとないほどひたぶる」）言っていたものだ。「やつがれはおよそそんな手合いなどでは。ならば、と思わぬでもないが、かほどに買い被られたのでは。今も昔もこの先も！」己をしかと意識すらばこそ、断じて生半に己を弁護せず、頑に己を申し立てることも稀だった。いつもお気に入りだった如く、フィレンツェかその辺りにおける過ぎ去りし日々の社交の体験に纏わるささやかな逸話を物語る際、昔語りは話し相手を一人残らずランドーに仕立てる無邪気な形式を取った。のみならず連中、どうやら氏のことを「ランドー殿」と――いささか仰々しくも腰を低くして――呼んでいたと思しい。わけても内幾多を通じて登場する、然る「カラ・パドゥレ・アバテ・マリーナ」という人物は――これら逸話にては決まって然に呼ばれるもので――いつもくだんの恭しい物言いで、胸の内を明かしていたものだ。

フォースター氏はランドーの性格について以下のように述べる。

「人は誰しもまずもってその言動によって判じられねばならぬ。が氏にあって上述のような突飛さはほんの、全くもって嗜みに欠けはするものの何ら他意のない、情熱的な感情と言語の（かようの主題に関す）常習的な耽溺に――暴虐や残忍に誘発される、単なる怒りの爆発に――自らの蒸気には脆弱にすぎる過熱状態の蒸気機関の変則に――すぎぬ。時節を問わず、いつ何時であれ、ランドーほど心底抑圧を忌み嫌える者がないことに疑いの余地はなかろう。してたとい何者もくだんの侮辱を、暴虐と欺瞞へのくだんの憎悪を然まで性急に、と言おうか無節操に露にしなかったとて、氏の忿怒と激昂は実の所、ほとんど余りに易々と掻き立てられる不機嫌以外の何物でもなかった。かようの物言いを正当化或いは弁明するのではなく、説明するには、次の考慮が求められよう。即ち、必ずしも一様に穏やかでなかろうと、ランドーは常に情深かった。いつ如何なる時であれ、血の気が多い、というよりむしろ心優しかった。して氏の著作を極めて部分的にしか知らぬというのでなければ、かようの見解は抱き得まい。氏の著作をより十全と把握すれば、誰しも著者は真実、ネズミを殺す気のさらにないに劣らず王様を殺す気がなかったと得心しよう。実の所、氏の天分において、その力強さの極めて稀な優しさとの結合ほど際立った特質はなく、当人の個人的なやり口において、これは劣らず顕著であった（第一巻四九六頁）」

ランドーの作品については、以下の如し。

「氏の精神は古風な型で鋳られてはいたものの、長く、波瀾に満ちた生涯を通し、ありとあらゆる類の印象に自づと開かれていた。韻文と散文双方においていずれ劣らぬ卓抜した筆を揮い、かようの評は同時代の何人《なんびと》にも当てはまるまい。して恐らく、氏の著作に関し唯一最も言い得て妙な形容辞は、天稟のみならず格別な個性によっても特徴づけられる著作にのみ取り置かれているそれである。即ち、唯一無二《ユニーク》との。氏の本は一旦手許に置いたが最後、失せれば寂しく思おう。他の如何なる本によりても埋め合わせは利くまい。のみならずかの、いずれしょっちゅう当たること請け合いと思わす風情が漂う。およそ言葉で表現されたものの内、かほどに引用するに相応しい書もまたあるまい。衝動的で忍耐に欠けるばっかりに、ほんの断片のまま放っておかれる場合においてすら、この豊かな埋め合わせが読者には提供される。人生におけようと文学におけようと、氏の著作が感銘深い警句によって、簡潔かつ深遠な所見によって、人間の必要に常に適用可能な叡智によって、彼らの愉悦に劣らず利用可能な機智によって、例証していないような主題はほとんど思い浮かべられぬ。わけても、何処にてもさまで普遍的な自由への情熱を、卑劣な者へのさまで猛々しき憎悪を、虐待され抑圧された人々へのさまで寛き共感を、権力や幸運に恵まれた者と不和と不利の内に戦う者に対しいつ何時であれさまで覚悟の出来た助力を、見出すこと能ふまい、ウォルター・サヴィジ・ランドーの著作におけるほど（第二巻最終頁）」

当該伝記の主題との幾年にも及ぶ親密な付き合いの間《かん》、氏の敵愾心は専ら、他の人々の考え方を己自身のそれと切り離せぬ奇しき本性に帰因するのではないかとの印象が、フォースター氏におけると同様、目下筆を執っている者の胸に強く刻まれていた。氏は最期まで、よもや彼の心証を害したなど知らぬが仏の、然る気のいい貴族に対し（フォースターと筆者が共々しょっちゅう愉快がって来た）滑稽千万な不満を抱いていた。立腹の種は、幾年も前に別の貴族のとある正餐会の折、この罪無き（当時は平民の）閣下が、とある扉から彼自身が折しもくだんの同じ扉からとある貴婦人をエスコートして中に入ろうとしたちょうどその時、自分の前をディナーの席へと罷り入ったというものであった。さて、ランドーはとびきり几帳面な礼節を重んず殿方で、御婦人方に対す身のこなしには、ピープス氏*ならば「目にするだに傑作千万」と宣おう、全くもって古色蒼然たる、厳めしさと恭しさを足して二で割ったような所があった。万が一にもともかく捩り鉢巻きにて己自身がくだんのそれが如き大罪にして不行跡を犯している様を思い描けるとしても、己はただ同上を何か甚だしき危害を蒙った腹いせに、大いなる侮辱を加えるべく周到な腹づもりの下《もと》犯しているとしか思い描けなかった。くだんの無礼は、故に、今はの際まで、他者の側《がわ》における入念に計画された侮辱たり続けた。時が経つにつれてお気の毒な閣下の御先祖様にまで当該不躾の罪をジンワリ着せて行ったそのやり口たるや、奇抜にランドーらしかった。筆者は当人のみが逸話の中で不作法の責めを負うていた時のことはよく覚えている。がもう十年かそこらすると、どうやら閣下の御尊父も常日頃から目に余るほど行儀が悪かった由明らかになり始めた。してもう十年かそこらすると、祖父もがさつな立居振舞いの現し身と化すに至った。

　ボイソン氏は――もしや再び御登場願って差し支えなければ――目の仇にしているサー・レスター・デドロックがらみではかく宣っていた。「あやつは、して親父もそのまた親父もそうだったが、未だかつて散歩用ステッキの身の上をさておけば、如何なる身の上にても、何か『自然の女神』の摩訶不思議な手違いにて生まれたためしのないほど強情っぱりの、横柄な、痴れ返った、ツムジ曲がりのド阿呆だわい！」

　ランドー氏の最も魅力的な心優しい資質の某かの力強さはこの同じ源へと跡づけられる。彼自身、如何なる些細な社交的不利を蒙ろうと、知らず知らずの内に如何なる滑稽な観点に置かれようと、それを如何ほど切実に感じるに違いなきことか知らばこそ、恥ずかしがり屋の人々や、自分の常の会話の程度には届かぬか、他の点で自己本来の領域にないやもしれぬ人々を素晴らしく慮った。筆者はいつぞや、氏が客間に片方の手袋を頭に載せて入って来たとある見知らぬ、控え目な若者のためにたいそう心を痛めている所に出会したことがある。当該他人事ならざる状況と、かくて氏が如何に濃やかに見知らぬ若者を窮地より救い出しにかかったかについての論より証拠の注釈は、後ほど氏自身によって、とびきりゴキゲンな館《やかた》たりし時分のゴア・ハウス（ケンジントンにあったレディ・ブレシントン邸）における気さくなディナーの席で垂れられた。ランドーの出立ちは――例えばクラヴァット、と言おうかシャツの襟は――暑い夕べのせいで気持ち乱れていた。そのためドーセイ伯爵（芸術家・洒落者《ダンディ》（一八〇一―五二））が皆してテーブルから腰を上げる際、腹を抱えながらその状況に当人の注意を惹いた。ランドーはパッと頬を紅らめ、少なからずうろたえた。「親愛なるドーセイ伯、誠に忝い！　親愛なるドーセイ伯、我ながら言語道断の有り様を御指摘賜り、心より篤く御礼申し上げますぞ！　もしやつがれ、くだんの客間に罷り入り、あろうことかレディ・ブレシントンの御前にてかように不様な姿を晒していたなら直ちに帰宅し、ピストルを顳顬《こめかみ》にあてがい、ズドンと、脳ミソを吹っ飛ばしていたでしょうが！」

　フォースター氏も同様の物語――氏が道に迷ったために然る一座にディナーのお預けを食わせ、くだんの不躾の罪滅ぼしに喉を掻っ裂くか、川に身を投げるしかなかった――を審らかにしている。もしや途中、出会した百姓が仲間の集うている屋敷への近道を教えてくれてでもいなければ。蓋し、以上は氏の王様を殺したき矢も楯もたまらぬ衝動の由々しさと真実の論より証拠の注釈ではなかろうか！

　少年に対す氏の物腰はチャーミングで、同等の立場に身を置き、信頼を得たいと願うひたむきさは全くもって感動的だった。フォースター氏の伝記を読んでなお、この点にラグビー校にてさして親しい付き合いに恵まれぬながらも「概ね人気と尊敬を集め、下級生を不当な冷遇や暴力から守るべくしょっちゅう睨みを利かしていた」かの「いつぞやは恥ずかしがり屋であると同時に気の荒かりし、勤勉で依怙地な少年」に纏わる心寂しい思い出を見て取れぬ読者はほとんどいまい。幾年もにわたる別離の後《のち》、バースで再会した我が子に対す熱き心の直情的な憧憬もまた同様に、氏の気っ風の当該様相を通じて燃えている。

　が、そのより精神的で、穏やかな、私心なき側面は、氏自らは恵まれなかった幸せへの恭しい信念に跡づけられよう。氏の結婚は――いずれの側《がわ》にとっても、と想定するのが公平やもしれぬ――至福に満ちたそれではなかったにもかかわらず、他者の結婚に関す苦々しさ、と言おうか不信の念の痕跡は胸中、いささかも留められていなかった。ついぞ一家団欒の直中にいる時ほど長閑なためしはなかったし、著《しる》きかな、若夫婦や若い恋人同士に必ずやすこぶる仁愛深い関心を寄せていた。永久《とは》に瑞々しき空想において、氏がこの連想の中でついぞ出来しなかった、アイザック・ディズレーリ（『文学の珍奇』の著者（一七六六―一八四八）。政治家ベンジャミンの父）その人とて想像したためしのないほど奇想天外な出来事の繰り広げられる己自身の数知れぬ物語を思い描いていたろうことに疑いの余地はない。が、こと実人生の当該端くれに関せば、寡黙だった、と言おうか大らかに公平でありたいとの衝動において気高さを証した。我々は微妙な領域に立ち入ろうとしているが、何処にても軋り得ぬささやかな追憶が筆者の胸中、彷彿とする。フォースター氏によると、然る友人がフィレンツェ滞在中、フィエゾレの氏の元の屋敷の庭の木の葉を一枚、祖国のランドーの下《もと》へ送った*。くだんの友人は予めランドーに何を送れば好いか尋ね、彼自らこの贈り物を明記していた――死後、フォースター氏が書類の中から見つけたが。友人は英国に戻ると、ランドーに葉を探しに行った際、少なからず面食らったと語った。というのも御者がいきなり細い小径で馬の手綱を引き、彼（友人〉を「ラ・シニョーラ・ラーンドラ」に紹介したからだ。御婦人は明るいイタリアの冬の日に、独りきり散歩していた。御者はヴィラ・ラーンドラへ行くよう告げられていたので、てっきり客か訪問者を乗せているものと思い込んでいた。「ぼくは帽子を脱いで」と友人は言った。「御者の勘違いを詫び、そのまま先へ走らせた。御婦人はしっかりした速い足取りで歩き、明るい目をしていた。血色も好く、元気で、にこやかだった」ランドーは描写の条項ごとに照合代わりに、相づちどころではなくコクリコクリ厳めしげに頷き、一気に途轍もなき力コブを入れて返した。「して神かけて誓ってもいいが、あの女はいつだってにこやかだったさ――やつがれ以外の誰も彼もにな！」

フォースター氏は一歩一歩、当該生涯を記し、当該人物を語る証拠を築き上げる。同様に、ランドーの著作への彼自身の高い評価と――敢えて付言すれば――然に共感に満ちた、鋭敏かつ献身的な擁護者を見出す上での、某かの軽視に対す、著作の補償との証拠を上げる。本書において著者が如何ほどランドーの相次ぐ著作を丹念に吟味し、如何にその美を繊細に見極め、如何にこの点における自己自身の認識を未だ来らぬ多くの読者に懸命に伝えようとしていることか、その姿勢以上に特筆すべきものはない。作家がかようの注釈者を得る幸運に、かように情愛濃やかな尽きせぬ労苦と相俟った、かように卓越した芸術的伎倆と知識の対象となる幸運に、恵まれることは極稀である。事ほど左様に、一篇の「伝記」として、とある偉大な作家の美点への注釈として、本書は、人物と著者もまた荘重である如く、荘重な書である。時に、フォースター氏によって保たれる均衡がしばし、旧知の畏友の気性の瑕疵に対しいささか不利に傾くやに思われる際、我々は幾許かの動揺を禁じ得ぬ。が一度たり天秤の正義に異を唱えること能はぬ。この感懐もまた、ここかしこ、詳細よりヒラヒラと舞い出ではするものの、全体を前にしては雲散霧消するにすぎぬ。我々はフォースター氏の以下のような見解に全く同感である。「正義は」――当然の如く――「必然的に氏自身の人生にのみならず影響を及ぼさざるを得なかった気性の特質全てにひたすら公正でありたいとの公平な願いを込めて全うされている。が物語の審らかにされ果した今や、誰一人としてその善と悪との均衡を図るに困難を感ず者はあるまい。ランドーの天分において真に不滅のものは、氏の人格をより完璧に把握したからとて、それだけ大切に愛おしまれぬ訳でもそれだけ十全と理解されぬ訳でもなかろう」

フォースター氏の第二巻には齢《よはい》七十五なるランドーの筆跡

の模写が所収されている。氏の筆跡がかの偉大なる天才ヴィクトル・ユゴー氏（仏の詩人・小説家（一八〇二―一八五））の最近の直筆と奇しきまでに似通っているという事実は、書法に関心のある向きには興味深いやもしれぬ。

インドの英軍墓地にてウォルター・ランドーなる名は目下の筆者の名ととある若き将校の墓の上にて結ばれている。*筆者の胸中、寛大の威厳に、全てのさもしさ、全ての残虐、抑圧、欺瞞、虚偽への気高き侮蔑に、然まで分かち難く纏わる如何なる名もそこにて立ち得まい。

第百九稿　フェッチャー氏*の演技について

『アトランティック・マンスリー』誌

（一八六九年八月号第二十三巻二四二―四頁）

本稿にその名を題した著名な芸術家は合衆国における興業のため近々イングランドを発つ予定である。男優としての一際優れた点に関す小生の寸評は恐らく、氏がアメリカの観客の前でくだんの特性を身をもって証すに先立ち、一部の読者にとっては興味深いやもしれぬし、確かに、筆者の親友にとって意に染まぬことだけはあるまい。小生が冒頭からフェッチャー氏は筆者とくだんの関係にあると公言するのは、それが事実であるからのみならず、我々の親交が元を正せば筆者が氏を公然と称賛したことに端を発すからでもある。筆者は互いに一言とて交わさぬとうの昔に、パリとロンドン双方において氏の演技を綿密に研究し、深く敬愛していた。故に讃歎の念は個人的な崇敬の賜物ではなく、個人的崇敬が讃歎より生じた。

フェッチャー氏の演技で最初に目に留まる特質は、極めて熱情的《ロマンティック》だという点にある。如何ほど緻密な詳細においては精巧たろうと、氏の演技には其がその端くれたる物語の瑞々しい雰囲気さながら、必ずや独特の鋭気と力強さが具わっている。氏が舞台に登場すると、小生には恰も物語が小生の前でこれが最初で最後、繰り広げられてでもいるかのように感じられる。かくて氏の求愛には激しい情熱が漲り――全存在に激情の恍惚が横溢し――よって熱愛の対象には栄光が降り注がれ、彼女は観客の眼前にて氏自身によって目にされる観点へと高められる。氏が『椿姫』の恋人役で一躍有名になった時、パリを立ち所に魅了したのはこの極立った力量であった。それは実の所、二場に包括される短い役所にすぎぬ。が氏がくだんの役を演ずと(氏はその独創的典型であった)、戯曲の終始、女主人公は詩的にして高尚な感化を及ぼされた。かくも愛され得る――かくも献身的にして熱情的に崇められ得る――女性というものは、然まで狂おしく、完璧ならざる何一つとて纏わせ得なかったろう普遍的共感を捉えて已まなかった。小生は初めてこの劇とこの男優を目にした時、女主人公に関す己自身の寛容な判断を下す上で、彼女は自分が然に深遠かつ感銘深い刻印を目の当たりにした情熱の霊感だったということが脳裏を去らなかった。胸中、子供ならばつぶやいていたやもしれぬ如く、つぶやいた。「悪い女ならあんな素晴らしい恋心の対象とはなれなかったろう、あんなに崇め奉らんばかりの心を然まで言いなりにはできなかったろう、かようの恋人にかようの涙をこぼさせられはしなかったろう」小生は同じ効果が、意識的かつ無意識的に、パリの観客にも少なからず及ぼされていたものと、『椿姫』において道徳的に不快なものはまずもって当該恋愛の輝かしい光輪の内に消え失せたものと、今に得心している。爾来、同じ劇の同じ役が他の男優によって演じられる所を観て来たが、愛が味気なく、この世じみて来る度合にかっきり応じ、女主人公は台座より降りて来たものである。

『リュイ・ブラース(ユーゴ作詩劇(一八三八年初演))』と、『レイヴンズウッドの親方(スコット原作、J・P・シンプソン脚色『ラマムアの花嫁』(一八六五年初演))』と、『リヨンの貴婦人(ブルワー・リットン作恋愛劇(一八三八年初演))』――フェッチャー氏が恋人役としてわけても、が第一の作品において著しく、異彩を放つ三作――において、観客の目の中で、愛する女性に彼女が彼にとって有す魅力を纏わすこの特筆すべき力量は遺憾なく発揮される。ルュイ・ブラースがスペインの若き未婚の女王の御前に立つや、大気が呪《まじな》われるように感じぬ観客は、女王が彼の上に屈み込みながら血まみれの胸にそっと手をかける

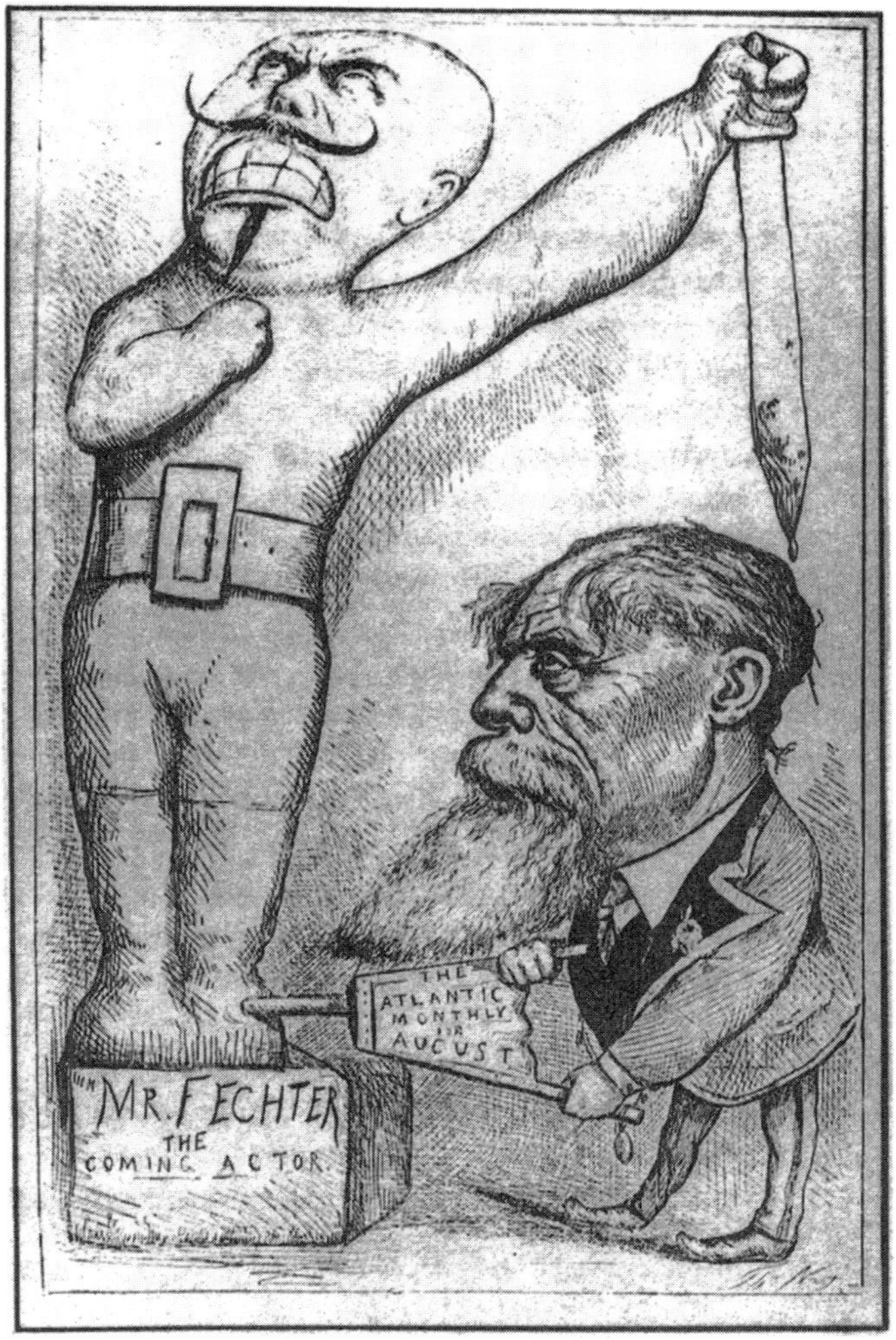

チャールズ・ディケンズ、大いなる遺産を調達する。
「君はじっとしてい給え。鞴係《ふいごがかり》は一手に私が引き受ける。
いつぞやかってのけたように、こいつら忌々しいヤンキー共に
一杯食わす手なら心得ているもので」
トーマス・ナスト画ポンチ絵
（『ニューヨーク・イヴニング・テレグラフ』一八六九年）

や、女王と離れ離れに生きるくらいならいっそ死んだ方が増しと、女王はそのためかくて死ぬに相応しい女性だと感じぬ観客は、蓋し、冷ややかな心しか持ち併さぬに違いない。レイヴンズウッドの親方がルーシー・アシュトンに愛を告白し、彼女が彼に愛を告白するや、して恍惚に浸った勢い、彼がルーシーのドレスの裾に口づけをするや、我々は恰も我々自身、我らが女神が正しく天穹へと舞い上がるのを引き留めるべく裳裾に接吻しているかのような感懐を覚える。二人が契りを結び、金貨を割るや、ただ其が一瞬にせよ然に狂おしく愛している胸に触れたからというので、彼女が今にも首にかけようとしているその片割れを自分のそれと素早く取り替えるのは——エドガーではなく——我々である。『リヨンの貴婦人』においてもまた然り。貧しい田舎家のアトリエの画架に掛けられた絵は、見栄っ張りの横柄な娘の未完の肖像ではなく、現世と来世における「魂」の高邁な大志にして野望の写生と化す。

　絵画性はフェッチャー氏の役作りに漲る他の全てのそれに擢んでた特質である。氏自身、衣裳史に精通した手練れの画家にして彫刻家であり、くだんの素養とくだんの知識に同様の熱情《ロマンス》の気味を鼓吹しているとあって（というのも熱情《ロマンス》は固より氏と分かち難いだけに）、彼は必ずや一幅の絵である——必ずや衆の中の然るべき位置に収まった、必ずや舞台の背景と真の構図にある、一幅の絵で。立居振舞いの絵画性ならば、『リュイ・ブラース』において、表の中庭にいる人物に上がって来るよう窓辺から手招きする仕種や、同じ場面において公爵の仕着せを纏ったり、口述で手紙を認《したた》めたりする動作のようなほんの些細な演技に目を留めよ。ヴィクトル・ユーゴの気高き劇の最後の場面において、氏の物腰は正しく、霊感を帯び、公爵を弾該し、彼の死刑執行人たらんと脅す上でいきなり首切り役人のポーズを取るその様は、小生の知る限り、舞台の上で想像し得る最も猛々しくも絵画的なものの一つに数えられよう。

　「猛々しくも」という言葉を用いた弾みで、ここにて一言断っておけば、この芸術家は情熱的な激しさの巨匠であり、当該様相において、他の如何なる様相における以上に二大国民——フランス人とアングロ・サクソン人——の特性の興味深い統合を象徴しているように思われる。ロンドンにてフランス人を母に、ドイツ人を父に、生まれたが、偏に英国とフランスで養育されたとあって、氏の忿怒にはフランス人特有の唐突さと感受性と、我々が言はば「頭に血を上らす」際により悠長に露にされる、我らがアングロ・サクソン流とが綯い交ぜになったような所があり、かくて激烈な功が奏される。両民族の特性が渾然一体となっているため、氏の忿怒はいずれの一端ともつきかねる。が躊躇うことなく言えるのは、其は人間的情熱と情動の強烈な凝縮の、人間性そのものの、一端に外ならぬということだ。

フェッチャー氏は概して英語より仏語を話す習いにある。それ故、我々の言語を若干、仏語のアクセントで話す。が、氏が英語を流暢かつ簡明かつ明瞭に、して一語一語の意味、重さ、価値を熟知した上で話していないと思う者は誰しも甚だしい誤解を犯している。氏の英語に関す知識は――最も微妙な成句や、最も難解な通り言葉に至るまで――英語を母語とする我々の内幾多の者のそれより広範であるのみならず、氏のシェイクスピア無韻詩の朗誦は極めて滑らかにして、旋律的にして、知的である。時に英語を話す外国人に対し覚える如く、氏のためにある種痛みを覚えるのは――仮に一語欲すらば、二十もの同義語が舌先に用意されていないのではなかろうかと危ぶむのは――一度《ひとたび》氏の観衆に紛れたが最後、論外となろう。

シェイクスピア劇で氏の扮す二人の人物について後《あと》二言三言述べれば、フェッチャー氏の登場に先立つ前口上としては事足りよう。既に強調したかの絵画性の特質は氏のイアーゴにおいて際立って顕現する。がそれでいてくだんの資質には然に聡明な抑えが利かされているものだから、氏のイアーゴは苦虫を噛みつぶしたり、せせら笑ったり、悪魔のようにニタついたり、かくてオセロをして劇の幕が開いてほどなくいっそグサリとどてっ腹を刺し貫かさせよう他の一から十までを入念にやってのけるお定まりのやり口に鑑みれば、いささかたり絵画的ではない。フェッチャー氏のイアーゴは馴染みの出来る、事実出来たイアーゴである。散歩用ステッキよろしくメスを振り回さずして主《あるじ》の魂を解剖してみせられる、サラセン人の頭の看板（旅籠に多く見られる）じみた陰険な凄み以外の手管でエミリアに睨みを利かせられる、事実上《イプソ・ファクト》観る者皆を由々しき事象によりて追い払うことなく愉快な呑み友達になれる、至ってさりげなく歌を口遊み、ブリキ缶をカチリと鳴らし、その実暗がりでブスリと――「ブスリとやれる何者かを求めて歩き回っている（『ペテロ第二』五：八）」旨自ら大っぴらに触れ回る代わり――連中を刺せるイアーゴである。フェッチャー氏のイアーゴはお定まりの軽騎兵《フザール》パンタロンとブーツの出立ちにないに劣らず、お定まりの心理的流儀にもない。かくて出立ちの絵画性が悲劇の終始、彼が否応なくも何ら齟齬を来すことなく黙《もだ》すその刹那まで物腰に裏書きされている様が見て取られよう。

恐らく芸術における如何なる新機軸とて、フェッチャー氏のハムレットほど別の体系に早傾倒し、先入主に囚われた然に幾多の知識人によって然に好意的に受け入れられたためしはなかった。これが（ロンドンにおいて紛うことなく然たりし如く）事実であったと見なすのは、その幾多の散り散りの美故《ゆえ》ではなく、其のそれ自体との完璧な整合性故《ゆえ》である。恰もかの動物画家がお気に入りのアナウサギの絵に関し、くだんのアナウサギ達には貴兄が通常アナウサギの中に見出す以上に自然な所があると言った如く、然にフェッチャー氏のハムレットに関しても、くだんのハムレットには貴兄が通常ハムレットに見出す以上に整合性があると言えるやもしれぬ。その偉大にして得心の行く独創性は氏のハムレットが明確に練られ、実行に移される着想の真価を有している点にある。父王の死を悼んで泣き暮れる内に蒼ざめ、やつれ、その原因を薄々気取っている毀たれし「流行の鑑にして礼節の雛型（『ハムレット』Ⅲ、1）」の最初の登場から、最終幕におけるホレーショとの毒盃の奪い合いに至るまで、フェッチャー氏のハムレット観には凝縮性と一貫性があった。ドイツ生まれの俳優デヴリーントは数年前（一八五五年）ロンドンにて役者一座に下稽古をつける際に腰を下ろしているといったような改変や、定石からの同様のささやかな逸脱によって生半ならず演劇的「鳩共を羽搏かせた（『コリオレイナス』Ⅴ、6）」ことがある。が、概ね常套的な曰く言い難き衣裳を纏い、概ね常套的なやり口で、正気とも狂気ともつかぬ具合にまくし立てていた。果たして彼が恰もデンマーク宮廷における果てしなきダンス教師のパーティーへ出かけてでもいるかのように髪をクルリと短く縮らせていたか否か記憶が定かでないが、大半の他のハムレットが偉大なるケンブル（英国の悲劇俳優（一七五七－一八二三））以来、右に倣わざるを得なかったのはしかと記憶している。片や亜麻色の髪をほつらせ、英国の舞台におけるくだんの役とは（たといそこにてともかく目の当たりにされたとて）縁もゆかりもなき風変わりな衣裳に身を包み、一艦隊丸ごと分もの何ら意味のない、と言おうかジョンソン博士の名立たる馴染みよろしく「凝り固まった一つ考えしかなく、御逸品と来てはお門違いなそいつたる（ボズウェル『ジョンソン博士伝』（一七七〇）第二巻一二六頁）」ちっぽけな劇的慣行に海賊さながら襲いかかる、蒼ざめた憂ひ顔の北欧人、フェッチャー氏のハムレットは、もしや全ての改変が知的に従属させられている唯一普遍的な意図によって生の息吹を与えられていなければ、然まで稀有の成功を収めることは叶はなかったろう。この意図の有す、オフィーリアに対す態度や、ポローニアスの死や、ハムレットとホレーショの間の学生時代以来の友情との関わりは極めて感銘深かった。して単なる舞台効果のための舞台手筈の絵画性と、とある意味の解明のためのそれとの相違は、劇には楽師用の桟敷があり、内一人が楽器を手にそちらへ向かう途中、ハムレットが楽器を目にするや取り上げ、ローゼンクランツとギルデンスターン（ハムレット暗殺を図る二人の廷臣）との己の会話を際立たす振舞い（第三幕第二場）に如実に示されていた。

かくて巧まずして筆者は終始締め括りたいと望んで来た所見を述べるに至る。即ち、フェッチャー氏の熱情《ロマンス》と絵画性は常に必ずや真の芸術家の知性と、真の芸術家の精神における真の芸術家の鍛錬と、絶えず結びついている。氏は極めて若くしてフランス座の一員となり、生まれながらの天禀を数々の最高の校舎で陶冶して来た。筆者は我が友人にアメリカ国民に見出そう以上の観客を望むこと能はず、アメリカ国民に我が友人に見出そう以上の役者を望むこと能ふまい。

チャールズ・ディケンズ

訳注

第一稿

（一）「グレイ祭」　ホイッグ党の政治家チャールズ・グレイ（英国首相一八三〇—三四）の選挙法改正法案通過（一八三二）の功績を称え、英国以上に恩恵に浴したスコットランドにおいてグレイの退陣を期し、祝祭が催された。本稿は三四年八月『モーニング・クロニクル』紙（一七六九年創刊の有力日刊新聞）の議会報道記者として抜擢されたディケンズの初仕事とも呼べる記事。

第二稿

（三）我々　ディケンズと共に取材に派遣されたのは、終生の友である同僚議会報道記者トーマス・ビアード（一八〇七—九一）。「解説」六九七頁参照。

第三稿

（五）J・B・バクストン　ジョン・ボールドウィン・バクストンは全盛時のアデルフィ劇場で活躍した喜劇役者・笑劇作家・劇場経営者（一八〇二—七九）。評中のJ・P・ウィルキンソンとメアリ・アン・キーリも著名な喜劇役者。アデルフィ劇場は西ロンドン、ストランド街に一八〇六年に創設された、感傷的風俗劇《メロドラマ》を呼び物とする劇場。

（六）我々は実の所…「ブルームズベリー洗礼」にて出会ったばかりだ　一八三四年四月号の同誌に掲載されたディケンズ自身の作品（後に『ボズの素描集』に「物語」第十一章として収録）に対す剽窃を揶揄して。

第四稿

（六）「始まりのない物語」　ドイツの宗教哲学者F・W・カロベ作、サラ・オースティン訳「終わりのない物語」（一八三四）に想を得た政治諷刺。揶揄されているのは十一月十五日に出来した、ウィリアム四世による突然のホイッグ党首相メルボーン内閣解散。政治改革、わけてもアイルランド教会改革の遅れに危惧を抱いていた国王の要請を受け、ウェリントン公爵はピールを首相に擁し、トーリー党政府を組閣するが、自由党や急進派から強い批判の声が上がる。次稿注（九）参照。

作中、「子供」はウィリアム四世、「花」は国民（「緑の花」は無論、アイルランド人）、「虫ケラと爬虫類」はトーリー党員、「勤勉な庭師」はホイッグ党員、「むっとする腐った《ロトン・バロ》窖《ウ》」は所謂「腐敗選挙区《ロトン・バラ》」の準え。「星に纏わる幼子の夢」（『翻刻掌篇集』所収）は、言はばこの姉妹篇。

（七）中にはとある死骸が分解すると…近くの公有地《コモンズ》に吐き出す　「死骸《ボディ》」「分解《ディゾルヴ》」「公有地《コモンズ》」に、それぞれ「政体」「解散」「下院」の意を懸けて。議員を時に一人ではなく二人、即ち「屍《しかばね》を二体」選出する「腐敗選挙区」への当てこすり。

（八）ヌルヌルのクロコダイルみたように泣きじゃくった　ク

ロコダイルは獲物を誘き寄せるために涙を流すという伝説から、「クロコダイルの涙」で「そら涙」「見せかけの悲しみ」の意。

第五稿

（九）**コルチェスターにおけるトーリー党勝利を巡る報道**　一八三四年十一月、ウィリアム四世の要請を受けたウェリントン（一八一五年、ワーテルローの戦いでナポレオン一世を敗る。首相一八二八—三〇、一八三四）とR・ピール（内相時代の一八二八年、英国の警察制度を完備。首相一八三四—五、一八四一—六）による新内閣発足に伴い、翌年一月、総選挙が行なわれた。ディケンズはエセックス州とサフォック州での選挙取材に派遣され、ベリー・セント・エドマンズ等、他の都市での取材に先立ち、サフォック州コルチェスターから以下の記事を本社へ送った。

（〃）**サー・ヘンリー・スミス**　サー・ジョージ・ヘンリー・スミスはコルチェスター選出国会議員（一八二六—三〇、一八三五—五〇）。

第六稿

（一〇）**一大コロセウム祭**　コロセウムはロンドン、リージェンツ・パークに一八二四年から五年間かけて建設された娯楽場（七五年閉鎖）。自称「絵画的俯瞰図師」トーマス・ホーナーの想像力の所産であるロンドン、パリを始めとする大都市の巨大な回転画《パノラマ》に彩られた円形大広間《ロトンダ》を主たる呼び物とした。途中、ホーナーの金主とホーナー自身のアメリカ出奔という不測の事態が出来したものの（『ボズの素描集』「情景」第十二章参照）、三五年までには富裕なテノール歌手J・ブレアムと人気俳優・劇場経営者F・イェイツが所有主となり、ディケンズは七月八日、彼らによる「広範な改築」を取材した。

（〃）**エレウシスの秘儀**　古代ギリシア、アッティカのエレウシスで豊饒の女神《デーメテール》の祭典として元は毎年、後には隔年、又は四年毎に挙行された神秘的儀式。

（一一）**ガンター**　バークリー・スクエアの上流向け糖菓製造・仕出し業者。第九十九稿五九二頁参照。

第七稿

（一二）**コロセウム再開**　前稿の祝祭後、コロセウムは一時、大人気を博したものの、晩夏から初秋にかけて入場者は減少の一途を辿った。しばらく閉館した後《のち》、ブレアムとイェイツは祝再開特別興業を催すことで人気回復を図るべく、アストリー円形劇場の経営者兼騎馬曲芸師アンドルー・デュクロウ（『ボズの素描集』「情景」第十一章参照）を招待した。デュクロウ新作の出し物『ラファエルの夢』に、しかしながら、ディケンズは大方の観客同様、落胆した。

（〃）『槍突き環遊戯《ジュ・ドゥ・ラ・バーグ》』　馬を走らせ、柱に吊るした環を槍で突き取るゲーム。

（一三）『四つ脚獣《クオドルーペッド》』におけるジョン・リーヴ　『四つ脚獣《クオドルーペッド》』はS・J・アーノルド作二幕物茶番寸劇《バーレスク》（一八一一年初演）。ジョン・リーヴはアデルフィ劇場専属の喜劇役者（一七九九―一八三八）。

第八稿

（一六）教会裁判所の仲裁…手続き抜きで　暗に、煩雑な離婚手続きを揶揄して。

（〃）ニズベット夫人　ルイザ・ニズベットは美人の喜劇女優（一八一二―五八）。三五年十一月から五か月間アデルフィ劇場を借り受け、経営者としての並々ならぬ手腕も発揮し、興業は相次いで大成功を収めた。

（〃）さながらレイング氏のような…記録に留められていないかの如く　アラン・S・レイングは一八二〇年から中央ロンドン、ハットン・ガーデン警察裁判所の治安判事。気難しさと苛酷さで悪名を馳せ、本稿掲載の数日前には開廷中、鈴《りん》を鳴らした廉でマフィン売りの少年を逮捕させた。

第九稿

（一七）ハットフィールド・ハウス　ソールズベリー侯爵のハーフォドシャー（イングランド南東部州）邸宅。十一月二十七日晩、八十五歳の侯爵未亡人の私室のある西側の翼から出火。翼は全焼し、未亡人は焼死。ディケンズは十二月一日、取材のため現地へ派遣される。

第十稿

（二〇）ノーサンプトンシャー選挙　一八三五年総選挙で、北ノーサンプトンシャー（英中部内陸州）からはトーリー党議員、ホイッグ党議員各一名が選出されたが、後者ミルトン子爵の急死に伴い、ホイッグ党候補者ウィリアム・ハンベリーとトーリー党候補者トーマス・マンセルとの間で補欠選挙が行なわれた。

（二一）揉み革党《バフ・パーティ》　揉み革の淡黄色はホイッグの党派色。

第十一稿

（二三）『イグザミナー』誌　一八〇八年、レイ・ハント（第百二稿参照）を初代編集長とし、彼とジョン・ハントによって創刊された自由主義週刊誌。

（〃）ヘイマーケット劇場　コヴェント・ガーデン劇場、ドゥルアリー・レーン劇場と並び、一年の内一定期間ながら原作劇上演を法的に許されていた劇場（一七二〇年開館）。本稿中、配役として名の挙げられるジュリア・グローバー夫人とハリエット・ウェイレットは共に有名な喜劇女優。そのため思わぬ観客の哄笑を買ったものか、公演は二回で打ち切られる。

（二四）**ウェブスター氏**　ベンジャミン・ウェブスターは人気喜劇俳優・劇作家（一七九七―一八八二）。一八三七年からヘイマーケット劇場経営者。

第十二稿

（二五）**本小論説**　一八三八年に娘婿ジョン・ギブソン・ロックハートによって著された七巻本『ウォルター・スコットの生涯』においてスコット（スコットランド生まれの小説家・詩人（一七七一―一八三二））の版元バランタイン兄弟に関す記述に軽蔑・誤謬があることを不服とした論評。ディケンズの激しいロックハート擁護は一つにはスコットへの敬愛の念から、もう一つには「著者対版元」の諍いに（当時版元リチャード・ベントリーと折り合いの悪かった）我が身を重ねた状況に端を発すと思われる。現在では、ただし、ロックハートの『生涯』の信憑性には少なからず疑念がさしはさまれている。

（〃）**善意と御逸品に…古くからの俚諺**　即ち“Hell is paved with good intentions”「地獄の道は善意で敷かれている（ボズウェル『サムエル・ジョンソン伝』）」

（二七）**アボッツフォード・ハウス**　スコットが晩年の二十年間住んだ大邸宅。アボッツフォードはスコットランド南東部ボーダーズ州メルローズ近郊、トゥイード河畔の土地。

（〃）**ケルソという小さな町**　エディンバラから南東五二マイルに位置するスコットランド国境町。

第十三稿

（三二）**フッド『一八三九年版滑稽年報《コミック・アニュアル》』**　トーマス・フッドは英国の詩人・ユーモリスト（一七九九―一八四五）。往時、財政難と体調不良に悩まされていた。一八二八年、当時巷に溢れ返っていた『年報《アニュアル》』――所謂挿絵入り超美装大型本《コーヒー・テーブル・ブック》――の戯画化《パロディ》として独自の『年報《アニュアル》』を創刊。友人ディケンズは本稿のみならず、彼がいずれ創刊することになる月刊誌にも掌篇を寄せる。第二十稿参照。

（三三）**フランシス・ムアかマーフィー氏ですら**　前者は天文学者・医師（一六五七―一七一五?）。翌年の出来事を占う『オールド・ムア歴書』の初代編纂者。後者パトリック・マーフィー（一七八二―一八四七）は著書『天気歴書』において一八三八年の日々の天気を言い当てた。

第十四稿

（三四）**通りの向かいのオペラ**　ヘイマーケット街を挟んだイタリアン・オペラ・ハウス（現女王陛下劇場）。

（〃）**悲劇『グレンコ』はほどなく再演されるという…裏づけて余りあろう**　判事兼作家トーマス・タルフォードの生硬な劇作『グレンコ、或いはマクドナルド家の命運』は五月に上演されて以来、人気が低迷していた。親友の作品を売り込もうとするディケンズの律儀な寸評にもかかわらず、二度と上演されることはなかった。

（〃）**ドゥルアリー・レーンにては…谺している**　フランスの作曲家・指揮者L・A・ジュリアンは一八四〇年六月八日、ドゥルアリー・レーン劇場で「一シリング遊歩演奏会《プロムナード・コンサート》」を開始。これが大人気を博したため、五九年までロンドンのあちこちの劇場で年末定期演奏会を催した。

（〃）**本館は猥褻の社《やしろ》ではない**　ドゥルアリ・ーレーン劇場が言はば娼婦の溜まり場だった慣例を揶揄して。この悪習はシェイクスピア悲劇男優W・C・マクレディ（一七九三―一八七三）が一八四一年末、経営者になった際に断ち切られる。

（〃）**百名に垂んとす処女戦士が…軍事陽動を展開し**　ルイ十一世時代のフランスを舞台とするJ・T・ヘインズ『手斧のジェイン、或いはボーヴェの女達』は七月二十日、サリー劇場にて初演。

（三五）**ヴァン・アンバーグ氏にあられては…天翔られんことを**
本文後出、曲馬劇『ペテルブルグの供人《クリア》』への言及か。

第十五稿

（三六）**GCBロンドンデリー侯爵…アシュレー卿への書簡」**
鉱山・工場における児童雇用調査委員会第一回報告を受け、その主たる条項の一つに十三歳未満の児童と女性の地下労働の非合法化を掲げるアシュレー卿法案が一八四二年七月五日、下院を通過するが、上院にて、ダラム（イングランド北東部州）に広大な炭田を所有するGCB（バス最高勲位受勲者）ロンドンデリー（北アイルランド北西部州）侯爵三世チャールズ・ヴェイン率いる炭鉱主貴族議員の猛反対に会う。最終的に法案は八月一日、地下労働児童雇用の最低年齢を十歳と定める条項等、幾多の緩和修正案を加えられた上、上院を通過。ディケンズはロンドンデリー侯爵からアシュレー卿へ宛てた公開書簡の書評を元の勤務社『モーニング・クロニクル』紙へ願い出る。

（〃）**ロンドンデリー侯その人ですら…引き合いに出すこと能はぬ**　英国の劇作家・シェイクスピア全集の編纂者ルイス・シオボルド著悲劇『二重の欺瞞』（一七二八）第三幕第一場中の一節の捩《もじ》り。

（四〇）**正しい文章一行《ひとくだり》綴ること能はぬ上院議員もいれば**　ロンドンデリー侯爵の書簡が手の込んだ美文にもかかわらず、文法・作文上のミスが散見されることへの当てこすり。

（四一）**もう一行《ひとくだり》は恐らく王が初めて…他に類を見ぬそれであろう**
次文の仮定法過去完了形における接続詞、時制等のミスを揶揄して。サンドイッチ諸島王カーメイハーメイハー二世は一八二四年、ロンドンを訪れ、アデルフィ・ホテルに宿泊するが、ジョージ四世に拝謁賜る前に妃と共に麻疹で急逝。

（〃）**ウィニフレッド・ジェンキンズもマラプロップ夫人も…用いている**　前者はスモーレット『ハンフリー・クリンカー』（一七七一）に登場する、途轍もない言葉の誤用の常習犯召使い。後者はシェリダン『好敵手』（一七七五）中の頑固な気取り屋の老婦人。間々言葉を誤用することから、マラプロピズムで「言葉の履き違え」の意。

（四三）**H・B**　政治家の諷刺的似顔絵を得意とした肖像画家・諷刺漫画家ジョン・ドイル（一七九七―一八六八）の雅号。

（〃）**ドンキ・ホーテによらば…と伝えられる勇猛果敢な騎士**　『ドンキ・ホーテ』第一部第三十二章参照。ただし、騎士の話を引き合いに出すのは主人公ではなく、司祭。

第十六稿

（四三）**万人のための声楽は十九世紀の大革新である**　「万人のための声楽」は当時のキャッチフレーズ。枢密院教育委員会が作曲家J・P・ハラに依頼し、パリでG・ヴィーレムによって開発された体制に則り、エクセター・ホール（宗教・科学学会、教会音楽コンサート等に利用されたストランド街の会館）において小学校教師のための歌唱教室を設置したことに端を発す。教室は大人気を博し、受講者は一般市民にまで及んだ。

第十七稿

（四七）**ベネディック役マクレディ**　ベネディックはシェイクスピア『空騒ぎ』に登場するパドヴァ（ヴェニス西方の都市）の青年貴族。本稿以下、ドン・ペドロはアラゴン領主、クローディオはフィレンツェの青年貴族、ベアトリーチェはメシーナ知事レオナートの姪、ヒーローはレオナートの娘、ドグベリーは警吏。マクレディについては第十四稿注（三四）参照。

（〃）**氏扮するベネディックが…正当な評価を与えられていない**　貴族階層向け週刊誌『モーニング・ポスト』（二月二十五日付）に掲載された、マクレディの演技、劇の選択双方に対す酷評を指して。

（四九）**レズリー**　チャールズ・レズリーは風俗画家（一七九四―一八五九）。ディケンズの念頭にあるのは恐らくL・スターン『トリストラム・シャンディ』の一齣「トウビィ叔父とワドマン後家」（一八三一年展覧）。第四十四稿二〇四頁参照。

第十八稿

（五一）**オクスフォード大学に様々な形で…委員会報告**　一八四三年五月以来、所謂ピュージ主義――E・B・ピュージがJ・ケブル、J・H・ニューマン等の同志と共に起こした、英国国教会内に教会主義・祭司主義・典礼主義を復興させようとする信仰改革、オクスフォード運動――が大学内の紛糾を契機に盛んに俎上に上せられていた。第十五稿「鉱山と炭鉱における児童雇用調査委員会報告」の体裁を模した本稿には終生、英国国教会内の教義論争に焦燥や反感を抱いていたディケンズの痛烈な批判が窺われる。

（〃）**三十九箇条**　十六世紀制定の英国国教教義。聖職に就く者は任命式の際、これに同意を表明しなければならない。

（五三）**イングリス**　サー・ロバート・イングリスはオクスフォード選出右翼トーリー党下院議員（一七八六―一八五五）。

（五四）**愚昧学士《B・A》、尊大修士《M・A》、教会心身喪失博士《D・C・L》**　架空の学位はそれぞれ文学士、文学修士、教会法（又は民法）博士の頭文字の捩《もじ》り。

（〃）**トーマス・トゥーク…ロバート・J・ソーンダーズ署**　いずれも児童雇用調査委員会メンバー。トゥークは経済学者（一七七四―一八五八）、スミスとホーナーについては第十五稿三八頁参照。

第十九稿

（五五）**共謀罪起訴**　ダブリンにおける二月のアイルランド民族運動指導者ダニエル・オコネル（一七七五―一八四七）の審理を指す。

（〃）**農業界に対す共謀罪**　一八三九年、リチャード・コブデン（本文後出）とジョン・ブライトが主唱・結成した穀物法廃止連盟を始めとする反対運動を指して。わけても国民の不満を買った一八一五年制定の穀物法は反対運動の煽りを受けて四六年に廃止。

（〃）**バッキンガム公爵**　「農夫の友」と称されたバッキンガム公爵二世リチャード・グレンヴィル（一八二三―八九）。

（〃）**エクセター主教**　高教会派の規則励行主義者・選挙法改正法案反対論者ヘンリー・フィルポッツ（一七七八―一八六九）。エクセターはデヴォン州首都。

（〃）**アイルランド法務長官は「剣《つるぎ》を鋤鏟《すきべら》に打ち替え」、審理を司るやもしれず**　トーマス・バリー・スミス長官がオコネル審理中、被告側弁護団の一人に果たし合いを挑んだ一件を揶揄して。

（五六）**ロンドンはキングズ・クロスの…モリソンとモウト両先生**　ジェイムズ・モリソン（一七七〇―一八四〇）とモウトは共に特許医薬品製造者。わけても前者は「モリソンの植物性万能丸薬」と称す如何様万能薬を流行させた。

（〃）**「崇め奉らねばならぬ…誠を尽くし損なっている」**　ビショップ（一七八六―一八五五）作曲、作詞不詳の流行り唄の一節「ならばあの娘《こ》は誠に欠けていたというのか、俺のクビったけの器量好しの生娘は」の捩《もじ》り。

（〃）**遙かに高位の官吏に…見受けられたとあらば**　オコネル審理においてアイルランド首席裁判官が被告側に「相手側」として言及した事実を踏まえて。

（五七）**ダンテが憂はしき領域の第一の…据えた者達こそが**　ディ

ケンズの暗に言及している「善にも悪にも無頓着で無関心な状態にある」罪人《つみびと》は実はダンテが「第一の圏内」に入る前に地獄の門のすぐ内側で見出す者達。

第二十稿

（五七）『フッドの雑誌・滑稽雑文録』　一八四四年創刊の月刊誌。フッドは相変わらず健康、財政状態共に勝れなかったにもかかわらず（第十三稿参照）、新刊誌は好調な売れ行きを見せた。本稿は友人から寄稿を求められたディケンズが古き善き時代を偲ぶ復古主義の老トーリー党員に為り変わって筆を執った諷刺的随想。

（〃）若きイングランド　即ち、イギリス青年党。一八四〇年代初頭のトーリー党の一派。支配層には博愛を、労働階級には服従を要求し、四二年から四六年にかけての穀物法廃止運動（第十九稿注（五五）参照）に反対した。

（五八）当今、如何に本務を全うすべきか心得ている判事はわずか一人しかいない　以下は、サー・ウィリアム・ヘンリー・モール判事（一七八八―一八五八）が四月十六日、中央刑事裁判所にてメアリ・ファーリという女に自殺未遂と嬰児「謀殺」の廉で死罪の判決を下した事例に対す痛烈な皮肉。最終的にメアリは情状酌量の余地ありとして、七年間の流刑に処せられる。

（〃）テムズを燃え上がらす　「華々しいことをして名を揚げる」の意の常套句。

（〃）政体はイングランドにおける…沈没しよう　以下は、科学・芸術を軽視する一方、主として小人や蛮民を見世物とする演芸業奨励の風潮への批判。

（五九）ジョーンズ少年　ウィリアム・ジョーンズはバッキンガム宮殿侵入狂の薬剤師の使い走り。三度目の侵入に及び矯正院に入れられ、その後、海員実習生としてブラジル移民船に乗せられる。

（六〇）頭皮剥奪　北米インディアン等は頭髪付き頭皮を戦利品として敵の頭から剥ぎ取る習いにあった。

（〃）ランキン氏の野人《やじん》が…生々しいためであろう　アメリカ人見世物師アーサー・ランキンが一八四三年、九名のオジブウェー族インディアン（スペリオル湖地方に住むアメリカインディアンの大種族）をロンドン、ピカデリー通りの博物館エジプト・ホールで数か月にわたって公開。大人気を博したためウィンザー城にまで招待された事象を踏まえて。次段落「オジブウェー花嫁」はインディアンの内一名の通訳「疾風《はやて》」（本文後出）と結婚した英国娘への言及。

（六一）エジプト館における公演中の親指トム将軍　親指トム将軍は一八四四年から四六年にかけ、アメリカ人見世物師バーナムの下《もと》、英国各地で興業し、その間三度《かん》にわたって皇室の御前に招かれたアメリカ生まれの「一寸法師」。第七十五稿注（四三六）参照。

（〃）オリヴァー・クロムウェルが…道化の笏杖《ボーブル》　後の護国卿（一六五三―八）オリヴァー・クロムウェルが一六五二年、所謂「長期議会」を解散させる際、下院議長の職杖（開会中、卓上に置かれる王権の象徴）を指し、「あの道化の笏杖《ボーブル》を持ち去れ！」と言ったと伝えられる故事を踏まえて。

（六二）最早、創意工夫に富むシュロス氏によりては発刊されていぬ小さな歴書　アルバート・シュロスは出版社版元。一八三六年から四三年まで2・1×1・4センチ大の『英国珠玉歴書』を刊行した。

（六三）モールバラ・ハウス　十八世紀初頭、セント・ジェイムジズ宮殿脇にモールバラ公爵夫人セアラ邸として建設。十九世紀五〇年代には政府の設計・実用技芸課の本部として使用された。

（〃）如何ほど低すぎても…飼い馴らされていてはならぬ旨　形容詞「低い《ショート》」、「野蛮《ワイルド》」、「飼い馴ら《テイム》」されてにそれぞれ「短い」、「突飛な」、「味気ない」の意を懸けて。

第二十一稿

（六四）ウェストミンスター会館における「騎士道精神」　一八三四年ロンドン大火による議事堂焼失に伴い、新たな上院の六つのアーチ型仕切りに描くフレスコ画の下絵製作が六人の画家に依頼された。その一人ダニエル・マクリースはディケンズの親友・歴史画家（一八〇六―七〇）。本稿は彼が手がけた「騎士道精神」の絵画評。文中（一）は、わけてもアルバート殿下を議長とする皇室造形芸術委員会への侮蔑的表現を懸念したマクリース自身の意向に副い、最終稿から削除された部分。本稿掲載の『ダグラス・ジェロルド・シリング・マガジン』誌は創作掲載月刊誌（一八四五―八）。

（〃）偉人の令名の雷《いかづち》によりて酸化した　「雷が鳴るとビールが酸っぱくなる」との俚諺を踏まえて。

第二十二稿

（七〇）キャサリン・クロウ　主に超自然現象を主題とした女流作家・著述家（一八〇〇?―七六）。

（七一）来週改めてこの問題を取り上げ…要約するとしよう　予告の「続篇」はただし、『イグザミナー』誌の紙面の関係上、結局掲載されなかった。

（〃）ロビン・グッドフェロー　英国伝説で昔、田舎家に現われては悪戯をすると信じられていた妖精。『真夏の夜の夢』における如く、パックとも言う。

（〃）夫人は名にし負う一七七二年の「ストックウェルの幽霊」をすら…知らなかったと思しく　「ストックウェルの幽霊」はロンドン南東郊外ストックウェルのとある屋敷に取り憑いていると噂された亡霊。最終的に、不気味な物音は全てアン・ロビンソン（本文後出）が立てていたものと判明する。ウィリアム・ホーンは雑報選集『エヴリデー・ブック』

(一八二六―七) を出版した急進派作家・書籍店主 (一七八〇―一八四二)。

(七三) **ローマへの道すがら、ハムデン博士に対す…曲解したニューマン氏**　レン・ディクソン・ハムデン (一七九三―一八六八) は英南西部旧州ヘリフォード司教に任命された英国国教会派牧師。ジョン・ヘンリー・ニューマン (一八〇一―九〇) は四三年に聖職禄を放棄し、ローマカトリック教に改宗した英国国教会派牧師。後に枢機卿。

(七四) **キルマーノックの機織の恩寵を乞う祈り**　ロバート・バーンズ「蝨《しらみ》に寄す賦《うた》」より。キルマーノックはスコットランド、グラスゴー南西部の都市。

(七六) **かの名にし負うレディ・ベリスフォードの怪談**　レディ・ベリスフォード (旧姓ハミルトン。一六六五―一七一三) は幼馴染みのティローン (北アイルランド西部州) 伯爵の亡霊が就寝中に立ち現われ、実在である証拠、夫人の腕に傷痕を残した上、四十七歳で出産中に死亡すると――事実、的中した如く――預言したと申し立てた。

(七七) **とある症例**　本稿執筆の四年前、ジェノヴァで知り合ったスイスの銀行家エミール・ドゥ・ラ・リュの英国人妻。ディケンズはイタリア滞在中の一八四四年から翌年にかけて、自ら催眠術で夫人の精神病を癒した経験がある。

(七八) **「実に奇しきことに…要はない」**　ダニエル・デフォー『妖術体系、或いは黒魔術史』(一七二八) 第二章。傍点はディケンズ。

(〃) **ファラオや、ネブカドネザルや、ベルシャザル**　ファラオは古代エジプト王の称号。ネブカドネザルは紀元前五八六年、エルサレムを破壊し、ユダヤ人を捕虜としたバビロンの王。ベルシャザルはその息子で、バビロン最後の王。

(八〇) **不気味な兵士**　クロウ『自然界の夜の側《がわ》』第二章「意志の力」より。

第二十三稿

(八四) **労働者割引列車《パーラメンタリ・トレイン》**　各鉄道会社は労働者のために三等列車を一マイル一ペニーの率で少なくとも一日一回運転するよう法令で定められた。

(〃) **サー・ピーター・ローリー**　『鐘の精』に登場するキュート市参事会員のモデル。元ロンドン市長 (一七七九?―一八六一)。

第二十五稿

(八七) **中国ジャンク**　ジャンクは極東水域、特にシナ海を航行する平底帆船。帯板製の角型帆を使用する。本稿で取り上げられる「耆英號《キーイン》」(広東省・広西省総督耆英 (一七八七―一八五八) に因む) は中国から進取の気象の英国人によって購入された、全長一六〇フィート、幅三三フィート、三本マストのチーク帆船。一八四六年十二月六日、中国人三十名、英国人十二名の乗員で香港を出航。途中、時化に会い、一旦はアメリカ大陸沖に碇泊し、ニューヨーク、ボストンで人々の注目を集めるが、四八年三月上旬、無事イングランドに到着。ヴィクトリア女王夫妻やウェリントン公爵等、要人も多数訪れた。不法の中国船購入が可能となったのは一説には本文後出の高官ヒー・シンの名義を借りたためとも言われている。

（〃）**ブラックウォール鉄道**　ロンドン・シティー、フェンチャーチ街から東インド船渠へ至る鉄道（一八四一年開通）。

（九〇）**「聖パトリックの祝日の…やらかした」**　一八〇八年、サドラーズ・ウェルズにて喜劇役者グリマルディが『ハーレキン・ハイフライヤー』中で歌ったコミック・ソングの一節。

（〃）**ブラックウォールはシラス館《やかた》**　ブラックウォールは東ロンドン、テムズ川北岸の大船舶繋留所（前々項参照）。シラス館《やかた》は白子《しらす》料理で名高いラヴグローヴ旅籠。

第二十六稿

（九一）**『酔っ払いの子供達』…ジョージ・クルックシャンク八連作版画**　G・クルックシャンクは『ボズの素描集』、『オリバー・トゥイスト』等、ディケンズ作品の挿絵も手がけた諷刺画家（一七九二―一八七八）。『酒瓶《ボトル》』（一八四七）は職工一家の飲酒による崩壊を描いた八連作大型版画。ディケンズはその「圧倒的な筆致」は認めながらも、飲酒の主たる要因を「悲哀、貧困、無知」に求めようとせぬ「哲学の欠如」には批判的だった。

（九二）**ホガース**　ウィリアム・ホガースはディケンズの敬愛した画家・銅版画家（一六九七―一七六四）。諷刺的な風俗画で知られる。

（九三）**さるロンドン主教**　ディケンズが「日曜三題（『翻刻掌篇集他』所収）」において挑戦的な献辞を捧げている、時の主教チャールズ・ジェイムズ・ブロムフィールド（一七八六―一八五七）。

第二十七稿

（九六）**英国軍艦ウィルバフォース…医学博士共著『英国政府によりて…遠征隊の物語』**　ヘンリー・トロッターは軍艦艦長（一八〇二―五九）。サー・ウィリアム・アレンは海軍士官・紀行作家（一七九三―一八六四）。軍艦名ウィルバフォースは英国の政治家・慈善家・奴隷解放運動家ウィリアム・ウィルバフォース（一七五九―一八三三）に因んだものか。ニジェール川はアフリカ西部の川（全長四・一八五キロメートル）。

（〃）**オビ王や、ボーイ王**　前者は遠征針路上第二のアフリカ都市国家アボの酋長オビ・アサイ。後者は第一の都市国家ネンブ酋長アマイン・クロ王。

（九七）**サー・トーマス・ファウエル・バクストンが…ジョン・ラッセル卿に書き送った如く**　前者は博愛主義者の醸造業者（一七八六―一八四五）。後者はホイッグ党政治家・選挙法改正案起草責任者・首相（一七九二―一八七八）。

（〃）**垂下竜骨**　平底の帆走艇の竜骨内から垂下させる木製又は金属製の板。帆走中に艇が風下に横流れするのを防ぎ、安定度を高める。

（九八）**故マクリーン夫人――かつては…嗜み深きL・E・L**　リティシア・ランドンは一八二〇、三〇年代に通称L・E・Lとして持てはやされた上流詩人（一八〇二―三九）。三八年、ジョージ・マクリーン（本文前出）と結婚するが、砦に到着後わずか三か月で遺体として発見される。一説には、マクリーンにはアフリカ生まれの正妻がいたとも伝えられる。

（〃）**ランダー**　リチャード・ランダーはヒュー・クラッパトン（ニジェール川水路を決定する遠征で死亡したアフリカ探検家（一七八八―一八二七）。本文後出）に彼の最後の調査で同行した探検家（一八〇四―三四）。三十二年に開始したさらなる遠征で殺害されるが、最終的にニジェール川の水路と河口を確証するに至る。

（一〇〇）**子安貝**　タカラガイ科の美しい貝類の総称。貝殻は装飾に用いる外、アフリカ西部及びアジア南部の未開地では貨幣に用いた。

（一〇三）**ランダー兄弟**　R・ランダー（前々項参照）は一八三〇―三一年、弟ジョン（一八〇七―三四）と共に再びニジェール川探検を行なった。

（一〇五）**アタナシウス信条**　古代末期から中世に西方教会で用いられた三位一体論的・受肉論的信条。

（一〇八）**イッダのアッタ**　イッダは遠征隊が辿り着いた第三にして最北の都市国家イガラの首都（本稿注（九六）参照）。アッタはその統治者。イッダのベヌエ川とニジェール川との合流点近くに「模範農園」が建設された。

（一一三）**祖国での仕事が完遂されねばならぬ。さなくば国外に一縷の望みもない**　この問題はいずれ、自分自身の家庭を顧みず、ひたすらニジェール川左岸ボリオブーラ・ガの土着民啓発を企図する博愛主義者ジェリビー夫人（『荒涼館』）において取り上げられる。

（一一四）**ブルース**　ジェイムズ・ブルースはアフリカ探検家・青ナイル水源発見者（一七三〇―九四）。『旅行記』（一七九〇）を著す。

第二十八稿

（一一五）**プラット裁判官**　サー・トーマス・ジョシュア・プラットは財務裁判所裁判官（一八四五―五六）。ケンブリッジ大学ハロウ・アンド・トリニティ学寮出身の熱心なトーリー党員。

第二十九稿

（一一七）**ロバート・ハント**　ロバート・ハントは実地地理学博物館採掘記録係や王立鉱山学校物理化学・実験物理学講師等を歴任した多作の科学著述家（一八〇七―八七）。

（〃）**『万有の博物学の名残』**　著者はエディンバラの出版社主・素人地質学者ロバート・チェインバーズ（一八〇二―七一）。匿名で出版された『名残』（一八四四）は前ダーウィン的「漸進的進化論」を提言。聖職者や専門科学者からは激しい批判・弾劾を受けたが、一般読者に多大の影響・衝撃を与え、四七年までに六版を重ねた。

（一一九）**ル・ヴェリエとアダムズ**　U・J・J・ル・ヴェリエは海王星の位置を算出し、その存在を預言（一八四六）したフランスの天文学者（一八一一―七七）。ジョン・クーチ・アダムズもやはり海王星の存在を推測（一八四五）したイギリスの天文学者（一八一九―九二）。

第三十稿

（一二二）**バンヴァード**　ジョン・バンヴァードはニューヨーク生まれの回転画《パノラマ》画家（一八一五―九一）。

（〃）**かつて我々の眼前を…スタンフィールド氏によるくだんの濃やかにして美しい絵画**　ここで言及されているのはディケンズの敬愛した友人・画家クラークソン・スタンフィールド（一七九三―一八六七）が三〇年代初頭、ドゥルアリー・レーン劇場の無言劇《パントマイム》のために描いたアルプス、ヴェニス等を画題とする透視画《ジオラマ》。

（一二三）**たとい最高の証明書によって保証されていなかったとて**　回転画《パノラマ》の迫真性を幾多のミシシッピー川船長や水先案内人が証言した事実を踏まえて。

（〃）**河水の色をさておけば**　ディケンズは『アメリカ探訪』第十二章において、ミシシッピー川を「泥水を滔々と流す巨大な排水溝」と形容している。

第三十一稿

（一二四）**「体力」チャーティスト運動…「体力」チャーティスト運動家**　チャーティスト運動、即ち人民憲章運動は一八三八年以降約十年間にわたって英国で起こった労働者の政治運動。「体力」とは「直接行動」の謂。わけても一八四七年から翌年にかけ、人民憲章議案通過の三度目の要求を前に、英国政府や資産家は危機感を募らせていた。富裕な判事も例外ではなく、相次ぐ運動家の逮捕・審理において裁判の公平原理の「投棄」が顕著だった。本稿で以下、批判の対象とされている保守主義者、財務裁判所裁判官サー・エドワード・オールダソン（一七八七―一八五七）もその一人。

（一二五）**アイザック・ビカースタッフ氏**　英国の文人スティールがアディソンと共に週三回編集・発行した『タトラー』誌（一七〇九―一一）の架空の著者。引用は一七一〇年九月五日号記事より。

（〃）**オルレアン平等公**　ルイ・フィリップ、オルレアン公爵（一七四七―九三）は従弟ルイ十六世とは対照的に、民主主義の立場を取っていたため、平等《エガリテ》公の愛称で親しまれた。「路上の食卓」の逸話は一七八八―九年の出来事。

（二六）**ティエール**　ルイ・アドルフ・ティエールはフランスの政治家・歴史家・第三共和制初代大統領（一七九七―一八七七）。抜粋は主著『フランス革命の歴史』（F・ショウバール訳、全五巻、一八三八）より。

（二七）**全国三部会**　中世末期からのフランスの身分制議会。第一身分の聖職貴族、第二身分の世俗貴族、第三身分の平民から成り、フランス革命時に廃止された。

（〃）**フェヌロン**　フランソワ・フェヌロンはフランスの教育論者・著述家・仏北部都市カンブレ大司教（一六五一―一七一五）。英仏戦争時（一七〇八―九）カンブレの文民、軍人を問わぬ戦災者に慈悲を施したことで名高い。

第三十二稿

（二八）**ジョン・リーチ**　「クリスマス・キャロル」を始め、ディケンズのクリスマス物の挿絵も多く手掛けたユーモア画家（一八一七―六四）。一八四一年の創刊以降、挿絵入り週刊誌「パンチ」に掲載された、同時代の中流生活や慣習を主題とする諷刺漫画はわけても人気を博した。

（二九）**ロウランドソンかギルレイ**　トーマス・ロウランドソン（一七五六―一八二七）とジェイムズ・ギルレイ（一七五七―一八一五）は共に諷刺漫画家。

（三〇）**判読不能なほど…ウェルギリウス**　ウェルギリウスはローマの詩人（紀元前七〇―一九）。「擦り消されたウェルギリウス」とは、この少年が当時パブリック・スクールの定番教科書であったウェルギリウスの詩の上から従妹の名を殴り書きしようとの暗示か。

（〃）**ノルマ**　ヴィンチェンツォ・ヴェリーニ作オペラ『ノルマ』（一八三一）の主人公。ドゥルイドの女大祭司。

（〃）**「意志」との関連における「具象観念」**　当時流行りの先験哲学をダシにした軽口か。

（三一）**かれこれ八、九年になろうか…論評したことがある**　『クオータリー・レヴュー』誌第六十四号（一八三九年六月）に掲載されたリチャード・フォード（一七九六―一八五八）による『オリヴァー・トウィスト』書評の中の一節を踏まえて。クルックシャンクについては第二十六稿注（九一）参照。

第三十三稿

（三二）**トゥーティングのドゥルーエ氏**　中央ロンドンから約八マイル南西郊外トゥーティングで「幼子貧民託児所」を経営していたバーソロミュー・ドゥルーエ。一八四九年、コレラで百五十名の死者を出した廉で起訴されるが、無罪判決が下る。ドゥルーエ事件が終生ディケンズの脳裏を去らなかったことは、彼が以降もこの事件に『荒涼館』第十章、「無心書簡人」「救貧院における散策」（『翻刻掌篇集』所収）等において言及し続けることからも窺われる。

（〃）**全く異なる手合いの検屍官ワクリー氏**　トーマス・ワクリーはウェスト・ミドルセックス州の検屍官（一七九五―一八六二）。熱心な社会・医療改革家。ディケンズは一八四〇年、彼の取り仕切る検屍で陪審員を務めたこともあり、個人的にも敬愛するこの篤志家をいずれ『逍遥の旅人』第十九章で取り上げる。

第三十四稿

（一四〇）**オクスンフォード氏**　ジョン・オクスンフォードは文人・劇作家（一八一二―七七）。

（〃）**ノウルズ氏による卓越した悲劇**　ジェイムズ・シェリダン・ノウルズはアイルランド生まれの劇作家（一七八四―一八六二）。翻案『ウィルギニウス』（コヴェント・ガーデン劇場にて一八二〇年初演）は当代最高の劇作の一つとして高く評価された。

（〃）**イキリウスはパフ氏の悲劇におけるエリザベス女王同様**　イキリウスはウィルギニアの許婿。「パフ氏の悲劇」とは即ち、シェリダン作『批評家』（一七七九）において下稽古をつけられるパフの滑稽劇『無敵艦隊』。

（一四一）**モウワット夫人**　アンナ・コーラ・モウワットはアメリカ生まれの作家・女優（一八一九―七〇）。

（〃）**ダヴァンポート氏**　エドワード・ルーミス・ダヴァンポートはアメリカ生まれの男優（一八一六―七七）。

（〃）**ジェロルド氏による『黒い瞳のスーザン』**　ダグラス・ウィリアム・ジェロルドは革新派の諷刺的劇作家・ディケンズの親友（一八〇三―五七）。『黒い瞳のスーザン』（サリー劇場にて一八二九年初演）は当時大流行した海洋物感傷的《メロ》通俗劇《ドラマ》。

（〃）**才気溢れる女優ヴァイニング嬢**　ファニー・ヴァイニングは男優を父に持つ、ロンドン生まれの女優（一八二九―九一）。一八四九年一月ダヴァンポート（前々項参照）と結婚し、五四年、夫の帰国に伴いアメリカへ渡る。

（一四二）**目下運営されているがままの本館の美点を指摘し**　一八三一年に開館したメリルボーン劇場（三七年から王立メリルボーン）は「興業」の域を出ない低迷期が続いたが、四八年、著名悲劇女優ウォーナー夫人（一八〇四―五四）の管理に委ねられ、一時的ながら刷新の萌しを見せた。

第三十五稿

（一四三）**オーストリアにとって…エリフ・バリット氏の彫像に明け渡す**　「高貴な人々の虐殺」は一八四九年夏におけるハ

プスブルク・ロシア連合軍による新制ハンガリー帝国抑圧と、その政治・軍事指導者の銃殺・絞殺への言及。エリフ・バリットはアメリカの平和主義者・「四海同胞連盟」創始者（一八一〇—七九）。

（一四五）**窓税や、給水独占権**　前者は窓の数によって課せられた税金。炉税に代わるものとして一六九五年に新設されたが、一八五一年廃止。後者は私営八会社によるロンドン特定地区への給水独占権。水質が劣悪なこともあり、一八五〇年代から公衆のための買い取りを勧告され、一九〇二年にようやく実現。

（一四六）**然るロッチ氏が…ボッチ氏と綴る所ではあったが**　ベンジャミン・ロッチは元国会議員・ミドルセックス州治安判事（?—一八五四）。熱心な禁酒唱道者。男囚に対し、釈放後のオーストラリア移住を促すべく獄中で羊毛刈りの技術を仕込ませようとしたことでも知られ、「水飲みロッチ、羊毛刈り治安判事」との異名を取る。本稿と並行して執筆されていた『デイヴィッド・コパフィールド』第六十一章に登場する元学校長・ミドルセックス州巡回治安判事クリークル氏のモデル。ボッチの原義は「不様な細工」「みっともない継ぎ接ぎ」。「小誌でもしばらく前に言及した」とは三月十日付投稿「牢獄と囚人規制」を指す。

（〃）**コールドバース・フィールズ**　即ちミドルセックス矯正院は一七九四年、ロンドン・シティー北西、クラークンウェルに建設され、「沈黙制度」の導入された最も厳格な懲治監の一つ（一八八九年閉鎖）。

（一四八）**スピタルフィールズとベスナルグリーン**　いずれもロンドン・シティー東部の赤貧のスラム街。

（一四九）**ベドラム**　ベツレヘム精神病院の通称。一二四七年、東ロンドンのビショップスゲイトに修道院として建てられたが、十五世紀初頭から英国初の精神病院として使用され始める。

（一五一）**ハドソン氏**　ジョージ・ハドソンは資本家・サンダーランド選出国会議員（一八〇〇—七一）。鉄道株で巨万の富を築き、「鉄道王」と称されたが、数々の詐欺行為が明るみに出ると共に、大企業は瓦解する。

第三十六稿

（一五四）**我々が初めてマクレディ氏の…数年を閲す**　一六八一年のネイアム・テイト（劇作家・桂冠詩人）版『リア王』以来、道化は劇中から削除されていたが、マクレディがコヴェント・ガーデン劇場経営を手がけると同時に一八三八年一月二十五日、道化役を復活させ、若手女優・歌手プリシラ・ホートンを抜擢。大成功を収める。第十四稿注（三四）参照。

第三十七稿

（一五七）**スティーヴンソン氏がメナイ海峡に渡しつつある管**　ロバート・スティーヴンソンは土木技師・蒸気機関車完成者ジョージ・スティーヴンソンの息子（一八〇三―五九）。父と共に鉄道・鉄橋の開発に尽くした。アングルシー島とウェールズ間のメナイ海峡に管状鉄橋ブルタニア橋を建設（一八五〇開通）。

（〃）**故サセックス公爵**　オーガスタス・フレデリック・サセックス公爵は革新的政策支持者（一七七三―一八四三）。

第三十八稿

（一五八）**『ハウスホールド・ワーズ』誌**　ディケンズ自身が編集・経営を手がけた週刊誌（版元はブラッドベリー・アンド・エヴァンズ）。一八五〇年三月二十七日から五九年五月二十八日まで刊行。発刊日は毎週水曜日（紙面上は土曜日）。主に環境改善・教育普及等、時事問題を扱ったが、編集主幹ディケンズ自身の『御伽英国史』（一八五一―三）、『ハード・タイムズ』（一八五四）やクリスマス中篇等、小説も数多く掲載した。「ハウスホールド・ワード」の原義は「耳馴れた言葉（『ヘンリー五世』第四幕第三場）」。

（一五九）**ここにはまた他の…ポン引きも――いる**　痛烈な糾弾の対象とされているのは煽情小説家G・W・M・レイノルズ（一八一四―七九）。一八四六年、労働者階層向け一ペニー週刊誌『レイノルズ雑文集《ミセラニー》』を発刊。過激なチャーチスト・共和主義的自説を開陳した。「山岳党」はフランス革命当時、ダントンとロベスピエールが率い、国民公会からジロンド党を追放し、恐怖政治を実現した。

第三十九稿

（一六二）**ジョー・フェルクス**　「フェルクス」の原義はエゾバイ（エゾバイ科貝類の総称）。牡蠣同様、ヴィクトリア朝の貧しい人々お気に入りの珍味。転じて、ジョー・フェルクスで総称的に「貧乏人」の謂。

第四十稿

（一六六）**「幸せな一家《ハッピー・ファミリ》」**　即ち「（毛並みは違っても）同じ檻や籠の中で仲良く暮らす小動物達」はヴィクトリア中期に流行った大道芸。

（一六八）**総督《ラージャ》ブルックと…オールダムのフォックス氏**　サー・ジェイムズ・ブルックはサラワク（ボルネオ島北西部、マレーシアの一州。元英国植民地）の総督《ラージャ》（一八〇三―六八）。マライ人の海賊行為を鎮圧。「四海同胞連盟」については第三十五稿注（一四二）参照。アーロン・スミス船長は海賊行為の嫌疑で告発されるが、釈放後、自らの冤罪体験記を出版。ニコラス・ワイズマンはアイルランド生まれのカトリック司祭（一八〇二―六五）。五〇年、ウェストミンスターの司教枢機卿に叙せられる。ヒュー・ストウェルは英国国教会司祭（一七七九—一八六五）。福音主義派の主導者。オールダムは英西部グレイター・マンチェスター州、綿紡績工業都市。

（〃）**いくらサー・ピーター・ローリーだって…誓ったりはすまいじゃ**　ローリーと「(自殺の）やり込め」については第二十三稿八四頁参照。後半の揶揄は彼が同年三月メリルボーン教区総会の席上で『オリヴァー・トゥイスト』に描かれる貧民窟ジェイコブズ・アイランドはディケンズの「単なる創作」にすぎぬと評した一件を踏まえて。

（一六九）**今のその牢獄**　一八四二年、ロンドン北郊外のペントンヴィルに創設された所謂「模範監獄」。

（一七〇）**ロウランド・ヒルさん**　サー・ロウランド・ヒルは一ペニー郵便制を導入した英国の郵便事業改革者（一七九五—一八七九）。第九十五稿五六四—七頁参照。

第四十一稿

（一七一）**所謂「サルーン」という格付けの…一館に足を運んだ**　「サルーン」とは付属している居酒屋からしか館内へ入れない劇場。本稿で以下、取り上げられているのはイースト・エンドの労働者階層住宅街ホクストンに一八四三年開館したブリタニア・サルーン。

（〃）**半額**　劇場は概ね六時開演だが、八時または八時半以降の観客は通常半額で入場出来た。

（一七三）**わずか数週間前…しでかした如く**　一八五〇年二月十八日サリー劇場にて劇作家・音楽評論家H・F・チョーリのドラマ『昔の恋と新たな運命』は初演に大成功を収めたものの、翌晩は宮内長官の認可証が得られぬため中止を余儀なくされた。事態にはただし、穏便な収拾がつく。

（一七六）**モリス・ダンス**　十四世紀中葉、英国に発祥した、特定の拍子のない一種の仮装舞踏。時に歌を伴う。

第四十二稿

（一七九）**アメリカ合衆国のニュー・オーリンズへと足を向けた**　以下、ブーリー氏が「旅して」いるのは、本稿最後の氏の倶楽部における乾杯の音頭でも証される如く、バンバード作「ミシシッピー川・オハイオ川回転画《パノラマ》」（第三十稿参照）、レスター・スクエアのリンウッド画廊に展示されたS・C・ブリーズ作ニュージーランドの「植民地回転画《パノラマ》」、フィリップス作一八四九年八月の女王の「アイルランド訪問回転画《パノラマ》」、オーストラリア回転画《パノラマ》、一八四九年七月からエジプト館で展示中のボノミ、ファーヘイ、ウォレン作「ナイル川回転画《パノラマ》」、ギャラリー・オブ・イラストレーションで展示が始まったばかりの「インドへの陸路回転画《パノラマ》」、レスター・スクエアのバーフォード作二本立て「ロスの北極探検（一八四八—九）回転画《パノラマ》」。北極探検については第七十四稿参照。

（一八八）**シークイン**　十三世紀にヴェネチアで造られたイタリアの古金貨。

第四十三稿

（一八九）**祖国にてはロンドンの…独房監禁制は**　十九世紀中葉の英米行刑学的論争へのディケンズの作品上の介入としては、『アメリカ探訪』第七章「フィラデルフィアと独房監禁制」、「模範監獄囚人」を揶揄した『デイヴィッド・コパフィールド』第六十一章等が挙げられる。第四十稿注（一六九）参照。

（一九〇）**「友好的」沈黙制度**　囚人が互いに「交わり」を持つことは許されても、会話は一切禁じられた監禁制度。

（〃）**ノーフォーク島前総督マコノキ船長のマーク制度**　アレキサンダー・マコノキ英国海軍船長はバーミンガム新刑務所長も務めた刑法改革者（一七八七―一八六〇）。彼の考案したマーク制度とは囚人に善行、功績、倹約を通し「点数《マーク》」を蓄積することで特権や早期釈放を許可する刑事システム。

（〃）**ワトリー大主教**　リチャード・ワトリーはダブリン大主教・宗教や社会問題を主題とする著述家（一七八七―一八六三）。純粋に抑止的なものを措いて、刑事犯罪に対す全ての懲罰の廃止を提唱した。

（一九五）**マニングのだんな**　フレディック・ジョージ・マニングは居酒屋の亭主。一八四九年、妻マライアと共謀し、彼女の愛人を殺害した廉で共に処刑される。

（一九六）**フィラデルフィアの独房監禁制牢獄の描写に関す然る戯言《たわごと》**　独房監禁制の支持者の一人、ジョーゼフ・アドゥズヘッドは著書『監獄と囚人』（一八四八）の中で、ディケンズを「この泡沫《うたかた》の牢視察者」は「慈悲と博愛なる名分の下《もと》老練家の判断と実践に異を唱える」と糾弾した。

（一九七）**「単なる娯楽小説」**　『アメリカ探訪』を評してのフィールドの言葉。

（二〇〇）**ドッド博士**　ウィリアム・ドッドは贋造の廉で処刑された英国国教会聖職者（一七二九―七七）。「獄中の想念」（一七七七）等、多くの詩を物した。

第四十四稿

（二〇四）**イギリス青年党幻想**　一八四〇年代初頭、労働階層の困窮救済措置として封建制への回帰を提唱したものの、短命に終わった、青年貴族トーリー党分離派を揶揄して。

（〃）**ラファエル前派**　一八四八年、英国の画家ハント、ミレー、ロセッティ等が「真実、誠意、専心に立ち返れ」と叫んでラファエロ以前におけるイタリアの写実画風を尊重して起こした画派。

（二〇七）**オクスフォード界隈の…時間の問題だろうとのことである**　同じく「復興」を提唱するオクスフォード運動を揶揄して。第十八稿注（五一）参照。

(三〇八) **ハーヴェー**　ウィリアム・ハーヴェーは血液循環の原理を発見したイギリスの生理学者（一五七八―一六五七）。

（〃）**ローレンティウス前派**　メディチ家の蒐集した一万冊に上る稿本を所蔵するフローレンスのローレンシア図書館への言及。

（〃）**ピュージン氏**　オーガスタス・W・N・ピュージンは英国の建築家・ゴシック様式の復興者。ロンドン大火後、上院の設計に携わった。第二十二稿七八頁参照。

（〃）**アジャンクール**　仏北部、カレー近郊の村。百年戦争中の一四一五年、ヘンリー五世率いる英軍が仏軍を破った地。

第四十五稿

(三一〇) **誤解の危惧や、虚報の必然のために**　本文で以下、言及される逓信大臣ロウランド・ヒル（第四十稿注（一七〇）参照）が安息日勤労に対す厳守主義者からの批判を調停すべく提起した折衷案が誤解を受け、さらには故意に誤って報じられたため、逆に反対側の気焔を煽る結果となった事実を踏まえて。

（〃）**アシュレー卿の動議**　五月三十日、下院にて通過した、イングランド中の郵便物の日曜集配を差し止めるための君主への建白書を求める発議。法案は六月二十三日効力発生。

（〃）**パーリア**　カースト制四姓の下の階級の人。転じて、社会の「除け者」の意。

(三一一) **ウパスノキ**　インド、マレーシア産イラクサ科、有毒の大高木。昔、周囲数マイルの生物は皆死滅し、辺りは荒れ地と化すと信じられた。

(三一三) **「水漆喰墓所」選出の映えある議員**　「白く塗りたる墓（『マタイ』二三：二七）」はイエスが律法学者やパリサイ人《びと》を準えた所から、「偽善者」の意。ここでは安息日厳守主義議員の総称。

(三一四) **とある労働者によりて書かれたと…大言壮語**　『タイムズ』紙（五月三十一日付）に掲載されたアシュレー卿の演説において引用された一労働者による懸賞論文入選作「労働の呪詛に対す天の解毒剤」。

(三一六) **ブルーアム卿は…面目を施したためしはなかった**　ブルーアム男爵一世（一八三〇）に叙せられる以前、ヘンリー・ブルーアム（後に大法官）は自由主義の熱心な擁護者であり、著名な法改革者でもあった。

第四十六稿

(三一七) **削り屑《チップス》**　『ハウスホールド・ワーズ』誌第十五号（一八五〇年七月六日付）でディケンズは「削り屑《チップス》」と称す新たな手合いの随筆を導入する。（「世には『腕のいい職人は削り屑《チップス》を見れば分かる』との俚諺がある。我らが『工場』にてもそれは夥しき量の削り屑《チップス》が溜まりに溜まるものだから、さぞや第一級の職人が精を出しているに違いない…。」）削り屑《チップス》の長さは四分の一縦欄《コラム》から四縦欄《コラム》。テーマは自然界の興味深い事実・逸話、科学的或いは歴史的豆記事、国内外の同時代の諸相等、多岐にわたった。

第四十七稿

(二八) **活きのいいカメ**　復古主義的愚昧や独善、わけても（必ずやウミガメスープの供される）鯨飲馬食の宴を揶揄して、ディケンズが市議会上級議員に付した総称。

(三二) **「ブリタニアよ統治せよ、大海原を統治せよ！」**　「ブリタニアよ統治せよ」は英愛国歌。J・トムソンとD・マレット共作の台本に基づくT・A・アーン作曲仮面劇『アルフレッド』（一七四〇）中の歌曲。題名は第二幕最終場「ブリタニアよ統治せよ、大海原を統治せよ…ブリテン人は断じて奴隷になるまじ」より。

第四十八稿

(三五) **ジョン・ブル氏**　ジョン・アーバスノット『ジョン・ブルの生涯』（一七一二）の主人公で、英国人の典型。転じて、典型的英国人の通称。

(三六) **C・J・ロンドン坊っちゃん**　イギリス青年党にも同調していたオクスフォード運動員支持者、ロンドン主教C・J・ブロムフィールド（第二十六稿注（九三）参照）の戯画化。

(〃) **青二才のジョナサンは…叫《おら》び声を上げている**　ジョナサン、即ちアメリカ人が熱狂している「オモチャ」はP・T・バーナム（第二十稿注（六一）参照）座頭の下《もと》合衆国を巡業していたスウェーデンのソプラノ歌手ジェニー・リンド（一八二〇―八七）。

(二八) **ワイズマン坊っちゃん**　ニコラス・ワイズマンはアイルランド生まれのカトリック司祭（第四十稿注（一六八）参照）。一八五〇年九月二十九日、ローマ教皇は一般には「大勅書《ブル》」と呼ばれる公式声明を発布し、イングランドにローマカトリック聖職位階制を復活させ、十二主教管区を設置すると共に、ワイズマンをウェストミンスターの枢機卿・大司祭に叙した。十月七日、ワイズマンはイングランドの全カトリック聖職者に初めて主教教書を宛てたが、その「勝利主義的」調子はプロテスタントの敵愾心を一層煽る結果となった。本文後出の「真っ紅な脛」の深紅は枢機卿の象徴。

(三〇) **にゃんこ《プシー》**　オクスフォード運動主唱者ピュージ（第十八稿注（五一）参照）との語呂合わせ。

(三一) **エリンゴブラ嬢**　「エリン」はアイルランドの雅名。即ち、カトリック主義のアイルランドの謂。

(三二) **ローマのブル共は…逃げ出しちゃった**　ローマ教皇統治に対する暴動後の一八四八年十一月、ピオ九世（一七九二―一八七八）がガエタへ逃亡した事件を踏まえて。

(〃) **お友達の誰かさん達に…ローマに戻ったの**　一八四九年

六月、ナポレオン三世によって派遣された仏軍が暴動を鎮圧し、教皇は一時的ながら再び権力の座に就く。

（三三四）**ホールの演壇で踊り始めた日には**　エクセター・ホール（第十六稿注（四三）参照）における福音主義派の決起大会を揶揄して。

第四十九稿

（三三七）**衡平法**《エクイティー》　一般法《コモンロー》の欠陥や厳格性を道徳律に従って補充矯正するために生まれた法。

第五十稿

（三四〇）**映えある下水渠委員会の…淡い期待を抱いていた**　首都下水渠委員会（一八四七年設置）が汚水溜め全廃法令を発布したため、ロンドンの下水汚物が全てテムズ川へ直接放出される惨澹たる結果となった失態を踏まえて。

（三四三）**ネパール大使方は無事、帰国した**　一八五〇年五月二十五日、英国に到着したネパール使節団歓迎に伴う熱狂的な式典・饗宴への皮肉。

（〃）**偉大な政治家とフランスの失墜した王**　一八五〇年六月二十九日、落馬によって死亡した元首相サー・ロバート・ピール（第五稿注（九）参照）と、四八年英国に亡命し、五〇年八月二十六日、逝去したルイ・フィリップ。

（三四四）**ブリストル首席司祭の演説**　ディケンズの個人的友人でもあるギルバート・エリオット（一八〇〇—九一）が十一月六日ブリストル聖職者集会で行なった反オクスフォード運動演説。

（〃）**エクセターの首席司祭に任ぜられんことを！**　エクセター管轄区に転任させられたH・フィルポッツ（第十九稿注（五五）参照）への当てこすり。

第五十一稿

（三四五）**北西路線**　即ち、ノース‐ウェスタン鉄道はロンドン‐バーミンガム線（終着駅ユーストン）と、リヴァプール‐マンチェスター線と、バーミンガムからランカシャーに至るグランド・ジャンクション鉄道とを統合（一八四六年）した路線の総称。

第五十二稿

（三五二）**仕上げ学校教師**　教養学校、所謂フィニッシング・スクールは社交界にデヴューする前の良家の子女の躾・教養を重んじる花嫁学校。本稿では「仕上げ《フィニッシング》」に「命の止《とど》め」の意を懸け、「仕上げ学校教師」で「絞首刑執行吏」の謂。

（〃）**ジョン・ケッチ氏**　残虐さで名を馳せた公開処刑執行人（一六八六年没）。十八世紀初頭以降は「死刑執行人」の代名詞となる。

（三五三）**マライア・クラーク**　庶出嬰児を生き埋めにした廉で三

月十八日、審理にかけられ、死刑を宣告された二十二歳の女。最終的には精神障害の状況証拠が整い、執行猶予となる。

（〃）**キャルクラフト**　ウィリアム・キャルクラフトは在職約四十年に及ぶ公開処刑執行人（一八〇〇—七九）。

（〃）**ペックスニフ流**　セス・ペックスニフは『マーティン・チャズルウィット』に登場する自称建築家の偽善者・説教御用達。

（三五四）**ホワイト・チャップル**　正しくはホワイト・チャペル。ロンドン・シティー東境界線に接す地区。

（〃）**ディール**　ケント州海浜保養地。元海軍工廠所在地。

（三五六）**ホースマンガー・レーン**　模範監獄（一七九一—九）跡地。表で公開処刑が行なわれていた。

（〃）**コッカーマス**　イングランド北西部カンブリア州市場町。

（三五七）**ウィガン**　イングランド北西部ランカシャー州都市。

第五十三稿

（三五七）**ウェアはメイズ通りのロスト氏**　ウェアはハートフォドシャー村。「メイズ」と「ロスト」の原義はそれぞれ「迷路」、「迷子」。

（三五八）**ウェアTu・・・・・・6**　本文以下、ロスト家を散々悩ます「暗号」のTuはウェアで市の立つTuesdayの略。6は36のミスプリ。

（〃）**「タフ・ヴェール・アンド・アバデア」**　マーサ・ティドゥヴィル（ウェールズ南東部マイルド・グラモーガン州北部都市）‐カーディフ（同サウス・グラモーガン州首都）間の鉄道（一八四〇年開通）。

（三五九）**レイヴングラス、ブートル、スプルーストン**　鉄道分類にはウェアを検索する誰しも突き当たろう北西イングランド、カンブリア州ホワイトヘイヴン・アンド・ファーネス・ジャンクション鉄道（一八五一年全線開通）の項があり、この線が住民の「足」となっている地区として挙げられるのが、レイヴングラス、ブートル（英西部マージサイド州港市）、ブロートン。スプルーストンはブロートンをより鄙びて聞こえるよう施したディケンズの改竄か。

（〃）**ラドゲイト・ヒルのトム珈琲店**　ラドゲイト・ヒル（セント・ポール大聖堂から西方へ伸びる通り）五番地ハーフ・ムーン・コートにある十八世紀創業の喫茶店。

（〃）**黒々とした横線が…阻まれているではないか！**　レイトンにおける時刻表の黒線は、約二〇キロ南西の町エイルズベリーが終着駅であることを示す。

（〃）**ラグビーからレスター、ノッティンガム、ダービィ！**　四市はバーミンガムの約四〇キロ南東から六〇キロ北東の範囲に位置する。

（三六〇）**ディドゥコットに着いてみれば…力尽くで連れ行かれたからだ**　パディントン十二時三〇分発の列車は確かにディ

ドゥコット経由でスウィンドンへ向かうが、ディドゥコットにはエインホゥその他の駅経由でバンベリー（オクスフォードシャー北部都市）へ向かう支線も走っている。

（〃）**バース、ブリストル…ファルマス**　全て、南西部へ向かうグレイト・ウェスタン本線の駅。

（二六一）**マンチェスター…グラスゴー**　この辺りから「朦朧」たるロスト氏による時刻表上の地名の羅列か。バンゴーはアイルランドの、ダンディー以下はスコットランドの町。

（〃）**北スタフォドシャーの…呼ばれる駅**　「マウ・コップ」の原義は「州境石塚《ケルン》の丘」。駅はスタフォドシャーとの州境に位置するが、町そのものはチェシャー州に属す。

（二六二）**神聖文字めいた「1—6—51—W・J・A」**　恐らく、順に広告掲載回数、月、年、客室予約係のイニシャル。

（〃）**モーゼ父子商会**　東ロンドン、ミナリズ街の装身具商。狂詩《バカレル》風の韻を踏むあざとい宣伝で悪名を馳せた。

第五十四稿

（二六四）**丸ごとの豚**　原題 Whole Hogs は転じて「極端論者」の謂。ディケンズの嫌悪する「丸ごとの豚」の代表は本文で以下、明らかになる通り、平和協会、禁酒協会、菜食主義者。

（二六六）**ジョー・ミラー**　英国の喜劇役者・才子（一六八四—一七三八）。本名で即ち、『ジョー・ミラー笑話集』（一七三九）。

（二七〇）**己《おの》が博学の先達「令名不朽のトービィ」**　『知恵者トービィの生涯と冒険』と題される「自伝」が一八〇五年頃出版された、世にも稀なる博学の豚。

第五十五稿

（二七一）**豚の子**　前稿「丸ごとの豚」に懸け、原題 Sucking Pigs は転じて「極端論者のタマゴ」の謂。

（〃）**くだんの美徳の…心証を害している由**　前稿が恐らくは極端論購読者の反感を買ったため、『ハウスホールド・ワーズ』誌の売り上げが五百部ほど落ちた現象を踏まえて。

（〃）**「ブルーマ派」**　ブルーマは米国の女権拡張主義者アミーリア・ジェンクス・ブルーマ（一八一八—九四）の考案した婦人服（短いスカートの下に、足首にたっぷりギャザーを寄せたズボンを履き、上着とツバ広の帽子を組み合わせた「男勝り」の装い）。

（二七三）**バラとトゥーリー・ストリート**　前者については第十四稿三四頁参照。後者はテムズ川南岸、ロンドン橋からタワー・ブリッジに至る街路。

（二七五）**ハワード氏**　ジョン・ハワードは博愛主義者のクエーカー教徒・刑務所制度改革家（一七二六—九〇）。

（〃）**フライ夫人**　エリザベス・フライは英国のクエーカー教徒・刑務所制度改革家（一七八〇—一八四五）。

（〃）**グレイス・ダーリン**　一八三八年、英最北部州ノーサンバランド沖で難破した乗組員等を父と共に救助し、一躍勇《ヒロ》婦《イン》として名を馳せた灯台守の娘（一八一五―四二）。

（二七六）**チェシャー流儀でニタニタやられている**　"grin like a Cheshire cat"（「チェシャー猫のように訳もなくニヤニヤ笑う」）の成句を踏まえて。

第五十六稿

（二七七）**ファリンドン・ストリート**　一七三七年、フリート川の一部の下水道化に伴い完成された、フリート街からクラークンウェルへ至る街路。一八四〇年代のスラム街撤去後はさらにファリンドン・ロードまで延長された。

（〃）**猥りがわしいフィールド・レーンとサフロン・ヒル**　前者はクラークンウェル・ロード敷設（一八七八年）に伴い、ほぼ一掃された袋小路の一角。後者は四〇年代の撤去（前項参照）まで悪名を馳せた貧民窟。

（二七八）**仮に十年前ということに…言はずもがな**　ディケンズが初めてサフロン・ヒルのフィールド・レーン貧民学校を訪れたのは一八四三年九月。

（二八〇）**ファーデン**　正しくはファージング。元英国の通貨単位で、四分の一ペニーに相当。

（二八五）**ゴーラム論争と、ピュージ論争と、ニューマン論争**　ジョージ・C・ゴーラム（一七八七―一八五七）はカルヴァン主義思想を理由にデヴォンシャーの一教区への叙任を拒否されるが、カンタベリー大司教と枢密院への嘆願の結果、任用が認められる。ピュージとニューマンは共にオクスフォード運動の主導者。第十八稿注（五一）参照。

第五十七稿

（二八六）**マーシャル・クラクストン氏**　聖書・文学・歴史を主題とする画家（一八一三―八一）。次段落で言及される「幼児《おさなご》を祝福するイエス」の依頼主である「鷹揚な御婦人」は大富豪の慈善家アンジェラ・バーデット・クーツ（一八一四―一九〇六）。

（二八七）**マコーリ氏の旅人は…辺りを見回すのであろう**　ドイツ近代歴史学の祖ランケに関すマコーリ（英国の歴史家・評論家・詩人）の評論（『エディンバラ・レヴュー』季刊誌第三巻（一八四三）所収）の次の条《くだり》を踏まえて。「カトリック教会はいつの日か、ニュージーランドからの旅人が見渡す限り人気《ひとけ》ない荒れ野の直中にて、セント・ポール大聖堂の廃墟のスケッチを取るべくロンドン橋の壊れたアーチの持ち場に就く時にも依然、衰えることなき威容を誇っているやもしれぬ」

第五十八稿

（二八九）**フォーチュネイタスの酒盃**　フォーチュネイタスは十六世紀伝奇《ロマンス》小説の主人公。いくらお金を使っても底を突かない財布の持ち主。転じて「無尽蔵の好運」の代名詞。

（〃）最期まで嬉々とし…手を嘗める！　アレキサンダー・ポープ『人間考：書簡Ⅰ』（一七三二）八三―四行「最期まで嬉々とし、奴〔仔羊〕は華やいだ餌《え》を食み／己《おの》が血を流すべく振りかざされたばかりの手を嘗める！」の捩《もじ》り。

（二九〇）アスコット・ミーティング　ウィンザー近郊のアスコット・ヒースの競馬場で開催される皇室の集い。毎年六月、四日間にわたり行なわれるアスコット・レースは最も貴族的で、女王の臨御もある競馬。

第五十九稿

（二九七）国葬の廃れた因襲が故ウェリントン公爵の…息を吹き返した　ウェリントン公爵については第五稿注（九）参照。公爵は五二年九月十四日死去。十一月十八日国葬。

（二九九）「神よ、願はくは…然る芸術作品に言及する文言は　「神よ…来たらんことを！」（一八五一）と題される、その名も「善き同盟《ラ・ベル・アライアンス》」というベルギー、ブリュッセル近郊の旅籠において、ワーテルローの戦いで共にナポレオンを破った直後に行なわれたブリュヒヤとウェリントンの会談を描いたのは戦闘画家T・J・バーカー。ブリュヒヤはプロイセン王国の軍人・陸軍元帥（一七四二―一八一九）。

（三〇二）ハーディにとってのネルソンの細密画　ハーディ船長（一七六九―一八三九）は自分の胸で息を引き取ったネルソン提督の細密画を終生、首に提げ、提げたまま埋葬されたと伝えられる。

（三〇四）ヒューム氏と呵呵大笑していた　ジョーゼフ・ヒュームは急進派の国会議員。一八五二年十一月十六日、自由貿易についての討論を延期する遅滞戦術とし、下院召集を首尾好く提議した。

第六十稿

（三〇五）スウィフトの…恐るべき不死の輩　『ガリヴァー旅行記』（一七二六）第三部第十章に登場する「不死の呪いの下《もと》に生まれた」ストラルドブラッグ族。

（三〇六）かの、カーライル氏が…未成熟の状態　『衣裳哲学』（一八三八）第二巻第四章の以下の条《くだり》を踏まえて。「仮に全ての若者を十九歳から大樽の下に封じ込めるか、ともかく他の何らかの方法で姿を消し去り、齢二十五にして『より悲しき経験の末より賢明に〔コールリッジ『老水夫行』（一七九八）〕』なってお出ましになるまで連中の法学や弁護士業に身を入れるべくそこに放っておけるものなら、人類は真実、幸福になろうが」

（三〇七）ハルーン・アルラシッドが…耳にしたためしのなかった時に　ハルーン・アルラシッドは『アラビア夜話』に度々登場するバグダッドの教主《カリフ》（七六三―八〇九）。精霊《ジン》はイスラム伝説で、人や獣に姿を変える妖霊。ここでは一八四〇年版の新訳『夜話』の綴りではなく、旧来の“Haroun Alraschid" "Genie" の表記を懐かしんで。

（三〇九）**コールマンのニッカリ笑い**　ジョージ・コールマンは滑稽詩人・劇作家・劇場経営者（一七六二―一八三六）。『ニッカリ笑い』（一八〇二初版）は彼の人気の押韻笑話集。ただし、この中にキング・ストリートへの明確な言及はない。

（〃）**オールド・ハマムズ**　コヴェント・ガーデンの旅籠（元大衆浴場）。トルコ風呂を意味する「ハマム」に因む。

（〃）**ピアッツア**　コヴェント・ガーデン、セント・ポール教会の周囲の広場付アーケイド。

（〃）**我々のしごくありきたりの事務所で…楽屋口へと向かっているのが目に入る**　『ハウスホールド・ワーズ』事務所はストランド街のライシアム劇場から道を隔てたウェリントン通りにあった。

（三一〇）**是ぞ女の花嫁衣装だ**　「白づくめの狂女」は、婚礼の朝に許婿に裏切られ、気の狂れた挙句、終生花嫁衣裳で過ごしたハヴィシャム嬢（『大いなる遺産』）の原型。

（〃）**トレンク男爵**　フリードリッヒ・フォン・デ・トレンクはマグデブルク（東ドイツ中部商工業都市）の監獄に九年間、鎖で繋がれていたプロイセンの冒険家（一七二六―九四）。体験記『奇しき冒険』は多くの人々に読み継がれた。

第六十一稿

（三一四）**今は亡き提督の娘御にとっての貧民支給よろしく**　ネルソン提督（第五十九稿注（三〇二）参照）は遺言で、娘ホレーシアを「祖国の慈悲」に委ねたものの、彼女は一八四九年までには『モーニング・クロニクル』紙（一八五〇年五月八日付）掲載の広告によれば、「大家族を抱えながらも収入の乏しい、奇特な牧師の模範的な妻」に成り下がっていた。寄附が結局、五年間で一四〇〇ポンドにしか上らなかった事実を踏まえて。

（〃）**バックラムの防柵とグリーン・クロスの食卓**　バックラムは糊、膠等で固めた麻布。転じて「堅苦しさ」「極端な厳格」の意。「グリーン・クロスの食卓」は元、ここで用いられるテーブル掛けが緑色だったことから、英国王室一切の支出を取り仕切る「家政局」の謂。

（三一六）**首都から歩いて二時間と…法の御前よりスタスタ立ち去らす**　グリニッヂの救貧院看護婦メアリ・オールダムが六歳の子供の手に真っ紅に燃えた石炭を載せ、暴行罪に問われたものの、ニューゲイト監獄での十四日間の幽閉の罰にしか処せられなかった事実を揶揄して。

第六十二稿

（三一七）**家無き女のための「憩いの家」**　予てから親交のあるディケンズの忠言の下《もと》、篤志家バーデット・クーツ（第五十七稿注（二八六）参照）が一八四七年、西ロンドンのシェパード・ブッシュに開設した、主に売春婦の矯正を目的とする慈善院「ウラニア・コテイヂ」。ウラニアは精神的愛の象徴としてのアフロディーテ（ギリシア神話で「恋愛と美の女神」）の別名。

第六十三稿

（三三二）**ブル氏は数年前…建築を思い立った**　選挙法改正により国会議員の定員が増加した二年後の一八三四年に大火で焼失した国会議事堂の再建計画を指す（メンバーを「家族の一員」と「下院議員」の両義に懸けて）。再建には厖大な時間と経費を要した。

（〃）**果たしてクロムウェルは…都中に谺したのは**　一八四五年秋、クロムウェル（第二十稿注（六一）参照）の彫像が歴代の英国君主の彫像と並置されるべきか否かを巡り、一般庶民の間で議論が白熱した。

（〃）**紅海にて…オクスフォード大学選出議員**　即ち、極右翼議員サー・ロバート・イングリス（一七八六―一八五四）。

（三三三）**幾世代もの内にブル氏の元の屋敷の…蔓延り始め**　常に議会のロビーに出入りし、議員に陳情・嘆願を提起する院外団《ロビイスト》への言及。ここで具体的に標的にされているのは本文で以下、明らかにされる通り、特殊利益団体への便宜を図る「個別的法律案」を提出・支持するよう議員に働きかけていた院外団《ロビイスト》。

（〃）**バーニングシェイム**　原語"Burningshame"は「面目丸つぶれの恥辱」の意。一八五二年夏の総選挙における立候補者、代理人双方による違法行為を揶揄して。

（三三五）**メンバーの内、然に幾多の連中が「非英国的！」と喚き立て**　無記名投票導入をパーマストン（第二十二稿七八頁参照）が「国民性と齟齬を来す」暗々裡の行為として却下した事実への当てこすり。

（三三六）**ブル氏にはインドに立派な領土があるが…公正な管理を要す**　インド政府が依然として東インド会社の不当な掌中にあり、その勅許状が一八五三年、国会によって更新された経緯への言及。

第六十四稿

（三三七）**セント・ジャイルジズ教会**　ヘンリー・フリットクロフト設計、一七三三年建立。周辺はトテナム・コート・ロード南端の悪名高きスラム街。第二十六稿九三頁参照。

（〃）**アーチの上の名にし負うライオン**　パーシー家のロンドン邸宅であるチャリング・クロスのノーサンバーランド・ハウスの入口に一七四九年、設置された家紋のライオン像。一八七四年、屋敷の取り壊しに伴い、西ロンドンのノーサンバーランド公爵邸シオン・ハウスへ移転。

（三三九）**（てっきり、ロンドン市庁とは…ゴールデン・ホールの謂だろうと思い込み）**　ロンドン市庁の原語"Guildhall"の"guild（中世ヨーロッパの同業者組合）"と発音の同じ"gild（金を着せる)〟からの連想。

（三四二）**モーセのアラブ人**　ディズレーリが著書『コニングズビー』（一八四四）第十章において、回教徒のアラブ人と対比させて定義した所から、即ち「ユダヤ人」。

第六十五稿

（三五〇）**人食い鬼や、親指太郎や、彼らの家族の「校訂」に…教義を普及さす手立てとして馴染んだ**　クルックシャンクが一八五三年七月、自ら創刊した『妖精文庫』第一号において「親指太郎の冒険」の改作にわけても飲酒を巡る露骨な道徳的教訓を数多く盛り込んだ事実を揶揄して。

（三五二）**モンゴルフィエ宗派**　ジョセフ・モンゴルフィエは弟ジャックと共に熱気球「モンゴルフィエ」を開発し、一七八三年、初飛行に成功したフランスの製紙業者。兄弟によって開拓された熱気球への関心を宗教熱に準えて。

（三五四）**早店仕舞い運動**　一八四二年、照明の開発により店員等の労働時間がしばしば週百時間を超え始めるに及び「早仕舞い協会」が結成された。ただし運動が実効の成果を上げるのは二十世紀初頭。

第六十六稿

（三五八）**六か月を閲す法**　即ち、一八五三年六月十四日に発布された「女性と子供に対す悪質な暴行のより徹底した阻止と懲罰」に関す刑事訴訟法令。

（三五九）**仮にとある若き御婦人が…想定しよう**　以下は、ディケンズの友人、大富豪の慈善家Ａ・Ｂ・クーツ（第六十二稿注（三一七）参照）が一八三八年から十余年に及び、アイルランド生まれの法廷弁護士リチャード・ダンに専ら買収の目的で執拗に付き纏われた事例。ダンは偽誓等の廉で投獄・釈放を繰り返すが、最後は女王の従妹に当たるメアリまで強請《ゆす》ろうとしたため、精神病院に収容される。

第六十七稿

（三六二）**バーミンガム‐ウルヴァハンプトン線**　ディケンズは十二月二十七、二十九、三十日にバーミンガムで『クリスマス・キャロル』『炉端のこおろぎ』の公開朗読を行なったが、合間の二十八日を利用し、本稿の取材も兼ねてウルヴァハンプトン（バーミンガム北西工業都市）へ汽車で旅をする。一帯は前日の吹雪で銀世界と化していた。

第六十八稿

（三六九）**本日より一週間ほど前にプレストンへ向かう途中**　プレストンはイングランド北西部ランカシャー州の海港・州都所在地。一八五三年夏以来、綿工場の労働者と雇用主との間で賃金を巡る抗争が続き、間接的にせよ調停に腐心していたディケンズは五四年一月、労使間の軋轢をテーマとした作品――『ハード・タイムズ』――の取材を念頭に、プレストンへ赴く。

（〃）プリムローズ・ヒル・トンネル　ユーストン駅から北方へ向かうノース-ウェスタン線トンネル（一八三四年建設）。第五十一稿注（二四五）参照。

（三七〇）スナッパー氏　"Snapper"の原義は「ガミガミ屋」「ぶっきらぼうな口を利く人」。

（三七二）マカラク氏の辞書　ジョン・ラムジン・マカラクは統計学者・政治経済学者。『実践的かつ理論的かつ歴史的通商・通商航行辞典』（一八三二）の著者。

（三七五）ブラックバーン　ランカシャー州中部綿織物業都市。後出のストックポート（マンチェスター南東工業都市）その他の近隣都市の労働者仲間の寄附により、プレストンの同盟罷業者は長らく持ち堪えられた。

（三七八）今は亡きダービー卿　第十三代伯爵エドワード・S・S・ダービー（一七七五―一八五一）。政界引退後は主として一族のランカシャー邸宅で過ごし、地所にある種、動物園を有していた。

（三七九）議長は歳の頃五十二、三のプレストン織工で　モデルは実直で知られる、ストライキの首導者ジョージ・カウェル。

（三八〇）グラフショー　モデルはカウェル（前項参照）と並ぶプレストン・ストライキ首導者モーティマー・グリムショー。「グリム」から「グラフ」への改竄は、持ち前の「嗄れ声」「突っけんどんな物言い」に肖《あやか》ってか。

（三八二）小生と馴染み　その折、ディケンズに同行したのは『ハウスホールド・ワーズ』副編集長のW・H・ウィルズ（一八一〇―八〇）。

第六十九稿

（三八五）サー・チャールズ・ネイピア提督　インドのシンド地方を征服し、イギリス領とした英国将軍（一七八二―一八五三）。階級意識に囚われなかったことで名高い。

（三八七）フィッシュマンガーズ・ホール　キング・ウィリアム・ストリートにあった魚商人組合本部。

（〃）ポット氏はケトル氏にいきなり食ってかかり　"the pot calls the kettle black"即ち、「自分のことを棚に上げて、相手を非難する」「目クソ鼻クソを笑う」の意の俚諺を踏まえて。

（三八八）我が輩はこの「局」に反対である　以下はデヴォン州トトゥニス（本文後出）選出国会議員――「倨慢の悪名高き」衛生局長――シーマ卿（一八〇四―八五）が国会でコレラの脅威への警戒をダシに場当たり的な軽口を叩いた事例を揶揄して。

（三九一）フラーディーヴェラーのオペレ　即ち、ダニエル・フランソワ・オーベール作喜歌劇『フラ・ディアボロ』（一八三〇）。

（三九二）スロギンズが地を制し…奴隷たる可し　「ブリタニアよ統治せよ！　波を制せよ！　ブリテン人は断じて、断じて、断じて奴隷たるまじ」（『ブリタニアよ統治せよ』第一連）の捩《もじ》り。第四十七稿注（二二二）参照。

第七十稿

（三九二）衡平法《エクイティー》　第四十九稿注（二三七）参照。

（〃）シドニー・スミスがかの…と呼ぶ所のもの　シドニー・スミスは英国国教会聖職者・神学者（一七七一―一八四五）。引用は「投票権を巡る私信」（著作集第三巻所収）より。

第七十一稿

（四〇〇）由々しき疫病の記憶が…認められる今しも　二か月間にわたりロンドンで猛威を揮った真性コレラによる死者は一万人に上った。

（〃）今や瘋癲院にて…かつての民衆の過てる指導者　即ち、アイルランドの人民憲章指導者ファーガス・オコナー（一七九四―一八五五）。一八四八年の最後のデモを組織。五二年以来、精神に異常を来し、最期はチジックの精神病院で死去。

（四〇一）アビシニアの知的状態や、メイヌース大学の基金　アビシニア（現エチオピア）は十九世紀中葉、近代化を図るセオドール皇帝の下《もと》国家統一計画が進められていた。ダブリンから十五マイル東のメイヌースにあった聖パトリック大学は一七九五年、カトリック神学校として設立。英政府による支援が国会で盛んに論議されていた。

（四〇二）ダウニング街　官庁街ホワイトホールを西に折れる通り。十番地は首相官邸。

第七十二稿

（四〇三）腰の座らぬ界隈　本稿で想起されているのは、ディケンズが十歳の時にチャタムから移り住んだ北西ロンドン郊外キャムデン・タウンの鄙びた情景と、ロンドン‐バーミンガム鉄道（第五十一稿注（二四五）参照）開設に伴う、その壊滅的変貌。

（四〇五）「トゥルーマン・ハンベリー・アンド・バクストン」　十七世紀、ステップニーのブリック・レーンに創業した醸造業者。十九世紀までには二百軒に上る居酒屋を所有していた。

（四〇六）ウィンドーのど真ん中に…代物を据え　前者「何たら」は「水ぎせる」、後者「カヌーを…代物」は捩じタバコを象った看板。

第七十三稿

（四一一）夫人は「屋敷《ハウス》」ではアビー・ディーンとして知られている「屋敷《ハウス》」に下院の意を懸けて。「老齢の女性」アビー・ディーンは即ち、時の首相、齢《よはい》七十のアバディーン。本文以下それぞれ、上働き「部屋《ホール》」はウェストミンスター・ホールと、「長椅子《ベンチ》」は議員席と、「宝物蔵《トレジャリー》」は大蔵省と、「出て行く《ゴー・アウト》」は退陣と、「飾りだんす《キャビネット》」は内閣との言葉遊び。

（〃）**少なからず捻《ね》じ曲げられた…次いで他方へと**　ピール支持派トーリー党員ながら、間々ホイッグ党をも支持したアバディーンの日和見主義を揶揄して。

(四一三) **いたずらっぽい「ジョニー」なる名**　「屈強な材木」に準えられているのは一八五二年十二月、ホイッグ・ピール党連立政権を組織した際、「内閣《キャビネット》」に加えたジョン・ラッセル卿。本文上述の「オーク」は心材が殊の外強い所から「堅忍不抜」の象徴。

(四一四) **とあるニックという男**　クリミア戦争を起こしたロシア皇帝ニコライ一世（一七九六―一八五五）。本文後出の「氏の精神的仇敵」ニックはオールド・ニック、即ち「悪魔」。三日月《クレセント》広場で飼われている「七面鳥《ターキー》」は新月旗《クレセント》に象徴されるイスラム教勢力下の「トルコ」の謂。

第七十四稿

(四一七) **レイ博士は…立証してみせたと考えられるやもしれぬ**　北極探険家サー・ジョン・フランクリン（一七八六―一八四七）は一八四五年五月、「恐怖号《テラー》」と「暗黒神号《エレボス》」に分乗した一二九名の士官・乗組員らを率い、三度目の北極探検に出発するが、七月末以降消息を絶つ。四九年には一行の生存はほぼ絶望視されていたが、五四年、調査遠征中の探検家ジョン・レイ（一八一三―九三）がエスキモーによる乗員「餓死」の証言と併せ、彼らの遺骨・遺品を携えて帰国。同年十月二十三日付『タイムズ』紙に博士による「カニバリズム」の推測を含む報告が掲載される。博士は本文後出のハドソン湾会社（一六七〇年、アメリカインディアンとの毛皮取引の開拓を目的に特許された英国の会社）の筆頭代理人でもあった。

(四一九) **キャロライン王女の審理**　ジョージ四世王妃キャロライン（一七六八―一八二一）はイタリア人執事との不義の廉で上院にて審議されるが、無罪判決が下る。

(四二二) **リチャードソンとバック**　サー・ジョン・リチャードソン（一七八七―一八六五）とサー・ジョージ・バック（一七九六―一八七八）は共に北極探険家。

第七十五稿

(四三一) **まずもって我らが馴染み『イグザミナー』誌によって…始めれば**　奇しくも本稿と同日に発刊された『イグザミナー』誌には、恐らく編集主幹である親友フォースターとの合議の下《もと》、執筆者名入りで本文以下「果たしてくだんの他方の」から段落最後「謂れには断じてなるまい」までが引用されている。

（四三六）今しも傾聴に値するささやかな回顧録が事実あり　次文で言及される「目から鼻に抜けるような見世物師」フィニアス・テイラー・バーナム（一八一〇―九一）の著書。自著の中で彼は大衆相手に弄した数々の奇術・詐欺を披瀝している。彼が出し物とした「小人」は親指トムことチャールズ・S・ストラットン（一八三八―八三）。第二十稿注（六一）参照。「美声天使」は後出のスウェーデン生まれのソプラノ歌手ジェニー・リンド。第四十八稿注（二二六）、第五十九稿三〇二頁参照。

第七十六稿

（四三八）ヴァーノン殿　恐らくはドゥルアリー・レーン劇場かコヴェント・ガーデン劇場の舞台主任。

（四四二）ベバリー氏　ウィリアム・ロクスビー・ベバリーは書割り画家（一八一〇―八九）。四七年から五五年まではライシアム劇場で働き、J・R・プランシェ（第六十稿三〇七頁参照）の妖精物狂想的喜歌劇《エクストラヴァガンザ》の書割りを手がけた。

（〃）ドゥルアリー・レーンも…方尖塔《オベリスク》の界隈も　ドゥルアリー・レーンはニュー・オクスフォード・ストリートからストランドへ南下する中央ロンドンの街路。ソーフォは十七世紀に開発されたウェスト・エンドの一地区。十九世紀まではロンドン一人口稠密で、貧しい界隈の一つとなっていた。サマーズ・タウンはユーストン・ロード北の「全世界的」貧民窟。セント・ジョージズ・フィールズは十八世紀末に開発されたサザックの一地区。十九世紀後半にはスラム街と化す。方尖塔《オベリスク》は一七七一年、寛大なロンドン市長ブラス・クロスビーを称えて建立された。

第七十七稿

（四四五）「犬」にくれられる　原題“Gone to the dogs”は「零落れる」「身を持ち崩す」の意の常套句。わけても一八五〇年代、この句を使った言葉遊びが言論界で流行した。

（四四六）キャプテン・ウォーナー　サムエル・アルフレッド・ウォーナー（一八五三没）は「キャプテン」の呼称にもかかわらず来歴不詳。一種の魚雷と長距離砲弾を発明したと申し立てたが、調査委員会を前にした公開実験で決定的確証は得られなかった。

（四四九）アクタイオン　ギリシア・ローマ神話で、ダイアナの沐浴姿を見たため、呪いを受けて鹿に変えられ、自分の猟犬に嚙み殺された猟師。

（四五二）我々に統治者の…ほとんど何も残してくれていない　皇室布告によって制定され、三月二十一日に指定された「厳粛な断食、屈従、祈禱」のための国民祭日を揶揄して。

（〃）バラクラーヴァ　ソ連邦南西部ウクライナ共和国南部、黒海に臨む海港。クリミア戦争中の一八五四年、テニソンの詩で有名な「軽騎兵の突撃」の行なわれた地。

(四五四) **曾祖母《ひいばば》がニネベで…パン切れたらぬ**　「トンボ返りを打つ剽軽な御老体」は七十歳の首相パーマストン（第二十二稿七八頁等参照）。ニネベへの言及はこの古代アッシリア帝国首都の偉大な発掘者・自由党国会議員サー・オースティン・ヘンリー・レアード（一八一七—九四）が二月十九日の下院討論会でパーマストン政府を「祖国が求めているのは齢七十の老人《セプチュアジェネリアン》の経験ではなく若々しい活動と精力」として批判した事実を踏まえて。「パン切れ」は「ケルベロス（本文上述）にパン切れを放る」即ち「面倒な人を懐柔する」の意の俚諺から。

第七十八稿

(四五七) **リーファウム**　原語“Reefawm”は「刷新《リフォーム》」と懸けて。

(四五八) **パルマーストゥーン（即ち、「クルクル回りの風見鶏」）**　パーマストン（前稿注（四五四）参照）の振り《もじ》。この段落最後のアバッディーン（或いは「脳たりん《アドルド》」）は即ち、アバディーン（第七十三稿注（四一二）参照）。靴下留め《ガーター》はガーター勲章の謂。

第七十九稿

(四六二) **おべっか使いの木**　ジャワ島のウパスノキ（第四十五稿注（二一二）参照）に想を得た、貴族に媚び諂う英国人の悪しき傾向への冷笑的弾劾。五五年夏に執筆を開始し、十二月から連載の始まる『リトル・ドリット』の諷刺的側面との相似は顕著であり、例えば政府の無関心・無能によって発明の前途を阻まれるホブズはドイスを、貴族への屈従に甘んじる知識階級はミーグルズ氏を、彷彿とさす。

(四六四) **フィズマイリを「フィジー」と、ギャンバルーン卿を「ギャム」として**　前者は仲間内で「ディジー」と呼ばれたディズレーリ、後者は「パム」と呼ばれたパーマストンを暗に仄めかして。

(〃) **ローバック氏の委員会**　ジョン・アーサー・ローバックは革新派国会議員（一八〇一—七九）。クリミア半島における英陸軍の実情を調査する特別委員会設置動議を通過させた。

(〃) **ゴルディオスの結び目**　古代フリジアの王ゴルディオスが戦車の轅を軛に括り付けた結び目。これを解く者が全アジアを支配するとの神託が下っていた。長らくしてアレキサンダー大王が剱で切断して難題を解決したとの故事に因み、「ゴルディオスの結び目を切る」で「快刀乱麻を断つ」の意の常套句。

第八十稿

(四七二) **テープナム殿**　赤い紐《レッド・テープ》（第六十五稿三五〇頁参照）と懸けて。前出のスタンピントンには「(義足のような) ズシズシ歩き」、ランダムには「でたらめ」「手当たり次第」、後出のジャスパー・ジェイナスには「双面神《ヤヌス》」の含意が認められる。

（四七三）**ソーダスト州選出のグリッツ国会議員**　原語 "Sordust" は「おが屑《ソーダスト》」、"Gritts" は「小砂《グリット》」の捩《もじ》り。

第八十一稿

（四七五）**民衆の代表より成る然る委員会**　一八五四年に制定された「日曜ビール法令」の効力を精査すべく結成された行政特別委員会。この委員会に対し、五五年七月、治安判事、警察、クルックシャンク（第二十六稿注（九一）、第六十五稿注（三五〇）参照）を始めとする禁酒運動家による証言が行なわれた。

（四七六）**ここ何か月もの間《かん》…不可能だと見て取って来た**　六月二十四日、七月一、八日に起こったハイド・パーク暴動に代表される、激化する一方の安息日厳守主義に対す労働者の反発の表出を指す。

（四七七）**ギャンプ殿**　ギャンプ夫人は『マーティン・チャズルウィット』に登場する酒浸りの育児婦《ドライ・ナース》。「赤子」と懸けて急遽「同業」の夫を（わけても飲酒摘発に）狩り出すディケンズのユーモア。本文後出の「いないいないばあ《ボウ・ピープ》警察署」は中央《ボウ・》刑事裁判所《ストリート》との語呂合わせ。

（四七八）**シングル・スワロー師**　"Single swallow does not make a summer"（「ツバメ一羽で夏にはならぬ」「一つの事例で物事を判断するのは危険だ」）の俚諺より。

（四七九）**テンプル・ファリシー師**　ファリシー即ち「パリサイ人」は紀元前二世紀から一世紀まで活動した、口伝律法を重んじ、伝統や儀式を厳守する一派。転じて「形式主義者」「独善家」の代名詞。本文後出の「キャメル - カム - ニードルズ - アイ（Camel - cum - Needle's - eye）」はキリストの言葉「金持ちが神の王国へ入るより駱駝が針の目を潜る方が容易い（『マタイ』一九：二四）」からの造語。

（四八〇）**モノメイニアカル・ペイトリアーク氏**　"Monomaniacal Patriarch" の原義は「偏執狂的長老」。ここで諷刺の対象とされているのはクルックシャンク（本稿注（四七五）参照）。

第八十二稿

（四八五）**ローンの袖**　英国国教会主教職の象徴。直接ヤリ玉に挙げられているのは本文数行後「印刷インキの広範な染み」と揶揄されている如く、夥しき小冊子出版に象徴される論争好きで悪名高いエクセター高教会派主教ヘンリー・フィルポッツ（第十九稿注（五五）参照）。所謂「ゴーラム論争」は彼の関わった幾多の紛糾の事例の最も名高い一例にすぎない（第五十六稿注（二八五）参照）。

第八十三稿

（四九〇）**軍法会議が開かれ…一般庶民の関心を惹いた**　一八五四年七月、八月の二度に及ぶウィンザー軍法会議において、第四十六連隊の下士官虐待がむしろ明るみに出され、わけても同僚将校に暴力を揮った廉で訴えられていた被告の一人ペリー中尉に一般庶民の大きな同情が寄せられた。ペリーは最終的には有罪判決を下され、除隊を命ぜられるが、本文後出の如く、ウィンザー市長を中心に基金が開設され、結局オーストラリア移住の道が開かれる。ディケンズは本稿での基金への痛烈な批判にもかかわらず、五ポンド寄附した篤志家の一人。

（四九一）**二人の労働者が…閲兵式を観に出かける**　以下はエセックス州首都チェルムスフォードのコリン兄弟の事例。兄弟に二週間の苦役と拘禁の判決を下したのは聖職者治安判事。（そこから、挿絵キャプションの正義の「現し身（"Personified"）」ならざる「坊主身（"Parsonified"）」。）

（四九三）**とある百姓が小さな小麦畑を所有し…罰金を課せられる**　イングランド西部ウスターシャー州の百姓ナサニエル・ウィリアムズの事例。シャロウ（原義は「軽佻浮薄」）は『ヘンリー四世』第二部に登場する愚かしい老判事。

（四九四）**六十枚の女王の頭部**　郵便切手は一枚一ペニー。六十枚で五シリングに相当する。

第八十四稿

（五〇〇）**かの忌まわしき暴君グランディー夫人**　トーマス・モートンの喜劇『スピード・ザ・プラウ』（一七九八）の登場人物デーム・アッシュフィールドが事ある毎に「グランディー夫人は何とおっしゃるかしら？」と言って、夫人の思惑を恐れたことから、転じて「世間の口」「上品ぶった因襲的人物」の意。

（五〇二）**オーソン**　フランス伝奇小説『ヴァレンタインとオーソン』において、森の中で生まれた双子の王子の内、後者はクマに連れ去られ、森の野人として育てられる。

（五〇三）**ブレントフォードの王とトゥーリー・ストリートの仕立て屋頭《がしら》**　ブレントフォードの二人の王の登場するバッキンガム公爵『下稽古』（一六七二）とアストリーの騎馬喜劇「ブレントフォードへの仕立て屋の遠乗り」（一八五三）との異本合成。

第八十六稿

（五〇九）**ライオンの馴染み**　ディケンズは四〇年代以来の馴染み、当代きっての動物画家サー・エドウィン・ランシアに当時リージェンツ・パークのカーニヴァール・テラスに（モザンビークと南アフリカから連れて来られ）収容されていたライオンの雌雄の棲息環境の劣悪さに注意を喚起され、その改善を目して本稿を執筆する。

（五一〇）**恰も日が——「長い」と…「短い」如く幸せだ**　「日が長い如く幸せ（"as happy as the day is long"）」は「全く気楽な」の意の常套句。

第八十七稿

（五一五）**サー・ジャイルズ・スクロギンズ**　現し世のかつての恋人を取り戻しにあの世から蘇る、古謡の幽霊の名。

（〃）**氏が腕を組み…危害は計り知れぬ**　ジョージ・キャニングは英国の政治家・首相（一七七〇―一八二七）。国立肖像画美術館（一八五六年創設）所蔵のサー・トーマス・ローレンスによる肖像画は腕を組んだ立ち姿。

第八十八稿

（五二一）**フレデリック・ピール氏**　フレデリック・ピールはサー・ロバート・ピール（第五稿注（九）参照）の次男（一八二三―一九〇六）。本文以下「スコットランドの…上首尾」は四月八日、下院においてエディンバラ選出議員の提起した、兵士の一般家庭における宿営に関すスコットランドの多年にわたる苦情に対す腑抜けの答弁を揶揄して。

（五二二）**然る剽軽者の国会議員**　即ち、コーンウォール、ボドミン選出国会議員ウィリアム・ミッチェル博士。博士は「種痘は痘瘡を助長する。何故なら接種を受けた者は却って不用意に痘瘡の蔓延している地区へ行き、感染し、天然痘をさらに蔓延さす結果を招いているからだ」との理由をもって、接種の義務化に異を唱えた。

（五二三）**母国語を綴るのもそいつを引っ込めておくのもお手上げ**　“tongue”に「言語」と「舌」の両義を懸けて。

（〃）**お茶の子さいさい鼻を抓《つま》んでやる**　俚諺“Tweaking John Bull's nose proved costly（英国の鼻を抓《つま》んだのは高くついた）”を踏まえて。

（五二四）**『カーズの陥落』**　カーズは東トルコの都市。クリミア戦争時、連合軍駐屯地が攻囲され、最高司令部が迅速な措置を怠ったために一八五五年十一月、ロシア軍に攻め落とされる。

（五二六）**輸入ワインの関税がらみで代表団が本国政府に伺候したらしい**　『タイムズ』紙（四月五日付）に、国会議員代表団とポタリーズ（スタフォードシャー州北部の陶磁器製造業中心地）の工場主が外国産ワインの関税減税を求め、パーマストンを訪問した記事が掲載される。

第九十稿

（五三五）**未だかつて…凶悪な犯罪人の先般の審理**　競馬友達ジョン・クックを毒殺した廉で英国外科医師会会員ウィリアム・パーマー（一八二四―五六）の審理が一八五六年初夏、中央刑事裁判所で十二日間に及び開かれた。競馬狂のために借金苦に陥っていたパーマーには以前から、多額の生命保険を掛けた直後、相次いで死亡した妻と弟殺しの嫌疑が掛かっていた。

（五三七）**あの部屋係のメイドの証言を聞いたか**　クック（前項参照）は一八五五年十一月、シュルーズベリー競馬で八〇〇ポンドの賞金を獲得し、地元の旅籠にてパーマーの調合したグロッグで共に祝杯を挙げた後《のち》、容態が悪くなり、パーマーの生地スタフォードシャー、ルージリーの旅籠に急送される。旅籠のメイドの一人はクックのためにパーマーによって調理されたスープを味見して気分が悪くなった事実を宣誓証言する。

（五三八）**己の審理のために特別国会制定法まで通過させた**　政府は証拠の今一つ不十分な凶悪犯を確実に「取り押える」方針を固め、一八五六年四月、リーズ（ヨークシャー）巡回裁判ではなく中央刑事裁判所でパーマーの審理を行なう特別国会制定法を通過させる。

（五三九）**我々はラッシュが審理されて以来…外ならぬサーテルである**　ジェイムズ・ブロムフィールド・ラッシュは地主を殺した小作人（一八四九年処刑）。ジョン・サーテルはノリッヂ市長の息子。博奕打ち・殺人犯（一八二四年処刑）。

第九十一稿

（五四一）**ノーボディ、サムボディ、エヴリボディ**　"Everybody's business is nobody's business"（「誰もが全うせねばならない本分は畢竟、誰の本分でもない」「共同責任は無責任」）の俚諺からも連想される通り、"nobody's" は否定語「誰の…でもない」であると同時に肯定語「くだらないヤツの…」としても機能する。『リトル・ドリット』（当初ディケンズの念頭にあった表題は *Nobody's Fault*）の主人公アーサー・クレナムは自らを"nobody（ロクでなし）"と呼んで心の葛藤を「無」に帰そうとする。

（〃）**がそれでいてノーボディの摘発と処罰のために…概観されて然るべきやもしれぬ**　クリミア戦争調査委員会はトルコで騎兵隊を指揮したジョージ・C・B・ルーカン卿（一八〇〇―八八）やジェイムズ・B・カーディガン卿（一七九七―一八六八）等、参謀将校に対し、戦争遂行の無能・無効の責任を追及。とは言え、当局は審理前から被告側に与していたため、職業的昇進が彼ら自身にかかっている判事を任命。事実召喚されたルーカン卿は『タイムズ』紙（四月八日付社説）によれば「自らの指揮を俎上に上せたこと自体、委員会に対して立腹し」、終始横柄な態度で審理に臨んだ。

（五四三）**早「時は！」と…二度目の警告「時は！」に移りつつある間《ま》に**　ロバート・グリーン作喜劇『托鉢僧ベーコンと托鉢僧バンゲイ』（一五九四）の中でベーコンの作った、口の利ける「真鍮の頭」は二度まで警告を発しつつも見張りの召使いに無視され、「時は過ぎた（もう手遅れだ）！」と叫んだ直後倒れ、粉々に砕ける。

第九十二稿

（五四五）**今は亡きダヴ氏**　リーズのウィリアム・ダヴは妻を猛毒

ストリキニーネで殺害した廉で一八五六年七月二十一日、ヨーク巡回裁判において有罪判決を下され、八月十日絞首刑に処せられる。

（〃）**然る文書**　『タイムズ』誌（八月十一日付）に掲載された教誨師トーマス・ライト（本文後出「牢獄博愛主義者《プリソン・フィランスロピスト》」）へ宛てた書簡。

（五四六）**モリソンの丸薬**　元西インド諸島商人ジェイムズ・モリソンの開発した植物性「万能薬」（一八二五年より市販。第十九稿注（五六）等参照）。モリソンは自らを「衛生学者《ハイジーニスト》」と呼び、ニュー（現ユーストン）・ロードにその名も仰々しい「大英帝国健康大学」を創設した。ギリシア神話で、ヒュギエイア（ハイジーア）は「健康の女神」。

（五四八）**高貴な卿は爵位に叙せられ**　二人はバース二等勲爵士に列せられるが、これは委員会設置以前、一八五五年七月のことである。

第九十三稿

（五五一）**仮出獄者**　本文後出の「パーラメント・ストリート殺人事件（一八五六年十月二十日発生）」の犯人ジェンキンズが仮出獄者だった事実を踏まえて。パーラメント・ストリートはトラファルガー・スクエアから南へ向かうホワイトホールの延長上、パーラメント・スクエアへ至る街路。

（〃）**野次馬は手を拱いて見守り**　ディケンズの誤認だったと思しく、「野次馬」は実は複数の共犯者だった。

（五五二）**カンサス州のプレストン・S・ブルックス閣下**　サウスキャロライナ選出上院議員プレストン・スミス・ブルックスは一八五五年五月二十二日、上院でマサチューセッツ選出議員チャールズ・サムナーに杖で襲いかかり、重傷を負わせた。

第九十四稿

（五五七）**国民全体がこれが九度目…先般の目出度き折**　ヴィクトリア女王の第九子ビアトリーチェ王女誕生（一八五七年四月十四日）を指す。女王の出産にクロロフォルムが用いられたのはこれが僅か二度目だった。

（五五八）**ジェスラー**　ハプスブルク家の半ば伝説的代官。ウィリアム・テルの宿敵。権威の象徴とし、棹に刺した帽子をかざすのが習いだった。

第九十五稿

（五六二）**『エディンバラ・レヴュー』誌は…然る記事**　一八五七年七月発刊第一〇六号一二四―五六頁掲載のジェイムズ・フィッツジェイムズ・スティーヴンによる匿名記事を指す。

（五六三）**『リトル・ドリット』における…掲載されたからだ**　作品における「悲劇的結末《カタストロフィ》」とは下巻第三十一章のクレナム夫人の屋敷の倒壊。一方、五七年五月九日、トテナム・

コート・ロードの三軒の屋敷がいきなり倒壊し、死者六名を出す惨事が出来する。

（五六四）**青と黄のガラスの家**　青と黄にはそれぞれ「冒瀆的な」「煽情的な」の含意がある。

（五六六）**ホイッグ政府が…敗北を喫することとなった**　ジャマイカの補佐機関の反対を受け、メルボルン卿（ホイッグ党）政府は植民地設立延期を提議するが、法案は僅少差の過半数しか得られなかったため、一八三九年五月七日、総辞職が決定される。

（〃）**サー・ロバート・ピールが…失敗した**　ピールは一八三九年、ホイッグ党偏重のため女王宮変革を提案したが、ヴィクトリア女王から反対を受ける。紛糾は二年後、アルバート殿下仲介の下《もと》解決し、ピール政権への道が拓かれる。

（五六八）**インドへの往航がらみでの…神のみぞ知る！）**　「インドへの往航」とはインド暴動（一八五七―九）の英政府による鎮圧を指す。「私的謂れ」はディケンズ自身の次男ウォルターが七月二十日、東インド会社の士官候補生としてインドへ渡航したことへの言及。第百八稿注（六四三）参照。

第九十六稿

（五六九）**ラッピング**　霊媒と霊との間の（コツコツと叩く音による）交信。本文後出の「ティッピング」も同様に霊的な家具の「揺れ」等を意味する、アメリカの降霊術師の間で生まれた造語。

（〃）**ジュネーヴのボーテ**　ジャン・フランソワ・ボーテは当時ジュネーヴ一の時計製造会社を設立したスイスの時計・宝石商。

（五七四）**ケープ。ガンボジ。カミツレ**　順に「南アフリカ産ワイン」、「雌黄（インドシナ地方に産するオトギリソウ科の木ガンボジの樹皮から採る褐色の樹脂。下剤）」、「地中海地方原産キク科カミルレ属の植物（発汗剤・解毒剤）」。

第九十七稿

（五七七）**小生なりのささやかな謂れ**　当時恋愛関係にあり、この遠出にも同伴していたと思われるエレン・ターナンへの暗号化された言及。

第九十八稿

（五八三）**同信の友皆に…世に広めるに力を貸して頂くよう請う次第である**　本稿の『ハウスホールド・ワーズ』誌への掲載に異を唱える友人フォースターとは逆に、『タイムズ』紙編集長ジョン・T・ディレインはディケンズの希望に賛同し、六月七日付同紙に「ディケンズ氏」という見出しの下《もと》本稿を掲載し、「以下の記事を前もって出版するよう要請されている」との但書きを添えた。「解説」七〇一頁参照。

（〃）**当該難事が元で…不実表示が発生し**　義母ジョージ・ホ

ガース夫人と夫人の末娘はディケンズが義妹ジョージーナや他の女性と関係を持っているとの醜聞を流した。ジョージーナは姉夫妻の家事や育児を献身的にこなし、終生、ディケンズのために独身を貫いた。

第九十九稿

（五八五）**そんなのへっちゃらさと言う少年をガツガツ食らって肥え太るライオン**　ダニエル・フェニング『綴り方定本』（一七五六）で、イタヅラをして叱られても「そんなのへっちゃらさ」と言うのが口癖の少年ハリーは牢へ入れられ、脱走するが、途中難破し、とうとう離れ小島で「野獣の餌食」となる。

（〃）**ハーレキンの杖**　ハーレキンは伊喜劇や英無言劇の道化者。魔法の杖で書割りや登場人物を様変わりさせる。

（五九二）**というのも御逸品、はるばる…贈り物として**　十二日節前夜祭ケーキは慈善家バーデット・クーツ（第六十二稿注（三一七）参照）から、格別なお気に入りであるディケンズの長男チャールズの誕生祝いとして贈られたもの。ディケンズは友人フォースターへの手紙の中で「重さ九〇ポンドはあろうかという…見事な飾りのあしらわれた」と形容している。

第百稿

（五九六）**貧乏人とビール**　表題は本文冒頭にある通り、古謡（作者不詳）の折り返し句。本稿の主題は十九世紀中葉に盛んに起こり始めた、地方の農夫に自制と自立を促すべく、小区画の耕作地を貸し付け、居酒屋以外にビール・煙草を愉しむ場を提供する運動。科学者・農学者ジョン・ベネット・ローズ（本稿では、英国中世の神学者・近世哲学の先駆者の名を借り、フライアー・ベイコン）は提唱者の一人で、一八四五年、ハートフォドシャー、セント・オールバンズ近郊のロサムステッドの地所に実験耕地・倶楽部を設立。ディケンズは彼と懇意な土木技師・衛生改革者の義弟ヘンリー・オースティンを介して四月十一日、視察に出かけ、同日夜、二十五マイルの帰途『オール・ザ・イヤー・ラウンド』誌創刊号のための草稿を書き上げる。オースティンは首都下水渠《スーアズ》委員会幹事を務めていたことから本稿では哲学者《フィロソファー》を捩ってフィロスーアズ。

（六〇二）**ヤツは断じて…ベーコンなる逸品において紛うことなく御利益に与らすのをさておけば**　「担ぐ」の"gammon"に「（豚肉を塩などで）保蔵処理する」の意を懸けて。

（〃）**ブタ徳の誉れを残して死ぬ**　原文"die in the odour of Porkity"は"die in the odour of sanctity"の捩《もじ》り。常套句「高徳の芳香に包まれて死ぬ」は臨終の聖者は芳香を放つ、という伝説から。

（〃）ジョン・ナイチンゲール…トーマス・リネット　五人の姓の原義は順に、サヨナキドリ、ツグミ、クロウタドリ、コマドリ、ムネアカヒワ。

（六〇三）ラルフ・マンガル…チャールズ・テイターズ　五人の姓の原義は順に、（二人合わせて）フダンソウ、カラスノエンドウ、ニンジン、ジャガイモ。

第百一稿

（六〇六）現行の刑法は「殺人」の審理において…政府の意図と思しい　刑法の緩慢への痛烈な皮肉が骨子である本稿執筆の直接の契機は、元外科医の毒殺犯トーマス・スメサーストが一旦有罪判決を下されながら一転、重婚罪による十二か月の重労働に減刑された事例。本文後出の「国政に携わる御仁」は執行猶予を申し渡した、時の国務大臣。

（〃）ひっきりなしに新聞という新聞に投書することになろう　スメサーストの死刑判決を覆す契機となったのが、『タイムズ』紙へ寄せられた医学的証拠の信憑性を巡る懐疑の投書だった事実を踏まえて。

第百二稿

（六〇八）レイ・ハント。諫言　レイ・ハント（一七八四―一八五九）はディケンズの友人、詩人、随筆家（解説六九八頁参照）。四十年代までは順調な友好関係が続いたが、ディケンズが『荒涼館』（一八五二）において、明らかにハントをモデルにしたと思われる、軽率・無責任を絵に画いたようなハロルド・スキムポールを登場させて以来、友情に亀裂が入る。五九年、ハントの死と共に長男の序を付した『自伝』（一八五〇）が再版されるに及び、ディケンズは「諫言」掲載に踏み切る。

（六一一）デズデモーナとオセロの血の責めを…モデル氏に帰そうなど　言及されているのは恐らく、一八五五年の王立美術院展覧会に出陳され、イアーゴ（『オセロ』に登場する陰険邪悪な人物）が余りに悪漢めいているというので不評を買った、ソロモン・ハートによるシェイクスピア劇の場面絵画。

（〃）レイ・ハントと親しい（いずれも存命の）二人の文人　フォースターと、詩人・伝記作家ブライアン・プロクター（一七八七―一八七四）。

第百三稿

（六一二）『タトルスニヴェル・ブリーター』誌　架空の雑誌名。原義は「無駄口（"tattle"）」＋「洟水垂らし（"snivel"）」＋「メソつき屋（"bleater"）」。本稿で皮肉のヤリ玉に挙げられているのは、ディケンズ自身も俎上に上せられた『バース・クロニクル』誌（一八五九年十月十五日付）のロンドン特派員の勿体らしい衒学的文体。

（六一四）ジョン・ラッセル卿は外務大臣に任ぜられるとは！　ラッ

セル卿は一八五五年、政界を引退する意の下《もと》パーマストン内閣での執務を断るが、五九年六月、ダービー卿内閣退陣を受け、外務大臣の職に就く。

第百四稿

（六一九）**啓発されし司祭**　本稿で引用されているのは、読者からディケンズ宛転送された、大仰に信心ぶったサフォックス州アイ町のコールズ師の手紙。

（六二〇）**極めて打ってつけたるガジャン**　Gudgeon の原義は「タイリクスナモグリ（ヨーロッパ産コイ科の淡水魚。容易に捕獲され、食用又は魚釣りの餌に用いられる）」。転じて「担がれ易い人」「のろま」の意。

第百五稿

（六二一）**ファラデーとブルースターと「哀れなペイリ」**　順に、英国の物理学者・化学者・『ロウソクの科学』の著者（一七九一―一八六七）。スコットランドの物理学者・ブルースターの偏光角解明者（一七八一―一八六八）。英国の神学者・哲学者・『キリスト教の証拠』の著者（一七四三―一八〇五）。

（〃）**チャールズ・ビーチャー師と…アディン・バルー師**　順に、米国会衆派司祭（一八一五―一九〇〇）。劇的説教師として知られる宗教作家・前者の兄（一八一三―八七）。普遍救済論説教師・奴隷制廃止運動家（一八〇三―九〇）。

（〃）**テッドワースの壁叩き…コック・レーンの幽霊**　順に、ウィルトシャー州の屋敷に取り憑き、家人の質問に壁のノックで応答すると伝えられたお化け。説教師・キリスト友会（クエーカー派）創始者（一六二四―九一）。キリストによる救済のお告げに従い、カルヴァン派説教師になった石炭積み降ろし人足（一七四五―一八一三）。奇妙な物音を立てると噂された（一七六二年）、西スミスフィールドの若い主婦の霊。

（六二五）**ダニエル・ダングラス・ホーム…トーマス・L・ハリス**　順に、スコットランドで生まれ、合衆国で養育された後《のち》、一八五五年に英国に戻った降霊術者（一八三三―八六）。アメリカ生まれの霊媒（一八二六―一九一〇）。アメリカに理想郷的共同体を創設した英国生まれの降霊術者（一八二三―一九〇六）。

（六二六）**ハリス（夫人ではなく）氏**　『マーティン・チャズルウィット』のギャンプ夫人の「絵空事の」馴染み、ハリス夫人へのユーモラスな言及。

（六二七）**ウッドストック委員と連中の下男の…女中との同定の事例**　一六六〇年の王党派小冊子には、一六四九年におけるウッドストック皇室邸宅居住当時の円頂派委員への謎の「憑依」に関する記述が見られる。またロンドン南東郊外ストックウェルの屋敷に取り憑き、不気味な物音を立てる「幽霊」の正体は一七七二年、アン・ロビンソンという小間使いと判明する。

第百六稿

（六二九）『コーンヒル・マガジン』誌　『虚栄の市』『ヘンリー・エズマンド』で知られる英国の文豪サッカレーが創刊し、初代編集長（一八六〇—六二）を務めた高級文芸月刊誌。サッカレーはディケンズとは（本文後出の通り）ロバート・シーマ自殺の後《のち》、『ピクウィック・ペーパーズ』の挿絵画家として名乗りを上げ、不首尾に終わった一八三六年以来親交を暖めたが、晩年は文学的見解の相違から疎遠になっていた。

（六三〇）『パンチ』誌への正しく自らの最高傑作の寄稿　連載『ロンドンの旅』の一篇「助任牧師の散策」（一八四七年十一月二十七日付）。

（六三一）内一人は…文学的前途が洋々と開けている　サッカレーの長女アニー（後のレディ・リッチー）は父親編集の下《もと》『コーンヒル・マガジン』誌に数々の随筆を寄せ、一八六三年には処女作『エリザベスの物語』を出版した。

第百七稿

（六三三）故スタンフィールド氏　クラークサン・スタンフィールドは元船員。『クリスマス・ブックス』等ディケンズ作品の挿絵も手がけた著名な海洋画家（一七九九—一八六七）。

（六三四）スタンフィールド「氏」として亡くなった　偉大な画家がナイト爵に叙せられなかったことへの言及。

（六三五）「君もインチボールド夫人の…?」といつぞやトーマス・フッドは一筆認めて来た　『自然と芸術』（一七九六）は劇作家・小説家・女優エリザベス・インチボールドの第二作。トーマス・フッドについては第十三稿注（三一）参照。

第百八稿

（六三五）フォースター氏の高著『ウォルター・サヴィジ・ランドー伝』　ランドーは詩人・『架空の会話』の著者（一七七五—一八六四）。本文後述の通り、突飛な言動の蔭に類稀な優しさを具えた『荒涼館』のローレンス・ボイソンのモデル。伝記はチャプマン・アンド・ホール社より二巻本で出版。

（六三九）ピープス氏　サムエル・ピープスは海軍官吏・日記作家。文民官吏として英海軍の近代化に大きな足跡を残す一方、風俗や日常生活を克明に記した『日記』（一六六〇—六九）で名高い。

（六四一）然る友人がフィレンツェ滞在中…ランドーの下《もと》へ送った　ランドーは一八一一年、十九歳年下の娘と結婚し、フィレンツェに居を構えるが、結婚生活は破綻を来し、三五年、単身、祖国のバースに戻る。「友人」は外ならぬディケンズ。本文、以下の「鉢合わせ」は五三年、イタリア滞在中の出来事。

（六四三）インドの英軍墓地にて…墓の上にて結ばれている　一八四〇年に知り合ってほどなくランドーを最も近しい友人の一人と目したディケンズは翌年、彼に次男の名付け親を依頼する。名付け子ウォルター・ランドーは六十三年、インドで客死。

第百九稿

（六四三）フェッチャー氏　チャールズ・アルバート・フェッチャーは一八四四年、弱冠二十歳にしてパリのフランス座でデヴューを果たし、六〇年代には本場英国でシェイクスピア劇にも多数出演した座元兼俳優（一八二四―七九）。本稿の掲載された『アトランティック・マンスリー』誌はアメリカの文学・芸術・政治専門雑誌（一八五七年創刊）。

解説

一八三四年の夏、歴史は古いながらも今や翳りを見せ始めた『モーニング・クロニクル』誌（一七六九年創刊）は叩き上げの経済人ジョン・イーストホープ率いる銀行家・株式仲買人三名によって買い取られた。目的は同誌を通じ、トーリー党の敵対を受けながらも遂行しつつある選挙法改正法案後政策（わけても新救貧法）においてホイッグ政権をより有効に支持することにあった。イーストホープは一八一七年以来編集長を務め、文学的才能全てに暖かい共感を寄せる蔵書家ジョン・ブラックに引き続き編集を任す片や、若く有能な報道記者の採用に乗り出す。まず白羽の矢が立つのが『モーニング・ヘラルド』誌の青年記者トーマス・ビアードで、彼が予てから高度な速記の精確さに敬服していた友人、弱冠二十二歳のディケンズを紹介する。ディケンズは既に『マンスリー・マガジン』誌に愉快な物語を数篇（後に『ボズの素描集』に所収）を発表していたが、『クロニクル』に入社すると同時に、彼曰くの「叙景的記述の才能」が目覚める。「都大路素描」第一話「乗合馬車」はビアードと共に事実上の初仕事、エディンバラの「グレイ祭」（第一稿）を取材してほぼ一週間後の九月二十六日に、また同年末までにはさらに四篇の素描が同誌に掲載される。

ディケンズは一八三六年、「ロンドン随一の報道記者」として『クロニクル』を辞す。ただし、明らかに『クロニクル』の特徴であるトーリー党「叩き《バッシング》」に与し、「始まりのない物語」（第四稿）のような機智に富む冷笑的「埋め草《スクウイブ》」は物せても、関心はむしろ政治生活の間々滑稽な、或いは奇怪な表層や、国会議事手続きに向けられていた。報道記者としての体験はかくてディケンズに初期小説――『ピクウィック』におけるイータンスウィル選挙の創造、『ニコラス・ニクルビー』におけるグレッグズベリー国会議員の活写――のための稀有な素材を提供することになる。彼が事実、強い関心を覚え、ブラックとも度々論じ合ったとある政治的方策、新救貧法もまた雑誌寄稿文、というより小説執筆のための――『オリヴァー・トゥイスト』という極めて力強い伝道的虚構の――素材となった。彼自身、二、三年後、『エディンバラ・レヴュー』誌に児童雇用委員会の凄絶な調査報告に関す論考を寄す約束を断念し、代わりに『クリスマス・キャロル』を執筆した際に気づいた通り、ディケンズが同時代の社会的・政治的姿勢に最も強い影響を及ぼせるのは直接的な寄稿文を通してではなく、神話形成的想像力の賜物を通してであった。

ディケンズが『イグザミナー』誌（一八〇八年、レイ・ハントが弟と共に革新派雑誌として創刊）に寄稿し始めたのはフォースター（三三年から書／劇評欄を担当）の投稿家の一人としてであり、後に時事的記事も寄せるようになった。全て匿名記事だったが、内四十稿以上は筆者がディケンズと同定され、今後の研究によりさらなる確認が期待される。同誌への投稿は二時期――一八三七―四三年と一八四八―九年――に大別される。第一期において、ディケンズは主に書／劇評を寄せ、わけても故サー・ウォルター・スコットの破産を巡る論争への果敢な介入（第十二稿）はその代表的なものに挙げられる。彼はさらに四三年の終わりまでには少なくとも各々国家（第十六稿）と教会（第十八稿）に対す冷笑的な論考を二篇寄せている。

一八四六年一月、ディケンズは『デイリー・ニューズ』紙初代編集長に就任するが、僅か一か月足らずで辞任。その間《かん》に掲載した「旅先からの書簡」（後に『イタリア小景』に所収）を始め、後任のフォースターの下《もと》幾篇か稿を寄すが、その後は『ニューズ』のみならず、雑誌全般への投稿からほぼ二年間遠ざかる。この時期、彼の関心と精力は『ドンビー父子商会』の執筆、バーデット・クーツの「家無き女のための『憩いの家』」への支援（第六十二稿参照）、文学・芸術ギルド基金を募るための「旅役者」の巡業等に向けられていた。彼が投稿を再開するのは四八年二月、既にフォースターを新編集長として迎えていた『イグザミナー』に掲載の幽霊——常に最も強い興味の的たる——を巡る新刊本の書評（第二十二稿）によってであった。以降、ほぼ二年間にわたり、ディケンズは定期的に『イグザミナー』に投稿するが、例えば、ハント『科学の詩情』の書評（第二十九稿）は彼が従来認められている以上に前ダーウィン進化論についての知識を持ち併せていたことを証す。わけても、知的な中流読者層を有す『イグザミナー』は切迫した社会的関心を表出さす理想的手段と考えられ、ディケンズは時に、クルックシャンク画「酔っ払いの子供達」画評（第二十六稿）におけるように、書／画評を私見を開陳する媒介として用いることもあった——無論、概ね訴訟事件、政府統計、国葬（第三十七稿）といった時事問題に触発されて筆を執ってはいたものの。これら寄稿の就中、舌鋒鋭いのが言語道断のトゥーティング託児所と、施設を継続させた公的怠慢と無能に対する弾劾（第三十三稿）と、「風紀紊乱と絶対禁酒」における狂信的禁酒運動家への仮借なき糾弾（第三十五稿）であろう。上記の論考の主題は過去数年に行なった講演においては度々繰り返されていたが、既刊の何ものとも性質を異にし、彼がほどなく『ハウスホールド・ワーズ』において定期的に世に出すことになる優れた社会的論説を予見させる。ディケンズは正しく「『イグザミナー』への寄稿において、報道記者というよりむしろジャーナリストたることを学んで」いた。「世にも稀なる旅人の物語」（第四十二稿）と『イグザミナー』に寄稿した、バンバードの回転画《パノラマ》に関するより早期の報告（第三十稿）とを比較すれば、彼が如何に活き活きとした実録の報道様式から、才気煥発たる創意に満ちた娯楽的ジャーナリズムのそれへと劇的成長を遂げているか歴然としよう。四八年から翌年にかけての『イグザミナー』への投稿は言はば、彼自身の雑誌『ハウスホールド・ワーズ』（五〇年三月三十日創刊）を「取り仕切る」ための礎石であった。

一八五一年夏までには、『ハウスホールド・ワーズ』が「豊かな資産」になろうとのディケンズの切望は余す所なく実現されていた。創刊号は指針を体現するかのように、純文学（ギャスケル夫人作連載第一話）、詩、伝記的‐歴史小説、オーストラリアへの移民に例証される時事的社会問題と相俟ってのロンドンの市民生活の諸相に関す論考で構成されていた。早くも次号では、以降正規の記事として定着することになる他の二様の寄稿――所謂「過程記事《プロセス・アーティクル》」と、ディケンズが自家薬籠中のものとしていた上流社会の愚昧や社会的不正への冷笑的批判――が登場する。同誌創刊後最初の半年間に、ディケンズは並行して月刊分冊『デイヴィッド・コパフィールド』の後半九か月分を執筆していたにもかかわらず、十七稿もの論稿を寄せている。如何にも彼らしく、新たな「資産」が揺るぎなく確立される過程において自らを容赦する気は毛頭なかった。とは言え、次の大作『荒涼館』（五一年十一月から五三年八月まで月刊分冊形式で出版）に取りかかっている時までには、『ハウスホールド・ワーズ』への寄稿は間遠になっていた――『御伽英国史』は五一年一月同誌で連載が始まり、五三年十二月まで不定期ながら掲載されてはいたが。この時期に物された論考の大半は『英国史』に顕著な治世者の貪婪、愚昧、圧政、背信への辛辣な眼差しが、最早君主ではなく議会に権力の委ねられた当今の政治的情景へと向けられている。国会の慣例、体制、議事手続きと、それに伴う手合いの立法は、例えば「賭屋」（第五十八稿）や「お化け屋敷」（第六十三稿）といった痛烈な諷刺的論考の主題である。五二年から翌年にかけての寄稿の中にはただし、「ハッと夢から目覚める如く」（第五十六稿）（本稿は『荒涼館』のジョーの造型へ少なからず寄与している）や、子供時代の忘れ難き追憶二篇――「我らが大人になるを止めし所」（第六十稿）、「道に迷って」（第六十四稿）――のような力強い筆致の探究的ジャーナリズムも含まれている。二篇の内前者は新年のための優れた随想としての仕上がりを見せている片や、後者はディケンズ自身、副編集長ウィルズに宛てた書簡で吐露している如く「『荒涼館』のことで頭の中は一杯で、『ハウスホールド・ワーズ』に打ってつけのネタが未ださっぱり浮かんで来ない」五三年盛夏の苦境の中からむしろ奇跡的に生まれた傑作掌編と呼べよう。

およそこの時期『ハウスホールド・ワーズ』の売り上げが激減したため、ディケンズは立て直しを図り、自らの作品『ハード・タイムズ』の連載（五四年四月一日から同八月十二日）を始める。八面六臂のディケンズといえども、週刊連載の傍ら同誌に寄稿する離れ業はやってのけられなかったが、小説完結後の四か月間には八篇の稿を寄せ、中でも「一般には知られていないが」（第六十九稿）と「法的かつ衡平法《エクイティー》的軽口」（第七十稿）において「今までに類を見ぬ激しさで国会と法律を弾劾して」いる。さらに五五年から翌年にかけては投稿の内、論争的でないものは僅か三、四稿しかない。その不気味さの、正しく脳裏に憑依せざるを得まい「ロンドンの一夜景」（第八十五稿）で凄まじい恐怖の絶頂に達す、この間の『ハウスホールド・ワーズ』寄稿は、五五年十二月から月刊分冊形式で出版され始める「英国の現状」を暴く第二の大長編小説『リトル・ドリット』（執筆は五月に開始）を解釈する上で恰好の注釈となろう。

五七年前半は『リトル・ドリット』完結（同年六月）に心血を注いでいたこともあり、『ハウスホールド・ワーズ』にディケンズ単著の記事は三篇しか投稿されていない。九月にウィルキー・コリンズと共に行なったカンブリアへの旅には一石「三鳥」の目論見があった。一つ、ともかくどこか遠隔の地で再び英気を養うこと。一つ、その「どこか」で、今や『凍れる海』（コリンズ作メロドラマ）共演で恋愛関係にある女優エレン・ターナン（後述『膝栗毛』では「小さなライラック色の手袋」（第五章）で暗示される）と密会すること。一つ、『ハウスホールド・ワーズ』における他に擢んでた存在感を取り戻すこと。かくて友人との共著『物臭徒弟二人のなまくら膝栗毛』が誕生する。ディケンズはエレンにはハンプトン・コート訪問の逸話において「ささやかな謂れ」（第九十七稿）として再度言及するが、妻との離別を決意してほどなく「醜聞」に触発され、「私事」について読者に直接訴えかける挙に出るに、「目下の小生の文言を世に広めるよう手を貸して欲しい」と報道界の「仲間」皆に訴える（第九十八稿）。ところが版元ブラッドリー・アンド・エヴァンズが同じく版元たる『パンチ』誌において記事を掲載することを拒んだため、ディケンズは彼らとの関係を一切断つ意を決し、必然的に『ハウスホールド・ワーズ』廃刊（一八五九年五月）を余儀なくされる。専横的終結を思えば、ディケンズの同誌への最後の寄稿「元旦」（第九十九稿）に漲る豊饒と静謐は特記に値しよう。過去四年間の不穏、苦悩、心痛全ての後《のち》に、彼は恰も「我らが大人になるを止めし所」における如く、かの、想像的霊感と精神的再生の尽きせぬ源泉、幼少時代のみならず、より近来の——例えば、イタリアやパリ滞在のような——過去をも回顧し得る肯定の段階に達したかのようだ。一見、苦もなく詳細また詳細を想起し、くだんの最も貴重な能力、創造的空想力が如何に生来の写真さながらの視覚《フォトグラフィック・アイ》の収穫によって絶えず培われて来もすれば、これからも培われ続けようことか幸せに認識しつつ。「元旦」はちょうど一年後、『オール・ザ・イヤー・ラウンド』に掲載の始まる、彼の最も傑出したジャーナリスティックな著作——「逍遥の旅人」シリーズ——を紛れもなく予見さすやり口で、時空における旅と、想像力の作用を結合させる。

『オール・ザ・イヤー・ラウンド』は前誌廃刊の五週間前、一八五九年四月三十日にチャプマン・アンド・ホール社より刊行される。前誌と体裁（二縦欄《ダブルコラム》二十四頁。挿絵無し）は同じながら、わけても文学作品に遙かに重きを置いた点で、事実上『ハウスホールド・ワーズ』とは少なからず異なっていた。ディケンズ自身、創刊と同時に『二都物語』を連載し（五九年四月から十一月）、後には『大いなる遺産』連載（六〇年十二月から六一年八月）で売り上げの回復を図った。ただし寄稿に関しては前誌におけるほど多作ではなく、最初の六か月間に発表した二稿（第百、百一稿）ですら『ハウスホールド・ワーズ』調の踏襲にすぎない。五九年末に地方誌の愉快なパロディー「タトルスニヴェル・ブリーター」（第百三稿）を発表して以降は九年にわたり断続的に三十六稿の『逍遥の旅人』（六〇年一月から六九年六月）を掲載する以外、単著者としてはほとんど筆を執っていない。例外的なのは六三年、再度「降霊説」論争に巻き込まれた結果、代表的降霊術者二名の著作を愚弄すべく投稿した「生半ならず強かな一服」（第百五稿）その他数篇である。

同胞の振舞いにおける滑稽な、或いは突飛なものに鋭い目（と耳）を具えた精力的な『モーニング・クロニクル』の青年記者――「日常的な」ロンドンの市井、近隣、人物の鮮烈な素描家「ボズ」――と、一八四〇年代後半には『イグザミナー』に匿名の稿を寄せていた舌鋒鋭い論客ジャーナリストは、五〇年代に自らの聖戦従軍雑誌『ハウスホールド・ワーズ』において、機智《ジュ・デスプリ》に富む警句や調査報道の恰好の適例を模しつつ、仮借なき時事的諷刺を滔々と迸らすディケンズを形成する上で皆、独自の役割を担った。と同時に彼は「我らが大人になるを止めし所」や「道に迷って」のような寄稿において、少年時代からのお気に入り、ゴールドスミス、チャールズ・ラム、レイ・ハントといった最も偉大な著述家によって進展を遂げた、衒いのない随想ジャンルの巨匠たることをも実証していた。

訳者あとがき

本組が始まった頃から急に空しくなった、と言おうか曰く言い難い寂しさに見舞われた。もう二度とこの幻想的でパワフルな、がそれでいて緻密で繊細なディケンズの英語に出会えない、延いては世に悪名高き無手勝流田辺節も駆使出来ない、と思えば。ここまではそんな戸惑いを感じる余裕すらなかった。一通り訳すのが精一杯で。だが原稿が組版へ回るとは即ち、次訳書――厖大な書簡集――に取りかかることを意味する。両者の英語の質の違いが大きい。ジャーナリズムは「作品」と異なるとは言え、物しているのは多くの読者を想定した公人ディケンズである。片や書簡は如何に絵空事師とは言え、私人ディケンズが個人に宛てた心情の表出にすぎない。役者・ジャーナリスト・朗読家の顔をも併せ持つ天才作家に果たしてどれほど純粋な「素顔」が残されているのか、どこまでが現実でどこからが虚構なのか、見極めはつきかねる。が、ややもすれば緩慢な書簡の文体が、一分の隙も狂いもないフィクションのそれに及ぶべくもないのは確かだ。

少しずつではあるが、しかしながら、書簡の面白さも見えて来た。多い時には日に二通も三通も出していた私信には当然、日付がある。寄稿もさまで頻繁ではないにせよ、かなり時空が同定出来る。両者を照らし合わせれば、一つの出来事の表裏、公私が明るみに出る。先日出会した別種の興味深い例として挙げられるのが、署名の後の謎めいた――Coss? の暗号である。僚友に調べてもらうと、仕事を口実にデートをすっぽかすディケンズに愛想? を尽かした婚約時代の妻キャサリンが「御機嫌ナナメ」の意の Cross を悪戯半分 Coss と綴ったのが二人の間で合言葉として定着したらしい。私的な書信ならではの「発見」である。掘り出し物は果てしなく眠っているに違いない。

こうして『寄稿集』の「あとがき」を書きながら『書簡集』のグチをこぼしている所を見ると、重心は早、後者に移行しているようだ。いつしか例の調子で、ディケンズの「素顔」の世界に浸り切っているものと願いたい。ちょうど（紹介は遅れたが）昨秋、縁あって頂いた半野良の仔猫（名前はりり）との間の違和感が次第に薄らぎつつあるように。「あとがき」で次に皆様とお会いするのは、『書簡集』の最終巻を訳し終えた時と、心に決めている。その頃、りりはどんなお婆さんネコになっているだろう。

この度も渓水社社主木村逸司氏に快く出版をお引き受け頂いた。わけても令嬢斉子さんには一方ならず御尽力賜った。識して感謝申し上げたい。

田辺　洋子

二〇一八年　梅雨

訳者略歴

田辺洋子（たなべ・ようこ）

1955 年　広島に生まれる（現広島経済大学教授）
1999 年　広島大学より博士（文学）号授与
著　書　『「大いなる遺産」研究』（広島経済大学研究双書第 12 冊，1994 年）
　　　　『ディケンズ後期四作品研究』（こびあん書房，1999 年）
訳　書　『互いの友』上・下（こびあん書房，1996 年）
　　　　『ドンビー父子』上・下（こびあん書房，2000 年）
　　　　『ニコラス・ニクルビー』上・下（こびあん書房，2001 年）
　　　　『ピクウィック・ペーパーズ』上・下（あぽろん社，2002 年）
　　　　『バーナビ・ラッジ』（あぽろん社，2003 年）
　　　　『リトル・ドリット』上・下（あぽろん社，2004 年）
　　　　『マーティン・チャズルウィット』上・下（あぽろん社，2005 年）
　　　　『デイヴィッド・コパフィールド』上・下（あぽろん社，2006 年）
　　　　『荒涼館』上・下（あぽろん社，2007 年）
　　　　『ボズの素描集』（あぽろん社，2008 年）
　　　　『骨董屋』（あぽろん社，2008 年）
　　　　『ハード・タイムズ』（あぽろん社，2009 年）
　　　　『オリヴァー・トゥイスト』（あぽろん社，2009 年）
　　　　『二都物語』（あぽろん社，2010 年）
　　　　『エドウィン・ドゥルードの謎』（溪水社，2010 年）
　　　　『大いなる遺産』（溪水社，2011 年）
　　　　『クリスマス・ストーリーズ』（溪水社，2011 年）
　　　　『クリスマス・ブックス』（溪水社，2012 年）
　　　　『逍遥の旅人』（溪水社，2013 年）
　　　　『翻刻掌篇集／ホリデー・ロマンス他』（溪水社，2014 年）
　　　　『ハンフリー親方の時計／御伽英国史』（溪水社，2015 年）
　　　　『ボズの素描滑稽篇／物臭徒弟二人のなまくら膝栗毛他』（溪水社，2015 年）
　　　　『アメリカ探訪／イタリア小景』（溪水社，2016 年）
（訳書は全てディケンズの作品）

ディケンズ寄稿集

二〇一八年十月一日　第一刷発行

著　者　チャールズ・ディケンズ
訳　者　田　辺　洋　子
発行者　木　村　逸　司
印刷所　平　河　工　業　社
発行所　株式会社　溪　水　社
〒730-0041　広島市中区小町一―四
電　話（〇八二）二四六―七九〇九
FAX（〇八二）二四六―七八七六
メール　info@keisui.co.jp

ISBN978-4-86327-457-0 C3097